Ulrike Frick

Buch

Dies ist die Geschichte von Lauscher, dem Sohn des Großen Brüllers, der eher seinem Großvater, dem Sanften Flöter, nachgeraten ist. Das Schicksal hat Lauscher wahrlich begünstigt. Er erbte einen geheimnisvollen, in allen Farben leuchtenden Stein und eine magische silberne Flöte. Aber das ist noch nicht alles: Als drittes schenkt ihm sein alter Steinsucher ein Holzstück mit einer merkwürdigen Gabe. Doch Lauscher versteht nicht, was es mit diesen Gegenständen auf sich hat, und mißbraucht sie, um die Welt nach seinen Wünschen zu gestalten und Macht für sich zu erringen. Er gerät auf Abwege und verstrickt sich immer wieder in neue abenteuerliche Geschichten. Auch wenn er versucht, seine Macht zu guten Zwecken einzusetzen, ist das Ergebnis am Ende immer eine Katastrophe. Schließlich wird Lauscher selbst in einen Stein verwandelt, und von diesem Zustand kann ihn nur die Liebe eines Mädchens wieder erlösen.
»Stein und Flöte wirkt wie ein orientalischer Märchenteppich, mit schier überbordender Phantasie erzählt, überreich an Rückblenden, Rahmenhandlungen und eingeschachtelten Episoden. Hans Bemmann beschwört jene Fabelwelten, in denen Tiere – stets noch weiser als Menschen – sprechen konnten, in denen die Dinge mit wundersamer und zauberischer Magie begabt waren. In einem imaginären Mittelalter angesiedelt, finden sich hier Entwicklungs- und Schelmenroman zusammen, Parzival-Gralssuche und Simplicissimus-Abenteuer. Romantisches Erbe hallt von Ferne durch den Roman.«

Badische Zeitung

Autor

Hans Bemmann, Jahrgang 1922, gelang mit seinem Romanepos *Stein und Flöte* der Durchbruch. Ihm folgten die Romane *Erwins Badezimmer* und *Stern der Brüder*. Schon in den sechziger Jahren schrieb er unter dem Pseudonym Hans Martinson. Hans Bemmann hat einen Lehrauftrag an der Hochschule in Bonn für das Fach Deutsch und ist Cheflektor des Borromäus Vereins.

Als Goldmann-Taschenbücher sind bereits lieferbar:
Stern der Brüder. Roman (41093)
Die beschädigte Göttin. Roman (41384)

HANS BEMMANN
STEIN UND FLÖTE
und das ist noch
nicht alles

EIN
MÄRCHENROMAN

GOLDMANN VERLAG

Umwelthinweis:
Alle bedruckten Materialien dieses Taschenbuches
sind chlorfrei und umweltschonend.
Das Papier enthält bereits Recycling-Anteile.

Der Goldmann Verlag
ist ein Unternehmen der Verlagsgruppe Bertelsmann

Genehmigte Taschenbuchausgabe
Copyright © 1983 by Edition Weitbrecht in K. Thienemanns Verlag
Umschlaggestaltung: Design Team München
Bildmotiv: Artothek/Blauel-Gnamm, Peißenberg
Druck: Elsnerdruck, Berlin
Verlagsnummer: 41088
UK · Herstellung: Heidrun Nawrot/sc
Made in Germany
ISBN 3-442-41088-6

Inhalt

Erstes Buch   9

Die Geschichte von Arni mit dem Stein   38
Die Geschichte von Urla   70
Die Geschichte von Gisa und den Wölfen   82
Das Märchen vom fröhlichen König   102
Die Geschichte von Rübe und dem Zaubermüller   113
Die Geschichte von Schön Agla und dem Grünen   120
Die Geschichte von Arni und den Leuten am See   132
Die Geschichte vom alten Barlo und seinem Sohn Fredebar   151
Die Geschichte vom jungen Barlo   176

Zweites Buch   191

Der Traum von der Kröte   196
Der Traum von Lauschers Besuch bei Arnis Leuten   214
Der Traum vom (fast) vollkommenen Flöten   260
Der Traum von der Frau an der Quelle   288
Der Traum vom Falken   304
Der süße Traum   364
Der schwarze Traum   400
Der zweite schwarze Traum   407
Der dritte schwarze Traum   417

Drittes Buch   451

Erster Teil   453

Zweiter Teil   582

Dritter Teil   654
1. Kapitel   654
2. Kapitel   714
3. Kapitel   765

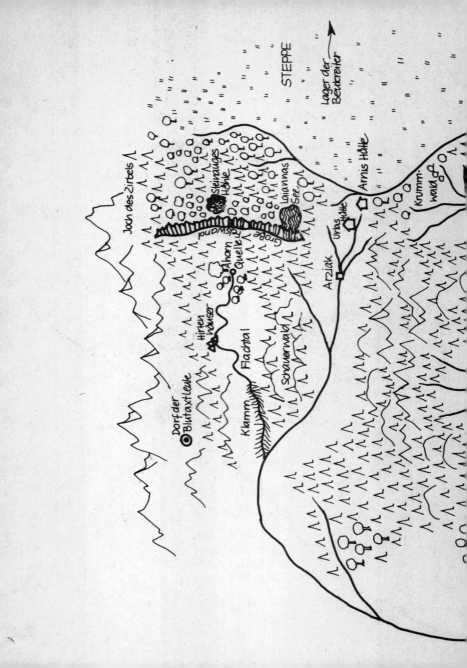

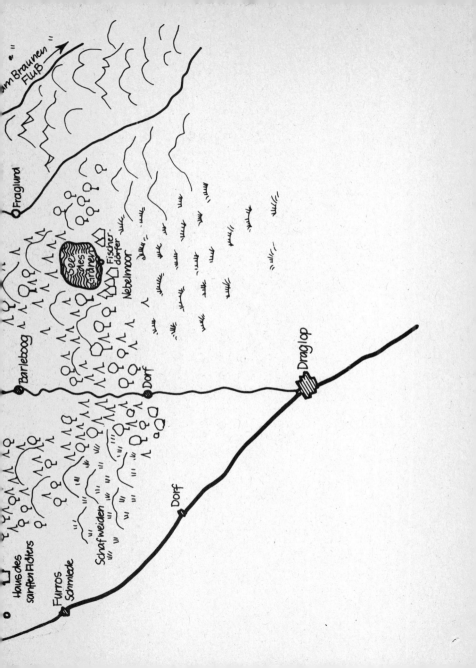

Erstes Buch,

in dem erzählt wird,
wie Lauscher einen merkwürdigen Stein geschenkt bekommt
und auf der Suche nach dessen Geheimnis
in den Machtbereich der schönen, blauäugigen Gisa gerät.
Hier läßt er sich zu einer Untat verleiten,
die er selbst durch eine mühevolle, drei Jahre währende Reise
als Diener eines landfahrenden Flöters
nicht ungeschehen machen kann.
Dafür kommen ihm unterwegs viele Geschichten zu Ohren,
an denen er sich in der Kunst
des Zuhörens
üben kann.

In Fraglund wurde vorzeiten ein Knabe geboren, von dessen merkwürdigem Schicksal hier erzählt werden soll. Sein Vater war ein gewaltiger Mann, den man den Großen Brüller nannte. Er war hochgewachsen, fülligen Leibes und trug seine dichtbehaarte Brust gern offen. Obwohl er ein ungestümes Gemüt besaß, bald aufbrausend in polterndem Zorn, bald geschüttelt von dröhnendem Gelächter, galt er doch als gerecht, und deshalb hatten ihn die Leute von Fraglund von weither als Richter über die Bewohner ihres Gebietes berufen.

Als der Große Brüller nach Fraglund gekommen war, um sein Amt anzutreten, hatte er eine stille Frau mitgebracht, die so wenig in Erscheinung trat, daß manche Leute sie zunächst gar nicht für sein Eheweib gehalten hatten. Es hieß, sie sei die Tochter des Sanften Flöters, von dessen Künsten man auch schon in Fraglund gehört hatte, obgleich er weit entfernt hinter den tiefen Wäldern von Barleboog lebte. Man sagte von ihm, sein Flöten sei so süß, daß sogar die Vögel verstummten um zuzuhören, und es besänftigte die Menschen dermaßen, daß schon mancher Streit allein durch diese Töne geschlichtet worden sei.

Nachdem der Große Brüller ein Jahr lang in Fraglund Recht gesprochen hatte, gebar ihm seine Frau eben diesen Sohn, von dem hier die Rede sein soll. Sie hatte die ganze Nacht in den Wehen gelegen, und erst gegen Morgen wurde ihr Mann zu ihrer Kammer gerufen, wo ihm die Hebamme das Kind, nackt wie es war, entgegenhielt.

«Man kann wohl sehen, daß dies dein Sohn ist», sagte sie; denn das Kind war am ganzen Körper mit einem pelzigen Flaum überzogen.

«So», sagte der Große Brüller mit seiner dröhnenden Stimme und nahm den Sohn auf seine Arme. «Sieht man das? Und warum brüllt er nicht?»

«Merkwürdig», sagte die Hebamme, «mir hat die ganze Zeit über etwas gefehlt. Jetzt weiß ich's, da du es sagst: Er brüllt nicht. Sieh ihn doch an. Er schaut aus, als ob er lauscht.»

«Ein Kind muß brüllen», sagte der Vater befremdet.

«Laß ihn doch», sagte die Hebamme. «Wer brüllt, hört nicht gut. Laß ihn nur lauschen.»

«So soll er Lauscher heißen», sagte der Große Brüller und gab den Sohn der Hebamme zurück. Er schien etwas enttäuscht über diesen Sohn, der haarig war wie sein Vater, aber nicht brüllen wollte, wie es dessen Art war.

«Ein stilles Kind hast du geboren», sagte der Große Brüller zu seiner Frau, nachdem er ihr für diesen Sohn gedankt hatte.

«Er gerät wohl nach meinem Vater», sagte sie.

Da der Große Brüller jedoch ein gerechter Mann war, redete er in den folgenden Jahren stets freundlich zu diesem Sohn und dämpfte dabei mit der Zeit sogar seine gewaltige Stimme; denn es stellte sich heraus, daß Lauscher nur leise gesprochene Worte verstand, während Gebrüll ihn verwirrte. Das zeigte sich in besonderer Weise, wenn er Zeuge von Streitigkeiten wurde, was im Hause seines Vaters, der ja das Richteramt versah, nicht eben selten vorkam. Je lauter die Streitenden ihre Stimmen erhoben, desto ratloser blickte Lauscher sie an, um schließlich entsetzt davonzulaufen, wenn sie anfingen, einander zu überschreien. Er hielt damals seinen Vater wohl für einen mächtigen Zauberer, weil es ihm gelang, das Keifen der Streitenden mit seiner Donnerstimme zu überbrüllen und damit zugleich verstummen zu lassen.

So wuchs Lauscher im Hause seines Vaters heran, ohne daß etwas Erwähnenswertes geschah. Als er jedoch 17 Jahre alt war, kamen vom Osten die Beutereiter über das Land und fingen an zu heeren und zu brennen. Der Große Brüller sammelte die waffenfähigen Leute von Fraglund, um sich den Eindringlingen entgegenzustellen. An diesem Tage führte er Lauscher in seine Waffenkammer und forderte ihn auf, sich ein Schwert auszuwählen.

«Ich will kein Schwert», sagte Lauscher mit seiner leisen Stimme.

«Willst du zu Hause bleiben bei den zahnlosen Greisen und den Weibern?» fragte der Große Brüller und konnte seine Abscheu vor solcher Feigheit nicht verbergen.

«Nein», sagte Lauscher. «Ich werde mit euch ziehen. Aber es ist nicht meine Art, Wunden zu schlagen. Erlaube mir, daß ich die Verwundeten versorge.»

Der Große Brüller fand zwar, dies sei ein erbärmliches Vorhaben für einen jungen Mann, aber da Lauscher auf keine Art zu bewegen war, eine Waffe in die Hand zu nehmen, ließ er ihn schließlich gewähren.

So zog Lauscher mit den Männern von Fraglund gegen die Beutereiter. Nach drei Tagesmärschen meldeten Späher einen Vortrupp des Feindes. Der Große Brüller beschloß, der Reiterhorde in einer Waldschlucht aufzulauern, die sie passieren mußte, wenn sie nach Fraglund vorstoßen wollte. Er legte Bogenschützen in einen Hinterhalt, und als die Reiter mitten zwischen ihnen waren, schossen die Fraglunder ein paar von ihnen aus den Sätteln. Doch auch die Beutereiter verstanden sich aufs Bogenschießen, und so fehlten einige der Fraglunder Männer, als die Reiter in wilder Flucht davongeprescht waren und der Große Brüller das Zeichen zum Sammeln gab.

«Jetzt fängt deine Arbeit an», sagte er zu Lauscher. «Suche das Gebüsch nach Verwundeten ab!» Lauscher schlug sich ins Dickicht, fand im Unterholz drei tote Männer aus Fraglund und stieß dann auf einen verwundeten Beutereiter, der, einen Pfeil in der Brust, am Fuße einer Eiche lag. Es war ein alter Mann. Sein graues, strähniges Haar war zu zwei Zöpfen geflochten, die ihm über die Schultern hingen, und auf Kinn und Oberlippe sprießte ein dünner, fädiger Bart.

Als Lauscher versuchte, den Pfeil aus der Wunde zu ziehen, schlug der Alte die Augen auf und schüttelte den Kopf.

Lauscher sah selbst, daß hier nicht mehr zu helfen war. Er nahm seine Wasserflasche vom Gürtel und setzte sie dem Mann an die Lippen. Nachdem er getrunken hatte, schaute ihm der Alte ins Gesicht und sagte: «Du bist doch einer von den Leuten des Großen Brüllers.»

«Ich bin sein Sohn», sagte Lauscher.

«Warum kümmerst du dich um einen sterbenden Beutereiter, den deine eigenen Leute vom Pferd geschossen haben?» fragte der Mann.

«Ich bin mitgezogen, um für Verwundete zu sorgen», sagte Lauscher. «Es ist mir gleichgültig, zu welcher Partei sie gehören.»

«Einen merkwürdigen Sohn hat der Große Brüller», sagte der Alte.

«Ich bin wohl eher von der Art meines Großvaters», sagte Lauscher.

«Und wer ist das?»

«Du wirst ihn nicht kennen. Mann nennt ihn den Sanften Flöter.»

«Vor vielen Jahren habe ich den Klang seiner Flöte gehört», sagte der Mann. «Ich bin alt und habe viel erfahren. Aber das nützt mir jetzt nichts mehr. Vielleicht hätte ich in seiner Nähe bleiben sollen. Sag ihm das von mir, wenn du ihn siehst.»

«Ich kenne ihn selber nicht», sagte Lauscher. «Aber ich will es ihm ausrichten, wenn ich ihn einmal treffe. Wie soll ich dich nennen?»

«Grüße ihn von Arni mit dem Stein», sagte der Alte. Er fing an, in einem Lederbeutel zu kramen, der ihm am Gürtel hing, und zog einen runden, glatten Stein hervor. Eine Zeitlang hielt er ihn in der Hand, und während er ihn anschaute, glätteten sich die scharfen Falten um seinen Mund, als sei er plötzlich frei von Schmerzen, seine Züge entspannten sich mehr und mehr, und Lauscher sah mit Verwunderung, daß dieser Sterbende heiter, ja fast fröhlich zu sein schien. Seine Augen waren die eines jungen Mannes, als er wieder zu Lauscher aufblickte und ihm den Stein hinhielt.

«Nimm das», sagte er, «zum Dank, daß du mich nicht allein im Gebüsch hast verrecken lassen.»

Lauscher nahm den Stein und betrachtete ihn. Er war glattgeschliffen wie ein Bachkiesel, halb durchscheinend und schimmerte in dunklen Farben zwischen grün, blau und violett. Als er ihn gegen das Licht hielt, sah er, daß die Farben in dem Stein einen Strahlenring bildeten wie die Iris in einem Auge.

Der Alte lag jetzt im Sterben. Er schlug noch einmal die Augen auf und murmelte etwas. Lauscher beugte sich herab und hörte den Sterbenden raunen:

> «Suche den Schimmer,
> suche den Glanz,
> du findest ihn nimmer,
> findst du es nicht ganz.»

«Was soll ich suchen? Was soll ich finden?» fragte Lauscher.

«Du wirst schon sehen», murmelte der Alte. «Heb ihn gut auf, den Augenstein. Aber vergiß nie: Das ist noch nicht alles.»

Und dann starb er.

Die nachfolgenden Ereignisse sind für diese Geschichte ohne Belang und auch sonst nicht des Erzählens wert. Immer wieder geschieht das gleiche, wenn Männer einander totschlagen. Es genügt zu sagen, daß es dem Großen Brüller gelang, die Beutereiter von Fraglund fernzuhalten und daß er schließlich mit seinen Männern – von denen jetzt allerdings einige fehlten – nach Fraglund zurückkehrte, wo bald alle wieder ihren Geschäften nachgingen, soweit sie durch abgehauene Glieder nicht daran gehindert wurden.

Lauscher hatte seit jenem Tag, an dem ihm der sterbende Beutereiter den Augenstein geschenkt hatte, wie in einem wüsten Traum gelebt, und es wollte ihm auch nach seiner Rückkehr nicht recht gelingen, daraus aufzuwachen. Er schlenderte ziellos durch die Gassen oder saß vor dem Haus auf dem Hackklotz und starrte vor sich hin. Von Zeit zu Zeit holte er den Stein aus seiner Tasche und betrachtete ihn. Es schien ihm, als ginge eine Art Trost von diesem kühlen, glatten Stein aus. Und dann fiel ihm auch wieder ein, was der Alte zu ihm gesagt hatte, ehe er gestorben war.

Eines Tages ging Lauscher zu seinem Vater und sagte: «Gib mir ein Pferd und ein paar Vorräte. Ich will in das Land hinter den Wäldern von Barleboog reiten, um meinen Großvater zu suchen.»

«Eigentlich gedachte ich, dich zu meinem Nachfolger heranzubilden», sagte der Große Brüller und dämpfte dabei seine Stimme, wie es ihm schon zur Gewohnheit geworden war, wenn er mit seinem Sohn sprach.

«Ich weiß nicht, ob ich zum Richter tauge», sagte Lauscher. «Brüller bin ich keiner, Streit kann ich nicht ertragen, und ehe ich meine Stimme zu erheben vermag, werde ich noch viel zuhören müssen.»

«Ich sehe schon», sagte der Große Brüller, «du bist wirklich von der Art des Sanften Flöters. Suche ihn also auf. Ich will dir ein Pferd geben und alles, was du für die Reise brauchst.»

Am nächsten Morgen schon sattelte Lauscher sein Pferd und packte ein paar Vorräte in seinen Mantelsack. Für den Augenstein hatte er sich einen Lederbeutel genäht, den er an einer Schnur um den Hals trug. Als er sich von seinen Eltern verabschiedete, sagte seine Mutter zu ihm: «Reite immer nach Westen durch die Wälder von Barleboog und laß dich nicht aufhalten. Aus diesem Dickicht ist schon mancher nicht mehr zurückgekehrt. Und lausche auf den Klang der Flöte. Wenn du ein Lied hörst, bei dem dir die Tränen kommen, ist der Sanfte Flöter nicht mehr weit. Sage ihm Grüße von seiner Tochter.» Dann küßte sie ihren Sohn, und Lauscher ritt davon, geradewegs nach Westen auf die Wälder von Barleboog zu.

Am ersten Tag kam er bis zum Waldrand. Er band sein Pferd an einen Baum, machte sich ein Feuer und aß etwas von seinen Vorräten. Dann nahm er den Augenstein aus dem Beutel und ließ seine Farben im Licht der untergehenden Sonne spielen. Über ihm im Baum saß eine Amsel und flötete ihr Abendlied. Das klang so süß, daß Lauscher sich fragte, ob der Sanfte Flöter schon in der Nähe sei. Doch das konnte wohl nicht sein; denn einmal lagen noch die unermeßlichen Wälder von Barleboog zwischen ihm und dem Großvater, und außerdem blieben seine Augen trocken. Er blickte hinauf in das Geäst und sah die Amsel dicht über seinem Kopf auf einem Zweig sitzen. Sie war jetzt verstummt und beäugte den Stein, den Lauscher noch immer in der Hand hielt.

«Das Glitzerding gefällt dir wohl?» sagte er. Als ob sie ihn verstanden hätte, flatterte die Amsel von ihrem Zweig auf Lauschers Schulter. Er zerbröckelte mit der anderen Hand ein Stück Brot und hielt der Amsel die Krümel hin. Sie hüpfte auf seine Hand und pickte das Futter auf.

«Mir scheint, ich habe schon eine Freundin gefunden», sagte Lauscher. Sie blickte ihn mit ihren glänzenden schwarzen Augen an und flötete einen Dreiklang wie zur Bestätigung. Dann flog sie wieder hinauf auf ihren Zweig und kuschelte sich zum Schlafen zusammen. Da nahm auch Lauscher seine Decke vom Pferd und streckte sich neben dem verlöschenden Feuer aus.

Am nächsten Morgen ritt er in den Wald hinein. Er hatte einen schmalen Pfad gefunden, der nach Westen zu führen schien und dem er sieben Tage lang folgte. Anfangs ließ es sich gut reiten. Es ging durch uralte Buchenwälder. Wie riesige Säulen ragten die silbergrauen glatten Stämme empor und trugen oben ein dichtes Blätterdach, das nur grünes Dämmerlicht hindurchließ. Hier war der von braunem alten Laub bedeckte Boden frei von Unterholz.

Später traten die Stämme dichter zusammen, Äste ragten quer über den Pfad, und Lauscher mußte achtgeben, daß er nicht unversehens vom Pferd geschlagen wurde. Der Pfad wurde immer schmaler und schlängelte sich schließlich als kaum noch wahrnehmbare Spur durch dichtes Gestrüpp. Schließlich mußte Lauscher absteigen und sein Pferd am Zügel führen. Immer wieder zerrten Brombeerranken an seinen Kleidern, er mußte über gestürzte Baumstämme klettern und Sumpflöchern ausweichen, in denen mannshohe Binsen und Schachtelhalme wucherten.

Am Abend des siebenten Tages stolperte er abgerissen und verschwitzt auf eine Lichtung, die sich unversehens hinter einer Mauer von Gestrüpp geöffnet hatte. Er beschloß, hier die Nacht zu verbringen. Nachdem er sein Pferd versorgt hatte, machte er Feuer und aß die letzten Vorräte. Dann holte er wieder den Augenstein aus dem Beutel und schaute ihn an. Aber ob nun die Sonne schon zu tief stand oder der Schatten des Waldes sich düster über ihn legte: seine Farben blieben unter der glatten Oberfläche verborgen. Er sah nicht anders aus als irgendein runder Kiesel, den man aus einem Bach aufgelesen hat.

«Ein hübsches Spielzeug hast du da», sagte eine Stimme hinter ihm.

Lauscher fuhr herum und erblickte eine Frau, die an einem Baum lehnte. Diese Frau schien ihm über die Maßen schön. Sie schaute ihn aus ihren dunkelblauen Augen an, und diese Augen übten eine solche Gewalt auf ihn aus, daß es ihm Mühe machte, den Blick abzuwenden.

«Deine Augen sind schöner», sagte er, und als er wieder auf seinen Stein blickte, erschien er ihm tatsächlich matt und glanzlos neben den Augen dieser Frau.

«Hat dich der Stein hierhergeführt?» fragte die Frau.

Lauscher blickte sie erstaunt an. Konnte das sein? Weswegen war er überhaupt hierhergekommen? Er wußte es nicht mehr. Wie hatte der alte Beutereiter geraunt: Folge dem Schimmer, folge dem Glanz – war es das, was er suchen und finden sollte?

«Ich weiß nicht», sagte er. «Vielleicht hat mich dieser Stein hergeführt.»

«Bist du ein Steinsucher?» fragte die Frau. «Dann bist du zum rechten Ort gekommen. Ich werde dir so schöne Steine zeigen, wie du in deinem Leben noch nie gesehen hast. Wie heißt du?»

«Man nennt mich Lauscher, den Sohn des Großen Brüllers.»

«Des Richters von Fraglund? Da hast du einen gewaltigen Mann zum Vater.»

«Das ist er wohl», sagte Lauscher. «Und wer bist du?»

«Ich bin Gisa, die Herrin von Barleboog», sagte die Frau. «Wenn dein Pferd nicht zu müde ist, dich noch ein paar Schritte zu tragen, brauchst du heute nicht auf dürrem Laub und Moos zu schlafen.»

Lauscher löschte das Feuer, packte sein Pferd auf und führte es am Halfter, während er neben Gisa über die Lichtung ging. Sie bogen um eine vorspringende Waldzunge, und da sah Lauscher das Schloß der Herrin von Barleboog vor sich liegen. Die Lichtung öffnete sich hier zu einem breiten Talkessel, in dessen Mitte das Schloß auf einem Hügel emporragte, gekrönt von Zinnen und Türmen, ein düsteres Gemäuer aus schwarzen Basaltblöcken, dessen gewaltiger Umriß die Landschaft beherrschte. Hier am Waldrand hatte Gisa ihr Pferd an einen Baum gebunden. Sie machte es los und schwang sich in den Sattel, ohne sich von Lauscher helfen zu lassen. Da saß auch er auf und ritt neben ihr durch den Talgrund und den steilen Weg hinauf zum Schloß. Als sie zum Tor kamen, wurde an rasselnden Ketten die Zugbrücke herabgelassen. Sie ritten hinüber, dann ging es durch eine düstere Einfahrt, die im Innenhof mündete. Eilfertig liefen Bedienstete herbei, nahmen Lauscher Pferd und Gepäck ab, und Gisa befahl ihnen, für den Gast ein Bad und frische Kleider herzurichten.

Bald darauf saß Lauscher Gisa gegenüber an einem Tisch in der Halle, und die Diener trugen ein Mahl auf, frisch gefangene Fische, Wildbret und dazu einen schweren, goldenen Wein.

«Dir fehlt es an nichts», sagte Lauscher, als er sich gesättigt zurücklehnte.

«Nein», sagte Gisa. «Ich bin die Herrin, und mir gehört alles ringsum, so weit das Auge reicht.»

«Dir allein?» fragte Lauscher.

«Mir allein. Aber das könnte sich ändern.» Bei diesen Worten blickte sie ihn wieder mit ihren zwingenden Augen an, die Lauscher alles vergessen ließen, was vorher gewesen war.

«Was willst du damit sagen?» fragte er.

«Daß ich die Herrschaft mit dir teilen könnte, wenn du dich als tüchtig erweist. Willst du das?»

Lauscher blickte ihr in die Augen und wußte jetzt, daß dies das Ziel sein mußte, zu dem er unterwegs gewesen war.

«Ich will es versuchen», sagte er. «Es scheint mir der Mühe wert zu sein.»

«Dann befiehl du jetzt den Dienern, das Geschirr abzutragen.»

Lauscher zögerte. «Werden sie mir gehorchen?» fragte er.

«So darfst du nicht fragen, wenn du befehlen willst», sagte Gisa ungeduldig. «Sag es ihnen!»

Lauscher blickte hinüber zu den Dienern, die wartend an der Saalwand standen. «Kommt und räumt das Geschirr ab!» sagte er mit seiner leisen Stimme. Die Diener blickten unschlüssig auf ihre Herrin. Gisa lachte. «Du mußt schon ein bißchen lauter reden», sagte sie. Dann wendete sie sich den Dienern zu und sagte schroff: «Hört ihr nicht, was euch befohlen wird? Tut, was er gesagt hat! Von heute an gelten seine Befehle gleich wie die meinen.»

Jetzt eilten die Diener herbei und räumten hastig den Tisch ab. Gisa stand auf und sagte: «Komm mit mir. Du mußt noch viel lernen. Ich werde dir zeigen, welche Lust es ist, Herr auf Barleboog zu sein.» Sie führte ihn in ein Schlafgemach, wo sie ohne Zögern die Kleider ablegte. Als Lauscher sie nackt vor sich stehen sah, meinte er, noch nie in seinem Leben etwas so Verlockendes gesehen zu haben. Wie verzaubert schaute er sie an, bis Gisas Lachen ihn aus der Erstarrung riß. «Bin ich die erste Frau, die du so siehst?» fragte sie, «oder schämst du dich, nackt vor mir zu stehen?»

Lauscher wußte, daß beides zutraf. Aber das wollte er nicht eingestehen. Mit fliegenden Händen löste er die Knöpfe und Haken seiner Kleider, bis er nichts mehr am Leibe hatte als den Lederbeutel mit dem Augenstein.

«Lege auch das noch ab», sagte Gisa. «Zwischen uns darf nichts sein außer unserer Haut.»

So streifte Lauscher auch noch die Schnur über den Kopf und warf den Beutel zu seinen Kleidern auf den Boden.

«Haarig bist du wie ein richtiger Mann», sagte Gisa lachend. «Nun komm zu mir, damit ich einen aus dir mache.»

Und so umarmte Lauscher in der ersten Nacht, die er auf dem Schloß verbrachte, die Herrin von Barleboog und schlief bei ihr bis zum Morgen.

Als Lauscher sich am Morgen des nächsten Tages ankleidete, konnte er den Beutel mit dem Augenstein nicht finden.

«Suchst du etwas?» fragte Gisa.

«Ja», sagte Lauscher. «Weißt du, wo der Beutel geblieben ist, den ich um den Hals getragen habe?»

«Die Diener werden den alten Plunder weggeräumt haben», sagte Gisa gleichgültig. «Komm mit mir, ich zeige dir schönere Steine.»

Lauscher war traurig über den Verlust des Steines, aber er vergaß seine Traurigkeit rasch, als er Gisa in die Augen blickte. War das der Glanz, der Schimmer, nach dem er gesucht hatte? Oder waren die Farben des Augensteins doch anders gewesen?

«Träume nicht und komm endlich!» sagte Gisa ungeduldig. Da schüttelte er seine Gedanken ab und lief ihr nach hinunter in den Hof zu den Pferden.

Sie ritten zum Fluß, der am oberen Ende des Tals aus einer Gebirgsschlucht hervorbrach. Die Strecke bis zur Talmitte schoß er zwischen steilen Ufern in reißender Strömung dahin wie ein Gebirgsbach und ergoß sich unterhalb des Schlosses in einen fast kreisrunden Tobel, in dem sich das schäumende Wasser in Wirbeln drehte. Hier hielt Gisa ihr Pferd an. Eine Gruppe von nackten, braungebrannten Männern war damit beschäftigt, in die reißende Strömung hinabzutauchen, um irgend etwas vom Grund heraufzuholen.

«Was tun sie?» fragte Lauscher.

«Du wirst schon sehen», sagte Gisa, stieg ab und trat zu einem Mann, der die Taucher offenbar zu beaufsichtigen hatte. Er trug einen struppigen Wolfspelz und blickte die Herrin aus gelblichen Augen mit einer Ergebenheit an, die Lauscher an einen Hund erinnerte.

«Wie ist die Ausbeute?» fragte ihn Gisa. Wortlos hob er einen Leinenbeutel vom Boden und schüttete den Inhalt auf ein Tuch. Da rollten blutrote Rubine, tiefblaue Saphire, goldgelbe Topase; blankgewaschen vom Wasser und noch feucht, glitzerten sie in der Morgensonne.

«Nimm, was dir gefällt!» sagte Gisa zu Lauscher. «Und vergiß das wertlose Ding, das du verloren hast.»

In diesem Augenblick gellte ein Schrei von der Uferböschung. Die nackten Männer liefen hinunter und sprangen ins Wasser. Gleich darauf zogen sie einen leblosen Körper an Land. Gisa trat hinzu und fragte: «Was ist mit ihm?»

«Er ist zu lange unten geblieben, Herrin», sagte der Aufseher.

«Dann ist er selbst schuld an seinem Tod, der Tölpel», sagte Gisa. «An die Arbeit! Steht nicht länger herum!»

Die Männer ließen den Toten im Gras liegen und fingen wieder an zu tauchen. Lauscher betrachtete das bleiche Gesicht des Ertrunkenen. Es war ein junger Mann mit krausem, schwarzem Haar. Seine gebräunte Haut hatte eine fahlgelbe Farbe angenommen.

«Er hat sein Leben für deine Steine geopfert», sagte Lauscher. «Warum beschimpfst du ihn?»

«Sein Leben gehörte mir, und er hat es leichtfertig aufs Spiel gesetzt», sagte Gisa schroff.

«Du bist hart», sagte Lauscher.

«Wenn du herrschen willst, mußt auch du hart werden», erwiderte Gisa. «Willst du nicht Herr auf Barleboog und mein Bettgenosse sein? Sei hart bei Tage und sanft in der Nacht. Das eine ist ohne das andere nicht zu bekommen. Willst du nicht alles haben?»

Lauscher blickte ihr in die Augen. War das schon alles, was er hier gefunden hatte? Er versuchte sich an die letzten Worte des alten Beutereiters zu erinnern, aber sie fielen ihm nicht ein.

«Du hast dir noch keinen Stein ausgesucht», sagte Gisa.

Lauscher wählte einen dunkelblauen Saphir. «Er hat die Farbe deiner Augen», sagte er und spürte, wie der Stein hart und kalt in seiner Hand lag.

Der Aufseher im Wolfspelz blieb nicht der einzige dieser Art, dem Lauscher in den folgenden Wochen begegnete. Überall im Tal waren diese Männer anzutreffen und sorgten dafür, daß Gisas Anordnungen befolgt wurden. Sie trieben die Bauern zur Arbeit an, überwachten die Handwerker in den Dörfern, und der älteste von ihnen, ein grauhaariger Riese, dessen steinerne Miene nie eine Gemütsbewegung verriet, war Gisas Schloßverwalter und hatte die Dienerschaft unter sich.

Diese Männer sahen einander merkwürdig ähnlich: Alle hatten das gleiche borstige, graubraune Haar, die gleichen gelblichen Augen, und ihre Jacken aus Wolfspelz legten sie nie ab, wie warm das Wetter auch sein mochte. Sonderbar erschien es Lauscher auch, daß diese Knechte Gisas als einzigen Schmuck ein Lederband mit einem blauen Saphir um den Hals trugen. Mit der Zeit fiel ihm auf, daß er keinen von ihnen je lachen sah. Ihre Gesichter wirkten zumeist mürrisch, und manchmal zuckte eine jähe Wildheit über ihre Mienen. Ihrer Herrin schienen sie auf eine geradezu hündische Weise ergeben zu sein. Schweigend und ohne Rückfrage folgten sie ihren Befehlen und wagten kaum, ihr in die Augen zu blicken.

Lauscher hatte nie gesehen, daß einer der Gelbäugigen bei einer Arbeit selbst mit Hand anlegte. Sie schienen ständig in einem angespannten Trab unterwegs zu sein, schlichen auf leisen Sohlen durch die Gänge, traten unhörbar ins Zimmer, so daß Lauscher sich von den lauernden Blicken ihrer gelben Augen ständig beobachtet fühlte. Nur am Abend verschwanden sie, als hätte sie der Erdboden verschluckt. Lauscher war jedenfalls noch keinem dieser Wolfspelze nach Sonnenuntergang begegnet, weder draußen im Freien noch innerhalb der Schloßmauern.

Anfangs überkam ihn stets ein unbehagliches Gefühl, wenn einer dieser Männer in der Nähe war. Als er jedoch Tag für Tag sah, wie unbefangen Gisa mit ihren

Knechten umging, sagte er sich schließlich, daß man wohl ohne Leute dieser Art nicht auskommen konnte, wenn man ein so weites Gebiet wie das Tal von Barleboog beherrschen wollte. Und für Ordnung sorgten Gisas Knechte, das mußte man ihnen lassen. Sie verstanden, sich Respekt zu verschaffen; das sah man schon daran, wie die Diener im Schloß oder die Bauern auf dem Feld sich ängstlich duckten, wenn einer der Gelbäugigen vorüberkam.

Lauscher ritt oft mit Gisa durch das Tal. Sie jagten zusammen in den Wäldern, und Lauscher übte sich im Bogenschießen, um Gisa in nichts nachzustehen; denn sie verstand eine Maus auf hundert Schritt mit dem Pfeil an den Boden zu nageln. Als sie eines Tages von der Jagd heimritten, merkte Lauscher, daß sein Pferd lahmte. Er stieg ab und untersuchte die Hufe, konnte aber nichts Ungewöhnliches entdecken. Auch Gisa hatte ihr Pferd gezügelt und wartete ungeduldig neben ihm. «Steig auf und gib dem Gaul die Sporen!» sagte sie. «Dann wird ihm das Hinken schon vergehen.» Lauscher schüttelte den Kopf. «Ich will das Pferd nicht zuschanden reiten», sagte er. Gisa lachte nur und sagte: «Was ist schon ein Pferd! Ich habe genug Rösser im Stall stehen.»

Doch für Lauscher war dies nicht irgendein Pferd. Diese Fuchsstute hatte er geritten, seit er auf Gisas Schloß gekommen war, und er mochte das Tier gern. Also nahm er es beim Zügel und begann es langsam weiterzuführen. Da gab Gisa zornig ihrem Pferd die Peitsche und jagte allein über Wiesen und Äcker auf das Schloß zu.

Lauscher beeilte sich nicht auf diesem Heimweg. Er war sich bewußt, daß Gisa wieder einmal Härte von ihm erwartet hatte, aber er brachte es nicht übers Herz, diesem wehrlosen Tier unnötig Schmerzen zuzufügen. Bis er ins Schloß kam, würde Gisas Zorn schon verraucht sein, hoffte er. Was den Umgang mit der Dienerschaft betraf, konnte Gisa mit ihm schon zufrieden sein. Es gelang ihm zwar noch immer nicht, seine Stimme zu der von ihr gewünschten Lautstärke zu erheben, aber er hatte sich schon recht gut daran gewöhnt, Befehle zu erteilen und keinen Zweifel daran zuzulassen, daß er seinen Willen auch durchzusetzen gedachte. Dazu brauchte man ja nicht gleich zu brüllen. Er begann es sogar schon ein wenig zu genießen, daß jeder auf sein Wort hin widerspruchslos tat, was er angeordnet hatte.

Unter solchen Gedanken stieg er den Schloßhügel hinauf, führte sein Pferd durch die Toreinfahrt und brachte es in den Stall. Der Pferdeknecht, ein baumlanger, kräftiger Bursche, war noch dabei, Gisas schweißnasses Pferd abzureiben. Lauscher winkte ihn heran und gab ihm den Auftrag, die Hufe seines Pferdes nachzusehen. Der Mann nickte schweigend und nahm ihm das Pferd ab. Dann ging Lauscher hinüber ins Schloß.

Gisa verzog spöttisch den Mund, als sie ihn sah. «Hast du deine Stute wohlbehalten nach Hause gebracht?» fragte sie. «Nimm dich in acht, daß ich nicht eifersüchtig werde!»

«Auf ein Pferd?» sagte Lauscher lachend und schaute ihr in die saphirblauen Augen. «Du traust deiner Schönheit wenig zu, Gisa.» Damit hatte er den letzten Rest ihres Zorns verscheucht, und Gisa befahl den Dienern, Wein zu bringen und das Abendessen aufzutragen. Lauscher war erleichtert, daß ihre Mißstimmung so rasch verflogen war. Er ließ sich von den Dienern allerlei Leckerbissen vorlegen, aß mit Appetit und fand den Wein besonders süffig.

Als die Diener abgetragen hatten, fiel ihm dann doch wieder seine Stute ein. «Ich schaue noch einmal nach meinem Pferd», sagte er zu Gisa.

«Soll ich dir dein Bett im Stall aufstellen lassen?» fragte sie, und Lauscher wußte nicht recht, ob dies ein Scherz oder eine Drohung sein sollte. Er entschloß sich, es als einen Scherz zu nehmen, und sagte: «Nur wenn du selbst bei den Pferden schlafen willst.»

Das hörte Gisa gern. «Ich ziehe mein Schlafzimmer vor», sagte sie. «Hoffentlich stinkst du nicht nach Pferdemist, wenn du zurückkommst.» Und dann entließ sie ihn mit einer herrischen Geste.

Es war schon dunkel, als Lauscher über den Hof zu den Ställen ging. Er blieb einen Augenblick stehen und schaute hinauf zu dem Berghang im Osten, über dem der Mond aufstieg, eine riesige silberne Scheibe, vor der sich die Wipfel der Fichten abzeichneten, die Zähne eines schwarzen Rachens, der das Tal umschloß. Lauscher fröstelte, als er von den Wäldern her Wölfe heulen hörte, und es war nicht nur die kühle Nachtluft, die ihn zusammenschauern ließ. Jäh überfiel ihn die Angst, gefangen zu sein in diesem weit klaffenden Rachen, dessen Kiefer sich langsam über den Nachthimmel emporschieben könnten, um schließlich in gierigem Zubiß zusammenzuschnappen. Doch dann löste sich der Mond vom Horizont, stieg frei empor und ließ den Waldsaum unter sich zurück. Lauscher schüttelte die Beängstigung ab und ging weiter auf die offene Stalltür zu, aus der das warme Licht einer Laterne auf das Hofpflaster fiel.

Der Pferdeknecht war damit beschäftigt, den rechten Vorderhuf von Lauschers Stute zu untersuchen. «Hast du etwas gefunden?» fragte Lauscher.

«Ja», sagte der Pferdeknecht ohne aufzublicken. «Sie hat sich einen langen Dorn eingetreten. Ich habe ihn herausgezogen, aber die Stelle ist entzündet.»

Lauscher war inzwischen gewöhnt, daß die Diener ihm ehrerbietiger begegneten als dieser Mann, dem das Tier wichtiger zu sein schien als die Schloßherrschaft. Oder zählte er in den Augen dieses Pferdeknechtes überhaupt nicht zu den Leuten, die hier zu befehlen hatten? Das Benehmen dieses Bediensteten, der nur wenige Jahre älter zu sein schien als er selbst, machte ihn unsicher. Doch dann sagte er sich, daß es schließlich die Aufgabe eines Pferdeknechts war, sich um Pferde zu kümmern. «Kannst du etwas gegen die Entzündung unternehmen?» fragte er.

«Das könnte ich», sagte der Pferdeknecht, «aber ich habe nicht die richtigen Kräuter, die man auflegen müßte.»

«Weißt du, wo man sie finden kann?» fragte Lauscher.

«Ja», sagte der Pferdeknecht.

«Dann hole sie dir morgen früh», sagte Lauscher ungeduldig.

Jetzt setzte der Pferdeknecht den Huf vorsichtig auf den Boden und richtete sich aus seiner gebückten Stellung auf. Er blickte Lauscher ohne jeden Ausdruck von Ergebenheit ins Gesicht und sagte: «Das wird nicht gehen.»

«Warum nicht?» fragte Lauscher.

«Weil ich das Schloß nicht verlassen darf», sagte der Pferdeknecht.

«Das wußte ich nicht», sagte Lauscher und merkte zugleich, daß er damit vor diesem Mann zugab, über die Verhältnisse im Schloß nicht Bescheid zu wissen. «Ich werde mit dem Verwalter sprechen, damit er es dir erlaubt», sagte er, und als er die Zweifel im Gesicht des anderen bemerkte, fügte er hinzu: «Ja, das werde ich, und zwar jetzt gleich.»

Jetzt lächelte der Pferdeknecht, und es kam Lauscher so vor, als sei dies das nachsichtige Lächeln eines Erwachsenen über die Motive eines Kindes, das noch keine Vorstellung hat von der Welt, in der es lebt. Dann verschwand dieses Lächeln wie weggewischt aus dem Gesicht des Pferdeknechtes, und er sagte: «Du wirst ihn nicht finden.»

«Das laß meine Sorge sein», sagte Lauscher brüsk, drehte sich um und verließ den Stall.

Er ging geradewegs ins Schloß zurück und fragte den erstbesten Diener, der ihm über den Weg lief, nach dem Verwalter. Der Diener blickte ihn erschrocken an und sagte: «Den wirst du jetzt nicht finden.» Das hatte Lauscher eben schon einmal gehört, und es schien ihm jetzt an der Zeit zu sein, diese Frage zu klären. «Zeige mir sein Zimmer!» befahl er. Doch der Diener rührte sich nicht von der Stelle, fing an zu zittern und stammelte: «Ich kenne es nicht.»

Lauscher hatte das Gefühl, gegen eine Mauer zu rennen. «Dann sage mir, wer es mir zeigen kann!» stieß er zornig hervor. Der Diener schüttelte nur stumm den Kopf. Da ließ Lauscher ihn stehen und stürmte in den Saal, um Gisa zu fragen. Doch sie war schon gegangen.

Er fand sie im Schlafzimmer. Gisa stand nackt am Fenster im kalten Licht des Mondes und blickte hinaus in die Nacht, eine makellose Marmorstatue, deren Schönheit Lauscher die Sprache verschlug. Eine Zeitlang starrte er auf die reglose Gestalt und wagte nicht, sich zu bewegen, als könne er dadurch dieses Traumbild verjagen. Doch es war kein Traumbild; denn Gisa sagte unvermittelt und ohne sich ihm zuzuwenden: «Hast du dich endlich von deiner Stute trennen können?»

«Sie ist verletzt», sagte Lauscher und berichtete ihr, was er von dem Pferde-knecht erfahren hatte. «Wo kann ich den Verwalter finden?» fragte er schließlich.

Da fuhr Gisa herum und sagte scharf: «Jetzt nicht.» Lauscher erschrak und blickte sie ratlos an. Da kam sie auf ihn zu und sagte: «Laß das jetzt! Das hat bis morgen Zeit. Willst du die ganze Nacht mit den Gedanken an dein Pferd verschwenden?» Lauscher schüttelte den Kopf, und während er ihr in die Augen schaute, vergaß er alles, was er sie hatte fragen wollen. «Komm», sagte Gisa, «laß mich dein weiches Fell kraulen.»

Am nächsten Morgen sprach Lauscher mit dem Verwalter. «Du solltest diesen Leuten nicht trauen», sagte der Alte mürrisch. «Dieser Pferdeknecht sucht nur eine Gelegenheit, um davonzulaufen.» Doch Lauscher ging es jetzt um seine Stute, und er dachte daran, wie sorgsam dieser Mann mit ihr umgegangen war. «Er kennt die richtigen Kräuter, also muß man sie ihn suchen lassen», sagte er.

«Wenn du meinst», knurrte der Verwalter. «Aber ich werde ihm einen meiner Männer mitgeben, damit er nicht auf dumme Gedanken kommt.»

Damit mochte der Verwalter recht haben, dachte Lauscher. Ein sonderlich fügsamer Diener schien dieser Pferdeknecht nicht zu sein. Lauscher sah sich wieder vor diesem Mann stehen und verspürte nachträglich Zorn darüber, wie dieser Stallbursche ihn seine Überlegenheit hatte spüren lassen. Gisas Knechte würden schon wissen, wie sie mit solchen Leuten umzugehen hatten. Kurze Zeit später sah er, wie der Pferdeknecht mit einem der gelbäugigen Männer das Schloß verließ. Als Lauscher am Abend nach seiner Stute schaute, ging es ihr schon besser, und nach wenigen Tagen konnte er sie wieder reiten.

Lauscher vergaß nicht, wie heftig Gisa auf seine Frage nach dem Verwalter reagiert hatte, und kam nicht mehr auf dieses Thema zurück. Er nahm es künftig als gegeben hin, daß Gisas Knechte am Abend nicht mehr zu finden waren, und gab es auf, darüber nachzudenken. Nach wie vor fühlte er sich in der Gesellschaft dieser gelbäugigen Männer unwohl; sie blieben ihm unheimlich, aber er bediente sich ihrer, wenn ihm dies erforderlich schien; denn er merkte bald, daß man in Barleboog alles erreichen konnte, wenn man sie auf seiner Seite hatte. Da Gisa ihren Knechten vertraute, sah er keinen vernünftigen Grund, dies nicht zu tun; er mußte das wohl auch, wenn er zu jenen gehören wollte, die hier zu befehlen hatten. Die Kunst, Befehle zu erteilen, meinte er von Tag zu Tag besser zu beherrschen, und es erfüllte ihn mit Befriedigung, wenn die Diener seinem leisesten Wink gehorchten. Er bemerkte auch, daß Gisa dies mit Wohlgefallen beobachtete, und gewöhnte sich daran, genau wie sie alles im Tal von Barleboog als seinen Besitz zu betrachten.

«Heute ist Gerichtstag», sagte sie eines Morgens. «Und da du einen so berühmten Richter zum Vater hast, sollst in Zukunft du auf Barleboog Recht sprechen.»

Diesen Vorschlag empfand Lauscher als eine große Ehre. «Mein Vater hatte im Sinn, mich zu seinem Nachfolger zu erziehen», sagte er, «aber es wollte ihm nicht recht gelingen. Nun habe ich es wohl aus eigener Kraft so weit gebracht.»

«Dann zeig mir, wie du unser Recht zu wahren verstehst», sagte Gisa. «Ich will mich beiseite halten, damit jeder sehen kann, daß von heute an du hier der Gerichtsherr bist.»

Unten in der Mitte der weiten Halle war der Richterstuhl aufgestellt worden. Daneben stand ein Tisch, auf dem zum Zeichen des Gerichts ein entblößtes Schwert lag. Gisa blieb zurück an ihrem gewohnten Platz neben dem Kamin, während Lauscher sich auf den Richterstuhl setzte und den Dienern befahl, die Rechtsuchenden einzulassen.

Als erster trat ein Mann vor, der seinen Nachbarn beschuldigte, ihm des Nachts drei Hühner vom Hof gestohlen zu haben. Er brachte zwei Zeugen bei, die den Vorfall beobachtet und gesehen hatten, wie der Dieb die Hühner am nächsten Tag gebraten und mit seiner Familie verzehrt hatte.

«Ist der Dieb hier?» fragte Lauscher.

«Ja, Herr», sagte der Kläger, «dort steht er», und zeigte auf einen Mann, der von zwei anderen festgehalten wurde.

«Er soll vortreten», sagte Lauscher. «Laßt ihn los!»

Der Mann rieb sich die Handgelenke und trat ein paar Schritte vor.

«Gestehst du die Tat ein?» fragte Lauscher.

Der Mann nickte.

«Ich will dich etwas fragen», sagte Lauscher. «Gibt es etwas auf meinem Land, das mir nicht gehört?»

«Nein, Herr», sagte der Mann.

«Wem hast du also die Hühner gestohlen?» fragte Lauscher weiter. «Jenem dort, dem sie nicht gehörten?»

Der Dieb blickte ihn verwirrt an. «Wenn sie ihm nicht gehörten, kann ich sie ihm auch nicht gestohlen haben», stammelte er.

«Richtig», sagte Lauscher. «Da sie mir gehörten, hast du sie mir gestohlen. Und zur Strafe wirst du mir für jedes Huhn eine Woche ohne Lohn dienen. Ich werde dich meine Hühnerställe ausmisten lassen. Zu dieser Tätigkeit scheinst du geeignet zu sein.» Und er befahl den Dienern, ihn ins Gesindehaus zu bringen.

«Und wer ersetzt mir die gestohlenen Hühner?» fragte der Kläger.

Lauscher blickte ihn eine Zeitlang nachdenklich an. Dann fragte er:

«Bist du bestohlen worden?»

Der Mann bedachte sich für einen Augenblick. Dann sagte er: «Nein, Herr», und trat in den Kreis der anderen zurück.

Als nächster wurde ein Mann auf einer Bahre vor den Richterstuhl getragen. Die Männer, die ihn begleiteten – der Kleidung nach handelte es sich um Holzfäller –, schleppten einen anderen gefesselt mit sich und stellten ihn vor den Richter.

«Was hat er getan?» fragte Lauscher.

«Er hat meinem Vetter, der hier auf der Bahre liegt, im Streit die Axt ins Bein geschlagen», sagte einer der Männer.

«Dafür wirst du mir zahlen müssen», sagte Lauscher zu dem Gefesselten.

«Dir?» fragte dieser. «Was habe ich dir getan?»

«Das weißt du nicht?» sagte Lauscher. «Du hast mein Eigentum beschädigt.»

Er wandte sich zu dem Sprecher der Gruppe und fragte: «Wie lange wird dein Vetter nicht für mich arbeiten können?»

«Die Wunde sieht böse aus», sagte jener. «Der Hieb ging bis in den Knochen. Wenn er Glück hat, wird er in drei Monaten wieder gehen können.»

«Wie lange arbeitet ihr am Tage?» fragte Lauscher.

«Zehn Stunden», sagte der Mann.

«Dann soll der Schuldige täglich fünfzehn Stunden arbeiten, und zwar so lange, bis er mir diesen Verlust wieder eingebracht hat», sagte Lauscher. «Geht!»

Während er noch sprach, wurde die Tür des Saales aufgerissen. Lauscher blickte hinüber und sah zunächst nur den Pferdeknecht, der seine Stute geheilt hatte, auf der Schwelle stehen. Wieder fiel es Lauscher auf, wie wenig das Benehmen dieses Mannes der demütigen Haltung der Diener glich. Ohne anzuklopfen trat er ein, als sei er hier zu Hause. Lauscher wollte ihn gerade zurechtweisen, als er erkannte, daß der Pferdeknecht nicht freiwillig gekommen war. Hinter ihm erschien der Schloßverwalter, packte den langen Burschen am Arm und zerrte ihn vor den Richterstuhl. «Hier ist noch ein Fall zu verhandeln», sagte er.

Der Pferdeknecht riß seinen Arm aus dem Griff des gelbäugigen Riesen und blickte über Lauscher hinweg aus dem Fenster, als ginge ihn das alles gar nichts an. Lauscher mußte von seinem Sitz aus zu ihm aufblicken, und das ärgerte ihn. «Wessen beschuldigst du ihn?» fragte er den Verwalter.

«Er hat dich bestohlen», sagte der Alte und zog einen Lederbeutel aus der Tasche, den Lauscher sogleich als jenen erkannte, in dem er seinen Augenstein bei sich getragen hatte.

«Ist in dem Beutel ein Stein?» fragte er.

«Ja», sagte der Verwalter.

«Nimm ihn heraus und lege beides auf den Tisch», sagte Lauscher.

Der Verwalter öffnete den Beutel, ließ den Stein auf den Tisch rollen und legte den Beutel daneben. Der Stein schimmerte matt, doch seine Farben blieben unter der glatten Oberfläche verborgen.

«Warum hast du ihn genommen?» fragte Lauscher den Beschuldigten. Der Pferdeknecht blickte gleichmütig auf Lauscher herab, als habe er nichts zu befürchten.

«Ich habe den Beutel nicht gestohlen», sagte er. «Die Herrin hat ihn mir gegeben.»

Lauscher blickte hinüber zu Gisa und sah, daß ihre Augen dunkel vor Zorn waren. «Geschwätz eines Stallburschen!» sagte sie, stand auf und kam herüber. Neben dem Tisch blieb sie stehen und betrachtete den Stein. «Zu viel Geschrei um das wertlose Ding», sagte sie geringschätzig.

«Wertlos oder nicht», sagte Lauscher, «er gehörte mir. Hat er ihn nun gestohlen oder von dir bekommen?»

«Warum sollte ich dir diesen Kiesel nehmen, wo ich dir tausendfach wertvollere

Steine schenken kann?» sagte Gisa. «Dem frechen Lügner soll es genau so ergehen wie diesem billigen Plunder!» Bei diesen Worten raffte sie den Stein vom Tisch und warf ihn in weitem Schwung hinaus durch das offene Fenster. Für einen Augenblick blitzte er draußen in der Sonne auf, dann war er verschwunden.

«Warum nennst du mich einen Lügner, Gisa, wo du weißt, wie es in Wahrheit gewesen ist?» fragte der Pferdeknecht zornig.

«Ich nenne dich, wie es mir gefällt», sagte Gisa, «denn du gehörst mir.»

«Ja», sagte der Pferdeknecht, «ich gehöre dir wie alles hier, so weit das Auge reicht. Auch der Mann hier auf dem Richterstuhl gehört dir und tut nichts anderes als deinen Willen. Du hast ihm das einzige genommen, das er besaß, und ihn dann mit Geschenken überhäuft, damit alles, was er hat, von dir kommt. Du hast ihn gekauft, damit er dir zu Willen ist und dein Spiel mitspielt.» Er wandte sich von ihr ab und blickte Lauscher an. «Merkst du nicht, Lauscher, daß du hier nicht mehr zu sagen hast als irgendeiner von uns? Oder gefällt es dir, ein Sklave zu sein?»

Da sprang Lauscher auf, daß der Richterstuhl hinter ihm umstürzte, und schrie blind vor Zorn: «Schneidet ihm die Zunge heraus und jagt ihn in die Wälder!»

Der Verwalter ließ den Verurteilten von seinen Knechten aus der Halle schleppen. Gisa aber trat auf Lauscher zu und sagte: «So wird auf Barleboog Recht gesprochen.» Dann nahm sie ihn in die Arme und küßte ihn auf den Mund.

Lauscher klammerte sich an sie, bis er wieder klar sehen konnte. Dann löste er sich aus ihrer Umarmung und blickte ihr nachdenklich in die Augen.

«War es Recht, was ich gesprochen habe?» fragte er.

«Wer Recht spricht, darf nicht an sich zweifeln», sagte Gisa, «sonst ist er verloren. Komm, wir wollen zur Jagd ausreiten, damit dein Zorn verfliegt.»

Ehe sie den Saal verließen, nahm Lauscher den leeren Beutel vom Tisch und steckte ihn ein. Im Hof ließen sie die Pferde satteln, nahmen ihre Jagdbogen und Pfeile und galoppierten, gefolgt von der Hundemeute, hinaus über die Zugbrücke und hinunter ins Tal.

Am Waldrand stöberten die Hunde einen Hirsch auf und hetzten ihn kläffend durch das Unterholz. Lauscher setzte ihnen nach, Zweige peitschten sein Gesicht, Dornenranken rissen an seinen Kleidern, aber er spornte sein Pferd an und trieb es tief in den Wald, wo das Gebell der Hunde zu hören war. Auf einer kleinen Lichtung hatten die Hunde den Hirsch gestellt. Er stand mit gesenktem Geweih vor dem Stamm einer uralten Eiche und forkelte eben einen der Hunde zu Tode. Lauscher legte einen Pfeil auf die Sehne, spannte den Bogen und schoß. Federnd fuhr der Pfeil dem Hirsch ins Blatt. Das Tier warf röchelnd den Kopf zurück und brach zusammen. Während Lauscher die Hunde von dem erlegten Wild fortpeitschte und an die Leine nahm, trabte Gisa auf die Lichtung. Sie stieg ab und begutachtete sachkundig den Schuß.

«Du hast gut getroffen», sagte sie. «Hier ist ein angenehmer Platz. Wir wollen rasten und frühstücken.»

Lauscher breitete im Schatten der Eiche seine Satteldecke aus, und Gisa holte Brot, Fleisch und Wein aus ihrer Packtasche. Während sie aßen, begann hoch oben im Baum eine Amsel zu flöten. Lauscher hörte ihr zu und meinte, seit langem kein so süßes Lied gehört zu haben. Die Melodie erinnerte ihn an irgend etwas, aber er konnte nicht herausfinden, woran. Neugierig spähte er hinauf in den Wipfel, um den Vogel zu entdecken.

«Dort oben sitzt er», sagte Gisa und zeigte ihm die Stelle. «Du bist zwar mittlerweile ein recht guter Schütze geworden, aber ich wette, daß du ihn nicht mit einem Pfeil herunterholst.»

«Warum sollte ich ihn totschießen?» fragte Lauscher. «Er singt so schön.»

«Eine Amsel wie tausend andere», sagte Gisa. «Hast du Angst, danebenzuschießen und die Wette zu verlieren?»

«Laß sie doch weiterflöten», sagte Lauscher.

«Ich werde dir zeigen, wie man Amseln schießt», sagte Gisa, stand auf und griff zu ihrem Bogen.

Da nahm Lauscher den Saphir aus der Tasche, den er seither immer bei sich getragen hatte, hielt ihn Gisa hin und sagte: «Um des Steines willen, den du mir geschenkt hast, bitte ich dich: Laß die Amsel leben.»

Gisa lachte. «Was soll ich mit dem Stein? Ich besitze Tausende davon. Bist du zu schwach, eine Amsel sterben zu sehen?» Sie nahm einen Pfeil und legte ihn auf die Sehne. Da sprang Lauscher auf und schlug ihr den Bogen aus der Hand. Blaß vor Zorn drehte sich Gisa zu ihm um. «Du Narr!» schrie sie. «Ist dir ein Vogel mehr wert als mein Vergnügen? Ist dir vielleicht dein schäbiger Augenstein mehr wert als mein Saphir? Du Träumer, aus dir wird nie ein Mann!»

Sie sprang auf ihr Pferd, hetzte es quer über die Lichtung und setzte mit einem Sprung ins Gebüsch, das rauschend hinter ihr zusammenschlug. Lauscher blickte noch einmal auf den Saphir, der eisig blau in seiner Hand schimmerte. Dann warf er ihn ins Dickicht, wo Gisa verschwunden war. «Da hast du deinen Stein, du Hexe!» rief er ihr nach.

Der Stein flog in weitem Bogen über die Lichtung wie eine bläulich blitzende Sternschnuppe und tauchte im Schatten der Bäume unter. Lauscher glaubte einen erstickten Aufschrei zu vernehmen, dann hörte er nur noch das Krachen brechender Zweige und das dumpfe Gepolter von Hufen auf dem Waldboden, das sich rasch entfernte. Lauscher machte die Hunde los und jagte sie Gisa nach. Dann setzte er sich wieder unter die Eiche und lehnte sich an den Stamm. Auf einmal fühlte er sich wie von einer Last befreit, wußte aber nicht zu sagen, von welcher. Über ihm fing wieder die Amsel an zu flöten. Diesmal klang ihr Gesang viel näher. Lauscher blickte nach oben und sah sie dicht über sich in den untersten Zweigen der Eichen sitzen. Dieses Bild erschien ihm vertraut. Wo hatte er das schon einmal gesehen? Es wollte ihm nicht einfallen.

Jetzt verstummte die Amsel und äugte zu ihm herunter. Dann flatterte sie zu einer Höhlung im Stamm, klammerte sich mit ihren Krallen in der rissigen Rinde fest und pickte eifrig in das modrige Astloch. Rindenstücke und Holzsplitter rieselten auf Lauschers Haar herab.

«Hast du Hunger?» fragte er, und dabei fiel ihm ein, wo er die Amsel schon einmal gesehen hatte. «Meine Freundin vom ersten Tag», sagte er und hielt ihr ein paar Brotkrümel auf der flachen Hand hin. Im gleichen Augenblick rollte etwas Schimmerndes aus der Höhlung und fiel ihm in den Schoß. Er griff danach und hielt seinen Augenstein in der Hand.

«Hast du ihn für mich aufgehoben?» sagte er zu der Amsel. «Du bist wahrhaftig eine Freundin, auf die man sich verlassen kann.»

Er hielt den Stein in die Sonne. Das Licht fing sich in dem Strahlenring und ließ ihn in allen Farben schimmern, schöner als er ihn je im Gedächtnis gehabt hatte, tausendmal schöner als alle Rubine, Saphire und Topase von Barleboog.

Die Amsel war inzwischen auf den Boden gehüpft und pickte die Krumen auf, die Lauscher aus der Hand gefallen waren, als er nach dem Stein gegriffen hatte. Und während er den Stein betrachtete, erinnerte sich Lauscher wieder, warum er überhaupt in den Wald geritten war. Wie hatte er den Sanften Flöter vergessen können, zu dem er unterwegs war? Er hatte nicht mehr an ihn gedacht, seit er den Augenstein verloren hatte. Oder seit er den Saphir in der Tasche getragen hatte. Laß dich nicht aufhalten, hatte seine Mutter zum Abschied gesagt. Aber er hatte sich aufhalten lassen, hatte den großen Herren auf Barleboog gespielt und sich auf den Richterstuhl setzen lassen. Über alles andere hätte man lachen können, aber als er jetzt daran dachte, wie er am Morgen des gleichen Tages Recht gesprochen hatte, war ihm durchaus nicht mehr so leicht zumute wie eben noch. Ich muß verhext gewesen sein, dachte er. Sie hat mich verhext vom ersten Augenblick an. Mit Grausen erinnerte er sich an den Pferdeknecht, dem er die Zunge hatte herausschneiden lassen, weil er die Wahrheit gesagt hatte. Irgendwo hier würde er jetzt durch den Wald irren.

Plötzlich ergriff ihn panische Angst, daß er ihm begegnen könnte. Er sprang so hastig auf, daß die Amsel erschreckt hochflatterte. Einen Augenblick blieb sie über ihm auf einem Zweig sitzen und flötete ihren Dreiklang. Dann flog sie hinaus ins Freie, umkreiste einmal die Lichtung und strich dann über die Baumwipfel davon, immer nach Westen.

Lauscher zog den Lederbeutel aus der Tasche, verwahrte den Stein darin und hängte ihn um den Hals. Dann raffte er hastig die restlichen Essensvorräte zusammen, verstaute sie in seiner Packtasche, sattelte sein Pferd und stieg auf. Noch einmal blickte er zu der Stelle, an der Gisa verschwunden war. Dann wendete er sein Pferd und ritt so schnell er konnte in den Wald, immer nach Westen, weg von Barleboog.

Lauscher kam an diesem Tag nur langsam voran. Ohne Weg und Steg ritt er immer weiter nach Westen, den Berg auf durch den Wald, trieb sein Pferd durch dichtes, von zähen Geißblattranken durchwobenes Unterholz und mußte oft absteigen, um einen Durchschlupf zu suchen. Während er mühsam mit zurückschnellenden Zweigen und widerstrebenden Ranken kämpfte, meinte er seitwärts im Dickicht Zweige knacken zu hören, als dränge sich ein großes Tier hindurch. Doch sobald er sein Pferd anhielt, war nichts mehr zu hören.

Je höher er kam, desto düsterer wurde der Wald. Statt der Buchen und Eichen, durch deren Laub das Licht grünlich hindurchgeschimmert hatte, waren es turmhohe Fichten und Tannen, zwischen deren Stämmen er jetzt bergauf ritt. In diesem Schattendunkel gab es kaum Unterholz, so daß Lauscher im Sattel bleiben konnte. Obwohl der weiche Nadelboden den Hufschlag des Pferdes dämpfte, war hier kaum ein Geräusch zu hören, kein Vogelschrei, kein unvermutetes Rascheln. Dann lockerte sich der Baumbestand auf, und Lauscher sah vor sich den Kamm eines Bergrückens, auf dem nur noch einzelne, von Wind und Wetter bizarr verformte Fichten standen. Er trieb seine Stute an; denn ihm schien, daß der Bannkreis von Barleboog hinter dem Höhenrücken enden müsse.

Oben zwischen den Wetterfichten blickte er sich noch einmal um, hinunter über den in langen Wellen abfallenden Waldhang in das grüne Tal, in dessen Mitte das Schloß seinen Schatten über die Wiesen warf. Dann wendete er sein Pferd und ritt auf der anderen Seite in den Wald hinab.

Gegen Abend kam er zu einem träge zwischen verknäulten Baumwurzeln dahinrinnenden Bach und beschloß, hier für die Nacht zu bleiben. Er sattelte sein Pferd ab, ließ es aus dem Bach trinken und setzte sich auf einen bemoosten Stein. Als er jetzt still saß und von den Resten des Jagdfrühstücks aß, drangen die Geräusche des Waldes nach und nach in sein Bewußtsein, verhaltene Vogelrufe, unvermitteltes Rascheln im welken Laub am Boden, das Knacken dürrer Äste unter dem Tritt eines Tieres, das ferne Raunzen einer Wildkatze – überall regte sich heimliches Leben, und Lauscher fühlte sich von tausend Augen beobachtet.

Damit seine wenigen Vorräte nicht von irgendeinem Nachttier gefressen würden, schnürte er sie in ein Bündel, das er mit dem Halfterriemen an einen Ast hängte. Dann rollte er sich in seine Decke und schloß die Augen. Doch mit steigernder Dunkelheit nahmen die Geräusche zu und schienen immer näher zu kommen. Glucksend rann der Bach über den steinigen Grund, über ihm im Geäst schrie ein Käuzchen. Dann hörte er dicht neben seinem Kopf ein Platschen im Wasser. Erschreckt riß er die Augen auf und erblickte dicht vor seinem Gesicht eine dicke Kröte, die ihn ohne zu blinzeln mit ihren goldbraunen Augen ansah.

«Was hast du doch für schöne Augen», sagte Lauscher.

Die Kröte rückte noch ein Stück näher, und ihre warzige Haut überlief ein violetter Schimmer. Das war wohl ihre Art zu erröten.

«Es gibt wenig Menschen, die das merken», sagte sie geschmeichelt. «Die Herrin von Barleboog hat dich offenbar noch nicht ganz verdorben.»

«Schlimm genug, was ich dort bei ihr getan habe», sagte Lauscher bekümmert.

«Schlimm genug, schlimm genug», bestätigte die Kröte. «Es war dein Glück, daß du ihr den blauen Stein nachgeworfen hast, sonst wärst du nie von ihr losgekommen.»

Sie zog ihr Maul noch breiter, als es ohnehin schon war, und blubberte mit den Lippen (so pflegen Kröten zu kichern). «Mitten auf ihre Stirn ist er geknallt, und jetzt hat sie eine Beule, groß wie ein Hühnerei und blau wie ihr Klunkerstein.»

«Woher weißt du das?» fragte Lauscher.

«Im Wald spricht sich so etwas rasch herum», sagte die Kröte, «besonders eine so erfreuliche Nachricht, daß ihr einer entkommen ist. Das geschieht selten genug. Es wird den Leuten Mut machen.»

«Welchen Leuten?» fragte Lauscher.

«All den Leuten, von denen sie meint, sie gehörten ihr. Du hast ihre hochmütige Stirn gezeichnet, und das hat ihre Macht ein bißchen angeknackst. Das wird sie dir nie verzeihen.»

Lauscher bekam Angst. «Kann sie mir hier noch schaden?» fragte er.

«Sie nicht», sagte die Kröte. «Du bist schon jenseits der Grenze ihrer Macht. Aber ihre Knechte könnte sie schon auf deine Spur setzen. Du solltest morgen in aller Frühe weiterreiten. «Wohin willst du überhaupt?»

«Ich suche den Sanften Flöter», sagte Lauscher. «Kannst du mir sagen, wo ich ihn finde?»

Die Kröte blickte ihn nachdenklich mit ihren schönen Augen an. «Weit im Westen», sagte sie schließlich. «Aber es wird vor allem darauf ankommen, ob er sich finden lassen will. Warum suchst du ihn?»

«Ich bin sein Enkel», sagte Lauscher. «Und außerdem soll ich ihm Grüße von Arni mit dem Stein bringen.»

«Mit großen Leuten hast du zu tun», sagte die Kröte. «Man sagt, Arni sei tot. Stimmt das?»

«Ja», sagte Lauscher. «Ich war bei ihm, als er starb. Und vorher gab er mir seinen Stein.» Er kramte den Augenstein aus dem Beutel und zeigte ihn der Kröte.

Obwohl es Nacht war, leuchtete der Stein in Lauschers Hand und zeigte sein Farbenspiel, das sich in den Augen der Kröte spiegelte. Lange schaute sie voller Bewunderung auf den strahlenden Augenstein. «Und das wolltest du gegen das kalte blaue Ding der Herrin von Barleboog eintauschen, du Dummkopf?» sagte sie schließlich.

«Ich dachte, ich wäre schon am Ziel», sagte Lauscher kleinlaut.

«Was bist du doch für ein ungeduldiger Bursche!» sagte die Kröte. «Weißt du nicht, daß dies noch lange nicht alles ist?»

«Ich hatte es vergessen», sagte Lauscher.

«Vergiß es nie wieder!» sagte die Kröte. «Und morgen reite weiter, immer den Bach abwärts. Am siebenten Tag wirst du an das Ende des Waldes kommen, und dort kannst du den Sanften Flöter finden – das heißt, wenn er dich überhaupt sehen will. Aber sieh dich vor: Es schleicht etwas durch den Wald. Ob es gut für dich ist oder böse, wirst du selber herausfinden müssen. Ich sage dir das auch nur zum Dank dafür, daß du mir den Stein gezeigt hast. Solange du den bei dir trägst, wirst du nicht ohne Trost sein. Gute Reise.»

Lauscher steckte den Stein in den Beutel zurück und sah noch, wie die Kröte schwerfällig ins Gebüsch kroch. Dann fielen ihm die Augen zu, und er wachte erst wieder auf, als ihn ein Sonnenstrahl auf der Nase kitzelte. Er schlug die Augen auf, und das erste, was er sah, war der leere Halfterriemen, der über ihm von einem Ast herunterbaumelte. Seine Vorräte waren verschwunden. Er sprang auf und sah sich die Riemen an. Das konnte kein Tier gewesen sein. Da war nichts zerbissen oder angenagt, sondern jemand hatte säuberlich die Schnalle geöffnet. Ein Mensch hatte ihn bestohlen.

Lauscher fiel die Warnung der Kröte ein. Es war also ein Mensch, der durch den Wald schlich und ihm sein Frühstück gestohlen hatte. Er lauschte, aber ringsum war nichts zu hören als die Stimmen der Vögel und das Plätschern des Baches. Dennoch wurde es ihm unheimlich. Er sattelte hastig sein Pferd, saß auf und ritt so rasch er konnte bachabwärts.

So rasch er konnte – das war nicht viel schneller als im Schritt. Den Bach entlang wucherte dichtes Unterholz, es gab sumpfige Stellen, denen er ausweichen mußte, und schließlich begann sich der Bachlauf zwischen steilen Ufern abzusenken. Lauscher mußte wieder absteigen, denn an dem schlüpfrigen Hang glitt sein Pferd immer wieder aus.

So war er drei Tage lang unterwegs, pflückte im Gehen ein paar Beeren und briet sich zum Abendessen Pilze, die er unter den Büschen fand. Jetzt tat es ihm leid, daß er seinen Jagdbogen bei dem getöteten Hirsch liegengelassen hatte; denn von Zeit zu Zeit scheuchte das stolpernde Pferd einen Hasen oder auch ein Reh auf. Sein Pferd hatte es besser; denn Gras gab es am Bach entlang in Hülle und Fülle.

Am dritten Abend war er so müde und zerschlagen, daß er sich neben den Bach ins Moos fallen ließ und sofort einschlief, ohne etwas zu essen oder sich um sein Pferd zu kümmern, das er den ganzen Tag lang am Halfter hinter sich hergezerrt hatte. Er erwachte von einem heiseren Schrei, der ihn hochfahren ließ. Im fahlen Licht der Dämmerung reckten ringsum uralte Bäume ihre knorrigen Äste in den Morgennebel. Während er mühsam aufstand, ließ ihn ein zweiter Schrei zusammenzucken. Und dann hörte er weit oben am Hang das Poltern von Hufen. Da merkte er erst, daß sein Pferd nicht mehr da war. Der unheimliche Schreier mußte es ihm gestohlen haben, und er war es wohl auch gewesen, der ihm seine Vorräte genommen hatte.

Lauscher fühlte sich zu schwach, um den Dieb zu verfolgen. Er starrte hinauf zu den gespenstigen Baumriesen und spürte, wie die Angst in ihm hochkroch. Nun besaß er nichts mehr als seine auf der langen Wanderung von Dornen zerfetzten Kleider und den Augenstein, den er auf der Brust trug. Er zog den Beutel hervor und ließ den Stein in die hohle Hand fallen. Warm schimmerten die Farben unter der glatten Oberfläche. Lauscher blickte in das Auge aus Stein und spürte, wie die Angst verging. Es war ihm, als ob ihm das Auge zuredete, weiterzugehen und den Mut nicht zu verlieren. Er legte den Stein zurück in den Beutel, trank einen Schluck Wasser aus dem Bach und machte sich wieder auf den Weg.

Er war noch nicht weit gekommen, als sich oben im Wald wieder Hufschlag näherte. Sehen konnte er nichts, das dichte Laub verbarg den Reiter, aber dafür konnte er hören, wie der Dieb sein Pferd den Hang heruntertrieb, bis er es dicht über Lauscher im Gebüsch zum Stehen brachte. Und dann stieß er wieder seinen heiseren Schrei aus, einen bösen, rachsüchtigen Schrei, der Lauscher mit Entsetzen erfüllte. Er begann weiterzulaufen, sprang im Bachbett von Felsen zu Felsen, glitt aus, stürzte ins Wasser, rappelte sich wieder hoch und lief und lief, bis er meinte, dem Schreier entkommen zu sein. Doch kaum hatte er einen ruhigen Schritt angeschlagen, brach der Reiter wieder über ihm durch die Büsche und hetzte ihn mit seinem Schrei.

Vier Tage lang dauerte diese Jagd. Lauscher wagte in der Nacht kaum ein Auge zuzutun. Beim leisesten Geräusch fuhr er hoch und schleppte sich wieder ein Stück weiter. An Beerensammeln oder Pilzesuchen war nicht zu denken. Hungrig und müde taumelte er am Ufer des Baches entlang, der jetzt immer breiter wurde und in schäumenden Kaskaden über gewaltige, rundgewaschene Geröllsteine rauschte.

Am Abend des vierten Tages begann der Wald sich zu lichten, die Bäume traten weiter auseinander, und zwischen den Stämmen blickte Lauscher schließlich hinaus auf sanfte, grün übergraste Hügel. Als er aus dem Wald herausgestolpert war, war er keines Schrittes mehr fähig, ließ sich ins Gras fallen und schlief sofort ein.

Er mußte lange geschlafen haben, als ihn ein dumpfes Dröhnen weckte, unter dem der Boden zitterte. Das klang wie der Hufschlag eines galoppierenden Pferdes! Der Schreier kommt wieder, dachte Lauscher und sprang auf. Da preschte der Verfolger schon vom Kamm des nächsten Hügels herunter, geradewegs auf ihn zu. Er stieß wieder seinen heiseren Schrei aus und schwang in der Rechten einen derben Knüppel.

Jetzt, da er ihn zum ersten Mal sehen konnte, erkannte ihn Lauscher sofort. Es war der Pferdeknecht, dem er hatte die Zunge herausschneiden lassen. Er mußte ihm sieben Tage lang durch den Wald gefolgt sein und wollte nun Rache nehmen. Schon war er heran, umkreiste ihn auf seinem Pferd und ließ den Knüppel durch die Luft sausen. Immer enger zog er seine Kreise, und dann schlug er zu. Lauscher sprang zur Seite und wurde an der Schulter von einem Hieb gestreift, der ihm hätte den Schädel zertrümmern können. Der Reiter wahrte mühsam sein Gleichgewicht, riß das Pferd herum und sprengte wieder auf ihn los. Er hatte schon den Knüppel zum nächsten Schlag erhoben, doch er schlug nicht zu; denn im gleichen

Augenblick erhob sich aus dem Gebüsch am Waldrand eine süße Melodie, schöner als alles, was Lauscher je in seinem Leben gehört hatte. Er vergaß den Reiter, vergaß die Gefahr, wollte nur noch zuhören und spürte, wie ihm das Wasser in die Augen trat.

Durch den Schleier seiner Tränen sah er, wie zwischen den Büschen ein zierlicher Mann auftauchte, der auf einer silbernen Flöte spielte. Mit wiegenden Schritten kam er langsam näher, es sah fast so aus, als tanze er zu seiner Musik, den Kopf leicht zur Seite geneigt und ganz versunken in sein Spiel. Er spielte und spielte, und sein Flötenlied machte Lauscher traurig und glücklich zugleich. Traurig, weil ihm all das bewußt wurde, was er falsch gemacht hatte, und weil er zugleich erkannte, wie weit er von dem Bild des Menschen, der er hätte sein können, entfernt war; und glücklich, weil es etwas so Schönes gab wie diese Flötenmelodie, in der sich die einander widerstreitenden Disharmonien des Lebens spielerisch zu einer wohlgefügten Ordnung reihten.

Er sah, wie die Finger des Sanften Flöters mit winzigen Bewegungen Grifflöcher deckten und freigaben, leicht, mühelos und doch nicht willkürlich oder ohne Regeln. Dieses Spiel folgte Gesetzen, die nicht einschränkten und Gewalt übten, sondern von Zwängen befreiten und alle Widersprüche lösten.

Wenn er sich seinen Großvater als einen eindrucksvollen, ehrfurchtgebietenden Mann vorgestellt haben sollte, so wurde er gründlich enttäuscht: Vor ihm stand ein ziemlich kleiner alter Mann mit einem von tausend Lachfältchen zerknitterten Gesicht, rosigen Apfelbäckchen und einem silbergrauen Lockenkranz um die hohe Stirn. Auf seiner Nase zitterte ein goldener Zwicker, der ein bißchen schief hing und ins Rutschen kam, wenn der Flöter einen Triller blies. Schließlich setzte der Sanfte Flöter sein Instrument ab und sagte: «Da bist du ja endlich, Lauscher. Du hast lange gebraucht, um durch die Wälder von Barleboog zu reiten.»

«Ich bin aufgehalten worden», sagte Lauscher.

«Ich weiß», sagte der Sanfte Flöter. «Vielleicht sollte man besser sagen: Du hast dich aufhalten lassen. Denn zum Aufhalten gehören immer zwei, und Gewalt hat die Herrin von Barleboog doch wohl nicht angewendet.»

«Du hast recht, Großvater», sagte Lauscher. «Ich habe mich aufhalten lassen, bin ihr auf den Leim gegangen, und dabei ist nichts Gutes herausgekommen.»

«Das kann man wohl sagen, mein Junge», sagte der Sanfte Flöter und wiegte betrübt den Kopf, daß der Zwicker wieder ins Wanken geriet. «Was zum Beispiel dabei herausgekommen ist, kann man an diesem bedauernswerten Menschen sehen, der hier noch immer mit drohend erhobenem Knüppel auf seinem Pferd sitzt wie ein Denkmal für die Dummheit anderer Leute.»

Lauscher hatte den Schreier völlig vergessen gehabt und drehte sich jetzt zu ihm um. Wie versteinert saß jener noch immer im Sattel, den Knüppel nach oben gereckt wie ein Schwert, und starrte verständnislos auf den unscheinbaren alten Mann, der ihn daran gehindert hatte, seine Rache zu vollenden. Der Sanfte Flöter ging zu ihm hinüber, tätschelte den Hals des Pferdes und sagte: «Was sitzt du noch immer wie ein Ölgötze auf deinem hohen Roß? Schmeiß endlich diesen Prügel weg und steig ab, damit ich mit dir reden kann wie mit einem Menschen!»

Jetzt erst senkte der Reiter den Arm und ließ den Knüppel fallen. Dann stieg er ab und blickte auf den Sanften Flöter herunter, der fast zwei Köpfe kleiner war als er. Dem schien das aber nichts weiter auszumachen. Er nahm den Stummen bei der Hand und führte ihn hinüber zu Lauscher. «Wie heißt du überhaupt?» fragte er im Gehen den anderen. Dann schlug er sich mit der flachen Hand vor die Stirn und rief: «Entschuldige, du kannst ja nicht reden. Hatte ich ganz vergessen. Aber das kriegen wir wieder in Ordnung. Auf meine Weise, wenn du verstehst, was ich damit sagen will.»

Der Stumme schüttelte den Kopf.

«Verstehst du nicht?» redete der Alte munter weiter, als führe er mit einem Freund ein Gespräch über irgendeine nebensächliche Angelegenheit. «Macht nichts. Wirst es schon noch begreifen. Und schau meinen Enkel nicht so finster an. Ich weiß, er hat dir übel mitgespielt. Aber er ist jung und noch ziemlich dumm. Du hast ja gesehen, was dieses machtgierige Weib mit ihm angestellt hat.»

Während der Sanfte Flöter mit nicht minder sanfter Stimme auf ihn einredete, besänftigte sich auch die Miene des Stummen. Nun fragte der Alte, ob Lauscher wisse, wie der Mann heiße. Doch der schüttelte nur den Kopf.

«Das hab ich mir fast gedacht», sagte der Sanfte Flöter, diesmal mit einer etwas weniger sanften Stimme. «Sich von Leuten bedienen lassen, gar über sie zu Gericht sitzen – wenn man das überhaupt so nennen darf, und man darf nicht, das kann ich dir versichern! – und bei alledem den anderen nicht einmal nach dem Namen fragen! Da müssen wir uns eben anderweitig behelfen.»

Er hob seine Flöte zum Mund und blies einen weithin tönenden Dreiklang, der sogleich aus dem nahen Gebüsch beantwortet wurde. Dann flatterte dort eine Amsel auf, strich niedrig über die Wiese herüber und setzte sich auf die Schulter des Sanften Flöters. Lauscher glaubte seine alte Freundin wiederzuerkennen, ja er war sicher, daß sie es war.

«Nun verrate du mir, wie dieser Mann hier heißt», sagte der Sanfte Flöter.

Die Amsel zwitscherte ihm eine rasche Tonfolge ins Ohr, legte dann den Kopf schief und blickte mit ihren kleinen schwarzen Augen herüber zu Lauscher, als wolle sie sagen: Na, bist du endlich auch da?

«Auf dich ist wenigstens Verlaß», sagte der Sanfte Flöter. «Barlo heißt er also. Das war einmal ein berühmter Name in Barleboog.»

Der Stumme nickte und versuchte ein Lächeln, das allerdings mehr wie ein verzerrtes Grinsen ausfiel, was bei seiner Verletzung nicht zu verwundern war.

«Tut wohl immer noch weh?» fragte der Alte. «Dann wollen wir erst einmal nach Hause gehen und etwas dagegen unternehmen.» Er drehte sich um und schritt auf einem ausgetretenen Pfad über die Wiesen davon, ohne sich darum zu kümmern, ob ihm die beiden folgten. Lauscher verspürte noch immer wenig Lust, mit dem Stummen allein zu bleiben, und lief seinem Großvater nach. Barlo nahm das Pferd am Halfter und trottete langsam hinterher.

Der Weg führte zwischen den grünen Hügeln am Bach entlang, und nach drei oder vier Biegungen tauchte eine Gruppe von drei uralten Linden auf, und im Schutz ihres dichten Blätterdachs lehnte am Hang ein gemütliches kleines Haus. Das riedgedeckte Dach reichte fast bis zum Boden, und unter den grüngestrichenen Fensterläden hingen Blumenkästen mit roten Nelken und gelben Begonien.

Der Sanfte Flöter griff mit der Rechten die Amsel auf seiner Schulter und warf sie in die Luft. «Melde uns erst einmal an», sagte er, worauf der Vogel pfeilschnell auf das Haus zuflog und in einem offenen Fenster neben der Eingangstür verschwand. «Deine Großmutter hat nämlich wenig Sinn für Überraschungen», sagte er zu Lauscher, der ihn inzwischen eingeholt hatte.

Das war nicht übertrieben, denn sie waren noch nicht in den Schatten der Linden getreten, als die Haustür aufgestoßen wurde und eine dicke alte Frau heraustrat, die den Ankömmlingen einigermaßen grimmig entgegenblickte. Ihr rundlicher Kopf war von einem weißen Haarknoten beträchtlichen Umfangs gekrönt, durch den eine gewaltige Nadel gestoßen war wie ein Spieß durch einen Bratapfel. Sie stämmte die kräftigen Arme in die Seiten und rief in einem dröhnenden Altweiberbaß: «Wen hast du da wieder aufgegabelt? Schlepp mir nicht diese abgerissenen Landstreicher ins Haus! Und auch noch ein Pferd! O Gott! O Gott!, womit habe ich das verdient?» Und das Ganze klang so, wie wenn eine Mutter ihren Sprößling daran hindern will, eine Horde ungewaschener Straßenjungen in ihre frischgeputzte Wohnung einzuladen.

Lauscher war verblüfft. Wie konnte man in dieser Tonart mit solch einem bedeutenden Mann sprechen, von dem man selbst bei den Beutereitern im fernen Osten gehört hatte? Er schaute seinen Großvater an, und der stand doch tatsächlich da wie ein kleiner Junge, der eben dabei ist, die Suppe auszulöffeln, die er sich eingebrockt hat. Doch dann zwinkerte er Lauscher zu und sagte halblaut: «Nimm's nicht tragisch. Sie redet ein bißchen laut, aber nur, um ihr gutes Herz zu übertönen.»

Er legte Lauscher die Hand auf die Schulter und schob ihn vor seine Großmutter, die mit deutlicher Mißbilligung seine zerfetzten Kleider betrachtete. «Ich soll wohl auch noch das Zeug dieses ungewaschenen Burschen flicken?» fragte sie aufgebracht.

«Wenn du deinem leiblichen Enkel diesen Dienst erweisen willst», sagte der Sanfte Flöter mit seiner sanftesten Stimme. Doch damit entfesselte er nur einen neuen Wortschwall.

«Meinem Enkel?» rief seine gewaltige Gattin. «Dem Sohn des Großen Brüllers? Ha, das ist ein Mann! Groß, dick und haarig, wie sich's gehört! Warum sagst du das nicht gleich?» Sie zog Lauscher an ihren umfangreichen Busen und schimpfte zugleich weiter auf ihren sanften Gatten. «Siehst du», zeterte sie, «so ist er: Sagt kein Wort, läßt mich reden und reden und tut, als könne er nicht bis drei zählen. Lieber Himmel, was habe ich da für einen Tagedieb geheiratet! Treibt sich in der Weltgeschichte herum, flötet hier und da ein sanftes Liedchen und kümmert sich um alles und jedes, das ihn überhaupt nichts angeht, nur nicht um seinen Hausstand. Komm herein, Lauscher, ich steck dich erst einmal in ein heißes Bad. Du stinkst wie eine Herde Ziegen. Und den anderen Kerl könnt ihr von mir aus auch mitbringen. Er sieht aus, als ob er ein Frühstück vertragen könnte. Aber das Pferd bleibt draußen, das sage ich euch!»

Auf diese Weise bekam nun doch alles seine rechte Ordnung. Als erstes kümmerte sich der Sanfte Flöter um Barlo und braute ihm einen Kräuterabsud, der seine Schmerzen schwinden ließ. «In ein paar Tagen wirst du kaum noch etwas spüren», sagte er und schickte den Stummen in die Küche, wo die Großmutter inzwischen ihren Enkel gründlich abgeschrubbt und den Badetrog schon wieder für den zweiten Gast frisch gefüllt hatte. Und nach einer angemessenen Zeit saßen alle vier um einen reich gedeckten Tisch, auf dem sich alles fand, was zu einem richtigen Frühstück gehört: eine bauchige Kanne, in der frisch aufgegossener Tee dampfte, duftendes Fladenbrot, ein Butterknollen, rund und golden wie der Vollmond, ein Topf Honig und ein Laib Ziegenkäse. Lauscher und Barlo waren krebsrot vom heißen Bad und nur notdürftig bekleidet; denn die Großmutter hatte ihnen ihre Sachen gar nicht erst wiedergegeben, um all die Risse und Löcher zu flicken. «Andere Kleider kann ich euch nicht geben», sagte sie. «Warum habe ich auch solch einen Winzling geheiratet. Einstweilen müßt ihr euch so behelfen. Mir macht's nichts aus, ich habe schon mehr Männer in Unterhosen gesehen, als mir lieb ist. Und bei meinem ist das wahrhaftig kein erhebender Anblick, das kann ich euch verraten.»

Diese Rede brachte sogar Barlo zum Grinsen. «So gefällst du mir schon besser», sagte der Sanfte Flöter. «Es geht doch nichts über den herzhaften Humor eines liebenden Weibes.»

«Laß deine sanften Witze», sagte seine Frau, «und bring die beiden Burschen zu Bett. Lauscher kann kaum noch die Augen offenhalten, und der Stumme sieht auch nicht viel munterer aus.»

«Kommt!» sagte der Sanfte Flöter. «Während ihr schlaft, bringe ich euer Pferd in einen Stall. Ich weiß in der Nachbarschaft einen guten Pflegeplatz.» Er führte sie in ein Zimmer im Oberstock, in dem zwei frisch bezogene Betten standen, die schon aufgeschlagen waren. Lauscher und Barlo waren kaum noch fähig hineinzukriechen, und dann fielen ihnen auch schon die Augen zu.

Nach vielen Stunden erwachte Lauscher vom Ruf einer Amsel, die auf der Linde dicht vor dem Fenster saß. Sie flötete ihr Lied in die Abenddämmerung, und unten vor dem Haus antwortete ihr eine zweite, die auf dem Zaun sitzen mußte. Lauscher stand auf und entdeckte seine und Barlos Kleider, die geflickt und ordentlich zusammengefaltet auf den Stühlen neben ihren Betten lagen. Er zog sich an, und davon wurde auch Barlo munter.

Lauscher ging zum Fenster, um nach der zweiten Amsel zu sehen, die noch immer zu hören war. Doch unten auf dem Zaun saß keine Amsel, sondern der Großvater, der auf einer kleinen hölzernen Flöte spielte. Als er Lauscher am Fenster stehen sah, setzte er sein Instrument ab und rief: «Komm herunter, und bring auch Barlo mit!»

«Seht ihr», sagte der Sanfte Flöter, als sie neben ihm am Zaun lehnten, «so kann man sich mit Amseln unterhalten.» Er blies eine Tonfolge, die sogleich von der Amsel aufgenommen und variiert wurde. In diesem Augenblick trat die Großmutter vor die Tür.

«Dacht ich's mir doch», sagte sie spöttisch. «Sitzt auf dem Zaun wie ein Dreikäsehoch und bläst seiner Amsel etwas vor. Kommt rein, ihr Tagediebe, es gibt Abendessen!»

«Man kann gegen diese Frau sagen, was man will», dachte Lauscher, als er den letzten Bissen mit einem Schluck von Großmutters selbstgekeltertem Heidelbeerwein hinunterspülte, «als Hausfrau ist sie unübertrefflich.» Einigermaßen befremdet war er jedoch noch immer über die Art, wie sie mit ihrem Mann umging. Seine Berühmtheit schien hier zu Hause nicht viel zu gelten. Lauscher wollte es nicht in den Sinn, daß seine stille Mutter die Tochter dieser redegewaltigen Frau sein sollte. Sie war wohl auch, wie er selbst, mehr nach der Art des Sanften Flöters geraten. Während er darüber nachdachte, fielen ihm die Grüße ein, die ihm seine Mutter aufgetragen hatte, und er richtete sie aus. «Dann habe ich noch einen zweiten Gruß zu überbringen, Großvater», fuhr er fort, «von einem alten Mann, der dich irgendwann einmal getroffen hat. Er nannte sich Arni mit dem Stein.»

«Ich habe von seinem Tod gehört», sagte der Sanfte Flöter, «und ich weiß auch, daß er dir seinen Stein geschenkt hat. Eigentlich hatte ich gehofft, dieses Kleinod würde dich vor den kalten Augen der Herrin von Barleboog schützen, aber du weißt wohl noch nicht recht, was du da besitzt.»

«Weißt du es?» fragte Lauscher.

«Auch ich weiß nicht alles», sagte der Sanfte Flöter, «aber ein bißchen mehr als du weiß ich schon. Hat dir Arni etwas dazu gesagt?»

«Ja», sagte Lauscher. Ehe er starb, murmelte er einen Vers, der lautete so:

Suche den Schimmer,
suche den Glanz,
du findest es nimmer,
findst du's nicht ganz.

Kannst du mir sagen, was ich suchen soll?»

«Nein, das kann ich nicht», sagte der Sanfte Flöter. «Ich weiß nur eines: Du wirst es erst wissen, wenn du es gefunden hast.»

«Wußte auch Arni es nicht?» fragte Lauscher.

«Wer kann das sagen?» erwiderte der Sanfte Flöter. «Vielleicht hat er es in dem Augenblick erkannt, als er dir den Stein gab. Vielleicht hatte er aber auch aufgehört, danach zu suchen, und sich mit dem Trost zufriedengegeben, den er beim Betrachten des Steines empfand.»

«Wo hast du Arni getroffen?» fragte Lauscher. «Ehe er starb, sagte er, daß er vielleicht besser in deiner Nähe geblieben wäre.»

«Hat er das gesagt? Also hat er kein leichtes Leben bei den Beutereitern gehabt», sagte der Sanfte Flöter, und dann erzählte er

Die Geschichte von Arni mit dem Stein

Diese Ereignisse liegen viele Jahre zurück. Arni war damals nicht viel älter als du heute, Lauscher. Ich trieb mich zu dieser Zeit fern im Osten herum, zog auf meinem Maultier von Dorf zu Dorf und probierte die Kraft meiner Flöte aus. Als ich eines Tages irgendwo in der Steppe saß und mir ein Süppchen kochte, tauchten am Horizont zwei Reiter auf und jagten auf ihren struppigen Pferdchen in rasendem Galopp geradewegs auf den Platz zu, den ich mir zum Lagern ausgesucht hatte. Der eine schien den anderen zu verfolgen und holte ihn genau an der Stelle ein, wo ich saß. Da riß der andere seinen Gaul herum, beide zogen ihre Gürtelmesser aus der Scheide und fingen an, auf Leben und Tod miteinander zu kämpfen.

Das störte meine Mittagsruhe empfindlich, und so holte ich meine Flöte aus der Tasche und blies ihnen ein Liedchen vor. Da ließen sie ihre Messer sinken, stiegen ab und kamen zu mir herüber. Ich sah sofort, daß sie Zwillinge waren; denn man konnte sie kaum auseinanderhalten: die gleichen flachnasigen, kühnen Gesichter, die gleichen dunkelbraunen Augen, die gleichen strähnigen schwarzen Zöpfe an den Schläfen, die gleiche breitschultrige, etwas kurzbeinige Gestalt, sogar ihre Kleidung unterschied sich nicht, und es waren auch die gleichen Gürtelmesser, mit denen sie aufeinander losgestochen hatten.

«Wollt ihr mitessen?» fragte ich. «Ich habe da ein kräftiges Süppchen gekocht. Seid meine Gäste!»

Eine solche Einladung auszuschlagen, ist dortzulande die schlimmste Beleidigung, und so nickten die beiden und setzten sich ans Feuer. Wir aßen meine Suppe, und sie schmeckte ihnen, denn ich hatte sie mit frischen Kräutern gewürzt. Dann wischten sie sich mit dem Handrücken die Lippen und schauten mich erwartungsvoll an; denn in den Steppen des Ostens ist es üblich, daß der Gastgeber das Gespräch eröffnet, und während des Essens gehört es sich nicht, von belangvollen Dingen zu reden.

«Ich danke euch», sagte ich also, «daß ihr mein bescheidenes Mahl mit mir geteilt habt. Und nun würde ich gern erfahren, was zwei Brüder dazu treibt, mit den Messern aufeinander loszugehen.»

Die beiden warfen einander einen finsteren Blick zu, starrten eine Zeitlang vor sich hin und fingen dann gleichzeitig an zu sprechen.

«Halt», sagte ich, «immer einer nach dem anderen. Und wenn ihr euch nicht einigen könnt, wollen wir würfeln, wer zuerst sprechen soll.»

Ich kramte einen Ziegenknöchel aus der Tasche und sagte zu dem, der rechts von mir saß: «Für dich gilt die gelochte Seite», und zum linken sagte ich: «Du hast die glatte.» Dann warf ich den Knöchel, und der rechte hatte das Wort.

«Du kennst unsere Bräuche gut, Fremder», sagte er.

«Ein wenig», sagte ich. «Nur von dem Brauch, daß Brüder einander ans Leben wollen, wußte ich noch nichts. Wer seid ihr überhaupt?»

«Wir sind die beiden Söhne des Khans der Beutereiter», sagte der Rechte. «Ich bin Hunli, und er ist Arni, Zwillinge, wie du siehst, und keiner kann uns sagen, wer von uns als erster aus dem Mutterleib gekrochen ist. Darauf hat wohl niemand geachtet. Nun streiten wir uns darum, wer von uns als Nachfolger des Khans gelten soll. Nur einer kann herrschen, und der andere muß dienen. Ich bin der bessere Reiter, und da wir auf dem Rücken unserer Pferde leben, verlange ich das Recht der Nachfolge.»

«Ich bin der bessere Bogenschütze», fiel ihm Arni ins Wort, «und da wir von der Jagd auf Beute leben, verlange ich das Recht der Nachfolge.»

«Ich bin der bessere Tänzer», sagte Hunli, und «ich bin der bessere Schachspieler», entgegnete Arni.

«Und im Streiten seid ihr beide gleich gut», sagte ich. «So werdet ihr euch nie einigen. Ich selbst bin weder alt noch weise genug, um euch zu raten», denn damals war auch ich erst einige zwanzig Jahre alt.

«Wozu reden wir dann?» sagte Arni, und beide griffen schon wieder nach ihren Messern.

«Wartet», sagte ich. «Ich habe erfahren, daß in den Bergen am Rande der Steppe eine weise Frau mit Namen Urla wohnen soll, die dergleichen Fragen zu entscheiden weiß. Ich meine, wir sollten zu ihr reiten und ihr die Sache vortragen.»

«Auch wir haben von der weisen Urla gehört», sagte Hunli. «Aber nur dem Khan selbst ist es erlaubt, sie zu befragen.»

«Dann wollen wir zu eurem Vater reiten und ihn bitten, die Sache in die Hand zu nehmen», schlug ich vor. Da nickten die beiden, standen auf und fingen ihre Pferde ein. Ich sattelte mein Maultier, und wir ritten zusammen in das Lager der Beutereiter.

Wenn ich ehrlich sein soll, so muß ich sagen, daß mein Vorschlag nicht ganz uneigennützig war. Ich hatte von der weisen Urla nicht nur gehört, sondern war außerordentlich begierig, ihre Bekanntschaft zu machen. Weisheit ist jeden

Umweg wert. Unter den Leuten in der Steppe erzählte man sich fabelhafte Dinge von ihr, und manche hielten sie gar für eine mächtige Zauberin.

Der Khan nahm mich freundlich auf, und nachdem wir gemeinsam ein zartes Zicklein verspeist hatten, wobei er mir mit eigener Hand die leckersten Bissen in den Mund schob, brachten die Brüder ihre Sache vor. Der Khan hörte sie aufmerksam an, und als sie zu Ende gesprochen hatten, sagte er: «Diesen Streit kann und will ich nicht selbst schlichten. Denn nur einer kann herrschen, und jener, den ich zum Dienen bestimme, wird mich hassen. Daran will ich keine Schuld haben. Ich werde also mit euch zu Urla reiten, und der Fremde soll uns begleiten, weil er euch diesen guten Rat gegeben hat. Weise wird sein, wer auf Weise hört.»

Am nächsten Tag schon ritten wir zu viert durch die Steppe auf die fernen Berge zu, die sich blau am Horizont abzeichneten. Jeden Tag rückten sie ein Stück näher, und nach einer Woche erreichten wir die Wälder am Fuß des Gebirges. Am Waldrand ließen wir unsere Reittiere zurück und gingen zu Fuß auf einem schmalen, steinigen Pfad lange Zeit bergauf durch niedriges Gehölz, bis der Weg wieder ins Freie auf eine Bergwiese führte. Am Hang weidete eine kleine Schafherde, und weiter oben stand zwischen zwei riesigen Felsen eine aus roh zugehauenen Stämmen errichtete Blockhütte.

«Wartet hier», sagte der Khan, «ich will Urla erst fragen, ob sie euch empfangen will.» Dann stieg er allein hinauf zur Hütte und verschwand in der Tür. Nach kurzer Zeit trat er wieder heraus und gab uns ein Zeichen, daß wir nachkommen sollten.

Urla stand in der Mitte des niedrigen Raumes, als wir eintraten, und blickte uns entgegen. Sie war eine mittelgroße Frau von schmaler Gestalt mit weißem Haar. Trotz ihres Alters war ihr Gesicht noch immer glatt und schön wie das eines jungen Mädchens. Ihre Augen werde ich nie vergessen, obwohl ich ihre Farbe nicht beschreiben könnte. Wenn sie einen ansahen, wußte man, daß ihnen wenig verborgen bleiben konnte.

«Seid mir willkommen, Hunli und Arni», sagte sie, «und auch du, Fremder, von dem man sagt, daß er sich aufs Flötenspielen versteht. Ihr werdet hungrig sein von dem weiten Weg. Seid also meine Gäste.»

Sie ließ uns an an einem runden Tisch Platz nehmen, bot uns Milch, Brot und Schafkäse an und nötigte uns so lange, bis wir satt waren. Dann forderte sie den Khan auf, den Grund unseres Besuches zu nennen. Er legte ihr dar, wie es sich mit den Zwillingen verhielt und erwähnte auch, daß sie schon drauf und dran gewesen seien, einander umzubringen. «Entscheide du zwischen ihnen», schloß er seine Rede. «Ich kann es nicht, ohne einen von ihnen zu kränken; denn ich liebe sie beide auf die gleiche Weise. Doch nur einer von ihnen kann die Herrschaft erhalten.»

«Und was bekommt der andere?» fragte Urla.

«Was soll er bekommen?» sagte der Khan verständnislos. «Nichts. Er wird dem ersten dienen müssen.»

«Wundert es dich, daß sie darüber in Streit geraten?» fragte Urla. «Du stellst die Entscheidung falsch. Für beide muß ein Ziel gezeigt werden, damit sie den Pfeil ihrer Wünsche nicht auf das gleiche richten.»

«Ich kenne nur ein Ziel», sagte der Khan, «und das ist die Herrschaft über das Volk der Beutereiter.»

«Du kennst kein anderes, weil es immer dein eigenes Ziel gewesen ist», erwiderte Urla. «Meinst du, es gäbe nichts anderes außer dem, was du dir vorstellen kannst? Das ist noch lange nicht alles.»

«Du bist also bereit, die Entscheidung zwischen ihnen zu treffen?» fragte der Khan gespannt.

«Nein», sagte sie. «Hunli und Arni sollen selbst entscheiden.» Sie stand auf, öffnete eine Truhe und holte zwei Gegenstände heraus, die sie vor die Zwillinge auf den Tisch legte. Der eine war ein glatter, rund abgeschliffener Stein, unter dessen durchsichtiger Oberfläche ein farbiger Strahlenring schimmerte. Du kennst ihn, Lauscher, denn du trägst ihn auf der Brust. Der andere war eine goldene Fibel von der Gestalt eines Reiters, der ein Krummschwert über dem Kopf schwang.

«Nun wählt, ihr Zwillinge», sagte sie, «den Reiter oder den Stein. Beides ist eine gute Wahl, aber nur eins davon bringt die Herrschaft. Laßt euch Zeit und überlegt gut. Aber vorher müßt ihr mir schwören, daß ihr die Entscheidung, die ihr jetzt fällt, für alle Zeiten annehmen werdet und euren Streit begrabt. Gebt euch die Hand darauf.»

Die Brüder taten, wie sie geheißen hatte, und blickten dann lange Zeit auf die beiden Dinge, die vor ihnen lagen. «Ich habe gewählt», sagte Hunli schließlich.

«Dann komm zu mir und sage mir leise ins Ohr, was du haben willst», sagte sie. Hunli tat dies, und dann stand auch Arni auf und flüsterte ihr seine Entscheidung ins Ohr. Als er sich wieder gesetzt hatte, blickte Urla die beiden Brüder lächelnd an und sagte: «Nun ist es entschieden. Warum hast du den Reiter gewählt, Hunli?»

Hunli bedachte sich für einen Augenblick und sagte dann: «Aus drei Gründen. Einmal sitzt er auf einem Pferd wie alle Männer meines Volkes. Zum anderen schwingt er ein Krummschwert, wie es die Art eines Anführers ist. Und zum dritten ist er aus Gold, das dem Schmuck des Herrschers vorbehalten ist.»

Urla nickte und fragte dann Arni, was ihn zur Wahl des Steines bewogen habe. «Auch ich habe drei Gründe», sagte dieser. «Zum ersten ist er klar und ohne Makel, wie ein Mensch sein sollte. Zum anderen macht es mir das Herz warm, wenn ich ihn anschaue. Und zum dritten birgt er ein Geheimnis, das ich ergründen möchte.»

«Siehst du jetzt», sagte Urla zu dem Khan, «daß deine Söhne doch nicht von gleicher Art sind? Sie sehen sich nur ähnlich, aber was besagt das schon. Nun haben sie selbst offenbart, wer von ihnen zum Herrscher bestimmt ist.»

«Und wer von beiden wird nun mein Nachfolger sein?» fragte der Khan.

«Das weißt du nicht? Natürlich Hunli. Einmal liebt er die Art seines Volkes, das auf Pferden reitet; zum anderen wird er nicht zögern, für sein Volk das Schwert zu ziehen, wenn es ihm nötig zu sein dünkt; und drittens ist er bereit, die Macht auszuüben, die das Gold ihm verleiht. Er ist zum Herrscher geboren.»

«Und ich nicht?» fragte Arni enttäuscht, ohne die Augen von dem Stein zu lösen, der vor ihm auf dem Tisch lag.

«Nein», sagte Urla, «du nicht. Du hast etwas gewählt, das besser ist für dich. Als Herrscher könntest du nicht klar und ohne Makel bleiben wie dieser Stein; denn du würdest Dinge tun müssen, die wider deine Natur sind. Du würdest nicht deinem Herzen folgen dürfen, und das Geheimnis, das dieser Stein birgt, würdest du nie ergründen können. Denn in Wahrheit ist der Herrscher zum Diener bestimmt und muß nach den Zwängen seiner Herrschaft handeln. Du aber wirst frei sein, nach dem Geheimnis zu suchen. Wie weit du dabei kommst, liegt bei dir. Doch solange du dir diese Freiheit bewahrst, werden die Mächtigen deinen Rat suchen, wie mich dein Vater um meinen Rat gefragt hat.»

«Hast du das Geheimnis schon gefunden?» fragte Arni und blickte Urla erwartungsvoll an. Eine Zeitlang schauten sie einander in die Augen. Fast wie ein Liebespaar, mußte ich damals denken, obwohl sie seine Großmutter hätte sein können. Und dann sprach sie den Vers, den Arni dir gesagt hat, Lauscher, ehe er starb.

So kam Arni zu seinem Stein. Er hielt ihn noch immer in der Hand und schaute ihn an, während Hunli seine goldene Fibel stolz an seinem Wams befestigte. Urla stand auf, und das war das Zeichen zum Abschied. Der Khan verbeugte sich vor ihr und dankte für den weisen Spruch. Während die anderen schon hinausgingen, hielt mich Urla zurück und sagte: «Warte noch einen Augenblick, Flöter. Ich muß mit dir reden.»

So blieb ich allein mit ihr in der Stube und wartete neugierig, was diese weise Frau einem jungen Herumtreiber zu sagen hatte.

«Der Khan hat mir erzählt», begann sie, «daß dein Flötenspiel die Brüder daran gehindert habe, miteinander zu kämpfen. Stimmt das?»

«Ja», sagte ich. «Meine bescheidene Kunst bringt Menschen zuweilen auf bessere Gedanken.»

«Spiel mir etwas vor!» sagte sie unvermittelt.

Da zog ich meine Flöte heraus, und während ich spielte, schaute Urla mich auf eine Weise an, daß ich den Blick nicht von ihren Augen lösen konnte. Ich stürzte in ihre Augen wie in einen Brunnen, der mit zunehmender Tiefe immer weiter und lichter wurde, ein Strahlenkranz von Farben umschloß mich, grün, blau, violett, der sich auflöste zu Bildern und Gestalten. Ich sah Bettler zu Königen und Könige zu Bettlern werden, ich sah, wie Menschen blind anderen Menschen Leid zufügten und sich in Schuld verstrickten, und ich sah, wie diesen Menschen durch die Liebe anderer die Blindheit genommen wurde, und sie erkannten ihre Schuld und wuchsen und wuchsen, bis diese Schuld von ihnen abfiel wie ein zerschlissenes Hemd. Und alles, was ich erblickte, spielte ich auf meiner Flöte, bis mir der Atem ausging und ich Urla wieder vor mir stehen sah. Da nahm sie mich in die Arme und küßte mich, wie ein Mädchen seinen Geliebten küßt, und sagte: «Ich danke dir, Flöter, daß du für mich gespielt hast. Nun bitte ich dich noch um eines: Bleibe noch im Lager des Khans, solange es dir möglich ist, und schenke Arni deine Freundschaft. Er wird sie brauchen. Geh jetzt.»

Der Khan hatte mit seinen Söhnen an der Stelle gewartet, wo der Weg wieder in den Bergwald hinabführte. «Urla scheint viel von deiner Kunst zu halten, Flöter», sagte er, als wir gemeinsam den Abstieg begannen. «Willst du mir die Freude machen, noch länger Gast in meinem Lager zu sein?» Ich dachte an Urlas Worte und nahm die Einladung an.

Sieben Tage ritten wir zurück über die Steppe, und hinter uns versanken die Berge, bis sie wieder wie eine ferne blaue Wolkenbank dicht über dem Horizont ruhten. Im Lager wies mir der Khan ein eigenes Zelt an, und ich lebte danach ein ganzes Jahr bei den Beutereitern.

Die Brüder hielten sich an das Versprechen, das sie Urla gegeben hatten. Aber sie begannen in dieser Zeit, getrennte Wege zu gehen. Hunli war meist an der Seite seines Vaters zu finden, nahm an den Beratungen in seinem Zelt teil und begleitete ihn, wenn er über die Steppe ritt, um benachbarte Fürsten zu besuchen. Arni hingegen blieb viel für sich allein, so daß es mir nicht schwerfiel, seine Freundschaft zu gewinnen.

Oft, wenn ich sein Zelt betrat, saß er am Feuerplatz, hielt den Stein in der Hand und starrte ihn an, als könne er ihm damit sein Geheimnis entreißen. «Er will nicht zu mir sprechen», sagte er einmal, nachdem ich lange Zeit schweigend neben ihm gesessen hatte, verzaubert von dem Farbenspiel, das die Flammen in dem Stein zum Leben weckten. Da erinnerte ich Arni an Urlas Worte, daß der Stein allein noch nicht alles sei.

«Du hast gut reden», sagte Arni. «Deine Flöte spricht mit dir, wenn du sie spielst. Aber mein Stein bleibt stumm, auch wenn mir sein Anblick das Herz wärmt.»

«Ganz so, wie du meinst, verhält es sich nicht», erwiderte ich. «Anfangs habe ich versucht, für mich allein auf meiner Flöte zu spielen. Aber dabei brachte ich nur eine Folge von Tönen zustande, die mich gleichgültig ließen. Später entdeckte ich dann, daß ich die Flöte für andere spielen mußte, wenn sie auch zu mir sprechen sollte. Und so wirst du das Geheimnis deines Steines wohl auch nicht zwischen den Wänden deines Zeltes ergründen.»

«Vielleicht hast du recht», sagte er. «Komm, wir reiten hinaus in die Steppe.»

Seit diesem Tag waren wir häufig zusammen unterwegs, Arni auf seinem struppigen Pferd und ich auf meinem Maultier. Von Mal zu Mal dehnte Arni unsere Ritte weiter aus. Wenn wir zu einem Brunnen in der Steppe kamen oder zu einem einsamen Baum, dessen Schatten zum Rasten einlud, hielt er nur kurz an und sagte: «Hier war ich schon.» Dann spornte er sein Pferd an, als könne das Ziel, das er suchte, nur jenseits der Grenze des Gebietes liegen, das er kannte.

So kamen wir in die entlegensten Gegenden bis hinunter zum großen Braunen Fluß, der die Steppe von den Gebirgen des Südens trennt. Dort ritten wir eines Abends in ein Dorf der Karpfenköpfe. Man hat ihnen diesen Namen gegeben, weil ihr Gesicht wegen des fliehenden Kinns, der blaßblauen Augen und des über die Mundwinkel hängenden Schnurrbarts, den die Männer tragen, dem Kopf eines Karpfens ähnelt. Sie leben an den Ufern des Braunen Flusses vom Fischfang und sind friedliche, wenig kampferprobte Leute. Das hat ihnen die Verachtung der Beutereiter eingetragen, die sie geringschätzig «Schlammbeißer» nennen.

Die Karpfenköpfe hatten sich in ihren Hütten versteckt, sobald sie bemerkten, daß ein Beutereiter auf ihr Dorf zutrabte. Sie hatten wohl ihre Gründe dafür, denn von Zeit zu Zeit suchten die Leute des Khans ihre Dörfer heim, um ein paar Mädchen zu rauben und zu Sklavinnen zu machen. Im Lager war ich diesen blaßäugigen, hellhäutigen Frauen hier und da begegnet, wenn sie draußen bei den Herden trockenen Dung einsammelten und als Brennmaterial zu den Zelten trugen. Sie galten auch als kräuterkundig, und es spricht für ihre friedliche Gesinnung, daß sie sich nicht weigerten, die Wunden jener Männer zu heilen, von denen sie in die Sklaverei geschleppt worden waren.

«Die Schlammbeißer haben sich in ihre Löcher verkrochen», sagte Arni lachend, als wir durch das Dorf ritten.

«Sollen wir hier übernachten?» fragte ich; denn inzwischen hing schon die Abenddämmerung über dem Fluß, und im Ried begann der Nebel zu steigen.

«Bei den Schlammbeißern?» fragte Arni belustigt. «Das kann sich ein Beutereiter nicht einmal vorstellen!»

«Meinst du», sagte ich, «es gäbe nichts anderes außer dem, was du dir vorstellen kannst?»

Arni stutzte und sagte: «Das habe ich schon einmal gehört.»

«Ja», sagte ich, «das hast du schon einmal gehört, und du solltest vielleicht darüber nachdenken, wenn du das Geheimnis deines Steins ergründen willst. Urla hat es damals zu deinem Vater gesagt.»

Arni brachte jäh sein Pferd zum Stehen und sprang ab. «Gut», sagte er, «übernachten wir bei den Schlammbeißern.»

«Bei den Karpfenköpfen», sagte ich. Diese Bezeichnung galt nicht als beleidigend; denn der Karpfen wurde von den Leuten am Fluß als Ahnherr ihres Volkes verehrt, was bei ihrem Aussehen nicht weiter zu verwundern war.

Wir banden unsere Reittiere an einen Zaun, hinter dem eine niedrige, aus rohen

Balken zusammengezimmerte Hütte lag. Mit dem Knauf seines Gürtelmessers klopfte Arni an die Tür. Drinnen war ein erstickter Aufschrei zu hören, dann blieb es wieder still. Arni klopfte ein zweites Mal. Jetzt näherten sich Schritte, ein hölzerner Riegel wurde zurückgeschoben und die Tür nach außen geöffnet. Auf der Schwelle stand ein untersetzter, breitschultriger Mann mit kurzgeschnittenem grauen Haar und dem herabhängenden Schnurrbart der Karpfenköpfe. In seinen wässrigen Augen stand die nackte Angst. «Herr», sagte er in der Sprache der Beutereiter, «verschone mein Haus.»

Arni lachte. «Beruhige dich, Alter», sagte er, «ich habe es nicht auf deine Töchter abgesehen. Können wir diese Nacht in deinem Hause schlafen?»

«Herr», stotterte der Mann bestürzt, «was willst du hier? Mein Haus ist schlecht.»

«Schlecht oder nicht», unterbrach ihn Arni. «Willst du uns die Gastfreundschaft verweigern?»

«Nein, Herr», sagte der Mann, «wie könnte ich das wagen?» Dann richtete er sich aus seiner demütigen Haltung auf, blickte uns beiden nacheinander ins Gesicht und sagte fast feierlich: «Das Haus Kruschkas steht euch offen. Kommt herein und seid meine Gäste.»

Was immer die Beutereiter diesem Manne angetan haben mochten, wir waren jetzt, nachdem er diese Worte gesprochen hatte, in seinem Hause sicher wie in unseren eigenen Zelten.

Während Kruschka uns den Weg ins Haus freigab, rief er einen Jungen herbei und sagte ihm etwas in der weichen, singenden Stimme der Flußleute. Der Junge lief hinaus zu unseren Reittieren, machte sie vom Zaun los und führte sie hinter das Haus zu einem Stall. Als Arni seinem Pferd besorgt nachblickte, sagte unser Gastgeber: «Keine Angst, der Junge versteht sich auf Tiere.» Dann führte er uns in die Stube, unter deren niedriger Balkendecke der Rauch des Holzfeuers hing, das an der Seitenwand auf einer offenen Herdstelle brannte und den Raum mit seinen flackernden Flammen beleuchtete. Am anderen Ende der Stube standen dicht zusammengedrängt die übrigen Bewohner und blickten uns angstvoll entgegen. Es waren zwei ältere und drei jüngere Frauen, zwei junge Männer und ein paar Kinder. Kruschka rief ihnen in seiner Sprache ein paar Worte zu, worauf sich ihre Gesichter entspannten. Während wir jetzt neugierig gemustert wurden, trat Kruschka wieder zu uns und sagte zu Arni: «Herr, es ist bei uns Brauch, den Gastfreund mit seinem Namen anzureden, doch ich weiß nicht, wie ich euch nennen soll.»

«Du fragst zu Recht», sagte Arni, «ich hätte dir gleich sagen sollen, wer deine Gastfreundschaft begehrt. Diesen Fremden hier, der mein Freund ist, nennt man den Flöter, und ich heiße Arni.»

«Dann bist du Arni mit dem Stein, der Sohn des Khans», sagte Kruschka. «Du erweist mir eine große Ehre.» Das war das erste Mal, daß ich hörte, wie Arni dieser

Name gegeben wurde. Die Geschichte vom Streit der Brüder und von Urlas weisem Rat war also schon bis zu den Karpfenköpfen am Braunen Fluß gedrungen.

Kruschka führte uns zu einer niedrigen Bank an der gegenüberliegenden Schmalseite der Stube. Während wir auf diesem mit Binsengeflecht überzogenen, reich geschnitzten Holzgestell Platz nahmen, breitete eine der jüngeren Frauen eine bunt gewebte Decke vor uns aus und stellte Salz und dunkles Brot sowie ein paar hölzerne Teller und irdene Becher darauf. Eine der älteren, die wohl Kruschkas Frau war, machte sich inzwischen am Feuer zu schaffen. Sie legte trockenes Holz auf und holte von draußen einen riesigen Hecht, den sie mit Kräutern füllte und in den Kessel legte, der über der Feuerstelle hing. Bald war der Raum von dem Duft des Fisches erfüllt. Die anderen Mitglieder der Familie suchten sich jetzt rings um die Decke ihre Plätze, und Kruschka goß aus einem bauchigen Krug ein säuerlich riechendes, wasserklares Getränk in die Becher. Dann wurde auch schon der Fisch aufgetragen, und Kruschka legte uns eigenhändig die besten Stücke vor.

Ich kann euch versichern: noch nie in meinem Leben hatte ich einen so köstlich zubereiteten Fisch gegessen. Auch Arni ließ es sich schmecken und lobte die Köchin. Sonst wurde während der Mahlzeit kaum gesprochen.

Als wir alle satt waren, wandte sich Kruschka an mich und sagte: «Auch von dir haben wir schon gehört, Flöter. Willst du uns die Freude machen, etwas auf deinem silbernen Rohr zu spielen?»

«Dem Gastgeber soll man keine Bitte abschlagen», sagte ich und holte meine Flöte aus der Tasche. Ich setzte sie an die Lippen und begann mit dem Ruf der Wasseramsel, den ich gehört hatte, als wir vorher am Fluß entlanggeritten waren. Während ich weiterspielte, sah ich, wie Arni seinen Stein in der Hand hielt und auf dessen matt schimmernde Rundung starrte. Im Schein des flackernden Herdfeuers glühten einzelne Farben auf, grün, blau, violett, verschmolzen miteinander, trennten sich wieder und bildeten einen flimmernden Ring, in dessen dunkle Mitte ich eintauchte wie in einen Teich. Im wogenden Grün schwamm ein riesiger blauer Karpfen auf mich zu und blickte mich mit seinen runden, wasserhellen Augen an. Auf seinem Rücken trug er einen silberglänzenden Panzer von breitflächigen Spiegelschuppen. Er öffnete sein bartbehängtes Maul und sang ein Lied, das sich nur schwer in Worten wiedergeben läßt. Ich hörte das Rauschen des Braunen Flusses, den Schrei der Wasservögel, das Sausen des Windes im Röhricht, das Aufplatschen springender Fische und das Zuschnappen des Hechtes; denn auch das gehört zu dieser Wasserwelt, die der königliche Karpfen in seinem Lied pries, und ich liebte dieses gewaltige Tier um seiner Schönheit und um seines Gesanges willen und spielte, was mir sein Lobgesang eingab. Ich spielte, bis der Karpfen sein rundes Maul schloß und mit einem kräftigen Schwanzschlag in der grünen Flut davontrieb, bis die Farben sich zusammenzogen und schließlich wieder eingeschlossen waren in den glatten, runden Stein, den Arni in der Hand hielt. Da setzte ich die Flöte ab und steckte sie wieder in die Tasche.

Kruschka schwieg eine Zeitlang, und ich sah, daß auch er die Augen auf Arnis Stein gerichtet hatte. Schließlich blickte er auf, dankte mir und sagte: «Du weißt viel über die Leute am Fluß, Flöter.»

«Als ich kam, wußte ich nicht viel», sagte ich, «aber jetzt weiß ich schon ein bißchen mehr.»

«Deine Flöte spricht zu dir», sagte der Alte. Er schien sich nicht weiter darüber zu wundern.

«Und mein Stein spricht zu mir», sagte Arni. An der Art, wie er das sagte, erkannte ich, daß er ähnliches gesehen haben mußte wie ich.

«Eine große Gabe hat Urla dir verliehen», sagte Kruschka zu Arni. «Ich danke auch dir, daß du deinen Stein in meiner schlechten Hütte gezeigt hast.»

«Ich bin froh, daß du mir deine Gastfreundschaft schenkst», sagte Arni, «und es tut mir leid, daß ich deine Leute vorhin erschreckt habe.»

Damals wunderte ich mich, diese Worte von einem Beutereiter zu hören, aber ich wußte auch noch nicht viel von der Eigenart des Steins und lernte eben erst die Kraft meiner Flöte kennen. Bei Urla hatte ich zum ersten Mal begriffen, daß dies mehr war als ein Spiel. Und in Kruschkas Haus war ich damit wieder ein Stück weitergekommen. Seine Frau richtete uns bald danach neben dem Feuerplatz ein Lager her, und ich schlief in dieser Nacht tief und traumlos.

Am nächsten Morgen wurden wir davon geweckt, daß Reiter ins Dorf sprengten. Die gellenden Rufe der Beutereiter und das Knallen ihrer Peitschen mischte sich bald mit den Angstschreien von Mädchen. Arni sprang auf und lief zum Eingang. Ich folgte ihm und sah, als er die Tür aufstieß, wie draußen Hunli mit einer Schar seiner Reiter die Mädchen zusammentrieb, die morgens Wasser am Fluß geholt hatten. Ihre umgekippten Eimer rollten zwischen den Hufen der Pferde über die Dorfstraße.

Arni stürzte hinaus zu seinem Bruder und packte dessen Pferd am Zügel. «Hunli!» schrie er. «Laßt die Mädchen in Ruhe!»

Hunli blickte ihn verblüfft an. «Was tust du hier, Arni?» fragte er. «Warum sollen wir uns bei den Schlammbeißern nicht ein paar Mädchen holen, wie es Brauch ist seit je?»

«Ein schlechter Brauch», sagte Arni. «Muß man etwas Schlechtes tun, nur weil es Brauch ist? Reitet nach Hause!»

«Was fällt dir ein!» sagte Hunli spöttisch von seinem Pferd herab. «Seit wann steht ein Beutereiter auf der Seite der Schlammbeißer?»

«Auf der Seite der Karpfenköpfe», sagte Arni. «Ich bin Gast im Hause Kruschkas.»

«Kruschkas?» sagte Hunli. «Wer ist Kruschka?»

«Der Mann, dem dieses Haus hier gehört», sagte Arni. «Und ich bin sein Gast.»

«Urla hatte recht, daß du nicht zum Anführer taugst», sagte Hunli verächtlich.

«Und sie hatte recht, daß du nicht klar und makellos bleiben würdest wie mein Stein», sagte Arni. «Und um meines Steines willen nehme ich mir das Recht, dich aus diesem Dorf zu weisen. Oder willst du deinen Bruder erschlagen, ehe du diese Mädchen wegschleppst?»

Hunli blickte ihn eine Zeitlang grimmig an und kaute auf seinem Schnurrbart, den er sich damals gerade wachsen ließ. Dann riß er die Zügel aus Arnis Faust, pfiff seine Leute zusammen und sprengte mit ihnen aus dem Dorf.

Von diesem Tag an ging Hunli seinem Zwillingsbruder aus dem Weg. Mir ist nie klar geworden, ob er nur wütend auf ihn war oder ob ihm dieser merkwürdige Bruder unheimlich wurde. Es geschieht ja zuweilen, daß man nicht mehr die gewohnte Vertrautheit zu einem Menschen findet, wenn dieser sich durch eine Besonderheit von anderen Leuten abzuheben beginnt und sich über deren Lebensgewohnheiten hinwegsetzt. Auch Kruschka hatte übrigens, als er Arni bei unserem Abschied geradezu überschwenglich für sein Eingreifen dankte, ein gewisses Befremden, ja fast Bestürzung über das Verhalten dieses vornehmen Beutereiters spüren lassen, etwa so, als habe Arni einem Hecht verbieten wollen, künftig die Brut von Karpfen zu jagen.

Wir beide schlossen uns seither noch enger zusammen; denn als Fremder war ja auch ich ein Außenseiter im Lager. Arni setzte in meiner Begleitung seine ausgedehnten Ritte fort und ruhte zumeist nicht eher, als bis er sagen konnte: «Hier bin ich noch nicht gewesen.» In dieser Zeit haben wir am Rande der Steppe mancherlei seltsame Gegenden und fremdartige Leute gesehen, die jedoch für diese Geschichte ohne Belang sind.

So ging fast ein Jahr dahin. Ich lernte den grausamen Winter der Steppe kennen, in dem die Schneestürme über die tote, weiße Ebene fegen und die Feuer in den Filzzelten nie verlöschen. Im Frühling ritt ich dann wieder mit Arni hinaus auf den fernen Horizont zu. Im Lager hatte man sich daran gewöhnt, daß wir unserer eigenen Wege gingen. Der Khan mochte sich wohl sagen, daß die Brüder auf diese Weise nicht aneinandergerieten, und er entsann sich wohl auch der geheimnisvollen Verbindung, die durch den Stein zwischen der weisen Urla und seinem Sohn Arni geknüpft worden war. Daß Leute dieser Art sich abseits halten, entsprach durchaus seiner Erfahrung, und er hoffte vielleicht insgeheim, daß Arni zu einem gesuchten, womöglich sogar zauberkundigen Mann werden und damit den Ruhm seines Stammes mehren würde.

Da wir uns kaum um die Angelegenheiten der anderen kümmerten, hatten wir keine Ahnung, ob der Khan, wie es im Frühjahr üblich war, einen Beutezug plante oder gar, in welcher Richtung er mit seiner Horde zu reiten gedachte. Wir waren in der Morgendämmmerung losgeritten, doch Arni hatte diesmal nicht die Richtung eingeschlagen, in der man auf den Braunen Fluß traf, sondern er hielt sich diesmal weiter nach Norden, denn bei den Karpfenköpfen «war er schon gewesen».

Hier wurde das Land hügelig. In den flachen Talmulden hatten die Bärenleute ihre Felder angelegt, und weiter hinten im Tal lugten die stattlichen Holzgiebel ihres Dorfes zwischen blühenden Pflaumenbäumen hervor. Überall sah man auf den noch unbestellten Äckern die Männer mit Pferdegespannen pflügen, hochgewachsene, kräftige Gestalten mit dichten braunen Bärten und behaarten Gliedern. Sie galten als reich, denn der Boden war hier schwarz und fruchtbar, so daß sie von ihren Erträgen nicht nur gut leben konnten, sondern mit dem Überschuß auch noch Handel trieben. Man sagte von ihnen, daß sie ihren Vorteil zu wahren wüßten, und mit Gewalt ließen sich diese bärenstarken Gesellen so leicht nichts wegnehmen.

Sie beachteten uns nicht weiter, als wir herantrabten; denn zwei einzelne Reiter brauchten sie nicht zu fürchten. Doch dann spürte ich plötzlich ein dumpfes Donnern, das den Boden erzittern ließ, und gleich darauf tauchte über der nächsten Hügelkuppe eine Reiterhorde auf, die in rasendem Galopp auf das Dorf zujagte. Zugleich mit uns hatten auch die ackernden Bärenleute zu dem Hügel hinaufgeblickt, dann gellte ein Schrei, die Männer hieben mit dem Messer das Geschirr von ihren Pferden, saßen auf und hielten auch schon jeder einen gewaltigen Speer in der Faust, der griffbereit am Feldrain im Boden gesteckt hatte. Sie ritten von allen Seiten aufeinander zu und hatten sich, ehe die Horde auch nur die Hälfte des Hügelabhangs hinter sich gebracht hatte, zu einer Schar vereinigt, die den Angreifern entgegensprengte.

«Der Khan!» rief Arni und spornte sein Pferd so heftig an, daß es sich aufbäumte, ehe es in Galopp fiel. Was immer auch Besonderes an Arni sein mochte, er gehörte zur Horde und mußte mit ihr reiten, wenn die langgezogenen Schreie der Beutereiter zum Angriff trieben. Ich trottete ihm auf meinem Maultier nach und erreichte den Kampfplatz in dem Augenblick, als die Gegner aufeinandertrafen. Die Bärenleute waren an Zahl weit unterlegen, doch es war ihr Glück, daß die Beutereiter kaum Zeit fanden, ihre Pfeile abzuschießen, und mit dem Krummschwert war gegen die langen Speere nicht leicht etwas auszurichten. Ich hatte jedoch keine Lust, erst abzuwarten, wer hier wen totschlagen würde, zumal Arni schon an der Seite des Khans mitten im Getümmel war. Ihr wißt ja, was ich von dergleichen Veranstaltungen halte. Also zog ich meine Flöte aus der Tasche und fing an, den ineinander verkeilten Reitern ein Liedchen aufzuspielen.

Bisher hatte ich noch keine Gelegenheit gehabt, meine Kunst an einer ganzen Horde wild aufeinanderlosschlagender Krieger zu erproben, und ich mußte selber staunen, wie schon nach den ersten Tönen die Pferde unvermittelt in Schritt verfielen, dann stehenblieben und auch die Männer voneinander abließen und ihre Waffen senkten. Verdattert saßen sie auf ihren Gäulen und starrten auf ihre Gegner, die nicht mehr kämpfen wollten. Vom Dorf her ritten während dessen truppweise weitere Männer heran und stießen zu ihren Leuten, bis jedermann sehen konnte, daß für die Angreifer keine Aussicht mehr bestand, diesen speerstarrenden Riegel zu durchbrechen. Da hielt ich den Zeitpunkt für gekommen, mein Flötenlied zu beenden.

Als ich aufgehört hatte zu spielen, war es einige Zeit so still, daß man nichts hörte als das Schnaufen der Pferde. Alle Männer blickten zu mir und schienen zu erwarten, daß ich die Sache weiter in die Hand nehmen würde, und ich saß verlegen auf meinem Maultier und wußte nicht, wo ich meine Hände lassen sollte. Schließlich kam Arni, der neben seinem Vater gehalten hatte, zu mir herübergetrabt und sagte: «Was soll jetzt geschehen?»

Das verwirrte mich noch mehr. «Ich weiß nicht», sagte ich. «Das ist eure Angelegenheit.»

«Du hast damit angefangen», erwiderte er, «und du mußt es nun auch zu Ende führen. Komm, der Khan will mit dir sprechen.»

Ich ritt mit Arni an der Front der Beutereiter entlang und sah in ihren starren Gesichtern nichts als Abweisung, in manchen sogar Angst. Der Khan blickte mir mißmutig entgegen.

«Was hast du dir dabei gedacht?» fragte er. «Weißt du, daß nur meine Gastfreundschaft mich daran hindert, dich von deinem Maultier zu hauen?»

Ich raffte all meinen Mut zusammen und sagte: «Ich kann nicht behaupten, daß mir meine Handlungsweise leid tut, Khan. Ich bin nun einmal so geartet, daß ich keinen Streit ertragen kann.»

«Und was soll jetzt geschehen?» fragte der Khan.

«Du wirst dich mit den Bärenleuten vergleichen müssen», sagte ich.

«Ja», sagte der Khan grimmig, «das werde ich wohl müssen. Und du bist der erste, der mich dazu gebracht hat, daß ich etwas tun muß, das ich nicht will.»

Er wendete sich brüsk von mir ab, nestelte eine schwere goldene Schmuckfibel von seinem Wams und hielt sie in der erhobenen Rechten, während er sein Pferd auf die Bärenleute zutrieb. Da löste sich auch aus deren Reihe ein gewaltiger Reiter, dessen grau durchzogener brauner Bart bis auf den Gürtel herabhing, ritt dem Khan entgegen und streifte dabei eine Kette aus goldfarbenem Bernstein über den Kopf. Sie verzogen keine Miene, als sie zwischen den Fronten zusammentrafen und die Geschenke austauschten. Dann wendete der Khan sein Pferd und trabte wieder zu seinen Leuten. «Arni und du, Flöter, ihr kehrt mit uns ins Lager zurück», sagte er im Vorbeireiten. Dann schrie er einen Befehl und sprengte seiner Horde voran aus dem Tal hinaus.

Sobald wir im Lager eingetroffen waren, befahl der Khan Arni und mich in sein Zelt. Als wir eintraten, sah ich, daß er die große Ratsversammlung einberufen hatte. Er saß auf dem hohen Thronkissen, neben ihm auf einem niedrigeren Polster saß Hunli, und beiderseits hockten auf dem dicken Teppich im Halbkreis die Oberhäupter der einzelnen Sippen.

«Was sagt ihr zu dem, was der Flöter heute getan hat?» begann der Khan die Verhandlung.

«Er hat der Horde Schaden zugefügt», sagte einer der Ältesten, und die andern nickten zustimmend.

«Hast du gehört?» fragte der Khan. «Sie sagen, du hast der Horde Schaden zugefügt. Ist es so?»

«Ich bin anderer Meinung», sagte ich. «Es ist nicht so. Ich habe die Horde daran gehindert, anderen Schaden zuzufügen.»

«Haarspalterei», sagte der Khan mit einer wegwerfenden Handbewegung. Das kommt auf das gleiche hinaus. Weißt du, bei wem du zu Gast bist?»

«Bei den Beutereitern», sagte ich.

«So ist es», sagte der Khan. «Und nun sage mir auch, wie wir Beutereiter bleiben sollen, wenn du uns daran hinderst, Beute zu machen. Du wirst unsere Art nicht ändern, so wie du deine Art nicht ändern kannst, die dich zwingt, jeden Streit zu unterbrechen. Oder kannst du versprechen, dies künftig nicht mehr zu tun?»

«Das kann ich nicht», sagte ich, «denn dann wäre ich nicht mehr der Flöter.»

«Ich habe nichts anderes erwartet», sagte der Khan. «Du bist mein Gast, Flöter. Aber jetzt fordere ich dich auf, die Horde zu verlassen.»

Arni hatte bisher geschwiegen. Jetzt trat er vor seinen Vater und schrie: «Willst du meinen Freund vors Zelt jagen wie einen Hund?»

«Nicht wie einen Hund», sagte der Khan. «Ich werde ihm ein Handpferd geben und so viele Vorräte, daß er so weit reiten kann, wie er will.»

«Und so weit wie möglich», sagte Hunli verächtlich. «Willst du nicht gleich mitreiten, Arni? Oder ziehst du lieber zu deinem Gastfreund, dem Schlammbeißer?»

«Schweig!» fuhr ihn der Khan an. «Du solltest deinen Bruder nicht verachten, weil er anders ist als du. Vergiß nicht, was du Urla geschworen hast! Aber dich, Arni, werde ich nicht hindern, wenn du den Flöter begleiten willst. Ich kenne deinen Weg nicht, du mußt ihn selber finden. Willst du bei dem Flöter bleiben?»

Arni bedachte sich lange. «Nein», sagte er dann. «Ich gehöre zur Horde, denn ich bin ein Beutereiter, auch wenn ich nach dem Geheimnis meines Steines suchen will. So viel habe ich schon begriffen, daß dies keine Sache ist, die nur mich allein betrifft.» Dann lächelte er unvermittelt und setzte hinzu: «Vielleicht wird es ganz gut sein, Hunli, wenn ich in deiner Nähe bleibe.»

Damals hat sich Arni entschieden und ist ein Beutereiter geblieben bis zu seinem Tod, dem Tod eines Beutereiters. «Es war schön, mit dir durch die Steppe zu reiten», sagte er mir beim Abschied. «Aber du hast es ja gesehen: Dem Schrei der Horde kann ich mich nicht entziehen.»

«Und Kruschka?» fragte ich.

«Den Gastfreund muß man schützen», sagte er. «Auch das gehört zu den Gesetzen der Beutereiter, sonst wärst du nicht mehr am Leben.»

«Du wirst es nicht leicht haben, wenn du noch mehr solcher Gastfreunde gewinnst», sagte ich.

«Urla hat mir den Stein wohl nicht dazu gegeben, damit ich es leichter habe als andere. Aber ins Unglück bringen wollte sie mich damit wohl nicht.»

Er begleitete mich noch bis an den Rand der Steppe. Dann ritt er zurück zu seiner Horde, und seither habe ich ihn nicht mehr gesehen.

* * *

Während der Sanfte Flöter die Geschichte von Arni mit dem Stein erzählte, war es draußen völlig dunkel geworden. Die Großmutter hatte zwischendurch Feuer aus der Küche geholt und ein paar Kerzen angezündet. Dann setzte sie sich wieder zu den anderen und blickte fast erstaunt auf ihren Mann, der hier so fabelhafte Erlebnisse hervorkramte. Vor ihm auf dem Tisch funkelte im Kerzenlicht sein goldener Zwicker, den er abgenommen hatte, als er anfing zu erzählen. Und je länger er sprach, desto deutlicher trat hinter seinen Apfelbäckchen und Lachfältchen ein anderes Gesicht hervor, gezeichnet von ungewöhnlichen Erfahrungen und nicht ohne einen Zug von Kühnheit. Dieser Mann war mit den Beutereitern über die Steppe geritten, das konnte man sehen.

Die Großmutter hatte sich hie und da nachhaltig geräuspert, wenn ihr die Geschichte gar zu absonderlich klang; doch unterbrochen hatte sie den Erzähler nicht, wenn sie auch manchmal nahe daran zu sein schien. «Soviel Aufhebens um einen Stein», sagte sie jetzt. «Darf ich ihn einmal sehen, Lauscher?»

Lauscher zog den Beutel unter seinem Hemd hervor, nahm den Stein heraus und ließ ihn in ihre offene Hand fallen. «Sieht aus wie irgendein Bachkiesel», sagte sie enttäuscht. «Ein bißchen bunter vielleicht. Ich möchte mal wissen, was ihr Männer an sowas findet.» Sie hielt den Stein gegen das Kerzenlicht. «Ganz hübsch», sagte sie, als die Flamme den Farbenkranz zum Leben erweckte. «Fast wie ein Auge, das einen anblickt. Ich sag's ja, das ist was für Männer. Hübschen Augen könnt ihr nie widerstehen, du nicht, Lauscher, und dieser Herumtreiber, den ich geheiratet habe, auch nicht, wie eben zu hören war. Nicht mal vor dieser alten Frau macht er halt, guckt ihr in die Augen und träumt sich was zusammen, träumt und träumt, und wenn er's erzählt, könnte man fast glauben, er hätte in diesem einen Punkt das ganze Leben gesehen, wie man's sonst nie sehen kann mit seinem beschränkten Verstand. Wär' ja auch kein Wunder, wenn ihre Augen so schön waren wie dieser Stein – seht doch, wie die Farben zusammenfließen, man könnte meinen, daß dieses steinerne Auge lebt. Ganz warm wird einem, wenn man hineinschaut in diese Augen in dem schönen Gesicht. Ganz jung sieht es aus, wie du gesagt hast, Flöter, aber die Haare sind nicht weiß, das ist eine junge Frau, die mich anschaut. Komm zu mir, Lauscher, und sieh dir's an, dieses Gesicht, und vergiß es nicht – du mußt noch weit laufen und wirst viele Umwege machen – ach, mein Junge, wie ein wildes Tier wirst du durch die Wälder traben, bis sie dir endlich dein zottiges Fell krault...»

Ihre Stimme war, während sie das alles sagte, immer leiser und monotoner geworden, als spreche sie keinen der Menschen an, die mit ihr im Zimmer waren, sondern rede nur mit sich selbst, sage das alles nur so vor sich hin, bis ihre Stimme abbrach. Lauscher war aufgestanden und hinter sie getreten, aber er hatte nur einen Augenblick lang die flüchtige Vision eines Gesichtes eher erahnt als erkannt. Vielleicht war das auch nur eine Täuschung gewesen, hervorgerufen vom unsteten Licht der Kerze, deren Flamme im Luftzug flackerte. Doch kann einem eine Täuschung so ans Herz greifen? Er spürte eine unbeschreibliche Sehnsucht nach diesem Gesicht, das er gar nicht gesehen hatte, Sehnsucht nach einem geliebten Menschen, den man kennt und dessen Gesicht dennoch in der Erinnerung verschüttet bleibt und sich nicht finden lassen will. Er legte seiner Großmutter die Hand auf die Schulter und sagte: «Was redest du da? Wo ist ein Gesicht?»

Die alte Frau hob langsam den Kopf und blickte ihn mit leeren Augen an. «Gesicht?» murmelte sie, «habe ich von einem Gesicht geredet?» Allmählich kam sie wieder zu sich. «Da bist du ja Lauscher», sagte sie, und dabei bekamen ihre Züge einen so weichen, sanften Ausdruck, daß Lauscher in ihnen plötzlich seine stille Mutter wiedererkannte. Während er noch verwundert diese Wandlung beobachtete, nahm sie ihn unvermittelt in die Arme und drückte ihn an ihren umfangreichen Busen. Ehe sich Lauscher noch von seinem Erstaunen erholt hatte, schob sie ihn schon wieder von sich und sagte: «Ach, Junge, ich weiß nicht, was das war. Ihr macht einen ja ganz verrückt mit solchen Sachen. Hier hast du deinen Stein. Heb ihn gut auf. Aber vergiß nicht: Das ist noch nicht alles, ein solches Ding auf deiner Brust zu tragen. Du hast deine Nase ja kaum in das Leben hineingesteckt.»

«Und selbst bei diesem bißchen schon ziemlich viel Unfug angerichtet», ergänzte der Sanfte Flöter. «Aber damit wollen wir uns morgen befassen.»

Das Frühstück am nächsten Morgen ist für diese Geschichte bedeutungslos; daß es ebenso köstlich war wie am Tage zuvor, soll dennoch der Großmutter zu Ehren erwähnt werden. Nachdem der Sanfte Flöter den letzten Schluck Tee getrunken hatte, setzte er seinen goldenen Zwicker auf, den er beim Essen stets ablegte, stand auf und ging hinaus. Gleich darauf war vor dem Fenster am Zaun wieder seine Flöte zu hören. Er unterhält sich schon wieder mit seiner Amsel, dachte Lauscher zuerst, aber dann merkte er, daß es diesmal anders klang, wie eine Art Sprache, die allein mit Tönen auskam und deren Bedeutung man dennoch empfand. Er sah, wie auch Barlo den Kopf hob und lauschte. Die Flöte war für einen Augenblick verstummt und begann dann wieder mit der gleichen lockenden Tonfolge, die ihn aufzufordern schien, hinauszugehen zu dem Platz, von dem die Töne herüberklangen. Er hätte nicht zu sagen gewußt, wie diese Nachricht zustande kam, aber er war dennoch sicher, sie verstanden zu haben. Da sah er auch schon, wie der Stumme seinen Stuhl zurückschob, rasch aufstand und zur Tür ging, als habe ihn jemand gerufen. Also hatte auch er verstanden, was draußen der Großvater flötete. Lauscher sprang auf und lief ihm nach.

Wie am Abend vorher saß der Sanfte Flöter auf dem Gartenzaun und spielte auf der gleichen hölzernen Flöte. Als er die beiden aus der Tür treten sah, setzte er sein Instrument ab und sagte: «Da seid ihr ja endlich. Komm her, Barlo, jetzt fängt dein Sprachunterricht an.»

«So meinst du das also», sagte Lauscher ein wenig enttäuscht. «Ich hatte angenommen, du brauchst nur ein paar Töne auf deiner Silberflöte zu spielen, und schon kann er wieder reden.»

Der Großvater sprang vom Zaun und schüttelte so heftig den Kopf, daß sein Zwicker bedenklich ins Wanken geriet. «Wofür hältst du mich eigentlich?» sagte er wütend. «Glaubst du, ich kann ihm einfach seine Zunge nachwachsen lassen? Bin ich ein Zauberer? So einfach läßt sich das nicht aus der Welt schaffen, was du angerichtet hast. Sei still jetzt, aber hör gut zu! Du wirst es noch brauchen.»

Und dann begann der Sanfte Flöter, den Stummen in seiner Kunst zu unterweisen. Er hatte dabei seine eigene Methode: Während der ersten Woche lehrte er ihn nur einen einzigen Ton, nämlich jenen, den das Instrument hervorbringt, wenn man keines der Grifflöcher schließt. «Blas einfach rein und denk dir was dabei!» sagte er zu Barlo. «Stell dir zum Beispiel vor, du hast Angst. Wie klingt das? So? Nein, du mußt dir das schon ein bißchen genauer vorstellen. Ja, das ist schon besser! Und nun denk mal an irgendwas, das dir Freude macht. Vergiß all das Traurige, das ich noch immer heraushöre! Sei fröhlich, nicht nur mit dem Kopf, sondern mit dem Herzen! Gut, das kommt der Sache schon näher —» und so probierte er mit ihm alle möglichen Imaginationen und Gemütslagen aus, bis es dem Stummen gelang, in diesem einzigen Ton die unterschiedlichsten Vorstellungen und Stimmungen zum Klingen zu bringen.

In der zweiten Woche kam dann ein zweiter Ton hinzu, in der dritten ein dritter, bis Barlo nach sieben Wochen nicht nur die sieben Grundtöne seiner Flöte greifen, sondern in diesen Tönen vieles von dem ausdrücken konnte, was er empfand. «Mit dem Herzen mußt du spielen», wurde der Sanfte Flöter nicht müde zu wiederholen, «erst dadurch bekommen die Töne Farbe und Deutlichkeit, so wie man früher am Klang deiner Stimme hören konnte, ob du dich fürchtest, ob du etwas fragst oder ob du gleich lachen wirst.»

Inzwischen war es Winter geworden, die Linden rings um's Haus hatten ihre Blätter verloren, und auf den Hügeln lag Schnee. Der Unterricht fand längst in der Stube statt. Lauscher nahm an diesen Übungsstunden zwar teil, doch sein Großvater erlaubte ihm nicht, selbst auf der Flöte zu spielen. «Erst mußt du zuhören lernen», sagte er, «aber wenn du ernstlich vorhast, ein Flöter zu werden, will ich dir zunächst einmal zeigen, wie man Flöten baut.»

Er führte ihn nach dem Unterricht in einen Raum auf der Rückseite des Hauses, in dem es aussah wie in der Werkstatt eines Tischlers. Aufgereiht an der Wand hingen Beile, Sägen, Bohrer, Stemmeisen und allerlei Schnitzmesser, unter dem Fenster stand eine Drechselbank, und in einer Ecke waren vierkantige Holzstücke unterschiedlicher Länge aufgestapelt. «Alles fängt mit der Wahl des richtigen Holzes an», sagte der Großvater. «Such dir ein Stück aus!»

Lauscher schaute sich die grob mit Beil und Säge zugerichteten Kloben an. Da gab es helles, dunkelbraunes oder rötliches Holz, manches mit glatter, dichter Maserung, anderes geflammt oder wellig gemustert. Er wählte ein Stück, dessen verschlungene Maserung sich in reizvollen Mustern auf dem braunroten Holz abzeichnete.

«Das ist Kirschholz», sagte der Großvater, der hinter ihn getreten war. «Sieht hübsch aus, aber das ist noch nicht alles. Unruhiges Holz hat zu viel Spannung.» Er nahm den Rohling in die Hand, klopfte mit dem Fingerknöchel auf die Spaltfläche und schüttelte den Kopf. «Versuch's einmal mit dem Stück Ahorn hier!» sagte er und griff nach einem unscheinbaren, blassen Kantholz mit engen, parallel verlaufenden Streifen. Jetzt machte Lauscher die Klopfprobe, und siehe da: Dieses Holz gab einen hellen, schwingenden Ton.

«Das nehmen wir», sagte der Großvater. Er spannte das Stück in die Werkbank ein, nahm einen langen, schmalen Bohrer von der Wand und zeigte Lauscher, wie man zunächst das Flötenrohr aushöhlt. «Nicht zu viel Kraft!» sagte er. «Sonst springt das Holz.» Lauscher spürte, wie der Bohrer bei jeder Drehung wie von selbst tiefer in den Block eindrang und den Kern herausschälte, und als diese Arbeit beendet war, kam die äußere Form an die Reihe. Der Großvater rundete mit dem Schnitzmesser die Kanten des Werkstücks ab und spannte es in die Drechselbank ein. Sobald er den Wippbalken mit dem Fuß bewegte, begann sich der Rohling so rasend zu drehen, daß er schon jetzt ebenmäßig rund zu sein schien, doch erst nach und nach formte sich der schlanke Körper des Instruments, während sich unter dem scharfen Stahl feine Späne abringelten.

So wurde Lauscher von Tag zu Tag weiter in die Kunst des Flötenbauens eingeführt, lernte die Kerbe für die Stimmlippe sauber zu schneiden, den Block für die Anblasöffnung zuzurichten und schließlich die Grifflöcher im wohlbemessenen Abstand zueinander zu bohren und so lange zu korrigieren, bis alle Töne in ihrer richtigen Höhe erklangen.

Darüber verstrich der Winter, der Schnee schmolz, und als die Linden neue Blätter trieben, fragte Lauscher seinen Großvater, ob auch er nun endlich mit dem Flötenspiel beginnen könne.

«Habe ich dir nicht gesagt, daß du erst einmal das Zuhören lernen mußt, um deinen Namen zu verdienen?» sagte der Sanfte Flöter.

«Wieviele Tage noch?» fragte der Lauscher.

«Tage?» rief der Sanfte Flöter und wollte sich ausschütten vor Lachen. «Er fragt wahrhaftig, wieviel Tage er noch zuhören muß! Jahre wird es dauern, bis du richtig zuzuhören verstehst, ungeduldig wie du bist!»

Solche Aussichten fand Lauscher durchaus nicht erheiternd. «Und wenn ich mir besonders viel Mühe gebe?» fragte er.

«Mühe?» sagte der Sanfte Flöter geringschätzig. «Ich sehe, du verstehst noch gar nichts. Was nützt schon Mühe? Gern mußt du's tun, und zwar nicht, um's hinter dich zu bringen, sondern weil dir das Zuhören selbst Freude macht. Weißt du, wie lange Barlo gezwungen war, immer nur zuzuhören? Drei lange Jahre! Denn seit drei Jahren war er Knecht im Schloß von Barleboog. Und du wirst zu gegebener Zeit noch erfahren, wie schwer es ihm fallen mußte, in diesem Hause nur auf Befehle zu hören. Sage ihm, wie das war, Barlo!»

Barlo setzte die Flöte an den Mund und begann in wilden Rhythmen verzerrte Töne zu blasen; dann ging sein Spiel über in einen dumpfen, eintönigen Singsang und endete mit einer hell klingenden, fast tänzerischen Melodie, die Lauscher am liebsten weitergesungen hätte.

«Nun», fragte der Sanfte Flöter, «was hat er dir erzählt?»

«Wie soll ich das verstehen können?» fragte Lauscher. «Ich habe nur Töne gehört.»

«Nur Töne?» sagte der Sanfte Flöter. «Reicht dir das nicht? Du bist ziemlich schwer von Begriff. Hör dir's genau an und achte darauf, was du dabei empfindest. Erzähl's ihm noch einmal, Barlo, und übertreibe ein bißchen! Sein Herz ist noch nicht reif für Feinheiten.»

Barlo wiederholte sein Spiel, und Lauscher versuchte, die Klänge und Rhythmen auf sich wirken zu lassen. Während die schrillen Tonfolgen des ersten Teils ihn mit ihren wilden Sprüngen erregten, sagte er plötzlich: «Ich empfinde Zorn.» Der Sanfte Flöter nickte, und als das auf wenige Tonschritte beschränkte, in sich kreisende Motiv des zweiten Teils begann, fragte er: «Was spürst du jetzt?»

«Das macht mich traurig», sagte Lauscher und wartete gespannt, bis die Melodie zum letzten Teil anstieg und ausschwang. «Ich fühle Anregung, Interesse und erkenne Gesetzmäßigkeiten», sagte er, als Barlo zu Ende gespielt hatte.

«Siehst du, daß man Barlos neue Sprache verstehen kann?» sagte der Sanfte Flöter zufrieden. «Er ist nicht mehr stumm. Du hast genau übersetzt, was er dir sagen wollte: Zuerst war er zornig, in diesem Schloß unter der Hexe dienen zu müssen, dann versank er in dumpfe Trauer und nahm kaum noch wahr, was um ihn vorging; endlich aber lernte er zuzuhören, begann zu begreifen, was hier geschah, und spielte das Spiel auf seine Weise mit. Was ihn das gekostet hat, weißt du nur zu gut.»

Als er sah, daß sich Barlos Miene wieder verfinsterte, sagte er zu ihm: «Du sollst nicht länger bedauern, was geschehen ist. Hast du noch nicht begriffen, daß du dadurch einen neuen Weg finden wirst?» Und dann nahm er Barlo die Flöte aus der Hand und hob sie an die Lippen. Er spielte noch einmal den letzten Teil von Barlos Erzählung, doch diesmal ließ er ihn nicht ausklingen wie zuvor sein Schüler, sondern spann ihn weiter, verknüpfte die Motive zu neuen Figuren, zu einem auf- und abschwingenden Gewebe von Tönen, das sich frei aus den ersten Keimen entfaltete und dabei einer klaren Regel folgte, die Lauscher umso deutlicher erkannte, je länger er zuhörte. Und während er dieser Musik lauschte, verstand er – wenigstens für diese kurze Zeit –, daß alles, was bisher geschehen war, sich in ein Grundmuster einfügte, das er allerdings weder hätte festhalten noch beschreiben können. Aber es war da, und er spürte es noch, als die Flöte längst verstummt war.

«Das war ein gutes Motiv, das du da gefunden hast, Barlo», sagte der Sanfte Flöter. «Du hast viel gelernt in diesem Winter. Es wird Zeit, daß ihr euch auf den Weg macht.»

Lauscher blickte ihn betroffen an. Auf was für einen Weg sollte er sich machen? Sein Großvater sprach dies so selbstverständlich aus, als sei es eine schon längst abgemachte Sache. «Eigentlich hatte ich mir vorgestellt, länger bei dir zu bleiben», sagte er enttäuscht. «Wo könnte ich sonst besser das Zuhören lernen?»

«Ach was», sagte der Großvater, «da gibt es viel wirkungsvollere Methoden. Wenn du dich in Barleboog nicht hättest aufhalten lassen, wäre vielleicht darüber zu reden gewesen, aber auch dann hätte ich dich nicht allzu lange hier behalten. Was kannst du schon lernen bei zwei alten Leuten wie uns? Außerdem bist du in Barleboog Verpflichtungen eingegangen, denen du dich jetzt nicht mehr entziehen kannst.»

«Was für Verpflichtungen?» fragte Lauscher. «Ich bin froh, daß ich dieser Hexe entkommen bin.»

«Das mag schon sein», sagte der Sanfte Flöter, «obwohl auch darüber noch nicht das letzte Wort gesprochen ist. Aber vor dem, was du dort getan hast, kannst du nicht davonlaufen.»

«Wohin soll ich überhaupt gehen?» fragte Lauscher.

«Das kommt darauf an, wohin Barlo gehen wird», sagte der Sanfte Flöter. «Ich meine, du solltest ihn begleiten, und zwar als sein Diener. Er hat bei mir wohl ein bißchen Flötenspielen gelernt, aber es wird noch einige Zeit dauern, bis er seine Kunst so verfeinert hat, daß jedermann seine Sprache verstehen kann. Du wirst zunächst vor allem sein Dolmetscher sein, wenn er mit den Leuten reden will. Aber du müßtest ihm auch sonst in allem gehorchen, was er dir aufträgt.»

«Und wie lange soll ich der Diener eines ehemaligen Pferdeknechtes sein?» fragte Lauscher trotzig.

Nachdenklich betrachtete der Sanfte Flöter seinen Enkel. «Wenn du so denkst», sagte er dann, «wird es wohl ziemlich lange dauern. Du wirst Barlos Diener bleiben, bis er dich eines Tages nicht mehr braucht und aus freiem Entschluß entläßt.»

Als er das hörte, ließ Lauscher den Kopf hängen. Das waren ja trübe Aussichten, wenn ausgerechnet jener Mann über seine Freiheit bestimmte, der allen Grund hatte, sich an ihm zu rächen. Er schaute hinüber zu Barlo, doch der lehnte gleichmütig am Zaun, blickte mit ernstem Gesicht vor sich hin und ließ auf keine Weise erkennen, wie er sich zu diesem Diener stellen würde.

«Dieser Vorschlag scheint dir nicht sonderlich zu gefallen, Lauscher», fuhr der Sanfte Flöter fort. «Ich kann dich natürlich nicht dazu zwingen – du mußt schon selber entscheiden, was du tun willst. Du kannst auch wieder nach Hause gehen, obwohl ich dir das nicht unbedingt raten würde. Dein Vater hat wohl inzwischen von deiner merkwürdigen Gerichtsbarkeit in Barleboog gehört, und ich fürchte, das wird seine gewaltige Stimme nicht eben leiser gemacht haben. Denn er ist ein gerechter Mann, wenn auch ein bißchen zu laut für meinen Geschmack.»

Lauscher konnte sich vorstellen, wie ihn der Große Brüller empfangen würde. Du lieber Himmel, er würde seinem Namen alle Ehre machen, das war sicher. Er setzte sich in's Gras, lehnte sich mit dem Rücken an einen Zaunpfosten und dachte nach. Dabei spürte er auf der Brust den Beutel mit seinem Stein. Er nahm ihn heraus und ließ seine Farben in der Sonne spielen. Lange schaute er auf den Augenkranz unter der kühlen, glatten Oberfläche. Wie immer, wenn er ihn betrachtete, freute er sich an der Schönheit der flimmernden Farben, und er spürte, wie seine Angst vor dem Kommenden verging. Aber wie er sich entscheiden sollte, wußte er noch immer nicht.

«Diese Entscheidung nimmt dir keiner ab», sagte der Großvater lächelnd. «Nicht einmal dein Stein.»

«Das wohl nicht», sagte Lauscher. «Aber so lange ich den bei mir trage, werde ich's schon bei Barlo aushalten.»

«Dann ist ja alles geregelt», sagte der Sanfte Flöter erleichtert. «Morgen früh werdet ihr reiten.»

«Zusammen auf einem Pferd?» fragte Lauscher. «Oder kannst du ein zweites mit deiner Flöte herbeilocken wie deine Amsel?»

«Das nicht», sagte sein Großvater. «Aber ein Reittier läßt sich schon beschaffen, wenn's auch kein Pferd sein wird.»

«Für Barlo?» fragte Lauscher hoffnungsvoll.

«Nein, für dich», sagte der Großvater unerbittlich. «Das Pferd mußt du schon Barlo überlassen, denn es steht ihm zu, zumal er dein Herr sein wird. Kommt, wir machen uns gleich auf den Weg.»

Während sie den Garten durch das Zaungatter verließen, trat die Großmutter in die Tür und rief: «Wo geht ihr hin? In zwei Stunden habe ich das Mittagessen fertig!»

«Keine Angst», erwiderte der Großvater, «wir sind pünktlich zurück. Nur ein kurzer Besuch beim Eselwirt.»

«Tagediebe, einer wie der andere», schimpfte ihnen die Großmutter nach. «Ohne Frühschoppen schmeckt euch wohl mein Essen nicht? Wenn ihr nicht beizeiten an meinem Tisch sitzt, schicke ich euch die Amsel auf den Hals!»

Was sie dann noch weiter sagte, konnten die drei nicht mehr verstehen, denn das

Haus war schon hinter der ersten Wegbiegung verschwunden. Der Großvater kam trotz seiner zierlichen Gestalt rasch voran mit seinen behenden Füßchen, doch wo er zwei seiner tänzelnden Schritte machte, brauchte der lange Barlo nur einen zu tun. Lauscher trottete neben ihnen her und dachte darüber nach, was dies wohl für ein Eselwirt sein mochte, zu dem sie unterwegs waren. Ein Gasthaus zum Esel? Oder hielt dieser Mann gar Esel zum Verkauf feil? Er sah sich schon mit nachschleifenden Füßen auf einem winzigen Grautier hinter dem hochbeinigen Gaul Barlos einhertraben und bereute fast wieder seinen Entschluß. Inzwischen hatten sie zwei weitere Biegungen hinter sich gebracht, in denen sich der Weg zwischen den Wiesenhängen der Hügel hindurchschlängelte. Jetzt weitete sich das kleine Tal, der Bach floß hinaus in eine Niederung und mündete weiter unten, gesäumt von Erlengehölz, in einen Fluß. Auf halbem Wege war ein beträchtlicher Teil des Geländes durch ein niedriges Gatter aus Schwartenbrettern eingezäunt, und mitten drin lag ein größeres Anwesen, offenbar eine Art Gasthaus mit breiter Toreinfahrt und einem Stall hinter dem Hauptgebäude. Beim Näherkommen konnte Lauscher das Wirtshausschild erkennen, das an einem schmiedeeisernen Gestell über dem Eingang hing: Es zeigte einen leuchtend blau gemalten Esel, der im Sprung über ein Gatter setzte. Also doch ein Gasthaus zum Esel, sagte sich Lauscher beruhigt, als sie durch die Einfahrt gingen.

Durch eine Seitentür betraten sie die Gaststube. Die kleinen Fenster ließen nur spärliches Licht herein, so daß man im Halbdunkel zunächst wenig erkennen konnte. An den Wänden entlang lief eine Sitzbank, vor der drei Tische standen, deren dicke Holzplatten so abgescheuert waren, daß die dunklen Astaugen wie braune Beulen aus dem hellen Holz hervorstanden. Die hintere Ecke an der Innenseite der Stube wurde ausgefüllt von einem riesigen Kachelofen.

Der Sanfte Flöter klopfte mit dem Knöchel auf eine der Tischplatten, gleich darauf wurde an der gegenüberliegenden Seite eine Tür geöffnet, und ein älterer vierschrötiger Mann trat herein. Er hatte eine blaue Arbeitsschürze vorgebunden und trug auf seinem nahezu vierkantigen, kahlrasierten Schädel eine runde Filzkappe von undefinierbarer Farbe.

«Guten Morgen, Flöter», sagte er mit einer überraschend hohen, fast wiehernden Stimme. «Was steht zu Diensten?»

Der Großvater erwiderte den Gruß und fuhr fort: «Ich brauche ein gutes Reittier für meinen Enkel. Kannst du einen deiner Freunde fragen, ob er so liebenswürdig ist, den Jungen eine Zeitlang zu tragen?»

«Meinst du den langen Burschen dort?» fragte der Wirt und zeigte auf Barlo. «Ich weiß nicht, ob sich da einer bereitfindet.»

«Nein» sagte der Großvater. «Das ist Barlo, und der holt sich das Pferd ab, daß ich bei dir untergestellt habe.» Er nahm Lauscher bei der Schulter und schob ihn vor's Fenster, damit ihn der Wirt besser betrachten konnte. «Das hier ist mein Enkel. Schau ihn dir an. Er ist noch jung und nicht sehr schwer gebaut.»

Der Eselwirt musterte Lauscher von Kopf bis Fuß, als sei er ihm zum Kauf angeboten worden. Fehlt nur noch, daß er meine Zähne prüft, dachte Lauscher. Inzwischen umkreiste ihn der Wirt und betrachtete ihn auch noch von hinten. Dann nickte er zufrieden und sagte: «Ein netter, schmaler Junge. Da weiß ich schon, wen ich fragen werde. Kommt mit vor die Tür, dort könnt ihr meinen Freund gleich herangaloppieren sehen.»

Sie folgten ihm hinaus vor die Einfahrt. Am Wegrand blieb der Eselwirt stehen, hielt die Hand über die Augen und spähte hinauf zu den fernen Hügeln jenseits des Baches. Dann legte er die Hände wie einen Schalltrichter an den Mund und stieß einen langen, hohen, wiehernden Schrei aus, so gellend laut, daß der lärmempfindliche Lauscher vor Schreck zusammenzuckte. Eine Zeitlang geschah gar nichts. Dann löste sich aus dem Buschwerk auf der Kuppe einer der Hügel ein grauer Punkt und glitt rasch den grünen Abhang herab. Im Näherkommen wurde er größer und erwies sich als ein vierbeiniges Tier, das in gestrecktem Galopp über die Wiesen heranjagte. Seine langen Ohren flogen hinter dem hochgereckten, schmalen Kopf. Ein Esel war es, der da heranpreschte. Aber was für ein Esel! Er hatte fast die Größe eines Wildpferdes, und auf seinem Rücken lief eine dunkle Linie über das mausgraue Fell. Kraftvoll trommelten seine Hufe auf den Boden, daß die Rasenstücke hinter ihnen wegspritzten. Er setzte im weiten Sprung über das Gatter, sprengte über das letzte Stück Wiese, machte einen Satz über den Bach und bremste seinen Lauf erst unmittelbar vor den Wartenden so plötzlich, daß auf dem Weg die Steine stiebten und Lauscher erschrocken zur Seite sprang.

«Keine Angst», sagte der Eselwirt, «er tut nur so wild. Unter dem Sattel ist er fromm wie ein Lamm.» Er legte dem Esel die Hand auf den Hals, und das Tier rieb sein Maul an seiner Wange, daß es aussah, als wolle er ihm einen Kuß geben. «Danke, daß du gleich gekommen bist, Jalf», sagte der Wirt zu ihm. «Begrüße auch meine Freunde.» Da trottete der Esel zu den anderen und ließ sich den Hals tätscheln. Bei Lauscher blieb er stehen, als wisse er schon, wozu man ihn gerufen habe.

Der Wirt sah Lauscher lächelnd an und fragte: «Wie gefällt er dir?»

«Ein wunderbarer Esel», antwortete Lauscher, und er meinte es ernst. «Ich würde gern auf ihm reiten.»

«Dann mußt du ihn darum bitten», sagte der Wirt. «Das ist hier so Brauch. Rede ihn dabei mit Namen an.»

Lauscher fand solche Umstände zwar etwas ungewöhnlich, aber als er dem Tier in die großen, feuchten Augen schaute, kam es ihm gar nicht mehr so seltsam vor, als er sagte: «Jalf, willst du mich eine Zeitlang tragen?»

Als Antwort rieb der Esel sein weiches Maul nun auch an Lauschers Wange.

«Er hat dich akzeptiert», sagte der Wirt, als käme es allein darauf an, was der Esel wollte. «Es liegt nun an dir, ob es dabei bleibt.»

«Wie muß ich ihn behandeln?» fragte Lauscher.

«Behandeln?» wiederholte der Wirt, als sei dies ein völlig unangebrachtes Wort. «Am besten gar nicht. Geh mit ihm um wie mit einem Bruder. Und binde ihn nie an. Er läuft dir schon nicht davon. Wenn du ihn um etwas bitten willst, dann sag's ihm in aller Freundlichkeit. Unter keinen Umständen darfst du ihn schlagen, vergiß das nicht!»

«Ich will's mir merken», sagte Lauscher.

«Dann ist ja alles in Ordnung», sagte der Eselwirt. «Ihr könnt inzwischen wieder in die Gaststube gehen. Ich suche nur noch Zaumzeug und Sattel heraus. Komm, Jalf, jetzt wirst du ausstaffiert!» Er gab dem Esel einen liebevollen Klaps auf die Kruppe, worauf ihm dieser durch die Einfahrt zu den Ställen nachtrottete, während die anderen drei zurück in die Stube gingen und sich an einen der Tische setzten. Nach kurzer Zeit kehrte auch der Wirt zurück und sagte: «Ihr trinkt doch noch einen Schluck mit mir auf diese neue Freundschaft?» Da keiner etwas dagegen einzuwenden hatte, stellte er vier Becher auf den Tisch, brachte dann aus dem angrenzenden Raum einen von seinem kühlen Inhalt feucht beschlagenen Krug und goß ein schäumendes weißes Getränk ein. Dann zog er sich einen Hocker heran und setzte sich zu ihnen. «Mögen sie einander in Liebe ertragen!» sagte er und hob seinen Becher. Die anderen taten desgleichen, und alle tranken einen Schluck.

Lauscher hatte das seltsame Gebräu zunächst mit Mißtrauen betrachtet, sich aber nicht zu fragen getraut, was hier ausgeschenkt wurde. Er kostete mit einiger Vorsicht und wurde überrascht von einem angenehm säuerlichen, leicht prickelnden Geschmack. «Köstlich!» sagte er. «Was ist das?»

«Spezialität des Hauses», sagte der Großvater. «Vergorene Eselsmilch.»

«Schmeckt's dir auch Barlo?» fragte der Wirt.

Barlo grinste ihm freundlich zu, nickte stumm und trank noch einen Schluck.

«Besonders gesprächig ist er nicht, dieser junge Riese», sagte der Wirt. «Er hat die ganze Zeit über noch kein Wort gesagt. Ist er stumm?»

«Jetzt nicht mehr», sagte der Großvater. «Erzähle ihm, Barlo, wie es sich mit dir verhält. Du mußt dich langsam daran gewöhnen, mit Leuten zu reden.»

Barlo zog seine Flöte heraus und begann zu spielen. Lauscher konnte ihm jetzt schon besser folgen, zumal er ungefähr wußte, was sein künftiger Herr zu berichten hatte. Barlo benutzte die gleichen Motive, die er am Morgen gefunden hatte, leitete danach jedoch in einer dramatischen Steigerung zur Schilderung der Gerichtsverhandlung über und ließ dann die zornige Musik mitten in einer schrillen Passage abbrechen. Lauscher spürte fast körperlich, wie es gewesen sein mußte, als man Barlo die Zunge herausgeschnitten hatte. Bedrückt blickte er zu ihm hinüber, doch Barlo steckte gleichmütig seine Flöte ein, als sei er selbst gar nicht betroffen von dem, was er eben berichtet hatte.

Der Wirt hatte ihm aufmerksam zugehört. Er war wohl durch seinen Verkehr mit dem Sanften Flöter schon geübt in der Deutung von derartigen Mitteilungen.

«Aus Barleboog kommst du also», sagte er. «Das hätte ich mir denken können. Dort pflegt man ja auf solche Weise mit Menschen umzugehen. Und nicht nur mit Menschen. Da bist du sozusagen ein Leidensgenosse meiner Esel.»

«Was haben deine Esel mit Barleboog zu tun?» fragte Lauscher. «Die Esel, die ich dort gesehen habe, waren mickrige, abgeschundene Kreaturen, die kaum ein Bein vor das andere setzen konnten und nichts als Prügel bekamen.»

«Das ist es ja eben», sagte der Großvater. «Erzähl ihm deine Geschichte, Eselwirt, sie wird ihn interessieren.»

«Ihr seid nicht die einzigen, Barlo und du, die der bösen Herrin von Barleboog entkommen sind», sagte der Eselwirt. «Denn auch deinen Worten muß ich entnehmen, daß du dich bei ihr aufgehalten hast.» Er trank noch einen Schluck, und erzählte dann, daß er vor ein paar Jahren noch Eseltreiber auf den Schloßgütern von Barleboog gewesen sei. «Ich hatte für ein Dutzend Esel zu sorgen», berichtete er, «die in der Hauptsache dazu dienten, das Korn von den Scheunen zur Mühle zu tragen und die Mehlsäcke zurück zu den Vorratshäusern. Dergleichen sind Esel gewöhnt, und es macht ihnen nichts weiter aus, wenn man sie ordentlich füttert und im übrigen freundlich behandelt.

Das änderte sich jedoch, als die Schatzsucher Gisas in den Bergen über dem oberen Tal Gold entdeckten. Sie befahl ihren Knechten, ein halbes Hundert Tagelöhner zusammenzutreiben, und ließ sie dort oben Stollen graben und Erz schürfen. Und ich wurde mit meinen Esel hinbefohlen, um die schweren Erzbrocken ins Tal zu schleppen. Eine solche Arbeit hält auf die Dauer kein Esel aus. Bald hatten sie aufgescheuerte Stellen im Rückenfell, und geeignetes Futter war dort oben in den Bergen auch nicht zu finden. Ich legte also meinen Eseln leichtere Lasten auf und ließ sie so langsam dahintrotten, wie es ihre Kräfte erlaubten. Das ging Gisa jedoch nicht schnell genug. Sie wollte Gold in ihren Truhen sehen. Also schickte sie ein paar ihrer gelbäugigen Knechte in die Berge, die in Zukunft die Esel treiben sollten. Die Kerle hatten sich unterwegs gleich ein paar kräftige Haselstecken geschnitten und prügelten damit auf meine Esel ein, wenn sie störrisch wurden und nicht weiterwollten.

Erst versuchte ich, vernünftig mit den Männern zu reden; denn sie verstanden nichts von Eseln. Aber sie waren nur darauf aus, ihre Herrin zufriedenzustellen, und sagten: ‹Laß uns in Ruhe mit deinen Eseln. Esel gibt es genug, und wenn ein paar krepieren, holen wir uns andere aus dem Tal.› Da beschloß ich, mir die Sache nicht länger mit anzusehen, denn ich liebte meine Tiere. In der Nacht schlich ich mich aus dem Schlafhaus, das man oben bei den Stollen rasch zusammengezimmert hatte, und ging zu meinen Eseln, die draußen auf dem felsigen Gelände angepflockt waren und auf den dürren Unkräutern herumkauten, die man ihnen zum Fressen vorgeworfen hatte. Ich machte sie los und schlug mich mit ihnen in die Wälder. Das war nicht schwer, denn meine Esel kannten mich und trotteten mir brav nach wie Hündchen.

Ich wußte, daß im Westen hinter den Wäldern Grasland lag, und so nahm ich diese Richtung. Zwei Wochen waren wir unterwegs über Stock und Stein. Die Esel fanden im Wald genug zum Fressen, aber ich war eher tot als lebendig, als ich schließlich hinaus auf die grünen Hügel taumelte. Ich weiß nicht, was aus mir geworden wäre, wenn mich nicht dein Großvater am Waldrand gefunden hätte, Lauscher. Ich lag da ohnmächtig mitten in einer Herde von Eseln, die an mir herumschnupperten. Seine Amsel muß ihm das wohl gezwitschert haben. Jedenfalls brachte er mich in sein Haus, und deine Großmutter päppelte mich wieder auf, nachdem sie mich genau untersucht hatte, ob ich ihr kein Ungeziefer in die Wohnung schleppe.

Dein Großvater erzählte mir auch, daß ein Stück weiter unten im Tal dieser Gasthof leerstehe. Der letzte Besitzer hatte ihn vor einiger Zeit verlassen, weil hier kaum einmal jemand vorbeikommt, seit die Leute den Weg nach Barleboog meiden. Da richtete ich mich hier ein, und meine ersten Gäste waren meine zwölf Esel. Ich hielt sie erst im Stall, bis ihre Wunden ausgeheilt waren und die Rippen nicht mehr durch das Fell stachen. Dann ließ ich sie hinaus auf die Wiese.

Als ich mit meinen Eseln zum Bergwerk ziehen mußte, hatte ich in meiner Hütte all meinen Besitz zurückgelassen. Das war zwar nicht viel, aber darunter waren ein paar Sachen, die mir lieb waren, weil sie noch von meinem Vater stammten, ein schön geschmiedetes Haumesser zum Beispiel und eine alte Bronzefibel in Gestalt eines springenden Esels, denn auch mein Vater war ein Eseltreiber gewesen. Da es mir inzwischen wieder gut ging und meine Esel mich nicht so dringend brauchten, ging ich noch einmal zurück durch den Wald nach Barleboog, diesmal aber auf einem kürzeren Weg, den mir dein Großvater beschrieben hatte. Dort schlich ich mich nachts im Dorf unter dem Schloß in meine Hütte.

Während ich nach meinen Sachen kramte, knarrte die Tür, die ich nur angelehnt hatte, und ich erschrak zu Tode. Aber es war nur ein Freund, der hereinkam, um nachzusehen, wer da nachts in meiner Hütte rumorte. Und dieser Freund erzählte mir, daß Gisa sehr wütend geworden sei, als sie von meiner Flucht mit der Eselherde hörte. Sie habe laut vor allen Leuten geschworen, sich an allen Eseln zu rächen, und habe allen Eseltreibern ihre Tiere wegnehmen lassen und sie ihren Knechten übergeben, die sie genauso schinden sollten, wie dies schon die Männer mit meinen Eseln beim Goldbergwerk getan hatten. Deshalb hat es mich auch nicht gewundert, was du von den Eseln in Barleboog erzählt hast, Lauscher.

Als er hörte, wo ich mich jetzt aufhielt, beschloß mein Freund, mit mir zu gehen; denn das Leben in Barleboog war ihm verleidet. Er war Schmied, und dieses Handwerk konnte er überall ausüben. Zunächst schlichen wir zu den Arbeitshäusern unter dem Schloß und schnitten alle Esel, deren wir habhaft werden konnten, von ihren Halsstricken. Diese zweite Herde trieben wir zum Haus meines Freundes. Er weckte seine Frau und ließ sie das Nötigste für die

Flucht einpacken. Auch sein Werkzeug nahm er mit, denn Tragtiere hatten wir ja genug. Dann machten wir uns auf den Rückweg durch die Wälder, und ich hatte hier wieder das Haus voller Gäste, die Pflege nötig hatten. Irgendwie muß sich diese Flucht wohl bei den Eseln von Barleboog herumgesprochen haben, denn es kommt immer wieder einmal einer erschöpft aus dem Wald und bittet bei mir um Quartier. Verstehst du jetzt, warum man mich den Eselwirt nennt?»

«Sind deine Esel jetzt alle oben auf den Hügeln?» fragte Lauscher.

«Nein», sagte der Wirt. «Ein paar von ihnen stehen immer bei mir im Stall. So kommen zum Beispiel die Stuten stets hierher, wenn sie ihre Fohlen werfen, und bleiben dann eine Zeitlang da. Deshalb habe ich auch meistens frische Eselsmilch, um meinen anderen Gästen etwas anbieten zu können. Außerdem habe ich außer Barlos Pferd noch zwei neue Flüchtlinge zu Gast, die ich erst einmal herausfüttern muß.»

«Und dein Freund, der Schmied», wollte Lauscher noch wissen, «ist der noch hier?»

«Der ist nur kurze Zeit geblieben», sagte der Wirt. «Das Leben hier war ihm zu einsam. Außerdem wollte er sein Handwerk nicht verlernen. Er lebt jetzt mit seiner Frau zwei Tagereisen flußabwärts in einem Dorf. Aber manchmal besucht er mich noch. Einmal hat er mir das Gestell für mein Wirtshausschild mitgebracht.» Während er noch diesen letzten Satz sprach, pickte es von draußen gegen die Fensterscheibe, und dann erklang das schrille Zetern einer Amsel, das sie sonst nur hören läßt, wenn eine Katze durch die Büsche schleicht.

«Du lieber Himmel!» rief der Großvater. «Das Mittagessen!»

In Eile bedankten sich alle drei für die Bewirtung und verabschiedeten sich von ihrem Gastgeber. Draußen auf dem Hof warteten schon Jalf und Barlos Pferd, beide fertig aufgezäumt und gesattelt.

«Laß mich hinter dir aufsitzen, Barlo», sagte der Großvater, «damit wir schnell nach Hause kommen.» Und so trabten sie zu dritt – oder zu zweit, je nachdem, von welcher Seite aus man es betrachtet – den Weg durch die Hügel zurück und kamen gerade zurecht, als die Großmutter die dampfende Suppenschüssel auf den Tisch stellte.

Am Morgen des nächsten Tages ritt Lauscher mit seinem neuen Herrn wieder bachabwärts. Seine Großmutter hatte ihn bis zum letzten Augenblick mit guten Ratschlägen versorgt, er solle sich immer ordentlich waschen («Junge hast du gestunken, als du kamst!»), sich nicht mit leichtfertigen Mädchen einlassen und noch mehr Ermahnungen dieser Art. Erst als er sich schon in den Sattel seines Esels schwingen wollte, hatte sie ihn noch einmal in ihre Arme geschlossen, ihm einen feuchten Kuß auf die Wange gedrückt und dabei ein bißchen geschnieft. Der Sanfte Flöter war über alledem kaum zu Wort gekommen. «Halte dich an Barlo», hatte er zwischendurch nur gesagt, «er wird schon wissen, was er vorhat.»

Ob er das wirklich wußte? Lauscher war sich da nicht so sicher. Barlo hatte den Sanften Flöter auf keine Weise um Rat oder auch nur nach den Wegverhältnissen gefragt und wohl auch keine unerbetenen Auskünfte erhalten. Er hatte seinen Gastgebern die Hand gedrückt und war dann auf's Pferd gestiegen und losgeritten. Auch schien er nicht die Absicht zu haben, Lauscher von seinen Plänen zu unterrichten, falls er überhaupt welche hatte. Bei den Umständen, mit denen seine neue Redeweise verknüpft war, würde er wohl auch weiterhin schweigsam bleiben. Jedenfalls waren seine wenigen Mitteilungen vorderhand auf knappe Gesten beschränkt.

So deutete er, als der Gasthof des Eselwirts hinter dem letzten Hügelhang auftauchte, nur kurz mit der Hand hinüber, um Lauscher zu verstehen zu geben, daß er dort noch einmal Halt machen wollte. Der Wirt hatte sie wohl heranreiten sehen und trat, als sie vor dem Haus ihre Reittiere anhielten, in die Einfahrt. Nachdem sie abgestiegen waren und ihn begrüßt hatten, begann Barlo mit einer seltsamen Pantomime: Zunächst führte er den Wirt zu seinem Pferd, dann zu Lauschers Esel und wies dabei auf deren Hufe. Dann zeigte er flußabwärts und spreizte zählend nacheinander zwei Finger.

«Ich verstehe dich schon», sagte der Wirt. «Du willst eure Tiere beschlagen lassen und fragst nach meinem Freund, dem Schmied. Einen besseren wirst du nicht finden, denn er weiß auch mit Eseln Bescheid. Reitet also zwei Tage flußabwärts bis zum nächsten Dorf und fragt dort nach Furro. Grüßt ihn von mir und sagt ihm, er soll mich wieder einmal besuchen.»

Barlo dankte ihm mit einem Kopfnicken, gab ihm die Hand und stieg wieder auf sein Pferd. Da verabschiedete sich auch Lauscher, schwang sich auf seinen Esel und trabte Barlo nach, der schon den Weg zum Fluß eingeschlagen hatte.

Den ganzen Tag über ritten sie am Fluß entlang, der, angeschwollen vom Schmelzwasser aus den Bergen, hinter Pappeln und Erlen dahinrauschte. Rechts von ihnen erstreckte sich das Hügelland, überzogen vom frischem Grün des Frühlings, und am Horizont wurde die Hügelkette gesäumt von den dunklen Wäldern, hinter denen Barleboog lag.

Um die Mittagszeit gab Barlo das Zeichen zur Rast. Sie setzten sich auf einen umgestürzten Pappelstamm und aßen etwas von den Vorräten, die Großmutter in ihre Satteltaschen gepackt hatte. Dann holte Barlo seine Flöte heraus und spielte ein bißchen vor sich hin. Erst klang es wie die Übungen, die er beim Sanften Flöter hatte blasen müssen, doch dann löste sich aus den Spielfiguren eine Melodie, baute sich auf in weiten Tonschritten, ruhig und fest gefügt. Lauscher merkte auf, ließ das Flötenlied auf sich wirken, und je mehr er sich diesen Tönen hingab, desto deutlicher nahm in seiner Vorstellung das Schloß von Barleboog Gestalt an, ragte empor auf seinem Hügel, schöner als er es in Erinnerung hatte. Er sah das Tor weit offenstehen, Menschen gingen frei hinein und heraus und schienen keinerlei Zwang zu fürchten. Lauscher fragte sich, wie es sein konnte, daß Barlo das Schloß so schön in Erinnerung hatte. Er blickte ihm ins Gesicht und entdeckte zu seiner Überraschung, daß Barlo dieses Schloß offenbar liebte, trotz all der grausamen Erfahrungen, die er dort gemacht hatte. Barlo war ganz vertieft in sein Spiel, aber dann schien er zu merken, daß Lauscher ihn beobachtete. Er blickte auf und sah Lauscher in die Augen, während er seine Melodie zu Ende führte. Als er seine Flöte abgesetzt hatte, zuckte für die Dauer eines Lidschlages ein flüchtiges Lächeln über sein Gesicht, als wolle er sagen: Du wirst schon noch sehen... Dann war er wieder ernst wie zuvor und gab das Zeichen zum Aufbruch.

Die Nacht verbrachten sie in einem Heuschober, und am Nachmittag des zweiten Tages sahen sie dann auf den Äckern, die hier immer häufiger mit ihren braunen Flächen die Wiesen zerschnitten, Bauern bei der Frühjahrsbestellung. Gegen Abend, als es schon anfing dunkel zu werden, kam das Dorf in Sicht, zumeist ärmliche Katen mit strohgedeckten Dächern unter blühenden Apfelbäumen und ziemlich regellos verstreut.

Bei einem Bauern, der mit seinem Pferdegespann von der Feldarbeit heimkehrte, erkundigte sich Lauscher nach Furros Haus und wurde zu einem größeren Gebäude gewiesen, das am anderen Ende des Dorfes lag. Schon von weitem hörten sie das Klingen der Hämmer, und als sie näher kamen, sahen sie in der zur Straße offenen Schmiede den Meister mit einem Gesellen am Amboß stehen, beide unter ihrer steifen Lederschürze nackt bis zum Gürtel. Der Schmied war ein gewaltiger Mann, hochgewachsen und mit breiten, muskelbepackten Schultern. Er mochte so alt sein wie der Eselwirt, denn sein gelocktes Haar, das ihm wirr in die schweißglänzende Stirn hing, war schon grau.

Als Barlo und Lauscher abstiegen und ihre Reittiere an den Querbalken vor der Schmiede banden, blickte Furro auf, legte den Hammer auf den Amboß und wies den Gesellen an, er solle das Werkstück ins Feuer legen, das hinten in der Werkstatt unter einem Abzug glühte. Dann kam er zu den beiden heraus und fragte: «Habt ihr Arbeit für mich?»

Lauscher blickte seinen Herrn an, doch der blieb abseits im Dunkeln stehen und gab ihm einen Wink, daß er sprechen solle. «Ja», sagte Lauscher, «aber zuvor sollen wir dir Grüße ausrichten vom Eselwirt.»

«Hab' ich mir fast gedacht, als ich deinen Esel sah», sagte Furro. «Eine gute Empfehlung. Kommt herein und seid meine Gäste! Ihr bleibt doch wohl über Nacht?»

Lauscher wartete wieder, bis Barlo nickend sein Einverständnis gab. Erst dann dankte er für die Einladung. «Und was die Arbeit betrifft», fuhr er fort, «so braucht das Pferd meines Herrn neue Eisen, und mein Esel muß beschlagen werden.»

«Da bist du in der richtigen Schmiede, denn mit Eseln weiß ich Bescheid», sagte Furro. «Aber heute ist es schon zu spät, um acht Eisen anzupassen. Ihr habt's doch nicht eilig?»

Lauscher hatte keine Ahnung, ob Barlo es eilig hatte. Doch als dieser den Kopf schüttelte, sagte er: «Nein, das hat Zeit bis morgen.»

Der Geselle hatte inzwischen mit einer langen Zange das Werkstück aus dem Feuer geholt und wieder auf den Amboß gelegt. «Mach das allein fertig und komm dann rein zum Essen», sagte Furro. Er klopfte dem Pferd den Hals und betrachtete dessen Hufe. «Und das hier ist Jalf, wenn ich mich nicht irre», sagte er dann zu Lauscher. «Er war bei den Eseln, die ich mit meinem Freund durch den Wald getrieben habe. Meine Frau ist zeitweise auf ihm geritten.» Der Esel erkannte ihn offenbar auch und begrüßte ihn auf seine Weise.

«Wo kann ich unsere Tiere für die Nacht unterstellen?» fragte Lauscher.

«Komm mit mir», sagte der Schmied, «ich zeig's dir.»

Der Geselle hatte wieder angefangen zu hämmern, und man konnte erkennen, daß er aus dem flachen Stück Eisen eine Hacke zu formen begann. Barlo sah ihm interessiert zu.

«Willst du so lange hier warten, bis wir eure Reittiere versorgt haben?» fragte ihn der Schmied. Barlo nickte nur, ohne sich zu ihm umzudrehen, und beobachtete weiter, wie das rotglühende Eisen sich unter den Schlägen des Hammers streckte.

Lauscher nahm die Tiere beim Halfter und folgte Furro mit ihnen hinter das Haus. Hier war ein geräumiger Stall angebaut, in dem schon drei Pferde standen. Während Lauscher die Tiere zu einem freien Platz führte, füllte Furro ihre Futterkrippen mit Hafer. «Ist dein Herr stumm?» fragte er unvermittelt.

«Ja», sagte Lauscher, «zumindest kann er nicht mit Worten sprechen.»

«Was willst du damit sagen?» fragte Furro.

«Ich will damit sagen, daß ihn der Sanfte Flöter seine Sprache gelehrt hat», sagte Lauscher.

«Bei dem wart ihr also auch?» fragte Furro.

«Ja», sagte Lauscher. «Ich bin sein Enkel Lauscher.»

Der Schmied zog die Augenbrauen hoch. Er wunderte sich offenbar, daß der Enkel eines solchen Mannes als Diener auf einem Esel durch die Gegend ritt. Aber er ließ das auf sich beruhen und fragte nur: «Wie heißt dein Herr?»

«Barlo», sagte Lauscher.

Als er das hörte, hielt der Schmied mitten in seiner Tätigkeit inne und richtete sich auf. «Barlo?» fragte er. «Kommt auch er aus Barleboog?»

«Ja», sagte Lauscher.

«Barlo reitet also wieder durch das Land», sagte der Schmied, als sei das eine bemerkenswerte Angelegenheit. Lauscher wußte nichts Rechtes mit diesen Worten anzufangen, aber er wagte nicht zu fragen, was der Schmied damit sagen wollte. Er bemerkte, als sie wieder zurück in die Werkstatt kamen, daß der Schmied Barlo fast mit einer Art Ehrfurcht behandelte. «Entschuldige, daß ich dich warten ließ, Herr», sagte er. «Wenn ich gewußt hätte...» Barlo unterbrach jedoch seine Rede mit einer knappen, befehlenden Geste und schüttelte den Kopf. Lauscher wurde aus alledem nicht recht klug, zumal er spürte, daß der Schmied auch ihn jetzt mit anderen Augen betrachtete. Offenbar war es nicht unbedingt eine Schande, der Diener dieses Mannes zu sein, dessen Name Furro so beeindruckt hatte.

Am Brunnen neben der Werkstatt spülten Barlo und Lauscher den Reisestaub ab; dann wusch sich auch der Schmied und zog ein leinenes Hemd an, ehe er sie bat, ihm ins Haus zu folgen. Er führte sie in eine geräumige Stube, in der eine Frau eben damit beschäftigt war, den Tisch für das Abendessen zu decken.

«Ich bringe dir Gäste, Rikka», sagte Furro. «Du wirst auch zwei Betten für die Nacht herrichten müssen.»

Als die Frau sich umdrehte, sah Lauscher, daß sie wesentlich jünger als ihr Mann sein mußte, obwohl ihr glattes braunes Haar schon von einzelnen grauen Strähnen durchzogen war. Sie blickte ihnen entgegen, und ihre Augen nahmen Lauscher sofort gefangen. Sie erinnerten ihn an etwas, aber er hätte nicht zu sagen gewußt, woran.

Der Schmied machte sie mit den Gästen bekannt, und als er Barlos Namen nannte, setzte auch sie zu einer Frage an, die ihr Mann jedoch mit einer Geste abwehrte. «Wundere dich nicht über seine Schweigsamkeit», sagte er nur. «Er kennt eine andere Art, sich mitzuteilen. Sein Diener ist übrigens ein Enkel des Sanften Flöters.»

«Dann bist auch du mir doppelt willkommen, Lauscher», sagte Rikka. «Mein Vater war ein Freund deines Großvaters und hat ihn sehr geliebt.»

Wieder erschienen Lauscher ihre Augen seltsam vertraut, als sie ihn bei diesen Worten anblickte. Aber der Sanfte Flöter hatte in seinem langen Leben wohl viele Freunde gewonnen.

Das Hämmern draußen in der Schmiede hatte schon vor einiger Zeit aufgehört. Nun kam auch der Geselle in die Stube, und alle setzten sich zu Tisch. Während des Essens erkundigte sich der Schmied nach seinem Freund und hörte mit Befriedigung, daß dessen Wirtshaus noch immer von flüchtigen Eseln aus Barleboog aufgesucht wurde.

Nach dem Essen schenkte er seinen Gästen einen herben Apfelmost ein und sagte: «Ich hoffe, er ist euch nicht zu sauer. Mir schmeckt er besser als der Wein, den die Herrin von Barleboog ihren Gästen anbietet.»

«Das mag wohl sein», sagte Lauscher. «Von ihrem Wein bleibt einem leicht ein bitterer Nachgeschmack.»

«Dann warst du also bei ihr im Schloß», stellte der Schmied erstaunt fest. «Ihr seid wohl schon zusammen zum Sanften Flöter gekommen?»

«Gewissermaßen ja», sagte Lauscher und dachte beklommen an seine kopflose Flucht durch den Wald und an die entsetzenerregenden Schreie des Stummen. Er blickte hinüber zu Barlo, aber der schaute vor sich hin und verzog keine Miene.

«Man sagt, die Herrin sei böser als je zuvor», fuhr der Schmied fort. «Es wird auch erzählt, es habe ihr jemand einen ihrer Glitzersteine an den Kopf geworfen, weil ihm sein eigener Stein lieber war. Noch heute könne man das Mal auf ihrer Stirn sehen. Es werden heimlich Spottverse darüber gesungen.»

Lauscher holte den Beutel unter dem Hemd hervor und nahm seinen Augenstein heraus. «Das wird dann wohl dieser Stein gewesen sein», sagte er.

Die Frau des Schmieds starrte wie gebannt auf den Stein in Lauschers Hand. «Urlas Stein», flüsterte sie, als könne sie es nicht fassen.

«Was weißt du von dem Stein?» fragte Lauscher verwundert, «woher kennst du ihn?»

«Er hat meinem Vater gehört», sagte Rikka. «Im vorigen Jahr bekam ich die Nachricht, daß er auf einem Beutezug umgekommen sei, aber niemand wußte zu sagen, wo der Stein geblieben ist.»

«Wenn dein Vater Arni hieß, dann war er es, der mir den Stein gegeben hat, ehe er starb», sagte Lauscher und erzählte ihr in Kürze, wie Arni zu Tode gekommen war.

«Er ist gestorben wie ein Beutereiter», sagte Rikka, «obwohl er sein Leben lang mit seinem Bruder darüber gestritten hat, ob es recht sei, wie ein Beutereiter zu leben.»

«Und doch ist er bei ihnen geblieben», sagte Lauscher.

«Ja», sagte Rikka, «er blieb stets in der Nähe ihres Lagers und begleitete die Horde auf ihren Beutezügen. Und dennoch war er wie ein Pfahl im Fleisch seines Volkes.»

«Warum sagst du: in der Nähe ihres Lagers?» fragte Lauscher. «Wohnte er nicht mehr in seinem Zelt, von dem mir mein Großvater erzählt hat?»

«Nein», sagte Rikka. «Als ich noch ein Kind war, wohnten wir in einer Blockhütte am Rande der Steppe. Es stand an der Stelle, wo der Pfad auf den Berg zu Urlas Hütte beginnt. Du mußt nämlich wissen, daß Urla meine Urgroßmutter war.»

Überrascht blickte Lauscher sie an. Ihre Augen waren wieder auf ihn gerichtet, und jetzt wußte er, woran sie ihn erinnert hatten: der Farbenkranz ihrer Iris glich dem seines Steines, den er in der Hand hielt.

«Du hast Urlas Augen», sagte er.

«Ja», sagte sie, «wir alle, die von Urla abstammen, haben ihre Augen.»

«Hast du Urla noch gekannt?» fragte Lauscher.

Rikka nickte. «Sie starb, als ich fünf Jahre alt war», sagte sie dann. «Damals muß sie weit über 90 Jahre alt gewesen sein. Aber ihre Augen waren noch immer klar, und man konnte ihnen nicht ausweichen.»

«Ist dein Vater aus dem Lager fortgezogen, als sein Bruder Hunli Khan wurde?» fragte Lauscher und dachte an die Fremdheit, die zwischen den Brüdern durch Urlas Spruch entstanden war.

«Nein», sagte Rikka. «Das hing wohl mit seiner Heirat zusammen. Meine Mutter war für die Beutereiter eine Fremde, und man hätte sie im Lager nicht als Arnis Frau anerkannt, sondern als Sklavin behandelt. So ist das bei den Beutereitern: Fremde werden im Lager zumeist nur als Sklaven geduldet. Aber auch meine Mutter hätte das unstete Leben wohl nicht ertragen können, denn sie stammte von seßhaften Leuten ab.»

«Daß Urla nicht aus den Zelten der Beutereiter gekommen ist, habe ich mir schon gedacht», sagte Lauscher.

«Ihre eigenen Frauen gelten den Beutereitern nicht viel», sagte Rikka. «Es wäre ihnen wohl nie eingefallen, eine von ihnen um Rat zu fragen.» Und dann erzählte sie

Die Geschichte von Urla

Urla war ursprünglich jenseits des Gebirges bei den Erzklopfern zu Hause. Bei anderen Völkern nennt man sie auch die Bergdachse, weil sie wie die Dachse tiefe Stollen in die Berghänge graben, allerdings nicht, um darin zu wohnen, sondern um Erz zu schürfen oder Steine aus den Felsklüften herauszuschlagen. Sie sind auch berühmt wegen ihrer kunstreichen Schmiede, die nicht nur Ackergerät und Waffen, sondern auch kostbaren Schmuck zu hämmern verstehen.

Ein solcher Schmied war Urlas Vater. Man erzählt von ihr, daß sie schon als kleines Kind eine besondere Vorliebe für die schimmernden Steine gehabt hätte, die ihr Vater von den Bergleuten erwarb, um sie in Gold oder Silber zu fassen. Eines Tages, als Urla sieben Jahre alt war, sei dann ein merkwürdiger alter Mann in die Werkstatt gekommen, der die Kleidung eines Steinsuchers trug und an der Seite den schmalen, spitzen Hammer, den sie für ihre Arbeit benutzen. Urla habe sich gerade dort aufgehalten und mit den Steinen gespielt, die ihr Vater in einem hölzernen Kästchen aufbewahrte, bis er sie für ein Schmuckstück benötigte.

«Willst du meinem Vater schöne Steine verkaufen?» habe Urla den Alten gefragt. Doch der habe den Kopf geschüttelt und gesagt, er besitze nur einen Stein, und der sei nicht zu verkaufen.

«Zeig ihn mir!» habe das Kind daraufhin gesagt.

Da habe der Mann einen rund abgeschliffenen, durchscheinenden Stein, der in vielen Farben spielte, aus der Tasche geholt und ihr in die Hand gegeben. Dabei habe er die Hand unter ihr Kinn gelegt und ihren Kopf gehoben, um ihr Gesicht besser zu sehen.

«Du hast die Augen», habe er dann gesagt, «und so ist auch der Stein für dich bestimmt.» Dann soll er einen Vers gesagt haben, dessen Wortlaut ich nicht kenne.

Urlas Vater sei an seiner Werkbank gestanden und habe nicht gewußt, was er von diesem Mann halten solle, den er noch nie gesehen hatte. Ehe er ihn jedoch habe ansprechen können, habe dieser das Kind geküßt und sei dann so rasch gegangen, daß er ihn nicht mehr habe finden können.

So viel habe ich darüber gehört, wie Urla zu ihrem Stein gekommen ist. Sie trug ihn immer bei sich, und als sie zwanzig Jahre alt war, heiratete sie einen jungen Schmied namens Russo, der sein Handwerk bei ihrem Vater gelernt hatte und sich besonders auf Goldschmiedearbeiten verstand. Bei ihrer Hochzeit schenkte sie ihm den Stein. Er umschloß ihn mit einem Netz aus Silberdraht und trug ihn so an einer Schnur auf seinem Herzen.

Zehn Jahre lang lebten die beiden kinderlos, bis Urla endlich eine Tochter gebar. In diesem Jahr kam ein Händler in die Werkstatt ihres Mannes und kaufte allerlei Schmuck auf. Als der Handel abgeschlossen war, erkundigte sich dieser Mann nach einem gangbaren Weg über das Gebirge.

«Was willst du drüben auf der anderen Seite?» fragte Russo. «Dort beginnt die Steppe, und in dieser Einöde ziehen nur die Beutereiter umher.»

«Ich weiß», sagte der Händler, «zu den Beutereitern will ich ja reisen, denn sie lieben schönen Schmuck über alles.»

«Hast du keine Angst, daß sie dir alles wegnehmen und dich totschlagen?» fragte Russo.

Aber der Händler lachte nur. «Ich sehe schon», sagte er, «du weißt nicht viel über diese Leute. Händler gelten ihnen als unantastbar, wenn sie auf ihr Gebiet kommen, und sie wissen sehr wohl, warum sie das so halten. Es würde bald keiner mehr ihre Zelte besuchen, wenn sie sich an einem vergriffen.» Russo beschrieb ihm also den Paßpfad, und der Händler ritt seiner Wege. In den Zelten der Beutereiter bewunderte man die kunstreich geschmiedeten Fibeln, Ringe und Ketten und kaufte ihm alles ab. Auch fragte man ihn, welcher Meister so kostbaren Schmuck zu arbeiten verstünde. Da rühmte der Händler die Kunstfertigkeit Russos, der seine Werkstatt auf der anderen Seite des Gebirges bei den Bergdachsen habe, und er sagte wohl auch, daß er auf dem Heimweg wieder bei ihm einkehren und neuen Schmuck bestellen wolle.

Die Beutereiter bezahlten ihn gut und ließen ihn ziehen. Und so ritt er wieder zurück über das Gebirge und vergaß auch nicht, Urlas Mann zu besuchen. Er erzählte ihm von den guten Geschäften, die er gemacht hatte, und bat ihn, seine besten Stücke zurückzulegen, bis er im nächsten Jahr wieder übers Gebirge reiten werde.

Aber die Beutereiter hatten ihm einen Späher nachgeschickt, der den Paßweg auskundschaften sollte; denn sie waren gierig nach Gold und vermuteten, daß dort, wo dieser Schmuck hergestellt wurde, noch mehr davon zu holen sein müsse.

Als der Späher ins Lager zurückgekehrt war, berief der Khan die Ratsversammlung ein und ließ ihn berichten. Was er zu beschreiben wußte, klang so verlockend, daß ein Beutezug beschlossen wurde, obwohl es schon spät im Jahr war. Ohne Schwierigkeiten ritten fünfzig Reiter der Horde über die Paßhöhe und überfielen gegen Abend des nächsten Tages Russos Haus, das etwas abseits von der Ansiedlung der Erzklopfer lag. Der Goldschmied stellte sich ihnen mit einer Waffe entgegen und wurde sofort erschlagen. Dann plünderten die Beutereiter seine Werkstatt, rafften alles zusammen, was sie an rohen und gefaßten Steinen, an Metallbarren und fertigem Schmuck finden konnten, und schleppten auch Urla, die eine sehr schöne Frau war, als Gefangene mit. Sonst war kein Mensch im Haus, nicht einmal Urlas Tochter, die damals ein halbes Jahr alt war. Urla hatte sie ein paar Tage zuvor zu ihrer heilkundigen Mutter gebracht, weil das Kind an einem hitzigen Fieber litt.

Als nichts mehr zu rauben übrig war, zündeten die Beutereiter das Haus an und machten sich auf die Suche nach weiteren Goldnestern. Durch den Rauch wurden jedoch die Bergleute, die um diese Zeit von der Arbeit in den Stollen nach Hause gingen, auf den Überfall aufmerksam. Sie schlugen Alarm, und als die Reiter schließlich zu ihren Häusern gefunden hatten, trafen sie auf einen Gegner, der ihnen durchaus gewachsen war; denn bei den Bergdachsen verstand man sich auch auf das Schmieden von Waffen, und die Pferde, die in den Ställen der Schmiede standen, waren beträchtlich größer und kräftiger als die kleinen Steppengäule der Beutereiter. Nachdem gleich beim ersten Angriff ein halbes Dutzend der Beutereiter aus dem Sattel gehauen worden war, machte die Horde kehrt und verschwand so rasch in den Wäldern, daß eine Verfolgung sinnlos erschien.

Urla hat später erzählt, was dann weiter geschah. Während die Horde die Häuser der Bergdachse suchte, hatte man die Beute und die Gefangene unter der Bewachung von zwei Reitern an einem versteckten Platz im Wald zurückgelassen. Nach dem vergeblichen Angriff kehrten auch die übrigen Reiter an diesen Ort zurück und verbrachten hier die Nacht. Am anderen Morgen beschlossen sie, wieder übers Gebirge zurückzureiten, denn die Beute, die sie bei Russo gemacht hatten, war schon reich genug.

Die ganze Nacht über hatte Urla um den Tod ihres Mannes geweint, den man vor ihren Augen umgebracht hatte. Am Morgen merkte sie, daß die Reiter sich zur Rückkehr vorbereiteten, und sie wußte auch, daß sie den Paßweg über das Gebirge nehmen mußten. Unwillkürlich blickte sie zum Himmel und erkannte an dessen Färbung und an der Form der Wolken, daß ein Wettersturz bevorstand, wie er zu Ende des Herbstes in den Bergen nicht selten eintrat. Aber sie warnte die Reiter nicht; denn ihr Zorn auf die Mörder ihres Mannes war groß, und es war ihr gleichgültig, was mit ihr selbst geschehen würde.

Das Unwetter brach herein, als sie die Paßhöhe schon überschritten hatten. Die schwarzen Wolken zogen so rasch auf, daß der Himmel sich von einem zum anderen Augenblick verfinsterte, und dann heulte ein Schneesturm los, der jedes Weiterkommen unmöglich machte. Mensch und Tier stemmten sich blind gegen den waagerecht daherfegenden, blendendweißen Staub und verloren den Weg. Viele stürzten über Steilhänge und Felswände ab und blieben zerschmettert in der Tiefe liegen. Andere kauerten sich zusammen und erfroren nach kurzer Zeit; denn die Reiter waren mit dem Wetter im Gebirge nicht vertraut und trugen nur ihre leichte Sommerkleidung.

Urla war von dem Packpferd gestürzt, über dessen Rücken man sie gelegt hatte wie einen Sack Mehl, und dabei hatten sich ihre Fesseln gelöst. Auf allen Vieren kroch sie auf einen Felsen zu, der sich als dunkler Schatten im Schneetreiben vor ihr abzeichnete. Unter einem überhängenden Block fand sie eine Höhlung, in die sie sich hineinrollen ließ. Hier war sie vor der unmittelbaren Gewalt des Schneesturms geschützt.

Als sie eine Zeitlang dort gelegen hatte, hörte sie zwischen zwei pfeifenden Sturmböen in der Nähe ein Wimmern, das fast so klang wie das Weinen eines Kindes. Sie spähte hinaus und sah wenige Schritte weiter, schon fast zugeweht vom Schnee, eine Gestalt liegen. Ohne lange zu überlegen, kroch sie hinaus und entdeckte, daß dieser Beutereiter ein Junge war, nicht viel älter als vierzehn Jahre. Da packte sie ihn bei den Füßen und schleifte ihn in ihren Unterschlupf. Der Junge weinte vor sich hin und schien kaum zu merken, was mit ihm geschah. Als sie ihn in ihre Höhle gebettet hatte, nahm sie ihn in die Arme und wärmte ihn mit ihrem Körper, bis er aufhörte zu weinen und an ihrer Schulter einschlief, die Arme um ihren Hals gelegt wie ein Kind.

Sie wußte nicht zu sagen, wie lange sie so gelegen hatte, als der Schneesturm ebenso plötzlich abbrach, wie er heraufgezogen war. Der Wind trieb die Wolken über die Paßhöhe davon, gleich darauf war der eisigblaue Himmel leergefegt, und der Neuschnee flimmerte so strahlend in der Sonne, daß es in den Augen schmerzte. Urla rüttelte den Jungen wach und zerrte ihn aus der Höhle. Taumelnd stand er auf und preßte die Hand vor die geblendeten Augen. Urla kniff die Lider zusammen und blickte sich um. Hie und da hob sich ein flacher Hügel im felsigen Gelände ab, aber es waren viel weniger, als die Horde Männer gezählt hatte. Ein Stück weiter bergab kamen drei Pferde mühsam auf die Beine und schüttelten den Schnee aus ihrem Fell. Bei ihnen waren auch zwei Beutereiter, die sich am warmen Bauch ihrer Tiere vor dem Schneesturm geschützt hatten. Das waren alle, die von der Horde am Leben geblieben waren.

Urla hatte einen Augenblick lang daran gedacht, über die Paßhöhe zurückzuflüchten, aber nach einem solchen Unwetter hätte das in dem meterhoch zusammengewehten Schnee den sicheren Tod bedeutet. So watete sie mit dem Jungen hinunter zu den Männern mit den Pferden. Einen von ihnen erkannte sie wieder. Es war jener, der ihren Mann erschlagen hatte. Sie bemerkte, daß die Reiter den Jungen mit einer gewissen Ehrfurcht begrüßten. Sie schienen erleichtert zu sein, daß er noch am Leben war. Als sie Urla wieder fesseln wollten, trat der Junge dazwischen und sagte etwas zu ihnen, worauf sie von ihr abließen.

Sie behandelten Urla danach mit so viel Achtung, wie ein Beutereiter einer Frau gegenüber aufzubringen vermag.

Als der leichteste der drei Überlebenden nahm der Junge Urla zu sich aufs Pferd, und so ritten sie hinunter in die Ebene und noch eine Woche durch die Steppe bis ins Lager der Beutereiter. Ihre Ankunft löste große Trauer aus, und Urla erzählte später, daß sie noch nächtelang die Witwen der toten Reiter habe heulen hören, während sie wach lag und an ihren erschlagenen Mann dachte.

Sie wunderte sich zunächst, daß man sie als Gefangene nicht in die Sklavenhütten brachte, sondern bei den Frauen des Khan schlafen ließ, und noch mehr war sie erstaunt über die Freundlichkeit, mit der sie von ihnen aufgenommen wurde. Eine ältere Frau nahm sie gar in die Arme und küßte sie, doch was sie sprach, konnte Urla nicht verstehen.

Am nächsten Tag wurde sie dann vor den Khan geführt. Er hatte ihr am Morgen eine Sklavin geschickt, die aus dem Bergland der Erzklopfer stammte und Urla als Dolmetscherin dienen sollte. In seinem Zelt waren auch noch einige Anführer versammelt, und neben dem Khan saß der Junge, den Urla im Schneesturm gewärmt hatte. Er lächelte ihr zu, als sie vor den Khan trat.

Der Khan fragte sie zunächst nach ihrem Namen; Urla nannte ihn und setzte hinzu: «die Witwe des Goldschmieds Russo, den deine Leute erschlagen haben.»

Der Khan hob erstaunt die Augenbrauen, als ihm diese Rede übersetzt wurde; denn Frauen pflegten sonst in den Zelten der Beutereiter keine solche Sprache zu führen. Dann sagte er: «Mein Sohn Kurgi hat mir berichtet, daß du ihm das Leben gerettet hast. Ich verstehe zwar nicht, warum du das getan hast; denn du hattest allen Grund, ihn wie die anderen erfrieren zu lassen. Aber ich bin nun in deiner Schuld.»

«Ja», sagte Urla, «du bist in meiner Schuld, aber am wenigsten wegen deines Sohnes. Bei uns gilt es nicht als bemerkenswerte Tat, wenn einer nicht zuschauen kann, wie ein Kind ums Leben kommt. Allerdings sehe ich schon, daß ihr da anders denkt.»

«Ich kann mit dir nicht über das Leben deines Mannes rechten», sagte der Khan. «Es wären allzu viele, in deren Schuld ich sonst stünde. Du bist bei den Beutereitern! Weißt du das nicht? Aber um meines Sohnes willen gebe ich dir die Freiheit. Du darfst im Zelt meiner Frauen wohnen bleiben, bis die Wege wieder frei sind und du nach Hause zurückkehren kannst. Ich erlaube dir auch, noch einen Wunsch auszusprechen.»

Urla hatte sich inzwischen im Zelt des Khans umgesehen und unter den Anführern jenen Mann erkannt, der Russo erschlagen hatte und nun den Stein in dem Netz aus Silberdraht, den sie bei der Hochzeit ihrem Mann geschenkt hatte, offen auf der bloßen Brust trug. Sie trat vor diesen Anführer, zeigte mit der Hand auf ihn und sagte: «Ich will den Stein zurück, den dieser Mann sich angeeignet hat.»

«Das wird nicht leicht sein», sagte der Khan. «Dieser Stein gehört mir nicht, und so kann ich ihn dir nicht schenken. Aber wir Beutereiter lieben den Wettkampf, und ich erlaube dir, mit diesem Mann um den Stein zu spielen. Ich komme dir auch noch so weit entgegen, daß du die Regeln des Spiels bestimmen darfst, da du unsere Spiele nicht kennst.»

Urla schaute den Mann aufmerksam an, dann wendete sie sich wieder dem Khan zu und sagte: «Ich habe meine Waffen gewählt.»

«Und welche sind das?» fragte der Khan.

«Meine Augen», sagte Urla.

Der Khan lächelte. «Du hast die schärfsten Waffen gewählt, über die eine Frau verfügt», sagte er. «Wie lautet die Spielregel?»

«Er soll mir in die Augen sehen», sagte Urla. «Und wer den Blick des anderen als erster nicht mehr erträgt, der hat den Stein verloren.»

Nachdem die Sklavin Urlas Worte übersetzt hatte, fragte der Khan den Mann, ob er damit einverstanden sei. Der nickte lachend und schien seines Sieges gewiß zu sein. Dann stand er auf und stellte sich Urla gegenüber. Die anderen im Kreis blickten gespannt auf die beiden Gegner, und man konnte in ihren Mienen lesen, daß dieser Zweikampf nach ihrem Geschmack war.

Lange Zeit standen die beiden in der Mitte des Zeltes und blickten einander in die Augen. Das Lachen schwand nach und nach aus den Zügen des Mannes. Seine Miene wurde ernst, dann begann er die Lippen zusammenzupressen, und seine Augen flackerten. Schweißtropfen traten auf seine Stirn, und im Zelt war nichts zu hören als seine keuchenden Atemzüge, die immer heftiger und rascher wurden. Der Stein glänzte in seinem silbernen Gehäuse und begann in vielen Farben zu funkeln und zu glühen. Plötzlich schrie der Mann laut auf, als empfinde er einen unerträglichen Schmerz. Er fuhr mit der Hand zur Brust, riß den Stein von der Schnur und warf ihn Urla vor die Füße. Zugleich wendete er sein Gesicht ab und schlug die Augen nieder. Alle konnten sehen, daß auf seiner nackten Brust an der Stelle, wo der Stein seine Haut berührt hatte, ein rotes Mal brannte.

So kam Urla wieder zu ihrem Stein, und sie lebte danach einen Winter lang im Lager der Beutereiter, bis der Weg über das Gebirge im Frühjahr wieder gangbar war. Seither verstand sie auch in der Sprache der Beutereiter zu reden. Der Khan gab ihr für den Rückweg ein Pferd und genug Vorräte für den weiten Weg. Ehe sie davonritt, ließ er sie noch einmal in sein Zelt kommen und sagte: «Ich gebe dir eine Botschaft für deine Leute mit. In Zukunft werden die Beutereiter das Gebirge nie mehr betreten. Der Berg ist euer Freund und schenkt euch seine Reichtümer. Aber ich habe erfahren müssen, daß er seine Freunde auch zu rächen weiß; denn er hat mir fast fünfzig Reiter umgebracht. Auch habe ich gesehen, was dein Stein gegen jenen Mann vermochte, der ihn sich genommen hatte. Es wäre vermessen, gegen einen solchen Gegner kämpfen zu wollen.» Damit entließ sie der Khan.

Kurgi aber begleitete sie noch bis an den Fuß des Gebirges. Ehe er umkehrte, sagte er zu ihr: «Wir haben deinen Mann erschlagen, und du hast mich dafür in deine Arme genommen wie dein eigenes Kind. Warum hast du das getan?»

Urla sah ihm lange in die Augen und sagte dann: «Du hast meinen Mann nicht erschlagen. Jeder ist nur für das verantwortlich, was er selber tut.»

«Aber ich hätte ihn erschlagen können; denn ich war dabei, als es geschah», sagte Kurgi beharrlich. «Ich werde wohl mein Leben lang darüber nachdenken, warum du so gehandelt hast.»

«Tu das, Kurgi», sagte Urla. «Und ich werde darauf achten, was du aus diesem Leben machst, das ich dir erhalten habe.» Dann strich sie mit ihrer Hand über seine bartlose Wange, wendete ihr Pferd und ritt den Bergpfad hinauf.

* * *

Lauscher hatte der Erzählung Rikkas gespannt zugehört. «War dieser Kurgi dein Großvater?» fragte er jetzt. «Der Vater Hunlis und Arnis?»

«Ja», sagte Rikka. «Zehn Jahre später kam sein Vater auf einem Beutezug um. Urla hatte während dieser Zeit mit ihrer Tochter im Hause ihres Vaters gelebt. Als sie hörte, daß Kurgi Khan geworden sei, ließ sie sich eine Hütte in den Bergen bauen, an jener Stelle, wo der Pfad hinunter in die Steppe führt. Ihre Tochter ließ sie bei ihren Eltern zurück, und seither lebte sie allein im Gebirge mit ihrer Schafherde. Nur von Zeit zu Zeit kam ein Verwandter über den Paß zu ihr, um sie mit den nötigen Vorräten zu versorgen. Aber auch Kurgi kam zu Ohren, wo Urla sich jetzt aufhielt, und er besuchte sie häufig, um ihren Rat zu erbitten.»

«Davon hat mir mein Großvater erzählt», sagte Lauscher. «Bei einer solchen Gelegenheit hat sie dann deinem Vater ihren Stein gegeben.»

«Und jetzt hast du ihn», sagte Rikka. «Damit gehörst du auf gewisse Weise zu unserer Familie. Alle, die den Stein zu Recht besitzen, gehören zu Urlas Familie. Wer ihn aber auf andere Weise an sich nimmt, dem bringt er Unheil.»

Als sie das sagte, nickte Barlo, als könne er das bestätigen. Rikka blickte ihn fragend an. Da holte Barlo seine Flöte hervor und fing an zu spielen. Er begann mit dem trostlosen Motiv, in dem sich die Trübsal seiner Tage als Knecht im Schloß von Barleboog ausdrückte. Lauscher erkannte diese Tonfolge wieder und wurde von dem, was Barlo nun spielte, so gefesselt, daß er den Ablauf der Geschichte, die Barlo mit seiner Flöte erzählte, fast greifbar vor sich sah, zumal er manches selbst erlebt hatte. Gisa trat in den Stall, gab Barlo den Beutel und befahl ihm, diesen Plunder auf den Abfall zu werfen. Barlo ahnte jedoch, wem der Beutel gehörte. Er öffnete ihn, und sobald er seinen Inhalt erblickte, spürte er, daß diesen schimmernden Stein ein Geheimnis umgab. Vielleicht hatte ihn Gisa ihrem Gast weggenommen, um ihn seiner Macht zu berauben? Macht! Das mußte es sein, was dieser Stein unter seiner glatten Oberfläche verbarg. Einen Augenblick spielte Barlo mit dem Gedanken, den Beutel seinem rechtmäßigen Besitzer zurückzugeben und ihn damit gegen Gisa zu stärken. Doch dann erlag er der Versuchung, diese Macht für sich zu behalten. Dies schien ihm der einzige Weg zu sein, wie er sich aus seinem armseligen Dasein als Pferdeknecht befreien könne. Sein Haß auf die Herrin von Barleboog, den er schon fast überwunden hatte, loderte wieder auf und hüllte seinen Verstand ein wie eine Flamme. Barlo trug den Stein bei sich und wartete, daß etwas geschehen würde, aber nichts geschah, nichts veränderte sich. Und dann ertappte ihn der Verwalter, wie er den Stein wieder einmal beschwörend anstarrte, damit er endlich seine Macht erweise. Barlo wurde vor Lauschers Richterstuhl geschleppt, unerreichbar lag der Stein auf dem Gerichtstisch, und dennoch versuchte Barlo in einer letzten, verzweifelten Anstrengung, diesen Richter auf seine Seite zu zwingen. Doch er blieb machtlos wie zuvor und wurde zur Stummheit verurteilt. Wieder riß an dieser Stelle die Flötenmelodie jäh ab, daß jeder im Raum den Schnitt spüren konnte, mit dem der Sprache dieses Mannes ein Ende gesetzt worden war.

Der Schmied und seine Frau hatten wohl begriffen, daß hier von heimlichem Triumph, von der Versuchung der Macht und von grausamer Bestrafung berichtet worden war, doch worum es im einzelnen ging, hatten sie nicht verstehen können. So kam Lauscher zum ersten Mal seiner Aufgabe als Dolmetscher nach und erzählte, was er beim Spiel der Flöte gesehen hatte. Als er damit zu Ende war, gab Barlo zu erkennen, daß er genau dies habe sagen wollen.

«Ich kann gut verstehen, was du getan hast, Barlo», sagte Furro. «Aber euch beiden wäre viel Unheil erspart geblieben, wenn du Lauscher den Stein zurückgegeben hättest.»

Barlo nickte. Aber dann setzte er noch einmal die Flöte an die Lippen und spielte wieder sein trostloses Knechtschaft-Motiv. Doch diesmal knüpfte er daran eine gelöste Melodie, die sich aus den Fesseln dieser wenigen Tonschritte befreite.

«Ich glaube, ich habe dich verstanden», sagte der Schmied. «Du könntest dann zwar noch sprechen, aber du wärst weiter Pferdeknecht bei der bösen Herrin geblieben und könntest nicht frei über Land reiten, wie du es jetzt tust.»

Lächelnd bestätigte Barlo diese Deutung.

«Es ist gut, daß du wieder über Land reitest», sagte der Schmied noch einmal. «Das wird vielen in Barleboog Hoffnung geben, wenn es ihnen zu Ohren kommt.»

Barlo schien diese Äußerung nicht weiter zur Kenntnis zu nehmen, und bald darauf legten sich alle schlafen. Lauscher aber lag noch lange wach und grübelte darüber nach, was der Schmied mit diesen Worten wohl gemeint haben könnte.

Am nächsten Tag wurden Barlo und Lauscher von den klingenden Hammerschlägen aus der Schmiede geweckt. Als sie die Stube betraten, brachte ihnen Rikka Milch, Brot, Käse und geräucherten Flußfisch. Sie setzte sich zu ihnen an den

Tisch und nötigte sie zu essen. Als sie satt waren, fragte sie: «Reitet ihr heute weiter?»

Barlo nickte.

«Dann wünsche ich euch, daß ihr euer Ziel erreicht», sagte sie. Haben wir denn eins? fragte sich Lauscher. Jeder wußte hier offenbar besser Bescheid über Barlos Absichten als er selbst. Rikka schien zu spüren, was in ihm vorging, während sie ihn lächelnd mit Urlas Augen ansah. «Du hast noch viel Zeit, Lauscher», sagte sie, «und mit Urlas Stein muß man Geduld haben. Ich freue mich, daß du ihn jetzt trägst, wenn du vielleicht auch glaubst, daß er dir bisher nichts als Schwierigkeiten gebracht hat. Meinem Vater ging es nicht anders, bis er begriff, daß man immer in Schwierigkeiten gerät, wenn man seinem Geheimnis auf den Grund zu gehen versucht. Aber es war ihm schließlich der Mühe wert. Als du ihm den Tod leicht gemacht hast, hat er wohl gewußt, daß er den Erben von Urlas Stein gefunden hatte.»

Lauscher fühlte sich wie ein Kind, das nicht recht begreifen kann, wovon die großen Leute eigentlich reden. Aber er merkte schon, daß sie es freundlich meinte, und dankte ihr für die Gastfreundschaft. Dann ging er mit Barlo hinaus in die Schmiede.

Furro hatte dem Pferd schon neue Eisen angepaßt und brachte gerade den Esel in die Werkstatt. «Dem muß ich erst zwei Paar Eisen schmieden», sagte er. «Sowas hat man gewöhnlich nicht auf Vorrat.» Er suchte eine Stange Roheisen aus, legte sie ins Feuer und fachte es mit dem Blasebalg an. «Eseleisen sind eine besondere Sache», sagte er. «Zierlich müssen sie sein und leicht, damit sie die schmalen Hufe nicht belasten. Wie man das macht, habe ich bei den Bergdachsen gelernt.»

«Stammst auch du aus Urlas Heimat?» fragte Lauscher.

«Nein», sagte Furro, während er das Eisen aus dem Feuer holte und mit einem Keilhammer ein Stück davon abteilte. «Ich bin im Dorf von Barleboog geboren und war dort schon eine Zeitlang Schmied, als ich hörte, daß man bei den Meistern dort im Gebirge noch einiges dazulernen könne. Da habe ich mich auf den Weg gemacht und bin bei Rikkas Großvater, der ein Eisenschmied war, in die Lehre gegangen. Er muß damals schon um die siebzig Jahre alt gewesen sein, stand aber noch immer täglich am Amboß. Er hatte Urlas Tochter zur Frau, von der euch Rikka gestern berichtet hat.»

Furro begann das Stück Eisen flach zu schmieden und zu biegen, bis dessen Glut verblaßte und sich mit einer grauen Haut überzog, die unter dem Hammer abblätterte. Da legte er das Stück wieder ins Feuer und erzählte weiter, während er den Blasebalg bediente. «Dieser Schmied hieß Hefas, und in seinem Haus lebten noch zwei Enkelkinder, Rikka und Akka, die Töchter Arnis mit dem Stein. Ihre Mutter, die das einzige Kind dieses Schmieds gewesen war, hatte Arni in Urlas Haus kennengelernt. Manchmal meine ich, daß Urla bei dieser Hochzeit die Hand im Spiel gehabt hat; denn sie liebte Arni sehr und wußte, daß er einen Menschen brauchte, mit dem er reden konnte. Aber sein Glück hat nicht lange gedauert. Seine Frau starb, als die Zwillinge erst zehn Jahre alt waren. Da brachte er die beiden zu seinen Schwiegereltern, weil er sich bei dem unsteten Leben, das er führte, nicht genug um sie kümmern konnte.»

Lauscher fühlte sich in all das einbezogen, was der Schmied berichtete. Auf eine ihm selbst noch nicht durchschaubare Weise gehörte auch er in den Zusammenhang dieser Ereignisse, die über ein Jahrhundert umfaßten und ihm doch gleichzeitig und gegenwärtig erschienen, als sei der Ablauf der Zeit aufgehoben. Ob er Urla so greifbar nahe sah, weil sie ihn durch Rikka angeschaut hatte? Er wußte es nicht zu sagen und grübelte darüber nach, während der Schmied das erste Eseleisen fertig ausformte und beiseitelegte, um mit dem nächsten zu beginnen. «Bei Hefas habe ich dann auch so ähnliche Hufeisen schmieden gelernt», sagte er dabei. «Die Steinsucher und Erzklauber verwenden dort in den Bergen gern Maultiere, weil die mit ihren schmalen Hufen besser klettern können. Auch Rikka hatte ein solches Maultier, mit dem sie auf dem Paßweg über das Gebirge ritt, wenn sie ihren Vater in seinem Haus am Rande der Steppe besuchen wollte.»

«Hast du Arni kennengelernt?» fragte Lauscher.

Furro schlug die Nagellöcher in das zweite Eisen und sagte dann: «Ja. Ein paarmal kam er zu Hefas in die Schmiede, um seine Töchter zu sehen. Und er war auch dabei, als ich Rikka geheiratet habe. Ich mochte ihn gern. Er war ein Mann, mit dem sich gut reden ließ.»

Dann wendete sich Furro wieder seiner Arbeit zu und blieb schweigsam, bis Jalf seine Eisen an den Hufen hatte. «Das sollte eine Zeitlang halten», sagte er nur noch, und wenig später hatten Barlo und Lauscher das Dorf schon hinter sich zurückgelassen und ritten wieder am Fluß entlang. Vier Tage waren sie so unterwegs, schliefen nachts in Feldscheunen, und Lauscher hatte zunächst den Eindruck, als reite Barlo nur deshalb in dieser Richtung weiter, weil hier ein Weg war, gleichgültig, wohin er führen mochte. Doch am vierten Tag fiel ihm auf, daß Barlo von Zeit zu Zeit zu den grasigen Hängen hinaufblickte, die auch hier noch das Flußtal säumten. Ob er etwas suchte? Lauscher fragte ihn, aber Barlo winkte nur ab und ritt weiter.

Gegen Abend an diesem Tag sah Lauscher weit oben auf den Hügeln eine Schafherde grasen, eine dicht gedrängte Schar weißer Flöckchen, um die ein Hund kreiste wie ein unruhiger schwarzer Punkt. Barlo entdeckte die Herde im gleichen Augenblick und hielt sein Pferd an. War es das, was er gesucht hatte? Lauscher konnte sich keinen Reim darauf machen. Was hatte Barlo mit Schafen im Sinn? Offenbar war es wirklich das, worauf Barlo aus war. Er lenkte sein Pferd vom Weg ab ins Weideland und ließ es auf die Schafherde zutraben. Lauscher folgte ihm auf seinem Esel und fragte sich, was aus alledem werden sollte.

Er brauchte nicht lange darauf zu warten. Als sie den Hügel hinaufgeritten und in die Nähe der Herde gelangt waren, stieg Barlo ab, um die Tiere nicht zu erschrecken. Er band sein Pferd an einen Haselbusch und bedeutete Lauscher, daß er auch seinen Esel hier zurücklassen solle. Der Schäfer, der oberhalb seiner Herde auf der Kuppe des Hügels stand, war jetzt auf sie aufmerksam geworden und kam ihnen entgegen, als sie weiter auf die Herde zugingen. Er pfiff seinen Hund zurück, der sich kläffend den Eindringlingen entgegenstürzte, und begrüßte die beiden. «Habt ihr mich gesucht?» fragte er.

Barlo nickte.

«Und was kann ich für euch tun?» fragte der Schäfer und blickte von einem zum anderen; doch Lauscher konnte ihn beim besten Willen nicht verraten, was sein Herr im Sinn hatte. Da zog Barlo seine Flöte hervor und begann zu spielen. Was er da aus seiner Flöte hervorlockte, klang wie ein Hirtenlied, wie es ein Schäfer an einem Frühlingstag wie diesem blasen mochte, wenn er nichts anderes zu tun hatte. Lauscher hörte aufmerksam zu, denn er hatte schon begriffen, daß er hier wieder den Dolmetscher würde spielen müssen. Und je weiter Barlo sein Lied ausspann, desto klarer wurde es Lauscher, daß sein Herr Schafe hüten wollte. Nach all den geheimnisvollen Andeutungen, die Lauscher im Haus des Schmieds gehört, aber nicht recht verstanden hatte, entsprach das nicht gerade seinen Vorstellungen, die er sich von Barlos Ziel gemacht hatte. Er hatte sich schon eingebildet, daß sein Herr zu irgendwelchen Heldentaten ausgezogen sei, an denen auch er selbst einen gewissen Anteil haben würde. Und nun wollte er Schafhirte werden, daran gab es keinen Zweifel.

«Ein hübsches Lied», sagte der Schäfer, als Barlo zu Ende gespielt hatte. «Wenn du nicht auf einem Pferd heraufgeritten wärst, würde ich wetten, daß auch du ein Schäfer bist.»

«Soweit ich meinen Herrn richtig verstanden habe», sagte Lauscher, «möchte er gern einer werden. Und mich wird er wohl als Hütejungen dabeihaben wollen.»

Barlo nickte und blickte den Schäfer fragend an.

«Besonders gesprächig scheint er ja nicht zu sein, dein Herr», sagte der Schäfer zu Lauscher. «Aber das ist für einen Schafhirten eher ein Vorteil; denn viel Gesellschaft hat er nicht zu erwarten. Im übrigen kommt ihr mir gerade recht. Ich habe noch eine zweite Herde, die in dem Tal auf der anderen Seite des Hügels weidet. Ihr Hirte hat sich am Bein verletzt und wird wohl so bald nicht wieder laufen können. Ich muß inzwischen für beide Herden sorgen. Den ganzen Tag lang renne ich von der einen auf die andere Seite, damit mir keine Schafe verlorengehen. Von mir aus könnt ihr also gleich anfangen.»

Lauscher war von diesen Aussichten nicht sonderlich begeistert. Er hatte gehofft, mit Barlo über Land zu reiten, wie Furro sich ausgedrückt hatte, und dabei womöglich ein paar denkwürdige Abenteuer zu erleben. Nun sah es so aus, als solle er den ganzen Sommer lang auf diesem Grashügel hocken und Schafe hüten. Und von wem sollte er hier das Zuhören lernen, das der Sanfte Flöter für so lernenswert gehalten hatte? Von den Schafen vielleicht, die langsam vor sich hin weideten und von Zeit zu Zeit blökend dem Hund auswichen, der sie zusammentrieb, wenn sie sich allzu weit von der Herde entfernten? «Wo sollen wir schlafen?» fragte er und hegte dabei die Hoffnung, daß Barlo sich auf die Dauer nicht mit einem windigen Schäferquartier zufriedengeben würde.

«Holt eure Reittiere und kommt mit», sagte der Schäfer. «Ich zeig's euch.»

Er führte sie auf die andere Seite des Hügels, und hier stand dicht unter der Kuppe zwischen Haselstauden und Holunderbüschen eine Schäferhütte, deren Außenwände und Dach mit abgeschälter Fichtenrinde abgedichtet waren, eine luftige Behausung, aber im Winter brauchte hier ja keiner zu wohnen. «Hier können wir kochen und schlafen», sagte der Schäfer. «Vorräte werden alle zwei Wochen vom Dorf heraufgebracht, und Lohn gibt es im Spätherbst, wenn wir die Schafe heimgetrieben haben. Nun, was meint ihr? Wollt ihr dableiben?»

Barlo nickte und gab dem Schäfer die Hand, um sein Einverständnis zu bestätigen. Da blieb Lauscher nichts anderes übrig, als das gleiche zu tun. Dann sattelten sie ihre Reittiere ab und trugen Sättel und Packtaschen in die Hütte. Sie hatte nur einen Raum; rechts der Tür waren vier Schlafpritschen aus Brettern, auf denen Strohsäcke und grobe Wolldecken lagen; links stand in der Ecke ein aus Feldsteinen roh aufgemauerter Herd; dann gab es noch einen Tisch und zum Sitzen ein paar trommelförmige Baumklötze. An der Wand hingen Töpfe und Pfannen und daneben auch noch vier Jagdbogen und Köcher mit Pfeilen.

«Wozu die Bogen?» fragte Lauscher.

«Im Herbst kommen manchmal Wölfe aus dem Wald herunter», sagte der Schäfer. «Jetzt im Frühling braucht ihr euch deswegen noch keine Sorgen zu machen. Könnt ihr damit umgehen?»

«Einigermaßen», sagte Lauscher, und Barlo nickte. Als sich Lauscher wieder umwandte, um hinauszugehen, sah er die sonnenüberflutete Landschaft draußen wie ein in leuchtenden Farben gemaltes Bild im dunklen Rahmen der Tür: den jenseits des Tales wieder aufsteigenden Wiesenhang mit einzelnen Büschen und hie und da eine zierliche Eberesche. Auf der unteren Hälfte graste die zweite Herde, umkreist von einem kräftigen, langhaarigen Schäferhund. Weiter oben traten die Büsche enger zusammen, und dann begann der dichte, dunkelgrüne Fichtenbestand. In den sanften Einschnitten eines Seitentals schob sich von beiden Seiten Waldkulisse um Waldkulisse bis weit in blaue Ferne. Irgendwo dort hinten mußte Barleboog liegen.

Nach der ersten Woche hatten sie sich eingewöhnt. Der Schäfer hatte ihnen die Anfangsgründe seiner Kunst beigebracht, und wenn sie etwas nicht wußten, brauchte Lauscher nur auf die andere Seite des Hügels zu gehen, um ihn zu fragen. Das Pferd und den Esel ließen sie frei grasen, und die Schafe hatten sich bald an die beiden Tiere gewöhnt; nur der Hund betrachtete sie noch mit Argwohn, wenn sie seinen Schützlingen zu nahe kamen, und fuhr ihnen dann kläffend zwischen die

Beine. Barlo saß die meiste Zeit des Tages unter einem Haselbusch und spielte auf seiner Flöte.

Nach und nach begriff Lauscher, warum sich Barlo diese einsame Beschäftigung gesucht hatte. Offenbar wollte er sein Flötenspiel in aller Ruhe verfeinern und ungestört ausprobieren, was alles sich mit seinem Instrument ausdrücken ließ. Mit der Zeit empfand Lauscher diese Tonfolgen derart als Bestandteil der Landschaft, daß er erst aufhorchte, wenn sie einmal verstummten.

Manchmal hörte er jedoch zu, und das nicht nur, weil er das Zuhören lernen sollte, sondern weil ihn irgendein Motiv fesselte, das Barlo gefunden hatte. Es gelang ihm dabei immer besser, Barlos Gedanken und Empfindungen zu folgen, die in seiner eigenen Vorstellung Gestalt annahmen wie die Abbilder von Ereignissen, in denen fast stets das hoch aufragende Schloß von Barleboog im Mittelpunkt stand inmitten des weiten Tals, das rings von den Wäldern eingeschlossen war. Aber es war nicht das düstere, unter dem Zwang der bösen Herrin verstummte Barleboog, das er kannte, sondern eine heitere Welt, in der die Menschen singend ihrer Beschäftigung nachgingen, in der getanzt und gelacht wurde, ein Schloß voller Fröhlichkeit und Liebe.

«Du denkst oft an Barleboog», sagte er eines abends zu Barlo, als sie zusammen mit dem Schäfer nach dem Abendessen vor der Hütte saßen.

Barlo nickte. Der Schäfer hatte aufgehorcht, als Lauscher den Namen des Schlosses nannte. «Von dorther kommt ihr also», sagte er. «Mich wundert nicht, daß ihr weggezogen seid. Man sagte, seit Gisa sich das Tal angeeignet hat, sei dort alle Freude erstorben.»

«Was weißt du darüber?» fragte Lauscher.

«Nichts genaues», sagte der Schäfer. «Selten gelingt es einem Menschen, ihrer Macht zu entkommen. Aber an den langen Winterabenden erzählt man in den Dörfern unten am Fluß eine grausige Geschichte, die ‹Gisa und die Wölfe› genannt wird. Kennst du sie?»

«Nein», sagte Lauscher, «aber ich würde sie gern hören, denn ich bin auf Gisas Schloß gewesen und habe am eigenen Leibe erfahren, was sie aus einem Menschen machen kann.»

«Ich will sehen, ob ich zusammenbekomme, was ich davon aufgeschnappt habe», sagte der Schäfer und begann mit der

Geschichte von Gisa und den Wölfen

Im Bergland am Oberlauf des Flusses von Barleboog lebte ein Steinsucher, der eine Tochter mit Namen Gisa hatte. Dieses Mädchen galt als das schönste weit und breit. Viele junge Männer kamen und warben um Gisa, aber sie war stolz und wies alle ab. Sie sagte, sie wolle nur den zum Manne nehmen, der ihr einen ebenso großen und reinen Saphir bringe wie jenen, den ihr Vater besaß. Diesen Stein hütete ihr Vater als sein kostbarstes Kleinod und zeigte ihn keinem Menschen mit Ausnahme seiner Tochter. Er verwahrte ihn in einem Kästchen, das in seinem Schlafzimmer neben dem Bett stand. Den Schlüssel dazu trug er stets bei sich und legte ihn nachts unter sein Kopfkissen. Jedesmal, wenn ein junger Mann zu Gisa kam und ihr einen Stein vorwies, den er nach langem Suchen gefunden hatte, sagte sie: «Wertloser Plunder! Du kennst den Stein meines Vaters nicht.» Sogar aus dem reichen Tal von Barleboog kamen Bewerber, die von Gisas Schönheit gehört hatten, ins Gebirge hinauf, aber keiner von ihnen brachte einen Stein, der dem Vergleich mit dem Saphir von Gisas Vater standhalten konnte.

Das ging so, bis eines Tages ein Fremder vorsprach, der Gisa ausnehmend gut gefiel. Er war kräftig und doch von schlanker Gestalt, hatte krause schwarze Locken, und die Art, wie er ihr in die Augen sah, ließ Gisa das Herz schneller schlagen. Aber auch sein Stein konnte vor ihren Augen nicht bestehen. Es tat ihr zwar leid, den Fremden abweisen zu müssen, aber wie stets sagte sie: «Wertloser Plunder! Du kennst den Stein meines Vaters nicht.»

«Dann zeig ihn mir doch!» sagte der Fremde. «Wie kann ich einen gleichen Stein finden, wenn ich nicht weiß, wie er aussehen soll?»

«Das ist nicht möglich», sagte Gisa. «Mein Vater zeigt ihn keinem Menschen außer mir.»

«Also weißt du, wo er ihn verborgen hat», sagte der Fremde. «Laß mich ein, wenn dein Vater schläft. Dann wird er nicht merken, daß du mir den Stein gezeigt hast.»

«Das wird so einfach nicht gehen», sagte Gisa, «denn er hat den Stein in einem Kästchen verschlossen und legt den Schlüssel nachts unter sein Kopfkissen. Er wird aufwachen, wenn ich versuche, ihn herauszuziehen.»

«Mach dir keine Sorgen», sagte der Fremde. «Ich will dir ein Schlafkraut geben, das du deinem Vater in seinen Abendtrunk mischst. Dann wird er nicht aufwachen, selbst wenn dir der Schlüssel aus der Hand fallen sollte.»

Gisa blickte dem Fremden in seine braunen Augen und konnte ihm nicht mehr widerstehen. «Ich tue das nicht gern», sagte sie zwar, aber schließlich willigte sie ein. Der Fremde brachte ihr das Schlafkraut, und sie mischte es ihrem Vater in seinen Abendtrunk. Es schien auch zu wirken, denn bald darauf wurde er müde und ging zu Bett.

In der Nacht öffnete Gisa dem Fremden auf ein vereinbartes Zeichen hin die Tür und führte ihn in das Schlafzimmer ihres Vaters. Dort zog sie vorsichtig den Schlüssel unter dem Kopfkissen hervor, ohne daß der Vater sich auch nur im Schlaf bewegte, und sperrte das Kästchen auf.

Als der Fremde den Stein sah, begannen seine Augen vor Gier zu funkeln; denn der Saphir war von der Größe eines Taubeneis, tiefblau und klar wie das Wasser eines Bergsees. Der Fremde griff ins Kästchen und nahm den Stein heraus. «Du hattest recht», sagte er. «Einen solchen Stein findet man nicht zum zweiten Mal.»

«Sei still!» zischte Gisa. «Du weckst meinen Vater!»

Der Fremde lachte, und dieses Lachen ließ Gisas Herz erfrieren. «Deinen Vater?» sagte er. «Den wird keiner mehr aufwecken. Und den Stein nehme ich auch ohne dich als Zugabe.» Damit sprang er aus der Tür hinaus und wurde nie mehr in dieser Gegend gesehen.

Bisher war Gisa stolz gewesen, aber in dieser Nacht wurde sie böse. Sie hatte sich in den Fremden verliebt, und jetzt haßte sie nicht nur ihn, sondern jeden, der je um ihre Hand angehalten hatte, und schwor den Männern Rache. «Ich werde nicht eher ruhen», schrie sie hinaus in die Nacht, «bis ich so reich bin, daß ich mir jeden Mann kaufen kann, den ich will!»

Auch sie verschwand in dieser Nacht aus dem Tal. Und darüber, was mit ihr weiter geschah, wird folgendes erzählt: Sie verließ das Haus, in dem ihr Vater lag, der mit ihrer Hilfe ermordet worden war, und lief hinaus in die Wälder. Dort begegnete ihr noch in der gleichen Nacht ein riesiger Wolf, der sie mit seinen gelben Augen anstarrte und dann auf sie zusprang, um ihr die Kehle durchzubeißen. Doch ehe er sie erreichte, rief Gisa: «Warte, Wolf! Ich will dir und deinem Rudel bessere Nahrung verschaffen.»

«Wie willst du das anstellen, Gisa?» fragte der Wolf.

«Ich werde euch in das reiche Tal von Barleboog führen», sagte Gisa. «Dort leben die Leute sorglos und sind nicht auf der Hut. Es wird für euch ein Kinderspiel sein, sie zu überfallen. Und ihr werdet dort mit mir herrschen. Das verspreche ich dir.»

Der Wolf blickte sie mit seinen gelben Augen an und sagte: «Du bist böse, Gisa, und das gefällt mir sehr. Aber ich will dir drei Bedingungen stellen, ehe ich auf deinen Vorschlag eingehe.»

«Stelle deine Bedingungen», sagte Gisa ohne Zögern. «Ich will sie dir erfüllen.»

«Dann höre!» sagte der Wolf. «Bist du noch Jungfrau?»

«Ja», sagte Gisa. «Ich habe noch mit keinem Manne geschlafen, denn sie waren es alle nicht wert.»

«Das ist gut», sagte der Wolf. «Es heißt, wenn eine Jungfrau einem Wolf freiwillig von ihrem Blut zu trinken gibt, dann wird er die Gestalt eines Menschen annehmen, solange die Sonne am Himmel steht. Willst du das für mich und mein Rudel tun?»

«Ja», sagte Gisa, «ich werde euch mein Blut zu trinken geben.»

«Dann höre das zweite», sagte der Wolf. «Solange wir in diesem Wald sind, sollst du jede Nacht bei mir liegen und meinen Pelz kraulen.»

«Wenn's weiter nichts ist», sagte Gisa. «Komm zu mir, Wolf, damit ich dich kraulen kann.» Und der Wolf kam zu ihr, legte seinen Kopf in ihren Schoß, und während sie ihn kraulte, fragte Gisa nach der dritten Bedingung.

«Das ist die schwerste», sagte der Wolf. «Du sollst selbst zur Wölfin werden, wenn du je einen Mann von Herzen liebgewinnst. Ist dir das recht?»

Gisa lachte so grell, daß selbst der Wolf in ihrem Schoß zusammenzuckte. «Das ist die leichteste!» sagte Gisa. «Es ist mir recht, denn dieses Versprechen werde ich wohl nie einlösen müssen.»

«Das ist gut», sagte der Wolf, «denn wenn dies geschähe, müßten auch wir wieder für immer Wölfe bleiben.» Dann stand er auf und heulte hinaus in die Nacht, um sein Rudel zusammenzurufen. Bald hörte Gisa die Wölfe durch den Wald herantraben, doch die Nacht war so finster, daß Gisa nur die glimmenden Augen sehen konnte, die einen Kreis um sie bildeten.

«Nun gib uns dein Blut zu trinken, Gisa», sagte der alte Wolf. Da nahm Gisa ein Messer und schnitt sich in den linken Arm, daß das Blut heruntertropfte. Einer nach dem anderen kamen die Wölfe zu ihr und leckten das Blut von der Wunde. Dann legte sich das Rudel an dieser Stelle schlafen, und Gisa nahm den alten Wolf in ihre Arme und kraulte seinen Pelz.

Als sie am nächsten Morgen erwachte, lag sie in den Armen eines Mannes, dessen Haar und Bart so dicht waren wie das Fell eines Wolfes, und ihre Hand krallte sich in die Pelzjacke, die dieser Mann trug. Gisa blickte sich um und sah rings im Kreis fünfzig Männer liegen, alle mit graubraunem Haar und Bart und in Kleidern aus Wolfspelz. Da stand sie auf und rief: «Wacht auf, meine Wölfe! Wir wollen nach Barleboog laufen!»

Zwölf Tage lang trabten sie durch den Wald, und jede Nacht blieb Gisa bei dem alten Wolf, um ihn zu kraulen. Am Abend des zwölften Tages standen sie am Waldrand, blickten hinunter in das weite Tal von Barleboog und sahen das Schloß auf seinem Hügel inmitten der Felder und Wiesen aufragen. Auf den Hängen unterhalb des Waldes weideten Schafe.

«Heute Nacht sollt ihr euch sattfressen», sagte Gisa zu ihren Begleitern und zeigte auf die Herde. Die Männer starrten mit ihren gelben Augen auf die Beute und warteten, daß die Nacht hereinbrach. Sobald die Sonne untergegangen war, verwandelten sie sich in Wölfe, sammelten sich zum Rudel und stürzten sich auf die Tiere.

In dieser Nacht kam der alte Wolf erst spät zu Gisa, um ihre Hand in seinem Pelz zu spüren. Gisa schlief in dieser Nacht nicht, sondern wartete ungeduldig auf den Morgen.

Sobald die Sonne aufgegangen war und die Wölfe sich wieder in Männer verwandelt hatten, zog Gisa mit ihnen ins Tal hinunter. An der Schafweide standen Bauern und Hirten und beklagten ihren Verlust. Gisa blieb bei ihnen stehen und fragte, was geschehen sei.

«Heute Nacht sind Wölfe aus dem Wald gekommen und haben über hundert Schafe gerissen», sagte einer. «Wie sollen wir uns gegen ein solches Wolfsrudel wehren?»

«Das trifft sich gut», sagte Gisa. «Meine Männer sind Wolfsjäger, wie ihr an ihren Pelzen sehen könnt. Führt uns zu eurem Herrn, damit er sie in Dienst nehmen kann. Dann werden wir diesen Räubern schon den Garaus machen.»

Die Besitzer der Schafe hörten das gern und führten Gisa mit ihren Begleitern zum Grafen auf das Schloß. Hier wurde ein Fest gefeiert, schön gekleidete Leute gingen aus und ein, Speisen wurden aufgetragen, und überall wurde gelacht und getanzt.

Als Gisa mit ihren Wolfsmännern eintrat, verstummte die Musik, die Tänzer blieben stehen, und alle starrten auf die düsteren Gestalten in ihren graubraunen Pelzen. Der Graf trat auf sie zu und fragte, was dieser Aufzug zu bedeuten habe. Da berichtete ihm der Bauer, der Gisa begleitet hatte, von dem Unglück und bat ihn, diese Männer zu Hilfe zu rufen. Der Graf hörte sich an, was der Bauer zu berichten hatte, und fragte dann Gisa, wer sie sei und woher sie komme.

«Ich heiße Gisa», sagte sie, «und meine Männer jagen oben in den Bergwäldern Wölfe. Nun haben wir gehört, daß heute Nacht ein Rudel in den Herden gewütet hat, und bieten dir unsere Dienste an.»

«Die will ich gern annehmen», sagte der Graf, «denn ich habe nicht genug Jäger, um ein solches Rudel zu vertreiben. Seid heute meine Gäste und feiert mit uns. Morgen soll dann zur Jagd geblasen werden. Du, Gisa, sollst an meinem Tisch sitzen, weil du mir diese Hilfe gebracht hast.»

Da mischten sich die Wolfsmänner unter die Festgesellschaft, und Gisa saß beim Grafen an dessen Tisch. Es fiel ihr auf, daß er keinen von denen, die mit ihm zusammensaßen, als Verwandten ansprach. «Hast du keine Frau und keine Kinder?» fragte sie.

«Meine Frau ist vor ein paar Jahren gestorben», sagte der Graf. «Und mein einziger Sohn ist letzte Woche ausgeritten, um im Flachland Pferde zu kaufen. Aber auch mich wundert, daß du allein mit diesen Männern durch den Wald ziehst; denn das scheint mir kein Leben für eine Frau zu sein. Willst du nicht hier auf dem Schloß wohnen bleiben?»

Gisa sah ihn an und sagte: «Das könnte schon sein.»

«Ich will auch deine Männer auf Dauer in Dienst nehmen», sagte der Graf. «Sie sollen gut bezahlt werden, denn ich bin reich. Du mußt wissen, daß man in der Flußschleife unterhalb des Schlosses Edelsteine finden kann.» Er griff in seine Tasche und zog einen Saphir hervor, ebenso groß und klar wie jenen, den ihr Vater besessen hatte. «Den schenke ich dir für deine halbe Zusage», sagte der Graf, denn auch er war schon im Begriff, der Schönheit Gisas zu erliegen. Da gelang es Gisa kaum noch, die Gier in ihren Augen zu verbergen, und sie wartete ungeduldig, daß die Sonne sich zum Horizont senkte.

Sobald der letzte Lichtstreifen hinter den Bergen verschwunden war, wurden Gisas Männer wieder zu Wölfen und stürzten sich auf die Gäste. Als erstem biß der alte Wolf dem Grafen die Kehle durch, und nach kurzer Zeit lebte im Schloß keine Menschenseele mehr.

Von diesem Tag an war Gisa Herrin auf Barleboog. Ihre Männer wurden von den Leuten Gisas zottige Knechte genannt, und beim Gesinde begann man bald zu tuscheln, daß nach Sonnenuntergang keiner von ihnen zu sehen war. Gisa setzte sie als Vögte und Aufseher über die Bauern, Handwerker und Schloßdiener, die sie mitsamt allem, was sie zu eigen hatten und sich erarbeiteten, als ihren Besitz betrachtete. Nur eins ist ihr nicht geglückt: Es heißt, daß sie noch immer auf die Rückkehr des Grafensohnes wartet, um auch ihn zu töten. Jeden jungen Mann, der ihr Gebiet betritt, fängt sie ab und fragt ihn aus, aber bisher hat sie ihn noch nicht gefunden, höchstens einmal einen Gespielen, der ihr die Nächte verkürzt, bis sie ihn wieder wegjagt und ihren Wölfen überläßt. Aber in Barleboog ist seither jede Freude erstorben.

* * *

«Das ist alles, was ich über Gisa und ihre Wölfe gehört habe», sagte der Schäfer. «Was davon zu halten ist, weiß ich nicht. Die Leute erzählen viel, wenn im Winter die Nächte lang sind. Du wirst es vielleicht besser wissen, Lauscher, wenn du selber dort gewesen bist.»

«Wer weiß schon, was hinter den Dingen steckt, die er sieht», sagte Lauscher. «Kann sein, daß ich einer Gefahr entronnen bin, von der ich nichts wußte. Ich habe nicht gesehen, daß Wölfe zu Menschen wurden; daß Gisa aber Menschen zu Wölfen machen kann, habe ich an mir selbst erfahren.»

Barlo hatte die Geschichte des Schäfers aufmerksam angehört, aber sein Gesicht blieb verschlossen und verriet nicht, was er davon hielt. In den folgenden Tagen war jedoch die Fröhlichkeit aus seinem Flötenspiel verschwunden, und wenn Lauscher jetzt zuhörte, sah er die Wölfe durch das Tal von Barleboog traben.

Über die Ereignisse dieses Sommers auf der Schafweide gibt es sonst kaum Nennenswertes zu berichten. Barlo machte von seinem Recht als Herr eines Dieners durchaus Gebrauch, indem er es zumeist Lauscher überließ, sich um die Herde zu kümmern, während er selbst irgendwo unter einem Baum saß und auf seiner Flöte spielte. Und da auch der Schäfer sich eher Barlo gleichstellte als dem Diener dieses angelernten Schafhirten, machte auch er ähnliche Rechte geltend. So bekam Lauscher allerhand zu tun: Er mußte aufräumen, waschen, Wasser vom Bach im Talgrund zur Hütte heraufschleppen und kochen, alles Tätigkeiten, die er in seiner Begierde nach ungewöhnlichen Ereignissen wenig befriedigend fand, wobei noch gesagt werden muß, daß Kochen zwar zur Kunst, ja zu einem wahren Abenteuer werden kann, kaum jedoch, wenn man nichts weiter zur Hand hat als Wasser, Mehl, Fett und allenfalls ein bißchen Schafkäse. Vor allem muß man Lust dazu haben, und die hatte Lauscher ohne Zweifel nicht.

Sein einziger Trost in dieser Zeit war sein Esel Jalf. Er brauchte ihn nur beim Namen zu rufen, und schon kam er über die Wiese herangaloppiert, um sein weiches Maul an Lauschers Wange zu reiben. Lauscher gewöhnte sich daran, ihn auch ohne Sattel zu reiten, und trabte mit ihm über die Hügel, wenn einmal nichts anderes zu tun war und Barlo sich bereitfand, auf die Herde zu achten. Lauscher ließ seinen Esel über niedrige Hecken springen, und wenn er einmal herunterfiel, kam Jalf zu ihm zurück und stubste ihn so lange mit seiner Nase, bis er wieder aufstand. Aber dergleichen geschah nur anfangs, und es dauerte nicht lange, bis Lauscher auf seinem Esel durch das Tal jagte wie ein graufelliger Zentaur.

Darüber verging der Sommer, die Beeren der Ebereschen färbten sich leuchtend rot, der scharfe Bergwind warf die Nüsse aus den Haselstauden, und in den Nächten wurde es in der Schäferhütte schon ziemlich kalt.

In einer solchen Nacht wachte Lauscher davon auf, daß Jalf mit den Hufen gegen die Tür der Hütte schlug und laut schrie, einen langen, wilden Eselsschrei, der von der anderen Talseite widerhallte. Auch Barlo und der Schäfer waren hochgefahren, und Lauscher stand auf, um nachzusehen, was seinen Esel aufgestört habe. Er hatte noch nicht die Tür erreicht, als er oben vom Waldrand her Wölfe heulen hörte. Da sprangen auch die beiden anderen von ihren Schlafpritschen, jeder griff sich Bogen und Pfeile, und dann liefen sie hinaus in die Nacht. Lauscher schwang sich auf seinen Esel und trieb ihn im Galopp hinüber zu den Schafen, die sich ängstlich blökend zusammendrängten.

Während er die Herde umritt, hörte er hinter sich schon den schweren Hufschlag von Barlos Pferd. Aber auch das Heulen kam rasch näher, und gleich darauf sah Lauscher die schattenhaften Gestalten zwischen den Büschen am Waldrand herunterhuschen. Er legte einen Pfeil auf die Sehne und wartete, bis die ersten Wölfe nahe genug waren. Gleich mit dem ersten Schuß traf er den Leitrüden, der einen Satz in die Luft machte und strampelnd liegenblieb. Dann war auch schon Barlo neben ihm und sandte Pfeil auf Pfeil in das heranstürmende Rudel.

Fast mit jedem Schuß blieb ein Wolf auf der Strecke, aber die übrigen kamen rasch näher. Ein riesiges Tier sprang auf Lauscher zu, doch Jalf bäumte sich auf, zerschmetterte dem Wolf mit seinen Vorderhufen den Schädel und stieß dabei seinen fürchterlichen Eselsschrei aus. Dieser Schrei war es, der den Ansturm des Rudels zum Stehen brachte. Wie unter einem Peitschenschlag hielten die Wölfe in ihrem Lauf inne, machten kehrt und rannten in wilder Flucht zurück zum Wald.

Jetzt kam endlich auch der Schäfer herangekeucht und schickte ihnen noch ein paar Pfeile hinterher. Wenige Augenblicke später war der Spuk verschwunden.

«Ohne deinen Esel wären wir zu spät gekommen, Lauscher», sagte der Schäfer, als er wieder zu Atem gekommen war. «Und was für ein Rudel! So viele von diesen Bestien habe ich noch nie auf einmal gesehen. Ich kann von Glück reden, daß ich nicht allein war.»

Sie wachten in dieser Nacht draußen bei der Herde, falls die Wölfe noch einmal zurückkehren sollten. Aber es blieb alles ruhig, und als die Morgendämmerung über den Hügelkamm stieg, schleiften sie die erlegten Tiere zusammen. Neun

Wölfe zählte die Strecke. Und wie es nach und nach heller wurde, machten sie eine unheimliche Entdeckung: Jeder der Wölfe trug ein ledernes Halsband, auf dem ein Saphir funkelte. Entsetzt machte der Schäfer ein Zeichen gegen böse Geister und murmelte: «Gisas zottige Knechte!»

Wie es sich mit diesen Wölfen auch verhalten mochte: Als die Sonne aufging, verwandelten sie sich keineswegs in Männer. Ob dies nun daran lag, daß sie tot waren, oder ob die Leute sich mit Gisas Wölfen etwas zusammenfabuliert hatten – daß sie diese Halsbänder trugen, zeigte schon deutlich genug, woher sie gekommen waren. Je länger Lauscher darüber nachdachte, desto deutlicher spürte er, wie Angst in ihm hochkroch. Hatte Gisa herausbekommen, wo er und Barlo sich aufhielten, und die Wölfe auf ihre Fährte gehetzt? Es schien ihm höchste Zeit zu sein, aus dieser Gegend zu verschwinden.

Als der Schäfer einen der blauen Steine aus seiner Fassung brechen wollte, stieß Barlo ein warnendes Knurren aus, das fast schon wölfisch klang, und riß ihm die Hand weg. Lauscher verstand das nur allzu gut und sagte: «Ich würde diese Glitzerdinger um nichts in der Welt anfassen und kann dir nur raten, die Finger davon zu lassen.»

Da hoben sie am Waldrand eine Grube aus, warfen die toten Wölfe samt ihren Halsbändern hinein und schütteten sie zu. Der Schäfer häufte noch ein paar schwere Steine darüber, als fürchte er, die unheimlichen Tiere könnten nachts aus ihrem Grab steigen.

An diesem Tag ließen sie die Herde auf der anderen Seite des Tals unterhalb der Hütte weiden, und der Schäfer sagte: «Ich bleibe keinen Tag länger hier. Morgen treiben wir die Schafe in die Winterquartiere.»

Eine Woche lang wanderten sie mit der Herde durch das Flußtal, bis sie in das Dorf kamen, in dem der Eigentümer wohnte. Der Bauer kam vors Haus, um seine Tiere zu zählen, und lobte den Schäfer, daß er nicht nur so viele Lämmer habe aufziehen können, sondern auch keines der Alttiere verloren habe.

«Das ist nicht allein mein Verdienst», sagte der Schäfer. «Ohne Lauschers und Barlos Hilfe hätten in der vergangenen Woche die Wölfe wohl die halbe Herde gerissen.» Aber von den Halsbändern sagte er nichts. Mag sein, daß er nicht ausgelacht werden wollte; es war aber auch möglich, daß er Angst davor hatte, laut von diesen unheimlichen Tieren zu reden.

Der Bauer dankte Barlo und Lauscher und gab ihnen einen Aufschlag auf den vereinbarten Lohn. Auch lud er sie ein, den Winter über als Gäste auf seinem Hof zu bleiben. Wieder einmal gab Barlo nickend sein Einverständnis und ließ Lauscher für die Einladung danken.

Ein paar Tage später wurde auf dem Hof ein Fest gefeiert; denn die Ernte war reich gewesen, und auch das Vieh war gut gediehen in diesem Jahr, von den Schafen, die Barlo und Lauscher gehütet hatten, gar nicht zu reden. Der Bauer hatte alle Nachbarn eingeladen, in der Küche wurde gebraten und gebacken, daß die Mägde vom Morgen bis zum Abend am Herd stehen mußten, und der Bauer stach ein Faß von seinem besten Apfelmost an.

Erst wurde gegessen, bis allen der Schweiß auf der Stirn stand, dann wurde getrunken, um die innere Hitze wieder abzukühlen, und dann wurde getanzt, damit die Kühle nicht überhand nahm, bis der Schweiß wieder ausbrach und abgekühlt werden mußte. Lauscher gefiel das besser als das kärgliche Schäferleben auf den Hügeln. Er ließ es sich schmecken und schwenkte die Bauernmädchen auf dem Tanzboden, daß ihre Röcke flogen.

Barlo saß abseits in einem Winkel der Stube, trank hie und da einen Schluck aus seinem Becher und beobachtete das Treiben. Da er nur mit wenigen Gesten antwortete, wenn ihn einer ansprach, hatte man ihn bald sich selbst überlassen. Doch als der Fiedler, der zum Tanz aufspielte, einmal eine Pause machte, holte Barlo seine Flöte heraus und stellte sich mitten auf den Tanzboden. Jetzt wurden alle Leute auf ihn aufmerksam, zumal er fast alle um Haupteslänge überragte. Er setzte sein Instrument an die Lippen, und schon bei den ersten Tönen, die er spielte, zuckte es den Tänzern in den Beinen. Sie begannen zu tanzen und wirbelten rings um den Spieler. Lauscher wurde in den Strom hineingerissen, packte ein Mädchen und stampfte den Rhythmus mit, den der Flöter angab. Barlo stand in der Mitte wie ein Pfahl, den strudelndes Wasser umkreist, und spielte, wie ihn Lauscher noch nie gehört hatte. Gesichter flogen vorüber, lachende Münder, Augen, die für Sekunden seinen Blick trafen und wieder davontrieben im wilden Trubel des Tanzes, farbige Tücher glitten vorbei, Schmuck blitzte auf, und all das verschwamm zu einem flimmernden Nebel, der sich rasend drehte, getrieben von der süßen Gewalt der Flötenmelodie, die sprang und wogte, bis es nichts mehr gab außer dieser Musik, und aus dem wogenden Nebel formten sich Augen von schwer zu beschreibender Farbe, gewannen Konturen und blickten ihn an aus einem Gesicht, das er kannte und doch nicht kannte, und er ließ sich fallen in diese Augen, stürzte hinein, versank, wußte nicht, wo er war, und wußte zugleich, daß er nirgendwo anders sein wollte als im unerreichbaren Grund dieser Augen, die jung waren wie die eines Kindes und doch auch alt, als blickten sie über Jahrhunderte hinweg, und deren Blick eine Antwort versprach auf all das, was er nicht begreifen konnte, und während er sank und sank, klang wie eine Glocke eine Stimme in seinem Kopf, die sagte: «Warte nur, Lauscher, das ist noch nicht alles.»

Dann brach die Flötenmelodie ab, und die Augen löschten aus wie ein Traumgesicht. Aus dem Nebel lösten sich die Gestalten der Tänzer, und Lauscher blickte verwirrt auf das Mädchen, das er zum Tanz geholt hatte, eine Bauerndirne mit erhitzten Wangen, die ihn aus ihren blitzblauen Augen verwundert anschaute. «Tanzen kannst du, daß einem der Atem wegbleibt», sagte sie, «aber was du dabei denkst, das weiß der Himmel.»

Barlo wurde von allen bestürmt, noch einmal zu spielen, aber er weigerte sich und zog sich wieder in seinen Winkel zurück. Lauscher ließ sich erschöpft auf seinen Stuhl fallen und schenkte sich ein Glas Most ein. Der Bauer setzte sich zu ihm und sagte: «Daß dein Herr kein Schäfer ist, habe ich mir schon gedacht, als ich sein Pferd sah; denn es stammt aus einer edlen Zucht. Was ist er nun eigentlich? Ein Spielmann?»

Lauscher zuckte mit den Schultern und sagte: «Kann sein. Vielleicht ist er ein Spielmann.» Er wußte immer weniger, was er von Barlo halten sollte. Wer war er nun wirklich? Ein davongejagter Pferdeknecht? Ein Spielmann? Das konnte schon sein. Spielleute pflegten über Land zu reiten, um bei Jahrmärkten und Festen aufzuspielen. Aber dann fiel ihm ein, daß Barlo seine Kunst erst beim Sanften Flöter gelernt hatte. Er hatte sich allerdings als ein sehr gelehriger Schüler erwiesen. Vielleicht hatte er früher ein anderes Instrument gespielt, das er jetzt nicht mehr besaß. Oder er war einer der Sänger gewesen, die auf den Jahrmärkten alte Balladen vortrugen. Er fand keine Antwort, und wie er Barlo kannte, würde er auch von ihm so bald keine bekommen.

«Ihr seid ein merkwürdiges Paar», sagte der Bauer. «Reitet zusammen durch das Land, hütet meine Schafe, kämpft gegen ein Wolfsrudel, und dann erweist sich dein Herr auch noch als ein Flötenspieler, wie ich in meinem Leben noch keinen gehört habe, außer einem – doch den wirst du nicht kennen. Und bei alledem weißt du nicht einmal zu sagen, wer dein Herr eigentlich ist.»

«Wen meinst du mit dem einen, den du schon so hast spielen hören?» fragte Lauscher und ahnte die Antwort schon im voraus.

«Der muß jetzt schon ziemlich alt sein, wenn er überhaupt noch lebt», sagte der Bauer. «Man nennt ihn den Sanften Flöter.»

«Bei dem waren wir im letzten Winter», sagte Lauscher. Daß er der Enkel dieses Mannes war, verschwieg er; denn er hatte es satt, sich mit dem Ruhm anderer Leute zu schmücken, zumal er selbst wenig aufzuweisen hatte, was ihn einer solchen Verwandtschaft würdig machte.

«Also lebt er doch noch», sagte der Bauer, «und wenn dein Herr bei ihm in die Lehre gegangen ist, wundert es mich nicht mehr, daß er so spielen kann.»

«Wann hast du den Sanften Flöter gehört?» fragte Lauscher.

«Das ist viele Jahre her», sagte der Bauer. «Ich war damals noch nicht verheiratet, aber ich hatte ein Mädchen, das ich gern mochte. Wir waren schon eine Zeitlang miteinander gegangen, wie man so sagt, doch dann bekamen wir Streit. Der Anlaß dazu wird dir lächerlich erscheinen. Es ist wohl oft so, daß dergleichen mit lächerlichen Dingen anfängt. Es ging darum, daß sie mich immer wieder ‹mein Bäuerlein› nannte. Ihr Vater war nämlich ein Jäger, und da die Jäger sich hierzulande viel auf ihr freies Leben zugute halten, glaubte ich wohl, sie wolle mich verspotten. Außerdem begannen meine Freunde mich auszulachen, wenn sie mich vor ihnen so nannte. ‹Du gehörst ihr wohl schon, der stolzen Jägerin?› fragten sie. ‹Hat sie dich schon erlegt?›

All das ärgerte mich jedenfalls, und ich fuhr ihr über den Mund, als sie wieder einmal diesen Kosenamen gebrauchte. Da wurde sie böse und sagte: ‹Wenn du nicht mein sein willst, kann ich ja gehen.› Seither liefen wir aneinander vorbei und grüßten uns kaum. Aber ich mochte sie noch immer gern und war nicht nur wütend auf sie, sondern auch auf mich selber, daß ich sie wegen einer solchen Kleinigkeit verloren hatte. Doch je länger dieser Zustand dauerte, desto schwerer fiel es mir, zu ihr hinzugehen und ein gutes Wort zu sagen.

So standen die Dinge, als wie heute das Herbstfest gefeiert werden sollte. Die Ernte war eingebracht, das Vieh von den Weiden getrieben, und zu diesem Anlaß feiern wir dieses Fest in jedem Jahr. Es fand damals sogar in diesem Raum statt, denn dies hier ist der größte Hof im Dorf, und wer ihn besitzt, hat zugleich die Verpflichtung, das Fest auszurichten. Damals war das mein Vater.

Es wurde also geschmaust, getrunken und auch getanzt. Mein Vater hatte aber in diesen Tagen einen Gast, von dem ich noch nicht viel gesehen hatte, da ich vom Morgen bis zum Abend damit beschäftigt gewesen war, die Garben in die Scheune zu fahren. Ich hatte diesen Mann auch nicht weiter beachtet; denn er war klein, trug auf der Nase ein goldenes Gestell mit Gläsern wie ein Schreiber und sah nicht so aus, als sei er auf irgendeine Weise bemerkenswert. Dieser Mann saß neben meinem Vater am Tisch und redete nicht viel. Als dann getanzt wurde, fragte ihn mein Vater, ob er für die Leute etwas spielen wolle.

‹Gern›, sagte der Mann. ‹Auf diese Weise kann ich mich gleich für deine Gastfreundschaft bedanken.› Er stand auf, zog eine silberne Flöte aus der Tasche und ging hinaus auf den Tanzboden. Mir kam es damals merkwürdig vor, daß die Leute ihm Platz machten und erwartungsvoll auf ihn blickten, obwohl er so unscheinbar aussah. Dann fing er an zu spielen, und das war eine Musik, die anders klang als alles, was mir je zu Ohren gekommen war. Die Melodie riß die Tänzer vom ersten Takt an mit, und auch ich konnte nicht länger am Tisch sitzen bleiben und stand auf, um mir eine Tänzerin zu suchen. Da sah ich am anderen Ende des Raumes mein Mädchen stehen, die stolze Jägerin, und auch sie sah mich an, und wir gingen mitten durch die Tanzenden aufeinander zu, als sei zwischen uns nie ein Streit gewesen. Ich nahm sie in die Arme, und wir tanzten und vergaßen darüber alles, was um uns her vorging. ‹Mein Bäuerlein› sagte sie zu mir, und das ärgerte mich jetzt überhaupt nicht mehr; denn ich wußte, daß es nicht aus Stolz, sondern in Liebe gesagt wurde, und daß sie mich so haben wollte, wie ich war, nicht anders als wie ich sie haben wollte, meine stolze Jägerin. Ich merkte auch, daß es mein eigener Stolz gewesen war, der mir im Wege gestanden hatte, und auch meine Angst, von den Freunden ausgelacht zu werden. Doch diese Musik ließ mich wachsen, ich tanzte und tanzte, und all das, was ich für eine unübersteigbare Mauer gehalten hatte, lag weit unter mir wie Kies, den man mit den Füßen beiseite stößt, ohne darauf zu achten. Daß ich mich vor alledem gefürchtet hatte, kam mir so komisch vor, daß ich anfing zu lachen. Ich lachte und lachte und lachte noch immer, als der Flöter zu spielen aufgehört hatte. Und auch meine stolze Jägerin lachte, warf mir die Arme um den Hals und gab mir einen Kuß. Noch im folgenden Winter haben wir geheiratet, und ich habe es nie bereut. Manche Leute finden es übrigens bemerkenswert, daß in jenem Winter so viele Hochzeiten stattfanden. Doch wer sich darüber wundert, ist wohl nicht auf diesem Fest gewesen.»

Lauscher lachte und fand das nicht weiter verwunderlich. Wer mit einer ganzen Horde Beutereiter fertig wurde, der war wohl auch imstande, ein paar zerstrittene Liebesleute ins Ehebett zu scheuchen, zumal sie eigentlich gar nichts anderes im Sinn hatten. «Ich möchte den sehen», sagte er, «der seiner Flöte widerstehen kann.»

«Ja», sagte der Bauer. «Manchmal ist man so verbohrt, daß man erst mit sanfter Gewalt auf sein Glück gestoßen werden muß.»

Barlo und Lauscher führten den Winter über ein geruhsames Leben auf dem Hof. Manchmal packten sie mit an, wenn irgendeine Arbeit es erforderte, aber zu dieser Jahreszeit gab es ohnehin nicht allzuviel zu tun, und seit die Bauersleute erfahren hatten, daß ihre Gäste vom Sanften Flöter gekommen waren, ließen sie es kaum noch zu, daß sie sich die Hände schmutzig machten. Nur um ihre Reittiere kümmerten sich Barlo und sein Diener selbst. Lauscher hätte es nicht zugelassen, daß Jalf von fremden Leuten versorgt wurde, solange er bei ihm war. Er ritt auch mit ihm aus, um ihm Bewegung zu verschaffen und im Eselreiten nicht aus der Übung zu kommen. Manchmal lenkte er Jalf zu den Hügeln, hinter denen am Horizont die Wälder von Barleboog lagen wie ein dunkler, jetzt im Winter weiß überpuderter Spitzensaum; manchmal ließ er seinen Esel auch auf dem Dammweg dahintraben, der am Fluß entlang führte.

Diesen Weg schlug er auch an einem windigen Morgen im Spätwinter ein. An den Tagen vorher hatte Tauwetter den Fluß stark anschwellen lassen, dann hatte es wieder einen Frosteinbruch mit Schneefall gegeben, und das Wasser war ein Stück zurückgegangen. Lauscher trieb seinen Esel durch die Auwiesen und hinauf auf den Dammweg. Dort gab er ihm die Zügel frei, daß er laufen konnte, wie er Lust hatte, und ließ sich dahintragen unter dem grauen, von streifigen Wolken überzogenen Himmel.

Nachdem er eine Weile so geritten war, überkam ihn plötzlich die Lust, ein Stück zu Fuß zu gehen. Er stieg ab, gab Jalf einen Klaps, und der wußte dann schon, daß er jetzt nicht gebraucht wurde, und schwenkte ab ins Auland, um aus den schlaffen, graubraunen Grasbüscheln noch ein paar saftige Halme herauszustöbern.

Lauscher ging langsam weiter auf dem Dammweg. Links von ihm am Flußufer hingen im kahlen, sparrigen Gebüsch flache Eisfahnen wie zerschlissene Wäsche, die zurückgeblieben waren, als das Hochwasser durch die Zweige streifte. Der lehmige Boden war gefroren, und die Pfützen überzog milchiges Eis, das unter den Schritten zersplitterte. Auf dem Weg lagen Steine, von kristallenem Reif gesäumt, rote Steine, graue Steine, schwarze Steine, und er ging darüber hin, begleitet vom Rauschen des Flusses, ging auf einem Weg, der aus der Zeit herausführte, von irgendwoher nach irgendwohin, und hörte das Eis unter seinen Schritten knirschen. Oder waren da noch andere Schritte? Er wagte nicht, die Augen vom Boden zu heben, und das Muster aus Eis und Steinen verschwamm, als löse sich der Boden unter seinen Füßen auf. Er hörte die anderen Schritte und hörte eine Stimme, die Stimme einer Frau. Sie klang wie von weither und doch nahe, wie das Läuten einer Glocke, das übers Feld herweht und doch so nahe spürbar wird, als töne sie im eigenen Hirn. «Meinst du Lauscher», sagte die Stimme, «dieser Weg sei ohne Ziel?» Er hörte ein Lachen, das klang wie das Gurren einer Taube. «Wer den Stein trägt», sprach die Stimme weiter, «der hat das Ziel, auch wenn er es noch nicht kennt. Halte die Augen offen, Lauscher, denn was du weißt, ist noch lange nicht alles. Halte die Augen offen, damit du nicht an mir vorbeigehst, wenn ich am Wege stehe und auf dich warte.» Während der Klang der Stimme noch in seinem Kopf nachschwang, spürte er, wie eine Hand flüchtig sein Gesicht berührte. Oder war das nur der scharfe, ziehende Wind, der ihm das Haar über das Gesicht wehte? Er blickte auf und sah in zwei Augen, die ihm vertraut waren. Urlas Augen? Oder Rikkas? Oder die eines Kindes? Er konnte es nicht herausfinden, denn schon trieben sie im Wind davon, verschmolzen mit den grauen Wolken, und er sah nichts weiter als den flachen Horizont, der von den am Flußufer aufragenden Pappeln durchschnitten wurde. Aber er spürte auch, wie der Stein, den er auf der Brust trug, sein Herz wärmte. Eine Zeitlang stand er noch am Fluß und starrte in das treibende Wasser. Dann rief er Jalf und ritt langsam über den Dammweg nach Hause.

Wenige Wochen später war der Winter endgültig vorbei. Der Bauer lief über seine Felder, und manche begannen schon mit der Frühjahrsbestellung. Als der Bauer mittags von den Äckern zurückkam, stand Lauscher draußen vor dem Stall und putzte das Sattelzeug. Barlo saß daneben auf einem Stapel Holz, und was er auf seiner Flöte spielte, klang nach Überlandreiten. Der Bauer kam über den Hof herüber und blieb bei ihnen stehen. «Ihr macht euch wohl reisefertig?» sagte er. «Oder wollt ihr dieses Jahr wieder meine Schafe hüten?» Lauscher wußte nichts von den Plänen seines Herrn und zuckte mit den Schultern. «Da mußt du schon Barlo fragen», sagte er.

Barlo hatte dem Gespräch zugehört und gab auf seine Weise Antwort: Unvermittelt ging sein Flötenspiel in eine Melodie über, die jedermann kannte, da die gewerbsmäßigen Spielleute ihre Auftritte damit ankündigten.

«Ich habe ja gleich gewußt, daß du ein Spielmann bist», sagte der Bauer. «Ziehst du jetzt wieder mit Lauscher los?»

Barlo nickte.

«Da weiß ich gleich einen guten Anfang für dich», sagte der Bauer. «In Draglop beginnt in vier Tagen der große Jahrmarkt. Wenn ihr morgen losreitet, kommt ihr gerade noch zurecht.»

Lauscher hielt den Schritt vom Handlanger eines Schafhirten zum Diener eines fahrenden Spielmannes nicht eben für einen besonderen Aufstieg. Vermutlich mußte er sich einen Hut besorgen, mit dem er bei den Zuhörern Geld einsammeln konnte. Doch dieses Leben würde wenigstens etwas abwechslungsreicher sein als der Sommer auf der Schafweide.

Am nächsten Morgen ritten sie auf dem Dammweg weiter flußabwärts. Die Packtaschen schlugen schwer gegen die Flanken der Tiere, denn die Bäuerin hatte sie für die Reise gut versorgt. Lauscher war es sogar gelungen, einen alten Hut aufzutreiben. Er hatte eine Hahnenfeder durch den Filz gesteckt und ihn verwegen auf seinen Kopf gestülpt.

Im Vorbeireiten suchte Lauscher die Stelle, an der er bei seinem Ausritt im Winter abgestiegen und den Dammweg zu Fuß entlanggegangen war. Aber jetzt sah alles anders aus. Die Steine auf dem Weg waren tief in den feuchten Lehm hineingetreten, das Gebüsch am Ufer trieb die ersten Blätter, und das helle Grün der Auwiesen leuchtete in der Morgensonne, die schon hoch zwischen weißen, bauschigen Wolken am blauen Frühlingshimmel stand. Er versuchte wiederzufinden, was ihm hier begegnet war, sehnte sich nach dem Klang dieser Stimme, nach dem Blick dieser Augen, die er hier zu sehen gemeint hatte, und nach der Hand, die sein Gesicht gestreift hatte, wenn es nicht der Wind gewesen war, der auch jetzt sein Haar unter dem Hut hervorwehte. Doch es stellte sich nichts dergleichen ein, und bald merkte er, daß sie längst an dieser Stelle vorbeigeritten sein mußten, ohne daß er sie wiedererkannt hätte; denn inzwischen trabten sie schon unter den Pappeln dahin, die er damals am Horizont hatte aufragen sehen. Die grünen Hügel, auf denen sie Schafe gehütet hatten, blieben hinter ihnen zurück und sanken unter den Horizont, während sie in die Ebene hinausritten, immer weiter am Fluß entlang, dessen Ufergehölz in breiten Windungen das flache Land vor ihnen teilte.

Am Vormittag des dritten Tages sahen sie Draglop am Fluß vor sich liegen, einen Marktflecken, dessen niedrige Häuser sich um ein paar größere Gebäude drängten. Der Ort lag auf einer Landzunge zwischen dem Fluß, an dem sie entlang geritten waren und einem zweiten, der rechts von ihnen aus den fernen Bergen kam und unterhalb von Draglop in den anderen mündete. Längst waren die beiden Reiter nicht mehr allein auf dem Weg. Sie überholten Bauern, die Vieh vor sich hertrieben, Frauen mit Körben und Tragtüchern und Händler, die auf ihren Pferdekarren saßen. In den Gassen, durch die sie ritten, drängten sich die Leute, und auf dem Marktplatz schlugen Kaufleute und Handwerker ihre Buden auf.

Barlo und Lauscher stellten ihre Reittiere in einem Gasthof unter, bekamen dort

auch eine Schlafkammer, nachdem sie ihr beim Schafhüten verdientes Geld
vorgezeigt hatten, und aßen einen Teller Suppe. Dann zwängten sie sich durch das
Gedränge auf dem Markt, wo die Geschäfte inzwischen ihren Anfang genommen
hatten. Töpfer riefen ihre Ware aus, Bauernweiber priesen ihr Geflügel an,
Viehhändler feilschten lautstark um Kälber und Jungpferde, Tuch und Leinen
wurden feilgeboten, lederne Gürtel und Schuhwerk, Hacken und Äxte, Messer
und Scheren, Schnüre und Seile, auch allerlei Tand, Ketten oder Gewandnadeln,
die man seiner Liebsten schenken kann, und es war ein Lärm, daß man kaum sein
eigenes Wort verstand; Kühe brüllten, Pferde wieherten, Gänse schnatterten, und
je stärker der Lärm anschwoll, desto lauter schrie jeder dem anderen in die Ohren,
um sich verständlich zu machen. Lauscher konnte den alten Mann kaum hören,
der an einer Hausecke stand und eine Ballade sang. Er wunderte sich, daß sich
dennoch ein paar Leute im Kreis um den Sänger versammelt hatten, und ging
neugierig näher heran. Der Alte schien das Stimmengewirr überhaupt nicht
wahrzunehmen und sang halblaut vor sich hin. Seine Stimme hatte jedoch einen so
durchdringenden Klang, daß man jedes Wort verstehen konnte, wenn man nahe
genug herantrat. Lauscher blieb stehen, denn was der Alte sang, kam ihm bekannt
vor.

> ... und sie schlief bei ihm
> bei dem bösen Alten
> und kraulte sein zottiges Fell
>
> zwölf Nächte im Wald
> zwischen haarigen Pfoten
> und rings die fünfzig Gesellen
>
> zwölf Tage im Wald
> auf trabenden Füßen
> mit fünfzig zottigen Knechten
>
> sie kamen ins Tal
> und würgten die Schafe
> zerfleischten des Nachts an die hundert
>
> und kamen zum Schloß
> dort tranken sie Wein
> und warteten auf den Abend...

An dieser Stelle wurde der Sänger von einer rauhen Stimme unterbrochen. «Was
leierst du da für ein jämmerliches Lügenlied?» Lauscher fuhr herum und sah vor
sich einen bärtigen Mann stehen, der eine graue Pelzjacke trug. «Ist es nicht so?»
sagte der Mann weiter zu den Leuten, die dem Alten zugehört hatten. «Er bringt
kaum noch einen klaren Ton aus der Kehle und kann es noch immer nicht lassen,

die Kinder mit seinen Schauerballaden zu erschrecken. Man sollte ihn davonjagen, findet ihr nicht? Er stört nur das friedliche Marktgeschäft.»

Einige Leute stimmten ihm zu, ein anderer sagte: «Laß ihn doch! Mich stört er nicht. Manche Leute hören gern solche Geschichten. Und wer weiß: vielleicht ist was dran.»

«Altweiberkram!» sagte der Bärtige. «Ist das was für Männer? Da habe ich euch besseres zu bieten: Ich suche ein paar kräftige junge Leute, die auf mehr aus sind als auf Ammenmärchen. Männer, die mit Hammer und Hacke umgehen können. Gibt's die hier?»

«Das kann ich schon», sagte ein junger Mann, der neben Lauscher stand. Und auch ein paar andere wurden jetzt neugierig und fragten den Bärtigen, was es da zu hacken und zu hämmern gebe.

«Kommt ganz nahe zu mir», sagte der Mann. «Es muß nicht jeder hören, sonst will gleich jeder mitgehen, und so viele kann ich nicht brauchen.» Er zog die Männer an sich heran und flüsterte: «Was es da zu hacken gibt? Gold! Gold in faustgroßen Klumpen, haufenweise Gold, so viel ihr nur wollt. Hat keiner von euch Lust, sich das anzusehen?»

Während er auf Antwort wartete, hatte der alte Sänger schon einen neuen Vers zu seiner Ballade gefunden:

Sie schinden bei Tag
und schinden bei Nacht
und sterben mit Gold in den Händen.

Da stieß der Bärtige die Männer zur Seite und schrie: «Muß man dir erst das Maul stopfen, du giftige Kröte?» Er stürzte auf ihn zu, doch ehe er ihn erreichte, war der große Barlo wie aus dem Nichts vor ihm aufgetaucht, stellte sich vor den Sänger und fing an zu flöten. Er nahm die Melodie der Ballade auf, und jedermann konnte verstehen, was er spielte:

Sie schickt über Land
ihre zottigen Knecht',
die fangen ihr neue Sklaven

Sie locken mit Gold
und schweigen vom Tod
in den Stollen der bösen Herrin

Ich rate euch gut:
jagt die Wölfe vom Markt
und bleibt bei der Liebsten zu Hause.

Dabei tanzte er vor der Nase des Bärtigen hin und her, daß dieser ganz verwirrt wurde und weder den Flöter noch den Sänger angreifen konnte. Die Umstehenden fingen an zu lachen über die Hilflosigkeit des Mannes in der Pelzjacke, und als dieser sich schließlich in blinder Wut auf Barlo stürzen wollte, fielen ihm die Leute in den Arm, und einer sagte, er solle schauen, daß er verschwinde, denn mit Störern des Marktfriedens mache man hier in Draglop kurzen Prozeß. Da verdrückte sich der Bärtige in der Menge.

«Danke für die Hilfe», sagte der Alte zu Barlo. «Du bist ein guter Flöter. Ich habe dich noch nie gesehen. Wo kommst du her?»

Barlo zuckte mit den Schultern und blickte sich hilfesuchend um. Lauscher stand schon bereit und antwortete statt seiner: «Mein Herr kann sich nur auf der Flöte mit dir unterhalten. Er heißt Barlo, und wir sind von den Dörfern oben am Fluß heruntergekommen. Mich nennt man Lauscher.»

«Sieh da», sagte der Alte. «Barlo heißt er also», und das klang so, als wolle er damit mehr sagen, als Lauscher verstehen konnte. «Ein Barlo, der Meister auf der Flöte ist», fuhr der Alte fort. «Das ist eine gute Sache. Willst du hier auf dem Markt spielen, Barlo?»

Barlo nickte.

«Du wirst ein dankbares Publikum finden», sagte der Alte. «Ich empfehle dir den Platz dort drüben an der Marktsäule.» Die Säule stand am anderen Ende des Platzes, und Lauscher war sich nicht im klaren, ob der Sänger Barlo diesen Vorschlag machte, weil diese Stelle wirklich erfolgversprechend war oder weil Barlo ihm selbst dann keine Zuhörer abspenstig machen würde. Auf jeden Fall war es in diesem Gewerbe vernünftig, einander nicht ins Gehege zu kommen.

«Vor diesem bärtigen Burschen würde ich mich an deiner Stelle künftig in acht nehmen», sagte der Alte noch. «Kommt heute abend in die Silberne Harfe. Da werde ich euch mit ein paar Leuten aus unserer Zunft bekannt machen. Fragt nach mir. Man nennt mich Rauli, den Sänger.»

Barlo und Lauscher drängten sich durch das Marktgetriebe hinüber zu der Säule, die auf der gegenüberliegenden Seite die Buden und Verkaufsstände überragte. Sie trug obenauf das steinerne Abbild eines Drachens, des Wahrzeichens von Draglop, und war in einen kniehohen Steinsockel eingelassen. Barlo sprang auf diese Plattform hinauf und zog seine Flöte aus der Tasche. Zunächst spielte er eine wilde Tanzweise, die so schrill durch das Getöse des Marktes drang, daß die Leute stehenblieben und sich um die Marktsäule scharten. Ohne abzusetzen, leitete er dann zu einer einfachen Melodie über und spielte eine Ballade, von der Lauscher jedes Wort zu verstehen meinte. Sie lautete so:

> Ein Drache saß im Tal,
> der Drache von Draglop,
> er saß auf seinem hohen Stein
> und wollte Schutz und Hüter sein
> der Leute von Draglop.

Der Drache schaut zum Wald,
zum Wald von Barleboog,
er schaut nach seinem Bruder aus,
doch der kommt nicht aus seinem Haus,
der Bär von Barleboog.

Der Bär saß hoch im Schloß,
im Schloß von Barleboog,
er saß und feierte ein Fest,
da kamen einundfünfzig Gäst'
zum Bär von Barleboog.

Er lud sie zu sich ein,
der Bär von Barleboog,
er lud sie ein, die schöne Frau
und fünfzig Knechte, wild und rauh
aufs Schloß von Barleboog.

Da brach die Nacht herein
im Schloß von Barleboog,
und fünfzig Wölfe heulten laut
und fraßen, ehe der Morgen graut,
den Bär von Barleboog.

Der Drache saß im Tal,
der Drache von Draglop.
Hört er nicht, wie sein Bruder schreit?
Gebt acht, die Wölfe sind nicht weit,
ihr Leute von Draglop!

Bei der dritten Strophe hatten die Leute schon angefangen mitzusummen, und als Lauscher begann, laut zu singen, fielen auch andere in den Gesang ein und wiederholten zum Schluß noch einmal die beiden letzten Zeilen.

Gebt acht, die Wölfe sind nicht weit,
ihr Leute von Draglop!

Während sie noch sangen, zischte aus der Menge ein Messer gegen den Flöter und schlug dicht neben ihm einen Steinsplitter aus der Säule. Lauscher blickte in die Richtung, aus der das Messer geworfen worden sein mußte, und sah eben noch einen grauen Pelz in dem Tumult untertauchen, der nun ausbrach. Alle schrien durcheinander, manche packten aufs Geratewohl ihren Nachbarn beim Kragen in der Meinung, den Messerwerfer erwischt zu haben, und es fehlte nicht viel, daß Barlos erster Auftritt mit einer gewaltigen Prügelei geendet hätte.

Ehe es so weit kommen konnte, stieß Barlo einen jener durchdringenden Schreie aus, deren sich Lauscher nur allzugut erinnerte, und brachte die Leute mit einer Geste zur Ruhe. Er setzte wieder seine Flöte an die Lippen und spielte einen Tanz, dessen lockende Melodie den Leuten sofort in die Beine fuhr. Sie begannen im Rhythmus der Flöte zu stampfen, legten einander die Arme auf die Schultern und umkreisten die Säule und den Flöter. Lauscher ging mit vorgehaltenem Hut an der Reihe entlang, und es war durchaus nicht nur Kleingeld, was die Tänzer hineinwarfen. Je rascher das Stampfen dröhnte, desto mehr Tänzer reihten sich ein. Schon wurde ein Marktstand umgeworfen. Auch hier hatte offenbar wieder der Bärtige im Pelz seine Hand im Spiel; denn Lauscher sah ihn über den umgestürzten Verkaufstisch springen und dabei noch einen Stapel von irdenen Töpfen umstoßen, die scheppernd auf dem Pflaster zerscherbten. Doch ehe ihn der jammernde Händler packen konnte, war der Graue schon wieder verschwunden.

Nun bahnte sich der Marktvogt einen Weg durch die Kette der Tänzer und sprang zu Barlo hinauf auf den Sockel. «Du solltest hier nicht weiter spielen», sagte er. «Überall, wo du auftauchst, gibt's Durcheinander.»

Barlo unterbrach sein Tanzlied und versuchte dem Vogt durch Gesten seine Unschuld zu beteuern, doch der sagte nur: «Schuld oder nicht schuld, du machst mir die Leute verrückt mit deiner Flöterei. Spiel wo du willst, aber nicht hier auf dem Markt.»

Obwohl die Leute murrten, steckte Barlo seine Flöte ein und sprang zu Lauscher hinunter auf das Pflaster. Den Rest des Nachmittags trieben sie sich auf dem Markt herum, gingen von Stand zu Stand und betrachteten die angebotenen Waren. Gegen Abend fragte Lauscher einen Händler nach der Silbernen Harfe und wurde zu einem windschiefen Gasthaus in einer schmalen Seitengasse gewiesen. Der Wirt, ein kleiner, behäbiger Mann mit lustigen Augen, stand in der Tür und sprach sie an, als sie hineingehen wollten. «Du bist wohl der Flöter», sagte er zu Barlo, «der heute auf dem Markt die Leute nach seiner Pfeife hat tanzen lassen?» Als Barlo nickte, führte der Wirt die beiden in die Gaststube und sagte: «Rauli wartet schon auf euch.»

Der alte Sänger saß mit zwei anderen Männern in der hinteren Ecke der Stube. Als er Barlo und Lauscher eintreten sah, stand er auf, winkte sie an seinen Tisch und machte sie mit den beiden anderen bekannt. «Das hier ist Gurlo, der Märchenerzähler», sagte er und zeigte auf den älteren der beiden, einen langen, unglaublich dürren Mann, dessen hageres Gesicht von tausend Falten durchzogen war wie ein zerknittertes Pergament. Dann wies Rauli auf den anderen, einen jungen, pausbackigen Burschen mit roten Haaren und einem beachtlichen Höcker auf der linken Schulter, und sagte: «Diese Mißgeburt heißt Trill und ist bekannt als

Spaßmacher. Bei manchen allerdings eher gefürchtet wegen seiner scharfen Zunge.»

Der Bucklige schien diese Anrede nicht weiter übel zu nehmen. «Nachdem sich die Natur mit mir diesen Witz erlaubt hat», sagte er, «versuche ich sie mit meinen Witzen noch zu übertreffen.»

«Ein Spaßmacher von Natur aus, wie ihr seht», sagte Rauli. «Noch eine Frage, ehe ihr euch setzt: Habt ihr schon ein Quartier?»

«Ja», sagte Lauscher. «Im Roten Ochsen am Marktplatz.»

Rauli lachte. «Da hat sich der Wirt wohl erst euer Geld zeigen lassen?» sagte er. «Das ist nichts für euch, dort steigen sonst nur reiche Händler ab. Spielleute pflegen hier in der Silbernen Harfe zu übernachten. Am besten holt ihr gleich euer Zeug.»

Barlo zeigte sich einverstanden, und so lief Lauscher noch einmal zurück zum Roten Ochsen und holte Reittiere und Gepäck. Nachdem Pferd und Esel im Stall der Silbernen Harfe untergebracht waren und der Wirt ihm eine zweischläfrige Kammer zugewiesen hatte, kam Lauscher wieder zu den anderen in die Gaststube und traf sie schon mitten in einem Gespräch über den Tumult, den Barlo auf dem Markt ausgelöst hatte.

«So geht das nicht», sagte Rauli gerade, als Lauscher sich setzte und sich auf Barlos Wink einen Becher Rotwein aus dem Krug einschenkte, der auf dem Tisch stand. «Dieser Bärtige», fuhr Rauli fort, «wird dir immer wieder in die Quere kommen, wenn du die Sache so direkt anpackst. Und dann gibt es Ärger mit dem Marktvogt. Wenn es stimmt, was man so hört, dann hat diese Herrin von Barleboog einen ganzen Haufen solcher zottigen Kerle, und denen bist du nicht gewachsen, Barlo, wenn du's mit Gewalt versuchst. Wir müssen uns etwas anderes überlegen.»

«Macht sie doch lächerlich, diese Gisa», sagte der Bucklige und sang:

«In Barleboog wohnt eine Frau,
die war so stolz wie ein Pfau.
Sie kauft sich für's Bett
einen Bursch, jung und nett,
doch der schlug die Stirne ihr blau.

«Wenn du ihr damit kommst, wird sie dir ihre zottigen Knechte auf den Hals hetzen», sagte Lauscher.

Gurlo hatte die ganze Zeit über schweigend dagesessen und zugehört. Jetzt schüttelte er den Kopf und sagte: «So unrecht hat Trill gar nicht. Mir fällt da eine alte Geschichte ein, die ich euch erzählen will. Sie heißt

Das Märchen vom fröhlichen König

Es war einmal ein fröhlicher König. Er wohnte mit seiner Königin und seiner schönen Tochter in einem herrlichen Schloß, das mitten in einem großen Garten stand. Da gab es zierliche Beete und bunte Blumen, und rings an den Wegen standen Eiben und Buchsbäume, die zu allerlei lustigen Figuren zurechtgestutzt waren. Auch war mitten im Garten ein Springbrunnen, in dessen Becken steinerne Zwerge saßen, die sehr komisch aussahen. Man nannte ihn den Brunnen der Fröhlichkeit; denn wenn das Wasser aus der Höhe auf die Steinfiguren herunterplätscherte, klang es, als ob in jedem Winkel des Gartens jemand lachte.

Der fröhliche König lebte glücklich und vergnügt in seinem Schloß, bis eines Tages eine Sippe böser Riesen aus dem Wald herunterstapfte und in den Garten einbrach. Diesen Riesen konnte man ansehen, daß sie ihr Leben lang noch nie gelacht hatten. Sie machten so grimmige Gesichter, daß alle im Schloß Hals über Kopf davonrannten, auch der König mit seiner Königin und der schönen Tochter. Sie liefen, so schnell sie konnten, auf die andere Seite des Tals, wo sie ein Bauer aufnahm, der oben auf der Höhe seinen Hof hatte.

Hier saß nun der König, der gar nicht mehr fröhlich war, den lieben langen Tag auf der Hofmauer und schaute hinüber zu seinem Schloß, in dem jetzt die Riesen hausten. Sie trotteten quer durch den schönen Garten, zertrampelten dabei die zierlichen Blumenbeete und rissen im Vorbeigehen die beschnittenen Büsche aus, um sich damit am Kopf zu kratzen. Einer nahm gar ein Bad im Brunnen der Fröhlichkeit und brach dabei das Spritzrohr des Springbrunnens ab, so daß die Fontäne versiegte und nicht mehr plätschern konnte. All das sah der König und wurde sehr traurig.

Als ihm klar wurde, daß diese Riesen nicht mehr weiterziehen wollten, sondern sich im Schloß häuslich einrichteten, wobei sie die Stühle, die für ihre dicken Hintern zu klein waren, einfach aus den Fenstern warfen, da beschloß der König, etwas zu unternehmen. Er sandte Boten aus und ließ die Ritter seines Reiches zum Kampf gegen die Riesen herbeirufen.

Nach ein paar Tagen kamen sie in schwerer Rüstung auf ihren Gäulen angetrabt, grimmige, in Eisen gepanzerte Gesellen, die mit ihren Schwertern rasselten. «Ich danke euch, daß ihr mir zur Hilfe gekommen seid», sagte der König. «Nun vertreibt mir diese ungeschlachten Riesen, und wer den stärksten von ihnen besiegt, der soll meine Tochter zur Frau bekommen.»

Da galoppierten die Ritter quer durch das Tal hinauf zum Schloß, stießen grimmige Schreie aus, schwangen ihre Schwerter und wollten die Riesen angreifen. Aber der stärkste der Riesen langte nur mit seinem dicken Arm aus dem Fenster heraus, pflückte die gepanzerten Ritter der Reihe nach wie Haselnüsse aus dem Sattel und warf sie hinunter in den Bach, der durch das Tal floß. Dort rappelten sie sich nach einiger Zeit mühsam auf und hinkten auf den Bauernhof zu ihrem König, um ihm zu sagen, daß gegen diese Riesen mit dem Schwert nichts auszurichten sei.

«Wenn nicht mit dem Schwert, dann mit Zauberei», sagte der König und schickte wieder Boten aus, die alle Zauberer seines Landes herbeiriefen. Nach ein paar Tagen nahte ein langer Zug von Maultieren, die jeweils zu zweit eine Sänfte zwischen sich trugen, und in jeder Sänfte saß ein Zauberer. Als sie vor den König kamen, stiegen sie aus, ordneten ihre langen Gewänder, machten ernste, bedeutende Gesichter und fragten den König nach seinen Wünschen.

«Ihr sollt mir die Riesen aus meinem Schloß vertreiben», sagte der König, «denn meine Ritter sind ihnen nicht gewachsen. Wer von euch das fertigbringt, der soll meine Tochter zur Frau haben.»

Da zogen die Zauberer hinüber zum Schloß, der erste trat vor, zeichnete einen Zauberkreis auf den Boden, stellte sich hinein und begann seine Zaubersprüche aufzusagen. Im Fenster des Schlosses aber stand der stärkste der Riesen, blähte seine Backen auf und pustete den Zauberer in die Luft, daß er auf seinen langen Gewändern davonflog wie ein flügellahmer Rabe, bis er in der Krone eines Baumes hängenblieb. Und so erging es jedem, der vor dem Schloß seinen Kreis auf den Boden zeichnete.

Schließlich kletterte der letzte der Zauberer von dem Baum, auf dem er gelandet war. Die anderen hatten höflich auf ihn gewartet, und dann zogen sie gemeinsam zurück zum König. Sie machten noch immer ernste, bedeutende Gesichter, als sie dem König sagen mußten, daß ihre Kunst gegen diese Riesen nichts auszurichten vermochte.

Da wurde der König noch trauriger, denn er hatte keine Hoffnung mehr, sein Schloß und den Brunnen der Fröhlichkeit wiederzugewinnen. So saß er eines Tages wieder auf der Hofmauer und blickte weinend zum Schloß hinüber, wo die Riesen einander gerade die goldenen Kugeln an den Kopf warfen, die sie von den Turmspitzen abgebrochen hatten. Da kam ein junger Bursche des Wegs und fragte ihn, warum er weine.

«Schau dort hinüber», sagte der König, «dann weißt du's. Die Riesen haben mir mein schönes Schloß weggenommen und den Brunnen der Fröhlichkeit verstopft. Und keiner ist imstande, sie zu vertreiben.»

«Wirklich keiner?» fragte der Bursche. «Daß ich nicht lache!» Und er lachte so laut, daß die Riesen drüben auf der anderen Seite des Tales stehenblieben und herüberschauten.

«Wie kannst du lachen, wo ich so traurig sein muß?» sagte der König erbittert. «Was meine Ritter und meine Zauberer nicht geschafft haben, wirst auch du nicht schaffen.»

«Das kommt auf den Versuch an», sagte der Bursche. «Was gibst du mir, wenn ich die Riesen wegjage?»

«Ich habe versprochen, dem meine Tochter zur Frau zu geben, der das fertigbringt», sagte der König. «Aber ich kann mir nicht denken, wie du das anstellen willst.»

«Du wirst schon sehen», sagte der Bursche. «Ich muß jedoch dich und deine Leute bitten, alles zu tun, was ich euch sage.»

«Von mir aus», sagte der König mit wenig Hoffnung. «Was sollen wir also tun?»

«Seid fröhlich!» sagte der Bursche. «So fröhlich, wie ihr nur sein könnt. Lacht und singt und tanzt, daß man es durch das ganze Tal hören kann!»

«Du verlangst viel von mir», sagte der König. Aber da er nichts unversucht lassen wollte, befahl er der Königin und seiner Tochter und allen, die mit ihm im Schloß gewohnt hatten, sogar dem Bauern und seinen Leuten, zu lachen, zu singen und zu tanzen. Und er selbst sprang allen voran, lachte am lautesten, sang am fröhlichsten und tanzte am verwegensten. Zunächst mußte er sich dazu zwingen, doch nach und nach merkte er, wie die Traurigkeit aus seinem Herzen verschwand, und so machte es ihm schließlich Vergnügen, so fröhlich zu sein wie zu der Zeit, als er noch in seinem Schloß gewohnt hatte. Als sie den ganzen Tag lang gelacht, gesungen und getanzt hatten, sagte der Bursche zum König: «Nun schau einmal hinüber zu deinem Schloß!»

Da ließ der König für einen Augenblick das Lachen, Singen und Tanzen sein und blickte hinüber auf die andere Talseite. Noch immer trampelten dort die Riesen durch den Garten, aber es kam ihm so vor, als seien sie beträchtlich kleiner geworden.

«Das müssen wir uns aus der Nähe ansehen!» rief der König und tanzte lachend und singend mit all seinen Leuten ins Tal hinunter bis zum Bach. Ehe er hinübersprang, schaute er noch einmal zum Schloß hinauf, und da sahen die Riesen schon wieder ein bißchen kleiner aus, ja sie schienen schon fast die Größe normaler Leute zu haben. Da sprang der König über den Bach und alle ihm nach. Lachend und singend tanzten sie den Hang hinauf zum Schloßpark. Dort lugten sie vorsichtig über die Mauer, und da rannten lauter kleine Riesen im Garten umher, die schon beinahe so aussahen wie die komischen Zwerge im Becken des Brunnens.

Da mußten alle noch viel mehr lachen, und mit jedem Lachen schrumpften die Riesen weiter ein und drängten sich ängstlich auf einem Haufen zusammen. Da kletterte der König mit seinen Leuten über die Mauer und lachte immer lauter über die komischen Männlein, die in seinem Garten standen. Die lustige Gesellschaft lief hinüber zu den ehemaligen Riesen, und fand eine Handvoll grämlicher Zwerge, die sich unter den Büschen, die noch übrig geblieben waren, verstecken wollten.

«Hiergeblieben!» donnerte der König zwischen zwei Lachsalven, und dann sagte er zu seiner Tochter, sie solle im Schloß Kehrschaufel und Handbesen holen und das Gelichter zusammenfegen. Sie rannte ins Haus, und als sie wiederkam, waren die grämlichen Zwerge schon so winzig, daß man sie kaum von den Marienkäfern auf den Rosenblättern unterscheiden konnte. Das sah so lustig aus, daß alle noch viel mehr lachen mußten. Und als die Königstochter alle zusammengefegt hatte, war auf der Kehrschaufel nichts weiter zu sehen als ein bißchen Staub, den der Wind davonblies.

Da ließ der König Schloß und Garten in Ordnung bringen, und sobald der Brunnen der Fröhlichkeit wieder plätscherte, wurde Hochzeit gefeiert; denn dieser Bursche hatte seine Königstochter redlich verdient. Wenn aber später jemand im Schloß ein allzuernstes Gesicht machte, sagte der König zu ihm: «Sei fröhlich und lach ein bißchen! Es könnte ja sein, daß unter deinem Fingernagel ein böser Riese sitzt und wieder anfängt zu wachsen.»

* * *

«Eine gute Geschichte», sagte Trill. «So muß man mit solchen Leuten umgehen. Außerdem jagt dich kein Marktvogt vom Platz, Barlo, wenn du die Leute zum Lachen bringst. Das weiß ich aus Erfahrung.»

«Was hast du eigentlich im Sinn, Barlo?» sagte Rauli. «Dein Name kam mir zwar bekannt vor, aber sonst weiß ich nicht viel von dir. Wenn ich jetzt drüber nachdenke, was du heute auf dem Markt getrieben hast, so scheint mir, daß du das Thema meiner Ballade nicht zufällig aufgegriffen hast.» Barlo bestätigte diese Meinung, und Rauli fuhr fort. «Wenn ich dich recht verstehe, geht es dir darum, etwas gegen die böse Herrin von Barleboog zu unternehmen. Stimmt das?»

Barlo nickte. «Gut», sagte Rauli. «Darin sind wir wohl alle einer Meinung. Aber wir fünf können nicht allein gegen ihre Horde von zottigen Knechten ziehen. Denn sie würden uns jagen wie die Hasen.»

«Das mag wohl sein», sagte Gurlo. «Aber es gibt ja noch mehr Leute unserer Art. Ich mache euch einen Vorschlag: Wir trennen uns hier, ziehen ein Jahr lang einzeln durch das Land und treiben unsere Künste auf Jahrmärkten, Hochzeiten, Erntefesten und wo sonst noch Unterhaltung gebraucht wird. Und alle Brüder von der Zunft, die uns dabei über den Weg laufen, laden wir ein, heute übers Jahr mit uns hier zusammenzutreffen: zum Jahrmarkt von Draglop in der Silbernen Harfe. Wollt ihr das tun?»

Alle erklärten sich einverstanden, und Trill sagte noch: «Vergeßt nicht, unterwegs lustige Geschichten zu sammeln. Wir werden sie brauchen.»

Den restlichen Abend tranken sie zusammen Wein und redeten über dies und das, doch darüber braucht hier nicht mehr berichtet zu werden, weil es für diese Geschichte keine Bedeutung hat.

So war nun Barlo wirklich ein Spielmann geworden, und Lauscher zog mit ihm von Ort zu Ort, sammelte Geld in seinem Hut und versorgte die Reittiere. Barlo übte sich in komischen Liedern und lustigen Tänzen, und wenn sie auf einen anderen Spielmann, einen Märchenerzähler oder sonst ein Mitglied der fahrenden Zunft trafen, erzählte Lauscher von dem Plan und sagte zum Schluß: «Also vergiß nicht: nächstes Frühjahr zum Markt von Draglop in der Silbernen Harfe.»

Zunächst ritten sie in weitem Bogen durch die Dörfer im Flachland. Als dann der Sommer kam und es in der Ebene heiß und drückend wurde, hielten sie auf das Gebirge zu. Bald trabten sie durch schmale Täler und kühle Bergwälder, und Barlo spielte auf den Festen der Holzfäller, die Meister darin waren, einander mit Spottliedern zu necken. Barlo blieb oft am Abend noch lange an ihrem Feuer sitzen, denn das war eine Kunst, die er brauchen konnte.

In dieser Gegend waren Barlo und Lauscher wieder einmal den ganzen Tag lang auf schmalen Bergpfaden unter turmhohen Tannen durch den Wald geritten, ohne einen Menschen zu treffen. Gegen Abend roch Barlo den Rauch eines Feuers und trieb sein Pferd an, denn es wurde schon dunkel. Nach kurzer Zeit sahen sie zwischen den Stämmen die Glut schimmern und hörten das Lachen der Holzfäller, die im Kreis um ihr Feuer saßen.

Barlo und Lauscher wurden von den Holzfällern freundlich empfangen. Der Vorarbeiter wies ihnen einen Platz am Feuer zu und sagte: «Seid unsere Gäste. Ihr werdet Hunger haben, und wenn ihr satt seid, wollen wir noch ein bißchen singen und reden. Ihr könnt schon eure Löffel herausholen.» In dieser Gegend tut man nämlich klug daran, wenn man immer einen eigenen Löffel bei sich trägt, und das wußten inzwischen auch Barlo und sein Diener.

Der Vorarbeiter gab einem seiner Leute einen Wink, und der Mann stellte eine eiserne Pfanne auf das Feuer und kochte ein Mus aus Milch, Butter und Mehl, das so steif war, daß man es stückweise mit dem Löffel aus der Pfanne stechen konnte. Barlo und Lauscher aßen mit Appetit, denn es war ihre erste warme Mahlzeit an diesem Tag, und als sie satt waren, wischten sie ihre Löffel an der Hose ab und steckten sie wieder ein. Sie bedankten sich für das Mus, und der Vorarbeiter fragte jetzt, wer sie seien und was sie in diesen Wald geführt habe.

«Mein Herr heißt Barlo und ist ein Spielmann», sagte Lauscher. «Ihr dürft ihm seine Schweigsamkeit nicht verübeln, denn er kann nicht sprechen, sondern pflegt sich anderweitig auszudrücken. Ich bin sein Diener, und man nennt mich Lauscher. Wir reiten durch das Land, um lustige Lieder und Geschichten zu sammeln, und darin sollt ihr ja, wie man sagt, nicht ungeübt sein.»

Die Holzfäller lachten laut, als sie das hörten. «Nicht ungeübt!» rief einer. «Du drückst dich ja ziemlich vorsichtig aus. Willst du eine Kostprobe, Eselreiter?» und er sang:

> Zum Lauschen sind sicher
> deine Ohren zu klein,
> der Lauscher, du Esel,
> muß das Langohr hier sein.

Die Holzfäller schlugen sich auf die Schenkel und lachten dröhnend. Lauscher fand den Scherz zwar erst etwas derb, aber als er sah, wie Jalf stolz seine Ohren aufrichtet, mußte auch er lachen. «Du hast gar nicht so unrecht», sagte er dann. «Man hat mich diesem Spielmann als Diener mitgegeben, damit ich das Zuhören erst richtig lerne.»

Er hatte das zwar ernst gemeint, aber diese Bemerkung entfesselte schon wieder neues Gelächter. «Habt ihr das gehört?» prustete einer. «Er soll bei einem Stummen das Zuhören lernen! Ihr seid mir ein sonderbares Paar!> Und auch er sang gleich wieder einen Vers dazu:

> Warum irrt ein Spielmann
> im Walde herum?
> Er kann gar nicht singen,
> denn der Spielmann ist stumm.

Lauscher erschrak, als er das hörte, und schaute seinen Herrn an, wie er diesen Spott aufnehmen würde. Doch Barlo lachte nur, zog seine Flöte heraus und spielte:

> Hörst du mich nicht flöten?
> Sagst du, ich sei stumm?
> Wer mich nicht verstehen kann,
> der ist und bleibt dumm.

Jetzt hatte er die Lacher auf seiner Seite. Der Vorarbeiter haute ihm auf die Schulter, daß selbst der kräftige Barlo zusammenzuckte, und sagte: «Ihr seid Leute, denen man vertrauen kann. Bleibt so lange bei uns, wie ihr Lust habt.» Barlo spielte noch einen Tanz, der die Holzfäller schnell auf die Beine brachte. Die klobigen Gesellen stampften ums Feuer, daß der Boden dröhnte und die Funken stiebten, wenn einer von ihnen in die glühende Asche trat. Dann rollten sich alle in ihre Decken und legten sich mit den Füßen zur Glut schlafen.

In der Nacht wachte Lauscher auf, weil sein Esel unruhig wurde. Er hörte ihn schnauben und mit den Hufen scharren. Dann kam Jalf zu ihm und stieß ihn mit der Nase an die Schulter. Lauscher stand auf und horchte in die Nacht hinaus, was den Esel beunruhigt haben könne. Rings um das niedergebrannte Feuer schnarchten die Holzfäller, oben in den Baumwipfeln rauschte der Nachtwind, aber sonst war nichts zu hören. Jalf hatte seine Ohren auf einen moosbedeckten Felsblock gerichtet, der oberhalb des Lagerplatzes zwischen den Stämmen lag wie eine windschiefe Blockhütte. Lauscher stand auf, griff sich einen Holzprügel und schlich leise bergauf über den steinigen Waldboden. Jalf folgte ihm, schnaubte aber warnend, als sie sich dem Felsblock näherten. Dann sprang der Esel plötzlich vor und schmetterte seine Hufe in ein Gebüsch am Fuß des Felsens. Da fuhr aufjaulend ein Wolf aus dem Schatten; er lief einige Schritte zur Seite, blieb dann stehen und knurrte seine Angreifer zähnefletschend an. Lauscher hatte schon einen faustgroßen Stein aus dem Geröll aufgelesen und schleuderte ihn dem Wolf an den zottigen Kopf. Da machte dieser heulend kehrt, jagte zwischen den Tannen davon und verschwand in der Nacht.

Lauscher legte seinem Esel den Arm um den Hals, lobte ihn für seine Wachsamkeit und bekam dafür einen Kuß von Jalfs weichem Maul auf die Wange. Dann gingen sie zum Lagerplatz zurück. Der Vorarbeiter war inzwischen wach geworden und kam ihnen entgegen. «Das klang wie ein Wolf», sagte er.

«Es war einer», sagte Lauscher, «und Jalf hat ihn aus den Büschen gejagt.»

Der Vorarbeiter pfiff anerkennend durch die Zähne. «Man sollte niemanden unterschätzen», sagte er. «Nicht einmal einen Esel», und tätschelte Jalf den Hals. Dann legten sie sich wieder schlafen, und Lauscher wachte erst auf, als die Holzfäller ihre Eisenpfannen aufs Feuer schoben, um ihr Morgenmus zu kochen.

Während sie aßen und der Vorarbeiter den anderen gerade von dem nächtlichen Ereignis erzählte, wobei er Jalfs Verdienste gewaltig herausstrich, witterte der Esel schnaubend und stellte seine langen Ohren auf. Gleich darauf waren Schritte zu hören, und am Rand der Lichtung erschien ein Mann in einer Pelzjacke.

Barlo und Lauscher tauschten einen Blick und löffelten weiter ihr Mus.

Der Vorarbeiter stand auf, um den Fremden zu begrüßen, und der Bärtige fragte ihn, ob er sich zu ihnen ans Feuer setzen und sich aufwärmen dürfe. Gegessen habe er schon, sagte er noch, als er eingeladen wurde, an der Morgenmahlzeit teilzunehmen; dem Blick, den er auf den Inhalt der Pfannen warf, war jedoch anzumerken, daß dieses Holzfällermus nicht nach seinem Geschmack war. «Du bist wohl besseres gewöhnt?» fragte einer der Holzfäller spöttisch. «Trägst ja auch im Sommer einen feinen Pelz wie ein hoher Herr.»

«Was geht's dich an?» knurrte der Bärtige und suchte sich einen Platz zum Wärmen. Doch als er sich eben setzen wollte, stürmte Jalf wild schreiend von hinten heran und rammte ihm seinen Kopf in den Rücken, daß der Mann einen Purzelbaum schlug und im Feuer landete. Fluchend stand er auf und klopfte mit den Händen die Glut aus seinem angesengten Pelz, während alle im Kreis vor Lachen brüllten. Da geriet der Bärtige in Zorn. Er riß sein Messer aus der Scheide und wollte sich auf den Esel stürzen, doch ehe Lauscher auch nur auf die Beine gekommen war, hatte der Vorarbeiter den Mann schon gepackt, wand ihm das Messer aus der Hand und sagte: «Verstehst du keinen Spaß, Pelzjacke?» Und sogleich hatte einer der Sänger vom Vorabend schon einen Vers darauf gefunden:

> Der Jalf ist ein Esel,
> der gern Wölfe hetzt.
> Nun hat er den Wolfspelz
> ins Feuer gesetzt.

und ein anderer fügte noch einen zweiten Vers an:

> Noch nie hat der Wolfspelz
> ein Mus aufgeschleckt.
> Nun brät er sich selber,
> weil ihm sonst nichts schmeckt.

Lauscher kannte inzwischen zwar den etwas sonderbaren Humor der Holzfäller, aber er wunderte sich nicht, daß der Bärtige nun vollends die Fassung verlor. Der Mann heulte vor Wut, wand sich in den kräftigen Armen des Vorarbeiters, und als es ihm auf keine Art gelingen wollte, aus dessen Griff loszukommen, biß er ihn in die Hand, daß dieser aufschrie und ihn losließ. Für einen Augenblick war er frei, doch nun waren auch alle anderen aufgesprungen und schlossen einen Kreis um ihn, aus dem er nicht entfliehen konnte. Lauernd wie ein in die Enge getriebenes Tier stand er in der Mitte, und seine unruhigen gelblichen Augen suchten einen Fluchtweg.

«Du bist ein merkwürdiger Mensch», sagte der Vorarbeiter und wischte sich das Blut auf seinem Handrücken an der Hose ab. «Kannst du überhaupt nicht lachen?» Der Bärtige gab keine Antwort, sondern knurrte ihn nur wütend an. Da schüttelte der Vorarbeiter bedauernd den Kopf und sagte: «Hör zu, Pelzjacke: Leute, die nicht lachen können, wollen wir hier nicht haben. Wenn wir jetzt unseren Kreis öffnen, wirst du hier verschwinden, so schnell dich deine Beine tragen. Und ich rate dir, nicht wieder bei uns aufzutauchen, denn sonst könnte dir dein Fell gegerbt werden.»

Ehe sie den Bärtigen laufen ließen, hatten die beiden Sänger von vorher noch jeder einen Vers bereit. Der erste sang:

> Kannst nicht mit uns lachen,
> bist böse und stolz,
> doch willst du uns beißen,
> so beißt du auf Holz.

und der zweite:

> Jetzt hat unser Feuer
> dich rußig gefärbt,
> doch kommst du noch einmal,
> dann wirst du gegerbt.

Dann traten die Holzfäller auseinander, und durch die erste Lücke in ihrer Reihe, die er erspähte, rannte der Bärtige davon und verschwand im Wald, schneller als man es einem Menschen zugetraut hätte.

Die Holzfäller suchten jetzt ihr Werkzeug zusammen, um sich an die Arbeit zu machen. Währenddessen kam der Vorarbeiter noch einmal zu Barlo und Lauscher und sagte: «Das war ein übler Bursche. Er hat mir von Anfang an nicht gefallen, und deinem Esel übrigens auch nicht, Lauscher. Ich glaube, der hat für so etwas eine gute Witterung.»

«Das mag schon sein», sagte Lauscher und dachte an den nächtlichen Überfall der Wölfe auf der Schafweide. «Aber ihr seid auch ziemlich grob mit ihm umgegangen.»

«Du verstehst das nicht», sagte der Vorarbeiter. «Wir sind friedliche Burschen, aber für Leute, die keinen Spaß vertragen und die nicht lachen können, ist bei uns kein Platz. Das mußt du so sehen: Wir haben eine gefährliche Arbeit, bei der sich einer auf den anderen verlassen muß, und unsere Äxte sind nicht nur Werkzeuge, sondern können auch tödliche Waffen sein. Wenn wir Männer unter uns haben, die jeden Scherz oder jeden versehentlichen Stoß gleich übelnehmen, dann gäb's hier bald Mord und Totschlag, und keiner wäre mehr seines Lebens sicher. Mit solchen Leuten wollen wir nichts zu tun haben. So wird das bei uns von altersher gehalten, und wir sind gut dabei gefahren. Ich weiß, anderswo gilt der am meisten, der am kräftigsten zuschlagen kann und sich nichts gefallen läßt. Aber bei uns gewinnt der das größte Ansehen, der die witzigsten Verse macht und am meisten Spaß vertragen kann. Darüber gibt's bei uns eine Menge Geschichten, aber dazu ist jetzt keine Zeit. Wir haben uns schon lange genug aufgehalten. Wenn ihr abends noch da seid, sollt ihr eine zu hören bekommen. Ihr habt ja gesagt, daß ihr auf dergleichen aus seid.»

Barlo gab zu verstehen, daß er sich so etwas nicht entgehen lassen würde.

«Laßt eure Tiere nicht allein», sagte der Vorarbeiter noch. «Der Bärtige könnte hier irgendwo herumschleichen. Und haltet schön Abstand, wenn ihr unsere Äxte klingen hört. Sonst fällt euch womöglich ein Bäumchen auf den Kopf, und das könnte unserem Spielmann die Sprache verschlagen.» Er blickte Barlo prüfend an, und als dieser lachte, lachte auch er und ging seinen Leuten nach.

Barlo und Lauscher sattelten ihre Tiere und ritten bergauf durch den Wald. Je höher sie kamen, desto häufiger lagen riesige Felsbrocken zwischen den flechtenbehangenen Stämmen. Dann begann der Wald sich zu lichten, und sie gelangten auf eine Bergwiese, die sanft anstieg bis zu einer Felszinne, die den Gipfel des Berges bildete. Während sie über die Blütenpolster des sonnenwarmen Hanges ritten, wölkte der Duft von wildem Thymian und Salbei hoch. Bei dem Felsbrocken stiegen sie ab und ließen die Tiere grasen. Barlo begann den Felsen hinaufzuklettern, und Lauscher stieg ihm nach. Schließlich kamen sie auf den Gipfel, und hier öffnete sich ein weiter Rundblick. Nach Norden sah man über Wogen abfallende Wälder bis hinaus in die Ebene. In der Ferne blinkte die Schleife eines Flusses und an seinen Ufern lag aufgereiht Dorf für Dorf. Hinter den Bergen im Südwesten mußte irgendwo das Tal von Barleboog verborgen sein.

Das war die Richtung, in die Barlo blickte, als er sich auf eine Felsplatte setzte, seine Flöte hervorholte und zu spielen anfing. Wieder einmal war es das Schloß von Barleboog, das sich aus den Tönen der Melodie aufbaute, und Barlos Lied sprach deutlich davon, daß er es kaum erwarten konnte, an diesen Ort zurückzukehren. Und wieder einmal wunderte sich Lauscher darüber, daß in dieser Flötenmelodie kaum etwas von Zorn oder gar Rachedurst zu spüren war.

Während Barlo noch spielte, hörte Lauscher weiter unten am Berg Steine poltern. Er blickte hinunter in die Felsrinne, in der sie aufgestiegen waren, und sah einen kleinen alten Mann heraufklettern. Nach kurzer Zeit stemmte sich der weißbärtige Alte über die letzte Felskante und setzte sich erschöpft auf einen Steinblock. Er trug das Gewand eines Steinsuchers, hatte einen Lederbeutel umgehängt und an der Seite seinen spitzen Hammer. Sobald er wieder zu Atem gekommen war, begrüßte er Barlo und Lauscher und sagte: «Man nennt mich Lauro, den Steinsucher. Ich wollte doch sehen, wer hier oben so schön auf der Flöte bläst.» Dann blickte er zu den Bergen hinüber, zu denen auch Barlo schaute, und sagte: «Ja, dort drüben liegt Barleboog. Und wenn du dich danach sehnst, dorthin zu kommen, dann bist du offenbar lange Zeit nicht dort gewesen. Jedenfalls würde ich dir raten, deine Sehnsucht zu bezwingen und hübsch hier zu bleiben, denn dort würdest du nicht lange frei herumlaufen.»

«Was weißt du von Barleboog?» fragte Lauscher. «Bist du dort gewesen?»

«Ja», sagte Lauro, «und das ist noch gar nicht lange her.» Barlo setzte seine Flöte ab und wendete sich ihm zu. «Das interessiert dich wohl?» fuhr der Alte fort. «Dann hör gut zu, damit dir die Lust vergeht. Ich bin mit knapper Mühe davongekommen.» Er kicherte in sich hinein. «Die Bergpfade kenne ich immer noch besser als diese zottigen Knechte der bösen Herrin. Steinsucher sind dort derzeit gefragt, müßt ihr wissen. Allerdings nur, wenn sie nicht auf eigene Rechnung arbeiten.»

«Hat Gisa noch immer nicht genug von ihren blauen Steinen?» fragte Lauscher.

Der Alte warf ihm einen scharfen Blick zu. «Du weißt ja ziemlich genau Bescheid», sagte er. «Aber das neueste weißt du scheint's nicht. Seit einiger Zeit kann sie nämlich diese blauen Dinger nicht mehr ausstehen. Sie ist jetzt hinter einem anderen Stein her, aber den hat ihr bisher noch keiner auftreiben können.»

«Was für einen Stein?» fragte Lauscher gespannt.

«Wenn ich das wüßte», sagte Lauro. «Sie kann ihn offenbar selber nicht genau beschreiben. Die Leute erzählen sich darüber eine merkwürdige Geschichte. Sie soll sich einen Jungen eingefangen haben, der einen solchen Stein besaß. Einen Zauberstein, sagt man. Aber damals wußte sie noch nicht, was es mit diesem Stein auf sich hatte, und der Junge wußte es wohl auch nicht recht, denn sonst wäre er ihr nicht so leicht auf den Leim gegangen. Sie soll seinen Zauberstein beiseite geschafft und achtlos weggeworfen haben, um den Jungen mit ihren schönen Saphiren kirre zu machen. Aber wie das mit solchen Zauberdingen ist: Man kann mit ihnen nicht tun, was man will, und wegwerfen kann man sie schon gar nicht. Die Leute behaupten, der Stein habe sich selbständig gemacht und sei immer wieder zu seinem Besitzer zurückgekehrt, was Gisa auch dagegen unternahm. Und damit verlor sie ihre Macht über den Jungen. Eines Tages ritt sie mit ihm aus und kam dann auf einem abgehetzten Pferd zurückgejagt, ein blaues Mal auf der Stirn. Man munkelt, der Junge habe ihr einen ihrer blauen Steine in den Kopf gezaubert, und der niste jetzt dort wie ein unheilbares Geschwür, das ihr das Gehirn vergiftet. Seither setzt sie keinen Fuß mehr vor das Schloßtor und zeigt sich niemandem außer ihren zottigen Knechten. Und diese läßt sie alle Steinsucher zusammentreiben, damit sie ihr einen solchen Zauberstein aufspüren; denn sie meint, nur damit könne sie geheilt werden. Überall im Land läßt sie das Gerücht verbreiten, in Barleboog gäbe es haufenweise Gold zu finden. In Wirklichkeit aber treiben ihre Knechte diese Leute in die Berge, wo sie nach dem Zauberstein graben müssen, Tag und Nacht, bis sie tot umfallen. Willst du jetzt noch immer nach Barleboog, Flöter?»

Barlo nickte, und ehe der Alte noch etwas sagen konnte, holte Lauscher seinen Beutel hervor und nahm den Stein heraus. «Ich hoffe, daß sie mir nichts anhaben kann, solange ich den Stein bei mir trage», sagte er. «Denn jetzt weiß ich schon ein bißchen mehr als damals.»

Der Steinsucher hob erstaunt den Kopf und schaute Lauscher ins Gesicht. «Du bist das also», sagte er. Dann blickte er auf den Stein und sagte nach einer Weile: »Jetzt glaube ich, daß dieser Stein mehr Kraft besitzt als alle Saphire Gisas zusammen. Wenn ich diese blauen Dinger anschaue, wird mir jedesmal kalt, aber dein Stein wärmt mir das Herz.»

«Mir auch», sagte Lauscher.

«Sei auf der Hut!» sagte Lauro. «Du bist noch sehr jung, und ich fürchte, du weißt noch lange nicht alles. Was habt ihr vor in Barleboog?»

«Mein Herr will versuchen, ob man der Herrschaft Gisas nicht ein Ende setzen kann», sagte Lauscher, «und es gibt schon Leute, die ihm dabei helfen wollen.»

«Wenn das so ist», sagte der Alte, «dann könnt ihr auch auf mich rechnen. Vielleicht braucht ihr einen, der sich in den Bergen auskennt, wo die zottigen Knechte die Steinsucher zur Arbeit treiben.»

Barlo nahm dieses Angebot gern an, und Lauscher sagte: «Wir treffen uns zum Frühjahrsmarkt von Draglop in der Silbernen Harfe.»

«Ich werde pünktlich zur Stelle sein», sagte Lauro. «Aber bis dahin habe ich noch einiges zu tun.» Damit verabschiedete er sich, kletterte den Felsen hinunter und verschwand bald darauf jenseits der Bergwiese im Wald, nachdem er ihnen noch einmal zugewinkt hatte.

In dem Bewußtsein, einen nützlichen Verbündeten gewonnen zu haben, kehrten Barlo und Lauscher am Abend zum Lagerplatz zurück. Die Holzfäller waren schon dabei, ihr Abendessen zu kochen, und auch ihre Gäste bekamen wieder eine Pfanne voll vorgesetzt. Nach dem Essen sagte der Vorarbeiter: «Heute früh habe ich euch eine Geschichte versprochen. Jetzt sollt ihr sie hören. He, Krautfaß, erzähl ihnen die Sache, wie Rübe Müllerbursche werden wollte! Das wird unseren Gästen gefallen.»

Der Angesprochene war einer der beiden Holzfäller, die sich als Sänger hervorgetan hatten, ein älterer Mann von beträchtlichem Leibesumfang. Nicht daß er einen schwabbeligen Bauch gehabt hätte; alles an ihm war fest und kernig, und um seinen Leib spannte sich ein Gürtel wie ein Reif, den der Küfer fest um die Faßdauben geklopft hat. Sein graues Haar hing ihm wirr nach allen Seiten vom Kopf herunter wie Sauerkraut: man hätte keinen passenderen Namen für ihn finden können. Krautfaß setzte sich also zurecht, wischte sich mit dem Handrükken die letzten Musreste aus den Mundwinkeln und fragte: «Habt ihr noch nie von Rübe gehört?» Barlo und Lauscher mußten zugeben, daß ihnen noch nie etwas über diesen Rübe zu Ohren gekommen sei, wie berühmt er hierzulande auch sein mochte. «Dann ist es höchste Zeit, daß ihr ihn kennenlernt», sagte Krautfaß und begann mit der

Geschichte von Rübe und dem Zaubermüller

Rübe war ein Holzfäller, ein riesiger Kerl, baumhoch und mit Muskeln wie ein Ochse. Man nannte ihn so, weil er einen Kopf hatte wie eine Runkelrübe, dick und rot und obenauf einen struppigen Haarschopf. Rübe hatte immer sonderbare Einfälle, und man wußte nie genau, ob er es ernst meinte oder einen Spaß im Sinn hatte. Er selber wird es schon gewußt haben, aber andere Leute konnte er damit ziemlich aus der Fassung bringen, zumal wenn sie keine Holzfäller waren. Und eines konnte Rübe überhaupt nicht begreifen: wenn es ihm nicht gelingen wollte, jemanden zum Lachen zu bringen. Denn er selbst konnte lachen, daß die Bäume im Wald zitterten.

Die Sache begann damit, daß Rübe eines Tages das Holzfällen satt hatte. Er frühstückte noch gründlich, aber dann haute er seine Axt in einen Baumstumpf und ging einfach weg, immer den Bach entlang ins Tal, bis er zu einer Mühle kam. Dort klopfte er den Müller heraus und fragte ihn, was für eine Art von Arbeit das Mahlen sei und ob er ihn dabei brauchen könne.

Der Müller, ein dürrer kleiner Kerl mit keiner einzigen Lachfalte im Gesicht, war ein zauberkundiger Mann. Er sah sich Rübe von Kopf bis Fuß an und dachte sich, daß man diesen Tölpel kostenlos in Dienst nehmen könne, wenn man die Sache richtig anfinge. «Eine schwere Arbeit», sagte er. «Viel zu schwer für einen schmächtigen Burschen wie dich.»

Rübe hielt das für einen Witz und lachte, daß die Fensterscheiben klirrten. Dann sagte er: «Männlein, wenn du die Arbeit schaffst, dann schaffe ich sie auch.»

«Wetten, daß du zu schwach bist?» sagte der Müller; denn er wußte, daß ein Holzfäller nie eine Wette ausschlägt, und das war genau, worauf er aus war.

«Die Wette gilt, Männlein», sagte Rübe. «Was ist der Einsatz?»

«Wenn du sie verlierst, mußt du mir drei Jahre dienen», sagte der Müller. «Ohne Lohn wohlgemerkt.»

«Und wenn ich gewinne, mußt du mir das hübsche Sackmesser geben, daß an deinem Gürtel hängt», sagte Rübe und lachte schon wieder. Der Müller hörte das nicht gerne, denn das Messer hatte einen schön verzierten silbernen Griff und eine kostbare, von Zwergen geschmiedete Klinge, die nie rostete. Aber da er die Wette vorgeschlagen hatte, konnte er nicht mehr zurücktreten. Er war sich jedoch seiner Sache so sicher, daß er kaum fürchtete, das Messer zu verlieren.

«Wenn du gewinnst», sagte er also, «sollst du das Messer haben. Ich werde dir drei Aufgaben stellen, aber mit deinen schwachen Gliedern wirst du wohl schon bei der ersten versagen. Du sollst mir diese Säcke in die Mahlkammer tragen.»

Bei der Tür standen fünf Kornsäcke, und der Müller meinte, daß nicht einmal ein so starker Mann wie Rübe sie auf einmal tragen könne. Doch Rübe lachte nur und sagte: «Wenn's weiter nichts ist», legte sich die Säcke der Reihe nach auf die Schultern und fing an, die Treppe zur Mahlkammer hinaufzusteigen. Als der Müller sah, daß Rübe die Säcke alle auf einmal trug, nahm er seine Zauberkunst zu Hilfe und drückte von hinten mit einer Haselrute auf den obersten der Säcke; denn auf diese Weise konnte er ihr Gewicht verdoppeln. Im gleichen Augenblick ließ Rübe einen gewaltigen Wind fahren und mußte darüber so ungeheuer lachen, daß die Säcke auf seinem Rücken auf und ab hüpften und der Müller sie nicht weiter mit seiner Haselrute berühren konnte. Mit drei Schritten war Rübe schon oben in der Mahlkammer, setzte die Säcke ab und sagte: «Du mußt mein unfeines Benehmen entschuldigen, Männlein. Plötzlich drückten mich die Säcke so schwer, daß ich den Wind nicht mehr zurückhalten konnte. Vielleicht solltest du nicht so dicht hinter einem gehen, der schwer trägt und gut gefrühstückt hat.»

«Das Lachen wird dir schon noch vergehen», sagte der Müller; denn Rübes Gelächter ärgerte ihn sehr. «Wenn du diese erste Aufgabe schon schwer findest, wirst du die zweite wohl nicht schaffen.»

«Was gibts jetzt zu tun?» fragte Rübe.

«Schütte das Korn ins Mahlwerk», befahl der Müller.

«Wenn's weiter nichts ist», sagte Rübe wieder, knüpfte den ersten Sack auf und begann das Korn in den Trichter zu schütten. Während er sich aber darüber beugte, setzte ihm der Müller von hinten seine Katze auf den Rücken und machte sie durch Zauberei schwer wie Blei. Er hoffte, dieser ungehobelte Knecht würde dann das Übergewicht bekommen und in den Trichter stürzen. Die Mahlsteine werden ihm seine groben Manieren schon abschleifen, dachte er sich. Doch kaum saß die Katze auf seinem Rücken, stieß Rübe einen derart aus der Tiefe heraufkollernden Rülpser aus, daß die Katze vor Schreck in die Höhe sprang und selbst in den Trichter fiel. Wie sie da in dem Korn herumstrampelte, erschien Rübe so komisch, daß er wieder in dröhnendes Gelächter ausbrach. Er beruhigte sich erst, als der Müller seine Katze aus dem Trichter gefischt hatte, und dann sagte er: «Entschuldige, Männlein, ich muß wohl zu gut gefrühstückt haben. Du solltest auch sorgen, daß die Katze einem bei der Arbeit nicht dazwischen kommt.»

«Wenn dich schon meine Katze stört, wirst du die dritte Aufgabe kaum schaffen», sagte der Müller. «Willst du nicht aufgeben?»

«Mit einem guten Frühstück im Bauch gibt ein Holzfäller nie auf», sagte Rübe. «Was soll ich jetzt tun?»

«Du mußt jetzt das Mühlrad in Gang setzen», sagte der Müller.

«Wenn's weiter nichts ist», sagte Rübe und wunderte sich, was daran schwer sein sollte. Er stieg die Treppe hinunter und ging hinaus vor die Tür, um das Wasser aus dem Mühlbach auf das Rad zu lenken. Doch das Rad wollte sich nicht drehen, denn der Müller hielt es heimlich mit dem kleinen Finger fest, und gegen diesen Zauber hätte es keiner auch nur eine Handbreit bewegen können.

«Das Wetter war wohl recht trocken, weil der Bach so spärlich rinnt», sagte Rübe. «Da muß ich ein bißchen nachhelfen.» Er kletterte hinaus auf die Wasserrinne, stellte sich breitbeinig hin, knöpfte seinen Hosenlatz auf und schlug sein Wasser auf das Mühlrad ab. Dabei lachte er so gewaltig, daß die ganze Mühle wackelte. Unwillkürlich zog der Müller seine Hand weg, und schon lief das Rad so schnell, wie es noch nie gelaufen war. «Ein Mann, der gut gefrühstückt hat, kommt nicht so schnell in Verlegenheit», sagte Rübe und stieg in aller Ruhe von der Rinne herunter. «Du solltest auch deine Hand nicht an das Mühlrad halten, wenn das Wasser über die Schaufeln fließt; denn du könntest dir weh tun. Siehst du jetzt, daß ich zum Müllerburschen tauge?»

«Mag sein», sagte der Müller und ärgerte sich, daß er die Wette verloren hatte. «Aber dein Benehmen gefällt mir nicht.»

«Das beruht auf Gegenseitigkeit», sagte Rübe, «denn du hast nicht ein einziges Mal gelacht, obgleich Anlaß genug dazu gewesen wäre. Unter einem solchen Meister mag ich nicht arbeiten. Gib mir also das Messer, und wir sind quitt.»

Da mußte ihm der Müller das Messer geben, denn er sah, daß seine Zauberei gegen die Fröhlichkeit dieses Mannes nichts auszurichten vermochte. Und als Rübe wieder zu Hause war, schnitt er mit dem schönen Messer den Speck, den er morgens zu seinem Mus aß. »Gut gefrühstückt ist schon die halbe Arbeit», pflegte er dabei zu sagen, und dann lachte er, daß die Zapfen von den Fichten fielen.

* * *

Die Holzfäller stießen sich gegenseitig an und lachten lange und ausgiebig, obwohl sie alle diese Geschichte wohl schon oft gehört hatten. Auch Barlo und Lauscher stimmten in ihr Gelächter ein, wenn Lauscher auch fürchtete, daß diese etwas anrüchige Art von Humor nicht jedermanns Sache sein dürfte. «Dieser Mann namens Rübe wäre einer, den wir brauchen könnten», sagte er dann.

«Wozu?» fragte der Vorarbeiter.

Da erzählte Lauscher in Kürze, was Barlo im Sinn hatte und was für ein Plan in der Silbernen Harfe abgesprochen worden war. «Und wenn mich nicht alles täuscht», setzte er hinzu, «dann war der Bärtige mit der Pelzjacke, der heute früh ans Feuer kam und nicht lachen wollte, einer von Gisas zottigen Knechten. Kann sein, daß er uns nachspionieren wollte, vielleicht wollte er aber auch ein paar von euch als Goldsucher nach Barleboog locken. Ihr habt ihn ja gar nicht erst zu Wort kommen lassen, und ich verstehe jetzt recht gut, warum ihr das so haltet, wenn einer nicht lachen kann. Kann sein, daß es sich in Barleboog als nützlich erweist, was wir bei euch gelernt haben. Und Rübe hätte ich da gern dabei.»

Krautfaß lachte. «Da muß ich dich enttäuschen», sagte er. «Rübe lebt nur noch in den Geschichten, die man von ihm erzählt, und das ist schon mehr, als man von manchem Mann sagen kann. Aber wenn ihr mit mir Vorlieb nehmen wollt, so bin ich dabei; denn das wäre eine Sache, die mir Spaß machen würde. Es soll keiner behaupten, daß Krautfaß einem Spaß aus dem Wege gegangen wäre.»

Lauscher dankte ihm für dieses Angebot und sagte: «Das wird fast so sein, als hätten wir Rübe bei uns. Den Treffpunkt kennst du ja.»

«Sicher», erwiderte Krautfaß. «Zum Frühjahrsmarkt in Draglop in der Silbernen Harfe.»

Barlo und Lauscher trieben sich noch eine Zeitlang im Gebirge herum, und als die Nächte anfingen kühler zu werden, ritten sie wieder bergab durch die Wälder. Am Rande des Flachlandes blieben die Bäume zurück und gaben den Blick auf einen großen See frei, an dem der Weg entlang führte. Das grünblaue Wasser war so klar, daß man die Fische über dem steinigen Grund stehen sehen konnte. Die silbern schimmernde Wasserfläche dehnte sich fast bis zum fernen Horizont aus, wo sie von niedrigen Hügeln gesäumt war. Vor den Reitern tauchten am Ufer die riedgedeckten Dächer eines Dorfes auf, und weiter draußen sahen sie ein paar Fischerkähne bewegungslos auf dem Wasser liegen. Barlo wies auf die Häuser und gab Lauscher zu verstehen, daß er hier über Nacht bleiben wollte.

Am Dorfeingang bog Barlo vom Weg ab, und Lauscher folgte ihm auf seinem Esel hinüber zum Seeufer. Auf hölzernen Pfosten war hier ein Landungssteg in den See hineingebaut, an dem ein paar Kähne festgemacht lagen. Barlo und Lauscher stiegen ab, ließen ihre Tiere trinken, setzten sich auf den Bohlensteg und ließen ihre Beine über dem unbewegten Wasser baumeln. Im Schatten unter den Laufplanken wimmelten winzige Jungfische. Draußen auf dem See sprang hie und da ein Fisch und hinterließ an der Oberfläche einen Kreis, der sich langsam ausbreitete und mit anderen Kreisen überschnitt. Einmal strich vom Flachland her ein Zug Enten vor dem blassen Abendhimmel heran, glitt niedrig über den See und fiel dann in der Nähe der Fischerkähne ein.

Barlo zog seine Flöte heraus und fing an zu spielen, ein Lied, das nach Wasser klang und in dem man das Schilf rauschen hörte. Nach einer Weile spürte Lauscher das Tapsen bloßer Füße auf den Planken, und als er sich umdrehte, sah er ein paar Kinder, die vom Dorf herübergekommen waren, um dem Flöter zuzuhören. Sie blieben verlegen stehen, als Lauscher ihnen zunickte, kamen dann aber langsam näher, magisch angezogen von Barlos Flötenlied.

Nach einer Weile beendete Barlo sein Lied mit einem langen Triller, der wie das Plätschern von Wellen klang, setzte seine Flöte ab und lachte die Kinder an.

«Du kannst schön spielen», sagte ein Mädchen.

Barlo machte eine wegwerfende Handbewegung, als sei das nichts Besonderes und zeigte auf eine Panflöte, die einer der Jungen in der Hand hielt. Sie bestand aus sieben unterschiedlich langen Rohrhalmen, die mit Binsen zusammengebunden waren.

«Du bist ja auch ein Flöter», sagte Lauscher. «Willst du uns etwas spielen?»

«Ich kann nur einfache Lieder, wie sie bei uns gesungen werden», sagte der Junge.

Barlo forderte ihn mit einer einladenden Handbewegung auf, an seiner Seite Platz zu nehmen. Da zierte sich der Junge nicht länger, setzte sich auf die Planken und fing an zu spielen. Die einfache Melodie, die er aus seinem Instrument hervorzuzaubern, nahm Lauscher sofort gefangen. Sie klang traurig und fröhlich zugleich und schien eine Geschichte zu erzählen. Nach der ersten Strophe begann das Mädchen, das sie angesprochen hatte, den Text zu singen:

> Ein Mädchen ging zum See
> Jedes Jahr
> ein Mädchen ging zum See
> mit Wangen weiß wie Schnee

> Der Grüne kam vom Grund
> Jedes Jahr
> der Grüne kam vom Grund
> und küßt sie auf den Mund

> Das Mädchen weinte sehr
> Jedes Jahr
> das Mädchen weinte sehr
> und kam dann nimmermehr

> Schön Agla ging zum See
> dieses Jahr
> schön Agla ging zum See
> in Kleidern weiß wie Schnee

Der Grüne kam vom Grund
dieses Jahr
der Grüne kam vom Grund
sie küßt' ihn auf den Mund

Schön Agla hat gelacht
dieses Jahr
schön Agla hat gelacht
da sang er durch die Nacht.

«Was ist das für ein Lied?» fragte Lauscher, als das Mädchen zu Ende gesungen
hatte. «Das habe ich noch nie gehört.»

«Bei uns kennt das jeder», sagte die Sängerin. «Es wird von den Mädchen
gesungen.»

«Und wer ist dieser Grüne?» fragte Lauscher.

«Das ist eine lange Geschichte», sagte das Mädchen abweisend. «Ich kann sie
nicht erzählen.»

Inzwischen hatten die Fischer draußen auf dem See ihre Netze eingezogen und
ruderten zur Anlegestelle. Als sie bei dem Steg angekommen waren, machten sie
ihre Kähne fest und stiegen aus. Ein älterer Mann mit breitem grauen Schaufelbart
begrüßte die Fremden.

«Wir haben schon gehört, daß ein Flöter angekommen ist», sagte er. «In unsere
Gegend geraten selten fahrende Spielleute. Wir würden uns freuen, wenn ihr
länger bleibt.»

Lauscher wartete Barlos zustimmendes Nicken ab und sagte dann: «Wir
nehmen eure Einladung gern an. Daß bei euch gespielt und gesungen wird, haben
wir schon gemerkt. Mein Herr ist begierig darauf, neue Lieder kennenzulernen.
Er heißt Barlo, und ich bin sein Diener Lauscher.»

«Mein Name ist Walosch», sagte der bärtige Fischer, «und ihr sollt Gäste in
meinem Hause sein, so lange ihr wollt. Das Mädchen, das euch das Lied von
Schön Agla vorgesungen hat, ist meine Enkelin Marla. Aber jetzt müssen wir erst
einmal die Fische an Land bringen.»

Lauscher und Barlo halfen den Fischern, die Netze, in denen die gefangenen
Fische zappelten, aus den Kähnen zu heben. Auf dem Steg wurde der Fang gleich
sortiert. Was zu klein war, warfen die Männer zurück ins Wasser, die brauchbaren
Fische, Schleien, Äschen und Karpfen, wurden durch einen Schlag mit dem
Messerrücken auf den Kopf getötet, ausgenommen und in Körbe gelegt, die ein
paar Jungen inzwischen geholt hatten. Dann nahmen je zwei Männer einen Korb
und gingen zum Dorf. Nur Walosch blieb zurück und forderte seine Gäste auf,
ihm zu seinem Haus zu folgen. «Lauf voraus», sagte er zu Marla, die mit den
anderen Kindern noch am Seeufer stand, «und sag deiner Großmutter, daß wir
Besuch haben!»

Barlo und Lauscher nahmen ihre Reittiere beim Zügel und gingen mit Walosch zwischen niedrigen, weiß gekalkten Fischerhütten die Straße entlang bis zu Waloschs Haus, das am Ende des Dorfes stand. In der Tür erwartete sie eine hochgewachsene grauhaarige Frau mit schmalem, faltigem Gesicht. Ihre dunkelbraunen Augen wirkten jung und sahen fröhlich aus, als ob sie oft und gern lache. Sie begrüßte die Gäste und bat sie, ins Haus zu kommen. Walosch nahm ihnen die Tiere ab und führte sie zu einem niedrigen Stall neben dem Haus. «Ich weiß nicht nur mit Fischen Bescheid, sondern auch mit Pferden», sagte er. «Mein Sohn wird sich gleich um eure Tiere kümmern, wenn er unsere Pferde füttert.»

Barlo und Lauscher traten in eine geräumige Stube, die mit Binsenteppichen ausgelegt war. An der Innenwand war eine Feuerstelle, an der eine jüngere Frau, vielleicht Marlas Mutter, damit beschäftigt war, zwei dicke Karpfen aus dem Fang auf einem Rost zu braten. Lauscher roch den Duft der Fische und bekam Hunger.

Er brauchte nicht mehr lange zu warten, denn Walosch kam schon vom Stall zurück und bot seinen Gästen Plätze am Tisch an, und auch die anderen Familienmitglieder kamen und setzten sich, außer den beiden Alten noch ein junger Mann, der Waloschs Frau so ähnlich sah, daß man ihn sofort als ihren Sohn erkannte, und dann noch Marla und zwei kleinere Jungen. Die Mutter der Kinder, die das Essen zubereitet hatte, legte den Gästen auf frisch gebackenen Fladenbroten die Rückenstücke vor. Als einzige Würze diente grobkörniges Salz, das in einer Holzschale auf dem Tisch stand.

Nach dem Essen brachte Walosch einen Krug mit rötlichgelbem Birnenmost, den er in gedrechselte Holzbecher ausschenkte. «Hoffentlich ist er euch nicht zu herb», sagte er. «Ihr habt auf eurer Reise sicher schon besseres getrunken.» Doch Barlo und Lauscher fanden, daß dies genau das richtige Getränk nach dem gebratenen Fisch sei, und ließen sich gleich noch einmal eingießen.

«Du hast schön gespielt, Barlo, als wir draußen auf dem See waren», sagte Walosch. Barlo dankte ihm lächelnd für das Lob, holte seine Flöte heraus und spielte das Lied von Schön Agla, das ihnen Marla vorgesungen hatte. Die ersten drei Strophen flötete er langsam und traurig, bei den drei letzten jedoch veränderte er einzelne Töne der Melodie, so daß sie wie ein lustiger Tanz klangen.

«Du lernst schnell», sagte Walosch, als Barlo zu Ende gespielt hatte. «Dieses Lied wird bei uns viel gesungen.»

«Wir haben von Marla gehört, daß es eine Geschichte zu dem Lied gibt», sagte Lauscher. «Aber sie konnte sie nicht erzählen. Kennst du sie?»

«Ich kenne sie schon», sagte Walosch, «aber ich bin kein guter Geschichtenerzähler. Das kann mein Sohn besser. Ihr müßt wissen, daß er über seine Mutter von dieser Agla abstammen soll. Es heißt, daß auch sie schon diese lustigen Augen gehabt hat. Willst du sie ihnen erzählen, Lagosch?»

Lagosch schaute die Gäste mit seinen braunen, lustigen Augen an, trank noch einen Schluck und begann dann mit der

Geschichte von Schön Agla und dem Grünen

Schon vor langer Zeit wohnten unsere Leute hier am See. In diesen Tagen lebte ein junger Fischer namens Jelosch. Er war einer, der sich stets ein wenig abseits hielt und auf besondere Dinge aus war. Eines Morgens im Frühling fuhr er weit hinaus bis zum Schilfgürtel auf der anderen Seite, weil er sich dort einen besonders guten Fang versprach. Und als er am Abend zurückkehrte, saß ein Mädchen in seinem Kahn, das noch keiner im Dorf je gesehen hatte. Dieses Mädchen war von einer seltsamen Schönheit, ihre Haut hatte einen Glanz wie die schimmernde Innenseite von Seemuscheln, ihr braunes Haar war glatt und lang, und ihre dunkelbraunen Augen sahen so aus, als wolle sie jeden Augenblick anfangen zu lachen. Sie hatte nichts am Leib als den alten leinenen Kittel, den Jelosch im Kahn liegen hatte für den Fall, daß er etwas Trockenes zum Anziehen brauchte. Das kam schon damals allen, die Jelosch an diesem Tag bei seiner Rückkehr beobachteten, recht merkwürdig vor; denn man mußte wohl annehmen, daß er das Mädchen nackt gefunden hatte.

Jelosch, der allein in seinem Haus lebte, da seine Eltern früh gestorben waren, nahm dieses Mädchen zur Frau, und es wunderte sich eigentlich keiner im Dorf, daß er sich weigerte, irgendetwas über ihre Herkunft zu erzählen. Er nannte sie Aglaia, und die Leute fanden, dies sei ein recht fremdartiger Name für eine Fischersfrau. Da Aglaia jedoch stets fröhlich war, gewöhnte man sich an sie, und die Männer fanden schließlich, daß Jelosch mit seiner Frau einen besonders guten Fang gemacht habe; denn sie war nicht nur so schön, daß ihr mancher heimlich nachblickte, wenn sie durchs Dorf ging; sie hielt auch Jeloschs Haus in guter Ordnung und verstand es, farbige Muster auf sein Hemd zu sticken, wie sie hier noch keiner gesehen hatte. Nur erschien den Leuten sonderbar, daß der Saum ihres langen Rockes immer ein wenig feucht zu sein schien, doch das mochte davon kommen, daß man auf einem niedrigen Steg über den Bach gehen mußte, wenn man von Jeloschs Haus zum Dorf wollte. Jelosch war in dieser Zeit so fröhlich wie nie zuvor und sang fast den ganzen Tag.

Es war noch kein Jahr vergangen, als Jelosch die Hebamme aus dem Dorf holte, weil Aglaia ein Kind gebären sollte. Die Geburt war sehr schwer und zog sich über Stunden hin. Schließlich schenkte Aglaia einem Mädchen das Leben, und sie selbst starb, kaum daß sie das Kind gesehen hatte. Das einzige, was sie noch sagen konnte, war: «Nennt sie Agla.»

Jelosch schrie die ganze Nacht hindurch seinen Schmerz hinaus, daß es alle im Dorf hören konnten. Am Morgen, als die Leute zu seinem Haus kamen, um die Tote noch einmal zu sehen, war er wieder still und ohne Tränen, aber er soll sein ganzes Leben lang nie wieder gelacht oder gesungen haben. Sein einziger Trost war dieses Kind. Er holte aus der Nachbarschaft eine Amme ins Haus, die Agla versorgte, während er draußen auf dem See fischte. Doch am Abend saß er stundenlang neben der Wiege und schaute in Aglas Augen, die schon jetzt so braun und lustig aussahen wie die ihrer Mutter.

Aufs Jahr genau an dem Tag, an dem Jelosch Aglaia in sein Haus gebracht hatte, erhob sich mitten in der Nacht ein Sturm, obwohl den ganzen Tag über klares, wolkenloses Frühlingswetter gewesen war. Die Wellen klatschten ans Ufer, und durch das Pfeifen des Windes hörte man ein seltsames Heulen und Schreien. Ein paar beherzte Männer standen auf und gingen hinaus zum See, um die Kähne am Steg auf das Land zu ziehen.

Hier draußen war dieses Heulen und Schreien noch deutlicher zu vernehmen, und als die Männer hinaus auf das aufgewühlte Wasser blickten, sahen sie dicht vor dem Ufer im Schaum einer Welle einen mächtigen runden Kopf auftauchen, der trotz der Dunkelheit grün über dem kochenden schwarzen Wasser schimmerte. Er sah aus wie der Kopf eines alten Mannes, aber dann doch wieder auch wie der eines Wasserwesens, wie es noch keinem der Fischer begegnet war. Um die breiten, froschigen Lippen zottelte ein grünlicher Bart, und die großen Augen über der flachen Nase waren rund und starr wie die eines Karpfens. Dann hob sich langsam die Gestalt dieses Fischmannes aus der Flut, das Wasser rann von seinen schuppigen Armen, die er zum Himmel hob, während er weiter heulte und schrie. Und jetzt verstanden die Männer auch, was er rief: «Aglaia! Aglaia!»

Entsetzt liefen alle zurück in ihre Häuser, sperrten die Türen hinter sich ab und blieben die ganze Nacht über wach. Erst gegen Morgen flaute der Sturm ab, und das Rufen und Heulen wurde schwächer und verklang schließlich in der Ferne. Als es hell geworden war, gingen die Fischer hinaus zu Jeloschs Haus, klopften an und sagten, er solle vor die Türe kommen. Nach einiger Zeit trat Jelosch heraus und fragte, was sie wollten.

«Hast du heute Nacht nicht den Sturm gehört?» fragte einer.

«Das bißchen Wind hat mich nicht gestört», sagte Jelosch. «Ich habe mich auf die andere Seite gedreht und weitergeschlafen.»

«Dann hast du wohl auch nicht den grünen Fischmann schreien gehört?» fragte ein anderer.

«Was für einen Fischmann?» fragte Jelosch und wurde blaß.

«Den, der die ganze Nacht hindurch nach deiner toten Frau gerufen hat», sagte ein dritter. «Du mußt uns jetzt sagen, wo du Aglaia gefunden hast, damit wir wissen, was es mit dieser Sache auf sich hat.»

Jelosch weigerte sich zunächst, über die Herkunft Aglaias zu sprechen, doch als sie ihn schließlich bedrohten und einer sagte, sie würden Aglaias Kind ins Wasser werfen, wenn Jelosch weiter schweige, gab dieser nach und erzählte ihnen, wie er zu seiner Frau gekommen war.

Er sei damals, sagte er, drüben im Schilfgürtel am anderen Ufer auf eine kleine Insel gestoßen, die man vom See aus nicht sehen konnte. Dort sei er aus dem Kahn gestiegen, um nach Enteneiern zu suchen. Er habe auch einen ganzen Korb voll aufgesammelt, sich dann auf den sandigen Boden gesetzt und ein bißchen vor sich her gesungen. Während er noch gesungen habe, sei am Rand der Insel ein Mädchen aus dem Wasser emporgetaucht und habe ihm zugehört. «Du singst schön», habe sie gesagt, und er habe sie aufgefordert, zu ihm auf die Insel zu kommen. Da sei sie, nackt wie sie war, aus dem Wasser gestiegen, habe sich zu ihm gesetzt und ihn gebeten, weiter zu singen. Während des Singens habe er ihr in die Augen geschaut und an nichts anderes mehr denken können, als daß er dieses Mädchen für sich gewinnen müsse. Als sein Lied zu Ende war, habe er das Mädchen gefragt, ob sie mit ihm in seinem Haus leben wolle. «Wirst du dann immer für mich singen?» habe sie gefragt, und als er ihr das zugesichert habe, sei sie ohne Zögern mit ihm in seinen Kahn gestiegen. Das übrige wüßten sie ja, sagte Jelosch noch, ließ die Fischer einfach stehen und ging zurück in sein Haus.

Nun war es den Männern klar, daß Aglaia eine Wasserfrau gewesen war. «Es ist mir schon damals, als er sie mitbrachte, so vorgekommen, als habe sie Schwimm-häute zwischen den Zehen», sagte einer. «Später hat sie ja immer Schuhe getragen, so daß man ihre Füße nicht sehen konnte.» Wäre Aglaia noch am Leben gewesen, hätten die Fischer sie vielleicht mit Gewalt aus dem Haus geholt und in den See geworfen. Nun aber war sie schon tot und begraben, und bei Tag erschien ihnen dann der nächtliche Aufruhr schon nicht mehr so bedeutsam, als daß man sich weiter darum kümmern müsse.

In diesem Jahr fiel ihnen jedoch bald auf, daß ihr Fang immer spärlicher wurde. Es war, als verschwänden die Fische nach und nach aus dem See oder hielten sich von den Stellen fern, an denen die Fischer ihre Netze auswarfen. Die Vorräte an getrocknetem und geräuchertem Fisch reichten bei weitem nicht aus, und gegen Ende des Winters fingen die Leute an, Wasserkraut unter dem Eis hervorzukrat-zen und Wurzeln aus dem Boden zu hacken, um ihren Hunger zu stillen.

Auch als schließlich das Eis schmolz und der Frühling kam, wollte die Fischerei nicht recht in Gang kommen, und das blieb so bis zu dem Tag, an dem im Jahr zuvor der Grüne geschrien hatte. Die Fischer hatten sich schon Gedanken gemacht, ob nicht er es war, der die Fische von ihren Netzen und Reusen fernhielt, und hatten beschlossen, daß der Dorfälteste mit ihm reden solle, falls der Grüne wieder auftauchte.

Die Männer waren diesmal nicht überrascht, als in der Nacht wieder ein Sturm aufkam. Sie sammelten sich am Strand, und nach einiger Zeit hörten sie wieder das Heulen und Schreien des Grünen. «Aglaia!» hallte es über das dunkle, quirlende Wasser. «Aglaia!» Und dann brach wieder das gewaltige Haupt des Wassermann-nes durch die Wellen und trieb schwankend näher, bis der Grüne sich aus den Fluten hob und bis zum halben Leib sichtbar wurde. Er hatte sein triefendes Gesicht Jeloschs Haus zugewandt und schrie noch einmal: «Aglaia, Aglaia!»

«Bist du es», rief ihn der Älteste an, «der uns die Fische von den Netzen fernhält?»

Da drehte der Grüne seinen halslosen Kopf zu ihm und starrte ihn mit seinen runden, lidlosen Augen an. Dann öffnete er seinen breiten Mund und schrie: «Keinen Fisch sollt ihr mir mehr fangen, wie ihr meine Aglaia gefangen habt. Gebt sie mir zurück!»

«Das ist nicht möglich», rief der Älteste. «Aglaia ist tot.»

«Tot?» heulte der Grüne. «Was heißt tot? Ich kenne das Wort nicht.»

Die Fischer blickten einander bestürzt an. Dann rief der Älteste. «Wer tot ist, kann nicht mehr kommen. Wir können sie dir nicht mehr zurückgeben, selbst wenn wir wollten.»

«Habt ihr sie gefressen wie meine Fische? Nun sollt ihr nie mehr einen meiner Fische fangen!» brüllte der Grüne durch den Sturm und begann wieder in den Wellen zu versinken.

«Warte!» schrie der Älteste. «Du nimmst uns allen das Leben. Was sollen wir tun, um deinen Zorn zu besänftigen?»

«Aglaia!» heulte der Grüne. «Gebt mir Aglaia wieder!»

«Das geht nicht», antwortete der Älteste. «Sollen wir dir Jelosch ausliefern, der sie dir genommen hat?» Jelosch, der bei den Männern stand, wurde bleich, als er das hörte, aber er unternahm keinen Versuch zu fliehen, denn er hatte begriffen, daß es hier um das Leben des ganzen Dorfes ging.

«Was soll ich mit diesem Jelosch!» schrie der Grüne. «Soll er mich jeden Tag daran erinnern, daß er mir Aglaia genommen hat? Wird er mich aus meiner Trauer erlösen? Schickt mir heute und jedes Jahr in dieser Nacht ein Mädchen, das mein Herz erfreut. Wenn es bei mir ist, ehe die Sonne aus dem See taucht, sollt ihr genug Fische in euren Netzen fangen.» Während er diese Worte sprach, war der Grüne schon wieder bis über die Schultern in den Wellen untergetaucht und verschwand dann in einem schäumenden Strudel.

Die Fischer standen am Ufer und wagten vor Entsetzen kaum, einander anzusehen. Dann sagte der Älteste: «Weckt alle Leute und ruft sie auf dem Dorfplatz zusammen. Wir müssen über diese Sache reden, ehe die Dämmerung über den See steigt.»

Als die Leute hörten, was der Grüne verlangt hatte, packte sie das Grauen. «Sollen wir diesem Unhold unsere Töchter überlassen?» schrie eine Frau. Doch der Älteste antwortete ruhig: «Wollt ihr alle verhungern?» Da sahen die Leute ein, daß es keinen anderen Ausweg gab. Alle schwiegen und blickten vor sich hin auf den Boden. In die Stille hinein fragte einer: «Und wer soll seine Tochter opfern?»

«Das Los wird bestimmen, welches Mädchen gehen muß», sagte der Älteste. Er legte eine Handvoll Holzstäbchen vor sich hin, nahm eines davon für jedes Mädchen, das im vergangenen Jahr 17 Jahre alt geworden war, aus dem Haufen und ritzte das Hauszeichen ihrer Familie hinein. Dann warf er eine Decke über die bezeichneten Stäbchen und forderte den Fischer, der ihm am nächsten stand, auf, eines davon herauszuziehen. Doch dieser weigerte sich, und auch kein anderer wollte sich bereit finden, das Los des Mädchens zu ziehen, das dem Grünen ausgeliefert werden sollte. «Wenn es keiner von euch tun will», sagte der Älteste schließlich, «dann sollst du das Los ziehen, Jelosch. Du darfst dich nicht weigern, denn du hast uns in diese Lage gebracht.»

Da ging Jelosch zu ihm hin, zog das Los unter der Decke hervor und gab es dem Ältesten. Dieser blickte auf das Zeichen, das er in das Stäbchen geritzt hatte, sagte laut den Namen des Mädchens und fügte hinzu: «Wir haben nicht mehr viel Zeit, denn im Osten wird es schon hell.»

Während die Frauen die schreiende Mutter festhielten, gingen die Männer mit dem Vater des Mädchens zu dem Haus, in dem es wohnte. Nach kurzer Zeit kamen sie zurück, und zwei von ihnen führten das Mädchen zwischen sich. Es trug ein schwarzes Kleid, und seine schneeweißen Wangen waren naß von Tränen. Gefolgt von den anderen Leuten, brachten die Männer das Mädchen zum See und führten es hinein, bis alle drei bis zur Brust im Wasser standen. Da begann es vor ihnen zu strudeln und zu schäumen, das Mädchen schrie gellend auf und wurde von den Männern vorangestoßen. Da versank es im wirbelnden Wasser, als habe man den Boden unter seinen Füßen weggezogen.

In diesem Jahr waren die Fischer mit ihrem Fang zufrieden, und die Leute hatten noch im Winter genug Räucherfisch und brauchten nicht zu hungern. Deshalb hielten sie sich auch in den folgenden Jahren an die Abmachung mit dem Grünen. In jedem Frühling an dem Tag, an dem Jelosch Aglaia ins Dorf gebracht hatte, mußte er das Los ziehen, und er tat es ohne Widerspruch. Wenn er sich früher aus eigenem Willen abseits gehalten hatte, so wurde er jetzt von den Leuten gemieden wie ein Verfemter. Sogar die Amme verließ sein Haus, sobald das Kind sie entbehren konnte, und von da an sorgte Jelosch selbst für seine Tochter. Er hing an ihr mit aller Liebe, die ihm noch geblieben war, aber er wurde früh grau, bekam ein mürrisches, verschlossenes Gesicht, ging seiner eigenen Wege und warf sein Netz an entlegenen Stellen aus, wo die anderen nicht fischten.

Unter diesen Umständen erschien es den Leuten merkwürdig, daß Agla trotz der Art ihres Vaters zu einem fröhlichen Mädchen heranwuchs, das gern lachte und sang. Es gab Gründe genug, daß die Leute im Dorf auch mit ihr nichts hätten zu tun haben wollen, aber wenn sie einen mit ihren lustigen braunen Augen ansah, konnte man sich ihrer Fröhlichkeit nicht entziehen. Jeder mochte sie gern und rief ihr ein paar freundliche Worte zu, wenn sie durchs Dorf ging. Nur vermieden es die Leute, ihren Vater zu erwähnen, wenn sie mit ihr sprachen. Als die Burschen im Dorf anfingen, ihr nach zu blicken, begann man sie Schön Agla zu nennen; denn sie hatte nicht nur ihre Augen von der Mutter geerbt, sondern glich ihr auch sonst wie eine Zwillingsschwester. Es mag für Jelosch ein Trost gewesen sein, vielleicht aber auch eine Qual, daß seine Erinnerung an Aglaia auf diese Weise nie verblassen konnte.

Auch im Frühjahr, in dem Schön Agla 17 Jahre alt geworden war, mußte Jelosch wieder in jener Nacht das Los ziehen, und er wußte, daß auch sein Hauszeichen auf eines der Holzstäbchen eingeritzt war. Diesmal zitterte seine Hand, als er unter die Decke griff, und versuchte wohl auch, die eingekerbten Zeichen zu ertasten, aber seine Finger waren wie taub. Er zog ein Hölzchen heraus und gab es dem Ältesten. Als dieser das Zeichen erkannte, konnten alle, die schweigend im Kreis um ihn standen, deutlich sehen, wie er schluckte, als versage ihm die Stimme. Dann sagte er laut und deutlich: «Agla.»

Jelosch drehte sich um und ging ohne ein Wort davon, als habe er das schon längst gewußt. Langsam folgten ihm die Leute. Sie ließen sich Zeit und mußten diesmal auch keine jammernde Mutter festhalten. Vor Jeloschs Haus brauchten sie nicht lange zu warten, bis dieser wieder aus der Tür trat. Doch ihm folgte kein weinendes Mädchen in schwarzen Trauergewändern. Agla hatte ein schneeweißes Festkleid angezogen und lächelte den Leuten zu, als ginge sie zu ihrer Hochzeit. «Ihr braucht mich nicht zu führen, ich kenne den Weg», sagte sie zu den beiden Männern, die auf sie zutraten, um sie bei den Armen zu fassen und zum See zu bringen. Sie küßte ihren Vater auf beide Wangen und ging dann allein den Leuten voran zum Ufer. Und als sie ohne zu zögern ins Wasser hineinschritt, fing sie an zu singen, in einer dreitönigen Melodie, wie sie Kinder bei ihren Spielen benutzen:

> Grüner,
> Wassermann,
> der uns Fische bringen kann,
> lasse doch dein Trauern
> nicht so lange dauern,
> Wassermann vom grünen Grund,
> küß Schön Agla auf den Mund.

Sie ging in den See hinein, bis ihr das Wasser über die Hüften reichte. Dann blieb sie stehen, denn vor ihr begann das Wasser aufzuwallen, und aus dem schäumenden Schwall tauchte der runde Kopf des Grünen. Triefend hob sich sein mächtiger Rumpf empor, und rings um ihn glitzerte das sprühende und schwappende Wasser im Mondlicht wie tausend Edelsteine. Der Grüne blickte Agla mit seinen runden Augen an und sagte: «Bist du endlich wiedergekommen, Aglaia?»

Als sie das hörte, lachte Schön Agla und sagte: «Ach, Grüner, wartest du noch immer auf Aglaia? Sieh mich doch an! Aglaias Tochter ist groß geworden, und sie ist genauso fröhlich, wie ihre Mutter gewesen ist.»

«Ja», sagte der Grüne, «du bist fröhlich. Aber alle anderen, die sie mir geschickt haben, waren traurig. Keine von ihnen hat mein Herz erfreut.»

«Komm zu mir, Grüner», sagte Agla, «damit ich dich küsse.»

Da schob sich der Grüne durch das Wasser zu ihr heran, und als er bei ihr war, legte sie die Arme auf seine Schultern und küßte ihn auf seinen breiten Mund. «Bist du jetzt noch traurig, Grüner?» fragte Schön Agla.

«Nein», sagte der Grüne. «Meine Trauer ist fortgeflogen wie eine Ente über den See. Willst du mit mir kommen und bei mir bleiben?»

«Das kann ich nicht», sagte Schön Agla, «denn ich habe einen Menschen zum Vater. Ich muß unter Menschen leben, und nur bei ihnen kann ich fröhlich sein. Aber ich werde für dich singen, wann immer du willst.»

«Dann werde ich nicht mehr traurig sein», sagte der Grüne. «Und sage deinen Leuten, daß ich genug von ihren weinenden Mädchen habe. Sie sollen reichlich Fische bekommen, so lange bei ihnen Menschen mit Aglaias lustigen braunen Augen wohnen und fröhliche Lieder singen. Leb wohl, Schön Agla. Der Grüne wird nicht vergessen, daß du ihn geküßt hast.»

Dann warf er sich zurück in die Flut, aber er ließ sich nicht in die Tiefe sinken, sondern schwamm in den See hinaus und sang, daß seine Stimme durch die Nacht tönte wie eine Glocke. Noch lange standen die Leute am Ufer und hörten seinen Gesang, bis er fern im Schilfgürtel am anderen Ufer verklang.

* * *

Als Lagosch zu Ende erzählt hatte, sagte sein Vater: «Jetzt wißt ihr auch, warum uns fahrende Spielleute so willkommen sind. Der Grüne liebt fröhliche Lieder über alles, und wenn wir einmal einen Sänger oder Spielmann zu Gast hatten, der sich auf seine Kunst verstand, brachte dieses Jahr einen besonders reichlichen Fang. Wenn ihr also über den Winter bei uns bleiben wollt, so sollte es uns freuen.»

Barlo zeigte sich einverstanden, und Lauscher dankte dem Fischer für seine Gastfreundlichkeit. «Was ist eigentlich aus den anderen Mädchen geworden?» fragte er dann.

«Das ist eine merkwürdige Sache», sagte Lagosch. «Es wird erzählt, daß sie am Morgen nach der Nacht, in der Schön Agla den Grünen geküßt hatte, bei Sonnenaufgang aus dem See zurückgekommen sind. Keiner hat es gesehen, aber am Morgen sollen sie am Ufer gestanden haben, und ihre schwarzen Kleider waren trocken, als wären sie nie im Wasser gewesen. Das merkwürdigste aber war, daß keine von ihnen gealtert war. Sie standen am See, genauso jung wie sie hineingestoßen worden waren, und keine von ihnen konnte sich daran erinnern, was in der Zwischenzeit geschehen war.» Lagosch lachte. «In diesem Jahr soll es hier im Dorf so viele heiratsfähige Mädchen gegeben haben, daß sogar noch manchen älteren Hagestolz die Lust auf eine Ehefrau überkam.»

Barlo und Lauscher verlebten eine geruhsame Zeit im Dorf am See. Bevor der Winter hereinbrach, fuhren sie mit den Fischern hinaus, halfen ihnen, die Netze einzubringen oder Reusen auszulegen, und oft holte Barlo seine Flöte heraus, um auf dem See zu spielen. Wenn der Grüne zugehört haben sollte, dann hatte er sicher seine Freude daran; denn Barlo konnte bald alle die Lieder flöten, die im Dorf gesungen wurden, und das waren nicht wenige.

An einem warmen Spätherbsttag kamen sie auch auf Aglaias Insel, wie der kleine Sandrücken im Schilf genannt wurde, auf dem Jelosch seine Frau gefunden hatte. Barlo und Lauscher waren allein herübergerudert. Sie stiegen im flachen Wasser aus, zogen ihren Kahn aufs Ufer und setzten sich in den sonnenwarmen Sand. Eine Zeitlang sahen sie den Enten zu, die in gewinkelter Reihe über den See herangeflogen kamen und dicht bei ihnen niedergingen. Die Enten paddelten um die raschelnden Schilfhalme. reckten gründelnd ihren Steiß hoch und quarrten leise. Mitten unter den Erpeln mit ihren blauschimmernden Spiegeln und den braunen Weibchen schwamm eine weiße Ente. Vielleicht war sie einem Bauer davongeflogen und zog nun das Leben in der Freiheit einer Zukunft in der Bratpfanne vor. Vielleicht aber war sie auch ein verzaubertes Wesen, dachte sich Lauscher. Hier auf dieser im Schilf verborgenen, von Wasser umspülten Insel schien ihm alles möglich zu sein.

Barlo nahm seine Flöte aus der Tasche und spielte das Lied von Schön Agla, ausgeziert mit all den Trillern und Läufen, die diese versponnene Wasserwelt ihm eingab. Jede Strophe brachte neue, überraschende Wendungen. Den letzten Ton ließ er lange ausklingen wie einen Ruf, der auf Antwort wartet.

Und die Antwort kam. Kaum hatte er sein Instrument von den Lippen genommen, hörten sie seitwärts im Schilf ein jähes Aufrauschen, ein runder Gegenstand blitzte in der Sonne auf, flog im Bogen zu ihnen herüber und rollte vor ihren Füßen in den Sand. Es war eine große, schön gewundene Schnecke, wie man sie hierzulande nirgends finden konnte. Lauscher hatte früher einmal von einer solchen Schnecke erzählen hören und erkannte sofort, was das war. «Ein Tritonshorn!» sagte er überrascht.

Und kaum hatte er das ausgesprochen, hörten sie im Schilf ein Glucksen wie von unterdrücktem Gelächter. «Dann weißt du ja schon, was das ist», rief eine Mädchenstimme. «Das schickt unser grüner Herr dem Flöter zum Dank für das schöne Lied. Wenn er Hilfe aus dem Wasser braucht, dann soll er auf dem Schneckenhorn blasen. Auf's Blasen versteht er sich ja!» Noch ein helles Lachen, ein Aufplatschen im Wasser und dann war alles wieder still bis auf das sanfte Quarren der Enten, die noch immer rings um die Insel den Grund absuchten. Nur die weiße war nicht mehr zu sehen.

Am nächsten Morgen war es vorbei mit dem schönen Herbstwetter. Über Nacht waren schwarze Wolken aufgezogen, und von Norden blies ein eisiger Wind, der die letzten gelben Blätter von den Bäumen fegte. Die weite Fläche des Sees war stumpf und grau, und am Landungssteg zerrten die Kähne im unruhigen Wasser an ihren Haltestricken. Für dieses Jahr war die Zeit des Fischens zu Ende. Die Männer brachten Netze und Reusen herein, um sie während des Winters instand zu setzen, zogen die Kähne an Land und legten sie kieloben auf die

Uferböschung. Kurze Zeit später fiel der erste Schnee, und auf dem Flachwasser bildete sich eine dünne Eishaut, die täglich weiter in den See hineinwuchs. An den langen Abenden saßen die Leute in den Stuben beieinander, sangen Lieder, erzählten Geschichten oder tanzten zu Barlos Flöte.

Als Barlo und Lauscher an einem frostklirrenden Morgen vor's Haus traten, sahen sie, wie Walosch aus dem Stall einen langen Pferdeschlitten herausschleppte und fahrbereit machte. «Willst du bei dieser Kälte hinausfahren?» fragte Lauscher.

«Wir sind zur Hochzeit bei meiner Schwägerin im Nachbardorf eingeladen», sagte Walosch. «Ihre Tochter Walja heiratet dort einen Fischer. Das ist auch eine aus Aglas Sippe, und man sagt, sie sei ebenso schön wie ihre Ahnin. Wenn ihr Lust habt, könnt ihr mitreiten. Ein Spielmann ist bei solchen Anlässen immer willkommen.»

Walosch lieh seinen Gästen ein Paar schwere Pelzröcke, und dann holten sie Pferd und Esel aus dem Stall, während Walosch zwei kleine struppige Gäule anschirrte. Er lud seine ganze Familie samt den Kindern auf den Schlitten, knallte mit der Peitsche und ließ die Pferde über die weite, unberührte Schneefläche am Ufer des Sees entlangtraben. Barlo und Lauscher ritten nebenher.

Rechts neben ihrer Spur dehnte sich bis zum fernen Waldgebirge am gegenüberliegenden Ufer die verschneite Fläche des zugefrorenen Sees, am Rand markiert durch das starre Muster dürrer Schilfhalme. Als sie einmal eine schmale Bucht überquerten, sang das Eis unter den Kufen des Schlittens.

Nach etwa zwei Stunden sah Lauscher aus den Schneewehen weiter vorn am Weg Rauch aufsteigen, und erst dann merkte er, daß dies die schneebedeckten Dächer des Nachbardorfes waren, die eben noch über den Rand einer Talmulde herausschauten. Walosch trieb die Pferde mit gellenden Rufen an und ließ den Schlitten den flachen Hang hinuntersausen, daß der Schnee stiebte. Vor einem Fischerhaus mitten im Dorf brachte er den Schlitten zum Stehen, und im gleichen Augenblick wurde auch schon die Tür geöffnet. Zunächst trat ein älterer Mann heraus, hinter ihm eine grauhaarige Frau mit den lustigen braunen Augen der Agla-Sippe und dann noch ein paar jüngere Leute. Inzwischen kamen auch Barlo und Lauscher heran, stiegen von ihren Tieren und blieben abwartend stehen, während die Verwandten einander begrüßten.

Dann führte Walosch seinen Schwager zu ihnen und sagte zu ihm: «Hier habe ich noch zwei Freunde mitgebracht, Kurlosch, die den Winter über Gäste in meinem Hause sind. Der lange ist Barlo, der Spielmann, und der mit dem Esel heißt Lauscher und ist sein Diener. Ich hoffe, die beiden sind bei der Hochzeit willkommen.»

«Ein Spielmann?» sagte Kurlosch überrascht und musterte die beiden Fremden mißtrauisch. «Was spielt er denn?»

«Die Flöte», sagte Walosch.

«So, die Flöte», sagte Kurlosch und blickte noch finsterer als zuvor.

«Ja, er ist ein Flöter», sagte Walosch. «Seit wann hast du etwas gegen Leute, die Flöte spielen?»

«Ich muß mit dir reden, ehe ich sie als Gäste begrüße», sagte Kurlosch, zog seinen Schwager beiseite und sprach leise auf ihn ein. Lauscher sah, daß Kurlosch immer wieder zu Barlo herüberblickte, während Walosch den Kopf schüttelte und seinen Schwager zu beruhigen versuchte. Schließlich sagte er laut: «Ich verbürge mich für meine beiden Gäste. Laß uns jetzt hineingehen, damit wir uns aufwärmen können.»

Kurlosch schien noch immer unschlüssig zu sein, aber er kam jetzt zu den Fremden herüber und sagte: «Kommt in mein Haus und wärmt euch, denn ihr seid lange durch die Kälte geritten.» Lauscher bemerkte sehr wohl, daß er sie nicht als Gäste begrüßte, und fragte sich, was der Mann wohl gegen sie haben könne.

Er sollte es bald erfahren. Zunächst nahm ihnen ein Junge die Reittiere ab und führte sie hinter das Haus in den Stall. Lagosch hatte währenddessen die Schlittenpferde ausgeschirrt und folgte ihm. Dann traten Barlo und Lauscher in einen Vorraum, legten dort die schneebestäubten Pelze ab und wurden vom Hausherrn in die Stube geführt, in der es nach dem Rauch des Holzfeuers roch, das seitwärts auf der Herdstelle brannte.

Sobald sie auf der Wandbank neben dem Feuer Platz genommen hatten, sagte Walosch: «Ihr werdet euch über die sonderbare Begrüßung durch meinen Schwager gewundert haben. Ich muß euch sein Mißtrauen erklären. Er sagte, vor ein paar Tagen sei ein Mann bei ihm gewesen, und der habe ihm erzählt, hier in der Gegend treibe sich ein Flöter herum, dem man nicht trauen könne. Eigentlich sei er ein davongelaufener Stallbursche, und man habe ihm die Zunge herausgeschnitten, weil er seine Herrschaft bestohlen und aufsässige Reden geführt habe. Mit ihm reite auch ein Junge, der hinterhältig und böse sei. Ich muß zugeben, daß manches von dem auf euch beide zutrifft, aber ich kenne euch jetzt lange genug, und kann das übrige nicht glauben.»

Statt einer Antwort setzte Barlo seine Flöte an die Lippen und spielte eine kurze Tonfolge, bei der Lauscher sogleich Wölfe durch den Wald traben sah. Dieser Gedanke war ihm auch schon gekommen, und so sagte er zu Kurlosch: «Erlaubst du mir, daß ich dir ein paar Fragen stelle?»

«Ihr beide habt eine merkwürdige Art, euch zu verständigen», sagte Kurlosch. «Aber frage nur. Wenn ich eine Antwort weiß, sollst du sie bekommen.»

«Trug dieser Mann, der das alles erzählt hat, einen Wolfspelz?» fragte Lauscher.

«Ja», sagte Kurlosch, «aber das ist zu dieser Jahreszeit wohl nichts Besonderes.»

«Hatte er gelbliche Augen?» fragte Lauscher weiter.

Kurlosch blickte überrascht auf. «Auch das stimmt», sagte er. «Wir haben uns noch gewundert, wie ein Mensch solche Augen haben kann.»

«Dann stelle ich noch eine dritte Frage», sagte Lauscher. «War er über Nacht bei euch?»

«Nein», sagte Kurlosch. «Obwohl ich ihm gegen Abend ein Nachtlager anbot, wollte er sich wieder auf den Weg machen. Er hatte es plötzlich recht eilig, schien mir, und ich habe mich gefragt, wohin er in dieser Nacht noch wollte. Denn die Sonne stand schon dicht über dem Horizont, als er ging.»

Lauscher blickte Barlo an, und als dieser nickte, sagte Lauscher: «Dann weiß ich, wen du zu Gast gehabt hast, und du solltest froh sein, daß er nicht über Nacht geblieben ist.»

«Das mag sein, wie es will», sagte Kurlosch. «Aber ich wüßte jetzt gern, ob er euch mit seinen Worten gemeint hat und ob das alles zutrifft, was er erzählte.»

«Ja», sagte Lauscher, «er hat uns gemeint. Und auch das, was er über meinen Herren gesagt hat, war nicht alles erfunden. Nur wirst du es wohl anders beurteilen, wenn du die ganze Geschichte kennst.»

«Da ich den Gelbäugigen angehört habe, werde ich nun auch dich anhören», sagte Kurlosch. «Ich weiß schon, daß jedes Ding zwei Seiten hat. Ob deine die bessere ist, wird sich ja zeigen.»

Da erzählte Lauscher in Kürze von Gisa und ihren zottigen Knechten und berichtete auch, ohne sich dabei zu schonen, daß er selbst das Urteil über Barlo gesprochen hatte und wie es dazu gekommen war, daß er jetzt als sein Diener mit ihm durch die Lande ritt.

Kurlosch dachte eine Weile nach, als er sich das angehört hatte und sagte dann: «Daß du deine Schuld an Barlos Unglück so offen zugibst, läßt deine Geschichte glaubhaft erscheinen. Und wenn das stimmt, was du von der Herkunft des Gelbäugigen erzählt hast, dann ist ihm solche Offenheit fremd. Er hat eher erwartet, daß du Barlo aufs neue beschuldigst, weil diese wölfische Art sich nicht vorstellen kann, daß jemand seine Tat bereut. Eines möchte ich noch wissen: Du hast einen Stein erwähnt, den Barlo genommen hatte. Trägst du ihn noch bei dir?»

«Ja», sagte Lauscher.

«Willst du ihn mir zeigen?» fragte Kurlosch.

«Gern», sagte Lauscher, holte den Beutel hervor und nahm den Stein heraus.

Kurlosch betrachtete den schimmernden Augenstein in Lauschers Hand und nickte, als habe sich seine Ahnung bestätigt. «Ich hab mir's schon gedacht», sagte er. «Das ist Arnis Stein.»

«Was weißt du von Arni?» fragte Lauscher überrascht. «Hast du ihn einmal getroffen?»

«Ja», sagte Kurlosch. «Vor vielen Jahren. Aber für diese Geschichte ist jetzt keine Zeit. Erst soll die Hochzeit gefeiert werden. Aber heute Abend werde ich dir erzählen, unter welchen Umständen ich den Stein zum erstenmal gesehen habe.»

«Glaubst du mir jetzt?» fragte Lauscher.

«Ja», sagte Kurlosch. «Und ich begrüße euch beide als willkommene Gäste in meinem Haus.»

Gleich darauf standen alle auf, denn die Braut kam in die Stube. Lauscher sah als erstes die lustigen braunen Augen in dem hellhäutigen, schmalen Gesicht. So mußte Aglaia ausgesehen haben, dachte er. Auch dieses Mädchen wirkte unter den breitgebauten, grobknochigen Fischersleuten wie eine Fremde. Sie trug ein langes, hemdartiges Gewand, das über und über mit verschlungenen farbigen Mustern bestickt war, und in ihrem Haar schimmerte eine silberne, mit Ornamenten aus Perlmutt verzierte Brautkrone. Kurlosch nahm das Mädchen bei der Hand und wendete sich der Tür zu, die man hinter Walja wieder geschlossen hatte. Gleich darauf wurde von draußen angeklopft, und Kurlosch rief: «Wer verlangt Einlaß?»

«Ein Fischer», sagte draußen eine Männerstimme.

«Wie ist dein Name?» fragte Kurlosch.

«Daglosch», sagte die Stimme.

«Was begehrst du?» fragte Kurlosch weiter.

«Ich begehre deine Tochter Walja zum Weib», antwortete der Mann hinter der Tür.

«Dann komm herein, damit ich dich sehen kann», sagte Kurlosch.

Da wurde die Tür geöffnet, und ein junger Mann trat herein, der eine gestickte blaue Hemdbluse über der groben Fischerhose trug. Ihm folgte ein älteres Paar, in dem Lauscher Dagloschs Eltern vermutete.

Kurlosch musterte den jungen Mann, als habe er ihn noch nie gesehen und sagte dann: «Du siehst mir schon so aus, als könntest du eine Frau ernähren. Hier neben mir steht meine Tochter Walja. Sieh sie dir genau an, wenn du sie zur Frau willst.»

Daglosch lachte und sagte: «Angesehen hab ich sie schon.»

Jetzt rief Kurlosch seine Frau herbei, die sich bisher im Hintergrund gehalten hatte, nahm auch sie bei der Hand und sagte zu Daglosch: «Nun sieh dir Waljas Mutter Gurla an, denn so wird auch Walja einmal aussehen, wenn sie in die Jahre kommt. Siehst du ihr graues Haar, ihre faltigen Wangen, ihre eingefallenen Lippen? Willst du sie noch immer?»

«Ja», sagte Daglosch, «denn es wird gut sein, mit einer Frau zusammen zu leben, die diese lustigen braunen Augen hat.»

«Dann sorge dafür, daß sie nicht traurig werden», sagte Kurlosch, «denn ich vertraue dir Walja an.»

«Warte!» sagte jetzt Dagloschs Mutter, «so weit sind wir noch nicht. Denn jetzt frage ich dich, Walja, ob du diesen Jungen überhaupt haben willst. Weißt du, daß er leichtfertig ist, dazu jähzornig und ein großer Angeber? Willst du ihn wirklich zum Manne, diesen Windbeutel?»

«Ja», sagte Walja. «Ich will ihn so, wie er ist.»

«Wirst du ihn auch noch wollen, wenn er einmal so sein wird wie sein Vater?» fragte Dagloschs Mutter. «Sieh dir meinen Mann genau an, wie er hier steht mit seinem faltigen Hals, den verkrümmten Händen. Schau nur, wie ihm die Hose über die mageren Lenden hängt! Wirst du ihn dann noch lieben?»

Statt einer Antwort ließ Walja die Hand Kurloschs los, ging zu Dagloschs Vater und küßte ihn auf den Mund. Dann schaute sie Dagloschs Mutter mit ihren lustigen Augen an und sagte: «Du brauchst deine Leute nicht weiter schlecht zu machen. Gibst du mir jetzt deinen Sohn?»

Da lächelte Dagloschs Mutter und sagte: «Du wirst dem Jungen schon Vernunft beibringen. Ich vertraue ihn dir an.»

Lauscher hatte den Eindruck, als seien diese seltsamen Reden nach einem festgelegten Brauch ausgetauscht worden, dem jetzt Genüge getan war; denn sobald Dagloschs Mutter die letzten Worte gesprochen hatte, war es, als sei ein Bann gebrochen. Alle lachten laut und begannen durcheinander zu reden, bis Gurla die Gäste bat, zum Hochzeitsmahl am Tisch Platz zu nehmen.

Die Speisefolge braucht hier nicht weiter beschrieben zu werden. Es genügt zu sagen, daß es nicht nur Fisch gab. Gurla hatte jedenfalls ihren Ehrgeiz darein gesetzt, den Schwiegereltern ihrer Tochter zu zeigen, daß man sich auch in diesem Hause auf's Kochen und Braten verstand.

Als alle satt waren, fingen die Mädchen an zu singen. Es waren die gleichen Lieder, die Lauscher schon in Waloschs Dorf gehört hatte, nur sah er jetzt, daß man zu diesen Liedern auch tanzen konnte. Tische und Bänke wurden beiseite gerückt, um den jungen Leuten Platz zu schaffen, und dann sprangen und stampften die Burschen und Mädchen im Kreis, daß die Stube dröhnte und der Staub in dem Lichtbalken flirrte, den die Sonne durch das Fenster warf.

Nach einem der wilden Fischertänze ließen sich alle erschöpft auf die Wandbänke fallen. Da holte Barlo seine Flöte hervor und spielte all die Lieder, die er bei Waloschs Leuten gehört hatte, und auch solche, die man hier noch nicht kannte. Alle wunderten sich, wie er es fertigbrachte, daß man den Inhalt der Lieder verstehen konnte, ohne daß einer sang. «Du sprichst ohne Zunge deutlicher als mancher, der sie noch im Mund hat und doch nichts Gescheites damit zu Wege bringt», sagte Kurlosch. «Du hättest auf deiner Flöte spielen sollen, als ich dich für einen entlaufenen Dieb hielt, und ich hätte dich sofort als Gast aufgenommen.»

So ging der Nachmittag vorüber, und als auch noch ein nicht minder reichhaltiges Abendessen aufgetischt worden war und keiner mehr so rechte Lust hatte, von seinem Platz aufzustehen, sagte Kurlosch zu Barlo und Lauscher: «Jetzt ist es an der Zeit, daß ihr erfahrt, bei welcher Gelegenheit ich Arnis Stein zum erstenmal gesehen habe», und er begann mit der

Geschichte von Arni und den Leuten am See

Ich war noch nicht lange verheiratet, als diese Dinge geschahen. Wir waren damals an einem Frühlingsmorgen noch vor Tag zum Fischen hinaus auf den See gefahren. Es war das richtige Wetter, und so war keiner zurückgeblieben, der ein

Ruder führen oder am Netz mit anpacken konnte. Wir fischten den ganzen Tag, und als wir gegen Abend zurückruderten, sangen wir ein paar Lieder für den Grünen, denn der Fang war gut gewesen.

Es fing schon an, dunkel zu werden, als wir uns dem Landungssteg näherten. Doch je näher wir heranruderten, desto ungewöhnlicher erschien uns alles: Niemand wartete am Strand, keine Kinder, keine Frauen. Und dann entdeckte einer hinter einem Haus die Steppenpferde. «Beutereiter!» schrie er. Im gleichen Augenblick kamen sie auch schon ans Ufer gelaufen, zehn, zwanzig, dreißig und noch mehr Männer. In langer Reihe standen sie schließlich breitbeinig in ihren abgewetzten Lederkleidern am Wasser und lachten, daß ihre Zöpfe tanzten. «Habt ihr einen guten Fang gemacht?» schrie einer herüber, der unsere Sprache kannte. «Kommt doch endlich ans Ufer! Wir haben Hunger! Eure Frauen haben wir schon und auch sonst alles mögliche. Jetzt fehlt uns nur noch frischer Fisch!» Und dann lachten sie wieder und klatschten sich auf die Schenkel vor Vergnügen.

Wir hatten inzwischen beigedreht und wußten nicht, was wir tun sollten. Manche wollten geradewegs an Land zu ihren Familien, aber sie mußten einsehen, daß wir dieser Horde von Beutereitern nicht gewachsen sein würden, wenn wir waffenlos aus unseren Kähnen ans Ufer waten mußten. Schließlich beschlossen wir, erst einmal wieder auf den See hinauszurudern und in Ruhe zu überlegen, was weiter unternommen werden könnte; denn so lange wir auf dem Wasser waren, konnten uns die Beutereiter nichts anhaben.

Das war eine lange Nacht, das kann ich euch sagen. Erst ruderten wir zum Nachbardorf, legten dort an und klopften die Leute aus den Betten. Aber bleiben konnten wir auch dort nicht; denn die Beutereiter konnten schon am nächsten Morgen hier sein. Also stiegen auch dort alle in die Kähne und nahmen alles mit, was nicht niet- und nagelfest war. Frauen, Kinder und die bewegliche Habe brachten sie auf Aglaias Insel; denn in diesem Schilfdickicht würden sie die Beutereiter nicht finden. So flink sie auf ihren Gäulen in der Steppe und auch sonst auf festem Boden sind, aufs Wasser wagen sie sich nur höchst ungern, müßt ihr wissen. Dann ruderten wir wieder aufs offene Wasser und warteten in Sichtweite von unserem Dorf, was weiter geschehen würde.

So lange es dunkel war, blieb alles still. Wenigstens hatten sie unsere Häuser noch nicht angezündet, dachte ich damals. Aber das war ein geringer Trost, wenn ich mir vorstellte, was mit meiner Frau geschehen mochte und mit all den anderen, die noch im Dorf waren. Dann wurde es langsam hell, und im Morgengrauen sahen wir, wie ein einzelner Mann zum Landungssteg ging, einen Kahn losband und auf uns zuruderte. Wir erkannten bald, daß es ein Beutereiter war, denn die Zöpfe, die ihm rechts und links an den Schläfen hingen, waren nicht zu übersehen.

«Den schlag ich tot, wenn er herankommt», sagte einer. Aber Rulosch, der damals Dorfältester war, sagte: «Das wirst du nicht tun, denn damit ist uns nicht geholfen. Wenn dieser Mann allein zu uns kommt, wird er etwas von uns wollen, und er weiß, daß er sich damit in unsere Gewalt begibt. Laßt uns erst einmal hören, was er im Sinn hat. Auf jeden Fall werden wir mit ihm eine Geisel in der Hand haben, die uns nützlich sein kann.»

Das leuchtete allen ein, und so sahen wir also in Ruhe zu, wie der Mann mühsam heranruderte. Es war zu merken, daß er nicht gewohnt war, mit Riemen umzugehen, und manche lachten schon, wie er sich abrackerte und immer wieder aus dem Kurs fiel. Als er heran war, ließ er die Ruder im Wasser schleifen und hob die flachen Hände, um uns zu zeigen, daß er waffenlos und in friedlicher Absicht komme. «Mein Name ist Arni», sagte er. «Mit wem von euch kann ich verhandeln?»

«Mir mir», sagte Rulosch und trieb seinen Kahn mit ein paar Ruderschlägen an seine Seite. «Was hast du uns zu sagen?»

«Ich gebe mich freiwillig in eure Hand», sagte Arni. Das war uns inzwischen schon klar geworden, aber es wunderte uns trotzdem, diese Worte von ihm zu hören, denn dies war sonst nicht die Art von Beutereitern.

«Wenn du irgendeine Heimtücke im Schilde führst», sagte Rulosch, «dann wirst du kein Glück damit haben. Der See ist hier ziemlich tief, mußt du wissen, und mit unseren schweren Riemen kann man nicht nur rudern.»

«Du brauchst mir nicht zu drohen», sagte Arni, «wenn ich auch verstehen kann, daß du mir nicht traust. Aber überlege selbst: Was soll ich allein gegen euch alle unternehmen?»

«Gut, daß du das einsiehst», sagte Rulosch. «Was willst du also von uns?»

«Es wird dir vielleicht sonderbar vorkommen», sagte Arni, «aber ich will euch einen Weg zeigen, wie ihr eure Frauen und Kinder samt eurem Besitz wieder zurückgewinnen könnt.»

Das verschlug Rulosch erst einmal die Sprache. Er betrachtete Arni von Kopf bis Fuß und sagte dann: «Das ist allerdings ein seltsamer Vorschlag von einem Beutereiter. Bist du selber auch nur ein Gefangener, der nicht zur Horde gehört, oder was veranlaßt dich dazu?»

«So schnell kann ich dir das nicht erklären», sagte Arni, «aber zur Horde gehöre ich schon. Ich bin der Zwillingsbruder des Khans.»

«Dann haben wir mit dir zumindest einen guten Fang gemacht», sagte Rulosch. «Ich nehme dich als Geisel, und dein Bruder wird dich gegen unsere Leute und unseren Besitz auslösen müssen.»

Arni nahm diese Rede durchaus nicht übel auf, sondern nickte ungeduldig, als sei Rulosch ein bißchen schwer von Verstand. «Genau das hatte ich im Sinn», sagte er. «Aber ganz so einfach wird das nicht gehen; denn die Beutereiter haben ihre eigenen Gesetze in solchen Dingen, und bei der Auslösung von Geiseln heißt das: Menschen gegen Menschen, aber nicht Menschen gegen Sachen. Ich will aber, daß ihr auch euren ganzen Besitz zurückbekommt.»

Rulosch wußte immer weniger, was er von diesem merkwürdigen Mann halten sollte. «Ich begreife zwar nicht, warum du das tust», sagte er kopfschüttelnd, «aber nun mußt du mir schon erklären, wie wir das anstellen sollen.»

«Dazu bin ich ja hier», sagte Arni, als sei dies die selbstverständlichste Sache der Welt. «Ihr müßt meinem Bruder Hunli ein Spiel vorschlagen.»

«Ein Spiel?» fragte Rulosch überrascht. «Was für ein Spiel?»

«Zum Beispiel Schach», sagte Arni. «Schach gilt bei uns in solchen Fällen als angemessen. Ihr müßt wissen, daß es bei den Beutereitern als Schande angesehen wird, ein Spiel auszuschlagen, wie hoch der Einsatz auch sein mag. Nur muß sich der Gegner in einer vergleichbaren Position befinden, und das seid ihr, wenn ihr mich als Geisel habt. Ich bin eigentlich deshalb zu euch bekommen, damit mein Bruder euch als Spielgegner annimmt.»

«Welchen Einsatz schlägst du vor?» fragte Rulosch.

«Alles, was die Horde euch abgenommen hat», sagte Arni. «Es wird für den Khan eine hohe Ehre sein, um einen solchen Einsatz zu spielen.»

«Und was setzen wir ein?» fragte Rulosch.

«Euch selbst, wie ihr hier in euren Kähnen sitzt», sagte Arni, als sei dies kaum der Erwähnung wert.

«Schön und gut», sagte Rulosch. «Aber ich kann nicht Schach spielen, und wohl auch sonst keiner von uns. Was nützt uns dann dein großherziges Angebot, wenn wir das Spiel mit Sicherheit verlieren und so in die Gewalt deines Bruders geraten? Mir scheint, das Ganze ist nur ein hinterlistiger Versuch, uns ohne Gegenwehr zu Gefangenen der Beutereiter zu machen.»

«Es ist schwer, dich von meiner guten Absicht zu überzeugen», sagte Arni. «Aber du bist eben mit unseren Bräuchen nicht vertraut. Wer das Spiel vorschlägt, muß es nämlich nicht selbst spielen, sondern kann einen Vertreter benennen, der an seiner Stelle antritt. Und dieser Vertreter werde ich sein.»

«Da steckt doch schon wieder eine Heimtücke dahinter!» sagte Rulosch. «Einmal habe ich dich nicht mehr als Geisel in meiner Gewalt, wenn du deinem Bruder am Spielbrett gegenübersitzt, und außerdem kannst du ihn nach Belieben gewinnen lassen.»

Jetzt wurde Arni zum erstenmal unwillig. «Habt ihr denn gar keinen Sinn für Spielregeln?» fragte er. «Wie könnt ihr auf solche Weise überhaupt ein geordnetes Leben in eurem Dorf führen? Wenn ein Spiel einmal vereinbart ist, hat jede Feindseligkeit zwischen den gegnerischen Parteien zu ruhen, und keiner darf außerhalb des Spiels etwas zum Nachteil des anderen unternehmen. Außerdem gilt es als eines der schändlichsten Vergehen, bei einem Spiel nicht sein ganzes Können einzusetzen. Die Beutereiter mögen in euren Augen wenig vertrauenswürdig sein, aber ihr könnt sicher sein, daß sie sich an ihre eigenen Gesetze halten.»

«Wer sagt mir, daß du nicht lügst?» fragte Rulosch.

«Keiner», sagte Arni. «Du mußt mir glauben.»

«Das sehe ich», sagte Rulosch. «Aber dann sage mir auch, warum ich einem Beutereiter glauben soll, dessen Horde eben mein Dorf überfallen hat.»

«Du bist wirklich ein mißtrauischer Mensch», sagte Arni, «aber das ist wohl dein gutes Recht, wenn du für deine Leute sprichst. Ich werde dir ein Pfand geben, von dem ich mich sonst unter keinen Umständen trennen würde.» Er griff zu einem Lederbeutel, der an seinem Gürtel hing, und nahm einen Stein heraus. Als er ihn zwischen den Fingern hielt, schimmerte in der Mitte des Steins ein farbiger Ring wie in einem Auge. «Ich gebe ihn dir jetzt zum Pfand, daß ich ehrlich für euch spielen werde.»

Rulosch nahm den Stein und betrachtete ihn. Später hat er erzählt, daß diese wenigen Augenblicke alles Mißtrauen aus seinen Gedanken davongeschwemmt hätten. Er habe in den Stein geblickt wie in ein Auge, und dann habe er plötzlich gemeint, in das Gesicht einer alten Frau zu schauen, deren Augen dem Stein geglichen hätten, und diese Frau habe ihn, ohne ein Wort zu sprechen, dazu gebracht, Arni zu vertrauen. Jedenfalls blickte er damals nach einiger Zeit wieder auf und sagte zu Arni: «Jetzt weiß ich, daß du es ehrlich meinst. Ich lege das Leben meines Dorfes in deine Hand.» Den Stein knüpfte er in sein Halstuch und steckte ihn in die Tasche.

Von diesem Zeitpunkt an beriet sich Rulosch mit Arni, als sei dieser einer von unseren Leuten. Auf seinen Rat hin ruderte Rulosch mit zweien seiner Männer und Arni, der zu ihm in den Kahn gestiegen war, auf das Dorf zu, bis er gerade noch außer Pfeilschußweite war. Dort drehte er bei, stand auf und rief nach Hunli. Nach einiger Zeit kam der Khan zwischen den Häusern hervor und fragte Rulosch, was er von ihm wolle.

«Khan Hunli», rief Rulosch, «weißt du, daß ich deinen Bruder Arni als Geisel genommen habe?»

«Wenn du so etwas behauptest, mußt du mir deine Geisel schon zeigen», rief Hunli zurück.

Da stand Arni im Kahn auf und zeigte sich seinem Bruder.

«Was ist dir eingefallen, Arni», schrie Hunli wütend, «dich in die Gewalt dieser Fischfresser zu begeben?»

«Du kennst meine Meinung», rief Arni. «Aber du solltest dich jetzt mit Rulosch besprechen, wenn du die Schande nicht auf dich nehmen willst, deinen Bruder diesen Fischfressern, wie du sie nennst, überlassen zu haben.»

«Ich sehe schon, daß du mich in eine schlechte Lage gebracht hast, Arni», rief Hunli. «Sage mir also, Rulosch, wie ich meinen Bruder auslösen kann.»

«Ich könnte ihn dir gegen unsere Frauen und Kinder bieten», rief Rulosch.

«Willst du das nicht?» rief Hunli. «Ich würde sie dir geben.»

«Das glaube ich dir gern», rief Rulosch. «Aber gilt dir dein Bruder so wenig, daß du ihn gegen ein paar Weiber und Kinder der Fischfresser eintauschen willst? Für deinen Bruder scheint mir ein höherer Preis angemessen.»

«Du bist ziemlich unverschämt», brüllte Hunli. «Sag endlich, was du haben willst, Rulosch!»

«Ich schlage dir ein Spiel vor», rief Rulosch.

«Was für ein Spiel?» fragte Hunli.

«Schach», rief Rulosch.

Da fing Hunli lauthals an zu lachen. «Du machst mir Spaß, Fischer», rief er dann. «Willst du mich im Schach schlagen?»

«Das wird sich zeigen», rief Rulosch.

«Was soll der Einsatz sein?» fragte Hunli, und man merkte ihm an, daß er mit dieser Wendung zufrieden war.

«Meine Männer hier draußen in den Kähnen gegen alles, was ihr uns genommen habt», rief Rulosch.

«Das Spiel gefällt mir», rief Hunli. «Ich nehme deine Herausforderung an.»

«Jetzt kannst du deine Männer rufen und mit ihnen an Land gehen», sagte Arni zu Rulosch. «Solange das Spiel nicht ausgetragen ist, seid ihr vor jeder Feindseligkeit sicher.»

Während die Fischer am Landungssteg anlegten, ließ der Khan den Spielplatz herrichten. Auf dem Strand wurde ein kostbarer Teppich ausgelegt, und ein Gefolgsmann Hunlis stellte in der Mitte des Teppichs das Schachbrett mit schön geschnitzten Figuren aus Elfenbein und dunkelgrünem Jade auf. Zu beiden Seiten steckten Beutereiter mit ihren Lanzen ein Geviert ab und umspannten es mit einem Lederriemen. Dann forderten sie die Fischer auf, zusammen mit Arni in die eine Einfriedung zu treten. In die andere ließ Hunli die Frauen und Kinder des Dorfes zusammentreiben. Die beiden freien Seiten längs des Teppichs besetzten die Reiter. Als alles so weit geordnet war, trat Hunli vor und forderte Rulosch auf, seinen Platz am Schachbrett einzunehmen.

«Ich benenne einen Vertreter, der für mich spielen soll», sagte Rulosch.

«Das ist dein gutes Recht», antwortete Hunli. «Wer soll für dich antreten?»

«Ich nehme an, daß du einen geübteren Spieler bevorzugst, als ich es bin», sagte Rulosch. «Mein Vertreter heißt Arni.»»

«Jetzt verstehe ich deine Kühnheit, mich herauszufordern», sagte Hunli erbittert. «Diese List hast wohl du ausgeheckt, Arni?»

Arni trat aus dem Geviert der Fischer heraus und sagte ruhig: «Widerspricht irgendetwas an Ruloschs Vorschlag den Regeln?»

Hunli blickte ihn wütend an und sagte: «Du weißt sehr wohl, Arni, daß dies nicht gegen die Regeln verstößt. Aber findest du es richtig, hier gegen mich anzutreten?»

«Ist es nicht üblich, daß Beutereiter gegeneinander spielen?» fragte Arni. «Haben wir beide nicht schon oft genug gegeneinander Schach gespielt? Oder hast du Angst, das Spiel zu verlieren, weil du solche Ausflüchte machst?»

Hunli hieb mit der flachen Hand durch die Luft, als wolle er all die Fragen Arnis beiseitefegen. «Mit dir kann man nicht rechten, Arni», sagte er. «Komm endlich her, damit wir anfangen können.»

Da betrat Arni den Teppich und setzte sich an der Seite, die den Fischern zugekehrt war, vor das Spielbrett, während Hunli an der anderen Seite Platz nahm. «Laß uns auslosen, wer den ersten Zug hat», sagte Arni. Da winkte Hunli einen seiner Reiter heran und forderte ihn auf, die Wahl nach der Regel durchzuführen. Der Reiter nahm eine weiße und eine grüne Figur vom Brett, verbarg beide hinter seinem Rücken und streckte dann beide geschlossenen Fäuste vor. «Du hast die Wahl, Hunli», sagte Arni, «denn ich spiele für den Herausforderer.»

«Daran brauchst du mich nicht zu erinnern», sagte Hunli böse und schlug auf die rechte Faust des Mannes. Dieser öffnete seine Hand, und darin lag die weiße Figur.

«Du hast den ersten Zug», sagte Arni gelassen, hob das Spielbrett vom Teppich und drehte es um; denn die weißen Figuren hatten auf seiner Seite gestanden.

«Ist das schlecht für Arni, wenn sein Bruder den ersten Zug hat?» fragte einer.

«Ich weiß es nicht», sagte Rulosch. «Ich habe einmal bei einem anderen Brettspiel zugesehen, und da war es schlecht, wenn man nicht den ersten Zug hatte.» Obwohl wir nicht verstanden, welchen Sinn das Spiel hatte, sahen wir alle gespannt zu, wie die beiden Brüder anfingen, die Figuren auf dem Brett zu verrücken. Eine Zeitlang spielten sie schweigend, schoben Figuren von Feld zu Feld, ohne daß etwas Auffälliges geschah. Wir hielten den Atem an, als Hunli eine der kleinen Figuren Arnis wegnahm, doch Arni nahm mit dem nächsten Zug eine von Hunlis Figuren und machte damit Hunlis Vorteil wieder wett. Als das gleiche noch einmal geschah, regten wir uns schon nicht mehr so auf. Doch dann nahm Hunli einen der schönen jadegrünen Elefanten Arnis vom Feld und stellte eines seiner weißen Pferdchen an diese Stelle. Wir hielten das für eine schlimme Sache, denn Hunli lachte kurz auf und sagte: «Wie gefällt dir das, Arni?» Doch Arni sagte nur: «Auf diesen Zug bist du mir schon oft hereingefallen, Hunli», und zog mit einer anderen Figur quer über das Spielbrett. «Jetzt schau zu, Hunli, wie du dich aus dieser Lage befreist», sagte er dann.

Hunli runzelte die Stirn und betrachtete lange das Spielbrett. Dann hob er den Kopf und sagte: «Warum spielst du für diese Fischfresser, Arni? Sag nicht noch einmal, daß wir schon immer gegeneinander gespielt haben; denn das ist nicht der Grund.»

«Doch», sagte Arni. «Das ist der Grund. Wir haben schon immer gegeneinander gespielt, aber nicht nur auf dem Schachbrett.»

«Ja», sagte Hunli, «du kommst mir nicht zum erstenmal in die Quere. Hast du auch hier einen Gastfreund wie damals bei den Schlammbeißern?»

«Vielleicht werde ich einen finden», sagte Arni, drehte sich um und sagte zu Rulosch: «Willst du mich heute abend als Gast in dein Haus aufnehmen?»

Rulosch blickte ihn überrascht an und sagte: «Falls ich dann noch ein Haus habe, sollst du der erste Gast sein, den ich darin begrüße, Arni.»

Arni nickte ihm zu und sagte: «Ich danke dir, Rulosch.» Dann wendete er sich wieder seinem Bruder zu und sagte: «Du bist am Zug, Hunli.»

Hunli rückte eine Figur beiseite, die eine Königskrone trug, und Arni nahm ihm mit dem nächsten Zug eine mit einem Stirnreif geschmückte Figur weg. «Meine Dame hast du geschlagen», sagte Hunli wütend, «aber gewonnen hast du damit noch lange nicht. Auf Weiber ist ohnehin kein Verlaß.»

«Auch darin bin ich anderer Meinung, Hunli», sagte Arni. «Aber du kannst mir ja zeigen, wie du ohne deine Dame zurechtkommst.»

«Das werde ich auch», sagte Hunli, und damit begann er mit einer wahren Schlacht. Der Zorn ließ eine Ader auf seiner Stirn anschwellen, und er spielte wie einer, der in blinder Wut um sich schlägt. Zug um Zug fiel eine der jadegrünen Figuren seinen Angriffen zum Opfer, aber Arni blieb ihm nichts schuldig in diesem Zweikampf; denn auch die weißen Figuren wurden Stück für Stück aus dem Feld genommen. Schließlich standen nur noch sechs oder sieben Figuren auf dem Brett, und Hunli, der wieder am Zug war, rückte seinen verbliebenen Elefanten zur Seite und sagte: «Schach! Nun schau zu, wie du deinen König rettest, Arni!»

Ich erschrak über diese Worte und sah uns schon alle als Sklaven des Khans, aber Arni lächelte und sagte: «Du bist unbesonnen, Hunli. Hast du meine Dame vergessen? Sie weiß ihren König zu schützen. Du solltest diesen Zug zurücknehmen.»

«Immer ist es eine Frau, die ihre Hand über dich hält, Arni», sagte Hunli bitter. «Und das nicht nur auf dem Spielbrett. Schämst du dich nicht, unter dem Schutz einer Frau zu stehen?»

«Nein», sagte Arni. «Hast du dich geschämt, als Urla dir die Khanswürde zuteilte?»

«Diese Würde stand mir zu, auch ohne ihren Spruch», sagte Hunli. «Aber Urlas Hinterlist habe ich erst begriffen, als dich dieser Stein dazu gebracht hat, dich immer wieder gegen mich zu stellen. Und nicht nur gegen mich, sondern auch gegen die Horde. Das war ihre späte Rache für den Tod ihres Mannes. Hast du das noch nicht gemerkt?»

«Ich sehe nur, daß du Urlas Gedanken nie begreifen wirst», sagte Arni. «Der Stein hat nichts an meiner Zugehörigkeit zur Horde geändert. Würde ich sonst mit ihr reiten? Aber seit ich den Stein bei mir trage, frage ich mich, ob man nicht auch anders leben kann als durch Raub und Totschlag. Und seither habe ich Freundschaft bei Leuten gefunden, die du nicht mehr achtest als einen Hasen, den du in der Steppe mit einem Pfeil erlegst, um ihn an deinem Feuer zu braten.»

«Du redest schon selbst wie ein altes Weib», sagte Hunli, «und dazu hat dich diese listige Zauberin gemacht.»

«Hast du vergessen, daß sie unserem Vater in seiner Kindheit das Leben gerettet hat, obwohl die Horde eben ihren Mann erschlagen hatte?» sagte Arni.

Da schrie Hunli: «Hätte sie ihn doch erfrieren lassen! Dann wäre eben ein anderer Khan geworden. Am Leben der Beutereiter hätte das nichts geändert. Aber ihre Tat hatte schon das Herz unseres Vaters so weich gemacht, daß er sich bei ihr Rat holte. Und nun hat sie dich erwählt, damit du unser Leben zerstörst.»

«Du redest im Zorn», sagte Arni, «denn du weißt, daß ich dies nicht will. Ich liebe die Horde genauso wie du.»

«Dann sage mir, wie wir leben sollen, wenn du uns daran hinderst, Beute zu machen!» sagte Hunli.

«Ich weiß es noch nicht», sagte Arni, «denn das Geheimnis meines Steins läßt sich nicht in so kurzer Zeit ergründen. Vielleicht wird nicht einmal mein Leben dazu ausreichen. Aber ich werde nicht aufhören, danach zu suchen. Willst du jetzt deinen Zug zurücknehmen?»

«Nein!» schrie Hunli. «Soll auch ich mich in die Sklaverei der verfluchten Sanftmut Urlas begeben?» Er fegte wütend die restlichen Figuren vom Brett und schrie seinen Reitern einen Befehl zu. Alle rannten zu ihren Pferden, saßen auf, und gleich darauf war die Horde aus dem Dorf verschwunden.

Später hat uns Arni erzählt, wer diese Urla gewesen ist und wie er ihren Stein gewählt hat. Doch damals hatten wir nicht viel von dem begriffen, was zwischen den Brüdern gesprochen worden war. Wir standen noch immer in unserem Gehege wie gegenüber die Frauen und Kinder in ihrem und starrten auf Arni, der auf dem Teppich saß und die Figuren vom Boden aufsammelte. Er schien bedrückt über diesen Ausgang, obwohl er das Spiel offenbar gewonnen hatte. Dann stand er auf und sagte: «Geht in eure Häuser. Die Horde ist weitergeritten, und in einem Jahr sucht sie den gleichen Ort nie zum zweiten Mal heim.» Jetzt endlich rissen wir die Einzäunung nieder und liefen hinüber zu unseren Familien. Nur Rulosch trat zu Arni, zog sein Halstuch aus der Tasche, knüpfte es auf und gab Arni seinen Stein zurück. «Du hast dein Versprechen gehalten, Arni», sagte er. «Nun bitte ich dich, Gast in meinem Haus zu sein.» Arni blieb drei Tage bei ihm, dann ritt er der Horde nach.

* * *

«Jetzt weißt du, woher ich deinen Stein kenne, Lauscher», sagte Kurlosch noch. «Allerdings wirst du wohl mehr über ihn wissen, als ich dir erzählen konnte.»

«Ich weiß noch lange nicht alles», sagte Lauscher, «und durch deine Geschichte habe ich viel über den Stein erfahren. Arni konnte mir nicht mehr viel sagen, als er ihn mir gab.» Bald darauf verabschiedete sich das Hochzeitspaar, und alle gingen schlafen.

Als Barlo und Lauscher am nächsten Morgen neben dem Schlitten zurückritten, winkte Lagosch, der diesmal die Zügel führte, Lauscher zu sich heran und sagte:

«Warum hat Gisa ihre gelbäugigen Knechte auf eure Spur gesetzt? Ist sie so rachsüchtig, daß sie euch selbst in der Fremde nicht in Frieden lassen will?»

«Das wohl auch», sagte Lauscher, «aber inzwischen hat sie noch andere Gründe, uns im Auge zu behalten und Barlo bei den Leuten als wenig vertrauenswürdig hinzustellen», und er erzählte ihm, was während des Frühjahrsmarktes von Draglop in der Silbernen Harfe besprochen worden war. «Auch unsere Freunde, die wir dort gefunden haben, ziehen inzwischen durch das Land und suchen Verbündete bei den Sängern, Spaßmachern und Geschichtenerzählern, die mit uns nach Barleboog gehen wollen.»

«Das wird der merkwürdigste Krieg, von dem ich je gehört habe», sagte Lagosch. «Wenn ihr mich dabei brauchen könnt, so will ich im Frühjahr gern mit euch nach Draglop reiten; denn ich weiß eine Menge Geschichten zu erzählen, und auf einer solchen Fahrt kann man wohl noch einiges dazulernen.»

«Wir können gar nicht genug Freunde gewinnen, um es mit Gisas zottigen Knechten aufzunehmen», sagte Lauscher. «Und es wird gut sein, jemanden mit Aglas lustigen Augen dabeizuhaben; denn es soll ein lustiger Krieg werden. Es schien uns wenigstens, daß man wenig Aussicht auf Erfolg hat, wenn man versucht, dieses böse Gelichter mit dessen eigenen Waffen anzugreifen.»

So kam es, daß Lagosch im Frühjahr auf seinem niedrigen Fischergaul mit Barlo und Lauscher nach Draglop ritt. Zuerst ging es auf schmalen Pfaden durch ödes Moorgebiet, vorbei an kümmerlichen Birken und öligen Wassertümpeln, in denen das Sumpfgas gluckste, wenn sie auf dem weichen, schwankenden Boden vorübertrabten. Lagosch ritt voran, denn er kannte hier jeden Weg und Steg.

«Man nennt diese Gegend das Nebelmoor», sagte Lagosch, «doch im Frühjahr bleibt hier die Luft zumeist klar.» Gegen Abend führte er sie zu einer niedrigen Bodenerhebung inmitten der Sümpfe, auf der eine mächtige Eiche stand, und sagte, daß sie hier die Nacht zubringen würden. Lauscher hatte sich gewundert, daß Lagosch schon unterwegs hie und da einen dürren Ast aufgelesen und unter die Riemen seiner Packtaschen geschoben hatte. Als er dann mit den beiden anderen den Platz unter der Eiche nach trockenem Holz für ein Feuer absuchte, war er dankbar für Lagoschs Voraussicht; denn hier war nicht viel zu finden außer ein paar morschen Aststücken, die im Winter unter der Last des Schnees heruntergebrochen waren. Mit verdorrten Strähnen vorjähriger Riedhalme konnte Lagosch schließlich eine Flamme entfachen, aber es blieb ein kümmerlich schwelendes Feuer; denn das Holz faulte eher auf dem feuchten Boden, als daß es trocken wurde. Doch der Rauch vertrieb wenigstens die Mücken, die schon anfingen zu schwärmen.

Nachdem sie ihre Reittiere gefüttert und etwas von ihren Vorräten gegessen hatten, rollten sie sich unter den noch unbelaubten Ästen der Eiche in ihre Decken und schliefen nach dem langen Ritt bald ein.

Wieder einmal war es Jalf, der Lauscher mitten in der Nacht weckte, indem er ihn mit seiner weichen Schnauze anstieß. Der Esel schnaubte aufgeregt und ließ seine langen Ohren spielen. Lauscher setzte sich auf. Das Feuer war in sich zusammengesunken und glimmte nur noch schwach unter der grauen Asche. Lauscher schürte es mit einem zur Hälfte verbrannten Ast und brachte es mit einer Handvoll von dem trockenen Gras wieder zum Aufflammen. Dann horchte er hinaus in die Nacht.

Eine Zeitlang hörte er nichts als das Sausen des Windes im Geäst der Eiche. Dann raschelte es weiter draußen im Moor, als streife etwas durch die dürren Halme. Lauscher meinte auch, das dumpfe Tappen von Pfoten zu hören. Er weckte seine beiden Gefährten, und als sie jetzt alle drei in die Finsternis hinausstarrten, sahen sie gelblich funkelnde Lichtpünktchen, immer zwei und zwei, die sich von allen Seiten ihrem Platz näherten. Nun wurden auch die beiden Pferde unruhig, schnaubten und tänzelten stampfend auf dem torfigen Boden. Lagosch riß einen brennenden Ast aus dem Feuer und warf ihn hinaus zwischen die glimmenden Lichter. Im Schein dieser Fackel sahen sie, wie zwei Wölfe aufheulend auseinandersprangen.

Nun begriffen die drei Reiter, daß sie eingekreist waren. Zunächst raffte jeder ein paar von den restlichen Holzstücken vom Boden, setzte sie in Brand und warf sie zwischen die Wölfe. Damit konnten sie das Rudel kurze Zeit fernhalten, aber ihr geringer Holzvorrat war bald verbraucht.

«Wir müssen auf die Eiche klettern», sagte Lagosch.

«Und was wird aus unseren Reittieren?» fragte Lauscher. «Sollen die Wölfe meinen Jalf fressen?»

«Besser ihn und die Pferde als uns», sagte Lagosch. «Wenn das Rudel satt ist, wird es gegen Morgen weitertraben.»

Inzwischen war der Kreis schon wieder enger geworden. Barlo starrte in die Runde und stieß einen langgezogenen, heiseren Schrei aus, vor dem die Wölfe noch einmal zurückwichen. Dann sprang er zu seinem Pferd und riß das Tritonshorn aus der Satteltasche. Er setzte es an den Mund und blies einen weithin hallenden, tiefen Ton, der in die Nacht hinausschwang und den schwarzen Himmel zum Beben brachte. Jalf und die beiden Pferde standen starr neben dem knotigen Stamm der Eiche, und auch die Wölfe regten sich nicht. Dann fing es rings im Moor an zu glucksen und zu sprudeln, als täten sich mit einem Male hunderte von Quellen aus der Tiefe auf. Platschend ergoß sich Wasser zwischen den Riedbüschen, rauschte zusammen und begann an der Böschung des Hügels zu steigen, auf dem die drei Männer standen. Und von überall her aus der Nacht klang helles Mädchenlachen, wie von weiter Ferne und doch wieder ganz nah, mischte sich mit dem Plätschern des strudelnden Wassers und wirkte so anstekkend, daß die drei Reiter einstimmten und dem Wolfsrudel nachlachten, das heulend in wilder Flucht durch das aufspritzende Wasser davonjagte.

«Dank für die Hilfe, Grüner!» rief Lauscher hinaus in die Nacht, und gleich darauf antwortete von weither ein anschwellender tiefer Ton, ähnlich dem von Barlos Schneckenhorn. Danach war noch einmal das silbrige Gelächter zu hören, aber schon aus der Ferne, dann breitete sich wieder Stille über das Moor. Lauscher umarmte Jalf zum Dank für die rechtzeitige Warnung, ehe er sich wie die anderen wieder schlafen legte.

Als Lauscher am nächsten Morgen aufwachte, war das Wasser zurückgegangen. Die Sonne stand schon über dem Horizont und ließ die zahllosen Wasserlöcher aufblitzen. Die Luft war erfüllt vom Quarren und Flöten der Moorvögel. Eine Zeitlang blickte Lauscher hinaus in diese unvertraute Landschaft, in der sich überall heimliches Leben regte. Ein Stück seitab vom Weg gründelten ein paar Wildenten in einem größeren Tümpel, und es schien ihm, als schwämme mitten unter ihnen wieder eine weiße. Hatte der Wassermann ihnen einen Wächter mitgegeben, der ihren Weg beobachten sollte? Nach den Ereignissen der Nacht fand Lauscher diesen Gedanken gar nicht unheimlich, sondern eher beruhigend. Schließlich weckte er seine beiden Gefährten, und bald darauf ritten sie wieder über den schmalen, schwankenden Pfad weiter.

Gegen Mittag hatten sie das Moor überquert. Sie kamen in Wiesenland, und gegen Abend mündete ihr Pfad in einen Karrenweg, dem sie weiter folgten. Drei Tage ritten sie so durch das Land. Inzwischen war der Karrenweg nach und nach zu einer festen Straße geworden, und diese führte gelegentlich durch einen Weiler, in dem sie ein Nachtlager fanden. Hie und da begegnete ihnen ein Fuhrwerk, oder sie überholten einen Bauern, der mit seinem Ochsengespann zur Feldarbeit ging.

Am dritten Tage sahen sie vor sich einen merkwürdigen Reiter. Erst schien ihnen, als säße ein Junge auf dem Maultier, das in gleicher Richtung wie sie die Straße entlang trottete. Der kleine Reiter hing eher auf dem Tier als daß er saß und schien ein unförmiges Bündel auf dem Rücken zu tragen, das er wohl besser hinter sich auf den Sattel geschnallt hätte. Als sie näher kamen, erkannte Lauscher den Maultierreiter an seinem feuerroten Haarschopf. «Trill!» rief er und spornte seinen Esel an, bis er auf gleicher Höhe mit dem Spaßmacher war.

Trill zügelte sein Maultier, starrte Lauscher mit gespieltem Schrecken an und sagte: «Da hatte dieser bärtige Bursche doch recht!»

«Was für ein Bursche?» fragte Lauscher verwirrt, «und womit soll er recht gehabt haben?»

«Daß hier irgendwo ein heimtückischer stummer Flöter mit einem jungen Tagedieb durch die Gegend reiten soll. Ich hätte nie gedacht, daß man einem dieser Wolfspelze trauen kann.» Und dann lachte er laut heraus über das dumme Gesicht, das Lauscher machte. «Wenn man dich so ansieht, sollte man nicht glauben, daß es der Mühe wert ist, wenn Gisa ihre zottigen Knechte wegen euch durch die Lande hetzt. Erst gestern ist mir einer von ihnen über den Weg gelaufen und hat mich vor euch gewarnt. Ihr seid berühmte Leute, wußtest du das nicht?»

«Du hast leicht lachen», sagte Lauscher. «Vor drei Tagen hat diese Berühmtheit uns beinahe das Leben gekostet.»

Inzwischen ritten auch Barlo und Lagosch heran, und als sie ihre Pferde anhielten, zog Trill schnüffelnd die Nase kraus und sagte:

«Nach Draglop reitet ein Stummer
und mit ihm ein Esel, ein dummer,
der dritte im Bund
ist auch nicht gesund:
er stinkt wie ein fauler Hummer!

Ist das die ganze Streitmacht, die ihr aufgetrieben habt?»

«Durchaus nicht, du Spottdrossel», sagte Lagosch. «Nur reisen die anderen zu Wasser: eine ganze Schar lustiger Seejungfrauen, die den lieben langen Tag lang lachen, und allen voran ihr Gebieter, der gewaltige grüne Wassermann. Aber ich warne dich, Trill: Man erzählt von ihm, er habe einmal einen rothaarigen, buckligen Zwerg den Seekrebsen zum Fraß vorgeworfen, weil dieser sich die Nase zuhielt vor dem Fischgeruch, der Wassermännern nun einmal anhängt. Sieh dich also vor!»

Trill lachte und sagte: «Ich sehe schon: Ihr habt den richtigen Mann gefunden, wenn man auch schon von weitem riechen kann, woher er kommt.»

«Nicht nur den», sagte Lauscher und berichtete, während sie weiterritten, wen sie alles in der Silbernen Harfe zu treffen hofften. Vier Tage waren sie noch zusammen unterwegs, und dann lag Draglop wieder vor ihnen. Wie im Jahr zuvor mußten sie sich auf ihren Reittieren durch das Gewühl der Marktgänger drängen, doch diesmal ritten sie geradewegs zur Silbernen Harfe. Als sie eintraten, war die Gaststube zum Bersten voll der merkwürdigsten Gestalten. Da saßen Possenreißer in ihren buntfetzigen Kleidern; Jongleure und Schlangenmenschen übten ihre Kunststücke; Fiedler, Flöter, Harfenspieler und noch allerlei andere Musiker probierten ihre Instrumente aus, das dudelte, fiedelte und klimperte durcheinander, daß man kaum sein eigenes Wort verstehen konnte. Der lange Barlo blieb in der Türe stehen und blickte sich suchend um. Dann wies er in die Ecke, in der sie schon vor einem Jahr gesessen hatten, und bahnte sich einen Weg durch das Gedränge. Die anderen drei folgten ihm bis zu dem Tisch, an dem Rauli der Sänger und Gurlo der Märchenerzähler saßen und bei ihnen auch schon Krautfaß und Lauro der Steinsucher.

«Da seid ihr ja endlich», sagte Rauli. «Wir sind schon dabei, einen Plan zu entwerfen. Setzt euch und spült euch den Reisestaub aus der Kehle!» Er schenkte ihnen Rotwein in die Becher, die schon bereitstanden, und Lauscher machte ihn mit Lagosch bekannt.

«Ein Fischer, wie ich rieche», sagte Rauli. «Das trifft sich gut, denn die meisten von uns werden am Fluß entlang nach Barleboog ziehen. Da können wir jemanden brauchen, der mit Kähnen umzugehen weiß.» Er war offenbar eben im Begriff gewesen, die Eroberung von Barleboog einzuleiten, und ließ die anderen gar nicht mehr zu Worte kommen. «Schaut her», sagte er und stellte den Weinkrug mitten auf den Tisch, «das ist das Schloß von Barleboog». Dann tauchte er den Zeigefinger in den Wein und zog auf der schrundigen Tischplatte eine feuchte Linie vom Krug bis zu seinem Becher. «So verläuft der Fluß von Barleboog, der hier in Draglop, wo mein Becher steht, in den anderen Fluß mündet.» Hinter den Krug rückte er schließlich den Brotkorb, der das Gebirge darstellen sollte. «Die erste Gruppe wird Lauro durch die Wälder links des Flusses bis ins Gebirge führen. Sie werden das Tal von Barleboog umgehen und oben in den Bergen die Fronarbeiter, die dort für Gisa nach Gold und Edelsteinen graben müssen, ein wenig aufzuheitern versuchen.»

«Da wäre ich gerne dabei», sagte Krautfaß, «denn im Wald weiß ich Bescheid.»

«Wenn du mit dieser Gruppe gehst, mache ich mir keine Sorgen», sagte Rauli. «Mit deiner Art von Späßen wirst du selbst Gisas zottige Knechte aus der Fassung bringen. Ihr werdet dann vom Gebirge her hinunter nach Barleboog ziehen. Wir anderen nehmen mit der übrigen Zirkustruppe den direkten Weg und lassen uns Zeit. Entlang des Flusses gibt es genug Dörfer und Gehöfte, in denen wir unsere Späße treiben können. Beim Schloß treffen wir dann wieder zusammen.»

Lauscher hörte zu, wie Rauli diesen merkwürdigen Feldzug entwarf, und fragte sich, was Gisa wohl gegen diesen buntscheckigen Heerhaufen unternehmen würde. Wegen ihrer wölfischen Dienstleute schien sich Rauli wenig Sorgen zu machen. Überschätzte er die Macht der Liedersänger und Spaßmacher? War er ein kindischer Alter, der nur noch in der Welt seiner Lieder lebte und nichts von den Gefahren ahnte, in die er sich begab? Was vermochten diese lustigen, leichtherzigen Spielleute gegen den blutigen Ernst der zottigen Knechte? Lauscher merkte, daß er in ein Spiel geraten war, dessen Regeln er nicht durchschaute. Er blickte in das hagere Gesicht des alten Sängers, der hier gleichmütig mit dem Trinkgeschirr hantierte, als würde alles schon auf dieser abgebrauchten Tischplatte entschieden. Jeder hier schien das zu glauben. Auch Barlo. Der Stumme saß am Tisch, regte sich kaum, gab mit keiner Geste seine Teilnahme an diesem Spiel zu verstehen, und doch schien er der Mittelpunkt zu sein, der Mann, um dessentwillen das alles veranstaltet wurde. Das war kein davongelaufener Pferdeknecht, der da saß, kein armseliger Schafhirte und auch kein fahrender Spielmann, der dankbar sein muß, wenn ihn ein Bauer nachts im Stroh schlafen läßt. Wie ein König saß er da, wie ein Herr, der die Vorschläge seiner Ratgeber in Erwägung zieht. Jetzt nickte er Rauli zu, und das hieß: So wird es gemacht. Wer ist dieser Barlo? fragte sich Lauscher. Nun zog er im dritten Jahr mit ihm durch das Land, aber er wußte es noch immer nicht.

Am nächsten Morgen brachen sie auf. Trotz des Marktgetriebes blieben die

Leute auf den Straßen stehen und begafften diesen abenteuerlichen Zug; denn dergleichen hatte noch keiner je gesehen: Voran ritt Barlo und flötete ein Lied, das alle aus den Häusern trieb, die noch bei ihrem Frühstück gesessen hatten. Die anderen Musikanten nahmen die Melodie auf, und bald sangen viele den Text mit; denn Barlo beherrschte seine Sprache inzwischen auf eine Weise, daß jeder den Sinn seines Spiels verstehen konnte. Das Lied lautete so:

> Ihr Narren, erwacht,
> blödelt und lacht!
> Jeder Spaß ist erlaubt,
> und seid überhaupt
> außer Rand und Band,
> denn Barlo reitet jetzt durch das Land.
>
> Fiedelt und singt,
> trommelt und springt,
> lockt jede Maus
> aus dem Loch heraus!
> Pfeift, Mäuselein!
> Dann ziehen die Wölfe die Schwänze ein.

Zwischen den Sängern und Spielern schlugen Akrobaten ihre Saltos, liefen auf den Händen, und andere jonglierten mit Bällen und Reifen. Die Possenreißer nahmen die neugierigen Bürger am Straßenrand aufs Korn und trieben ihre Späße mit ihnen. Wo am lautesten gelacht wurde, sah man immer wieder den struppigen Kopf von Krautfaß aus der Menge ragen.

Lauscher trabte auf seinem Esel neben Barlo an der Spitze des Zuges und versuchte sich in die Rolle eines Paladins hineinzudenken, der an der Seite seines Herzogs in die Schlacht reitet. Diese Vorstellung wurde jedoch empfindlich gestört durch das wenig heldische Gebaren der fahrenden Gesellen, die es offenkundig darauf anlegten, diesen Auszug zu einer besonderen Art von Volksbelustigung zu machen. Kein Mensch in dieser Stadt schien Sinn zu haben für den Ernst dieses Unternehmens – die Teilnehmer nicht, die sich auf jede nur denkbare Weise zum Narren machten, und auch nicht die Zuschauer, die das Ganze wohl für einen Mummenschanz hielten, wie er mancherorts zu Frühlingsbeginn in den Straßen getrieben wurde.

Aus den Häusern rechts und links der Straße kamen immer mehr Menschen, viele von ihnen waren grotesk verkleidet und hatten Masken vor's Gesicht gebunden. In wilden Sprüngen tanzten Hexen dem Zug voran, lärmten mit hölzernen Klappern und schreckten die Zuschauer, die schreiend auseinanderstoben, wenn die warzigen Fratzen auf sie zufuhren. Andere hatten ihre bunten Flittergewänder über und über mit blitzenden Spiegeln benäht, starrten aus den leeren Augenlöchern ihrer kalkweißen Larven in die Menge und trieben mit schellenbesetzten Stäben die Hexen vor sich her. Narren mischten sich in den Zug, ließen die Glöckchen an ihren Zipfelkappen klingen und schlugen mit langen Pritschen auf jeden ein, der noch ein ernstes Gesicht machte oder nicht in Barlos Lied einstimmen wollte, dessen Melodie immer wilder und greller das Rasseln und Klirren, Schreien und Pfeifen übertönte.

Das Gedränge vor ihm wurde so dicht, daß Lauscher seinen Esel anhalten mußte. Eine der Hexen tauchte unter Jalfs Hals hindurch, reckte sich dicht vor Lauscher auf und grinste ihm ins Gesicht, die verzerrten Lippen entblößten spitze Reißzähne, und hinter den ausgeschnittenen Blicklöchern flackerten gelbliche Augen. «Warum lachst du nicht, Lauscher?» zischte die Hexe. «Graut dir vor diesem Ritt? Dann bist du klüger als all diese Narren!»

Lauscher schreckte zurück vor der grotesken Scheußlichkeit der Maske, und ehe er sich wieder fassen konnte, war schon einer der weißgesichtigen Spiegelträger herangesprungen und schlug der Hexe seinen Stab um die Ohren, daß die Schellen klirrten. Zugleich öffnete sich eine Gasse zwischen den Gestalten, und Lauscher konnte weiterreiten. Barlo hatte während dieser vorübergehenden Stockung nicht aufgehört zu flöten. Er blickte über die Köpfe der Maskierten hinweg in die Ferne und schien in Gedanken schon weit voran zu sein.

Als sie die letzten Häuser von Draglop hinter sich gelassen hatten, blieben auch die meisten der vermummten Gestalten zurück. Es gab aber auch ein paar, die den Zug weiter begleiteten und offenbar dabei sein wollten, wenn dem Unwesen in Barleboog ein Ende bereitet wurde.

Barlo schwenkte ohne zu zögern auf einen Weg ein, der am Ufer des Flusses von Barleboog entlangführte. Je weiter sie kamen, desto dichter waren die alten Wagenspuren im lehmigen Boden von Gras überwachsen. Diese Richtung schlug wohl nur selten ein Fuhrwerk ein. Hie und da begegnete ihnen ein Bauer, der dann am Wegrand stehenblieb und kopfschüttelnd den merkwürdigen Zug bestaunte. Sie kamen nur langsam voran, denn die wenigsten der Fahrenden waren beritten. Gegen Abend des dritten Tages erreichten sie ein Dorf, in dem sie über Nacht bleiben wollten; denn nur eine Wegstunde oberhalb der letzten Häuser begannen die düsteren Wälder von Barleboog, die hier an beiden Ufern bis an den Fluß reichten.

Schon in den Weilern, in denen sie während der letzten Tage gerastet hatten, war es Lauscher so vorgekommen, als wären die Menschen, die dort wohnten, von Mal zu Mal einsilbiger und verschlossener gewesen. Hier in dem Dorf am Wald war das nicht mehr zu übersehen. Als Barlo und Lauscher an der Spitze des Zuges in die Dorfstraße einritten, liefen ein paar Weiber und Kinder zu ihren Hütten und schlugen die Türen hinter sich zu. Lauscher fiel auf, wie verwahrlost alles aussah: Von den schmutziggrauen Hauswänden bröckelte der Lehm, das Stroh war stellenweise von den windschiefen Dächern gerutscht, und der Himmel schaute durch die nackten Dachsparren. Manche Hütten schienen seit langem unbewohnt zu sein, zerbrochene Läden hingen schief an leeren Fensterlöchern.

Auf dem Anger inmitten des Dorfes gab Barlo das Zeichen zum Halten und stieg ab. Nach und nach trottete der ganze Haufen heran. Wer ein Reittier hatte, sattelte es ab, führte es zum Tränken an den Dorfteich und ließ es dann auf dem Anger weiden. Die Fußgänger setzten sich ins Gras, zogen die Schuhe aus und streckten ihre müden Beine. Ein Fiedler stimmte seine Geige und fing an, Barlos Lied zu spielen, als könne er damit auch hier die Leute aus den Häusern locken.

Bald sangen manche mit, und ehe sie die zweite Strophe noch zu Ende gesungen hatten, wurde die Tür einer baufälligen Hütte aufgestoßen, und ein alter Mann trat heraus. Er blieb stehen und hörte aufmerksam zu, wie das Lied noch einmal gesungen wurde. Dann kam er langsam herüber zum Lagerplatz, schaute sich die sonderbare Gesellschaft an, die sich hier niedergelassen hatte, und sagte dann laut, ohne sich an jemanden bestimmten zu wenden: «Warum singt ihr, daß Barlo durch das Land reitet? Es ist lange her, daß ein Barlo hier ins Dorf geritten kam. Träumt ihr von alten Zeiten, oder was soll euer Lied bedeuten?»

Rauli stand auf, begrüßte den Alten und sagte: «Das Lied bedeutet, daß Barlo mit uns unterwegs ist, um in Barleboog nach dem Rechten zu sehen.»

«Mit euch?» sagte der Alte verwundert. «Ich kann mich nicht entsinnen, daß Barlo je mit einer Horde von Possenreißern und Straßenmusikanten über Land geritten ist.»

«Ich weiß nicht, welchen Barlo du meinst», sagte Rauli. «Der, von dem ich spreche, ist selbst ein Spielmann.»

«Dann meine ich einen anderen», sagte der Alte. Er schien das Interesse an den Leuten zu verlieren, die hier auf dem Dorfanger lagerten, drehte sich um und schickte sich an, wieder zu seiner Hütte zurückzugehen.

«Warte», sagte Rauli. «Barlos gehen und Barlos kommen. Du solltest dir unseren Barlo erst einmal ansehen. Er sitzt dort drüben und spielt auf seiner Flöte.»

«Ein Barlo, der Flöte spielt!» sagte der Alte achselzuckend. «Ein Wolfsspieß wäre ihm nützlicher.» Aber er schien doch neugierig zu sein auf diesen Mann und ging zwischen den Lagernden hindurch der Flötenmelodie nach, die vom anderen Ende des Angers herüberklang. Sobald er des Flöters ansichtig wurde, blieb er überrascht stehen und betrachtete ihn genau. Barlo spielte inzwischen sein Lied zu Ende, setzte die Flöte ab und nickte dem Mann zu wie einem alten Bekannten. Da verbeugte sich der Alte und sagte: «Ich begrüße dich, Barlo. Wir haben lange auf dich gewartet. Allerdings hatten wir gehofft, du würdest eines Tages mit einer Schar von Kriegern zurückkommen, um Gisa samt ihren zottigen Knechten zu vertreiben. Unter Gisas Herrschaft hat man jetzt anderes im Sinn, als Spielleuten zuzuhören und über die Späße der Narren zu lachen. In Barleboog ist jede Freude erstorben. Weißt du das nicht?»

Statt einer Antwort hob Barlo wieder seine Flöte zu den Lippen und spielte. Lauscher hörte gespannt zu, denn er vermutete, daß er wieder einmal als Dolmetscher würde dienen müssen. «Ich begrüße dich, Dagelor», spielte Barlo. «Aber du solltest nicht so gering von diesen Leuten denken. Hast du nicht eben selbst gesagt, daß in Barleboog jede Freude erstorben ist? Vielleicht sollte man die Leute wieder zum Lachen bringen, statt einen blutigen Krieg zu führen. Dafür habe ich die besten Spaßmacher, Geschichtenerzähler und Spielleute mitgebracht, die im ganzen Land zu finden waren. Willst du uns als Gäste in eurem Dorf aufnehmen?»

Als Lauscher beginnen wollte, Barlos Rede zu übersetzen, winkte Dagelor ab und sagte: «Du brauchst mir nicht zu helfen. Wir haben davon gehört, daß man dir die Sprache genommen hat, Barlo. Aber du sprichst jetzt so deutlich, daß man deine Worte nicht nur mit dem Verstand, sondern auch mit dem Herzen vernimmt. Ich danke dir, daß du gekommen bist, und heiße euch alle willkommen als Gäste in unseren Hütten.»

Lauscher fiel auf, daß Dagelor dies alles mit einer gewissen Feierlichkeit sagte, als begrüße er einen hochgestellten Gast. Barlo schien hier durchaus kein Unbekannter zu sein und auch nicht als bedeutungsloser Mann zu gelten. Ehe Lauscher jedoch eine Frage an Dagelor richten konnte, schrie dieser etwas zu seinem Haus hinüber, offenbar einen Namen, den Lauscher nicht verstehen konnte. Gleich darauf kam ein etwa neunjähriger Junge aus der Tür, den Dagelor zu sich herwinkte. Der Alte gab ihm den Auftrag, die Leute aus den Hütten zu holen und ihnen zu sagen, daß Gäste eingetroffen seien, die es verdienten, freundlich aufgenommen zu werden. Der Junge betrachtete neugierig Barlo und seine Gefährten, doch auf einen ungeduldigen Wink des Alten hin rannte er davon, lief von Haus zu Haus und rief mit gellender Stimme seine Nachricht aus. Jetzt wurden überall die Türen geöffnet, aber es waren nur ein paar alte Männer und im übrigen Frauen und kleinere Kinder, die heraustraten und zu den Fremden herüberstarrten. Erst als Dagelor vortrat und ihnen ein paar Worte zurief, begannen sie zögernd näherzukommen. Auf Lauscher wirkten diese Menschen wie scheue Tiere, die jeden Augenblick bereit waren, in ihre Höhle zurückzuflüchten. Dagelor mußte sie noch mehrmals durch Worte und Gesten ermuntern, näher zu kommen, bis sie sich endlich um ihn versammelt hatten, ein armseliger Haufen verängstigter Menschen, die sich zusammendrängten, als wolle man ihnen ans Leben.

«Wo sind eure jüngeren Männer?» fragte Lauscher.

«Gisas Knechte haben sie abgeholt», sagte Dagelor, «jeden der noch für die Arbeit zu gebrauchen war, die sie für so dringlich hält. Wir wissen nicht einmal, wohin man sie geschleppt hat, und haben kaum noch Hoffnung, sie wiederzusehen. Du bist spät gekommen, Barlo.»

Als er das hörte, stand Barlo auf und fing wieder an zu flöten. Aber er spielte nicht sein Narrenlied, denn das hätte diesen Menschen wohl wie Hohn in den Ohren geklungen. Er sagte ihnen in seiner Sprache, daß er nach Barleboog ziehen werde, um Gisas Macht zu brechen. «Ihre böse Trauer ist über euch gekommen wie eine Krankheit und hat euch jeden Mut genommen. Gegen diesen schwarzen Zauber ist mit Spießen und Schwertern nichts auszurichten, sondern nur mit der Fröhlichkeit der Spielleute und Geschichtenerzähler.» Und dann sprach er nicht mehr, sondern begann mit den Tönen seiner Flöte Bilder zu malen. Lauscher sah das weite Tal von Barleboog zwischen den endlosen Wäldern, er sah inmitten des Tals das Schloß aufragen, fahl und düster im Schatten der bösen Macht Gisas, und die Düsternis breitete sich aus über Wiesen und Äcker bis an die Grenzen des Tales wie zäher, kalter Schlamm, schwappte drüber hinaus, und die Leute aus dem Dorf stöhnten vor Entsetzen, als sie das sahen. Doch dann änderte sich die Melodie, von den Rändern des Bildes begann sich Fröhlichkeit auszubreiten, die düstere Flut wallte auf in kochenden Strudeln und löste sich nach und nach zu blassem Nebel, den der Wind über das Tal hinwegtrieb, bis der Dunst sich in den Wipfeln der Bäume am Horizont verlor, und dann leuchteten Farben auf, grüne Weiden, türkisblaue Seen, rot brannte der Mohn an den Feldrainen, und von den Mauern des Schlosses löste sich die schwärzliche Rinde, bröckelte ab und gab helle Fassaden frei, das Tor öffnete sich weit, und Menschen strömten heraus, lachten und tanzten, legten einander die Arme um den Hals und küßten sich. Lauscher war mitten unter ihnen, hörte ihre Stimmen, sah ihre fröhlichen Gesichter und sah auch dieses Gesicht, das ihn anblickte, dieses Gesicht, das er kannte und doch noch nicht kannte, diese Augen von unbeschreibbarer Farbe, die er schon gesehen hatte und doch suchte, und er hielt für einen Augenblick ein Mädchen in den Armen, das ihn aus diesen Augen anschaute, ganz nah und doch wie aus unendlicher Ferne. Dann brach Barlos Flöten ab.

Lauscher wollte das Bild festhalten, aber es verblaßte, und er sah wieder die Dorfleute, die im Kreis um Barlo standen. Doch der Ausdruck von Hoffnungslosigkeit, der ihren Blick stumpf gemacht hatte, war von ihren Gesichtern geschwunden. Vielen standen Tränen in den Augen, und jetzt umarmten sie einander, als wollten sie dieses Bild, das Barlo ihnen gezeigt hatte, am Leben erhalten. «Kommt, seid unsere Gäste!» sagte Dagelor noch einmal, und jetzt endlich wagten sich die Dorfbewohner in Barlos Heerlager. Jeder von ihnen führte ein paar aus dem fahrenden Volk zu seiner Hütte.

Dagelor nahm Barlo und Lauscher in sein Haus auf. Die Frau seines Sohnes, die mit ihren beiden Kindern bei ihm wohnte, bot den Gästen dürres, kleiiges Fladenbrot und Ziegenkäse an, dazu bekam jeder einen Becher Ziegenmilch. «Ihr müßt mit dem vorlieb nehmen, was wir haben», sagte Dagelor. «Als der alte Barlo noch über Land ritt, wurde er hier anders empfangen, aber seit Gisas Knechte die jungen Männer weggeschleppt haben, müssen die Frauen die ganze Arbeit machen, und wir Alten können ihnen nur wenig zur Hand gehen.»

Es war nicht zum erstenmal, daß Lauscher von diesem Barlo hörte, der über Land zu reiten pflegte und über den jeder außer ihm selbst Bescheid zu wissen schien. Er hatte sich oft gefragt, was den Leuten dieser Name bedeuten mochte. «Wer war dieser alte Barlo und warum ritt er ständig über Land?» sagte er laut und erschrak zugleich, daß er diese Frage, die er eigentlich nur sich selbst stellte, ausgesprochen hatte.

Dagelor blickte ihn verwundert an. «Fragst du das im Ernst?» sagte er, und als Lauscher nickte, fing Dagelor plötzlich an zu lachen, schlug sich auf die Schenkel und lachte so lange und ausgiebig, als müsse er all das Gelächter auf einmal nachholen, das er versäumt hatte, seit im Dorf jede Freude erstorben war. Schließlich faßte er sich und fragte Lauscher: «Wie lange bist du schon bei deinem Herrn?»

«Etwa drei Jahre», sagte Lauscher, der inzwischen ins Grübeln gekommen war, was er hier für einen großartigen Witz gemacht haben sollte.

«Und weißt noch immer nicht, wer dein Herr ist?» rief Dagelor und lachte schon wieder. «Hast du ihm nichts über dich gesagt, Barlo?» fragte er dann. «Nicht einmal mit deiner Flöte?»

Barlo schüttelte lächelnd den Kopf und nickte dann, als Dagelor ihn fragte, ob er Lauschers Neugier befriedigen dürfe. «Dann hör gut zu, Lauscher», sagte Dagelor und erzählte

Die Geschichte vom alten Barlo
und seinem Sohn Fredebar

Als ich ein junger Mann war, habe ich ihn oft durch's Dorf reiten sehen. Manchmal hielt er sein Pferd vor unserem Haus an, stieg ab und gab mir die Zügel, während mein Vater aus der Tür trat und ihn begrüßte. Mein Vater machte keine tiefe Verbeugung oder dergleichen, denn der alte Barlo konnte das nicht leiden. Mein Vater schüttelte ihm nur die Hand und führte ihn dann ins Haus. Dort saßen die beiden auf der Eckbank am Tisch, tranken einen Krug Wein und sprachen über dies und das, etwa ob das Jahr eine gute Ernte verspreche oder auch über irgendwelche Rechtsstreitigkeiten. Mein Vater war hier, wie heute ich, Dorfältester und hatte mit solchen Dingen zu tun, und der alte Barlo kannte sich in Rechtssachen aus wie kein anderer, denn er war Herr und Richter auf Schloß Barleboog.

Nicht daß du meinst, er sei ein solcher Zwingherr gewesen wie heute Gisa, die alles als ihren Besitz betrachtet, sogar die Menschen. Damals waren die Leute im Tal frei und konnten tun und lassen, was sie wollten, solange sie in Frieden mit ihren Nachbarn lebten. Barlo hörte jeden an, der meinte, daß ihm Unrecht geschehen sei, und er merkte sehr schnell, wenn ihn einer hinters Licht führen wollte. Bald hatte keiner mehr die Stirn, so etwas auch nur zu versuchen. Damals wurde noch Recht gesprochen auf Barleboog, nicht so wie heute, wo Gisa irgendeinen hergelaufenen Wicht Urteile verkünden läßt, wie man hört.

Er war noch lange kein alter Mann, als die Leute anfingen, Geschichten von ihm zu erzählen, etwa jene von dem Bauern, der zu Barlo kam und seinen Nachbarn anklagte, er habe ihm Land gestohlen, indem er jedes Jahr beim Pflügen die Grenzen seiner Felder ein Stück weiter vorrückte. Barlo lud beide Männer zum Essen ein und unterhielt sich mit ihnen. «Wie steht es mit deiner Wirtschaft?» fragte er den Kläger. «Recht gut, bis auf das Land, um das dieser hier mich gebracht hat», sagte der Mann. «Meine Kühe geben mehr Milch als die jedes anderen Bauern im Dorf. Mir gehört jetzt auch die Weide oben am Waldrand, und seither habe ich die Zahl meiner Schafe verdoppeln können.»

«Seit wann besitzt du diese Weide?» fragte Barlo.

«Mein Sohn hat sie mir vor zwei Jahren durch seine Heirat eingebracht», sagte der Kläger. «Und nicht nur die, sondern auch noch ein paar Joch Ackerland und dreißig Rinder, die jetzt mir gehören. Ja, ich weiß meinen Besitz zu mehren, aber ich weiß ihn auch zu wahren, wenn man ihn mir nehmen will.»

«Das sehe ich», sagte Barlo, und dann fragte er auch den Beklagten, wie es bei ihm stünde.

«Ich bin zufrieden», sagte dieser. «Die Ernte war so reich, daß ich dem Mann meiner Tochter davon abgeben konnte, als der Hagel seine Felder zerschlagen hatte.»

«Man erzählt, bei dir sei es im Winter recht lustig zugegangen», sagte Barlo.

«Ach ja», sagte der Beklagte verlegen. «Als der erste Schnee fiel, schneiten mir auch ein paar Spielleute ins Haus, die ich während der kalten Zeit durchgefüttert habe. Zum Dank haben sie an den langen Abenden ein bißchen Musik gemacht, und so kamen dann auch ein paar Nachbarn ins Haus, um sich das anzuhören.

«Hast du sie bewirtet?» fragte Barlo.

«Man kann doch die Leute nicht ohne einen Becher Most und einen Zubiß herumsitzen lassen», sagte der Mann. «Ein bißchen Gastfreundschaft hat noch keinen an den Bettelstab gebracht.»

Inzwischen hatten sie zu dritt gegessen, Barlo, der Kläger und der Beklagte, und nun wurde der Kläger ungeduldig und sagte: «Ich bitte dich jetzt, mir mein Recht zu verschaffen. Du hast meinen Nachbarn noch nicht wegen meiner Klage vernommen.»

«Doch», sagte Barlo, «das habe ich schon getan. Und ich bin der Meinung, daß du ihn zu Unrecht verklagst. Aber wir können auch hinausgehen zu euren Feldern, denn mir sind die Grenzen eures Besitzes bekannt.»

Da wurde der Kläger blaß und sagte: «Es könnte sein, daß ich mich geirrt habe, deshalb will ich mich lieber aus dieser Sache zurückziehen, obwohl du den Gegenstand meiner Klage noch gar nicht zur Sprache gebracht hast.»

«Das war nicht nötig», sagte Barlo, «denn es genügte, euch zuzuhören. Ihr habt beide von dem gesprochen, was euch Freude macht. Dir macht es Freude, Dinge an dich zu bringen und zu besitzen, und so hast du nur von dem erzählt, was dir gehört. Deinem Nachbarn aber macht es Freude, andern etwas zu geben, und so hat er davon berichtet. Ich habe euch auch beim Essen zugesehen: Du hast dir als erster das größte Stück vom Braten genommen, während dein Nachbar gewartet hat, was man ihm anbietet. Es erscheint mir sehr unglaubhaft, daß er es auf dein Land abgesehen haben soll, denn dies entspricht nicht seiner Art. Wir sollten aber vielleicht dennoch die Grenzen eurer Felder abmessen, denn es könnte sein, daß du ihm selbst das angetan hast, wessen du ihn beschuldigst.»

So war es dann auch, und der Kläger mußte nicht nur das gestohlene Land herausgeben, sondern dem anderen obendrein eine Buße zahlen. Wer das Maul zu voll nimmt, kann sich leicht verschlucken, sagten die Leute, als sie von dieser Sache hörten, und so hatte der Kläger zum Schaden auch noch den Spott. Dieses Urteil blieb kein Einzelfall, und da sich dergleichen Geschichten gut erzählen lassen, sprach es sich bald im ganzen Land herum, wie Barlo solche Rechtshändel beizulegen pflegte. So kam es, daß nicht nur die Bauern aus dem Tal von Barleboog bei ihm ihr Recht suchten, sondern auch andere Leute aus der Ebene oder von den Hügeln jenseits des Waldes bei ihm vorsprachen, um seinen Rat zu erbitten.

Zu dieser Zeit fing der alte Barlo an, über Land zu reiten. Er war immer der Meinung gewesen, daß man nicht über Menschen und Dinge befinden könne, die man nicht selbst vor Augen gehabt hat, und überdies war er ein neugieriger Mensch, der immer alles genau wissen wollte. So ritt er weit im Land umher, saß stundenlang in einer Schmiede, um zuzusehen, wie das glühende Eisen sich unter dem Hammer zu einer Sense formte, unterhielt sich mit Kaufleuten ebenso wie mit Schafhirten und hörte sich die Balladen der Sänger auf den Märkten an. Er konnte überhaupt gut zuhören, nicht so wie diese Alleswisser, die schon abwinken und gelangweilt in die Luft starren, ehe man noch richtig angefangen hat, ihnen etwas zu sagen. Wenn es damals hieß «Barlo reitet über Land», dann klang das so wie «Schönes Wetter heute» oder «das Korn steht prächtig», und wer etwas auf dem Kerbholz hatte, der brachte es lieber gleich in Ordnung, ehe ihm Barlo auf die Schliche kam.

Obwohl Barlo stets gekleidet war wie ein einfacher Mann, begegneten ihm selbst Leute, die ihn gar nicht kannten, vom ersten Augenblick an mit Achtung. Er war zwar hochgewachsen und kräftig, aber wenn er in irgendeiner Dorfschenke saß und mit den Bauern redete, hätte man ihn für einen ihresgleichen halten können, der dort mit seinen Nachbarn sein Abendbier trank.

Da war sein Sohn Fredebar von anderer Art. Der Junge hatte schon von klein auf eine Vorliebe für bunte, kostbare Kleider und reich geschmücktes Sattelzeug. Er hatte das wohl von seiner Mutter. Barlo hatte sie aus einem reichen Dragloper

Haus ins Tal gebracht. Das Leben auf dem Schloß spielte sich damals nicht viel anders ab als auf einem großen Bauernhof und mag ihr recht kärglich vorgekommen sein. Jedenfalls fing sie damit an, die Räume mit kostbaren Möbeln und Teppichen auszustatten und feierte Feste, zu denen sie Freunde aus ihrer Heimat einlud. Da ritten dann die vornehmen Damen und Herren in ihren prunkvollen Gewändern durch das Tal, und die Kinder liefen ihnen nach, weil sie diesen Aufzug für eine besondere Art von Narretei hielten, was es wohl auch gewesen sein mag. Barlo ließ jedoch seine Frau gewähren, denn er liebte sie sehr und konnte ihr nichts abschlagen, zumal als sie ihm diesen Sohn geboren hatte.

Fredebar wuchs inmitten dieses Treibens auf und hat wohl in seiner Kindheit geglaubt, daß das Leben vor allem aus dergleichen Festlichkeiten bestünde. Als er sein erstes Pferd bekommen hatte und auf ihm durch die Dörfer ritt, erschien er den Leuten in seinem seidenen Wams und all dem goldenen Zierrat wie ein Prinz aus königlichem Geblüt. Er war ein hübscher Junge, eher schmal und zierlich, und alle mochten ihn gut leiden, denn er war immer zu Späßen aufgelegt und lachte gern.

Später, als er herangewachsen war, nahm ihn Barlo oft auf seinen Ausritten mit und ließ ihn auch bei den Rechtshändeln zuhören; denn er wollte ihn zu seinem Nachfolger erziehen. Fredebar faßte alles, was er sah und hörte, rasch auf und wußte bald so klug zu reden wie sein Vater. Aber wenn ich mir das heute überlege, dann war das wohl für ihn eine Art Spiel, bei dem es weniger auf den Inhalt ankommt, als darauf, den Zuhörern zu zeigen, daß man die Regeln beherrscht. Ich weiß nicht, ob sein Vater das schon damals durchschaut hat; vielleicht hat er auch gemeint, es genüge fürs erste, diese Regeln zu lernen, und später werde sich schon die rechte Ernsthaftigkeit einstellen. Jedenfalls pflegte er lächelnd zuzuhören, wenn Fredebar auf seine Frage hin zu einem Rechtsfall Stellung nahm, und lobte wohl auch hin und wieder die Eleganz seiner Gedankenführung.

Nun geschah es, daß Barlo Botschaft erhielt von einem Freund namens Kratos, der oben im Gebirge das Richteramt versah. Er habe da, ließ ihm Kratos sagen, einen schwierigen Rechtsfall, den er ihm gern vorlegen würde. Barlo ließ am nächsten Tag im Morgengrauen sein Pferd satteln und nahm auch Fredebar mit auf den Weg. Sie ritten den ganzen Tag und kamen am Abend zu dem Bergdorf, in dem Kratos sein Haus hatte. Der Richter trat ihnen in der Tür entgegen, ließ ihre Pferde von einem Knecht versorgen und führte die Besucher in die Stube. «Seid meine Gäste», sagte er. «Nach dem langen Weg werdet ihr hungrig sein. Reden können wir später.»

Er bot ihnen Plätze an, und gleich darauf kam ein Mädchen zur Tür herein, deckte den Tisch und brachte Brot, geräucherten Schinkenspeck und einen Krug Rotwein. «Das ist meine Tochter Raudis», sagte Kratos. «Sie versorgt mir das Haus, seit meine Frau gestorben ist.» Er forderte Raudis auf, sich zu ihnen zu setzen, und so hatten die Gäste Zeit, sie in Ruhe zu betrachten. Ich denke mir jedenfalls, daß zumindest Fredebar dies ausführlich getan hat; denn Raudis war des Ansehens wert. Sie trug ihr langes dunkelblondes Haar zu einem dicken Zopf geflochten, und in ihrem schmalen Gesicht fielen zuerst die großen, dunkelbraunen Augen auf, mit denen sie einen aufmerksam anschaute, wenn man mit ihr sprach.

Als die Gäste satt waren, sagte Kratos zu Barlo: «Ich habe die Beteiligten an dem Rechtsfall, um dessentwillen ich deinen Rat erbeten habe, für morgen in mein Haus geladen. Aber ich möchte dir die Sache gern heute abend schon vortragen, wenn du nicht zu müde bist.» Barlo forderte ihn auf zu sprechen und setzte hinzu: «Ich hätte dich ohnehin gebeten, mich schon jetzt mit der Lage der Dinge bekannt zu machen. Da du dich mit mir beraten willst, scheint es sich um einen schwierigen Fall zu handeln, und eine solche Entscheidung sollte man immer noch einmal überschlafen.» Währenddessen hatte Raudis den Tisch abgeräumt; nur den Weinkrug und die Becher ließ sie stehen und setzte sich dann wieder zu den anderen.

«Es handelt sich um einen Mord», begann Kratos, «und die erste Schwierigkeit besteht darin, daß es keine Zeugen gibt. Der Getötete hieß Wargos und war ein Bergbauer mit beträchtlichem Viehbestand. Seine Knechte fanden ihn morgens tot auf seiner Viehweide, und es besteht kein Zweifel daran, daß man ihn mit einem Messer erstochen hat.»

«Gibt es jemanden, auf den ein Verdacht fällt?» fragte Barlo.

«Ja, den gibt es», sagte Kratos, «und genau das macht die Sache für mich so schwierig. Dieser Verdächtige, den ich in Gewahrsam nehmen mußte, ist mein Sohn Terlos. Er warb um die Hand von Wargos' Tochter Warja, hatte damit jedoch bisher bei dem Vater wenig Glück; denn ich habe hier zwar das Richteramt, aber in Wargos' Augen war ich ein armer Mann.»

«Ist das der einzige Grund, warum man deinen Sohn verdächtigt?» fragte Barlo.

«Nein», sagte Kratos. «Wargos' Großknecht gibt an, er habe gehört, wie mein Sohn für den Abend vor der Tat mit Wargos ein Zusammentreffen auf dessen Viehweide verabredet habe. Er könne überdies einen weiteren Zeugen dafür bringen. Sein Herr sei dann bei Einbruch der Dunkelheit aus dem Haus gegangen, und seither habe ihn keiner mehr lebend gesehen.»

«Hast du deinen Sohn dazu befragt?» wollte Barlo wissen.

«Ja», sagte Kratos, «und er gibt zu, diese Verabredung getroffen zu haben. Den Grund dafür will er jedoch erst bei der Verhandlung nennen. Er versichert jedenfalls, daß Wargos gesund und am Leben war, als er sich von ihm trennte. Aber auch dafür gibt es natürlich keine Zeugen.»

«Ich verstehe, daß du in dieser Sache, die auch deinen Sohn betrifft, nicht selbst entscheiden kannst», sagte Barlo. «Aber ich wüßte dennoch gern, ob du deinem Sohn glaubst und ob du einen anderen Verdacht hegst.»

«Das sind zwei Fragen auf einmal», sagte Kratos, «und ich will versuchen, beide zu beantworten. Zum ersten: Ja, ich glaube meinem Sohn; denn ich kenne ihn seit seiner Geburt. Es wäre vorstellbar, daß er im Zorn einen Mann erschlägt, aber er würde ihn nicht von hinten erstechen, wie es Wargos geschehen ist. Du magst vielleicht meinen, daß diese Äußerung von meiner Vaterliebe bestimmt sei. Deshalb nenne ich dir auch einen vernünftigen Grund, ihm zu glauben: Ich weiß, daß er Warja liebt und alles daransetzen würde, sie zur Frau zu gewinnen. Ich weiß zudem, daß Warja seine Werbung gern sieht. Was immer ihm Wargos angetan haben mochte: er erblickte in ihm den Vater seiner Liebsten und mußte wissen, daß er mit diesem Mord zugleich sein Glück zerstören würde, gleichviel, ob er als Täter überführt würde oder nicht. Sag selbst: wie hätte er Warja je noch in die Augen schauen können?»

«Das klingt vernünftig», sagte Barlo, «auch wenn selbst hier noch der Vater aus dir spricht. Und wie steht es mit dem Verdacht?»

«Dies ist ein Verdacht, den ich als Richter nur schwer aussprechen könnte, da er wiederum die Angelegenheiten meines Sohnes berührt. Ich nenne ihn dir also nur als einem Freund meines Hauses. Es ist so, daß Terlos einen Rivalen in seiner Werbung um Warja hat, und das ist eben jener Großknecht, der Zeuge dieser Verabredung war. Diesem Mann bringt also sein Zeugnis zugleich einen persönlichen Vorteil, und solche Zeugen sind mir immer verdächtig. Wargos hielt viel von diesem Mann; manche im Dorf meinen allerdings, er habe ihm zu viel vertraut, aber das sind Redereien, auf die ein Richter nichts geben sollte. Du wirst jedoch verstehen, daß ich mir trotz allem Gedanken mache.»

«Das verstehe ich gut, denn auch ich habe einen Sohn», sagte Barlo. «Deswegen wird es auch mir nicht leicht fallen, mich von Gefühlen frei zu halten, zumal du mein Freund bist. Erlaubst du, daß ich meinen Sohn Fredebar frage, was er von der Sache hält?»

«Ich würde selbst gern hören, was er über diesen Fall zu sagen hat», sagte Kratos. «Man erzählt von ihm, daß er sehr scharfsinnig sei und gut zu reden verstünde.»

Barlo nickte Fredebar zu, der sich eine Weile bedachte und dann sagte: «Es scheint mir notwendig, bei diesem Mordverdacht die erwiesenen Tatsachen von den Vermutungen und Meinungen sorgfältig zu trennen. Denn wenn es um Vermutungen und Meinungen geht, ist man nur zu leicht geneigt, das zu glauben, was man glauben möchte. Als erwiesen kann gelten, daß Terlos diese Verabredung mit Wargos getroffen hatte und daß dieses Zusammentreffen auch stattgefunden hat. Ferner liegt es auf der Hand, daß Terlos allen Grund hatte, zornig auf Wargos zu sein; denn es scheint ja allgemein bekannt zu sein, wie er zu Warja stand und was ihr Vater von dieser Werbung hielt. Alles, was Kratos darüber hinaus gesagt hat, läßt sich aus der Liebe zu seinem Sohn erklären und wird vor Gericht wenig gelten.»

Fredebar hatte mit dem Eifer dessen gesprochen, dem eine Aufgabe gestellt worden ist, an deren Lösung er seine Fähigkeiten unter Beweis stellen soll. Jetzt legte ihm Barlo seine Hand auf den Arm, um ihm zu verstehen zu geben, daß er im Begriff sei, zu weit zu gehen. Kratos schüttelte jedoch den Kopf und sagte: «Laß ihn nur reden. Er hat ja recht und spricht nur aus, was ich mir selbst nicht eingestehen wollte. Was wolltest du weiter sagen, Fredebar?»

«Es wird viel darauf ankommen, was Terlos über den Grund der Verabredung zu berichten hat», sagte Fredebar. «Aber er wird beweisen müssen, was er sagt, sonst steht es schlecht um ihn.» Raudis hatte ihm gespannt zugehört, und je länger er sprach, desto zorniger blickten ihre dunklen Augen. Jetzt konnte sie sich nicht länger zurückhalten und sagte: «Du sprichst von meinem Bruder wie von einer fremden Sache, die dich nichts angeht, Fredebar!»

«Raudis!» unterbrach sie ihr Vater. «Du solltest dich hier nicht einmischen.»

«Wenn sein Sohn sprechen darf, dann wird es auch deine Tochter dürfen», sagte sie. «Und ich sage noch einmal, daß ich es nicht für recht halte, wenn so über meinen Bruder gesprochen wird.»

«Da bin ich anderer Meinung», sagte Fredebar. «Ich bitte dich, mir zu glauben, daß ich nichts gegen deinen Bruder habe. Aber wie soll man einen Rechtsspruch finden, wenn man sich von Gefühlen verwirren läßt?»

«Ich lasse mich nicht verwirren», sagte Raudis. «Aber es wäre schlimm um die Gerechtigkeit bestellt, wenn ein Richter vergessen müßte, daß er ein Herz hat. Ich weiß sehr gut, zu welchen Taten mein Bruder fähig sein könnte. Ja, ich liebe meinen Bruder, aber das heißt doch nur, daß ich ihn besser kenne als du. Und deshalb weiß ich auch, daß er Wargos nicht erstochen hat.»

«Das wird dir nicht viel nützen, wenn du es nicht beweisen kannst», sagte Fredebar, aber es war ihm zugleich anzumerken, daß ihn die rückhaltlose Art beeindruckte, mit der Raudis für ihren Bruder eintrat. Raudis errötete unter seinem bewundernden Blick und sagte dann: «Wenn hier überhaupt ein Beweis zu führen ist, dann traue ich mir schon zu, ihn an den Tag zu bringen.»

Barlo war diesem Gespräch aufmerksam gefolgt. Er nickte Raudis zu und sagte dann: «Ich will dir einen Vorschlag machen, Kratos. Unsere Kinder haben uns eben gezeigt, wie morgen die Verhandlung geführt werden soll: Mein Sohn wird der Ankläger sein, denn er wird sich nur von erwiesenen Tatsachen leiten lassen; deine Tochter aber soll ihren Bruder verteidigen, denn wenn etwas für seine Unschuld spricht, wird sie es herausfinden. Ich werde der Richter sein, der alle anhört und dann den Spruch fällt.» Kratos stimmte nach einigen Bedenken zu, und bald darauf legten sich alle schlafen.

Nachdem sie am nächsten Morgen gefrühstückt hatten, fragte Barlo: «Wo soll die Verhandlung stattfinden?»

«Vor meinem Haus», sagte Kratos. «Ich habe schon einen Tisch und Stühle hinaustragen lassen. Die Leute werden sehen wollen, ob in dieser Sache, die meinen Sohn betrifft, gerecht verfahren wird.»

Sie gingen vor die Tür und sahen, daß sich schon eine Menge Leute versammelt hatten, die in Gruppen beieinander standen und halblaut über den Mordfall sprachen. Als Barlo mit Kratos und den beiden jungen Leuten vor die Tür trat, verstummten die Wartenden und bildeten einen weiten Halbkreis um den Gerichtstisch. Barlo setzte sich auf den Richterstuhl und forderte Raudis und Fredebar auf, rechts und links von ihm Platz zu nehmen. Kratos war stehengeblieben und sagte zu einem seiner Knechte: «Führe meinen Sohn Terlos vor den Richter!» Dann wendete er sich an die Zuschauer und rief: «Lujos, der Großknecht des ermordeten Wargos, möge als Zeuge vor dem Gericht erscheinen!» Daraufhin trat ein großer, vierschrötiger Mann von etwa 30 Jahren vor und sagte: «Hier bin ich, und ich habe den Stallknecht Rullos mitgebracht, der meine Worte bezeugen kann.» Bei diesen Worten schob er einen grauhaarigen, schmächtigen Mann vor den Richtertisch.

«Dann soll auch dieser Rullos hier stehen bleiben», sagte Kratos. «Ferner habe ich Warja, die Tochter des Wargos, vorgeladen.»

«Hier bin ich», sagte ein Mädchen, das ein schwarzes Trauertuch über den Kopf geschlagen und wie einen weiten Mantel um die Schultern gerafft hatte. In dieser Verhüllung war von Warja nichts weiter zu sehen als ein schmaler Ausschnitt ihres verweinten Gesichts. Sie blickte über Barlo hinweg zur Tür, aus der jetzt Terlos herausgebracht wurde, und auch Terlos blickte sie an und lächelte kurz, ehe der Knecht ihn um den Tisch herumführte und dem Richter gegenüberstellte. Kratos hatte seinem Sohn die Hände auf den Rücken fesseln lassen; er hätte wohl kaum zu befürchten gehabt, daß Terlos sich dem Gericht durch die Flucht entziehen würde, aber er wollte wohl zeigen, daß er es in diesem Fall besonders genau genommen habe. Sobald Terlos vor ihm stand, sagte Barlo dann auch gleich zu dem Knecht: «Nimm ihm die Fesseln ab!» und man sah es dem Knecht an, daß er diese Arbeit gern tat. Terlos nickte dem Knecht zu und sagte dann: «Ich danke dir, Barlo. Ich wäre unter allen Umständen vor diesem Gericht erschienen, und wenn ich Tag und Nacht hätte laufen müssen.»

«Danke mir nicht zu früh», antwortete Barlo, aber er sagte das nicht unfreundlich.

«Wen willst du zuerst hören?» fragte Kratos.

«Den Großknecht Lujos», sagte Barlo. «Die anderen beiden Zeugen sollen ins Haus gebracht werden, damit keiner die Aussagen des anderen beeinflussen kann.» Sobald der Knecht Warja und Rullos hineingeführt hatte, forderte Barlo den Großknecht auf, zu berichten, was er über die Verabredung gehört habe.

Lujos blickte kurz hinüber zu Terlos und begann dann mit seiner Aussage. «Während ich mit Rullos im Stall beim Füttern war», sagte er, «sah ich durch die offene Tür Wargos draußen vorübergehen. Er schien zornig zu sein, und gleich darauf hörte ich ihn laut fragen: ‹Was hast du hier zu suchen, Terlos?› Terlos antwortete ihm, daß er ihn gesucht habe, um mit ihm zu sprechen. ‹Dann sprich, aber mach's kurz›, sagte Wargos. Da dämpfte Terlos seine Stimme, aber ich konnte ihn noch gut verstehen, weil beide nah bei der Stalltür standen. Er sagte, was er Wargos mitzuteilen habe, vertrüge keine fremden Ohren und ob Wargos bei Einbruch der Dunkelheit bei der Viehweide auf ihn warten wolle. ‹Was soll die Geheimniskrämerei?› sagte Wargos, doch Terlos drängte ihn und sagte, die Sache sei wichtig. ‹Für wen?› fragte Wargos, und Terlos antwortete: ‹Für dich.› Da sagte Wargos zu, und sie verabredeten als Treffpunkt die Stelle, wo der Weg aus dem Wald auf die Viehweide führt. Genau dort hat man Wargos dann am Morgen gefunden.»

«Ist das alles, was du gehört hast?» fragte Barlo.

«Ja, und ich meine, es genügt, um Terlos zu überführen», sagte der Großknecht.

«Das wird sich zeigen», sagte Barlo. «Geh jetzt beiseite und verhalte dich still, wenn die anderen sprechen.» Dann forderte er den Knecht auf, Rullos aus dem Haus zu holen. Der Stallknecht wurde gebracht, und als er reden sollte, blickte er unsicher hinüber zu Lujos.

«Schau mich an, wenn du sprichst», sagte Barlo. «Lujos braucht dich jetzt nicht zu kümmern. Erzähle, was du gehört hast, als du mit ihm beim Füttern warst.»

«Ich achtete zunächst nicht darauf, was draußen vorging», sagte Rullos, «bis ich merkte, daß Lujos die Ohren spitzte. Da hörte ich, daß Wargos sich draußen mit Terlos unterhielt. Terlos sagte eben, daß er sich mit Wargos bei Einbruch der Dunkelheit draußen bei der Viehweide treffen wolle. Er habe dort nicht nur mit ihm zu reden, sondern müsse ihm auch etwas zeigen.»

«Auch etwas zeigen?» wiederholte Barlo. «Davon war bisher nicht die Rede. Hat er gesagt, was dort zu sehen sei?»

«Nein», sagte Rullos. «Er sagte nur noch, daß es wichtig sei, weil es den Besitz von Wargos betreffe.»

«Hast du das genau gehört?» fragte Barlo.

«Ja», sagte Rullos. «So waren seine Worte. Und dann vereinbarten sie als Treffpunkt die Stelle, wo man Wargos am Morgen gefunden hat.»

«Hast du gehört, Lujos, was Rullos gesagt hat?» fragte Barlo, und als dieser nickte, fragte er ihn, ob er bestätigen könne, was sich zusätzlich zu seiner Aussage aus dem Bericht des Stallknechtes ergeben habe. Lujos blickte mürrisch zu Boden und sagte, das könne er nicht, und es sei ja wohl auch nicht zu verlangen, daß man sich jedes einzelne Wort merke. Eigentlich habe er ja nur zufällig etwas aufgeschnappt. «Was soll diese Wortklauberei?» setzte er noch hinzu. «Das Ganze sollte doch nur dazu dienen, Wargos im Dunkeln an diesen einsamen Platz zu locken.»

«Ich will nur wissen, was du gehört hast, Lujos», sagte Barlo, «und zwar so genau wie möglich. Eine Meinung bilde ich mir dann schon selbst.» Er forderte auch Rullos auf, beiseite zu treten, und ließ Warja zur Befragung herausbringen.

«Ehe ich mir anhöre, was du in dieser Sache zu berichten hast», sagte Barlo, «muß ich dir eine Frage stellen: Wie stehst du zu Terlos, der hier beschuldigt wird, deinen Vater erstochen zu haben?»

Warja hob so heftig den Kopf, daß ihr Tuch zurückglitt und ihr Gesicht freigab. Man konnte ihrem breiten, vollippigen Mund ansehen, daß sie immer gern gelacht hatte, aber jetzt blitzten ihre Augen zornig. «Er hat meinen Vater nicht ermordet!» sagte sie entschieden.

«Das wird erst die Verhandlung zeigen», sagte Barlo. «Du hast aber meine Frage noch nicht beantwortet.»

«Wenn ich allein zu entscheiden gehabt hätte», sagte Warja, «wäre ich heute schon Terlos' Frau.»

«Also wirst du versuchen, ihn durch deine Aussage nicht zu belasten», stellte Barlo fest. «Lujos hatte demnach mit seiner Werbung wenig Aussicht bei dir.»

«Zu keiner Zeit hatte er irgendeine Aussicht», sagte Warja mit Bestimmtheit. «Ich habe ihm keinerlei Anlaß dazu gegeben, aber mein Vater hat ihn wohl immer wieder ermutigt; denn er hielt große Stücke auf diesen Mann.»

«Du nicht?»

«Nein, ich nicht», sagte Warja. «Aber mein Vater war schwer zu überzeugen.»

Lujos blickte während dieser Aussage gleichgültig zur Seite, aber man sah ihm an, daß er sich nur mühsam beherrschte. Auch Barlo schien das zu bemerken, denn er sagte jetzt: «Lassen wir diese persönlichen Angelegenheiten. Sage mir jetzt, ob du etwas von der Verabredung gewußt hast, die Terlos mit deinem Vater getroffen haben soll.»

«Nicht viel», sagte Warja. «Einen Tag, bevor dies alles geschehen ist, hat mir Terlos gesagt, er wisse jetzt, wie er meinen Vater davon überzeugen könne, daß Lujos nicht der richtige Mann für mich sei, und ich könne sicher sein, daß damit auch der Widerstand aus dem Wege geräumt würde, den mein Vater seiner eigenen Werbung entgegensetzte. Er schien mir seiner Sache sehr sicher zu sein, und ich vertraute ihm, wie ich ihm auch heute noch vertraue.»

«Mehr hat er dir nicht verraten?» fragte Barlo.

«Nein», sagte Warja. «Das war wohl auch nicht nötig.»

«Dann kannst auch du zur Seite treten», sagte Barlo, «denn jetzt will ich hören, was Terlos über diese Verabredung zu sagen hat.»

Warja ging hinüber zu der Stelle, an der die anderen beiden Zeugen standen, aber sie blieb in einigem Abstand von Lujos stehen, wendete ihm den Rücken zu und blickte Terlos an, der die ganze Zeit über kein Auge von ihr gelassen hatte. Auch wenn sie nicht so freimütig über ihr Verhältnis zu Terlos gesprochen hätte, wäre jetzt keinem der Zuschauer mehr verborgen geblieben, wie die beiden zueinander standen.

«Du solltest erst einmal mich ansehen, Terlos», sagte Barlo. «Willst du jetzt sagen, was du von Wargos wolltest?»

«Ja», sagte Terlos, «aber dazu muß ich etwas weiter ausholen. Als ich zwei Tage vor dem Mord am Abend oberhalb von Wargos' Viehweide durch den Wald ging, sah ich einen Fremden in den Büschen stehen. Es erschien mir so, als habe er sich dort versteckt und warte auf jemanden. Mir fiel ein, daß Wargos vor ein paar Wochen zwanzig Kühe von der Weide gestohlen worden waren. Den Knecht, der nachts bei der Herde wacht, hatte man stockbetrunken im Gebüsch gefunden, und er schwur später Stein und Bein, daß er nicht wisse, wie der Branntwein in seine Flasche gekommen sei; denn er selbst habe sie mit Wasser gefüllt, aber nach dem ersten Schluck habe er dann nicht mehr aufhören können zu trinken. Ich dachte mir, daß der Fremde etwas mit dem Viehdiebstahl zu tun haben könnte. Also blieb ich hinter einem Baum stehen und wartete auch. Und nach einer Weile kam tatsächlich jemand über die Weide heraufgestiegen. Der Fremde trat aus den Büschen heraus, und als der andere bei ihm stehenblieb, erkannte ich Lujos. Du wirst verstehen, Barlo, daß mich die Sache jetzt umso mehr interessierte. Ich stand auch nahe genug, um zu verstehen, was die beiden miteinander sprachen. Lujos fragte den Fremden, ob er das Geld habe. Noch nicht, sagte der. Es sei zu gefährlich, das Vieh hier in der Nähe zu verkaufen. Vier Kühe könne er in zwei Tagen an den Mann bringen; die übrigen treibe ein Freund von ihm übers Gebirge, und er erwarte ihn erst in zehn Tagen mit dem Geld zurück. Darauf sagte Lujos zu dem Fremden, er solle übermorgen am Abend das Geld für die ersten vier im hohlen Baum verstecken. Er werde es sich dann schon holen. Mit dem Rest solle er in zehn Tagen genauso verfahren.»

«Was ist das für ein hohler Baum?» fragte Barlo.

«Eine alte Buche, die oben am Waldrand steht», sagte Terlos. «Jeder nennt sie hier so. Lujos sagte noch zu dem Fremden, er solle pünktlich sein, wenn ihm daran läge, noch weiterhin solche Geschäfte zu machen. Dann ging er wieder hinunter ins Dorf, und der Fremde verschwand im Wald. Jetzt wußte ich, wie Wargos' Kühe abhanden gekommen waren: Lujos hatte den Knecht betrunken gemacht, damit der Fremde das Vieh in aller Ruhe wegtreiben konnte.»

«Er lügt!» schrie Lujos, der Terlos mit steigender Erregung zugehört hatte. «Glaubt ihm kein Wort!»

«Das zu entscheiden, ist meine Sache, Lujos!» sagte Barlo scharf, und dann forderte er Terlos auf, mit seiner Aussage fortzufahren.

«Du weißt jetzt, was ich Wargos zu erzählen hatte und was ich ihm zeigen wollte», sagte Terlos. «Doch er glaubte mir kein Wort von dem, was ich ihm berichtete. ‹Wenn du deinen Rivalen bei mir ausstechen willst›, sagte er, ‹wirst du kein Glück haben.› Da führte ich ihn zum hohlen Baum und forderte ihn auf, nachzusehen, ob das Geld dort versteckt sei. Wargos langte hinunter in die Höhlung und holte einen Beutel mit Goldstücken heraus. Er schüttete sie auf seine Hand und zählte sie. ‹Ein schlechter Preis für vier Kühe›, sagte er. Dann tat er sie in den Beutel zurück, steckte ihn ein und lachte. ‹Das hast du dir gut ausgedacht›, sagte er. ‹Ich wette, du hast den Beutel selbst versteckt, damit ich dir deine

Lügengeschichte glaube. Da du jedoch behauptest, daß das Geld nicht dir gehört, kann ich es ja behalten.› Dann lachte er wieder, als sei das Ganze ein großartiger Spaß. Das machte mich so wütend, daß ich ihn dort stehenließ und über die Weide hinunter nach Hause lief. Aber ich kann mir schon denken, was dann weiter geschehen ist.»

«Das überlaß lieber mir», sagte Barlo. «War das alles, was du zu sagen hast?»

«Ja», sagte Terlos.

«Warum hast du bisher zu keinem darüber gesprochen?» fragte Barlo.

«Heute abend soll der Fremde das restliche Geld bringen», sagte Terlos. «Je weniger Leute davon wissen, desto besser, dachte ich mir. Man sollte allerdings Lujos jetzt daran hindern, seinen Hehler zu warnen. Vielleicht glaubt man mir dann, wenn man den Fremden mit dem Geld ertappt.»

«Vielleicht», sagte Barlo. «Doch jetzt soll mein Sohn Fredebar als Ankläger sprechen.»

Fredebar stand auf, und man konnte ihm ansehen, daß es ihm Spaß machte, in dieser Verhandlung eine so wichtige Rolle zu spielen. Er stellte sich in Positur und warf noch einen Blick auf die Zuschauer, ehe er sich seinem Vater zuwendete. «Es sieht so aus», sagte er, «als stünde hier Aussage gegen Aussage. Meine Aufgabe ist es nun, nach Gründen zu suchen, die für Terlos' Schuld sprechen. Ich habe sehr genau zugehört, und mir scheint, daß mancher hier mehr gesagt hat, als er beabsichtigte. Nehmen wir einmal an, Terlos wollte Wargos tatsächlich in der Dunkelheit an den Waldrand locken. Er bittet ihn um eine Unterredung, die nicht für fremde Ohren bestimmt sei, aber Wargos lehnt ab. Da sagt Terlos, daß er nicht nur mit ihm reden, sondern ihm auch etwas zeigen wolle. Und da er weiß, daß Wargos großen Wert auf sein Hab und Gut legt, sagte er ihm außerdem noch, daß es um seinen Besitz ginge. Hätte er das geschickter anfangen können? Aber was hat er vor? Nicht einmal Warja sagte er es, obgleich er ihr vertrauen könnte. Und dennoch verrät ihn seine Sprache: Er wolle den Widerstand des Vaters aus dem Weg räumen, sagte er ihr. Spricht man so, wenn man friedliche Absichten hat? Oder klingt das nicht schon nach Gewalt? Was geschieht nun am Waldrand wirklich? Selbst wenn wir die Geschichte mit dem Goldbeutel glauben wollen: Wer sagt uns, daß Terlos ihn nicht tatsächlich selbst dort versteckt hat und versuchen will, seinen Rivalen auf diese Weise auszuschalten? Aber Wargos glaubt ihm nicht, denn er vertraut seinem Großknecht. Er lacht und nimmt auch noch das Geld an sich, das sich Terlos mühsam abgespart hat. Da packt Terlos der Zorn, wie er selbst ausgesagt hat. Aber er läuft nicht davon, sondern sticht zu. Nach allem, was wir gehört haben, bin ich der Meinung, daß Terlos die Tat begangen hat.»

Fredebar hatte ausdrucksvoll und überzeugend gesprochen und dabei seiner Darstellung eine gewisse Dramatik verliehen. Die Leute steckten die Köpfe zusammen, tuschelten miteinander und waren sichtlich beeindruckt. Lujos schien erleichtert über diese Wendung und sagte: «So muß es gewesen sein. Das liegt doch auf der Hand! Du solltest jetzt dein Urteil sprechen, Barlo.»

«Damit werde ich warten, bis die Zeit dazu gekommen ist, Lujos», sagte Barlo. «Jetzt wollen wir erst hören, was Raudis zur Verteidigung ihres Bruders zu sagen hat.»

Fredebar hatte sich inzwischen wieder auf seinen Platz gesetzt, und nun stand Raudis auf, lächelte ihrem Bruder zu und stellte sich dann so, daß sie Barlo und Lujos zugleich im Auge behalten konnte. «Auch ich habe sehr genau zugehört», begann sie, «aber ich habe aus dem, was ich gehört habe, andere Schlüsse gezogen. Zunächst will ich dich etwas fragen, Rullos: Wer von euch beiden stand näher an der Stalltür, als ihr das Gespräch belauscht habt, in dem die Verabredung getroffen wurde? Lujos oder du?»

«Lujos», sagte Rullos. «Er stand unmittelbar hinter dem Türpfosten, während ich bei den Kälbern war.»

«Wie kommt es dann, Lujos», fuhr Raudis fort, «daß Rullos mehr von dem Gespräch gehört hat als du? Oder ist es nicht vielmehr so, daß du alles verschwiegen hast, woraus man erraten könnte, was dort oben tatsächlich vorgegangen ist? Du hast verschwiegen, daß mein Bruder Wargos etwas zeigen wollte – also wird es etwas zum Zeigen gegeben haben; du hast verschwiegen, daß es um Wargos' Besitz gegangen sei, denn der Gedanke lag zu nahe, es könne etwas mit dem Raub seiner Kühe zu tun haben. Auch was man verschweigt, kann einen verraten, Lujos! Nehmen wir einmal an, die Dinge haben sich so zugetragen, wie Terlos gesagt hat. Du belauschst sein Gespräch mit Wargos, und als du hörst, welchen Treffpunkt Terlos vorschlägt, schöpfst du Verdacht, daß mein Bruder dir auf die Schliche gekommen sei. Als dein Herr bei Einbruch der Dunkelheit zum Waldrand hinaufsteigt, schleichst du ihm nach. Du siehst die beiden miteinander sprechen, aber du bist nicht nahe genug, um sie zu verstehen. Doch du beobachtest, wie Terlos deinen Herrn zum hohlen Baum führt und daß dieser den Beutel herausholt und einsteckt. Jetzt glaubst du, daß deine Heimtücke entdeckt ist. Es bleibt dir nur noch ein Ausweg: Du mußt deinen Herrn ermorden und Terlos die Schuld zuschieben. Sobald mein Bruder sich entfernt hat, schleichst du dich von hinten an Wargos heran, der vielleicht das Geld noch einmal zählt, und stichst ihn nieder. Dann nimmst du den Beutel an dich und gehst. War es nicht so?»

«Nein!» sagte Lujos heiser. «Es war nicht so.» Dann wandte er sich an die Zuschauer und sagte: «Glaubt nicht, was Raudis sich da zusammenreimt, um ihren Bruder zu retten! Er ist der Mörder.»

«Schweig!» sagte Barlo und wies ihn mit einer heftigen Handbewegung auf seinen Platz. «Noch immer steht hier Aussage gegen Aussage, Meinung gegen Meinung.»

«Nicht ganz», sagte Raudis. «Was Fredebar gesagt hat, war klug ausgedacht, aber er sprach von Menschen, die er nicht kennt, und rückte sie hin und her wie die Figuren auf einem Schachbrett. Ich aber weiß genau, von wem ich rede, und mein Herz sagt mir, daß Terlos keine Schuld hat.»

«Dein Herz!» schrie Lujos. «Wer fragt hier schon danach, was dein Herz sagt!»

«Du sicher nicht», sagte Raudis, «denn du hast keines. Mich wundert, daß du es wagst, um Warja zu werben.»

«Wundert dich das?» sagte Lujos wütend. «Du wirst sehen, daß ich sie bekomme, sobald die Schuld deines Bruders erwiesen ist.»

«Bist du dir dessen so sicher, daß Warja dich nimmt?» fragte Raudis.

«So sicher, als hätte sie mir schon ihr Wort gegeben», sagte Lujos.

«Wenn du dir so sicher warst, mit Warja auch den Besitz ihres Vaters zu gewinnen: Wozu brauchtest du dann das Geld?» fragte Raudis.

«Man will doch Geschenke machen –» sagte Lujos rasch, und dann merkte er, daß er dies nicht hätte sagen sollen.

«Seine Schuld ist erwiesen», sagte Raudis und kehrte ihm den Rücken zu. Lujos stand einen Augenblick bewegungslos, als habe er noch nicht begriffen. Dann brüllte er auf vor Wut, riß sein Messer heraus und sprang auf Raudis zu. Noch ehe einer dazwischentreten konnte, fuhr Raudis herum und blickte ihm ins Gesicht. Lujos erstarrte mitten in der Bewegung, und Raudis sagte tonlos: «Genauso hast du deinen Herrn umgebracht, Lujos; denn es ist deine Art, von hinten anzugreifen.»

Barlo befahl jetzt den Knechten, Lujos zu ergreifen und zu fesseln. Dann fragte er ihn: «Gibst du die Tat zu, Lujos?»

Lujos blickte ihm trotzig ins Gesicht und sagte: «Ist das jetzt noch nötig?» Doch dann nickte er.

Da stand Barlo auf und sagte laut, daß alle es hören konnten: «Ich spreche jetzt das Urteil. Dieser Mann namens Lujos soll seinen gesamten Besitz verlieren und waffenlos in die Wälder gejagt werden. Er darf nichts bei sich tragen außer einem Laib Brot und einer Flasche Wasser. Wer ihn nach einer Frist von einem Tag je wieder hier im Tal von Barleboog antrifft, darf ihn straflos erschlagen, denn Lujos gilt als vogelfrei.» Terlos aber war selbst dabei, als man den Fremden am Abend ertappte, wie er das restliche Geld im hohlen Baum verstecken wollte.

Ihr müßt entschuldigen, daß ich mich so lange mit dieser Mordgeschichte aufgehalten habe. Der alte Barlo hat mir diese Ereignisse selbst in aller Ausführlichkeit berichtet. Rechtsfälle fesseln mich auf ganz besondere Weise, und ich vergesse darüber leicht, was ich zunächst im Sinn hatte. Eigentlich wollte ich nur erzählen, auf welche Weise Fredebar seine künftige Frau kennengelernt hat. Damals bei der Verhandlung hatte es ja eher den Anschein, als könne es kein Verständnis zwischen diesen beiden Menschen geben. Aber gleich nachdem man Lujos weggebracht hatte, ging Fredebar auf Raudis zu und sagte: «Ich freue mich, Raudis, daß du gewonnen hast.»

«Macht dir das nichts aus?» fragte Raudis.

«Warum?» sagte Fredebar erstaunt. «Ich habe versucht, meine Rolle so gut wie möglich zu spielen. Aber es hätte mir leid getan, wenn man Terlos verurteilt hätte; denn er scheint ein netter Bursche zu sein.»

Da mußte Raudis lachen. «Er ist einer», sagte sie, «und du kannst sicher sein, daß er dir nichts nachträgt.»

«Warum sollte er das?» fragte Fredebar.

Raudis betrachtete ihn kopfschüttelnd und sagte dann: «Du bist der argloseste Mensch, der mir je begegnet ist. Gibt es eigentlich Dinge, die du ernst nimmst?»

«Dinge wohl kaum», sagte Fredebar. «Aber es könnte sein, daß ich anfange, dich ernst zu nehmen.»

Als sie das hörte, sagte Raudis: «Das solltest du vielleicht auch.»

Barlo sah es gern, daß sein Sohn Gefallen an diesem Mädchen fand; denn er hatte schon während der Verhandlung ihre Klugheit bewundert und auch den Mut, mit dem sie Lujos herausgefordert hatte. In der folgenden Zeit fand er immer wieder einen Grund, zusammen mit Fredebar ins Gebirge zu reiten und bei dieser Gelegenheit Kratos zu besuchen. Wenige Wochen nach der Verhandlung kam dann seine Frau zu Tode. Sie hatte wieder einmal ihre vornehmen Freunde aus der Stadt zur Jagd eingeladen, und als die bunte Kavalkade einem Hirsch über eine Hecke nachsetzte, stürzte sie so unglücklich vom Pferd, daß sie sich den Hals brach. Da war es für einige Zeit vorbei mit dem lustigen Leben auf Barleboog. Barlo trauerte lange um seine Frau, denn er hatte sie in all ihrem Leichtsinn sehr geliebt. Doch nach einem Jahr wurde dann die Hochzeit von Fredebar und Raudis gefeiert. Zur Begrüßung der Gäste flatterten bunte Fahnen auf dem Schloß, und wieder trabte ein prächtiger Zug von edlen Damen und Herren durch das Tal, das er beim letzten Mal so traurig verlassen hatte.

Barlo verstand sich gut mit seiner Schwiegertochter, denn er erkannte, daß sie seine Auffassung vom Richteramt besser verstand als sein eigener Sohn. Er hoffte wohl, daß die verspielte Art Fredebars in ihr das richtige Gegengewicht finden würde. Während Fredebar auf die Jagd ritt oder sich von einem fahrenden Spielmann die neuesten Tänze vorfiedeln ließ, saß Raudis oft bei Barlo, um sich mit ihm über seine Rechtsfälle zu unterhalten. Und als sie nach angemessener Zeit einen Sohn gebar, war es wohl vor allem ihr Wille, daß er den Namen seines Großvaters erhielt, den man seither den alten Barlo nannte.

Raudis hatte eine schwere Geburt gehabt, von der sie sich nie mehr erholte. Die meiste Zeit verbrachte sie im Haus. Der alte Barlo hatte sich inzwischen angewöhnt, mit ihr alles zu besprechen, was er zu entscheiden hatte. Sein Enkel ist da von Anfang an dabeigewesen. Zunächst wird er wohl in einer Ecke gesessen und gespielt haben, während die beiden miteinander redeten, aber bald saß auch er bei ihnen und hörte aufmerksam zu, wie er mir später selbst berichtet hat. «Ich will versuchen, dir alle Geschichten von bemerkenswerten Rechtsfällen zu erzählen, die ich kenne», sagte der Alte einmal zu Raudis. «Soweit sie der Junge heute noch nicht versteht, sollst du sie ihm weitergeben, wenn ich nicht mehr am Leben bin. Ich sehe schon, daß mein Sohn anderes im Sinn hat.»

Als sein Enkel sieben Jahre alt war, starb der alte Barlo, und Fredebar übernahm die Herrschaft auf dem Schloß und das Richteramt. Aber er ritt nicht mehr über Land wie sein Vater, denn es genügte ihm wohl, sich mit dem zu begnügen, was im Tal von Barleboog zu regeln und zu richten war. Da ritt er lieber mit seinen Freunden aus der Stadt zur Jagd, und als das Trauerjahr verstrichen war, fing er auch wieder damit an, wie vordem seine Mutter im Schloß Feste zu feiern, daß man die Musik bis hinunter ins Dorf hören konnte.

Es soll auch vorgekommen sein, und zwar nicht selten, daß Leute aus dem Tal zuerst zu Raudis gingen, ehe sie ihre Sache Fredebar vortrugen. Er nahm dann ihren Rat gern an; denn er war alles in allem kein übler Mann und hatte nicht vergessen, daß Raudis schon damals bei der Verteidigung des Terlos das richtige Gespür bewiesen hatte.

Raudis wurde immer schwächer und starb, als der junge Barlo fünfzehn Jahre alt war. Für Fredebar war das ein harter Schlag, denn sie war ihm trotz ihrer Krankheit eine gute Frau gewesen. Er zog sich von allen Freunden zurück, zeigte sich kaum, und wenn er eine Verhandlung führen mußte, erschien er den Beteiligten oft wie abwesend. Seine Urteile sollen den Leuten zuweilen recht seltsam vorgekommen sein. Das ging so über ein Jahr. Dann kehrten seine Freunde zurück, um ihn aufzumuntern, wie es hieß, und brachten ihn dahin, daß er seine Trauer ablegte, wieder mit ihnen ausritt und am Abend Musik spielen ließ. Aber er fand seine heitere Fröhlichkeit nicht mehr wieder, fing an, mehr und hastiger zu trinken, als dies früher seine Art gewesen war, und widmete sich anstatt der Rechtspflege lieber der Edelsteinseife, die damals in der Flußschleife unterhalb des Schlosses entdeckt worden war.

In dieser Zeit geschahen dann die schrecklichen Dinge in Barleboog. Wir hier im Dorf erfuhren davon durch einen entlaufenen Diener, der am Morgen abgehetzt und mit zerfetzten Kleidern aus dem Wald gerannt kam. Zunächst brachte er kaum ein Wort über die Lippen, und erst nach und nach bekamen wir heraus, was er hatte mit ansehen müssen. Es hatte ihn fast um den Verstand gebracht. Zwei Tage darauf kam dann der junge Barlo ins Dorf geritten und führte drei ledige Pferde am Halfter mit sich. Sobald ich ihn sah, stürzte ich aus dem Haus und fragte ihn, wo er herkomme.

«Vom Markt», sagte er, «wo ich Pferde gekauft habe. Warum bist du so erregt?»

«Weißt du noch nicht, was im Schloß von Barleboog geschehen ist?» fragte ich, und als er den Kopf schüttelte, erzählte ich ihm, was wir von dem Diener erfahren hatten. Da stieg Barlo ab und fragte: «Wo ist dieser Diener?»

«In meinem Haus», sagte ich; denn meine Frau hatte sich inzwischen seiner angenommen.

Barlo erschrak, als er sah, in welchem Zustand der Diener war. Auch er befragte ihn und mußte so die grausige Geschichte zum zweiten Mal anhören. «Sieh dich vor, Barlo», sagte der Diener zum Schluß. «Gisa hat im Sinn, auch dich von ihren Wölfen umbringen zu lassen, damit keiner mehr am Leben bleibt, der ein Anrecht auf die Herrschaft von Barleboog hat. Und sie weiß, daß du mit Pferden unterwegs bist.»

Der Bericht des Dieners hatte Barlo so zornig gemacht, daß er hinausrannte und sich auf sein Pferd schwang, um geradewegs nach Barleboog zu galoppieren. Ich lief ihm nach, hängte mich an seine Zügel und beschwor ihn, nicht in seinen sicheren Tod zu reiten. Schließlich sah er ein, daß er allein nichts würde ausrichten können, und blieb vorerst in meinem Haus, um weitere Nachrichten abzuwarten. Aber was wir zu hören bekamen, war eher noch schlimmer als das, was wir schon erfahren hatten. Gisa hatte mit ihren Knechten das gesamte Tal unter ihre Herrschaft gebracht und ließ keinen am Leben, der sich dagegen aufzulehnen versuchte.

So vergingen ein paar Wochen, bis Barlo eines Morgens sagte: «Ich kann nicht länger tatenlos hier herumsitzen. Gib mir ein paar alte Kleider. Ich kenne im Tal einen Bauern, dem ich vertrauen kann. Bei ihm werde ich mich als Knecht verdingen. Dort werde ich schon herausfinden, was man gegen diese Wolfsbrut unternehmen kann.» Ich versuchte, ihm dieses gefährliche Vorhaben auszureden, aber er ließ sich nicht umstimmen. Also gab ich ihm ein paar abgelegte Sachen, und er brach am Abend auf, um auf Schleichwegen ins Tal von Barleboog zurückzukehren. Das war das letzte Mal, daß ich Barlo gesehen habe, bis er heute mit dieser seltsamen Truppe ins Dorf gezogen kam.

✻ ✻ ✻

Als Dagelor seine Geschichte zu Ende gebracht hatte, schaute Lauscher hinüber zu Barlo. Das war also der rechtmäßige Herr von Barleboog, der da saß und gleichmütig an einem Stück Brot kaute. «Warum hast du mir nicht gesagt, wer du in Wirklichkeit bist, Barlo?» fragte er. Aber Barlo zuckte nur lächelnd mit den Schultern und winkte ab, als sei das nicht weiter wichtig.

«Ich hoffe, ich habe nicht zu schlecht von deinem Vater gesprochen, Barlo», sagte Dagelor. «Nach allem, was ich erlebt und gehört habe, kann ich die Dinge nicht anders sehen, als ich sie erzählt habe, und ich bin zu alt, um höfliche Reden zu drechseln.» Barlo legte ihm die Hand auf die Schulter und gab ihm zu verstehen, daß er ihm seine ehrliche Meinung nicht verüble.

«Es war viel von Recht und Gerichtsbarkeit die Rede in deiner Geschichte», sagte Lauscher. «Interessiert dich das so?»

«Wie sollte es nicht?» sagte Dagelor. «Seit mein Vater starb, habe ich hier im Dorf Recht gesprochen und überall gut zugehört, wo von dergleichen Dingen erzählt wurde. Alles, was man über Rechtsentscheidungen wissen kann, besteht aus den alten Geschichten, die über solche Fälle überliefert sind. Mein Vater kannte viele, andere habe ich vom alten Barlo gehört, und manche habe ich auch selbst erlebt; denn das Recht lebt davon, daß immer wieder Neues hinzukommt. Wenn man einmal damit aufhören sollte, solche Geschichten weiterzugeben, würde damit zugleich das Recht sterben; denn der Mensch kann aus sich allein keine Gerechtigkeit finden. Er bedarf der Hilfe aller, die je über Recht und Unrecht nachgedacht haben, und auch dann kann er immer nur das tun, was er in Anbetracht all dieses Wissens für Recht hält. Nur der wird ein guter Richter sein, der auch weiß, daß er nur eine blasse Vorstellung von dem hat, was er tut. Wir leben in einem Haus, das ständig zusammenzubrechen droht, und können nicht viel mehr unternehmen, als hier einen Balken abzustützen und dort das Dach zu flicken, damit es nicht hereinregnet. Wenn du dann morgens durch die Stube gehst, brichst du schon wieder durch die Dielen. So ist das, Lauscher. Aber du mußt wohl noch etwas älter werden, um das zu begreifen.»

Am nächsten Tag zogen sie weiter. Bis zum Waldrand begleiteten die Leute aus dem Dorf Barlos lustige Mannschaft. Ihre Gesichter sahen jetzt schon anders aus als am Tag zuvor bei der Ankunft der fahrenden Gesellen; ihre Augen waren nicht mehr stumpf, sondern voller Anteilnahme und Hoffnung. Manche lachten noch über die Späße, die ihre Gäste getrieben hatten, und in vielen Stuben waren bis spät in die Nacht Geschichten erzählt und Lieder gesungen worden, von denen man noch immer sprach.

Am Waldrand trennten sich die Wege: die Gastgeber kehrten zurück zu ihren Hütten, Lauro der Steinsucher und Krautfaß schlugen mit ihrer Gruppe den Pfad ein, der hier nach links in den Wald abzweigt und über die Höhen hinauf ins Gebirge führt, und Barlo ritt mit Lauscher den übrigen voran auf der alten Straße, über die man am Flußufer entlang direkt nach Barleboog kommt. Von der Straße war allerdings nicht viel mehr zu sehen als zwei ausgefahrene Räderspuren, zwischen denen längst Brombeergestrüpp wucherte. Mitten auf dem Weg waren schon armstarke Birkenstämme aufgeschossen, und von oben hingen die Zweige von Buchen, Eichen und Erlen herab, daß kaum ein Durchkommen war. Lauscher hatte es im Sattel seines Esels leichter als Barlo auf seinem hohen Roß, aber bald mußten beide absteigen, weil sie sonst von ihren Tieren abgestreift worden wären. So kam der Zug nur langsam voran, immer begleitet vom Rauschen des Flusses, der ihnen rechts des Weges durch die enge Waldschlucht entgegenströmte.

Gegen Abend erreichten sie einen kleinen Talkessel, der am oberen Ende durch eine haushohe Felsbarriere abgeschlossen wird. Der Fluß hatte sich einen Weg durch das Gestein gebahnt und brauste in tosenden Kaskaden aus dem schmalen Einschnitt hervor, um dann wieder ruhiger durch den Wiesengrund zu fließen, bis er talabwärts im Wald untertaucht. Hier war genug Platz zum Lagern. «Bleibt dicht beieinander und haltet euch fern vom Waldrand», sagte Rauli. «Man kann nie wissen, was hier nachts unter den Bäumen umherschleicht.»

Als die Sonne untergegangen war, kam einer der Spielleute über die Wiese zu Barlo und zeigte ihm ein Kleiderbündel, an dem eine Hexenmaske hing. «Das habe ich dort drüben im Gebüsch gefunden», sagte er. «Ich könnte schwören, daß der Kerl, der da drinsteckte, den ganzen Tag lang mit uns durch den Wald marschiert ist. Aber jetzt ist er verschwunden.»

Lauscher hob die Maske hoch und betrachtete sie. Diese spitzen Hauer zwischen den verzerrten Lippen hatte er schon einmal gesehen, und damals hatten hinter den Blicklöchern gelbe Augen gefunkelt. «Ich kenne die Maske», sagte er. «Und ich fürchte, daß ich auch weiß, wer sie getragen hat. Es könnte sein, daß er jetzt auf vier Beinen durch den Wald läuft und das Rudel zusammenruft. Wir sollten uns heute Nacht vorsehen.»

Jetzt brauchte man keinen mehr zu ermahnen, sich nicht vom Lager zu entfernen. In der Mitte der Wiese wurde ein Feuer entfacht, um das sie sich im Kreis schlafen legten, und wer eine Waffe besaß, sorgte dafür, daß sie griffbereit zur Hand war.

Rauli, der immer gern Pläne entwarf oder für Ordnung sorgte, hatte sich auch darum gekümmert, daß Wachen eingeteilt wurden. Die Stunde nach Mitternacht hatte Lauscher übernommen. Als er geweckt wurde, war der Himmel von einem dünnen Wolkenschleier überzogen, auf dem sich ein fahler, von einem weiten, schimmernden Hof umgebener Mond abzeichnete. Lauscher kroch aus seiner Decke und ging langsam hinüber zu der Stelle, an der Jalf bei den Pferden lag. Über dem dunklen Gras schwammen im Mondlicht die blassen Dolden des Wiesenschaumkrauts. Das Rauschen des Flusses stand wie eine Mauer in der kühlen, feuchten Luft und übertönte jeden anderen Laut. Wenn hier einer spüren konnte, daß sich eine Gefahr näherte, dann war es der Esel mit seiner empfindlichen Nase, der Wölfe schon immer als erster gewittert hatte. Lauscher setzte sich zu ihm, lehnte sich an seinen weichen Bauch und kraulte ihn in seinem kurzhaarigen Fell.

Als er eine Zeitlang so gesessen und auf die schwarze Wand der Bäume gestarrt hatte, spürte er, wie Jalf unter seiner Hand unruhig wurde. Ein Zittern lief über sein Fell, er schnaubte leise, und dann hob er den Kopf und äugte hinüber zum Wald. Lauscher konnte nichts erkennen, aber er wußte aus Erfahrung, daß es jetzt an der Zeit war, die anderen zu wecken. Er war kaum aufgestanden, als Jalf ihm schon diese Arbeit abnahm: Er sprang auf die Beine und stieß einen rauhen, durchdringenden Eselsschrei aus, der sogar das Rauschen der Wasserfälle übertönte. «Die Wölfe kommen!» schrie Lauscher, und gleich darauf waren alle schon auf den Beinen. Auch die Pferde standen jetzt auf und drängten sich stampfend aneinander. Und dann stürzte das Rudel mit Geheul aus dem Wald, schwarze

Rücken glitten durch das Gras, gelbe Augen flogen wie Irrlichter über den Boden.

Diesmal hatte Barlo sein Tritonshorn gleich zur Hand; denn Lauscher hörte, wie der tiefe, nachhallende Ton sich über dem Rauschen des Flusses erhob und die Luft erbeben ließ. Die Wölfe standen wie erstarrt, und ehe sie wieder angreifen konnten, schien das Brausen und Klatschen in der Flußenge mit einem Mal anzuschwellen und ging dann über in ein sich überschlagendes Gelächter wie von tausend silbrig hellen Mädchenstimmen. Dieses Lachen sprühte empor zum Himmel und fiel wieder herab wie der Feuerregen von Sternschnuppen; es füllte das Tal aus von einem Ende bis zum anderen, als gäbe es nichts mehr auf der Welt als dieses Lachen. Und über der Flußenge blitzte es auf wie von nackten Leibern, die über die Kaskaden sprangen, hinauf und hinab getragen wurden, untrennbar verbunden mit dem schäumenden Wasser, das aus dem Felsspalt hervorschoß.

Dieses Lachen war es, das die Wölfe vertrieb. Angstvoll zogen sie die Schwänze ein und drückten sich ins tiefe Gras, bis einer nach dem anderen aufsprang und zurück in den Wald huschte. Das Lachen mußte es gewesen sein, das ihnen Mut und Angriffslust genommen hatte, Lauscher war da ganz sicher; denn diesmal war kein Wasser aus dem Boden gesprudelt, diesmal hatte es keine Überschwemmung gegeben, das Gelächter allein hatte genügt. Noch immer brach es sich in vielfachem Echo an den Hängen und stieg hinauf bis zum Kamm der waldigen Bergzüge, und dieses Lachen war so unwiderstehlich, daß alle, die eben noch erschrocken und abwehrbereit um das verglimmende Feuer gestanden hatten, in dieses Gelächter einstimmten, so daß sich jetzt helle und dunkle Stimmen mischten.

Eine unbändige Heiterkeit erfaßte alle. Die Spielleute holten ihre Instrumente hervor und fingen an, einen wilden Tanz zu spielen, allen voran Barlo, dessen Flöte hell das Brummen der Dudelsäcke und das Schwirren der Fiedelsaiten übertönte. Das fahrende Volk sammelte sich um den Tobel, in den sich der Fluß aus der Kluft heraus im Schwall ergoß, und wer kein Instrument hatte, tanzte in verwegenen Sprüngen über den Uferkies mit den Wassermädchen um die Wette, die sich, schimmernden Fischen gleich, aus den Strudeln schnellten und noch immer lachend die Männer foppten, die nach ihnen zu greifen versuchten, bis der Grüne oben über dem herabstürzenden Wasser auftauchte und sein Schneckenhorn an den Mund setzte. Tief und bebend schwoll der Ton an, bis nichts mehr zu hören war als dieses orgelnde Dröhnen, in dem der tobende Reigen sein Ende fand. Als der Ton verklungen war, lag der Wassersturz wieder verlassen im Mondlicht.

«Dank für die Hilfe, Grüner!» rief Lauscher, und von oben klang, wie auf den Saiten einer Baßgeige gespielt, die Stimme des Wassermannes. «Dank für den Tanz! Und vergeßt nicht zu lachen.» Dann stand nur noch das stetige Rauschen des Flusses in der Nacht.

Die Männer kehrten zurück zu ihrem Feuer und legten trockenes Holz in die

Glut, bis sie von neuem aufloderte. Dann hob Barlo die Hexenmaske mit dem zottigen Gewand vom Boden und warf sie in die Flammen. Noch einmal glühte es gelb und rot aus den leeren Augenhöhlen, und die grinsende Fratze verzog sich, als sei dieses scheußliche Gesicht lebendig geworden, bis es schließlich knallend unter einem Funkenregen auseinanderbarst und von den Flammen aufgefressen wurde.

Inzwischen hatten sich alle wieder um das Feuer gelagert und sprachen halblaut über das, was sie gerade erlebt hatten. «Es ist wirklich wie in deinem Märchen, Gurlo», sagte Rauli. «Auch die Wölfe können es nicht ertragen, wenn man lacht. Das sollten wir uns merken.»

«Wie war es dann möglich, daß sie solche Macht gewonnen haben?» fragte Lauscher.

«Wundert dich das?» antwortete Rauli. «Meinst du, es sei jemandem eingefallen zu lachen, als Gisas Knechte über Fredebar und seine Gäste herfielen? Gisa hat schon dafür gesorgt, daß kein Anlaß zum Lachen geboten wird, und heute gibt es keinen Menschen im Tal, der nicht in Angst und Schrecken lebt. Wo alle Freude erstorben ist, wächst die Macht der Wölfe.»

«Wir sollten alle beieinander bleiben», sagte einer der Spielleute, «sonst sind wir im Tal von Barleboog unseres Lebens nicht mehr sicher.»

Als er das hörte, schüttelte Barlo den Kopf und griff zu seiner Flöte. «Hast du noch nicht verstanden, worum es hier geht?» sagte er in seiner Tonsprache. «Wir sind nicht ausgezogen, nur um diese böse Frau davonzujagen. Wichtiger erscheint mir, jedem im Tal die Freude zurückzubringen, ohne die der Mensch nicht leben kann. Es hört sich zwar vernünftig an, wenn du vorschlägst, daß wir uns nicht trennen sollten, aber bei dem, was wir vorhaben, ist das Unvernünftige das einzig richtige. Sobald wir den Wald hinter uns gebracht haben, werden wir in Gruppen von zwei oder drei Männern auseinandergehen. Es darf im ganzen Tal keinen Einzelhof und kein Bauernhaus in den Dörfern geben, in denen nicht einer von uns seine Späße treibt. Wir sollten zumindest herauszubekommen versuchen, wie sich Gisa verhält, wenn jedermann ihren zottigen Knechten ins Gesicht lacht. Erst wenn die Dinge soweit gediehen sind, werden wir alle uns beim Schloß wieder treffen.»

Am nächsten Tag erreichten sie gegen Mittag die Stelle, an der ihr Weg aus dem Wald heraus in den weiten Talgrund führte. Zu beiden Seiten des Flusses wichen die Bäume zurück bis zur halben Höhe der Hänge und umsäumten das Tal bis hinauf zum Gebirge, das sich im Hintergrund auftürmte. Dazwischen breiteten sich Wiesen und Äcker aus, die roten Dächer von einzelnen Höfen und kleiner Dörfer leuchteten aus den weißen Blütenwolken der Apfelgärten, und weit hinten über dem Fluß, der sich in sanften Windungen durch das Tal schlängelte, stachen zierlich wie Kinderspielzeug die Türme des Schlosses von Barleboog in die blaugrüne Wand der Wälder. Lauscher betrachtete dieses friedliche Bild, das nichts verriet von dem bösen Zauber, der diese Landschaft wie ein unsichtbares Spinnennetz überzog.

«An die Arbeit, Freunde!» rief Rauli und spielte wieder einmal den großen Pläneschmied. Jeder Gruppe wies er das Gehöft an, in dem sie ihre Künste zeigen sollte, und er sorgte dafür, daß ein Geschichtenerzähler immer auch einen Spielmann oder Spaßmacher zur Seite hatte, der die Leute aufheitern konnte, wenn die Geschichte zu lang werden sollte. Barlo legte Lauscher die Hand auf die Schulter und wies auf einen Einzelhof, der am linken Talhang etwa in halber Entfernung zum Schloß lag. Dann trieb er sein Pferd an und ritt los.

Jetzt, wo sie im Tal von Barleboog angekommen waren, schien es Barlo nicht mehr eilig zu haben. Er ließ sein Pferd im Schritt über den grasigen Weg trotten, holte seine Flöte aus der Tasche und fing wieder an zu spielen, eine frei schweifende, fröhliche Melodie, in der sich die Konturen dieser friedlichen Landschaft abzeichneten, und als Kehrreim tauchte immer wieder die Schlußzeile seines Narrenliedes auf: «...denn Barlo reitet jetzt durch das Land.» Von überall her, wo die Spielleute im Tal auf dem Wege waren, hörte man bald Dudelsäcke und Fiedeln, Schalmeien und Flöten antworten, von Hang zu Hang hallte es wider, ein Strom von Musik ergoß sich in das weite, grüne Becken, um es bis zum Rand zu füllen, und von der Waldschlucht bis hinauf zum Gebirge konnte man hören, daß Barlo geritten kam.

Lauscher ritt auf seinem Esel neben seinem Herrn und dachte an die Zeit, in der er hier an der Seite Gisas über die Felder galoppiert war. Damals hatten die Bauern stumm ihre Arbeit getan, und er konnte sich nicht entsinnen, daß einer von ihnen je gesungen hätte oder daß abends in den Dörfern gar getanzt worden wäre. Verbissen waren die Pflüger ihren Zugtieren nachgestapft und hatten kaum gewagt, eine Rast einzulegen, wenn die Herrin in der Nähe vorüberritt – nicht so wie der Bauer, der weiter vorn an ihrem Weg eben seinen Pflug hatte wenden wollen, als von allen Seiten her diese Musik hereinbrach. Jetzt stand er, den Arm um den Hals seines Pferdes gelegt, am Feldrain und blickte den beiden Reitern entgegen.

Barlo hielt sein Pferd bei ihm an und nickte ihm zu. Auch Lauscher wollte freundlich sein und sagte: «Ein schöner Tag ist das heute.»

«Ja», brummte der Bauer abweisend, «ein schöner Tag.» Dann wendete er sich wieder dem Flöter zu und sagte: «Du bist der junge Barlo. Ich kenne dich aus der Zeit, als dein Vater noch lebte. Aber war es nicht der hier auf dem Esel, der dir...» und er machte die Gebärde des Zunge-Abschneidens. Da legte Barlo seine Hand auf Lauschers Schulter und vollführte mit der anderen eine wegwerfende Geste, die so viel hieß wie: Laß doch diese alten Geschichten!

«Ich dachte nur», sagte der Bauer. «Später ist er ja darauf gekommen, woran er mit Gisa war. Reitet er schon lange mit dir?»

Barlo nickte.

«Was habt ihr vor?» fragte der Bauer.

«Euch wieder das Lachen beizubringen», sagte Lauscher.

«Meint ihr, mit dem bißchen Musik könnt ihr Gisa samt ihren Knechten vertreiben?» fragte der Bauer. «Wenn ihr euch da nur nicht täuscht.»

«Versuchen kann man's ja», sagte Lauscher, und im gleichen Augenblick schien der Bauer etwas hinter ihm zu erblicken, erschrak und versuchte sofort, sein Zugpferd wieder auf den Acker zu treiben. Lauscher blickte sich um, und auch Barlo schaute auf den Weg zurück, den sie gekommen waren. Da sahen sie einen der zottigen Knechte auf einem Pferd herangaloppieren.

Barlo packte den Bauern am Arm und lächelte ihm beruhigend zu. Da war der Gelbäugige auch schon heran und zügelte sein Pferd.

«Warum arbeitest du nicht?» schrie er den Bauern an.

«Weil er sich gerade mit uns unterhält», sagte Lauscher freundlich.

Der zottige Knecht blickte ihn verwirrt an, denn eine solche Antwort war er offenbar nicht gewöhnt. Inzwischen hatte Barlo wieder seine Flöte an den Mund gesetzt und begann sein lustiges Lied zu spielen. Diesmal war es die Strophe, die mit den Worten schloß: «...pfeift, Mäuselein, dann ziehen die Wölfe die Schwänze ein.» Das brachte den Knecht völlig aus der Fassung. «Laß dieses verdammte Gedudel!» brüllte er und versuchte sein Pferd an den Flöter heranzudrängen, aber Barlo ließ seinen Gaul steigen, so daß der andere zurückweichen mußte.

«Stört dich die Musik?» fragte Lauscher. «Hör doch! Überall im Tal wird gespielt.»

Jetzt trat ein gehetzter Ausdruck in die gelben Augen des Zottigen. «Wir werden es euch schon zeigen!» schrie er.

«So wie gestern nacht am Wasserfall?» fragte Lauscher und fing an zu lachen. Da ließ auch Barlo das Flöten sein und lachte so laut und dröhnend, daß auch der Bauer in das Gelächter einstimmte, obwohl er gar nicht wußte, worum es ging. Der Zottige starrte einen Augenblick lang auf die drei lachenden Männer, und man konnte sehen, wie sich sein borstiges Haar sträubte. Dann riß er sein Pferd herum und jagte über den Acker davon, setzte querfeldein über Gräben und Hecken, doch das Gelächter blieb ihm auf den Fersen und verfolgte ihn, bis er weit unten im Tal über die Wiesen getrieben wurde wie ein dürres Blatt vor dem Wind.

«Der hatte ja Angst!» sagte der Bauer verblüfft.

«Wenn ihr hier wieder das Lachen lernt», sagte Lauscher, «werden Gisas zottige Knechte aus der Angst gar nicht mehr herauskommen.»

«In den letzten Jahren hatten wir wenig Grund zum Lachen, wenn uns einer von ihnen begegnete», sagte der Bauer. «Aber es sieht ja nun so aus, als könne sich das ändern. Wohin seid ihr unterwegs?»

Barlo deutete auf den Hof, der ein Stück weiter voran neben dem Weg lag.

«Zu Eldar?» fragte der Bauer. «Da kommt ihr zum richtigen Mann. Er ist einer der wenigen, denen die Hoffnung noch nicht ganz abhanden gekommen ist. Und ich lasse jetzt das Pflügen sein und gehe nach Hause, um meinen Leuten zu erzählen, was hier vorgeht.»

«Das wollte ich dir gerade vorschlagen», sagte Lauscher. «Es könnte sein, daß du inzwischen Besuch bekommen hast, der noch mehr zu erzählen weiß.»

«Du machst mich neugierig», sagte der Bauer und verabschiedete sich von den beiden Reitern. Dann löste er den Pflug aus dem Zuggeschirr, schwang sich seitwärts auf seinen Ackergaul und trabte auf dem Weg zurück, den die anderen heraufgeritten waren.

Als Barlo und Lauscher auf Eldars Hof zuritten, sahen sie, daß die Leute vor die Tür getreten waren und ins Tal hinunterspähten, in dem noch immer die Melodien der Spielleute durcheinanderklangen, als finde dort irgendwo ein Jahrmarkt statt. Außer drei Frauen und ein paar Kindern stand da auch ein kurzbeiniger, dicker Mann, dessen rosige Pausbacken in merkwürdigem Gegensatz zu seinem borstigen grauen Haar standen. Barlo lächelte, als er ihn sah, und blies auf seiner Flöte ein paar Töne, die wie ein Signal klangen. Da horchte der Dicke auf und blickte herüber zum Weg. «Barlo!» rief er. «Ich habe mir's fast gedacht, daß du hinter dieser seltsamen Veranstaltung steckst.»

Barlo sprang vom Pferd und umarmte den Dicken wie einen alten Freund, den man lange nicht gesehen hat. Auch Lauscher stieg von seinem Esel und wartete, bis einer Notiz von ihm nahm. Schließlich wandte sich der Dicke ihm zu und sagte: «Dich kenne ich doch auch.»

«Ich fürchte, ja», sagte Lauscher. «Wahrscheinlich hast du mich seinerzeit mit Gisa über die Felder reiten sehen.»

Der Dicke zog pfeifend die Luft durch die Zähne ein. «Gisas Spielkamerad», sagte er und schaute Lauscher nicht eben freundlich von Kopf bis Fuß an. Doch dann hellte sich seine Miene auf, und er sagte: «Dann bist du auch der Bursche, der ihr das blaue Mal auf der Stirn verschafft hat, ehe er ihr davonlief. Das wiegt manches auf. Von diesem Tag an begann meine Hoffnung wieder zu wachsen, denn du warst der erste, der etwas gegen sie unternommen hat. Und was tust du jetzt hier?»

«Ich bin seit drei Jahren Barlos Diener», sagte Lauscher.

«Dann bist du mir genauso willkommen wie dein Herr», sagte der Dicke. «Ich bin Eldar. Kommt in mein Haus und seid meine Gäste», und er schüttelte Lauscher so kräftig die Hand, daß diesem die Gelenke schmerzten. Dann machte er ihn mit seiner Familie bekannt. Seine Frau war ein beträchtliches Stück größer als er, doch beide schienen nicht zu jenen Menschen zu gehören, die sich durch dergleichen Nebensächlichkeiten stören lassen. Außerdem war da noch Eldars Schwiegertochter Gildis mit ihren drei Kindern. Eldar erzählte, daß Gisas Knechte auch seinen Sohn eines Tages abgeholt hätten. «Und das ist meine

Tochter Eldrade», fuhr er fort, doch das Mädchen merkte gar nicht, daß von ihr die Rede war, sondern hatte nur Augen für Barlo, der mit den Kindern wortlos Späße trieb. «Nimm's ihr nicht übel», sagte Eldar. «Sie hat immer nur von Barlo gesprochen, seit er mein Haus verlassen hat.»

Eldrade war schlank und hochgewachsen wie ihre Mutter, nur in ihrem vollen, kräftigen Gesicht waren die Züge des Vaters erkennbar, wenn auch nicht so derb und gnomenhaft wie bei ihm. Eldar legte ihr schließlich die Hand auf die Schulter und sagte: «Barlo wirst du wohl jetzt häufiger sehen. Du solltest auch unseren anderen Gast begrüßen.» Er brachte sie damit kaum in Verlegenheit; sie schien es vielmehr als selbstverständlich hinzunehmen, daß man sie mit Barlo in Verbindung brachte. «Ich beneide dich, Lauscher», sagte sie, «daß du all die Jahre mit Barlo durch das Land reiten durftest.»

«Du beschämst mich», sagte Lauscher. «Von dürfen war da anfangs keine Rede. Zunächst habe ich das nur deshalb getan, weil man es mir aufgetragen hat. Aber später bin ich gern mit ihm geritten, und heute weiß ich, daß ich diese Zeit nie vergessen werde.»

Da gab ihm Eldrade die Hand wie einem Bundesgenossen und sagte: «Sei unser Gast.» Dann gingen alle ins Haus.

Auch hier war das Essen kärglich, das man den Gästen vorsetzte; denn Gisa ließ ihren Bauern nur das Notwendigste zum Leben. «Ich weiß wirklich nicht, wovon ich noch immer so dick bin», sagte Eldar. «Vielleicht von der aufgestauten Wut auf die gelbäugigen Kerle, die hier seit Jahren den Ton angeben.»

«Das werden sie nicht mehr lange tun», sagte Lauscher und erzählte von der Begegnung auf dem Weg zu Eldars Haus. Eldar und seine Leute, die mit ihnen am Tisch saßen, hörten gespannt zu. Als Lauscher die Flucht des Zottigen beschrieb, fingen sie an zu lachen, und man konnte ihnen anmerken, daß sie dies lange nicht getan hatten. Eldar lachte, daß sein Doppelkinn zitterte. Dann schlug er mit der flachen Hand auf die Tischplatte und sagte: «Die Dinge beginnen sich zu ändern, und das Beste daran ist, daß es Grund zur Fröhlichkeit gibt. Barlo reitet wieder über Land.»

«Gehst du jetzt mit mir wieder die Pferde füttern?» fragte Eldars Enkel, der sich neben Barlo gesetzt hatte und ihn die ganze Zeit über nicht aus den Augen ließ. Barlo nickte lachend, stand auf, nahm den Jungen huckepack auf seine Schultern und ging hinaus.

«Das hat er jeden Abend gemacht, solange er hier war», sagte Eldar. «Er ist der beste Pferdeknecht, den ich je gehabt habe.»

«Warum ist er nicht hiergeblieben?» fragte Lauscher.

«Frag Eldrade», sagte Eldar. «Keiner hier kann besser von Barlo erzählen als sie.»

«Willst du es tun, Eldrade, wenn ich dich darum bitte?» sagte Lauscher.

«Gern», sagte das Mädchen und begann mit der

Geschichte vom jungen Barlo

Barlo war schon als Junge oft in unserem Haus. Von Anfang an hatte er nicht viel übrig für die Feste, die sein Vater mit seinen Freunden aus der Stadt feierte. Du darfst nicht glauben, daß er nicht gern lachte, aber seine Fröhlichkeit war von anderer Art. Daß er immer zu uns kam, wenn es auf dem Schloß hoch herging, mag auch daran gelegen haben, daß er nicht leiden konnte, wie die Besucher aus der Stadt ihre Gäule über Hecken und Zäune hetzten, wenn sie auf die Jagd ritten; denn Barlo liebt Pferde genauso wie mein Vater, der immer ein paar gute Zuchtstuten im Stall stehen hat. Es war also meistens von Pferden die Rede, wenn Barlo mit meinem Vater zusammensaß, und sie faßten bald großes Vertrauen zueinander. Das war wohl auch der Grund, weshalb er auf unseren Hof kam, als Gisa mit ihren zottigen Knechten das Tal unter ihre Gewalt gebracht hatte. Ich erschrak zu Tode, als er nachts an mein Fenster klopfte; denn damals erwarteten wir alle nichts als Unheil. Aber dann hörte ich den Pfiff, mit dem wir einander immer verständigt hatten, und ließ Barlo ins Haus.

In dieser Nacht hat er mich zum ersten Mal in die Arme genommen, und während ich ihn festhielt, hat er geweint wie ein Kind. Ich weiß nicht, wie lange wir so in der dunklen Diele standen. Irgendwann kam mein Vater, wir setzten uns in die Stube, und Barlo ließ uns alles berichten, was wir erfahren hatten. Sein Gesicht sah im Kerzenlicht aus wie das eines Fremden; so voller Haß hatte ich es noch nie gesehen. Er fragte nach ein paar Leuten aus dem Schloß, doch keiner von ihnen war mehr am Leben. Und während wir am Tisch saßen und sprachen, fingen draußen Wölfe an zu heulen. So etwas hatte es früher nie gegeben. «Keiner aus dem Tal wagt sich nach Einbruch der Dunkelheit aus dem Haus», sagte mein Vater und blies die Kerze aus.

«Seid ihr feige geworden?» fragte Barlo zornig. «Früher seid ihr doch auch auf die Wolfsjagd gegangen.»

Mein Vater zuckte mit den Schultern. «Sollen wir mit bloßen Händen auf sie losgehen?» fragte er. «Gisas Knechte haben jedes Haus im Tal nach Waffen durchsucht und uns nichts gelassen außer ein paar Küchenmessern und einem Beil zum Holzhacken. Außerdem bleiben diese Wölfe immer im Rudel beieinander und jagen jeden, den sie nachts im Freien antreffen.»

«Morgen gehe ich in den Wald und schneide mir Holz für einen Jagdbogen», sagte Barlo. Er wartete nicht ab, ob mein Vater etwas dazu zu sagen hatte, sondern stand auf und ging in die Kammer, in der er schon früher geschlafen hatte, wenn er nicht nach Hause gehen wollte.

Am nächsten Morgen fragte Barlo meinen Bruder Bragar, ob er mitkommen wolle oder ob er sich auch schon an die Tyrannei der Wölfe gewöhnt habe. Da ging Bragar mit ihm, und sie schnitten sich jeder einen mannslangen zähen Eibenstamm für den Bogen und Ruten für Pfeile.

Tagsüber arbeitete Barlo als Pferdeknecht; denn meinem Vater schien es zu gefährlich, ihn nur als Gast in seinem Haus zu beherbergen. Ein Mann, der im Hof stand und Pferde striegelte, fiel bei uns nicht weiter auf. Am Abend fingen Barlo und Bragar damit an, ihre Bogen herzurichten. Ich sehe Barlo noch sitzen, wie er eine Woche lang jeden Abend grimmig an dem harten Holz herumschnitzte und schließlich die Sehne aufzog. Als er sie dann spannte und zurückschnellen ließ, stand nackte Mordlust in seinen Augen. Mir ging er in dieser Zeit aus dem Weg, als könne ich ihn von seinem Vorhaben ablenken.

Der einzige, mit dem er sprach, war Bragar, und als sie ihre Bogen fertig hatten, sagte er zu ihm: «Wir müssen uns einen Baumsitz bauen, auf dem uns die Wölfe nichts anhaben können.» Sie brauchten einige Zeit, um eine Stelle zu finden, an der das Rudel häufig vorübertrabte. In einer alten Eiche am Waldrand richteten sie dann ihren Hochsitz ein und ließen auch ihre Bogen dort; denn es wäre unklug gewesen, sie im Haus zu behalten. Bis dahin waren schon fünf Wochen vergangen, seit Barlo ins Haus gekommen war.

Ich saß dabei, als die beiden ihre erste Jagd absprachen. «Wir schießen nur auf Wölfe, die sich ein Stück vom Rudel entfernt haben», sagte Barlo. «Und der Schuß muß tödlich sein; denn ein angeschossener Wolf könnte die anderen auf unsere Spur bringen. Auch sollten wir versuchen, unsere Pfeile zurückzuholen.»

Gegen Abend im letzten Sonnenlicht machten sie sich auf den Weg, und sie kamen erst am Morgen zurück, als die Sonne schon aufgegangen war. Wir waren früh aufgestanden und warteten auf sie. Mein Vater schaute Barlo fragend an, erhielt aber keine Antwort. Doch ehe Barlo ins Haus ging, zog er sein Messer aus der Scheide und schnitt zwei Kerben in den Türpfosten. Dann legte er sich in seiner Kammer schlafen, denn die Pferde hatte mein Vater schon gefüttert. Bragar sagte nur: «Sie tragen Halsbänder mit einem blauen Stein.»

So ging das ein paar Tage lang. Manchmal schnitt Barlo eine Kerbe, manchmal keine, mehr als zwei waren es nie. Man konnte ihm und meinem Bruder ansehen, wie müde sie waren; denn es gab zuviel Arbeit auf dem Hof, als daß sie den Tag hätten verschlafen können. Außerdem fingen Gisas Knechte wieder damit an, die Häuser zu durchsuchen. Überall sah man sie zu dritt oder viert durchs Tal reiten, und unser Hof war einer der ersten, den sie sich vornahmen. Sie kamen über die Pferdeweide heraufgeprescht und setzten über den Zaun, daß die Hühner auseinanderstoben. Vor dem Haus sprangen sie ab und warfen Barlo, der gerade aus der Tür kam, die Zügel zu. Dann stürmten sie ins Haus, drangen in jeden Raum ein, rissen Schränke und Truhen auf und durchwühlten alles, was ihnen unter die Hände kam. Schließlich gaben sie es auf, nachdem sie gehaust hatten wie die Räuber, und verließen wütend das Haus. In der Tür blieb einer von ihnen stehen und betrachtete nachdenklich die frischen Kerben, die sich hell auf dem verwitterten Türpfosten abzeichneten. Dann holten sie ihre Pferde und ritten zum nächsten Hof.

Am Abend dieses Tages gingen Barlo und Bragar wieder auf die Jagd. Als sie am Morgen zurückkamen, merkte ich gleich, daß etwas schiefgegangen war. «Uns ist ein verwundeter Wolf entkommen», sagte Bragar. Noch am gleichen Vormittag ritten wieder Gisas Knechte auf den Hof. Einer von ihnen trug den Arm in der Schlinge und hielt einen Pfeil in der Hand, an dem er herumschnüffelte wie ein Schweißhund. Diesmal gingen sie nicht ins Haus, sondern riefen nach meinem Vater.

«Wer arbeitet außer dir auf dem Hof?» fragte einer von ihnen.

«Mein Sohn Bragar und ein Pferdeknecht», sagte mein Vater.

«Rufe sie heraus!» sagte der Zottige.

Als Barlo und Bragar vor die Tür kamen, betrachtete der Verwundete sie genau und trat dicht an sie heran, als wolle er ihren Geruch wittern. In seinen gelben Augen stand kalte Wut. «Du hast zu viele junge Männer auf dem Hof», sagte er dann. «Wir werden sie anderweitig beschäftigen, damit sie nicht auf dumme Gedanken kommen. Dein Sohn ist klein, aber kräftig und wird sich gut für die Arbeit im Stollen eignen. Und diesen langen Pferdeknecht können wir auf dem Schloß gebrauchen.»

«Wer soll sich dann um meine Pferde kümmern?» fragte mein Vater.

«Das wird nicht nötig sein», sagte der Zottige, «denn auch für deine Pferde haben wir Verwendung. Es wird wohl ausreichen, wenn wir dir zwei Gäule für die Ackerarbeit lassen.» Sie machten sich gleich daran, die Pferde aus dem Stall zu führen. Zum Glück hatten sie keine Spur von Pferdeverstand, und so gelang es meinem Vater, die beiden besten Zuchtstuten zurückzubehalten. Inzwischen hatten Barlo und Bragar ihre Sachen geholt und kamen mit ihrem Bündel vor die Tür. Bragar hatte sich im Haus von seiner Frau und seinen Kindern verabschiedet; denn er wollte nicht, daß Gildis vor den gelben Augen der Zottigen weinte.

Ich hatte die ganze Zeit über draußen gestanden, und als Barlo sich von meinem Vater verabschiedet hatte, wollte er auch mir die Hand geben. Da nahm ich ihn zum zweiten Mal in die Arme, und es war mir gleich, ob Gisas Knechte grinsend zuschauten. «Ich lasse dir mein Messer», flüsterte Barlo mir ins Ohr. «Es liegt in deiner Truhe. Halte es scharf, denn ich werde es noch brauchen.» Dann küßte er mich und ging zu den Pferden, die er ins Schloß bringen sollte.

Es war zu befürchten, daß ihn dort einer der Diener, die man inzwischen eingestellt hatte, erkennen würde. Aber ich konnte mir nicht vorstellen, daß einer Barlo verraten würde, denn er war bei allen beliebt gewesen wie sein Großvater. Ich hielt es trotzdem keine drei Tage zu Hause aus, sondern ging ins Tal hinunter und trieb mich im Dorf unter dem Schloß herum, in der Hoffnung, Barlo zu treffen oder etwas über meinen Bruder zu erfahren. Als mir das nicht gelang, ging ich zu Furro dem Schmied, denn er pflegte die Pferde aus dem Schloß zu beschlagen und würde am ehesten etwas wissen. Auch war er ein Mann, der sich nicht so schnell vor diesen zottigen Knechten fürchtete. «Deinen Bruder haben sie zusammen mit anderen jungen Männern in die Berge gebracht», sagte Furro. «Ich habe selbst gesehen, wie Gisas Knechte sie hier vorbeigetrieben haben. Von Barlo weiß ich nur, daß er oben auf dem Schloß als Pferdeknecht arbeitet. Aber du brauchst keine Angst zu haben, daß einer von unseren Leuten Gisa erzählt, wer da ihre Pferde striegelt.» Dann sagte er noch, er wolle mir Nachricht geben, wenn Barlo Pferde zum Beschlagen in die Schmiede bringen wolle; denn er hatte schon gemerkt, daß mir daran lag, Barlo zu sehen und mit ihm zu reden.

Ein paar Tage später kam ein Nachbar vorbei und sagte, Furro lasse ausrichten, daß er morgen unsere Pferde nicht beschlagen könne, weil er für die Schloßherrschaft arbeiten müsse. «Haben wir ein Pferd zu beschlagen?» fragte mein Vater verwundert. «Natürlich», sagte ich. «Weißt du das nicht?» und gab ihm heimlich ein Zeichen, daß er nicht weiter fragen solle. Da dankte er dem Nachbarn für die Nachricht, und als wir wieder allein waren, nahm er mich mit in die Stube und sagte mir, daß dies keine Zeit sei, in der man Geheimnisse vor einander haben dürfe. Da erzählte ich ihm von meiner Verabredung mit dem Schmied und sagte ihm auch, daß ich Barlo sehen müsse, und wenn es mich das Leben kosten solle.

«Barlo hat jetzt anderes im Sinn, als sich heimlich mit einem Mädchen zu treffen», sagte mein Vater. Ich hatte gewußt, daß er das sagen würde, und es machte mich wütend, daß Männer über ihrem Haß alles andere vergessen können. «Ja», sagte ich, «leider hat er nur anderes im Sinn, und er ist bis in seine Augen hinein so voller Haß, daß er böse werden wird in diesem verfluchten Schloß.» Mein Vater blickte mich verständnislos an. «Willst du, daß diese Hexe mit ihren zottigen Knechten uns für alle Zeiten Gewalt antut?» fragte er. Er sah in diesem Augenblick genauso hart und böse aus wie Barlo, als er seinen Bogen schnitzte. «Du weißt, daß ich das nicht wünsche», sagte ich. «Aber wer diesen bösen Spuk besiegen will, der muß zuerst den eigenen Haß besiegen, und ich werde nicht zulassen, daß Barlo vergißt, wie Menschen leben sollten. Vielleicht erinnert er sich daran, wenn ich ihn wieder in die Arme nehme, und daran wirst du mich nicht hindern.» Mein Vater schaute mich eine Zeitlang nachdenklich an. Dann lächelte er und sagte: «Ich werde dir nichts in den Weg legen, wenn du morgen zur Schmiede gehen willst. Aber bring dich und Barlo nicht in Gefahr.» Da gab ich ihm einen Kuß und sagte: «Ich sehe nur eine Gefahr: Daß diese wölfische Brut unsere Herzen frißt.»

Am nächsten Tag war ich schon in der Schmiede, als Barlo mit den Pferden kam. Zwei der zottigen Knechte waren bei ihm. Der eine wollte mich wegjagen, aber der andere grinste nur, als er mich sah; denn er war dabeigewesen, als Barlo abgeholt wurde, und hatte unseren Abschied beobachtet. «Laß sie doch hecken wie die Kaninchen», sagte er. «Arbeiter kann unsere Herrin immer brauchen.»

Ich sah, wie Barlo blaß wurde vor Zorn. Da ging ich rasch zu ihm hin und umarmte ihn. «Sie reden so», sagte ich, «weil sie wie Tiere denken. Das kann mich nicht beleidigen.»

«Aber mich macht es krank», sagte er, und ich spürte wie er vor Wut zitterte. «Ich bin krank vor Haß, seit ich diese Brut durch die Räume laufen sehe, in denen mein Großvater und meine Eltern gelebt haben.»

«Ich weiß», sagte ich. «Deshalb bin ich hier. Damit du nicht vergißt, daß dieser Haß nicht alles ist.»

«Es ist gut, daß du hier bist», sagte er. «Aber dort oben im Schloß wate ich wie durch giftigen Schlamm. Jetzt bin ich dieser Hexe so nahe, daß ich schon einen Weg finden werde, wie man sie aus der Welt schaffen kann. Ich werde dir über Furro Nachricht geben, wenn ich Hilfe brauche.»

Die übrige Zeit sprachen wir nicht mehr viel; dann waren die Rösser beschlagen, und Barlo mußte mit den Knechten wieder hinauf zu den Stallungen gehen.

Von Furro kam keine Nachricht mehr. Er verschwand mit seiner Frau eine Woche später aus dem Dorf und nahm dabei einen großen Teil der Einrichtung seiner Werkstatt mit. Es hieß, er sei mit jenem Eseltreiber geflohen, der damals mit einer ganzen Horde von Trageseln in die Wälder ging. Gisa ließ oben im Schloß eine Hufschmiede einrichten, und so kommt es, daß ich Barlo die ganzen drei Jahre lang, die er im Schloß diente, nicht mehr gesehen habe.

Gegen Ende dieser Zeit aber habe ich dich gesehen, Lauscher, wie du mit Gisa über die Wiesen geritten bist. Einmal kamt ihr ganz nahe an mir vorbei, und ich hörte, wie Gisa zu dir sagte: «Du mußt lernen, lauter zu sprechen, sonst gehorcht dir keiner.» Ich mochte deine Stimme gern, mit der du ihr leise wie zuvor Antwort gabst, und ich bin froh, daß du auch heute noch immer nicht lauter sprichst.

Von einem Diener hörten wir, was dann mit Barlo geschah, und eine Zeitlang habe ich dich dafür ebenso gehaßt, wie Barlo die böse Herrin gehaßt hat. Doch dann dachte ich wieder daran, was ich selber über diesen Haß gesagt hatte, und ich begann dich zu bedauern; denn es war Gisa, die dich so weit gebracht hatte, wenn wohl auch nicht ganz ohne deinen Willen. Von Barlo fehlte jede Spur, aber ich gab die Hoffnung nicht auf, daß er noch am Leben sei. Man sagt ja, daß ein Messer stumpf und rostig wird, wenn der Besitzer stirbt, aber Barlos Messer blieb immer scharf und blank wie an dem Tag, da er es in meine Truhe legte. Und zu bedauern seid ihr wohl beide nicht mehr; denn ich habe lange nicht zwei so fröhliche Menschen gesehen wie euch.

* * *

Während Eldrade ihre Geschichte zu Ende erzählte, war Barlo mit Eldars Enkelsohn aus dem Stall zurückgekommen. Er setzte den Jungen ab und lachte, als er Eldrades letzte Worte hörte. Dann packte er sie, hob sie von der Bank, auf der sie gesessen hatte, und tanzte mit ihr durch die Stube, daß ihre Röcke flogen. «Laß mich, du stinkst nach Pferdemist!» schrie Eldrade und versuchte lachend, sich loszumachen, aber Barlo ließ sie nicht aus seinen Händen und wirbelte mit ihr im Kreise, bis ihm der Atem wegblieb. Schwankend standen beide eine Weile mitten in der Stube und hielten einander in den Armen. Dann ließ Barlo das Mädchen endlich frei und setzte sich auf die Wandbank. Jetzt holte er seine Flöte hervor und spielte wieder sein Narrenlied. Aber diesmal fügte er noch eine dritte Strophe an:

> Jagt die Wölfe hinaus
> aus Barlos Haus,
> tanzt alle und lacht
> bei Tag und Nacht,
> fröhlich und laut,
> denn Barlo holt sich jetzt seine Braut.

«Nach alledem ist es wohl nicht mehr nötig, daß du noch um ihre Hand anhältst», sagte Eldar. «Wenn meine Tochter sich etwas in den Kopf gesetzt hat, kann man sie ohnehin nicht daran hindern, es auch zu tun. Ihr schnelles Mundwerk wird deine Stummheit doppelt aufwiegen.»

Da setzte Barlo seine Flöte noch einmal an den Mund, um allen zu zeigen, daß er durchaus zu reden verstand. Aber Eldrade nahm sie ihm aus der Hand und sagte: «Ich verstehe dich auch ohne deine Flöte, und ich werde dein Mund sein, so lange ich lebe.»

In dieser Nacht waren keine Wölfe zu hören, weder nahe beim Haus noch oben im Wald. Lauscher lag noch lange wach und fragte sich, was Gisa unternehmen würde, wenn sie von Barlo und dem Einzug der Spielleute erfuhr. Und je länger er darüber nachdachte, desto unheimlicher wurde ihm die Stille.

Als Barlo am nächsten Morgen mit Eldar und Lauscher seine Morgenmilch trank, nahm er zwischendurch seine Flöte zur Hand und sagte: «Wir sollten in den Wald gehen und uns jeder eine junge Eibe schneiden. Es könnte sein, daß die Wölfe sich doch noch wehren, wenn sie im Rudel sind.»

«Da kannst du recht haben», sagte Eldar. «Mir ist auch wohler, wenn ich einen Jagdbogen in der Hand habe und mich nicht nur auf unser Gelächter verlassen muß.»

Während sie über die Wiesen zum Waldrand hinaufstiegen, erzählte Lauscher seinem Gastgeber die Geschichte von Rübe, und Eldar lachte noch, als sie in den Schatten der Bäume eintauchten. Hier konnten sie hören, daß noch mehr Männer den gleichen Einfall gehabt hatten. Überall krachte es im Unterholz, und die Axtschläge hallten durch den Wald.

«Habt ihr auch so lustige Gäste, Eldar?» rief ein Bauer herüber. «Sind zwar windige Burschen, aber sie verstehen einem Mut zu machen mit ihrer Fröhlichkeit. Barlo soll auch mit ihnen gekommen sein. Weißt du, wo er ist?»

«Hier bei mir», sagte Eldar. «Und gestern abend hat er sich mit meiner Tochter verlobt.»

Da lachte der andere und sagte: «Der hat's aber auf einmal eilig! Wenn schon eine Hochzeit geplant wird, kann der Spuk ja nicht mehr lange dauern.»

Barlo hatte mit Lauscher im Gebüsch gestanden und das Gespräch mit angehört. Jetzt trat er aus dem Wald heraus auf die Wiese, daß alle ihn sehen konnten, und spielte auf der Flöte sein Lied mit allen drei Strophen, und jeder konnte verstehen, wie der Text lautete, so daß schließlich alle mitsangen, als er es zum zweiten Mal flötete.

«Wann jagen wir das Geschmeiß aus deinem Schloß?» fragte einer, als das Lied zu Ende gesungen war.

«Macht eure Bogen fertig und wartet, bis ich euch Nachricht gebe», flötete Barlo. «Bis dahin könnt ihr üben, wie man richtig lacht, falls ihr es vergessen habt. Meine Freunde werden euch schon zeigen, wie man das macht.» Als sie wieder hinunter zu Eldars Hof gingen, sah Lauscher, daß Barlo Holz für zwei Bogen geschlagen hatte.

Eine Woche lang blieben Barlo und Lauscher auf dem Hof. Mit Hilfe der zwei Zuchtstuten hatte Eldar seinen Pferdebestand wieder beträchtlich vermehrt, wenn auch die Frauen und Kinder bei der Arbeit überall hatten mit anpacken müssen. Zusammen mit Barlos Pferd und Lauschers Esel standen jetzt zwölf Tiere im Stall, und Eldar war froh, seinen Pferdeknecht wieder im Haus zu haben. Vergnügt vor sich hinpfeifend verrichtete Barlo die vertraute Arbeit und unterwies seinen Diener in den Feinheiten dieser Kunst.

Lauscher war ungeduldig. Drüben auf dem Schloß hauste noch immer Gisa mit ihren Knechten, und sein Herr benahm sich so, als sei er allein deshalb hierhergekommen, um sich der Stallarbeit und Pferdepflege zu widmen. Waren sie nur aus dem einzigen Grund so lange durch das Land geritten, um von Schafhirten zu Pferdeknechten zu werden? Das schien ihm ein allzu geringer Fortschritt zu sein.

Sogar am Abend, wenn sie in der Stube beieinander saßen und ihre Bogen herrichteten, machte Barlo den Eindruck, als schnitzle er an irgendeinem gleichgültigen Spielzeug herum. Auch Eldrade bemerkte das. «Damals, als du deinen letzten Bogen geschnitzt hast», sagte sie, «hast du ein anderes Gesicht gemacht, Barlo.»

Barlo schaute sie an und zog fragend die Augenbrauen hoch.

«Nein», sagte Eldrade. «So wie du jetzt aussiehst, mag ich dich lieber.»

Da lachte er kurz auf und beschäftigte sich dann weiter mit dem Stück Eibenholz.

Die ganze Woche hindurch blieben die Wölfe still. Lauscher wartete jeden Abend auf ihr lang gezogenes Heulen, doch es war immer nur der Wind, der um das Rieddach sauste. Als sie am siebenten Abend wieder in der Stube saßen, fragte er: «Ob wir sie schon vertrieben haben?» Barlo schüttelte den Kopf und deutete in Richtung auf das Schloß. Dann nahm er seine Flöte und spielte das Lied von schön Agla; denn das hörte Eldrade besonders gern.

Während er noch flötete, klopfte es draußen an das Fenster. Einen Augenblick lang saßen alle wie erstarrt. Es klopfte noch einmal, und dann hörte man jemanden pfeifen, eine kurze Tonfolge wie ein Signal. «Bragar!» rief Gildis, sprang auf und lief aus der Stube hinaus und zur Haustür. Als die anderen nachkamen, hatte sie schon den Riegel zurückgeschoben und die Tür geöffnet. Lauscher sah draußen im Dunkeln einen etwas kurzbeinigen Mann mit auffallend breiten Schultern stehen. «Bragar», sagte Gildis noch einmal. Da war er mit zwei Schritten bei ihr und nahm sie in die Arme.

«Ich habe mir schon gedacht, daß du hier in unserem Haus bist, Barlo», sagte Bragar, als sie wieder in der Stube saßen. «Ich habe eine Nachricht für dich. Vor drei Tagen sind Lauro der Steinsucher und dieser ungeheure Bursche namens Krautfaß mit einem Haufen von Spaßvögeln im Gebirge aufgetaucht und haben ein derartiges Gelächter angestimmt, daß Gisas zottige Knechte beinahe den Verstand verloren. Die nackte Angst stand in ihren gelben Augen, als sie zu ihren Pferden liefen und wie gehetzt ins Tal hinunterjagten. Krautfaß hat uns dann erzählt, was sie so verrückt gemacht hat, und er sorgte zwischendurch dafür, daß auch wir etwas zu lachen hatten. Inzwischen sind alle unsere Leute aus den Bergwerken mitsamt diesen lustigen Gesellen ins Tal unterwegs, und ich bin vorausgelaufen, um dir Bescheid zu sagen.»

Als er das gehört hatte, nickte Barlo, setzte seine Flöte an den Mund und sagte: «Wir reiten im ersten Morgengrauen zum Schloß. Hol deinen Esel aus dem Stall, Lauscher, und sage auf den Nachbarhöfen Bescheid. Und dich, Eldar, bitte ich, die Leute jenseits des Flusses zu verständigen. Sag ihnen, sie sollen ihre Bogen nicht vergessen. Für dich, Bragar, liegt auch schon einer bereit.»

Eldar sattelte eine hochbeinige braune Stute. Lauscher wunderte sich, wie groß der Bauer plötzlich wirkte, nachdem er aufgestiegen war. Als sie durch die Einfriedung des Hofes geritten waren, hielt Eldar sein Pferd noch einmal an und beschrieb Lauscher den Weg zu den Höfen, die er aufsuchen sollte. «Kann ich dir nicht den längeren Weg abnehmen?» fragte Lauscher; denn es tat ihm leid, daß Eldar in dieser Nacht das halbe Tal abreiten mußte, statt mit seinem Sohn zu reden. Doch der Bauer schüttelte den Kopf. «Du wirst bei Nacht die Furt nicht finden, durch die man über den Fluß kommt», sagte er, trieb sein Pferd an und galoppierte den Weg ins Tal hinunter, als sei heller Tag.

Lauscher mußte es seinem Esel überlassen, daß er in dieser Dunkelheit den Weg weiter hinauf ins Tal fand. Zunächst konnte er nicht einmal die Rasenstreifen am Wegrand erkennen, doch nach und nach lichtete sich die Finsternis auf, Bäume und Büsche hoben sich schattenhaft auf dem Wiesenhang ab, und dann war plötzlich die fein gezahnte Silhouette des Waldes vor dem überzogenen Himmel erkennbar. Lauscher ritt jetzt schneller; denn der Weg lag nun deutlich sichtbar vor ihm. Weiter vorn in der Tiefe schien ein Licht über dem Talgrund zu schweben. Lauscher hielt seinen Esel an und starrte hinüber. An der Stelle, wo dieses schwache Flimmern in der Nacht hing, mußte das Schloß von Barleboog auf seinem Hügel stehen. Auch dort war man noch wach. Lauscher fragte sich, was jetzt in den hohen Räumen vorgehen mochte, und ein Frösteln lief über seinen Rücken. Doch dann schüttelte er das aufsteigende Grauen ab und ließ seinen Esel weitertraben.

Rechts begann jetzt neben dem Weg ein Obstgarten. Die Kronen der blühenden Apfelbäume standen wie eine helle Wolke über dem dunklen Gras. Während Lauscher daran vorüberritt und den Duft der Blüten roch, hörte er einen Dudelsack spielen. Dann sah er hinter den Bäumen die hellen Fenster des nächsten Hofes. Auch hier waren die Leute noch munter und tanzten stampfend zur Musik des Spielmannes, den sie zu Gast hatten.

Lauscher stieg von seinem Esel, öffnete das Zauntor und ging zum Haus. Einen Augenblick blieb er vor der Tür stehen, lauschte der näselnden Melodie über den brummenden Bässen und hörte das Lachen der Tänzer. Dann klopfte er. Im gleichen Augenblick brach die Musik ab, das Lachen erstarb, die Tänzer rührten sich nicht. Er hörte Tuscheln. Dann kamen Schritte auf die Tür zu, und ein Mann fragte, wer draußen sei.

«Botschaft von Barlo», sagte Lauscher so laut er konnte. Da wurde der Riegel zurückgeschoben und die Tür geöffnet. Lauscher sah nur den Umriß des Mannes vor dem hellen Hintergrund. «Komm herein», sagte der Mann. Doch dazu hatte Lauscher keine Zeit, und er sagte, daß er die Nachricht noch zu den anderen Höfen bringen müsse. «Beim ersten Morgengrauen sollen alle zum Schloß reiten», sagte er. «Und vergeßt eure Jagdbogen nicht.»

«Das ist die beste Nachricht, die ich seit Jahren gehört habe», sagte der Mann. «Sag Barlo, daß wir pünktlich zur Stelle sein werden. Du kannst ruhig umkehren. Ich sage auf den anderen Höfen Bescheid, denn ich kenne hier die Wege besser als du.»

Später wurde erzählt, daß in dieser Nacht keiner im Tal geschlafen habe. In allen Häusern saßen die Leute beieinander, hörten den Geschichtenerzählern zu, sangen die Lieder der Spielleute mit und lachten über ihre Späße. Aber ihr Lachen war grell und hektisch, als solle es die Spannung zudecken, mit der jeder auf das Morgengrauen wartete. Immer wieder einmal stand einer auf und ging vor die Tür, um nachzusehen, ob der Himmel über den Wäldern im Osten schon hell wurde.

Lauscher war zu Eldars Hof zurückgeritten, hatte Jalf wieder in den Stall geführt und hatte dann eine Zeitlang bei den anderen in der Stube gesessen. Aber er hörte kaum, was Bragar von der Zeit erzählte, die er in den Bergwerken zugebracht hatte. Hie und da blickte Lauscher hinüber zu dem jungen Mann, dessen bleiches, bärtiges Gesicht gezeichnet war von der harten Arbeit in der Finsternis der Schächte und Stollen und der nun davon berichtete wie von einem weit zurückliegenden, gefährlichen Abenteuer, bei dem es nur noch auf das Außergewöhnliche der Ereignisse ankommt, von denen man jetzt schon sprechen kann, ohne daß aufbrechende Ängste die Stimme stocken lassen.

Aber Lauscher sah noch immer das ferne Licht aus dem Schloß von Barleboog über dem Talgrund flimmern. Er starrte hinaus in die Schwärze, in der es keinen Haltepunkt gab außer diesem bösen Funken, diesem Keim heulender Angst, der verloren im leeren Raum schwebte, und sein Herz fror, während sein Bewußtsein sich zusammenzog in diesen einen wabernden Punkt des Grauens, auf den er bald würde zugehen müssen. Er faßte nach dem eisigen Klumpen, dessen tote Kälte seine Brust ausfüllte, und spürte unter seinen Fingern Arnis Stein. Da holte er den Beutel hervor, nahm den Stein heraus und starrte auf den Farbenkranz, der warm im Kerzenlicht schimmerte. Das steinerne Auge blickte ihn an, blaue, violette und grüne Ringe breiteten sich in pulsierenden Wellen aus und füllten die schwarze Leere, drängte die Angst an die Grenzen des Horizonts, bis es nichts mehr gab als dieses lebendige Leuchten, das von dem Auge ausstrahlte oder von dem Gesicht, das ihn aus diesen Augen anschaute, und er wußte nicht, war es das Gesicht einer uralten Frau oder eines Kindes, unter dessen Blicken sein Herz wieder anfing zu schlagen, und dann hörte er wieder diese Stimme, die wie von weither läutende Glocken klang oder wie das Gurren von Wildtauben, und die Stimme sagte: Gebrauche deinen Stein, Lauscher!

«Ist das der Stein, auf den Gisa aus ist?» fragte Eldrade.

Lauscher hob den Kopf und sah, daß das Mädchen vor ihm stand und auf den Stein in seiner Hand blickte.

«Ja», sagte Lauscher, «das ist Arnis Stein. Aber sie wird ihn nicht bekommen.»

«Erlaubst du mir, daß ich ihn in die Hand nehme?» fragte Eldrade.

«Gern», sagte Lauscher und hielt ihn ihr hin. Eldrade nahm den Stein und schaute ihn lange an. «Er ist warm», sagte sie.

«Natürlich», sagte Lauscher. «Ich trage ihn ja auf der Brust.»

«Das meine ich nicht», sagte Eldrade. «Er wärmt mir das Herz.»

«Ich weiß», sagte Lauscher.

«Hast du ihn deshalb hervorgeholt?» fragte das Mädchen.

«Ja», sagte Lauscher. «Ich hatte Angst.»

«Er wärmt einem das Herz», sagte Eldrade noch einmal. «Bis zu diesem Augenblick habe ich Gisa gehaßt für alles, was sie dem Tal und Barlo angetan hat. Aber jetzt tut sie mir leid, denn dieser Stein wird ihr zeigen, was sie verloren hat, als sie mit den Wölfen ging.»

Sie gab Lauscher den Stein zurück, und während er ihn in den Beutel zurücklegte, kam Bragar von draußen herein und sagte: «Es wird hell über'm Wald. Wir müssen uns auf den Weg machen.»

Kurze Zeit später ritten sie über den Wiesenhang hinunter. Im Tal hing noch die Nacht, nur im Osten schnitt jetzt die bewaldete Bergkette scharf in den blassen Himmel. Lauscher sah die breiten Umrisse von Eldar und Bragar, die vor ihm dahintrabten, den langen Jagdbogen in der Linken, zwei Zentauren, die Wölfen auf der Spur sind. Dann tauchten aus dem Dunkel andere Reiter auf und schlossen sich ihnen an, unter ihnen auch Spielleute, denen man Pferde geliehen hatte, wenn sie selber keines besaßen. Als sie den Talgrund erreicht hatten und auf das Schloß zuritten, das jetzt düster vor ihnen aufragte, begannen Flöten und Dudelsäcke Barlos Lied zu spielen, immer mehr von den Männern sangen mit, und dieses Singen und Lachen breitete sich über das ganze Tal aus; denn nun sah Lauscher im fahlen Morgenlicht auch die Arbeiter aus den Bergwerken vom oberen Talende herankommen. Ihr Zug teilte sich und begann den Schloßhügel von beiden Seiten zu umfassen. Dann waren auch die Reiter heran, sprangen von ihren Pferden und begrüßten ihre Söhne, die von Gisas Knechten vor Jahren ins Gebirge getrieben worden waren, und während alle noch durcheinanderschrien und einander in den Armen lagen, stimmte Krautfaß, der wie ein Mastbaum aus dem Getriebe herausragte, mit dröhnender Stimme einen seiner Vierzeiler an:

> Wach auf, schöne Gisa,
> du schläfst schon genug,
> und zeig uns die Beule,
> die Lauscher dir schlug!

Durch das Gelächter, das an den Mauern hochbrandete, hörte Lauscher Gisas Stimme gellen. «Bringt sie zum Schweigen!» schrie sie. «Jagt sie, reißt sie, meine Wölfe!» Und als das Lachen verstummte, hörte man die Wölfe winseln. «Seid ihr feige geworden?» kreischte Gisa. «Hinaus mit euch! Zerreißt ihnen die Kehlen, daß ihnen das Lachen vergeht!» Ihre Stimme hallte noch von den Talwänden wider, als die Zugbrücke rasselnd niederkrachte. Rücken an Rücken jagte das Rudel aus dem Tor und breitete sich auf dem steilen Hang aus wie ein Fächer. Doch die Männer hatten schon ihre Bogen gespannt und schickten Pfeil auf Pfeil den herabstürmenden Wölfen entgegen. Einer nach dem anderen brach aufjaulend zusammen, rollte den Abhang hinunter bis zum Fuß des Hügels und blieb dort im Gebüsch liegen. Nach wenigen Augenblicken war der Hang leergefegt.

Oben gähnte schwarz das offene Tor. Lauscher starrte hinauf und wartete darauf, daß Gisa dort erscheinen würde, aber nichts regte sich. Dann traf der erste Sonnenstrahl die Spitze des Turmes und ließ die goldene Wetterfahne aufblinken. Da schwang sich Barlo auf sein Pferd und gab Lauscher einen Wink, ihm zu folgen. Auch die anderen Männer saßen jetzt wieder auf und schlossen sich Barlo an, der den Weg zum Schloßtor hinaufritt.

Als sie oben vor der Zugbrücke ankamen, sah Lauscher, wie der Himmel über dem Berghang in roten Bändern flammte. Dann brach die Sonne über die Baumspitzen und blendete seine Augen. Gleich darauf polterten schon die Hufe über die hölzerne Brücke, und die Reiter tauchten in den steilen Torweg ein. Nun waren sie abgeschnitten von der brennenden Lichtflut, kalt wehte es ihnen aus der gepflasterten Einfahrt entgegen, in der das Hufgetrappel widerhallte, daß es in den Ohren schmerzte. Lauscher fröstelte. Wieder spürte er, wie die Angst in ihm hochkroch, doch dann tauchte hinter einer Biegung der helle Ausschnitt des Hoftores auf, und die Beklemmung wich.

Der Hof war leer bis auf ein paar Tauben, die gurrend in den Fensterleibungen der Ställe saßen. Kein Laut drang aus dem Schloß, doch die Tür über der Freitreppe stand weit offen. Barlo wartete, bis alle Reiter im Hof versammelt waren. Dann gab er das Zeichen zum Absitzen, sprang von seinem Pferd und ging langsam die Stufen hinauf. Lauscher und die anderen Männer drängten ihm schweigend nach; sie schritten durch menschenleere Gänge, vorüber an altersdunklen Bildern, und der scharfe Geruch nach Wölfen, der in allen Winkeln hing, stach ihnen in die Nase. Lauscher meinte durch einen Sumpf zu waten. Jeder Schritt kostete ihn Mühe, und als Barlo die schwere Doppeltür der Halle aufstieß und eintrat, lähmte ihn das Grauen vor dieser Behausung, die er nur zu gut kannte. Doch die anderen Männer hinter ihm spürten solche Hemmungen nicht und stießen ihn vor sich her über die Schwelle.

Die Fenster des Saales lagen noch im Schatten. Alles war in ein fahles Zwielicht getaucht, das in merkwürdigem Gegensatz stand zu der sonnendurchfluteten Landschaft draußen jenseits der Mauern. Lauscher starrte hinaus auf die grünen Wiesenhänge unter den blauen Wäldern, als könne dieser verzweifelte Blick ihn hinausreißen aus dem lähmenden Dunst dieses Raumes und ihn aus diesem Alptraum aufwachen lassen, mitten zwischen duftenden Gräsern und Blüten. Doch er wußte zugleich, daß dies alles kein Traum war, denn in diesem Saal hatte er mit Gisa getafelt, in diesem Saal hatte er versucht, mit seiner leisen Stimme Befehle zu erteilen, in diesem Saal hatte er Gericht gehalten. Und nun hörte er auch Gisas Stimme, die er so oft in diesem Saal gehört hatte. «Lauscher», sagte Gisa, «hast du mir deinen Stein gebracht?»

Er wandte seinen Blick vom Fenster ab und sah sie am anderen Ende des Saales stehen. Ihre blauen Augen waren wie Eis, und auf ihrer kalkweißen Stirn schwoll das Mal wie ein böses drittes Auge, dessen starren Blick er nun nicht mehr ausweichen konnte. Er sah nur noch dieses schwarzblaue Mal, das schwoll und schwoll, bis es sein Bewußtsein ausfüllte mit bodenloser brüllender Angst, die jeden anderen Gedanken aufsog und nichts zurückließ als schwarze Leere, die ihm den Atem abdrückte. Im Krampf der Erstickung riß er sich das Hemd auf und umklammerte den Beutel mit Arnis Stein. Und da war in diesem namenlosen Entsetzen plötzlich wieder ein fester Punkt, an den er sich halten konnte. Wärme drang in seine Finger ein, und er spürte den festen Boden unter den Füßen.

Er sah nun auch wieder Gisas gezeichnetes Gesicht, und jetzt sah er auch die Angst, die in ihren eisigen Augen flackerte. «Den Stein!» schrie sie. «Gib mir den Stein!» Da nahm er den Stein aus dem Beutel und ging quer durch den Saal auf Gisa zu. Der Weg schien ihm ohne Ende, und er mußte all seine Kraft aufbringen, um seine Füße vom Boden zu lösen, aber er ging Schritt für Schritt, bis er vor Gisa stand, die nur noch auf den Stein in seiner Hand starrte.

«Was willst du mit meinem Stein?» fragte er.

Da packte Gisa seine Hand und preßte sie mitsamt dem Stein auf ihre Stirn. Einen Augenblick stand sie wie erstarrt, und dann schrie sie so gellend auf, daß alle im Saal bis ins Mark erschraken. Lauscher wagte nicht, sich zu bewegen; dann lockerte sich Gisas Griff und sie schob seine Hand weg.

Das Mal war verschwunden. Doch dies war nicht die einzige Veränderung, die mit Gisa vor sich gegangen war. Lauscher blickte sie an und fragte sich, wer diese Frau war, die hier vor ihm stand. Das konnte nicht mehr die böse Herrin sein, die mit den Wölfen durch den Wald getrabt war; denn aus diesem Gesicht war jede Gier nach Blut und Macht geschwunden. War dies das Mädchen, zu dem die Freier in Scharen das Tal hinaufgezogen waren? So mochte Gisas Gesicht damals ausgesehen haben. Sie schaute ihn an, als sei er eben erst nach langer Reise zu ihr zurückgekehrt.

«Bist du endlich wiedergekommen, Lauscher?» fragte sie leise.

«Ja, ich bin wiedergekommen», sagte Lauscher.

«Ich hatte böse Träume, seit du gegangen bist», sagte sie. «Aber jetzt bin ich aufgewacht.»

In diesem Augenblick sah Lauscher eine Bewegung an der Rückwand des Saales, und erst jetzt entdeckte er dort im Schatten einer Mauernische die hühnenhafte Gestalt des Schloßverwalters. Dieser älteste der zottigen Knechte war also nicht mit dem Rudel gelaufen, sondern bei seiner Herrin geblieben. In seinen gelben Augen stand zugleich Haß und Angst, und er hatte die Hand gehoben, als wolle er seine Herrin vor einem gefährlichen Schritt bewahren. Doch Gisa bemerkte nichts von alledem.

«Weißt du noch, Lauscher, wie wir zusammen durch das Tal geritten sind?» sagte sie. «Das war eine schöne Zeit.»

«Gisa!» sagte der Zottige. Doch Gisa schien ihn nicht zu hören. «Der Wein ist noch im Keller, von dem wir damals getrunken haben», sagte sie: «Soll ich welchen holen lassen?»

Da trat der graubärtige Knecht an sie heran, packte sie am Arm und sagte: «Gisa! Vergiß nicht, was du versprochen hast!» Doch Gisa schüttelte seine Hand ab wie ein lästiges Tier und sagte: «Wirst du heute nacht bei mir schlafen, mein haariger Lauscher? Laß mich deinen weichen Pelz kraulen, damit du bei mir bleibst.»

Sie streckte ihre Arme nach Lauscher aus, aber sie erreichte ihn nicht mehr.

«Gisa!» schrie der Zottige, doch das war keine Warnung mehr, sondern der Entsetzensschrei eines Abstürzenden, der den letzten Halt verloren hat, und dieser Schrei schlug unversehens um in wölfisches Heulen. Alle hatten voll Entsetzen auf diesen gelbäugigen Alten gestarrt, doch von einem zum anderen Augenblick war er nicht mehr zu sehen, und auch Gisa war verschwunden. Zwei riesige Grauwölfe jagten durch den Saal, setzten zum Sprung an und flogen krachend durch splitternde Fensterscheiben.

Lauscher hatte die erste Verwandlung Gisas noch kaum begriffen, als schon die zweite eintrat. Benommen blickte er auf die kahle Mauer, vor der er eben noch Gisas Gesicht gesehen hatte, ein weiches, mädchenhaftes Gesicht, frei von Gier und bereit zur Hingabe. Aber da war jetzt nur noch die leere Wand, und er fragte sich, ob Gisa überhaupt hier gewesen war oder ob er das alles nur geträumt hatte. Erst der beißende Wolfsgestank, der den ganzen Saal füllte, brachte ihm zu Bewußtsein, was eben vor seinen Augen geschehen war. Er ging hinüber zu dem zerschmetterten Fenster und schaute hinaus. Unter dem Schloßhügel leuchteten die Talwiesen smaragdgrün in der Morgensonne bis hinauf zu den dunklen Bergwäldern, und schon weit entfernt glitten zwei graue Tiere durch das wehende Gras der Viehweiden auf den Schatten der Bäume zu.

Damit fand der Krieg der Spielleute gegen die Wölfe sein Ende, und was dann noch weiter geschah, kann sich jeder selbst ausmalen. Natürlich blieb das fahrende Volk noch so lange in Barleboog, bis die Hochzeit von Barlo und Eldrade gefeiert wurde. Vom Morgen bis zum Abend wurde im Schloß gefiedelt und geflötet, gesungen und getanzt. Lauscher konnte es hören, wenn er oben am Turmfenster saß und hinüberblickte zu den Wäldern, durch die irgendwo zwei Grauwölfe trabten. Alle anderen feierten Hochzeit, feierten den gewonnenen Krieg, aber bei ihm wollte sich diese Fröhlichkeit nicht einstellen. Sobald er die Augen schloß, sah er wieder Gisas Gesicht vor sich, wie es ihn angeblickt hatte in den wenigen Augenblicken, nachdem der Stein ihre Stirn berührt hatte. Hätte er verhindern können, was dann geschah? Er konnte nicht glauben, daß das Geschick eines Menschen auf unabänderliche Weise vorbestimmt sein könnte. Sein Stein hatte in Gisa alles ausgelöscht, was seit dem Pakt mit den Wölfen geschehen war. In diesem Augenblick hatte sie ihn geliebt, und es hatte sie nicht gekümmert, was sie das kosten würde; denn sie mußte gewußt haben, worauf sie sich da einließ. Wäre der böse Zauber zerbrochen, wenn er sie in die Arme genommen hätte? Das erschien ihm zu einfach, es sei denn, er hätte damit ihre grausige Verwandlung selbst auf sich genommen. Ob ihm leichter zumute wäre, wenn er jetzt selbst auf vier Beinen durch den Wald trabte? Es schien müßig, darüber nachzudenken, denn er hatte nichts getan, sondern war unfähig gewesen, auch nur einen Finger zu rühren, solange sie zu ihm sprach. Und doch lähmte ihn das dumpfe Gefühl, irgendetwas Entscheidendes versäumt zu haben, das undeutliche Bewußtsein einer Schuld, von der er nicht wußte, worin sie bestand. Gisas Gesicht war so nah gewesen, und jetzt sehnte er sich danach, es zu berühren. War das Ziel, nach dem er suchte, mit ihrem grauen Schatten für immer in den Wäldern entschwunden? Solange er hier an dem Turmfenster saß und zu den Wäldern hinüberstarrte, würde er sich nicht davon befreien können. Er würde wieder reiten müssen, fort aus diesem allzu lieblichen Tal und hinein in das schattige Dickicht jenseits der sanften Wiesenhänge.

Barlo hatte ihn am Tag seiner Hochzeit freigegeben. Als Lauscher ihm Glück wünschen wollte, hatte Barlo ihn wie einen Freund in die Arme genommen und ihm deutlich gemacht, daß seine Verpflichtung als Diener beendet sei. Eldrade sagte dann: «Bleibe unser Freund und sei unser Gast, solange es dir hier gefällt«, und so war Lauscher in das Turmzimmer gezogen und wieder mit Barlo über Land geritten, als habe sich nichts geändert. Aber dieser unerklärbare Rest von Unruhe war ihm geblieben, diese vage Bedrückung, die ihn überfiel, wenn die Wälder in seinen Gesichtskreis traten.

Er stand auf, stieg die schmale Wendeltreppe hinunter und ging über den Hof zu den Ställen. Jalf blickte ihm mit seinen großen, glänzenden Augen entgegen. Lauscher blieb bei ihm stehen, legte den Arm um den Hals des Tieres und kraulte das rauhe Fell. «Wir müssen wieder reiten, Jalf», sagte er. «Wir müssen reiten.» Jalf schnaubte und rieb sein weiches Maul an Lauschers Hand. Während Lauscher noch so an seinem Esel gelehnt stand und die Wärme des Tieres auf seiner Haut spürte, verdunkelte sich das helle Viereck der Stalltür, und Barlo trat herein. Er kam herüber zu Lauscher und blickte ihn fragend an.

«Ja», sagte Lauscher, «ich werde morgen reiten.»

Da zog Barlo seine Flöte aus der Tasche, aber er setzte sie nicht an den Mund, sondern wies mit ihr zu den Wäldern im Westen.

«Du hast recht», sagte Lauscher. «Ich sollte den Sanften Flöter besuchen. Meinst du, daß ich das Zuhören nun hinreichend gelernt habe?»

Barlo schaute ihn nachdenklich an. Dann zuckte er mit den Schultern, und das konnte heißen ‹ich weiß es nicht› oder ‹kann schon sein› oder ‹da mußt du schon deinen Großvater fragen›. Da wußte Lauscher, welche Richtung er morgen einschlagen würde.

Zweites Buch,

das davon handelt, wie Lauscher als zweite Gabe
eine silberne Flöte erhält,
mit deren Hilfe er bei Arnis Leuten
große Macht zu gewinnen hofft.
Er hat viele Träume in dieser Zeit,
doch was er sich erträumt, entzieht sich ihm immer wieder,
nicht zuletzt das grünäugige Falkenmädchen Narzia.
Die drei abenteuerlichen Fahrten,
die er um ihretwillen unternimmt, bringen ihm einen Lohn,
auf den er nicht gefaßt war.

Als Lauscher zum ersten Mal durch die Wälder westlich von Barleboog geritten war, hatte er zuvor Gisa auf ihrer schönen Stirn gezeichnet. Er wußte das damals zwar noch nicht, aber man erfährt ja zumeist erst später, was man mit dieser oder jener Tat wirklich verursacht hat. Diesmal, so scheint es, hatte er Gisa den Rest gegeben. Er konnte an nichts anderes denken, während er wie vor drei Jahren den Waldhang emporritt. Allerdings brauchte er sich jetzt nicht durch Gestrüpp und Unterholz zu schlagen; denn Barlo hatte ihm einen Weg beschrieben, auf dem er im Sattel seines Esels bleiben konnte. Außerdem führte Lauscher noch ein Handpferd am Halfter mit sich, das ihm der rechtmäßige Herr von Barleboog zum Dank für seine Dienste geschenkt hatte, eine Fuchsstute, die wegen der weißen Haarkränze um ihre Hufe Schneefuß genannt wurde und ein Abkömmling jener anderen Fuchsstute war, die Lauscher während seiner ersten Zeit auf Barleboog so gern geritten hatte. «Von Jalf wirst du dich beim Eselwirt wohl trennen müssen», hatte Barlo geflötet. «Der schmale Junge, für den dein Esel damals ausgesucht wurde, bist du nun nicht mehr.»

Nein, ein Junge war er jetzt nicht mehr. Aber was war er dann? Ein Mann? War es Gisa zu guter (oder böser) Letzt doch noch gelungen, einen Mann aus ihm zu machen? Während er immer weiter den Weg bergauf ritt, der unter einzelnen Wetterfichten schräg am Hang des Höhenrückens emporzog, dachte Lauscher darüber nach und fand keine Antwort auf diese Frage. Drei Jahre war er mit Barlo durch das Land geritten, und immer war es Barlo gewesen, der entschieden hatte, wohin es gehen sollte und was zu tun war. Lauscher merkte, daß sein Entschluß, Barleboog zu verlassen, ihm durchaus noch nicht jene Selbständigkeit verlieh, die, wie er meinte, zu einem Manne gehörte. Er wußte nur, daß er jetzt allein war, und das war keineswegs dasselbe wie selbständig zu sein. Ich muß ein Ziel finden, dachte er, ein Ziel, das ich mir selbst gewählt habe; erst dann werde ich frei und selbständig sein.

Auch damals war er allein durch den Bergwald geritten, hastig und von der Furcht getrieben, er könne diesem Pferdeknecht begegnen, den er im Zorn zur Stummheit verurteilt hatte. Er fragte sich, ob er auch diesmal verfolgt wurde. Irgendwo trabten hier zwei Grauwölfe durch den Wald. Ob sie seine Spur schon gewittert hatten? Zum Abschied hatte ihm Barlo einen Jagdbogen in die Hand gedrückt und ihm dazu einen Köcher voll Pfeile gegeben, die scharfe Stahlspitzen hatten, wie man sie für Großwild verwendet. An ein Kaninchen, das Lauscher sich zum Abendessen schießen könnte, hatte Barlo dabei wohl weniger gedacht; denn dann hätte er andere Pfeile gewählt. Aber Lauscher war im Zweifel, ob er den

Bogen auch benützen würde, wenn ihm im Wald eine Grauwölfin begegnete. Würde er nicht hinter dem haarigen Wolfsschädel Gisas Gesicht sehen, so wie es ihn angeblickt hatte, ehe sie als grauer Schatten aus dem Fenster gesprungen war? Ihm graute weniger vor der Gefahr als davor, einen solchen Entschluß fassen zu müssen.

Vorderhand bestand jedoch kein Anlaß zu dergleichen Befürchtungen. Hier auf dem Kamm des Höhenzuges standen die zerzausten Fichten in weiten Abständen, und der niedrige Bewuchs des felsigen Bodens bot einem größeren Tier kaum ein Versteck. Als Lauscher auf der Höhe angelangt war, blickte er diesmal nicht zurück ins Tal von Barleboog, sondern trieb seinen Esel weiter den Weg entlang, der auf der anderen Seite abwärts nach Westen führte. Wo auch immer sein Ziel liegen mochte, in Barleboog hatte er es nicht gefunden, ja es schien ihm eher, als sei dieser drei Jahre während Ritt mit Barlo ein einziger Umweg gewesen, der ihn schließlich wieder zu seinem Ausgangspunkt zurückgeführt hatte.

An diesem Tag ritt er noch ein gutes Stück hinunter in die Wälder, bis sein Weg jenen Bach kreuzte, dem er damals auf seiner Flucht vor Barlo gefolgt war. Hier ließ er seine beiden Tiere trinken und suchte sich einen Lagerplatz für die Nacht. Eine Zeitlang blieb er noch am Bach sitzen, hörte zu, wie das Wasser zwischen den moosigen Steinen gluckste und lauschte auf die Geräusche des Waldes. Aber es war nichts Außergewöhnliches zu hören, kein unvermutetes Knacken von Zweigen, kein aufgeregt zeternder Vogel. Als Jalf sich zum Schlafen hinlegte, war Lauscher sicher, daß hier keine Gefahr drohte. Neben seinem Esel rollte er sich in seine Decke und schlief bald ein.

Irgendwann in der Nacht wachte Lauscher davon auf, daß Jalf den Kopf hob. Der Esel schien jedoch nicht weiter beunruhigt zu sein, sondern äugte nur über Lauscher hinweg zum Bach, der hinter dessen Rücken über die Rollsteine plätscherte. Lauscher wendete den Kopf und sah am Ufer eine dicke Kröte sitzen, die ihn mit ihren schönen Goldaugen aufmerksam anblickte. Während er sich noch fragte, ob das dieselbe Kröte sei wie damals, kicherte sie auf ihre feucht-blubbernde Weise und sagte: «Da bist du ja wieder, Lauscher. Man hört, du seist inzwischen ziemlich weit herumgekommen.»

«Das mag schon sein, Goldauge», sagte Lauscher. «Aber mir scheint fast, als sei ich dabei keinen Schritt weitergekommen.» «So? Meinst du das?» sagte die Kröte und schwoll etwas an, so daß Lauscher den Eindruck gewann, sie sei ein bißchen erbost. «Ist es vielleicht nicht so?» sagte er. «Nun sitze ich wieder hier an demselben Bach und bin unterwegs zu meinem Großvater, nachdem ich drei Jahre lang als Diener durch die Gegend reiten mußte, ohne daß mich einer gefragt hätte, wohin ich eigentlich will.»

«Weißt du denn überhaupt, wohin du willst?» sagte die Kröte und musterte ihn spöttisch. «Dazugelernt hast du offenbar nicht viel; denn ungeduldig bist du noch immer, als wäre es wichtig, irgendwo anzukommen.»

«Ist es das denn nicht?» fragte Lauscher und begann sich zu ärgern über die herablassende Art, in der die Kröte mit ihm sprach. Jetzt fing dieses aufgeblasene, warzige Schwabbeltier tatsächlich an zu lachen, und wer je eine Kröte lachen gesehen hat, der wird zugeben, daß dies ein Anblick ist, der einen ziemlich aus der Fassung bringen kann: Das ohnehin schon beträchtlich breite Maul klafft so weit, daß man Angst bekommt, der flache Kopf könnte in zwei Teile auseinanderreißen, und mitten drin flattert die lange, bewegliche Zunge wie bei einem Balladensänger, der sein Lied zu hoch angestimmt hat. Lauscher sah sich das befremdet an und fühlte sich verunsichert, weil die Kröte seine Frage so lächerlich fand. Schließlich beruhigte sie sich und sagte: «Du erinnerst mich an einen Onkel, der genauso war wie du, immer unterwegs, ständig wollte er es weiterbringen und ein Ziel erreichen, wie er zu sagen pflegte. Vom vielen Laufen war er schon ganz dürr geworden, der magerste Kröterich, den ich je gesehen habe. Er erwischte ja auch selten eine Fliege; denn er dachte immer nur an die fabelhaften Fliegen, die er morgen fangen wollte. ‹Du wirst schon sehen›, sagte er eines Tages zu mir, ‹mit mir geht's noch hoch hinaus.› Und kaum hatte er das gesagt, erwischte ihn ein Storch, schlenkerte ihn mit seinem langen Schnabel hoch in die Luft und verschluckte ihn.»

«Der arme Onkel!» sagte Lauscher nicht ohne Bedauern für diesen ehrgeizigen Onkel und hielt die Kröte für ziemlich herzlos, weil sie das so lustig fand und schon wieder auf ihre gräßliche Weise lachte. Doch die Kröte ließ sich durch Lauschers abweisende Miene durchaus nicht beirren und sagte: «Kein Anlaß zur Trauer. Im nächsten Augenblick würgte der Storch meinen Onkel wieder heraus und spuckte ihn ins Gras. Wahrscheinlich war ihm dieser knochige Kröterich im Hals stecken geblieben. Jedenfalls saß mein Onkel an der gleichen Stelle wie zuvor, rang erst einmal nach Luft und sagte dann: ‹So hoch hinaus wollte ich nun auch wieder nicht.› Und seither nahm er die Dinge so, wie sie heute waren, und nicht, wie sie morgen vielleicht sein würden. Ans Ziel käme er noch früh genug, das war seine ständige Rede in der Zeit nach dem Unfall, und er setzte gewöhnlich noch hinzu, es sei auch noch die Frage, ob man dann tatsächlich dort sein möchte, wohin zu kommen man sich bemüht habe. So sagte er, und er hat auf diese Weise noch ein langes und glückliches Leben geführt und wurde auch wieder schön dick, wie es sich für einen anständigen Kröterich gehört.»

Lauscher fand die Geschichte ärgerlich. «Willst du, daß ich wie eine Kröte lebe?» sagte er. «Wenn ich dir so zuhöre, dann scheint mir fast, du hältst es für das Beste, ich bleibe hier sitzen und warte, was weiter passiert.»

«Du bist wirklich schwer von Verstand», sagte die Kröte und schüttelte mißbilligend den Kopf, was wieder höchst sonderbar aussah, da Kröten keinen Hals haben. «Von Sitzenbleiben und Warten habe ich nichts gesagt, aber von Unzufriedenheit mit dem, was man hat.»

«Läuft das nicht auf das Gleiche hinaus?» sagte Lauscher. «Mag sein, daß

Kröten so denken, aber ich bin keine Kröte, sondern ein Mensch. Lange genug haben andere über mich bestimmt, und ich habe sie bestimmen lassen, wohin es gehen soll. Aber jetzt möchte ich endlich dorthin gehen, wohin ich selbst will.»

Diese letzte Äußerung entlockte der Kröte wieder ein Kichern, das ihre wabbelige Haut zum Zittern brachte. «Ich hatte eher den Eindruck, daß du noch gar nicht weißt, wohin du willst», sagte sie.

«Das werde ich schon herausfinden», sagte Lauscher und ärgerte sich um so mehr, als er der Kröte recht geben mußte. «Frag doch deinen Stein», sagte die Kröte. «Wolltest du nicht nach seinem Geheimnis suchen?»

«Das habe ich lange genug getan», sagte Lauscher, «aber er hat mir nur Träume vorgegaukelt. Jetzt will ich mir ein Ziel suchen, nach dem man greifen kann.»

«Du hast dich geändert, seit wir uns zuletzt getroffen haben», sagte die Kröte. «Gilt dir dein Stein nichts mehr?»

«Ich fürchte, er hat mich bisher nur in die Irre geführt», sagte Lauscher. «Arni ist ihm so lange gefolgt, bis er sterben mußte, einen Pfeil in der Brust. Vielleicht hat er sein Leben lang nur geträumt. Aber ich will jetzt versuchen, ob ich nicht aus eigener Kraft etwas zustande bringe.»

«Was für eine mannhafte Rede!» sagte die Kröte spöttisch. «Dann paß nur auf, daß es dir nicht so geht, wie es meinem Onkel beinahe ergangen wäre!» Nach diesen Worten schüttelte sie noch einmal den Kopf und kroch ins Gebüsch. Lauscher hörte sie noch eine Weile im dürren Laub rascheln und schlief darüber ein. Aber Ruhe fand er auch jetzt noch nicht, denn er geriet unversehens in den

Traum von der Kröte

Er ritt, angetan mit einem bunten, seidenen Gewand, auf einem kostbar aufgezäumten Pferd durch den Wald und spielte auf einer goldenen Flöte, und jedesmal, wenn er die Flöte absetzte, hörte er, wie die Vögel die gleiche Melodie sangen, die er eben gespielt hatte. Das klang wie ein vielfaches Echo, das gleichzeitig von allen Seiten her zurückgeworfen wurde, aus den Büschen ringsum, von oben aus den Kronen der Bäume und vom Himmel herab, zu dem sich zwischen Geäst und Laub ein Ausblick öffnete. Auch dort in der Höhe zogen Vögel ihre Kreise und wiederholten sein Lied. Es war, als ob alle Vögel ihren eigenen Gesang vergessen hätten und nur noch auf seine Flöte hörten.

So ritt er flötend dahin, bis er an einen Bach kam, an dessen Ufer er die Kröte sitzen sah. «Siehst du», sagte er zu ihr, «wie hoch hinaus ich gekommen bin? Selbst die Vögel am Himmel singen nach meiner Flöte. Jetzt singe du auch!» Aber die Kröte sagte nur «Quatsch!» und schwoll dabei ein beträchtliches Stück an. «Warte nur», sagte er, «ich werde dir die Flötentöne schon beibringen!», setzte wieder sein Instrument an die Lippen und blies die verlockendsten Melodien, die ihm zu Gebote standen. Doch je länger er flötete, desto gewaltiger wuchs die Kröte, bis ihre goldenen Augen wie zwei riesige Karfunkelsteine auf gleicher Höhe mit seinem Gesicht standen. Er blies und blies, als käme es einzig und allein darauf an, auch die Kröte unter die Gewalt seiner Töne zu zwingen, doch da öffnete die Kröte ihr breites Maul und fing an zu lachen, ihr schreckliches, breit klaffendes Krötenlachen, und die dunkle Höhle ihres Rachens öffnete sich immer weiter und weiter, bis sie den Wald verdeckte und an die Wölbung des Himmels zu stoßen schien. Da sagte die Kröte noch einmal «Quatsch!», und im gleichen Augenblick hatte sie ihn auch schon verschlungen. Ringsum war nichts mehr als Schwärze und Leere, kein Pferd mehr, keine Flöte, kein kostbares Gewand. Nackt und blind schwebte er im Ungreifbaren, das nirgends einen Halt bot, und er wurde unaufhaltsam hineingezogen in das heulende Entsetzen des Nichts. Er versuchte zu schreien, doch während er schrie, spürte er zugleich, daß sein Schrei in der eigenen Brust stecken blieb und keinen Weg fand in das unendliche leere Grauen, das ihn umgab. «Laß mich aus deinem Rachen, Kröte!» schrie er lautlos in seinem Herzen, und er hatte diese Worte noch kaum gedacht, da wurde er schon ausgespien aus der Schwärze dieses ungeheuren Mauls und lag, nackt und haarig wie er war, im dürren Laub auf dem Waldboden. «Jetzt weißt du wohl, wie hoch hinaus du es aus dir selbst bringen kannst», hörte er die Kröte sagen. Sie kicherte noch einmal, doch diesmal jagte ihm ihr Kichern einen Schauer des Entsetzens über den Rücken.

* * *

Er fuhr hoch, als ihn ein Aufplatschen im Bach weckte, doch von der Kröte war nichts mehr zu sehen. Auf der strudelnden Strömung zerscherbte in tausenden von Lichtfunken das Spiegelbild der schmalen, scharf gezeichneten Mondsichel, die oben zwischen den Zweigen der Fichten am schwarzen Himmel stand. Jalf hatte seinen Kopf längst wieder ins Moos gelegt und schlief. Lauscher fröstelte, obwohl er inzwischen festgestellt hatte, daß er keineswegs nackt und unbedeckt auf seinem Laubbett lag. Er zog die Decke fester um die Schultern, griff mit der Linken in Jalfs Fell und spürte die beruhigende Wärme des Tieres. So schlief er wieder ein und wachte erst vom Morgenlied einer Amsel auf, die dicht über ihm auf dem Zweig einer Haselstaude saß.

Sobald er die Augen aufgeschlagen hatte, flatterte der Vogel von seinem Zweig herunter auf den Boden und flötete einen Dreiklang, den Lauscher schon gehört hatte. «Guten Morgen, Botin des Sanften Flöters!» sagte er. «Da hast du mich also schon wieder aufgespürt.»

Die Amsel legte ihren Kopf schief, blickte ihn mit ihren glänzenden schwarzen Augen an und flötete eine kurze Tonfolge, die ein wenig ungeduldig klang. «Du meinst wohl, es sei höchste Zeit aufzustehen?» sagte Lauscher, und als Antwort ließ die Amsel wieder ihren Dreiklang hören, flatterte ein Stück auf dem Weg nach Westen und kam dann zurück. «Hast du's aber eilig!» sagte Lauscher. «Doch bevor wir uns auf den Weg machen, wirst du wohl noch mein Frühstück mit mir teilen.»

Diesen Vorschlag hielt die Amsel allem Anschein nach für annehmbar, denn sie kehrte auf ihren Haselzweig zurück und schaute erwartungsvoll zu, wie Lauscher seinen Mundvorrat aus der Satteltasche holte. Als er ein Stück Brot zerbröselt hatte und ihr die Krümel hinhielt, hüpfte sie herunter auf seine Hand und pickte so lange, bis nichts mehr da war. Dann aß auch Lauscher sein Frühstück, ließ die Reittiere noch einmal trinken und ritt weiter nach Westen. Die Amsel flog immer ein Stück voran und wartete, bis er sie eingeholt hatte.

Der Weg führte auf einem sanft abfallenden Bergrücken immer weiter dem Tal zu. Links in der Tiefe hörte Lauscher den Bach rauschen, an dessen Ufer er damals durch das Gestrüpp gehetzt worden war. Hier oben kam man rascher voran, doch auch am dritten Tage war der Wald noch immer nicht zu Ende.

Als die Sonne schon tief zwischen den Baumstämmen stand, führte der Weg auf eine kleine Lichtung hinaus, die mit weichem, strähnigem Waldgras bewachsen war, aus dem die braunen Rispen abgeblühter Fingerhutstauden herausragten. Als Lauscher am Rand der Wiese eine Quelle entdeckte, beschloß er, hier über Nacht zu bleiben. Er ließ seine Tiere trinken und dann frei auf der Lichtung grasen. Mit einbrechender Dunkelheit kamen sie von selbst zu ihm zurück und legten sich zum Schlafen nieder. Die Amsel hatte sich wohl in den Büschen einen Platz gesucht, denn Lauscher konnte sie nirgends entdecken.

Aber in der Nacht wurde er von ihrem Gezeter aus dem Schlaf gerissen. «Willst du schon wieder weiter?» fragte er schlaftrunken und setzte sich auf. Es mußte gegen Morgen sein, denn der Himmel war schon blaß, und über dem Gras lagen dünne Nebelschwaden. «So früh kriegst du mich nicht auf die Beine!» sagte Lauscher ärgerlich und wollte sich wieder in seine Decke wickeln, als die Amsel aufs Neue anfing zu schimpfen. Jetzt richtete auch Jalf seine Ohren auf und sprang gleich danach auf die Beine. Lauscher spähte hinüber zum Waldrand, von dem das Geschrei der Amsel herübergellte, und da sah er zwischen den Nebelschleiern zwei Grauwölfe stehen.

Wie gebannt starrte er eine Zeitlang in die Augen der Tiere. Jetzt wird es sich zeigen, dachte er, ob ich imstande sein werde, meinen Bogen zu benutzen, und begann vorsichtig im Gras nach der glatten Rundung des Eibenholzes zu tasten. Doch ehe er seinen Bogen packen und einen Pfeil auflegen konnte, sprang der größere der beiden Wölfe schon lautlos auf ihn zu. Lauscher hätte ihn kaum mehr abwehren können, aber der Wolf kam dennoch nicht weit. Das kleinere Tier, eine Wölfin, sprang den Alten knurrend von der Seite an und verbiß sich in seinem Halsfell. Der Wolf wurde herumgerissen und blieb stehen. Lauscher vergaß seinen Bogen und wartete gespannt, was weiter geschehen würde. Der Wolf schüttelte die Angreiferin ab und wendete den Kopf wieder zu der Stelle, an der Lauscher saß. Aber sobald er einen Schritt in diese Richtung machte, stieß die Wölfin ihr kehliges Knurren aus und sprang ihn an. Diesmal hatte sie kräftiger zugebissen, denn der Wolf jaulte auf und wurde fast umgeworfen. Es gelang ihm, seinen Hals freizubekommen, aber ehe er wieder angreifen konnte, hatte die Wölfin einen Halbkreis um ihn geschlagen und stand jetzt auf der Wiese zwischen ihm und Lauscher, die Beine in den Boden gestemmt und mit gesträubtem Nackenfell, als wolle sie diesen Mann, der dort auf der Lichtung saß, um jeden Preis schützen. Der Wolf versuchte es noch ein letztes Mal, doch auch jetzt handelte er sich dabei nur einen Biß ein, der ihn zum Stehen brachte. Lauscher wunderte sich, daß der Wolf sich auf keinen Kampf mit der schwächeren Wölfin einließ; er schüttelte sie jedesmal nur ab, ohne zurückzubeißen. Und diesmal gab er sein Vorhaben ganz auf. Er hob den gewaltigen Schädel, schickte ein langgezogenes Heulen zum Himmel und war mit wenigen Schritten im Wald verschwunden.

Die Wölfin drehte sich um und richtete ihren Blick auf Lauscher. So stand sie eine Zeitlang bewegungslos, ihr Fell hatte sich geglättet, und aus dem hoch erhobenen Kopf war jeder Ausdruck wölfischer Wildheit gewichen. Lauscher schaute ihr in die saphirblauen Augen und meinte, noch nie ein so schönes Tier gesehen zu haben. «Gisa!» sagte er. Da warf die Wölfin heulend ihren Kopf zurück und lief davon. Nach drei Sprüngen hatten sie die Nebelschwaden verschluckt.

Jalf hatte sich die ganze Zeit über nicht gerührt. Jetzt trottete er zu seinem Freund und Reiter und schnaubte leise, was wohl so viel heißen mochte wie: Vor dieser Wölfin brauchst du dich nicht zu fürchten. Lauscher kraulte ihn am Hals und machte sich dann sein Frühstück; denn an Schlafen war nun nicht mehr zu denken. Dieser frühe Aufbruch schien auch der Amsel recht zu sein. Sie hatte kaum ihre Krumen aufgepickt, als sie auch schon wieder auf dem Weg voranflatterte. Lauscher begann sich zu fragen, ob sie ausgeschickt worden sei, um ihn möglichst rasch herbeizuholen. Er trieb Jalf zu einer schnelleren Gangart an, soweit dies der Weg zuließ, der jetzt schmaler wurde und in weiten Serpentinen einen felsigen Steilhang hinunterführte. Am Abend gelangte Lauscher wieder in flacheres Gelände, aber er mußte noch einmal übernachten, ehe er dann gegen Mittag des nächsten Tages endlich den Waldrand erreichte und in das grüne Hügelland hinausritt.

Hier traf er auch wieder auf den Bach, dem er vor drei Jahren gefolgt war, und so fiel es ihm nicht schwer, das Haus seines Großvaters zu finden. Die Amsel war schon vorausgeflogen, sobald er den Wald verlassen hatte. Sie wird dem Sanften Flöter meine Ankunft melden wollen, dachte Lauscher. Und so war es auch; denn sein Großvater stand schon vor der Tür und spähte nach ihm aus, als das Haus unter den drei Linden zwischen den grasigen Hängen auftauchte.

Während er näherritt, bemerkte Lauscher, daß sein Großvater sich verändert hatte. Er erschien ihm sehr viel älter als damals, als er ihn zuletzt gesehen hatte. Sein weißes Haar war dünner geworden und hing in wirren Zotteln um den abgemagerten Kopf. Keine Spur war von den rosigen Pausbacken geblieben: Über die knochigen Wangen spannte sich blasse, pergamentene Haut, und der goldene Zwicker schwankte bedenklich auf dem schmaler gewordenen Nasenrücken. Nur die Lachfältchen um die Augen hatten die Zeit überdauert. Der Sanfte Flöter stützte sich mit der Hand am Türstock, als falle es ihm schwer, sich aufrecht zu halten. «Du bist lange ausgeblieben», sagte er, als Lauscher vor dem Haus von seinem Esel stieg. «Wenn ich nicht auf dich hätte warten müssen, wäre ich wohl nicht mehr hier.»

Lauscher ging auf ihn zu, umarmte ihn und spürte dabei, wie leicht und zerbrechlich der alte Mann geworden war, der sich mit seinen zierlichen Händen an seiner Schulter festhielt. «Wohin wolltest du gehen, wenn du nicht auf mich gewartet hättest?» fragte Lauscher. Er konnte sich nicht vorstellen, was für eine Reise dieser gebrechliche Greis hätte unternehmen wollen.

«Dorthin, wo deine Großmutter schon ist», sagte der Sanfte Flöter lächelnd, als sei dies eine sehr törichte Frage.

«Ist sie nicht mehr hier?» fragte Lauscher bestürzt; denn er hatte diese resolute Frau trotz ihrer geräuschvollen Art gern gemocht, und das nicht nur wegen ihrer Kochkünste.

«Nein», sagte der Sanfte Flöter. «Sie ist mir schon ein Stück vorausgegangen. Aber das ist jetzt nicht wichtig. Ich bin froh, daß du da bist, denn nun sollst du mein Erbe antreten. Komm herein in die Stube. Im Kochen kann ich deiner Großmutter zwar nicht das Wasser reichen, aber ein bißchen habe ich ihr schon abgeguckt.»

Lauscher wollte erst noch seine beiden Reittiere versorgen, doch sein Großvater sagte: «Sattle sie nur ab und laß sie laufen! Gras gibt's hier in Hülle und Fülle, und am Bach finden sie zu trinken. Morgen kannst du sie beim Eselwirt unterstellen.»

Lauscher trug Sattelzeug und Gepäck ins Haus und setzte sich dann in die Stube. Gleich darauf tischte ihm der Sanfte Flöter ein appetitlich duftendes Kaninchenragout auf, zu dem es frisches Weißbrot gab. Ein Krug Rotwein stand schon bereit, und so fühlte sich Lauscher gleich wieder zu Hause. Als er das Essen lobte, sagte sein Großvater: «Du brauchst nicht zu glauben, daß ich auf meine alten Tage noch auf die Jagd gehe. Der Eselwirt kommt alle paar Tage vorbei und versorgt mich mit dem Nötigsten.» Während der Mahlzeit redeten sie sonst nicht viel; denn der Sanfte Flöter hielt es noch immer mit dem Brauch, daß man wesentliche Dinge erst nach dem Essen zur Sprache bringen dürfe.

Schließlich war die Schüssel geleert, und Lauscher wischte sie mit einem Stück Brot aus; denn das Ragout war köstlich gewesen. Währenddessen schenkte der Sanfte Flöter Wein nach und sagte dann: «Barlo hat dich also freigegeben.»

«Ja», sagte Lauscher. «Er beherrscht jetzt deine Sprache so vollkommen, daß ihn jedermann verstehen kann. Außerdem hat er eine Frau gefunden, die ihm in allem zur Seite steht. Er braucht mich nicht mehr.»

«Das darfst du nicht sagen», erwiderte der Sanfte Flöter. «Freunde braucht man immer. Bist du nicht sein Freund?»

Lauscher dachte einen Augenblick nach. «Ich weiß nicht», sagte er dann. «Drei Jahre lang war ich sein Diener, und anfangs hatte ich keine Ahnung, was er im Sinn hat. Er machte nicht einmal den Versuch, mir seine Absichten zu erklären. Später verstand ich ihn dann schon besser, aber bis zum Schluß galt nur das, was er wollte. Als er mich freigab, hat er mich umarmt wie einen Freund, doch ich weiß nicht, ob man das schon Freundschaft nennen kann. Er war eher wie ein großer Bruder.»

«Stört dich das?» fragte der Sanfte Flöter.

«Ich will endlich selbst bestimmen, was ich tue und wohin ich gehe», sagte Lauscher.

Der Sanfte Flöter lächelte. «Du hast dich damals selbst für diesen Weg entschieden», sagte er. «Weißt du das nicht mehr? Und nach allem, was mir über eure Reise zu Ohren gekommen ist, hattest du dabei reichlich Gelegenheit, das Zuhören zu lernen, Lauscher. Mir scheint aber, daß du noch immer zu viel auf dich selber hörst.»

«Muß ich nicht erst einmal herausfinden, wer ich selber bin?» fragte Lauscher.

«Das mußt du allerdings», sagte der Sanfte Flöter. «Aber so schnell wird das nicht gehen, wie du in deiner Ungeduld meinst. In dir selbst wirst du die Antwort nicht finden, doch wenn du dich auf's Zuhören verstehst, wirst du es von anderen nach und nach erfahren.»

«Also habe ich das Zuhören noch immer nicht hinreichend gelernt», sagte Lauscher und kam sich vor wie ein Schüler, der bei der Lösung einer Aufgabe versagt hat.

Der Großvater machte eine beschwichtigende Geste und sagte: «Was heißt hier schon hinreichend? Du wirst dein Leben lang damit nicht zu Ende kommen. Ich kann nur hoffen, daß du in diesen drei Jahren genug gehört hast, um jetzt mein Erbe zu übernehmen. Ich kann nicht noch einmal drei Jahre warten.»

«Welches Erbe?» fragte Lauscher, obwohl er die Antwort schon ahnte.

«Meine Flöte», sagte sein Großvater. «Nachdem du dabei geholfen hast, die Dinge in Barleboog so weit in Ordnung zu bringen, wie es möglich war, scheint es mir an der Zeit, daß auch du das Flötenspielen lernst. Ich habe gehört, daß deine Stimme während dieser Zeit nicht lauter geworden ist, und das ist auf alle Fälle ein gutes Zeichen dafür, daß du meine Kunst erlernen kannst.»

Lauschers Herz machte einen Sprung. Nun würde auch er ein Flöter werden, womöglich sogar ein berühmter Mann wie sein Großvater, von dem man selbst in den Zelten der Beutereiter erzählte. Barlos Holzflöte war ja nur eine Art

Notbehelf, damit er sich verständigen konnte. Da war die Silberflöte schon eine andere Sache; denn mit ihrem Klang konnte man Gewalt über Menschen erlangen, wie er selbst erlebt hatte. «Wann fangen wir mit dem Unterricht an?» fragte er eifrig.

Der Sanfte Flöter lachte leise in sich hinein und sagte: «Du kannst es wohl gar nicht erwarten, ungeduldig wie du bist?» So war es in der Tat. Lauscher erschien jeder Augenblick vergeudet, der noch bis zum Beginn der Unterweisung verstrich. «Wird es lange dauern, bis ich die Flöte spielen kann?» fragte er und dachte besorgt daran, wie viele Wochen Barlo gebraucht hatte, um sein Instrument zu beherrschen.

«Das kommt darauf an, was du unter spielen verstehst», sagte der Sanfte Flöter. «Ich kann dir nur zeigen, auf welche Löcher du die Finger setzen mußt, damit ein bestimmter Ton erklingt, und das ist schnell geschehen. Spielen mußt du dann selber lernen, und dazu wirst du sehr viel länger brauchen, als ich noch Zeit für dich habe.»

«Wird es so ähnlich sein wie bei Barlos Flötenstunden?» fragte Lauscher.

«Nein», sagte der Großvater. «Meine Silberflöte ist von andrer Art als Barlos hölzernes Instrument. Wenn du erst einmal die Töne greifen kannst, wird die Flöte deine Gedanken von selbst zum Klingen bringen. Und sie wird jeden, der sie hört, zu dem verleiten, was du beim Spielen im Sinn hast. Vergiß das nie! Du mußt wissen, daß mit der Weitergabe der Flöte eine Bedingung verknüpft ist: Dem Erben darf nur die Griffweise erklärt werden; was er dann auf der Flöte spielt, muß er selbst bestimmen. Mein Unterricht wird also kurz sein.»

Nach diesen Worten stand der Sanfte Flöter auf, holte von einem Wandregal seine silberne Flöte und gab sie seinem Enkel in die Hand. Jetzt hatte Lauscher Gelegenheit, sie in Ruhe aus der Nähe zu betrachten. Sie war aus einem Stück und sah so glatt und vollkommen aus, als sei sie nicht von Menschenhand gemacht, sondern von selbst gewachsen wie der Stengel einer Blume. Als einziger Schmuck zierte das silberne Rohr am unteren Ende ein fein ziselierter fünffacher Ring. Lauscher entdeckte, daß dieses Muster aus winzigen Buchstaben bestand, mit denen hier ein Vers eingraviert war:

> Lausche dem Klang
> folge dem Ton
> doch übst du Zwang
> bringt mein Gesang
> dir bösen Lohn

Nachdem er diesen Text entziffert hatte, fragte Lauscher: «Wie ist das zu verstehen, daß der Spieler der Flöte keinen Zwang ausüben soll? Du hast ja selbst gesagt, daß ihr Klang jeden Zuhörer zu dem verleitet, was der Spieler dabei im Sinn hat.»

«Das habe ich mich anfangs auch gefragt», sagte der Sanfte Flöter. «Aber auch das gehört zu den Dingen, die du selber herausfinden mußt. Jetzt gib acht, wenn ich dir die Griffe erkläre.» Und so erhielt Lauscher seinen ersten Unterricht. Er wunderte sich, wie leicht es ihm fiel, die einzelnen Töne zu finden, ja es schien ihm fast, als würden seine Finger wie von selbst zu den richtigen Grifflöchern geführt. Schon an diesem ersten Nachmittag gelang es ihm mühelos, die sieben Grundtöne des Instruments zu beherrschen. Als er jedoch anfing, eine Melodie zu spielen, die ihm eben in den Sinn kam, nahm ihm der Sanfte Flöter das Instrument aus der Hand und sagte: «Laß das! Damit mußt du warten, bis ich nicht mehr hier bin. Für heute ist es genug. Ich muß mich jetzt ein bißchen hinlegen, denn ich bin sehr müde.»

Auch Lauscher ging an diesem Tag früh schlafen. Er freute sich darauf, nach den Nächten unter freiem Himmel wieder in einem richtigen Bett zu liegen. Im Einschlafen malte er sich aus, wie es sein würde, wenn er als Flöter nach Fraglund zurückkehrte. Sein Vater würde anerkennen müssen, daß er es zu etwas gebracht hatte, und der Große Brüller würde bald erfahren, wie nützlich es war, einen solchen Flöter im Haus zu haben, vor allem dann, wenn die Beutereiter wieder ins Land einfallen sollten. Lauscher sah sich dem Heerzug des Großen Brüllers voranreiten und im Angesicht des Feindes seine Flöte spielen. Da würden die Fraglunder staunen, wenn die wilden Reiter plötzlich ihre struppigen Gäule anhielten und ihre Waffen senkten. Doch ehe sich dieses Bild weiter verdichtete, schlief Lauscher ein und wachte erst am nächsten Morgen auf, als schon die Sonne durch's Fenster schien.

Im Hause war noch alles still. Er ging hinunter in die Küche, fachte das Feuer im Herd an und stellte das Teewasser auf. So gebrechlich war sein Großvater offenbar nicht, daß er in der Küche nicht für Ordnung sorgte. Alles stand auf seinem richtigen Platz: Brot, Butter, Honig, Käse, Tassen und Teller, genau wie damals, als seine Großmutter hier noch das Regiment geführt hatte. Lauscher deckte den Tisch, und durch das Klappern des Geschirrs war dann auch sein Großvater aufgewacht und kam herein, wie Lauscher eben den Kräutertee abgoß.

«Das hat mir in letzter Zeit gefehlt», sagte der Sanfte Flöter. «dieses Töpferükken am Morgen, das Klirren von Tassen und der Duft nach Tee, der durch das ganze Haus zieht. Da fällt mir das Aufstehen gleich nicht mehr so schwer.» Er warf einen Blick auf den Frühstückstisch und sagte noch: «Als Diener warst du offenbar ganz brauchbar.»

«Hoffentlich werde ich das auch als Flöter sein», sagte Lauscher.

«Brauchbar?» wiederholte sein Großvater, als sei dies ein höchst unpassendes Wort. «Das will ich nicht hoffen. Es wird nicht deine Aufgabe sein, dich nützlich zu machen. Aber das wirst du schon selbst herausfinden. Nach dem Frühstück kannst du erst einmal deine Reittiere zum Eselwirt bringen.»

Eine Stunde später ritt Lauscher zwischen den grünen Hügeln bachabwärts. Er hatte noch einmal seinen Esel gesattelt, denn es würde wohl das letzte Mal sein, daß er seinen grauen Freund unter sich spürte. Schneefuß führte er am Halfter neben sich. Jalf schnaubte und beschleunigte seine Gangart, als das Eselwirtshaus hinter dem letzten Wiesenhang auftauchte. Gleich darauf fiel er in Galopp und preschte durch die Einfahrt, als könne er es nicht erwarten, seinen Pflegevater zu begrüßen. Lauscher brachte ihn mit Mühe zum Halten und bemerkte, als er abstieg, daß im Hof zwei Pferde und drei Maultiere angebunden waren. Die Pferde waren nach Art der Beutereiter aufgezäumt, die Maultiere trugen Packsättel, und daneben an der Stallwand lagen Ballen und Säcke aufgestapelt. Während er sich noch wunderte, was zwei einzelne Beutereiter so weit entfernt von ihrer Horde zu suchen hatten, wurde die Tür geöffnet, und der Eselwirt trat in den Hof. Ehe er noch ein Wort sagen konnte, sprengte Jalf auf ihn zu, stieß ihn mit dem Kopf in die Seite, daß der kräftige Mann fast das Gleichgewicht verlor, und tänzelte um ihn herum wie ein Hund, der nach langer Zeit der Abwesenheit seinen Herrn begrüßt.

«Dacht' ich mir's doch, daß du das bist», sagte der Eselwirt, nachdem ihn Jalf mit seinem weichen Maul genug abgeküßt hatte. «Ich kenne nur einen Esel, der so in meinen Hof hereingaloppiert, daß die Steine spritzen! Man hat ja inzwischen so allerlei von deinen Heldentaten gehört, du Wolfsjäger!» Er kraulte Jalf am Hals und begrüßte dann auch Lauscher, der bisher unbeachtet daneben gestanden hatte und wieder einmal feststellen mußte, daß hier ein Esel mindestens ebenso viel galt wie ein Mensch.

«Seid ihr Freunde geworden?» fragte der Eselwirt.

Lauscher nickte. «Du hättest mir keinen besseren Gefährten aussuchen können», sagte er. «Aber ich fürchte, daß ich ihm jetzt zu schwer geworden bin. Wir werden uns wohl trennen müssen.»

«Gut, daß du das selber einsiehst», sagte der Eselwirt. «Aber Jalf wird dein Freund bleiben, so lange er lebt. Zum Reiten hast du jetzt ja ein Pferd, wie ich sehe.»

«Barlo hat es mir zum Abschied geschenkt», sagte Lauscher. «Es heißt Schneefuß. Willst du es für mich in Pflege nehmen, während ich bei meinem Großvater das Flötenspielen lerne?»

«Gern», sagte der Eselwirt. «Es war an der Zeit, daß du zurückgekommen bist.»

Lauscher hatte gemeint, daß er dem Wirt weiß der Himmel was für eine Neuigkeit erzählen würde, als er den Flötenunterricht erwähnte, aber der Wirt hatte offenbar nichts anderes erwartet. Er nahm die beiden Tiere beim Zügel und führte sie zum Stall. Lauscher begleitete ihn, und als sie an den fünf anderen Tieren vorübergingen, die im Hof angebunden waren, sagte er: «Was machen Beutereiter in deinem Gasthaus?»

«Beutereiter?» fragte der Wirt erstaunt. «Ach so», sagte er dann, «du meinst Arnis Leute, die hier abgestiegen sind.»

«Gibt's da einen Unterschied?» fragte Lauscher. «Seit wann sind Arnis Leute keine Beutereiter mehr?»

«Das sollen sie dir selbst erklären», sagte der Eselwirt. Er zäumte die beiden Tiere ab und schüttete ihnen Futter vor. «Ein Maß Hafer wird euch nicht schaden nach dem langen Weg», sagte er. «Heute bleibst du über Nacht noch hier, Jalf. Morgen kannst du dann zu deinen Freunden auf die Hügel laufen.»

Lauscher umarmte seinen Esel noch einmal und bekam dafür dessen weiches Maul im Gesicht zu spüren. Als er sich dann zum Gehen wandte, sagte der Eselwirt: «Komm mit in die Stube! Du wirst doch gegen einen Becher von meinem Haustrunk nichts einzuwenden haben?»

Das hatte Lauscher durchaus nicht, und zudem war er gespannt darauf, was das für Gäste waren, die sich Arnis Leute nannten. Schon beim Eintreten sah er auf den ersten Blick, daß die beiden Männer, die dort bei einem Krug vergorener Eselsmilch saßen, Beutereiter waren: die flachnasigen, olivbraunen Gesichter mit dem schwarzen, strähnigen Haar waren nicht zu verkennen. Aber einen Unterschied gab es doch: Sie trugen ihr Haar nicht zu Zöpfen geflochten, sondern hatten es so kurz geschnitten, daß es eben noch die Ohren bedeckte, und ließen es glatt herabhängen.

«Hier bringe ich einen Gast, der euch willkommen sein sollte», sagte der Eselwirt. «Er heißt Lauscher und ist der Enkel des Sanften Flöters.»

Sobald die beiden Männer hörten, wer der Ankömmling war, erhoben sie sich von ihren Plätzen und verbeugten sich vor Lauscher, obwohl sie beide um mindestens zehn Jahre älter waren als er. «Ein Verwandter des verehrungswürdigen Sanften Flöters ist uns immer willkommen», sagte der eine von ihnen. «Willst du uns die Gunst erweisen, an unserem Tisch Platz zu nehmen? Mein Name ist Günli, und mein Freund hier heißt Orri. Wir gehören zu Arnis Leuten. Du mußt entschuldigen, wenn Orri wenig spricht. Er soll auf dieser Reise erst eure Sprache lernen.»

Lauscher war erstaunt, daß die beiden ihn so ehrerbietig begrüßten, doch das erhöhte noch seine Neugier darauf, was es mit diesen zopflosen Beutereitern auf sich hatte. «Ich danke euch für die freundliche Einladung», sagte er. «Wenn ihr erlaubt, will ich mich gern zu euch setzen.» Der Eselwirt brachte ihm einen Becher, schenkte ihm aus dem Krug von seinem schäumenden Haustrunk ein und zog sich dann einen Hocker heran.

«Wir sind hoch erfreut, dich kennenzulernen», sagte Günli, nachdem er höflich gewartet hatte, bis Lauscher den ersten Schluck getrunken hatte. «Wir haben nämlich vor, deinem verehrungswürdigen Großvater einen Besuch abzustatten, um ihm unsere Ergebenheit zu bezeugen. Meinst du, daß er geneigt sein wird, uns zu empfangen?»

Lauscher fand die Redeweise Günlis erstaunlich. Die Absonderlichkeit seiner höflichen Floskeln wurde noch gesteigert durch den fremdartigen Tonfall, aus dem zu merken war, daß dieser Mann sich sonst in einer anderen Sprache zu verständigen pflegte. «Sicher wird sich mein Großvater über euren Besuch freuen», sagte Lauscher. «Ihr werdet mit ihm sogar in der Sprache der Beutereiter sprechen können, denn er hat lange in euren Zelten gelebt.»

«Wir sind keine Beutereiter, sondern Arnis Leute», sagte Günli abweisend. «Aber wir wissen, daß der verehrungswürdige Sanfte Flöter lange Zeit mit Arni – sein Name sei gepriesen! – geritten ist.»

Nun konnte Lauscher seine Wißbegier nicht mehr zügeln. «Du mußt meinen Irrtum verzeihen, der mich euch für Beutereiter halten ließ», sagte er. «Willst du so freundlich sein, mir zu erzählen, wer Arnis Leute sind?»

«Du erweist einem unwissenden Händler große Ehre, indem du ihn um eine Belehrung bittest», sagte Günli. «Es wird jedoch für uns von Vorteil sein, wenn du dem verehrungswürdigen Sanften Flöter über das bescheidene Volk von Arnis Leuten berichten kannst, ehe wir es wagen, vor sein Angesicht zu treten. Aus deinen Worten habe ich entnommen, daß du weißt, wer der unvergleichliche Mann war, den man Arni mit dem Stein nannte.»

«Mein Großvater und auch andere Leute haben mir von ihm erzählt», sagte Lauscher. «Er war der Zwillingsbruder eures Khans Hunli.»

«So ist es», sagte Günli. «Er war der Bruder Hunlis, den die bösen Geister mit Blindheit geschlagen haben.»

«Mit Blindheit?» fragte Lauscher. «Hat er das Augenlicht verloren?»

Günli lächelte. «Es gibt eine schlimmere Blindheit als die der Augen», sagte er. «Hünli leidet an einer Blindheit der Seele, die ihn daran hindert, die erhabenen Worte Arnis zu begreifen. Er ist nicht mehr unser Khan; denn wir, die wir uns Arnis Leute nennen, haben uns von ihm losgesagt und zum Zeichen dessen, daß wir keine Beutereiter mehr sein wollen, unsere Zöpfe abgeschnitten.»

«Ich habe davon gehört, daß Arni seinem Bruder oft widersprochen hat», sagte Lauscher, «aber ich war bisher der Meinung, daß er damit in den Zelten der Beutereiter allein stand.»

«So war das auch lange Zeit», sagte Günli. «Keiner konnte verstehen, was Arni – Ehre seinem Namen! – im Sinn hatte, wenn er Gastfreundschaft bei fremden Leuten suchte oder Beutezüge der Horde vereitelte. Manche hielten ihn sogar für verrückt und forderten Hunli auf, ihn aus der Horde auszustoßen.»

«Warum hat er das nicht getan?» fragte Lauscher.

«Er konnte es nicht», sagte Günli, «denn er hatte einen Eid geschworen, nichts gegen seinen Bruder zu unternehmen.»

«Vor den Augen Urlas», sagte Lauscher.

«Auch das weißt du also, du kenntnisreicher Enkel des Verehrungswürdigen», sagte Günli. «Ja, die große Urla – ihre Weisheit möge überdauern! – hatte ihn mit einem Eid gebunden; denn sie hatte die Gabe der Voraussicht. So begleitete Arni – sein Name sei gepriesen! – weiterhin die Horde, doch der Sinn seiner erleuchteten Taten blieb unseren beschränkten Augen verborgen bis zu seinem Tode. Er wurde bei einem Überfall aus dem Sattel geschossen und starb mit einem Pfeil in der Brust den Tod eines Beutereiters. Hunli und viele andere in der Horde schienen eher erleichtert, als der Tote gefunden wurde, doch sie gaben Arni – sein Name möge ewig leben! – ein ehrenvolles Begräbnis in der Steppe und häuften einen hohen Hügel über seinem Leichnam auf.

Bald nach seinem Tode geschah es dann, daß fremde Leute ins Gebiet der Beutereiter kamen, um Ehrengaben auf Arnis Grabhügel niederzulegen, Leute vom Braunen Fluß waren unter ihnen, Leute aus dem Gebirge und aus dem Waldland im Westen. Hunli ließ sie gewähren, denn er hätte Schande auf sein Haupt gehäuft, wenn er verhindert hätte, daß seinem Bruder Totengaben geweiht wurden. Manche aus den Zelten der Beutereiter ritten zuweilen zu dem Grabhügel – dem jedermann Ehre erweisen möge! –, um die seltsamen Gaben zu betrachten, die dort niedergelegt worden waren, fein geknüpfte Fischernetze zum Beispiel oder ein reich geschnitzter Ehrenstuhl, wie man ihn einem hochgestellten Gastfreund anbietet, oder ein bronzener Kessel, auf dessen Wandungen kunstvoll getriebene Bilder die Taten Arnis verherrlichten. Dann berichteten solche Besucher, daß sie auf Arnis Grabhügel auch Totengaben gefunden hätten, wie sie nur Beutereiter ihren großen Anführern mitzugeben pflegen, silberverziertes Sattelzeug etwa oder ein kostbares Zelt aus feinster Schafwolle mit goldbeschlagenen Zeltstangen.»

«Also gab es doch Männer in der Horde, die Arnis Andenken in Ehren hielten», sagte Lauscher.

«Ja», sagte Günli, «und das waren nicht wenige, wie man an ihren Gaben sehen konnte. Als Hunli davon hörte, sagte er, es sei wohl der Bruder des Khans, der auf solche Weise geehrt werden sollte, aber an der Art, wie er dabei auf seinem Schnurrbart kaute, konnte man erkennen, daß er sich ärgerte. Man hätte wohl auch erwarten können, daß er als erster seinem Bruder eine solche Gabe darbrachte, aber das hatte er nicht vor aller Augen getan, und heimlich hätte er es ja nicht zu tun brauchen.

Bisher war überhaupt nicht bekannt geworden, wer aus der Horde diese Gaben niedergelegt hatte. Doch wenn Hunli gehofft haben sollte, daß es damit bald ein Ende haben würde, so hatte er sich getäuscht; denn als einmal der Anfang gemacht war, häuften sich bald solche Gaben dermaßen auf Arnis Grabhügel, daß sie ihn bis zur Spitze bedeckten.

Zu dieser Zeit drängten einige Anführer, die schon immer zu den Gegnern Arnis gezählt hatten – mögen ihre Augen endlich geöffnet werden! –, einen großen Rat einzuberufen. Es sei um der Einmütigkeit der Horde willen notwendig, meinten sie, ein für allemal zu klären, wer aus den Zelten der Beutereiter ein

Interesse daran habe, das Andenken Arnis – möge es nie in Vergessenheit geraten!
– auf solche Weise am Leben zu erhalten. So kam es zu jener Ratsversammlung,
die wir heute die Große Scheidung nennen. Sie fand unter freiem Himmel statt, da
kein Zelt groß genug war, alle Männer zu fassen. Als sich alle im Kreis auf den
Boden gesetzt hatten, stand Hunli auf und hielt eine Rede. Er sagte, früher seien
seines Wissens alle Männer darin einig gewesen, daß Arni durch sein seltsames
Verhalten der Horde Schaden zugefügt habe, und er rief den Zuhörern alle
möglichen Vorkommnisse ins Gedächtnis, die Anlaß zu dieser Meinung gegeben
hatten. Falls nun heute jemand anderer Meinung sei, fuhr er fort, so möge er jetzt
aufstehen und seine Gründe vorbringen.

Eine Zeitlang blieben alle schweigend sitzen und starrten vor sich hin auf den
Boden. Hunli blickte im Kreise umher, und seine Miene wurde zusehends
zufriedener. Doch als er schon weiterreden wollte, stand Höni, einer der
bedeutendsten Anführer, auf und sagte, er sei jener, der Arni das Zelt mit den
goldbeschlagenen Stangen als Totengabe dargebracht habe, und er könne durchaus Gründe dafür vorbringen, warum Arni jede nur denkbare Ehrung verdient
habe.

‹Spät kommst du zu dieser Ansicht, Höni›, sagte Hunli erbittert. ‹Ich weiß noch
gut, daß auch du wie viele andere Arnis Vorgehen verurteilt hast.›

‹Darin muß ich dir zustimmen›, sagte Höni, ‹denn ich verstand damals noch
nicht, was Arni im Sinn hatte. Seine Reden wie seine Taten waren so geartet, daß
man sie zwar im Gedächtnis behielt, aber ihre Bedeutung oft erst viel später zu
begreifen begann. Inzwischen habe ich erfahren, daß es größere Freude macht,
mit anderen Leuten Gastfreundschaft zu pflegen, statt sie um der Beute willen zu
erschlagen.›

Hunli lachte verächtlich. ‹Deshalb also hast du deine Sklavinnen in die Hütten
der Schlammbeißer zurückgeschickt!› sagte er. ‹Und ich dachte schon, du hättest
ihren fischigen Geruch nicht mehr ertragen können.›

‹Die einen riechen nach Fisch, die anderen nach dem Rauch ihrer Schmelzöfen,
und wir riechen nach Pferden›, sagte Höni. ‹Auch das habe ich aus Arnis Worten
gelernt, daß es töricht ist, über die Andersartigkeit von Fremden zu spotten. Oder
meinst du nicht, daß manche Leute jenseits der Steppe unsere Zöpfe lächerlich
finden, weil bei ihnen nur die Weiber Zöpfe tragen?›

‹Du redest wenig ehrerbietig mit dem Khan›, sagte Hunli wütend. ‹Außerdem
zeigen deine Worte, daß du die Sitten der Horde verachtest. Wenn dies die
Weisheit Arnis sein soll, dann will ich nichts mehr davon hören, denn du
beleidigst meine Ohren.›

Aber Höni ließ sich nicht einschüchtern. ‹Ich rede so›, sagte er, ‹weil du uns
aufgefordert hast, unsere Meinung zu sagen. Auch verachte ich die Gewohnheiten
der Horde nicht. Aber das, was uns vertraut erscheint, ist noch lange nicht alles,
wie Arni zu sagen pflegte. Er meinte damit wohl, daß es daneben noch andere,

durchaus nicht schlechtere Arten gebe, sein Leben zu führen. Vielleicht sogar bessere, die wir noch nicht kennen. Danach war er wohl sein Leben lang auf der Suche.›

‹Merkst du nicht, wie du dich selber mit deinen eigenen Worten verurteilst?› schrie Hunli. ‹Ist es nicht schändlich, wenn ein erwachsener Mann damit anfängt, seine Meinung zu ändern?› und dabei blickte er sich Zustimmung heischend im Kreis der Zuhörer um. Einige der sitzenden Männer nickten beifällig, aber es gab auch viele, die weiter bewegungslos vor sich hinstarrten. Auch Höni gab sich nicht geschlagen. Er blickte Hunli ins Gesicht und sagte: ‹Wenn du so redest, dann wundert mich nicht, daß du Arnis Weisheit nicht begreifen kannst. Ist es nicht die größere Schande, seine Meinung nicht zu ändern, wenn man erkannt hat, daß sie falsch ist? Ich will dir sagen, Hunli, warum ich Arni für den größten Mann halte, den die Horde je hervorgebracht hat: Er hatte den Mut, sich um dessentwillen, was er für die Wahrheit hielt, gegen die gesamte Horde zu stellen, selbst auf die Gefahr hin, daß viele ihn verachteten.›

‹Viele?› sagte Hunli geringschätzig. ‹Doch wohl fast alle. Oder ist es nicht so?›

Nach diesen Worten Hunlis wendete sich Höni an die Ratsversammlung und sagte: ‹Wenn hier noch mehr Männer sind, denen die Taten und Worte Arnis zu denken gegeben haben, dann sollten sie jetzt aufstehen.›

Bisher waren alle gespannt dem Streitgespräch zwischen Hunli und Höni gefolgt, doch als nun diese Aufforderung an sie erging, blickten die Männer einander bestürzt an; denn inzwischen war allen klar geworden, daß sich hier eine Entscheidung anbahnte, die nicht ohne Folgen für den Bestand der Horde bleiben konnte. Ich hatte nach Arnis Tod – möge sein Andenken weiterleben! – mit Höni und auch mit anderen schon oft über diese Dinge gesprochen und dabei manche seiner Worte besser begreifen gelernt, doch auch ich blieb zunächst noch sitzen; denn es erschien mir unerhört, daß man sich so gegen den Khan stellen könne. Aber dann standen nacheinander einige Männer auf, darunter auch ein paar meiner Freunde, und ich begriff, daß es nun an der Zeit war, Zeugnis abzulegen für die erhabene Weisheit Arnis. So stand auch ich auf, und mit mir erhoben sich noch viele Männer von ihren Plätzen. Es war etwa ein Drittel der Horde, das sich bei dieser Ratsversammlung auf die Seite Hönis schlug.

Hunli wurde bleich, als er um sich blickte. ‹Nun kannst du sehen, Höni›, sagte er grimmig, ‹wohin uns Arni gebracht hat: Er hat die Einheit der Horde zerstört. Was gedenkt ihr nun weiter zu tun? Sollen wir übereinander herfallen wie Feinde?›

Höni schüttelte den Kopf. ‹Hast du noch immer nicht begriffen, Hunli›, sagte er, ‹daß es sinnlos ist, Meinungsverschiedenheiten mit dem Gürtelmesser auszutragen? Mir scheint, du bist umsonst in Urlas Hütte gewesen. Ich werde noch heute dein Lager verlassen, und jeder, der Arnis Weg gehen will, soll seine Zelte abbrechen und mit mir ziehen.›

Hunli lachte spöttisch. ‹Das habe ich mir gedacht›, sagte er, ‹daß du einem Kampf ausweichen würdest; denn wir sind in der Überzahl. Kannst du mir auch sagen, wovon ihr leben wollt, wenn es keine Beutezüge mehr geben soll?›

‹Darüber wird unsere eigene Ratsversammlung entscheiden, wenn wir anderswo unser Lager aufgeschlagen haben›, sagte Höni. ‹Das soll dann allein unsere Sache sein.›

So kam es zur Großen Scheidung der Horde. Höni führte uns sieben Tagesritte weit bis zum Rand des Gebirges zu der Stelle, an der Arnis Hütte steht. Dort schlugen wir unser Lager auf; denn Höni meinte, es sei wohl ein Hinweis darin zu sehen, daß Arni – möge seine Hütte nie verfallen! – sich an diesem Platz angesiedelt hatte.»

«Das ist dort, wo der Pfad ins Gebirge zu Urlas Haus beginnt», sagte Lauscher eifrig.

«So ist es», sagte Günli überrascht. «Bist du schon dort gewesen?»

«Nein», sagte Lauscher, «aber eine Verwandte Urlas hat mir diesen Ort beschrieben.»

«Wenn Urlas Leute selbst dich in diese geheimnisvollen Zusammenhänge eingeweiht haben», sagte Günli voll Bewunderung, «dann bist du wahrhaftig ein würdiger Enkel des verehrungswürdigen Sanften Flöters, dessen Flöte nie verstummen möge. Wir errichteten also an diesem Platz unsere Zelte, und am Tag darauf versammelte Höni alle Männer, die mit ihm geritten waren, und beriet mit ihnen, wie sie künftig ihr Leben einrichten sollten. ‹Arni hat in seiner Weisheit hier eine Hütte gebaut›, sagte er, ‹und so bin ich der Meinung, daß auch wir für uns und unsere Familien Hütten bauen sollten. Zelte sind die Behausungen von Beutereitern, die von Ort zu Ort ziehen, um Beute zu machen. Da wir jedoch nicht mehr auf diese Weise leben wollen, scheint es mir richtig, daß wir auf andere Art wohnen und auch den Namen der Beutereiter ablegen. Alle, die hier versammelt sind, werden in Zukunft Arnis Leute heißen. Und damit jedermann sehen kann, daß wir nicht mehr darauf aus sind, mit dem Krummschwert Beute einzutreiben, schlage ich vor, daß wir Männer unsere Zöpfe abschneiden und das Haar glatt tragen wie jene Leute, die uns bisher gefürchtet haben.›

Diese Rede leuchtete uns allen ein, aber dann stand einer der Männer auf und fragte Höni, wovon wir künftig leben sollten. ‹Auch darüber habe ich schon nachgedacht, und zwar schon, bevor mir Hunli diese Frage gestellt hat›, sagte Höni. ‹Ich hielt es nur für unangebracht, vor all denen darüber zu reden, die nicht mit uns ziehen würden. Aber auf unseren letzten Beutezügen habe ich die Augen offengehalten und beobachtet, wovon andere Leute ihren Unterhalt bestreiten. Dabei habe ich zwei Wege gefunden, auf denen wir uns Nahrung oder sogar Reichtümer erwerben können. Der eine davon ist die Viehzucht, denn die haben wir schon immer betrieben. Wir können hier nicht nur am Rande der Steppe Pferde halten, sondern auch auf den grasigen Hängen des Gebirges Schafe weiden lassen, wie es die weise Urla – ihr Geist möge uns beistehen! – seinerzeit getan hat. Und da wir darin geübt sind, durch das Gebiet fremder Völker zu ziehen, können wir außerdem Handel treiben, und das nicht nur mit dem Überschuß, den unsere Viehzucht abwirft. Ich habe oft erfahren, daß manchen Dingen dort, wo sie hergestellt werden oder wo sie in Fülle vorhanden sind, ein geringerer Wert beigemessen wird als an Orten, an denen Mangel daran herrscht oder wo sich keiner auf ihre Herstellung versteht. Ein Mann, der mit ein paar Packpferden durch das Land zieht, kann auf diese Weise zu Gewinn kommen, ohne die Leute zu berauben.›

Als ich diese Worte hörte, war ich sehr erleichtert; denn ich hatte mir schon den Kopf zerbrochen, was nun weiter mit uns werden sollte. Auch die anderen priesen Hönis kluge Voraussicht und riefen ihm zu, er solle künftig unser Khan sein. Doch diesen Vorschlag lehnte Höni entschieden ab. ‹Bei Arnis Leuten soll es keinen mehr geben, der allein über die anderen zu bestimmen hat›, sagte er. ‹Wir sollten bei allem, was wir tun, gemeinsam beraten und dabei Arnis Worte und Taten bedenken.› Als er das gesagt hatte, stand ein anderer auf und sagte: ‹Keiner entsinnt sich besser der Worte Arnis als du, Höni. Wenn du schon nicht Khan genannt sein willst, dann wollen wir dich Arnis Stellvertreter nennen und nach deinem Tod jenen zum Nachfolger wählen, der Arnis Worte am besten auszulegen versteht.› Da alle diesem Vorschlag zustimmten, nahm Höni diese Würde an, und seither ist er das Oberhaupt von Arnis Leuten.»

«Mein Großvater wird sich freuen, wenn er hört, daß ihr Arnis Andenken so hoch in Ehren haltet», sagte Lauscher.

«Ja, das tun wir», bestätigte Günli. «Seine Hütte ist der Mittelpunkt unserer Ansiedlung, und unsere Ältesten treten in Arnis Stube zur Beratung zusammen. Wir bewahren dort auch alles auf, was uns von Arni geblieben ist, sein Gürtelmesser zum Beispiel und seinen Sattel. Nur der Stein, von dem er sagte, daß dieser ihn auf seinen Weg geführt habe, ist seit seinem Tod verschwunden, und wir Händler haben den Auftrag, überall im Land nach ihm zu suchen.»

«Das wird nicht mehr nötig sein», sagte Lauscher. Er öffnete sein Hemd, holte den Beutel hervor und nahm den Augenstein heraus. Die beiden Händler sprangen von ihren Sitzen auf und starrten auf den Stein in Lauschers Hand. «Arnis Stein!» riefen sie wie aus einem Munde, und Günli fügte hinzu: «Möge er ewig leuchten!»

Lauscher war verblüfft über die Wirkung, die der Anblick des Steins bei den beiden Männern hervorgerufen hatte. «Wenn ihr mich nicht hier angetroffen hättet», sagte er, «dann hätte mein Großvater euch Auskunft geben können, wo sich der Stein befindet.»

«Auf welche Weise ist er in deinen Besitz gelangt?» fragte Günli.

«Arni hat ihn mir gegeben, ehe er starb», sagte Lauscher und berichtete, wie es dazu gekommen war. Als er zu Ende gesprochen hatte, verneigten sich die beiden

Händler tief vor ihm, und Günli sagte: «Wir verehren in dir den rechtmäßigen Erben von Arnis Stein. Ich halte es nicht für einen Zufall, daß wir uns hier getroffen haben. Wer den erhabenen Spuren Arnis folgt, findet sein Ziel. Wir werden zu Hause berichten, wer jetzt der Träger des Steins ist, und dein Ansehen unter Arnis Leuten wird nicht geringer sein als jenes von Arnis Stellvertreter. Solltest du je geneigt sein, unsere armseligen Hütten zu besuchen, wirst du an Hönis Seite sitzen.»

«Ich bitte euch, nehmt wieder Platz!» sagte Lauscher. «Ihr erweist mir zu viel Ehre.» Aber er war dennoch beeindruckt davon, welche Stellung ihm sein Stein unter Arnis Leuten verlieh. War es das, was ihm Arni im Sterben noch hatte sagen wollen? Sollte er den Schimmer des Ruhms, den Glanz der Verehrung suchen? Beides würde er bei Arnis Leuten finden. Ob der Sterbende das vorausgeahnt hatte? Eine solche Sicht ins Künftige schienen diese Händler dem Toten durchaus zuzutrauen. «Ich muß vorerst bei meinem Großvater bleiben», sagte er, «denn er will mich in der Kunst des Flötens unterweisen. Danach will ich eurer Einladung gern Folge leisten.»

«Du wirst uns doppelt willkommen sein», sagte Günli, «als Träger des Steins wie als Enkel und Schüler des verehrungswürdigen Sanften Flöters.»

Bald danach brach Lauscher auf, denn es ging schon auf Mittag. Günli und Orri verabschiedeten sich von ihm unter vielen Verneigungen, wobei Günli die Einladung in die Häuser von Arnis Leuten in aller Form wiederholte und Lauscher noch einmal bat, seinen Großvater auf ihren Besuch vorzubereiten. Der Eselwirt begleitete Lauscher noch ein Stück. «Was hältst du von den beiden?» fragte er, als sie durch den Torweg gingen. «Früher hieß es: Trau keinem Beutereiter auf Pfeilschußweite! Und kaum haben sie sich ihre Zöpfe abgeschnitten, fließen die Kerle über von Höflichkeit und frommen Sprüchen.»

Lauscher zuckte mit den Schultern. «Sie haben eben ihre Sitten geändert, als sie sich von der Horde getrennt haben», sagte er. «Außerdem müssen Händler höflich sein, wenn sie Geschäfte machen wollen.»

Der Eselwirt lachte. «Da hast du auch wieder recht», sagte er. «Ich werde wohl künftig noch mehr solche Gäste zu beherbergen haben. Da Barlo die Wölfe vertrieben hat, wird jetzt auch der alte Handelsweg vom Fluß über das Waldgebirge nach Barleboog wieder in Gebrauch kommen. Günli hat mir jedenfalls gesagt, daß er mit seinem schweigsamen Reisegefährten dorthin unterwegs ist. Aber ich muß jetzt umkehren. Grüß deinen Großvater von mir und paß ein bißchen auf ihn auf. In letzter Zeit sah er ziemlich klapprig aus. Und sag mir Bescheid, wenn ihr etwas braucht.»

Nach dem Mittagessen erzählte Lauscher seinem Großvater von den beiden sonderbaren Gästen im Eselwirtshaus. Der Sanfte Flöter hörte aufmerksam zu und putzte dabei seinen goldenen Zwicker mit einem Ledertüchlein. «Arni hat offenbar nicht umsonst gelebt», beschloß Lauscher seinen Bericht.

«Das kann schon sein», sagte der Sanfte Flöter und setzte seinen Zwicker wieder auf die Nase. «Aber es ist doch merkwürdig, daß die eigenen Leute auf einen solchen Mann erst dann hören, wenn er tot ist. Als Lebender war er ihnen wohl zu unbequem.»

«Kommt es nicht vor allem darauf an, daß sie jetzt seinen Worten folgen?» fragte Lauscher.

Der Sanfte Flöter schüttelte den Kopf, daß sein Zwicker ins Tanzen geriet, und sagte: «Wer weiß denn, ob sie das wirklich tun? Arni kann ihnen jetzt nicht mehr widersprechen, wenn sie seine Worte so auslegen, wie sie es für richtig halten.»

«Ist es denn falsch, was Arnis Leute getan haben?» fragte Lauscher bestürzt; denn was Günli ihm berichtet hatte, war ihm durchaus einleuchtend erschienen.

«Das habe ich nicht behauptet», sagte der Sanfte Flöter, «und ich werde auch den beiden Händlern gegenüber nichts dergleichen äußern. Darüber wird man erst später urteilen können. Aber es ist immer leichter, Tote zu ehren als Lebende. Schon mancher hat sich den Namen eines Toten als Ruhmesmantel um die Schultern gelegt.»

«Du tust ihnen sicher unrecht», sagte Lauscher. «Im übrigen verehren Arnis Leute nicht nur einen Toten. Auch dich nennen sie den Verehrungswürdigen.»

Als er das hörte, lachte der Sanfte Flöter, daß seine Schultern zuckten und der Zwicker bis auf die Nasenspitze herunterrutschte. Er schaute Lauscher über die Gläser hinweg an und sagte: «Sie werden Augen machen, wenn sie das zittrige alte Männlein sehen, das ich jetzt bin.» Er rückte seinen Zwicker wieder zurecht und fügte hinzu: «Mag sein, daß man bei ihnen noch immer von einem jungen Herumtreiber spricht, der eine Zeitlang Arnis Freund war. Ihre Geschichtenerzähler werden ihn inzwischen so herausgeputzt haben, daß eine verehrungswürdige Gestalt daraus geworden ist, vielleicht eine Art Zauberer, der fabelhafte Dinge zuwege gebracht hat. Aber was hat das noch mit mir zu tun? Wir haben jetzt genug geschwätzt. Gib mir die Flöte herüber, damit ich dir deine nächste Stunde geben kann.»

So verging der Nachmittag wieder mit dem Üben von Griffen. «Deine Finger müssen die richtigen Löcher auf der Flöte so selbstverständlich finden, daß du nicht mehr darüber nachdenken mußt, wie der Ton zu greifen ist, den du gerade brauchst», sagte der Sanfte Flöter. Unter seiner unnachgiebigen Anleitung übte Lauscher bis zum Abend einzelne Töne, Intervallsprünge und Tonleitern, und auch diesmal wurde ihm nicht erlaubt, eine zusammenhängende Melodie zu spielen. Schließlich wurde der Sanfte Flöter müde und sagte: «Genug für heute. Ich gehe jetzt schlafen. Du weißt ja, wo in der Küche alles steht, wenn du noch etwas essen willst. Ich bin nicht hungrig. Schlaf gut und träume nicht zu viel!»

Lauscher schnitt sich in der Küche ein Stück Brot ab, bestrich es dick mit Butter und Honig, aß danach noch einen Apfel und ging dann hinauf in sein Zimmer, in dem er damals zusammen mit Barlo geschlafen hatte. Er legte sich auf sein Bett, aber er war noch nicht schläfrig und dachte darüber nach, was er tun würde, wenn sein Unterricht beim Sanften Flöter abgeschlossen war. Bisher hatten seine Vorstellungen von der Zukunft nicht viel weiter gereicht als bis zum Hause seines Großvaters. Aber heute hatte ihm Günli ein Ziel gewiesen. ‹Ich halte es nicht für einen Zufall, daß wir uns hier getroffen haben›, hatte er gesagt. Und Lauscher neigte immer stärker dazu, ihm zu glauben. Ob es sein Stein war, der ihn zu dieser Begegnung geführt hatte? Ihm schien, als sehe er plötzlich alles, was bisher geschehen war und was künftig geschehen würde, in einem neuen Licht, und er versuchte sich auszumalen, welche Richtung sein Leben durch diese Wendung der Dinge nehmen würde. Und während er so auf dem Bett lag, fielen ihm die Augen zu, und seine Gedanken verloren sich in den

Traum von Lauschers Besuch bei Arnis Leuten

Er ritt auf seinem Pferd Schneefuß an der Grenze zwischen Waldgebirge und Steppe entlang immer weiter nach Norden; denn so viel wußte er, daß er hier irgendwo auf die Ansiedlung von Arnis Leuten stoßen mußte. Schon viele Wochen war er in dieser unwirtlichen Gegend unterwegs, und er konnte sich nicht mehr erinnern, wie viele Tage es her war, daß er sein letztes Stück Brot gegessen hatte. Nur mit Mühe hielt er sich noch im Sattel und suchte verzweifelt den Horizont nach dem Rauch aus den Hütten von Arnis Leuten ab, während im Westen die Sonne schon hinter den bewaldeten Hängen des Gebirges untertauchte. In seiner Verzweiflung zog er seine silberne Flöte hervor, setzte sie an die Lippen und rief um Hilfe:

> Herbei, herbei
> in Steppe und Wald,
> wer immer es sei,
> er komme bald,
> ob Amsel, ob Kröte,
> ob Eselein,
> er folge der Flöte
> und finde sich ein,
> denn ich trag den Stein!

Als er die Flöte absetzte, antwortete dicht über seinem Kopf ein vertrauter Dreiklang. Er blickte auf und sah auf dem untersten Zweig einer Birke die Amsel sitzen. «Hast du dich wieder einmal verlaufen?» sagte sie. «Hier in diesem fremden Land kann ich dir den Weg nicht zeigen. Ich habe immer nur gewußt, in welcher Richtung es zum Haus deines Großvaters geht, aber dorthin willst du jetzt wohl nicht reiten, denn du hast anderes im Sinn.»

«Willst du mir nicht helfen?» fragte Lauscher.

«Ich kann nicht», sagte die Amsel. «Es wird schon dunkel, und in der Nacht fürchte ich mich. Ich werde mir jetzt einen hohen Zweig als Schlafplatz suchen. Reite nur weiter! Du wirst schon irgendwo ankommen.» Sie flötete noch einmal ihren Dreiklang, flog hinüber zum Wald und tauchte im Dunkel der Baumkronen unter.

Da trieb Lauscher sein Pferd weiter und ritt den Weg zwischen Steppe und Berghang entlang, bis der letzte Streifen Abendrot über den Wipfeln verblaßte. Finsternis kroch über den Himmel heran, und er wußte nicht, war es die Nacht, die hereinbrach, oder stieg ihm seine Schwäche schwarz vor den Augen auf. Er hielt sein Pferd wieder an und rief zum zweiten Mal um Hilfe:

> Herbei, herbei
> in Steppe und Wald,
> wer immer es sei,
> er komme bald,
> nicht Amsel, doch Kröte
> und Eselein,
> ach, folgt meiner Flöte
> und findet euch ein,
> denn ich trag den Stein!

Kaum hatte er zu Ende gespielt, raschelte es vor den Hufen von Schneefuß im Gebüsch, und die Kröte kroch hervor. «Weißt du nicht mehr weiter, Lauscher», sagte sie kichernd, «daß du so erbärmlich um Hilfe rufst? Ich dachte, du wolltest es aus eigener Kraft zu etwas bringen? Hat dir das bißchen Hunger schon den Mut genommen? Du wirst noch viel schlimmeres Elend ertragen müssen, wenn du dein Ziel finden willst!»

«Willst du mir nicht helfen?» fragte Lauscher.

«Ich kann nicht», sagte die Kröte. «Weiß ich denn, worauf du aus bist? Außerdem krieche ich viel zu langsam, als daß ich dir Hilfe holen könnte. Da muß du dich schon auf dein Pferd verlassen. Reite nur weiter! Du wirst schon irgendwo ankommen.» Die Kröte blickte ihn noch einmal mit ihren schönen Goldaugen an, dann schüttelte sie den Kopf und kroch langsam davon.

Lauscher schaute ihr nach, bis sie zwischen den breiten Huflattichblättern am Wegrand verschwand.

Als er sein Pferd im Schritt weitergehen ließ, konnte er vor den Hufen kaum noch den Weg erkennen. Im Osten breitete sich die endlose Steppe aus und verschmolz mit dem schwarzen Nachthimmel. Lauscher starrte hinaus in die Finsternis, um irgendwo ein Licht, den Widerschein eines Feuers zu entdecken, doch es flimmerte vor seinen Augen. Waren das Sterne, die in flammenden Bogen über den Himmel zogen oder in seinem Hirn kreisten? Schwindel erfaßte ihn, er wankte und glitt aus dem Sattel, während Schneefuß neben ihm stehenblieb und sein Gesicht mit schnaubenden Nüstern betastete. Mit letzter Kraft setzte Lauscher noch einmal seine Flöte an die Lippen und rief zum dritten Mal um Hilfe:

> Herbei, herbei
> in Steppe und Wald,
> wer immer es sei,
> er komme bald,
> Weder Amsel noch Kröte,
> doch mein Eselein,
> komm, folge der Flöte
> und finde dich ein,
> denn ich trag den Stein!

In den letzten Ton der Flöte mischte sich schon das Trappeln von Hufen, das sich von der Steppe her näherte. Lauscher öffnete die Augen und sah seinen Esel in gestrecktem Galopp heransprengen. Er flog in kühnem Satz über die letzten Büsche und bremste dann seinen Lauf so jäh, daß Schneefuß erschreckt zur Seite tänzelte.

«Da bist du ja endlich, Jalf», sagte Lauscher. «Willst auch du mir nicht helfen?»

Jalf stieß einen wilden Eselsschrei aus und sang:

> Ich folge der Flöte
> und helfe dir bald,
> eh Morgenröte
> steigt über den Wald.
> Wer immer es sei,
> dein Eselein,
> das holt ihn herbei
> vor der Sonne Schein,
> denn du trägst den Stein.

«Dann lauf schnell und suche Arnis Leute», sagte Lauscher, «damit ich hier nicht Hungers sterben muß.»

Jalf nickte dreimal, zum Zeichen, daß er verstanden hatte, und preschte ebenso schnell davon, wie er gekommen war. Das Getrappel seiner Hufe entfernte sich rasch und verklang in der Ferne. Lauscher ließ sich ins Gras zurücksinken, schloß die Augen und lauschte hinaus in die Nacht. Da war der Wind, der sirrend durch das steife Steppengras strich und dann raschelnd in das Laub der Bäume am Waldrand fuhr, hohes Sirren und Schwirren und dann wieder tiefes Brausen und Rascheln. Das klang wie ein Gespräch zwischen Frauen und Männern. Je länger er zuhörte, desto deutlicher glaubte er Stimmen zu vernehmen und nach und nach auch einzelne Worte zu verstehen. Von der Steppe her klang es: ‹Hier liegt einer, der ist in die Irre geritten, bis sich ihm die Sinne verwirrten. Wißt ihr, wer es ist?› und vom Wald her kam die Antwort: ‹Rasch wollte er hoch hinaus, aber draußen, wo unterm Nachtsturm die Bäume rauschen, hält ers nicht aus.› In das Rauschen mischten sich jetzt wieder die hellen Stimmen der Steppe: ‹Wird er Hilfe finden, ehe die Gestirne am Himmel schwinden?› und wieder antwortete der Wald: ‹Aus Arnis Haus laufen Männer heraus, haschen nach Gäulen, füllen die Taschen, brausen husch husch durchs Gebüsch.›

Als Lauscher das hörte, faßte er Hoffnung. Er richtete sich auf, aber von draußen war noch immer kein anderer Laut zu hören als das Singen und Brausen des Windes. Wieder strich es über die Steppe heran: ‹Wird dieser Verirrte wissen, daß es nichtig ist, den Stein zu besitzen, wenn er vergißt, ihn richtig zu nützen?› Dann brauste wieder das Laub: ‹Lauscht er nach draußen und schaut er die Augen, wird der Zauber zerhauen, aber die grausigen Wölfe huschen ihm nach.›

Während er noch nachdachte, was diese seltsamen Worte bedeuten sollten, sah er am Rande der Steppe schwankende Lichter, die sich näherten. Dann hörte er auch den dumpfen Aufschlag von Hufen, allen voran das rasche Getrappel Jalfs, der wie ein grauer Schatten über die Steppe heranfegte und seinen rauhen Eselsschrei ertönen ließ, um den Reitern, die ihm nachfolgten, anzuzeigen, daß sie ihrem Ziel nahe waren. Jalf blieb neben Lauscher stehen und stupste ihn mit dem Maul an, als wolle er feststellen, ob sein Freund noch am Leben sei. Als Lauscher ihn im Stirnfell kraulte, schnaubte Jalf zufrieden. Gleich darauf sprengten auch die Reiter heran, sprangen von ihren Pferden und liefen mit erhobenen Windlichtern herüber zu Lauscher. Es waren drei Männer in der Tracht der Beutereiter, aber ohne Zöpfe.

«Arnis Leute», sagte Lauscher erleichtert.

«Ja, wir sind Arnis Leute», sagte der älteste der drei, ein grauhaariger, magerer Mann, dessen dünner Schnurrbart in langen Zipfeln über die Mundwinkel herabhing. «Hast du uns gesucht?»

«So lange, daß ich dabei fast verschmachtet wäre», sagte Lauscher.

Der Alte gab einem seiner Begleiter einen Wink, und dieser reichte ihm daraufhin ein rundes, apfelgroßes Gefäß. «Trink einen Schluck!» sagte der Alte zu Lauscher. «Das wird dich wieder zu Kräften bringen.»

Lauscher setzte die Flasche an die Lippen und kostete das Getränk. Es schmeckte säuerlich-süß, prickelte ein bißchen und floß ihm dick wie Honig durch die Kehle. Er nahm einen kräftigen Schluck und spürte sogleich eine köstliche Erfrischung, die ihm Hunger und Durst zugleich stillte und sich rasch seinen Gliedern mitteilte.

«Wirst du reiten können?» fragte der Alte. «Es ist nicht mehr weit.»

Lauscher versuchte aufzustehen, und zu seiner Verwunderung fühlte er sich völlig wiederhergestellt. «Nach diesem Trank könnte ich mit euch sonstwohin reiten», sagte er.

Der Alte lächelte. «Das scheint dir nur so», sagte er. «Nach einer Stunde wirst du plötzlich müde werden und sehr lange schlafen. Aber bis dahin sind wir längst bei unseren Häusern.»

«Ich danke euch, daß ihr mir zu Hilfe gekommen seid», sagte Lauscher. «Ihr werdet wissen wollen, wer ich bin und was mich zu euch geführt hat.»

«Jetzt nicht», sagte der Alte. «Dafür wird Zeit sein, wenn du dich ausgeruht hast. Rede erst dann mit dem Gast, wenn er satt ist und ausgeschlafen hat, heißt es bei uns. Steig auf dein Pferd und komm, damit dich die Müdigkeit nicht übermannt, ehe wir zu Hause sind.»

Jetzt, wo er sich wieder frisch fühlte, fand Lauscher diesen Brauch ärgerlich. Er hätte gern gesehen, was dieser Mann für Augen machte, wenn er erfuhr, daß er den Träger des Steins vor sich hatte. Er tröstete sich mit dem Gedanken, daß er diesen Augenblick irgendwann noch würde auskosten können, und schwang sich auf sein Pferd.

Während sie langsam an der Grenze zwischen Steppe und Wald entlangritten, hörte Lauscher wieder den Wind durch das hohe, dürre Gras streichen. ‹Jetzt ist er gleich am Ziel›, klang es herüber, und als der Wind das Laub in den hohen Baumkronen links des Weges bewegte, rauschte es: ‹Das glaubt er wohl auch, aber die Wölfe hasten raschelnd auf Lauschers Spur.»

Dann legte sich der Wind, und sie ritten weiter durch die Nacht. Im Schein der Windlichter erschienen die bauchigen Umrisse von Büschen, hoben sich wie unförmiges Getier aus dem Dunkel und versanken wieder hinter der Grenze des flackernden Lichtkreises. Dann tauchten weiter vorn am Weg die kantigen Silhouetten von Häusern auf, helle Fenster blickten den Reitern entgegen, und der Rauch von Holzfeuer hing in der kühlen Nachtluft. Vor einem größeren Haus zügelte der Alte sein Pferd und sagte: «Wir sind zu Hause. Steig ab, komm herein und sei mein Gast!»

Lauscher ließ sich von seinem Pferd gleiten. Während er auf die Tür zuging, fühlte er eine wohlige Müdigkeit in seinen Gliedern. In der Stube nahm ihn eine Frau beim Arm und führte ihn geradewegs zu einem Bett. Schon halb im Schlaf ließ Lauscher es zu, daß sie ihm beim Auskleiden half. Dann hieß sie ihn, sich hinzulegen, und breitete eine wollene Decke über ihn. Seltsame Augen hat diese Frau, dachte Lauscher, während ihm die Lider zufielen. Ihm war, als stürze er in einen bodenlosen Abgrund, in immer tiefere Finsternis, nur diese Augen standen hoch über ihm, zwei unendlich weit entfernte Sterne am Nachthimmel, und sein rasender Absturz blieb unter diesem Doppelgestirn ohne Angst.

Als er aufwachte, stand die Abendsonne schon niedrig über dem Wald und warf einen schrägen Lichtbalken in die Stube. Lauscher setzte sich auf, und im gleichen

Augenblick erhob sich die Frau, die ihn zu Bett gebracht hatte, von einem Kissen neben der Tür und huschte hinaus. Ob sie die ganze Zeit über bei ihm gewacht hatte? Nach kurzer Zeit kehrte sie zurück, stellte einen Napf mit dampfender Suppe auf eine kunstvoll geflochtene Matte auf dem Boden und legte frisch gebackene kleine Weizenbrote daneben. Dann blickte sie ihn an und sagte: «Steh auf und iß!»

Wieder fielen Lauscher ihre Augen auf. Ihm war, als habe er sie schon einmal gesehen. Ehe er jedoch fragen konnte, ob sie einander schon begegnet seien, verließ die Frau rasch die Stube. Er stand auf, zog sich an und setzte sich auf eines der ledernen Kissen, die rings um die Matte lagen. In dem Napf war eine kräftige Fleischsuppe mit allerlei Gemüsen darin. Lauscher zog den köstlichen Duft ein und fing langsam an zu essen. Mit jedem Löffel breitete sich die Wärme in seinem Leib aus und erfüllte ihn mit Wohlbehagen. Schließlich war der Napf geleert, und Lauscher wischte ihn noch mit einem Brocken Brot aus. Dann stand er auf und blickte aus dem Fenster. Links erstreckten sich die bewaldeten Höhenzüge des Vorgebirges bis zum Horizont, und rechts davon glänzte die weite Steppe unter der Abendsonne wie ein goldseidener Teppich. In einiger Entfernung schritten weidende Pferde langsam durch das hohe Gras. Lauscher sah zu, wie die Tiere ihre Hälse beugten und mit dem Schweif nach Fliegen schlugen. Da wurde hinter ihm die Tür geöffnet. Er drehte sich um und blickte den Eintretenden entgegen, einem außergewöhnlich großen, trotz seiner weißen Haare kraftvollen Mann, dem jener Alte folgte, der Lauscher in der Nacht aufgefunden hatte.

«Ich bin Höni, Arnis Stellvertreter», sagte der Weißhaarige. «Wanli hat mir berichtet, daß du auf dem Weg zu unseren Häusern warst, als dich die Kräfte verließen. Ich hoffe, du bist jetzt ausgeruht und auch nicht mehr hungrig.»

«Deine Leute haben gut für mich gesorgt», sagte Lauscher. «Offenbar habe ich einen ganzen Tag verschlafen.»

Um Hönis Mundwinkel zuckte die Andeutung eines Lächelns. «Einen Tag?» sagte er. «Fast drei Tage! Aber das war nach dem Trank, mit dem Wanli dir auf die Beine geholfen hat, nicht anders zu erwarten. Fühlst du dich kräftig genug für ein Gespräch?»

«So kräftig, daß ich gleich wieder reiten könnte, wenn ich nicht schon am Ziel wäre», sagte Lauscher.

«Dann setz dich, damit wir reden können», sagte Höni. Er wartete, bis der Gast auf einem Kissen Platz genommen hatte, dann suchte auch er sich einen Sitz und gab Wanli einen Wink, daß er sich gleichfalls setzen solle. «Du sagst, daß du am Ziel seist», begann er dann die Unterredung, ohne unhöfliche Fragen zu stellen.

«Ja», sagte Lauscher, «ich war unterwegs zu den Häusern von Arnis Leuten.» Und wie zur Erklärung dieses Vorhabens fügte er hinzu: «Mein Name ist Lauscher.»

Als er diesen Namen hörte, hob Höni den Kopf und sagte: «Meine Ahnung hat sich erfüllt. Du bist der Enkel des verehrungswürdigen Sanften Flöters, der Sohn des Großen Brüllers und – wie man uns berichtet hat – jener, den Arni – sein Name sei gepriesen bis ans Ende der Zeiten! – zum Träger des Steins erhoben hat.»

Statt einer Antwort öffnete Lauscher den Beutel, den er auf der Brust trug, und wies den Stein vor. Die beiden alten Männer standen von ihren Kissen auf und verbeugten sich tief, ohne den Blick von dem Augenstein zu lösen.

«Wir verneigen uns in Ehrfurcht vor dem Geheimnis Arnis, das wir so spät erkannt haben», sagte Höni. «Wir verneigen uns aber auch vor dir; denn Arni – seine Weisheit möge nie bezweifelt werden! – hat dich dazu ausersehen, sein Erbe anzutreten.»

Lauscher genoß die Situation. Schließlich war es Arnis Stellvertreter höchstpersönlich, der sich hier vor ihm verneigte, und nicht nur ein belangloser Reisender wie Günli, bei dem man ein solches Gehabe für die unterwürfige Höflichkeit eines Händlers hätte halten können. Hier bei Arnis Leuten würde er nicht irgend jemand sein, der Diener eines fahrenden Spielmanns zum Beispiel oder ein Junge, über den sogar Kröten lachen, weil er noch nicht weiß, was er will. Jetzt wußte er, wo sein Platz war. Hier galt er etwas, und das nicht nur deshalb, weil er einen berühmten Großvater hatte. Er weidete sich noch ein wenig am Anblick der beiden geneigten Scheitel, des weißhaarigen und des grauen, und dann sagte er:

«Es wäre mir lieb, wenn ihr wieder Platz nehmen würdet. Im Sitzen spricht sich's leichter.»

«Nicht, so lange wir Arnis Geheimnis unverhüllt vor Augen haben», sagte Höni. «Dieser Anblick zwingt uns zu einer ehrfürchtigen Haltung.»

Da steckte Lauscher seinen Stein wieder in den Beutel und bat die beiden Männer nochmals, sich wieder auf ihre Kissen zu setzen. «Nun weiß ich», sagte er dann, «daß ich wirklich am Ziel bin; denn ich gedenke bei euch zu bleiben.»

«Dies ist für uns alle ein Tag der Freude», sagte Höni, und man konnte seiner Miene ansehen, daß er diese Worte ernst meinte. «Wir haben auf deine Ankunft gehofft, seit uns Günli von dir erzählt hat, und als vor drei Tagen dein Esel schreiend in unsere Ansiedlung gerast kam, mit den Hufen donnernd gegen die Tür von Arnis Hütte schlug und dann mit dem Maul an den Halftern der Reitpferde zerrte, die vor den Häusern angebunden waren, da ahnte ich schon, wen wir abholen sollten; denn Günli hatte erzählt, daß du einen Esel zum Freund hast, der Jalf genannt wird.» Als er das gesagt hatte, flüsterte er Wanli etwas zu, worauf dieser sich erhob und hinausging.

«Weißt du, wo Jalf geblieben ist?» fragte Lauscher.

«Nein», sagte Höni. «Wanli sagte, er sei in die Nacht hinausgerannt, sobald du gefunden warst, und nicht mehr zurückgekommen. Dein Pferd jedoch ist gut versorgt und steht in meinem Stall. Du wirst einstweilen bei mir wohnen, bis wir dir ein eigenes Haus eingerichtet haben.»

Während er noch redete, entstand draußen Unruhe, Stimmengewirr war zu hören, das zunehmend lauter wurde, als versammle sich eine große Menge von Leuten. Lauscher sah Männer eilig vor dem Fenster vorübergehen, einzeln und in Gruppen, und viele von ihnen schauten herüber zu dem Haus, in dem er mit Höni saß. Höni bemerkte Lauschers Blicke und sagte: «Ich habe für heute abend eine Versammlung vor Arnis Hütte einberufen, damit jeder erfährt, wer zu uns gekommen ist.»

«Muß ich zu den Leuten reden?» fragte Lauscher und fühlte sich durchaus nicht wohl bei diesem Gedanken. Wieder zuckten Hönis Mundwinkel, als wolle er ein Lächeln unterdrücken. «Vorerst genügt es, wenn du dich ihnen zeigst», sagte er und stand auf. «Komm! Wir wollen hinausgehen.» Er ließ Lauscher den Vortritt, und sobald sie aus der Tür traten, brachen die Leute ihre Gespräche ab und blickten ihnen schweigend entgegen. Lauscher schaute sich um. Er befand sich auf einem kreisrunden, rings von festen Blockhäusern umstandenen Platz, in dessen Mitte eine altersgraue, aus rohen Stämmen errichtete Hütte stand. Mehr als hundert Männer hatten sich hier versammelt, Männer in den ledernen Kleidern der Beutereiter, aber mit glatt herabhängendem, ungeflochtenem Haar.

Höni legte die rechte Hand auf Lauschers Schulter und führte ihn durch die Gasse, die von den Männern ehrerbietig geöffnet wurde, bis hinüber zur Tür von Arnis Hütte. Dort wendete er sich zu der Versammlung und hielt dabei weiter Lauschers Schulter fest, so daß dieser zu seiner Rechten zu stehen kam. Noch nie hatte Lauscher so viele Augen auf sich gerichtet gesehen, und wenn er jetzt hätte reden sollen, wäre kein Wort über seine Lippen gekommen. Er war froh, als dieser Augenblick des Schweigens vorüber war und Höni zu sprechen anfing. «Seit drei Tagen haben wir einen Gast in unseren Häusern», sagte er. «Von weit her ist er zu uns geritten und hat große Entbehrungen auf sich genommen, um bei uns zu wohnen. Er scheint ein Fremder zu sein und ist dennoch einer von Arnis Leuten. Es ist Lauscher, der Träger von Arnis Stein.»

Wie das Aufrauschen von Baumkronen unter einem jähen Windstoß erhob sich murmelndes Stimmengewirr. Lauscher fühlte sich von Hönis Hand nach vorn geschoben und blickte über die Köpfe der versammelten Männer hinweg zu dem Haus, in dem er drei Tage lang geschlafen hatte. Die Frau, die bei ihm gewacht hatte, trat eben aus der Tür und blickte zu ihm herüber. Trotz der Entfernung sah er ihre Augen auf sich gerichtet, als stünden sie unmittelbar vor seinem Gesicht, diese Augen, die ein Erinnerungsbild in ihm wecken zu wollen schienen, das dennoch verschüttet blieb.

Während er noch hinüberstarrte und sich unfähig fühlte, seinen Blick aus jenem dieser Frau zu lösen, hörte er, wie Höni hinter ihm flüsterte: «Zeig ihnen den Stein!» Wie unter einem Zwang griff Lauscher zu dem Beutel, zog den Stein hervor und hob ihn in die Höhe, daß sich die letzten Strahlen der untergehenden Sonne in ihm fingen und den Augenkreis in glühenden Farben aufleuchten ließen. Mit einem Schlag waren die Männer verstummt und blickten gebannt auf das funkelnde Farbenspiel. Bewunderung sprach aus ihren Augen, ja Verehrung für diesen Stein und auch für seinen Träger, dem es zukam, dieses Kleinod zu hüten. Deutlich meinte Lauscher dies alles in den Mienen der Männer zu lesen. Der Besitz des Steins erhob ihn hoch über das Volk von Arnis Leuten, und das war es, was Arni ihm hatte schenken wollen. Die Zeit des Dienens und des ziellosen Umherirrens war für immer vorüber. Er blickte über die Menge hinweg zu der Frau, um auch aus ihren Augen diese Verehrung entgegenzunehmen, doch er sah nur noch, daß sie ihm den Rücken zugewendet hatte und langsam zwischen den Häusern davonging. Einen Augenblick lang war er versucht, ihr nachzulaufen, doch dann wurde ihm bewußt, wie unziemlich es sein würde, diese feierliche Versammlung wegen einer Frau zu stören, die hier obendrein nichts zu suchen hatte. Schließlich war das hier Männersache. Und gleich darauf hätte er ohnehin keinen Schritt mehr von der Stelle gehen können; denn Arnis Leute umringten ihn nun von allen Seiten und begannen immer lauter seinen Namen zu rufen: Lauscher, Lauscher, Lauscher!

Diese brausenden Rufe klangen ihm noch im Ohr, als er die Augen öffnete und sich auf seinem Bett wiederfand. Es mußte das Rauschen in den Bäumen vor dem Fenster gewesen sein, das ihn geweckt hatte. Heftige Windstöße fuhren in das Laub der alten Linden, und in der Ferne hellte Wetterleuchten den Himmel auf und warf die Schatten wild bewegter Äste an die weiß gekalkte Zimmerwand. Oder reckten noch immer die Männer ihre Arme in die Höhe, um ihm zuzuwinken, schwankende Schatten mit knotigen Fingern, die nach ihm zu greifen schienen? Er schloß die Augen und fühlte sich wieder emporgehoben von der Verehrung, die Arnis Leute ihm entgegenbrachten. Doch da war irgendetwas gewesen, das die Erhabenheit dieser Stunde gestört hatte, ein Rest von Unsicherheit, eine unerfüllte Erwartung, aber er konnte sich nicht erinnern, was den Glanz dieses Traums verdüstert hatte. Je länger er darüber nachgrübelte, desto undeutlicher wurden die Bilder, die er festzuhalten versuchte. Schließlich blieb ihm nichts mehr davon übrig als das Rauschen der Bäume im Wind, das ihn wieder einschlafen ließ.

Am Morgen regnete es. Die Blätter der Linden tropften, und die Äste waren schwarz vor Nässe. Nach dem Frühstück erinnerte Lauscher seinen Großvater an den bevorstehenden Besuch der Händler, die sich Arnis Leute nannten.

«Hol einen Krug Vogelbeergeist aus dem Keller!» sagte der Sanfte Flöter. «Bei diesem Wetter sollte man Reisenden eine wärmende Stärkung anbieten.» Er beschrieb, auf welchem Regal dieser Krug zu finden sei, und Lauscher stieg mit einer brennenden Kerze durch die Falltür im Küchenboden über eine hölzerne Treppenleiter hinab in das Gewölbe unter dem Haus. Der flackernde Lichtschein

geisterte über Wandbretter, auf denen Reihen von irdenen Töpfen neben allerlei
großen und kleineren Krügen standen. Jedes der Gefäße war mit einem pergamentenen Zettel versehen, auf dem der Inhalt verzeichnet war, teils in einer ungelenken, weit ausfahrenden Handschrift, die wohl von der Großmutter stammte;
denn diese Aufschriften zeigten nahrhafte Dinge an: Brombeermus, Quittengelee,
Honig, Schweineschmalz oder Birnen- und Apfelmost.

Weiter hinten standen kleine Krüge, deren Zettel mit zierlichen, spinnwebfei-
nen Buchstaben beschriftet waren, die Lauscher der Hand seines Großvaters
zuwies. ‹Der Geist der Meisterwurz, herb für die Zunge, doch sanft für den
Magen›, war da zu lesen, und auf dem nächsten Krug: ‹Der Geist der Vogelbeere,
beflügelt den Sinn und wärmt die Glieder›. Das war's, was er suchte. Doch ehe er
den Krug vom Regal nahm, wurde er neugierig darauf, was sein Großvater hier
sonst noch an stärkenden Getränken verwahrte. Da fand sich ein Auszug aus den
Blüten des Wohlverleih mit dem Vermerk ‹kühlt Beulen und heilt Wunden›, und
auf dem nächsten Krug war geschrieben:

> Tausendgüldenkraut,
> Gentianenwurz,
> Bitteres ist hier gebraut.
> Trinks im Sturz!

Lauscher wollte schon den Rückweg antreten, als der Schein seiner Kerze auf drei
apfelgroße Krüglein fiel, die versteckt hinter den anderen standen. Er rückte jenes
mit dem bitteren Gebräu beiseite und hob sein Licht. Die Schrift auf den Zetteln
war verblaßt, und die Buchstaben zeigten fremdartige Formen. Lauscher nahm
eines der Krüglein aus dem Regal, hielt es dicht neben die Kerze und las:

> Ein Tropfen:
> süßer Traum für eine Nacht
> und nie wieder.
> Zwei Tropfen:
> Sturz in den Abgrund
> und immer wieder.
> Drei Tropfen:
> Tod und Vergessen
> für immer.

Er schauderte und stellte das Gefäß rasch an seinen Platz. Dieses Getränk bot man
Gästen wohl besser nicht an. Obwohl er das Gefühl hatte, etwas Unerlaubtes zu
tun, konnte er doch nicht widerstehen, auch die Schrift auf dem nächsten Krüglein
zu lesen. Sie lautete:

Kraft für eine Stunde,
Schlaf für drei Tage.
Mach schnell,
daß du nach Hause kommst!

Lauscher stutzte. Hatte er dergleichen nicht schon einmal gehört? Die Stimme klang ihm noch im Ohr, die zu ihm gesagt hatte: ‹Komm, damit dich die Müdigkeit nicht übermannt, ehe wir zu Hause sind!› Ein Mann hatte diese Worte gesprochen. Aber wann und wo? Die Erinnerung blieb unscharf und wollte sich nicht packen lassen. Während er noch dastand und darüber nachgrübelte, hörte er von oben den Sanften Flöter rufen: «Kannst du den Krug nicht finden?»

Lauscher schrak zusammen. «Doch! Ich hab ihn schon!» rief er, stellte das Krüglein rasch an seinen Platz zurück und schob den größeren mit dem Magenbitter aus Enzian und Tausendgüldenkraut wieder davor, nicht ohne noch einen Blick auf den Zettel des dritten dieser geheimnisvollen Gefäße zu werfen. Aber die Schrift war so verblichen, daß er nichts lesen konnte. Dann nahm er den Vogelbeergeist vom Wandbrett und stieg wieder hinauf in die Küche.

«Du hast lange gebraucht», stellte der Sanfte Flöter fest.

Lauscher zuckte mit den Schultern. «Da stehen so viele Sachen . . .» sagte er vage.

Sein Großvater warf ihm einen scharfen Blick zu. «Du hast wohl ein bißchen gestöbert?» sagte er.

Lauscher errötete. «Ich mußte doch die Schildchen lesen, um das richtige zu finden», verteidigte er sich.

«Und manche davon sind schwer zu entziffern», sagte der Sanfte Flöter lächelnd. Dann wurde er ernst und fügte hinzu: «Ich fürchte, dort unten steht so mancherlei, das besser im Dunkel des Gewölbes verborgen bleibt.»

Ehe sich Lauscher eine Antwort zurechtlegen konnte, kam die Amsel zum Fenster hereingeflattert, setzte sich auf die Schulter des Sanften Flöters und zwitscherte ihm etwas ins Ohr. Er neigte den Kopf zu ihr herab, um sie besser zu hören, und sagte dann: «Dank für die Botschaft, meine Freundin!», und als Lauscher ihn fragend anblickte, sagte er zu ihm: «Unsere Gäste reiten heran. Hol vier von den kleinen Zinnbechern aus dem Schrank und stell sie samt dem Krug auf den Tisch in der Stube!»

Gleich darauf war von draußen Hufschlag zu hören und das Klirren von Pferdegeschirr. Der Sanfte Flöter ging zur Haustür und öffnete sie, um die Gäste auf der Schwelle zu empfangen. Sobald die beiden Händler den Sanften Flöter erblickten, sprangen sie von ihren Pferden, blieben, obwohl sie noch einige Dutzend Schritte vom Haus entfernt waren, draußen im Regen stehen, rissen ihre Pelzkappen vom Kopf und verbeugten sich so tief, daß ihr glatt herabhängendes Haar ihre Gesichter verbarg.

Der Sanfte Flöter sah dies mit Verwunderung, und die Lachfältchen an seinen Augenwinkeln begannen sich sanft zu knittern. «Wenn ihr einen alten Mann besuchen wollt, dann kommt näher, tretet ein und seid meine Gäste!» rief er ihnen zu. Da richteten sich die beiden Männer auf, führten ihre Pferde zum Haus und banden sie an eine der Linden. Dann traten sie vor den Sanften Flöter, und als sie sich nochmals verbeugt hatten, ergriff Günli das Wort und sagte: «Du erweist zwei bescheidenen Händlern von Arnis Leuten eine große Gunst, Verehrungswürdiger, daß du sie als Gäste in dein Haus einlädtst.»

«Ach was», sagte der Sanfte Flöter, «macht keine langen Umstände und kommt herein! Ihr seid schon naß genug.»

Trotz dieser nochmaligen Aufforderung machten die höflichen Besucher doch noch allerlei Umstände und überreichten in der Tür dem Sanften Flöter zunächst unter vielen Verneigungen und Gesten der Ergebenheit als Gastgeschenk einen in feinsten Knoten geknüpften Seidenteppich und ein Schachspiel, dessen Figuren aus milchweißem Bergkristall und honigbraunem Rauchquarz geschnitten waren. «Möge es dich stets erinnern an die Weisheit Arnis, der die Wege der Menschen vorausschaute wie ein guter Spieler die Züge der Figuren», sagte Günli.

«Hat er das?» sagte der Sanfte Flöter. «Nun, jedenfalls verstand er sich auf's Schachspielen, und er hat manchen dabei hereingelegt.»

Die Händler schienen etwas befremdet über diese nach ihren Ansichten wohl zu despektierliche Äußerung ihres Gastgebers, aber als er sie nun zum dritten Male einlud, konnten sie endlich dazu gebracht werden, Haus und Stube zu betreten und nach einiger Nötigung auch am Tisch Platz zu nehmen, allerdings nicht eher, als bis sich der Sanfte Flöter gesetzt hatte. Er füllte die vier Zinnbecher mit Vogelbeergeist und sagte: «Trinkt erst einmal einen Schluck zum Aufwärmen!»

Ohne eine Miene zu verziehen, gossen Günli und Orri das starke Gebräu hinunter, als sei schieres Wasser in ihren Bechern. Durch diesen Anblick ermutigt, nahm auch Lauscher einen kräftigen Schluck, der ihm wie geschmolzenes Blei durch die Kehle schoß, um gleich darauf im Magen als Feuerball zu explodieren. Für einen Augenblick war ihm, als habe ihm jemand ein glühendes Messer in den Leib gerammt, doch dann milderte sich diese jähe Hitze und breitete sich in wohligen Wellen über den ganzen Körper aus. Lauscher atmete tief durch und versuchte dem Gespräch der anderen zu folgen, dessen erste Sätze nur wie fernes Rauschen an sein Ohr gedrungen waren. Günli und Orri saßen auf der Vorderkante ihrer Stühle, als wollten sie jeden Augenblick aufspringen, um dem Sanften Flöter aufs Neue ihre Ergebenheit zu bezeugen. «Verehrungswürdiger», sagte Günli und verneigte sich bei dieser Anrede, «man erzählt in unseren armseligen Hütten viele Geschichten über deine Freundschaft mit Arni, der unser aller Freund bleiben möge.»

Der Sanfte Flöter kicherte in sich hinein. «Ich kann mir schon denken, was eure Geschichtenerzähler sich zusammengereimt haben», sagte er. Doch Günli ließ sich dadurch nicht beirren und sagte: «Deine Bescheidenheit erweist deine Größe, Verehrungswürdiger. Aber unsere Geschichtenerzähler reimen sich nichts zusammen, sondern bewahren die Worte Arnis getreulich auf, damit sie nicht in Vergessenheit geraten; denn auf ihnen gründet unser Gemeinwesen. Überdies sind sie ständig bemüht, Berichte über Arnis erhabene Taten zu sammeln, und Arnis Stellvertreter hat uns Händlern den Auftrag gegeben, uns nach solchen Berichten auf unseren Reisen umzuhören.»

«Mir scheint, jetzt kommst du endlich zur Sache», sagte der Sanfte Flöter. «All diese Verehrung und Höflichkeit wurde mir schon unheimlich. Ich sehe, du handelst auch mit Geschichten und versuchst, bei mir einzukaufen.»

Günli vollführte eine abwehrende Geste und schien peinlich berührt von dieser Deutung seiner wohlgesetzten Worte. «Du mißverstehst mich, Verehrungswürdiger», sagte er. «Ich gebe zu, daß ich die Schwelle deines wohlgefügten Hauses in der Hoffnung betreten habe, aus deinem Munde von Ereignissen aus Arnis Leben zu erfahren, die wir noch nicht kennen. Doch dieser Wunsch hat nichts mit meinen Geschäften zu tun, sondern entspringt der Begierde, immer tiefer in die Weisheit Arnis einzudringen, die wir in unserer Beschränktheit nie voll erfassen werden. Betrachte uns als deine Schüler, die demütig deine Belehrung erbitten.» Bei diesen Worten erhob er sich halbwegs von der Kante seines Stuhls und verbeugte sich. Orri, der dem Gespräch zu folgen versuchte, ohne jedoch allzu viel zu begreifen, schreckte hoch und ahmte jede Bewegung seines Begleiters genau nach.

«Bleibt ums Himmels willen sitzen und trinkt noch einen Schluck!» sagte der Sanfte Flöter und schenkte die Becher wieder voll. «Inzwischen wird mir vielleicht eine passende Geschichte einfallen, die es wert ist, daß ihr sie euren Leuten weitererzählt.»

Die beiden Händler ließen sich wieder auf ihre Stühle sinken und griffen nach den Bechern. Wie zwei folgsame Kinder, die man ermahnt hat, ihre Morgenmilch brav auszutrinken, leerten sie ihre Becher auf einen Zug, während der Sanfte Flöter an seinem nur nippte. Lauscher war vorsichtig geworden und tat es ihm gleich. Er spürte, wie der Vogelbeergeist seine Mundhöhle erwärmte, und fand diesmal schon mehr Geschmack an diesem scharfen Getränk. Inzwischen hatte sich der Sanfte Flöter bedacht, räusperte sich und sagte: «Es gibt da eine Geschichte, von der ihr wahrscheinlich nichts wißt; denn sie hat sich ereignet, als die Horde sich im Winterlager befand und Arni allein ins Gebirge geritten war, um seine Töchter zu besuchen, die, wie ihr wißt, im Hause ihres Großvaters bei den Bergdachsen lebten. Eine von ihnen, Rikka, die heute mit Furro dem Schmied verheiratet ist und eine Zeitlang beim Eselwirt wohnte, hat mir davon berichtet.

Sie sei damals zwölf Jahre alt gewesen, sagte sie, und zu dieser Zeit hätten die Blutaxtleute das Gebirge immer wieder einmal unsicher gemacht. Ich weiß nicht, ob ihr von diesem raublustigen Gesindel je gehört habt, das seine schmalen Äxte zu allem anderen benützt, nur nicht zum Holzhacken. Sie haben ihre Wohnsitze weiter oben im Norden, aber von Zeit zu Zeit kamen sie damals über die Joche herunter in die Täler und überfielen kleinere Dörfer oder raubten Handelsleute aus. Man habe, sagte Rikka, bei den Bergdachsen die Kinder damit beim Hause gehalten, daß man ihnen sagte: Geh nicht allein in den Wald, sonst holen dich die Blutaxtleute! Das habe man auch zu ihr gesagt, als sie damals allein ins nächste Dorf habe gehen wollen, das eine gute Stunde Fußweg talabwärts liegt. Dort sei in dieser Woche ein Jahrmarkt abgehalten worden, und nachdem sie gehört habe, daß zwischen den Verkaufsbuden allerlei Gaukler ihre Künste vorführten und sogar ein Zauberer dabei sei, der fabelhafte Dinge zuwege bringe, habe sie ihren Großvater gebeten, mit ihr hinzugehen, aber der habe für solchen Firlefanz, wie er sagte, nichts übrig gehabt. ‹Dann laß mich allein gehen›, habe sie gebettelt, doch da habe der Großvater seinen Spruch von den Blutaxtleuten aufgesagt und dann weiter auf das glühende Werkstück auf seinem Amboß eingehämmert. Aber sie habe sich nicht schrecken lassen und sei kurzerhand ohne seine Erlaubnis davongelaufen; denn es sei ihr vorgekommen, als würde sie das wichtigste Ereignis ihres Lebens versäumen, wenn sie nicht den Kunststücken der Gaukler zusehen könne. Es sei noch früh am Morgen gewesen, als sie losgerannt sei, und sie habe sich gesagt, daß sie zum Mittagessen wieder zu Hause sein könne, ohne daß einer nach ihr suchen würde.

An dieser Stelle ihrer Erzählung machte Rikka eine Pause, und als ich ihr in die Augen blickte, sah ich, daß aus der fernen Erinnerung das Entsetzen in ihr hochkroch. ‹Dann sind die Blutaxtleute also doch gekommen›, sagte ich. ‹Ja›, sagte sie, starrte an mir vorbei ins Leere, als sähe sie diese Ereignisse wieder ablaufen, und erzählte dann, was weiter geschehen war. Als der Weg etwa in der Mitte zwischen den Dörfern durch den Hurlebusch führte, der dort bis zum Bach hinunterreicht, sprang hinter einem Baum ein riesiger rothaariger Kerl hervor, packte sie bei den Haaren und hielt ihr mit der anderen Hand den Mund zu. ‹Ich spüre noch heute den Geschmack seiner Finger auf der Zunge›, sagte Rikka. ‹Sie schmeckten nach Schweiß und Rauchspeck.› Er zerrte Rikka in den Schatten der Bäume, wo noch fünf andere Männer standen, die wie er pelzgefütterte Lederjakken trugen. Ihre roten Haare hatten sie über dem Ohr zu einem Knoten gewunden, und jeder von ihnen hatte eine schmalschneidige Axt im Gürtel stecken. Da wußte Rikka, wem sie in die Hände gefallen war.

Der eine von ihnen schaute sie an wie einen Käfer, den er gleich zertreten will, und fuhr sich mit der Handkante über die Kehle. Jetzt werden sie mir den Hals durchschneiden, dachte Rikka, doch der andere, der sie gepackt hatte und ihr noch immer den Mund zuhielt, schüttelte den Kopf, sagte leise ein paar Worte und deutete auf ihre Kleider. Sie hatte sich an diesem Morgen in der Hoffnung auf den Jahrmarktsbesuch ihren besten Rock angezogen und trug eine Silberkette mit einem Amethystanhänger, den ihr Urgroßvater gemacht hatte. Das hat ihr wohl das Leben gerettet, denn die Männer hielten sie, wie sich später herausstellte, für ein Mädchen aus reichem Haus, das ihnen ein hohes Lösegeld bringen würde. Damals wußte sie das jedoch noch nicht, da sie ihre Sprache nicht verstand, und zitterte am ganzen Leibe vor Todesangst. Der Mann, der sie festhielt, zog jetzt ein dreckiges Tuch aus der Tasche, mit dem er sie knebelte. Dann warf er Rikka auf den Waldboden und fesselte ihr mit einem Lederriemen Hände und Füße. Also wollen sie mich doch nicht gleich umbringen, dachte sie, wie sie zwischen den Farnkräutern lag und die dürren Tannennadeln ihr in Beine und Arme stachen. Von diesem Platz aus konnte sie alles beobachten, was dann weiter geschah.

Die Männer achteten nicht mehr auf sie, sondern spähten hinaus auf den Weg und lockerten ihre Äxte. Drei von ihnen sprangen hinüber auf die andere Seite und versteckten sich dort hinter den Stauden. Eine Zeitlang hörte man nur das Rauschen des Baches, der unterhalb des Weges durchs Gebüsch fließt. Dann näherte sich von Arziak her das Geräusch von Schritten, und dazwischen klangen die Stimmen von ein paar Männern. Das mußten Steinsucher sein, die zum Jahrmarkt unterwegs waren, um dort rohe Edelsteine an Händler zu verkaufen, und jetzt wußte sie auch, was die Blutaxtleute im Schilde führten. Ich muß die Steinsucher warnen, dachte Rikka, und versuchte den stinkenden Knebel aus dem Mund zu stoßen oder ihre Füße freizubekommen. Aber der Mann, der sie gefesselt hatte, verstand sein Handwerk, und so mußte sie tatenlos zusehen, wie die Steinsucher lachend und schwatzend herankamen, ohne etwas von der Gefahr zu ahnen. Als sie zwischen den Baumstämmen auftauchten, konnte Rikka sie zählen. Sie waren ihrer acht, und jeder von ihnen trug eine prall gefüllte Ledertasche.

Die lauernden Männer zogen jetzt ihre Äxte aus dem Gürtel, und als sie die Marktgänger zwischen sich hatten, stieß einer der Rothaarigen einen gellenden Schrei aus. Da sprangen alle zugleich von beiden Seiten aus ihren Verstecken, und nun mußte Rikka sehen, daß sie ihren Namen zu recht trugen. Die Steinsucher waren niedergemacht, ehe sie begriffen hatten, was hier gespielt wurde. Die rothaarigen Teufel hielten sich auch sonst nicht lange auf, schnitten den Toten die Ledertaschen vom Gürtel und huschten zurück in den Wald. Der riesige Kerl, der Rikka gefangen hatte, hob sie mit einer Hand vom Boden und warf sie sich über die Schulter wie einen leeren Sack. Dann trabten sie zusammen quer durch das Dickicht, daß Rikka die Zweige um die Ohren schlugen. Weiter drinnen im Wald hatten sie ihre Pferde stehen, saßen auf und galoppierten auf einem schmalen Pfad hinauf in die Berge. Rikka hatte noch gespürt, wie sie der Blutaxtmann quer vor sich über den Sattel legte und lossprengte, dann wurde sie vor Angst und Schmerzen ohnmächtig.

So weit konnte Rikka aus eigener Erinnerung erzählen. Sie hat später erfahren, was inzwischen zu Hause geschehen war, und erzählte, daß an diesem Morgen, kurz nachdem sie davongelaufen war, ihr Vater Arni unvermutet in die Schmiede ihres Großvaters gekommen sei, um seine Töchter zu besuchen. Ihre Schwester Akka sei auch gleich herbeigelaufen, sobald sie die Stimme ihres Vaters hörte, doch sie selbst habe niemand finden können. Da sei ihrem Großvater der Verdacht gekommen, daß sie trotz seines Verbotes zum Jahrmarkt gelaufen sein könne. Als Arni das hörte, sprang er auf sein Pferd und ritt talabwärts, um sie zu suchen. Dabei stieß er auf die erschlagenen Steinsucher und erkannte sofort, wer diese Untat verübt hatte. Er fand auch die Spur, wo die Blutaxtleute in den Wald gedrungen waren, und während er ihr folgte, las er das Silberkettchen mit dem Amethyst auf, das Rikka bei dem hastigen Ritt ihrer Entführer vom Halse gerissen worden war. Nun wußte er, daß die Blutaxtleute seine Tochter entführt hatten, und verfolgte ihre Spur. Als die Leute später seinen Mut bewunderten, allein sechs bewaffneten Männern auf den Fersen zu bleiben, sagte er nur, daß er damals zunächst an nichts anderes habe denken können als an sein Kind, das in die Hände dieser Mordgesellen gefallen war.

Es gelang ihm nicht, sie einzuholen; denn sie waren schnell geritten, und er mußte immer wieder absteigen und den Boden untersuchen, um die Spur nicht zu verlieren. Vermutlich war das sein Glück; denn die Männer hätten ihn wohl kurzerhand erschlagen, wenn er sie hätte aufhalten wollen. So gelangte er immer höher hinauf ins Gebirge, bis die Bäume hinter ihm zurückblieben. Auf den Almwiesen lag schon Schnee, in dem sich die Tritte der Pferde deutlich abzeichneten. Arni sah, daß die Entführer das Joch schon überquert hatten, und mußte die Hoffnung aufgeben, sie noch vor ihren Wohnsitzen abzufangen. Während sein Pferd mühsam den steilen Hang hinaufstolperte, konnten die anderen jenseits der Höhe schon rasch abwärtsreiten. Zu diesem Zeitpunkt begann er, wie er später erzählte, sich einen Plan zurechtzulegen. Er hatte auf seinen weiten Ritten in die Gebiete jenseits der Steppe einiges über die Gewohnheiten der Blutaxtleute erfahren. So grausam und räuberisch sie waren, wenn sie über fremde Talschaften herfielen, in ihren Blockhütten hielten auch sie sich an die Gesetze der Gastfreundschaft. Ein Fremder, der bei ihnen um ein Nachtlager bat, war seines Lebens sicher, dies allerdings nur für einen Tag und auch nur dann, wenn keine Gefahr bestand, daß er gekommen war, um Rache für eine Bluttat seiner Gastgeber zu nehmen. Es läßt sich denken, daß die Blutaxtleute unter solchen Umständen ziemlich selten Gelegenheit hatten, einen Gast zu bewirten. Aber Arni wollte es darauf ankommen lassen. Er wußte auch, daß sie als leidenschaftliche Spieler galten und darin sogar die Beutereiter übertreffen sollten. Darauf baute er seinen Plan auf.

Als er sich ihren Hütten näherte, senkte sich die Sonne schon dem Horizont zu. Das Dorf lag in einem kleinen Hochtal an einem See, der von dem Wasser des Sturzbaches gespeist wurde, an dem Arni von der Höhe des Joches her entlanggeritten war. Ehe Arni bis auf Rufweite an die Hütten heran war, hatte man ihn schon entdeckt. Einer der hünenhaften Rotschöpfe trat vor die Tür, spähte zu ihm herauf und rief gleich darauf etwas durch die Tür ins Innere des Blockhauses. Gleich darauf kamen noch zwei weitere Männer heraus, und die drei begannen zusammen auf Arni zuzugehen, der inzwischen sein Pferd angehalten hatte und abgestiegen war. Ein paar Schritte vor ihm blieben sie stehen und betrachteten ihn mißtrauisch. Dann ergriff jener, der ihn zuerst entdeckt hatte, das Wort und sagte in der Sprache der Beutereiter: ‹Was willst du bei uns in den Bergen, Steppenwolf?›

‹Versuchen, wie die Luft so hoch über der Steppe schmeckt›, sagte Arni. ‹Habt ihr ein Nachtlager für mich?›

‹Das könnte schon sein, wenn dir die Luft bei uns nicht zu dünn ist›, sagte der Rothaarige. ‹Du mußt allerdings wissen, daß du nur einen Tag lang unser Gast sein kannst.›

‹Länger wollte ich euch auch nicht zur Last fallen›, sagte Arni.

Der Rothaarige grinste breit und sagte: ‹Da bist du gut beraten. Aber ich muß dir noch eine Frage stellen: Haben wir einen deiner Leute erschlagen?›

‹Nicht daß ich wüßte›, sagte Arni. ‹Oder habt ihr neuerdings Streit mit den Beutereitern?›

‹Wir jagen im Gebirge, und ihr jagt in der Steppe›, sagte der Rothaarige. ‹Es wäre töricht, wenn wir übereinander herfielen. Sei unser Gast! Ich werde dich zum Hause Kluibenschedls führen. Er ist unser Häuptling und wird dich beherbergen, wie es Brauch ist.›

Einer der beiden Männer nahm Arnis Pferd beim Zügel, führte es neben ihm her und brachte es, als sie zwischen die Hütten kamen, in einen Stall, während die beiden anderen mit dem Gast auf ein größeres Blockhaus zugingen, das auf einem fast mannshohen Fundament von Steinblöcken errichtet war und in der Mitte des Dorfes stand. Der das Gespräch geführt hatte, trat als erster durch die Tür und forderte Arni auf, ihm zu folgen. Der andere blieb draußen.

Arni mußte sich durch einen schmalen, lichtlosen, aus Felsbrocken gefügten Gang tasten, der zweifach abgeknickt war. Erst als Arni die zweite Biegung hinter sich hatte, fiel durch die Tür, die sein Begleiter am anderen Ende geöffnet hatte, Licht auf das grobe Mauerwerk. In ein solches Haus könne kein ungebetener Gast so leicht eindringen, habe Arni damals gesagt, als er seinen Teil der Geschichte erzählte. Die Blutaxtleute seien vorsichtige Burschen und hätten wohl auch allen Grund dazu.

Die Stube, in die Arni eintrat, war sehr geräumig. Auf einer offenen Herdstelle prasselte ein Feuer aus gewaltigen Holzkloben und beleuchtete den Raum, in den durch die schmalen Luken nur wenig Licht von außen hereinfiel. An der gegenüberliegenden Wand stand ein wuchtiger Holztisch, und dahinter saß der riesigste Mann, den Arni je gesehen hatte, und schnitt sich eben mit einem zwei Spannen langen Messer ein Stück Rauchspeck ab. Er kümmerte sich zunächst nicht um die Eintretenden, teilte den Speckstreifen in kleine Stücke, spießte eines davon auf die Messerspitze und schob es zwischen die Zähne. Beim Kauen mahlten seine Kiefer wie die eines Ochsen. Erst als er den Bissen heruntergeschluckt hatte, blickte er auf und fragte: ‹Wen bringst du da, Hauinsbein?›

‹Einen Beutereiter, der allein übers Gebirge trabt›, sagte Arnis Begleiter. ‹Er bittet um ein Nachtlager.›

‹Hast du ihm die Frage gestellt?› fragte Kluibenschedl weiter. ‹Ja›, sagte Hauinsbein, ‹und es gibt keinen Grund, ihm die Gastfreundschaft zu verweigern.›

Kluibenschedl verabschiedete den Mann, der offenbar eine Art Wachdienst versah, mit einem Kopfnicken und sagte: ‹Es ist gut. Du kannst gehen!› Dann winkte er Arni mit einer herrischen Geste an den Tisch heran und sagte: ‹Setz dich her und schneide dir ein Stück Speck ab! Ich hoffe, du hast ein Messer.›

Arni bedankte sich für die Einladung, suchte sich einen Platz auf einer der Holzbänke, die rings um den Tisch standen, und zog sein Messer aus der Scheide. Auf dem Tisch lag auch ein gedörrtes Fladenbrot, von dem er sich ein Stück abbrach. Der durchwachsene Speck war gut abgehangen und ließ sich schneiden wie Lärchenrinde. Er schmeckte nach den Wachholderzweigen, über denen er geräuchert worden war. Arni aß, Häuptling Kluibenschedl aß, und so saßen die beiden eine Zeitlang schweigend einander gegenüber und kauten bedächtig. Schließlich wischte Arni sein Messer an der Hose ab und steckte es weg. Auch der Häuptling hatte seine Mahlzeit beendet und musterte seinen Gast aufmerksam. ‹Ich habe noch nie einen Beutereiter allein reiten sehen›, sagte er, ‹und im Gebirge schon gar nicht. Ist die Horde in der Nähe?›

‹Nein›, sagte Arni. ‹Ich bin allein losgeritten.› Und wie zur Erklärung fügte er hinzu: ‹Mein Name ist Arni.›

‹Ach so›, sagte Kluibenschedl. ‹Dann bist du wohl jener Bruder des Khans, den man Arni mit dem Stein nennt?›

‹Der bin ich›, sagte Arni, ‹und wenn du von mir gehört hast, dann wird es dich nicht mehr wundern, daß ich allein reite.›

‹Das wundert mich allerdings jetzt nicht mehr›, sagte Kluibenschedl. ‹Deine Leute mögen dich wohl nicht besonders, wie man hört.› Dann lehnte er sich zurück und fing lauthals an zu lachen. ‹Der sanftmütige Arni!› rief er zwischendurch, und als er mit Lachen fertig war, fügte er hinzu: ‹Ich wollte schon immer wissen, wie ein Beutereiter aussieht, der keinem etwas zuleide tun kann. Hauinsbein hätte nicht so viele Umstände mit dir zu machen brauchen. Du bist kein Mann, vor dem man sich in acht nehmen muß.›

‹Darin hast du wohl recht›, sagte Arni gleichmütig. ‹Zumindest was das Totschlagen betrifft.›

‹Aber sonst bist du ein hochgefährlicher Mann›, sagte Kluibenschedl spöttisch und fing wieder an zu lachen. ‹Du meinst wohl, ich hätte Angst vor deinem Zauberstein? Da verlasse ich mich lieber auf meine Axt.›

‹Die hilft dir auch nicht immer›, sagte Arni.

‹So?› sagte der Häuptling. ‹Wann denn nicht?›

‹Zum Beispiel beim Spielen›, sagte Arni.

Kluibenschedl ließ das Lachen sein und schaute Arni mit erwachendem Interesse an. ‹Da willst du also hinaus!› sagte er. ‹In der Kunst des Brettspiels sollst du ja ganz tüchtig sein, wie man hört. Es könnte allerdings sein, daß du auch darin hier deinen Meister findest.›

‹Das mag schon sein›, sagte Arni beiläufig, als läge ihm nicht sonderlich viel daran, seine Tüchtigkeit unter Beweis zu stellen. Aber das weckte nur um so mehr die Spielleidenschaft des Häuptlings. ‹Es tut dir wohl schon leid, daß du die Sprache auf's Spielen gebracht hast?› sagte er. ‹Nun mußt du auch für deine Worte einstehen. Heute ist es leider schon zu dunkel dazu, aber halte dich morgen bereit. Ich werde dich rufen lassen, und dann wollen wir doch sehen, wer hier der bessere Spieler ist. Du kannst jetzt gehen. Hauinsbein wartet draußen auf dich und zeigt dir, wo du schlafen kannst. Überleg dir inzwischen, um welchen Preis wir spielen sollen. Hoffentlich stört der Gedanke daran nicht deine Nachtruhe.› Kluibenschedl lachte noch einmal kurz auf und entließ Arni mit einem Wink.

Als Arni vor die Tür trat, war die Sonne schon untergegangen. Die Bergkämme rings um das Tal schnitten scharf in den blassen Abendhimmel, und vom Joch her blies ein kalter Wind. Hauinsbein stieß sich von der Hauswand ab, an der er gelehnt hatte, und sagte: ‹Ich zeige dir das Schlafhaus der Fremden.› Er führte Arni weiter durch das Dorf, und auf diesem Weg entdeckte Arni seine Tochter Rikka. Sie saß, an den Eingangspfosten gefesselt, vor der Tür einer der Hütten und aß ein Stück Brot. Ihre Kleider waren zerfetzt, und auf Armen und Beinen wie im Gesicht zeigten sich blutunterlaufene Striemen von dem raschen Ritt durchs Unterholz. Als Arni an ihr vorüberging, blickte sie auf.

Rikka hat mir erzählt, daß sie zu Tode erschrocken sei, als sie ihren Vater im Dorf der Blutaxtleute gesehen habe. Im ersten Augenblick habe sie nur denken können, daß auch er in ihre Gewalt gefallen sei. Sie habe ihn entsetzt angestarrt, doch ihr Vater habe ihr zugelächelt und rasch den Finger auf die Lippen gelegt. Da habe sie die Hoffnung gefaßt, daß er versuchen würde, sie zu befreien, und rasch den Kopf gesenkt, um ihn nicht durch ihre Blicke zu verraten; denn keiner habe bisher gewußt, daß sie Arnis Tochter sei. Ihr Entführer habe zwar versucht, mit ihr zu reden, aber sie habe seine Sprache nicht verstanden und auch dann keine Antwort gegeben, als er sie, wenn auch mühsam, in der Sprache der Bergdachse nach ihren Eltern gefragt habe. Ihr sei inzwischen klar gewesen, daß sie aus eigener Schuld in diese Lage geraten sei, und sie habe zunächst abwarten wollen, ob sie nicht eine Gelegenheit zur Flucht finden könne. In der Nacht nach Arnis Ankunft habe sie kein Auge zugetan und auf jedes Geräusch gelauscht, in der Hoffnung, ihr Vater würde ins Haus schleichen, wenn alle schliefen, aber er sei nicht gekommen. Am Morgen des nächsten Tages habe man sie dann wieder vor der Tür angebunden, und so habe sie alles beobachten können, was dann weiter geschah, und ich will versuchen, es so wiederzugeben, wie sie es mir erzählt hat. Einige Zeit, nachdem man Rikka hinausgebracht hatte, trat Arni vor die Tür der Hütte, in der er die Nacht zugebracht hatte, reckte sich wie einer, der lange und gut geschlafen hat, und schlenderte dann durch's Dorf, ohne Rikka auch nur einen Blick zuzuwerfen. Etwas später kam dann Hauinsbein aus dem Häuptlingshaus und sprach mit Arni. Er hörte ihm zu und nickte ein paarmal, als sei er mit dem Vorschlag einverstanden, der ihm gemacht wurde. Da ging Hauinsbein zurück ins Häuptlingshaus und brachte gleich darauf einen Tisch und zwei Schemel heraus, die er mitten auf den Dorfplatz stellte. Während er damit beschäftigt war, rief er den Leuten, die neugierig vor die Türen ihrer Hütten getreten waren, etwas zu. Die Sache, die hier in Gang gesetzt werden sollte, schien alle mächtig zu interessieren; denn es kamen immer mehr Leute aus ihren Häusern. Die Männer sammelten sich um den Tisch, nur die Frauen und Kinder blieben zurück und setzten sich auf die Türschwellen. Rikka wurde von den Kindern ihres Entführers beiseitegedrängt und mußte aufstehen, wenn sie nicht auf den schmutzigen Vorplatz fallen wollte.

Hauinsbein hatte inzwischen ein Spielbrett auf den Tisch gelegt und auf jeder Seite einen Haufen Steine, schwarze und weiße. Dann kam der Häuptling aus seinem Haus, gab Arni einen Wink, daß er sich an den Spieltisch setzen solle, und nahm selbst ihm gegenüber Platz. Als Rikka das sah, wurde sie zornig auf ihren Vater. Er mußte wissen, daß diese Leute sie entführt hatten, und statt etwas für sie zu tun, setzte er sich mit ihrem Häuptling an den Spieltisch wie mit einem alten Freund. In diesem Augenblick hätte sie ihn fast verraten; denn sie war drauf und dran, ihm zuzuschreien, was sie von einem solchen Verhalten hielt. Aber dazu kam es zum Glück nicht, denn nun erfuhr sie, was ihr Vater vorhatte.

Der Häuptling hatte ihm eine Frage gestellt, und zur Antwort sagte Arni: ‹Ich spiele um das Mädchen dort an der Tür› und zeigte zu Rikka hinüber. Jetzt blickten alle zu ihr. Die Frau ihres Entführers, die auch auf den Stufen hinter ihr stand, stieß sie an, und als Rikka sich zu ihr umwandte, sagte sie: ‹Du bist der Preis!›: Rikka hatte Mühe, den Triumph in ihren Blicken zu verbergen, denn sie wußte, daß ihr Vater im Brettspiel nicht zu schlagen war.

Als Kluibenschedl hörte, daß Arni um dieses Mädchen spielen wollte, das er, wie er sagte, im Vorbeigehen gesehen habe, lachte er spöttisch auf und sagte: ‹Stört es dein sanftes Gemüt, daß wir dieses Mädchen gefangen haben, oder treibst du's mit kleinen Kindern?› Rikka sah, wie ihr Vater die Zähne zusammenbiß, daß die Muskeln an seinen Wangen hervortraten, aber dann fragte er nur: ‹Gibst du sie mir, wenn ich gewinne?›

‹Du sollst sie haben›, sagte Kluibenschedl. ‹Aber was kannst du dagegen setzen? Oder rechnest du nicht damit, daß du verlieren könntest?›

Arni zuckte mit den Schultern. ‹Ich trage nichts von Wert bei mir, das ich dir anbieten könnte›, sagte er.

‹Das ist nicht wahr›, sagte Kluibenschedl. ‹Setze deinen Stein gegen das Kind. Man sagt ja, daß du ihn immer bei dir trägst, um dich mit ihm zu beraten.›

Arni bedachte sich eine Zeitlang. Dann griff er zu dem Beutel an seinem Gürtel, nahm den Augenstein heraus und legte ihn vor sich hin auf den Tisch. ‹Wenn es dich nicht stört, unter dem Blick dieses Auges zu spielen›, sagte er, ‹dann soll's mir recht sein.›

‹Ein Mann wie du jagt mir keine Angst ein›, sagte Kluibenschedl geringschätzig. ‹Und ein toter Stein schon gar nicht. Ich lasse dir beim Spielen sogar den Vortritt. Fang an und zeig mir, was du kannst!›

So begann das Spiel. Zunächst setzten die beiden Gegner abwechselnd je einen Stein aus ihrem Vorrat auf das Spielbrett, das in seiner Aufteilung an ein Schachbrett erinnerte, aber wesentlich mehr Felder hatte. Als alle Steine im Spiel waren, konnte man sie dann weiter verrücken, und es kam offenbar darauf an, mit ihnen auf dem Brett bestimmte Figuren zu bilden, was der Gegner jeweils zu verhindern suchte. Kluibenschedl und Arni saßen über das Spiel gebeugt, dachten oft lange nach, ehe sie einen Stein von der Stelle bewegten, und sie erschienen ihr wie zwei Ringer, die vorsichtig die Kräfte des Gegners abtasten.

Darüber verging der Mittag, aber keiner der Zuschauer dachte daran, zum Essen nach Hause zu gehen, und da auch die Frauen vor der Tür blieben, hätte es wohl auch nichts zu essen gegeben. Alle blickten gespannt auf die Spieler, und man konnte an dem beifälligen Raunen in der Menge hören, wenn ein Zug besonders geglückt schien. Damals hat Rikka mit eigenen Augen sehen können, daß diese Leute über ihrer Spielleidenschaft alles andere vergessen.

Die Sonne stand schon wieder tief am Himmel, als Arni die letzte Lücke in einem Viereck aus seinen Spielsteinen schloß, das die Mitte des Brettes umfaßte. Er lehnte sich zurück und sagte: ‹Du mußt dich geschlagen geben, Kluibenschedl.›

‹Du bist besser als ich dachte›, sagte der Häuptling. ‹Das Mädchen ist dein.›

‹Dann werde ich jetzt mit dem Kind weiterreiten›, sagte Arni und stand auf. Rikka spürte, wie die Frau ihre Fesseln löste, und wollte gerade zu ihrem Vater laufen, als der Häuptling ihn zurückhielt und sagte: ‹So schnell kommst du nicht von diesem Tisch. Wir haben doch eben erst angefangen! Jetzt wirst du noch einmal spielen müssen.›

‹Ich wüßte nicht weshalb und worum›, sagte Arni.

‹Dann will ich es dir zeigen›, sagte Kluibenschedl und wies zum Himmel, wo die Sonne zwei Handbreit über den Felszacken des Bergrückens stand. Arni blickte hinüber, dann nickte er und setzte sich wieder zurecht.

‹Ich sehe, du hast verstanden›, sagte Kluibenschedl und grinste zufrieden. ‹An der gleichen Stelle stand die Sonne, als du gestern in unser Dorf gekommen bist. Dein Tag ist abgelaufen, und jetzt wirst du um dein Leben spielen müssen.›

Rikka erschrak, als sie merkte, in welche Gefahr sich ihr Vater um ihretwillen begeben hatte. Zwar war sie sicher, daß er auch dieses Spiel gewinnen würde, aber sie lief jetzt zu ihm hinüber und stellte sich neben ihn. Der Einsatz, um den es ging, ließ die Spannung unter den Zuschauern anwachsen. Die Männer drängten sich dicht um die Spieler zusammen und warteten auf den ersten Zug, den diesmal Kluibenschedl hatte. Aber Arni hatte das Spiel bald wieder in der Hand. Er versuchte jetzt, rascher zum Ziel zu kommen, und es war bald deutlich zu sehen, daß er es darauf anlegte, seine Steine zu einem Dreieck zu ordnen. Was der Häuptling auch dagegen unternahm, Zug um Zug gelang es Arni, die Reihen seiner Steine zu schließen. Auf Kluibenschedls breiter, von Narben zerhackter Stirn schwollen die Adern an, und ein fiebriger Glanz trat in seine Augen. Die Spielleidenschaft hatte ihn mit aller Gewalt gepackt, und es mag sein, daß dieser Zustand die Klarheit seines Denkens trübte. Jedenfalls gelang es ihm nicht, die Pläne seines Gegners zu vereiteln, und als die Sonne die Bergkette berührte, zog Arni seinen letzten Stein und vollendete das Dreieck.

‹Bin ich jetzt frei?› fragte er und blickte seinem Gegner in die Augen. Aber der Häuptling war noch immer nicht bereit, sie ziehen zu lassen. Er war wütend über diese zwei Niederlagen, und zugleich fieberte er danach, weiterzuspielen und die Scharte auszuwetzen. ‹Nachdem du zweimal gewonnen hast, Arni›, sagte er heiser, ‹darfst du mir ein drittes Spiel nicht abschlagen.›

‹Ich habe keine Lust mehr zum Spielen›, sagte Arni und schickte sich an aufzustehen.

‹Warte!› sagte Kluibenschedl rasch. ‹Ich biete dir einen Einsatz, den du nicht ausschlagen wirst. Wenn du zum drittenmal gewinnst, sollst du Häuptling über meine Leute werden, und ich verspreche dir, daß jeder künftig tun wird, was du für richtig hältst. Lockt dich das nicht, sanftmütiger Arni? Hast du keine Lust, die Blutaxtleute zu zähmen?›

Arni starrte den Häuptling an, als habe er nicht richtig verstanden, was ihm hier vorgeschlagen wurde. Dann schüttelte er den Kopf und sagte: ‹Um diesen Einsatz will ich nicht spielen!›

Da stieg Kluibenschedl die rote Wut ins Gesicht. Er sprang auf und schrie: ‹Du wagst es, einen solchen Einsatz auszuschlagen? Willst du mich beleidigen? Ich werde dich zwingen, dieses Spiel zu spielen. Dein Leben hast du gewonnen, aber nicht deine Freiheit. Wenn du diese Herausforderung nicht annimmst, werde ich dich zu meinem Sklaven machen, der das Blut von meiner Axt wischt!›

Da setzte sich Arni wieder hin und sagte: ‹Gut. Ich nehme die Herausforderung an. Aber wir müssen uns beeilen, denn es wird schon dunkel.›

‹Die Nacht hat mich noch nie daran gehindert, ein Spiel zu Ende zu führen›, sagte Kluibenschedl und ließ Fackeln bringen.

Arni schaute Rikka an und lächelte ihr zu, ehe er den ersten Stein mit ruhiger Hand auf das Brett setzte. Sie freute sich, als sie sah, daß die Hand des Häuptlings zitterte, mit der er seinen Stein aufnahm. Er ist viel zu aufgeregt, um zu gewinnen, dachte Rikka und war sicher, daß ihr Vater seinen Gegner auch diesmal schlagen würde. Bald war zu sehen, daß er vorhatte, eine lange Reihe von Steinen schräg von Ecke zu Ecke über das Feld zu bauen, und Kluibenschedl verfolgte den gleichen Plan. Immer deutlicher zeichnete sich das schräge Kreuz auf dem Brett ab, und die Gewinnaussichten der beiden Spieler hätten fast gleich gestanden, wenn Arni nicht immer um einen Schritt voraus gewesen wäre. Das ging so, bis er seinen letzten Stein nur noch auf das Mittelfeld des Spielbretts zu rücken brauchte, um seine Reihe zu schließen. Jeder konnte sehen, daß er gewonnen hatte. Der Stein lag schon in seiner Hand, als sein Blick auf den Augenstein fiel, der noch immer vor ihm auf dem Tisch lag. Die farbigen Ringe glühten im flackernden Schein der Fackeln und schienen zu pulsieren, als sei in der glatten Rundung seiner Oberfläche ein geheimes Leben eingeschlossen. Arni schaute lange in dieses farbige Leuchten von blau, grün und violett, und Rikka meinte schon, er habe völlig vergessen, daß er hier saß, um mit diesem Spiel die Macht über die Blutaxtleute zu gewinnen. Seine Lippen bewegten sich, als spreche er mit jemandem, den keiner sehen konnte. Es kann auch sein, daß es das Auge war, mit dem er sprach, oder jemand, der ihn aus diesem Auge anblickte. Er nickte kaum merklich und schob seinen Spielstein beiseite, so daß Kluibenschedl mit dem nächsten Zug seine Reihe schließen konnte. Alle hatten gesehen, was geschehen war. Der jähe Triumph in den Augen des Häuptlings erlosch schon einen Augenblick später; denn dann hatte auch er begriffen, was Arni getan hatte. Mit einer heftigen Handbewegung fegte er das Spielbrett vom Tisch und schrie: ‹Du hast mich gewinnen lassen!›

‹Ja›, sagte Arni leise. ‹Bist du's nicht zufrieden, daß du die Herrschaft über die Blutaxtleute behältst?›

Kluibenschedl war weiß im Gesicht vor Zorn. ‹Weißt du nicht›, schrie er, ‹daß es einer Beleidigung gleichkommt, wenn man seinen Gegner gewinnen läßt? Und daß noch größere Schande den trifft, der dies tut?›

‹Ich weiß es›, sagte mein Vater, nahm seinen Augenstein vom Tisch und steckte ihn ein, als sei die Sache damit erledigt. ‹Ich habe mit dem ersten Spiel das Kind gewonnen, mit dem zweiten mein Leben und meine Freiheit damit, daß ich das dritte gespielt habe. Kann ich jetzt gehen?›

‹Gehen?› wiederholte Kluibenschedl tonlos. Dann schrie er: ‹Mit Schimpf und Schande werde ich dich aus dem Tal jagen!› und seinen Leuten befahl er: ‹Setzt ihn auf den Schandesel!›

Rikka sagte, diese Nacht liege in ihrer Erinnerung wie ein Alptraum. Die Männer hätten einen alten, räudigen Esel aus dem Stall gezerrt, Arni ergriffen und mit dem Gesicht nach hinten auf das bockende Tier gebunden. Dann hätten sie den Esel durch ein paar Stockschläge zum Laufen gebracht und ihn mit Geschrei und Fackelschwingen auf den Weg zum Joch gescheucht. Frauen und Kinder seien kreischend hinterhergelaufen und hätten den Mann auf dem Esel mit Steinen und Dreck beworfen. Dabei hätten sie geschrien: ‹Schande über dich, Arni Falschspieler!› Und so hätten sie ihn aus dem Dorf getrieben. Sie selbst sei hinterhergerannt, ohne den steinigen Boden unter ihren bloßen Füßen zu spüren, und habe halb blind vor Tränen auf das Gesicht ihres Vaters gestarrt, das vor ihr im Schein der Fackeln auf und ab schwankte. Es sei verschmiert gewesen vor Erde und aus einer Wunde unter dem rechten Auge sei Blut über seine Wange geronnen, aber er habe gelächelt, als sei er zufrieden mit diesem Ausgang.

Bis hinauf auf das Joch hätten die Blutaxtleute sie noch verfolgt, erst dann seien sie zurückgeblieben. Nach einiger Zeit sei der Esel dann in Schritt gefallen, und sie habe ihren Vater losbinden können. Er habe dann sie auf das Tier gesetzt und gesagt: ‹Stört's dich, daß es ein Schandesel ist?› Ihre Antwort habe er nicht abgewartet und sie auf diese Weise nach Hause gebracht. Das ist die Geschichte», schloß der Sanfte Flöter, «die mir Rikka Jahre später berichtet hat und die ich für wert halte, daß ihr sie Arnis Leuten weitererzählt.»

Günli und Orri blickten betreten zu Boden. Es war deutlich zu sehen, daß sie diese Geschichte peinlich fanden, und auch Lauscher konnte Arnis Handlungsweise nicht begreifen. «Warum in aller Welt hat er diesen Kluibenschedl gewinnen lassen?» fragte er. «Kannst du mir das erklären, Großvater?»

«Das könnte ich schon», sagte der Sanfte Flöter, «aber ich fürchte, du würdest es dennoch nicht verstehen und noch weniger diese beiden braven Handelsmänner, die es gar nicht fassen können, daß Arni beim Spielen gemogelt haben soll.»

Günli nickte zu seinen Worten und sagte: «Auf Geschichten, die Frauen erzählen, soll man nicht zu viel Vertrauen setzen. Vielleicht ist alles ganz anders verlaufen.»

«Willst du an den Worten von Arnis Tochter zweifeln?» fragte der Sanfte Flöter streng. Da schüttelte Günli schweigend den Kopf und zuckte mit den Schultern. Nur Lauscher gab sich noch nicht zufrieden. «Das bißchen Mogelei ist es gar nicht, was ich nicht begreife», sagt er. «Ich frage mich vielmehr: Warum hat er die Möglichkeit nicht genutzt, diese Blutaxtleute zu friedlichen Menschen zu machen? Es lag ja in seiner Hand. Daß er gemogelt haben soll, stört mich nicht. Aber warum hat er das getan?»

«Das hat ihn auch Rikka gefragt», sagte der Sanfte Flöter.

«Und was hat er geantwortet?» fragte Lauscher.

«Nur einen Satz», sagte der Sanfte Flöter, «und ich weiß nicht, ob du viel damit anfangen kannst. Er soll gesagt haben: Darf man einen Wolf zwingen, Gras zu fressen, wenn er keinen Appetit darauf hat?»

Lauscher schüttelte ratlos den Kopf. «Daß ihr alten Männer immer in Geheimnissen sprechen müßt!» sagte er.

«Tun wir das?» fragte der Sanfte Flöter. «Ich glaube, das kommt dir nur so vor, weil du deinen Blick zu sehr auf das Äußere der Dinge richtest. Du kannst über die Wirklichkeit nichts aussagen, wenn du nur die sichtbare Oberfläche der Dinge beschreibst, die jedermann vor Augen hat. Die Wirklichkeit steckt hinter den

Dingen, und man kann nur in Bildern von ihr sprechen. Du kannst sie nicht packen, wie du eine Katze beim Schwanz packst. Wenn dir eine solche Rede geheimnisvoll vorkommt, hast du noch nicht viel von der Wirklichkeit begriffen.»

«Dann war wohl auch die Geschichte, die Rikka erlebt haben soll, nur ein solches Bild?» fragte Günli. Er war offenbar bereit, jeden Strohhalm zu ergreifen, an dem er sich aus der Verwirrung retten konnte, in die ihn dieser Bericht über Arnis merkwürdiges Verhalten gestürzt hatte.

«Damit magst du recht haben», sagte der Sanfte Flöter. Als er jedoch die Erleichterung auf Günlis Gesicht sah, setzte er hinzu: «Das heißt allerdings nicht, daß diese Dinge nicht wirklich geschehen wären. Ich bin sicher, daß sich alles so zugetragen hat, und dennoch ist das Ganze auch ein Bild für jene Wirklichkeit, die Arni zum Lächeln brachte, während man ihn so demütigte.»

«Es wird schwer sein, geeignete Ohren für diese Geschichte zu finden», sagte Günli. «Aber ich werde über sie nachdenken müssen, denn vergessen kann ich sie nicht.»

Bald darauf verabschiedeten sich die beiden Händler unter mannigfachen Dankesbezeugungen und zahlreichen Bücklingen. Auch vor Lauscher verbeugten sie sich tief, und Günli sagte: «Ich spreche sicher im Namen von Arnis Stellvertreter und allen Leuten Arnis, du erwählter Träger des Steins, wenn ich der Hoffnung Ausdruck verleihe, daß du unseren gewöhnlichen Hütten die Ehre deines schon jetzt ersehnten Besuchs schenken mögest.»

Lauscher stand mit seinem Großvater vor der Tür und blickte den Davonreitenden nach. Es hatte aufgehört zu regnen, und zwischen den abziehenden Wolken waren schon wieder einzelne Streifen blauen Himmels zu sehen. Als die beiden Händler in den Weg nach Barleboog einbogen, zogen sie noch einmal ihre Pelzkappen, um sie mit einer Geste der Ergebenheit zu schwenken.

Am Nachmittag erhielt Lauscher seine nächste Lektion im Flötenspielen. Diesmal lernte er, einzelne Töne laut oder leise zu blasen. «Wenn dein Spiel Kraft haben soll», sagte der Sanfte Flöter, «dann mußt du das wirklich von ganzer Seele wollen, sonst machst du nur Lärm, der zu nichts nütze ist als die Vögel zu verscheuchen. Noch schwerer ist es jedoch, so leise zu spielen, daß man dich eben noch hören kann, und dabei doch jedem einzelnen Ton den Ausdruck zu verleihen, der die Zuhörer zwingt, den Atem anzuhalten.»

Lauscher übte beides, bis sein Großvater zufrieden nickte, um gleich darauf zu Bett zu gehen.

Unter dergleichen Exerzitien vergingen auch die nächsten Tage. Einmal war das Trillern an der Reihe, dann wieder das rasche Stoßen eines Tones mit flatternder Zunge, das an den Gesang der Nachtigall erinnert. Lauschers Spiel in der tiefen Lage klang dem Lehrmeister noch nicht satt und voll genug, während ihm die hohen Töne noch immer ein wenig zu schrill erschienen. So hatte Lauscher genug zu tun, wenn er seine vorgeschriebenen Übungen absolvierte, und kam auch weiterhin nicht dazu, seine neu erworbenen Künste in frei schweifenden Melodien anzuwenden. Wenn er es dennoch versuchte, brach der Sanfte Flöter seinen Unterricht sofort ab und verwahrte die Flöte im Regal.

Am Vormittag des siebenten Tages mußte Lauscher noch einmal alles wiederholen, was ihm der Großvater beigebracht hatte. Er spielte lang ausgehaltene Töne und rasch dahinspringende Tonfolgen, ließ das Instrument stark tönen oder sanft säuseln und durchschritt dabei den gesamten Tonraum vom tiefsten Grundton bis zu den höchsten Höhen. «Das genügt», sagte der Sanfte Flöter schließlich. «Nun hast du alles erfahren, was notwendig ist, um diese Flöte zu spielen. Heute nachmittag müssen wir einen Spaziergang unternehmen. Jetzt will ich mich ein bißchen hinlegen.»

Lauscher ging in die Küche, um das Mittagessen vorzubereiten, und merkte dabei, daß die Vorräte fast aufgebraucht waren. Morgen würde er zum Eselwirt gehen müssen, um die Speisekammer aufzufüllen. Für heute reichte es gerade noch. Er fand ein paar Eier, etwas Mehl und den Krug Milch, der jeden Morgen vor der Tür stand. Etwas Butter war auch noch da, und so stellte er eine Pfanne auf den Herd und buk Pfannkuchen. Dann öffnete er die Falltür und stieg hinunter in den Keller, um einen Topf Pflaumenmus für die Füllung zu holen. Wieder tauchten die Krüge und Töpfe im unsteten Licht der Kerze aus dem Dunkel. Das Pflaumenmus hatte Lauscher bald gefunden, denn dergleichen nahrhafte Dinge standen gleich vorn, damit man sie bei der Hand hatte. Aber er konnte nicht widerstehen, noch einmal einen Blick auf die drei geheimnisvollen Krüglein zu werfen, die in der Tiefe des Gewölbes hinter Großvaters scharfen Heiltränken verborgen waren. Er rückte den Enziankrug beiseite und hob die Kerze. Da standen sie beieinander, die verstaubten Krüglein mit den seltsamen Aufschriften. Die beiden ersten kannte er schon, doch nun wollte er auch noch wissen, was das dritte enthielt. Er nahm es vorsichtig vom Regal und hielt es ins Licht seiner Kerze. Zunächst konnte er nur einige bräunlich verblaßte Buchstaben erkennen, die in acht Zeilen angeordnet waren, doch als er die Kerze noch näher hielt, traten die Schriftzüge deutlicher hervor, schlossen sich zu Wörtern und Sätzen, und Lauscher las:

> Stehst nach tausend Runden
> vor dir selbst erschreckt,
> wird dir dieses munden,
> wenn's auch bitter schmeckt.
> Wirst in Stein gebunden,
> bleibst im Stein versteckt;
> wirst du nicht gefunden,
> wirst du nicht geweckt.

Sonderbare Säfte bewahrte sein Großvater hier auf, dachte Lauscher. Von diesem Zeug würde er bestimmt nicht trinken, und es würde ihm wohl auch nicht «munden», was immer das heißen mochte; denn bitter war dieses Gebräu auf jeden Fall. Offenbar brachte man es nur hinunter, wenn man zuvor vor sich selbst erschrocken war, und dazu hatte er wahrhaftig keinen Grund. Eigentlich war er sogar recht zufrieden mit sich und auch damit, wie die Dinge sich entwickelten. Wer diese Aufschriften wohl verfaßt hatte? Er nahm sich vor, seinen Großvater bei Gelegenheit danach zu fragen. Fürs erste stellte er das Krüglein wieder an seinen Platz und verbarg es hinter dem größeren Krug. Dann nahm er den Topf mit dem Pflaumenmus und stieg hinauf in die Küche.

Nach dem Essen sagte der Sanfte Flöter zu seinem Enkel: «Komm! Wir wollen ein Stück laufen. Das bißchen Geschirr kannst du auch später abwaschen.» Er schien vergnügt zu sein, und auf seinen Wangen zeigte sich sogar eine Spur der roten Apfelbäckchen, die ihm in den vergangenen Jahren abhanden gekommen waren. Auch schien er durchaus nicht mehr so hinfällig zu sein wie vor einer Woche, griff sich einen zierlichen Spazierstock, der neben der Tür lehnte, und tänzelte in seinem gewohnten hurtigen Schritt hinaus ins Freie. Als Lauscher fragte, wohin es gehen solle, sagte der Sanfte Flöter nur: «Einen Besuch machen», aber er verriet nicht, bei wem. Um so mehr wunderte sich Lauscher, als sein Großvater nicht den Weg zum Eselwirtshaus wählte, sondern die entgegengesetzte Richtung einschlug. Wen in aller Welt wollte er dort besuchen?

Als sie eine Zeitlang zwischen den grünen Hügeln entlanggegangen waren, blieb der Sanfte Flöter stehen, blickte sich prüfend um und lachte kurz auf. «Hier war es», sagte er dann.

«Was war hier?» fragte Lauscher.

«Das ist die Stelle, an der wir uns zum ersten Mal getroffen haben», sagte der Sanfte Flöter. «Weißt du das nicht mehr?»

Jetzt erkannte auch Lauscher den Platz wieder, und die Erinnerung an die Lage, in der er sich damals befunden hatte, war durchaus nicht angenehm. Er sah sich wieder übermüdet und abgehetzt zwischen den grasigen Hängen stehen und auf den rachsüchtigen Stummen starren, der mit erhobenem Knüppel heranpreschte.

«Hast wohl ganz schön Angst gehabt damals?» sagte der Großvater und lachte vergnügt, als sei das Ganze eine höchst spaßige Angelegenheit.

«So lustig fand ich das gar nicht», sagte Lauscher mit einem Anflug von Ärger in der Stimme.

«Aber du hattest es redlich verdient», sagte der Sanfte Flöter heiter. «Findest du nicht?»

Lauscher nickte widerwillig. Warum wärmte sein Großvater diese alten Geschichten auf? «Ich bin auch mit Barlo drei Jahre lang durch das Land geritten und habe ihm gedient, um das alles wieder in Ordnung zu bringen», sagte er.

«Und du meinst, jetzt sei diese Ordnung wiederhergestellt?» fragte der Sanfte Flöter belustigt.

«Ist sie das nicht?» fragte Lauscher.

Der Sanfte Flöter lachte, wie man über die törichten Reden eines Kindes lacht. «Was verstehst du unter Ordnung?» sagte er dann. «Unsereiner versteht sich wohl vorwiegend nur darauf, diese Welt in Unordnung zu bringen. Wenn du dem Verlauf der Dinge eine neue Richtung gegeben hast, dann kannst du das nicht mehr rückgängig machen, und die Folgen deiner Tat werden bis in alle Ewigkeit sichtbar bleiben. Manchmal fügt sich aus all diesen Irrwegen allerdings eine neue Ordnung, aber das ist nicht unser Verdienst.» Er blickte Lauscher nachdenklich an und fügte hinzu. «Ich weiß nicht, ob ich dir etwas Gutes tue, wenn ich dir meine Flöte überlasse. Ich fürchte, du hast noch keine rechte Vorstellung von der Macht, die dir damit verliehen wird. Aber ich werde es wohl darauf ankommen lassen müssen, daß der Unsinn, den du damit anstellst, irgendwann einen Sinn bekommt.»

Lauscher gefielen weder die Reden, die sein Großvater führte, noch der Platz, der mit solch unangenehmen Erinnerungen verknüpft war. «Wolltest du nicht einen Besuch machen?» fragte er in der Hoffnung, diese Szene damit zu beenden.

«Einen Besuch?» fragte der Großvater. Dann schlug er sich mit der flachen Hand vor die Stirn und rief: «Ach ja, natürlich! Gut, daß du mich daran erinnerst. Du mußt einem alten Menschen nachsehen, wenn er leicht ins Schwätzen kommt und darüber vergißt, was er eigentlich vorhatte.» Er legte Lauscher die Hand auf die Schulter und fügte hinzu: «Komm, dort müssen wir hinauf.» Dabei zeigte er zu ein paar einzelstehenden Bäumen, die als Vorhut der Wälder von Barleboog über die letzte Hügelkuppe ragten.

Nebeneinander stiegen sie den Hang hinauf. Das kurze, dürre Gras war nach dem Morgenregen schon wieder trocken. An den sparrigen Stengeln der Flockenblumen waren neben den silbrigen Kelchen der ausgefallenen Fruchtstände hie und da noch vereinzelte purpurne Blüten, sonst gab nur noch der Herbstenzian mit seinen blaßvioletten Blütentrauben dem grauen Rasen etwas Farbe. Oben auf dem Hügel standen drei uralte Ebereschen, über und über behängt mit feuerroten Beerendolden. Lauscher blieb stehen und betrachtete die schönen Bäume, an denen sich schon das Laub zu färben begann. Dann sah er den Grabhügel mitten zwischen den Stämmen. Er blickte seinen Großvater fragend an, und der sagte: «Ja, wir sind da.»

Sie gingen die letzten paar Schritte zu den Bäumen und blieben vor dem Grab stehen. Als einziger Schmuck lagen auf der Erdaufschüttung die gelb und rot gefärbten Fiederblätter der Ebereschen. «Großmutter?» fragte Lauscher, und der Sanfte Flöter nickte, aber er schien nicht traurig zu sein, sondern heiter und nickte dem Grabhügel zu, als stünde dort leibhaftig seine gewaltige Frau, um ihn zu begrüßen. «Siehst du», sagte er, «nun ist Lauscher doch wiedergekommen, und wir brauchen nicht mehr auf ihn zu warten.» Dann setzte er sich ins Gras und forderte Lauscher mit einer Handbewegung auf, sich neben ihn zu setzen.

Eine Zeitlang schauten sie schweigend hinunter in das Hügelland. Man blickte von hier aus bis zum Fluß, der zwischen Erlengehölz und Pappeln in breiten Windungen durch das Grasland zog bis weit hinaus in die Ebene, die am Horizont im Dunst verschwamm. Als sie eine Weile so nebeneinander gesessen hatten, sagte der Großvater: «Diesmal bist du der Flöter, der in die Welt hinausreiten wird.»

«So wie Barlo?» fragte Lauscher.

«Ja», sagte der Großvater, «und doch auch wieder nicht so wie er. Er hatte eine Aufgabe, und du mußt deine erst finden.»

«Dafür ist seine Flöte nur aus Holz und meine...» Lauscher stockte, denn ihm kam zum Bewußtsein, daß Großvaters Flöte ihm noch gar nicht gehörte. Doch der Sanfte Flöter lachte und ergänzte: «und deine ist aus Silber.»

«Wo hast du sie eigentlich her?» fragte Lauscher.

«Gut, daß du mich das fragst», sagte der Sanfte Flöter. «Sonst hätte ich womöglich noch vergessen, es dir zu erzählen. Denn das gehört zu den Dingen, die dem Erben weitergegeben werden müssen.

Als Kind habe ich Schafe gehütet. Auch mein Vater war ein Schafhirte, so wie wiederum sein Vater einer gewesen ist, und vermutlich hatten auch dessen Vater und Großvater mit Schafen zu tun. Du weißt ja inzwischen, wie das ist: Als Schafhirte muß man die Einsamkeit ertragen können, und wenn man sich von Kind an daran gewöhnt hat, will man's gar nicht mehr anders haben. So kommt es wohl, daß die Söhne von Schafhirten immer wieder Schafhirten werden. Doch davon wollte ich ja gar nicht erzählen.

Ich lebte damals weiter im Norden, wo mein Vater seine Herden auf die Grashänge am Fuß des Gebirges trieb und oft auch weit hinauf in die Täler. In dieser Zeit hatte ich gerade ausgelernt, und mein Vater hatte mir zum ersten Mal eine eigene Herde anvertraut, während er selbst seine Schafe in einem Seitental weiden ließ. Mir hatte er die Hänge am oberen Ende des Haupttales zugewiesen, die bis an die Grenzen der Geröllfelder unter den Gletschern hinaufreichen. Dort saß ich eines Tages auf einem Felsblock oberhalb meiner Herde und blies auf einer Weidenflöte, die ich mir geschnitzt hatte. Die meisten Schäfer spielen Flöte, und wenn du einmal einen treffen solltest, der dies nicht tut, dann hat er wahrscheinlich seinen Beruf verfehlt. Weißt du, wenn man so allein unter dem weit ausgespannten Himmel sitzt, dann überkommt einen das Bedürfnis, diesen unendlichen Raum zwischen den Horizonten auszufüllen. Mit Reden ist das nicht zu schaffen. Erstens wirst du verrückt, wenn du anfängst, mit dir selber zu sprechen, und außerdem läßt das gesprochene Wort diese blaue Glocke aus Luft und Dunst, die sich über dir wölbt, zerspringen. Nein, du brauchst etwas weithin Schwingendes, dessen Klang sich in diese Rundung einfügt und sie zum Klingen bringt. Da schnitzt du dir eine Flöte und fängst an zu spielen.

So spielte ich damals vor mich hin und spürte, wie der Klang meiner Flöte den Horizont leise erbeben ließ. Die Glocke fing an zu summen, und dieses Summen schwoll an und stieg empor zum Scheitel des Himmels, bis es als dröhnender Akkord mein Bewußtsein ausfüllte. In diesem Augenblick sagte hinter mir jemand: ‹Du kannst schön flöten, mein Söhnchen.›

Zunächst war ich wütend über die Störung, die mein vorsichtig aufgebautes Klanggebäude zusammenbrechen ließ. Ich drehte mich um und sah einen alten Steinsucher, der offenbar von den Bergen herabgekommen war, angelockt vom Klang meiner Flöte. Er trug seine Ledertasche umgehängt und am Gürtel den spitzen Hammer seines Standes. Sein lederbraunes Gesicht war von zahllosen Lachfältchen zerknittert und schaute mich so freundlich an, daß ich meinen Zorn vergaß und ihn bat, sich neben mich zu setzen.

Ächzend nahm er an meiner Seite Platz, blickte mich eine Weile an und sagte dann: ‹Macht dir das Schafehüten Spaß, Söhnchen?›

‹Spaß?› sagte ich. ‹Mein Vater ist ein Schafhirte, und meine Vorfahren sind es wohl auch gewesen. Also hüte ich Schafe. Was soll ich anderes tun?›

‹Und das Flöten?› fragte er weiter, ‹wie ist es damit?›

Ich habe dir ja erzählt, wie es mir erging, wenn ich unter freiem Himmel saß und spielte. ‹Ich kenne nichts Schöneres auf der Welt›, sagte ich. ‹Als du kamst, läutete der ganze weite Himmel in meinem Ohr.›

‹Ich weiß›, sagte der Alte. ‹Ich hab's schon gehört. Du hast den Ton.› Dann zog er aus seiner Ledertasche eine silberne Flöte und legte sie mir in die Hände. ‹Die ist für dich bestimmt›, sagte er.

Ich betrachtete die Flöte und fand sie vollkommen. Als ich die Verzierung an ihrem Ende entdeckte, sagte ich: ‹Sie ist glatt bis auf diesen fünffachen Ring. Was hat das zu bedeuten?›

‹Kannst du lesen, Söhnchen?› fragte der Alte.

Ich schüttelte den Kopf, denn damals hatte mir noch keiner das Geheimnis der Buchstaben erschlossen.

‹Dann will ich dir vorsprechen, was dort geschrieben steht›, sagte der Alte.

‹Lausche dem Klang,
folge dem Ton,
doch übst du Zwang,
bringt mein Gesang
dir bösen Lohn.

Willst du dich daran halten?›

Ich nickte nur, obwohl ich damals noch nicht ahnte, welche Bedeutung sich hinter diesen Worten verbarg. Die Flöte gefiel mir so gut, daß ich sie um nichts in der Welt mehr aus der Hand lassen wollte. Während wir dort saßen, sagte mir der

Alte noch, unter welchen Bedingungen die Flöte weitergegeben werden dürfe, wenn ich des Flötens müde geworden sei, doch das habe ich dir ja schon beim Unterricht erzählt. ‹Alles andere wirst du selber herausfinden müssen›, sagte der Alte noch. Dann legte er mir seine Hand für einen Augenblick auf die Schulter, stand auf und ging. Ich blickte noch eine Zeitlang auf das silberne Rohr, das in meinen Händen schimmerte und jetzt mir gehören sollte. Als ich mich schließlich umdrehte, um dem Alten einen Gruß nachzuwinken, war er nicht mehr zu sehen. So bin ich zu meiner Flöte gekommen.»

«Hast du diesen Steinsucher noch einmal getroffen?» fragte Lauscher.

Der Sanfte Flöter schüttelte den Kopf. «Ich habe ihn nie wiedergesehen, obwohl ich mich noch oft im Gebirge aufgehalten und ihn dort sogar gesucht habe», sagte er. «Es gab noch viele Dinge, die ich ihn hätte fragen wollen, aber es ist wohl so, daß man solche Antworten selber finden muß, auch wenn man sein ganzes Leben dazu braucht und dann noch lange nicht alles weiß.» Er schauerte zusammen und sagte dann: «Komm! Es wird kühl. Wir wollen nach Hause gehen.»

Er stützte sich auf Lauschers Schulter, als er aufstand, nickte dem Grabhügel noch einmal zu und sagte: «Bis auf bald, Liebste! Die Bäume werden dich schützen, bis ich komme.»

«Die Bäume?» fragte Lauscher und schaute hinauf in die ebenmäßigen, mit roten Beerendolden behängten Kronen.

«Weißt du das nicht?» sagte der Sanfte Flöter. «Ebereschen sind nicht nur freundlich zu Vögeln, sondern zu jeglichem Wesen, das bei ihnen Hilfe sucht. Alles, was böse ist, scheut den Schatten dieser Bäume.» Er legte die Hand an einen der flechtenbewachsenen Stämme, als verabschiede er sich von einem alten Freund, und wandte sich zum Gehen. Auf dem Rückweg sprachen sie nicht viel, und zu Hause legte sich der Sanfte Flöter bald zu Bett.

Lauscher ging noch in die Küche, um nachzusehen, was er am nächsten Tag beim Eselwirt an Vorräten würde besorgen müssen. Er fand noch ein letztes Stück Brot und ein paar Äpfel für sein Nachtmahl und stieg dann in sein Zimmer hinauf. Erst konnte er lange Zeit nicht einschlafen. Er schaute von seinem Bett aus durch das Fenster in das Geäst der alten Linden, das sich schwarz vor dem mondhellen Himmel abhob. Dann und wann fuhr ein Windstoß in das welkende Laub, trieb ein paar Blätter gegen die Scheiben und wehte sie raschelnd auf dem Fensterbrett zusammen. Durch eine Lücke zwischen den Zweigen warf der Vollmond eine breite Lichtbahn bis auf den Boden der Stube, über die immer wieder die Schatten treibender Blätter taumelten. Und zwischen diesen gleitenden Schatten vermeinte Lauscher plötzlich eine Bewegung wahrzunehmen, die nicht zufällig schien, sondern langsam und stetig auf der schimmernden Lichtbahn voranschritt. Zunächst war es nur ein Schatten wie die anderen, doch dann hob sich immer deutlicher eine Gestalt ab, und je weiter sie auf ihrem Lichtweg hinaufstieg, desto deutlicher trat sie hervor, gewann an Körperlichkeit und bewegte sich mit seltsam vertrauten, tänzelnden Schritten, umflossen vom Licht des Mondes, auf ihrer Bahn weiter. In ihrer Hand blitzte etwas auf, als sie ihren Arm hob, und dann hörte Lauscher den Sanften Flöter auf seinem silbernen Instrument spielen.

Er hätte später nicht zureichend beschreiben können, was er in dieser Nacht hörte. Er wußte nur noch, daß in dieser Flötenmelodie alles enthalten war, was das Leben seines Großvaters erfüllt hatte, Ereignisse, die er wiedererkannte, und noch mehr, von denen er nichts wußte. Er sah den jungen Flöter an Arnis Seite über die Steppe reiten, sah ihn in Urlas Stube stehen und jenes Lied spielen, das ihn in den Augen dieser schönen alten Frau versinken ließ, hörte das Rauschen des Braunen Flusses, den Schrei des Fischadlers und das Flöten der Wasseramsel, und all dieses Geschehen, diese vielfältige Welt aus Gestein, Pflanzen, Tieren und Menschen wogte in farbigen Wirbeln und ließ nach und nach eine Ordnung erkennen, die ihrer Bewegung zugrunde lag, ein ungeheures Ornament, das lebte, ständig seine Form wandelte und Neues aus sich heraus gebar zu wachsender Vielfalt, die doch diese Ordnung nicht sprengte. Lauscher war nicht länger Zuschauer dieses Vorgangs, sondern fühlte sich als Bestandteil dieses gewaltigen Spiels; er war einbezogen, doch nicht willenlos, denn er selbst entschied mit und wußte, daß aus jeder Bewegung seines Körpers, aus jedem Gedanken, der in seinem Hirn entstand, sich neue Möglichkeiten dieses Spiels entfalteten, und während dieses lebendig pulsierende Gefüge wuchs und wuchs und sich ausbreitete wie Wellenringe auf einem Gewässer, sah Lauscher noch immer seinen Großvater auf das Licht zuwandern, seine Gestalt wurde heller und heller, bis sie mit der strahlenden Helle verschmolz.

Diese wärmende Helligkeit spürte er noch, als er am anderen Morgen erwachte, und sie erfüllte ihn mit Heiterkeit. Hatte er geträumt oder war der Großvater in der Nacht noch einmal in die Stube gegangen, um auf seiner Flöte zu spielen? Ihr Klang stand in seiner Erinnerung noch so klar und wirklich, daß Lauscher beschloß, seinen Großvater nach jener Melodie zu fragen, die mit Worten zu beschreiben ihm unmöglich schien. Er stand auf, zog sich an und ging hinunter zur Schlafkammer des Großvaters. Die Tür stand offen. Er trat ein und sah den Sanften Flöter auf seinem Bett liegen. Er ruhte ausgestreckt auf dem Rücken, die Flöte noch in den Händen, auf seinem Gesicht hatten sich die Runzeln des Alters geglättet und nur den Ausdruck ungetrübter Heiterkeit zurückgelassen. Aber Lauscher erkannte zugleich, daß sein Großvater in dieser Nacht gestorben war.

Einen Tag später packte Lauscher seine Sachen. Als er am Tag zuvor zum Eselwirt gegangen war, um ihm den Tod des Sanften Flöters zu melden, hatte er auch sein Pferd aus dem Stall geholt, um es mitzunehmen. Zusammen mit dem Eselwirt hatte er dann seinen Großvater unter den drei Ebereschen an der Seite der Großmutter begraben. «Damals, als seine Frau gestorben war, habe ich auch ihm geholfen, die Grube zu schaufeln», hatte der Eselwirt gesagt, als er den Erdhaufen festklopfte. «Dein Großvater stand ein bißchen ungeduldig daneben und sagte: ‹Es wird Zeit, daß Lauscher kommt.› Hat er dir das Flöten schon beigebracht?» Lauscher hatte genickt, aber er war sich durchaus nicht sicher gewesen, ob dieser Unterricht ausreichen würde. Bei seinen ersten Versuchen hatte er sich gewundert, wie leicht es ihm fiel, die richtigen Töne zu finden, und er hatte es gar nicht erwarten können, all die Melodien zu spielen, die in seiner Vorstellung bereitlagen. Aber jetzt, während er die Dinge zusammensuchte, die er mitnehmen wollte, wagte er kaum, das Instrument zu berühren. Er wickelte es in ein weiches Wolltuch, das er unter den Sachen der Großmutter gefunden hatte, und steckte es zuunterst in eine der Packtaschen.

Als er darüber nachdachte, was er sonst noch mit auf die Reise nehmen könne, fiel ihm der Vogelbeergeist ein. Ein wärmendes Getränk würde in der herbstlichen Jahreszeit nicht schaden, meinte er, und stieg hinunter in den Keller. Er nahm den Krug vom Regal, und dabei wurde ihm bewußt, daß hier noch etwas stand, das vielleicht des Mitnehmens wert sein könne. Die drei Krüglein mit den seltsamen Aufschriften würden sein Gepäck nicht sonderlich belasten. Er holte sie aus ihrem Versteck und las noch einmal die verblaßten Texte auf den Zetteln. Nun hatte er seinen Großvater doch nicht mehr fragen können, wer diese rätselhaften Worte geschrieben hatte. Jedenfalls sollte man dergleichen nicht in falsche Hände geraten lassen, dachte er, und nahm die Krüglein mit hinauf in die Küche. Dort versenkte er sie in der Tiefe einer seiner beiden Packtaschen und stopfte ein paar Socken und Hemden darüber. Der Vogelbeergeist kam obenauf, denn den hatte man besser rasch bei der Hand.

Es war noch früh am Vormittag, als er das Haus abschloß und sich auf den Weg machte. Zunächst ritt er zum Eselwirtshaus, um dort den Schlüssel abzugeben, denn der Wirt hatte versprochen, von Zeit zu Zeit im Haus des Sanften Flöters nach dem Rechten zu sehen. Außerdem wollte sich Lauscher bei ihm noch mit Vorräten für die Reise versehen. Der Eselwirt hatte reichlich vorgesorgt, so daß Lauscher Mühe hatte, alles in seinen Packtaschen unterzubringen.

«Wohin soll es denn gehen?» fragte der Wirt, als Lauscher sich vor dem Tor verabschiedete.

«Zuerst einmal nach Fraglund zu meinen Eltern», sagte Lauscher. «Es ist nun bald vier Jahre her, daß ich dort aufgebrochen bin.»

«Da reitest du wohl am besten über Barleboog», sagte der Eselwirt. «Das ist der kürzeste Weg.»

Daran hatte Lauscher auch schon gedacht, aber es widerstrebte ihm, schon wieder durch die Wälder zu reiten, in denen zwei Grauwölfe hausten, und er war auch nicht begierig darauf, von dem großen Barlo wie ein kleiner Bruder empfangen zu werden. Ehe er ihm gegenübertrat, wollte er wenigstens seiner Kunst als Flöter sicher sein. «So eilig habe ich es nicht», sagte er also. «Außerdem habe ich keine Lust, so spät im Jahr übers Gebirge zu reiten. Ich nehme den Weg über Draglop. Leb wohl, und grüße mir Jalf!»

Auch diesmal kehrte er in Furros Schmiede ein, und das nicht nur deshalb, weil sich am linken Vorderhuf von Schneefuß das Eisen gelockert hatte. Um genau zu sein: So locker war das Eisen gar nicht. Es war die Erinnerung an Rikkas Augen, die ihn zwang, vor der Schmiede halt zu machen. Und das sagte er Rikka später auch, obgleich er nicht wußte, woher er den Mut dazu nahm.

Lauscher war rasch geritten und langte so schon am frühen Nachmittag bei Furros Haus an. Der Schmied erkannte ihn sofort wieder, besah sich den Schaden mit einigem Zweifel im Blick und sagte: «Wenn du meinst, das Eisen sei locker, dann will ich's schon wieder festmachen. Aber ich hätte dich auch ohne diesen Auftrag beherbergt, und Rikka wäre dir sicher böse gewesen, wenn sie erfahren hätte, du seist vorbeigeritten. Nimm deine Packtaschen und geh inzwischen ins Haus. Du weißt ja Bescheid. Ich habe hier noch zu tun.»

Lauscher ging durch die Seitentür aus der Werkstatt ins Haus und trat in die Stube. Rikka stand am Fenster und drehte sich zu ihm um. «Ich habe dich schon kommen sehen», sagte sie lächelnd. Lauscher fand keine Antwort. Er sah nur Rikkas Augen, diese dunklen Augen von schwer zu beschreibender Farbe zwischen blau, grün und violett, Urlas Augen, in die schon der Sanfte Föter hineingestürzt war wie in einen Brunnen. «Ja, ich bin gekommen», sagte er schließlich stockend. «Wegen deiner Augen bin ich gekommen.»

Rikka lachte leise, aber in diesem Lachen war kein Spott, nicht einmal eine Spur von Überlegenheit. Sie hat mich einfach gern, dachte Lauscher überrascht. Sie freut sich, daß ich gekommen bin.

«Komm her zum Fenster, daß ich dich anschauen kann», sagte Rikka. Er stellte die Packtaschen ab, ging zu ihr, und sie nahm ihn bei der Schulter und sah ihm ins Gesicht. Jetzt waren ihre Augen dicht vor ihm, und er hätte ihnen nicht ausweichen können. Aber das wollte er auch gar nicht. «Du hast viel gesehen in den Jahren, seit du zum letzten Mal hier gewesen bist», sagte Rikka.

«Das einzig Wirkliche in dieser Zeit waren deine Augen», sagte Lauscher. Und dann nahm er sie in die Arme und küßte sie. Er wunderte sich, daß sie seinen Kuß erwiderte, doch dann schob sie ihn von sich und sagte: «Ach, Lauscher, das bin doch nicht ich, die du suchst. Wir haben nur alle die gleichen Augen. Das weißt du doch.»

Lauscher blickte sie verwirrt an. Er sah jetzt, daß ihr Haar seit seinem letzten Besuch fast weiß geworden war, obwohl ihr Gesicht noch immer glatt und jung schien. Rikka lachte wieder und sagte: «Erzähl mir, was du inzwischen getan hast. Wo kommst du jetzt her?»

«Von meinem Großvater», sagte Lauscher und berichtete ihr vom Tod des Sanften Flöters.

«Ich weiß, daß er nur noch auf dich gewartet hat», sagte Rikka. «Hat er dich das Flöten gelehrt?»

«Ja», sagte Lauscher, «aber ich durfte nie etwas Eigenes auf der Flöte spielen.»

«Dann tu's jetzt!» sagte Rikka. «Spiele für mich!»

Lauscher erschrak. Es wurde ihm bewußt, daß er Angst davor hatte, die Flöte nach seinem eigenen Willen zum Klingen zu bringen. «Ich hab's noch nie allein versucht», sagte er.

«Du bist nicht allein», sagte Rikka, «und ich bitte dich darum.»

Da ging Lauscher zu seinen Packtaschen und holte die Flöte hervor. Er wickelte sie vorsichtig aus dem weichen Tuch und zeigte sie Rikka. Sie schaute sie eine Zeitlang an und blickte dann Lauscher wieder in die Augen. «Sie ist vollkommen» sagte sie. «Aber jetzt will ich sie hören.»

Da setzte Lauscher die Flöte an die Lippen und fing an zu spielen. Obwohl er eben noch keinerlei Vorstellung irgendwelcher Tonfolgen, geschweige denn einer Melodie gehabt hatte, glitten seine Finger wie von selbst über die Grifflöcher, und er hätte auch später nicht beschreiben können, welcher Art diese Musik gewesen war, die er gespielt hatte, als er dort vor Rikka in der Stube stand. Er sah nur noch ihre Augen, tauchte in sie ein, wurde eingehüllt von diesem Farbenspiel aus Blau, Grün und Violett, aus dem sich Bilder lösten, die er lange danach in seinem Gedächtnis wiederfinden sollte.

Ringsum war Laub, bläulich und violett überschattete Blätter, und dazwischen flirrendes Grün, wo einzelne Sonnenstrahlen durch die hohen Baumkronen brachen, und dieses Laub umspülte ihn wie bewegtes Wasser einen Felsen, die violetten Hände der Ahornblätter wehten schwankend an ihren langen, beweglichen Stielen, blaugrün glänzten die Lanzetten des Ligusters, und zwischen dem satten Grün ovaler Buchenblätter tanzten flimmernd an ihren schwarzen, dünnen Zweigen die hellgrünen Herzen der Birken. Er blickte in dieses wogende Meer von Blättern und hörte das Rauschen des Windes und das Plätschern von Wasser. Über ihm in den Zweigen flötete eine Amsel. Dann hörte er das Flattern ihrer Flügel dicht neben seinem Ohr. Erst als er den Kopf zur Seite drehen wollte, merkte er, daß er sich nicht bewegen konnte, und dennoch sah er die Amsel auf seiner Schulter sitzen, ohne daß er seine Augen auf sie gerichtet hätte. Es war, als könne er auf eine schwer zu beschreibende Weise von innen heraus sehen, ohne seine Augen zu gebrauchen. Die Amsel legte den Kopf schief und beäugte mit ihren schwarz glänzenden Augen sein Ohr, als wolle sie ihn fragen, ob er das Zuhören nun endlich gelernt habe. Er wunderte sich, daß er ihre Krallen nicht auf seiner nackten Haut spürte, und da sah er, daß seine Schulter von pelzig grünem Moos überwachsen war. Dieses Moos bedeckte auch die Oberseite seines Arms, der an der Seite herabhing, und ebenso die gekräuselten Wellen des langhaarigen Fells, das ihm über die Hüften zottelte bis hinab zu jenem merkwürdigen Knick, in dem seine glattfelligen Beine nach hinten abgewinkelt waren, ehe sie unten in gespaltenen Hufen endeten. Er starrte auf diese klobigen Bocksfüße, die eingebettet waren in die Moospolster auf einer Felsplatte, unter der eine Quelle hervorsprudelte und sich zu einem kleinen, klaren Teich sammelte, auf dessen Grund glatte Kiesel lagen. So stand er bewegungslos im Wald verborgen, ein überwachsener Stein und Ruhesitz von Vögeln, hörte jeden Laut, das Rauschen im Laub, das helle Plätschern der Quelle, das Flöten der Vögel, das Knacken dürrer Zweige unter dem Tritt heimlicher Tiere, und er hörte auch von weither das Sirren des Windes im hohen Gras der Steppe, die sich irgendwo jenseits des Waldes ausbreitete bis hin zum fernen Gebirge, von dem tosend Gießbäche herabschäumten und polterndes Geröll mit sich rissen, während hoch oben über den Schrofen schreiend die Steinadler kreisten. Er lauschte auf den Zusammenklang dieser Vielfalt und vernahm aus der Mitte all dieser Geräusche und Klänge den Gesang eines Kindes, wußte nicht, kam es von weither oder aus der Nähe, dieses Lied, gesungen von einer Kinderstimme, die dennoch dunkel und voll tönte wie die Stimme einer Frau oder die tiefe Lage einer Flöte, und die Worte lauteten:

Haust einer im Wald,
weiß nicht wer,
Haust einer im Wald,
seine Haut ist von Stein,
sein Mund kann nicht schrein,
und sein Leib ist kalt,
als lebt' er nicht mehr,
weiß nicht wer.

Steht einer im Moos,
weiß nicht wo.
Steht einer im Moos
und regt sich nicht
mit starrem Gesicht
und zottigem Schoß,
ist nicht traurig, nicht froh,
weiß nicht wo.

Wartet einer am Quell,
weiß nicht wann.
Wartet einer am Quell,
daß eine ihn weckt,
die Hand nach ihm streckt
und krault sein Fell
und löst seinen Bann,
weiß nicht wann.

Er hatte dieses Lied noch im Ohr, als er aus dem grünen Gestrüpp dieses Bildes auftauchte und seine Flöte absetzte. Rikka schaute ihn noch immer an und lächelte.

«Was war das für ein Wald?» fragte Lauscher, als könne er sicher sein, daß auch Rikka das gleiche gehört und gesehen hatte wie er. «Wer hat dieses Lied gesungen, und was hat es zu bedeuten?»

«Das ist für den Augenblick noch nicht wichtig», sagte Rikka. «Du wirst es vergessen, wie du so vieles vergessen wirst. Aber du wirst dich daran erinnern, wenn die Zeit dazu gekommen ist. Was du vergißt, geht nicht verloren. Es schläft nur, um eines Tages wieder zu erwachen.»

«Aber ich weiß doch, was ich gehört und gesehen habe», sagte Lauscher und versuchte sich zu erinnern. Doch da war nichts mehr zu finden als flimmerndes Gesprenkel von Grün, Blau und Violett, das allmählich verblaßte, eine Flötenstimme, die in der Ferne verklang. «Ich weiß es nicht mehr», sagte er traurig; denn er wußte noch so viel, daß dieses Lied sehr schön gewesen war und voller Trost.

«Es wird wiederkommen, wenn du nicht mehr danach suchst», sagte Rikka. «Aber das Flöten hast du gelernt, das weiß ich jetzt.»

Unterdessen trat Furro in die Stube und sagte: «Da hört man doch gleich, wo du in die Schule gegangen bist, Lauscher. Es ist gut zu wissen, daß der Sanfte Flöter einen Erben gefunden hat. Ich mußte das Hämmern sein lassen, als ich dieses Lied hörte, wenn es mir auch fremd und sonderbar schien. Aber es war wohl nicht für mich bestimmt.»

«Nein», sagte Rikka, «es war für ihn selbst bestimmt.»

«Und du hast's ihm wohl beigebracht?» sagte Furro lächelnd. «Hast ihn ein bißchen verzaubert mit deinen Zauberaugen?»

Lauscher errötete, als er das hörte, und dachte darüber nach, ob der Schmied noch lächeln würde, wenn er wüßte, daß er Rikka geküßt hatte. Aber Furro schien das alles nicht weiter ernst zu nehmen. Er klopfte Lauscher freundschaftlich auf die Schulter und sagte: «Steh nicht so betreten da! Bei Urlas Enkeltöchtern muß man immer auf dergleichen gefaßt sein. Das Eisen sitzt übrigens wieder fest, falls es je locker gewesen ist, und für meinen Teil hätte ich jetzt Lust auf ein Abendessen.»

Als sie satt waren, holte Furro einen Krug Wein aus dem Keller, und Lauscher berichtete von seiner Begegnung mit den Händlern Günli und Orri. «Die beiden waren auch bei mir», sagte der Schmied. «Sie waren froh, jemanden zu finden, der sich auf's Beschlagen von Maultieren versteht. Schau, womit sie mich bezahlt haben!» Er kramte ein paar Münzen aus seinem Geldbeutel und legte sie auf den Tisch. Lauscher nahm eine davon in die Hand und betrachtete sie. Sie war aus Silber und zeigte auf der einen Seite den Kopf einer Frau, auf der Rückseite war ein galoppierender Reiter geprägt. «Weißt du, wen diese Bilder darstellen?» fragte Lauscher.

«Günli hat's mir erklärt», sagte Furro. «Der Frauenkopf soll Urla darstellen, die bei Arnis Leuten seit jeher in hohem Ansehen steht, und der Reiter ist Arni selbst. Diese ehemaligen Beutereiter scheinen neuerdings mächtig viel von ihm zu halten.»

«Ich weiß», sagte Lauscher. «Sie haben mich eingeladen, sie zu besuchen, und nennen mich den Träger des Steins.» Er sagte dies nicht ohne Stolz. Rikka blickte ihn aufmerksam an, und er konnte den Ausdruck ihrer Augen nicht recht deuten. «Bist du zu ihnen unterwegs?» fragte sie.

«Erst will ich nach Fraglund zu meinen Eltern», sagte Lauscher. «Aber danach werde ich wohl zu Arnis Leuten reiten.»

«Da wirst du bei ihnen wohl ein großer Mann werden», sagte der Schmied.

«Das mag schon sein», sagte Lauscher, «und ich glaube, daß Arni dies im Sinne hatte, als er mir den Stein gab. Man sagt ja von ihm, daß er die Gabe der Voraussicht hatte.»

«Wer sagt das?» fragte Rikka.

«Günli zum Beispiel», sagte Lauscher. «Arnis Worte gelten bei seinen Leuten wie ein Gesetz, und sie meinen auch, daß er gewußt habe, was sich nach seinem Tode ereignen wird.»

«Und nun bauen sie sich aus Arnis Worten feste Häuser, in denen sie sich gemütlich einrichten», sagte Rikka. «Wenn sie ihn so genau verstanden haben, hätten sie nicht nötig gehabt, damit bis zu seinem Tode zu warten.»

«Sie haben wohl so lange gebraucht, um seine Worte zu begreifen«, sagte Lauscher. «Man versteht ja nicht immer gleich im Augenblick, was einem widerfährt.»

«Ja», sagte Rikka, «verstehen braucht seine Zeit. Daran solltest du immer denken, du Träger des Steins.»

Als Lauscher sich am nächsten Morgen vor der Tür der Schmiede verabschiedete, nahm ihn Rikka in die Arme und küßte ihn, als sei dies die selbstverständlichste Sache der Welt, und auch Furro schien nichts dabei zu finden. «Da sieht man doch gleich, daß du zu Urlas Familie gehörst, seit du den Stein auf der Brust trägst», sagte er und wünschte Lauscher eine gute Reise.

Von dem Ritt am Fluß entlang ist diesmal nichts Besonderes zu berichten. Lauscher hatte es nicht eilig. Er ließ sein Pferd laufen, wie es Lust hatte, und suchte sich gegen Abend ein Nachtlager, zumeist in einem Heuschober, denn so weit oben am Fluß gab es nur wenige Dörfer. Die Schafweide auf dem Hang unter dem Wald lag zu dieser späten Jahreszeit schon verlassen, und Lauscher sah keinen Anlaß, die Erinnerung an die Zeit aufzufrischen, in der er als Hilfsschäfer bei Barlo in Diensten gewesen war. Auch das Dorf, in dem der Besitzer der Schafe seinen Hof hatte, durchritt er eilig, obwohl die Sonne schon tief stand. Schließlich war es dunkel, als er endlich wieder auf ein Bauernhaus traf, und er mußte, um ein

Nachtlager zu bekommen, die Leute aus den Betten klopfen. So kam er schließlich nach Draglop und quartierte sich in der Silbernen Harfe ein.

Der Wirt erkannte ihn sofort wieder, aber Lauscher beantwortete dessen Fragen nach Barlo und den Ereignissen, die zur Vertreibung Gisas geführt hatten, eher einsilbig. Der Herbstmarkt war schon vorüber, und so waren auch die Gaukler und Spielleute weitergezogen, die bei dieser Gelegenheit hier zu wohnen pflegten. Dafür machte sich in der Gaststube allerlei Gesindel breit, nicht eben die beste Gesellschaft. Die meisten dieser Leute sahen aus wie Landstreicher oder Trunkenbolde. Um seine Habseligkeiten nicht unbeaufsichtigt zu lassen, stellte Lauscher die Packtaschen unter den Tisch, an dem er Platz nahm, um vor dem Schlafengehen eine warme Suppe zu essen.

Der Lärm in der Gaststube war ihm unangenehm. Schon immer hatten ihn laute Geräusche, insbesondere aber lautes Reden gestört, und diese zweifelhaften Gesellen hier, die in abgerissenen Kleidern an den Tischen lümmelten, schrien aufeinander ein, als seien sie allesamt schwerhörig. Zu verstehen war nichts in diesem Getöse von Stimmen. Lauscher sah ringsum schließlich nur noch Münder in stoppelbärtigen, rotgedunsenen Gesichtern, klaffend aufgerissen zu brüllendem Gelächter.

Er war schon nahe daran, aufzustehen und hungrig zu Bett zu gehen, als der Wirt endlich, den dampfenden Suppennapf in der Hand, sich zwischen den gestikulierenden und schreienden Gästen hindurchdrängte und an seinen Tisch kam. Er setzte sich zu Lauscher, aber eine Unterhaltung war nicht möglich. Als Antwort auf die unverständliche Anrede des Wirts zuckte Lauscher nur unwillig mit den Schultern. Da beugte sich der Wirt zu ihm herüber und schrie ihm ins Ohr: «Ich muß auch nach dem Jahrmarkt leben. Da kann man sich seine Gäste nicht aussuchen.»

Lauscher gab nicht zu erkennen, ob er die Worte verstanden hatte. Er kroch in sich zusammen und löffelte eilig die Suppe, um möglichst bald diesem höllischen Lärm entfliehen zu können, der ständig anzuschwellen schien und sein Hirn überschwemmte, bis er nichts mehr empfand als eine kalte Wut auf jeden, der hier in diesem Raum saß. Und während er diese Wut in sich hineinfraß, steigerten sich die Stimmen am Nebentisch zu keifendem Gezeter, Streit bahnte sich hörbar an, unflätige Schimpfworte barsten wie zerscherbte Krüge, schon wurden Hocker krachend zurückgestoßen, Messer blitzten auf. Der Wirt packte Lauscher am Ärmel und deutete mit dem Kopf zur Tür. In seinen Augen flackerte Angst. Lauscher war jetzt wie taub und starrte in die verzerrten Gesichter der Streitenden. Seine Wut zog sich zusammen zu einem eisigen Punkt mitten in seinem Hirn, und jetzt wußte er auch, was er tun würde. Er riß seinen Arm aus dem Griff des Wirtes, zog seine Packtaschen heran und tastete in der Tiefe der einen nach seiner Flöte. Jetzt wollte er sehen, wie es um seine Macht als Flöter bestellt war. Er sprang auf den Tisch, daß der Suppennapf klirrend über die Platte tanzte, setzte sein Instrument an die Lippen und begann zu spielen. Schon beim ersten Ton wurden die Streithähne aus ihrer Verklammerung gerissen und standen einen Augenblick erstarrt. Dann warfen sie die Arme hoch und fingen stampfend an zu tanzen. Auch an den anderen Tischen war das Geschrei mit einem Schlag verstummt. Bald waren alle auf den Beinen, sogar der Wirt, und bewegten sich im Takt der wütenden Melodie, die über ihre Köpfe hinwegschrillte. Bänke und Tische wurden beiseite getreten, bis Raum genug war für die Tänzer, die sich wie Marionetten nach Lauschers Flöte bewegten. Jetzt, da er sah, daß er sie in seiner Gewalt hatte, begann es Lauscher ein wildes Vergnügen zu bereiten, ihnen seinen Willen aufzuzwingen. Er ließ sie sich zu zwei Reihen ordnen, die einander in stampfender Bewegung gegenüberstanden, dann trieb er sie auseinander, daß beide Reihen zurückwichen bis an die Barriere der durcheinandergestürzten Tische, Bänke und Stühle, trieb sie wieder aufeinander zu, bis die Tänzer einander in dumpfer Wut in die blutunterlaufenen Augen stierten, und so trieb er sie vor und zurück, vor und zurück im trüben Licht der wenigen noch nicht verlöschten Öllampen, das nur noch schwelend durch den aufwölkenden Staub drang, vor und zurück, vor und zurück, bis er sie in einem letzten, dröhnenden Ansturm mit den Köpfen krachend zusammenrennen ließ.

Als er die Flöte absetzte, regte sich nichts mehr. Er steckte sie an ihren Platz, nahm sein Gepäck und verließ die Stube, ohne dem verknäulten Haufen von Leibern einen Blick zu gönnen. In dieser Nacht schlief er tief und traumlos wie nach einer großen Erschöpfung und erwachte erst spät.

Die Stube war aufgeräumt, gesäubert und gelüftet, als er am Morgen herunterkam und sich zu seiner Morgenmahlzeit setzte. Der Wirt bediente ihn selbst und näherte sich ihm mit kriechender Unterwürfigkeit. «Ich wußte nicht, daß ich einen solchen Meister in meinem Haus beherberge», sagte er, während er diensteifrig mit einem Lappen den Tisch abwischte, um dann Brot, Milch, Schinken und Käse aufzutragen. Auf seiner Stirn glänzte eine riesige rote Beule, die sich an den Rändern blau verfärbte. Der Wirt kühlte diese bemerkenswerte Spur von Lauschers Flötenkunst hie und da mit einem feuchten Tuch. «Der große Barlo verstand sich auch auf die Kunst», sagte er, «aber dergleichen wie du gestern abend hätte er wohl nicht zustande gebracht.»

Diese Feststellung befriedigte Lauscher ungemein. «Es war auch an der Zeit, hier ein bißchen Ordnung zu schaffen», sagte er so beiläufig, als sei dies für ihn keine besondere Verrichtung gewesen. «Ich hoffe, deine Gäste haben sich inzwischen erholt», fügte er höflichkeitshalber hinzu.

«Sobald die ihre fünf Sinne wieder beieinander hatten, haben sie sich verkrochen wie Ratten», sagte der Wirt. «Einer von ihnen brummte noch, ich solle ihnen das nächste Mal vorher Bescheid sagen, wenn hier wieder ein großer Zauberer absteige, um zum Tanz aufzuspielen. Sie hatten allesamt mächtigen Respekt vor dir, Herr. Das kann ich dir versichern.»

Lauscher war beeindruckt. So schmeckte also der Genuß der Macht, die ihm seine Flöte verlieh. Er kostete diesen Geschmack und fand ihn süß. Kaum hatte er gespielt, nannte man ihn auch schon ‹Herr› und beugte den Nacken.

«Gibst du meinem bescheidenen Haus noch länger die Ehre, Herr?» fragte der Wirt katzbuckelnd.

Lauscher schüttelte den Kopf. Es tat ihm jetzt fast leid, daß er nicht über Barleboog gereist war. Barlo hätte Augen gemacht, wenn er ihm etwas vorgespielt hätte, dessen war er sicher. Nun wollte er wenigstens seinem Vater zeigen, was aus ihm geworden war. Und dann rasch weiter zu Arnis Leuten. «Nein», sagte er. «Ich reite noch heute.»

Wenn Lauschers Ankunft in Draglop unbeachtet geblieben war, dann erregte seine Abreise um so mehr Aufsehen. Sein Auftritt in der Silbernen Harfe am Abend zuvor hatte sich offenbar wie ein Lauffeuer herumgesprochen, und manch einer der an diesem Tanzvergnügen Beteiligten hatte wohl auch noch ein bißchen übertrieben, als er hatte erklären müssen, wie er zu einer solch fabelhaften Beule auf der Stirn gekommen sei. Jedenfalls schien es Lauscher, daß sich an diesem Morgen im Umkreis des Gasthauses ungewöhnlich viele Leute aufhielten, die neugierig zu ihm herüberblickten, sobald er aus der Toreinfahrt geritten kam. Einige von ihnen verbeugten sich wie vor einem großen Herrn, als er an ihnen vorübertrabte, andere wieder machten das Zeichen gegen böse Geister und verdrückten sich in die Seitengassen, sobald sie seiner ansichtig wurden, wohl ein paar von jenen Schreihälsen, die gestern im Wirtshaus gesessen hatten und denen darüber die Lust am Tanzen vergangen war. Frauen standen am Straßenrand, hoben ihre Kinder auf und zeigten ihnen diesen großen Zaubermann. «Schau, das ist der Gewaltige Flöter!» hörte er eine von ihnen rufen. Das klang so, als hätte er unter den Leuten schon einen Namen bekommen. Lauscher zügelte sein Pferd und nickte der Frau freundlich zu. Da faßte diese Mut, trat vor und sagte: «Willst du Draglop schon wieder verlassen, Herr?» Sie schien das zu bedauern, und als Lauscher nickte, sagte sie: «Das ist sehr schade, Herr. Du hättest unseren Männern mit deiner Flöte etwas Sitte und Anstand beibringen können.»

Lauscher lachte. «Dann sag euren Männern», rief er, «daß ich bei Gelegenheit wiederkommen will, wenn sie's zu toll treiben! Jetzt habe ich erst einmal Wichtigeres im Sinn.» Er kniff das Kind der Frau freundlich in die Wange und ließ sein Pferd weitertraben. Davon wird dieser Knabe noch einmal seinen Enkeln erzählen, daß ihn der Gewaltige Flöter in die Wange gekniffen hat, dachte er vergnügt, während er pfeifend durch die Straßen ritt. Ein paar Kinder rissen sich von ihren Müttern los und begannen ihm nachzulaufen. Erst waren es drei, dann fünf, und gleich darauf war es schon ein ganzer Haufen. Die schnellsten rannten neben ihm her, und hinter ihnen trabten schon an die hundert, schrieen und lachten allesamt durcheinander, und dann fing eines der Kinder mit heller Stimme an zu singen:

Flöter,
spiel uns vor,
spiel auf deinem Silberrohr,
laß im Tanz uns springen,
deine Lieder singen,
laß uns tanzen durch das Tor,
spiel auf deinem Zauberrohr!

Immer mehr fielen in die einfache, dreitönige Melodie ein, und bald wiederholte die ganze Kinderschar wieder und wieder diesen Singsang. Da nahm Lauscher seine Flöte aus der Packtasche und fing an zu spielen. ‹Kommt mit mir!› spielte er. ‹Lauft mir nach! Draußen auf den Wiesen ist es schöner als hier zwischen den Häusermauern! Dort könnt ihr springen, tanzen und lachen! Tanzt, meine kleinen Freunde, tanzt hinaus durch's Tor!› Und die Kinder tanzten, wie sie noch nie getanzt hatten, sprangen so hoch, wie sie noch nie gesprungen waren, lachten so schrill, wie sie noch nie gelacht hatten, und liefen zwischen den letzten Häusern dem Flöter nach und hinaus durchs Tor ins Freie.

Lauscher hielt sein Pferd zurück, flötete immer weiter und ließ die Kinder vor sich hertanzen. Er sah, wie sie sich nach den Tönen seiner Melodie, wie sie sich nach seinem Willen wie Marionetten bewegten und mit erhobenen Armen in die Höhe sprangen, als wollten sie nach etwas greifen, das sie nicht erreichen konnten, aber doch immer wieder aufs Neue zu packen suchten; er hörte ihr schrilles Jauchzen und Lachen, entlockte seiner Flöte immer wildere Läufe und Sprünge, berauscht vom Geschrei der Kinder und von seinem eigenen Spiel, und ließ die Puppen tanzen. Jede Bewegung ihrer kleinen Körper entsprang seinem Willen, er verfügte über hunderte von Armen und Beinen und beherrschte sie bis in jede Regung der Finger und Zehen, spürte das kühle Gras unter seinen zahllosen nackten Sohlen und den Herbstwind, der zwischen seinen zahllosen Fingern hindurchstrich.

Als er sich im Sattel umdrehte, um den kleinen Tänzern zuzuschauen, die hinter ihm zurückgeblieben waren, war er überrascht, wie weit die Stadt schon entfernt lag, und er sah auch, wie eben ein Trupp von Reitern aus dem Tor sprengte. Sie kommen ihre Kinder holen, dachte er; sie wollen mir meine Tänzer wegnehmen, meine vielen kleinen Füße und Hände. Er trieb die Kinder an und ließ sie schneller laufen, doch die Reiter kamen rasch näher, um ihm sein Spiel zu verderben. Konnten es diese traurigen Spießbürger nicht ertragen, ihre Kinder lustig über die Wiesen tanzen zu sehen? Er setzte seine Flöte ab und schrie: «Gönnt ihr denn euren Kindern keinen Spaß?»

Er bekam keine Antwort. Vielleicht hatten die Reiter auch gar nicht verstanden, was er ihnen zugerufen hatte, weil sie noch nicht nahe genug hergekommen waren. Aber er sah zugleich, daß die Kinder, sobald sein Spiel verstummt war, hilflos über die Wiese taumelten, viele brachen zusammen und blieben reglos liegen, und er sah jetzt auch ihre blassen, erschöpften Gesichter und sah, wie der fiebrige Glanz in ihren Augen erlosch. Die wenigen Kinder, die sich noch schwankend auf den Beinen hielten, starrten ihn aus stumpfen Augen an, und Lauscher meinte in ihren Blicken sogar Abwehr, ja Angst zu erkennen. Da wendete er sein Pferd, hieb ihm die Sporen in die Weichen und preschte davon, gefolgt von dem Wutgeschrei der Männer, die jetzt nahe genug herangeritten waren, daß man ihre Stimmen hören konnte. Sie werden doch nicht wagen, Hand an den Gewaltigen Flöter zu legen, dachte Lauscher und blickte über die Schulter zurück. Doch die Reiter waren inzwischen abgestiegen und sammelten ihre Kinder ein, die in ihren bunten Kleidern auf den Wiesen lagen wie abgefallenes Herbstlaub nach einem Sturm.

Lauscher ließ sein Pferd erst dann in Trab zurückfallen, als er außer Sichtweite der Dragloper Reiter war und sicher sein konnte, daß ihm keiner von ihnen folgte. Erst jetzt wurde ihm bewußt, daß er geflohen war wie einer, der sich vor der Übermacht fürchten muß, statt auch diesen Männern das Tanzen zu lehren. Oder war es die Angst in den Augen der Kinder gewesen, die ihn in die Flucht getrieben hatte? Solange er auf seiner Flöte gespielt hatte, waren sie mit ihm gelaufen, hatten ihm zugelacht, und er hatte sich eins gefühlt mit seinen tanzenden Kindern, die zu ihm aufblickten wie zu ihrem Herrn und Meister. Er versuchte, dieses Hochgefühl, diese Lust am gemeinsamen Spiel zurückzurufen, aber es wollte ihm nicht gelingen. Während er langsam weiterritt, spürte er einen schalen Geschmack im Mund; es war ihm zumute, als sei er einer tiefen Beschämung ausgesetzt, die sein Gemüt verdüsterte, ohne daß er die Ursache dafür hätte nennen können.

Am Vormittag des dritten Tages nach seinem Ausritt aus Draglop erreichte er das Nebelmoor. Er hatte es schon einmal von Norden nach Süden durchquert, als er noch mit Barlo unterwegs gewesen war; doch damals hatten sie Lagosch als Führer bei sich gehabt, der hier jeden Pfad kannte. Diesmal mußte er sich seinen Weg allein suchen, und zwar nach Osten auf Fraglund zu.

Es war diesiges Spätherbstwetter an diesem Tag. Der schmale, selten benutzte Pfad führte durch dürftiges graubraunes Grasland, dann begann der Boden abzufallen, die Spur war noch ein Stück weit zwischen Riedgras und Heidepolstern zu verfolgen, um schließlich in den Nebelschwaden unterzutauchen, die zu dieser Jahreszeit das Moorgebiet bedeckten.

> «Nur wer den Verstand verlor,
> geht im Herbst durchs Nebelmoor»,

hatte der Wirt in der Silbernen Harfe gemurmelt, als Lauscher ihn nach dem Weg gefragt hatte. «Ich würde so spät im Jahr nie einen Fuß dorthin setzen, aber ein

Flöter wie du mag sich dergleichen schon zutrauen», hatte er noch hinzugefügt und Lauscher ein paar Wegmarken genannt, nach denen er sich richten konnte. Nach etwa einem halben Tag, hatte er erklärt, erreiche man den abgestorbenen Stumpf einer Kopfweide, und dort teile sich der Weg. Nach links komme man zum See am Fuß des Gebirges, er aber müsse sich rechts halten, wenn er nach Fraglund wolle.

Lauscher hatte sich das Moor so vorgestellt, wie er es in Erinnerung hatte: naß zwar, voller Tümpel und schlammiger Wasserlöcher, von denen man sich besser fernhielt, aber doch gut überschaubar. Jetzt sah er erst richtig, worauf er sich eingelassen hatte. So weit er schauen konnte, breitete sich vor ihm ein milchig graues Nebelmeer aus, das er würde durchschreiten müssen, wenn er nach Fraglund kommen wollte. Er war in diesem Augenblick nahe daran umzukehren, doch dann dachte er an die wütenden Männer von Draglop und auch an den Wirt, der ihm einen solchen Ritt zugetraut hatte. Sein Ruhm als Gewaltiger Flöter würde schneller dahin sein, als er ihn gewonnen hatte.

Langsam und mit Vorsicht ließ er sein Pferd im Schritt den Weg hinab zum Moor gehen. Schneefuß schnaubte unruhig, gehorchte aber dem Willen seines Herrn. Nach wenigen Schritten tauchten die Hufe in die ersten Nebelfetzen, und je weiter Lauscher ritt, desto höher stieg die träge treibende Flut, schwappte ihm schon bald über die Knie, stieg und stieg, vor ihm durchbrach nur noch der Kopf des Pferdes die trüben Schwaden, versank gleich darauf, und dann tauchte Lauscher selbst unter und atmete den feuchtkalten Dunst, der ihn einhüllte und jede Sicht verwehrte. Da war kein fester Punkt mehr, an den er sich halten konnte, kein Horizont, keine Wegmarke, kein fester Boden unter den Hufen, die irgendwo unten im Unsichtbaren dumpf auf den schwankenden Grund schlugen und sich schmatzend wieder losrissen. Nach kurzer Zeit hatte Lauscher jede Orientierung verloren und überließ es Schneefuß, den richtigen Weg zu finden. Er gab es auf, in das gestaltlose Grau zu starren, schloß die Augen, ließ sich tragen und schreckte nur hie und da hoch, wenn das Pferd mit dem Huf in ein Wasserloch platschte. Nach und nach verlor er auch das Gefühl, irgendein Ziel zu haben. Es war, als dringe der Nebel mit jedem Atemzug in seine Gedanken ein und löse sie auf zu einem ungeformten Brei. Vielleicht ging das Pferd unter ihm schon ungezählte Male im Kreise oder trat gar auf der Stelle, aber all das interessierte ihn kaum und wäre wohl auch nicht zu ändern gewesen.

Er wußte nicht, wie lange er so geritten war, als Schneefuß unvermittelt stehen blieb. Lauscher blickte auf, und ihm schien, als sei der Nebel zu seiner Rechten etwas dunkler. Er drängte das Pferd in diese Richtung, bis der Schatten Gestalt gewann und als jener Kopfweidenstumpf zu erkennen war, von dem der Wirt gesprochen hatte. Hier also teilte sich der Weg. Lauscher stieg ab, ließ sich auf die Knie nieder und untersuchte den Boden. Zu sehen war kaum etwas, aber seine Hände ertasteten die Stelle, an der die festgetretene Spur sich gabelte. Er führte

Schneefuß ein paar Schritte auf den Pfad, der nach rechts abbog, stieg dann wieder auf und überließ alles Weitere dem Pferd.

Der Nebel schien jetzt noch dichter zu werden und legte sich Lauscher auf die Brust, als wolle er ihm den Atem abdrücken. Es ging wohl auch schon auf den Abend zu, denn das eintönige Grau ringsum nahm allmählich eine dunklere Tönung an. Lauscher begann eben darüber nachzudenken, wie er die Nacht zubringen solle, als dicht neben ihm unversehens ein Reiter aus dem Dunst tauchte und an seiner Seite weiterritt. Lauscher grüßte höflich, bekam aber keine Antwort. Vielleicht hatte der Mann ihm zugenickt, aber das war in der zunehmenden Düsternis kaum auszunehmen. Lauscher versuchte sich ein Bild von diesem schweigsamen Begleiter zu machen, so weit dies der milchig-dichte Nebel erlaubte, konnte aber nicht viel mehr wahrnehmen als eine graue Gestalt auf einem grauen Pferd. Selbst das Gesicht des Fremden sah grau aus wie das eines Toten. Eine Zeitlang ritt dieser graue Mann schweigend neben ihm her, dann schwenkte er plötzlich vom Weg ab, und Schneefuß blieb ohne zu zögern an seiner Seite.

«Wohin reiten wir?» fragte Lauscher. Statt einer Antwort deutete der andere nach vorn, als könne jedermann sehen, wohin der Weg führte. Und gleich darauf sah man es tatsächlich. Vor Lauschers Augen verdüsterte sich plötzlich der gestaltlose Nebel und gab eine bräunliche Mauer frei. Der Reiter stieg ab, band sein Pferd an einen Pflock, der hier aus dem Boden ragte, und öffnete eine Tür in der Mauer. Im Türstock drehte er sich um, schaute Lauscher mit seinen ausdruckslosen leeren Augen an und sagte: «Steig ab und komm herein!» Seine Stimme klang flach und merkwürdig hoch und ließ nicht erkennen, ob diese Worte eine freundliche Einladung sein sollten oder der Befehl an einen eingebrachten Gefangenen.

Lauscher stieg ab und ging auf die Tür zu. Er erkannte jetzt, daß die bräunliche Mauer die Vorderwand eines Hauses bildete, dessen Dach sich vage in den Nebelschwaden abzeichnete. Während er eintrat, berührte er mit der Hand die Mauer und fand sie seltsam schwammig und vollgesogen mit Nässe. Sie bestand aus ebenmäßig ausgestochenen Torfziegeln, die man übereinandergesetzt hatte wie Mauersteine.

Der Fremde ging ihm voran und führte ihn in eine Stube, in der ein blasses, schattenloses Dämmerlicht herrschte, das von den feuchten Wänden auszugehen schien. Auch die übrige Einrichtung der Stube, ein paar Bänke und eine Art Tisch, bestanden aus nichts anderem als aufgestapelten Torfziegeln. Eine Feuerstelle war nicht vorhanden. Der Fremde setzte sich auf eine der Torfbänke und forderte Lauscher auf, ihm gegenüber Platz zu nehmen. «Sei willkommen in meiner Hütte, Lauscher!» sagte er, sobald sein Gast sich gesetzt hatte. Lauscher war erstaunt, daß man ihn hier mit Namen kannte. Er konnte den Fremden jetzt in Ruhe betrachten, hätte jedoch wenig zu sagen gewußt, wenn man ihn aufgefordert hätte, ihn zu beschreiben. Auch hier in der Stube wirkte alles an ihm grau; Haar,

Augen und Gesicht waren von solch farbloser Beliebigkeit, daß man sie schon in dem Augenblick vergaß, in dem man die Augen abwendete. Auch seine Kleidung war grau, aber er schien außerordentlich große Sorgfalt auf sie zu verwenden. Das graue Halstuch war tadellos geknüpft, Rock und Hose saßen ohne ein Fältchen, die grauen Reitstiefel waren trotz des langen Rittes blank und makellos.

Lauscher hob den Blick und schaute dem Mann wieder ins Gesicht. «Woher kennst du mich?» fragte er. «Und wer bist du überhaupt?»

«Man nennt mich den Grauen», sagte der Mann, «und daß ich dich kenne, braucht dich nicht zu wundern nach all dem Aufsehen, daß du in Draglop hervorgerufen hast.»

«Sollte ich das nicht?» fragte Lauscher.

Der Graue zuckte gleichmütig mit den Schultern. «Das ist deine Sache», sagte er. «Aber du wirst dir auf diese Weise kaum Freunde schaffen.»

«Wie meinst du das?» fragte Lauscher. «Waren die Kinder nicht meine Freunde, als sie mit mir aus der Stadt hinausgezogen sind?»

«Mag sein», sagte der Graue. «Aber als es aus war mit deinem Spiel, hatten sie Angst vor dir. Du mußt immer gleich übertreiben und gebrauchst deine Flöte wie einen Knüppel oder eine Peitsche. Du spielst, weil du wütend bist oder weil dich die Lust danach überkommt. So lange du flötest, kannst du den anderen deinen Willen aufzwingen, aber sobald du aufhörst, ist auch deine Macht zu Ende. Niemand liebt es, unter Zwang handeln zu müssen.»

«So ist das nun einmal mit meiner Flöte», sagte Lauscher. «Keiner kann sich ihrem Klang entziehen.»

«Kaum einer», berichtigte der Graue. «Ich weiß das. Aber bisher reicht deine Macht nicht weiter als der Klang deiner Flöte. Genügt dir das? Du könntest auch lernen, sie so zu gebrauchen, daß jeder hinterher meint, aus eigenem Willen gehandelt zu haben, und erst dann wird deine Macht ohne Grenzen sein. Willst du erfahren, wie das ist?»

Lauscher hatte den Worten des Grauen interessiert zugehört. Hier war endlich jemand, der ihm erklären konnte, wie man mit einer solchen zauberkräftigen Flöte umging. Sein Großvater war dieser Frage ja stets ausgewichen. Er nickte eifrig und machte sich auf eine längere Belehrung gefaßt. Doch der Graue sagte nur: «Dann schau genau hin!»

Lauscher wollte noch fragen, wohin er schauen sollte, als die Torfziegelmauer vor seinen Augen sich aufhellte, als sei sie unversehens durchsichtig geworden. Aber es war kein nebelverhangenes Moor, in das er hinausblickte, sondern eine helle, übergrünte Landschaft mit grasigen Hängen, Buschwerk und Wäldchen, die den Horizont bis in blaue Ferne füllte. Und während er hinausschaute aus diesem Fenster, das kein Fenster war, träumte er den

Traum vom (fast) vollkommenen Flöten

Er ritt mitten hinein in diese Landschaft, trabte dahin zwischen duftenden Sommerwiesen und fand diese Gegend über die Maßen schön. Hier möchte ich wohnen, dachte er, und während er noch diesem Wunsch nachhing, hörte er vom Waldrand her Hörner blasen. Er blickte hinauf und sah eine vornehme Jagdgesellschaft zwischen den Bäumen hervorreiten, Damen und Herren in bunten Gewändern, dazu eine Schar von Jagdknechten mit einer Hundemeute. Am Waldrand machten sie Halt. Einer der Herren, der einen goldenen Reif um den Jagdhut trug und der vornehmste zu sein schien, gab einen Befehl, und alsbald sprangen die Knechte von den Pferden, schlugen ein Zelt auf und begannen eine Mahlzeit vorzubereiten. Die Jagdgesellschaft lagerte sich unterdessen auf dem Rasen, Lauscher hörte Scherzrufe und Lachen herüberklingen und wünschte sich, mitten unter diesen fröhlichen Damen und Herren zu sein. ‹Dann reite doch hin!› hörte er eine Stimme sagen, und da lenkte er auch schon sein Pferd vom Wege ab und ritt auf das Lager der Jagdgesellschaft zu.

Als er bei den Pferden der Jäger angekommen war, stieg er ab und wollte hinüber zu der lustigen Gesellschaft gehen. Da trat ihm einer der Jagdknechte in den Weg und fragte ihn ziemlich unfreundlich, was er hier zu suchen habe. Lauscher wußte nichts Rechtes zu antworten, denn er konnte ja nicht gut sagen, daß er Lust danach verspüre, mit den Herrschaften zu speisen. «Dann mach, daß du wegkommst», sagte der Knecht, «sonst hetze ich dir die Hunde auf den Hals!»

«Das kannst du ja versuchen», hörte Lauscher sich selber sagen und erschrak im gleichen Augenblick über seine eigenen Worte. Ich muß den Verstand verloren haben, dachte er. Während er noch unschlüssig dastand und zusah, wie der Jagdknecht hinüber zu den Hunden lief, hörte er wieder diese Stimme. ‹Nimm deine Flöte!›, sagte sie. ‹Mach dir die Hunde gefügig!› Als Lauscher seine Flöte aus der Tasche zog, war der Knecht bei den Hunden angekommen und löste die Leinen. Kläffend jagte die Meute auf Lauscher zu, doch der hob jetzt seine Flöte an die Lippen und fing an zu spielen. ‹Kommt zu mir, meine Hündchen!› flötete er. ‹Zeigt mir eure lustigsten Sprünge! Kommt, laßt euch streicheln und kraulen! Leckt mir den Staub von meinen Stiefeln und wedelt mit euren Schwänzen!› Und alsbald ging das Gekläff in fröhliches Jaulen über, die ganze Meute wuselte rings um den Flöter, und manche der Hunde legten sich gar mit angezogenen Pfoten auf den Rücken, damit Lauscher sie zwischen zwei Trillern rasch auf dem Bauchfell kraulen konnte.

Der Knecht stand verblüfft dabei und wußte nicht, was er tun sollte. Durch das Flöten wurde jetzt auch die Herrschaft aufmerksam. Einige standen auf und kamen herübergeschlendert, darunter auch der vornehme Mann mit dem Goldreif auf dem Hut. «Was ist das für ein Spektakel?» fragte er den Knecht, doch der stammelte nur: «Ich habe die Hunde auf den Fremden gehetzt, Herr...»

Als er das sagte, fingen die vornehmen Damen und Herren an zu lachen. «Er hat die Hunde auf ihn gehetzt!» wiederholten sie ein um das andere Mal und konnten sich nicht fassen vor Vergnügen.

«Offenbar hast du wenig Erfolg dabei gehabt», sagte der mit dem Goldreif. Dann wendete er sich an Lauscher und sagte: «Wenn du genug mit den Hunden gespielt hast, würde ich gern erfahren, wer du bist.» Er sagte das ziemlich beiläufig, aber dennoch war ein Ton in seiner Stimme, der es ratsam erscheinen ließ, seinem Wunsch sofort nachzukommen.

‹Lauft zu euren Leinen und legt euch hin, meine Hündchen!› flötete Lauscher. Während die Meute davonstob, um sich an ihrem Platz friedlich ins Gras zu legen, trat Lauscher vor den vornehmen Mann, verbeugte sich und sagte: «Mein Name ist Lauscher, Herr.»

«Weißt du, vor wem du stehst?» fragte der Vornehme.

«Nein, Herr», sagte Lauscher. «Ich sah euer Lager und ritt herauf.»

«Dann sag's ihm, du tüchtiger Hundehetzer!» sagte der Vornehme zu dem Knecht. Man konnte sehen, wie die Wichtigkeit dieses Auftrages den Mann aus seiner Verwirrung riß und aufrichtete. «Höre!» sagte er zu Lauscher. «Du stehst vor Herzog Gelimund, dem Herrn auf Schloß Raghoch und des ganzen Landes ringsum, so weit das Auge reicht.» Er verbeugte sich tief vor seinem Herrn, und auch Lauscher wiederholte seine Verneigung und sagte: «Ich grüße dich, Herzog Gelimund!»

«Und was tust du, wenn du nicht gerade flötest?» fragte der Herzog.

«Nichts», sagte Lauscher, «denn ich bin nichts als ein Flöter.»

«So ist das also», sagte der Herzog. «Du suchst wohl einen Platz unter meinem Gesinde? Da mußt du schon mehr können, als Hunden vorzupfeifen, Lauscher. Ich habe die besten Spielleute an meinem Hof, und du scheinst mir noch ziemlich jung zu sein.»

«Das Alter macht nicht den guten Flöter», sagte Lauscher. «Du hast noch nicht gehört, wie ich vor Menschen spiele.»

Der Herzog runzelte die Brauen. «Sonderlich bescheiden bist du gerade nicht», sagte er. «Ich warne dich! Wenn uns dein Spiel nicht gefällt, werde ich meine Hunde schon zum Beißen bringen. Willst du es trotzdem wagen?»

«Ich vertraue auf meine Kunst», sagte Lauscher.

«Dann komm und zeig uns, was du kannst», sagte der Herzog und befahl Lauscher, ihn zu den Herrschaften zu begleiten. Während sie zu dem Kreis der Damen und Herren hinübergingen, Lauscher ein Stück hinter dem Herzog, der in seinem lässig schlendernden Gang vor ihm herschritt, hörte er wieder die Stimme. ‹Mach sie dir gefügig!› sagte sie. ‹Spiel so, daß sie deine Flöte immer wieder hören wollen!›

Der Herzog wies Lauscher an, sich in der Mitte des Kreises aufzustellen, in dem sich die Damen und Herren gelagert hatten, und forderte seine Jagdfreunde auf, diesem Flöter, der ziemlich von sich eingenommen sei, aufmerksam zuzuhören. «Wir werden auf jeden Fall unseren Spaß haben», sagte er. «Entweder ist der Bursche wirklich so gut, wie er behauptet; dann steht uns ein erlesener Kunstgenuß bevor. Oder er taugt nichts, und dann werden wir auf unsere Weise Spaß mit ihm treiben.» Er setzte sich zu einer schönen dunkelhaarigen Dame auf den Rasen, legte den Kopf in ihren Schoß und gab das Zeichen zum Beginn.

Lauscher verbeugte sich vor den Zuhörern, die lachend ihre Bemerkungen über seine wenig höfische Kleidung machten, schaute dann in die Runde und blieb mit dem Blick in den spöttisch funkelnden Augen der dunklen Schönen hängen, der Herzog Gelimund seine Gunst zugewendet hatte. Jetzt erst hob er die Flöte an die Lippen und fing an zu spielen. Er flötete eine schmeichelnde Melodie, die wie eine Frage klang. ‹Was würdest du gerne hören, Schöne?› dachte er dabei. Wie zur Antwort ordnete die Dame mit geziert gespreizter Hand ihr Haar und rückte den Perlenkranz zurecht, der matt schimmernd ihre aufgesteckten Flechten durchzog. ‹Schön willst du also sein›, dachte Lauscher, und seine Flöte sprach: ‹Du bist die Schönste hier, edle Dame. Keine kommt dir gleich. Dein Haar glänzt wie das Gefieder der Stare, und wenn du lachst, schimmern deine Zähne noch ebenmäßiger als die Perlen in deinem Haar. Und weil du die Allerschönste bist, gehört dir auch der Herzog.› Er sah, wie die Dame ihre schmalen Finger in das krause blonde Haar des Herzogs grub. ‹Er ist schon in deiner Hand, der große Herzog›, flötete Lauscher weiter, ‹und du weißt das. Er wird nun immer das tun, was du willst, denn du bist hier die wahre Herrin.›

Lauscher sah, wie während seines Spiels der Spott aus dem Gesicht der dunklen Schönheit schwand und zunächst dem Ausdruck des Erstaunens Platz machte. Dann begann ihr Gesicht vor Stolz zu glühen, und sie lauschte hingerissen diesem Loblied auf die Macht ihrer Schönheit.

Als Lauscher sein Spiel beendet hatte, beugte die Schöne ihren Kopf zum Ohr des Herzogs und flüsterte ihm etwas zu. Der Herzog nickte Gewährung, zog ein Goldstück aus dem Beutel an seinem Gürtel und warf es Lauscher zu, der es geschickt auffing. «Auf sanfte Lieder für schöne Damen verstehst du dich, wie ich höre», sagte er. «Offenbar habe ich dich unterschätzt. Jetzt zeig uns, ob du auch für Männer zu spielen weißt!»

Lauscher verbeugte sich aufs Neue und faßte nun den Herzog selbst ins Auge. Wieder begann er sein Spiel mit einer Frage und beobachtete dabei seinen Zuhörer genau, der nun aufrecht neben seiner Dame saß. Der Herzog hielt den Kopf hoch erhoben, so daß sein gespaltenes, kräftig gerundetes Kinn hervortrat, und blickte hochmütig über die Jagdgesellschaft hinweg. Seine rechte Hand lag auf dem Knie der dunklen Schönen. ‹Du tust dir viel zugute auf deine Stärke, Herzog›, dachte Lauscher. ‹Das Vergnügen kann ich dir machen.› Und er ließ seine Flöte zum Herzog sprechen: ‹Mit Recht trägst du deinen goldenen Reif, Herzog Gelimund, denn du bist der beste und stärkste Mann hier im Kreis und auch weit über die

Grenzen deines Landes hinaus. Du gleichst dem gewaltigen Löwen mit deinem krausen Blondhaar, und wenn du die Brauen runzelst, ducken sich deine Höflinge. Keine Frau könnte dir widerstehen, wenn du sie begehrst.› Lauscher sah, wie die Hand des Herzogs das Knie der Schönen in festem Zugriff umspannte. ‹Greif nur zu, Herzog!› spielte Lauscher. ‹Sie ist die Schönste unter all den Damen hier, und deshalb gehört sie dir. Nimm dir, wonach dich gelüstet! Es gibt hier keinen, der imstande wäre, dir irgendetwas zu verwehren, und die Schöne selbst kann es kaum erwarten, den starken Herzog Gelimund in ihrem Schoß zu empfangen.›

Damit beendete Lauscher dieses zweite Lied. Der Herzog sprang auf, lief auf ihn zu und umarmte ihn. «Du bist der beste Flöter, den ich je gehört habe!» rief er. «Verlange, was du willst! Ich muß dich an meinem Hof haben.»

Jetzt, da sie die Begeisterung ihres Herrn sahen, stimmten auch die Höflinge in seinen Beifall ein und lobten Lauschers Kunst in den höchsten Tönen. Als der Herzog ihn weiter bedrängte, seine Wünsche zu äußern, bedachte sich Lauscher einen Augenblick und sagte dann: «Gib mir Wohnung auf deinem Schloß und ein neues Kleid, damit du dich meiner nicht zu schämen brauchst. Dann will ich dir gerne zu Diensten sein.»

«Du bist zu bescheiden», sagte Gelimund. «Aber damit verschaffst du mir das Vergnügen, dich nach meinem Willen zu beschenken.» Er streifte einen kostbaren Rubinring vom Finger, steckte ihn Lauscher an und sagte: «Nimm dies als ersten Beweis meiner Gunst und trage ihn stets am Finger, damit jedermann sehen kann, daß du der Flöter Herzog Gelimunds bist!»

Lauscher mußte an Gelimunds linker Seite sitzen, als das Essen aufgetragen wurde. Die Knechte breiteten vor der lagernden Gesellschaft leinene Tücher auf den Rasen und brachten gesottenen Fisch und gebratenes Wildbret, allerlei Salate, Saures und Scharfes, und schenkten dazu goldgelben Wein in die silbergetriebenen Becher. Und während sie lagen und tranken, spielte Lauscher für jeden, der ihn darum bat, ein Lied, so daß er, als sie schließlich aufbrachen, die meisten der Jagdgäste zu seinen Freunden gemacht hatte.

Sie ritten vergnügt durch das Tal, erst über Wiesen und Weiden, später zwischen Äckern und durch Dörfer, bis endlich Schloß Raghoch vor ihnen auftauchte. Mit unzähligen Türmen und Zinnen krönte es einen steilen Felskegel, der dreifach von Mauern umgürtet war. In den Fenstern spiegelte sich tausendfach die Abendsonne, das funkelte und gleißte, als sei das Schloß mit flüssigem Gold überzogen. Als sie näher heranritten, hörte Lauscher, wie ein Trompetensignal vom höchsten Turm ihr Kommen ankündigte. Rasselnd wurden Zugbrücken niedergelassen und Fallgatter hochgezogen, damit der Herzog samt seinen Begleitern ungehindert einreiten konnte. Als sie den steilen Weg aufwärts durch den dreifachen Mauerring hinter sich gebracht hatten und in den Schloßhof einritten, staunte Lauscher über die Pracht der mit kunstvoller Steinmetzarbeit verzierten Fassaden, Türme und Erker. Schloß Barleboog hätte daneben wie eine Bauernhütte gewirkt.

Noch an diesem Abend ließ der Herzog ein Fest ausrichten, auf dem alle seine Spielleute um die Wette singen, fiedeln und flöten sollten. Die ganze Jagdgesellschaft und dazu eine große Schar von Höflingen versammelte sich in einem Saal, dessen prunkvolle Ausstattung alles übertraf, was Lauscher je gesehen hatte. Die langen Tische waren gedeckt mit Geschirr aus massivem Gold, und die Speisen, die aufgetragen wurden, waren so erlesen, daß Lauscher zumeist überhaupt nicht wußte, was er aß.

Bei diesem Festmahl hatte man Lauscher einen Platz unter den Spielleuten zugewiesen, die am unteren Ende der Tafel saßen. Als die Speisen abgetragen waren, winkte der Herzog Lauscher zu sich und sagte: «Warte, bis alle anderen gesungen oder gespielt haben! Ich möchte dich als Überraschung bis zum Schluß aufsparen.» Dann gab er seinen Spielleuten das Zeichen, mit ihrem Wettkampf zu beginnen.

Lauscher hörte bald, daß hier Meister ihres Fachs versammelt waren. Als erster spielte ein Fiedler, dessen Fingerfertigkeit ans Unglaubliche grenzte. Er ließ seinen Bogen schwirrend über die Saiten springen und entlockte damit seinem Instrument solch verwegene Läufe und Triller, daß den Zuhörern der Atem stockte. Aber Lauscher merkte zugleich, daß dieses Spiel sich in bloßer Kunstfertigkeit erschöpfte, und wenn es überhaupt etwas zum Ausdruck brachte, dann die Eitelkeit dieses Fiedlers, mit der er sich selbst durch sein Spiel darstellte.

Als nächstes folgte ein Harfenspieler, der die Saiten seines handlichen Instruments mit äußerster Zierlichkeit zu zupfen verstand. Seine Musik perlte und schäumte wie ein Wasserfall, aber auch er konnte Lauscher nicht darüber hinwegtäuschen, daß er nur verliebt war in die fein gedrechselten Verzierungen, mit denen seine Melodien dermaßen überladen waren, daß man sie kaum noch erkennen konnte. So spielte einer nach dem anderen, und Lauscher konnte zwar feststellen, daß sie allesamt ihr Handwerk beherrschten, aber keiner von ihnen verstand die Töne seines Instruments so zu lenken, daß er ihm hätte gefährlich werden können.

Als letzter trat ein grauhaariger Sänger auf, den Lauscher auch schon unter der Jagdgesellschaft gesehen hatte. Er war einer der wenigen, die ihn nicht um ein Lied gebeten hatten. Offenbar stand er bei Hofe in hohem Ansehen; denn sobald er vor den Herzog trat, verstummten die Gespräche, und alle Zuhörer warteten gespannt auf sein Lied. Doch der Sänger enttäuschte sie. «Ich habe schon so oft vor dir gesungen, Herzog Gelimund», sagte er, «daß es mir nicht notwendig erscheint, meine Kunst unter Beweis zu stellen. Wenn du erlaubst, will ich dir statt dessen eine Fabel erzählen.»

Der Herzog runzelte die Brauen und schien ungehalten, daß es hier nicht nach seinem Willen zugehen sollte. «Ich bin mancherlei Narrheit von dir gewöhnt,

Sperling», sagte er schließlich, «und dein Witz hat mich selten enttäuscht. Also sollst du auch heute verfahren, wie es dir gefällt.»

Der Sänger dankte ihm mit einer übertriebenen Verbeugung, ging dann hinüber zur Saalwand und setzte sich seitwärts in eine Fensterleibung. Den Blick auf den Herzog gerichtet, lehnte er sich zurück und begann zu sprechen.

«Der Löwe lag im Schatten eines Baumes und ruhte sich von seinen Geschäften als König der Tiere aus. Während er darüber nachdachte, wie anstrengend es sei, ständig die Macht über sein Reich auszuüben, hörte er über sich in den Zweigen den Gesang der Vögel. ‹Habt ihr nichts weiter im Sinn, als den lieben langen Tag zu zwitschern und zu flöten?› fragte er. ‹Was tut ihr, um dem König aller Tiere bei der Ausübung seiner Macht zu helfen?›

Da erhob die Nachtigall ihre Stimme und trillerte: ‹Ich singe, um jedermann zu zeigen, wie schön meine Stimme klingt und welch kunstvolle Triller ich schlagen kann. Erfreut es nicht dein Herz, König der Tiere, solch schöne Lieder zu hören?›

‹Was nützt es dem König, wenn du vor ihm mit deiner Stimme protzt?› sagte die Drossel. ‹Du kitzelst damit nur deine eigene Eitelkeit. Höre, König der Tiere! Meine Stimme ist wandelbar und vermag sich jedem deiner Wünsche anzupassen. Willst du dich deiner Stärke vergewissern, so werde ich sie preisen. Verlangt dich nach Liebe, so gurre ich mit der Stimme deiner Schönen. Bist du zornig, so schüre ich deinen Zorn mit schrillem Flöten, bis er in hellen Flammen lodert. So werde ich dich immer zufriedenstellen.›

Da fiel der Spatz mit seinem Tschilpen der Drossel in den Gesang und sagte: ‹Was nützt es dem König, wenn du jede seiner Launen lobst? Mir scheint, du willst nur Macht über ihn gewinnen durch deine Schmeichelei und dir seine Stärke zu Diensten machen. Ich werde dir sagen, König, auf welche Weise ich dir nützen werde. Protzt du mit deiner Kraft, werde ich spotten: Du magst wohl stark sein, König, aber einen kleinen Sperling, der vor deiner Nase flattert, kannst du nicht fangen. Freust du dich der Gunst deiner Schönen, werde ich fragen: Bist du sicher, daß es nicht nur deine Macht ist, an der sie teilhaben will? Und wenn du vor Zorn brüllst, werde ich zwitschern: Brülle nur, König, damit jeder hören kann, daß auch du nicht allmächtig bist. So, meine ich, nützt man Königen.»

Der Sänger schwieg. Der Herzog blickte ihn, als nichts weiter folgte, zunächst verblüfft und dann mit steigendem Unmut an und fragte: «Wo bleibt die Moral? Eine Fabel muß eine Moral haben!»

«Hat sie keine?» fragte Sperling mit gespielter Verwunderung. «Wenn du ein bißchen suchst, wirst du sie schon finden, du weiser Herzog Gelimund!» Er lachte kurz auf, deutete eine Verbeugung an und ging zurück an seinen Platz.

Lauscher hatte durchaus gemerkt, daß er hier herausgefordert werden sollte. Er fühlte sich bloßgestellt vor den Damen und Herren, die jetzt alle Ihre Augen auf ihn gerichtet hatten. War das nur gespannte Anteilnahme an dem Wettkampf oder lag in ihren Blicken schon Spott oder gar Verachtung? Die Fabel hatte auch ihn beeindruckt, und er fragte sich, ob der Sänger ihn nicht zu recht angegriffen hatte. ‹Recht oder Unrecht – was heißt das schon›, sagte da die Stimme. ‹Er ist dein Gegner, also mußt du gegen ihn kämpfen. Nimm ihm das Vertrauen des Herzogs! Oder willst du davongejagt werden, kaum daß du gekommen bist?›

Nein, das wollte Lauscher auf keinen Fall. Er mußte sein Spiel spielen, das war ihm jetzt klar, und da winkte ihm auch schon der Herzog ungeduldig zu, endlich seine Kunst zu zeigen. Er stellte sich so auf, daß er sowohl den Herzog wie die Hofgesellschaft im Auge behalten konnte, und verbeugte sich tief vor dem Schloßherrn und seiner Schönen, danach, wenn auch weniger tief, vor den anderen Damen und Herrn. Dann hob er seine Flöte an die Lippen und begann.

Die Zauberkraft seines Flötenspiels ließ vor den Augen der Zuhörer Schloß Raghoch emporwachsen, noch höher und prächtiger, als es in Wirklichkeit war, und dieses Bild festigte in jedem, der Lauschers Flötenmelodie vernahm, die Gewißheit, daß es keine größere Ehre geben könne, als in diesem Schloß ein- und ausgehen zu dürfen, gleichviel ob als Schloßherr oder als der letzte seiner Diener. ‹Ihr selbst seid dieses Schloß›, flötete er, ‹und da dieses Schloß vollkommen ist, seid ihr Teile von seiner Vollkommenheit. Ihr seid schön, weil das Schloß an Schönheit nicht seinesgleichen kennt; ihr seid stark, solange diese Mauern nicht erschüttert werden; ihr seid mächtig, solange dieses Schloß das Land beherrscht. Du selbst, Herzog, bist der Fels, der es trägt; du bist die Mauer, die es rings umschließt; du bist der Turm, der in seiner Mitte aufragt. Deine Großmut gleicht jener dieses Turms, der nachsichtig das Schimpfen der Spatzen erträgt, die in den Weinranken an seinem Gemäuer nisten und ihn mit ihrem Kot bespritzen, um seine Größe, seine Stärke und Schönheit herabzusetzen. Ich preise deine Großmut, Herzog, aber ich frage dich auch: Ist es dir erlaubt, solche Großmut zu üben? Darfst du zulassen, daß der Zweifel die Herzen deiner Leute oder gar dein eigenes Herz vergiftet so wie der Kot der Spatzen nach und nach das Mauerwerk zerfrißt? Merkst du nicht, daß sie deine Größe nicht ertragen können und nicht ruhen werden, bis dein Schloß über dir zusammenstürzt?› Und er ließ das Schloß vor ihrer aller Augen Stück für Stück zerbrechen, Türme sanken in sich zusammen, die Wände des Palastes barsten, Mauern wurden gesprengt, bis nur noch ein rauchendes Geröllfeld die Kuppe des Felsens bedeckte.

Die Zuhörer stöhnten vor Entsetzen, manche schlugen die Hände vor die Augen, und der Herzog biß die Zähne zusammen, daß die Muskeln auf seinen Wangen kantig hervortraten, und starrte auf dieses grausige Bild. ‹Willst du das, Herzog?› flötete Lauscher noch einmal. Dann setzte er sein Instrument ab und ließ das Bild des zerstörten Schlosses erlöschen.

Im Saal war es totenstill. Der Herzog fuhr sich mit der Hand über die Augen, als erwache er aus einem schlimmen Traum. Seine Blicke suchten den Sänger und fanden ihn am anderen Ende des Festsaals. Sperling lehnte dort allein an der Wand, alle anderen waren von ihm abgerückt wie von einem Pestkranken, auf dessen Haut sich die ersten Anzeichen der Seuche zeigen. «Du solltest sehr schnell das Schloß verlassen, Sperling», sagte der Herzog. «Je weiter du dich entfernst, desto besser wird es für dich sein; denn von morgen an wird dich jeder in meinem Lande ungestraft erschlagen dürfen.» Gelimund erhob bei diesen Worten kaum seine Stimme, doch das klang schrecklicher, als wenn er geschrien hätte.

«Willst du nicht auch alle Spiegel aus deinem Schloß entfernen lassen, Herzog Gelimund?» fragte Sperling. «Es könnte sein, daß du eines Tages erschrickst, wenn du dein eigenes Gesicht siehst.» Als der Herzog ihm statt einer Antwort den Rücken zukehrte, zuckte Sperling mit den Schultern und verließ ohne Eile den Saal. Erst nachdem er die Tür hinter sich geschlossen hatte, drehte sich der Herzog wieder um. Er ging auf Lauscher zu, legte ihm den Arm um die Schulter und sagte: «Ich danke dir, Lauscher, daß du mir die Augen geöffnet hast. Von nun an wird deine Flöte mein Ratgeber sein.»

Gelimund erlaubte nicht, daß Lauscher sich wieder zu den Spielleuten am Ende der Tafel setzte, sondern forderte ihn auf, zwischen ihm und seiner Schönen Platz zu nehmen. «Bringt Wein für den Sieger!» rief er, und nun spendeten auch die Damen und Herren Beifall, nicht auf die beiläufige Weise, in der man irgend einen Spielmann beklatscht, sondern so, wie Hofleute einem neuen Herrn ihre Ergebenheit bezeugen. Die dunkle Schöne legte ihre Hand auf den Arm des Herzogs und sagte: «Erlaubst du, Herr, daß ich den Flöter für sein Spiel belohne?» und als der Herzog nickte, beugte sie sich zu Lauscher herüber und küßte ihn auf den Mund. Während er ihre warmen Lippen spürte, meinte er in ihren schwarzen Augen nicht nur Ergebenheit, sondern Hingabe zu lesen, doch im gleichen Augenblick schob sich ein anderes Augenpaar daneben. «Dein Wein, Herr!» sagte eine Dienerin und schaute Lauscher, während sie den Pokal auf den Tisch stellte, auf eine Weise an, die das Bild dieser festlichen Tafel ins Schwanken brachte. Ihre Augen waren von einer schwer zu beschreibenden Farbe und schienen Lauscher nicht nur merkwürdig vertraut, sondern auch um vieles wirklicher als alles andere, was rings um ihn her geschah. Die dunklen Augen der Schönen verloren jeden Ausdruck, waren nur noch ausgestanzte Löcher in einer flachen Larve, hinter der die übrige Hofgesellschaft zu einem Bündel töricht grinsender Puppen verblaßte, während die Wände des Saals jede Festigkeit verloren und in einem lautlosen Wind zu flattern begannen, bis das gesamte Bild des festlichen Raums und der Menschen darin in sich zusammenbrach. Ein anderes Bild schob sich darüber, als sei der Ablauf der Zeit aufgehoben. Lauscher fand sich plötzlich im Schloßhof stehen, wo die Höflinge nach seiner Flöte tanzten, allen voran der Herzog mit seiner Schönen, eine zuckende Schar von Marionetten, deren hampelnde Schritte in grotesker Gleichförmigkeit abliefen. Lauscher brachte nichts als leere, unmelodische Tonfolgen zustande, spielte und spielte wie unter einem Zwang und konnte nicht aufhören, obwohl ihm graute vor diesen leblosen Figuren, die nur von seiner Flöte in Bewegung gehalten wurden. Nur eine Gestalt besaß eigenes Leben und wurde nicht hineingezogen in den lähmenden Rhythmus des Tanzes, eine Frau, die im Hintergrund aufgetaucht war und nun langsam auf Lauscher zuging. Sie schritt ohne zu zögern durch die Gestalten der Tänzer hindurch wie durch Wasser, der einzige lebendige Mensch in einer Welt der Schemen, und wieder erkannte Lauscher jene Dienerin, sah ihre Augen auf sich gerichtet, flirrendes Farbenspiel von Blau, Grün und Violett, neben dessen Tiefe und Wirklichkeit das gespenstige Treiben der Tänzer verging wie Rauch, bis das Gesicht der Dienerin vor ihm stand und sein Blickfeld bis zum Rand ausfüllte, das Gesicht einer merkwürdig alterslosen Frau, die ihn fragte: «Meinst du, daß dieses bißchen Flötenspiel schon alles ist?»

* * *

Lauscher klang diese Frage noch im Ohr, als er die Augen öffnete und wieder auf die grünlichbraune Torfwand blickte. «Wo ist das Schloß?» fragte er verwirrt.

«Das frage ich mich auch», sagte der Graue und schaute ihn mißtrauisch an. «Was hältst du da in der Hand?»

Erst jetzt merkte Lauscher, daß er etwas umklammert hielt, etwas Weiches, unter dessen Oberfläche ein harter Kern zu spüren war. Als er die Augen senkte, sah er, was es war. Sein Hemd hatte sich geöffnet, und seine Hand hatte den Beutel mit dem Augenstein gepackt.

«Was ist in dem Beutel?» fragte der Graue scharf.

«Nur ein Stein», antwortete Lauscher.

«Gib ihn mir!» befahl der Graue und streckte fordernd die Hand aus.

«Nein!» sagte Lauscher. Er lehnte sich zurück und schaute dem Grauen ins Gesicht. «Warum willst du meinen Stein haben?» fragte er.

«Er schadet dir», sagte der Graue. «Ich muß dich von ihm befreien.»

«Und was geschieht, wenn ich ihn dir nicht gebe?» fragte Lauscher.

«Dann wirst du nie mehr aus dem Nebelmoor herausfinden», sagte der Graue. «Nur ich kenne den Weg.»

Lauscher überlegte eine Zeitlang. Dann lachte er kurz auf und sagte: «Ich werde dich zwingen, mir den Weg zu zeigen.» Er zog seine Flöte aus der Tasche und begann zu spielen. ‹Keiner kann meiner Kunst widerstehen›, flötete er, ‹auch du nicht, Grauer. Steh auf, geh zur Tür, nimm dein Pferd und reite mir voran bis ans Ende des Nebelmoors!›

Er versuchte, alle Kraft seines Willens in diesen Befehl zu legen, doch der Graue hob nicht einmal den Kopf, geschweige denn, daß er aufgestanden oder gar zur Tür gegangen wäre. Mitten in Lauschers Spiel hinein sagte er mit seiner farblosen Stimme: «Gib dir keine Mühe, Lauscher. Bei mir wirkt dein Zauber nicht. Ich bin nicht besonders musikalisch.»

Da brach Lauscher sein Spiel ab und ließ die Flöte sinken. «Bekomme ich jetzt deinen Stein?» fragte der Graue. Doch Lauscher schüttelte den Kopf. «Ich kann ihn dir nicht geben», sagte er. «Wie soll ich bei Arnis Leuten meine Rolle als Träger des Steins übernehmen, wenn ich den Stein nicht mehr habe? Er allein ist das Pfand, mit dem ich mir Macht erkaufen kann. Ich muß ihn behalten.»

Der Graue hatte ihm aufmerksam zugehört. «Was du da vorbringst, klingt nicht uninteressant», sagte er nach einer Weile. «Wenn du die Dinge so betrachtest, könnte es sich als nützlich erweisen, dir deinen Stein zu belassen. Anderseits scheint dieser tote Gegenstand zuweilen ein gewisses Eigenleben zu entwickeln, das ihn jeder Vorausberechnung entzieht. Mir gefällt das nicht. Willst du ihn mir nicht doch geben?»

«Auf keinen Fall!» sagte Lauscher mit Bestimmtheit. «Habe ich meinen Stein nicht mehr, dann kann ich auch gleich hier im Nebelmoor zugrunde gehen.»

«Du bist ziemlich eigensinnig», sagte der Graue. «Aber du scheinst auch recht genau zu wissen, was du willst – oder wenigstens, was du nicht willst. Ich werde dich nicht zurückhalten.»

«Also zeigst du mir den Weg?» fragte Lauscher.

Der Graue schüttelte den Kopf. «Wir wollen dein Schicksal dem Zufall überlassen», sagte er. «Du kannst schon von Glück sagen, wenn ich dich nicht in die Irre führe. Suche dir deinen Weg selber!»

Seine Stimme war bei diesen Worten immer leiser geworden. Zum Schluß klang sie wie das Rascheln von Papierblättern oder von dürrem Schilf, ein flaches, wisperndes Geräusch, das nur noch wie von ferne zu Lauschers Ohr drang. Die Erschöpfung nach der mühsamen Wanderung durch das Moor überfiel ihn so jäh, daß er sich nicht dagegen wehren konnte; eine lähmende Müdigkeit stieg schwarz auf, überschwemmte sein Gehirn und löschte sein Bewußtsein aus.

Er erwachte inmitten milchiger Helligkeit und fand sich in einer alten, halb zusammengesunkenen Moorgrube liegen. Einen Schritt weit vor ihm moderte ein schon wieder grün überwachsener Stapel von Torfziegeln, die man hier irgendwann einmal ausgestochen und dann vergessen hatte. Und dahinter war nichts zu sehen als dichter, weißer Nebel. War hier nicht eine Hütte gewesen? Lauscher versuchte sich zu erinnern, aber er fand nur einzelne Fetzen verworrenen Traumes, die ihm wieder entglitten, sobald er sie zu ordnen versuchte.

Irgendwo in der Nähe hörte er sein Pferd schnauben. Als er es rief, kam es platschend durch den Morast heran und blieb mit hängendem Kopf neben ihm stehen. Erst beim Aufrichten spürte Lauscher, wie klamm und feucht seine Kleider waren. Er holte die Kruke mit dem Vogelbeergeist aus der Packtasche und trank einen Schluck. Der Schnaps rann brennend durch seine Kehle, aber eine Erwärmung der Glieder wollte sich nicht einstellen. Statt dessen überkam ihn das Gefühl, daß der Nebel in wildem Wirbel um ihn kreiste. Ehe der Schwindel ihn ganz erfaßte, zog er sich mühsam in den Sattel und gab Schneefuß die Zügel frei.

Mochte die Stute laufen, wohin sie wollte. Nachdem sie mit den Vorderhufen ein paarmal in Sumpflöcher geraten war, bewegte sie sich mit äußerster Vorsicht voran und fand schließlich einen einigermaßen festen Pfad, auf dem sie weitertrottete.

Lauscher hatte keinerlei Vorstellung, in welche Richtung er ritt, und mit der Zeit fragte er sich, ob es hier überhaupt so etwas wie eine Richtung gab. Die Welt hatte sich aufgelöst zu einem gestaltlosen, undurchsichtigen Brei, der jeden Laut verschluckte. Lauscher fühlte sich allein wie noch nie, und die Angst, aus dem festen Gefüge von Raum und Zeit herausgefallen zu sein in die Leere des Nichts, sprang ihn an wie ein Tier, lähmende Angst, auch er selbst könne von diesem wesenlosen Grau aufgesogen werden.

Er hätte später nicht sagen können, warum er seine Flöte aus der Tasche holte und anfing zu spielen. Vielleicht war es der Wunsch, der Zeit wieder Struktur zu geben, vielleicht konnte er auch nur die Stille nicht mehr ertragen oder wollte sich seiner selbst vergewissern wie ein Kind, das nachts anfängt zu singen, um seine Angst vor dem Dunkel zu vertreiben. So mag es wohl am ehesten gewesen sein; denn er dachte sich keine neuen Melodien aus, sondern spielte Lieder, die er von Kindheit an kannte oder später irgendwann und irgendwo gehört hatte, Lieder, in denen seine Erinnerung Gestalt gewann und die ihm Bilder von einer Welt malten, in der es Farben gab und Gerüche, Formen und Klänge und das Gefühl von Wärme und Geborgenheit in der Nähe von Menschen. So ritt er flötend dahin, setzte den Singsang seiner Kindertage gegen das Grauen vor der Wesenlosigkeit dieses Nebels, spielte dieses und jenes Lied und schließlich auch das von Schön Agla, das die Mädchen bei den Leuten am See so gerne sangen.

Als er es zu Ende gespielt hatte, hörte er von fernher einen tiefen, weithin hallenden Ton, erst leise, dann immer stärker anschwellend, bis Lauscher das dröhnende Beben der Luft auf seiner Haut spürte. Zugleich begann vor ihm der Nebel aufzureißen, als würde er von diesem vibrierenden Ton gespalten. Rechts und links des Weges stand der wogende Dunst zu hohen Mauern aufgetürmt, aber der Pfad durch das Moor lag frei vor Lauschers Blick, eine schmale, festgetretene Spur, die zwischen Riedbüscheln, Moos und bräunlichen Tümpeln dahinlief, stellenweise mit Knüppelholz befestigt, wo der schwankende Boden zu wenig Halt bot. Gräser und Moospolster waren feucht übertaut, und als jetzt das Sonnenlicht durch die aufgebrochene Gasse hereinflutete, funkelten Millionen von Tröpfchen in allen Farben des Regenbogens.

Lauscher trieb sein Pferd an, denn jetzt bestand keine Gefahr mehr, daß er vom Weg abkam und auf sumpfigen Grund geriet. In den Streifen blaßblauen Herbsthimmels über den Weg pfeilte von links her ein Strich Wildenten, schwenkte herein zwischen die Nebelwände und ging auf einer moorigen Wasserfläche neben dem Weg nieder. Lauscher sah im Vorüberreiten, daß zwischen den braungefiederten auch eine weiße Ente schwamm, die aufmerksam zu ihm herüberäugte. Der Grüne schickt mir seine Helfer, dachte er, und nun war er sicher, daß er aus dem Nebelmoor herausfinden würde. Hier war er im Bereich der Wasserwesen, und wenn sie ihm halfen, konnte ihm nichts mehr geschehen.

Von Zeit zu Zeit folgten ihm die Enten und fielen dann wieder ein Stück weiter vorn auf einem Wassergraben oder einem Tümpel ein. Und sie begleiteten ihn, bis der Weg allmählich fester wurde und anzusteigen begann. Lauscher ritt noch so weit, bis die Nebelbänke zurückblieben. Dann hielt er sein Pferd an, stieg ab und setzte sich auf einen von Heidekraut umwachsenen Granitblock. Die im Licht der blassen Sonne schimmernde Nebelfläche lag nun unter ihm und hatte sich wieder geschlossen. Er blickte hinweg über die ziehenden Schwaden und spielte zum Dank noch einmal das Lied, das der Grüne so liebte.

> ...Schön Aglaja hat gelacht,
> da sang er durch die Nacht.

Und als er zu Ende gespielt hatte, meinte er unten im Moor den Gesang des Grünen zu hören, tief und samtig auf- und abschwellend. Doch das mochte auch der Wind sein, der hier oben auf den Hügeln durch die kahlen Zweige der Birken strich.

Eine Woche war Lauscher noch unterwegs, ritt erst über welliges Heideland, später durch lichte Eichenwälder, unter deren knorrigem Geäst die Wildschweine im dürren Laub grunzend nach abgefallenen Eicheln wühlten, schließlich ging's wieder abwärts in ein flaches Wiesental hinein, und hier wußte Lauscher schon Bescheid; denn ein Stück weiter aufwärts an der Stelle, wo sich fünf Bäche zu dem Flüßchen vereinigten, an dem er entlangritt, lag Fraglund.

Lauscher ließ sein Pferd im Schritt gehen und gab sich den Erinnerungen hin, die von dem vertrauten Bild der Landschaft geweckt wurden. Dort drüben an der Flußschleife hatte er seine erste Forelle geangelt und hier, wo der Wald bis an den Weg heranreichte, hatte ihn sein Pferd abgeworfen, als es vor einem Hirsch scheute, der plötzlich aus den Büschen gesprungen war. Lauscher begrüßte jeden Stein am Weg, und als gegen Abend hinter einer Talbiegung endlich die Häuser auftauchten, machte sein Herz einen Sprung, obwohl er genau wußte, daß sie dort auftauchen mußten. Er hielt sein Pferd für einen Augenblick an, als wolle er nachprüfen, ob noch alles an seinem Platz stand, ließ es dann weitertrotten, und nach einer halben Stunde ritt er durch die Toreinfahrt seines Elternhauses.

Schon als er im Hof vom Pferd stieg, hörte er die gewaltige Stimme seines Vaters aus dem offenen Fenster der Gerichtsstube dröhnen. «Ihr seid und bleibt Beutereiter!» donnerte der Große Brüller. «Erst versucht ihr, das Tal mit Gewalt auszuplündern, und wenn euch das mißlingt, dann schneidet ihr euch die Zöpfe ab, verkleidet euch als biedere Händler, um auf diese Weise zum Ziel zu kommen. Aber ich werde euch Raubgesindel das Handwerk legen!»

Lauscher erschrak. Das war offenbar jemand von Arnis Leuten, auf den sein Vater einschrie. Trotz seines Widerwillens gegen eine solch geräuschvolle Redeweise ließ er sein Pferd stehen und lief ins Haus, um zu sehen, was sich dort in der Gerichtsstube abspielte.

Sein Vater saß breit und behäbig hinter dem Gerichtstisch, und man konnte ihm anmerken, daß er das erzene Dröhnen seiner gewaltigen Stimme durchaus genoß, während er die drei mageren, etwas o-beinigen Männer, die zwischen ein paar Fraglunder Bauern ziemlich verschüchtert vor ihm standen, nicht aus den Augen ließ und weiter auf sie einbrüllte: «Halsabschneider seid ihr von jeher, wenn nicht auf die eine, dann auf die andere Art! Und jetzt womöglich auch noch Spione. Aber hier bei uns in Fraglund weiß jeder, was er von euch zu halten hat. Oder könnt ihr mir auch nur einen Menschen nennen, der sich für euch verbürgt?»

Von den Fraglunder Bauern war solche Hilfe kaum zu erwarten; sie waren es wohl gewesen, die diese Händler vor den Richter geschleppt hatten. Jedenfalls senkten die drei nur die Köpfe und gaben keine Antwort. Da sagte Lauscher von der Tür her: «Ich verbürge mich für diese drei Männer von Arnis Leuten.» Obwohl er nach seiner Gewohnheit ziemlich leise gesprochen hatte, wendeten sich jetzt alle in der Gerichtsstube ihm zu und blickten ihn überrascht an.

Der Große Brüller stand hinter seinem Tisch auf und fragte nach dem Gerichtsbrauch: «Wer bist du, daß du hier als Bürger auftreten willst?» Doch noch während er diese Worte sprach, brach durch die grimmige Miene des Gerichtsherrn jäh die Freude des Wiedererkennens. «Lauscher!» rief er, lief mit einer Behendigkeit, die man dem schweren Mann kaum zugetraut hätte, zur Tür und umarmte seinen Sohn.

Gerührt von diesem Ausbruch väterlicher Liebe erwiderte Lauscher die Umarmung, obgleich ihm unter dem Ansturm solch gewaltsamer Zärtlichkeit fast die Luft wegblieb. Schließlich schob ihn sein Vater auf Armeslänge von sich und betrachtete ihn. «Du siehst ja fast aus wie ein Mann!» sagte er in seinem brüllenden Baß, und als er merkte, wie Lauscher unter seinen Händen zusammenzuckte, mäßigte er seine Stimme und setzte etwas leiser hinzu: «Ich freue mich, daß du endlich wieder da bist.»

«Ich freue mich auch», sagte Lauscher ein wenig außer Atem. «Offenbar bin ich gerade im rechten Augenblick gekommen.»

«Im rechten Augenblick?» fragte der Große Brüller, und als er bemerkte, daß Lauscher zu den Händlern hinüberschaute, sagte er schon wieder ein wenig lauter: «Es sollte doch wohl ein Scherz sein, daß du für diese Beutereiter bürgen willst!»

«Nein, Vater», sagte Lauscher leise, aber durchaus bestimmt. «Das meine ich ernst. Außerdem sind das, soweit ich sehen kann, keine Beutereiter.» Er machte sich von seinem Vater los und ging hinüber zu den drei Männern. «Ihr gehört doch zu Arnis Leuten?» fragte er. Einer der drei verbeugte sich vor ihm und antwortete: «Ja, wir sind Händler aus der Ansiedlung von Arnis Leuten. Mein Name ist

Tangli, und meine beiden Begleiter heißen Lungi und Flangi.» Während er ihre Namen nannte, verbeugten sich auch die beiden anderen.

«Warum hat man euch vor den Richter gebracht?» fragte Lauscher.

Tangli zuckte mit den Schultern. «Es muß sich wohl um ein Mißverständnis handeln», sagte er. «Wir haben versucht, mit einem ehrenwerten Bauern aus diesem schönen Dorf Geschäfte zu machen. Unser Ungeschick mag daran schuld sein, daß dieser Mann sich übervorteilt fühlte. Er rief seine Nachbarn herbei, darunter auch einen, der im Gesicht die Narben eines tüchtiges Kriegers trägt. Offenbar hatte er seine Tapferkeit in den Kämpfen gegen die Beutereiter bewiesen; denn er hielt uns wegen unseres Aussehens für verkleidete Mitglieder der Horde und brachte uns zusammen mit den anderen vor den Großen Brüller, dem Arni Weisheit schenken möge.»

«Ich werde für euch bürgen», sagte Lauscher. «Weit im Westen habe ich mit einem eurer Händler gesprochen, der mir von der Großen Scheidung zwischen den Beutereitern und Arnis Leuten berichtet hat.»

«Willst du mir sagen, wie jener Mann hieß?» fragte Tangli.

«Sein Name war Günli», sagte Lauscher.

Tangli schien sichtlich erregt, als er diesen Namen hörte, und auch seine beiden Gefährten verfolgten jetzt gespannt das Gespräch. «Günli kehrte von seiner Reise zurück, ehe wir uns auf den Weg machten», sagte Tangli. «Er berichtete, daß er unterwegs den Träger des Steins gefunden habe. Hat dich der Große Brüller eben Lauscher genannt?»

«Das ist mein Name», sagte Lauscher. «Und der Große Brüller ist mein Vater.»

Da verbeugten sich die drei Händler fast bis zum Boden, und Tangli sagte: «Wir bezeigen dir unsere Ehrfurcht, Träger des Steins und geben uns in deine Hand.»

Der Große Brüller beobachtete erstaunt, welche Ergebenheit die Händler seinem Sohn gegenüber an den Tag legten. Er trat näher und fragte Lauscher, was er mit diesen Leuten zu schaffen habe.

«Das ist eine lange Geschichte, die ich dir jetzt nicht in allen Einzelheiten erzählen kann», sagte Lauscher. «Eines kann ich dir jedenfalls versichern: Diese Männer sind weder Beutereiter noch deren Spione, sondern friedliche Händler. Hast du noch nie von Arnis Leuten gehört?»

«Von Arnis Leuten?» fragte der Große Brüller. «Wer soll das sein? Meinst du diesen Bruder Khan Hunlis, den man Arni mit dem Stein nannte? Von dem habe ich seinerzeit schon gehört. Ein sonderbarer Mann für einen Beutereiter! Man sagt, er soll ein äußerst friedliebender Mensch gewesen sein.» Der Große Brüller lachte dröhnend. «Stell dir das einmal vor: ein friedlicher Beutereiter! Das geht nicht in meinen Kopf. Außerdem soll dieser Arni damals getötet worden sein, als die Horde nach Fraglund einfallen wollte. Du warst ja dabei, als wir sie verjagt haben.»

«Ja», sagte Lauscher, «ich war dabei. Und ich habe Arni sterbend im Gebüsch gefunden und ihm seinen letzten Schluck Wasser gegeben. Dafür hat er mir seinen Stein geschenkt.» Er zog den Beutel unter dem Hemd hervor, nahm den Stein heraus und zeigte ihn seinem Vater. Sobald der Stein in Lauschers Hand aufblitzte, verneigten sich Tangli und seine beiden Begleiter tief und sagten in feierlich singendem Tonfall: «Möge Arnis Stein die Herzen der Menschen erleuchten!»

Der Große Brüller nahm dies mit einiger Befremdung zur Kenntnis. «Was soll dieses Getue wegen eines kleinen Steins?» fragte er verständnislos. «Du hast mir damals nichts darüber erzählt.»

«Da wußte ich auch noch nicht, was es mit diesem Stein auf sich hat», sagte Lauscher. «Aber es war wohl dieser Stein, der Arni dahin gebracht hat, anders zu sein als sein Bruder Hunli und die ganze Horde, ein friedlicher Beutereiter, auch wenn dir das sonderbar vorkommen mag. Und nun gibt es auch andere von seinem Volk, die es ihm gleich tun wollen und sich deshalb Arnis Leute nennen.»

«Arni ist tot», sagte der Große Brüller, als sei es ungehörig, einem Toten nachzueifern.

«Ja», sagte Lauscher. «Arni ist tot. Aber sein Stein, den ich hier in der Hand halte, wird nicht sterben. Jetzt bin ich es, der ihn trägt.»

Lauscher bemerkte, daß sein Vater ihn plötzlich mit anderen Augen betrachtete. «Seitdem scheinst du ja viel bei diesen Leuten zu gelten», sagte der Große Brüller nicht ohne Erstaunen, daß sein Sohn solche Anerkennung erfuhr. Wie zur Bestätigung stimmten die drei Händler wieder ihren Singsang an und sagten: «Arni hat dich erwählt, erhabener Träger des Steins. Seine Weisheit ist in dir!»

Der Große Brüller zog verwundert die buschigen Augenbrauen hoch, als er dies hörte; denn von der Weisheit seines Sohnes war ihm bislang nichts bekannt geworden. Auch behagte ihm die Feierlichkeit dieses Auftritts nicht besonders, und so beschloß er, zum Gegenstand der Verhandlung zurückzukehren. «Wie ich höre», sagte er also, «bist du offenbar durchaus berechtigt, für diese Männer zu sprechen. Es sieht auch so aus, als hätten wir sie zu unrecht für Beutereiter oder Spione gehalten. Dann bliebe noch zu klären, ob hier einer meiner Leute übervorteilt werden sollte.» Er wendete sich dem Bauern zu, der als Kläger aufgetreten war, und forderte ihn auf, den Hergang der Sache darzulegen. Doch dieser Mann schlug die Augen nieder und murmelte, daß er wohl etwas zu voreilig gehandelt habe, wobei unklar blieb, ob dies seiner Einsicht entsprach oder ob er angesichts dieser neuen Situation keine Aussicht mehr sah, seine Sache gegen die fremden Händler durchzusetzen, die sich unvermutet als Gefolgsleute Lauschers erwiesen hatten.

«Dann macht schleunigst, daß ihr nach Hause kommt!» polterte der Große Brüller los. «Sonst zeige ich euch mit meinen eigenen Fäusten, wie es einem ergehen kann, der unhaltbare Beschuldigungen vor den Richter bringt!» Er machte in der Tat Miene, auf die verschreckten Bauern loszugehen, und dieser jähe Wutausbruch schien Lauscher auf Grund der Sachlage durchaus nicht gerechtfertigt zu sein. Er ertappte sich dabei, daß er seinen Vater beobachtete wie einen fremden Menschen. Wodurch hatte dieser sonst so unerschütterliche Mann auf solche Weise die Fassung verloren? Weil sich eine Rechtssache als nichtig erwiesen hatte? Das kam doch wohl öfters vor. Oder war er wütend darüber, daß ihn diese unerwartete Wendung der Dinge seiner Selbstsicherheit beraubt hatte? Ärgerte es ihn womöglich, daß er durch das Auftreten seines Sohnes unversehens an den Rand der Ereignisse gedrängt worden war? Der Große Brüller war in Lauschers Erinnerung bisher eine unangreifbare Gestalt gewesen, ein unerreichbares Vorbild von erdrückendem Gewicht, dem nachzueifern von vornherein aussichtslos schien, ein über allen Dingen stehender Richter, der unzweifelhaft stets im Recht war. Auch jetzt erschien ihm sein Vater noch immer übermäßig groß und gewaltig; auch jetzt ließ ihn die dröhnende Kraft der väterlichen Stimme erzittern; aber zugleich entdeckte er zum ersten Mal die Unvollkommenheit dieses grobschlächtigen Mannes und sah, daß dieser Wutausbruch nur einen Augenblick der Schwäche verbergen sollte. Der Große Brüller ließ es jedoch bei dieser Drohung bewenden, beruhigte sich wieder und sagte: «Dankt meinem Sohn, daß ihr ungeschoren davonkommt! Ich will die Freude über seine Rückkehr nicht durch ein Strafgericht trüben.»

Die Bauern kamen dieser Aufforderung nach und beeilten sich, die Gerichtsstube zu verlassen. Tangli trat jetzt auf den Großen Brüller zu, verbeugte sich und sagte: «Wir danken dir für deinen gerechten Spruch, du stimmgewaltiger Wahrer des Rechts. Erlaubst du, daß wir jetzt unsere Reise fortsetzen?»

«Ihr seid frei und könnt gehen, wohin ihr wollt», sagte der Große Brüller, und man konnte ihm dabei anmerken, daß er froh sein würde, diese merkwürdigen Beutereiter-und-doch-keine-Beutereiter aus den Augen zu haben. Ehe sie den Raum verließen, verabschiedeten sich die drei Händler auch von Lauscher mit einer tiefen Verneigung. «Wirst du unseren bescheidenen Hütte die Ehre deines Besuches gönnen, wie Günli angekündigt hat?» fragte Tangli.

«Das habe ich allerdings im Sinn», sagte Lauscher. «Wenn der Winter vorüber ist, werde ich mich auf den Weg machen.»

«Mit dem Frühling wird die Freude in unsere Hütten einziehen», sagte Tangli. «Kennst du den Weg, der dich zu uns führt?»

«Nicht genau», sagte Lauscher. «Ich weiß nur, daß eure Ansiedlung am Rand der Steppe liegt und zwar an der Stelle, wo Arni seine Hütte baute.»

«Das ist richtig», sagte Tangli. «Erlaube einem schlichten Händler, daß er es wagt, dich über den Weg dorthin zu belehren.»

«Ich bitte dich darum», sagte Lauscher.

«Du erweist mir eine große Ehre», sagte Tangli. «Höre also: Hier in Fraglund treffen fünf Bäche zusammen wie die Finger einer Hand. Wähle den mittleren dieser Wasserläufe und folge ihm bis zur Quelle. Dort beginnt der Krummwald, durch den der kürzeste Weg zu Arnis Hütte führen würde. Dennoch solltest du diesen Wald nicht betreten, denn die verkrüppelten Baumtrolle hassen die Menschen wegen ihrer geraden, aufrechten Gestalt. Hüte dich also vor ihnen und wähle lieber den Umweg entlang des Jochs nach Norden, bis du einen schmalen Pfad findest, der dich über den Kamm und dann abwärts bis an den Rand der Steppe führt. Wenn du dich dort nordwärts wendest, wirst du nach etwa zwei Tagesritten Arnis Hütte erreichen.»

Lauscher dankte ihm für die Unterweisung und bat ihn, Arnis Stellvertreter seine Grüße zu überbringen. Tangli nahm diesen Auftrag mit einer weiteren Verbeugung entgegen, und dann verließ auch er mit seinen beiden Begleitern die Gerichtsstube.

Der Große Brüller atmete auf, als sie nach etlichen tiefen Bücklingen endlich draußen waren. «Diese Art von Höflichkeit macht mich ganz kribbelig», sagte er. «Schon von Anfang an sind diese Händler um mich herumgeschwänzelt, daß ich nicht wußte, ob sie nur Angst hatten oder mich foppen wollten. Ist das ein Benehmen von Männern? Bei den Beutereitern wußte man wenigstens, woran man war. Ich kann mir nicht vorstellen, was du an diesen Leuten findest, Lauscher.»

«Offenbar finden sie etwas an mir», sagte Lauscher und steckte den Stein wieder in den Beutel.

«Dein Stein scheint ihnen viel zu gelten», sagte der Große Brüller, als wolle er klarstellen, daß der Grund für eine solche Wertschätzung keinesfalls in der Person seines Sohnes zu suchen sein könne. Lauscher faßte diese Worte jedenfalls so auf und sagte schroffer, als es sonst seine Art war: «Sie vertrauen darauf, daß Arni mich zum Träger des Steins erwählt hat. Jedenfalls werde ich ihrer Einladung folgen.»

«Darüber zu reden hat wohl Zeit bis zum Frühling», sagte der Große Brüller. «Du solltest nicht von Abreise sprechen, wenn du eben erst gekommen bist. Jetzt wollen wir zu deiner Mutter gehen. Sie hat lange genug auf dich gewartet.» Er packte seinen Sohn beim Arm und ging mit ihm aus der Gerichtsstube hinüber in den Wohnraum. Schon beim Eintreten rief er mit seiner dröhnenden Stimme: «Schau, wen ich dir da bringe!»

Lauschers Mutter saß am Fenster und blickte hinaus in den Garten hinter dem Haus. Sie fuhr erschreckt herum wie jemand, den man beim Nichtstun ertappt hat. Dann erkannte sie ihren Sohn. Das Nähzeug, das in ihrem Schoß gelegen hatte, fiel zu Boden, als sie aufsprang und auf Lauscher zulief. Sie schloß ihn in die Arme, und erst jetzt wurde ihm bewußt, daß er wieder zu Hause war. Er spürte ihre Tränen an seinem Hals und umfaßte gerührt und mit einiger Vorsicht die zerbrechlichen Schultern seiner Mutter. «Du mußt ja nicht gleich weinen!» brummte der Große Brüller, aber er wollte wohl nur die Rührung verbergen, die auch ihn jetzt überkam.

«Ich freue mich ja», sagte die Mutter und drückte ihren Sohn noch einmal fest an sich. Dann gab sie ihn frei und schaute ihn an. «Du bist größer geworden», sagte sie, und mit einem Lächeln setzte sie hinzu: «Kann auch sein, daß ich ein bißchen zusammengeschnurrt bin. Komm, setz dich zu mir und erzähle, wie es dir ergangen ist! Wann hast du meine Eltern zuletzt gesehen?»

Diese Frage hatte Lauscher gefürchtet, seit er das Zimmer betreten hatte. Er setzte sich seiner Mutter gegenüber ans Fenster und blickte ihr ins Gesicht. Zu seiner Überraschung merkte er am Ausdruck ihrer Augen, daß sie auf die Nachricht gefaßt war, die er ihr überbringen mußte, und verstand jetzt erst richtig, warum sie ihre Frage so formuliert hatte. So erzählte er ihr in aller Ausführlichkeit, wie er die Großeltern zum ersten Mal angetroffen hatte, wie es dann bei seinem zweiten Besuch gewesen war und wie er zuletzt den Sanften Flöter neben seiner Frau auf dem grünen Hügel unter den drei Ebereschen begraben hatte. Seine Mutter hörte zu, als habe sie das alles schon gewußt und wolle sich dieser Ereignisse nur noch einmal versichern. «Es ist gut, daß du bei ihnen gewesen bist», sagte sie schließlich, «vor allem in den letzten Tagen, als mein Vater schon allein in seinem Haus war. Was ist aus seiner Flöte geworden? Hat er sie mit ins Grab genommen?»

«Nein», sagte Lauscher. «Als ich zum zweiten Mal bei ihm war, hat er mir das Spielen beigebracht und mich am Tag vor seinem Tod zu seinem Erben eingesetzt. Ich bin jetzt ein Flöter.»

«Das hatte ich gehofft», sagte seine Mutter. Der Blick, den sie bei diesen Worten ihrem Mann zuwarf, verriet, daß dieses Thema nicht zum ersten Mal zwischen ihnen zur Sprache kam, und Lauscher konnte sich auch den Grund dafür denken. Sein Vater hatte sich den Vorsatz, seinen Sohn zum Nachfolger im Richteramt heranzubilden, wohl noch immer nicht aus dem Kopf geschlagen. Der Große Brüller war kein Mensch, der dergleichen verbergen konnte, und so war seiner Miene jetzt deutlich die Enttäuschung anzumerken. «Bist du nun zufrieden?» fragte er seine Frau. Sie blickte ihn mit ihren ruhigen grauen Augen an und sagte: «Meinst du wirklich, es käme mir nur darauf an, in dieser Sache recht zu behalten? Hast du noch immer nicht begriffen, daß du Lauscher deine Art nicht aufzwingen kannst?»

«Ich werde mich wohl daran gewöhnen müssen, daß er andere Ziele verfolgt», sagte der Große Brüller resigniert. «Er war kaum angekommen, als er schon wieder von Abreise sprach.»

Die Mutter blickte Lauscher erschrocken an. «Willst du nicht bleiben?» fragte sie, und Lauscher sah, wie sie sich zusammennahm, um nicht schon wieder in Tränen auszubrechen. Er schüttelte den Kopf und sagte beruhigend: «Das hat Zeit bis zum Frühjahr.» Während er zuschaute, wie die Betrübnis aus ihrem Gesicht schwand, erzählte er ihr, wie er zu dem Stein gekommen war und von der Einladung zu Arnis Leuten. Die Mutter hörte gespannt zu, und als er zu Ende gesprochen hatte, sagte sie voller Erstaunen: «Du hast also nicht nur die Flöte, sondern auch Arnis Stein!»

«Ist das etwas so Besonderes?» fragte der Große Brüller.

«Arnis Stein?» sagte die Mutter. «Von diesem Kleinod hat mir mein Vater oft erzählt, als ich noch ein Kind war. Er sagte, es sei wohl dem Geheimnis dieses Steins zuzuschreiben, daß Arni mit allen Menschen in Frieden habe leben wollen, aber das sei wohl noch lange nicht alles, was dieser Stein unter seiner glatten Oberfläche verberge.»

«Dann paßt er ja gut zu der Flöte deines sanften Vaters», sagte der Große Brüller. «Wie kann einer als Mann leben, der solchen Träumen nachhängt?»

Da legte seine Frau ihre Hand auf seinen Arm und sagte: «Ach, Lieber, kannst du dir nicht vorstellen, daß es außer deiner Art zu leben noch andere Möglichkeiten gibt?»

«Du meinst wohl bessere Möglichkeiten», sagte der Große Brüller knurrig.

«Nein», sagte seine Frau entschieden, «ich meine andere. Denn auch deine Art ist mir lieb.»

Lauscher hörte diesem Gespräch zu und entdeckte zu seinem Erstaunen, daß seine Mutter bei all ihrer Zerbrechlichkeit mehr Kraft in sich hatte als dieser gewaltige, haarige Mann, dem sie eben mit ihren Worten seine Sicherheit zurückgegeben hatte. Der Große Brüller fing unvermittelt an zu lachen. «Du bist wie dein Vater», sagte er. «Auch mit dem konnte man nie richtig streiten.»

An einem der folgenden Tage ging Lauscher morgens hinaus in den Garten. Er schlenderte über den Kiesweg um das große Blumenrondell, das jetzt für den Winter schon mit Fichtenzweigen abgedeckt war. Im Frühling würden hier die Pfingstrosen ihre dicken, kugelrunden Knospen treiben, aus denen sich wie durch Zauberei kohlkopfgroße purpurrote Blüten entfalteten. Während er sich das vorstellte, meinte er ihren herben Duft zu spüren.

Als er das schlafende Blumenbeet zur Hälfte umschritten hatte, blieb er vor dem Torbogen stehen, durch den man in den Obstgarten kam. Die dünnen, dornigen Zweige der Kletterrose, die das verwitterte Lattenwerk des Bogens überwucherten, hatten schon ihre Blätter verloren, nur an den Enden der Triebe saßen noch büschelweise die dunkelroten, verschrumpelten Hagebutten. Lauscher trat durch das Tor in den hinteren Teil des Gartens. Hier unter den ausgebreiteten knorrigen Ästen der Apfelbäume und den hochgereckten Stämmen der Birnen hatte er sich als Kind am liebsten aufgehalten. Damals war ihm dieser Garten unendlich groß erschienen, ein lichter Wald, zwischen dessen Stämmen man sich verlaufen konnte, und wenn man ihn schließlich durchschritten hatte und in die Nähe des Zauns kam, geriet man in ein wüstes Dickicht von aufschießenden Brennesseln, riesigen Dolden des Bärenklau und den handförmig gefiederten Blättern des Giersch, die einen merkwürdig würzigen Geschmack hatten, wenn man sie kaute.

Manchmal hatte er sich mitten in diese grüne, wuchernde Wildnis hineingelegt, daß die rauhen Stengel hoch über seinen Kopf aufragten, und war sicher gewesen, daß keiner ihn hier finden würde.

Heute jedoch kam ihm der Obstanger viel kleiner vor, als er ihn in Erinnerung hatte, ein umgrenzter, überschaubarer Bereich, den man mit wenigen Schritten durchmessen konnte. Er blickte hinauf in die Zweige, an denen vor dem blauen Herbsthimmel nur noch ein paar vereinzelte Blätter hingen, bräunlich-gelb und wellig verdorrt die der Apfelbäume, rot überflammt die glatten Birnenblätter. Das meiste Laub lag schon am Boden und ließ bei jedem Schritt seinen bitteren Geruch aufwölken. Lauscher lehnte sich an den rauhen Stamm eines Apfelbaums, schloß die Augen und gab sich den Einflüsterungen dieses strengen Herbstgeruchs hin. Dieser Geruch erschien ihm wirklicher als alles, was seit seiner Abreise von Fraglund geschehen war, wirklicher als die Nächte mit Gisa in Barleboog, als seine lange Reise mit Barlo und seine Lehre beim Sanften Flöter. Waren das nicht alles nur Geschichten, die sich einer ausgedacht hatte, Träume, die sich in nichts auflösten, wenn man sie zu fassen versuchte? Nur das war wirklich, was er hier und jetzt spürte: die schrundige Rinde des Apfelbaums unter seiner Hand, das welke Laub unter seinen Füßen, dessen Rascheln er hörte und dessen strenger, bitterer Geruch ihm eine Wirklichkeit wiederbrachte, die er verloren geglaubt hatte. Er war noch ein Kind, war in Sicherheit unter den Bäumen seines Gartens, wo keiner ihn finden konnte, und hier wollte er bleiben, denn hier gab es keine Schwierigkeiten, keine Verwirrungen. War das so? Oder gab es greifbare Beweise dafür, daß er doch nicht geträumt hatte? Er spürte den Beutel auf seiner Brust, das leichte und doch fühlbare Gewicht des Steins auf seiner nackten Haut. «Laß mich in Ruhe, Stein!» sagte er, aber der Stein war da, ein sanftes Zentnergewicht an seinem Hals, das sich nicht abschütteln ließ. Lauscher griff unter sein Hemd, nahm den Stein heraus und schaute ihn an. Auf seiner Oberfläche spiegelte sich, zu einem winzigen Ornament zusammengezogen, das Geäst des Apfelbaums, doch darunter flirrten die Farben bis hinab ins Bodenlose, blau, grün und violett, ein lebendig pulsierendes Auge, das ihn anblickte, aus dem jemand ihn anblickte. «Meinst du, Lauscher, du kannst noch zurückfliehen in deine Kindheit?» fragte die Frau mit dem schönen, alterslosen Gesicht. «Du bist nicht mehr der kleine Junge, der sich hier zwischen Gras und Kräutern versteckt hat, damit keiner ihn findet. Du bist längst gefunden worden, Lauscher. Weißt du das nicht?»

«Als Kind hast du dich auch immer hier versteckt», sagte seine Mutter. Lauscher blickte auf und sah sie vor sich stehen. «Ist das Arnis Stein?» fragte sie und schaute auf das schimmernde Auge in Lauschers Hand.

«Ja», sagte Lauscher. «Ich habe mich gerade mit ihm unterhalten.»

«Und was hat er gesagt?» fragte seine Mutter lächelnd.

«Daß ich mich hier nicht mehr verstecken kann wie ein Kind», sagte Lauscher. «Und er hat recht gehabt: du hast mich gefunden.»

«Ein kluger Stein», sagte seine Mutter. «Darf ich ihn einmal in die Hand nehmen?»

«Gern», sagte Lauscher. Die Mutter formte aus ihren beiden Händen ein Nest, und Lauscher legte den Stein hinein. Da lag er nun wie ein geheimnisvolles Ei, umhegt von ihren warmen Händen. Sie schaute ihn aufmerksam an, als wolle sie ergründen, was sich unter seiner glatten, schimmernden Oberfläche verbarg. «Er ist sehr schön», sagte sie nach einer Weile. «Man gerät immer tiefer in das Spiel seiner Farben. Es ist, als blickten einen alle die Augen an, die sich schon einmal in diesem Stein gespiegelt haben, deine Augen zuerst, Lauscher, und auch die meines Vaters; dann ist da ein blauer Schimmer wie von Saphiren im Stein gefangen, ein verlorenes Blau, das durch das grüne Dickicht flieht und sich immer wieder verbirgt wie ein Wolf im Gebüsch; und dieser dunkle, fast violette Glanz müssen Arnis Augen sein, die dunklen Augen eines Beutereiters, der diesem Stein so vertraute, daß er die Kraft fand, sich gegen alle seine Leute zu stellen, bis er starb und nur noch seine Augen innen in diesem Stein weiterlebten; und ganz tief unten leuchten, alle Farben in einem, die Augen Urlas, dieser schönen alten Frau, mit der die Geschichte dieses Steins begann. Oder ist es ein kleines Mädchen, das mich anschaut, ein Kind, das noch nichts weiß von all diesen Dingen und doch auf alles gefaßt ist, weil es die Welt mit Urlas Augen sieht? Ach, Lauscher, du kannst dich nicht verstecken vor diesen Blicken; du bist schon gefunden, auch wenn du dich noch sonstwohin verlieren wirst.»

«Werde ich das?» fragte Lauscher ungläubig; denn ihm schien, daß seine Mutter den Ablauf der Zeit durcheinanderbringe. Lag der Irrweg jetzt nicht endgültig hinter ihm? «Ich weiß, was mir dieser Stein einbringen wird», sagte er, aber der Blick, mit dem seine Mutter ihn ansah, machte ihn doch unsicher.

«Weißt du das wirklich schon?» fragte sie. «Ich fürchte, das ist noch lange nicht alles, was du dir erhoffst.»

«Mir genügt einstweilen, daß ich den nächsten Schritt kenne», sagte Lauscher.

Seine Mutter nickte. «So ist das wohl mit dem Stein, daß er einem nicht mehr zeigt, als man selbst sucht», sagte sie. «Jedenfalls hat Urla es damals meinem Vater so erklärt.»

«Wann?» fragte Lauscher. «War das an dem Tag, als Arni den Stein bekam?»

«Nein», sagte die Mutter. «Das war später, als er das Lager der Beutereiter schon verlassen hatte. Weißt du nicht, daß er Urla noch einmal besucht hat?» Und als Lauscher den Kopf schüttelte, sagte sie: «Komm, wir gehen ein bißchen durch den Garten, und ich erzähle dir währenddessen, was ich darüber weiß.»

Sie gab ihm den Stein zurück, und Lauscher verwahrte ihn wieder in dem Beutel auf seiner Brust. «Du hebst ihn an der richtigen Stelle auf», sagte seine Mutter lächelnd. «Wenn er schon noch nicht deinen Verstand erreicht, dann liegt er doch wenigstens auf deinem Herzen.»

Was soll das nun wieder heißen? fragte sich Lauscher, während er neben seiner

Mutter durch das raschelnde Laub unter den Obstbäumen schlurfte. «Das hast du schon als Kind gern gemacht», sagte sie. «Manchmal kommt es mir so vor, als seist du keine Stunde fortgewesen.»

«Das dachte ich vorhin auch, als ich unter dem Apfelbaum stand», sagte Lauscher. «Das abgefallene Laub roch genau so bitter wie in all den Jahren zuvor. Hier hat sich nichts geändert. Aber ich bin nicht mehr derselbe wie damals, als ich mich dort versteckt habe. Vielleicht habe ich mich nur vor mir selbst versteckt. Aber seit mir Arni seinen Stein gegeben hat, bin ich ständig auf der Suche danach, wer ich eigentlich bin. Eine Zeitlang war ich der Meinung, der Stein bringe mir nur Unglück.»

Sie waren inzwischen bis an den Zaun herangekommen. Das wuchernde Unkraut war schon verdorrt, ein verfilztes Gewirr sparriger brauner Stengel und welker, strähniger Grasbüschel. Während sie am Zaun entlanggingen, sagte die Mutter: «So ähnlich mag es Arni anfangs auch gegangen sein. Deswegen ritt mein Vater damals, als er sich von Arni am Rand der Steppe verabschiedet hatte, geradewegs zu dem Platz, an dem der Pfad zu Urlas Hütte beginnt. Dort ließ er sein Maultier und das Packpferd, das ihm der Khan geschenkt hatte, und stieg hinauf ins Gebirge.

Er traf Urla auf der Weide bei den Schafen an. Sie hieß ihn willkommen, führte ihn in ihre Hütte und nötigte ihn an ihren Tisch. Als mein Vater sie fragte, ob er mit ihr sprechen könne, winkte sie ab und sagte, daß sie sich freue, heute nicht allein essen zu müssen. Sie trug Brot auf, dazu ein Stück von ihrem Schafkäse und noch allerlei andere Sachen, die ich vergessen habe, obwohl mein Vater sie in allen Einzelheiten aufzuzählen wußte. Essen war für ihn eine wichtige Sache, aber das weißt du ja wahrscheinlich. Nachdem sie den Tisch gedeckt hatte, setzte sie sich zu ihm und sagte: ‹Sei mein Gast, Flöter!›

Während des Essens sprachen sie nicht viel, wie es dortzulande Sitte ist; mein Vater lobte den Käse, und Urla bemerkte, daß mein Vater in seinen Bewegungen ein wenig von der Art der Beutereiter angenommen habe. Das sagte sie wohl zu dem Zeitpunkt, an dem er gesättigt war und jeden weiteren Bissen, den sie ihm anbot, entschieden ablehnte; denn sie fuhr fort: ‹Man kann es dir ansehen, daß du ein ganzes Jahr in ihren Zelten gelebt hast, Flöter. Und nun hast du das Lager der Horde verlassen.› Sie stellte das einfach fest, ohne daß mein Vater etwas darüber erwähnt hätte.

Er nahm ihre Worte als Aufforderung, nun die Sprache auf jene Dinge zu bringen, derentwegen er zu ihr gekommen war, und erzählte ihr, welche Ereignisse zu seiner Abreise geführt hatten. ‹Du siehst›, sagte er abschließend, ‹als Flöter hätte ich auf die Dauer nicht bei den Beutereitern leben können, obwohl Arni und ich wirklich gute Freunde geworden sind. Zudem scheint mir, daß es ihm nicht viel anders geht: Immer wieder gerät er in Gegensatz zu den Sitten seines Volkes, wenn er dem Geheimnis seines Steins zu folgen versucht, und dennoch kann er sich dem Schrei der Horde nicht entziehen. Wolltest du mit deinem Geschenk erreichen, daß er ständig in diesem Zwiespalt leben muß?›

Als mein Vater mir das erzählte, fügte er hinzu, daß er nicht wisse, woher er damals den Mut zu dieser Frage genommen habe, aber er habe sie um seiner Freundschaft zu Arni willen stellen müssen. Urla habe jedoch nur gelächelt und ihn dann gefragt, ob es ihm lieber gewesen wäre, wenn Arni seinem Bruder geholfen hätte, am Braunen Fluß die Mädchen der Karpfenköpfe zusammenzutreiben.

‹Dergleichen würde er nie tun!› sagte mein Vater ohne zu zögern. Urla nickte. ‹Ich weiß›, sagte sie. ‹Es widerspricht seiner Natur. Er gehört nicht zu den Menschen, denen es Freude macht, anderen Gewalt anzutun. Auch ohne den Stein hätte es ihm widerstrebt, sich an Raub, Plünderung und Mord zu beteiligen, aber er hätte sich dafür selbst verachtet, daß er es nicht fertigbrachte, wie die Männer der Horde zu leben. Ich habe ihm den Stein gegeben, damit ihm bewußt wird, daß er das Recht hat, einen anderen Weg zu gehen. Seinen eigenen Weg. Es gehört zu den Eigenschaften des Steins, daß er einem hilft, so zu werden, wie man gern sein möchte.›

Mein Vater hatte gespannt zugehört. Dann sagte er ein wenig enttäuscht: ‹Ist dies das ganze Geheimnis? Würde es nicht genügen, sich selbst zu befragen, um zum gleichen Ziel zu kommen? Wozu dann der Stein?›

Jetzt fing Urla wahrhaftig an zu lachen. ‹Ach, Flöter›, sagte sie, ‹du bist noch sehr jung, daß du so etwas sagen kannst. Hast du noch nie erfahren, wie leicht man sich selbst belügt? Selbst mit dem Stein wird er ein Leben lang brauchen, um eine Ahnung davon zu bekommen, wer er ist und was von ihm erwartet wird. Der Stein wird ihm immer nur den nächsten Schritt zeigen, und auch das nur, wenn er bereit ist, diesen Schritt zu gehen und nicht nach dem Gewinn zu fragen, der für ihn selbst dabei herausspringt. Wer den Stein trägt, weiß noch lange nicht alles, Flöter!›

Mein Vater hat Urla danach gefragt, wie sie lachen könne, während sie ihm erkläre, welch schweres Leben Arni vor sich habe. Er finde solche Aussichten durchaus nicht erheiternd. Daraufhin habe Urla den Kopf geschüttelt und gesagt: ‹Ein schweres Leben? Er wird mehr als andere erfahren, wie schön das Leben ist; denn das erfährt man nur, wenn man sich nicht vor allem verschließt, was einem fremd erscheint.›

Diese Worte haben mich sehr beeindruckt, als ich die Geschichte zum ersten Mal hörte. Kann sein, daß mein Vater es darauf angelegt hat; denn ich hatte damals eine unüberwindliche Scheu vor allem, was mir fremd war, so daß manche Besucher, die in unser Haus kamen, den Eindruck gewannen, ich sei taub. Wenn ich zu dieser Zeit deinen Vater getroffen hätte, wäre ich wahrscheinlich erschreckt vor ihm davon gelaufen.» Sie lachte, und Lauscher stimmte in ihr Lachen ein. «Dazu braucht man nicht besonders ängstlich zu sein», sagte er. «Ich habe mich schon manchmal gefragt, wie du dazu gekommen bist, diesen lautstarken, gewaltigen Mann zu heiraten.»

Als er das sagte, hörte seine Mutter auf zu lachen. «Du redest von deinem Vater wie von einem Fremden», sagte sie. «Das solltest du nicht tun. Ich habe ihn geheiratet, weil ich ihn so liebe, wie er ist. Als ich ihn traf, waren allerdings schon ein paar Jahre vergangen, seit mein Vater mir von diesem Besuch bei Urla erzählt hatte. Ich war inzwischen nicht mehr so verschlossen und hatte gelernt, anderen Menschen zuzuhören.» Jetzt lächelte sie wieder und setzte hinzu: «Das muß man bei deinem Vater allerdings gut gelernt haben, um zu verstehen, was der Große Brüller eigentlich sagen will.»

Sie waren inzwischen längs des Zaunes wieder bis zu dem Rosentor gekommen, durchschritten es und gingen über den knirschenden Kies zum Haus zurück. Vor der Tür blieb die Mutter stehen, schaute zu der grauen Wolkenbank, die im Nordwesten über den Wäldern von Barleboog lag und sagte: «Gut, daß ich meine Blumenbeete schon abgedeckt habe. Morgen wird es schneien.»

So geschah es dann auch. Der Winter kam von den Bergen herab und zog eine dicke Schneedecke über ganz Fraglund und das Land ringsum. Lauscher blieb die meiste Zeit im Haus; denn er liebte es nicht besonders, bei kaltem Wetter und eisigem Wind durch den knietiefen Schnee zu stapfen. Auch in dieser Hinsicht unterschied er sich von seinem Vater. Der Große Brüller war in diesen Wochen viel unterwegs, spannte oft schon am Morgen die Pferde vor seinen Schlitten und fuhr hinaus zu den Dörfern, um mit den Bauern Streitfälle zu besprechen, zu deren Schlichtung sie wegen der vielen Arbeit im Herbst keine Zeit gefunden hatten. Anfangs hatte er Lauscher aufgefordert, ihn zu begleiten und sich ‹ein bißchen den scharfen Wind um die Nase wehen zu lassen›, wie er das nannte, aber als er merkte, daß sein Sohn wenig Lust verspürte, an diesen Schlittenfahrten teilzunehmen, ließ er solche Vorschläge sein. Wenn er dann abends zurückkam, polterte er in seinem dicken, schneebestäubten Pelz in die Stube wie ein ungeschlachter Bär, riß sich die Fellmütze vom Kopf, blies die frostroten Backen auf und brüllte beispielsweise: «Heute singt der Schnee unter den Kufen, so kalt ist es! Ich hoffe, du hast eine heiße Suppe im Ofen, Frau!» Dann schälte er sich ächzend aus seinem Pelz und sagte noch: «Ihr wißt ja gar nicht, wie herrlich es ist, die Pferde über die Felder jagen zu lassen, daß einem der Schnee um die Ohren stiebt!»

Solch heftige Vergnügungen waren Lauschers Sache nicht. Er saß oft stundenlang am Kaminfeuer, blickte in die Flammen und ritt in Gedanken schon weiter nach Osten, den Hütten von Arnis Leuten entgegen. Zuweilen holte er seine Flöte hervor und probierte allerlei Melodien aus, die ihm in den Sinn kamen. Aber es wollte nichts Rechtes daraus werden. Das silberne Rohr gehorchte wohl seinen Fingern, aber nicht anders als jede gewöhnliche Flöte auch. «Hübsche Liedchen flötest du da», sagte seine Mutter dann schon einmal, und das klang so, als wundere sie sich ein wenig, wie man auf der Flöte ihres Vaters dergleichen Belanglosigkeiten spielen könne. Lauscher ließ das Flöten bald sein, wenn seine Mutter die Stube betrat. Oft setzte sie sich dann zu ihm ans Feuer, und er fragte sie nach der Zeit, in der sie noch bei ihren Eltern gewohnt hatte. Merkwürdigerweise hatte sie es nie erlebt, daß ihr Vater auf seiner Silberflöte gespielt hätte. Sie war sich wohl bewußt gewesen, daß er ein besonderer Mann war, aber über die Taten des Sanften Flöters hatte sie immer nur von anderen Leuten erzählen hören. Zu Hause bediente er sich allenfalls einer seiner Holzflöten, etwa um sich mit seiner Amsel zu unterhalten. Die Mutter erzählte auch, daß er ihr von seinen langen Reisen immer neue Lieder mitgebracht habe, die er ihr dann auf der hölzernen Flöte vorspielte, bis sie die Melodie selbst singen konnte.

An diesen Wintertagen bildete sich eine neue Vertrautheit zwischen Lauscher und seiner Mutter. Auch der Große Brüller merkte das und ließ gelegentlich eine Bemerkung darüber fallen. Offenbar ärgerte es ihn, wenn die beiden einander nur anzusehen brauchten, um sich über irgendetwas zu verständigen, oder gar unvermittelt zugleich anfingen zu lachen, ohne daß er den Grund dafür erkennen konnte. Vermutlich meinte er dann, daß sie über ihn lachten, was durchaus nicht der Fall war. «Ihr mit euren Heimlichkeiten!» brummte er dann. «Könnt ihr euch nicht laut unterhalten wie normale Menschen?»

So ging der Winter vorüber. Der Schnee schmolz von den Gartenbeeten, die Eiszapfen an der Dachkante tropften Tag und Nacht, und der Große Brüller ließ den Schlitten im Stall und ritt auf seinem grobknochigen Pferd aus. Eines Abends kehre er von einem solchen Ritt ziemlich mißgelaunt zurück. «Die Leute fangen schon an, über dich zu reden, Lauscher», sagte er, als er seinen Sohn wieder einmal am Kamin sitzen und in die Flammen starren sah. «Heute hat mich ein Bauer gefragt, ob du krank seist oder gar gestörten Gemüts, weil du nie unter die Leute gehst. Du mußt endlich anfangen, etwas Vernünftiges zu tun, und wenn du schon nicht Richter werden willst, dann spiel meinetwegen den Leuten zum Tanz auf mit deiner Wunderflöte!»

«Das sollten sie sich lieber nicht wünschen», sagte Lauscher und dachte an den Tanz in der Silbernen Harfe zu Draglop. Sein Vater konnte natürlich überhaupt nicht verstehen, was er damit sagen wollte, und brüllte: «Wozu ist dieses Flötending dann überhaupt nütze?»

«Jedenfalls nicht zur Belustigung deiner Bauern», sagte Lauscher. «Aber du hast recht: Ich muß endlich etwas Vernünftiges tun. Sobald der letzte Schnee auf den Bergen abgetaut ist, werde ich zu Arnis Leuten reiten. Dort wird man die Künste eines Flöters zu schätzen wissen.»

Dieser Vorschlag entsprach wohl nicht eben den Vorstellungen, die sein Vater mit dem Begriff ‹etwas Vernünftiges tun› verband. Aber er hatte die Hoffnung wohl aufgegeben, daß sein Sohn sich auf irgendeine Weise in jene Welt einfügen würde, die ihm selbst als die einzig vernünftige erschien. «Wenn es dir gefällt, wie diese ehemaligen Beutereiter um dich herumscharwenzeln...» sagte er verächtlich. «Mir scheint jedenfalls, daß sie sich mit ihren Zöpfen auch ihre Kühnheit abgeschnitten haben.»

«Waren sie dir lieber, als sie noch über unser Tal herfielen, um Beute zu machen und unsere Häuser abzubrennen?» fragte Lauscher.

«Damals mochte ich sie genauso wenig», sagte der Große Brüller grimmig, «aber man wußte wenigstens, woran man mit ihnen war, und konnte ehrlichen Herzens auf sie dreinschlagen. Dieses freundliche Getue jedoch – das ist, als würde man von ihnen ständig ins Unrecht gesetzt.» Er brach unvermittelt seine Rede ab, als habe er im letzten Augenblick bemerkt, daß er drauf und dran war, seine eigene Unsicherheit zu verraten. So empfand Lauscher jedenfalls das plötzliche Schweigen seines Vaters, und es tat ihm mit einem Male leid, daß er sich mit ihm auf diesen Disput eingelassen hatte. «Laß mich zu diesen Leuten reiten», sagte er begütigend. «Ich muß herausbekommen, was es mit diesem Stein auf sich hat, und bei Arnis Leuten werde ich es am ehesten erfahren können.»

«Meinetwegen», sagte der Große Brüller sanfter, als es sonst seine Art war. «Ich muß mich wohl damit zufriedengeben, daß du überhaupt ein Ziel hast, wenn ich auch nicht begreifen kann, was du dort zu finden hoffst. Sag mir Bescheid, wenn du dich auf den Weg machen willst, damit ich dich für die Reise ausrüste.»

Eine Woche später traf Lauscher seine Mutter dabei an, wie sie im Garten die Blumenbeete abdeckte. Die niedrigen Rosensträucher zeigten purpurrote Triebe, daneben stachen die dunkelgrünen Spieße schmaler Krokusblätter aus dem Boden, und in der Mitte des Rondells drängten sich, noch kraus und verkrümmt, die ersten blaßvioletten Blattsprossen der Pfingstrosen durch die abgefallenen braunen Nadeln der Fichtenzweige. «Jetzt ist der Frühling da», sagte die Mutter, und Lauscher verstand die unausgesprochene Frage, die sich hinter dieser Feststellung verbarg. «Ja», sagte er, «morgen werde ich mich auf die Reise zu Arnis Leuten machen.»

«Nach allem, was du erzählt hast», sagte seine Mutter, «wird man dich dort mit großen Ehren empfangen.»

Die Art, in der sie ihn bei diesen Worten mit ihren grauen Augen nachdenklich ansah, machte Lauscher unsicher. «Stört dich das?» fragte er. Seine Mutter schüttelte lächelnd den Kopf. «Nein», sagte sie, «natürlich nicht. Wie sollte es mich auch stören, wenn meinem Sohn solche Achtung entgegengebracht wird? Ich frage mich nur, wie du dich in die Stellung einfügen wirst, die man dir dort bietet.»

«Wie meinst du das?» fragte Lauscher. «Ich werde der Erbe des Sanften Flöters sein und zugleich der Träger des Steins. Jedes für sich allein wäre für Arnis Leute schon Grund genug, mir eine hohe Stellung in ihrem Gemeinwesen einzuräumen.»

«Ein Erbe wirst du allerdings sein», sagte seine Mutter, «ein Erbe in doppeltem Sinn. Ich wüßte nur gern, was man von einem solchen Erben bei Arnis Leuten erwartet.»

«Wenn ich Günli recht verstanden habe», sagte Lauscher, «will man sich in diesem Erben der Bestätigung jener Männer versichern, die Stein und Flöte hinterlassen haben.»

«Der Bestätigung?» sagte seine Mutter. «Was soll dadurch bestätigt werden?»

«Daß man auf dem rechten Weg ist», sagte Lauscher. «Es wird für manchen unter Arnis Leuten nicht leicht sein, nach der Großen Scheidung in vielen Dingen anders zu handeln, als er dies von Kindheit an gewohnt war. Wer noch unsicher ist, bedarf einer solchen Bestätigung, die in greifbaren Dingen Gestalt gewonnen hat wie in meinem Stein oder der Flöte.»

«Das mag wohl sein», sagte seine Mutter. «Aber es war nicht die Art Arnis und auch nicht die meines Vaters, andere Leute in dem zu bestätigen, was sie dachten und taten. Du solltest nicht vergessen, daß keiner seines Weges sicher sein kann. Auch du nicht, trotz allem, was man dir auferlegt hat.»

Warum sagt sie ‹auferlegt›? dachte Lauscher. Das klang so, als habe man ihm mit den Gaben Arnis und des Sanften Flöters eine Last aufgebürdet, an der er schwer zu tragen haben würde. In dieser Hinsicht sah seine Mutter die Dinge wohl falsch, so wie Mütter sich oft unnötige Gedanken machen, wenn ihre Söhne eigene Wege gehen. «Mach dir keine Sorgen», sagte er also. «Ich werde mein Bestes tun, um die Erwartungen zu erfüllen, die man bei Arnis Leuten in mich setzt.»

«Daran zweifle ich nicht», sagte seine Mutter, aber er sah in ihren Augen, daß sie noch andere, tiefere Zweifel hegte. Da nahm er sie in die Arme und sagte: «Ach, Mutter, traust du mir so wenig zu?»

Er spürte, wie seine Mutter ihn fest an sich drückte, und hörte sie sagen: «Ich traue dir alles zu, Lauscher. Vergiß nicht, daß ich dich liebhaben werde, was auch immer du anstellen magst.» Dann löste sie sich aus seinen Armen und räumte die letzten Fichtenzweige von dem Beet. «Schau», sagte sie dabei, «überall treibt es schon aus! Man kann sich kaum vorstellen, daß aus dem kümmerlichen Geknäuel dort eine prächtige Pfingstrose werden soll. Aber eines Tages wird sie sich in all ihrer Schönheit entfalten, so wie sie jedes Jahr geblüht hat.»

Am Vormittag des nächsten Tages hatte Lauscher schon ein gutes Stück Wegs hinter sich gebracht. Damit er ausreichend Vorräte für den langen Ritt mitnehmen konnte, hatte ihm sein Vater ein Packpferd gegeben, ein sanftes, falbfarbenes Tier, das geduldig neben Schneefuß dahintrottete. Die Luft roch nach Frühling. Rechts und links des Weges standen in Büschen die leuchtendgelben Strahlensterne des Huflattich, und die Kätzchen an den Weidenruten waren dick wie Hummeln. Hie und da war auf den Feldern ein Bauer bei der Frühjahrsbestellung zu sehen. Der frisch aufgeworfene Boden glänzte braun und fett und dampfte unter der Sonne.

Die ersten drei Nächte verbrachte Lauscher in Bauernhäusern, wo man ihn als den Sohn des Gerichtsherrn bereitwillig aufnahm und reichlich bewirtete. Am vierten Tag machte er um die Mittagszeit in einem Dorf Halt und ließ sich von einer Bäuerin einen Becher Milch geben. Er folgte nicht ihrer Einladung in die Stube, sondern setzte sich vor der Tür auf die Holzbank, um sich von der Frühlingssonne wärmen zu lassen.

Die Bäuerin blieb bei ihm stehen und sagte: «Du hast eine lange Reise vor dir, nach den Vorräten auf deinem Packpferd zu schließen.»

«Ja», sagte Lauscher, «eine lange Reise. Bis an den Rand der Steppe.»

Die Bäuerin blickte ihn erschrocken an. «Bis an den Rand der Steppe?» rief sie. «Fürchtest du dich nicht vor den Beutereitern, die dort ihr Unwesen treiben?»

«Nein», sagte Lauscher. «Ich reite unter einem Schutz, dem selbst der Khan seine Achtung nicht verweigern wird» und dachte dabei an den Stein, der auf seiner Brust ruhte; denn er meinte, daß Hunlis Schwur, den er vor Urla abgelegt hatte, auch für den Erben des Steins gelten müsse.

Das Gesicht der Bäuerin verriet ihre Zweifel. «Ich habe noch nie gehört», sagte sie, «daß es irgendein Mittel gibt, um die Beutereiter von Raub und Mord abzuhalten. Du solltest dich nicht zu sicher fühlen. Es ist gefährlich, sich nicht zu fürchten, wenn man sich in Gefahr begibt.»

Lauscher lächelte über die Besorgnis der Frau. «Ich danke dir für diese Warnung», sagte er, «denn ich weiß, daß du es gut meinst. Aber ich habe erfahren, daß sich in der Steppe die Dinge zu ändern beginnen.» Dann bedankte er sich auch noch für die Milch, stieg auf sein Pferd und ritt zum Dorf hinaus.

Je weiter er die Häuser hinter sich zurückließ, desto schmaler wurde der Weg. Mit den letzten Äckern verschwanden auch die tief in den weichen Boden eingeschnittenen Wagenspuren. Der wenig benutzte Pfad hielt sich an den Lauf des Mittelbaches, schnitt nur gelegentlich eine der weiten Windungen ab, in denen der Wasserlauf das flache Wiesental durchzog. Die von weißen und violetten Krokusblüten überstreuten grünen Hänge an den Talseiten wurden nach und nach steiler, auf ihren Kämmen streckten jetzt niedrige Büsche ihre noch kahlen Zweige in den blauen Frühlingshimmel. Lauscher trabte vergnügt dahin und freute sich an der sanften Lieblichkeit dieser Landschaft.

Gegen Abend wurde der Boden steinig. Das Gras wuchs hier nur noch spärlich, und der Bach rauschte, tief eingeschnitten, in schäumenden Kaskaden über grobes Geröll. Der Pfad begann am linken Talhang anzusteigen und war von Zeit zu Zeit durch Steinhaufen gekennzeichnet, damit man ihn auf dem wenig bewachsenen Gelände nicht verlor. Schließlich verengte sich das Tal. Der Bach rann glitzernd eine steile Schuttrinne herab, an deren oberen Ende sich das Buschwerk, das bisher die Höhenkämme gesäumt hatte, zu einem niedrigen Krummholzwald zusammenschloß. Der Pfad erreichte die Höhe und traf am Talende auf die Quelle des Mittelbaches, der hier am Waldrand unter einer breitästigen Eberesche

sprudelnd in einem von moosüberwachsenen Geröllsteinen eingefaßten Becken
entsprang. Über der kleinen, nahezu kreisrunden Wasserfläche wölbten sich die
Zweige von Hartriegel und Pfaffenhütchen so dicht zu einem Dach zusammen,
daß man trotz des noch fehlenden Laubes den Eindruck gewann, in eine Grotte
einzutreten.

Lauscher ließ seine beiden Pferde trinken und schöpfte auch selbst von dem
kristallklaren, eiskalten Quellwasser. Während er es aus der Schale seiner Hände
schlürfte, sah er auf dem Grund des Beckens glatt abgeschliffene Kiesel liegen,
weiße, die an den Rändern durchscheinend waren, bräunlich geäderte, grünlich
gefleckte und wieder andere, die aus dem Mosaik vieler Farben zusammengesetzt
waren. Auf allen hatten sich winzige Luftblasen abgesetzt, so daß sie aussahen wie
in Perlen gefaßt. Lauscher hob einen eiförmigen Kiesel aus der Quelle und schaute
ihn an. Die nasse Oberfläche schimmerte wie poliert, und darunter flirrte ein
vielfarbiges Gesprenkel, das zu leben schien, wenn man den Stein im Licht der
untergehenden Sonne hin- und herwendete.

All dies zusammen, die perlende Quelle, das Netzwerk der deckenden Zweige
und auch der farbenflimmernde Kiesel, weckte in Lauscher ein Gefühl der
Vertrautheit, als sei er in ein bergendes Nest zurückgekehrt, das ihn in seinen
Schutz nahm vor all den Widrigkeiten der verwirrenden Welt weit unter ihm in
jener dunstigen Ferne, die sich jenseits des Talausganges ausbreitete. Er legte sich
zurück und beschloß, hier die Nacht zu verbringen.

Draußen am Waldrand sah Lauscher seine beiden Pferde grasen. Er ging zu
ihnen hinüber, sattelte sie ab und band sie mit langen Riemen an den Stamm der
Eberesche. Sein Gepäck trug er in die Quellgrotte. Nachdem er noch ein paar
Bissen gegessen hatte, wickelte er sich in seine Decke und rollte sich auf dem
weichen, knisternden Lager zum Schlafen zusammen.

Inzwischen war die Sonne unter den Horizont getaucht, und es wurde rasch
dunkel. Lauscher sah dicht vor seinen Augen den Kiesel im Moos liegen. Er nahm
ihn in die Hand und spürte die glatte, kühle Rundung zwischen seinen Fingern.
Der Stein hatte seine aus der Tiefe heraus schimmernde Farbigkeit verloren und
wirkte grau und stumpf, doch als Lauscher ihn in das Quellwasser zu seiner Seite
tauchte, wurde die Oberfläche wieder blank und durchscheinend und ließ im
schwindenden Licht grüne und violette Funken aufglimmen. Lauscher schaute in
dieses Farbenspiel, darüber fielen ihm die Augen zu und er geriet in den

Traum von der Frau an der Quelle

Seine Schultern waren warm in eine weiche Rundung gebettet. Können Moos und
dürres Laub so weich sein, fragte er sich, so warm und voller Leben? Er fühlte sich
gehalten wie von sanften Armen, und als er die Augen aufschlug, sah er dicht über

sich das Gesicht einer Frau, die sich über ihn beugte und ihn anschaute. Ihr Gesicht war ihm fremd und doch merkwürdig vertraut, und in ihren dunklen Augen flirrte das Licht der Sterne in abertausenden farbiger Fünkchen. Er spürte ihren Schoß unter seinem Kopf und atmete einen Duft wie von Wein oder würzigen Hölzern. «Bist du die Wasserfrau, die in dieser Quelle wohnt?» fragte er leise und ohne sich zu regen; denn ihm schien, als könne jede Bewegung dieses Bild zerstören, dieses köstliche Gefühl, gehalten und umhegt zu werden. Statt einer Antwort legte die Frau den Finger auf die Lippen und strich ihm dann mit der Hand übers Gesicht. «Ach, Lauscher», sagte sie mit ihrer dunklen Flötenstimme, «du hast dir den rechten Platz zum Schlafen ausgesucht. Hier an der Quelle konnte ich dich finden und dich in die Arme nehmen. Vielleicht vergißt du dann nicht völlig, wohin du eigentlich unterwegs bist, wenn du meine Augen über dir gesehen und meinen Schoß unter dir gefühlt hast.» Sie beugte sich nieder und küßte ihn auf den Mund, und während er ihr dabei in die Augen schaute, löste sich das Bild auf, und er sah über sich die Sterne durch die Lücken im Gewebe der Zweige funkeln. «Bleib doch!» sagte er im Halbschlaf und tastete mit der Hand seitwärts, doch da war nichts als raschelndes Laub. Enttäuscht legte er sich wieder zurück und fragte sich, ob dies alles Wirklichkeit oder nur ein Traumbild sei. Doch dieser Duft war noch immer zu spüren.

Am Morgen weckte ihn der Gesang der Vögel, die hier im Gebüsch bei der Quelle nisteten. Lauscher öffnete die Augen und sah als erstes den Kiesel, den er am Abend zuvor aus dem Quellbecken genommen hatte, vor seinem Gesicht im Moos liegen. Er erkannte ihn wieder an der ovalen Form; die Oberfläche war wieder trocken und ließ keine Farbe durchschimmern. «Versteckst du dich schon wieder?» sagte Lauscher. «Dann mußt du hier bleiben.» Er warf ihn ins Wasser, und da lag der Stein nun wieder blank und leuchtend zwischen den anderen Kieseln. Lauscher legte sich auf den Bauch, hielt sein Gesicht so dicht über die Wasserfläche, daß er die feinen Spritzer der aufsteigenden Luftperlen auf der Haut spürte, und vertiefte sich in das geheimnisvolle Farbenspiel. «Was bist du für ein sonderbarer Stein!» sagte er. «Solange du in diesem Teich liegst, bist du schön und verlockend, doch wenn man dich herausholt, um dich in die Tasche zu stecken und mitzunehmen, siehst du nach kürzester Zeit aus wie irgendein gewöhnlicher Bachkiesel, mit dem man nach Hunden wirft. Bleib hier und warte auf mich! Vielleicht besuche ich dich einmal.» Dann stand er auf, machte sich ein kräftiges Frühstück, sattelte und packte seine Pferde auf und ritt weiter.

Nach Tanglis Anweisung hätte er von hier aus nach Norden auf der Höhe des Jochs entlangreiten sollen, doch der Händler hatte auch gesagt, daß der Weg durch den Krummwald kürzer wäre. Lauscher blickte hinweg über das niedrige Gehölz, das seinen Namen wahrhaftig verdiente. Es bestand in der Hauptsache aus grotesk verkrüppelten Buchen, zwischen denen hie und da ein paar Weißdornsträucher und Berberitzen standen, vereinzelt auch manchmal eine Birke. Der Boden war noch feucht und glitschig von dem erst in den letzten Tagen weggeschmolzenen Schnee. Der Schnee war wohl auch schuld, daß hier an diesem der Witterung ausgesetzten Hang die Bäume nicht recht hochkommen konnten.

Das alles hatte wohl doch seine natürlichen Ursachen, dachte Lauscher und konnte umso weniger begreifen, wovor man sich in diesem erbärmlichen Gestrüpp hüten sollte. «Holla, ihr häßlichen Baumtrolle!» rief er, «jetzt kommt der Träger des Steins! Beugt eure struppigen Köpfe noch ein bißchen tiefer!» Lachend trieb er sein Pferd durch das Gebüsch hinein in den Krummwald und dachte sich im Vorübertraben allerlei Spottnamen für die verhutzelten Gesellen aus, die hier am Weg hockten, und rief sie ihnen zu. Doch je weiter er ritt, desto gespenstischer erschienen ihm die verdrehten, blasig aufgetriebenen Knorzen der Buchen, nun doch eher wie eine im Licht des Tages erstarrte Horde von Trollen, die so aussahen, als würden sie nachts zu einem scheußlichen Leben erwachen. Lauscher hatte zuweilen das Gefühl, daß sie ihm aus hohlen Astaugen nachblickten, und konnte nur mit Mühe der Versuchung widerstehen, sich umzuschauen. Zur Umkehr war es jetzt zu spät, und er hoffte, diesen unheimlichen Wald noch vor Einbruch des Abends hinter sich zu bringen, doch diese Hoffnung erwies sich als trügerisch. Als der Pfad die Höhe des nächsten Kammes erreicht hatte, sah Lauscher vor sich, so weit das Auge reichte, ein bergiges, von flachen Talmulden zerfurchtes Gelände, das bis zum fernen Horizont überzogen war von dem schütteren Gebüsch des Krummwaldes.

Er trieb sein Pferd so rasch voran, wie der Weg es erlaubte; es ging durch Täler und über Höhenrücken immer weiter nach Nordosten, aber Lauscher hatte dennoch das Gefühl, nicht von der Stelle zu kommen; denn der Krüppelwald rechts und links des Pfades blieb stets der gleiche. Die Sonne stand schon dicht über dem von Buschwerk pelzig besetzten Berghang im Westen, als Lauscher in einem der Täler auf einen Bach traf, an dem er seine Pferde tränken konnte. Ein paar Schritte weiter stand eine zwar niedrig gewachsene, aber breitästige Eberesche, an deren Zweigen noch ein paar Dolden mit dunkelrot vertrockneten Beeren hingen. Wenigstens einmal ein Baum mit geradem Stamm, dachte Lauscher und richtete sich unter dem Dach der herabhängenden Äste seinen Schlafplatz her.

Mit Einbruch der Dunkelheit kam ein leichter Wind auf, der in unregelmäßigen Stößen in das Buschwerk fuhr und die vereinzelt noch an den Zweigen hängenden dürren Blätter zum Rascheln brachte. Dieses Wispern begann, je nachdem, wo der Wind einfiel, irgendwo am Hang, setzte sich fort, kam näher und entfernte sich wieder, als würde eine heimliche Botschaft weitergegeben. So jedenfalls kam es Lauscher vor, wenn er, müde von dem langen Ritt und schon halb im Schlaf, durch dieses zischelnde Geflüster wieder hellwach wurde. Ob nun der Wind zunahm oder woran es sonst liegen mochte: Das Geräusch erschien ihm mit jeder neuen Welle, die sich näherte, lauter, ja er meinte schließlich einzelne Stimmen herauszuhören.

«Schläft Lauscher schon?» fragte einer.

«Er ist noch wach», wisperte ein anderer.

Dann rauschte ein Chor lockender Stimmen: «Komm heraus, Lauscher, komm heraus!»

Lauscher rührte sich nicht und dachte an die ungezählten verkrüppelten Baumtrolle, an denen er den ganzen Tag lang vorübergeritten war. Angestrengt starrte er hinaus ins Dunkel, und im schwachen Licht der Sterne schien ihm, als seien die Buchenstrünke ringsum näher gerückt, aber es mochte auch sein, daß ihn seine Augen täuschten. Kaum hatte er sich zurückgelegt, als das Geflüster schon wieder begann.

«Will er nicht?» fragte einer.

«Ich weiß, was wir machen müssen», sagte ein anderer. Gleich darauf wurden die Pferde unruhig, stampften und schnaubten, als jage ihnen irgend etwas Angst ein. Lauscher streifte seine Decke ab, stand auf und spähte hinaus zu der Stelle, wo er seine Pferde an einen abgestorbenen Baumstrunk gebunden hatte. Die Stute warf den Kopf hoch, tänzelte auf der Stelle, und das Packpferd drängte sich dicht an sie. Etwas war nicht in Ordnung. Lauscher brach einen der tief herabhängenden Äste der Eberesche ab, um wenigstens eine Art Waffe in der Hand zu haben, und wollte hinüber zu seinen Pferden gehen, doch schon nach wenigen Schritten verfing sich sein Fuß in der zähen Schlinge einer Wurzel, und er stürzte zu Boden.

«Jetzt ist er unser!» wisperte der Chor der Stimmen. Lauscher spürte, wie knotige Finger nach ihm griffen, doch sobald er mit der Rute um sich schlug, war er wieder frei. Er richtet sich auf, und jetzt sah er deutlich, wie rings im Kreis die buckligen Trolle dicht gedrängt um ihn standen. Nur zu der Eberesche hin klaffte noch eine Lücke, als scheue das verkrümmte Gelichter deren Nähe. Mit drei Sprüngen erreichte er das schützende Dach des Baumes und lehnte sich aufatmend an den Stamm, während draußen das Rascheln und Flüstern sich zu wütendem Zischen steigerte. «Ihr habt ihn entwischen lassen!» keifte einer, und ein anderer flüsterte: «Jetzt weiß er, daß er unter der Esche in Sicherheit ist.»

Lauscher fragte sich, ob es das war, was ihn zu diesem Baum hingezogen hatte. Es schien also zu stimmen, was ihm der Sanfte Flöter damals am Grab der Großmutter gesagt hatte. «Dank für deinen Schutz, Baum!» sagte er. «Und verzeih bitte, daß ich dir einen Ast abgebrochen habe.» Die Eberesche schüttelte unter einem Windstoß ihre Zweige, als wolle sie zeigen, daß es ihr auf einen mehr oder weniger nicht ankomme. Zugleich erhob sich draußen wieder das Getuschel, schwoll an und klang jetzt nach Streit. «Rächt euch an seinen Gäulen!» kreischte eine dünne Stimme, und eine tiefere, die wie das Pfeifen des Windes in einem hohlen Baumstrunk heulte, antwortete: «Laß das! Weißt du nicht, daß wir keine

Macht über sie haben? Tiere sind ohne Schuld. Nur Menschen können wir packen.» Dann flaute das Wispern und Rauschen wieder ab.

Lauscher setzte sich an den Fuß des Baumstammes, hüllte sich in seine Decke und wartete. Aber alles blieb still. Die schorfige Rinde der Eberesche im Rücken, fühlte er sich einigermaßen in Sicherheit, und seinen Pferden würde wohl auch nichts geschehen. ‹Tiere sind ohne Schuld›, hatte die Stimme gesagt, und das hatte so geklungen, als habe da einer gesprochen, der diesem grausigen Volk Weisungen zu erteilen hatte. Über schuldlose Wesen hatte dieser nächtliche Spuk keine Gewalt, aber ihn selbst hatten die knorrigen Klauen gepackt, sobald er sich aus dem Schutz der Eberesche herausgewagt hatte. Welche Schuld war es, die ihn dem Zugriff dieser krummen Trolle ausgeliefert hatte? War noch immer nicht gesühnt, was er Barlo angetan hatte? Oder gab es da noch anderes, eine tiefere Schuld, die irgendwo im Verborgenen lauerte wie ein Wurm, der heimlich im Inneren nagt, eine hungrige Made, die frißt und frißt, bis die glatte Haut des Bewußtseins nur noch eine leere Höhlung umspannt? ‹Nur Menschen können wir packen› – das klang so, als sei kein Mensch frei von Schuld und damit angreifbar für jede Art solch scheußlicher Nachtgespenster.

Unter dergleichen Gedanken verbrachte Lauscher den größten Teil der Nacht. Erst gegen Morgen fiel er in einen unruhigen Schlummer. Als der Schrei einer abstreichenden Elster ihn weckte, war es heller Tag. Mühsam richtete sich Lauscher aus der unbequemen Stellung auf, in der er die Nacht über an dem schützenden Stamm gelehnt hatte. Sein Rücken schmerzte. Die Decke war naß von Tau, und der Boden war überperlt von Feuchtigkeit. Ein paar Schritte weiter standen die beiden Pferde ruhig in der Morgensonne und grasten. Die knorrigen Buchenstämme kauerten alle wieder an Ort und Stelle und krallten ihre verkrümmten Wurzeln in den Boden, als hätten sie nie ihren Platz verlassen.

Lauscher fragte sich, ob er das alles nur geträumt habe, aber als er zu seinen Pferden hinüberging, um sie loszubinden und aufzupacken, sah er, daß rings um die Eberesche das Gras wie von unzähligen Füßen niedergetrampelt war. Er gönnte sich kaum Zeit für ein Frühstück und nahm noch einen Schluck von Großvaters Vogelbeergeist, um die steifen Glieder aufzuwärmen. Dann ließ er seine Pferde trinken und ritt so schnell wie möglich weiter. Er verspürte keinerlei Lust, noch eine zweite Nacht im Krummwald zu verbringen.

Der Weg folgte jetzt dem nur leicht abfallenden Tal bachabwärts, doch das Bild der Landschaft änderte sich zunächst kaum; noch immer waren die flachen Hänge zu beiden Seiten dicht mit dem unheimlichen Krummholz bestanden. Am Nachmittag begann Lauscher schon besorgt nach einer Eberesche auszuschauen, doch dann entdeckte er erleichtert, daß das Tal weiter vorn unvermittelt steil abfiel. Aus der Tiefe ragten die Wipfel hoher Bäume über den Horizont, Fichten, Lärchen und dazwischen auch die breiten Kronen von Eichen und Ahorn. An der Talstufe, an der die Hochfläche des Krummwaldes abbrach, stürzte der Bach in einem brausenden Wasserfall über eine Felswand in die Tiefe. Der Pfad wich an dieser Stelle seitwärts in den Wald aus und führte in schmalen Windungen zwischen den letzten Krüppelbäumen über den steilen Hang hinab in den Hochwald.

Aufatmend tauchte Lauscher in den Schatten der Bäume ein. Endlich fühlte er sich wieder in Sicherheit unter dem säulengetragenen Dach der weiten Halle. Erst jetzt fiel ihm auf, daß er seit der Nacht an der Quelle außer der Elster, die ihn am Morgen geweckt hatte, im Krummwald keinen Vogel hatte singen hören. Hier im Hochwald war die Luft erfüllt vom Flöten und Zwitschern unzähliger Meisen und Finken, ein Häher keckerte, und von Zeit zu Zeit trommelte ein Specht.

Drei Tage ritt Lauscher noch zwischen den hochragenden Stämmen dahin, schlief nachts in einem moosgepolsterten Bett zwischen den Wurzelsträngen am Fuß uralter Bäume und ließ sich vom Morgengesang der Vögel wecken. Am Vormittag des vierten Tages begann sich der Wald zu lichten, die Nadelbäume wurden immer seltener, blieben schließlich zurück und wurden abgelöst von Birken, die nur noch in lockeren Gruppen im saftig aufschießenden Gras beieinanderstanden, das feine Gespinst der herabhängenden Zweige dicht besetzt mit prallen, grünen Zäpfchen. Und voraus, zwischen den weißschimmernden, von schwarzen Schrunden durchzogenen Stämmen, blickte Lauscher hinaus auf die weite, graugrün flimmernde Ebene der Steppe.

Hier an der Grenze zwischen dem Birkengehölz und der endlosen Fläche des Steppengrases verlief sich der Pfad, als suche von hier aus jeder Reisende seinen eigenen Weg. Aber Lauscher machte sich deswegen keine Sorgen. Weiter nach Norden mußte am Rand der Steppe die Ansiedlung von Arnis Leuten liegen. Er wendete sein Pferd nach links und ließ es munter über das freie Gelände traben. Das war ein anderes Reiten als dieses Gestolper über die schmalen, steinigen Gebirgspfade. Von Zeit zu Zeit ließ er Schneefuß in Galopp fallen, daß die Birken zur Linken vorüberflogen und das brave Packpferd kaum noch Schritt halten konnte.

So war er schon ein gutes Stück vorangekommen, als er gegen Mittag fünf Reiter hinter einem Gebüsch auftauchen sah, die ihm entgegenpreschten. Nach Kleidung und Zaumzeug glichen sie Arnis Leuten, und Lauscher spornte sein Pferd an, weil er es kaum erwarten konnte, mit diesen Männern zusammenzutreffen, die ihm so viel Achtung entgegenbrachten. Erst als er bis auf wenige Schritte an sie herangekommen war, sah er zu seinem Schrecken, daß sie Zöpfe trugen. Im nächsten Augenblick hatten sie ihn auch schon umringt, einer von ihnen packte die Zügel des Packpferds, ein anderer drängte sein Pferd an Lauschers Seite, riß ihm das Messer aus dem Gürtel und hatte, ehe er sich versah, ihm auch schon mit einem Lederriemen die Hände auf dem Rücken gefesselt. Dann packte dieser Beutereiter Schneefuß beim Kopfriemen, und dahin gings in gestrecktem Galopp geradewegs hinaus in die Steppe. So jagten sie lange Zeit über das zischende Gras.

Als Lauscher sich einmal umblickte, hatten sich die weichen Konturen der Birken schon im Dunst aufgelöst; die Berge des Krummwaldes lagen wie eine blaue Wolkenbank am Horizont. Die Beutereiter trieben ihre Pferde voran, ohne auch nur ein einziges Mal zu zögern, und Lauscher fragte sich, wie sie auf dieser gleichförmigen Ebene, die dem Auge nirgends einen Halt bot, des richtigen Wegs gewiß sein konnten. Auf der grenzenlosen Grasfläche, über die der Wind von Zeit zu Zeit silbrig aufglänzende Wellen trieb, zeichnete sich nirgends ein Ziel ab, so angestrengt Lauscher auch danach ausspähte.

Es ging schon auf den Abend zu, als sich aus dem graugrünen Geflimmer der Steppe ein Pulk schwarzer Punkte löste und rasch näherkam. Bald war er als ein Trupp von etwa vierzig Reitern zu erkennen, die ihnen im Galopp entgegensprengten. Lauscher hatte den Eindruck, als wollten die beiden ungleichen Gruppen übereinander herfallen; denn sowohl seine Begleiter als auch die heranpreschenden Männer schienen ihre Pferde eher anzuspornen als zurückzuhalten und stießen jetzt weithin gellende, langgezogene Schreie aus. Erst im letzten Augenblick, als der Zusammenstoß schon unvermeidlich schien, rissen sie ihre Pferde zurück und blieben unvermittelt stehen. Einer der bezopften Krieger, die Lauscher gefangen hatten, ritt hinüber zu dem Anführer der größeren Horde, einem hochgewachsenen mageren Alten mit faltigem Gesicht, dem schneeweiße Zöpfe über die Schläfen baumelten, und sagte ihm etwas in der Sprache der Beutereiter. Daraufhin blickte der Alte zu Lauscher hinüber und winkte ihn zu sich heran. Lauschers Begleiter ließ den Kopfriemen der Stute los und stieß ihm die Faust in den Rücken, damit er dem Befehl des Alten unverzüglich nachkam. Von dem, was er dazu sagte, verstand Lauscher nur die zwei Worte «Khan Hunli».

Als Lauscher sein Pferd vor Hunli anhielt und dem Khan ins Gesicht blickte, meinte er, Arni vor sich zu sehen. Die Ähnlichkeit der Zwillinge war unverkennbar, und doch gab es da einen Unterschied, der seinen Grund nicht nur darin hatte, daß Arni damals, als Lauscher ihn zum ersten und letzten Mal gesehen hatte, zu Tode verwundet gewesen war. Lauscher sah wieder Arnis Augen auf sich gerichtet, dunkle, nachdenklich blickende Augen, in denen der Ausdruck von Heiterkeit lag. Er wußte noch, wie ihn die Heiterkeit dieses Sterbenden verwundert hatte. Die Augen Hunlis waren anders, zwar von der gleichen Farbe, aber ihr Blick war hart, als seien sie aus schwarzem Blutstein geschliffen. Hunlis Lederkleidung war schmucklos bis auf die goldene Reiterfibel, die sein Wams über der Brust zusammenhielt. Urlas Gabe, dachte Lauscher, doch da riß ihn die scharfe Stimme des Khans aus seinen Gedanken. «Du kommst aus Fraglund», sagte er, und als Lauscher ihn verblüfft anblickte, da er sich nicht denken konnte, woher Hunli das wissen könne, setzte der Khan hinzu: «Ich habe nicht behauptet, daß du dort zu Hause bist. Es kann natürlich auch sein, daß du dein Packpferd in Fraglund gestohlen hast. Ist es so?»

Lauscher schüttelte den Kopf. Der Khan hatte seine Schlüsse offenbar nach dem Riemenzeug des Packpferdes aus dem Stall des Großen Brüllers gezogen, das war ihm jetzt klar.

«Schade», sagte der Khan. «Wer die Leute des Großen Brüllers beraubt, könnte bei mir auf Verständnis hoffen. Wer bist du also?» .

In Lauschers Kopf schwirrten die Gedanken durcheinander. Sollte er seinen Namen und damit seine Herkunft preisgeben? Das erschien ihm nicht besonders ratsam nach dem, was der Khan eben über den Großen Brüller gesagt hatte. Andererseits bot sich jetzt die Gelegenheit, alles auf die Kraft seines Steins zu setzen. Aber Lauscher war sich nicht mehr so sicher, daß Hunli sich auch einem fremdstämmigen Erben gegenüber an seinen Schwur halten würde.

Womöglich nahm er ihm den Stein weg, und womit sollte er sich selbst dann bei Arnis Leuten ausweisen? Lauscher hatte keine Zeit, diese Fragen weiter zu bedenken, denn der Khan sagte jetzt ungeduldig: «Hast du keinen Namen, oder bist du stumm?»

«Ich bin ein fahrender Spielmann», sagte Lauscher. «Das Packpferd hat man mir in Fraglund als Lohn gegeben.»

«Dann mußt du dich gut auf deine Kunst verstehen, obgleich du mir eigentlich nicht danach aussiehst», sagte der Khan. «Wenn sich zeigen sollte, daß du nicht so spielen kannst wie einer, der davon lebt, dann wirst du etwas zu verbergen haben. Aber das bekomme ich schon heraus. Wir haben ja viel Zeit. Jetzt zeig uns erst einmal, was du als Spielmann taugst!»

Während dieser Worte des Khans war Lauscher eine vage Erinnerung durch den Kopf geschossen, daß er die Kraft seiner Flöte schon einmal an Tieren ausprobiert habe. Damals waren es Hunde gewesen, nur konnte er sich nicht entsinnen, wo und wann das gewesen war. Er wußte jetzt, was er tun wollte, aber er war sich durchaus nicht sicher, ob es auch den gewünschten Erfolg haben würde. «Du wirst zufrieden sein, Khan Hunli», sagte er und lächelte etwas angestrengt. «Aber dazu mußt du mir die Hände losbinden lassen.»

Der Khan gab einem seiner Leute einen Wink, auf den hin dieser Mann an Lauschers Seite ritt und ihm die Hände von den Fesseln befreite.

«Jetzt beweise, daß du ein Spielmann bist!» sagte der Khan.

«Ich hoffe, dich nicht zu enttäuschen», sagte Lauscher. Er beugte sich über den Hals seines Pferdes, und während er mit der Rechten das silberne Rohr aus der Packtasche zog, flüsterte er Schneefuß zu: «Verschließe deine Ohren und rühre dich nicht von der Stelle!» Dann richtete er sich rasch auf und setzte das Instrument an die Lippen.

Auf dem Gesicht des Khans erschien der Ausdruck ungläubigen Erstaunens. Er starrte auf die silberne Flöte und hatte wohl sofort erkannt, wessen Instrument hier gespielt werden sollte. Doch es nützte ihm nichts mehr, daß er die Hand hob, um Einhalt zu gebieten; denn im gleichen Augenblick begann Lauscher zu spielen.

‹Lauft, ihr Pferde!› flötete er. ‹Kehrt euch um und lauft nach Süden, rast über die Steppe, daß das Gras eure Fesseln peitscht, und bleibt nicht eher stehen, als bis euch die Kräfte verlassen!›

Schon bei den ersten Tönen bäumten sich die struppigen Gäule der Beutereiter auf, wendeten auf der Hinterhand und stoben davon, daß Lauscher die Erde um die Ohren spritzte. Zwar versuchten die Reiter, ihre Tiere in die Gewalt zu bekommen, doch das erwies sich als völlig nutzlos. Einige hatten sich aus den Sätteln fallen lassen, sobald sie merkten, daß ihre Pferde einem fremden Willen gehorchten, doch nur wenige von ihnen kamen auf die Beine. Selbst für einen Beutereiter war es wohl nicht ungefährlich, bei vollem Galopp aus dem Sattel zu springen. Während die Pferde, darunter auch Lauschers Packpferd, mit der Hauptmacht der Horde schon weit entfernt auf den Horizont zuflogen, sah Lauscher ein paar der Abgesprungenen durch das Gras auf sich zulaufen und die Bogen von der Schulter nehmen. Da hörte er auf zu spielen, wendete sein Pferd und ritt rasch nach Norden davon. Bald waren die Wutschreie der Männer hinter ihm verklungen, doch er spornte sein Pferd weiter an und galoppierte über die Steppe, bis die Sonne dicht über dem Horizont stand.

Als ihm bewußt wurde, daß gleich die Nacht hereinbrechen würde, hielt er sein Pferd an und blickte sich um. Rings im Kreis war nichts zu sehen als die endlose, im Westen von der Abendsonne rötlich überstrahlte Ebene, Meilen um Meilen nichts als graugrünes, wogendes Gras und nirgends ein Baum oder gar ein Gebüsch, in dem man sich verbergen konnte. Lauscher hatte keine Ahnung, wie lange die Pferde der Beutereiter seiner Flöte gehorchen würden. Vielleicht rasten sie wirklich immer weiter nach Süden, bis sie zusammenbrachen; vielleicht hatten sie sich auch ihren Reitern schon nach kurzer Zeit wieder gefügt. Wie dem auch sein mochte: Irgendwann würde sich die Horde auf seine Spur setzen; denn Hunli hatte nicht so ausgesehen wie ein Mann, der eine solche Veranstaltung als großartigen Spaß aufnahm. Als ihm das klar geworden war, beschloß Lauscher, die ganze Nacht über im Sattel zu bleiben.

Er versuchte, sich nach dem Stand der Sonne zu orientieren, die eben unter den Horizont tauchte. In diese Richtung mußte er reiten, wenn er wieder auf die Wälder am Rand der Steppe stoßen wollte. So lange die flachen Wolkenbänke im Westen noch in sattem Rot glühten, war das kein besonderes Kunststück, doch dieses purpurne Leuchten verdüsterte sich rasch zu streifigem Violett und wurde Stück um Stück vom Dunkel der Nacht ausgelöscht, das sich von Osten her über den Himmel zog. Eine Zeitlang war voraus noch eine Spur von Helligkeit auszumachen, an die sich Lauscher halten konnte, doch dann verschwand auch diese letzte Zielmarke. Der Himmel hatte sich mittlerweile überzogen. Zwar blitzte hie und da ein Stern zwischen den breiten Wolkenbändern auf, doch das war zu wenig, um den Zusammenhang eines Sternbildes zu erkennen, nach dem man die Himmelsrichtung hätte bestimmen können, ganz davon zu schweigen, daß Lauscher nur vage Vorstellungen davon hatte, wie man das anstellte. Er überlegte noch einmal, ob er sich nicht doch ein Nachtlager herrichten und erst am Morgen weiterreiten sollte, aber der Gedanke, allein und schutzlos auf dieser Ebene zu liegen, erfüllte ihn mit Angst. Zudem hatte er mit dem Packpferd auch seine Decke und sämtliche Vorräte verloren. Statt frierend und hungrig im Steppengras zu liegen, konnte er ebensogut weiterreiten. So gab er die Zügel frei in der Hoffnung, daß seine Stute schon den rechten Weg finden werde.

Schneefuß trottete brav durch die Nacht, und Lauscher döste im Sattel vor sich hin. Schnell kam er auf diese Weise nicht voran, aber er hoffte doch, daß ihn jeder Schritt seines Pferdes dem Ziel näherbrachte, vorausgesetzt, es lief nicht in die falsche Richtung.

Vielleicht war der Stute der steife Wind eine Hilfe, der von rechts her, wo seiner Meinung nach Norden sein mußte, über die Steppe wehte.

Kann man beim Reiten schlafen? Beutereiter dürften sich auf diese nützliche Kunst verstehen. Lauscher jedoch hatte es bisher noch nicht versucht. Als er im Sattel zusammenfuhr, aufgeschreckt durch ein plötzliches Stolpern seines Pferdes, merkte er, daß man nur müde genug sein mußte, um sich von dem gleichmäßigen Schritt eines Pferdes in Schlaf wiegen zu lassen. Und müde war er über die Maßen nach der letzten Nacht in der Gesellschaft heimtückischer Baumtrolle. Er spürte, daß der Wind sich gelegt hatte. Die Augen lagen ihm bleischwer in den Höhlen, und er war kaum imstande, sie offen zu halten, doch ehe ihm die Lider wieder zufielen, sah er weit voraus eine Bewegung auf der nächtlichen Steppe. Er versuchte, mit seinem Blick festzuhalten, was sich da regte, aber es wollte ihm nicht gelingen. Das Bild schwankte und glitt immer wieder aus seinem Blickfeld. Dennoch merkte er, daß dieses Ding ständig näherkam. Er wunderte sich, daß er es in dieser mondlosen Nacht überhaupt ausmachen konnte, aber jetzt sah er es immer deutlicher: Ein Reiter zottelte da auf ihn zu. Er saß, mit hängenden Schultern nach vorn geneigt, auf einem struppigen Steppengaul, und an seinen Schläfen baumelten Zöpfe, schneeweiße Zöpfe. Nun hat mich Hunli doch noch erwischt, dachte Lauscher. Doch es war nicht Hunli, der da aus dem Dunkel herangeritten kam und nun dicht vor ihm sein Pferd anhielt. Die Augen dieses Beutereiters waren anders als die des Khans, nicht abweisend und hart, sondern freundlich, ja fast heiter.

«Wohin reitest du, Lauscher?» fragte Arni.

«Zu deinen Leuten», sagte Lauscher, wenn ihm auch fraglich schien, ob Arni verstand, wen er damit meinte.

«Bist du da auf dem richtigen Weg?» fragte Arni.

«Ich hoffe», sagte Lauscher. «Genau weiß ich das nicht. Kann sein, daß ich mich verirrt habe. Willst du mir den Weg zeigen?»

Arni schüttelte den Kopf. «Den mußt du schon selber suchen», sagte er. «Ich werde draußen in der Steppe gebraucht.»

«Was willst du dort?» fragte Lauscher.

«Das solltest du doch wissen», sagte Arni. «Ich muß meinem Bruder helfen, seine Leute zusammenzusuchen.»

«Was gehen dich Hunlis Leute an?» sagte Lauscher. «Ich bin froh, daß sie mir noch nicht auf den Fersen sind.»

«Haben sie nicht allen Grund dazu?» sagte Arni. «Du hättest Hunli den Stein zeigen sollen. Warum hast du das nicht getan?»

Lauscher senkte den Kopf. «Ich hatte Angst, mich allein auf den Stein zu verlassen», sagte er.

«Wer seiner Angst nachgibt, macht Fehler», sagte Arni. «Du solltest mehr Vertrauen haben, sonst wird dir der Stein wenig helfen. Auch nicht bei diesen Menschen, die du meine Leute nennst, wer auch immer das sein mag.» Er nickte Lauscher freundlich zu, trieb sein Pferd wieder an, daß er im Vorbeireiten Lauscher fast streifte, und war gleich darauf lautlos in der Nacht verschwunden. Erst jetzt wurde Lauscher bewußt, daß er ihn auch nicht hatte heranreiten hören, keinen Hufschlag, kein Klirren des Zaumzeugs, als bewege sich Arnis Pferd auf einer anderen Ebene. Und dann traf ihn wie ein eisiger Schreck die Erkenntnis, daß er eben mit einem Mann gesprochen hatte, der schon seit Jahren tot war. Wo war er hingeraten? Ritt er überhaupt noch über die Steppe oder hatte sich die Welt unversehens verschoben? Am Himmel war jetzt kein Stern mehr zu sehen. Vielleicht hatte sich die Wolkendecke geschlossen. Aber waren das überhaupt Wolken dort oben, oder war ein schwarzer Deckel zugefallen, der ihn absperrte von Himmel, Sternen und Wolken, von der Welt der Lebenden? Vielleicht ritt er längst durch einen Bereich, in dem Wiedergänger hausten und ihr Spiel mit ihm trieben.

Plötzlich war der Wind wieder da. Lauscher spürte es so unvermittelt, als sei er eben aus einem Tor ins Freie geritten. Die Beklemmung war im Augenblick verflogen. Als er sich im Sattel umwandte, sah er, daß der schwarze Deckel des Himmels sich zu heben begann. Fern im Osten klaffte am Horizont ein heller Spalt und warf ein fahles Licht über die Steppe. Lauscher trieb sein Pferd zu einer schnelleren Gangart an; denn nun konnte er wieder erkennen, wohin er ritt. Nach und nach hellte sich die weite Ebene auf, und dann zeichnete sich weit voraus in dunklem Violett vor dem Grau des Himmels die Silhouette eines Gebirges ab, der Rand der Steppe, zu dem er unterwegs war. Obwohl er schon jetzt auf seinem Pferd eher hing als saß, beschloß Lauscher, noch so lange weiterzureiten, bis er die ersten Bäume erreicht hatte.

Es war schon heller Vormittag, als er den Schatten der Bäume spürte. Die meiste Zeit über hatte er mit geschlossenen Augen auf dem Hals seines Pferdes gelegen und sich tragen lassen. Irgendwann hatte er in seinem Dämmerschlaf gemerkt, daß Schneefuß seinen Trab beschleunigte. Vielleicht riecht die Stute Wasser, hatte er gedacht, war aber zu müde gewesen, um Ausschau zu halten. Jetzt hörte er das

Plätschern eines Bachs und merkte zugleich, wie durstig er selber war. Mühsam richtete er sich im Sattel auf und blickte sich um. Schneefuß trabte durch ein lockeres Erlengehölz. Ihr Kopf war vorgestreckt, und die geblähten Nüstern witterten den Bach, der ein Stück weiter vorn die grasige Niederung durchfloß. Die Weiden an seinem Ufer standen in voller Blüte; gelb aufgeplusterte Kätzchen saßen in dichter Reihe an jeder Rute. Lauscher ließ sein Pferd ungehindert bis zum Bach laufen und wartete, bis es sich sattgetrunken hatte. Erst dann stieg er ab, tauchte die Hände in das rasch dahinfließende Wasser, wusch sich das Gesicht, um die brennenden Augen zu kühlen, und trank dann selbst.

Das eisige Wasser vertrieb seine Müdigkeit, doch seinen Hunger konnte es nicht stillen. Lauscher durchsuchte seine Satteltaschen, aber da war nichts Eßbares zu finden. Immerhin stieß er dabei auf den Krug mit Vogelbeergeist. Er nahm einen Schluck davon, merkte aber sofort, daß man mit nüchternem Magen dergleichen Getränke besser mied. Der scharfe Schnaps stieg ihm augenblicklich zu Kopf, das Bild der Landschaft begann sich zu drehen, und der Boden schien zu schwanken. Lauscher klammerte sich an den Sattel, bis der Schwindel vorüber war, dann verstaute er die Kruke wieder an ihrem Platz und spürte dabei mit den Fingern die Rundungen der drei Krüglein, die er im Keller seines Großvaters hatte mitgehen heißen. ‹Eine Stunde Kraft und drei Tage Schlaf› – das könnte jetzt nützlich sein, und er überlegte, ob er das Elixier ausprobieren sollte. Doch das ließ er wohl besser bleiben, solange er nicht sicher sein konnte, innerhalb der nächsten Stunde sein Ziel zu erreichen. ‹Mach schnell, daß du nach Hause kommst!› – das war leicht gesagt, wenn man wußte, wie weit man noch zu reiten hatte.

Zunächst versuchte er sich erst einmal zu orientieren. Im Süden meinte er die Hänge des Krummwaldes zu erkennen. Sein Umweg hatte ihn also schon seinem Ziel ein Stück näher gebracht. Jetzt mußte er nur noch möglichst rasch weiter nach Norden reiten. Vielleicht hatte er Glück und traf noch vor dem Abend auf die Ansiedlung von Arnis Leuten. Jedenfalls sollte er sich hier nicht allzulange aufhalten. Die Beutereiter würden seiner Spur, die sich als dunkle Linie im Gras der Steppe abzeichnete, ohne Schwierigkeiten bis zu diesem Bach folgen können.

Während er Schneefuß noch eine Weile grasen ließ, damit wenigstens sein Pferd nicht von Kräften kam, dachte er darüber nach, wie er es anstellen könne, daß niemand erriet, wohin er sich von hier aus gewendet hatte. Hier in dem weichen Grasboden würde die Hufspur seines Pferdes noch nach Tagen zu sehen sein, und es schien ihm ein übles Gastgeschenk zu sein, Arnis Leuten die Feindschaft der Beutereiter auf den Hals zu ziehen. Da fiel ihm ein, daß Barlo ihm einmal erzählt hatte, wie er zu der Zeit, als er in Eldars Haus als Pferdeknecht diente und nachts auf Wolfsjagd ging, seine Spur vor den Knechten Gisas verborgen hatte. Er war zusammen mit Eldars Sohn von seinem Baumsitz aus durch das Wasser eines Bachlaufs bis hinunter ins Tal gelaufen und erst von dort aus nach Hause gegangen. Dergleichen ließ sich auch hier bewerkstelligen. So weit man sehen konnte, kam der Bach am Fuß des Gebirges entlang von Norden her geflossen. Ein Stück weit würde er ihn jedenfalls als Weg benutzen können.

Als er sich in den Sattel zog, spürte er, daß er seit zwei Tagen kaum etwas gegessen und noch weniger geschlafen hatte. Er trieb sein Pferd ins Wasser und ließ es im Schritt bachaufwärts gehen. Der Stute schien das wenig Spaß zu machen. Immer wieder rutschte sie auf dem glatten Geröll aus, aber Lauscher stellte mit Befriedigung fest, daß sie in dem steinigen Bachbett kaum eine Spur hinterließ, und das Wenige, das zu sehen war, würde die Strömung bald geglättet haben. Auf diese Weise kam er zwar nur langsam voran, aber mit jeder Stunde wuchs seine Sicherheit, daß er seine Fährte verwischt hatte. Zugleich nahm jetzt sein Schlafbedürfnis wie sein Hunger in erschreckendem Maße zu. Mehr als einmal war er nahe daran, aus dem Sattel zu gleiten, wenn Schneefuß auf einem besonders schlüpfrigen Kiesel ausglitt.

Als er wieder einmal durch ein Stolpern des Pferdes aufgeschreckt wurde, sah er, daß er am Ziel war. Der Bach verließ das buschige Gehölz und überquerte ein Wiesengelände, das sich nach links in eine halbrunde Einbuchtung des Gebirgsstocks ausbreitete. In diesem Talkessel weidete eine ansehnliche Herde von Pferden, und auf der anderen Seite, wo das Buschwerk wieder bis zum Bach vorstieß, stand, halb verdeckt von Erlen und Birken, eine Reihe von Blockhäusern und Vorratsschuppen.

Hier war keine Vorsicht mehr vonnöten. Ein leiser Schenkeldruck genügte, um Schneefuß aus dem Bachbett zu lenken. Bei den letzten Erlenbüschen hielt Lauscher an und schaute hinüber zu den Häusern. Er war wirklich in keiner guten Verfassung, aber die kurze Strecke über die Pferdeweide würde er auch noch hinter sich bringen. Dennoch zögerte er. Er versuchte sich vorzustellen, wie es sein würde, wenn er dort drüben Höni, dem Stellvertreter Arnis, gegenüberstand. Taumelnd vor Müdigkeit und schwach vor Hunger, würde er sich kaum auf den Beinen halten können. Sollte das der erste Eindruck sein, den man bei Arnis Leuten vom Erben des Sanften Flöters und dem Träger des Steins haben würde? Wer würde ihn nach einem solchen Auftritt überhaupt noch ernst nehmen? Diese Befürchtung ergriff dermaßen von ihm Besitz, daß er schließlich meinte, seine Zukunft hänge einzig und allein davon ab, in welcher Haltung er sich Arnis Leuten bei der ersten Begegnung zeige. Und dann wußte er auch, wie er sich einen Auftritt von wünschenswerter Überzeugungskraft verschaffen konnte. Mit fliegenden Händen öffnete er seine Satteltasche und kramte nach dem Krüglein mit dem geheimnisvollen Saft, der Kraft für eine Stunde verlieh. Daß ein Reisender sich nach der Begrüßung dann erst einmal schlafen legte, würde jedermann verstehen. Er öffete das apfelgroße, bauchige Gefäß und roch daran. Ein köstlich erfrischender Duft stieg ihm in die Nase, der in ihm eine verschüttete Erinnerung weckte. Irgendwann mußte er diesen Duft schon einmal gerochen haben. Ohne weiter darüber nachzugrübeln, setzte er den engen Hals des Krügleins an den

Mund und trank einen kleinen Schluck. Als er den säuerlich-süßen Geschmack des prickelnden Getränks spürte, war er sicher, daß er nicht zum ersten Mal davon kostete, aber es wollte ihm nicht einfallen, wann und wo das gewesen war.

Noch während er das Krüglein wieder verschloß und an seinen Platz steckte, begann er die Wirkung zu spüren. Seine Müdigkeit war mit einem Schlag verflogen, und er fühlte sich frisch und kräftig, als sei er eben erst losgeritten. Jetzt aber schnell! sagte er sich. Mach, daß du nach Hause kommst! und gab Schneefuß die Sporen.

Während er die Pferdeweide in raschem Trab überquerte, wurde er schon bemerkt. Ein paar Kinder, die bei den Büschen am Bach gespielt hatten, wurden vom Hufgetrappel aufgescheucht und schauten, wer da geritten kam. Dann liefen sie laut rufend in die Ansiedlung.

Beim ersten Haus ließ Lauscher sein Pferd in Schritt fallen, um nicht den Eindruck zu erwecken, daß er es besonders eilig habe. Sobald die Dorfstraße vor ihm lag, sah er, daß sein Einzug nicht ohne Zeugen vonstatten gehen würde. Überall waren die Leute auf das Geschrei der Kinder hin vor die Türen getreten und blickten ihm neugierig entgegen. Da er nicht recht wußte, wie er sich vehalten sollte, ritt er an ihnen vorüber auf die Mitte der Ansiedlung zu; denn dort würde Höni wohl zu finden sein. Lauscher hielt Ausschau nach einem Haus, dessen Größe und Ausstattung verriet, daß es von einem Mann solcher Bedeutung bewohnt wurde. Doch zunächst fiel ihm auf der Mitte des Dorfplatzes ein kleines Gebäude ins Auge, dessen altersgraues Balkengefüge vermuten ließ, daß es schon länger hier stand als die anderen Häuser, deren Gebälk noch so frisch war, daß an den hellen, mit der Axt behauenen Flächen stellenweise Harz austrat. Dieses unscheinbare Blockhaus war sicher Arnis Hütte, und das ansehnliche Gebäude dahinter, das sich von den anderen durch einen verandaartigen Vorbau unterschied, mußte der Wohnsitz von Arnis Stellvertreter sein.

Im Weiterreiten kam Lauscher eine gloriose Idee: Zunächst würde er erst einmal dieser alten Hütte seine Verehrung darbringen. Das würde die Leute hier sicher beeindrucken, und außerdem ersparte er sich damit die Verlegenheit, irgendeinen fremden Menschen ansprechen zu müssen. Das Weitere würde sich dann schon finden. Er lenkte also sein Pferd vor den Eingang der Hütte, ohne Hönis Haus weiter Beachtung zu schenken, obwohl er im Vorüberreiten noch bemerkte, daß auch dort ein Mann unter die Tür trat. Vor Arnis Hütte brachte er Schneefuß zum Stehen, stieg ab, ging ein paar Schritte auf die grob zusammengezimmerte Tür zu und verbeugte sich tief.

So blieb er einige Zeit stehen und starrte auf die abgenutzte Schwelle. Offenbar hatte man hier alles in dem Zustand belassen, wie man es bei der Gründung der Ansiedlung vorgefunden hatte. Schließlich waren es unter anderen auch Arnis Füße gewesen, die diese Vertiefungen in den Holzbalken getreten hatten.

Irgend etwas sollte jetzt geschehen, dachte Lauscher; denn diese gebeugte

Haltung begann ihm allmählich unbequem zu werden. Hinter sich hörte er die Leute raunen. Dann näherten sich Schritte und machten neben ihm halt. Ohne seine Haltung zu ändern, blickte Lauscher zur Seite und sah zwei aus feinstem Hirschleder genähte Männerschuhe. Die kräftigen Beine, die darin steckten, waren mit ledernen Hosen bekleidet, wie sie von den Beutereitern und auch von Arnis Leuten getragen wurden. Als Lauscher sich ein wenig aufrichtete, um auch die obere Hälfte dieses Mannes betrachten zu können, merkte er, daß sein Nachbar sich gleichfalls tief verneigt hatte und jetzt in gleichem Maße wie er selbst seinen Oberkörper hob. Es mochte sein, daß es ihm seine Höflichkeit nicht erlaubte, aufrecht neben einem Gast zu stehen, der noch in der Verbeugung verharrte, und dies machte ihm offensichtlich Beschwerden; denn er war von beträchtlichem Leibesumfang und atmete schwer. Ob das Höni war? Lauscher hatte sich den Stellvertreter Arnis eigentlich anders vorgestellt, hochgewachsen und hager, wie es sich für einen Anführer ziemt. Ob nun Höni oder nicht, zumindest mußte der Dicke ein Mann von Bedeutung sein, und so beschloß Lauscher, ihn nicht länger der Qual dieser Ehrfurchtshaltung auszusetzen. Er richtete sich auf und bemerkte mit Befriedigung, daß der andere es ihm gleichtat und dabei erleichtert aufseufzte. Dann wendeten sich beide einander zu.

Der Dicke sagte ein paar Worte, die Lauscher nicht verstehen konnte. Hoffentlich kann ich mich mit diesen Leuten überhaupt unterhalten, dachte Lauscher und sagte: «Verstehst du die Sprache von Fraglund?»

«Ja», sagte der Dicke. «Du wirst hier noch mehr Leute finden, mit denen du in deiner Sprache reden kannst.»

«Das freut mich», sagte Lauscher. «Verzeih mir, wenn ich zunächst Arnis Hütte die gebührende Ehre erwiesen habe. Ich habe eine lange Reise unternommen, um hierher zu kommen. Jetzt möchte ich gern mit Höni, dem Stellvertreter Arnis, sprechen.»

«Du hast dich verhalten, als wärst du einer von uns», sagte der Dicke. «Möge jeder Fremde dem weisen Arni, sein Name sei gepriesen, solche Achtung bezeugen! Und wenn du Höni suchst, so bist du schon am Ziel, denn er steht vor dir.»

Da verbeugte sich Lauscher vor Höni, was dieser sogleich seinerseits mit einer Verneigung beantwortete, und als sich beide wieder aufgerichtet hatten, sagte Lauscher: «Ich grüße dich, Arnis Stellvertreter! Mein Name ist Lauscher, und deine Männer haben mich Träger des Steins genannt.»

Als er das hörte, traten Tränen in Hönis Augen. Er breitete die Arme aus und drückte den ersehnten Ankömmling an seine überaus breite Brust. Dann schob er ihn auf Armeslänge von sich und sagte: «Willkommen bei Arnis Leuten, Träger des Steins! Ich will dich nicht als Gast begrüßen, denn du bist in der Tat einer von uns. Mögen die Kraft von Arnis Stein und die Kunst des Sanften Flöters, dessen Erbe du bist, Weisheit und Freude in unsere bescheidenen Hütten bringen!» Dann wendete er sich zu den Leuten, die sich auf dem Dorfplatz versammelt hatten und rief: «Lauscher, der Träger des Steins, ist endlich eingetroffen! Möge sein Name groß werden unter Arnis Leuten!»

Jetzt hätte nach Lauschers Erwartung eigentlich das Freudengeschrei der Dorfbewohner einsetzen müssen, aber nichts dergleichen geschah. Alle, die ihm auf den Platz vor Arnis Hütte gefolgt waren, verbeugten sich tief vor ihm, so daß Lauscher sich schon wieder zu einer Rumpfbeuge genötigt sah, und dabei sagten sie mehr oder minder im Chor ein paar Worte, deren Übersetzung Höni sogleich lieferte: «Arni sei mit dir, Träger des Steins!» Sie sagten das nicht einmal sonderlich laut, sondern so, wie man eine gewohnte Grußformel gebraucht. Das war dann auch schon alles, denn gleich darauf gingen die Leute unter halblaut geführten Gesprächen zurück zu ihren Häusern.

Lauscher blickte ihnen ein wenig enttäuscht nach. Daß Arnis Leute überaus höfliche Menschen waren, hatte er schon mehrfach erfahren, aber etwas mehr Begeisterung hatte er doch erwartet. Doch dann fiel ihm ein, daß schon ein beträchtlicher Teil der Stunde verstrichen war, die ihn sein Wundertrank noch munter halten würde, und so war er schließlich ganz froh, hier nicht länger aufgehalten zu werden. Als habe er seine Gedanken erraten, sagte Höni jetzt: «Den Weitgereisten soll man nicht mit langen Begrüßungen ermüden. Komm in mein Haus, nicht als Gast, sondern als Mitglied meiner Familie!»

Er führte ihn über den Platz zu jenem Haus mit der Veranda. Unter dem von geschnitzten Pfosten getragenen Vordach stand eine junge Frau oder ein Mädchen und blickte ihm entgegen. Als Lauscher und Höni herankamen, verneigte sie sich, wenn auch nicht so tief wie die Leute auf dem Platz. Lauscher erwiderte diese Begrüßung auf gleiche Weise, und während ihm dabei der Gedanke durch den Kopf schoß, daß man hier auf die Dauer vor lauter Höflichkeit Kreuzschmerzen bekommen könne, sagte Höni: «Das ist meine Tochter Narzia.»

Lauscher richtete sich auf und wurde von der kühnen Schönheit des Mädchens getroffen wie vom Stich eines Messers. Narzia glich ihrem Vater in keinem Zug. Neben dem breitflächigen, wenn auch nicht feisten Gesicht Hönis wirkte Narzias Kopf noch schmaler, als er ohnehin schon war. Als erstes fielen Lauscher ihre grünen Augen auf; sie hatten die Farbe von feuchtem Moos und schauten ihn so geradezu an, daß er nahe daran war, den Blick zu senken. Auch sonst zeigte ihr hellhäutiges Gesicht kaum eine Verwandtschaft mit den flachnasigen Leuten hier. Sie gleicht einem stolzen Falken, der sich seiner edlen Abkunft bewußt ist, dachte Lauscher. Unter seinem bewundernden Blick begann Narzia zu lächeln und sagte: «Wir haben lange auf dich gewartet, Lauscher. Tritt ein in dein Haus!»

Sie führte Lauscher in eine geräumige Stube, bot ihm den Ehrenplatz am Tisch an, und erst als er sich gesetzt hatte, nahmen auch Höni und sie selbst Platz. Gleich darauf begannen Mägde geschäftig hin und her zu laufen und trugen Speisen von solcher Köstlichkeit auf, wie sie Lauscher nicht mehr vorgesetzt worden waren, seit er mit Gisa in Barleboog getafelt hatte, allerlei kleine und große Fische, Wildbret verschiedenster Art, dazu süßsauer eingelegte Früchte, die Lauscher nicht einmal dem Aussehen nach zu benennen wußte, flaumiges weißes Brot und noch allerlei Knabberzeug wie Nüsse und Honiggebäck. Lauscher konnte seine Verwunderung nicht verbergen, hier in dieser Einöde solch erlesene Genüsse vorgesetzt zu bekommen. «Wer Handel treibt, kann unter vielen Dingen wählen», sagte Höni nicht ohne Stolz, als er Lauschers Erstaunen bemerkte, und goß ihm tiefroten Wein in den Silberbecher.

Während sie aßen, hatte Lauscher Gelegenheit, sich in der Stube umzusehen. Auch hier hielt man sich noch an die Sitte, die Mahlzeit nicht mit schwerwiegenden Gesprächen zu belasten. Die Decke des Raumes war aus reich geschnitzten Balken von würzig duftendem Holz gefügt, und auf den Wandborden standen rings silberne Gefäße aufgereiht. «Als wir uns hier ansiedelten, sah das noch anders aus», sagte Höni mit Behagen. «Aber die paar Jahre seither haben uns schon ein wenig eingebracht. Arni sei Dank dafür!»

Seit Lauscher Hönis Haus betreten hatte, war ihm nicht mehr in den Sinn gekommen, daß die Zeit bemessen war, in der er noch über frische Kräfte verfügen konnte. Der Blick in Narzias grüne Augen hatte ihm überhaupt so manches aus dem Gedächtnis geraten lassen, wie sich noch herausstellen wird. So traf ihn das Ende seiner Frist völlig unvorbereitet. Der Bissen, den er eben hatte schlucken wollen, blieb ihm fast im Hals stecken. Er brachte es noch zuwege, ihn hinunterzuwürgen, doch als er mit einem Schluck Wein nachspülen wollte, zitterte seine Hand derart, daß er seinen Becher umstieß. «Verzeiht!» lallte er mit schwerer Zunge und starrte mit glasigen Augen auf den rasch sich ausbreitenden blutroten Fleck auf dem weißen Leinentuch. «Der lange Ritt...» Er spürte noch, daß er vom Stuhl zu gleiten begann, fiel und fiel, wurde in sausendem Sturz hinabgerissen in einen bodenlosen Schacht, und in dessen Tiefe erwartete ihn

Der Traum vom Falken

Er fühlte unter den Händen und im Nacken weiches, duftendes Gras. Das Sonnenlicht wärmte seine Glieder und drang als schwacher rötlicher Schimmer durch seine geschlossenen Augenlider. Eine Zeitlang genoß er es, einfach so dazuliegen, sich nicht zu bewegen und die Wärme der Sonnenstrahlen auf seiner Haut zu spüren. Er mußte lange geschlafen haben, denn seine Glieder waren noch schwer wie nach einer tiefen Erschöpfung. Nachdem er eine Weile so gelegen hatte, beschloß er, die Augen zu öffnen.

Er schaute geradewegs in den blauen Himmel hinauf und erblickte einen Falken, der hoch über ihm zwischen den weißen Frühlingswolken schwebte. Der schlanke, schmalgeflügelte Vogel schien ihm über die Maßen schön in seiner freien, von keiner Schwere gefesselten Bewegung, und als er ihm eine Weile zugeschaut hatte, bedauerte er, daß er nur den schwarzen Umriß gegen den hellen Himmel erkennen konnte, und wünschte sich, der Falke komme herab und zeige sich ihm aus der Nähe.

Kaum hatte er diesen Wunsch in Gedanken ausgesprochen, da stieß der Falke auch schon in pfeilschnellem Flug herab, als wolle er ihm die Fänge ins Fleisch schlagen. Doch im letzten Augenblick bremste er seinen Sturz mit gespreizten Flügeln ab und ließ sich auf einem verrotteten Baumstamm dicht neben Lauscher nieder. Jetzt konnte er das Tier aus der Nähe betrachten, seinen schlanken, braungefiederten Körper, den stolz erhobenen Hals und den kühnen Kopf mit dem edel geschwungenen Schnabel.

«Du bist schön, Falke», sagte Lauscher. «So wie du möchte ich sein: frei und ohne Schwere möchte ich am Himmel schweben.»

Da blickte der Falke ihn mit seinen moosgrünen Augen an und sagte: «Ich könnte dir dazu verhelfen, daß auch du dich in die Lüfte schwingst und fühlen kannst, wie das ist, wenn dich der Wind über die Wipfel trägt.»

«Alles würde ich dafür geben, wenn ich diese Art von Freiheit gewinnen könnte», sagte Lauscher.

«Wenn du dazu wirklich bereit bist, wirst du werden wie ich», sagte der Falke. «Gib mir den Stein, den du bei dir trägst. Du wirst nicht fliegen können, so lange dich dieser Stein an den Boden fesselt.»

Lauscher holte den Stein hervor und schaute ihn an. Je länger er dessen Farbenspiel betrachtete, desto weniger war er bereit, dieses Kleinod aus der Hand zu geben. «Willst du ihn behalten? Dann bleib wie du bist!» sagte der Falke, breitete seine Flügel aus und ließ sich emportragen. Lauscher folgte ihm mit den Blicken, und da wurde in ihm der Wunsch wieder übermächtig, ebenso frei dahinzuschweben. «Komm herunter zu mir!» rief er. «Ich will dir den Stein geben.» Da ließ sich der Falke wieder auf dem Baumstumpf nieder, und Lauscher legte den Stein vor seine Fänge. Sobald er dessen kühle Rundung nicht mehr berührte, spürte er ein seltsames Kribbeln in Händen und Armen und sah, wie überall auf seiner Haut braune Schwungfedern zu sprießen begannen, sich streckten und zu dem dichten Gefieder von Schwingen zusammenschlossen. «Ich habe Flügel!» rief er. «Nun will ich fliegen!»

«Versuch's doch!» sagte der Falke. Aber war das noch ein Falke, der dort auf dem Baumstumpf saß? Auch mit ihm war eine Verwandlung vor sich gegangen. Statt des geschnäbelten Falkenkopfes wuchs aus dem braunen Gefieder der Schultern ein schmaler, glatter Hals, der einen Mädchenkopf von kühner Schönheit trug, und der lächelnde Mund des grünäugigen Mädchens war es gewesen, der die letzten Worte gesprochen hatte. «Komm!» sagte das Falkenmädchen. «Laß dich tragen von deinen Schwingen!» Gleich darauf schwang sie sich empor und begann über Lauschers Kopf zu kreisen.

Er versuchte es ihr nachzutun, aber es wollte ihm kaum gelingen, sich von der Erde zu lösen. Ein paar Flügelschläge lang taumelte er dicht über der Wiese dahin, dann verließen ihn die Kräfte, und er landete schwerfällig im Gras.

Enttäuscht kehrte er zu seinem Platz neben dem Baumstumpf zurück und schaute nach dem Falkenmädchen aus, das mittlerweile hoch oben zwischen den Wolken segelte. «Komm herauf! Komm herauf!» hörte er ihre ferne Stimme aus der Höhe rufen. Da legte er den Kopf zurück und schrie zu ihr hinauf: «Du hast mir versprochen, daß ich fliegen kann. Jetzt löse dein Wort ein!»

Sogleich ließ sich das Falkenmädchen wieder in die Tiefe sinken und setzte sich auf den Baumstumpf. «Du bist noch immer zu schwer, Lauscher», sagte sie. «Gib mir deine silberne Flöte! Sie ist es, die dich nicht in die Höhe steigen läßt.»

«Du verlangst viel von mir!» sagte Lauscher; denn sein Herz hing an dieser Flöte.

«Hast du nicht gesagt, daß du alles dafür geben würdest, um fliegen zu können?» sagte das Falkenmädchen. «Was willst du überdies mit deiner Flöte noch anfangen? Mit Federn statt Fingern wirst du sie nicht mehr spielen können.» Erst da wurde Lauscher bewußt, daß seine Flöte für ihn unnütz geworden war, und es wurde ihm gleichgültig, was mit ihr geschah. Er schob sie mit einem seiner Flügel aus der Tasche, daß sie ins Gras rollte, und stieß sie mit dem Fuß zu dem Baumstumpf. «Auch dir wird die Flöte wenig nützen», sagte er dabei.

«Das wird sich zeigen», sagte das Falkenmädchen, und im nächsten Augenblick sah Lauscher auch schon, wie sie das gemeint hatte. Die Schwungfedern lösten sich von ihren Flügeln, auch der Flaum darunter fiel ab und gab glatte, schlanke Mädchenarme frei. Zugleich kam es Lauscher so vor, als sei das Falkenmädchen jetzt viel größer, als es ihm zuvor erschienen war. Oder war er selbst kleiner geworden? Er blickte an sich herab und entdeckte, daß seine Kleider verschwunden waren. Statt dessen war sein Körper von braunem Gefieder bedeckt, und wo eben noch seine Füße gewesen waren, krallten sich Fänge in den grasigen Boden.

«Nun flieg, Lauscher!» sagte das Mädchen mit dem Falkenkörper, hob mit ihren schmalen Fingern die Flöte vom Boden auf und begann auf ihr zu spielen.

Wieder breitete Lauscher seine Schwingen aus, und diesmal gelang es ihm, sich mit den ersten Flügelschlägen bis zur Höhe der Wipfel des Jungwaldes am Rande der Wiese zu erheben. Er erkannte jetzt, daß er mitten auf einer Lichtung gelegen hatte, die rings von schmalstämmigen jungen Eichen, Buchen und Birken umgeben war. Während er über die Lichtung flatterte, sah er unten auf dem Baumstumpf das Falkenmädchen sitzen, und er hörte die lockende Melodie, die sie auf ihrer Flöte spielte.

Er wollte höher fliegen, bis hinauf zu den Wolken, doch er merkte bald, daß sein schwerfälliger Flügelschlag weit entfernt war von dem geschmeidigen Flug des Falken. Und als ihn gar ein Windstoß traf, packte ihn der Schwindel, und er mußte all seine Kraft aufwenden, um nicht abzustürzen. Er begnügte sich damit, niedrig über der Lichtung zu kreisen, und dabei spürte er immer stärker, wie ihn das Flöten des Falkenmädchens anzog. «Komm zu mir, Lauscher, mein Falke!» flötete sie. «Ich werde dir zeigen, wie man leicht und frei unter den Wolken schwebt.»

Lauscher konnte sich dem Zwang der Melodie nicht entziehen, flog seine Kreise immer niedriger und setzte sich schließlich auf die Hand, die das Mädchen mit dem Falkengefieder ihm entgegenstreckte. «Dir fehlt noch die Leichtigkeit, um wie ein Falke in den Himmel zu steigen», sagte sie. «Du mußt mir noch etwas schenken, das dich beschwert.»

«Was soll ich dir noch geben?» sagte Lauscher. «Ich habe nichts mehr.»

«Mehr als du meinst», sagte das Falkenmädchen. «Schenke mir als drittes deine Gedanken, die dich in der Höhe schwindeln lassen und dich immer wieder hinunterziehen auf die Erde!»

«Wie soll ich dir meine Gedanken geben?» sagte Lauscher. «Sie wohnen in meinem Kopf, und ich kann sie nicht herausholen, selbst wenn ich das wollte.»

Da schaute ihn das Falkenmädchen mit ihren grünen Augen an und sagte: «Ich kann sie dir nehmen.» Sie beugte ihren Arm und brachte den Falken, der noch immer Lauscher hieß, nahe vor ihr Gesicht. «Küß mich!» sagte sie. «Küß mich auf den Mund, Lauscher!»

Da küßte Lauscher das Falkenmädchen auf den Mund und sah eine Zeitlang nichts als das moosgrüne Leuchten ihrer Augen; er verlor sich in dieser grünen, flimmernden Welt, seine Gedanken vergingen und mit ihnen die Erinnerung an das, was er früher einmal gewesen war. Und während er sie küßte, fiel das braune Federkleid des grünäugigen Mädchens ab; sie stand auf schlanken Beinen im Gras, und ihr hellhäutiger Leib schimmerte wie Mondstein. Der Falke auf ihrer Faust öffnete seinen scharfen Schnabel und stieß den Schrei der Falken aus. «Nun bist du mein Falke», sagte das Mädchen und strich ihm über das Gefieder. Dann warf sie ihn in die Luft und rief: «Flieg, mein Falke, flieg hinauf bis zu den Wolken. Wenn du für mich jagen sollst, wird dich meine Flöte zu mir zurückrufen.»

Der Falke breitete seine Schwingen aus, stieg und stieg, bis seine Flügel den Rand der Wolken streiften. Er spähte hinunter auf das grüne Gekräusel der Wälder, zwischen denen die kleine Lichtung kaum noch zu erkennen war. Aber was kümmert einen Falken schon eine Lichtung? Er badete im Wind, ließ sich treiben, pfeilte im Sturz abwärts bis dicht über die Wipfel, stieg wieder in die Höhe und stand flatternd über dem Wald, der für ihn nichts mehr bedeutete als die Möglichkeit, auf irgend einem Ast aufzubaumen.

* * *

Als er erwachte, sah er noch immer diese grünen Augen. Er lag unter weichen Wolldecken auf dem kühlen Leinenzeug eines breiten Bettes, an dessen Seite

Hönis Tochter saß und ihn anblickte. «Falkenmädchen!» sagte Lauscher noch halb im Schlaf.

Narzia lächelte. «Einen hübschen Namen gibst du mir, kaum daß du die Augen aufgeschlagen hast», sagte sie. «Und wir hatten schon befürchtet, daß du sie nie wieder öffnest. Weißt du, wie lange du geschlafen hast?»

Lauscher versuchte seine Gedanken zu ordnen, und dabei fiel ihm ein, auf welche Weise er sich bei seiner Ankunft auf den Beinen gehalten hatte. «Genau drei Tage», sagte er lachend.

Als sie das hörte, blickte Narzia ihn nachdenklich an. «Da weißt du ja wirklich sehr genau Bescheid», sagte sie. «Man könnte fast meinen, du hättest uns diesen Schrecken absichtlich eingejagt, als du plötzlich vom Stuhl fielst wie einer, den der Schlag getroffen hat.»

«Entschuldige, daß ich euch erschreckt habe», sagte Lauscher ausweichend. Von dem geheimnisvollen Krüglein wollte er ihr lieber nichts verraten, ehe er nicht genauer wußte, woran er mit ihr war. Außerdem hätte es auch beschämend für ihn erscheinen können, daß er diesen wirkungsvollen Trank ohne Not benutzt hatte, wie sie sich leicht hätte ausrechnen können. Er sagte ihr also nur, daß er zwei Tage lang kaum gegessen und geschlafen habe, und erzählte ihr auch, wie er in Hunlis Hand gefallen war.

«Du mußt sehr schlau sein, daß du ihm entkommen konntest», sagte Narzia. Lauscher lächelte. «Er wußte nicht, daß er den Erben des Sanften Flöters vor sich hat», sagte er und berichtete, wie er die Horde hinaus in die Steppe gescheucht hatte. Wenn er Narzia damit hätte zum Lachen bringen wollen, so hatte er es falsch angefangen. Auf ihrer Stirn bildete sich eine steile Falte. «Mußtest du dir den Khan um jeden Preis zum Feind machen?» fragte sie zornig. «Nach allem, was ich von deiner Flöte weiß, hättest du dir mit ihrer Hilfe die Freiheit verschaffen können, ohne Hunli Schaden zuzufügen. Jetzt wird er dich so lange suchen, bis er dich gefunden hat. Und beim nächsten Zusammentreffen wird er sich vorsehen; denn dann wird er wissen, mit wem er es zu tun hat.»

«Meiner Spur wird er schwerlich folgen können», sagte Lauscher und schilderte, auf welchem Weg er ins Dorf gekommen war.

«Ein bißchen Verstand hast du wenigstens bewiesen», sagte Narzia. «Doch du hättest es dir sparen können, Hunli solchen Schimpf anzutun.»

Lauscher blickte sie überrascht an. «Ich hatte nicht erwartet, daß man sich bei Arnis Leuten solche Sorgen um Hunlis Wohlergehen macht», sagte er. «Die Große Scheidung scheint wohl gar nicht so groß gewesen zu sein, wie man mir erzählt hat.»

«Du sprichst wie ein Kind, das schon alles zu wissen meint, wenn man ihm eine Geschichte erzählt hat», sagte Narzia. «Ich sehe schon, daß du noch viel zu lernen hast. In dieser Sache hier verhält es sich so: Die Große Scheidung war endgültig und hat uns auf immer von der Horde getrennt. Aber Hunli hat uns ohne Kampf ziehen lassen und wird auch künftig nichts gegen uns unternehmen. Er würde Schande über sich bringen, wenn er gegen die Gefolgsleute seines Bruders kämpfen würde. Arni, sein Name möge nie vergessen werden, schützt uns auch noch im Tode. Und wir brauchen diesen Schutz. Wie sollen wir Vieh züchten und Handel treiben, wenn uns Hunlis Reiter ständig auf den Fersen sind? Siehst du jetzt, in welche Gefahr du uns gebracht hast?»

Das sah Lauscher jetzt allerdings deutlich genug. «Willst du, daß ich euer Dorf wieder verlasse?» fragte er zerknirscht.

Narzia lächelte über seinen Eifer, diesen Fehler wieder gutzumachen, und schüttelte den Kopf. «Nein, Lauscher», sagte sie, «das will ich nicht. Dies ist dein Haus und wird dein Haus bleiben. Was dort draußen in der Steppe geschehen ist, wiegt nicht viel gegen die Tatsache, daß du Arnis Stein trägst; denn er wird gewußt haben, warum er ihn dir gab. Es wird sich schon ein Weg finden, Hunlis Zorn zu besänftigen. Mit deiner Flöte läßt sich ja offenbar allerhand zu Wege bringen. Du solltest nur ein wenig sanfter mit ihr umzugehen lernen.»

«Ich will's versuchen», sagte Lauscher. «Du könntest mir dabei eine Hilfe sein, Falkenmädchen.» Er sah am Aufblitzen ihrer grünen Augen, daß ihr dieser Name gefiel.

«Vertraust du mir schon so sehr?» fragte sie und legte ihre Hand auf seinen Arm.

«Ja», sagte Lauscher; denn ihre Augen ließen ihm keine andere Wahl.

Lauscher merkte in den folgenden Tagen, daß er nicht der einzige war, der Narzia solches Vertrauen entgegenbrachte. Immer wieder traf er Hōni dabei an, wie er sich mit seiner Tochter über die Angelegenheiten von Arnis Leuten beriet, etwa wenn es darum ging, neue Handelswege zu erproben oder den Männern, die als Kaufleute in die Fremde aufbrachen, Hinweise zu geben, wie sie sich dort den Leuten gegenüber verhalten sollten.

Als Lauscher die beiden zum ersten Mal bei einem solchen Gespräch antraf, wollte er die Stube wieder verlassen, aber Hōni bat ihn an den Tisch und sagte: «Arni hat dir in seiner Weisheit, die auch uns zuteil werden möge, sein Vertrauen geschenkt, und so versteht es sich von selbst, daß dein Platz hier bei uns ist.»

So nahm Lauscher seither an ihren Beratungen teil, wenn er sich auch anfangs mehr aufs Zuhören verlegte; denn er hatte Narzias Zurechtweisung nicht vergessen, daß er noch viel zu lernen habe. Und das mußte er in der Tat, um die Denkweise von Arnis Leuten zu begreifen. Zwar wurden wichtige Entscheidungen von der Versammlung aller Familienältesten getroffen, aber da diese ehemaligen Beutereiter von Alters her gewohnt waren, den Anordnungen ihres Khans zu gehorchen, warteten sie auch nach der Trennung von der Horde zunächst darauf, welche Vorschläge ihr Oberhaupt, das sie in Arnis Stellvertreter erblickten, ihnen machen würde. Auf diese Weise war Hōni, ob er das nun wollte oder nicht, die

Rolle eines Anführers zugefallen, dessen Anweisungen mehr oder minder widerspruchslos befolgt wurden. Vielleicht hatte Höni sich aus diesem Grunde angewöhnt, seine Gedanken mit seiner Tochter zu besprechen; denn Narzia fand sich durchaus bereit, ihm zu widersprechen oder gar eigene Vorschläge zu machen, ja, Lauscher gewann mit der Zeit den Eindruck, daß eigentlich sie es war, die hier das Heft in der Hand hatte. Höni pflegte solche Gespräche zumeist mit einer Frage zu beginnen, die zwar erkennen ließ, welche Sache ihn beschäftigte, aber nicht verriet, inwieweit er auch schon eine Meinung dazu hatte. Ob Narzias Antwort dann seine Meinung nur bestätigte oder ob er sich ihre Ansicht zu eigen machte, wurde Lauscher nie recht klar; er sah nur, daß zumeist das geschah, was Narzia vorgeschlagen hatte.

«Dein Vater setzt großes Vertrauen in dich», sagte er einmal nach einer solchen Beratung zu Narzia, als Höni die Stube verlassen hatte.

«Er hat meine Mutter sehr geliebt und oft auf ihren Rat gehört», sagte Narzia. «Als sie dann kurz vor der Großen Scheidung starb, hat er dieses Vertrauen auf mich übertragen.»

«Du siehst deiner Mutter wohl sehr ähnlich?» sagte Lauscher, wieder einmal gefesselt von ihren grünen Augen.

Narzia blickte ihn lächelnd an. «Das mag sein», sagte sie. «Man kann nicht gerade behaupten, daß ich meinem Vater gleiche.»

«Auch keiner der Frauen, die ich hier bei euch gesehen habe», sagte Lauscher. «Deine Mutter muß sehr schön gewesen sein.»

«Sie stammte nicht aus den Zelten der Beutereiter», sagte Narzia. «Mein Vater hat sie auf einem langen Ritt gefunden, der ihn bis weit hinunter nach Süden in die Ebene des Braunen Flusses führte, wo die Falkenleute in ihren Steinhäusern leben.»

«Hat er sie auf einem Beutezug geraubt?» fragte Lauscher, fasziniert von dieser abenteuerlichen Möglichkeit.

Narzia lachte hell auf. «Da sieht man wieder, daß du noch wenig von den Sitten der Steppe weißt», sagte sie. «Ich kann mich nicht entsinnen, daß ein Mann aus der Horde je eine erbeutete Sklavin geheiratet hätte. Geschlafen hätte er schon mit ihr, aber nie hätte er ihr die Rechte einer Ehefrau zugestanden. Nein, mein Vater ritt damals mit einer Gesandtschaft des Khans zum Großmagier der Falkenleute, um einen Vertrag mit ihm zu schließen. Hunli schien es nützlich, diesen vieler Geheimnisse kundigen Mann nicht zum Feind zu haben, und mein Vater hatte den Auftrag, eine Grenzlinie auszuhandeln, die von beiden Seiten nicht überschritten werden sollte.

Er hat mir oft davon erzählt, wie er mit einem Dutzend seiner Reiter stromabwärts am Braunen Fluß entlang geritten ist, bis er das Gebiet der Falkenleute erreichte. Dort in den Niederungen ist überall grünes, fettes Weideland, das Gras ist frisch und nicht so grau und hart wie in der Steppe, durch die sie viele Tage lang geritten waren. Überall sieht man die Herden grasen, breit gehörnte Rinder und schlanke, hochgebaute Pferde mit schmalen Köpfen.

Irgendwann trafen sie dort auf eine Schar bewaffneter Reiter. Mein Vater zeigte ihnen seine flachen Hände zum Zeichen des Friedens und ritt allein zu ihnen hinüber. Die Männer waren auf der Jagd, und einige von ihnen trugen gezähmte Falken auf der Faust. Sie musterten geringschätzig das kleine, struppige Steppenpferd meines Vaters, aber da er eine Botschaft des Khans zu überbringen hatte, tat er, als habe er ihre Blicke nicht bemerkt und sagte ihnen, daß er als Gesandter Khan Hunlis zum Großmagier unterwegs sei. Daraufhin behandelten ihn die Falkenjäger mit größerer Höflichkeit, brachen ihre Jagd ab und erboten sich, die Gesandtschaft der Beutereiter auf ihrem Weg zur Hauptstadt, die sie Falkinor nennen, zu begleiten. Zwei von ihnen ritten voraus, um die Gesandten des Khans anzukündigen.

Drei Tage ritten sie noch durch die saftigen Auen am Braunen Fluß, der dort schon so breit ist, daß die Pferde, die am anderen Ufer weiden, so klein wie Ameisen aussehen. Gegen Abend des dritten Tages tauchte dann aus dem Dunst ein seltsamer Berg, der aussah, als habe man ihn aus einem riesigen Erdhaufen mit dem Messer treppenförmig zurechtgeschnitten. Als mein Vater fragte, was dies für ein Berg sei, lachten die Falkenjäger, und einer von ihnen sagte, dies sei das Haus des Großmagiers zu Falkenor.

Je weiter sie ritten, desto höher hob sich dieser Berg, der ein Haus sein sollte, aus der Ebene empor, und rings um ihn sah man die würfelförmigen Steinhäuser der Falkenleute hinter der fünfeckigen Mauer, die Falkenor umschließt. Als sich das Haus des Großmagiers schon bis in den Himmel zu türmen schien, ertönte von seiner höchsten Terrasse ein Trompetensignal, und gleich darauf quollen hunderte von Reitern aus einem Tor in der Mauer und sprengten ihnen entgegen. Mein Vater und seine Reiter wurden von den Falkenjägern gebeten, ihre Pferde anzuhalten und abzusteigen. Gleich darauf waren die anderen Reiter heran, allen voran ein in blutrote Seide gekleideter schwarzbärtiger Mann, der einen herrlichen Falken auf der Faust trug. Mein Vater fragte seine Begleiter nach dem Namen dieses Mannes und erfuhr, dies sei Wendikar, der Hüter der Falken.

Als er mir von dieser Begegnung erzählte, sagte mein Vater, er habe sich damals gefragt, ob es als Beleidigung anzusehen sei, daß man zu seinem Empfang einen Mann geschickt habe, dem nichts weiter anvertraut sei als die Pflege von Jagdfalken. Gewundert habe er sich allerdings schon, wie prächtig ein solcher Bediensteter dortzulande gekleidet sei, und auch am Benehmen dieses Falkenhüters habe er nichts auszusetzen gehabt; denn dieser sei sogleich vom Pferd gestiegen, habe ihn mit großer Höflichkeit begrüßt und ihm dabei als Geschenk für den Khan jenen Falken überreicht, den er auf der Faust getragen habe. Dann sei er an seiner Seite durch das Tor in die Stadt eingeritten.

Die Straße führte vom Tor aus schnurgerade auf das Haus des Großmagiers zu.

Die Leute, denen sie begegneten, traten zur Seite und verbeugten sich so tief, daß mein Vater sich wunderte, welche Ehre man hier den Abgesandten des Khans erwies. Allerdings kamen ihm mit der Zeit Zweifel, ob diese Verneigungen ihm galten; es schien ihm vielmehr, als blicke jedermann auf den Hüter der Falken, der neben ihm ritt. Wendikar beachtete die Leute allerdings nicht, sondern blickte geradeaus, wie es sich für einen Diener gehört, der einen hohen Gast zu begleiten hat.

Wie die Stadt, so war auch das gewaltige Haus des Großmagiers wieder von einer fünfeckigen Mauer umgeben. Mein Vater konnte sich das Bauwerk später genau ansehen und sagte, daß die Mauer auf jeder ihrer fünf Seiten ein Tor besitze, von dem aus eine Straße zu einem der fünf Tore in der Stadtmauer führe. Auf eines der inneren Tore ritten sie jetzt zu, und als sie dicht davor waren, wurde es geöffnet. Sie gelangten so in einen Innenhof, der das Haus umgibt. Dort standen Bedienstete bereit, die ihnen die Pferde abnahmen, doch als mein Vater einem dieser Leute auch den Falken übergeben wollte, zog Wendikar die Bauen hoch und bedeutete ihm, daß er das Tier weiterhin auf der Faust behalten solle. Er war es auch, der die Gesandtschaft ins Haus führte. Das Gefolge meines Vaters blieb in den unteren Räumen zurück und wurde reich bewirtet, während Wendikar meinen Vater bat, ihm weiter zu folgen.

Noch nie sei ihm ein Weg so lang vorgekommen wie jener durch das Haus des Großmagiers, sagte mein Vater. Es ging durch Flure und reich mit Teppichen ausgestattete Gemächer, hinauf über Treppen und wieder durch Gänge, weitläufige Räume und Galerien, von denen aus man über weitere Treppen noch höher hinaufstieg. Anfangs fiel noch Tageslicht durch Türen oder Fensterluken, doch bald wurden die Räume nur noch von Lampen erhellt, in denen köstlich duftendes Öl brannte, und je weiter sie kamen, desto tiefer gerieten sie in die Dunkelheit. In den oberen Stockwerken brannten nur noch wenige Lampen, in deren mattem Schein hie und da ein goldenes Gefäß aufblitze oder die Farben eines kostbaren Wandbehangs purpurn und blau aus dem Dunkel heraustraten.

Schließlich blieb Wendikar vor der letzten Tür stehen, in deren Mitte ein bronzener Falkenkopf im Licht zweier Öllampen schimmerte, die an Ketten rechts und links der Türpfosten hingen. Wendikar griff nach dem Falkenkopf, hob ihn leicht an und ließ ihn wieder fallen. Der gekrümmte Schnabel tauchte in eine Öffnung ein, und sogleich füllte ein tiefes, summendes Dröhnen wie von einem riesigen metallenen Becken den Raum. So lange dieses bebende Summen andauerte, geschah nichts, doch als es verklungen war, glitt die Tür zur Seite, und durch die Öffnung drang eine derart gleißende Helligkeit, daß mein Vater geblendet die Augen schließen mußte. Er spürte Wendikars Hand an seinem Ellenbogen und wurde vom Hüter der Falken in einen Raum geführt, der hinter dieser Tür lag. Als er sich an dieses strahlende Licht gewöhnt hatte und seine Augen wieder gebrauchen konnte, erkannte er, daß er sich auf der höchsten

Terrasse des Hauses befand. Nach allen Seiten des fünfeckigen Raumes hin blickte man durch breite Fenster hinunter auf die Stadt und konnte den Plan überschauen, nach dem sie gebaut worden war: ein regelmäßiges Fünfeck, das von fünf Straßen in gleiche Teile zerschnitten wurde. Jenseits der äußeren Mauer sah man das grüne Land und den Braunen Fluß, und von Westen her warf die Abendsonne einen breiten Lichtbalken genau auf die Tür, durch die mein Vater mit seinem Begleiter eingetreten war.

Er war von diesem Ausblick so gefesselt, daß er zunächst auf nichts anderes achtete, bis ihn jemand fragte, ob ihm diese Aussicht gefalle. Erst da bemerkte er den schmalen, fast unscheinbaren, schwarz gekleideten Mann, der in einer der Fensterleibungen lehnte und jetzt diese Frage an ihn gerichtet hatte. Neben diesem Mann stand Wendikar, und beide lächelten über das Erstaunen meines Vaters.

‹Noch nie habe ich aus solcher Höhe auf das Land hinuntergeschaut›, sagte mein Vater. ‹Ich fühle mich wie ein Vogel, der am Himmel schwebt.›

‹Wie ein Falke›, sagte der Schwarzgekleidete. ‹So soll es auch sein. Es freut mich, daß dir mein Haus gefällt, so wie dem Khan der Vogel gefallen wird, den du auf der Faust trägst; denn er ist ihm in drei Dingen ähnlich: Zum ersten liebt er den freien Ausblick auf die Steppe, zum zweiten stößt er herab, wenn er eine Beute erspäht, und zum dritten vermeidet er es, seinem Nachbarn das Revier streitig zu machen.›

Da erkannte mein Vater, daß er vor dem Großmagier stand. Und Wendikar, mit dem der Großmagier umging wie mit einem Freund, war alles andere als ein einfacher Bediensteter, wenn man von den Diensten absehen will, die er seinem Herrn leistete; denn mein Vater erfuhr, daß der Titel ‹Hüter der Falken› das höchste Amt bezeichnet, das es nach dem Großmagier bei den Falkenleuten gibt.

Ich will dich nicht mit den Verhandlungen langweilen, die mein Vater mit dem Großmagier führte. Es genügt zu sagen, daß sie einig wurden und daß Wendikar danach meinen Vater einlud, für eine Woche sein Gast zu sein. Er wohnte mit seiner Familie im zweithöchsten Stockwerk des großen Hauses, so daß mein Vater nun täglich den weiten Rundblick genießen konnte, wenn auch nicht aus solcher Höhe wie am ersten Tag. Hier war es, wo er meine Mutter traf. Sie hieß Belenika und war Wendikars Tochter.

Mein Vater hat mir in der Nacht nach dem Tode meiner Mutter viel von ihr erzählt und sagte, daß sie ihn von Anfang an bezaubert habe. Sie hatte die gleichen grünen Augen wie ich, und du hast schon recht mit deiner Vermutung, daß ich ihr auch sonst in vielem ähnlich bin.

Bei den Falkenleuten leben die Frauen und Mädchen viel freizügiger als bei den Beutereitern, und mein Vater erzählte mir, daß er ziemlich verwirrt gewesen sei, als dieses schöne Mädchen ohne weiteres auf ihn zutrat, ihn begrüßte und gleich darauf auch noch fragte, ob er Lust habe, am nächsten Tag mit ihr auf die Falkenjagd zu reiten. Ich glaube fast, er hätte dieses Angebot als ungehörig abgelehnt, wenn er nicht schon zuvor dem Zauber ihrer Schönheit erlegen gewesen wäre.

Am nächsten Morgen führte ihn Belenika hinunter in den Hof zum Haus der Falken. Es steht in jenem Winkel der inneren Mauer, der nach Osten weist. Mein Vater wunderte sich, daß man für Tiere ein derart prächtiges Gebäude errichtet hatte. Um die Außenmauer, die sich über einem fünfeckigen Grundriß erhob, lief in halber Höhe ein in Stein gemeißelter Fries von Falkenköpfen, und auch die bronzenen Türflügel waren geschmückt mit Darstellungen von Falken, die ihre Flügel ausgebreitet hatten, als wollten sie jedem den Zutritt verwehren, der kein Recht besaß, durch diese Tür zu gehen.

Belenika besaß dieses Recht ganz offensichtlich, denn sie öffnete die Tür ohne zu zögern und führte meinen Vater in das Haus der Falken. Jedes der Tiere hatte hier eine eigene kleine Kammer, die nicht minder kostbar eingerichtet war als die Räume im Haus des Großmagiers. Die Vögel saßen auf goldenen Stangen und bekamen ihr Futter in silbernen Näpfen vorgesetzt. Große, durch kunstvoll geschmiedete Gitter geschützte Fenster ließen Licht und Luft herein. Bedienstete sorgten ständig dafür, daß die Kammern sauber gehalten wurden. Sobald diese Männer Belenika erkannten, verbeugten sie sich, und ein Falkenwärter, der hier offenbar die Aufsicht führte, lief herbei und fragte nach ihren Wünschen.

‹Gib mir Weißfeder›, sagte Belenika, ‹und mein Gast soll mit Pfeil jagen.›

Die Falken, die der Wärter brachte, trugen rote Lederkappen auf dem Kopf, die auch die Augen bedeckten und auf dem Scheitel mit einem Stoß von Reiherfedern verziert waren. Als der Wärter meinem Vater den Falken auf den Handschuh setzte und dabei merkte, daß diesem Beutereiter der Umgang mit Falken nicht vertraut war, wollte er ihm ein paar Ratschläge geben, aber Belenika sagte: ‹Laß nur! Ich bring's ihm schon bei.›

Draußen vor dem Haus der Falken warteten zwei Bedienstete mit den Pferden, und gleich darauf trabten Belenika und mein Vater durchs Tor, die gerade Straße zwischen den Häusern entlang und dann durch das Stadttor hinaus ins Freie.

Schon auf diesem ersten Ausritt beschloß mein Vater, dieses Mädchen zur Frau zu gewinnen, obwohl ihm bewußt war, daß er sich damit zu Hause einige Schwierigkeiten einhandeln würde. Die Frauen der Beutereiter pflegen ihre Zelte kaum zu verlassen, und er war sicher, daß Belenika sich nicht diesem Brauch fügen würde. Aber neben ihrer Schönheit war es wohl gerade ihre freie, selbstbewußte Art, die ihn beeindruckte. So verwegen wie sie hatte er bisher nur Männer reiten sehen.

Bei einem lichten Auwald am Braunen Fluß hielt Belenika ihr Pferd an. Vereinzelt standen hier breitästige Balsampappeln, auf denen die Reiher ihre Ruhesitze hatten. ‹Wir sind am Ziel›, sagte Belenika und zeigte meinem Vater die silbern schimmernden Vögel, die, vom Blattwerk fast verborgen, im Geäst saßen.

‹Wird der Falke meinem Befehl gehorchen?› fragte mein Vater.

Belenika lachte. ‹Vor allem wird er seiner eigenen Natur gehorchen›, sagte sie. ‹Die Weisheit der Falkenjagd besteht darin, sich die Beutegier des Falken zu Nutze zu machen. So lange er hungrig ist, wird er jede Beute schlagen, deren er ansichtig wird. Laß ihn nicht zu satt werden, und er bringt dir reiche Beute.› Diese Erklärung leuchtete meinem Vater ein. ‹Daß er die Beute schlägt, glaube ich schon›, sagte er. ‹Ich bezweifle nur, daß er sie mir dann bringt.›

Belenika holte ein kleines Stück Fleisch aus ihrer Satteltasche und gab es meinem Vater. ‹Laß ihn aus deiner Hand fressen›, sagte sie, ‹dann wird er zu dir zurückkehren. Er wird seine Beute verachten um des Bissens willen, den du ihm gibst.›

Mein Vater bot seinem Falken das Stück Fleisch an, und der Vogel fraß es gierig. Belenika nickte zufrieden, und dann sagte sie: ‹Jetzt laß uns jagen!› Sie klatschte in die Hände, daß die Reiher in den Pappeln aufflogen, dann streifte sie ihrem Falken die Lederkappe ab und warf ihn in die Luft. Mein Vater tat es ihr nach und beobachtete, wie sein Falke in den Himmel stieg. Er gewann rasch an Höhe, und mein Vater bewunderte die Leichtigkeit und Eleganz seines Fluges, der ihn mit wenigen Schlägen seiner Schwingen über die abstreichenden Reiher trug. Der Falke hatte seinen Namen wahrhaftig verdient: Wie ein Pfeil stieß er auf einen der Reiher hinunter und schlug ihm die Fänge in den Hals, daß die silbern aufglänzenden Federn stiebten. Auch Belenikas Falke hatte seinen Reiher geschlagen, und beide erreichten mit ihrer Beute fast gleichzeitig den Boden.

An diesem Tag ließen sie es bei diesen beiden Reihern bewenden, setzten ihren Falken die Kappen auf und galoppierten über das grüne Weideland längs des Braunen Flusses. Als sie einmal anhielten, sagte Belenika, daß sie sich nirgends lieber aufhalte als hier draußen, wo der Blick von Horizont zu Horizont reiche. ‹In den engen Straßen zwischen den Mauern von Falkinor fühle ich mich zuweilen wie eine Gefangene›, sagte sie. Meinem Vater gefielen diese Worte, denn sie entsprachen seinen eigenen Empfindungen. Er blickte in ihre grünen Augen und meinte in ihnen etwas zu lesen, das ihn ermutigte. ‹Wenn du einen freien Ausblick liebst›, sagte er zu ihr, ‹dann würde es dir in der Steppe gut gefallen.›

Belenika hielt seinem Blick für eine Weile stand und sagte: ‹Das könnte schon sein.› Dann riß sie ihr Pferd herum und ließ es auf das große Haus zu jagen, dessen gestufter Umriß die Ebene beherrschte.

Auch an den folgenden Tagen ritt mein Vater mit Belenika aus, und es schien ihm, als sehe Wendikar es nicht ungern, daß seine Tochter dem Gast die Zeit zu verkürzen half. Sie besuchten die Pferdekoppeln, und mein Vater bewunderte die edlen Tiere, die hier gezüchtet wurden. Neben seinem gedrungenen Steppenhengst wirkten sie fast zerbrechlich, aber als ihm erlaubt wurde, eines dieser schmalfesseligen Pferde zu reiten, meinte er, wie ein Vogel über die Wiesen zu fliegen. Belenika jagte mit flatterndem Haar neben ihm dahin und rief: ‹Es macht Spaß, mit dir zu reiten, Höni!› Das klang meinem Vater im Ohr wie eine

Verheißung, und er war nahe daran, sie zu fragen, ob sie nicht mit ihm in die Steppe reiten wolle, aber er fand nicht den Mut dazu.

Am Tage vor seiner Abreise ritt er noch einmal mit Belenika auf die Falkenjagd. Als sie auf den Uferwald am Braunen Fluß zutrabten, sagte mein Vater: ‹Mir gefällt diese Art der Jagd. Es ist nur schade, daß man dabei stets Zuschauer bleiben muß. Am liebsten möchte ich selbst wie mein Falke oben am Himmel kreisen und auf die Beute hinabstoßen.›

Belenika schaute ihn lächelnd an und sagte: ‹Wenn dir darum zu tun ist, dann ließe sich das schon einrichten.›

Meinem Vater erschienen diese Worte so unglaublich, daß er zunächst meinte, sie treibe ihren Spott mit ihm. Er hielt sein Pferd an und sagte: ‹Ich mag zwar in deinen Augen ein unwissender Beutereiter sein, aber das glaube ich dir nun doch nicht!›

Da wurde Belenika ernst und sagte: ‹Wenn ich so wenig von dir hielte, hätte ich dir diesen Vorschlag nicht gemacht. Dort bei den Reiherbäumen sollst du fliegen wie ein Falke, das verspreche ich dir.›

Sie ritten bis zur Flußaue und stiegen von den Pferden. ‹Mach deinen Falken bereit, aber laß ihn noch nicht fliegen!› sagte Belenika. Als mein Vater seinem Falken die Kappe abgenommen hatte, trat sie vor ihn hin und legte ihm die flache, ringgeschmückte Hand auf die Stirn. Lange blickte er ihr in die Augen und meinte, in diesen grünen Tiefen zu versinken. Er hörte noch, wie sie in die Hände klatschte und rief: ‹Jetzt flieg, mein Falke!›, und da stieg er auch schon in die Höhe, spürte den Wind unter seinen Schwingen und kreiste hinauf in den Himmel. Ihm war, als sei alle Schwere von ihm abgefallen, die Fessel, die ihn an die Erde band, hatte sich gelöst, und er schwebte frei über dem schwarzen Geäst der Pappeln. Dann sah er die Reiher aus dem dunkelgrünen Laub hervorbrechen und über die Auwiese streichen, allen voran ein edler Silberreiher. Da ließ er sich fallen und stürzte auf sein Wild zu, daß die Luft in seinen Flügeln rauschte. Wie Perlmutter schimmerte das Gefieder vor seinen Augen, als er die Fänge in die Beute schlug. Das süße Gefühl des Zupackens überschwemmte sein Bewußtsein, er trudelte verklammert mit seiner Beute durch den Himmel, Farben flirrten, es gab weder oben noch unten, nur den Rausch der Vereinigung von Jäger und Wild.

Als er wieder zu sich kam, lag er im Gras und hielt Belenika in den Armen. ‹Hat dir die Jagd gefallen, mein Falke?› fragte sie und küßte ihn auf den Mund. Neben ihr saß Pfeil auf der Beute und zog seine Fänge aus dem blutigen Gefieder des Silberreihers.

Am Abend dieses Tages bat mein Vater den Hüter der Falken um die Hand seiner Tochter. Er erzählte mir, daß er auf eine Ablehnung seiner Werbung gefaßt gewesen sei, doch zu seiner Überraschung habe sich Wendikar sogleich einverstanden gezeigt, als habe er dergleichen schon erwartet. Offenbar habe er diese Angelegenheit zuvor auch schon mit dem Herrn von Falkinor erörtert, denn er habe gesagt: ‹Der Großmagier wird Belenika vermissen, denn er liebt sie wie eine leibliche Tochter. Aber er meint auch, daß eine solche Heirat die Freundschaft zwischen Beutereitern und Falkenleuten besser besiegeln wird als alle Verträge.› Am Tag darauf ritt mein Vater nur mit seinen Männern zurück in die Steppe, aber ein Vierteljahr später kam er wieder nach Falkinor, und diesmal ritt er an der Seite Khan Hunlis, der dabei sein wollte, wenn im Haus des Großmagiers die Hochzeit gefeiert wurde. Jetzt weißt du, Lauscher, woher ich meine grünen Augen habe.»

Lauscher hatte die ganze Zeit über, während Narzia sprach, nichts anderes gesehen als ihre Augen, und zeitweise war es ihm so vorgekommen, als sei hier nicht die Rede von Vergangenem, sondern von Gegenwärtigem, in das er selbst verstrickt war. Während sie von der Jagd auf den Silberreiher erzählte, meinte er, sich selbst als Falke in den Himmel zu schwingen, und dieses Gefühl schien ihm so vertraut, als habe er schon einmal die Luft durch das Gefieder seiner Flügel streichen gespürt und diese schwerelose Freiheit gekostet. Und wenn er dies nur in einem Traum erlebt hatte, dann war es einer jener Träume gewesen, die Künftiges vorausnehmen, dessen war er sicher. «Im Traum bin ich als Falke schon einmal mit dir geflogen, Falkenmädchen», sagte er.

«Deshalb also hast du mir diesen Namen gegeben, ohne von meiner Herkunft zu wissen», sagte Narzia. «Erzähl mir davon!»

Lauscher versuchte sich zu erinnern, doch die Bilder verschwammen in seinem Gedächtnis und ließen sich nicht festhalten. Nur dieses köstliche Gefühl des Schwebens war ihm geblieben. «Ich weiß nur noch, daß es schön war», sagte er. «Und ich glaube jetzt, daß dieser Traum mir etwas zeigen wollte.»

«Was?» fragte Narzia.

«Dich», sagte Lauscher. «Ich habe schon immer solche Träume gehabt, seit ich Arnis Stein bei mir trage. Immer hatten sie mit Augen zu tun, die mich anblicken, wenn ich den Stein anschaue, und jetzt meine ich zu wissen, wessen Augen das sind.»

«Zeig mir den Stein!» sagte Narzia.

Lauscher zog den Beutel unter dem Hemd hervor und nahm den Stein heraus. Im ersten Augenblick war er enttäuscht, als er ihn betrachtete. Die Oberfläche erschien ihm matt und stumpf, doch das mochte auch an dem schwindenden Licht in der Stube liegen, denn draußen war es über Narzias Erzählung fast dunkel geworden.

«Warte!» sagte Narzia. «Ich werde deinen Stein schon zum Glänzen bringen.» Sie ging hinaus und kam gleich darauf mit einem silbernen Leuchter zurück, auf dem drei Wachskerzen brannten. Sobald der Stein das Licht der Kerzen einfing, begann er zu schimmern, in der Tiefe glimmten grüne Funken und schlossen sich zusammen zu einem strahlenden Augenring. Aber waren da nicht noch andere Farben? Lauscher beugte sich über den Stein und versenkte sich in das Spiel der

Farben. Blaue Lichter mischten sich unter die grünen, violett drang es aus dem Grund herauf, das Auge lebte und blickte ihn an. Lauscher vergaß, wo er war, und lag wieder unter den Büschen an der Quelle des Mittelbaches und sah das Gesicht jener Frau, in deren Augen die Sterne tanzten.

«Träumst du schon wieder?» fragte Narzia.

Lauscher schreckte hoch und blickte sie an. Auf ihrer Stirn stand wieder diese steile Falte, und ihre grünen Augen erschienen ihm kalt und hart. Hatte er sie erzürnt? «Warst du das, die mich in der Nacht an dieser Quelle besucht hat?» fragte er, noch immer in dem Bild befangen, das der Stein ihm wiedergebracht hatte.

«Ich weiß nichts von einer Quelle», sagte Narzia. «Aber ich habe oft an dich gedacht, seit unsere Händler von dir erzählt haben. Mag sein, daß meine Gedanken bis in deine Träume vorgedrungen sind. Aber die Zeit des Träumens ist vorüber, Lauscher, denn jetzt bist du in Wirklichkeit dort, wohin dich Arnis Stein führen sollte. Hast du das noch nicht begriffen?»

Während sie sprach, schwand der Zorn aus ihrem Gesicht, und ihre Augen schienen Lauscher all das zu verheißen, wonach er sich in den vergangenen Jahren gesehnt hatte.

«Er hat mich zu dir geführt», sagte er.

«Zuerst einmal zu Arnis Leuten», sagte Narzia. «Hast du so wenig Stolz, daß du um mich werben willst, ohne etwas Beachtenswertes vorweisen zu können außer dem, was dir andere vererbt haben?»

Jetzt begriff Lauscher, daß er sich hier nicht einfach in ein gemachtes Bett legen konnte, ohne sich und wohl auch Narzia herabzusetzen. «Ich will für Arnis Leute tun, was in meinen Kräften steht», sagte er. «Ihr müßt mir nur sagen, was ihr von mir erwartet. Du solltest doch wissen, daß ich alles daransetzen würde, um dich zu gewinnen.»

«Daran zweifle ich nicht», sagte Narzia und lächelte zufrieden. «Du wirst zu gegebener Zeit erfahren, welche Hoffnungen wir in dich setzen.»

Einige Wochen später wurde Lauscher von Höni gebeten, an einer jener Besprechungen teilzunehmen, die den Versammlungen der Ältesten stets vorangingen. Lauscher beherrschte inzwischen die Sprache der Beutereiter, die von Arnis Leuten weiter benutzt wurde, so weit, daß er Gesprächen folgen konnte.

«Ich mache mir Sorgen wegen der Leute im Gebirge», sagte Höni, als Lauscher sich zu ihm und Narzia an den Tisch in der Stube gesetzt hatte. «Obwohl wir nun schon seit einigen Jahren friedlich bei Arnis Hütte leben, sehen die Bergdachse in uns noch immer Mitglieder der gleichen Horde, deren Khan vor langer Zeit versprochen hat, ihr Gebiet nie wieder zu betreten. Es ist nicht gut, mit seinen Nachbarn in Fremdheit zu leben, nicht davon zu reden, daß der Handel mit den Erzeugnissen der Goldschmiede uns großen Gewinn einbringen könnte.»

«Ich verstehe das nicht», sagte Lauscher. «War Arni nicht mit Urlas Verwandten bei den Bergdachsen verschwägert?»

«Das war er», sagte Höni. «Aber seine Töchter haben nie in den Zelten der Beutereiter gelebt, und er selbst ist der einzige aus der Horde, dem es je erlaubt war, die Dörfer der Bergdachse zu besuchen. Es ist nun einmal so, daß die Untaten vieler im Gedächtnis der Leute länger haften bleiben als die Freundlichkeit eines einzelnen. Ich frage mich schon lange, auf welche Weise wir die Leute im Gebirge von unserer friedlichen Gesinnung überzeugen können, wenn es keinen Weg gibt, mit ihnen in Verbindung zu treten.»

Narzia blickte Lauscher an und sagte: «Wartet hier nicht eine Aufgabe für dich? So wie du aussiehst, wird dich keiner für einen Abkömmling der Beutereiter halten, selbst wenn du dir Zöpfe wachsen lassen würdest. Und mit Hilfe deiner Flöte sollte es dir leicht fallen, die Bergdachse freundlich zu stimmen.»

«Das traue ich mir schon zu», sagte Lauscher. «Zudem wird mir auch mein Stein helfen, bei diesen Leuten die Erinnerung an Arni aufzufrischen.»

«Darauf würde ich mich an deiner Stelle nicht verlassen», sagte Höni. «Die Bergdachse sind in aller Regel ziemlich nüchterne Leute, und von Promezzo, der als Erzmeister allen Dörfern im Gebirge vorsteht, sagt man, er sei nur von Dingen zu überzeugen, die er mit Händen greifen könne. Nur das zählt für ihn, was seinem scharfen Verstand erklärbar erscheint, und dazu gehört dein Stein sicher nicht. Von Geheimnissen und Träumen hält Promezzo nicht viel, wie man hört.»

Narzia nickte ihrem Vater zu und sagte: «Du sprichst aus, was ich denke. Wäre es nicht überhaupt besser, wenn Arnis Stein in seiner Hütte aufbewahrt würde?» und als sie sah, wie Lauscher unwillkürlich nach dem Beutel auf seiner Brust faßte, als wolle er ihn vor fremdem Zugriff beschützen, setzte sie hinzu: «Du darfst das nicht falsch verstehen, Lauscher. Keiner mißgönnt dir den Stein, denn Arni hat dich zu seinem Träger erwählt. Und bei den Versammlungen der Ältesten sollst du ihn offen am Hals tragen als Zeichen deiner Würde. Aber ist es vernünftig, daß du ihn auch dann bei dir trägst, wenn du einen solchen Ritt unternimmst? Es könnte dir ein Unglück zustoßen, du könntest ihn verlieren oder er könnte dir geraubt werden. Der Stein ist für Arnis Leute zu kostbar, als daß man ihn einer solchen Gefährdung aussetzen dürfte. Außerdem habe ich gesehen, wie leicht dich der Anblick des Steins zum Träumen verleitet, und bei der Aufgabe, die du dir jetzt vorgenommen hast, könnte es gefährlich für dich sein, wenn du dich in Träumen verlierst. Jetzt mußt du deine Gedanken auf Dinge richten, die wirklich sind. Auch sollst du nicht vergessen, was du bei alledem zu gewinnen hoffst.»

Lauscher dachte an nichts anderes und fand auch sonst keinen vernünftigen Einwand gegen das, was Narzia vorgebracht hatte, wenn es ihm auch leid tat, daß er sich von seinem Stein trennen sollte. Er gab sich damit zufrieden, daß der Stein schließlich seinen Zweck erfüllt habe, indem er ihn hierher geführt hatte. Nun war es wohl an der Zeit, alles übrige selber in die Hand zu nehmen.

In der Ältestenversammlung, die am nächsten Tag in Arnis Hütte stattfand, wurde alles so beschlossen, und dies unter vielen feierlichen Reden und Zeremonien, insbesondere was die Niederlegung des Steins betraf. Lauscher trug den Beutel während der Beratung für alle sichtbar auf der Brust zum Zeichen dafür, welches Amt ihm das Recht gab, als junger Mensch ohne eigene Familie im Kreis der Ältesten zu sitzen. Wie Narzia ihm geraten hatte, wartete er, bis Höni die Rede auf die Bergdachse brachte und dabei sagte, wie wünschenswert es sei, Beziehungen mit ihnen anzuknüpfen. Erst dann meldete sich Lauscher zu Wort und erbot sich, diese Aufgabe zum Wohle des Dorfes zu übernehmen. «Erlaubt mir», schloß er seine Rede, «diesen Leuten Arnis Weisheit und Güte, nach der wir alle streben, in Erinnerung zu rufen. Mit seiner Hilfe wird es mir hoffentlich gelingen, ihre Freundschaft für mich und für alle Leute Arnis zu gewinnen.»

Diese Worte fanden starken Beifall, und einer der Ältesten sagte, nun könne man sehen, daß Arni noch im Tode für sie gesorgt habe; denn dieser Träger des Steins werde die Dinge schon zum Besten wenden. Das klang zwar so, als habe er eigentlich sagen wollen, es sei nun auch höchste Zeit, daß dieser Junge etwas Vernünftiges anfange, aber Höni überhörte diesen Unterton und sagte: «Ja, das wird er; denn Arni, der diese Gabe uns allen zugedacht hat, wußte, wen er zu ihrem Überbringer bestimmte. Dieser junge Mann namens Lauscher, Sohn des Großen Brüllers und Enkel des Sanften Flöters, soll für alle Zeiten ‹Träger des Steins› genannt werden, weil Arni ihm in weiser Voraussicht den Auftrag gegeben hat, dieses Kleinod zu bewahren, bis sein Volk sich in der Großen Scheidung gründen und zu einem festen Gemeinwesen zusammenwachsen konnte, und er soll auch der einzige sein, dem das Recht zukommt, den Stein bei besonderen Anlässen zu tragen. Aber seinen bleibenden Platz soll dieses erhabene Erbstück künftig in Arnis Hütte erhalten, damit seine geheime Kraft uns allen Erleuchtung bringe.»

So hatte Lauscher sich das eigentlich nicht vorgestellt. Unversehens war der Stein aus seinem Besitz in das Gemeinschaftseigentum von Arnis Leuten übergegangen, und er selbst galt nur noch als der Überbringer. Er war sicher, daß Arni damals, als er ihm den Stein gab, nichts dergleichen geäußert hatte, aber Höni trug dies alles mit solcher Gewißheit vor, als sei er selbst dabeigewesen. Sein breites Gesicht wirkte wie aus einem Holzklotz herausgehauen und verriet keinerlei Gemütsbewegung, während er in psalmodierendem Tonfall diese Rede vortrug, als wiederhole er einen von altersher feststehenden Text. Und ehe Lauscher noch einen Einwand vorbringen konnte, bat Höni alle Anwesenden, sich von den Plätzen zu erheben und dem Stein die gebührende Ehre zu erweisen, wenn sein Träger ihn nun vor aller Augen enthüllen werde. Alle folgten sogleich seiner Aufforderung und verbeugten sich wieder einmal, so daß Lauscher gar nichts anderes übrig blieb, als den Stein aus dem Beutel herauszunehmen und vorzuzeigen, wenn er die Feierlichkeit dieses Vorgangs nicht stören wollte. «Arni sei Dank für seine Gabe!» murmelten die Ältesten und versuchten, aus ihrer gebeugten Haltung heraus einen Blick auf das Kleinod zu erhaschen.

Lauscher fühlte sich unwohl in dieser Pose und wußte nicht recht, was er nun tun sollte. Doch Höni hatte auch alles weitere schon vorgeplant. Er deutete, als Lauscher ihn hilfesuchend anblickte, mit einer kaum merklichen Kopfbewegung auf die Stirnwand der Stube. Dort stand ein Tisch, der seiner schlichten Machart nach aus Arnis Besitz stammen mußte, und auf diesem Tisch hatte man eine goldene Schale gesetzt. Das also war der bleibende Platz, der für Arnis Stein vorgesehen war. Lauscher zögerte noch einen Augenblick, doch ein neuerliches, diesmal schon etwas deutlicheres Kopfnicken Hönis erstickte den letzten Rest von Widerstand in ihm. Auch fiel ihm ein, daß Narzia es übel aufnehmen würde, wenn er sich dieser Zeremonie widersetzen würde, in der nur vollzogen wurde, was sie selbst vorgeschlagen hatte. Er begab sich also gemessenen Schrittes hinüber zu dem Tisch und ließ den Stein in die Schale fallen. Der schwingende Glockenton des goldenen Gefäßes füllte den Raum. Lauscher blickte auf den Stein, der matt schimmernd auf der gewölbten Fläche lag und keine anderen Farben zeigte als den grüngoldenen Widerschein des Metalls. Er wartete, bis der Ton verklungen war, und es schien ihm, als werde damit ein neuer Abschnitt in seinem Leben eingeläutet.

Eine Woche später war Lauscher reisefertig. Als er sich am Abend vor seinem Aufbruch von Narzia verabschiedete, sagte er: «Du weißt, was ich mir durch diese Fahrt erringen will, Narzia.»

Sie schaute ihn mit ihren grünen Augen an, dann legte sie ihre kühle Hand für einen Augenblick auf seine Wange und sagte: «Ich weiß vor allem, daß du zu mir zurückkehren wirst, Lauscher. Bring mir das schönste Schmuckstück mit, das du bei den Bergdachsen finden kannst!»

Lauscher hatte eigentlich etwas mehr erwartet als diese flüchtige Berührung, aber er sagte sich, daß dergleichen wohl verdient werden müsse.

Am nächsten Morgen führte er sein Pferd über den Steilhang hinter der Ansiedlung hinauf ins Gebirge. Wenn er nicht aus den Erzählungen des Sanften Flöters und seiner Mutter gewußt hätte, daß hier einmal ein Pfad gewesen war, wäre er kaum auf den Gedanken gekommen, sich mit einem Reittier auf dieses abschüssige, von Felsen durchsetzte Gelände zu wagen. Nach einigem Suchen hatte er jedoch den Einstieg gefunden, einen längst wieder von dicken Graspolstern überwachsenen Steig, der zwischen Geröll und buschigem Krummholz schräg am Hang emporführte. Während er den Serpentinen der Spur folgte und dabei Schneefuß am Zügel hinter sich herzog, wunderte er sich, wie genau hier alles der Vorstellung entsprach, die er sich von dem Weg zu Urlas Hütte gemacht hatte. Es schien ihm fast, als sei er schon einmal hier gewesen.

Nach langer, mühsamer Kletterei gelangte er schließlich auf die obere Kante eines felsigen Abbruchs, und da er sah, daß er von hier aus über leicht ansteigendes Wiesengelände würde weiterreiten können, beschloß er, zunächst einmal sich selbst und seinem Pferd eine Rast zu gönnen. Er setzte sich auf einen Steinbrocken und blickte hinaus in die Steppe, deren silbergraue Fläche sich bis zum fernen Horizont ausbreitete. Irgendwo dort im Weglosen standen die Zelte der Beutereiter, irgendwo dort jagte die Horde durch das singende Steppengras, und irgendwann würde sie seine Spur finden. Dieser Gedanke beunruhigte ihn dermaßen, daß er seine Ruhepause abbrach, als könne Khan Hunli ihn hier oben auf dieser Felsnase erspähen.

Auch auf der Bergwiese, über die er weiterritt, war die alte Wegspur noch an dem spärlicher wachsenden Gras zu erkennen. Er folgte ihr bis auf den Rücken einer Bodenwelle, und als er deren Höhe erreicht hatte, blickte er in eine flache Mulde, an deren gegenüberliegendem Rand zu Füßen riesiger Felsblöcke eine Hütte stand, Urlas Hütte. In diesem geschützten Kessel mußte sie ihre Schafe gehalten haben, doch jetzt war der Weidegrund verlassen, kein Tier weit und breit außer einem Falken, der rüttelnd hoch über den Wiesen stand. Während er quer über die Bergweide ritt, fühlte Lauscher sich beobachtet, und das nicht nur deshalb, weil der Falke jetzt unmittelbar über seinem Scheitel stand. Auch das zwischen die Felsen geduckte Blockhaus schien aus seinen kleinen quadratischen Fenstern zu ihm herüberzuäugen. Er hatte ein halb verfallenes Gebäude erwartet, im Näherreiten entdeckte er jedoch, daß Dach und Balkenwerk keinerlei Schäden zeigten; und der Vorplatz vor der Tür schien erst vor kurzem gefegt worden zu sein.

Ob Urlas Hütte nun bewohnt war oder nicht, Lauscher hätte nicht vorbeireiten können, ohne zumindest einen Blick durchs Fenster zu werfen; denn hier in dieser Stube hatte alles angefangen, an jenem Tag, an dem Arni seinen Stein gewählt hatte. Lauscher brauchte keinen Umweg zu machen, denn der Pfad führte unmittelbar an der Tür vorüber. Er hielt sein Pferd an, stieg ab, beschattete eines der Fenster mit der Hand und versuchte hineinzublicken, nahm aber nur den Umriß eines runden Tisches und ein paar Hocker mit strohgeflochtenen Sitzen wahr. Es fiel zu wenig Licht in den Raum, als daß man mehr hätte erkennen können. Umso stärker wuchs in ihm der Wunsch, diese Stube zu betreten und die Gegenstände anzufassen, die Urlas Hand berührt hatte. Während er zum Vorplatz ging, bemerkte er, daß der Falke ihm gefolgt war und jetzt, viel niedriger als zuvor, über der Hütte stand. Die Tür war von außen mit einem einfachen hölzernen Drehriegel versperrt. Lauscher stellte den abgegriffenen Holzpflock senkrecht und öffnete die Tür. Im gleichen Augenblick stieß der Falke herab und fegte mit einem schrillen Schrei so dicht über Lauschers Kopf, daß die Schwungfedern sein Haar streiften. Lauscher war über diesen unvermuteten Angriff so erschrocken, daß er sich mit einem Satz ins Innere der Hütte rettete und die Tür hinter sich zuzog. So viel hatte er noch erkennen können, daß der Eingang in einen kleinen Vorraum führte, in dem es jetzt allerdings stockdunkel war. Eine Weile blieb er stehen und atmete den Duft von Würzkräutern und Kiefernholz. Dann hatten sich seine Augen an die Dunkelheit gewöhnt, und er nahm die Umrisse einer weiteren Tür wahr, die in die Stube führen mußte.

Er hatte das Gefühl, etwas Unerlaubtes zu tun, nicht so sehr wegen des Falken, dessen Verhalten den Eindruck hätte erwecken können, als wolle er ihn am Eintreten hindern, sondern deshalb, weil niemand da war, der zu ihm sagte: Komm herein und sei mein Gast! Selbst der alte Khan, der Vater Hunlis und Arnis, hätte damals nicht gewagt, ohne eine solche Einladung diese Schwelle zu überschreiten. Während Lauscher noch im Vorraum stand und zögerte, waren seine Bedenken jedoch vom einen auf den anderen Augenblick wie weggewischt, als habe ihn in der Tat jemand aufgefordert, in die Stube einzutreten. Er hätte nicht sagen können, was ihn zu diesem Sinneswandel veranlaßt hatte, sondern wußte nur, daß er willkommen war. Er öffnete die Tür, ging über die ausgetretenen Dielen hinüber zu dem runden Tisch in der Ecke und setzte sich auf einen der Hocker. Es war niemand da, der mit ihm sprach, aber der Duft, der hier in der Stube noch intensiver war als im Vorraum, erzählte von dem Menschen, der hier einmal gewohnt hatte: Es roch nach Thymian und Salbei, Arnika und Schafgarbe, getrockneten Apfelringen, Honig und Wolle. Die harzduftenden Kiefernbretter, mit denen die Stube getäfelt war, hatten diese Gerüche aufgesogen und über so viele Jahre hinweg bewahrt. Indem er diese Gerüche in sich aufnahm, kam ihm die alte Frau näher, die hier ihre Kräuter getrocknet und die Wolle ihrer Schafe gesponnen hatte. Er sah sie vor sich; obwohl er die Augen geschlossen hielt, um sich ganz diesen Gerüchen hinzugeben, sah ihr schönes Gesicht und sah ihre Augen, die auf ihn gerichtet waren, diese Augen von schwer zu beschreibender Farbe, die ihm so vertraut waren. Und er verstand, was sie zu ihm sagte, obwohl nichts zu hören war als das Zirpen der Grillen draußen auf der Wiese. «Reite nur weiter übers Gebirge», sagte sie, «reite zu den Bergdachsen und tu, was du dir vorgenommen hast! Diese Erfahrung wirst du machen müssen, wenn auch eine Zeit kommen wird, in der du wünschen wirst, du hättest diese Erfahrung nie gemacht. Reite nur, mein Junge, aber versprich dir nicht zu viel davon.»

Lauscher fragte sich, was er sich von diesem Ritt versprach. Vorteile für Arnis Leute? Oder ging es ihm nur um Narzia? Und welches von beiden hatte Urla gemeint, als sie sagte, er solle sich nicht zu viel davon versprechen? Er versuchte, sich Hönis Tochter vorzustellen, aber es wollte ihm nicht gelingen, ihr Bild aus der Erinnerung hervorzuholen. Die Gegenwart der alten Frau erwies sich als mächtiger und hüllte ihn ein in einen Strom des Wohlwollens, der ihm das Herz wärmte, und je länger er in der Stube saß, desto stärker wuchs in ihm der Wunsch, hier zu bleiben und diesen Bereich, in dem er sich geborgen fühlte, nie mehr zu verlassen. Er spürte das Lächeln der alten Frau, als sie sagte: «Du bist noch lange nicht am Ziel, Lauscher. Reite jetzt weiter und vergiß deinen Stein nicht ganz, der jetzt auf der kalten Goldschale in Arnis Hütte liegt statt auf deinem Herzen, wo er hingehört.»

Lauscher öffnete die Augen und blickte auf die blankgescheuerte Tischplatte, auf der einmal vor langer Zeit Arnis Stein gelegen hatte. Er strich mit der Hand über das schrundige Holz, stand auf und ging zur Tür. Noch einmal nahm er mit einem tiefen Atemzug den Duft von Urlas Behausung in sich auf, als könne er ihn mit auf die Reise nehmen. Dann ging er hinaus und verschloß die Tür sorgfältig mit dem Drehriegel.

Als er zu seinem Pferd ging, stand der Falke noch immer über der Hütte. Es sah fast so aus, als habe der Vogel auf ihn gewartet; denn sobald Lauscher auf sein Pferd stieg, segelte der Falke nach Osten über die Wiese hin und tauchte jenseits der Bodenwelle hinab der Steppe zu.

Der Weg führte von Urlas Hütte aus durch ein Gewirr von Felsblöcken und dann schräg an einem steilen, von kurzem Gras bewachsenen Wiesenhang hinauf. Die Spur war hier viel deutlicher ausgetreten; hie und da zeichneten sich in der grauen, von silbrigen Glimmerflittern durchsetzten Erde die Eindrücke schmaler Hufe ab. Sie konnten von einem Maultier stammen, das vor nicht allzu langer Zeit vorbeigekommen sein mußte. Jetzt wunderte sich Lauscher nicht mehr, daß Urlas Hütte so gut instand war; offenbar wurde sie von den Leuten jenseits des Gebirges regelmäßig besucht und in Ordnung gehalten.

Bald mußte Lauscher wieder absteigen und Schneefuß am Zügel hinter sich herführen, denn der Anstieg wurde zunehmend schwieriger. Der Weg führte in steilen Windungen über eine abschüssige Schutthalde aufwärts, an deren Flanken sich schroffe Felszacken auftürmten. Das zu splittrigen Platten zersprungene, schiefrige Gestein gab bei jedem Schritt nach, und Schneefuß konnte sich einige Male nur durch einen wilden Satz davor retten, mit einer Ladung abrutschender Schieferplatten in die Tiefe gerissen zu werden.

Um die Mittagszeit hatte Lauscher endlich die Höhe erklommen. Überragt von bizarren Berggipfeln dehnte sich vor ihm eine von Felstrümmern übersäte Hochfläche, die nach rechts hin in eine tief eingeschnittene Klamm abbrach. Bis zur Paßhöhe schien der Weg nur noch leicht anzusteigen, so daß Lauscher wieder in den Sattel steigen konnte. Wegen des zerklüfteten Geländes ließ er Schneefuß jedoch nur langsam im Schritt gehen; denn er sah schon, daß er dicht an schroffen Abbrüchen würde vorüberreiten müssen.

Nach einer Weile entdeckte er in Richtung zur Paßhöhe hin auf der felsigen Fläche eine aus Steinbrocken angehäufte Pyramide, auf deren Spitze ein Stab steckte. Er hielt dieses weithin sichtbare Mal zunächst für eine Wegmarke, sah aber bald, daß der Pfad in einigem Abstand rechts daran vorbeiführte. Im Näherreiten erkannte er, daß dieses merkwürdige Bauwerk beträchtlich größer war, als er zunächst angenommen hatte. Es mußte eine Höhe von mindestens vier oder fünf Manneslängen haben; an dem Stab war ein Büschel befestigt, das im scharfen Jochwind wehte, und obenauf steckte ein seltsam geformter Gegenstand. All dies zusammen weckte Lauschers Neugier, und er beschloß, sich diese Sache aus der Nähe anzusehen. Hier schien sich jemand große Mühe gemacht zu haben, um ein weithin sichtbares Zeichen aufzurichten. Sobald er eine Stelle erreicht hatte, von der aus man ohne Schwierigkeiten zu dem Mal gelangen konnte, stieg er vom Pferd und kletterte durch das Felsgewirr hinüber. Und als er schließlich vor der hochgetürmten Pyramide stand, die jetzt sogar die Gipfel ringsum zu überragen schien, erkannte er auch ihre Bedeutung. Der Stab, den man auf ihrer Spitze eingerammt hatte, war die Lanze eines Beutereiters, unter deren Spitze ein Pferdeschwanz flatterte. Und auf das stählerne Stichblatt war ein Pferdeschädel gespießt, der aus leeren Augenhöhlen nach Osten zur Steppe hinausstarrte. Dies war ohne Zweifel das Grabmal jener Beutereiter, die hier im Schneesturm umgekommen waren, nachdem sie Urlas Mann beraubt und umgebracht und sie selbst als Gefangene davongeschleppt hatten. Es war auch deutlich, wer dieses Mal aufgerichtet haben mußte: Nur Leute von den Bergdachsen hatten diesen Pferdeschädel auf eine Weise anbringen können, daß er jedem Beutereiter als Warnzeichen entgegengrinste, der es noch einmal wagen sollte, die Paßhöhe zu überschreiten. Kehr um, wenn dir dein Leben lieb ist! Das sollte dieses Zeichen heißen. Oder waren damit nicht nur Beutereiter gemeint? Lauscher sah sich unversehens vor die Frage gestellt, ob er überhaupt weiterreiten sollte. Wußte er, wie die Bergdachse mit Leuten umgingen, die aus dem Osten übers Gebirge zu ihnen herunterstiegen? Doch dann dachte er an Narzia und daran, daß er unverrichteter Dinge zu ihr zurückkehren würde. Er mußte weiterreiten, denn er hatte keine andere Wahl. Aber er beschloß, zunächst zu verschweigen, in wessen Auftrag er unterwegs war.

Unter dergleichen Gedanken kehrte er zu seinem Pferd zurück und war jetzt eigentlich ganz zufrieden damit, daß Arnis Stein fern auf seiner Goldschale ruhte. Sicher hatten diese abweisenden Gebirgsbewohner von Arnis Leuten gehört – wie hätten sie sonst den Verkehr mit ihnen verweigern können? –, und da sie, wie das Beispiel ihres Erzmeisters zeigte, durchaus nachzudenken verstanden, war nicht auszuschließen, daß sie ihn als Träger des Steins mit diesen ehemaligen Beutereitern in Verbindung brachten, vorausgesetzt, sie würden des Steins auf irgendeine Weise ansichtig werden, was durch unbedachtes Verhalten von seiner Seite durchaus geschehen konnte oder etwa auch dann, wenn er einen Unfall erlitt und dadurch außerstande gesetzt wurde, die Hände eines hilfsbereiten Menschen abzuwehren, der ihm Wams und Hemd öffnete, um ihm Erleichterung zu verschaffen, und dabei den Beutel mit dem Stein entdeckte... Er war sich der Gewundenheit solcher Überlegungen durchaus bewußt, während er langsam über das kahle Trümmerfeld weiterritt, aber es wollte ihm nicht gelingen, sich aus diesem Labyrinth der Gedankengänge zu befreien, ja es schien ihm zeitweise, als suche er nur nach einer Rechtfertigung dafür, daß er seinen Stein ohne nennenswerten Widerstand aus der Hand gegeben hatte. Anderseits bestand durchaus die Möglichkeit, daß der Stein ihm bei Arnis Verwandten unter den Bergdachsen hätte von Nutzen sein können. Aber was wußte er schon von diesen Leuten? Außerdem ließen sich die Dinge ohnehin nicht mehr ändern. Der Stein lag wo er lag, und der Beutel auf seiner Brust war leer.

Unterdessen hatte Lauscher nach einem letzten kurzen Anstieg die Paßhöhe erreicht und blickte hinunter in das Tal, in dem die Bergdachse ihre Wohnsitze hatten. Über die Wipfel der Fichtenwälder auf den Hängen hinweg schaute er hinaus in eine zwischen bewaldete Bergkuppen eingebettete Niederung mit Dörfern und verstreut liegenden Einzelhäusern. Überall rauchten die Schlote der zahlreichen Schmieden, und auch schon in den näherliegenden schmalen Seitentälern, die tief in das Gebirgsmassiv einschnitten, sah Lauscher Rauch aufsteigen. Dort wurde wohl das Erz verhüttet, das die Bergdachse aus ihren Stollen förderten.

Lauscher hielt sich nicht allzu lange bei der Betrachtung dieser Aussicht auf; denn die Sonne stand schon tief im Westen, und er wollte noch vor Einbruch der Nacht die ersten Häuser erreichen. Auf dieser Seite des Passes brauchte er nicht erst lange nach einem für Mann und Reiter gangbaren Pfad zu suchen. Hier gab es einen gut befestigten Karrenweg, der in weiten Schwüngen an dem stellenweise mit Knieholz bewachsenen Hang abwärts führte und weiter unten im Schatten zwischen den Fichtenstämmen untertauchte.

Als er endlich den Talgrund erreichte, war es schon dunkel. Lauscher hörte seitwärts unter Bäumen und Gebüsch einen Bach rauschen, dessen Lauf der Weg eine Zeitlang folgte. Dann trat der Wald zurück und gab den Blick frei in einen kleinen Talkessel. Weiter voraus hob sich die Silhouette eines düsteren Gebäudes ab, dessen breiter, hoch aufgemauerter Kamin in den Nachthimmel ragte. Daneben stand ein niedriges Haus, aus dessen Fenstern Licht schimmerte. In der Hoffnung, hier ein Nachtlager zu finden, lenkte Lauscher sein Pferd auf das Haus zu, und als er nahe genug herangeritten war, daß man drinnen den Hufschlag hören konnte, trat ein Mann vor die Tür und hielt Ausschau nach diesem späten Gast. Lauscher stieg vom Pferd und fragte, ob er hier übernachten könne.

«Platz ist genug da», sagte der Mann, «soweit du mit einem schlichten Lager zufrieden bist. Wir sind einfache Eisenschmelzer und können dir kein weiches Daunenbett bieten.» Die Arbeit am Schmelzofen hatte diesen Mann gezeichnet: Seine rechte Gesichtshälfte war von einer breiten, pockigen Brandnarbe verunstaltet, die von der leeren Augenhöhle bis in die Lippen hineinwucherte und die Ursache dafür bildete, daß sich sein Mund beim Sprechen nach der linken Seite verzog, was seinem Gesicht einen hämischen Ausdruck verlieh. Doch sein verbliebenes Auge strafte diesen Anschein Lügen, denn es blickte freundlich. Er führte Lauscher, als dieser sich einverstanden erklärt hatte, zu einem Schuppen, der dem Haus angebaut war, und zeigte dem Ankömmling, wo er sein Pferd unterstellen konnte, half ihm auch beim Absatteln und nahm ihm einen Teil seines Gepäcks ab, als sie zur Haustür zurückgingen. «Es geschieht selten, daß sich ein Fremder hierher verirrt», sagte er. «Wo kommst du her?»

«Aus dem Gebirge», sagte Lauscher vage und in der Hoffnung, daß es dort noch andere Wege gebe als jenen über den Paß zum Grab der Beutereiter. Der Eisenschmelzer gab sich damit zufrieden und sagte: «Komm herein! Wir wollten uns gerade zum Nachtessen setzen. Du bist gern dazu eingeladen.»

In der Stube saßen sechs Männer um einen Tisch, und auf dem Tisch stand eine Schüssel, in der ein bräunlicher Brei dampfte. Sehr appetitanregend sah das nicht aus, aber es roch gut nach gebratenem Speck.

Lauscher war erleichtert, daß er nicht gezwungen war, sofort seine Geschichte zu erzählen, sei es nun die wahre oder eine erfundene. Die Sitten der Gastfreundschaft waren ihm zwar vertraut, aber jetzt merkte er zum ersten Mal selbst, wie angenehm es war, nicht schon vor dem Essen nach dem Woher und Wohin gefragt zu werden. Die Männer rückten auf der Wandbank zusammen, damit Lauscher Platz fand; einer von ihnen legte ihm einen Löffel hin, und dann machten sich alle gemeinsam über den Brei her. Er bestand aus zerquetschten Getreidekörnern, die man in Wasser aufgekocht und dann mit geräuchertem Speck in der Pfanne abgeröstet hatte. Tatsächlich schmeckte es nicht übel, zumal wenn man den Tag über kaum etwas gegessen hatte. Schweigend löffelte Lauscher den Brei und hörte dabei zu, was bei Tisch geredet wurde. Das Gespräch drehte sich in der Hauptsache um einen großen Markt, der an einem der nächsten Tage in einem Ort namens Arziak stattfinden sollte. Offenbar war dies auch Anlaß für allerlei Lustbarkeiten, zu denen die Einwohner des Tals zusammenkamen. Es war die Rede von Tanzereien und Trinkgelagen, an denen die Männer teilnehmen wollten. Dieses Arziak konnte demnach nicht weit entfernt liegen. Aus manchen Bemerkungen war auch zu entnehmen, daß bei dieser Gelegenheit Fragen von öffentlichem Interesse beraten werden sollten. «Die Leute reden davon», sagte einer, «daß Händler aus dem Westen beim Erzmeister vorgesprochen und gefragt hätten, ob sie geschmiedetes Eisen und Goldschmuck bei den Handwerkern aufkaufen dürften. Promezzo will diesen Antrag der Talschaft vorlegen.»

«Warum hat er die Fremden nicht gleich wieder davongejagt?» sagte ein anderer. «Hat er vergessen, daß es ein solcher Händler war, der damals, als Urlas Mann erschlagen wurde, die Beutereiter ins Tal gelockt hat?»

«Weißt du auch, wie lange das her ist?» fragte der Mann, der Lauscher empfangen hatte und den die anderen Schiefmaul nannten. Doch die meisten der Eisenschmelzer meinten, es sei deshalb nicht weniger wahr, und die Händler würden schon merken, was man hier im Tal von ihnen hielt. Lauscher hatte inzwischen begriffen, daß es nicht leicht sein würde, die Bergdachse als Geschäftspartner von Arnis Leuten zu gewinnen, und es sah so aus, als habe er obendrein auch noch Konkurrenz aus dem Westen bekommen.

Während dieser Unterhaltung war die Schüssel leer geworden. Die Männer wischten ihre Löffel blank, und Lauscher dankte für die Bewirtung.

«War doch nicht der Rede wert», sagte Schiefmaul. «Du siehst aus, als seist du feinere Sachen gewöhnt. Was treibst du überhaupt in dieser abgelegenen Gegend?»

Darüber war sich Lauscher mittlerweile klar geworden. «Ich bin Flötenspieler und will zum Markt nach Arziak reiten», sagte er mit der beiläufigen Selbstverständlichkeit eines Mannes, der schon oft dergleichen Auskünfte gegeben hat, und überdies entsprach diese Antwort ja durchaus seinen Absichten.

Für die biederen Eisenschmelzer war dies Neuigkeit genug, wie Lauscher sogleich aus ihren erstaunten Ausrufen entnehmen konnte. In dieses Seitental schien sich selten ein Spielmann zu verirren oder gar bei ihnen um Quartier zu bitten. Lauscher sah sich alsbald genötigt, eine Probe seiner Kunst zu liefern, und er ließ sich auch nicht lange bitten; denn zu diesem Zweck war er schließlich über den Paß zu den Bergdachsen geritten. Um die Wirkung seines Spiels beobachten zu können, setzte er sich seitwärts auf die Tischplatte und fing an zu flöten, zunächst dieses und jenes Liedchen, das er auf dem langen Ritt mit Barlo aufgeschnappt hatte, und zwischendurch den einen oder anderen Bauerntanz, der diesen handfesten Burschen gefallen mochte. Schon von Anfang an hatten sie gelegentlich mitgesungen, und jetzt fingen sie an, sich auf die Schenkel zu klatschen und mit ihren klobigen Holzschuhen den Takt zu stampfen. Lauscher hatte bald herausgefunden, welcher Rhythmus ihnen in die Glieder fuhr. Er jagte sie von der Wandbank hoch, ließ sie trampelnd im Kreis tanzen, bis sie taumelten wie Betrunkene, und als sie sich dann erschöpft auf die Bank fallen ließen, spielte er ihnen eine Ballade in jenem derben, volkstümlichen Ton, wie er ihn auf Jahrmärkten gehört hatte. Erst viel später wurde den Eisenschmelzern bewußt, daß sie den Text dazu verstanden hatten, ohne daß einer gesungen hätte, und sie verstanden ihn so gut, daß diese Ballade noch Jahre danach im Tal folgendermaßen gesungen wurde:

Klein Rikka wollte die Zauberer sehn
und durfte doch nicht zum Markte gehn.
Im Morgengraun
ist sie abgehaun.
Nun hört nur, was weiter geschah:

Kaum ist sie im Wald, da wird sie gepackt,
von rothaarigen Kerlen eingesackt.
Die machen bald
noch acht Männer kalt.
Was meint ihr, was weiter geschah?

Ihr Vater findet die blutige Spur.
Wie ihm da der Zorn in die Glieder fuhr!
Er folgt ihr allein
über Stock und Stein.
Schreckt euch nicht, was weiter geschah?

Er reitet bis vor des Häuptlings Haus,
fordert Kluibenschedl zum Kampfe heraus.
Eh der Tag verrinnt,
gewinnt er sein Kind.
Wißt ihr auch, durch wen das geschah?

Der Vater hieß Arni und trug Urlas Stein,
er ritt mit der Horde und ritt auch allein,
war keinem verhaßt
und jedermanns Gast,
auch hier, wo dies alles geschah.

Als er diese Ballade zu Ende gespielt hatte, setzte Lauscher endlich seine Flöte ab. Die Männer waren mittlerweile wieder zu Atem gekommen und spendeten lautstark Beifall. «Mit diesem Lied wirst du in Arziak dankbare Zuhörer finden», sagte Schiefmaul. «Dort gibt es manchen, der sich gern an Arni erinnert, allen voran die Frau des Erzmeisters, denn sie ist Arnis Tochter.»

Das hörte Lauscher gern. Besser hätten die Dinge für ihn gar nicht liegen können. Wenn Arnis Tochter die Frau des mächtigsten Mannes im Tal war, sollte es ihm nicht schwerfallen, die Bergdachse für die Sache von Arnis Leuten zu gewinnen. «Ich hatte gehofft, Akka hier im Tal zu treffen», sagte er. Schiefmaul blickte ihn erstaunt an, als er diesen Namen nannte. «Du weißt hier bei uns gut Bescheid», sagte er. «Warst du schon einmal in Arziak?»

«Nein», sagte Lauscher. «Aber ich bin bei Akkas Schwester Rikka zu Gast gewesen, und einmal habe ich auch Arni selbst getroffen.»

«Du scheinst schon als Junge weit herumgekommen zu sein», sagte Schiefmaul. «Man hat hier bereits vor ein paar Jahren erzählt, daß Arni tot sei.»

«Das ist richtig», sagte Lauscher. «Er starb vor vier Jahren.»

«Ein Jammer!» sagte einer der anderen Männer. «Er war der einzige, der diese Hunde von Beutereitern hätte in Schranken halten können. Doch Khan Hunli scheint nicht der Mann zu sein, der dem Rat eines solchen Bruders folgt.»

«Khan Hunli wohl nicht», sagte Lauscher. «Man spricht aber davon, daß Arni unter den Beutereitern dennoch Gefolgsleute gefunden haben soll, wenn auch erst nach seinem Tod.»

Schiefmaul lachte. «So etwas ähnliches habe ich auch schon gehört», sagte er. «Aber die Beutereiter sind schlaue Burschen. Streuen Gerüchte aus, damit man sie ungehindert ins Tal läßt, und wenn sie dann einmal da sind, schneiden sie einem unversehens die Gurgel durch.»

Einer der anderen Männer fürchtete jedoch, daß ihm hier eine gute Geschichte entging. «Laß ihn doch erzählen, was er darüber weiß!» sagte er. «Spielleute erfahren so manches, wenn sie durch das Land ziehen.»

Diese Aufforderung war für Lauscher verlockend, aber er winkte dennoch ab und sagte: «Als Geschichtenerzähler tauge ich nicht viel. Ich verstehe mich nur auf die Sprache meiner Flöte.» Ist es ein Wunder, daß ihn alle sogleich bestürmten, noch ein Stück zu spielen? Genau das war es, worauf es Lauscher angelegt hatte. Er ließ sich noch ein bißchen bitten, griff dann, ein wenig widerstrebend, zu seinem Instrument und fing an zu flöten. Es war weder ein Lied noch ein Tanz, was er spielte, auch keine Ballade, deren Text man hätte wiederholen können. Diesmal ließ Lauscher aus den Tönen seiner Flöte Bilder wachsen, Bilder von einem Dorf, in dessen Mitte eine altersgraue Holzhütte stand, und als er die Männer in die Hütte führte und ihnen den Stein auf der goldenen Schale vor Augen stellte, wußte jeder von ihnen, daß dies Arnis Hütte war und daß diese Leute, die sich an jener Stelle angesiedelt hatten, dem friedlichen Weg Arnis folgen wollten. Lauscher führte sie wieder hinaus aus der Hütte und zeigte ihnen die unbezopften Männer, die nicht länger auf Beute aus waren, sondern Handel treiben wollten, wenn man sie nur ließe; denn von irgendeinem Gewerbe mußten sie ja ihren Lebensunterhalt bestreiten. Was können wir uns besseres wünschen als diese Leute Arnis zwischen uns und der Steppe? sagten sich die lauschenden Eisenschmelzer, völlig gefangen in diesen Bildern, die vor ihren Augen vorüberzogen wie ein Wachtraum, und sie begriffen, daß sie ihr eigenes Tal schützten, wenn sie Arnis Leute stärkten. Lauscher beobachtete ihre Gesichter, die entrückten Gesichter von Träumenden, auf denen leicht abzulesen war, welche Empfindungen das Spiel in diesen Männern auslöste. Und als er sicher war, alle auf seine Weise überzeugt zu haben, nahm er ohne Übergang die Melodie eines jener Bauerntänze auf, bei denen die Männer zuvor kaum hatten still sitzen können, und brach dann sein Spiel ab.

Diesmal blieben die Beifallsrufe aus, aber es war nicht zu verkennen, daß dieses Schweigen nur einen höheren Grad von Bewunderung ausdrückte. Solch unerhörtes Flötenspiel hatte ihnen schlichtweg die Rede verschlagen. Erst nach einer längeren Weile sagte Schiefmaul: «Bei deinem Spiel geht einem so mancherlei durch den Kopf, Flöter, und man beginnt die Dinge auf eine neue Weise zu sehen. Wenn ich jetzt bedenke, was ich so nach und nach über diese Leute Arnis gehört habe, so scheint mir, daß man vielleicht doch erwägen sollte, sie zu Freunden zu gewinnen.»

Lauscher hütete sich, dieses Thema noch einmal aufzugreifen, sondern sagte nur: «Es kann nie schaden, solchen Dingen auf den Grund zu gehen.» Bald darauf legten sich alle schlafen, nachdem Schiefmaul sich mehrfach dafür entschuldigt hatte, daß man «einem solch weitgereisten Meister» kein bequemeres Nachtlager bieten könne als einen Strohsack und ein paar grobe Wolldecken.

Am folgenden Tag ritt Lauscher mit einem deftigen Morgenbrei im Magen weiter talabwärts. Die dicht von hochstämmigen Fichten bestandenen Hänge rechts und links des Bachs traten zeitweise wieder eng zusammen, aber der Weg blieb breit und fest; denn auf ihm mußte ja das ausgeschmolzene Roheisen zu den Schmieden nach Arziak gekarrt werden.

Während der Bach schließlich nach rechts in einer steilen Geröllrinne dem Haupttal zustürzte, hielt sich der Weg in halber Höhe des Hanges und senkte sich erst allmählich der Talsohle zu. Als er dann zwischen den letzten Bäumen auf einen flachen Wiesenhang hinausführte, sah man weiter unten im Tal schon die rauchenden Schmiedeessen von Arziak, und nach einer weiteren Stunde ritt Lauscher über die Dorfstraße und hielt Ausschau nach einem Wirtshaus, in dem er sich einquartieren konnte. Ein grüner Busch, der an einem langen Stecken aus einer Dachluke ragte, wies ihm den Weg, und im Näherkommen entdeckte Lauscher, daß sich zwischen den frisch gebrochenen Zweigen das hölzerne, gelb angestrichen Abbild eines Amboß verbarg. Offenbar hatte hier ein ehemaliger Schmied sein Gewerbe gewechselt; es konnte aber auch sein, daß hier im Tal, wo so viele Leute mit Eisen zu tun hatten, ein Amboß der erstbeste Gegenstand war, der einem einfiel, wenn man nach einem sinnträchtigen Bild suchte, das sich jedermann einprägte. Lauscher unterließ es, die Frage zu klären, auf welche Weise dieses Wirtshaus zum goldenen Amboß zu seinem Namen gekommen war, sondern bat den Wirt, der ihm unter der Tür entgegentrat, um eine Schlafkammer, in der er bis zum Jahrmarkt nächtigen könne. Der Wirt, ein schwergewichtiger, im Alter etwas fett gewordener Mann, dem man den ehemaligen Schmied durchaus zutrauen konnte, schaute ihn taxierend von Kopf bis Fuß an und fragte: «Was verkaufst du?» Es sah so aus, als würde dieser Herbergsvater seine Jahrmarktskunden nach ihrem jeweiligen Gewerbe einschätzen.

«Ich bin ein Spielmann», sagte Lauscher. Diese Antwort schien das Mißfallen des Wirts zu erregen. «Spielmann?» wiederholte er, und dies in einem Ton, als sei das eine höchst unanständige Beschäftigung, und mit der Frage: «Was spielst du denn?» schien er einer weiteren Steigerung seines Abscheus gewärtig zu sein.

Lauscher ließ sich durch dieses unfreundliche Gehaben nicht aus der Ruhe bringen. «Ich spiele die Flöte», sagte er lächelnd und spürte eine gewisse Neugier darauf, was dieser Fettkloß als nächstes fragen würde. Diese Frage folgte prompt und war wohl auch zu erwarten gewesen: «Hast du Geld?» Der Wirt spuckte diese Worte aus wie einen Knochensplitter, der ihm versehentlich zwischen die Zähne geraten war. Statt einer Antwort griff Lauscher in den Beutel an seinem Gürtel und holte eine Handvoll von den Silbermünzen heraus, die ihm Höni auf die Reise mitgegeben hatte. Dieser Anblick verwandelte den Ausdruck auf dem Gesicht des Wirts augenblicklich. Er hob die wulstigen Augenbrauen und zog hörbar den

Atem ein. Offenbar hatte ihn dieser unerwartete Gang der Dinge ein wenig aus dem Konzept gebracht. «Du erlaubst?» sagte er, nahm, ohne auf eine Antwort zu warten, eine der Münzen von Lauschers Hand, betrachtete sie kopfschüttelnd, schob sie dann zwischen die Zähne und biß darauf. Dann schaute er sie noch einmal prüfend an und sagte: «Gutes Silber. Aber die Prägung kenne ich nicht. Wo hast du die Münzen her?»

«Das würde ich dir gern in der Stube bei einem Becher Wein erzählen», sagte Lauscher.

«Dagegen ist jetzt nichts mehr einzuwenden», sagte der Wirt schon viel freundlicher. «Komm herein! Eine Schlafkammer wird sich schon finden.»

Als sie dann in der Stube beim Wein saßen, kam der Wirt auf die Silberstücke zurück und fragte: «Wer hat sie dir gegeben?»

«Das waren merkwürdige Männer», sagte Lauscher. «Zuerst hielt ich sie für Beutereiter, aber dann merkte ich, daß sie keine Zöpfe trugen. Sie nennen sich Arnis Leute und scheinen friedliche Händler zu sein, die gutes Geld bezahlen, wenn sie etwas mitnehmen wollen.»

«Arnis Leute?» sagte der Wirt. «Dann scheint es ja zu stimmen, was die Leute erzählen.»

«Was denn?» fragte Lauscher.

«Daß ein Teil der Horde seßhaft geworden sein soll und so friedlich wie jener Arni mit dem Stein, den ich oft hier in Arziak gesehen habe, wenn er seine Töchter besuchte.»

«Es scheint so», sagte Lauscher. «Der Reiter auf der Münze stellt Arni dar, und die Frau auf der anderen Seite soll Urla sein, die Arni den Stein gab.»

«Wenn das so ist», sagte der Wirt, «dann sollte dieses Silber bei uns in Arziak seine Geltung haben; denn Urla stammte hier aus dem Tal, und Arnis eine Tochter ist die Frau unseres Erzmeisters.»

«Das hat man mir schon erzählt», sagte Lauscher. Als er dann später sein Zimmer im Voraus bezahlt hatte, sah er, wie der Wirt von Tisch zu Tisch ging und den Leuten das Silbergeld der Leute Arnis zeigte.

Während der nächsten zwei Tage trieb sich Lauscher in der Ortschaft herum, ließ in einer Schmiede die Festigkeit von Schneefuß' Hufeisen überprüfen, sah sich an, was die Goldschmiede an Schmuck für den Jahrmarkt bereitlegten, hörte dabei aufmerksam zu, was die Leute untereinander redeten, und sagte selbst nicht viel. Am dritten Tage wurde dann der Jahrmarkt eröffnet. Schon am Abend zuvor war es in der Wirtsstube plötzlich eng geworden. Aller Daumlang traf ein neuer Gast ein, und Lauscher beobachtete amüsiert, wie der Wirt mit den Ankömmlingen, soweit er sie nicht schon von früheren Jahren kannte, das gleiche Verhör anstellte wie mit ihm.

Nach der Morgenmahlzeit nahm Lauscher seine Flöte und ging hinaus auf den

Markt. Es herrschte ein ähnliches Getriebe wie damals in Draglop, nur wurde hier das Warenangebot vorwiegend von den Eisen- und Goldschmieden bestimmt. Aber zwischen ihren Ständen mit Ackergerät und Waffen oder Gold- und Silberschmuck mit gefaßten edlen Steinen boten auch hier die Bauern Vieh zum Verkauf, und es gab reisende Händler mit Lederzeug, irdenem Geschirr und allerlei anderem Kram. Sogar ein Zahnbrecher pries seine Kunst lautstark und mit drastischen Gebärden an, und an einer Hausecke hockte ein alter Spielmann, der auf einer zerkratzten Fiedel vor sich hingeigte und mit einem Kopfnicken für die Münzen dankte, die von den Leuten in seinen Hut geworfen wurden.

Wie er es als Zunftbrauch gelernt hatte, suchte sich Lauscher am anderen Ende des Marktes einen geeigneten Platz, damit er dem Alten, der zuerst dagewesen war, sein Publikum nicht abspenstig machte. Vor einer Hufschmiede fand er ein Holzgestell, an das die Leute ihre Pferde zu binden pflegten. Es bestand aus zwei senkrecht in die Erde gerammten Pfosten, die durch zwei Querholme miteinander verbunden waren. Lauscher setzte sich auf dieses Stangengerüst, von dem aus er knapp über die Köpfe der Marktbesucher hinwegblicken konnte, und fing an zu spielen.

Wie an dem Abend bei den Eisenschmelzern, holte er auch hier seinen Vorrat an Liedern, Balladen und Tänzen hervor und verband die einzelnen Stücke – wie es Spielleute zuweilen zu tun pflegen – durch kurze Überleitungen, etwa um von einer Tonart in die andere zu gelangen oder ein sanftes Liebeslied nicht gar zu hart neben den stampfenden Rhythmus eines Holzfällertanzes zu setzen. Den Zuhörern mag es dabei nur auf die mehr oder minder bekannten Melodien angekommen sein; denn die Leute hören ja am liebsten immer das, was sie schon einmal gehört haben und mitpfeifen können. Für Lauscher jedoch waren diese Zwischenspiele die Hauptsache. Ohne daß es den Leuten, die sich rings um ihn versammelt hatten, zu vollem Bewußtsein kam, weckte er mit wenigen Tonketten und Motiven in ihnen flüchtige Augenblicksbilder von Arnis freundlicher Gesinnung oder vom friedlichen Leben in der Ansiedlung von Arnis Leuten. Da mochte etwa einem der zuhörenden Händler die Vorstellung einer Hand in den Sinn kommen, die reichlich Silbermünzen mit Arnis geprägtem Bild für seine Ware bot; ein anderer kam unversehens auf den Gedanken, wie angenehm es wäre, wenn er seine schwergewichtigen Schmiedearbeiten nicht mehr selbst von Ort zu Ort zum Verkauf anbieten müsse, und sogleich tauchte in diesem Zusammenhang das Bild ledergekleideter Händler auf, die bereit waren, solche Mühsal an seiner statt auf sich zu nehmen. Auf diese Weise schmuggelte Lauscher seine Konterbande unmerklich in die Herzen der Leute, und jeder, der ihm zuhörte, hätte schließlich auf eine entsprechende Frage hin ohne Zögern beteuert, daß er eigentlich schon von jeher dafür gewesen sei, mit den Leuten Arnis jenseits des Gebirges in Handelsbeziehung zu treten.

Nach einer solchen Überleitung spielte Lauscher schließlich auch die Ballade von Klein Rikka. Zu seiner Überraschung hörte er, daß von Anfang an jemand den Text mitsang, und als er nach dem Sänger Ausschau hielt, entdeckte er in der Menge den brandnarbigen Eisenschmelzer, der mit einer erstaunlich wohlklingenden Tenorstimme die Ballade vortrug. Das gefiel den Leuten so gut, daß sie sogar Silbermünzen in Lauschers Hut warfen und das Ganze sogleich noch einmal hören wollten. Es versteht sich, daß Lauscher ihnen diese Bitte nicht abschlug. Schiefmaul hatte sich mittlerweile zu ihm hindurchgedrängt und ihn mit Herzlichkeit begrüßt wie einen alten Freund. Dann stellte er sich in Positur und gab, sobald Lauscher wieder mit der Ballade begann, sein Bestes.

Während Lauscher flötete und dabei die Gesichter seiner Zuhörer musterte, traf sein Blick auf eine Frau, deren Augen ihn sogleich fesselten, Augen von schwer zu beschreibender Farbe, die ihm vertraut waren. Er konnte den Blick nicht von diesen Augen lassen, solange er spielte, und auch dann noch nicht, als er seine Flöte schon abgesetzt hatte. Die Zuhörer hielten den Auftritt für beendet und begannen sich zu verlaufen. Die Frau jedoch trat auf ihn zu und sagte: «Es freut mich, daß Arnis Andenken auf solche Weise lebendig erhalten wird. Woher kennst du diese Geschichte?»

«Mein Großvater hat sie mir erzählt», sagte Lauscher, «und der hat sie von deiner Schwester Rikka gehört. Oder bist du nicht Akka, die Frau des Erzmeisters?»

Die Frau schaute ihn verwundert an und sagte: «Woher kennst du mich, Flöter? Ich weiß nicht, wie du heißt und habe dich noch nie gesehen.»

«Ich dich auch nicht», sagte Lauscher, nannte ihr seinen Namen und fügte hinzu: «Bei Rikka bin ich schon zwei Mal zu Gast gewesen, und es ist nicht zu verkennen, daß du ihre Schwester bist.»

Die beiden glichen einander in der Tat, wie Zwillinge sich nur gleichen können. Auch Akkas Haar begann schon vor der Zeit weiß zu werden, doch ihr Gesicht war noch jung und glatt wie das Rikkas. Akka dankte jetzt auch dem Eisenschmelzer für seinen Gesang und sagte dann zu Lauscher: «Willst du mir die Freude machen, als Gast in mein Haus zu kommen? Ich habe seit langer Zeit nichts mehr von meiner Schwester gehört. Du mußt mir viel von ihr erzählen!»

Lauscher dankte ihr für die Einladung, steckte seine Flöte ein und folgte Akka durch das Getriebe der Marktgassen bis zu einem großen, steinernen Haus, in dem er schon bei seiner Ankunft den Wohnsitz des Erzmeisters vermutet hatte. Sie gingen eben auf die mit kunstvoll geschmiedeten Eisenbeschlägen geschmückte Tür zu, als diese aufgestoßen wurde und ein etwa zwölfjähriges Mädchen herausgelaufen kam. Es rannte zu Akka hin und rief: «Hast du mir vom Markt etwas mitgebracht?»

Akka blieb stehen und sagte lachend: «Du benimmst dich ja, als sei ich wochenlang unterwegs gewesen, Arnilukka! Schau, was ich für dich gefunden habe, du kleine Wassernixe!»

Sie griff in die Tasche ihres weiten roten Wollrocks und zog ein Silberkettchen hervor, an dem eine winzige perlmuttfarbene Muschel hing. Arnilukka nahm ihr das Kettchen mit spitzen Fingern vorsichtig aus der Hand und war gleich darauf völlig in die Betrachtung des Farbenspiels versunken, das die Sonne auf die gewölbte Innenfläche der Muschel zauberte. Oder waren die blau, grün und violett irisierenden Lichter in der schimmernden Höhlung nur Spiegelungen ihrer Augen, die den Augen ihrer Mutter glichen, Urlas Augen, in die er in der Hütte jenseits des Passes geblickt hatte? Lauscher stand wie gebannt und schaute dieses Kind an, in dem sich über Generationen hinweg noch immer das Erbe dieser Urahnin bewahrt hatte.

Auch Akka hatte ihrer Tochter eine Zeitlang zugesehen, doch dann sagte sie: «Du solltest jetzt unseren Gast begrüßen, Arnilukka!» Das Mädchen war so in den Anblick der Muschel gefangen, daß ihr die Mutter die Hand auf die Schulter legen mußte. Da endlich blickte das Mädchen auf und sah Lauscher an. «Wer ist das?» fragte es.

«Er heißt Lauscher und ist ein Flöter, der viele schöne Lieder weiß», sagte Akka. «Auch war er zu Gast bei deiner Tante Rikka und soll uns von ihr erzählen.»

Arnilukka schaute Lauscher in die Augen. Dann lächelte sie plötzlich und sagte: «Ich mag dich, Lauscher. Wirst du mir auf deiner Flöte etwas vorspielen?»

Die unvermittelte Sympathie-Erklärung machte Lauscher verlegen. «Gern», murmelte er und wußte nicht, wo er seine Hände lassen sollte.

«Dann komm in unser Haus und sei unser Gast!» sagte Arnilukka mit einer Selbstverständlichkeit, als sei sie hier die Herrin. Sie streifte das Silberkettchen über den Kopf und warf noch einen raschen Blick auf die Muschel, die jetzt auf ihrer Brust hing. Dann nahm sie Lauscher bei der Hand und sagte: «Komm!»

Wenig später saß Lauscher mit Akka und ihrer Tochter in der Stube. Akka hatte ihrem Gast einen Becher Wein angeboten «um die Zeit bis zum Mittagessen zu verkürzen», wie sie sagte. Lauscher berichtete, wie er Rikka und ihren Mann zuletzt in der Schmiede angetroffen hatte, und erwähnte auch seinen ersten Besuch bei ihnen. «Damals mußte ich deiner Schwester von Arni erzählen», sagte er.

«Also hast du auch meinen Vater getroffen?» fragte Akka überrascht.

«Ja», sagte Lauscher. «Einmal habe ich ihn gesehen.» Doch im gleichen Augenblick wurde ihm klar, daß er nicht von Arnis Tod erzählen konnte, ohne den Stein zu erwähnen oder von Akka danach gefragt zu werden. Wie sollte er ihr erklären, daß er ihn nicht mehr besaß? Deshalb kam er gleich wieder auf Furros Schmiede zu sprechen und erzählte die Geschichte von dessen Flucht mit dem Eseltreiber aus Barleboog, an der auch Rikka teilgenommen hatte. Akka ließ sich von dieser abenteuerlichen Begebenheit ablenken, und auch Arnilukka lachte ein paarmal, als von dem Wirtshaus die Rede war, in dem Esel aus- und eingingen wie zahlende Gäste. Doch zwischendurch hatte das Mädchen ihn immer wieder einmal nachdenklich angesehen, und als er mit der Erzählung zu Ende war, sagte es: «Vorhin hast du plötzlich so ein trauriges Gesicht gemacht, als hättest du irgend etwas verloren.»

Lauscher fühlte sich ertappt, und er brachte es auch nicht fertig, dem Mädchen in die Augen zu lügen. «Das kann schon sein», sagte er vage. «Spielleute sind ständig unterwegs, und dabei kann man mancherlei verlieren.»

«Wenn du willst, helfe ich dir suchen», sagte Arnilukka eifrig. «Ich mag nicht, wenn deine Augen so leer aussehen.»

Wenn Lauscher darauf überhaupt eine Antwort hätte finden können, so wurde er ihrer jedenfalls dadurch enthoben, daß in diesem Augenblick der Erzmeister eintrat, ein mittelgroßer, kräftiger Mann von einigen vierzig Jahren. «Ich sehe, wir haben einen Gast», sagte er, begrüßte Lauscher und ließ sich von seiner Frau berichten, was es mit diesem jungen Flöter für eine Bewandtnis hatte. «Du bist schon weit herumgekommen für deine Jahre», sagte er dann zu Lauscher. «Akka wird sich freuen, wenn du noch eine Weile als Gast in unserem Hause bleibst. Du mußt wissen, daß sie eine Vorliebe für geheimnisvolle Geschichten hat, und Spielleute haben ja, wie man sagt, dergleichen immer auf Vorrat.»

An der Art, in der er das sagte, konnte man merken, daß er von ‹geheimnisvollen Geschichten› nicht sonderlich viel hielt, ohne daß er seiner Frau ein solches Vergnügen mißgönnt hätte. Dann begrüßte er auch seine Tochter, gab ihr einen Kuß und entdeckte dabei das Kettchen mit der Muschel. «Da hat dir deine Mutter auf dem Markt wieder einmal ein hübsches Zauberding gekauft», spottete er. Aber Arnilukka war mit dieser Deutung nicht einverstanden. «Das ist kein Zauberding», sagte sie ersthaft. «Das ist eine richtige Muschel aus einem Teich. Ich mag sie, weil sie schön ist.»

«Recht so», sagte Promezzo und nickte zufrieden. «Was man mit seinem Verstand klären kann, sollte man nicht mit Geheimnissen verschleiern. Und eine vernünftige Erklärung läßt sich schließlich für alles finden, wenn man nur lange genug nachdenkt.»

Man konnte Akka am Gesicht ablesen, daß sie mit dieser Feststellung nicht einverstanden war. Auch Promezzo bemerkte das, und es war ihm wohl nicht neu. «Ich weiß», sagte er, «für dich steckt hinter den natürlichen Dingen immer noch etwas anderes, das sich mit dem Verstand allein nicht fassen läßt. Du bist eben eine Frau aus Urlas Sippe, und dein Vater war ja auch nicht anders mit seiner ständigen Suche nach dem Geheimnis seines Steins.» Als er merkte, daß der Blick seiner Frau sich trübte, legte er ihr die Hand auf die Schulter und sagte: «Ich wollte dir nicht wehtun. Dein Vater war einer der liebenswertesten Menschen, denen ich je begegnet bin. Ich meine nur, daß er mit vernünftigen Argumenten bei seinen Leuten mehr hätte erreichen können als mit solch obskuren Träumereien.»

Lauscher hatte diesem Disput interessiert zugehört und sagte jetzt: «Erreicht hat er anscheinend doch etwas, wenn auch erst nach seinem Tod. Man sagt, daß ein Teil der Horde sich entschlossen haben soll, seinem Beispiel zu folgen.» «Davon habe ich allerdings auch gehört», sagte Promezzo. «Ein Mann namens Höni soll die Sache in die Hand genommen haben, und das scheint ein kluger Kopf zu sein. Nach dem Wenigen, das ich davon erfahren habe, hat er sich die vernünftigsten Ideen Arnis herausgesucht und sie in die Tat umgesetzt. Er hat offenbar erkannt, daß es vor allen Dingen nützlich ist und dazu auch noch angenehm, wenn man ein friedliches Leben führt. Manche meinen allerdings, das Ganze sei nichts weiter als eine groß angelegte Hinterlist der Horde, um die Nachbarn in Sicherheit zu wiegen. Ich habe jedenfalls noch nie erlebt, daß Menschen ihre Gewohnheiten so rasch ändern.»

An dieser Stelle wurde das Gespräch von den Mägden unterbrochen, die das Mittagessen auftrugen. Lauscher konnte feststellen, daß man auch in Arziak nicht schlecht lebte. Während er den in eine knusprige Kruste von Brotteig eingebackenen saftigen Schinken sich schmecken ließ, beschäftigte ihn noch immer, was Promezzo über Höni und Arnis Leute gesagt hatte, wenn er auch die Zweifel des Erzmeisters an der Ehrlichkeit dieser Sinnesänderung nicht teilen konnte. Aber das übrige leuchtete ihm durchaus ein. Höni hatte in erster Linie den praktischen Nutzen eines solchen Lebens erkannt, und das ganze Getue mit Arni veranstaltete er wohl nur deshalb, weil die einfachen Gemüter immer ein Vorbild benötigen, dem sie nacheifern können, nach Möglichkeit sogar eines, das nicht mehr am Leben ist und sie deshalb nicht enttäuschen kann. Wahrscheinlich hielt Höni von Arnis Stein genauso wenig wie dieser nüchtern denkende Erzmeister, aber er hatte sich seiner bemächtigt, weil er den Leuten etwas Sichtbares vor Augen stellen wollte, das gewissermaßen den Sinn ihres Gemeinwesens verkörperte. Lauscher war zumute, als sei er bislang in Träume verstrickt gewesen und sehe nun endlich klar. Jetzt würde es nur noch darauf ankommen, Promezzo von der Nützlichkeit einer Handelsverbindung mit Arnis Leuten zu überzeugen. Seine Flöte, die er bisher zu diesem Zweck eingesetzt hatte, war wohl letzten Endes auch kein solch geheimnisvolles Instrument, wie er bisher angenommen hatte. Musik ging den Leuten nun einmal zu Herzen, das war eine schlichte Erfahrungstatsache, die genauso kalkulierbar war wie der Handelswert einer Ware. Es kam dabei einzig darauf an, daß der Spieler seinen Zuhörern Melodien in die Ohren blies, die geeignet waren, ihre Gedanken in die gewünschte Richtung zu lenken.

Während ihm all dies durch den Kopf ging, gewann Lauscher eine neue Sicherheit, und er mußte darüber lächeln, daß ihn bisher jedesmal das ungute Gefühl beschlichen hatte, er treibe einen unerlaubten Mißbrauch, wenn er seine Flöte dazu benutzte, das Bewußtsein seiner Zuhörer zu beeinflussen. Schließlich tat er dies stets zu einem guten Zweck, darauf kam es wohl in erster Linie an. Und Narzia würde zufrieden mit ihm sein. Daran gab es wohl schon jetzt keinen

Zweifel, daß er sein Ziel erreichen würde. Er malte sich gerade aus, wie es sein würde, wenn sein Falkenmädchen ihn zur Begrüßung in die Arme schloß und küßte, als Arnilukka sagte: «Jetzt siehst du wieder fröhlich aus, Lauscher!»

«Das bin ich auch», sagte Lauscher, doch sobald er sie anschaute, fragte er sich: Bin ich das wirklich? Denn unter dem Blick ihrer Augen erschien ihm auf einmal alles wieder fraglich, was er sich eben zusammengedacht hatte. War dieser Stein, der das Abbild (oder das Urbild?) dieser Augen war, wirklich nur ein totes Stück Quarz? Arnilukka lachte und sagte: «Ein Silberstück für deine Gedanken!»

«Die sind nicht zu verkaufen», sagte Lauscher und kam sich lächerlich vor, daß ihn ein kleines Mädchen in solche Verwirrung bringen konnte.

«Dann gebe ich dir das Silberstück dafür, daß du mir heute Nachmittag auf deiner Flöte vorspielst», sagte Arnilukka. Lauscher lächelte und sagte, daß sie dies umsonst haben könne, denn es gehöre sich nicht, von so freundlichen Gastgebern Geld anzunehmen.

So kam es, daß Lauscher nach Tisch, als Promezzo schon wieder seinen Geschäften nachging, bei Akka und ihrer Tochter in der Stube sitzenblieb. Zunächst fragte ihn Akka weiter nach den Umständen aus, in denen ihre Schwester lebte, und er mußte ihr Haus in allen Einzelheiten beschreiben, so weit er es in Erinnerung hatte, ihre Stube, ja sogar die Speisen, die sie auf den Tisch brachte; denn Akka wollte alles genau wissen.

Arnilukka fand das nicht besonders unterhaltsam und fragte zwischendurch immer wieder, wann denn nun endlich die Flöte drankäme, bis ihre Mutter schließlich lachend nachgab und Lauscher aufforderte, sein Versprechen einzulösen.

Das Mädchen erwies sich als unersättlich. Lauscher suchte alles zusammen, was er an lustigen und traurigen Liedern, an schaurigen Balladen und leichtfüßigen Tänzen im Gedächtnis hatte, aber Arnilukka konnte nie genug bekommen und nahm die Musik mit all ihren Sinnen auf, sprang ab und zu von ihrem Stuhl auf, um durch die Stube zu tanzen, und war ständig zwischen Lachen und Weinen. Als Lauscher sie einmal nach dem Grund ihrer Tränen fragte, sagte sie: «Weil es so schön ist.» Am liebsten mochte sie das Lied von Schön Agla, und Lauscher erinnerte sich daran, daß ihre Mutter sie ‹kleine Wassernixe› genannt hatte. Ihm schien, als sei an diesem Kind wirklich etwas Zauberisches, dem man nicht auf den Grund kommen konnte, doch er wagte nicht, nach der Ursache dieser Benennung zu fragen, denn er fürchtete, die Unbefangenheit des Mädchens damit zu zerstören.

Als sich dann auch Promezzo am späten Nachmittag wieder zu ihnen gesellte, spielte Lauscher die Ballade von Arni und Klein Rikka, und Akka sang den Text dazu. Während er zuvor auf Zwischenspiele verzichtet und statt dessen Arnilukka erzählt hatte, wo und unter welchen Umständen ihm dieses oder jenes Lied zu

Ohren gekommen war, fügte er jetzt zwischen jede Strophe der Ballade eine kunstvolle Variation, in der er wieder allerlei verlockende Bilder aus der Welt von Arnis Leuten verbarg.

Selbst der nüchterne Erzmeister konnte sich dem Zauber solchen Flötenspiels nicht entziehen, das war offensichtlich. Er saß gespannt vorgebeugt auf seinem Sessel, als verfolge er ein packendes Schauspiel, das sein volles Interesse in Anspruch nahm. Sogar als Lauscher schließlich seine Flöte schon abgesetzt hatte, blickte Promezzo noch eine Zeitlang schweigend und nachdenklich vor sich hin. Dann sagte er: «Du verstehst dich auf die Kunst, durch dein Spiel neue Gedanken zu wecken. Ich bin dir zu Dank verpflichtet.»

Nach dem Abendessen fing Promezzo noch einmal davon an, daß er Lauscher zu danken habe und fügte hinzu: «Da du in meinem Haus kein Geld nehmen willst, wie es das gute Recht eines Spielmannes wäre, habe ich mir etwas ausgedacht, das dir meine Dankbarkeit in Erinnerung halten soll. Willst du mir über Nacht deine Flöte leihen?»

Lauscher wußte nicht, was er davon halten sollte. Seine Flöte gab er nur ungern aus der Hand, aber seinem Gastgeber konnte er diese Bitte nicht gut abschlagen. Zudem war ja auch nicht anzunehmen, daß Promezzo ihm oder seiner Flöte Schaden zufügen würde.

Bald darauf legte er sich schlafen. Er hatte zuvor sein Pferd und das Gepäck aus der Herberge zum Goldenen Amboß geholt, nachdem Promezzo seine Einladung noch einmal wiederholt hatte. Der Erzmeister hatte selbst dafür gesorgt, daß Schneefuß einen guten Platz in seinem Stall erhielt und den Knecht angewiesen, das Pferd des Flöters gut zu versorgen. Dann hatte er seine Tochter gerufen und ihr aufgetragen, dem Gast sein Schlafzimmer zu zeigen.

Arnilukka zündete eine Kerze an, steckte sie in einen bronzenen Leuchter und führte Lauscher in das obere Stockwerk. Während er hinter ihr durch einen breiten Flur ging, sah er an den Wänden kunstvoll geschmiedete Waffen im Licht der Kerze aufblitzen. Schließlich öffnete das Mädchen auf der rechten Seite eine schwere Eichentür und ließ Lauscher eintreten. Er spürte weiche Teppiche unter den Füßen und sah ihre verschlungenen Muster in dunklem Rot und Blau aufschimmern, als Arnilukka ihm folgte und den Leuchter auf einen Tisch stellte. Dann huschte sie wie ein kleiner Hausgeist hinüber zur Wand und schlug die Decken auf einem Bett zurück. Lauscher sah ihr zu und fand es äußerst behaglich, auf solche Weise zu Bett gebracht zu werden.

«Brauchst du noch etwas?» fragte sie und drehte sich zu ihm um.

«Nein», sagte Lauscher. «Du hast schon für alles gesorgt.»

«Dann schlaf gut!» sagte sie. Das Licht der Kerze ließ tausend Sterne in ihren dunklen Augen tanzen, während sie ihn lächelnd anschaute. Dann machte sie einen höflichen (oder vielleicht auch spöttischen?) Knicks und huschte zur Türe hinaus.

Als er am Morgen aufwachte, wußte er zunächst nicht, wo er war. Die Reste eines Traums mischten sich in das Bild eines ihm unbekannten Zimmers, durch dessen Fenster die Sonne auf den rot und blau gemusterten Teppich schien. War da nicht eben noch ein Falke gewesen? So viel wußte er noch von seinem Traum: Er hatte einen Falken fangen wollen, ein herrliches, braun und weiß gefiedertes Tier, das vor ihm herflog, sich von Zeit zu Zeit auf irgendeinen Baumstumpf oder Zaunpfahl niederließ und ihm mit seinen moosgrünen Augen entgegenblickte, bis er ganz nahe herangekommen war und ihn zu greifen versuchte. Doch ehe seine Finger ihn berühren konnten, breitete der Vogel wieder seine Schwingen aus und flog weiter. Irgendwann war dann aus dem Dunkel ein Kind aufgetaucht, hatte ihn ausgelacht und gesagt: «Laß ihn doch fliegen! Er wird dir nur die Hände zerkratzen.» Oder hatte es gesagt das Herz? Er wußte es nicht mehr. Jedenfalls war er an dem Kind vorübergelaufen, immer dem Falken nach. Doch er hatte ihn nie erreicht. Er versuchte, sich an das Kind zu erinnern, aber dessen Bild war schon unter den Horizont seines Bewußtseins gesunken und ließ sich nicht mehr auffinden.

Dafür wußte er jetzt wieder, wie er in dieses Zimmer gekommen war, das ihm bei Tag viel kleiner vorkam als am Abend zuvor im Schein der Kerze, ein Raum mit weißgekalkten Wänden, an denen Gehörne von Steinböcken und Hirschen hingen. An der gegenüberliegenden Seite stand auf einer geschnitzten Truhe ein bronzenes Wasserbecken, und in der Mitte des Zimmers ein Tisch mit zwei Hockern. Neben dem Leuchter auf dem Tisch lag eine Flöte, die golden in der Morgensonne glänzte. Lauscher warf die Decken zurück, stieg in seine Hose und ging barfuß über den flaumigen Teppich hinüber, um sich diese Flöte anzusehen. Sie war tatsächlich aus Gold, aber im übrigen glich sie seinem Instrument in jeder Einzelheit. Er nahm sie in die Hand und betrachtete sie genau. Es war seine Flöte, dessen war er jetzt sicher, denn auch der fünffache Ring an ihrem Ende war vorhanden. Allerdings waren die Buchstaben der Inschrift, die dort eingekerbt waren, nicht mehr zu erkennen, als habe man das Metall in den Rillen geglättet. Er versuchte sich an die Worte zu erinnern, die dort gestanden hatten, aber sie wollten ihm nicht mehr einfallen.

Lauscher fragte sich, wie man eine silberne Flöte in eine goldene verwandeln könne. Oder hatte Promezzo über Nacht eine genaue Nachbildung anfertigen lassen? Er hob die Flöte an die Lippen, um festzustellen, ob ihm das Instrument wie früher gehorchte. Ihr Klang war stärker geworden, schien ihm, und von betörender Süßigkeit. Wie von selbst fanden seine Finger eine Melodie, die von der Freundschaft der Leute Arnis zu den Bergdachsen sprach.

Während er spielte, wurde die Tür geöffnet, und Arnilukka kam herein. Sie trug einen Wasserkrug in der Hand und wartete, bis er die Flöte absetzte, dann sagte sie: «Guten Morgen, Lauscher! Wie gefällt dir deine Flöte? Ich habe sie dir vorhin gebracht, als du noch geschlafen hast.» Ihre Augen funkelten wie nach einem gelungenen Spaß, und Lauscher konnte sich gut vorstellen, wie sie auf Zehenspitzen ins Zimmer geschlichen war, um ihn mit seiner verwandelten Flöte zu überraschen.

«Was ist mit ihr geschehen?» fragte er. „Sie sieht aus, als wäre sie aus Gold.» Arnilukka lachte. «Aus Gold ist sie nicht», sagte sie. «Es ist deine alte Flöte. Aber mein Vater hat sie heute Nacht von einem geschickten Meister vergolden lassen, um dir eine Freude zu machen. Ich hoffe, es hat ihr nicht geschadet.»

«Nein, das hat es nicht», sagte Lauscher. «Du hast sie ja gehört: Sie klingt schöner als je zuvor. Ich sollte sie heute noch einmal auf dem Markt spielen.»

«Das wird nicht gehen», sagte Arnilukka.

«Warum nicht?» fragte Lauscher.

«Schau hinaus!» sagte sie und ging hinüber zum Fenster. Lauscher trat neben sie und blickte hinaus auf den Marktplatz. Die Verkaufsbuden hatte man fortgeräumt, und kein Händler war mehr zu sehen. Statt dessen standen Gruppen von Männern im Gespräch beieinander, und aus den Seitengassen kamen immer noch mehr, Schmiedemeister mit ledernen Schürzen, Bergleute und Steinsucher, die ihre Hämmer am Gürtel trugen, und natürlich auch Eisenschmelzer in ihren groben Holzschuhen. «Wozu kommen all diese Leute zusammen?» fragte Lauscher.

«Heute versammelt sich die Talschaft», sagte Arnilukka. «Wir können hier vom Fenster aus zusehen. Wenn du nichts versäumen willst, mußt du dich mit dem Frühstück beeilen.» Sie musterte ihn von Kopf bis Fuß und setzte lachend hinzu: «Vorher solltest du dich allerdings ein bißchen waschen und deine strubbeligen Haare kämmen und auch deine Schuhe anziehen.» Sie goß Wasser aus ihrem Krug in das Becken auf der Truhe und sagte noch: «Mach schnell!» ehe sie hinausging.

Wenig später hatte Lauscher all diese morgendlichen Verrichtungen hinter sich gebracht und lehnte neben dem Mädchen in der Fensterleibung seines Zimmers. Der Marktplatz hatte sich inzwischen weiter mit Menschen gefüllt, die sich, je nach ihrem Gewerbe, zu einer offenbar festgelegten Ordnung aufstellten. Arnilukka zeigte Lauscher wichtige Leute und nannte viele Namen, die er im nächsten Augenblick schon wieder vergessen hatte. Er merkte sich nur, daß Schiefmaul, der als Vormann in der ersten Reihe der Eisenschmelzer stand, eigentlich Sparro hieß. «Aber so nennt ihn keiner mehr seit dem Tag, an dem sein Ofen platzte und ihm die glühende Schmelze ins Gesicht spritzte», sagte Arnilukka. Der Platz summte von den Gesprächen der vielen Männer, doch sobald der Erzmeister aus der Tür trat, wurde es auf einen Schlag still. Promezzo trug über seinem Wams aus rotem Wollstoff eine breite Amtskette, deren einzelne Glieder abwechselnd aus Eisen, Bronze, Silber und Gold geschmiedet waren zum Zeichen, daß er allen Gewerken des Tales vorstand.

Zunächst wurden Rechtsfragen abgesprochen, Schürfrechte verhandelt und dergleichen mehr, alles Dinge, die wohl für die Talschaft wichtig waren, aber

Lauscher nicht viel sagten, da er kaum eine Ahnung hatte, von welchen Gegenständen im einzelnen die Rede war. Doch dann horchte er auf, denn Promezzo kündigte an, daß er die Versammlung wegen einer Sache befragen wolle, die Handelsrechte betreffe. «Die Händler aus den Städten im Westen», sagte er, «haben bei mir angefragt, ob wir ihnen erlauben wollen, hier im Tal von Arziak Gold- und Silberschmuck sowie geschmiedetes Eisen aufzukaufen und weiter zu verhandeln. Ich meine, über diese Angelegenheit sollte die Talschaft entscheiden. Wer hat dazu etwas zu sagen?»

Als erster meldete sich ein weißhaariger Meister aus der Gruppe der Goldschmiede zu Wort und sagte: «Ich stimme gegen diesen Vorschlag. Ein Händler aus dem Westen hat einmal Unglück in dieses Tal gebracht, und das kann immer wieder geschehen.» Seine Zunftgenossen nickten beifällig, und auch unter den anderen Männern riefen einige, daß sie nichts mit den Händlern aus dem Westen zu tun haben wollten. Ein Schmied von beträchtlichem Leibesumfang warf zwar ein, die Goldschmiede hätten leicht reden in dieser Frage; sie brauchten ja nicht viel zu tragen, wenn sie ihre Waren selber von Ort zu Ort verkaufen müßten. Schmiede seien da schon schlechter dran. Aber da rief ihm auch schon ein anderer zu: «Das täte deinem Bauch ganz gut, wenn du deinen Eisenkrempel über Land schleppen mußt!» und so erstickte dieser Einwand im Gelächter der Leute.

Promezzo wartete, bis wieder Ruhe herrschte, und dann fragte er: «Ihr wollt also weiterhin mit Händlern nichts zu tun haben?»

«Mit denen aus dem Westen nicht!» rief jemand. Lauscher erkannte Sparro als den Sprecher. Der Eisenschmelzer war ein paar Schritte vorgetreten, als wolle er noch mehr sagen.

«Gibt es denn noch andere Händler?» fragte Promezzo.

«Ja», sagte Sparro, und Lauscher freute sich jetzt zum zweiten Mal, daß aus dem schiefen Maul eine solch laute, klare Stimme drang. Sparro wandte sich der Versammlung zu und fuhr fort: «Die meisten von uns haben schon von jenen Leuten Arnis gehört, die im Osten jenseits des Gebirges Hütten gebaut haben und nicht mehr auf Beute ausziehen, sondern friedlich Handel treiben. Wir sollten ihnen helfen, indem wir ihnen erlauben, bei uns einzukaufen.»

«Und warum sollten wir das tun?» fragte der alte Goldschmied.

«Weil wir unseren eigenen Nutzen davon haben werden», sagte Sparro. «Zum einen hat der Dicke, den ihr vorhin ausgelacht habt, gar nicht so unrecht. Wenn die Handwerker ihre Waren nicht mehr selbst im Land vertreiben müssen, werden sie mehr Zeit für ihre eigentliche Arbeit haben und mehr als bisher schaffen können. Ihr Gewinn wird also größer sein. Das ist das eine, aber das ist nicht alles, denn sonst könnten wir genauso gut mit den Leuten aus dem Westen ins Geschäft kommen. Ich meine aber, daß wir besser dran sind, wenn wir uns mit Arnis Leuten einigen. Indem wir ihr neues Gemeinwesen stärken, werden sie wie ein Bollwerk zwischen uns und den Beutereitern stehen, und nach allem, was man von ihnen hört, werden sie die letzten sein, die dem Raubgesindel den Weg zu uns ins Tal zeigen. Ich stimme für Arnis Leute!»

Als er das gesagt hatte, nahmen alle diesen Ruf auf und schrien: «Wir stimmen für Arnis Leute!» Promezzo hörte sich das an, und Lauscher hatte den Eindruck, daß dem Erzmeister diese Entwicklung nicht ungelegen kam. Nach einer Weile hob er die Hand, um die Männer zum Schweigen zu bringen, und sagte dann: «Das ist ein Vorschlag, den ich selbst schon in Erwägung gezogen habe. Wenn dies also eure Meinung ist, dann will ich einen Boten zu Arnis Leuten schicken und ihre Händler einladen, zu uns nach Arziak zu kommen.»

Seine letzten Worte gingen schon im Beifallsgebrüll der Versammlung unter. Die Leute schlugen sich gegenseitig auf die Schultern, und manche umarmten einander gar, als sei ihnen eine große Sehnsucht in Erfüllung gegangen.

Lauscher sah sich das an und fragte sich, ob dies das Werk seiner Flöte sei. «Freust du dich nicht?» fragte ihn Arnilukka. Er schaute ihr ins Gesicht, in diese Augen von schwer zu beschreibender Farbe, die ihn forschend anblickten. Warum fragte sie das? Meinte sie damit nur, daß keiner sich ausschließen solle, wenn alle in einen solchen Freudentaumel gerieten, oder ahnte sie mit der Intuition eines Kindes, daß er etwas mit dieser Begeisterung für Arnis Leute zu tun hatte, die über die Männer der Talschaft gekommen war wie eine schlagartig ausbrechende Seuche? Er zuckte mit den Schultern und schaute dann wieder hinunter in die tobende Menge, und je länger er diesem Treiben zusah, desto unheimlicher wurde ihm zumute.

Mit diesem jähen Ausbruch von Begeisterung fand die Versammlung ihr Ende. Nach einiger Zeit verliefen sich die Leute, und Lauscher ging mit Arnilukka hinunter in die Stube. Sie trafen dort den Erzmeister an, der seine Amtskette noch nicht abgelegt hatte und im Stehen einen Becher Wein trank. «Das viele Reden hat mir die Kehle ausgetrocknet», sagte er und lud Lauscher ein, einen Schluck mit ihm zu trinken. Lauscher nahm die Gelegenheit wahr, um sich für die Überraschung zu bedanken, die er am Morgen vorgefunden hatte. Promezzo winkte ab, als sei dies nicht der Rede wert, und sagte, er hoffe, daß ihm diese Verschönerung seines Instruments Freude gemacht habe. Dann setzten sich beide an den Tisch, und auch Arnilukka blieb bei ihnen.

Lauscher hatte inzwischen darüber nachgedacht, was der Bote, von dem Promezzo gesprochen hatte, bei Arnis Leuten über den ‹Träger des Steins› erfahren würde, der so vortrefflich Flöte spielen könne. Bisher ahnte niemand in Arziak, daß er selbst im Auftrag Hönis ins Tal geritten war, und es wäre wohl besser, wenn dies auch keiner erfahren würde, ehe der Handel in Gang gekommen war. Ihm war auch schon eingefallen, wie man dem zuvorkommen könne. «Ich will dir einen Vorschlag machen, Promezzo», sagte er. «Du hast vorhin angekündigt, daß du einen Boten übers Gebirge zu Arnis Leuten schicken willst. Nun trifft es sich, daß ich selber vorhabe, nach dem Jahrmarkt von Arziak zu Arnis Leuten zu reiten. Willst du mich zu deinem Boten machen? Ich würde diese Aufgabe gern übernehmen.»

Promezzo bedachte sich eine Zeitlang und sagte dann: «Du nimmst mir eine schwierige Entscheidung ab, Lauscher. Es ist gar nicht so leicht, im Tal einen geeigneten Mann für einen solchen Auftrag zu finden. Die Leute hier sind eher wortkarg, aber Spielleute wie du verstehen sich auf's Reden, und dem Klang deiner Flöte kann ohnehin niemand widerstehen. Ich danke dir also für dieses Angebot und nehme es gern an.»

Arnilukka mischte sich jetzt ein und sagte: «Darf ich mit Lauscher über's Gebirge reiten? Ich möchte so gern wieder einmal zu Großvaters Haus an der Steppe.»

Promezzo lachte und sagte: «Diesmal noch nicht. Lauscher hat einen schwierigen Auftrag und kann dabei nicht auch noch auf ein kleines Mädchen aufpassen. Später, wenn wir mit Arnis Leuten einig geworden sind, wird noch Zeit genug dafür sein.»

«Kennst du denn Arnis Haus?» fragte Lauscher das Mädchen.

Arnilukka nickte eifrig. «Als er noch lebte», sagte sie, «hat er mich oft vor sich auf sein Pferd gesetzt und ist mit mir über den Paß zu seiner Hütte geritten. Nirgends hat es mir bisher so gut gefallen wie dort, wo man weit hinausschauen kann über das viele Gras.»

«Arni hatte einen Narren an seiner Enkelin gefressen», sagte Promezzo, «und das nicht nur deshalb, weil wir sie nach ihm benannt haben. Seit er sie zum ersten Mal mitgenommen hatte in sein Haus, wollte sie immer wieder dorthin.»

«Warst du auch schon in der Steppe, Lauscher?» fragte Arnilukka.

«Ja», sagte Lauscher, «einmal bin ich durch die Steppe geritten.»

«Warum machst du so ein komisches Gesicht, wenn du daran denkst?» fragte das Mädchen. «Hat es dir dort nicht gefallen?»

«Ich weiß nicht», sagte Lauscher. «Der weite Blick vom einen Ende des Himmels bis zum anderen und nirgends ein fester Punkt für das Auge, an den man sich halten kann – ich habe mich ein bißchen gefürchtet.»

Arnilukka lachte hell auf. «Wie kann man sich vor etwas so Schönem fürchten!» rief sie. «Warte nur, wenn du mit mir dort bist, wird es dir gefallen, und du wirst dich nicht mehr fürchten.»

Jetzt lachten auch die beiden Männer. «Du traust dir ja viel zu», sagte Promezzo. «Aber diesmal wird Lauscher allein reiten müssen.»

«Gleich morgen?» fragte Arnilukka.

«So eilig ist das nicht», sagte Promezzo, und zu Lauscher gewendet fügte er hinzu: «Ich hoffe, du bleibst noch ein paar Tage unser Gast.»

Im ersten Augenblick wollte Lauscher diese Einladung ablehnen. Hatte er nicht vorgehabt, so schnell wie möglich zurückzureiten zu Narzia, um ihr Promezzos Botschaft wie eine Hochzeitsgabe zu Füßen zu legen? Er wunderte sich selbst darüber, daß er zögerte, und fragte sich, was ihn hier noch hielt. Als dann auch noch Arnilukka anfing zu betteln, daß er doch bleiben solle, geriet sein Entschluß vollends ins Wanken. Narzia schien ihm plötzlich unendlich weit entfernt zu sein, und es wollte ihm nicht gelingen, sich ihr Gesicht vorzustellen. Er schaute Arnilukka an und konnte ihren Augen nicht widerstehen. «Gut», sagte er, «dann bleibe ich noch.»

An einem der nächsten Tage sagte Promezzo am Morgen zu Lauscher, er wolle hinüberreiten ins Nachbartal zu den Pferdeweiden und ob Lauscher Lust habe, ihn zu begleiten. Lauscher hatte sich mittlerweile hinreichend in Arziak umgesehen und freute sich über diese Abwechslung. Sobald Arnilukka von diesem Plan hörte, fing sie an, ihrem Vater in den Ohren zu liegen, er solle auch sie mitnehmen. «Du weißt doch, wie gern ich drüben im Flachtal bin», sagte sie. «Das ist fast so schön wie die Steppe.»

Promezzo ließ sich schließlich von ‹dieser kleinen Beutereiterin›, wie er sie nannte, erweichen und sagte zu Lauscher: «Wir nehmen jeder einen Jagdbogen mit. Vielleicht treffen wir irgendwo oben im Schauerwald auf Wild.»

«Willst du übers Gebirge reiten?» fragte Arnilukka, und man konnte ihr ansehen, daß ihr dies nicht lieb war. Aber Promezzo sagte, daß sie keine Zeit hätten, den langen Umweg durch das Tal zu reiten. «Wenn du dich vor dem Schauerwald fürchtest, mußt du hier bleiben.»

Arnilukka schluckte, und das sah aus, als wolle sie ihre Angst hinunterwürgen. Dann sagte sie mit fester Stimme: «Es ist mir gleichgültig, welchen Weg du nimmst, wenn ich nur ins Flachtal komme.» Man konnte ihr ansehen, daß ihr dies durchaus nicht gleichgültig war, aber sie blieb bei ihrem Entschluß.

«Dann sattle inzwischen dein Pony», sagte ihr Vater. «Wir kommen gleich nach.» Er bat Lauscher, einen Augenblick zu warten, ging hinaus und kam gleich darauf mit zwei Jagdbogen und Köchern mit Pfeilen zurück. «Welchen magst du?» fragte er. Lauscher probierte beide Bogen aus, spannte die Sehnen und ließ sie wieder zurückschnellen. Der zweite Bogen schien ihm besser in der Hand zu liegen, und den bat er sich aus.

«Mir scheint, du verstehst dich aufs Bogenschießen», sagte Promezzo. «Was hast du zuletzt gejagt?»

«Wölfe», sagte Lauscher.

Der Erzmeister pfiff anerkennend durch die Zähne. «Die trifft man hier selten», sagte er. Dann gingen sie hinaus zu den Pferden, die der Knecht schon gesattelt und aus dem Stall geführt hatte. Arnilukka saß bereits auf ihrem Pony, einem kräftigen, schwarzweiß gescheckten Tier, und konnte es kaum erwarten, endlich in ihr geliebtes Flachtal zu kommen.

Zunächst ritten sie ein Stück talabwärts auf der Straße. Dann schlug Promezzo einen Weg ein, der nach rechts in ein Seitental abzweigte und eine Zeitlang an einem Bach entlang zwischen Wiesen dahinlief, über denen noch der Morgendunst lag. Zu beiden Seiten schoben sich bewaldete Kuppen heran und engten den vorerst noch flachen Talboden immer stärker ein. Der Weg begann merklich anzusteigen, und mit jeder Biegung des Tals traten neue Bergrücken ins Blickfeld, die einander in stetem Wechsel überschnitten bis zu einem fernen, blau verschwimmenden Höhenrücken. «Dort müssen wir hinüber», sagte Promezzo, «und dann geht's auf der anderen Seite rasch hinunter ins Flachtal.»

«Aber vorher müssen wir durch den Schauerwald», sagte Arnilukka.

«Warum heißt dieser Wald so?» fragte Lauscher.

«Ich weiß es nicht», sagte das Mädchen, «aber er macht einem Angst. Die Bäume dort sind uralt und bucklig und haben lange Bärte wie alte Männer.»

«Was redest du da!» sagte Promezzo. «Das ist ein ganz gewöhnlicher Jochwald mit flechtenbehangenen Wetterfichten, die der Sturm ein bißchen gezaust hat. Ich weiß auch nicht, warum man diesen Wald so nennt. Vielleicht bedeutet der Name nur, daß man von dort aus nach beiden Seiten in die Täler hinunterschauen kann. Aus einem Schau-Wald machen die Leute dann gleich einen gespenstigen Schauerwald.»

Je weiter sie ritten, desto schmäler wurde der Wiesenstreifen, durch den sich der Bachlauf schlängelte. Die baumbestandenen Hänge rückten immer näher, und der Wald schob seine Vorposten heran, buschige Haselstauden hockten am Weg, dann und wann tauchten die Reiter in den Schatten eines knorrigen Bergahorn. Bald waren es Gruppen von einem halben Dutzend Bäumen und mehr, die ihre Zweige über den Bach hängen ließen, und kurze Zeit später befanden sich die Reiter unversehens im Wald, ohne recht gemerkt zu haben, an welcher Stelle er begonnen hatte. Der Weg trennte sich vom Bach und führte seitwärts am Hang empor; eine Zeitlang hörten sie noch das Wasser in der Tiefe rauschen, doch dieses Rauschen mischte sich schon mit dem Brausen des Windes in den Kronen turmhoher Buchen und war bald nicht mehr davon zu unterscheiden.

Unten zwischen den Wiesen hatte Arnilukka ihr Pony zeitweise ein Stück galoppieren lassen, bis sie den beiden Männern weit voraus war. Jetzt hielt sie sich, so weit es der schmale Saumpfad erlaubte, dicht an der Seite ihres Vaters oder auch neben Lauschers Pferd, obwohl der Wald hier noch keineswegs irgend etwas Gespenstiges an sich hatte. Jedenfalls konnte Lauscher nichts dergleichen bemerken. Im Gegenteil: Ihm gefiel dieser Wald. Aus dem üppig wuchernden Farnkraut wuchsen die silbergrauen Buchenstämme hoch empor und entfalteten erst weit oben ihr Geäst zu einem Gewölbe von jungem Frühjahrslaub, das unter der Sonne in allen Schattierungen von hellem Grün flimmerte.

Das heisere Kreischen eines Hähers ließ Arnilukka zusammenschrecken. Lauscher legte ihr die Hand auf die Schulter und sagte: «Hier brauchst du dich doch nicht zu fürchten. Das ist noch nicht der Schauerwald.»

«Nein», sagte das Mädchen. «Aber ich bin überhaupt nicht gern im Wald. Man kann keine zehn Schritte weit sehen und weiß nie, was sich im Schatten zwischen den Bäumen versteckt.»

«So lange wir bei dir sind, kann dir doch nichts geschehen», sagte Lauscher, aber er spürte, daß die Beklemmung des Mädchens tiefer saß, als daß er sie hätte durch Worte lösen können. Es ging gar nicht darum, daß sie fürchtete, es könne ihr etwas zustoßen. Ihre Angst hatte kein Ziel; sie war einfach da und würde bleiben, bis der Blick zum Horizont wieder frei war. Arnilukka mochte den Wald nicht, das war alles. Schade, dachte Lauscher, ich mag ihn.

Er achtete jetzt darauf, daß Schneefuß immer neben dem gescheckten Pony blieb, und erzählte Arnilukka allerlei lustige Geschichten, um sie von ihren Gedanken abzulenken. Einmal brachte er sie sogar zum Lachen und war geradezu stolz darauf, daß ihm dies gelungen war. So kamen sie ein beträchtliches Stück voran, und dabei begann sich das Aussehen des Waldes nach und nach zu verändern. Zwischen die hellen Stämme der Buchen drängten sich immer häufiger die schlanken, von abgestorbenen Zweigen struppig verkleideten Fichten, deren dunkel benadelte Wipfel das Licht mehr und mehr verdüsterten, und schließlich ritten sie fast lautlos über federnden, von abgefallenen Nadeln gepolsterten Boden. Nichts war mehr zu hören als das ziehende Sausen des Windes in den Wipfeln. Der Weg stieg steil an, und wenn eines der Pferde auf dem schlüpfrigen Boden ausglitt, wurde das dumpfe Poltern der Hufe sogleich wieder von der Stille verschluckt. Und mit jedem Schritt, den sie an Höhe gewannen, wandelte sich das Aussehen der Bäume. Schon wehten da und dort fädige Bärte von den Ästen, die Stämme ragten nicht mehr wie Schiffsmasten empor, sondern blieben gedrungen, spalteten sich oft schon dicht über dem Boden zu zwei oder drei Hauptästen, die in kurvigen Schwüngen wieder nach oben strebten bis zu splittrigen Stümpfen, die zurückgeblieben waren, als der Sturm die Wipfel abgebrochen hatte.

«Jetzt sind wir im Schauerwald», flüsterte Arnilukka, und Lauscher sah, daß ihre Augen weit waren vor Angst. Hier halfen auch Lauschers lustige Geschichten nichts mehr. Er versuchte zwar, immer noch neue aus seinem Gedächtnis hervorzukramen, wenn auch nicht solch unziemliche wie die von dem gewaltigen Holzhacker Rübe, aber das Mädchen war nun nicht mehr abzulenken. «Laß nur», sagte es merkwürdig gefaßt, «ich habe jetzt meine Angst, und die wird bleiben, bis wir wieder ins Freie kommen. Ich weiß schon, daß dies unvernünftig ist, aber das nützt mir nicht viel.»

Der Wald auf dem welligen Gelände, das in Richtung auf das Joch zu nur noch wenig anstieg, war in der Tat seltsam. Da er höher lag als alle anderen Kuppen und Bergrücken ringsum, war er der Gewalt von Stürmen und Gewittern schutzlos preisgegeben, und es gab kaum einen Baum, der nicht zu irgend einem Zeitpunkt geknickt, seines Wipfels beraubt oder vom Blitz gespalten worden wäre. Bei vielen war dies sogar mehrfach geschehen, doch hatte sich mit jener zähen Beharrlichkeit, die Bäumen eigen ist, immer wieder ein Seitentrieb gefunden, der noch Saft genug hatte, um sich nach oben zu wenden und einen neuen, wenn auch sonderbar verkrümmten Wipfel zu bilden. Und jeder dieser bizarr verdrehten Äste war dicht behängt mit lang herabwehenden grauen Bartflechten. Dennoch wirkte dieser Wald anders auf Lauscher als jenes verquere Gehölz im Krummwald, das wie von einem bösen Zauber zu Boden gedrückt war. Diesen Bäumen hier mochte jede nur denkbare Gewalt angetan worden sein, dennoch hatten sie nicht vergessen, daß eine Fichte ihre Zweige nach oben zu strecken hatte, dem Licht zu, und sie ließen sich durch nichts auf der Welt davon abbringen. Lauscher konnte diesem Wald seine Hochachtung nicht versagen und versuchte sogar, auch Arnilukka den Gedanken nahezubringen, daß dies ein guter, wenn auch von den Unbilden der Witterung ziemlich mitgenommener Wald sei, aber seine Worte drangen nicht über die Grenze, hinter der ihre Angst begann, wenn das Mädchen auch begriff, was er ihm hatte sagen wollen. Ebenso hätte er jedoch ein Stück Luft mit der Hand packen können, um es ihr zu zeigen.

Unmittelbar bevor sie die Höhe erreichten, war der Wald zu Ende. Der Scheitel des Joches selbst war kahlgefegt. Hier hatte sich kein Baum gegen den Angriff der Stürme halten können. Der Boden war von dichtem, kurzwüchsigem Gras bedeckt, in dem zahllose Blumen und Kräuter blühten, gelbes und orangerotes Habichtskraut, samtblauer Enzian, feuerrote Steinnelken, die weißen und rosa Dolden der Schafgarbe und die zierlichen violetten Blütentrauben des Thymian, dessen Duft von dem breit unter der Mittagssonne hingelagerten Bergrücken aufstieg.

Sobald Arnilukka aus dem Schatten der letzten Fichten auf die übersonnte Bergwiese hinausritt, trieb sie ihr Pony zum Galopp, um als erste oben auf der Höhe des Jochs zu sein. Der Wind blies ihr Haar zur Seite, sie jauchzte vor Vergnügen, wieder freien Ausblick zu haben, und hatte offenbar ihre Angst vom einen zum anderen Augenblick vergessen. Oben auf dem höchsten Punkt wartete sie auf die beiden Männer, die ihr langsam nachgeritten waren. «Von hier aus kann man die ganze Welt sehen!» rief sie ihnen entgegen und fragte, als die Reiter herangekommen waren, ob man an diesem Platz nicht die ohnehin fällige Mittagspause einlegen könne. Promezzo hatte nichts dagegen einzuwenden, und so stiegen alle drei ab und ließen ihre Pferde auf der würzigen Weide grasen.

Die Aussicht war in der Tat beeindruckend, und wenn man auch nicht die ganze Welt sehen konnte, so war es doch zumindest Arnilukkas Welt, die man von diesem höchsten Punkt aus überblicken konnte. Nach Süden hin teilte der gewundene Bachlauf, dem sie lange Zeit gefolgt waren, die bewaldeten Kuppen und Hügel, bis er das Tal von Arziak erreichte, das fern unten im Dunst die wellige Landschaft durchschnitt; weiter nach Südosten hin erhob sich die schroffe, von Felszacken gekrönte Barriere des Gebirges, und nach Norden öffnete sich der Blick in ein weites, flaches Wiesental, das rings von Wäldern umschlossen war; doch der Blick reichte noch weiter: Im Nordosten jenseits des Waldgürtels flimmerte die endlose Ebene der Steppe und verschmolz am Horizont mit dem blaßblauen Himmel. Lauscher konnte Arnilukkas Begeisterung verstehen und freute sich, daß sie eine Weile hierbleiben würden.

Nachdem sie etwas von ihren Vorräten gegessen hatten, lief Arnilukka auf die Bergwiese hinaus, um Blumen zu pflücken. Promezzo zeigte Lauscher inzwischen markante Punkte der Landschaft zu ihren Füßen, benannte Berge und Täler und beschrieb die Lage der Ansiedlungen, die verborgen hinter Wäldern lagen. «Das Flachtal, das man von hier aus in seiner ganzen Ausdehnung überblicken kann», sagte er, «ist seit Alters her unser Weidegebiet; denn das Tal von Arziak ist zu schmal, als daß man dort größere Viehbestände halten könnte. Aber das Flachtal hat noch einen weiteren Vorteil. Siehst du den Bach, der es durchfließt? Wenn du seinem Lauf nach Osten bis zur Quelle folgst, gerätst du zunächst wieder in die Wälder. Doch dort, wo der Wald zu Ende ist, bricht der Boden in der gesamten Breite des Tals zu einer steilen Felswand ab, die von der Steppe aus kaum zu ersteigen ist, vor allem nicht für Pferde, und so sind unsere Herden vor jedem Angriff der Beutereiter geschützt.»

Lauscher war der Beschreibung des Erzmeisters mit den Blicken gefolgt und schaute nun wieder hinaus in die ferne Steppe, in deren silbern flimmernder Unendlichkeit irgendwo Hunli mit der Horde dahinjagen mochte, vielleicht auf einer Spur, die ihn schließlich zum Dorf von Arnis Leuten führen würde.

Aus solchen Gedanken wurde Lauscher unversehens von einem Schrei hochgeschreckt, der vom Waldrand heraufgellte. Zugleich mit Promezzo sprang er auf und schaute hinunter. Arnilukka rannte wie gehetzt am Waldrand entlang und schrie immer wieder ein Wort, das Lauscher aus dieser Entfernung nicht verstehen konnte. «Was hat sie?» fragte er den Erzmeister. Promezzo spähte hinunter zum Wald und zeigte dann mit einer jähen Handbewegung auf eine Stelle, an der das Mädchen eben noch gewesen war. Da sah auch Lauscher die gestreckten Schatten zwischen den verkrümmten Stämmen dahinhuschen. «Wölfe!» rief Promezzo, griff nach Jagdbogen und Köcher und rannte den Hang hinunter. Da packte auch Lauscher sein Schießzeug und lief ihm nach.

Arnilukka hastete auf einen einzelnen Baum zu, der ein Stück vor der Waldgrenze auf der Wiese stand, doch als sie ihn erreicht hatte, stolperte sie über einen Stein oder eine herausragende Wurzel und stürzte ins Gras. Inzwischen waren die beiden Männer schon fast auf Schußweite herangekommen, aber auch die Wölfe, zwei riesige graue Tiere, brachen jetzt aus dem Wald und jagten auf das liegende Mädchen zu. Vielleicht hatte Arnilukka sich verletzt oder war vor Entsetzen gelähmt; jedenfalls unternahm sie keinen Versuch, wieder auf die Beine zu kommen. Es war klar, daß die Wölfe bei dem Mädchen sein würden, ehe die Männer es erreichen konnten. «Wir müssen schießen!» schrie Promezzo Lauscher im Laufen zu. «Ich nehme den größeren!» Er blieb stehen, riß einen Pfeil aus dem Köcher und spannte seinen Bogen. Im nächsten Augenblick stand Lauscher schon neben ihm und legte seinen Pfeil auf die Sehne. Die Wölfe waren nur noch wenige Sprünge von Arnilukka entfernt, als ihr Lauf plötzlich wie von einer unsichtbaren Kraft aufgehalten wurde. Einen Augenblick lang standen sie mit gesträubten Nackenhaaren, hoben die Köpfe und stießen ein weithin hallendes Geheul aus. «Schieß!» rief Promezzo. Ihre Pfeile schwirrten fast zugleich von der Sehne und trafen beide ins Ziel. Die Wölfe sprangen hoch und fielen dann zuckend zur Seite.

Gleich darauf waren die Männer bei dem Mädchen. «Kümmere dich um die Bestien!» sagte Promezzo zu Lauscher, riß seine Tochter aus dem Gras hoch und drückte sie an sich. Lauscher zog sein Messer und näherte sich vorsichtig den beiden Wölfen, die wenige Schritte entfernt im Gras lagen. Der größere war schon tot, der kleinere jedoch atmete noch von Zeit zu Zeit in keuchenden Zügen. Lauscher kniete neben ihm nieder, um ihm den Fangstoß zu geben, als ihm selbst eine Entdeckung wie ein eisiger Messerstoß ins Herz fuhr: Dieser Wolf hatte saphirblaue Augen! Und während er noch in die blauen Wolfsaugen blickte, begann sich das Tier zu verwandeln. Es sah aus, als würde das struppige graue Fell Haar für Haar in die Haut zurückgezogen, die Gestalt änderte sich, Glieder streckten sich aus, der klaffende Wolfsrachen trat zurück und glättete sich zu einem Gesicht, dem schönen Gesicht einer Frau. «Gisa!» sagte Lauscher und ließ sein Messer fallen.

«Jetzt hast du mir den Rest gegeben, Lauscher», sagte Gisa und tastete nach dem Pfeil, der unter ihrer linken Brust aus dem nackten Körper ragte. Sie atmete mühsam, aber ihr Gesicht war ruhig, als sei sie zufrieden mit dieser Entwicklung der Dinge.

«Warum wolltest du das Mädchen umbringen?» fragte Lauscher.

«Wölfe sind auf Beute aus», sagte Gisa hart. Doch dann lächelte sie plötzlich und fügte hinzu: «Ach, Lauscher, du weißt noch immer nicht viel. Vielleicht habe ich gemeint, ich könne dich zurückgewinnen, wenn ich das Kind aus der Welt schaffe. Aber das war kein guter Einfall, wie sich herausgestellt hat.»

«Was hat Arnilukka damit zu tun?» fragte Lauscher.

«Du kannst nicht erwarten, daß ich dir das erkläre», sagte Gisa. «Aber ich hätte wissen müssen, daß sie beschützt wird.»

«Hast du Promezzo und mich nicht gesehen?» fragte Lauscher verwundert.

«Ihr seid kein besonderer Schutz», sagte Gisa. «Seit Stunden sind wir schon hinter euch hergeschlichen. Ich hätte das Mädchen laufen lassen, wenn ich es nicht mit dir zusammen gesehen hätte, Lauscher. Du hättest sie nicht retten können. Der Baum war ein besserer Schutz.»

«Welcher Baum?» fragte Lauscher.

«Der sie festgehalten hat in seinem Schutzbereich», sagte Gisa. «Hast du nicht bemerkt, was für ein Baum das ist?»

Lauscher blickte sich um und sah Promezzo abgewandt mit seiner Tochter im Arm unter den ausgebreiteten Zweigen einer blühenden Eberesche stehen. Jetzt wußte er, warum die Wölfe gezögert hatten, und nur dieses Zögern hatte Arnilukka gerettet. Gisa atmete schwer. «Willst du mir eine Bitte erfüllen, Lauscher?» fragte sie, und als Lauscher wortlos nickte, sagte sie: «Verscharre meinen Körper hier oben am Waldrand und pflanze auf mein Grab eine junge Eberesche. Wenigstens im Tod will ich nicht mehr mit den Wölfen laufen.» Dann streckte sie sich aus und starb.

Lauscher blieb neben ihr im Gras sitzen und betrachtete ihr Gesicht. Es sah ruhig und friedlich aus, ähnlich wie damals, als er sie mit seinem Stein berührt hatte.

«Sind die Wölfe tot?» rief Promezzo herüber.

«Ja», antwortete Lauscher. «Sie sind beide tot. Ich will den einen hier am Waldrand verscharren.»

«Wozu?» fragte Promezzo. «Laß sie doch für die Bergadler zum Fraß liegen.

«Nein», sagte Lauscher. «Ich habe diesen Wolf seit langem gekannt und bin ihm diesen Dienst schuldig. Geh mit Arnilukka inzwischen wieder aufs Joch! Sie soll die toten Tiere nicht mehr sehen.» Er wartete, bis der Erzmeister mit seiner Tochter weit genug entfernt war, daß er nicht erkennen konnte, wer hier begraben wurde. Beim Heraufreiten hatte Lauscher am Waldrand eine Stelle gesehen, an der eine alte Fichte vom Sturm umgestürzt und entwurzelt worden war. Das Loch, das ihr Wurzelstock zurückgelassen hatte, würde für ein Grab reichen. Er trug Gisas Leiche zu diesem Platz, bettete sie in die Grube und bedeckte sie mit Steinen und der ausgebrochenen Erde. In der Nähe fand er auch den Schößling einer jungen Eberesche, den er mit dem Messer ausgrub und auf das Grab pflanzte. Als er die Erde festgestampft hatte, blieb er noch eine Weile stehen und fragte sich, welchen Weg Gisa wohl gegangen sein mochte, seit er sie zum letzten Mal gesehen hatte. Er wurde aus ihr nicht klug. Einmal hatte sie sich schützend zwischen ihn und den alten Wolf gestellt, dessen Kadaver jetzt drüben auf der Wiese lag, den Adlern zum Fraß. Und jetzt hatte sie Arnilukka töten wollen. Warum? Er fand keine Antwort auf diese Frage. Dann hörte er Promezzo rufen. Es war wohl an der Zeit, weiterzureiten. Er warf noch einen Blick auf die junge Eberesche. Hoffentlich wuchs sie an und schützte die Tote, die unter ihren Wurzeln lag. Dann ging er langsam zu den anderen zurück.

Arnilukka saß der Schreck noch in den Gliedern. Sie war schneeweiß im Gesicht und klammerte sich zitternd an ihren Vater. «Du brauchst dich nicht mehr zu fürchten», sagte Lauscher zu ihr. «Die Wölfe sind tot und können dir nichts mehr tun.»

«Ich weiß», sagte Arnilukka. «Aber jetzt müssen wir wieder durch den Wald reiten.»

«Du darfst vor mir auf meinem Pferd sitzen», sagte Promezzo. «Lauscher wird dein Pony am Zügel führen. Wir können hier nicht mehr länger bleiben, wenn wir vor Einbruch der Dunkelheit unten bei den Hirtenhäusern sein wollen.»

Der Abstieg hinunter ins Flachtal war wesentlich steiler als der Weg, den sie von Arziak her geritten waren. Sie mußten ständig im Schritt reiten und an manchen Stellen sogar absteigen. Arnilukka sprach die ganze Zeit über kein Wort und hielt ihren Vater bei der Hand, wenn sie zu Fuß gingen. Kurz vor Sonnenuntergang erreichten sie schließlich den Talboden. Hier stieg Arnilukka wieder auf ihr Pony, und nach einem raschen Ritt kamen sie zu den Hirtenhäusern, als die Sonne im Westen eben hinter den Wäldern untertauchte.

Am nächsten Morgen ritt Promezzo allein hinaus zu den Herden und sagte, er würde erst gegen Mittag zurück sein. Lauscher saß noch mit Arnilukka bei der Morgenmilch. Er hatte schlecht geschlafen. Immer wieder hatte er sich selbst mit gespanntem Bogen am Hang stehen sehen, immer wieder hatte er seinen Pfeil auf die heulende Grauwölfin gerichtet, immer wieder war der Pfeil von der Sehne geschnellt und mit lähmender Langsamkeit über die Bergwiese geflogen. ‹Spring beiseite!› hatte er geschrien, aber die Wölfin war auf der Stelle stehen geblieben, an der sie die Eberesche festgebannt hatte, und der Pfeil hatte sein Ziel erreicht und hatte sich in die graufellige Flanke gebohrt. Immer wieder fragte sich Lauscher, ob er diese Kette von Ursache und Wirkung an irgendeiner Stelle hätte unterbrechen können, aber es lag nicht in seiner Macht, das Geschehen zu ändern. Warum hatte es sein Pfeil sein müssen, der Gisa traf? Und welche Rolle spielte Arnilukka im Zusammenhang dieser Ereignisse, deren Endgültigkeit nicht mehr aufzuheben war? Er fühlte sich verstrickt in einem Netz von Bezügen, das tief im Unerkennbaren verankert war.

«Gehst du mit zu meinem Lieblingsplatz?» fragte Arnilukka.

Lauscher schüttelte die Gedanken ab, die er die Nacht über nicht losgeworden war. «Gern», sagte er. «Hast du gut geschlafen?»

«Herrlich», sagte Arnilukka. Sie schien wieder fröhlich zu sein wie ehedem und hatte den Schrecken offenbar überwunden.

«Brauchen wir die Pferde?» fragte Lauscher.

«Nein», sagte Arnilukka. «Es ist nicht weit, und ich möchte gern zu Fuß am Bach entlang gehen.»

Sie lief ihm voraus durch das dunkelgrüne Gras, in dem hie und da fettiggelb glänzende Sumpfdotterblumen blühten, und folgte dabei jeder Windung des Bachlaufs. Bei einer alten Kopfweide blieb sie stehen, legte sich bäuchlings ins Ufergras und schaute in das fließende Wasser. Im Näherkommen sah Lauscher, daß sie ihre Hand in die Strömung tauchte und mit der schäumenden Welle spielte, die sich vor ihren Fingern aufstaute. Dann fing sie an, unter der Uferböschung herumzutasten, packte plötzlich zu und zog einen Krebs aus dem Wasser, der hilflos seine Scheren durch die Luft schwenkte. Lachend hielt sie ihn hoch, um ihn Lauscher zu zeigen. Dann setzte sie den Krebs vorsichtig ins Wasser zurück und sah zu, wie er rasch unter seine Böschung kroch.

Von dieser Stelle an gingen sie zusammen weiter, aber Arnilukka war nicht bereit, auch nur eine Schleife des Bachlaufs abzuschneiden, und deren gab es unzählige. Bis zu den Waldhängen auf beiden Seiten breitete sich die Wiese flach wie ein Teller aus, und der Bach hatte sich seinen Weg auf höchst eigenwillige Weise über den Talboden gesucht, schwenkte einmal nach links, dann wieder nach rechts, schlug fast einen Kreis, daß er auf einmal in die entgegengesetzte Richtung floß, und bog erst wieder ab, als er dicht an sein eigenes Bett geriet, und so waren die beiden fast eine Stunde unterwegs und hatten doch erst eine Strecke zurückgelegt, die sie in einem Viertel der Zeit hätten laufen können, wenn sie geradeaus gegangen wären. Aber das leise glucksende Wasser hatte es Arnilukka angetan. Immer wieder einmal beugte sie sich im Gehen hinunter und streifte mit den Fingerspitzen durch die Strömung, als liebkose sie ein lebendiges Wesen.

So kamen sie zu einer Stelle, an der sich der Bach vor einer leichten Bodenwelle zu einem runden Teich aufgestaut hatte, ehe er durch einen schmalen Durchlaß weiterfloß. Ringsum am Ufer standen einzelne Kopfweiden und streckten ihre frisch begrünten Rutenbüschel wie riesige Pinsel in den blauen Himmel. Manche standen mit dem Fuß im Wasser, getragen von ihrem Spiegelbild, dessen Rutenpinsel nach unten ragte, als sei der Boden hier durchsichtig, so daß man die Wurzeln sehen konnte.

«Hier ist mein Lieblingsplatz», sagte Arnilukka und setzte sich auf die knollige Wurzel einer der Weiden, die dicht am Wasser stand. Lauscher setzte sich neben sie und schaute auf die kleine Wasserfläche, in deren Mitte eben eine Forelle sprang und einen Wellenkreis hinterließ, der sich langsam ausbreitete. «Hier gibt's Fische», sagte er.

«Ich weiß», sagte Arnilukka. «Willst du meine Freunde kennenlernen?» Ohne eine Antwort abzuwarten, holte sie ein Stück Brot aus der Tasche und fing an, ein sonderbares Liedchen zu singen, dessen Text nicht zu verstehen war. Jedenfalls konnte Lauscher keinen Sinn in diesen zwitschernden und gurrenden Silben finden, die das Mädchen seinem Singsang unterlegte. Aber im Teich schienen Wesen zu wohnen, denen diese Sprache vertraut war. Unversehens begann das Wasser zu ihren Füßen sich zu kräuseln, aufzuwallen, schmale Schatten schossen über den kiesigen Grund, und dann sprangen die Fische, zu Dutzenden schnellten sie sich aus dem Wasser, schlugen blitzende Bogen durch die Luft und tauchten wieder zurück in ihr Element, ein sprühender Wirbel von Tropfen funkelte in allen Farben des Regenbogens.

Arnilukka zerbröselte das Brot und hielt es auf der flachen Hand über die Wasseroberfläche. Sogleich beruhigte sich der Wirbel silbrig geschuppter Leiber; die Fische kamen herbei, nicht rasch und scheu, sondern langsam und ruhig. Jetzt tauchte Arnilukka ihre Hand unter, und ihre Freunde nahmen vorsichtig mit gerundeten Lippen ihre Bissen, schmiegten sich in die Handfläche des Mädchens und ließen sich anfassen und streicheln. Arnilukka sprach währenddessen einzelne

Worte, als rede sie ihre Freunde an, ja Lauscher schien es fast, als nenne sie jeden einzelnen beim Namen.

«Jetzt kann ich verstehen, warum dich deine Mutter ‹kleine Wassernixe› nennt», sagte Lauscher. «Deine Fische folgen dir aufs Wort.»

Arnilukka hatte ihr Brot inzwischen verfüttert und lehnte sich an den Stamm der Weide zurück. Sie dachte eine Weile nach und sagte dann: «Mein Vater behauptet, das sei eine ganz natürliche Sache. Seit ich den Fischen zum ersten Mal Futter gestreut hätte, würden sie von ihrer Freßgier zum Ufer getrieben, sobald ich über der Böschung auftauche und meine Hand übers Wasser halte.»

«Hast du nicht auch mit deinen Freunden gesprochen?» sagte Lauscher. «Es hörte sich jedenfalls so an.»

Arnilukka zuckte mit den Schultern. «Vielleicht ist das nur ein Spiel, das ich mir ausgedacht habe», sagte sie.

«Hat auch das dein Vater gesagt?» fragte Lauscher.

Arnilukka gab das zu und fuhr fort: «Er sagt, man könne nicht mit Tieren reden.» Es war ihr anzusehen, daß sie sich dessen durchaus nicht sicher war, obwohl es ihr offenbar schwer fiel, die Meinung ihres Vaters anzuzweifeln.

«Mein Großvater unterhielt sich immer mit einer Amsel», sagte Lauscher.

«Und du redest mit Wölfen, wenn ich auch glaube, daß dies eigentlich gar kein Wolf war, was du dort oben am Waldrand begraben hast», sagte Arnilukka und schaute Lauscher mit ihren dunklen Augen an, in denen der Widerschein der bewegten Wasserfläche flirrte.

«Du solltest nicht mehr an diese böse Begegnung denken», sagte Lauscher.

«Aber du denkst noch daran», sagte Arnilukka und schauerte zusammen, als sei ihr plötzlich kühl geworden.

«Das braucht dich nicht zu ängstigen», sagte Lauscher. «Es war ein Teil meiner Geschichte, der nun vorbei ist. Komm, wir wollen noch ein Stück laufen, sonst holst du dir hier am Wasser noch einen Schnupfen.»

Während sie am Bach entlang weitergingen, grübelte Lauscher darüber nach, ob das stimmte, was er eben gesagt hatte. War die Geschichte Gisas wirklich abgeschlossen und vorbei? Gingen die Geschichten von Menschen überhaupt jemals zu Ende? Dann hätte es Gisa gleichgültig sein können, was für ein Baum über ihrem Grab Wurzeln trieb. Er selbst würde jedenfalls diese Geschichte niemals aus seinem Gedächtnis löschen können; sie war ein Faden im Gewebe seines eigenen Lebens, den man nicht herauslösen konnte, ohne das ganze Gewebe zu zerstören. Je länger er darüber nachdachte, desto tiefer geriet er in die Angst, daß er sich nie aus dieser Verstrickung würde befreien können.

«Denk nicht mehr dran!» Arnilukkas Worte rissen ihn aus seinen Gedanken. Sie schaute ihn von der Seite an, hatte ihn wohl auch schon länger beobachtet. Es tat ihm wohl, dieses Kind neben sich zu haben, dessen Augen seinem Stein glichen. Sie wärmten ihm das Herz, als trüge er den Stein noch auf der Brust.

Am nächsten Morgen weigerte sich Arnilukka entschieden, noch einmal über das Joch zu reiten, und nach allem, was am Rand des Schauerwaldes geschehen war, konnte man ihr das nicht verdenken. Lauscher hatte zudem den Verdacht, daß sie es auch ihm ersparen wollte, zum Grab dieses seltsamen Wolfes zurückzukehren. Zum Dank dafür ergriff er ihre Partei und sagte, daß er gern einen anderen Weg zurückreiten würde, um das Unterland von Arziak kennenzulernen. Da blieb Promezzo schon aus Höflichkeit nichts anderes übrig, als nachzugeben. «Der Weg durch das Tal ist allerdings etwas länger», sagte er, «und zudem nicht ungefährlich. Wir müssen durch eine enge Klamm reiten, in der man leicht einen Stein auf den Schädel bekommen kann. Wenn dir das lieber ist als der Weg über den Schauerwald, mir soll's recht sein.»

Lauscher wollte es riskieren, zumal er merkte, daß Arnilukka nichts dagegen einzuwenden hatte. Vermutlich war sie schon zufrieden, daß sie in der Nähe des Bachs bleiben konnte, durch welche Klüfte er auch fließen mochte. Lauscher war sogar geneigt zu glauben, daß ihr dort wirklich nichts zustoßen konnte.

Sie ritten also talabwärts über die Wiesen, bis sie auch in dieser Richtung wieder auf Wald stießen. An dieser Stelle begann der Bach sich tief in den felsigen Grund einzusägen und stürzte in einer Folge von schäumenden Kaskaden hinunter in eine Schlucht. Man sah von oben einen schmalen Pfad, der in vielen Kehren an einer einigermaßen gangbaren Stelle des Hangs bis hinunter in den Grund führte. Wenn er allein gewesen wäre, hätte Lauscher wahrscheinlich den Plan aufgegeben, ein Pferd über diesen Weg hinunterzuführen. Promezzo, der sicher nicht zum ersten Mal hier war, sprang aus dem Sattel und begann wortlos den Abstieg. Arnilukka folgte ihm ohne Zögern mit ihrem Pony, und so mußte Lauscher wohl oder übel hinterdreinklettern. Von einigen ausgesetzten Stellen über steil abfallenden Felsen abgesehen, war der Pfad sicherer, als er von oben gesehen gewirkt hatte, und es dauerte nicht lange, bis er den Grund erreichte.

Zunächst konnte Lauscher überhaupt nicht herausfinden, wo es hier weitergehen sollte. Auf allen Seiten ragten rötliche Felswände turmhoch empor und ließen oben nur einen schmalen Streifen des blauen Himmels frei. Das übereinanderstürzende Wasser brauste mit solchem Getöse durch die ausgewaschenen Höhlungen, daß man kaum sein eigenes Wort verstehen konnte. Arnilukka bekam wieder ihren ängstlichen Blick, und auch den Pferden schien der Aufenthalt in dieser tosenden Enge nicht zu behagen. Sie tänzelten nervös und verdrehten die Augen, bis man das Weiße sehen konnte. Promezzo versuchte sein Pferd zu beruhigen und führte es am Zügel auf einem sandigen Streifen am Bach entlang weiter. Gleich darauf war er hinter einer überhängenden Felswand verschwunden. Lauscher ließ dem Mädchen wieder den Vortritt und folgte als Letzter.

Nach kurzer Zeit war er taub vom Rauschen des Wassers und vom Poltern der Rollsteine. Die Klamm schien sich immer tiefer ins Gebirge zu schneiden, und zuweilen traten die Wände so dicht zusammen, daß kaum noch Licht von oben hereinfiel. Hier geriet Lauschers Pferd fast in Panik. Er mußte es am Kopfriemen packen, damit es sich nicht losriß. So gingen sie etwa eine Stunde, manchmal auf dem schmalen Uferstreifen, manchmal auch durch seichtes Wasser. Lauscher hatte das beklemmende Gefühl, immer tiefer in eine Höhle hineinzugeraten, aus deren dämmriger Düsternis es keinen Ausweg gab. Auch Promezzo schien sich hier nicht sonderlich wohlzufühlen und warf von Zeit zu Zeit einen Blick nach oben, als erwarte er im nächsten Augenblick einen Steinschlag. Arnilukka schaute die meiste Zeit in das strudelnde Wasser. Das war hier, wo jeder Ausblick ins Freie durch schroffe Felswände verwehrt war, wohl ihr einziger Trost.

Endlich traten die Felsen nach und nach auseinander und gaben nach einer letzten Biegung den Blick auf bewaldete Höhen und smaragdgrüne Wiesenhänge frei. Promezzo deutete nach vorn und rief: «Das Tal von Arziak!» Man konnte seiner Stimme die Erleichterung anhören, daß er mit heiler Haut aus der Klamm herausgekommen war. Zu Mittag aßen sie in einem Dorfgasthaus, aber sie mußten noch bis in die Nacht hinein talaufwärts reiten, bis sie wieder nach Hause kamen.

In dieser Nacht segelte wieder der grünäugige Falke durch Lauschers Träume. Doch diesmal ließ er sich greifen. Lauscher strich ihm mit der Hand über Hals und Rücken, und unter seinen Fingern verwandelte sich das kühle, glatte Gefieder in warme Haut. «Wann kommst du endlich zurück, Lauscher?» sagte Narzia und legte ihm ihre Arme um den Hals. «Weißt du nicht, daß ich auf dich warte?» Er wollte ihren Mund küssen, aber ehe er ihn erreichte, schlugen ihm harte Schwungfedern ins Gesicht, der Falke entglitt seinen Händen und flog auf. Eine Zeitlang sah er ihn noch über sich kreisen, dann strich der Vogel nach Osten ab, wurde kleiner und kleiner, ein dunkler Punkt am Himmel, den er gleich darauf aus den Augen verlor und nicht mehr wiederfinden konnte.

Dieses Traumbild stand ihm noch deutlich vor Augen, als er aufwachte, und er beschloß, noch an diesem Tage aufzubrechen. Es war früh am Morgen. Durch das Fenster floß fahles Dämmerlicht ins Zimmer und breitete sich wie blasser Nebel auf dem Teppich aus. Lauscher sprang aus dem Bett, zog sich rasch an und ging hinunter ins Haus. Auf der Treppe fiel ihm ein, daß ein Auftrag noch unerledigt war: das Schmuckstück, um das Narzia ihn gebeten hatte. Aber diese Sorge wurde ihm gleich darauf abgenommen.

Unten in der Stube traf er Promezzo an, der offenbar ein Frühaufsteher war und schon bei seiner Morgenmilch saß. Lauscher sagte ihm, daß er noch heute über den Paß zu Arnis Leuten reiten wolle.

«Auf einen Tag mehr oder weniger wird es dir wohl nicht ankommen», sagte Promezzo. «Wenn du schon mein Bote sein willst, dann mußt du noch etwas mitnehmen. Die Goldschmiede von Arziak haben vorgeschlagen, daß du aus jeder Werkstatt ein Schmuckstück aussuchen sollst, damit du bei Arnis Leuten etwas vorzuweisen hast. Ihre Händler sollen sehen, was es bei uns einzukaufen gibt.

Dafür werden wir wohl den heutigen Tag brauchen; denn es gibt hier viele
Goldschmiede, und sie haben allesamt während des Winters fleißig gearbeitet.»
Lauscher hatte schon oft die Kunstfertigkeit der Handwerksmeister im Gebirge
rühmen hören und auf dem Jahrmarkt auch Beispiele davon bewundert; was er
jedoch an diesem Tage zu sehen bekam, übertraf alle seine Erwartungen. Während
er mit Promezzo von Werkstatt zu Werkstatt ging, begann er auch zu begreifen,
warum er von jedem Meister ein Stück mitnehmen sollte; denn jeder von ihnen
betrieb einen besonderen Zweig seiner Kunst. Der eine verstand goldene Ketten
herzustellen, deren haarfeine Glieder so kunstreich ineinandergeschlungen waren, daß man meinte, einen massiven Goldring vor sich liegen zu sehen, bis man
das Gebilde in die Hand nahm und fühlen konnte, wie es sich schlangengleich in
jede Falte der Haut schmiegte. Ein anderer schmiedete Gürtelschnallen aus Silber,
in die fein gesponnenes Rankenwerk aus goldenem Draht eingehämmert war. Der
nächste verfertigte goldene Zierknöpfe und Beschläge für das Zaumzeug von
Pferden. Dann gab es einen, der Fingerringe bog, schmale und breite, glatte und
punzierte, manche davon mit prächtig gefaßten edlen Steinen. Überall suchte sich
Lauscher ein Stück heraus, von dem er meinte, daß es bei Arnis Leuten Anklang
finden würde, und wenn er anfangs gezögert hatte, nach einem besonders
wertvollen Schmuck zu greifen, so merkte er bald, daß die Goldschmiede stolz
darauf waren, wenn er das nach ihrer Meinung gelungenste Stück wählte.

So kamen sie schließlich auch zu einem Meister, der sich auf die Gestaltung von
Gewandfibeln verlegt hatte, die er mit allerlei Tierfiguren verzierte, Hirschen mit
weit zurückgeschwungenem Geweih, Steinböcken, deren Gehörn einen Bogen
vom Kopf bis zum Stummelschwanz des Tieres schlug, breit geflügelten Adlern
und anderen Greifvögeln. Darunter befand sich auch ein auffliegender Falke, dem
als Auge ein moosgrün funkelnder Smaragd von beträchtlicher Größe eingesetzt
war. Sobald er diese Fibel sah, wußte Lauscher, was er Narzia mitbringen würde.
Als er den fast fingerlangen Vogel in die Hand nahm, sagte der Goldschmied: «Du
hast gut gewählt. Seit Jahren ist mir kein Werkstück so gut geglückt wie dieser
Falke. Möge er dir und uns allen Glück bringen.»

«Du sprichst aus, was ich eben gedacht habe», sagte Lauscher und fragte sich,
ob der Meister in seinen Augen hatte lesen können, wem er diese Fibel zugedacht
hatte. Jetzt, da er sie bei sich trug, wäre er am liebsten gleich losgeritten, um
Narzias Augen zu sehen, wenn sie den goldenen Falken aus seiner rehledernen
Umhüllung zog, aber dafür war es an diesem Tag zu spät, wenn er die Nacht nicht
schutzlos im Gebirge verbringen wollte. Über dem Betrachten und Auswählen
der Kostbarkeiten waren tatsächlich der ganze Vormittag und noch ein Teil des
Nachmittags vergangen.

Am Abend dankte Lauscher der Frau des Erzmeisters für ihre Gastfreundschaft
und wollte sich zugleich von ihr verabschieden, da er nicht wußte, ob er bei seinem
frühen Aufbruch Gelegenheit dazu haben würde. «Damit eilt es nicht», sagte

Akka. «Wenn du erlaubst, werde ich dich morgen noch ein Stück begleiten. Ich muß mit zwei Knechten zu Urlas Hütte reiten, um dort nach dem Rechten zu sehen. Zwar wohnt niemand mehr in dem Haus, seit Urla gestorben ist, aber es soll nicht verfallen, damit ihr Andenken erhalten bleibt.»

So brauchte Lauscher am nächsten Morgen nicht allein durch den Frühnebel talaufwärts zu reiten. An seiner Seite trabte Akka auf einem kräftigen Maultier, und auch ihre Knechte waren auf gleiche Weise beritten, da diesen schmalhufigen Tieren das Steigen im Gebirge leichter fiel als den schwerer gebauten Pferden, die bei den Bergdachsen gehalten wurden. Arnilukka blieb mit ihrem Vater bei der Haustür zurück, als die kleine Kavalkade über den Marktplatz trabte, und rief Lauscher nach: «Komm bald wieder! Wenn du mich zu lange warten läßt, suche ich dich bei Arnis Leuten!»

«Du hast ihr viel Freude gemacht mit deinen Liedern», sagte Akka, als sie an den letzten Häusern von Arziak vorüberritten. «Und auch ich habe noch nie einen Flöter gehört, der so zu spielen versteht wie du. Mein Vater erzählte mir einmal, daß er in seiner Jugend einen Freund gehabt habe, der auch ein solcher Meister auf der Flöte war. Ich stelle mir vor, daß er auf ähnliche Weise gespielt haben muß wie du.»

«Das kann schon sein», sagte Lauscher. «Dieser Mann war mein Großvater. Man nannte ihn den Sanften Flöter, und ich bin bei ihm in die Lehre gegangen.»

«Dann war es kein Zufall, daß ich an ihn denken mußte, als ich dir zuhörte», sagte Akka. «Weißt du, daß du große Macht über die Menschen gewinnst, wenn du so flötest?»

Lauscher blickte sie an. Hatte sie sein Spiel durchschaut? Ihre Augen waren auf ihn gerichtet, als versuche sie zu erkunden, was hinter seiner Stirn vorging. «Ich versuche, mein Bestes zu geben», sagte er ausweichend.

«Daran zweifle ich nicht», sagte sie. «Du solltest dir aber bewußt sein, was du damit bewirken kannst. Mein Vater hat sonderbare Geschichte von diesem Sanften Flöter erzählt.»

«Er war sicher ein kluger Mann», sagte Lauscher, «aber zaubern konnte auch er nicht.»

«Jetzt redest du wie mein Mann», sagte Akka. «Das wundert mich.»

«Warum wundert dich das?» sagte Lauscher. «Hältst du jeden für einen Zauberkünstler, der ein bißchen Musik zu machen versteht? Mein Großvater hat mich einmal ziemlich scharf zurechtgewiesen, als ich etwas dergleichen von ihm erwartete.»

«Das wollte ich damit auch gar nicht sagen», antwortete Akka. «Aber er war wohl kein Mensch, der sich nur auf seine eigene Klugheit verläßt.»

Damit mochte Akka recht haben, dachte Lauscher. Aber er fragte sich auch, wohin man geraten mochte, wenn man an der Verläßlichkeit seines eigenen Verstandes zu zweifeln begann. Wonach sollte man sich richten, wenn nirgends eine greifbare Wegmarke den Horizont in meßbare Abschnitte gliederte? Das würde sein, als ritte man ohne Weg und Ziel über die grenzenlose Steppe, und selbst dort gab es ja noch das ewig kreisende Muster der Gestirne, das dem Kundigen die Richtung wies, wenn er bereit war, sich den Gesetzen ihrer Bewegung anzuvertrauen. Was aber, wenn diese Lichtpunkte einmal ihre geregelte Bahn verlassen sollten? Wer sagte einem, daß sie dies nicht längst getan hatten, ohne daß man es hätte merken können? Lauscher wurde bewußt, daß er in Akkas Augen starrte, dieses schwer zu beschreibende Farbenspiel zwischen blau, grün und violett, in dem er sich schon so oft verloren hatte.

«Du bist gar nicht so sicher, wie du zu sein vorgibst», sagte sie lächelnd, und es schien ihm, als sei sie zufrieden mit dieser Feststellung. Er wendete seinen Blick ab und tat so, als müsse er am Riemzeug seines Pferdes etwas in Ordnung bringen. Diese Frauen aus Urlas Sippe können einen in ziemliche Verwirrung bringen, dachte er. Unter ihren Blicken schien sich alles als trügerisch zu erweisen, worauf er sich bisher verlassen hatte, aber er fühlte sich dennoch nicht verloren, wenn er auch nicht begreifen konnte, worauf sich dieses wärmende Vertrauen stützte, das er empfand.

So war es alles in allem ein angenehmes Reiten in Akkas Gesellschaft. Die beiden Knechte waren ein Stück hinter ihnen zurückgeblieben. Promezzo hatte sie wohl vor allem zum Schutz seiner Frau mitgeschickt; jedenfalls war jeder von ihnen mit einem Kurzschwert und einem Jagdbogen bewaffnet. Sie genossen den Ritt wie einen freigegebenen Tag, schwatzten und lachten und schienen sich kaum Sorgen zu machen, daß ihrer Herrin etwas geschehen könne, obwohl sie mittlerweile schon an der Eisenschmelzerei vorüber waren und den steilen Weg durch den Wald zum Paß hinauffritten. Bald hatten sie die Höhe hinter sich und sahen voraus im Felsenmeer der zerklüfteten Hochfläche das Grabmal der Beutereiter aufragen.

«Wenn Arnis Leute künftig hier über den Paß ziehen», sagte Lauscher, «wird mancher von ihnen seine toten Vorfahren grüßen können.»

Akka blickte ihn überrascht an und sagte: «Woher weißt du, was dies für ein Mal ist? Warst du schon einmal hier?»

Lauscher merkte, daß er sich beinahe verraten hätte, und biß sich auf die Lippen. «Ich kenne die Geschichte Urlas», sagte er dann. «Rikka hat sie mir erzählt.»

«Ich hoffe, daß auch Arnis Leute Urlas Geschichte nicht vergessen haben», sagte Akka.

«Das haben sie bestimmt nicht», sagte Lauscher, «das kann ich dir beweisen.» Er zog eine der Silbermünzen aus seinem Beutel und zeigte Akka das geprägte Bild von Urlas Kopf. «Mit diesem Geld pflegen Arnis Leute zu bezahlen», sagte er. «Der Reiter auf der anderen Seite soll deinen Vater darstellen.» Akka bat sich die Münze aus, um sie genau zu betrachten, und Lauscher schenkte sie ihr.

Als sie zu Urlas Hütte kamen, hatte die Sonne schon ihren höchsten Stand überschritten. «Ich hoffe, du ißt noch mit uns, ehe du weiterreitest», sagte Akka, «Von hier aus ist es nicht mehr weit bis zu Arnis Haus, wenn auch seit Jahren niemand mehr diesen Weg gegangen ist.»

Lauscher wußte es besser, aber er schwieg. Nachdem sie abgestiegen waren und ihre Reittiere angebunden hatten, öffnete Akka die Haustür und sagte zu Lauscher: «Komm herein und sei mein Gast!» Unwillkürlich spähte Lauscher nach dem Falken aus, der ihn wenige Tage zuvor in die Hütte gescheucht hatte, aber der Himmel war leer. So trat er diesmal etwas weniger hastig ein, und sogleich atmete er wieder den Duft von Kiefernholz und Kräutern und all jenen Dingen, mit denen Urla ihre Tage verbracht hatte. Akka bat ihn an den runden Tisch und begann am Herd zu hantieren. «Ich kann dir in der kurzen Zeit zwar kein Festmahl bieten», sagte sie, «aber du sollst nicht hungrig in das Dorf von Arnis Leuten reiten.»

Inzwischen waren auch die beiden Knechte nachgekommen. Akka ging zu ihnen hinaus, wies ihnen irgendeine Arbeit an und kehrte dann mit einer Packtasche zurück, aus der sie allerlei nahrhafte Dinge zu Tage förderte, ein Stück Fleisch, Gemüse und Zwiebeln, Käse, Brot und einen Krug Milch. Das Feuer im Herd war mittlerweile in Gang gekommen, und bald mischte sich in den angestammten Geruch der Stube der Duft einer kräftigen Suppe. Auf ähnliche Weise mochte auch Urla ihre Gäste bewirtet haben. Akka sprach die ganze Zeit über nichts von Belang, so daß Lauscher sich fragte, ob sie sich auch unter den gegebenen Umständen an den Brauch hielt, den Gast nicht mit schwerwiegenden Gesprächen zu belasten, bevor er satt ist. Als sie das Essen bereit hatte, rief sie die beiden Knechte herein, die ihre Hände an der Hose abwischten und sich umständlich an den Tisch setzten. Sie gingen dann auch gleich wieder hinaus an ihre Arbeit, nachdem sie schweigend ihre Suppe gelöffelt hatten. Auch Lauscher stand vom Tisch auf und sagte: «Ich muß jetzt wohl reiten, wenn ich noch bei Tag mein Ziel erreichen will.»

«Du kannst es wohl kaum erwarten, zu diesen Leuten Arnis zu kommen», sagte Akka. «Aus deinen Augen spricht nichts als Ungeduld, als hättest du ein Mädchen, das dort auf dich wartet.» Sie lächelte auf eine schwer deutbare Weise, und das machte ihn noch unsicherer, als er ihr gegenüber ohnehin schon war. Wußte sie mehr über ihn, als sie zu erkennen gab? Wenn dies der Fall sein sollte, dann schien sie sein hinterlistiges Spiel amüsiert zu haben. Aber vielleicht hatte sie auch nur so dahingeredet, um ihn ein bißchen in Verlegenheit zu bringen, und das war ihr offensichtlich auch gelungen. Er beschloß, auf ihre Anspielung nicht einzugehen, und dankte ihr noch einmal für ihre Gastfreundschaft, ehe er sich verabschiedete.

Sie ging noch mit ihm vor die Tür und zeigte ihm den Weg, auf dem er zu Arnis Hütte kommen würde. «Das letzte Stück ist ziemlich steil», sagte sie. «Dort wirst du absteigen müssen.» Lauscher zeigte nicht, daß er dies schon wußte. «Mach dir keine Sorgen!» sagte er. «Ich bin schlechte Wege gewohnt.»

«Es gibt schlechte Wege, an die du dich nicht gewöhnen solltest», sagte Akka, und die Art, wie sie ihn dabei ansah, trieb Lauscher das Blut ins Gesicht. Er stieg rasch auf sein Pferd, grüßte noch einmal mit erhobener Hand und trabte über den Wiesengrund nach Osten.

Gegen Abend hatte er den Steilhang hinter sich und sah die Häuser von Arnis Leuten vor sich liegen. Das letzte Stück des Weges hatte er an nichts anderes mehr denken können als an Narzias grüne Augen, in denen sich die Schätze spiegelten, die in seiner Packtasche ruhten. Sobald er ebenen Boden erreicht hatte, schwang er sich auf sein Pferd und preschte in vollem Galopp bis vor Arnis Hütte. Dort fielen ihm zum Glück die guten Sitten ein, die hier herrschten und die er nicht vernachlässigen durfte angesichts der Leute, die vor die Türen ihrer Häuser getreten waren, um zu sehen, wer mit solcher Hast über die Dorfstraße jagte. Lauscher sprang vom Pferd und begrüßte Arnis Hütte mit der üblichen tiefen Verbeugung, in der er eine Weile verharrte. Erst als er der Meinung war, daß nun eine angemessene Zeit verstrichen sei, richtete er sich wieder auf und führte sein Pferd zu Hönis Haus. Dort nahm er ihm die Packtasche ab und übergab es einem der Stallknechte, während er selbst mit seiner kostbaren Last ins Haus stürmte, um Arnis Stellvertreter seine Botschaft auszurichten oder Narzia ihr Geschenk zu überreichen, je nachdem, wer ihm zuerst über den Weg laufen würde.

Er traf sie beide zusammen in der Stube an, wo sie am Tisch saßen und offenbar wieder einmal eine ihrer Beratungen führten. Höni sprang mit einer in Anbetracht seiner Leibesfülle erstaunlichen Behendigkeit auf, als er erkannte, wer da zur Tür hereinstürzte. «Bist du den ganzen Weg von Arziak her gerannt?» sagte er. «Du siehst aus, als brächtest du gute Nachrichten.»

«Die bringe ich auch», sagte Lauscher und berichtete, was Promezzo ihm aufgetragen hatte. Und als er zu Ende gesprochen hatte, packte er die Meisterwerke der Goldschmiede von Arziak aus und legte sie Stück für Stück auf den Tisch. Während Höni diese Schätze mit Wohlgefallen und nicht ohne eine Spur von Gier betrachtete, sah Lauscher nur Narzias Gesicht. Sie schien nicht sonderlich beeindruckt zu sein und streifte die goldenen Ketten, Ringe und Schnallen mit eher gleichmütigen Blicken, als sei dies nur billiger Tand und kaum des Ansehens wert. Warte nur, bis du die Falkenfibel siehst, dachte Lauscher. Dieses kostbare Stück hatte er zurückgehalten, um es ihr zu geben, wenn er allein mit ihr war.

Diese Gelegenheit sollte sich rascher ergeben, als er gehofft hatte. Höni riß sich vom Anblick der goldblitzenden Schätze los und sagte: «Ich muß die Ältesten für morgen früh zusammenrufen, denn wir sollten Promezzo nicht allzu lange auf unsere Antwort warten lassen. Pack diese Sachen wieder ein, Lauscher, damit sie nicht unbeaufsichtigt hier liegenbleiben!» Dann stand er auf und ging.

Lauscher saß eine Zeitlang schweigend Narzia gegenüber und schaute ihr in die Augen. Dann konnte er sich nicht mehr zurückhalten und fragte: «Bist du nun zufrieden mit mir?»

Narzia zögerte, ehe sie antwortete. Dann sagte sie: «Du hast alles erreicht, was Arnis Leute von dir erwartet haben. Und überdies hast du noch ein paar hübsche Sachen mitgebracht. War das alles, was du bei den Meistern von Arziak gefunden hast?»

Jetzt lachte Lauscher triumphierend und sagte: «Ich habe mir schon gedacht, daß keines der Stücke gut genug für dich ist. Aber das beste habe ich für dich aufgespart.» Und dann nahm er den goldenen Falken aus seiner ledernen Umhüllung und legte ihn in ihre Hand. Narzias Augen leuchteten auf, als sie erkannte, was die Fibel darstellte. Lauscher schaute ihr bewundernd zu und dachte: Wie sie sich gleichen, der goldene Vogel mit den Smaragdaugen und mein Falkenmädchen!

«Willst du sie mir anstecken?» fragte Narzia und stand auf. Lauscher ging zu ihr und befestigte die Fibel über ihrer linken Brust. Seine Hand zitterte, als er ihren warmen Körper unter dem leinenen Obergewand spürte. Wieder legte Narzia ihre Hand auf seine linke Wange, doch diesmal beugte sie sich zu ihm und küßte ihn auf die andere. Es war ein rasch hingehauchter Kuß, eher schon ein flüchtiges Streicheln mit den Lippen, aber Lauscher schlug das Herz bis zum Halse.

Ehe er sie umarmen konnte, schob sie ihn schon wieder von sich und sagte: «Setz dich, Lauscher! Ich muß mit dir reden.»

Wenn er erwartet haben sollte, daß sie nun mit ihm über den Zeitpunkt ihrer gemeinsamen Hochzeit reden wollte, dann hatte er sich gewaltig getäuscht. Sie machte auch keine langen Umschweife, sondern sagte gleich: «Du wirst noch eine zweite Fahrt für Arnis Leute unternehmen müssen, wenn deine Wünsche sich erfüllen sollen, und diesmal geht es um eine Sache, an der du selbst nicht ganz unschuldig bist. Während du bei den Bergdachsen warst, kam ein Abgesandter Khan Hunlis und wünschte meinen Vater in einer ernsten Angelegenheit zu sprechen. Um es kurz zu machen: Hunli hat auf irgendeine Weise erfahren, daß der Mann, der ihn mit samt seinen Reitern über die Steppe gejagt hat, hier bei uns lebt, noch dazu in hohen Ehren, und dies gefällt ihm gar nicht. Er ließ ausrichten, daß er zwölf Pferde bei diesem hinterlistigen Streich verloren habe, die wir ihm ersetzen sollen.»

«Habe ich nicht das mehrfache ihres Wertes aus Arziak mitgebracht?» sagte Lauscher, doch Narzia gebot ihm mit einer Handbewegung, sie nicht zu unterbrechen, und fügte hinzu: «Das ist noch nicht alles. In Hunlis Botschaft hieß es weiter, wenn der Träger des Steins solch ein bedeutender Mann sei, dann solle er auch den Mut haben, persönlich die Pferde zu überbringen und ihm bei dieser Gelegenheit auf die eine oder andere Art Genugtuung zu leisten. Man könne ja zum Beispiel um dies oder jenes spielen, wie es bei den Beutereitern Sitte sei.»

Nach diesen Worten schwieg Narzia und blickte Lauscher mit ihren grünen Augen an. Er konnte sich denken, was mit ‹dies oder jenes› gemeint war. Es wäre nicht das erste Mal, daß jemand im Zelt des Khans um seine Freiheit oder gar um sein Leben spielen mußte. Anderseits konnte er diese Herausforderung nicht ausschlagen, wenn er nicht für einen Feigling gehalten werden wollte. Mit seinem Ansehen bei Arnis Leuten würde es dann jedenfalls vorbei sein, und an seine Werbung um Narzia brauchte er gar nicht mehr zu denken. Er konnte in ihren Augen lesen, was sie von ihm erwartete. «Du meinst also, ich soll diesen Ritt unternehmen», sagte er.

«Meinst du das nicht?» fragte Narzia und zog befremdet die Augenbrauen hoch.

«Doch, natürlich», sagte Lauscher rasch. «Ich frage mich nur, was Hunli mit mir wird spielen wollen.»

«Was denn schon?» sagte Narzia. «Vermutlich Schach. Denn in Reiterspiele wird er sich in seinem Alter nicht mehr einlassen wollen, und es wäre zudem nicht sonderlich ehrenvoll für dich, gegen einen Greis zum Wettkampf mit Waffen anzutreten, obwohl er auch darin noch seinen Mann stehen dürfte. Kannst du Schach spielen?»

«Ich weiß, wie man die Figuren zieht, aber das ist auch schon alles», sagte Lauscher. «Er würde mich vermutlich mit ein paar Zügen schlagen.»

«Da ließe sich Abhilfe schaffen», sagte Narzia ungerührt.

«Willst du mich in ein paar Tagen zum Meister in diesem Spiel machen?» fragte Lauscher. «Soviel ich weiß, war nur Arni seinem Bruder gewachsen.»

«So ist es», sagte Narzia. «Arni wird uns helfen; denn wir sind seine Leute. Ich denke, in einer Woche kannst du reiten.» Mehr wollte sie an diesem Abend nicht verraten und ließ ihn bald darauf allein. Verzaubert von ihrem federnden Gang, der geschmeidigen Rundung ihrer Hüften blickte er ihr nach, bis sie die Tür hinter sich geschlossen hatte.

All diese letzten Tage und vor allem auf dem Ritt zurück übers Gebirge hatte er gemeint, auf sie zuzugehen, um sie in die Arme zu schließen, und nun hatte sich herausgestellt, daß sie ihm ferner gerückt war als je zuvor; denn er hatte wenig Hoffnung, daß dieses Abenteuer in Hunlis Zelt gut ausgehen würde. Eine Zeitlang blieb er noch sitzen, starrte vor sich hin und suchte nach einem Ausweg, aber es wollte ihm keiner einfallen, und es gab wohl auch keinen. Schließlich raffte er sich auf, nahm seine Packtasche und ging niedergeschlagen in seine Schlafkammer.

Während er die Sachen, die er auf dem Ritt mit sich geführt hatte, in das Wandfach räumte, in dem er seine Habseligkeiten aufbewahrte, gerieten ihm die Krüglein aus dem Keller seines Großvaters in die Finger. Er nahm sie der Reihe nach in die Hand in der vagen Hoffnung, hier eine Lösung für seine Schwierigkeiten zu finden, aber die Sprüche auf den Zetteln deuteten nichts dergleichen an. ‹Eine

Stunde Kraft und drei Tage Schlaf› würden ihm auch nicht weiterhelfen. Lieber wollte er gleich schlafen, um nicht mehr daran denken zu müssen, was ihn draußen in der Steppe erwartete. ‹Ein Tropfen – süßer Traum für eine Nacht› – das war's, was er jetzt brauchte. Er öffnete das Krüglein und neigte es vorsichtig über seine hohle Hand, bis ein Tropfen der dunklen, sirupdicken Flüssigkeit sich löste und in seinen Handteller fiel. Dann verschloß er das Gefäß wieder und stellte es an seinen Platz, ehe er die bräunlich schimmernde Perle von seiner Haut leckte. Man konnte ja nicht wissen, wie rasch dieses geheimnisvolle Elixier wirkte. Es schmeckte süß und bitter zugleich, schien seine ganze Mundhöhle auszufüllen und wirkte sofort. Er konnte sich eben noch auf's Bett fallen lassen, und dann begann auch schon

Der süße Traum

Er ging oder kroch vielmehr durch einen dichten Wald, drängte sich durch's Unterholz, riesige Farnwedel schlugen über seinem Kopf zusammen und streiften mit ihren rauhen Fiedern seine Wangen. Er wußte nicht, was er hier zu suchen hatte, aber er mußte immer weiter durch diesen Wald vorankommen, durch dessen verwobenes Geäst kaum ein Lichtstrahl drang, war wohl schon seit Stunden unterwegs oder gar seit Tagen, wie lange, daran konnte er sich nicht erinnern, und nichts hatte sich seither geändert. Doch nun mischte sich in den bitteren Geruch des Farns der süße Duft des Waldmeisters. Irgend etwas stand ihm bevor. Voraus wurde es heller, Licht schimmerte zwischen den kantigen Farnstengeln, und dann brach er aus dem Dickicht hinaus ins Freie, stand auf einem grünen, von winzigen Blütentrauben weiß gesprenkelten Teppich zierlich gequirlten Waldmeisterkrauts, dessen berauschender Duft ihm in die Nase stieg. Am liebsten hätte er sich mitten hineingelegt und sich einhüllen lassen von diesem zauberischen Geruch, aber er spürte, daß er weitergehen mußte auf ein Ziel zu, von dem er nichts wußte.

Nach wenigen Schritten stand er vor einer hohen Hecke, einem schier undurchdringlichen Gestrüpp von Liguster und Weißdorn, Hainbuchen und Schlehen, und wußte, daß er hier hindurchmußte, wenn er dorthin gelangen wollte, wohin sein Herz ihn trieb. Doch nicht der schmalste Durchlaß war zu entdecken, kein Schlupfloch, das sich irgendein Waldtier gebohrt hatte, keine Lücke, an der das verfilzte Buschwerk auch nur einen Durchblick auf die andere Seite erlaubte. Er stieß seine Arme zwischen das ineinandergeflochtene Gezweig, aber er zerkratzte sich nur die Hände an den Dornen, stand wie gefesselt und wußte nicht mehr weiter.

Während er so dastand und seine Arme zu befreien versuchte, entdeckte er ein Rotkehlchen, das dicht vor seinem Gesicht in seinem Nest zwischen den Zweigen der Hecke saß. Es schien sich überhaupt nicht vor ihm zu fürchten und schaute ihn neugierig mit seinen glänzenden schwarzen Augen an.

«Du kannst mir wohl nicht zeigen, wie ich durch diese Hecke komme?» fragte Lauscher.

«Wenn du schon so höflich fragst», sagte das Rotkehlchen, «dann will ich es dir zeigen. Komm mit!» Es schlüpfte aus seinem Nest, hüpfte auf einen Zweig, flog ein Stück nach rechts an der Hecke entlang und ließ sich wieder nieder, um auf Lauscher zu warten. Als er das Rotkehlchen eingeholt hatte, rief es wieder: «Komm mit!» und flog ein Stück weiter, und so ging das eine ganze Weile, bis Lauscher fragte, wie lange das noch dauern solle. Aber das Rotkehlchen sagte nur: «Sei nicht so ungeduldig, sonst erreichst du nie dein Ziel. Komm mit!»

Endlich gelangten sie auf diese Weise zu einer Stelle, an der die Hecke nur aus verdorrten, im Winter erfrorenen Schlehbüschen bestand, deren nadelspitze Dornen fast fingerlang überall aus dem dichten Verhau spießten. «Hier mußt du durch!» sagte das Rotkehlchen. «Einen anderen Weg gibt es nicht.»

Lauscher tastete vorsichtig in das Dornengestrüpp hinein und stach sich dabei dermaßen in die Hand, daß sie an mehreren Stellen blutete. «Wie soll ich mich hier durchzwängen, wenn man nicht einmal hineingreifen kann, ohne sich die Hand aufzuspießen?» sagte er.

«Du bist zu ängstlich», sagte das Rotkehlchen. «Solange du nur daran denkst, was dir zustoßen könnte, erreichst du nie dein Ziel.

Spring durch den Dorn,
sonst ist alles verlorn!»

Damit flatterte das Rotkehlchen davon und ließ sich nicht mehr herbeirufen.

Lauscher untersuchte noch einmal die Hecke und war sicher, daß er sich das Fleisch von den Knochen reißen würde, wenn er versuchte, an dieser Stelle hindurchzuspringen. Aber er mußte hinüber auf die andere Seite und koste es sein Leben. Er entfernte sich also ein Dutzend Schritte von dem Dornengebüsch, kniff die Augen fest zu, nahm einen Anlauf und sprang.

Im nächsten Augenblick war ihm, als schlügen Flammen über ihm zusammen, Farben explodierten vor seinen geschlossenen Augen, rote Bälle barsten wie Feuerwerk auseinander in einem Regen gelber, orangeroter und grüner Sterne und entfalteten sich zu riesigen Blüten von unbeschreiblicher Schönheit, die sich über den gesamten Himmel ausbreiteten, um dann an den äußersten Rändern langsam in gedämpften Tönen von Purpur und Violett zu verebben, und zugleich umhüllte ihn eine köstliche Wärme, als sei er aus dem kühlen Schatten belaubter Bäume plötzlich hinausgetreten auf eine sonnenüberflutete Wiese.

Auf einer solchen Wiese lag er in der Tat, als er die Augen öffnete und seine Haut nach etwelchen Stichen und Rissen abtastete. Merkwürdigerweise hatte er nicht den geringsten Kratzer davongetragen, ja sogar die Wunden auf seiner Hand waren verheilt. Er stand auf und schaute sich die Hecke von dieser Seite aus an. Das sparrige Dickicht dürrer Schlehdornzweige schien so undurchdringlich wie zuvor und zeigte nicht die geringste Spur davon, daß er es eben an dieser Stelle durchquert hatte. Schließlich ließ er diese sonderbare Angelegenheit auf sich beruhen und sah sich danach um, wie es nun weitergehen sollte.

Damit war es übel bestellt. Er stand auf einem schmalen Wiesenstreifen, hinter sich die Hecke und vor sich einen Wassergraben, der viel zu breit war, als daß er ihn hätte überspringen können, und jenseits des Grabens ragte eine mindestens zehn Klafter hohe Mauer aus groben Bruchsteinen auf. Dort mußte er hinüber, das wußte er. Es würde ein halsbrecherisches Unternehmen werden, über diese Mauer zu klettern, doch er würde es probieren, wenn er nur erst einmal drüben wäre.

Um eine Stelle zu suchen, an der man über den Graben springen konnte, ging er ein Stück am Ufer entlang, aber der Graben war überall gleich breit, und so flach, daß man hindurchwaten konnte, schien er auch nicht zu sein. Selbst am Rand konnte man nicht den Grund ausmachen, obgleich das Wasser so klar war, daß man tief unten die dunkelgrünen Rücken gewaltiger Karpfen langsam dahintreiben sah. Während Lauscher noch im Gras saß und überlegte, wie er über diesen Graben gelangen könne, kam ein Strich Enten über den Himmel gezogen und fiel unmittelbar vor ihm ein. Das Wasser schäumte um die vorgestreckten Füße der Enten, und dann schaukelten sie sanft inmitten zahlloser sich ausbreitender und einander überschneidender Wellenringe auf der Wasserfläche. Es waren braungefiederte Wildenten und ein paar Erpel mit stahlblau schimmernden Spiegeln auf den Flügeln und einer zierlichen schwarzen Locke über dem Schwanz; zwischen ihnen schwamm aber auch eine schneeweiße Ente, die langsam auf Lauscher zuruderte und ihn dermaßen interessiert anschaute, daß er sich ein Herz faßte und sie fragte: «Kannst du mir wohl sagen, ob das Wasser tief ist?»

«Wenn du schon so höflich fragst, sollst du auch eine Antwort bekommen», sagte die Ente. «Das Wasser ist so tief, daß nicht einmal wir wissen, ob es überhaupt einen Grund hat. Du kannst wohl nicht schwimmen?»

«Nein», sagte Lauscher. «Wo ich aufgewachsen bin, gab es nur schmale Bäche und seichte Flüßchen.»

«Und nun fragst du dich, wie du auf die andere Seite kommst», sagte die Ente. Ihr leises Quarren klang wie unterdrücktes Kichern.

«Allerdings», sagte Lauscher ein wenig ungehalten. «Kennst du einen Weg?»

«Wenn du ein bißchen Mut hast, dann wüßte ich schon einen», sagte die Ente. «Geh mir nach!» Damit wendete sie sich ab und begann rasch den Graben entlang zu schwimmen. Nach einiger Zeit fragte Lauscher: «Wie weit soll ich dir denn noch nachlaufen?», doch die Ente sagte nur: «Sei nicht so ungeduldig, sonst erreichst du nie dein Ziel! Geh mir nach!» und schwamm munter weiter.

Schließlich gelangten sie zu einer Stelle, an der die runden Blätter der Wasserrosen auf dem Wasser schwammen. Hier paddelte die Ente zum Ufer und sagte: «Das ist der richtige Platz. Du brauchst nur von Blatt zu Blatt zu springen, und schon bist du drüben. Einen anderen Weg gibt es nicht. Mehr als sieben Sprünge darfst du allerdings nicht machen, denn es gibt nur sieben Blätter, die dich tragen werden. Mit einem bißchen Glück wirst du schon die richtigen treffen.»

Dieser Vorschlag erschien Lauscher ziemlich leichtfertig; denn es waren hunderte von Seerosenblättern, die sich auf dem Wasser wiegten. Vorsichtig setzte er den Fuß auf ein Blatt, das sich dicht am Ufer entrollt hatte, doch es bot nicht den geringsten Halt, sondern tauchte sofort unter. «Wahrscheinlich werde ich in diesem Graben elendiglich ersaufen», sagte Lauscher.

Die Ente schüttelte mißbilligend den Kopf und sagte: «Du bist zu ängstlich. Solange du nur daran denkst, was dir zustoßen könnte, erreichst du nie dein Ziel.

> Spring von Blatt zu Blatt,
> dann geht alles glatt.»

Danach nahm sie einen kurzen Anlauf und flog dicht über der Wasserfläche davon.

Da stand Lauscher nun am Ufer und versuchte herauszufinden, welche der Seerosenblätter die richtigen waren, aber sie sahen alle gleich aus. Schließlich sagte er sich, daß er hinübergelangen müsse, und wenn es ihm das Leben koste. So raffte er all seinen Mut zusammen, nahm einen Anlauf und sprang.

Er flog über das Wasser, Wind sauste in seinen Ohren, sein Fuß landete auf einer festen, federnden Fläche, stieß sich wieder ab oder wurde abgestoßen, Millionen von Wassertropfen spritzten ringsum auf und flimmerten unter der Sonne in allen Farben, und er sprang durch den lichtfunkelnden Vorhang zum nächsten Blatt, das ihn federnd empfing und weitergab an das dritte; er spürte, daß es nicht seine Kraft war, die ihn hinüberschnellte zum vierten, sondern daß die Kraft der Blätter mit ihm spielte wie mit einem Ball, den das vierte Blatt dem fünften zuwarf, das ihn dem sechsten weitergab, und das andere Ufer lag noch immer viel zu weit entfernt für den letzten Sprung, doch das sechste Blatt schleuderte ihn in mächtigem Schwung durch farbenschillernde Kaskaden hinüber zum siebenten, das dicht am anderen Ufer seine runde Fläche ausgebreitet hatte und ihn auffing wie eine Hand.

Den letzten Schritt auf das grasbewachsene Ufer machte er aus eigener Kraft. Viel Platz war hier nicht; denn unmittelbar auf der Höhe der Böschung setzte die Mauer an, die aus diesem Blickwinkel noch höher wirkte, ja schier unübersteigbar. Lauscher versuchte, die Fußspitze in den Spalt zwischen zwei Steinblöcken zu zwängen, doch sobald er den anderen Fuß nachziehen wollte, rutschte er mit dem ersten ab und stand wieder im Gras. Er versuchte es noch mehrmals an anderen Stellen, und endlich fand er eine, an der die Spalten zwischen den Bruchsteinen bedeutend breiter und tiefer waren und hinreichend Halt für Hände und Füße boten. Eng an die Mauer gepreßt schob er sich von Stein zu Stein nach oben, war schon bald vier oder fünf Klafter über dem Boden, vermied es aber hinunterzuschauen; denn er begann sich Gedanken darüber zu machen, was geschehen würde, wenn er aus dieser Höhe abstürzte, womöglich in den Wassergraben, dessen Tiefe nicht einmal die Enten kannten. Er bemerkte zudem, daß die Spalten von Griff zu Griff schmäler wurden, bis er kaum noch die Fingerspitzen hineinpressen konnte. Schließlich mußte er sich eingestehen, daß er hier nicht weiterklettern konnte, wenn er nicht in die Tiefe stürzen wollte. Seine Hand konnte nicht die geringste Vertiefung mehr ertasten; denn die Steine waren hier auf den letzten drei Klaftern so genau aufeinandergepaßt, daß man kaum eine Messerklinge zwischen sie hätte schieben können.

So stand er nun turmhoch über dem Wassergraben, klammerte sich mit den Fingerspitzen an winzige Griffe, krallte die Zehen in schmale Kanten und blickte hinauf zur Mauerkrone, als könne er sich allein durch die Kraft seines Blickes hinaufziehen oder durch die Kraft seiner Sehnsucht, die ihn dazu trieb, dieses Hindernis zu überwinden. Da sah er einen schwarzen Punkt, der im Wind leicht hin- und herpendelte. Dieser Punkt wurde größer, kam näher, zierliche Beinchen wurden erkennbar, und schließlich hing dicht über seinem Kopf eine prächtige Kreuzspinne. Sie ließ sich nicht weiter herab und schien ihn zu beobachten.

«Du hast es gut», sagte Lauscher, «spinnst deinen Faden und kannst daran nach Belieben hinauf- und hinunterklettern. Kannst du mir vielleicht sagen, wie ich über diese Mauer komme?»

Die Spinne schwang sich an ihrem Faden an die Mauer heran und fand mit ihren tastenden Beinchen einen Ruheplatz in der Spalte zwischen zwei Blöcken. Dann wendete sie sich Lauscher zu und sagte: «Wenn du schon so höflich fragst, dann will ich dir einen Weg zeigen, zumal du solch ein armseliges Geschöpf bist, das weder Beine hat, die zum Klettern taugen, noch einen schönen, festen Faden zu spinnen verstehst. Ich werde dir also einen zweiten Faden spinnen, an dem du dich hinaufhangeln kannst. Wenigstens hast du ja zwei Hände zum Festhalten.» Ohne eine Antwort abzuwarten, klebte die Spinne ihren Faden an eine rauhe Stelle an der Mauer fest und flitzte wieder nach oben. Lauscher starrte ihr nach und wartete, aber die Spinne ließ sich nicht sehen. Er spürte, wie die Kraft in seinen Armen und Beinen nachließ und der Schwindel in seinem Kopf zu kreisen begann, «Spinne!» rief er. «Komm endlich zurück und hilf mir!»

Da hörte er die Spinne von oben rufen: «Sei nicht so ungeduldig, sonst kommst du nie an dein Ziel!» Doch gleich darauf kehrte sie mit einem zweiten Faden zurück, den sie neben dem anderen befestigte, damit er nicht davongeweht wurde von dem kräftigen Wind, der hier oben blies.

«Nun zieh dich hinauf!» sagte sie. Lauscher schien es unglaublich, daß dieses haarfeine, gläsern schimmernde Ding ihn tragen sollte. Vorsichtig zupfte er an dem Faden, den sich die Spinne zuerst gesponnen hatte. Das Gespinst riß sofort ab, und als er es von seiner Haut lösen wollte, zerging es wie Staub zwischen seinen Fingerspitzen. «Dieses Ding soll mich tragen?» sagte er. «Das kann man ja nicht einmal anfassen, ohne es zu zerreißen!»

«Was du da eben zerrissen hast, war mein Faden, nicht deiner!» sagte die Spinne ungehalten. «Du bist zu ängstlich. Solange du nur daran denkst, was dir zustoßen könnte, erreichst du nie dein Ziel.

Vertrau meinem Faden,
du kommst nicht zu Schaden!»

Damit überließ sie ihn einem Schicksal und glitt rasch am Rest ihres zweiten Fadens nach oben außer Sicht.

Lauscher spürte, daß er sich so oder so nicht mehr lange würde halten können. Schon zitterten ihm die Knie, die Zehen begannen sich zu verkrampfen, und der ständig zunehmende Wind zerrte an seinen Kleidern und drohte ihn von der Mauer zu blasen. In dem Bewußtsein, daß er im nächsten Augenblick unweigerlich in die Tiefe stürzen würde, griff er nach dem Faden, der für ihn bestimmt war, und ließ jeden anderen Halt fahren.

Der Wind trieb ihn sofort von der Mauer weg, und er schwebte leicht wie eine Flaumfeder über der Tiefe, einzig gehalten von dem kaum sichtbaren Faden, der ihn mit der Mauerkrone verband, sich elastisch spannte und im Wind sang wie die Saite einer Geige, eine süße, schwerelose Melodie, die seinen ganzen Körper zum Schwingen brachte und ihn trug, und er ließ sich tragen wie ein Drachen im Wind, es gab nicht länger oben und unten, Erde und Himmel umkreisten ihn, in tausendfachen Schattierungen von Grün flirrte das Laub der Wälder, bis der Himmel sich wieder in sein Gesichtsfeld drehte in allen Abstufungen von lichtem Blau bis zu sattem Azur, das sich bald wieder im unergründlichen Wasser des Grabens bis zu dunklem Violett brach, ein Farbenkreis, in dessen Mitte er schwebte, hingegeben dem süßen Singen der schwingenden Saite, deren Instrument er selbst war; denn er sang es nun mit, dieses Lied des Windes, und füllte mit seiner Stimme den kreisenden Raum, und in diesem Lied wuchs seine Sehnsucht, über diese Mauer zu gelangen, so daß er sich Hand über Hand emporzog, bis er die steinerne Kante packen und sich rittlings auf die Mauerkrone setzen konnte.

So saß er nun in luftiger Höhe und schaute hinunter auf einen herrlichen Garten, der so groß war, daß er ihn selbst von hier aus nicht in seiner gesamten Ausdehnung überblicken konnte. Da gab es unmittelbar unter ihm weite, von hellen Kieswegen umrahmte Rasenflächen, an deren Rändern Gruppen von Büschen und hohen Bäumen unterschiedlichster Art standen, belaubt bis hinab zum Boden, und manche von ihnen spiegelten sich im klaren Wasser kleiner

Teiche und gewundener Bachläufe, über die zierliche Stege führten. Jenseits der Grünflächen leuchteten Blumenbeete, deren Bepflanzung sich zu phantastischen Ornamenten ordnete; die Wege waren hier streckenweise von Spalierbögen überwölbt, über die Kaskaden rot und gelb blühender Kletterrosen herabhingen, und führten an Lauben vorüber, deren Dach verborgen war unter wuchernden Glyzinien mit blaßblauen Blütentrauben. Hinter diesem Bereich der Blumen schloß sich ein Labyrinth beschnittener Eiben- und Buchsbaumhecken an, zwischen denen hie und da die hellen Glieder marmorner Figuren schimmerten, doch dieser Teil des Gartens war schon so weit entfernt, daß man kaum noch Einzelheiten erkennen konnte. Alle Wege schienen dort in einem verschlungenen Knäuel auf eine Mitte zuzulaufen, deren Inneres von hohen Hecken verdeckt war. Dorthin war er unterwegs, das wußte er jetzt. Aber zunächst mußte er erst einmal von dieser Mauer, die noch die höchsten Bäume überragte, hinunter auf den Boden gelangen.

Zum Glück schien dies wesentlich leichter zu sein als der Aufstieg. An der Gartenseite war die Mauer mit Efeu bewachsen, dessen armstarke Ranken sich in Jahrzehnten, vielleicht sogar in Jahrhunderten bis hinauf zur Mauerkrone vorgearbeitet und mit unzähligen Haftwürzelchen in jeder Spalte und Fuge zwischen den Steinen festgekrallt hatten. Dennoch packte ihn der Schwindel, als er über das dunkelgrüne, glänzende Laub zehn Klafter tief hinunterblickte, und er fand nicht den Mut, seinen sicheren Sitz zu verlassen.

«Hast du schon wieder Angst?» sagte eine Stimme zu ihm, und als er nach dem Sprecher ausschaute, entdeckte er die Kreuzspinne, die auf dem obersten Efeublatt saß. «Du solltest dich auf den Weg machen», sagte sie. «Weißt du nicht, daß du erwartet wirst?»

Als er das hörte, faßte er sich ein Herz und ließ sich vorsichtig über die Mauerkante gleiten, bis seine Füße einen Halt fanden. Dann griff er nach einer kräftigen Ranke, die sich an die Mauer geschmiegt hatte wie ein riesiger Tausendfüßler, und begann den Abstieg. Es war leichter, als er zu hoffen gewagt hatte. Je tiefer er kam, desto üppiger wucherte der Efeu, so daß er bald unter einem dichten Blätterdach wie durch einen dämmrigen Schacht von Ranke zu Ranke hinabkletterte. Mit jedem Schritt, der ihn dem Boden näherbrachte, klopfte in seinem Herzen der Satz ‹du wirst erwartet›, und das trieb ihn zu solcher Eile an, daß er schließlich einen Tritt verfehlte und rauschend durch Rankengewirr und Blätter in die Tiefe stürzte. Glücklicherweise geschah dies nicht mehr sonderlich hoch über dem Rasen, so daß er sich nichts brach. Während er noch etwas benommen am Fuß der Mauer saß, hörte er oben im Efeu ein Lachen, und dieses Lachen klang gar nicht nach einer Spinne, sondern wie das Lachen einer Frau.

Da stand er auf, klopfte sich Staub und Spinnweben aus den Kleidern und ging hinein in den Garten. Vom Boden aus sah er jetzt nur noch die weiten Rasenflächen mit dem Buschwerk und den schönen Bäumen. Während er auf eine

Gruppe turmhoher, wie dunkelgrüne Flammen emporlodernder Zypressen zulief, schoben sich schon wieder breit ausladende Blutbuchen ins Blickfeld, deren
unterste Zweige den Boden streiften; es gab hier hochstrebende Platanen und
Ulmen, eine riesige Weide, die ihre dünnen Zweige in sanften Bogen trauernd
herabhängen ließ, und viele andere seltsame Bäume und Büsche, die er im Leben
noch nie gesehen hatte. Er sprang in weiten Sätzen auf einem gewölbten Steg über
einen von Schilf und Binsen gesäumten Wasserlauf und kam zu einem Teich, auf
dem die Seerosen in voller Blüte standen, weiße und zartrosa gefärbte und auch
solche mit fast kugelrunden, leuchtend gelben Blüten.

Nach der Erhitzung der Kletterei überkam ihn die Lust, hier ein Bad zu
nehmen. Er riß sich die Kleider vom Leib, warf sie ins Gras und lief platschend in
den Teich hinein, bis ihm das Wasser bis zur Brust stand. Tiefer ging's hier nicht
hinab, dafür stand ihm eine ausgedehnte Wasserfläche zur Verfügung, und
während er sie mit weit ausgreifenden Schritten durchquerte, staute sich eine
schäumende Welle vor seiner haarigen Brust, daß er sich vorkam wie ein
Wassermann, der sein Reich inspiziert. Er roch an den Blüten der Wasserrosen,
versuchte auch, eine von ihnen zu pflücken, doch der Stengel war so zäh, daß er
ihn nicht abreißen konnte. So plantschte er in dem flachen Becken herum wie ein
verspieltes Kind, versuchte einen Kopfstand, tauchte prustend wieder auf, spie
das Wasser in weitem Bogen aus wie eine Brunnenfigur und schaute dann lachend
zu, wie ein paar erschreckte Frösche mit kräftigen Schwimmstößen das Weite
suchten. Als er genug herumgetollt hatte, setzte er sich auf ein aus Steinbrocken
aufgetürmtes Inselchen inmitten des Teichs, ließ die Beine ins Wasser hängen und
beobachtete, wie die dicken, bemoosten Karpfen mit trägem Flossenschlag
herantrieben und seine Zehen zu beknabbern versuchten.

Während er so vor sich hinträumte, schwamm vom anderen Ende des Teichs ein
Schwarm Enten heran. Auch diesmal war wieder die weiße dabei. Sie ließ sich
langsam zu ihm heranschaukeln, beäugte ihn von oben bis unten in all seiner
haarigen Nacktheit und sagte: «Bist du's zufrieden, den Wassermann zu spielen?
Du solltest dich auf den Weg machen! Hast du vergessen, daß du erwartet wirst?»

Er hatte es über all der feuchten, wasserplantschenden Lustbarkeit wirklich
vergessen, aber nun schoß es ihm wieder wie ein heißer Stich ins Herz, daß er ein
Ziel hatte und erwartet wurde. Mit einem weiten Satz sprang er von seiner
Felsklippe, schlug der Länge nach ins Wasser, daß gewaltige Kaskaden rings um
ihn aufspritzten, kam prustend und wasserspuckend wieder an die Oberfläche,
stürmte ans Ufer und lief weiter in den Garten hinein, ohne auch nur einen
Gedanken an seine Kleider zu verschwenden. Und während er über den Rasen
rannte, hörte er hinter sich wieder dieses Lachen, süß wie das Gurren einer Taube
und volltönend, als läute eine bronzene Glocke.

Die leuchtend grüne Rasenfläche endete an einer brusthohen Buchsbaumhecke.
Lauscher übersprang sie mit einem weiten Satz und landete inmitten eines

verwirrenden Wirbels von Farben und Düften. In vielfältigen Ordnungen auf Rabatten und Rondellen drängten sich Blüten an Blüten. Neben den bräunlichgelben und violetten Blütenrispen des Goldlack und der Levkojen prangten die dunkelroten Köpfe der herb riechenden Pfingstrosen, das tränende Herz ließ seine Ketten von rosa Blüten weinen, violette und weiße Hyazinthen verströmten ihren berauschenden Duft, und über allem lag der balsamische Geruch blauer, purpurner und gelber Schwertlilien, die in stolz aufschießenden Büscheln aus dem Gewirr schlangengleicher Wurzeln trieben. Lauscher folgte den Windungen unüberschaubarer Ornamente, geriet in das immer engere Kreisen von Spiralen, bis der Pfad an einem Punkt endete, von dem aus es keinen Ausweg mehr zu geben schien, doch er sprang einfach heraus aus diesem Bann der Schneckenlinie und lief weiter, vorüber an einem zierlichen Wald hochstämmiger Fuchsien mit roten und weißen Glöckchen, deren lautloses Läuten er zu hören meinte, und wenn er glaubte, einen Weg gefunden zu haben, der weiterführte zu einem Ziel, das sich zwischen hohen, dunklen Hecken verbarg, geriet er doch wieder mit der nächsten Biegung zurück in überwölbte Gänge, die unter der Last blühender Kletterrosen fast zusammenbrachen, und lief weiter, verführt von all den betörenden Düften blütenüberschneiter Jasminbüsche und der elfenbeingelben Trompetenquirle an den Geißblattranken, vom Farbenrausch des Goldregens und der samtblauen Clematissterne, wurde abgelenkt, immer tiefer in diese zauberische Irre geführt, ließ sich überwältigen von der Pracht übermannshoher Stauden des himmelblauen Rittersporn und roten Fingerhut und betäuben vom bitteren Duft blaßvioletter Mohnblüten, der ihm einflüsterte, dieses rastlose Hasten über die Gartenwege zu lassen, die vergebliche Suche nach einem Ziel in der Außenwelt aufzugeben und nur noch im Irrgarten der eigenen Gedanken weiterzuführen.

Er lag mit geschlossenen Augen unter den nickenden Mohnköpfen, spürte wie die seidenzarten Blütenblätter auf sein Gesicht fielen und atmete ihren Geruch, als eine Stimme ihn ansprach: «Willst du deine Zeit unter den Schlafblumen verträumen?» Als er die Augen öffnete, sah er vor sich auf dem Gartenweg das Rotkehlchen sitzen. Es beäugte ihn spöttisch und sagte dann: «Du solltest dich auf den Weg machen! Denkst du nicht mehr daran, daß du erwartet wirst?» Das Rotkehlchen spreizte seine Flügel, schwirrte davon und tauchte unter in einem wallenden Vorhang blütentraubenbehängter Glyzinien, und dahinter, so schien es Lauscher, verbarg sich eine dichte, dunkelgrün benadelte Wand. Er sprang auf, lief dem Rotkehlchen nach und drängte den Vorhang zur Seite. Da sah er den Eingang in den letzten Bereich, einen schön gewölbten Torbogen, und dahinter ein schnurgerades Stück Weg, rechts und links begrenzt von hohen, glatt beschnittenen Eibenhecken. Er stürzte mit solchem Ungestüm in diese schattige Pforte, daß er mit dem Fuß in den Schlingranken hängenblieb und blindlings auf den Boden schlug. Zu seinem Glück hatte man den Weg mit rundlichen, glatt geschliffenen Bachkieseln bestreut, so daß er, splitternackt wie er war, sich die

Haut nicht aufschürfte. Und während er sich wieder aufrappelte, hörte er seitwärts hinter der Hecke wieder dieses Lachen, lockend und verheißend, und dieses Lachen trieb ihn weiter auf die Suche.

Selbst hier in diesem dunkel umbuschten Gehege wurde es ihm nicht leicht gemacht, zur ersehnten Mitte zu finden. Der Weg, auf dem er eingedrungen war, endete an einer quer verlaufenden Hecke, vor der nach beiden Seiten Wege abzweigten, und kaum hatte er den rechten von ihnen beschritten, teilte sich auch dieser schon wieder, und als Lauscher diesmal den linken wählte, geriet er in eine Sackgasse, an deren Ende inmitten einer kreisrunden Ausweitung die marmorne Figur eines Kindes auf einem verwitterten Sockel stand. Lauscher fragte sich, auf welches Wild der Knabe mit dem Pfeil zielte, den er auf seinen Bogen gelegt hatte; denn der Pfeil zeigte in die Richtung, aus der er selbst gekommen war. Willst du mir den Weg zeigen? dachte er, folgte der Weisung über die nächste Kreuzung hinaus nach der anderen Seite und sah sich sogleich wieder vor eine neue Entscheidung gestellt; denn hier teilte sich der Weg gleich in drei Zweige. Ein Überblick über dieses Gewirr von Gängen war nicht zu gewinnen. Stets befand man sich zwischen unüberschaubaren Hecken und sah nichts als den Weg, auf dem man sich gerade befand. Diesmal wählte Lauscher den mittleren, und während er auf ihm voranschritt, meinte er hinter der nadeldichten Wand zur Rechten Schritte auf dem Kies zu hören. Sobald er stehenblieb, war nichts mehr zu vernehmen, doch wenn er weiterging, knirschte auch drüben auf der anderen Seite der Kies, und dazu gluckste es wie von unterdrücktem Lachen. Lauscher blieb stehen und versuchte, mit beiden Armen das Buschwerk auseinanderzudrücken, aber es gelang ihm nicht, einen Blick durch die Hecke zu werfen. Dafür war ihm, als habe er für einen Augenblick einen Körper berührt, warme, weiche Haut, die sich sofort wieder seinem Zugriff entzog, und zugleich flatterte drüben ein Vogel auf, kreuzte seinen Weg und verschwand jenseits der nächsten Hecke. So blieb ihm nichts anderes übrig als weiterzulaufen durch diesen Irrgarten, und er gab es auf, eine bestimmte Richtung einzuhalten, rannte aufs Geradewohl in die nächstbeste Abzweigung und wußte bald nicht mehr, ob er an dieser Stelle schon einmal gewesen war. Irgendwann mündete sein Weg wieder in ein rundes, rings von hohen Buchsbaumwänden umhegtes Plätzchen, und er glaubte schon, wieder zu dem pfeileschießenden Knaben zurückgekehrt zu sein; doch hier stand auf dem Podest die schneeweiße Figur einer zauberisch schönen nackten Frau inmitten der von schäumendem Wasser umspülten Schale einer Muschel und streckte ihm ihre Hand entgegen. Bewundernd umschritt er diese makellose Gestalt, doch sie erwachte nicht zum Leben, sondern zeigte weiterhin zum Ausgang dieses Rondells, und so folgte Lauscher auch ihrer Weisung und trottete weiter, obwohl er dieses Spiels allmählich müde zu werden begann. Als sich bald darauf der Weg schon wieder teilte, lehnte sich Lauscher mit den Schultern erschöpft an die elastisch nachgebende Wand einer Eibenhecke, und während er noch nachzudenken versuchte, wie er hier je zum Ziel gelangen könne, spürte er, wie in seinem Rücken zwei Hände tastend durch die Zweige glitten und seinen Leib umfaßten, schmale, hellhäutige Hände, die für einen Augenblick auf seiner haarigen Haut lagen und dann rasch zurückgezogen wurden, und wieder war dieses Taubengurren-Lachen zu hören, das seine Müdigkeit vertrieb. «Wo bist du?» rief er. «Zeig mir den Weg!» Auch diesmal flatterte nur ein Vogel auf und strich dicht über der Hecke dahin, doch jetzt schien es Lauscher, als solle ihm die Richtung gewiesen werden, und er lief dem Vogel nach, der eben hinter einer Biegung verschwand und dann noch einmal flügelschlagend in die Höhe stieg, als wolle er zeigen, wo es weiterging. Und als Lauscher auch diese Wegbiegung hinter sich hatte, trat er nach wenigen Schritten in ein weites, von hochragenden Hecken umfriedetes Rondell und wußte, daß er die Mitte dieses Gartens erreicht hatte. In einem steinernen Becken stieg die Fontäne eines Springbrunnens in die Höhe und ließ ihr sprühendes Wasser auf zwei marmorne Figuren herabstürzen.

Lauscher blieb wie gebannt stehen und betrachtete die Gestalt der Frau, die ihr Gesicht der herabregnenden Flut entgegenhielt. Wenn er die Schönheit jener Figur bewundert hatte, die er zuvor hatte stehen sehen, so war er sich doch bewußt gewesen, daß er vor einer Statue stand, die aus kaltem, totem Stein gemeißelt war; diese von Wasser überströmte Frau jedoch schien ihm voller Leben, und es hätte ihn nicht verwundert, wenn sie im nächsten Augenblick ihre schlanken Arme bewegt oder ihm ihr Gesicht zugewendet hätte, und sein Herz schlug bis zum Halse vor Erwartung. Lange stand er so, gefangen von der Süßigkeit dieser Gestalt, ehe ihm auch die zweite Figur ins Bewußtsein trat. Diese war unverkennbar ein Mann und doch auch wieder nicht: Der von dichten, krausen Locken bedeckte bärtige Kopf wuchs auf einem kräftigen Hals aus breiten, muskulösen Schultern, auf der Brust kräuselte sich Haar, und je tiefer Lauschers Blick glitt, desto dichter umzottelte den Körper dieser Figur ein tierisches Fell, das sein Bocksgeschlecht kaum verhüllte und fransig herabhing über die sparrig abgeknickten Läufe, deren gespaltene Hufe wie zum Sprung in den steinernen Sockel gestemmt waren. Eine vage Erinnerung glitt Lauscher durch den Sinn, als habe er dergleichen schon einmal gesehen, und er ging auf diesen Tiermann zu, um ihn aus der Nähe anzuschauen, stieg in das Becken, übersprüht von Wasserkaskaden, stellte sich neben ihn und legte ihm den Arm um die Schultern wie einem Bruder. Und ehe er wußte wie ihm geschah, war er selbst dieser bocksfüßige Faun und sah, wie die Frau ihr Gesicht ihm zuwandte, denn sie war nicht von Stein, sondern voller Leben und schaute ihn an mit ihren dunklen Augen, deren Farbe sich nicht beschreiben ließ, kam ihm entgegen, so wie er auf sie zuging, bis sie einander in den Armen lagen, eingehüllt und überspült von den sonnenfunkelnden Sturzfluten der Fontäne.

✳ ✳ ✳

Als er am anderen Morgen aufwachte, war dieser Traum schon fast wieder unter die Grenze seines Bewußtseins gesunken, und er entsann sich nur noch einer Fülle von Farben, Klängen und berauschender Düfte. Ihm war zumute, als sei er aus einem jetzt wieder unzugänglichen Land süßer Harmonie zurückgekehrt in eine Wirklichkeit voller Schwierigkeiten und Gefahren, versagter Hoffnungen und unerfüllbarer Wünsche, die ihn bedrückte. Zwar fand am Morgen die Versammlung der Ältesten statt, in der er für den Erfolg seiner Reise gebührend belobigt wurde («Arni war mit dir, Hüter des Steins, und lenkte jeden deiner Schritte» sagte ein kahlköpfiger Zittergreis mit bebender Stimme), aber er konnte sich dieses allgemeinen Beifalls nicht recht freuen, zumal man seine Anwesenheit kaum noch beachtete, sobald die Probestücke der Goldschmiede von Arziak auf dem Tisch lagen. Da ging es an ein Betasten, Abschätzen, Berechnen von Gewinnspannen, und die Männer gerieten fast in Streit darüber, wer von den Händlern die Erlaubnis erhalten sollte, zu den Bergdachsen zu reiten, um dort ein größeres Sortiment einzukaufen. Selbst die Feierlichkeit der Redeweise, die bei solchen Versammlungen üblich war, schien ihnen mit einem Mal abhanden gekommen zu sein. Lauscher saß unbeteiligt dabei, nahm die endlich zustandekommenden Entscheidungen kaum zur Kenntnis und nickte wortlos, als man ihn der Form halber danach fragte, ob er bereit sei, Khan Hunli die zwölf Pferde zu überbringen.

Narzia ließ sich an diesem Tag kaum sehen, und das blieb auch an den folgenden Tagen so. Lauscher fragte sie einmal, wann sie mit ihrem Schachunterricht beginnen würde, doch sie lachte nur und sagte, wenn er lernen wolle, den Khan aus eigenem Können zu schlagen, würde er wohl ein paar Jahre üben müssen. Erst gegen Ende dieser Woche sprach sie ihn bei der Abendmahlzeit an und forderte ihn auf, sie zu Arnis Hütte zu begleiten, wenn er seine Milch ausgetrunken habe.

«Wegen des Schachspielens?» fragte er, und als Narzia nickte, sprang er auf und ließ seine Milch stehen; denn es schien ihm hoch an der Zeit, daß in dieser Sache etwas geschah.

Das erste, was er sah, als er hinter Narzia die Hütte betrat und diese eine Kerze auf dem Tisch angezündet hatte, war sein Stein, der schimmernd auf der Goldschale lag.

«Soll ich den Stein mitnehmen, damit Arni mir hilft?» fragte er.

«Nein!» sagte Narzia. «Du sollst dich nicht allein auf Träume verlassen. Da weiß ich etwas Wirksameres!» Sie öffnete eine Truhe, in der allerlei Besitztümer Arnis aufbewahrt wurden, nahm ein längliches Paket heraus, das in ein Tuch gehüllt war, und ging hinüber zu dem Tisch, an dem die Ältesten bei den Versammlungen zu sitzen pflegten.

«Was ist das?» fragte Lauscher.

«Du wirst schon sehen», sagte Narzia. Sie wickelte den Gegenstand aus, und nun erkannte Lauscher, daß dies ein Schachspiel sein mußte. Auf Deckel und

Boden des Kastens waren quadratische Felder in verschiedenfarbigen Hölzern eingelegt; wenn man ihn aufschlug und mit der Innenseite nach unten auf den Tisch legte, würden sich die beiden Hälften zu einem vollständigen Spielbrett zusammenschließen. Narzia schob einen verborgenen Riegel an der Vorderseite des Kastens zur Seite und öffnete ihn. Er enthielt in zwei Fächern die Figuren; die einen waren aus gelblichem Elfenbein geschnitten, die anderen aus dunkelgrüner Jade.

«Von einem solchen Spiel habe ich einmal erzählen hören», sagte Lauscher. «Hunli hat damit gegen Arni gespielt.»

«Dann muß es Hunlis Spiel gewesen sein», sagte Narzia. «Die Schachfiguren der Brüder sind zwar nicht zu unterscheiden, aber Hunli hat sich immer geweigert, Arnis Spiel zu benutzen, schon gar nicht, wenn er gegen ihn spielte. Er war wohl nicht sicher, ob Arni seine Figuren nicht verzaubert habe.»

«Meinst du, daß Arni das wirklich getan hat?» fragte Lauscher.

«Ich weiß es nicht», sagte Narzia. «Er hatte das wohl nicht nötig. Aber ich werde es jetzt tun.»

«Du?» sagte Lauscher und schaute sie zweifelnd an.

Narzia lächelte spöttisch und sagte: «Vergiß nicht, daß meine Mutter im Hause des Großmagiers aufgewachsen ist und oft zu seinen Füßen gesessen hat. Dabei kann man mancherlei lernen. Nimm die beiden Damen aus dem Kasten und lege sie nebeneinander auf den Tisch. Und dann hole das Ding dort drüben aus der goldenen Schale, du Träger des Steins!»

Lauscher tat, wie sie geheißen hatte, und legte den Stein nach ihrer Anweisung zu Häupten der beiden Figuren. «Jetzt brauche ich etwas von dir», sagte Narzia und hatte plötzlich ein zierliches, aber offenbar außerordentlich scharfes Messer in der Hand. «Gib mir deinen linken Arm!» Sie streifte seinen Hemdärmel hoch, und ehe er sich's versah, schnitt sie ihm kräftig ins Fleisch. Lauscher spürte es kaum, denn sobald ihre Hand seine Haut berührt hatte, stand er wie verzaubert und schaute in ihr Gesicht, das nun wirklich die kühne Schönheit eines zustoßenden Falken zeigte, und er mag es zunächst für die fliegende Hitze gehalten haben, die ihre Berührung in seinen Arm trieb, was sich dann als Blut herausstellte, das reichlich aus der Wunde floß. Narzia tauchte ihren Finger in den roten Saft und zeichnete auf die Tischplatte rings um Figuren und Stein ein ebenmäßiges Fünfeck. Dann gebot sie Lauscher, sich ihr gegenüber an den Tisch zu setzen, und sagte: «Nun ist alles bereit. Du solltest jetzt schweigen.»

Sie legte ihre flachen Hände rechts und links der magischen Figur auf das abgebrauchte Holz, spreizte die Daumen ab, so daß sie einander mit den Spitzen berührten, und forderte Lauscher auf, das gleiche zu tun und zwar so, daß die Kuppen seiner Mittelfinger jene der ihren fühlen konnten. Das tat Lauscher nur zu gern, und als der Kreis der Hände geschlossen war, begann sie in einer fremden Sprache halblaut vor sich hinzumurmeln.

Lauscher hatte fasziniert all diese Vorkehrungen verfolgt, doch nun, da er still sitzen mußte und die Wärme ihrer Fingerspitzen spürte, schaute er ihr in die grünen Augen, und er merkte bald, daß auch dies zu dem zauberischen Spiel gehörte; Narzia hatte es wohl nur deshalb nicht erwähnt, weil sie keinen Zweifel daran gehegt hatte, daß er ihren Blick suchen würde. Jedenfalls hielt sie ihre Augen unverwandt auf ihn gerichtet, so daß es nun zwei Verbindungen zwischen ihnen gab: die fühlbare ihrer Finger, durch die geheime Ströme von einem zum anderen zu fließen schienen, und die nicht minder erregende ihrer Blicke. Narzias Augen rückten näher und näher, füllten bald seinen Gesichtskreis aus, und er tauchte hinab in diese grüne Tiefe, hinab und dann wieder hinaus in einen fahlen, farblosen Bereich ohne Boden und Horizont, ohne oben und unten, und hier bildete sich, als löse es sich langsam heraus aus waberndem Nebel, allmählich ein Gesicht, das hagere, von Falten durchfurchte Gesicht eines alten Mannes mit dünnem, fädigen Bart und weißen Zöpfen an den Schläfen. Arni blickte ihn mit seinen dunklen Augen an, durchaus nicht ernst, wie Lauscher irritiert bemerkte, sondern heiter, ja amüsiert, und dann öffnete er den Mund und begann lautlos zu lachen, als finde er diese ganze Veranstaltung unsäglich komisch.

Nach einiger Zeit, deren Bemessung Lauscher nicht hätte angeben können, verlöschte das Bild, wie wenn man eine Kerze ausbläst, und er fand sich wieder Narzia gegenüber am Tisch sitzen. Sie löste ihre Hände von den seinen, und dies bedeutete wohl, daß der Zauber gesprochen war. «Was hast du gesehen?» fragte sie gespannt.

«Arni», sagte Lauscher, aber er verschwieg, daß Arni gelacht hatte.

«Das ist gut», sagte Narzia und stand auf. «Lege den Stein auf die Schale zurück! Die beiden Figuren wirst du mitnehmen. Ich werde dir ein Hemd geben, dessen weite Ärmel am Ende mit einem Bund abgeschlossen sind. In diesen Ärmeln wirst du die Figuren bei dir tragen, eine rechts und eine links, aber merke dir gut, auf welcher Seite die weiße versteckt ist und auf welcher die grüne. Wenn ihr vor dem Spiel die Farben ausgelost habt, kommt es nur noch darauf an, daß du Arnis Dame mit jener aus Hunlis Spiel vertauschst. In Wirklichkeit wird es dann Arni sein, der gegen den Khan spielt, und deine Hand wird nur die Züge ausführen, die er dir befiehlt. Vergiß aber nicht, danach die richtige Dame wieder zurückzubringen!»

Als er die Figuren an sich genommen hatte, wischte sie mit einem Tuch das blutige Fünfeck von der Tischplatte ab. «Morgen wirst du reiten», sagte sie dann. «Komm her, damit ich die Wunde an deinem Arm verbinden kann!»

Lauscher hatte den Schnitt überhaupt nicht mehr beachtet, ließ es sich aber gern gefallen, daß Narzia das stockende Blut mit einem Leinenbausch abtupfte, ein würzig riechendes grünes Blatt auf die Wunde legte und dann eine schmale Binde um den Arm wickelte. «Tut's weh?» fragte sie lächelnd. Lauscher schüttelte den Kopf und bedankte sich für ihre Fürsorge. «Gibt es etwas in den Zelten der Beutereiter, das ich dir mitbringen soll?» fragte er.

Narzia bedachte sich einen Augenblick und sagte dann: «Einen einzigen Gegenstand weiß ich dort, den ich gern besäße. Es ist ein fein gewebter Seidenteppich, dessen Randborte einen Zug von Falkenreitern darstellt, rot auf grünem Grund. Er hängt über Hunlis Thronkissen an der Zeltwand und zählt zu seinen kostbarsten Besitztümern. Den solltest du mir bringen.»

Lauscher erschrak, als er hörte, welchen Wert der Khan diesem Teppich beimaß, aber er versprach, daß er versuchen wolle, diesen Teppich an sich zu bringen. «Dann wünsche ich dir eine angenehme Reise», sagte sie und küßte ihn mit einer unvermutet raschen Bewegung auf die Wange, so als wolle sie vermeiden, daß er sie in seinen Armen festhielt, und im nächsten Augenblick hatte sie den Raum schon verlassen.

Diesmal brauchte er wenigstens nicht allein zu reiten; denn er hätte schwerlich ohne Hilfe zwölf Pferde vor sich hertreiben können. Höni hatte ihm vier berittene Männer mitgegeben, von denen jeder drei Pferde am Halfter führte, zähe, niedrig gebaute Steppenpferde, wie sie von den Beutereitern bevorzugt wurden. Diese ehemaligen Beutereiter würden wohl auch wissen, wo sie das Lager des Khans suchen mußten. Einer von ihnen namens Blörri ritt voran, nachdem Lauscher ihm gesagt hatte, daß er keine Erfahrung darin habe, in der Steppe seinen Weg zu suchen. Lauscher war es nach wie vor rätselhaft, woran sich diese Leute hier orientierten, wo nichts zu sehen war als Gras so weit das Auge reichte. Er schloß zu dem Vorreiter auf und fragte ihn: «Wie findest du dich hier zurecht? Hältst du dich an den Stand der Sonne?»

«Unter anderem», sagte Blörri, «aber das allein würde nicht genügen, sonst könnte es passieren, daß wir ein paar Pfeilschuß weit am Lager vorbeireiten. Schau dorthin!» Er zeigte mit der Hand zum Horizont und blickte Lauscher erwartungsvoll an, aber der konnte nichts erkennen als sonnenflimmernde Steppe und sagte ihm das auch.

«Achte auf die Farben!» sagte Blörri.

Lauscher strengte seine Augen an und sagte dann: «Kann es sein, daß dort vorn das Grün ein bißchen dunkler ist?»

«So ist es», sagte Blörri. «Dort ist eine Wasserstelle, und das Gras ringsum hat mehr Saft. An diesem Wasserloch werden wir unsere Pferde tränken, und dann reiten wir in Richtung auf den Wolfsrücken weiter.»

«Und wo ist dieser Wolfsrücken?» fragte Lauscher. «Kann man ihn jetzt schon sehen?»

«Ein kleines Stück weiter links am Horizont», sagte Blörri.

Jetzt, wo es ihm gezeigt wurde, sah es auch Lauscher: Eine kaum merkliche Erhebung störte dort die sonst schnurgerade Grenze zwischen Steppe und Himmel, und als sie einige Zeit später über den Wolfsrücken ritten, begriff Lauscher auch, warum man diese flache Bodenwelle so nannte: Auf ihr war das

Gras struppig und grau wie ein Wolfspelz. «Der Boden ist hier trocken, und deshalb verdorrt das Gras vor der Zeit», sagte Blörri.

Sie waren sieben Tage unterwegs, und während dieser Zeit lernte Lauscher, daß er kaum imstande war, die unscheinbaren Landmarken der grenzenlosen Ebene wahrzunehmen, wenn er nicht darauf hingewiesen wurde. Er war zwischen Hügeln, Bächen und Wäldern aufgewachsen, in einer Landschaft voller deutlicher Abwechslungen und markanter Unterschiede an Bodenform und Pflanzenbewuchs und fühlte sich auch deshalb nicht wohl in der Steppe; aber er merkte jetzt auch, daß es ein Nachteil sein konnte, wenn man sich daran gewöhnt hatte, nur Dinge zu beachten, die auf den ersten Blick ins Auge fielen. Wenn es dann darauf ankam, die kaum spürbaren Abweichungen des scheinbar Gleichförmigen zu erkennen, war er so gut wie verloren. Das, was ihm reizvoll und vertraut erschien, hatte zugleich seine Sinne abgestumpft. Er versuchte sich vorzustellen, wie ein Bewohner der Steppe sich freuen mochte, wenn er von ferne diese ein wenig dunklere Schattierung von Grün erblickte oder die kaum meßbare Erhöhung des Wolfsrückens, aber er konnte diese Freude nicht nachempfinden. Die Steppe machte ihm Angst in ihrer gnadenlosen Flachheit und unbegrenzten Ausdehnung, die weder ein Berg oder auch nur ein Baum in ein festes Maß zwang.

Gegen Abend des siebenten Tages kamen ihnen Reiter entgegen. «Dort ist das Lager des Khans», sagte Blörri und zeigte nach vorn, doch Lauscher sah nichts als das im Licht der Abendsonne flimmernde Steppengras. Der Reitertrupp jagte ihnen in gestrecktem Galopp entgegen und schien sie über den Haufen rennen zu wollen. Lauscher kannte jedoch schon diese Art, die Nervenkraft von Ankömmlingen auf die Probe zu stellen, und so nahm er diesen Scheinangriff mit einiger Fassung auf. Die Beutereiter rissen auch richtig ihre Pferde im letzten Augenblick herum und brachten sie zum Stehen. Ihr Anführer rief Blörri ein paar Worte zu und setzte sich dann an die Spitze der kleinen Schar, um sie ins Lager zu geleiten.

Nach einiger Zeit erkannte auch Lauscher die schwarzen Zelte voraus in der Ebene und fragte sich, wie Hunli ihn empfangen würde. Darüber hätte er sich allerdings keine Sorgen zu machen brauchen; denn als er mit seinen Pferdeführern vor dem Zelt des Khans abstieg, trat Hunli heraus und begrüßte ihn wie einen hochgestellten Gast. «Als wir einander das letzte Mal trafen», sagte er, «hätte ich dich mit größerer Höflichkeit behandelt, Träger des Steins, wenn ich gewußt hätte, daß du der Erbe meines Bruders bist.» Diese Anrede wurde freundlich vorgebracht, aber der Vorwurf, der in diesen Worten lag, war nicht zu überhören; sie sagten zugleich, daß Lauscher die alleinige Schuld an allem trug, was damals geschehen war. Vielleicht wäre es besser gewesen, wenn er seinem Stein vertraut hätte, dachte Lauscher, doch dann faßte er sich und sagte: «Ich freue mich, Khan Hunli, daß du deinen Bruder Arni in mir ehrst, und ich danke dir für den freundlichen Empfang. Hier bringe ich dir Ersatz für die zwölf Pferde, die du durch meine Schuld verloren hast.»

Hunli nickte zufrieden und sagte: «Ich sehe, daß du nicht ohne Einsicht bist. Allerdings habe ich nicht nur Tiere eingebüßt, sondern auch einen Mann, der sich den Hals gebrochen hat, als er von seinem durchgehenden Pferd zu springen versuchte. Doch darüber wollen wir später reden. Jetzt will ich mir diese Pferde ansehen.»

Er ließ sich von Lauschers Begleitern die zwölf Pferde einzeln in allen Gangarten vorführen, betastete ihre Fesseln und griff ihnen ins Maul wie ein Roßhändler. Schließlich zeigte er sich zufrieden und befahl einigen seiner Leute, die Pferde zu übernehmen, und gab auch Anweisung, Blörri und seine drei Männer mit allem zu versorgen, was sie brauchten, und ihnen ein Zelt zuzuweisen. «Gute Tiere», sagte er zu Lauscher. «Diese Forderung, die ich an dich und Arnis Leute hatte, soll damit als erfüllt gelten. Komm in mein Zelt und sei für heute mein Gast, Träger des Steins!»

Lauscher merkte sehr wohl, daß Hunli seine Gastfreundschaft auf den heutigen Tag beschränkte, um für morgen freie Hand zu haben. Bis dahin war er selbst jedenfalls seines Lebens sicher.

Sobald er hinter dem Khan ins Zelt trat, sah er den Teppich, den er Narzia bringen sollte, ein mehr als mannslanges, seidig glänzendes Stück, das zwischen zwei Zeltstangen über dem erhöhten Thronkissen hing, auf dem Hunli Platz nahm, bevor er auch Lauscher einen Sitz an seiner Seite zuwies. Der Khan hatte Lauschers bewundernden Blick bemerkt und sagte: «Gefällt dir dieser Teppich? Er ist mir sehr kostbar, denn der Großmagier der Falkenleute hat ihn mir geschenkt, als ich nach Falkenor geritten war, um Hönis Hochzeit zu feiern. Damals wäre es mir allerdings nicht in den Sinn gekommen, daß Höni sich einmal gegen mich stellen würde. Später hat sich dann gezeigt, daß er eine Frau gewählt hatte, die nicht bereit war, sich den Sitten der Horde zu fügen. Sogar diesen Teppich wollte sie wieder in ihren Besitz bringen. Oft sind es dann solche Frauen, die tüchtige Männer ihrem Volk entfremden. Aber den Teppich hat sie nicht bekommen!»

Jetzt begriff Lauscher, warum dies der einzige Gegenstand im Lager der Beutereiter war, den Narzia zu besitzen wünschte. Es schien ihm überhaupt, daß sie sich mehr den Falkenleuten zugehörig fühlte als dem Volk, unter dem sie aufgewachsen war, vielleicht gerade deshalb, weil diese fremde Abkunft sie von allen anderen Menschen unterschied, unter denen sie lebte. Sie war kein Mensch, der unter seiner Andersartigkeit litt; sie wollte anders sein und war stolz darauf, daß sie es war.

Inzwischen waren weitere Männer ins Zelt gekommen, und Hunli machte Lauscher mit ihnen bekannt, zunächst mit seinen drei Söhnen Husski, Trusski und Belarni. Die beiden älteren, beide schon zwischen 30 und 40 Jahre alt, hatten die gleichen scharfen Züge wie ihr Vater und betrachteten Lauscher abweisend mit ihren dunklen, steinernen Augen; Belarni war viel jünger, ein Junge von vielleicht sechzehn Jahren, und lächelte Lauscher freundlich zu, als er ihn begrüßte. Dann traten auch die Ältesten der Horde heran, die der Khan zu dem Gastmahl eingeladen hatte.

Sobald der letzte von ihnen sich auf den Kissen niedergelassen hatte, die im Kreis vor dem Thronsitz des Khans auf dem teppichbelegten Boden angeordnet waren, wurde das Essen aufgetragen, ein am Spieß gebratenes, fettes Lamm, das mit allerlei bitteren und scharfen Würzkräutern angerichtet war. Die Sklaven versorgten jeden der Gäste mit lederdünnem, auf heißen Steinen gebackenem Flachbrot, und dann teilte der Khan jedem sein Stück von dem Lamm zu, zuerst Lauscher, zu dessen Empfang das Mahl veranstaltet wurde, dann seinen Söhnen und danach den Oberhäuptern der Sippen in der Reihenfolge ihres Alters. Die Mahlzeit wurde schweigend eingenommen. Zur Unterhaltung der Gäste spielte neben dem Zelteingang ein Mann auf seiner Schalmei eine näselnde Melodie, die von einem anderen mit einer handgroßen Trommel begleitet wurde. Diese Musik klang Lauscher rauh und eintönig in den Ohren und weckte in seiner Vorstellung das Bild der öden Steppe, in der es keine Farbe gab außer dem Graugrün des sirrenden Grases.

«Ich hoffe, unsere Musik erfreut dein Herz», sagte Hunli. «Du wirst verstehen, daß ich dieses Instrument deiner Flöte vorziehe.» Lauscher verstand dies nur zu gut und spürte auch den warnenden Unterton in der Stimme des Khans. Er würde nicht dulden, daß die Flöte noch einmal vor seinen Ohren gespielt wurde.

Als alle satt waren, entließ Hunli mit einem Wink die Musiker und sagte: «Nun sollten wir ein wenig miteinander reden, Träger des Steins. Den Verlust unserer Pferde hast du ausgeglichen. Jetzt bleibt noch der Mann, der durch deine Schuld zu Tode gekommen ist. Was gedenkst du mir dafür anzubieten?»

Auf eine solche Frage war Lauscher nicht vorbereitet gewesen, als er in die Steppe hinausgeritten war. Er sah, daß die Augen aller, die hier im Kreis saßen, auf ihn gerichtet waren, und spürte, daß mit dieser Frage Hunlis eine Art Zweikampf begonnen hatte, in dem er selbst möglicherweise um sein Leben zu kämpfen hatte. Zunächst versuchte er, Zeit zu gewinnen, und sagte: «Von dem Tod dieses Mannes habe ich nichts gewußt, Khan Hunli. In deiner Botschaft war davon nicht die Rede. Warum hast du das verschwiegen?»

«Vielleicht wärst du sonst gar nicht gekommen?» sagte Hunli lauernd und lächelte wie ein Spieler, der seinen Gegner in die Enge getrieben hat.

Vermutlich wäre ich wirklich zu Hause geblieben, dachte Lauscher, aber das sagte er natürlich nicht; denn so schnell wollte er sich nicht geschlagen geben. Außerdem ärgerte es ihn, daß Hunli sich offenbar anschickte, mit ihm sein Spiel zu treiben. «Was soll diese Frage?» sagte er. «Du hast mir nicht die Möglichkeit gelassen, diese Entscheidung zu treffen; also hast du auch kein Recht, mir eine zu unterschieben, die mich in den Augen der Leute entehrt. Ich bin da. Was willst du mehr?»

«Genugtuung für das Leben eines Mannes!» sagte Hunli. «Wie gedenkst du sie zu leisten?»

Lauscher fragte sich, was man unter Beutereitern für das Leben eines Mannes zu bieten pflegte. Wenn hier die Regel Leben gegen Leben galt, dann hätte der Khan ihn wohl gleich bei seiner Ankunft umbringen lassen können und nicht erst als Gast in sein Zelt geladen. Oder wollte er ihn nur noch ein bißchen zappeln lassen, ehe er morgen zuschlug? Lauscher spürte Angst in sich aufsteigen, und um sie zu übertäuben, sagte er: «Du wirst wohl nicht annehmen, daß ich dich auffordere, mir die Kehle durchzuschneiden.»

Der Khan lachte. «Was hätte ich davon?» sagte er dann. «Erstens wäre das sehr langweilig, und zum anderen fehlte mir dann noch immer ein Mann. Hat man dir meine Botschaft nicht in allen Einzelheiten mitgeteilt? Ich habe eigentlich erwartet, daß du auf den Vorschlag eingehst, den ich dir gemacht habe.»

«Du hattest ausrichten lassen, daß wir um dies oder jenes spielen könnten», sagte Lauscher und war erleichtert. Offenbar hatte der Khan die ganze Zeit über nur darauf gewartet, daß ihm ein geeignetes Spiel vorgeschlagen würde. Vielleicht auch ein Einsatz.

«Hast du gemeint, der Khan der Beutereiter hätte es nötig, dich mit einer Lüge hierher zu locken?» sagte Hunli ungeduldig. «Mein Bruder scheint dir nicht viel von unseren Sitten erzählt zu haben.»

«Dazu hatte er wenig Zeit», sagte Lauscher. «Er lag im Sterben, als ich ihn zum ersten Mal sah.»

«Dann bist du also doch einer von den Leuten des Großen Brüllers!» sagte Hunli. «Arni kam im Kampf mit ihnen ums Leben.»

«Wenn du es genau wissen willst», sagte Lauscher, «ich bin der Sohn des Richters von Fraglund.»

«Du hast Arni erschlagen und seinen Stein als Beute an dich genommen!» sagte Hunli, und das klang fast befriedigt, denn dies war endlich eine Sache, die seinen Vorstellungen entsprach. Doch Lauscher berichtigte sofort diesen Irrtum.

«Schwerlich hätte mir Arni dann den Spruch gesagt, der zu dem Stein gehört», sagte er. «Kennst du ihn?»

«Ja», sagte Hunli. «Laß hören!»

Da beugte sich Lauscher zu Hunli hinüber und raunte ihm den Spruch ins Ohr:

«Folge dem Schimmer,
folge dem Glanz,
du findest es nimmer,
findst du's nicht ganz.»

Der Khan nickte. «Du besitzt den Stein zu recht», sagte er. «Arni hat ihn dir offenbar gegeben, wenn dies auch von den unbegreiflichen Taten meines Bruders die unbegreiflichste ist. Wie konnte er einen Feind zu seinem Erben einsetzen?» «Er hielt mich wohl nicht für seinen Feind», sagte Lauscher, «denn ich gab ihm seinen letzten Schluck Wasser zu trinken.»

Der Khan schüttelte den Kopf. «Das verstehe wer will!» sagte er. «Ich sehe schon, daß du ein ähnlicher Narr bist, wie er einer war.»

Dieser Spott reizte Lauscher, und da er ohnehin nichts mehr zu verlieren hatte, sagte er: «Arni mag in deinen Augen ein Narr gewesen sein, aber im Schachspiel konntest du ihn nie schlagen!»

Hunlis Gesicht wurde dunkel vor Zorn. Er griff nach seinem Gürtelmesser, doch dann besann er sich, daß Lauscher heute noch sein Gast war, und ließ den goldbeschlagenen Griff wieder fahren. «Wir könnten ja versuchen», sagte er böse, «ob auch dir das gelingt.»

«Ich habe nichts dagegen», sagte Lauscher und fragte sich verwundert, auf welch seltsamem Umweg er genau dorthin gekommen war, wohin er gewollt hatte. Er hatte dem Khan Dinge verraten, die er eigentlich hatte verschweigen wollen, hatte sich dabei fast um Kopf und Kragen geredet, und dennoch hatte er sein Ziel erreicht.

«Morgen werden wir also gegeneinander Schach spielen», sagte der Khan zufrieden. «Ich glaube kaum, daß Arni noch Zeit gehabt hat, dir all seine Kniffe und Winkelzüge beizubringen. Weißt du auch, um welchen Preis du spielen wirst?»

Auch darauf wollte es Lauscher jetzt ankommen lassen. «Du bist es», sagte er, «der hier eine Forderung zu stellen hat.»

«Gut, daß du das einsiehst», sagte der Khan. «Da ich einen Mann verloren habe, wirst du morgen um deine Freiheit spielen. Wenn du verlierst, wirst du künftig mein Sklave sein.»

Bald darauf entließ der Khan seine Gäste und lud sie ein, am nächsten Tag wiederzukommen, um dem vereinbarten Spiel zuzusehen. «Wenn die Sonne ihren höchsten Stand erreicht hat, wollen wir beginnen, Träger des Steins», sagte er. «Bis dahin kannst du dich nach Belieben im Lager bewegen.»

Als Lauscher das Zelt verließ, erhoben sich die Sippenältesten von ihren Plätzen, wie es sich vor einem bedeutenden Gast geziemt, und dies bestätigte Lauschers Gefühl, daß er sich in dem Gespräch mit dem Khan nicht schlecht gehalten habe. Er schlenderte langsam durch das Lager zu dem Zelt, das man für ihn allein bereitgestellt hatte. Die Leute warfen ihm neugierige Blicke zu, aber keiner sprach ihn an.

In seinem Zelt war eine Sklavin damit beschäftigt, sein Nachtlager aus Teppichen und zottigen Schaffellen herzurichten. Als sie einmal in die Nähe der Öllampe kam, die von einem der Zeltpfosten herabhing, konnte Lauscher ihr Gesicht sehen. Ihre blaßblauen Augen und das fliehende Kinn erinnerten ihn an die Erzählung seines Großvaters von den Leuten am Braunen Fluß. Die Sklavin erschrak, als er sie freundlich begrüßte. Sie war wohl nicht gewöhnt, daß ein freier Mann Notiz von ihr nahm, es sei denn, er suchte eine Bettgenossin für die Nacht.

«Stammst du von den Karpfenköpfen am Braunen Fluß?» fragte Lauscher.

«Ja, Herr», sagte die Sklavin und drückte sich seitwärts an die Zeltwand.

«Du brauchst dich nicht vor mir zu fürchten», sagte Lauscher. «Es könnte sein, daß ich schon morgen bei euch in den Sklavenhütten wohne.»

Da blickte die Sklavin auf und schaute ihn mit ihren wässrigen Augen an. «Die Leute reden davon, daß du Arnis Stein trägst», sagte sie. «Ist das wahr?»

«Er hat ihn mir gegeben», sagte Lauscher und dachte an den Stein, der fern in Arnis Hütte lag.

«Du sollst auch eine Flöte haben, die einmal in unseren Hütten am Braunen Fluß gespielt wurde», sagte die Sklavin weiter.

«Auch das ist richtig», sagte Lauscher. «Aber der Khan ist nicht sonderlich begierig darauf, sie zu hören.»

Als er das sagte, glitt für einen Augenblick der Anflug eines Lächelns über das Gesicht der Sklavin. «Dazu hat er wohl allen Grund», sagte sie.

«Morgen wird er jedenfalls versuchen, sich dafür schadlos zu halten», sagte Lauscher.

Da trat die Sklavin zu ihm und sagte: «Arni wird dir beistehen, Träger des Steins. Und auch der Große Karpfen, den wir verehren, wird sich der Freundschaft Arnis und des Sanften Flöters erinnern, so wie man diese beiden Männer in unseren Häusern nicht vergessen hat. Nimm das hier und trage es bei dir, wenn du morgen spielst!» Sie streifte eine geflochtene Binsenschnur über den Kopf, an der die Spiegelschuppe eines Karpfens aufgefädelt war, groß wie ein Lindenblatt, drückte sie ihm in die Hand und huschte aus dem Zelt.

Lauscher blieb eine Zeitlang stehen und betrachtete die schillernde Schuppe, befühlte ihre glatte, leicht gewellte Oberfläche und die scharfen Kanten. Ein wenig erinnerte sie ihn an die Muschel, die Arnilukka von ihrer Mutter bekommen hatte. Das Licht der Öllampe brach sich in der dünnen, durchscheinenden Fläche zu farbigen Schlieren, die Form und Tönung wechselten, sobald er die Schuppe bewegte. Er vertiefte sich in dieses Spiel, und dabei löste sich die Beklemmung der Gedanken an den morgigen Tag. Dieses schimmernde, hornige Gebilde war schön, doch er bezweifelte, daß es ihm bei seinem Spiel gegen den Khan von irgendeinem Nutzen sein könne. Es war doch wohl nur ein beliebiger Gegenstand, an den die einfachen Fischersleute vom Braunen Fluß ihren Aberglauben knüpften. Schließlich streifte er die rauhe Binsenschnur über den Kopf, schob die kühle Schuppe unter sein Hemd, um sie auf der Haut zu spüren, und legte sich auf das Bett.

Ob nun diese Karpfenschuppe seinen Schlummer behütet hatte oder ob er so müde gewesen war von dem langen Ritt durch die Steppe: Lauscher schlief in

dieser Nacht tief und traumlos bis in den Morgen hinein und wachte erst davon
auf, daß die Sklavin, die am Abend zuvor sein Bett hergerichtet hatte, das Zelt
betrat und ihm seine Morgenmahlzeit brachte, eine Schale prickelnde saure
Stutenmilch und ein Stück von dem dünnen Flachbrot.

«Ich danke dir für dein Geschenk», sagte Lauscher. «Es hat mir tiefen Schlaf
gebracht.»

«Das ist gut so», sagte die Sklavin. «Du wirst heute alle deine Kräfte brauchen.
Der Tag wird heiß werden. Vergiß die Schuppe des Großen Karpfen nicht, wenn
du zum Khan gehst!» Lauscher öffnete sein Hemd und zeigte sie ihr. Da nickte die
Sklavin zufrieden und verließ das Zelt.

Als er gefrühstückt hatte, ging Lauscher hinaus und sah sich im Lager um. Es
bestand aus etwa siebzig schwarzen Filzzelten, größeren und kleineren, die
meisten davon mit einer Rauchöffnung oben zwischen den herausragenden
Zeltstangen. Ein Stück abseits stand eine Reihe niedriger Hütten mit fellbehängten
Wänden und Grasdächern. Ein paar blaßhäutige, fahlblonde Frauen mit dem
Gesichtsschnitt der Karpfenköpfe waren dort damit beschäftigt, Wolle zum
Spinnen vorzubereiten und die Innenseite von Fellen glattzuschaben. Hier
hausten also die Sklaven. Als Lauscher an den Frauen vorüberging, blickten einige
von ihnen auf und lächelten ihm zu. Ob sie schon wußten, was er unter dem Hemd
auf der Brust trug? Es sah fast so aus.

Jenseits der Sklavenhütten war eine weite Koppel mit Pfosten und Lederriemen
eingefriedet, in der die Pferde der Horde weideten, beaufsichtigt von ein paar
Männern, die ebenfalls von den Karpfenköpfen zu stammen schienen, kleinwüchsige, ein wenig zur Körperfülle neigende Gestalten, die sich ruhig und bedächtig
bewegten. Auch sie hatten dieses ausgeblichene blonde Haar und das zurückweichende Kinn, und die meisten trugen einen herabhängenden Schnurrbart, der
ihrem Gesicht einen melancholischen Ausdruck verlieh. In einem eigens abgesteckten Pferch entdeckte Lauscher sein Pferd und auch jene seiner vier Begleiter.
Einer der Sklaven, ein grauhaariger Mann mit einem merkwürdig faltenlosen
Karpfengesicht, striegelte Schneefuß mit sanften Bewegungen und sprach dabei
leise zu der Stute. Lauscher schaute ihm eine Zeitlang zu. Es gefiel ihm, welche
Freundlichkeit aus jeder Geste dieses Mannes sprach. Schließlich ging er hinüber
und begrüßte sein Pferd.

«Du hast ein schönes Tier, Herr», sagte der Alte. «Es stammt aus einer edleren
Zucht als die struppigen Steppenpferdchen hier.»

Lauscher dankte dem Mann, daß er Schneefuß so liebevoll pflegte, und wollte
ihm eine Silbermünze zustecken, doch der Alte weigerte sich, das Geld anzunehmen, und war fast beleidigt, daß er für einen Dienst, der ihm solche Freude mache,
bezahlt werden solle. Als Lauscher ihn fragte, ob er sonst etwas für ihn tun könne,
sagte der Alte: «Ich war ein kleines Kind, als Arni mit einem jungen Flöter in
unsere Hütte kam, und an diesem Abend hörte ich ihn spielen. Den Klang dieser

Flöte habe ich nie vergessen. Ist es wahr, daß du jetzt diese Flöte besitzt, wie die Leute sagen?»

«Ja», sagte Lauscher. «Dieser Flöter war mein Großvater und hat mir sein Instrument vererbt, als er starb.»

«Gute Männer haben ihren Schatten auf dich geworfen!» sagte der Alte. «Ich würde dich gern auf dieser Flöte spielen hören.»

«Der Khan wird das nicht erlauben, denn er liebt den Klang meiner Flöte nicht», sagte Lauscher.

«Das glaube ich dir gern», sagte der Alte und kicherte in sich hinein. Die Sklaven wußten offenbar gut darüber Bescheid, was Hunli und seinen Reitern im zeitigen Frühjahr draußen in der Steppe zugestoßen war.

«Ich würde dir gern diesen Gefallen tun», sagte Lauscher. «Aber ich weiß nicht, wie ich das einrichten soll, ohne den Unwillen des Khans zu erregen.»

«Komm am Abend zur Pferdekoppel», sagte der Mann. «Ich habe heute die Nachtwache bei den Tieren. Der Khan ist alt und geht früh schlafen.»

«Ich werde kommen, wenn ich bis dahin noch ein freier Mann bin», sagte Lauscher.

Da lachte der Alte lautlos und sagte: «Du wirst kommen, Flöter oder Träger des Steins oder wie immer man dich nennen mag. Du solltest nicht vergessen, wer seine Hand über dich hält!»

Gegen Mittag kehrte Lauscher in sein Zelt zurück. Er kramte die beiden Schachfiguren aus seinem Gepäck, versteckte sie in den weiten Ärmeln seines Hemdes, die weiße rechts und die grüne links, und überzeugte sich, daß sie nicht von selbst herausfallen konnten. Dann machte er sich auf, um sich seinem Gegner zu stellen.

Die Sklavin hatte recht behalten: Draußen war es inzwischen ziemlich heiß geworden. Die Sonne stand hoch am stahlblauen Himmel, und über dem Steppengras flimmerte die Luft. Lauscher ging hinüber zum Zelt des Khans und trat ein. Hunli saß auf seinem Thronkissen, umgeben von seinen drei Söhnen, und auch die Ältesten hatten schon ihre Plätze rings an der Zeltwand eingenommen. Nur dem Khan gegenüber war noch ein Kissen frei, und zwischen diesem und dem Khan stand auch schon das Schachbrett mit den Figuren bereit.

«Du wolltest wohl dein Leben als freier Mann bis zum letzten Augenblick genießen?» sagte der Khan. «Wie ich höre, hast du dich ja schon bei den Schlammbeißern umgesehen, mit denen du künftig unter einem Dach wohnen wirst. Aber das wird dich wohl nicht weiter stören, denn auch Arni war Gastfreund in ihren Häusern.»

Lauscher hatte sich vorgenommen, dem Khan in nichts nachzugeben. Er schaute ihm ins Gesicht und sagte: «Ich habe nichts gegen diese Leute. Aber du solltest ein Spiel nicht für gewonnen erachten, das noch nicht begonnen hat.»

Diesen Ton war der Khan wohl nicht gewöhnt. Er runzelte die Stirn und sagte: «Dann setz dich endlich auf deinen Platz, damit wir anfangen können!» Lauscher ließ sich auf dem Kissen nieder und sagte: «Mein Einsatz in diesem Spiel ist also meine Freiheit, Khan Hunli?» «Das weißt du doch», sagte Hunli. «Hast du jetzt Angst, sie zu verlieren?» «Durchaus nicht», sagte Lauscher. «Aber ich habe noch nicht gehört, was du in diesem Spiel einzusetzen gedenkst.» So viel Naivität brachte Hunli zum Lachen. «Darüber solltest du dir keine Gedanken machen», sagte er. «Du wirst doch wohl nicht annehmen, daß du hier etwas gewinnst. Aber du sollst nicht sagen dürfen, daß ich nicht gerecht verfahren wäre. Da ich deinen Einsatz bestimmt habe, erlaube ich dir, meinen zu bestimmen. Nenne was du willst, und es soll dein sein, soweit du mich schlägst, wenn ich mir auch wenig Sorgen mache, daß dies geschehen könnte.»

«Dann sollst du um den Einsatz dieses Teppichs spielen, der über deinem Sitz hängt», sagte Lauscher.

Als die Ältesten das hörten, sprangen einige von ihnen empört auf und protestierten laut, und auch der Khan wollte zunächst zornig hochfahren, doch dann besann er sich und sagte mit gezwungenem Lächeln: «Jeder weiß, was mir dieser Teppich bedeutet. Also wird es mir umso mehr Ehre einbringen, daß ich ihn aufs Spiel setze. Da er dir so gut gefällt, sollst du von Zeit zu Zeit den Befehl erhalten, ihn abzubürsten, wenn er staubig geworden ist.» Dann forderte er einen der Ältesten auf, die Farben auszulosen.

Der grauhaarige Beutereiter nahm einen weißen und einen grünen Bauern vom Spielbrett, verbarg die Hände für einen Augenblick hinter dem Rücken und hielt dann dem Khan die geschlossenen Fäuste vor. Hunli schlug auf die linke und zog die grüne Farbe. Lauscher nahm es als ein gutes Vorzeichen, daß ihm die weiße Farbe und damit der erste Zug zugefallen war. Als er sah, daß die weißen Figuren auf der Seite des Khans standen, faßte er das Brett mit beiden Händen und drehte es so ungeschickt um, daß die weißen Figuren umstürzten und auf den Boden fielen. Während er sich niederbeugte, um sie aufzusammeln, zog er Arnis weiße Dame aus seinem rechten Ärmel und versteckte statt ihrer das Gegenstück aus Hunlis Spiel. Erst dann hob er auch die anderen Figuren vom Teppich auf und stellte sie wieder an ihren Platz. Der Khan lachte laut über dieses Mißgeschick. «Deine Figuren fallen schon, ehe ich sie schlagen kann», sagte er. «Willst du nicht gleich aufgeben?»

«Besser, sie fallen jetzt als nachher», sagte Lauscher gleichmütig und machte den ersten Zug. Erst als er den Bauern, den er gegen Hunlis Streitmacht vorgerückt hatte, wieder losließ, wurde ihm bewußt, daß er diesen Zug ohne jedes Nachdenken ausgeführt hatte, und dennoch schien es ihm, daß dies nicht aufs Geratewohl geschehen war, sondern nach einem Plan, und als das Spiel nun in Gang kam, spürte er immer deutlicher, daß er jedesmal, wenn er am Zug war, genau wußte, welche Figur er auf welches Feld rücken mußte, ohne daß er hätte sagen können, was damit erreicht werden sollte.

Wie dem auch immer sein mochte, es sah so aus, als renne er auf solche Weise blindlings in sein Unglück; denn Hunli schlug eine seiner Figuren nach der anderen aus dem Feld, ohne daß Lauscher selbst ihm hätte viel anhaben können. Hunlis Vergnügen an diesem Spiel wuchs mit jeder weißen Figur, die er vom Brett nahm. «Merkst du jetzt, worauf du dich eingelassen hast?» sagte er triumphierend, als schon ein beträchtlicher Teil von Lauschers Heerschar neben dem Brett aufgereiht stand, während er selbst nur drei Bauern verloren hatte.

«Noch ist das Spiel nicht zu Ende», sagte Lauscher, aber er begann daran zu zweifeln, ob es wirklich Arni war, der ihm hier die Hand führte. Vielleicht bildete er sich das nur ein, und in Wirklichkeit machte er wahllos irgendwelche Züge, die ihn Schritt für Schritt einem Sklavendasein bei den Beutereitern näherbrachten. Er bekam Angst, und in diesem Augenblick bedrohte Hunli zum ersten Mal seinen König. Da es ihm ohne weiteres gelang, seinen König in Sicherheit zu bringen, faßte Lauscher wieder etwas Mut, doch der Khan begann nun mit einem entnervenden Katz-und-Maus-Spiel. Immer wieder geriet der weiße König in Gefahr, aber jedesmal fand sich wider alles Erwarten auch ein Ausweg aus dieser Lage, und das wiederholte sich so oft, daß Hunli schließlich nicht ohne Anerkennung sagte: «Du bist doch geschickter, als es zunächst den Anschein hatte. Aber bei diesem Stand des Spiels solltest du dir dennoch keine Hoffnungen machen.»

Dazu hatte Lauscher wahrhaftig keinen Grund. Seine Streitmacht war inzwischen auf eine Handvoll Figuren zusammengeschmolzen, die sich gegen eine erdrückende Übermacht der Grünen zu behaupten versuchten, und es erschien fast wie ein Wunder, daß ihnen dies immer wieder gelang. Im Zelt war es mittlerweile drückend heiß geworden. Dem Khan stand der Schweiß auf der Stirn, und seine faltige Gesichtshaut begann sich zu röten. Lauscher spürte zwar auch die Wärme, doch zugleich spülte eine angenehme Erfrischung über seine Haut, als bade er an einem heißen Sommertag in einem fließenden Gewässer, und es schien ihm, daß diese Kühle von der Schuppe ausging, die auf seiner Brust lag. War dies doch nicht nur ein Stück Küchenabfall aus den Hütten der Karpfenköpfe? Lauscher begann sich zu fragen, ob ihm hier einer zu Hilfe kam, der seine Freundlichkeit nicht davon abhängig machte, daß man seine Macht anerkannte. Aber vielleicht erzeugte die Schuppe mit ihrer glatten Oberfläche auch nur eine Illusion von Kühle. Lauscher fand keine Zeit, sich weiter mit dieser Frage zu beschäftigen, denn Hunli legte es nun, wohl unter dem Zwang der ständig steigenden Hitze, darauf an, das Spiel so rasch wie möglich zu beenden. Ohne lange nachzudenken, ergriff er jede sich bietende Gelegenheit, um den weißen König immer aufs Neue in Bedrängnis zu bringen oder Lauschers Figuren weiter zu dezimieren.

Schließlich war das gesamte Bauernheer der weißen Seite aufgerieben, und Lauscher verfügte außer über König und Dame nur noch über drei weitere Figuren, denen auf Hunlis Seite noch immer eine dichte Phalanx gegenüberstand. Lauscher war sich der verzweifelten Lage durchaus bewußt, in die ihn seine Spielweise gebracht hatte, und er zögerte, als seine Hand wie von selbst nach einem Läufer griff, um ihn um zwei Felder zu verrücken. Doch dann sagte er sich, daß es jetzt zu spät sei, das Spiel aus eigener Überlegung weiterzuführen. Hatte Arni hier seine Hand im Spiel, dann mußte er ihm weiter vertrauen, selbst auf die Gefahr hin, daß er ihn für seine Beteiligung an Narzias Zauberwerk bestrafen wollte; hatte er sich das alles nur eingebildet, dann war er ohnehin verloren, und so führte er, wenn auch unter Zweifeln und Ängsten, diesen Zug aus. Seine Befürchtungen schienen sich nur allzu rasch zu bestätigen, denn Hunli schlug mit seinem nächsten Zug den Läufer aus dem Feld und sagte: «Deine Aufmerksamkeit läßt nach. Willst du nicht aufgeben?»

Lauscher schüttelte den Kopf. Solange sein König nicht geschlagen war, blieb ihm noch immer ein Rest von Hoffnung. Mit seinem nächsten Zug ließ er seinen letzten Reiter angreifen, und diesmal hatte er schon fast erwartet, was tatsächlich geschah: Auch der Reiter fiel einem Gegenschlag zum Opfer. Lauschers Hoffnung erstarb wie ein Funke, der noch eine Zeitlang in der Asche geglimmt hat, bis er keine Nahrung mehr findet. Lauscher überblickte noch einmal das Spielbrett und hob schon die Hand, um sich geschlagen zu geben, als er plötzlich, als würde ein Vorhang vor seinen Augen weggezogen, den Plan erkannte, der seinem (oder Arnis?) Spiel zugrunde lag. Mit seinen beiden letzten Zügen hatte Hunli in seinem Eifer, die weißen Figuren vom Feld zu fegen, zwei Schneisen zwischen seinen eigenen Figuren geöffnet, die beide auf dem Feld neben dem grünen König aufeinandertrafen; die eine, die in gerader Linie über das Brett führte, wurde beherrscht von dem weißen Elefanten mit dem Turm auf dem Rücken; die andere, die schräg von links her die grünen Reihen durchbrach, von der Dame aus Arnis Spiel. Lauscher wollte nicht glauben, was doch offen zu Tage lag, und versuchte, mögliche Gegenzüge Hunlis zu finden. Aber es gab keine, und das einzige Feld, auf das Hunlis König hätte ausweichen können, war von einer seiner eigenen Figuren besetzt.

Lauschers Zögern ließ Hunli ungeduldig werden, zumal ihm die Hitze immer stärker zu schaffen machte. «Was grübelst du noch lange nach?» sagte er. «Laß uns endlich Schluß machen!»

«Du hast recht», sagte Lauscher. «Laß uns Schluß machen.» Er nahm seine Dame und stellte sie neben den grünen König. Dann schaute er in Hunlis schweißüberströmtes Gesicht und sagte: «Du hast verloren, großer Khan!»

«Gewonnen, meinst du wohl», berichtigte der Khan, ohne das Brett näher in Augenschein zu nehmen. Er war seines Sieges so sicher, daß er über Lauschers vermeintlichen Irrtum in der Wahl des Wortes lachte und sich befriedigt im Kreis seiner Söhne und der Ältesten umschaute. Erst dabei merkte er, daß keiner in sein Lachen einstimmen wollte, sondern alle auf das Spielbrett starrten, als könnten sie nicht fassen, was dort zu sehen war. Nun endlich erkannte auch er die Stellung der Figuren, und vom einen zum anderen Augenblick wich alle Farbe aus seinem Gesicht. «So kann nur einer spielen», murmelte er. «Arni hat immer dem Gegner jeden Vorteil gelassen und dennoch gewonnen.» Er starrte auf seinen König, als könne er ihn dadurch noch retten, dann übermannte ihn die Wut, und er versetzte dem Spiel einen Tritt, daß die Figuren auf den Teppich rollten. Gleich darauf hatte er sich wieder in der Gewalt und sagte mit mühsam beherrschter Stimme: «Du bist frei, Träger des Steins, und der Falkenreiterteppich gehört dir. Es wäre unhöflich, dich so spät am Nachmittag noch zur Abreise aufzufordern, aber du tätest gut daran, morgen in aller Frühe mit deinen Begleitern aufzubrechen.» Dann stand er auf und verließ mit steifen Schritten das Zelt.

Lauscher war dem Khan dankbar für den Tritt, mit dem er das Spielbrett von sich gestoßen hatte. Nun konnte er die Gelegenheit wahrnehmen, die verstreuten Figuren aufzulesen und dabei die beiden Damen wieder auszutauschen. Dann verbeugte er sich vor den Söhnen des Khan und den Ältesten und ging hinaus. Die Sonne stand schon ziemlich tief, aber es war noch immer heiß. Als Lauscher sich umblickte, sah er Hunli eben noch in den Weg zur Pferdekoppel einbiegen und gleich danach auf seinem struppigen Hengst hinaus in die Steppe jagen.

Nach diesen Stunden äußerster Anspannung und Angst in dem stickigen Zelt atmete Lauscher auf, aber zugleich überfiel ihn eine solche Erschöpfung, daß er sich kaum noch auf den Beinen halten konnte. Er taumelte hinüber in sein Zelt, ließ sich auf sein Lager fallen und schloß die Augen.

Eine Zeitlang lag er so im Halbschlaf. Dann hörte er, wie der Filzstreifen bewegt wurde, der den Eingang verdeckte. Er öffnete die Augen und sah Belarni, den jüngsten Sohn des Khan, in seinem Zelt stehen. Der Junge verbeugte sich und sagte: «Verzeih, daß ich deine Ruhe gestört habe. Ich bringe dir den Teppich, den du im Spiel gewonnen hast.»

Erst jetzt sah Lauscher die verschnürte Rolle, die Belarni unter dem Arm trug und nun neben sein Bett legte. Lauscher bedankte sich, und als er bemerkte, daß Belarni unschlüssig stehenblieb, als habe er noch etwas anderes vorzubringen, fragte er ihn, ob er Lust habe, ein bißchen mit ihm zu reden.

«Gern», sagte Belarni, «und ich muß dir gestehen, daß ich den Teppich nur zum Vorwand genommen habe, um eine Gelegenheit für ein Gespräch mit dir zu finden.»

Die ungezwungene Art des Jungen gefiel Lauscher. Er bot ihm ein Sitzkissen an und bat um die Erlaubnis, auf seinem Bett liegenbleiben zu dürfen. «Das Spiel hat mich ziemlich mitgenommen», sagte er.

«Hast du daran gezweifelt, daß du gewinnst?» fragte Belarni erstaunt. «Wußtest du nicht, daß Arni deine Hand führt?» Lauscher blickte den Jungen verblüfft an und sagte: «Was bringt dich auf diesen Gedanken? Nicht einmal ich selbst war mir dessen sicher.»

Belarni lächelte und sagte: «Ich habe Arnis Art zu spielen sofort erkannt; mein Vater hat allerdings nie gelernt, sie zu durchschauen. Du hättest aber von Anfang an wissen müssen, daß Arni seine Freunde nie im Stich läßt. Wenn er dich schon zu seinem Erben gemacht hat, dann wird er nicht zulassen, daß du in den Sklavenhütten meines Vaters zugrundegehst.»

«Arni ist seit fünf Jahren tot», sagte Lauscher.

Belarni zuckte mit den Schultern. «Was bedeutet das schon», sagte er.

Lauscher fand diesen Jungen immer bemerkenswerter, der hier mit ihm plauderte wie mit einem Freund, ohne Rücksicht darauf, was sein Vater davon halten mochte, wenn er es erführe. Man sah zwar an seiner olivfarbenen Haut, dem schwarzen, strähnigen Haar und der flachen Nase, daß er von Beutereitern abstammte, aber im übrigen ähnelte er seinem Vater kaum. Seine breite Stirn gab ihm das Aussehen eines klugen, besonnenen Menschen, und seine Augen hatten nicht die undurchschaubare Schwärze von poliertem Stein, sondern waren von einem dunklen, rauchigen Grau mit braunen Sprenkeln und blickten nicht hart, sondern nachdenklich und zuweilen auch amüsiert.

«Du hast deinen Onkel Arni wohl gern gemocht?» fragte Lauscher.

«Ja», sagte Belarni. «Man konnte so gut mit ihm reden, denn er verstand sich auch auf's Zuhören. Vor allem aber war er ein freier Mensch.»

«Wie meinst du das?» fragte Lauscher. «Sind nicht alle Beutereiter freie Menschen?»

«Nicht so, wie ich es meine», sagte Belarni. «Unser Leben ist eingeengt von zahllosen Gewohnheiten, an die man sich halten muß, wenn man zur Horde gehören will. So darf man zum Beispiel nicht mit Sklaven sprechen, wenn man etwas auf sich hält; man gibt ihnen allenfalls Befehle. Fremde werden als Feinde betrachtet, wenn sie einem nicht auf irgendeine Weise nützlich sind, und nur der kommt zu Ansehen, der möglichst viele Männer erschlagen und reiche Beute mit nach Hause gebracht hat. Nennst du das Freiheit? Ich empfinde es als Zwang, wenn ich zu anderen Menschen nicht freundlich sein darf, so wie ich es will.» Belarni hatte sich in Eifer geredet. Sein Gesicht glühte, und man konnte ihm ansehen, daß er diese Gedanken lange mit sich herumgetragen hatte, ohne mit jemandem darüber sprechen zu können. Lauscher konnte sich vorstellen, welche Schwierigkeiten sich Belarni mit solchen Ansichten bei seinen Leuten einhandeln würde.

«Dein Vater würde jetzt antworten», sagte er, «daß diese Gewohnheiten nötig sind, um den Bestand der Horde zu erhalten.»

«Daran brauchst du mich nicht zu erinnern», sagte Belarni. «Aber wer befiehlt uns, auf solche Weise zu leben? Sind das nicht nur wir selbst? Ist es für alle Zeiten vorbestimmt, daß die Männer meines Volkes Freude haben sollen an Mord und

Raub? Ich habe jedenfalls keine Freude daran, und ich finde es nicht gut, ein Leben zu führen, das ich verabscheue.»

«Das hat auch Höni gedacht, als er mit seinen Leuten die Horde verließ», sagte Lauscher.

Belarni nickte zustimmend. «Das ist es eigentlich, worüber ich mit dir sprechen wollte. Erzähle mir davon, wie Arnis Leute jetzt leben.»

«Ich bin erst in diesem Frühjahr zu ihnen gekommen», sagte Lauscher, «und seither war ich auch noch einige Zeit im Gebirge unterwegs. Ein paar ihrer Händler habe ich allerdings schon früher getrofffen und mit ihnen gesprochen. Was ich von ihnen erfahren und dann später selbst gesehen habe, will ich dir gern erzählen», und er schilderte die Höflichkeit von Arnis Leuten, berichtete von den Fahrten der Händler, zeigte Belarni das Silbergeld mit Arnis und Urlas Bild und sprach davon, wie Arnis Leute alles verehrten, was auf irgendeine Weise mit Arni in Zusammenhang stand. «Arnis Hütte ist der Mittelpunkt ihrer Ansiedlung», sagte er, «dort bewahren sie alle Gegenstände aus Arnis Besitz auf, und in seiner Stube halten sie auch ihre Beratungen ab. Jedes Wort Arnis gilt ihnen als Gesetz, und jede seiner Taten erscheint ihnen nachahmenswert.»

Belarni schien von solchen Auskünften befremdet. Er schüttelte den Kopf und sagte: «Mag sein, daß du noch nicht lange genug bei Arnis Leuten gelebt hast, um sie richtig zu verstehen. Doch wenn es sich wirklich so verhält, wie du sagst, dann hat keiner dieser Männer Arni richtig verstanden. Ich war noch ein kleiner Junge, als er getötet wurde, aber so viel hatte ich schon begriffen, daß er nicht darauf aus war, Gesetze zu verkünden oder feste Lebensregeln aufzustellen; denn er war selbst noch auf der Suche. ‹Merk dir eins, mein Junge›, hat er einmal zu mir gesagt, ‹wenn du einmal meinen solltest, das Ziel deines Lebens deutlich vor dir zu sehen, dann hast du dich vermutlich im Weg geirrt.› Diese Leute Arnis wissen mir zu genau, was Arni im Sinne gehabt haben soll. Sie scheinen aus ihm einen Verkünder nützlicher Ratschläge gemacht zu haben, auf den sie sich notfalls berufen können, wenn sie ihre eigenen Interessen durchsetzen wollen. Offenbar sind sie nichts weiter als tüchtige Geschäftsleute.»

Lauscher war betroffen von den Worten des Jungen, und er fragte sich, ob er nicht selbst schon ähnliches gedacht habe. Doch dann wischte er diesen Gedanken beiseite, denn er stellte alles in Frage, was er zu erreichen hoffte, seit er Hönis Haus betreten hatte. Vermutlich entsprang alles, was Belarni gesagt hatte, nur jungenhafter Schwärmerei. «Du warst noch zu klein, als dein Onkel starb», sagte er. «Kann es nicht sein, daß du dir in der Erinnerung ein Bild geschaffen hast, das nicht der Wirklichkeit entspricht? Vielleicht machst du Arni nur zum Träger deiner eigenen Wünsche.»

«Nein!» sagte Belarni zornig. «So ist es nicht! Ihr seid es, die aus Arni einen Popanz für die eigenen Wünsche machen. Ich hatte mir vorgenommen, mit dir zu Arnis Leuten zu reiten, aber jetzt sehe ich, daß ich dort nur eine andere Art von

Unfreiheit finden würde. Ich muß mir meinen Weg selber suchen.» Schon bei diesen letzten Worten war er aufgestanden und verließ gleich darauf ohne Gruß das Zelt.

Lauscher bedauerte es, Belarni enttäuscht zu haben. Er wäre gern mit ihm durch die Steppe zu Arnis Leuten zurückgeritten. Hier bei der Horde würde der Junge kein leichtes Leben haben, wenn er bei seiner Meinung blieb. Er würde noch lernen müssen, daß jede Gemeinschaft, welcher Art auch immer sie war, bestimmte Regeln für ihr Zusammenleben aufzustellen hatte, wenn sie Bestand haben wollte, und jene von Arnis Leuten mochten zwar ein wenig formell sein, aber so unvernünftig waren sie sicher nicht.

Als er merkte, daß es draußen dunkel zu werden begann, stand er auf und ging hinaus, um Blörri zu suchen und ihm Bescheid zu sagen, daß sie morgen in aller Frühe aufbrechen mußten. Er fand ihn vor dem Zelt, das man ihm und seinen Leuten zugewiesen hatte, im Gespräch mit einem bezopften Beutereiter, den er wohl aus der Zeit vor der Großen Scheidung kannte. «Du hast Khan Hunli tatsächlich geschlagen!» rief Blörri. «Das ganze Lager spricht von nichts anderem. Alle schwören darauf, daß Arni selbst dir gezeigt haben muß, wie man gegen Hunli gewinnen kann.»

«Dann danke Arni dafür, daß wir hier mit heiler Haut davonkommen», sagte Lauscher und gab Blörri den Auftrag, alles vorzubereiten, daß sie gleich im Morgengrauen abreiten konnten. Danach ging er zurück in sein Zelt, holte seine Flöte hervor und wartete, daß die Nacht hereinbrach und es still wurde im Lager.

Schließlich war es soweit, und Lauscher trat vor sein Zelt. Der Sternenhimmel stand wie eine glitzernde Glocke über der Steppe, geteilt von dem matt schimmernden Band der Milchstraße. Die schwarzen Filzzelte hockten wie riesige schlafende Tiere beieinander, und die Luft roch nach Rauch. Lauscher fühlte sich wie ein Späher, der durch das feindliche Lager schleicht. Vorsichtig, um keine Aufmerksamkeit zu erregen, glitt er von Zelt zu Zelt, und als er in die Gasse zur Koppel einbog, konnte er schon die Pferde riechen. Gleich darauf löste sich aus dem Dunkel ein Schatten und näherte sich. Lauscher blieb stehen und erkannte den Pferdesklaven.

«Ich danke dir, daß du gekommen bist, Herr», sagte der Alte. «Arni hat deine Hand geführt, und auch ein anderer hat dir wohl noch beigestanden.»

«Das mag schon sein», sagte Lauscher. «Der Khan war naß von Schweiß, aber ich habe die Hitze kaum gespürt.»

Der Alte lachte leise. «Ich habe schon gewußt, daß du gewonnen hast, als ich sah, wie Hunli sein Pferd holte und in die Steppe hinausjagte», sagte er. «Er muß ziemlich wütend gewesen sein und kam erst gegen Abend zurück.»

«Seinen Zorn wird er nicht so schnell vergessen», sagte Lauscher. «Ich muß mit meinen Begleitern morgen früh aus dem Lager verschwunden sein, ehe er aufwacht.»

«Umso größere Ehre erweist du mir, Herr, daß du noch in der Nacht vor deiner Abreise zu mir kommst», sagte der Alte. «Hast du deine Flöte mitgebracht?»

«Hier ist sie», sagte Lauscher und zog die Flöte hervor. «Was willst du, das ich spiele?»

Der Alte bedachte sich eine Weile und sagte dann: «In all den Jahren, die ich hier als Sklave lebe, habe ich meine Pferde liebgewonnen. Willst du mir ein Lied von Pferden spielen?»

Lauscher nickte und setzte die Flöte an die Lippen. Er dachte an das Tal von Barleboog und an die Zeit, die Barlo als Pferdeknecht auf Eldars Hof verbracht hatte, und begann diese Geschichte mit den Tönen seiner Flöte zu erzählen, und so erfuhr der Alte, wie Barlo zum Dienst auf dem Schloß gezwungen wurde, dessen Herr er in Wirklichkeit war, und wie er seine einzige Freude im Umgang mit den edlen Pferden fand, die dort im Stall standen.

Während er spielte, hörte er das Schnauben von Pferden und sah ihre Schatten aus dem Dunkel tauchen und langsam nähertrotten. Und als er seine Geschichte zu Ende erzählt hatte, drängten sich alle Pferde, die in der Koppel waren, jenseits der Einfriedung zusammen, als wollten auch sie diesem Lied zuhören, das von ihresgleichen handelte.

«Ich danke dir für dieses Lied, Herr», sagte der Alte. «Es war sehr tröstlich für einen Sklaven, der seine Tage bei Pferden verbringt, und auch meine Tiere haben es gern gehört, wie du siehst.»

«Dann will ich für sie noch etwas anderes flöten», sagte Lauscher. Während die Pferde sich versammelt hatten, war ihm ein Gedanke gekommen: Könnte es nicht geschehen, daß Hunli in seinem Zorn ihn verfolgte, sobald er mit seinen Begleitern das Lager verlassen hatte und schutzlos durch die Steppe ritt? Und nicht nur das. Bot sich hier nicht eine Gelegenheit, dem Treiben der Beutereiter für einige Zeit ein Ende zu setzen? Belarni würde ihm dankbar dafür sein, dessen war er sicher. Er hob also seine Flöte noch einmal zum Mund und sprach nun die Pferde an: «Hört mir zu, meine Pferdchen!» flötete er. «Hört, was ich euch mit meiner Flöte sage: Wenn eure Reiter sich auf eure Rücken schwingen und euch die Zügel freigeben, dann lauft hinaus in die Steppe, lauft, daß es für jeden eine Freude ist, von euch getragen zu werden! Springt und jagt, fliegt wie Falken und geht sanft wie Lämmer, je nachdem, was man von euch verlangt. Aber wenn eure Reiter euch zum Angriff auf friedliche Leute treiben, wenn ihr den Kriegsschrei der Horde hört und wenn eure Reiter den Pfeil auf die Sehne legen und das Krummschwert aus der Scheide reißen, dann bäumt euch auf, macht kehrt auf der Hinterhand und lauft davon, so schnell euch eure flinken Hufe tragen! Lauft so weit ihr könnt und so lange, bis ein ganzer Tagesritt zwischen euch und den Leuten liegt, auf deren Leben es eure Reiter abgesehen hatten! Besinnt euch auf eure friedliche Wesensart, meine Pferdchen, und helft keinem mehr, der diesen Frieden stören will!»

Als er zu Ende gespielt hatte, trat er an das Lederseil der Einfriedung heran und strich über die weichen Nüstern der Pferde, die schnaubend ihre Köpfe herüberstreckten.

«Du verstehst auf deine Weise auch mit Tieren zu reden», sagte der Alte, «wenn ich mich auch wundere, daß diesen wilden Steppenpferdchen ein solch friedliches Lied, wie du es gespielt hast, so gut gefällt. Das klang eher nach einem lustigen Spazierritt als nach Angriff und Kampf.»

«Pferde sind friedliche Tiere, wenn kein Beutereiter auf ihrem Rücken sitzt», sagte Lauscher. «Würdest du deine Pferde sonst lieben?»

«Da magst du recht haben», sagte der Alte. «Aber nun habe ich dich lange genug aufgehalten. Du solltest dich jetzt schlafen legen, damit du morgen früh frisch bist für den langen Ritt. Bewahre die Schuppe gut auf, die dir das Mädchen aus unserem Volk gegeben hat. Vielleicht brauchst du wieder einmal Hilfe solcher Art. Du warst sehr freundlich zu den Leuten vom Braunen Fluß, die hier in der trockenen Steppe leben müssen. Auch dafür habe ich dir zu danken.»

Als Lauscher am nächsten Morgen von Blörri geweckt wurde, war es draußen noch dunkel. Erst als er vors Zelt trat, sah er, daß im Osten der Himmel sich schon aufhellte. Draußen standen die Pferde bereit. Lauscher schnallte die Teppichrolle an seinen Sattel und stieg auf. Das Lager war wie ausgestorben. Zu ihrem Empfang waren alle Leute auf den Beinen gewesen, aber jetzt zeigte sich kein Mensch. «Mir ist das unheimlich», sagte Blörri. «Gäste läßt man hier sonst nicht ohne Abschied davonreiten. Ich habe heute niemanden gesehen als den alten Pferdesklaven und eine Magd von den Karpfenköpfen, die mir ein Bündel Vorräte für unsere Reise gebracht hat, Flachbrot und Dörrfleisch. Mir scheint, bei diesen Sklaven hast du mehr Freunde gewonnen als bei den Beutereitern.»

«Du solltest eigentlich wissen, daß Arni Gastfreund bei ihren Leuten am Braunen Fluß war», sagte Lauscher. «Reite los! Ich will hier keinen Augenblick länger bleiben.»

Nach drei Tagen war Lauscher einigermaßen sicher, daß sie nicht verfolgt wurden. Blörri, der bemerkt hatte, wie Lauscher sich immer wieder umblickte, sagte einmal: «Fürchtest du, daß Khan Hunli dir deinen rechtmäßigen Spielgewinn wieder abjagen will? Er würde sein Gesicht verlieren, und kein Mensch würde sich mehr mit ihm ans Spielbrett setzen. Er muß dich unbehelligt bis nach Hause reiten lassen. Später würde ich mich an deiner Stelle allerdings hüten, ihm über den Weg zu laufen.»

Lauscher hoffte, daß Hunli sich an diesen Brauch hielt, aber er erinnerte sich noch zu deutlich an den Wutausbruch des Khans, als daß er sich gänzlich auf Blörris Versicherung verlassen hätte. Er würde sich erst dann wieder sicher fühlen, wenn die Steppe hinter ihm lag.

An diesem dritten Tag war die Hitze wieder fast unerträglich. Besonders die

Pferde litten darunter, zumal sie seit dem Morgen nichts zu trinken bekommen hatten. «Wir müssen noch die nächste Wasserstelle erreichen, und wenn wir bis in die Nacht hinein reiten», sagte Blörri und spähte mit zusammengekniffenen Augen zum flimmernden Horizont. Die Pferde waren kaum noch zum Traben zu bringen und schleppten sich über das dürre, raschelnde Gras. Erst als die Sonne schon tief im Westen stand, entdeckte Blörri am Horizont eine kaum wahrnehmbare Senke, die wohl nur deshalb sichtbar wurde, weil die blutrote Scheibe genau an dieser Stelle in den Dunst hinabsank. «Dort liegt die Wasserstelle», sagte Blörri. «Aber bis wir sie erreichen, wird es längst dunkel sein.»

Sie ritten weiter auf das rotviolette Glühen zu, das noch lange, nachdem die Sonne untergegangen war, vor ihnen am unteren Rand des Himmels allmählich an Leuchtkraft verlor, bis schließlich auch der letzte schwache Schimmer von Sternen durchlöchert wurde und in der Schwärze der Nacht verging. Lauscher ließ sein Pferd hinter dem Vorreiter dahintrotten und hoffte, daß Blörri schon nicht vom Weg abkommen würde; die anderen Männer ritten hinter ihm. Nichts war zu hören als das ziehende Rascheln der Hufe im Steppengras, und dann war plötzlich auch dieses Geräusch verstummt. Lauscher hob den Kopf und spürte mehr als daß er sehen konnte, daß einer der Reiter zu ihm aufgeschlossen hatte und jetzt neben ihm ritt, lautlos und kaum zu erkennen, ein Schatten, der die Sterne verdeckte, eine hagere, gebeugt auf dem Rücken des Pferdes hängende Gestalt, deren Gesicht trotz der Dunkelheit nach und nach von einem fahlen Licht erhellt wurde, ein faltiges, scharf geschnittenes Gesicht, an dessen Schläfen ausgebleichte Zöpfe baumelten.

«Bist du nun stolz auf deine Taten in Hunlis Lager?» fragte Arni. Diese Frage klang so, als gebe es wenig Grund, auf irgend etwas stolz zu sein. Lauscher überkam unversehens ein kalter Zorn auf diesen alten Mann, der es immer wieder darauf anlegte, ihm sein mühsam gewonnenes Stück Sicherheit zu nehmen. «Ich habe getan, was ich mir vorgenommen hatte», sagte er. «Und sogar noch etwas mehr. Es mag sein, daß du mir dabei geholfen hast, aber diesmal habe ich mich schon vorher deines Beistandes versichert.»

Er schaute dem schattenhaften Reiter widerborstig ins Gesicht, und da sah er, daß Arni den Kopf zurücklegte und wieder in dieses lautlose Lachen ausbrach. «Was bist du doch für ein Esel!» sagte Arni. «Glaubst du wirklich, dieses Falkenmädchen könne mich mit ihrem bißchen Hokuspokus zu etwas zwingen? Wenn ich dir nicht hätte helfen wollen, lägst du jetzt in einer der Sklavenhütten meines Bruders. Nahe genug warst du ja daran.»

Jetzt wurde Lauscher wütend. «Du hast mich wohl absichtlich bis zum Schluß glauben lassen, daß ich verliere?» sagte er. Aber das brachte Arni nur erneut zum Lachen. «Hast du das nicht verdient, du Zauberkünstler?» sagte er. «Und wenn ich daran denke, was du nachher mit deiner Flöte angestellt hast, dann tut's mir fast leid, daß ich dich schließlich doch noch habe gewinnen lassen.»

«Wieso?» fragte Lauscher verblüfft. «Freut es dich nicht, daß die Horde in nächster Zeit niemandem etwas zuleide tun kann?»

«Nicht, wenn es auf diese Weise geschieht», sagte Arni. «Du wirst noch erleben, was dabei herauskommen wird.» Er lachte jetzt nicht mehr, sondern sah aus wie einer, der ein Verhängnis kommen sieht, das er nicht mehr aufhalten kann. «Was habe ich denn nun schon wieder falsch gemacht?» fragte Lauscher, aber da merkte er, daß niemand mehr neben ihm ritt. Nur das eintönige Rascheln der Hufe im Gras war jetzt wieder zu hören. Eine Stunde später erreichten sie die Wasserstelle. Sie tränkten ihre Pferde, aßen von ihren Vorräten und blieben über Nacht an diesem Platz.

Über den Rest der Rückreise ist nichts weiter zu berichten, als daß mit jedem Tag Lauschers Begierde wuchs, den Falkenreiterteppich vor Narzias Füßen auszubreiten, sie über das seidige Gewebe auf sich zuschreiten zu sehen und das grünäugige Mädchen endlich in die Arme zu schließen. Diese Vorstellung malte er sich immer wieder von neuem aus, aber als es dann so weit war und er in Hönis Stube saß, ergab sich keine Gelegenheit für eine solch gefühlvolle Szene. Zunächst mußte er Arnis Stellvertreter berichten, wie der Khan die Pferde aufgenommen habe, und Lauscher konnte sich des Eindrucks nicht erwehren, daß Höni sich entehrt vorgekommen wäre, wenn Hunli an diesen Steppengäulen etwas auszusetzen gehabt hätte. «Ich hoffe, du hast auch sonst bei Khan Hunli Ehre eingelegt», sagte Arnis Stellvertreter, als hege er die Befürchtung, Lauscher könne durch unziemliches Benehmen das Ansehen von Arnis Leuten herabgesetzt haben.

«Ich denke schon», sagte Lauscher. «Wir haben miteinander Schach gespielt.» Bei diesen Worten blickte er Narzia an, die neben ihrem Vater saß, und sah ihr triumphierendes Lächeln. Sie schien schon zu wissen, wie das Spiel ausgegangen war, nicht jedoch ihr Vater.

«Er hat dich behandelt wie einen Ebenbürtigen», sagte Höni befriedigt. «Gegen Hunli im Schach zu verlieren, ist keine Schande.»

«Das mag schon sein», sagte Lauscher betont beiläufig und dachte daran, wo er sich jetzt befände, wenn dieser Fall eingetreten wäre. Und nach einer Pause setzte er hinzu: «Ich habe jedenfalls gewonnen.»

«Gewonnen?» wiederholte Höni mit allen Anzeichen der Verwunderung. «Gegen Hunli? Das kann ich kaum glauben.»

«Aber es ist so», sagte Lauscher. «Sonst wäre ich nicht hier, sondern säße in einer von Hunlis Sklavenhütten.»

«Ein hoher Einsatz!» sagte Höni mit Anerkennung. «Nun zeigt sich, daß du wahrhaftig Arnis Erbe bist. Kein anderer hat Hunli bisher schlagen können. Arnis Weisheit, die uns allen zuteil werden möge, war auf deiner Seite. Und was hat der Khan eingesetzt?»

«Diesen Teppich», sagte Lauscher und entrollte das kostbare Stück.

«Der Falkenreiterteppich!» rief Höni. «Hunli muß seiner Sache sehr sicher gewesen sein.»

«Das war sein Fehler», sagte Lauscher und versuchte sich ein wenig in der Pose des lässigen Siegers. «Willst du mir erlauben, daß ich diesen Teppich deiner Tochter schenke?»

Höni lächelte. «Du weißt schon sehr genau, was ihr Freude macht», sagte er. «Ich habe nichts dagegen, wenn du ihn ihr gibst.»

Nun legte Lauscher den Teppich wirklich unter Narzias Füße, wenn sie auch nicht darüber auf ihn zuschreiten konnte, da sie am Tisch saß. Als er sich neben ihr aufrichtete, sagte sie: «Komm näher, daß ich dir für dieses Geschenk danken kann!» Sie legte ihm ihre Hand in den Nacken, zog seinen Kopf zu sich herab und küßte ihn auf den Mund, rasch und etwas flüchtig und mit geschlossenen Lippen, aber Lauscher meinte dennoch, das Herz bleibe ihm stehen.

Höni lachte behäbig und sagte: «Setz dich wieder zu uns, Lauscher! Du darfst nicht glauben, daß ich nicht längst bemerkt hätte, mit was für Augen du meine Tochter anschaust. Während deiner Abwesenheit habe ich mit Narzia darüber gesprochen.»

Lauscher blickte abwechselnd ihn und Narzia erwartungsvoll an, und als beide schwiegen, sagte er: «Ich brauche dir wohl nicht mehr zu sagen, Höni, daß ich Narzia zur Frau gewinnen will. Als ich zu euch kam, hatte ich kaum Verdienste um Arnis Leute aufzuweisen, aber diesen Mangel habe ich wohl inzwischen ein wenig ausgeglichen.» Wieder schaute er Höni ins Gesicht. Nun mußte dieser Mann doch sein Einverständnis zu einer Heirat erklären! Was wollte er denn noch? Erfolgreicher hätte man seine Aufträge schwerlich ausführen können, als er selbst es getan hatte. Lauschers Hochstimmung begann unter dem Einfluß aufsteigenden Ärgers abzuflauen. Seinen Mut durften Höni und dieses Falkenmädchen jetzt wohl nicht mehr bezweifeln, seit er ins Lager der Beutereiter geritten war und mit dem Khan um seine Freiheit gespielt hatte. Erwartete man noch mehr von ihm? Oder galt es schon wieder irgendwelche feierlichen Formalitäten zu erfüllen, die diesen Leuten so am Herzen lagen?

Höni schien diese Gedanken an Lauschers Gesicht ablesen zu können, denn er sagte: «Du darfst mich nicht falsch verstehen, Träger des Steins. Du hast dich in allem, was du bisher getan hast, des Mannes würdig erwiesen, der dir seinen Stein übergeben hat. Es gibt aber einen alten Brauch in unserem Volk, den wir auch nach der Großen Scheidung bewahren wollen, da er uns sinnvoll erscheint: Ein Bewerber, der die Tochter eines Mannes von einigem Ansehen gewinnen will, sollte drei bemerkenswerte Taten verrichten, um zu beweisen, daß er seiner Frau und ihrer Familie keine Schande machen wird.»

«Fürchtest du, daß ich Narzia und dir Schande machen könnte?» fragte Lauscher aufgebracht.

Höni versuchte Lauschers aufsteigenden Zorn mit einer begütigenden Handbewegung zu besänftigen und sagte: «Natürlich nicht. Ich weiß, was du für Arnis Leute bereits getan hast. Aber mit einem guten Brauch sollte man auch dann nicht brechen, wenn seine Einhaltung in einem besonderen Fall unnötig erscheint. Jedermann würde sich später darauf berufen können und das gleiche Recht verlangen. Zudem würde es dir noch größere Ehre eintragen, wenn du dich diesem Brauch unterwirfst und noch einen dritten Ritt unternimmst.»

Lauscher hätte am liebsten gesagt, daß er auf eine solche Ehre pfeife. Aber er fand keine Argumente gegen die Logik von Hönis Überlegungen, und so sah er sein Ziel, das er noch eben in greifbarer Nähe vor sich zu haben gemeint hatte, unversehens wieder in unerreichbare Ferne rücken. «Wohin soll ich also diesmal reiten?» fragte er erbittert.

«Zu den Falkenleuten», sagte Höni. «Wir haben damals nach der Großen Scheidung unsere kleinen Steppenpferde mitgebracht und uns weiterhin ihrer bedient. Mit Jungtieren aus dieser Zucht haben wir zwar den Khan befriedigen können, aber an andere Leute lassen sie sich nicht verkaufen. Aus diesem Grund hat der Rat der Ältesten beschlossen, edlere Zuchttiere zu beschaffen, und ich kenne keine besseren als jene leichtfüßigen Pferde, die von den Falkenleuten gehalten werden. Allerdings gibt es da eine Schwierigkeit: Die Falkenleute haben bisher jedem Fremden den Ankauf auch nur eines ihrer Zuchthengste verweigert. Der Rat meint jedoch, daß es dir schon gelingen würde, sie auf die eine oder andere Art dazu zu bringen, mit uns eine Ausnahme zu machen.»

Was mit der ‹einen oder anderen Art› gemeint war, konnte sich Lauscher gut vorstellen. Man wollte sich wohl wieder einmal die Kraft seiner Flöte zunutze machen und wohl obendrein noch erfahren, ob sich auf solche Weise auch der mächtige Großmagier überreden ließ. Das alles war offenbar bereits beschlossene Sache, und ihm blieb keine Wahl, wenn er seine Stellung bei Arnis Leuten behaupten und Hönis Tochter gewinnen wollte. «Wann soll ich reiten?» fragte er resigniert.

«Möglichst bald», sagte Höni heiter. «Wenn du zu lange wartest, könntest du auf dem Rückweg vom Einbruch des Winters überrascht werden, und dabei würde womöglich ein so kostbares Zuchtpferd zu Schaden kommen. Ruh dich eine Woche lang aus. Wenn du dann aufbrichst, wird sich bei deiner Rückkehr gerade das Laub zu färben beginnen.»

Es war offenkundig, daß Höni all diese Einzelheiten zuvor schon mit Narzia besprochen hatte, ja Lauscher konnte sich des Gedankens nicht erwehren, daß Hönis Vorschläge in der Hauptsache von ihr gekommen waren. In Anbetracht ihrer Vorliebe für alles, was mit den Falkenleuten zusammenhing, war dies nur allzu wahrscheinlich. Daß er selbst diesmal viele Wochen lang unterwegs sein würde, schien ihr wenig auszumachen. Ihr Stolz ließ es wohl nicht zu, einen Bewerber anzunehmen, der nicht die üblichen drei Heldentaten aufzuweisen hatte. Vermutlich sollte er jetzt stolz darauf sein, daß dergleichen von ihm erwartet wurde, aber er war nur erschöpft. Er hatte einen langen Ritt hinter sich, hatte Angst gehabt und auch ein bißchen Glück, und jetzt wünschte er sich nichts anderes, als dieses grünäugige Mädchen in die Arme zu nehmen und sich von ihm festhalten zu lassen. Aber da lag noch ein langer Weg dazwischen. «Ich bin müde», sagte er und wünschte den beiden eine gute Nacht.

Seine Enttäuschung ließ ihn nicht einschlafen. Er sah sich immer wieder über eine endlose Ebene reiten, in der man jedes Ziel aus den Augen verlor. Wieder überfiel ihn die Angst, die ihn nie ganz verlassen hatte, so lange er dem unbegrenzten Horizont schutzlos preisgegeben war, und diese Angst wuchs und wuchs und füllte seine Gedanken aus bis an den Rand. Schließlich blieb ihm kein Ausweg als die Flucht in einen Traumbereich, dessen er sich nur noch vage erinnerte als einer Welt voller Farben und Düfte, voller Lockung und Erfüllung, voller Geborgenheit im Schutz umgrünter Gehege. Er griff nach dem Krüglein, das solche Träume verhieß, ließ wieder einen Tropfen des zauberischen Gebräus auf seine Hand fallen und leckte ihn ab. Doch der Geschmack der zähen Flüssigkeit erschien ihm fade, und der Durchbruch in die andere Welt wollte nicht gelingen. Vielleicht war die Menge zu gering gewesen, um die ersehnte Wirkung hervorzubringen. Noch einmal ließ er den braunen Saft auf seinen Handteller tropfen, und diesmal warf es ihn sofort zurück auf sein Bett, sobald seine Zunge den bittersüßen Geschmack aufnahm, und im nächsten Augenblick begann schon

Der schwarze Traum

Er stürzte von oben her hinab auf den weit ausgebreiteten Garten, überschaute für einen Augenblick das grüne Gelände mit seinen Rasenflächen, Bäumen und Gewässern, den verschlungenen Blumenornamenten und dem Labyrinth dunkler Hecken, zwischen denen weiße Glieder aufschimmerten; er stürzte mitten hinein in einen Wirbel von Farben und Düften, tauchte durch die sprühende Fontäne und spürte, wie alle Süßigkeit dieser Vereinigung, in einen einzigen Herzschlag zusammengepreßt, ihn durchfuhr wie der Schmerz eines Messerstichs, aber sein Sturz war unaufhaltsam und riß ihn weiter hinab in gestaltlose Schwärze. Lange Zeit fühlte er nichts als den sausenden Fall, der ihn immer tiefer hinabsaugte in den bodenlosen Abgrund brüllender Angst, und er hatte noch immer das Gefühl des Stürzens, als er ohne Übergang in einen Bereich fahler Erhellung geriet, deren Ursprung kein Licht sein konnte; denn selbst das Sichtbare erschien hier lichtlos und nur als eine andere Spielart des Schwarzen. Er befand sich in einem schief hängenden, in seiner Gesamtheit nach unten stürzenden Raum, der begrenzt schien, ohne daß man seine Form hätte beschreiben können, und ihm gegenüber saß der Graue. Er wußte, daß er ihn kannte, wenn ihm auch nicht einfallen wollte, wo er ihm schon begegnet war; aber er kannte dieses graue, unbewegte Gesicht, das schräg vor ihm im Raum hing und ohne eine Regung der Lippen zu ihm sprach. «Du hast meine Erwartungen nicht enttäuscht», sagte der Graue, «und allmählich beginnst du zu begreifen, wie diese Welt funktioniert, wenn du dich auch noch immer nicht ganz von der Vorstellung lösen kannst, dieses Herz, das du in der Brust trägst, sei mehr als eine Pumpe, die das Blut durch deine Adern treibt. Du könntest es noch viel weiter bringen, wenn du solche kindischen Träume endlich vergessen würdest. Spürst du nicht, wie deine Natur dich dazu drängt, Macht über andere zu gewinnen und auszuüben? Diesem Zwang kannst du dich nicht entziehen, und so lange du gegen ihn ankämpfst, wirst du zu den Verlierern gehören. Willst du einer von den vielen sein, mit denen jene wenigen, die den Mechanismus der Welt begriffen haben, nach Belieben verfahren? Fressen oder Gefressenwerden, das ist das einzige, was zählt. Auch du wirst diesen Mechanismus nicht ändern.»

Der Raum mitsamt dem Grauen kippte zur Seite weg und zerfiel in ständigem Sturz zu einem regellosen Gewimmel von Klauen und Rachen, Krallen gruben sich in aufplatzende hornige Haut, Reißzähne packten zuckende Glieder, und Lauscher wirbelte mit in dieser ungestalteten Masse von Leibern, war nur noch Bestandteil eines ungeheuerlichen Körpers, der sich selbst in blindwütiger Raserei zerfleischte. Da schlugen fischähnliche Wesen mit kalt glotzenden Augen ihr nadelspitzes Gebiß in die schuppige Haut echsenhafter Scheusale, andere trieben auf krallenbewehrten, häutigen Flügeln heran und fuhren mit geifernden Rachen aufeinander los, zottige Ungeheuer verkeilten ihre gehörnten Schädel ineinander, bis die Halswirbel krachten und die blutunterlaufenen Augen aus den Höhlen traten, riesige Schlangen verknäulten ihre streifigen Leiber in erstickender Umschlingung, und Lauscher packte mitten hinein in diese durcheinandergleitende, glitschige Masse, krallte seine Nägel in zuckendes Fleisch, verbiß sich in schlenkernde Gliedmaßen und fraß sich einen Weg durch das grausige Getümmel, tötete, um zu überleben, schlug um sich, spürte zersplitternde Knochen und erschlaffende Muskeln, trat und stieß, bis er sich endlich einen freien Raum geschaffen hatte. Rings im Wesenlosen schwebten zerfetzte Körperteile, kopflose Rümpfe und rumpflose Köpfe, trieben in sausendem Sturz auseinander und verloren sich in der Leere des Lichtlosen, dessen horizontlose Unendlichkeit dennoch spürbar blieb. Während er allein weiterstürzte in die Abgründe der Unendlichkeit, als Sieger entlassen aus dem Gemetzel unbenennbarer Wesen, wurde ihm bewußt, daß der Preis des Sieges die absolute Einsamkeit war. Um zu überleben, hatte er alles zerstört, was sich rings um ihn regte, und nun trieb er wie ein Staubkorn ins Nichts hinab und würde ewig so weitertreiben.

* * *

Dieses Bewußtsein der Verlorenheit und des unaufhaltsamen Sturzes beherrschte ihn noch, als er im Morgengrauen aufwachte. Im fahlen Dämmerlicht kam ihm alles unwirklich vor, die Gegenstände der Stube schienen aus allzu dünnem Stoff zu bestehen, als daß man sie hätte greifen können. Er fühlte sich außerstande, irgendeinem Menschen gegenüberzutreten, der womöglich schon wieder Forderungen an ihn stellte, und hatte nur den einen Wunsch, sich irgendwo in Sicherheit zu bringen, wo ihn keiner behelligte. Leise stand er auf, zog sich taumelnd an wie nach einer durchzechten Nacht und schlich aus dem Haus.

Die Gebäude kauerten im grauen Morgendunst rings um Arnis Hütte, leer und ausgestorben, und nach Osten hin, wo der Himmel sich schon aufgehellt hatte, verlor sich der Blick in der unbegrenzten Ferne der Steppe, aus deren verschwimmender Weite schon wieder die Angst aufstieg und ihn vor sich her jagte auf die schützenden Wälder zu, die nördlich des Dorfes dunkel über die Dächer emporstiegen. Er rannte so lange in keuchendem Lauf, bis er sich unter dem Dach herabhängender Zweige und rauschender Wipfel geborgen fühlte, zwischen ragenden Stämmen und dichtem Unterholz, das den Blick hinaus ins Grenzenlose verwehrte. Dann erst ließ er sich ins Moos fallen und lag lange, ohne sich zu bewegen, spürte nicht die Ameisen, die über seine Hände hasteten, hörte nicht die Stimmen der Vögel, die den aufsteigenden Morgen mit ihrem Gesang begrüßten, sah nicht das Gegaukel der Schmetterlinge über dem Waldgras, kroch in sich hinein, wühlte sich ins bitter riechende Vorjahrslaub wie ein sterbendes Tier und klammerte sich an die Erde, als könne dieser einzige feste Halt plötzlich unter ihm weggezogen werden.

Er wußte nicht, wie lange er so gelegen hatte, als ihn etwas an den Kleidern zupfte. Er hob den Kopf und sah über sich einen gewaltigen Ziegenbock stehen, der sein Hemd wohl für etwas Eßbares gehalten hatte und nun erschrocken zurücksprang und ihn mit seinen gelben Augen betrachtete. Als Lauscher jedoch keine Anstalten machte, ihn anzugreifen oder auch nur aufzustehen, verlor der Bock das Interesse an ihm, schüttelte sein kräftiges Gehörn und beugte den Kopf zum Boden, um sich ein paar Kräuter auszurupfen. Erst jetzt sah Lauscher, daß der Bock nicht allein war. Ihm folgte eine Herde von etwa einem Dutzend Ziegen, Muttertiere mit tief herabhängendem, bei jedem Schritt hin und her pendelndem Euter und auch ein paar Jungtiere, denen eben erst die Hörner auf der Stirn sproßten. Nachdem der Leitbock nichts Gefährliches an der liegenden Gestalt gefunden hatte, zogen die Tiere unbekümmert an Lauscher vorüber, naschten hie und da an einem Büschel Gras oder am Laub niedriger Zweige, auch wenn sie dazu über Lauscher hinwegsteigen mußten.

Als letztes zottelte ein mageres Zicklein der Herde nach. Es blieb neben Lauscher stehen, blies ihm seinen warmen Atem ins Ohr und begann an seinem Ohrläppchen zu knabbern. Als er es wegzuschieben versuchte, erwischte es seinen kleinen Finger und nuckelte daran wie an einer Zitze. «Geh zu deiner

Mutter!» sagte Lauscher. «Bei mir ist nichts zu holen», aber das Zicklein ließ sich nicht verscheuchen. Vielleicht hatte es Geschmack gefunden an dem salzigen Schweiß auf seiner Haut, es blieb jedenfalls bei ihm und probierte weiter, ob dieser Finger nicht doch noch Milch geben würde.

Lauscher war gerührt von solch ungehemmtem Vertrauen, obgleich er sich sagte, daß dieses Tier wohl nur dem Trieb folgte, an jedem warmen, weichen Zipfel zu saugen, der ihm ins Maul geriet; aber es sah zumindest so aus wie Vertrauen, und zwar eines von jener Art, das sich nicht entmutigen läßt. Er kraulte das Zicklein im Stirnhaar, strich mit der Hand über das dunkelbraune Fell und spürte nach dem Sturz in die eisige Leere zum ersten Mal wieder die wärmende Nähe eines lebendigen Wesens.

Die Herde war mittlerweile weitergezogen. Weiter oben am Hang konnte Lauscher die Ziegen hie und da zwischen Stämmen und Unterholz auftauchen sehen. «Eine Rabenmutter hast du», sagte er zu dem Zicklein. «Komm, wir gehen sie suchen!» Er nahm das Tier auf seine Arme und begann den Hang hinaufzusteigen. Dabei geriet diesmal zwar seine Nase in Gefahr, als Euterersatz mißbraucht zu werden, aber nach wenigen Schritten hatte er die Herde erreicht und setzte seinen Schützling ab. Dabei hatte er allerdings nicht mit dem Bock gerechnet, dem es gar nicht gefiel, daß dieser Fremdling sich an einem seiner Jungtiere vergriff. Er scharrte mit seinen gespaltenen Hufen im Moos, senkte sein Gehörn und preschte los, um diesen Gegner in den Boden zu rammen. Lauscher konnte eben noch zur Seite springen, ehe der Bock dicht neben ihm krachend gegen einen Baumstamm rannte. Einen zweiten Angriff, zu dem der Bock durchaus bereit zu sein schien, wartete er gar nicht erst ab, sondern sprang in weiten Sätzen den Hang hinunter.

Erst am Waldrand machte er Halt. Er lehnte sich an einen Stamm, um wieder zu Atem zu kommen, und mit einemmal kam ihm das Ganze so komisch vor, daß er anfing zu lachen. Er lachte über dieses sonderbare Zicklein, für das die Welt nur aus milchspendenden Zitzen zu bestehen schien, er lachte über diesen Bock, der wegen nichts und wieder nichts in blinde Wut geriet, und über all dem Gelächter vergaß er, was ihn eigentlich in diesen Wald getrieben hatte. Statt dessen verspürte er Hunger, denn er war ja ohne Frühstück aus dem Haus gelaufen, und die Sonne stand inzwischen schon zwei Handbreit über dem Horizont. Am Waldrand entlang machte er sich auf den Heimweg und trat eben in die Stube, als seine Gastgeber von ihrer Morgenmahlzeit aufstehen wollten.

«Du scheinst heute früh aus den Federn gekommen zu sein», sagte Höni. «Wo bist du gewesen?»

«Ich bin ein bißchen im Wald spazieren gegangen und habe mich mit den Ziegen unterhalten», sagte Lauscher.

«Und was hast du dabei erfahren?» fragte Höni.

«Daß Böcke rasch zornig werden», sagte Lauscher. «Ich bin ziemlich schnell gerannt.»

Höni lachte. «Ich hoffe, das hat dir Appetit gemacht», sagte er. «Du mußt mich jetzt entschuldigen. Ich habe zu tun. Narzia wird dir wohl Gesellschaft leisten.»

Als Lauscher satt war, sagte Narzia: «Ich beneide dich um den Ritt zu den Falkenleuten.» Lauscher fand daran nicht so viel Beneidenswertes, aber das verriet er ihr lieber nicht. Statt dessen sagte er: «Dann komm doch mit!»

Der Blick, mit dem sie ihn nach dieser Aufforderung anschaute, ließ sein Herz schneller schlagen, obwohl er sich nicht deuten konnte, ob aus ihren grünen Augen Verheißung oder Abwehr sprach.

«Du weißt, daß dies nicht möglich ist», sagte sie. «Außerdem wirst du diesmal allein reiten. Fürs erste wird es genügen, wenn du einen Deckhengst aus der Zucht von Falkenor bringst. Wir wollen versuchen, ihn mit deiner Stute zusammenzubringen, denn sie scheint von edlem Blut zu sein.»

Lauscher ärgerte sich ein bißchen, daß hier schon wieder über sein Eigentum verfügt wurde, aber schließlich dachte er, daß er nur stolz darauf sein könne, wenn man so große Stücke auf sein Pferd hielt.

«Allerdings wirst du Schneefuß diesmal bei uns im Stall lassen müssen», fuhr Narzia fort.

Jetzt wurde es Lauscher zu viel. «Das geht nicht», protestierte er. «Wir sind seit langem aneinander gewöhnt, und auf einem solchen Ritt brauche ich ein Pferd, auf das ich mich verlassen kann.»

«Ich fürchte, das würde ein ziemlich unruhiger Ritt werden auf deiner Stute mit einem Deckhengst am Halfter», sagte Narzia lachend. «Wir haben einen kräftigen Wallach im Stall, der etwas höher in der Schulter ist als unsere Steppenpferde und auch nicht so struppig. Das ist genau das Pferd, das du brauchst. Du kannst dich ja in den nächsten Tagen mit ihm vertraut machen.

«Ich würde mich freuen, wenn du mir dabei Gesellschaft leistest», sagte Lauscher. «Lange genug werde ich dann allein reiten müssen.»

Dagegen hatte Narzia nichts einzuwenden, und so ritten die beiden in den folgenden Tagen des öfteren zusammen aus. Damit Narzia nicht auf einem der niedrigen Steppenpferde neben seinem hochbeinigen Wallach dahintraben mußte, hatte ihr Lauscher seine Stute geliehen. Das Mädchen erwies sich als eine verwegene Reiterin, setzte über Hecken und Gräben, so daß Lauscher zuweilen Mühe hatte, ihm auf dem unvertrauten Pferd zu folgen. Nach einer solchen Hetzjagd kamen sie einmal weiter im Süden zu der Stelle, an der Lauscher auf seiner Reise zu Arnis Leuten in die Hände der Reiter des Khans gefallen war. Lauscher spornte seinen Wallach an, bis er an Narzias Seite war, legte ihr den Arm um die Schultern, und als sie Schneefuß in Schritt fallen ließ, küßte er sie auf den Mund. Narzia brachte ihr Pferd zum Stehen und erwiderte für einen Augenblick seinen Kuß, doch dann machte sie sich rasch los und sagte: «Was soll dieser Überfall?»

«Dieser Platz eignet sich gut dafür», sagte Lauscher und erzählte ihr, wie ihn hier die Beutereiter erwischt hatten. «Siehst du», fuhr er fort, «schließlich hatte es doch sein Gutes, daß ich den Khan samt seinen Reitern in die Steppe hinausgejagt habe. Mir hat diese Sache zu der zweiten Tat verholfen, die ich vollbringen muß, um dich zu bekommen, und dir zu deinem Falkenreiterteppich. Der Khan war ziemlich wütend über den Verlust.»

«Das habe ich befürchtet», sagte Narzia. «Aber ich mußte diesen Teppich besitzen; denn er war eigentlich für meine Mutter bestimmt. Der Großmagier legte ihn damals bei der Heirat meiner Eltern in die Hände des Khans, weil es bei den Falkenleuten üblich ist, daß der vornehmste Begleiter des Paares das kostbarste Brautgeschenk trägt, um es dann im Haus der Braut niederzulegen. Hunli kannte jedoch diesen Brauch nicht und meinte, das Geschenk sei für ihn bestimmt, und wurde wütend, als ihm mein Vater zu verstehen geben wollte, wem es eigentlich zugedacht war. Meine Mutter hat mir das später einmal erzählt, und seither konnte ich den Teppich nicht über dem Thronsitz des Khans hängen sehen, ohne den Wunsch zu verspüren, ihn an mich zu bringen.»

«So ist er nun doch noch zu einem Brautgeschenk geworden», sagte Lauscher.

«Dazu müßtest du erst deine dritte Tat vollbracht haben», sagte Narzia.

Doch damit konnte sie ihn nun nicht mehr entmutigen. Eben noch hatte er sein Falkenmädchen im Arm gehalten und geküßt, und nun war er sich seines Erfolges so sicher, daß er in dieser neuen Aufgabe keine Schwierigkeit mehr erblicken konnte. «Zweifelst du daran, daß mir dies gelingt?» sagte er. «Mich stört dabei nur, daß ich so lange Zeit von dir getrennt sein soll. Im übrigen erscheint es mir fast als eine allzu leichte Aufgabe, ein Pferd von den Falkenleuten abzuholen. Gibt es nichts, das ich dir sonst noch mitbringen könnte?»

«Ich wüßte schon etwas», sagte Narzia, «aber es wird nicht leicht zu bekommen sein.»

«Gerade deshalb sollst du es haben», sagte Lauscher. «Was ist es?»

«Ein Ring», sagte Narzia. «Meine Mutter hat mir von einem goldenen Ring erzählt, der gut zu der Fibel passen würde, die du mir von den Bergdachsen mitgebracht hast. Er trägt in einer Fassung von der Form eines Falkenkopfes einen großen Smaragd. Diesen Ring sollst du mir bringen.»

«Und wo finde ich ihn?» fragte Lauscher.

«An der Hand des Großmagiers», sagte Narzia.

Erst als Lauscher schon bald eine Woche lang bachabwärts nach Süden geritten war, kam ihm allmählich zum Bewußtsein, worauf er sich eingelassen hatte. Wegen des Deckhengstes aus der Zucht von Falkenor machte er sich keine Sorgen, aber den Ring des Großmagiers an sich zu bringen, war schon eine andere Sache. Ein solch zauberkundiger Mann würde nicht so leicht zu übertölpeln sein wie die schlichten Eisenschmelzer und Handwerksmeister von Arziak. Höni und die Ältesten von Arnis Leuten würden sich zwar mit dem Zuchtpferd zufrieden geben, nicht jedoch Narzia. Ohne den Ring durfte er ihr nicht unter die Augen treten, dessen war er gewiß, aber er fand trotz allen Grübelns keinen Weg, wie er ihn bekommen könnte. Darüber wurde es Abend, und je tiefer die Sonne sank, desto aussichtsloser erschien ihm das Unterfangen, zu dem er ausgeritten war.

Es dämmerte schon, als er sich endlich nach einem Lagerplatz umsah. Er war schon tagelang am Bach entlanggeritten und würde, wenn Hönis Weisung richtig war, dieses Gewässer nicht verlassen, bis er am Ziele war. Dieser Bach, hatte Höni gesagt, würde nach etwa sieben Tagesritten in einen der Quellflüsse des Braunen Flusses münden, dem er dann weiter folgen müsse. Erst am Ufer dieses breiten, fischreichen Gewässers könne er mit Ansiedlungen rechnen. Also mußte er sich für die nächsten Nächte im Gebüsch verkriechen. Schließlich fand er eine Gruppe von Haselstauden, deren dicht belaubte Ruten ihm Schutz gegen den Steppenwind boten, der gegen Abend aufgekommen war. Hier wickelte er sich in seine Decke und aß noch ein paar Bissen von den Sachen, die Narzia ihm hatte einpacken lassen.

Beim Kramen in seiner Packtasche berührten seine Finger die runde Wandung des Krügleins, das er für alle Fälle mitgenommen hatte, falls er einmal auf ‹eine Stunde Kraft› angewiesen sein sollte. Er nahm das Gefäß heraus, um sich wieder einmal die krause, altmodische Beschriftung anzusehen, und da entdeckte er, daß er beim Einpacken das falsche erwischt hatte, jenes, das Träume enthielt, süße und schwarze. Er hatte den letzten Traum noch vage in Erinnerung als einen Sturz in ständig sich steigerndes Entsetzen und sich seither gehütet, diesen Saft noch einmal zu versuchen, obgleich er jeden Abend dieser Lockung kaum hatte widerstehen können. Dann stieg wieder die Sehnsucht nach diesem Garten in ihm auf, in den er eingedrungen war bis in die geheimste Mitte zwischen den hohen Hecken, und er brannte darauf, diesen Garten wiederzufinden, und sei es nur für den einzigen, schmerzenden Augenblick vor dem Absturz in die Abgründe des Grauens. Vielleicht war es gar kein Versehen gewesen, das ihn zu diesem Elixier hatte greifen lassen; vielleicht hatte ihn etwas, über das er selbst schon keine Macht mehr hatte, dazu gezwungen, sich der Möglichkeit einer Rückkehr in diese Traumgefilde zu versichern, und er war überhaupt nicht mehr imstande, sich diesem Zwang zu entziehen. Er las noch einmal im schwindenden Licht die Aufschrift: ‹Zwei Tropfen – Sturz in den Abgrund, und immer wieder›. Immer wieder. Umkehr war jetzt nicht mehr möglich. Gierig öffnete er das Gefäß, träufelte das zähe Gebräu auf seinen Handteller und achtete nur noch darauf, daß es nicht mehr als zwei Tropfen wurden. Er spürte kaum noch, wie er auf seine Decke zurücksank, und damit ergriff ihn auch schon

Der zweite schwarze Traum

Diesmal fand er sich unversehens mitten im Gehege der düsteren Hecken wieder und wollte sich sofort auf die Suche machen nach jener Mitte, in der die beiden Figuren unter der sprühenden Fontäne standen, blieb aber gleich wieder stehen, erschrocken über die Lautlosigkeit seiner Schritte. Der Weg sah aus, als sei er mit Kies bestreut, aber unter den Sohlen knirschten keine Steine aneinander. Lauscher beugte sich nieder und betastete den Boden. Ohne Zweifel fühlte sich das an wie Kies, was da auf dem Weg lag, aber die abgeschliffenen Körner ließen sich nicht von der Stelle bewegen, als würden sie von einer unsichtbaren Kraft an ihrem Ort festgehalten.

Als er sich aufrichtete, um weiterzugehen, wurde ihm bewußt, daß alles Sichtbare merkwürdig flach wirkte; die perspektivisch sich verkürzenden Wände der Hecken rechts und links des Weges erschienen ihm wie flüchtige Kulissenmalerei. Und dann entdeckte er den Grund für diesen Mangel an Tiefenwirkung: Es gab hier keine Schatten. Woher hätten sie auch kommen sollen – nur wo es Licht gibt, können Gegenstände Schatten werfen, hier aber stand am farblosen Himmel eine schwarze Sonne, ein Unstern eisigen Entsetzens, der ihn über die gefrorenen Wege jagte, und diese Wege waren ohne Ende und schienen ihn immer wieder im Kreise zu führen. Einmal blieb er stehen, weil er auf einem Zweig einen Vogel sitzen zu sehen meinte. In der Hoffnung, endlich etwas Lebendes in dieser öden, lichtlosen Welt zu finden, trat er näher. Er hatte sich nicht getäuscht: Da saß tatsächlich ein kleiner Vogel von der Gestalt eines Rotkehlchens, wenn auch eintönig grau, saß da und bewegte sich nicht, obwohl Lauscher dicht an ihn heranging. Schließlich hob er die Hand und rührte den Vogel an, nur um festzustellen, was er insgeheim schon befürchtet hatte: daß nämlich dieses Tierchen genau so steif und unbeweglich war wie der Kies unter seinen Sohlen. Nicht einmal der Zweig ließ sich bewegen, auf dem es saß, sondern widerstand der Berührung mit gläserner Sprödigkeit.

Und so zog Lauscher weiter seine Kreise, geräuschlos und schattenlos, und war wohl schon dutzende Male an dem starren Vogel vorübergegangen, als er einen Durchschlupf in der Hecke bemerkte. Auch dieser Weg, der hier weiterführte, sah nicht anders aus als jener, auf dem er bisher gegangen war, doch nach einer Biegung öffnete er sich unversehens zu jenem Rondell mit der Fontäne und den beiden Figuren.

Für einen Augenblick stand Lauscher wie gelähmt und spürte das Blut in seinem Herzen zusammenströmen zu einem schmerzhaften Krampf der Erwartung bevorstehender Erfüllung, doch dann wurde ihm die gläserne Starre auch dieses Bildes bewußt. Wohl stieg die Fontäne des Springbrunnens aus der Mitte des Beckens auf, aber jeder einzelne Tropfen hing festgebannt im Raum und würde nie mehr auf die beiden Figuren niederstürzen, die hier standen, eingehüllt in einen

Mantel glanzloser Perlen. Die Frauenstatue starrte mit blinden Marmoraugen ins Leere. In der Hoffnung, daß die Berührung seiner Hand sie vielleicht zum Leben wecken könne, trat er nahe heran, doch das Netz der schwebenden Tropfen ließ sich an keiner Stelle beiseiteschieben, die glatte, marmorne Haut blieb unerreichbar, unberührbar und tot.

Der Bocksfüßige auf der anderen Seite hatte das Gesicht des Grauen. Lauscher sträubten sich die Haare, als er dieses unbewegte, ausdruckslose Gesicht wiedererkannte. Ihm graute vor diesem Gesicht, dennoch näherte er sich unter einem unwiderstehlichen Zwang dieser Figur, trat hinter sie, sah dicht vor seinen Augen den gespannten marmornen Nacken, das Gekräusel der steinernen Haare, aber sein Blick schien einzudringen in den kalten Stein, bohrte sich durch die Rundung des Schädels, und dann sah er mit den Augen des Grauen, sah diese in sinnloser Verrenkung erstarrte Frauenfigur, das künstliche Lächeln der steinernen Lippen, die unfähig waren, Worte zu sprechen, und nur vorspiegelten, daß da etwas sei, etwas Lebendes, Denkendes, Liebendes, das in Wahrheit nichts war. Und er blickte durch dieses Nichts wie durch Glas hinaus in eine endlose Schneise zwischen leblosen Hecken, die immer weiter hinausliefen, bis sie sich in der Unendlichkeit in einem Punkt zusammenzogen und im Nichts verschwanden, und er stürzte hinaus auf diesen Punkt des Nichts zu, stürzte und stürzte, ohne daß etwas näherkam oder sich entfernte, und in diesem bewegungslosen Sturz verharrte er bis zum Morgen.

***

Der Morgen war grau und feucht. Über der Bachniederung hingen Nebelschwaden, in denen sich vage die Umrisse einzelner Erlenbüsche und Weiden abzeichneten. Ohne etwas zu sich zu nehmen, stieg Lauscher auf seinen Wallach und ließ ihn weiter am Bach entlang traben. In seinem Hirn drehte noch immer der Schwindel des Sturzes. Erst gegen Mittag begann sich der Dunst aufzulösen, und die Sonne drang durch. Die Landschaft hatte sich bisher wenig geändert; rechts stieg Hügelland an, das sich weiter entfernt zu höheren Bergkuppen aufwölbte, links erstreckte sich noch immer die endlose Weite der Steppe. Erst gegen Abend begann sich das Bild zu verschieben. Jenseits des Baches traten die Berge immer weiter zurück, und dann sah Lauscher zum ersten Male den Oberlauf des Braunen Flusses, der hier aus einem Tal zwischen den Hügeln herausbrach und in weitem Bogen, von lichten Auwäldern gesäumt, nach Süden abschwenkte.

Ehe der Bach die Flußniederung erreichte, wurde er von einem umgestürzten Pappelstamm aufgestaut, an dem sich allerlei Kleinholz gefangen hatte. In dem Teich, der sich hier gebildet hatte, sah Lauscher Forellen stehen. Da endlich wurde ihm bewußt, daß er den ganzen Tag lang noch nichts gegessen hatte. Er stieg ab, schnitt seinem Wallach ein Haar aus dem Schwanz und knüpfte eine

Schlinge, wie er es oft als Junge getan hatte. Dann legte er sich bäuchlings ins Gras und versuchte, die Schlinge einer Forelle, die dicht am Ufer stand, von hinten vorsichtig überzustreifen, bis er sie hinter den Kiemen mit einem Ruck zuziehen konnte.

Die Spannung der Jagd ließ ihn alle Umstände vergessen, die ihn an diesen Ort gebracht hatten; er war wieder ein kleiner Junge, der seine erste Forelle zu fischen versucht und seinen ganzen Ehrgeiz dareinsetzt, es gleich beim ersten Mal zu schaffen. Stück für Stück schob sich die Schlinge über den leicht in der schwachen Strömung bewegten Körper nach vorn, und dann hatte er sie endlich an der richtigen Stelle. Ein Ruck, und schon lag der Fisch zuckend neben ihm im Gras. Lauscher tötete ihn durch einen Schlag mit dem Messerrücken und versuchte es dann gleich noch einmal, stolz darauf, daß ihm der erste Fang so gut geglückt war. Fischer kamen wohl selten an diese Stelle, denn die Forellen waren nicht scheu, und bald hatte Lauscher auch die zweite an der Schlinge. Er nahm die beiden Fische aus und trug sie hinüber in den Auwald, denn er hatte inzwischen beschlossen, dort die Nacht zu verbringen. Mit Stein und Stahl entfachte er ein Feuer, spießte die Fische auf dünne Weidenruten und röstete sie an der Glut. Der Duft stieg ihm so lieblich in die Nase, daß er kaum warten konnte, bis die Forellen gar waren. Er aß sie mit wahrem Heißhunger und hätte jeden Eid geschworen, daß dies die köstlichsten Fische waren, die er je gekostet hatte.

Als er satt war, holte er sein Pferd, das inzwischen draußen auf der Wiese gegrast hatte, unter die Bäume und band es für die Nacht an. Dann ging er am Bach entlang bis zur Einmündung in den Fluß, dessen lehmbraunes Wasser in reißender Strömung von rechts heranschoß. Er setzte sich ans Ufer und beobachtete die drehenden Wirbel, die rasch vorüberzogen, sah einen Wurzelstock vorbeitreiben, den der Fluß irgendwo oben in den Bergen freigespült hatte, und folgte der schwankenden Fahrt des knorrigen Gebildes mit den Blicken, bis er es aus den Augen verlor. Darüber wurde er müde, ging zurück zu seinem Lagerplatz, hüllte sich in seine Decke und schlief sofort ein.

Viele Tage lang ritt er weiter am Braunen Fluß entlang, ohne daß etwas besonderes geschah; nicht einmal die Landschaft änderte sich, abgesehen davon, daß der Fluß, der rechts von ihm hinter dem Ufergebüsch rauschte, nach und nach immer breiter wurde, gespeist von den Bächen und Flüßchen der fernen Berge, die jetzt nur noch als blaue Silhouette am Horizont lagen. Einerseits fand es Lauscher ein bißchen langweilig, daß die Zuflüsse immer nur von der anderen Seite kamen, und er bedauerte diesen Umstand auch deswegen, weil er auf diese Weise nicht mehr seine Künste im Forellenfang üben konnte; andererseits hatte dieser einseitige Zuwachs auch sein Gutes: Lauscher hatte keine Last damit, ständig irgendwelche Wasserläufe überqueren zu müssen. Er hatte nie besonders viel für die Steppe übrig gehabt, aber jetzt fand er es ganz nützlich, daß es dort draußen in der endlosen Ebene so wenig Wasser gab, denn es erleichterte ihm den Ritt beträchtlich. Nacht für Nacht suchte er sich einen Lagerplatz im Gebüsch, doch selbst die Erlen glichen einander derart, daß ihn manchmal das Gefühl überkam, hier in einer der vorangegangenen Nächte schon geschlafen zu haben. Und wenn er am Morgen weiterritt, fragte er sich, ob er überhaupt vorangekommen sei. Schließlich wünschte er sich nichts so sehr wie eine Veränderung, und sei es ein Hindernis auf dem Weg oder auch nur eine Bewegung am Horizont.

Dieser Wunsch sollte gegen alles Erwarten in Erfüllung gehen. Um die Mittagszeit des folgenden Tages tauchten plötzlich Reiter weit voraus neben dem Fluß auf, erst drei, dann fünf und gleich darauf eine ganze Horde, die in vollem Galopp am Ufergebüsch entlang daherpreschten. Lauscher hielt seinen Wallach an. So verwegen auf den niedrigen Gäulen hängend hatte er bisher nur Beutereiter über die Steppe jagen sehen. Schon hörte er das dumpfe Trommeln der Hufe auf dem grasigen Boden, und als dann auch noch die schrillen, langgezogenen Schreie sein Ohr erreichten, wußte er, daß er es mit Hunlis Horde zu tun hatte. Ob der Khan erfahren hatte, daß der Gewinner seines Falkenreiterteppichs hier allein nach Süden trabte? An Flucht war nicht mehr zu denken. Sein Wallach mochte zwar ein tüchtiger Renner sein, aber den dahinrasenden Steppengäulen würde er nicht entkommen können. Lauscher blickte den Reitern entgegen, deren Zöpfe er schon um die Schläfen fliegen sah. Als einziger Fluchtweg blieb ihm nur der Fluß.

Lauscher riß seinen Wallach herum und trieb ihn ins Erlengebüsch. Am Ufer sprang er aus dem Sattel, rannte ins Wasser und zerrte sein Pferd am Zügel hinter sich her. Der Wallach versuchte sich aufzubäumen, aber Lauscher riß ihn weiter, und gleich darauf verlor er den Boden unter den Füßen. Ehe das Wasser über ihm zusammenschlug, ließ er die Zügel fahren und packte mit der Rechten das Riemenzeug des Sattels, und als er nach Luft schnappend wieder auftauchte, spürte er, wie der Wallach schon auf die Flußmitte zuruderte. Aber hier geriet er in eine derart reißende Strömung, daß er rasch flußabwärts getrieben wurde. Jetzt erst fand Lauscher Zeit, zum Ufer zurückzublicken. Hinter Erlen und Weiden sah er die Reiter vorüberjagen. Keiner von ihnen machte auch nur den Versuch, sein Pferd anzuhalten. Hatten sie ihn überhaupt gesehen? Nach wenigen Augenblikken war die Horde schon ohne jeden Aufenthalt vorübergejagt.

Erst als die wirbelnde Strömung ihn von seinem Pferd zu trennen drohte, wurde Lauscher bewußt, daß er nicht schwimmen konnte. Es war sein Glück, daß wenigstens der Wallach offenbar nicht zum ersten Mal im tiefen Wasser war. Das Tier warf zwar hin und wieder nervös den Kopf zurück, aber es verstand sich über Wasser zu halten. Nach einiger Zeit spürte Lauscher, wie seine Finger steif zu werden begannen, und er versuchte seinen Arm unter den Sattel zu schieben, aber der Gurt war zu eng geschnallt, und schon der nächste Wirbel riß Lauscher von seinem Pferd fort.

Er merkte, wie er sank. Vor seinen Augen war nichts mehr als das grüne Geflimmer des Wassers. Er sank und hielt den Atem an, bis seine Lungen zu bersten drohten, doch mit einem Male wurde seine Brust leicht, er fühlte sich getragen von glatten, breiten Rücken und spürte sanften Flossenschlag unter seinen Schultern. Und ehe ihm die Sinne vergingen, hörte er aus der Tiefe des Wassers einen volltönenden Gesang wie das auf- und abschwellende Dröhnen einer Glocke.

Es war eine Stimme, die Lauscher wieder zum Bewußtsein weckte, eine hohe Männerstimme, die in merkwürdig singendem Tonfall unverständliche Worte sprach. Er schlug die Augen auf und sah dicht über sich das Gesicht eines älteren Mannes mit blaßblauen Augen, hängendem grauen Schnurrbart und dem zurückweichenden Kinn der Karpfenköpfe. Dieser Mann drehte jetzt den Kopf zur Seite und rief einen zweiten herbei, dessen Gesicht nun auch in Lauschers Blickfeld trat; er war jünger und sein Schnurrbart sproßte erst als dünner, blonder Flaum auf der Oberlippe. Die beiden schienen sich zu freuen, daß er wieder bei Bewußtsein war, und redeten in ihrer an Zischlauten reichen, melodischen Sprache auf ihn ein.

Allmählich begann Lauscher auch seinen Körper wieder zu spüren. Er lag auf grasigem Boden, seine Kleider klebten vor Nässe an seiner Haut, und ihn fror erbärmlich. In der Hoffnung, daß die Männer ihn verstehen würden, sagte er in der Sprache der Beutereiter: «Mir ist kalt. Habt ihr etwas Trockenes zum Anziehen?»

Der ältere der beiden Männer verstand ihn zum Glück, wenn man ihm auch anmerken konnte, daß er diese Sprache nicht gern benutzte. «Wir haben nur eine Decke», sagte er. «Erst mußten wir deine Seele von den Fischen zurückholen.» Dann rief er seinem Begleiter etwas zu und begann Lauschers Kleidung zu öffnen. Gleich darauf stutzte er und griff nach der Karpfenschuppe, die Lauscher noch immer am Hals trug. «Wer hat dir das gegeben?» fragte er.

«Eine Sklavin in Khan Hunlis Lager», sagte Lauscher.

«Hast du mit ihr geschlafen?» fragte der Mann.

Lauscher quälte sich ein Lächeln ab. «Nein», sagte er. «Sie wollte, daß mich ein großer Karpfen beschützt.»

«Ohne diesen Schutz wärst du jetzt wohl nicht mehr am Leben», sagte der Mann. «Gehörst du zu Hunlis Leuten?»

Lauscher schüttelte den Kopf. «Ich bin aus Angst vor seiner Horde mit meinem Pferd in den Fluß gesprungen», sagte er dann. «Habt ihr auch den Wallach gefunden?»

«Der stand neben dir, als wir dich am Ufer auflasen», sagte der Mann. Inzwischen hatte er ihn splitternackt ausgezogen und in eine grobe Wolldecke gehüllt, die sein Begleiter gebracht hatte. Dann sagte er: «Wir beide machen jetzt eine kleine Kahnfahrt, und Roschka bringt dein Pferd nach Hause.» Er deutete mit dem Kopf zur Seite, und dort sah Lauscher seinen Wallach mit hängendem Kopf in der Sonne stehen.

«Ihr gehört wohl zu den Karpfenköpfen?» sagte Lauscher.

Der Mann nickte. «Wir sind Fischer», sagte er. «Ich heiße Boschatzka.»

Lauscher nannte ihm seinen Namen und wollte aufstehen, aber seine Beine knickten kraftlos unter ihm weg.

«Übernimm dich nicht!» sagte Boschatzka. «Du mußt ziemlich lange im Wasser gewesen sein. Gegen Mittag haben auch wir die Horde gesehen. Raste vorbei wie von bösen Geistern gejagt. Und jetzt geht es schon auf den Abend zu.» Er gab Roschka einen Wink, und dann trugen die beiden Männer Lauscher zum Ufer und legten ihn in einen Fischerkahn, der dort am Gebüsch festgebunden war. Boschatzka machte den Kahn los, sprang hinein, nahm ein Paddel vom Boden auf und trieb das schwankende Fahrzeug in die Strömung, die es rasch flußabwärts trug.

Das Schaukeln des Kahns machte Lauscher schläfrig. Er zog die Decke um seine Schultern und schloß die Augen. Nach einiger Zeit spürte er im Halbschlaf, wie der Kahn irgendwo anschrammte und zur Ruhe kam. Boschatzka rief ein paar Worte, und gleich darauf trappelten Schritte über Holzbohlen, Lauscher wurde aufgehoben, ein Stück weit getragen, eine Tür wurde aufgestoßen, Wärme umflutete ihn, und als er schließlich die Augen öffnete, fand er sich auf einem Lager von Fellen vor einem offenen Herdfeuer liegen, über dem an einem eisernen Haken ein rußgeschwärzter Kessel hing. Von der Seite her kam eine Frau, warf Fischstücke in das brodelnde Wasser und ging wieder. Irgendwo im halbdunklen Raum sprachen Leute. Lauscher konnte Boschatzkas Stimme heraushören, der offenbar erzählte, unter welchen Umständen er diesen Mann gefunden hatte. Inzwischen begann sich in den rauchigen Geruch des Holzfeuers der Duft der Fischsuppe zu mischen. Die Frau kam zurück und streute eine Handvoll Kräuter in den Kessel, griff zu einem geschnitzten Schöpflöffel, der neben der Feuerstelle an einem Wandhaken hing, rührte die Suppe um und schöpfte eine Kelle voll in eine hölzerne Schüssel. Dann hockte sie sich neben Lauscher auf den Boden und begann ihn mit einem kleinen Holzlöffel zu füttern.

Die Suppe schmeckte köstlich. Mit jedem Schluck breitete sich wohlige Wärme in seinem Körper aus. Als er schließlich der Frau durch ein Zeichen zu verstehen gab, daß er satt sei, rief sie zwei Männer herbei, die ihn auf ein Schlafgestell neben dem Feuerplatz hoben. Die Frau war inzwischen hinausgegangen und kehrte gleich darauf mit einem Packen Leinenzeug und Decken zurück. Zusammen mit einer anderen Frau wickelte sie Lauscher aus seiner Umhüllung, bis er in seiner haarigen Nacktheit vor ihnen lag, ein Anblick, der die beiden dermaßen überraschte, daß sie einander anstießen und ein Kichern nicht unterdrücken konnten. Doch dann besannen sie sich rasch wieder ihrer Pflicht, breiteten ein fein gewebtes Leinentuch über den Liegenden und warfen eine weiche Wolldecke darüber, die sie ringsum unter seinen Körper schoben. Lauscher fühlte sich warm und geborgen. Über ihm an der verräucherten Balkendecke flackerte der Widerschein des niederbrennenden Feuers. Eine Zeitlang hörte er noch den gedämpften Singsang der redenden Leute, doch da er ihre Sprache nicht verstand, ließ seine Aufmerksamkeit rasch nach, und die Stimmen drangen nur noch wie ein fernes, einschläferndes Rauschen an sein Ohr.

Als er erwachte, war heller Tag. Draußen schien die Sonne und warf einen Lichtbalken durch die kleine, mit einer dünnen, pergamentenen Haut überzogene Lichtluke auf den mit Binsen bestreuten Boden. Die Frau, die sich am Vorabend seiner angenommen hatte, stand am Feuerplatz und schob Holzscheite in die Flammen unter dem dampfenden Kessel. Sobald Lauscher sich aufsetzte, kam sie herüber zu ihm und legte ihre Hand auf seine Stirn. Vielleicht hatte sie prüfen wollen, ob er Fieber habe; denn als sie seine Haut trocken und kühl fand, goß sie Wasser aus dem Kessel in einen hölzernen Zuber und forderte Lauscher durch Gesten auf, aufzustehen und in das Wasser zu steigen.

Die Aussicht auf ein warmes Bad schien Lauscher durchaus verlockend, und er wartete ungeduldig, daß man ihn allein ließ. Die Frau machte jedoch keinerlei Anstalten, aus der Stube zu gehen, sondern blieb erwartungsvoll stehen und wiederholte ihre Aufforderung, diesmal schon etwas dringlicher. Da ließ Lauscher sein Schamgefühl beiseite, warf Decke und Leinenzeug ab und glitt vorsichtig von dem hüfthohen Schlafgestell herunter, um zunächst einmal festzustellen, ob ihn seine Beine wieder trugen. Die Frau faßte ihn fürsorglich beim Arm, um ihn zu stützen, während er in den Zuber kletterte. Offenbar fanden die Frauen der Karpfenköpfe nichts Besonderes dabei, nackte Männer zu waschen; denn sobald er in dem prickelnd heißen Wasser stand, fing seine Gastgeberin an, ihn mit geübten Griffen von oben bis unten abzuseifen, nicht ohne dabei unter gurrenden Lauten der Bewunderung mit den Fingerspitzen durch sein zottiges Fell zu streichen. Während sie seine Brust abwusch, hob sie mit einer verehrungsvollen Geste die Schuppe aus dem krausen Haar und führte sie an ihre Stirn.

Zum Abschluß des Bades nahm sie einen Holzeimer vom Boden auf und goß Lauscher einen Schwall von derart kaltem Wasser über die Schultern, daß er erschreckt aufschrie. Sie lachte, als sei ihr ein großartiger Scherz gelungen, ließ Lauscher aus dem Zuber steigen, hüllte ihn in ein vorgewärmtes Leinentuch und rieb ihn trocken, bis seine Haut krebsrot angelaufen war. Dann brachte sie ihm ein frisches Hemd mit einer schön gestickten Borte rings um den Halsbund und legte ihm seine Kleider zurecht, die zum Trocknen auf einem Holzgestell neben dem Feuer gehangen hatten.

Lauscher fühlte sich herrlich erfrischt, als er wenig später fertig angezogen am Tisch saß und die Milchsuppe löffelte, die ihm die Frau vorgesetzt hatte. Während er aß, kam Boschatzka in die Stube, wünschte ihm einen guten Morgen und setzte sich zu ihm. Lauscher dankte ihm für seine Hilfe und fragte, unter welchen Umständen die beiden Fischer ihn aufgefunden hätten.

«Erst sahen wir nur dein Pferd am Ufer stehen», sagte Boschatzka. «Es schnoberte an irgend etwas herum, und als wir näher heranpaddelten, sahen wir, daß dort ein Mann lag. Es geschieht selten, daß der Fluß einen Ertrunkenen an Land spült, aber ich habe noch nie gesehen, daß einer so hoch auf das Ufer getragen wurde, bis er völlig auf dem Trockenen lag wie du. Wir dachten erst, die Beutereiter hätten dich im Vorüberreiten erschlagen.»

«Weißt du, warum es Hunlis Leute so eilig hatten?» fragte Lauscher. «Sie preschten vorbei wie besessen.»

«Ich weiß es auch nicht», sagte Boschatzka. «Roschka und ich waren schon den ganzen Morgen flußaufwärts gepaddelt, und als wir dann etwa zu Mittag die wilde Jagd vorüberrasen sahen, und zwar aus der Richtung unseres Dorfes, da dachten wir, es habe wieder einmal einen Überfall gegeben. Deshalb wendeten wir unseren Kahn und fuhren zurück. Unterwegs haben wir dich dann aufgelesen. Aber das Merkwürdigste erfuhren wir erst hier bei unseren Leuten. Sie erzählten, am Vormittag seien Hunlis Reiter flußaufwärts aus der Steppe aufgetaucht und rasch herangeritten. Wahrscheinlich hatten sie im Sinne, wie schon so oft ein paar Sklavinnen zu fangen. Als sie schon fast die ersten Häuser erreicht hatten, fingen sie an, ihr übliches Kriegsgeheul auszustoßen. Im gleichen Augenblick bäumten sich ihre Pferde auf, machten kehrt und rasten davon, als habe sie etwas furchtbar erschreckt. Keiner von uns kann sich das erklären.»

Lauscher hätte ihm sagen können, was die Pferde der Beutereiter zur Umkehr bewogen hatte, aber er behielt sein Wissen lieber für sich und sagte nur, daß auch er ein solches Verhalten sonderbar finde. Jedenfalls konnte er jetzt sicher sein, daß er den Steppenpferdchen nicht umsonst etwas vorgeflötet hatte. Dabei wurde ihm mit Schrecken bewußt, daß er keine Ahnung hatte, was aus seinen Packtaschen geworden war. Womöglich hatte der Wallach sie beim Schwimmen abgestreift oder der Fluß hatte ihren Inhalt herausgespült und damit auch seine Flöte, mit deren Hilfe er seine Aufgabe in Falkenor zu lösen hoffte. Er fragte Boschatzka, ob er wisse, wo sein Gepäck geblieben sei.

«Das hängt draußen in der Sonne zum Trocknen», sagte Boschatzka. «Wir haben nicht gewagt, die Taschen zu öffnen. Ich werde sie dir bringen, damit du nachsehen kannst, ob nichts verlorengegangen ist.» Er verließ die Stube und kam bald mit den Taschen zurück. Lauscher nahm sie ihm ab und trug sie hinüber zum Feuerplatz. Das Leder hatte sich voll Wasser gesogen, und sobald er den Verschluß geöffnet hatte, quoll ihm aufgeweichtes Brot entgegen, und auch das Dörrfleisch sah nicht mehr besonders appetitlich aus. Was er an Kleidern und Wäsche eingepackt hatte, war naß und zerknüllt, aber das Krüglein mit dem Traumsaft war unversehrt und noch fest verschlossen, und auch die Flöte war noch vorhanden. Er zog sie vorsichtig aus dem verklebten Zeug heraus und wischte sie mit einem Hemd trocken. Als er das Rohr auch von innen gesäubert hatte, setzte er es an den Mund und blies zur Probe ein paar Töne.

Boschatzka war höflich beiseite geblieben, solange Lauscher seine Habseligkeiten sichtete. Jetzt jedoch kam er herüber zum Feuerplatz und fragte: «Bist du ein Spielmann?»

«Ein Flöter, wie du siehst», sagte Lauscher und spielte rasch ein Fischerlied, das ihm eben in den Sinn kam.

Boschatzka war begeistert. «Du verstehst dich auf deine Kunst», sagte er. «Ich hoffe, du erweist uns die Ehre, noch für ein paar Tage unser Gast zu sein.»

«Das geht nicht», sagte Lauscher. «Du mußt wissen, daß ich mit einem Auftrag nach Falkenor unterwegs bin.»

«Dann bleibe wenigstens noch für eine Nacht», sagte Boschatzka, und diese Bitte konnte Lauscher ihm nicht abschlagen, schon aus Dankbarkeit für seine Rettung und die freundliche Aufnahme.

Für den Abend lud Boschatzka das ganze Dorf zu einem Festmahl ein. Seine Hütte war zu klein für so viele Gäste, und so schlug er unten am Flußufer zusammen mit Roschka aus Holzkloben und Brettern ein paar Tische und Bänke auf. Seine Frau heizte inzwischen den Backofen an, der draußen neben dem Haus stand, knetete Teig, den sie zugedeckt in runden Weidenkörben in der Sonne stehen ließ, während sie drinnen im Haus mit den Vorbereitungen der Mahlzeit beschäftigt war.

Gegen Abend kamen die Leute aus dem Dorf, standen schwatzend am Ufer und warteten, bis Boschatzka seinem Gast den Ehrenplatz angewiesen hatte. Dann setzten auch sie sich auf die Bänke, und gleich darauf begann Boschatzkas Frau die Ergebnisse ihrer Kochkunst aufzutischen. Schon der Duft des frisch gebackenen Weißbrots, das sie in Körben auf den Tischen verteilte, ließ Lauscher das Wasser im Mund zusammenlaufen. Was an kalten und warmen Köstlichkeiten, an Gekochtem und Gebratenem aufgetragen wurde, stammte zwar durchweg vom Fluß, war aber alles andere als eintönig und bewies, daß Boschatzkas Frau weitaus mehr verstand als nackte Männer zu waschen. Da gab es gesalzenen Rogen vom Stör, rot gesottene Krebse mit frischer Kresse, eine scharf gewürzte Fischsuppe, an Stöcken geröstete kleine Fische, in würzigem Essig gekochte Schleie und Zander und schließlich Karpfen in einer sauersüßen braunen Soße. Dazu schenkte Boschatzka dieses säuerliche Gebräu aus, von dem schon der Sanfte Flöter erzählt hatte. In das Geräusch der halblaut geführten Gespräche und das sanfte Knacken der Krebsschalen begann sich der Abendgesang der Vögel zu mischen, hie und da strichen ein paar Enten niedrig über den Fluß oder ein springender Fisch ließ das Wasser aufplatschen.

Als die Sonne jenseits des Flusses im Ufergebüsch untertauchte und alle satt waren, hielt Lauscher den Zeitpunkt für gekommen, an dem er sich auf seine Weise für die Gastfreundschaft der Karpfenköpfe bedanken konnte. Sobald er aufstand und seine Flöte hervorzog, verstummten die Gespräche; nur eine Amsel ließ sich nicht zum Schweigen bringen und sang in den Erlen ihr Abendlied.

Lauscher nahm ihre Melodie auf, und eine Zeitlang entwickelte sich ein Wettstreit zwischen Natur und Kunst, doch schließlich siegte die vergoldete Flöte und übertrumpfte den Vogel mit Kaskaden von Trillern und Läufen. Nun, da er das Feld allein behauptete, zeigte Lauscher seine Kunstfertigkeit mit allerlei Liedern und Tänzen, wie sie diesem Fischervolk gefallen mochten, aber auch hier mischte er zwischendurch Passagen ein, in denen er die edle Gesinnung von Arnis Leuten rühmte und den Karpfenköpfen die Vorstellung ins Hirn blies, wie nützlich es sein würde, die Freundschaft dieser friedlichen Handelsleute zu gewinnen. Seine Flöte schien solche Einschübe ohne sein Zutun hervorzubringen; seine Finger bewegten sich wie unter einem Zwang und fanden einschmeichelnde Motive voller Beredsamkeit, und dabei fühlte er sich auf seltsame Weise unbeteiligt, hörte seiner Flöte zu, als spiele sie ein Fremder, und fragte sich, welcher Nutzen für Arnis Leute hier bei diesen armen Fischern zu suchen sei. Ob sich ein gewinnbringender Handel mit geräucherten Fischen oder diesem eingesalzenem Störrogen treiben ließ? Seine Flöte schien sich darüber ihre eigenen Gedanken zu machen, und er ließ sie gewähren, lieh ihr Atem und Hände und beobachtete dabei die offenkundige Wirkung auf den Gesichtern der Karpfenköpfe, die wie in Trance solch nie gehörtem Spiel lauschten.

Es war schon fast dunkel, als ihm das seltsame glockentiefe Dröhnen in den Sinn kam, das er gehört hatte, als er in den Fluten des Braunen Flusses versunken war, und schon formte seine Flöte auch diesen Klang nach, der aus der Tiefe aufstieg zugleich mit dem Bild eines uralten, riesigen Karpfens, der zwischen dem grünen Geschlinge des Wasserkrauts herantrieb und mit gerundetem Maul sein Lied sang, das Lied des Braunen Flusses, wie es damals auch der Sanfte Flöter gehört haben mochte, ein Lied, das die Herrlichkeit des strömenden Wassers pries, die von Erlen und Weiden umgrenzte Welt der Fische und Wasservögel, lebenspendend und lebenerhaltend, aber auch bedrohlich in seiner unbändigen Kraft, und diese Bedrohung dröhnte immer mächtiger in Lauschers Ohren, bis er begriff, daß sie ihm galt. «Laß meine Kinder in Frieden!» brüllte der uralte Karpfen. «Treibe nicht dein heimtückisches Spiel mit ihrer sanften Art! Einmal habe ich dich gerettet um des Zeichens willen, das du an deinem Halse trägst; denn damals kannte ich noch nicht deine Gesinnung. Aber ein zweites Mal soll es dir nicht helfen!» und im gleichen Augenblick spürte Lauscher, wie die Schuppe auf seiner Brust sich kräuselte und zu Staub zerfiel, als sei sie ins Feuer geraten.

Lauscher stand schwankend und wie bewußtlos und kam erst zu sich, als Boschatzka seinen Arm faßte, um ihn zu stützen. Da endlich nahm er die Flöte von den Lippen und setzte sich schwer atmend auf die Bank. Durch das bewundernde Raunen der Leute hörte er wie aus weiter Entfernung Boschatzkas Stimme. «So hat keiner in unserem Dorf gespielt», sagte er, «seit vor vielen Jahren Arni mit einem jungen Flöter bei uns zu Gast war. Ich habe noch Leute gekannt, die ihn gehört haben, aber erst heute verstehe ich, was sie erzählten: Sie sagten, sie hätten den Uralten im Fluß singen hören. Es war sehr schön, aber es hat mir auch Angst gemacht.»

Lauscher nickte benommen und war viel zu erschöpft, um zu erzählen, was er von diesem Flöter wußte. Nach einer Weile sagte er: «Ich bin sehr müde.» Die Leute hatten inzwischen begriffen, daß es nichts mehr zu hören geben würde, und gingen nach Hause, während Boschatzka seinen Gast ins Haus führte. In dieser Nacht lag Lauscher noch lange wach. Durch das Schnarchen seiner Gastgeber, die am anderen Ende des Raums auf den Wandbänken schliefen, und im Rauschen des Flusses meinte er noch immer die gewaltige Stimme des Uralten zu hören, diese unheimliche Drohung aus der Tiefe der Gewässer, und je länger er ihr lauschte, desto wilder schüttelte ihn die Angst vor diesem Dröhnen, dem er sich hilflos preisgegeben fühlte. Er verkroch sich unter die Decken, aber die erzene Stimme dröhnte nur umso lauter in seinen Ohren, bis ihm nichts mehr übrig blieb als die Flucht in Träume, welcher Art sie auch sein mochten. Er tastete nach seiner Packtasche, holte das Krüglein hervor und ließ im schwachen Schein der letzten Glut auf der Feuerstelle zwei Tropfen auf seine zitternde Hand fallen. Kaum spürte er die klebrige Flüssigkeit auf der Zunge, da packte ihn auch schon

Der dritte schwarze Traum

Er versank wieder in der gurgelnden Strömung, braunes Wasser spülte über seine Augen, und dieses Braun wurde dunkler und dunkler. Er wurde hinabgezogen in einen Strudel, dessen kreisender Wirbel ihn in die Tiefe riß wie eine hilflos treibende Mücke; ein riesiges, von Barteln umflapptes Maul schnappte nach ihm, weiche, hornige Kiefer kauten auf ihm herum, und dann wurde er wieder ausgespien, ein ungenießbares, widerwärtiges Ungeziefer, das diesem Maul nicht schmeckte, und trieb weiter in einem grau dahinströmenden Gewässer, vorüber an farblosen, schleimigen Schlinggewächsen, die aus dem Bodenlosen heraufzüngelten und ihn bald rings umgaben wie die Fangarme einer ungeheuren Qualle, zu deren gläsernem Körper er unaufhaltsam hinabsank, und je näher er dieser durchsichtigen Glocke kam, desto deutlicher zeichneten sich hinter ihrer schlierigen Wandung Figuren ab, zwei bleiche, bewegungslose Gestalten, leblos und nackt, eine Frau mit zurückgebeugtem Kopf und ein Tiermensch mit zottigen Hüften und Bocksfüßen, der sich ihr entgegenstemmte und sie in seiner Starrheit doch nicht erreichen konnte, und da war noch eine dritte Gestalt, grau und sorgfältig gekleidet, die sich bewegte. Sie umkreiste die beiden kalkweißen Figuren und weidete sich an ihrer hilflos erstarrten Sehnsucht, zueinanderzukommen. Das Bild war jetzt ganz nah, Lauscher spürte die schlüpfrige Haut der qualligen Glocke unter den Händen, zäh und undurchdringlich, und er sah nun genau, was dem Grauen solches Vergnügen bereitete: Die kreisenden Säfte in dem

Hohlkörper begannen die bleichen Figuren allmählich aufzulösen, ihre Glieder wurden dünner und dünner, ein Finger löste sich von der Hand der Frauengestalt und trieb langsam davon, das marmorne Fleisch wurde aufgezehrt und gab hohle Wangenknochen und bleckende Zähne frei; die muskulösen Schultern des Tiermannes schwanden dahin, sein Körper knickte ein und sank zusammen wie schmelzendes Wachs, einzelne Stücke trieben noch eine Zeitlang, vermischt mit den Überresten der anderen Figur, wie Flocken durch die sich trübende Brühe in der wabbeligen Höhlung, in deren Mitte jetzt der Graue stand und mit seinen dünnen Fingern nach dem rasch sich auflösenden Schaum haschte. Ein letztes Restchen erwischte er noch und wies es Lauscher auf der ausgestreckten Handfläche vor, ein paar helle Bläschen, die eins nach dem anderen zersprangen, bis nichts mehr übrig war, nichts, überhaupt nichts; denn im gleichen Augenblick verlöschte auch dieses Bild, Lauscher wurde hinabgerissen in den schwarzen Abgrund und empfand nichts mehr als Leere und namenlose Angst.

* * *

In der Morgendämmerung wachte er auf und merkte, daß er sich an die Pfosten des Schlafgestells klammerte, als könne er seinen Sturz damit aufhalten, doch die Empfindung des unablässigen Fallens wollte sich nicht verlieren. Er fühlte sich schwach und ausgelaugt und sehnte sich danach, festgehalten zu werden, damit dieses Stürzen endlich aufhörte. Aber die Arme, auf deren Halt er hoffte, waren unerreichbar weit entfernt. Erst mußte er diese Reise hinter sich bringen. Mühsam stemmte er sich auf seinem Lager hoch, stand auf und zog sich an. Er wußte jetzt, daß er noch an diesem Morgen weiterreiten mußte. Er wollte sich nun nicht mehr aufhalten lassen, bis er auch diese dritte Aufgabe bewältigt hatte, und dazu sollte ihm jedes Mittel recht sein.

«Du siehst schlecht aus», sagte Boschatzka beim Abschied. «Willst du dich nicht noch ein paar Tage bei uns ausruhen?» Aber Lauscher winkte ab und sagte, er habe schon allzu viel Zeit verloren, bedankte sich für alle Hilfe und Gastfreundschaft und ritt dann auf seinem Wallach weiter flußabwärts.

Viele Tage war er noch unterwegs zwischen Fluß und Ebene. Irgendwann merkte er, daß nach Osten zu nicht mehr die dürre Steppe unter der Sonne flimmerte; so weit der Blick reichte, breiteten sich grüne, saftige Wiesen aus, immer wieder unterbrochen von einzelnen Baumgruppen oder kleinen Buschwäldern, die sich, während er weiterritt, übereinander schoben und den Horizont in ständig sich verändernde Abschnitte gliederten. Der Braune Fluß war zum breiten Strom geworden; die Auwälder am jenseitigen Ufer lagen so weit entfernt, daß sie nur noch als dunkler, moosartig gekräuselter Saum die weite, strömende Wasserfläche begrenzten. Und dann hob sich eines Vormittags weit voraus aus dem fernen Dunst die kantige Silhouette des großen Hauses von Falkenor.

Seit er das Dorf der Karpfenköpfe verlassen hatte, war Lauscher in dumpfer Gleichgültigkeit dahingeritten, hatte sich abends unter irgendeinem Gebüsch zum Schlafen gelegt und war am Morgen wieder auf sein Pferd gestiegen. Das eintönige Gleichmaß der Wegstrecken und das stetige Strömen des Flusses an seiner Seite hatten ihn jedes Gefühl für Zeit verlieren lassen, und schließlich war ihm zumute, als ritte er nun schon Jahre oder Jahrzehnte ohne Ziel immer weiter in die gleiche Richtung und müsse so weiter reiten bis ans Ende aller Tage. Doch mit dem Auftauchen des Hauses, in dem der Großmagier wohnte, war eine entscheidende Änderung eingetreten. Es gab jetzt wieder einen Punkt, auf den er zureiten mußte, und damit erinnerte er sich auch der Aufgabe, die er dort würde lösen müssen, wenn er sich auch vorderhand außerstande fühlte, irgendeinen Plan zu schmieden.

Am Nachmittag, als das Haus des Großmagiers schon wie ein gewaltiger Block über die Ebene ragte, sah Lauscher in den Wiesen links des Weges eine Pferdeherde weiden und lenkte seinen Wallach hinüber, um sich die Tiere anzusehen. Bei der Koppel stieg er ab, lehnte sich auf die Querlatte der Einzäunung und schaute zu, wie die schlankfüßigen Hengste in Gruppen grasten, dann plötzlich die schmalen Köpfe hoben und wie auf ein vereinbartes Zeichen in federndem Galopp durch die Koppel fegten, sich spielerisch aufbäumten und wieder zu ihrem Weideplatz zurücktrotteten. Noch nie hatte er solch edle Pferde gesehen; jede ihrer Bewegungen war von unbeschreiblicher Anmut, und doch ahnte man die unbändige Kraft, die sich in ihrem lässigen Gang verbarg.

Während er auf den Zaun gestützt stand und sich an diesem Spiel nicht sattsehen konnte, kam ein Pferdehirte zu ihm herüber, ein mittelgroßer, zierlich gebauter Mann mit der scharfen, leicht gebogenen Nase der Falkenleute, und grüßte ihn freundlich. Lauscher erwiderte den Gruß in der Sprache der Beutereiter, worauf ihn der Hirte erstaunt musterte. «Für einen Beutereiter hatte ich dich nicht gehalten, wenn dein Wallach auch nach ihrer Art aufgezäumt ist», sagte er. «Kommst du aus dem Lager Khan Hunlis?»

«Nein», sagte Lauscher. «Aber ich bin eine Zeitlang dort gewesen. Warst auch du schon in der Steppe, weil du die Sprache der Horde sprichst?»

«Einmal», sagte der Hirte. «Ich hatte damals eine Botschaft des Großmagiers zu überbringen und bin eine Zeitlang dort geblieben, um auf die Antwort zu warten. Aber meine Pferde gefallen mir besser als die struppigen Gäule, die man dort reitet. Und mir scheint, daß es dir nichts anders geht.»

Lauscher nickte. «Sind das eure Zuchthengste?» fragte er.

«Die besten, die wir haben», sagte der Hirte.

«Und welchen von ihnen würdest du mir empfehlen?» fragte Lauscher.

Der Hirt hielt das wohl für einen Witz und lachte. «Siehst du den Rappen dort drüben mit dem weißen Stern auf der Stirn?» sagte er dann. «Den würde ich nehmen, wenn ich die Wahl hätte. Aber du solltest ihm lieber nicht zu nahe kommen, wenn dir dein Leben lieb ist.»

«Ich danke dir für deinen Rat», sagte Lauscher ernsthaft. «Diesen Rappen möchte ich haben. Wie heißt er?»

«Du bist ein Spaßvogel», sagte der Hirt. «Wenn es dir gelingt, ihn einzufangen, kannst du ihn von mir aus behalten. Der Rappe hört auf den Namen Morgenstern, aber du könntest ebenso gut versuchen, den Morgenstern vom Himmel zu holen.»

«Das kommt auf einen Versuch an», sagte Lauscher, holte seine Flöte hervor und begann zu spielen. Schon bei den ersten Tönen hob der Hengst seinen Kopf, stellte die Ohren auf und blickte herüber. Eine Weile stand er wie erstarrt und lauschte der lockenden Melodie; dann schüttelte er seine Mähne und kam langsam herübergetrottet. Der Hirte schien mächtigen Respekt vor ihm zu haben; denn sobald das Tier sich auf etwa zehn Schritt genähert hatte, brachte er sich über den Zaun in Sicherheit und schaute dann fassungslos zu, wie der Hengst weiter herankam, dicht vor dem Flötenspieler stehenblieb und seinen Kopf senkte, als wolle er ihn begrüßen. Lauscher spielte noch eine Weile weiter, und sobald er seine Flöte abgesetzt hatte, beschnoberte der Rappe sein Gesicht, legte ihm den Kopf auf die Schulter und ließ sich in der Mähne kraulen und den Hals klopfen. Da kletterte Lauscher über den Zaun und schwang sich auf den Rücken des Rappens. Der Hirte war dermaßen starr vor Schrecken, daß er unfähig war, diesen offenkundig Wahnwitzigen zurückzuhalten. Lauscher hatte inzwischen seine Flöte wieder an die Lippen gesetzt und ließ Morgenstern jetzt zu seiner Melodie tanzen. Man konnte sehen, wie das schöne Tier jedem Ton der Flöte folgte und nach dem Willen seines Reiters bald vorwärts, bald zur Seite tänzelte, im Kreise lief und wieder stehenblieb, sobald die Melodie verstummte. Schließlich ließ Lauscher den Hengst wieder bis zur Eingrenzung der Koppel traben, sprang ab und tätschelte Morgenstern noch einmal Hals und Flanke. Dann wendete er sich dem Hirten zu, der noch immer völlig verwirrt außerhalb des Zauns stand, und sagte: «Wenn du zu deinem Wort stehst, gehört dieses Pferd jetzt mir.»

«Das ist Zauberei!» stotterte der Hirte.

«Was auch immer», sagte Lauscher gleichmütig. «Du kannst nicht leugnen, daß ich den Hengst nicht nur eingefangen, sondern sogar geritten habe.»

«Das will ich gar nicht bestreiten», sagte der Hirte, «aber ich kann dir das Pferd nicht geben, denn er gehört dem Großmagier wie alle Hengste auf dieser Koppel. Ich bin nur der Hirte.»

«Dann hättest du mir diesen Hengst nicht anbieten dürfen», sagte Lauscher ohne Erbarmen.

«Das habe ich doch nur im Spaß gesagt», jammerte der Hirte, aber Lauscher ließ sich nicht erweichen. «Was du dir dabei gedacht hast, ist deine Sache», sagte er. «Ich habe meine Worte jedenfalls ernst gemeint. Du wirst mit mir zum Großmagier gehen müssen, und ich werde ihn fragen, ob er für das Wort seines Pferdehirten einzustehen gedenkt.»

«Du weißt nicht, worauf du dich einläßt!» sagte der Hirte erschrocken. «Ich würde es nie wagen, mit einer solch unverschämten Forderung vor den Großmagier zu treten.»

«Hast du solche Angst vor deinem Herrn?» sagte Lauscher spöttisch. «Wenn du nicht freiwillig mit mir gehen willst, dann werde ich dich dazu zwingen.» Er griff wieder nach seiner Flöte und machte Anstalten, sie an die Lippen zu setzen. Der Hirte wurde kreidebleich und streckte die Hand in einer zauberabwehrenden Geste vor. «Ich bin in deiner Hand, Herr», sagte er zitternd. «Laß um alles in der Welt deine Flöte schweigen. Lieber will ich vor das Angesicht des Großmagiers treten und meine Strafe erwarten. Erlaube mir nur, daß ich mein Reitpferd hole.»

«Dann bring mir gleich ein Halfter für den Hengst mit!» sagte Lauscher.

Wenig später ritten beide auf Falkenor zu. Der Hengst ließ sich brav wie ein Lamm von Lauscher am Halfter führen, und so trabten sie schließlich ungehindert durch das äußere Stadttor und die schnurgerade Straße entlang auf das turmhohe Haus des Großmagiers zu. Erst an dem Tor in der inneren Mauer wurden sie aufgehalten. Der Hirte sprach ein paar Worte mit dem Wächter, der daraufhin das Tor öffnete und ihnen bedeutete, daß sie absteigen und ihre Pferde in den Hof führen sollten. Dort trat der Hauptmann der Wache auf sie zu und stellte auf falkenorisch eine Frage. Der Hirte verbeugte sich vor ihm und setzte zu einer längeren, gestenreichen Erklärung an, wobei er abwechselnd auf Lauscher und auf den Rappen wies. Der Hauptmann hörte ihm kopfschüttelnd zu, unterbrach ihn nach einer Weile mit einer schroffen Handbewegung und fragte Lauscher in der Sprache der Beutereiter, wer er sei und wie er heiße. «Ich bin ein Flöter», sagte Lauscher und nannte seinen Namen.

«Dieser Hirte behauptet, du hättest den Zuchthengst, dem sich bisher nicht einmal die Pferdeknechte zu nähern wagten, im Handumdrehen gezähmt und zugeritten, und zwar nur durch die Zauberkraft deiner Flöte», sagte der Hauptmann. «Stimmt das?»

«Das ist richtig», sagte Lauscher. «Hat er dir auch gesagt, daß er mir versprochen hat, ich könne den Hengst behalten, wenn mir das gelingt?»

Das Gesicht des Hauptmanns lief rot an vor Zorn, als er das hörte. Er schrie auf den Hirten ein, und als dieser den Sachverhalt bestätigte, sagte der Hauptmann zu Lauscher: «Das ist eine Sache, die über meine Befugnisse geht. Ich werde euch einem der Hofbeamten übergeben.» Er winkte ein paar Wächter herbei und befahl ihnen, die drei Pferde zu den Stallungen zu bringen. Morgenstern begann unruhig zu tänzeln, als einer der Wächter sich ihm vorsichtig näherte, und bäumte sich auf, sobald der Mann nach seinem Halfter greifen wollte, doch Lauscher gelang es sogleich, das Pferd wieder zu besänftigen, und als er ihm ein paar Worte ins Ohr geflüstert hatte, folgte es gehorsam dem Wächter.

Der Hauptmann führte Lauscher und den Hirten in das Haus des Großmagiers und gab einem der Diener, die in der Eingangshalle warteten, einen Auftrag, worauf dieser eilig eine Treppe hinauflief und gleich darauf mit einem in ein fußlanges weißes Seidengewand gekleideten Hofbeamten zurückkehrte, einem dürren alten Mann, desse blasse, pergamentene Gesichtshaut sich straff über die kantig hervorspringenden Backenknochen spannte. Der Hauptmann verbeugte sich vor dem Würdenträger und erstattete ihm in knappen Worten Bericht. Der Beamte lauschte ihm zunächst unbewegten Gesichts wie einer, der es gewohnt ist, mit Nichtigkeiten belästigt zu werden, doch auch er zog schließlich erstaunt die Augenbrauen hoch und schüttelte befremdet den Kopf.

«Wie ich höre», sagte er zu Lauscher, «hast du diesem einfältigen Hirten den besten Zuchthengst des Großmagiers abgeschwatzt. Du wirst doch wohl nicht die Dreistigkeit besitzen, diese Forderung aufrechtzuerhalten.»

Lauscher ließ sich durch diesen herablassenden Ton nicht aus der Fassung bringen. «Ich halte es nicht für dreist», sagte er, «auf der Einhaltung einer Zusage zu bestehen, die man mir gemacht hat. Auch habe ich diesen Mann nicht beschwatzt, sondern ihm klar und deutlich gesagt, was ich will. Ist es meine Schuld, daß er mich für einen Prahlhans gehalten hat?»

«Ich kann mir vorstellen, daß du damit gerechnet hast», sagte der Beamte kühl. «Jedenfalls hatte der Hirte genauso wenig das Recht, dir dieses Pferd zu schenken, wie ich es habe, und ich weigere mich entschieden, den Großmagier wegen einer solch lächerlichen Angelegenheit zu behelligen.»

Lauscher hatte bemerkt, daß in die Augen dieses sonst scheinbar so überlegenen Mannes eine gewisse Beunruhigung trat, als er wie von ungefähr zu seiner Flöte griff. Da zog er sie ganz hervor und sagte: «Es wird sich zeigen, ob du deine Weigerung aufrechterhältst. Dein Wille wird wohl nicht so schwer zu brechen sein wie der eines wilden Hengstes.» Da trat in die bisher recht hochmütige Miene des Beamten der Ausdruck von Furcht. Er hob abwehrend beide Hände und sagte: «Ich werde euch zu einem der fünf Kleinmagier führen. Mehr kannst du von mir nicht verlangen, denn weiter reichen meine Befugnisse nicht.»

Nach diesen Worten stieg er beiden voraus die Treppe hinauf, über die er vorher herabgekommen war, und geleitete Lauscher und den Hirten durch eine Flucht von teppichbelegten Gängen und Vorräumen bis zu einer Tür aus harzig duftendem Holz, in die als einziger Schmuck eine von fünf Kreisen umgebene Ohrmuschel eingeschnitzt war. Hier blieb er stehen und sagte: «Hinter dieser Tür wirst du dem Meister der Töne gegenübertreten. Ich bin überzeugt, daß er imstande sein wird, mit den Taschenspielereien eines fahrenden Flöters vom Lande fertigzuwerden. Bestehst du noch immer darauf, das durchzusetzen, was du für dein Recht ausgibst?»

Jetzt kamen auch Lauscher Bedenken, ob er sich weiter auf dieses Wagnis einlassen sollte, und er fragte sich, mit welchen Künsten ihm dieser musikalische

Kleinmagier wohl aufwarten würde. Als er jedoch den aufkeimenden Triumph auf dem Gesicht des Beamten bemerkte, schüttelte er seine Befürchtungen ab und sagte: «Worauf wartest du noch? Melde uns an!»

«Wie du willst», sagte der Beamte und berührte das Ohr auf der Tür. Sogleich erklang eine Folge von fünf hell schwingenden Glockentönen, einer immer höher als der andere, und mit dem letzten dieser Töne sprang der Türflügel auf und schlug geräuschlos zurück. «Du erlaubst?» sagte der Beamte mit höflichem Spott, trat vor Lauscher und seinem Begleiter in den Raum und verbeugte sich tief vor einem hochgewachsenem Greis mit buschigem, schneeweißem Haar, der ein langes Gewand aus sonnengelber Seide trug. Auch Lauscher verbeugte sich vor dieser ehrfurchtgebietenden Gestalt, und der Hirte sank förmlich zusammen im Bewußtsein seiner eigenen Nichtswürdigkeit.

Inzwischen hatte der Beamte begonnen, den Meister der Töne mit diesem schwierigen Fall bekanntzumachen. Lauscher konnte seinen abfälligen Gesten entnehmen, daß er dabei auch gleich seine Meinung über diese Angelegenheit kundzutun versuchte, doch der Kleinmagier schien sich dergleichen zu verbitten, und so beendete der Beamte unbewegten Gesichts seinen Bericht mit knappen Worten und wurde dann entlassen.

Sobald sich die Tür wieder geschlossen hatte, wendete sich der Meister der Töne Lauscher zu und sagte: «Wie ich höre, bist du ein Flöter, und zudem einer, der mehr versteht als irgendwelche Liedchen zu blasen. Ich würde gern eine Probe deiner Kunst hören. Bist du dazu bereit?»

«Gern», sagte Lauscher nicht ohne Herzklopfen. «Was soll ich spielen?»

«Erzähle mir mit deiner Flöte deine Version der Geschichte, die mir der Hofbeamte eben aus seiner Sicht berichtet hat», sagte der Meister der Töne.

Lauscher fühlte sich geschmeichelt, daß der Magier ihm dergleichen ohne weiteres zutraute, zog sein Instrument hervor und begann zu spielen. Er berichtete anfangs von Arnis Leuten und ihrem friedlichen Leben als Händler und Pferdezüchter, erwähnte auch seine Werbung um Hönis Tochter und erzählte von dem Auftrag, mit dem er nach Falkenor geschickt worden war. All dies behandelte er als eine Art Vorspiel zu der eigentlichen Geschichte, auf die es hier ankam. Sein Gespräch mit dem Pferdehirten und die Zähmung des schwarzen Hengstes stattete er mit allerlei komischen Akzenten aus, denn er hatte an den Lachfältchen im Gesicht des Kleinmagiers erkannt, daß dieser Mann einen ausgeprägten Sinn für Spaß haben mußte, und so versuchte er, ihn auf diese Weise für sich einzunehmen.

Als er seine Flöte absetzte, lachte der Meister der Töne und sagte: «So ähnlich habe ich mir das vorgestellt. Dieser arme Hirte konnte nicht ahnen, daß du es ernst meinst, und das wußtest du genau. Ihn trifft also keine Schuld, und er mag in Frieden zu seinen Pferden zurückkehren.»

Erleichtert verabschiedete sich der Hirte mit einer tiefen Verneigung und verließ den Raum. Doch Lauscher war mit dieser Regelung noch keineswegs zufrieden. «Was ist nun mit dem Zuchthengst?» fragte er.

«Darüber reden wir später, denn auch ich kann das nicht allein entscheiden», sagte der Meister der Töne. «Zunächst möchte ich mich mit dir über deine Musik unterhalten; denn einen solchen Flöter wie dich hatte ich bisher noch nie zu Gast.» Er bot Lauscher einen Sessel an und setzte sich ihm gegenüber. Lauscher fand jetzt Gelegenheit, sich in dem Zimmer umzusehen. In Regalen an der Wand wie auch auf Tischen und Truhen lagen allerlei große und kleine Flöten und andere Blasinstrumente, aber auch Fiedeln und Hackbretter sowie eine kleine Handharfe. «Spielst du alle diese Instrumente?» fragte er.

«So gut ich kann», sagte der Meister der Töne mit der Beiläufigkeit eines Mannes, der es nicht nötig hat, sich mit seinen Fähigkeiten zu brüsten. «Erlaubst du mir, daß ich deine Flöte ansehe?»

Lauscher reichte sie ihm hinüber, und der Magier betrachtete sie genau. «Mir ist schon während deines Spiels aufgefallen», sagte er, «daß du deine Melodien auf einer Tonleiter von sieben Tönen aufbaust, zwischen die du manchmal sogar noch weitere Zwischentöne einschiebst. Entsprechend sind auch die Grifflöcher auf deiner Flöte angeordnet. Unsere Musik kommt mit nur fünf Grundtönen aus.» Er nahm die Handharfe vom Tisch auf und spielte die gleiche Tonfolge, die Lauscher schon beim Eintreten gehört hatte, und entwickelte daraus eine Melodie, die er rhythmisch zu variieren begann. Sein Spiel nahm Lauscher sofort gefangen; er vergaß den Ort, an dem er sich befand, nahm den Raum und dessen Gegenstände kaum noch wahr, nicht einmal diesen Meister der Töne, sondern hörte nur noch diese Melodie, die sich wie von selbst nach einem ihr innewohnenden Gesetz entfaltete. Ihm war zumute, als betrachte er einen sich drehenden Kristall, der im Verlauf seiner Bewegung ständig neue, andere Facetten zeigte und dennoch in seiner vollkommenen Form unverändert blieb. Diese Empfindung erlaubte kein Ausweichen in andere Bereiche, keine Flucht; er war allein mit sich selbst, eingefügt in dieses rings um ihn ausgespannte Gehege von Tönen, hatte keinen Willen mehr, irgendetwas zu bewirken oder zu ändern; denn in diesem klingenden Gehäuse bestand keine Notwendigkeit dazu. Und selbst dann noch, als die Melodie verstummt war, trat nicht der Augenblick der Ernüchterung ein. Er konnte gar nicht eintreten, weil diese Musik selbst der Ausdruck absoluter Nüchternheit war. Sie unterwarf den Hörer nicht einem fremden Willen, sondern führte ihn zu sich selbst, und als Lauscher dies bewußt wurde, erkannte er auch, daß dies das Geheimnis im Spiel seines Großvaters gewesen war und daß er selbst mit seiner Art, die Flöte zu benutzen, die entgegengesetzte Richtung eingeschlagen hatte. Seit er die Flöte besaß, hatte er immer versucht, seine Zuhörer zu beeinflussen und ihre Gedanken in jene Richtung zu lenken, die zu seinem eigenen Nutzen führte, und er würde dies wohl auch weiterhin tun müssen, wenn er das Ziel seiner Wünsche erreichen wollte. Die Musik, die der Meister der Töne auf seiner Harfe gespielt hatte, war zwar schön, ja auf ihre Weise vollkommen, aber sie erschien ihm zugleich nutzlos. Er hätte den Magier jetzt gern gefragt, welchen Sinn er in seinem Spiel sehe, aber da entdeckte er, daß dieser den Raum inzwischen verlassen hatte.

Lauscher stand auf und betrachtete die Instrumente an den Wänden und auf dem Tisch, nahm eine Flöte auf und probierte ihren Klang. Auch dieses Instrument war durch die Anlage seiner Grifflöcher auf fünf Grundtöne beschränkt. Sobald er den Versuch machte, in eine andere Tonart abzuschweifen, zerbrach seine Melodie, und er begriff, daß er diese Flöte nicht unter seinen Willen zwingen konnte. So lange er sich jedoch ihrem Gesetz unterwarf, gelang es ihm, ähnliche Klanggebäude aufzubauen, wie sie der Magier auf seiner Harfe entworfen hatte. Er versuchte sich in diesem Spiel, spann sich ein in ein Netz von Tönen, doch als er dann der Lockung folgte, dieses Muster bewußt zu verändern, brach alles wieder zusammen.

«Du bist zu ungeduldig!» sagte der Meister der Töne hinter ihm. «So lange du nicht bereit bist, dich den Regeln zu fügen, wirst du nicht die wahre Vollkommenheit finden.»

Lauscher drehte sich um und sah, daß der Magier zusammen mit einem anderen Würdenträger zurückgekommen war, einem schwarzhaarigen Mann mittleren Alters in einem leuchtend roten Gewand. Die beiden hatten ihm wohl schon eine Zeitlang zugehört. Lauscher legte die Flöte beiseite, stand auf und sagte: «Verzeih mir, daß ich deine Ohren beleidigt habe.»

Der Magier schüttelte lächelnd den Kopf. «Das hast du nicht», sagte er, «denn du bist weder unfähig noch bösen Willens. Man erfährt sogar ziemlich viel über dich, wenn man hört, wie du deinen Willen durchzusetzen versuchst. Ich würde dich gern ein wenig in meiner Kunst unterweisen, aber dazu haben wir jetzt keine Zeit. Der Großmagier wartet auf dich. Der Hüter der Falken wird dich zu ihm bringen.»

Als auch dieser höchste Würdenträger nach dem Großmagier ihn mit großer Freundlichkeit begrüßte, begann Lauscher es nachgerade komisch zu finden, wie er hier in Falkenor vom einem zum anderen weitergereicht wurde, vom Torwächter zum Hauptmann, vom Hauptmann zum Hofbeamten, von diesem zum Meister der Töne, der ihn nun dem Hüter der Falken übergab, damit dieser ihn zum Großmagier geleitete. Es ging immer schön aufwärts auf der Leiter der Hierarchie, und von Stufe zu Stufe wurden diese Leute freundlicher. Wenn dies sich weiterhin auf solche Weise steigern sollte, würde der Herr von Falkenor ihn in die Arme schließen wie einen vertrauten Freund.

Während er sich das vorzustellen versuchte, merkte er, daß ihm die Knie zitterten. Erst jetzt wurde ihm bewußt, was der Meister der Töne nach seiner Rückkehr gesagt hatte, und er fragte sich, ob dieser liebenswürdige Greis ihn nicht nur auf seine Weise ausgehorcht hatte. ‹Man erfährt ziemlich viel über dich› – was hatte sein Flötenspiel alles verraten? Es blieb ihm keine Zeit, weiter darüber nachzugrübeln; denn der Hüter der Falken komplimentierte ihn zur Tür hinaus, während der musikalische Kleinmagier ihm noch freundlich nachwinkte. Oder spöttisch? Wer wollte das entscheiden.

Nun mußte er erst einmal dem rotgewandeten Falkenhüter auf den Fersen bleiben, der rasch durch den düsteren Gang voranschritt. Lauscher folgte ihm über weitläufige Treppen, durch ganze Fluchten von Räumen und wieder über Treppen immer weiter hinauf in diesem hoch aufgetürmten Labyrinth, das hie und da von flackernden Öllampen spärlich beleuchtet war. Der weiche Flor von Teppichen verschluckte das Geräusch der Schritte, manchmal hob sich der bizarre Umriß einer absonderlichen Figur oder eines kaum deutbaren Gerätes aus dem Dunkel, doch Lauscher fand keine Zeit, diese fremdartigen Gegenstände näher zu betrachten, denn das rote Gewand wehte schon wieder weit voran. Der Großmagier schien es sehr eilig zu haben, seinen Gast zu begrüßen.

Fast schon atemlos stand Lauscher schließlich vor jener Tür, die er schon aus Narzias Erzählung kannte. Das matte Licht der beiden Öllampen erhellte kaum die dunkle, bronzene Fläche; nur der vom Zugriff vieler Hände blankgeriebene Falkenkopf in der Mitte des Gevierts schimmerte im Halbdunkel auf, ehe der Hüter der Falken ihn bewegte und dadurch jenes tiefe, summende Dröhnen hervorrief, das die Luft in Gängen und Räumen zum Schwingen brachte. Dann glitt der Türflügel zurück und gab den Blick in einen weiten Raum frei, der erfüllt war vom roten Licht der untergehenden Sonne.

Lauscher war auf die jähe Blendung gefaßt gewesen, von der Narzia gesprochen hatte, doch die Sonne war schon in den Dunst des Horizontes eingetreten und hing wie ein riesiger roter Ball dicht über der violetten Silhouette ferner Hügel. Der Ausblick aus solcher Höhe war so gewaltig, daß Lauscher wie verzaubert stehenblieb. Schließlich packte ihn der Falkenhüter beim Ellenbogen und drängte ihn voran über die Schwelle. Sobald sie eingetreten waren, sagte er: «Hier bringe ich dir diesen Flöter namens Lauscher, dem es gelang, deinen Zuchthengst Morgenstern zuzureiten.»

Lauscher verbeugte sich vage in die Richtung, in die sein Begleiter gesprochen hatte; denn er sah nicht viel mehr als einen Schatten vor dem weiten Westfenster. Dieser Schatten näherte sich geräuschlos, gewann Umriß und Gestalt, und dann blickte Lauscher in das Gesicht des Großmagiers. Es war ein Gesicht, dessen Züge ihm bei aller Fremdheit auf merkwürdige Weise vertraut erschienen, ein schmales Gesicht mit vorspringender, kühn gebogener Nase, über der die weißen Brauen wie mit dem Pinsel gezeichnet unter der hohen, glatten Stirn standen, das Gesicht eines alten Mannes mit schlohweißem, kurz geschnittenem Haar. Aber am meisten fesselten Lauscher die Augen dieses Mannes, Augen von moosgrüner Farbe, denen das Alter nichts hatte anhaben können.

«Ich heiße dich willkommen in Falkenor, Lauscher», sagte der Großmagier mit metallener, heller Stimme. «Man hat mir so bemerkenswerte Dinge über dich berichtet, daß ich mich mit dir ein bißchen unterhalten möchte.» Dann dankte er dem Hüter der Falken dafür, daß er den Gast zu ihm gebracht hatte, und entließ ihn.

Wenn Lauscher gemeint haben sollte, daß nun die Sache mit dem Zuchthengst zur Sprache kommen würde, dann hatte er sich geirrt. Der Großmagier legte ihm freundlich den Arm um die Schulter, führte ihn zu einem bequemen Sessel an einen Tisch vor dem Westfenster und bat ihn, Platz zu nehmen. Dann setzte er sich ihm gegenüber und schaute ihn eine Zeitlang schweigend an. Lauscher wunderte sich über die einfache Kleidung des Herrn von Falkenor. Er trug eine Art schwarzer Kutte aus Wolle, die durch einen Ledergürtel zusammengehalten wurde. Die schmalen, feingliedrigen Hände standen in merkwürdigem Gegensatz zu dem schlichten Gewand; sie ruhten entspannt auf dem groben Gewebe, und am Mittelfinger der Rechten funkelte im schwindenden Licht ein großer Smaragd in einer goldenen Fassung von der Gestalt eines Falkenkopfes. Lauscher ertappte sich dabei, daß er auf den Ring starrte, und wendete rasch den Blick ab, als könne der Großmagier die Gedanken erraten, die ihm bei diesem Anblick in den Sinn kamen. Vielleicht konnte er das tatsächlich, denn er sagte: «Du hast einen weiten Weg auf dich genommen, um Hönis Tochter für dich zu gewinnen. Offenbar ist sie ebenso schön, wie ihre Mutter gewesen ist.»

«Hast du ihre Mutter gekannt?» fragte Lauscher.

Der Großmagier lächelte. «Weißt du das nicht?» sagte er. «Es gab eine Zeit, da nannte man mich Wendikar, den Hüter der Falken. Soll ich meine eigene Tochter nicht kennen?»

Jetzt verstand Lauscher, warum ihm das Gesicht des Großmagiers so vertraut erschienen war, und er fragte sich, ob Narzia gewußt hatte, daß es ihr Großvater war, dessen Ring er ihr bringen sollte. Unter diesen Umständen würde der Großmagier ihm zumindest das Pferd wohl nicht verweigern. Allerdings schien er im Augenblick alles andere im Sinn zu haben, als über den Zuchthengst zu reden, sondern erkundigte sich nach seiner Enkelin, die er noch nie gesehen hatte, und nach Höni, von dessen Streit mit dem Khan ihm schon einiges zu Ohren gekommen war. «Diesen Arni habe ich bei Hönis Hochzeit kennengelernt», sagte er. «Er hielt sich schon damals abseits von seinen Leuten und suchte immer wieder das Gespräch mit mir und den anderen Kleinmagiern. Er hatte merkwürdige Ansichten für einen Beutereiter. Einmal habe ich ihn gefragt, ob er nicht bei uns bleiben wolle. Der Meister der Steine war damals gerade gestorben, und wir hätten Arni gern in unseren Kreis aufgenommen. Er bat sich Bedenkzeit aus, aber schließlich lehnte er dann doch ab. Er könne auf die Dauer nicht außerhalb der Steppe leben, sagte er, und außerdem habe er sich ein für allemal entschieden, bei der Horde zu bleiben. Ich fragte ihn, ob er hoffe, die Lebensweise der Beutereiter ändern zu können. Da zuckte er mit den Schultern und sagte: ‹Kann man einen

Menschen dazu zwingen, seine Anschauungen von Gut und Böse zu ändern? Ich weiß nur, wie ich selber sein möchte.› Und als ich sagte, daß jeder friedliche Hund einen Wolf zum Ahn habe, antwortete er: ‹Wenn du einem alten Wolf das Rauben verbietest, wird er sterben oder in Raserei verfallen.› Umso mehr wundert mich jetzt, was du mir über Arnis Leute erzählst.»

«Arnis Worte und Taten sind nicht mit ihm gestorben», sagte Lauscher, und erst der leicht befremdete Ausdruck auf dem Gesicht des Großmagiers brachte ihm zu Bewußtsein, daß er bei diesen Worten in die feierliche Redeweise verfallen war, in der man bei Arnis Leuten dergleichen Äußerungen zu rezitieren pflegte.

«Ich frage mich, ob es das war, was Arni im Sinn hatte», sagte der Großmagier.

«Höni ist sich dessen sicher», sagte Lauscher. «Man hat ihn zu Arnis Stellvertreter gewählt, weil es keiner so gut versteht wie er, Arnis Worte auszulegen.»

Lauschers Eifer schien den Großmagier zu amüsieren. «Du brauchst Hönis Fähigkeiten nicht vor mir zu rühmen», sagte er lächelnd. «Ich habe ihn kennengelernt als einen Mann, der klug zu argumentieren versteht und sich dabei stets an Vorstellungen hält, die sich verwirklichen lassen. Er ist weder ein Zweifler noch ein Träumer. Wenn Höni etwas in die Hand nimmt, dann weiß er auch genau, was er damit erreichen will. Arni mag ihm einige Ideen dazu geliefert haben, aber das Gemeinwesen von Arnis Leuten ist Hönis Werk, das kannst du mir glauben. Ein wenig vielleicht auch das meiner Tochter. Sie starb ja erst kurz vor dem Ereignis, das ihr die Große Scheidung nennt, und hat sich wohl ihre eigenen Gedanken über das Leben der Beutereiter gemacht.»

«Darüber weiß ich nichts», sagte Lauscher. «Wenn aber deine Vermutung zutrifft, dann hat Narzia jetzt die Rolle ihrer Mutter übernommen; denn ihr Wort gilt viel bei ihrem Vater.»

«Dann solltest du beizeiten dafür sorgen, daß auch dein Wort bei ihr etwas gilt, wenn du sie zur Frau gewinnen willst», sagte der Großmagier. «Wie bist du eigentlich zu Arnis Leuten gekommen? So wie du aussiehst, kannst du kein Mitglied der Horde gewesen sein.»

«Ich bin der Träger des Steins», sagte Lauscher nicht ohne Stolz und berichtete in aller Kürze, wie er zu dieser Ehre gekommen war. Der Großmagier hörte ihm gespannt zu und sagte schließlich, als Lauscher zu Ende gesprochen hatte: «Unter diesen Umständen war Höni freilich gezwungen, dich in sein Spiel einzubeziehen. Wer sich auf Arni beruft, kann auf dessen Stein nicht verzichten, auch wenn er dabei einen rechtmäßigen Erben mit in Kauf nehmen muß.»

Lauscher fand diese Betrachtungsweise etwas befremdlich. «Was meinst du mit ‹in Kauf nehmen›?» sagte er nicht ohne einen Anklang von Empfindlichkeit in der Stimme. «Schließlich hat Höni nichts einzuwenden gehabt gegen meine Werbung um seine Tochter.»

Dieses Argument brachte den Großmagier zum Lachen. «Eben!» sagte er. «Daran erkenne ich Hönis Denkweise. Entweder kommst du bei einer dieser nicht eben ungefährlichen Abenteuerfahrten um, und er hat dich aus dem Weg. Bestehst du sie aber, dann hast du dich als ein tüchtiger Mann erwiesen, von dem man auch künftig einigen Nutzen für das Gemeinwesen erwarten kann. Erschreckt dich das? Du solltest dich an eine solche Denkweise gewöhnen, wenn du vorhast, eine bedeutende Stellung unter den Leuten einzunehmen.»

«Willst du damit sagen, daß Narzia ein solches Spiel mitspielen würde?» sagte Lauscher aufgebracht. «Ich will das nicht glauben.»

«Das ist dein gutes Recht», sagte der Großmagier, und damit schien diese Angelegenheit für ihn erledigt zu sein. Er griff zu einer silbernen Glocke, die auf dem Tisch stand, und läutete. Der helle, durchdringende Ton war kaum verklungen, als auch schon der tiefe Bronzeton von der Tür her durch den Raum schwang, und gleich darauf trat der Hüter der Falken ein.

«Ich bitte dich, diesen jungen Flöter als Gast bei dir aufzunehmen», sagte der Großmagier zu ihm. «Man hat ihn lange genug in meinem Hause von einem zum anderen weitergereicht. Er wird hungrig sein und auch müde, denn er hat einen langen Ritt hinter sich.»

Lauscher stand auf, verbeugte sich und schickte sich an, dem Rotgewandeten zu folgen, als ihn der Großmagier zurückhielt. «Morgen würde ich gern eine Probe deiner Kunst hören», sagte er. «Komm am Nachmittag zu mir!» Lauscher nickte, und als er sich schon zum Gehen wandte, sagte der Großmagier noch beiläufig, als handle es sich um irgendeine Nebensächlichkeit: «Das Pferd gehört übrigens dir. Verfüge darüber nach deinem Gutdünken.»

Sobald die bronzene Tür sich hinter ihm geschlossen hatte, überfiel Lauscher eine solche Müdigkeit, daß er kaum noch imstande war, dem Hüter der Falken zu folgen, der ihn in seinem gewohnten eiligen Schritt durch ein unübersehbares Gewirr von Gängen und Zimmerfluchten zu jenen Räumen führte, die er bewohnte. Hier nahm sich eine zierliche Frau unbestimmbaren Alters seiner an. Lauscher wußte nicht, ob dies nun die Frau des Gastgebers oder irgendeine Dienerin war, die ihm eine Mahlzeit vorsetzte, von der er schon halb im Schlaf irgend etwas aß, ohne recht zu wissen, was es war. Er spürte noch, daß ihm jemand beim Ausziehen half, und schlief schon, ehe er recht im Bett lag, schlief tief und traumlos die ganze Nacht und noch weit in den nächsten Tag hinein.

Schließlich weckte ihn die Sonne. Das Fenster des Raums, in dem er aufwachte, öffnete sich nach Süden, und nach dem Stand der Sonne zu schließen, mußte es bald Mittag sein. Lauscher stand auf, wusch sich in einem Wasserbecken, das er neben seinem Bett vorfand, und zog sich an. Dann wußte er nicht recht, was er tun sollte. Es ist immer etwas mißlich, im Haus fremder Leute zu erwachen, deren Gewohnheiten man nicht kennt. Jedenfalls konnte Lauscher sich nicht entsinnen, wohin die einzige Tür dieses Zimmers führte. Während er noch unschlüssig vor dem Fenster stand und in das Land hinausblickte, das sich mit Wiesen und Baumgruppen unter ihm ausbreitete, durchzogen von dem breiten, in weiten

Windungen durch die Ebene dahinströmenden Braunen Fluß, dessen Wasser bis zum Horizont unter der Sonne spiegelte, versuchte er sich der Ereignisse des Vortages zu erinnern. Er entsann sich vage des Gesprächs mit dem Großmagier und wußte noch, daß ihn dessen Äußerungen auf irgendeine Weise irritiert hatten. Aber den Zuchthengst hatte er ihm schließlich geschenkt, das wußte er noch. Und heute sollte er vor dem Großmagier spielen. Er holte seine Flöte hervor und probierte ein bißchen auf ihr herum, ohne recht zu wissen, was er spielen sollte. Wie von selbst stellten sich wieder Reminiszenzen an die edle Gesinnung von Arnis Leuten ein, und während er sich selbst zuhörte, fiel ihm ein, daß der Großmagier gestern abend diese Gesinnung in Zweifel gezogen hatte. Doch dann stiegen in seiner Erinnerung Narzias grüne Augen auf, und unter ihrem Blick und den Einflüsterungen seiner Flöte war er umso weniger geneigt, solche Zweifel für berechtigt zu halten. Was wußte dieser alte Mann schon von Arnis Leuten? Er hatte nie bei ihnen gelebt und Höni nur ein paar Tage lang beobachten können oder besser: den jungen Mann, der Höni damals vor vielen Jahren gewesen war. Und seine Enkelin kannte er überhaupt nicht. Wenn er wüßte, daß sie seine Augen geerbt hatte, würde er nicht so über sie reden. Lauschers Gedanken richteten sich jetzt nur noch auf sein Falkenmädchen, ein Traumbild stieg vor ihm auf, in dem er Narzia auf schmalen Flügeln am Himmel segeln sah. Oder war er es selbst, der unter den Wolken schwebte, frei vom Wind emporgetragen? Er ließ den Falken in der Melodie seiner Flöte so hoch aufsteigen, bis er in der Bläue des Himmels verschwand, und setzte sein Instrument ab.

«Das war ein schönes Lied», sagte der Hüter der Falken, der unbemerkt hinter ihm eingetreten war. «Ich sah meine Falken fliegen, während ich dir zuhörte. Mir scheint, auch du liebst diese edlen Vögel.»

«Einen ganz besonders», sagte Lauscher.

«Gehört er dir?» fragte der Hüter der Falken.

«Noch nicht», sagte Lauscher, «aber zur Hälfte habe ich ihn schon gewonnen.»

Der Hüter der Falken lächelte. «Man braucht viel Geduld, um einen Falken zu fangen. Und noch mehr, um ihn zu zähmen», sagte er.

«Das habe ich schon gemerkt», sagte Lauscher und begann sich zu fragen, ob sein Gastgeber ahnte, von wem hier eigentlich die Rede war. Doch dieser ließ das Thema fallen und bat ihn zum Essen.

Am späten Nachmittag ließ der Großmagier Lauscher zu sich bitten. Als er mit ihm allein war, ließ er sich die Flöte zeigen und betrachtete sie lange. Besonders schien ihn der fünffache Ring am Ende des vergoldeten Rohrs zu interessieren. Er strich mit dem Finger über die Einkerbungen, als wolle er etwas ertasten, das seine Augen nicht erkennen konnten. Schließlich gab er Lauscher die Flöte zurück und sagte: «Spiel mir irgend etwas, das dir gerade in den Sinn kommt.»

Lauscher war zumute, als habe er alle Melodien vergessen, die er je gekannt hatte. Dennoch setzte er die Flöte an die Lippen und überließ es dem Instrument, seine Finger zu führen. Und wieder begann die Flöte, von Arnis Leuten zu erzählen, deren Freundschaft für jeden, der sie gewann, nur Vorteile bringen konnte. Überall trabten sie mit ihren Saumpferden durch das Land und zahlten gutes Silber für die Waren, die man ihnen anbot, friedliche Männer, die den Kriegsschrei der Horde vergessen hatten und stets höfliche Reden im Munde führten, immer bemüht, der erhabenen Weisheit Arnis zu folgen. . .

«Laß das!» sagte der Großmagier und unterbrach Lauschers Spiel mit einer schroffen Handbewegung.

«Hat dir mein Spiel nicht gefallen?» fragte Lauscher bestürzt.

«Du bist ein guter Flöter, wenn du das hören willst», sagte der Großmagier. «Aber von diesen Leuten Arnis habe ich jetzt genug erfahren. Erzähle mir von dem Mann, der dir diese Flöte gegeben hat!» Und als Lauscher anfangen wollte zu reden, hob er die Hand und fügte hinzu: «Nicht mit Worten! Laß deine Flöte von ihm erzählen!»

Diese Aufforderung traf Lauscher völlig unvorbereitet. Ihm wurde bewußt, daß er seit langem nicht mehr an seine Lehrzeit bei seinem Großvater gedacht hatte. Er begann mit dem Ruf der Amsel, die dem Sanften Flöter als Botin gedient hatte, und dieser Dreiklang weckte die Erinnerung an die grünen Hügel jenseits der Wälder von Barleboog. Der Sanfte Flöter kam mit tänzelnden Schritten aus den Büschen hervor und spielte das süße, friedliche Lied, mit dem er den wütenden Barlo besänftigt hatte, jene Melodie, bei der einem die Tränen in die Augen traten. Unter den alten Linden in der Talsenke duckte sich das niedrige Haus mit den Blumenkästen vor den Fenstern, in dem Lauscher die letzten Tage des Sanften Flöters erlebt hatte; er lag wieder auf seinem Bett, sah die Schatten der belaubten Lindenzweige im Mondlicht über die Wände des Zimmers geistern und hörte, wie das Leben seines Großvaters noch einmal im Spiel seiner Flöte Gestalt gewann, ein aus unzähligen Ereignissen verflochtenes Muster, vielgestaltig und doch in eine Ordnung gefügt, die das Einzelne nicht erstarren ließ, sondern selbst das kleinste, scheinbar nebensächlichste Ornament zur Keimzelle werden ließ für immer neue, in Wellen sich ausbreitende Entfaltungen, bis das kleine Haus erfüllt war von einer Welt, die alles umfaßte, was geschehen war und noch geschehen würde, ohne daß diese überwältigende Fülle das bescheidene Mauerwerk sprengte. Wieder sah er sich am Bett seines Großvaters stehen, der, die Flöte in den Händen, still und heiter auf dem weißen Leinenzeug lag, sah sich durch die leeren Räume gehen, blickte auf die säuberlich geordneten Töpfe und Schüsseln auf den Wandborden in der Küche, hob die Falltür und stieg hinab in das dunkle Gewölbe des Kellers, tappte vorüber an Regalen mit Gurkentöpfen, schob die Kräuterelixiere seines Großvaters zur Seite und tastete nach den verstaubten Krüglein, deren Aufschriften Gutes und Böses verhießen, Kraft und Versteinerung, süßen Traum und Sturz in schwarze, bodenlose Abgründe, in denen alle Sehnsüchte zu gefrorener Angst erstarrten und sich auflösten in der Leere der Bewegungslosigkeit, des Unhörbaren und Wesenlosen, des Nichts. . .

Als Lauscher zu sich kam, schmerzte in seinen Ohren noch der Nachhall eines einzigen, schrillen Tones, der wer weiß wie lange die Luft des Raums zersägt haben mußte, ehe er erstarb. Der Großmagier saß wie in Abwehr zurückgelehnt, und seine sonst so gleichmütige Miene zeigte einen Anflug des Grauens. Er mußte sich erst fassen, ehe er sprechen konnte, und dann sagte er: «Auf diesen Weg hat dich nicht dein Lehrmeister geschickt, Lauscher. Ich habe den Mann gekannt, den die Leute den Sanften Flöter nannten. Setz dich her zu mir. Ich will dir von ihm erzählen.

Es liegt etwa 30 Jahre zurück, daß dein Großvater nach Falkenor kam. Ich war damals eben als Hüter der Falken in den Kreis der fünf Kleinmagier aufgenommen worden. Vorher hatte ich im Haus der Falken gedient und schließlich dort die Aufsicht geführt, denn ich mußte den Umgang mit Greifvögeln von Grund auf lernen. Zu dieser Zeit hatte ich mich mit dem Vorsteher der Pferdestallungen angefreundet, einem Mann namens Ernebar. Dieser Ernebar war ein ruhiger, bedächtiger Mensch, nie aufbrausend oder gar zornig, und deshalb hatte ihm der Großmagier seine Pferde anvertraut.

Umso mehr erstaunte es mich wie auch die anderen Bediensteten, als Ernebar eines Morgens, während ich gerade vor dem Haus der Falken stand, in offenkundiger Wut aus dem großen Haus stürzte. Er stammelte sinnloses Zeug, der Schaum stand ihm vorm Mund, und ehe irgendeiner ihn aufhalten konnte, war er schon bei den Ställen, riß das Tor auf, machte die fünfundzwanzig Hengste los, die dort standen, und trieb sie unter wüstem Geschrei und Peitschenhieben hinaus auf den Hof. Die Pferde rasten wie besessen zwischen den Mauern umher, bäumten sich auf, keilten aus und rannten jeden nieder, der sich ihnen in den Weg stellte. Unglücklicherweise war zu diesem Zeitpunkt gerade das Eingangstor geöffnet worden, und ehe es die Wachen wieder schließen konnten, hatten die Pferde diesen Fluchtweg entdeckt und preschten darauf zu.

Uns allen stockte der Atem, als in diesem Augenblick ein schmächtiger, zartgliedriger Mann mit lockigem grauen Haar seelenruhig durch das Tor schlenderte und dabei auf einer silbernen Flöte blies. Er nahm den ganzen Aufruhr überhaupt nicht zur Kenntnis, ging mit fast tänzelnden Schritten geradewegs auf die heranpolternden Pferde zu und schien völlig in sein Spiel vertieft zu sein. Jedermann sah ihn schon bis zur Unkenntlichkeit zertrampelt unter den Hufen liegen, doch es kam anders: Sobald die Pferde seine Flötenmelodie hörten, fielen sie in Schritt, blieben stehen und schnoberten ein bißchen auf dem gepflasterten Boden herum, als seien sie enttäuscht, daß da kein Gras wuchs. Endlich wagten sich jetzt die Pferdeknechte an sie heran, und da ließen sich alle Hengste folgsam in den Stall führen, während der Flöter sich um sein Maultier kümmerte, das er draußen vor dem Tor hatte warten lassen.

Ein paar andere hatten Ernebar inzwischen überwältigt. Er hatte sich gewehrt wie ein Rasender und mußte von vier Männern festgehalten werden, damit er sich nicht wieder losriß. Ringsum stand eine Menge von Leuten, die der Lärm aus dem Haus gelockt hatte, darunter auch ein paar Hofbeamte und Finistar, der seit einiger Zeit als Meister der Kräuter zu den fünf Kleinmagiern gehörte. Alle redeten durcheinander, und die meisten sagten laut, daß Ernebar von bösen Geistern besessen sei. Da drängte sich dieser Flöter durch den Kreis der Umstehenden, schaute sich Ernebar an, der noch immer gegen die Männer rang und dabei sein Gesicht zu scheußlichen Grimassen verzerrte, und sagte dann zu den Leuten: ‹Was soll dieser Unsinn von bösen Geistern und dergleichen? Der Mann ist krank, und man muß ihm helfen.›

Als ihn einige der Leute fragten, ob er sich zutraue, Ernebar zu heilen, sagte er, daß er es versuchen wolle. Doch da mischte sich Finistar ein und sagte, wenn hier in Falkenor einer das Recht habe, Kranke zu heilen, so sei er das, denn er sei der Meister der Kräuter, und er würde nicht dulden, daß Fremde sich in seine Angelegenheiten einmischten. Außerdem fragte er den Flöter, was er hier überhaupt zu suchen habe.

Ich habe damals die unerschütterliche Heiterkeit dieses Flöters bewundert. Wir kannten Finistars zorniges Temperament und waren es gewöhnt, daß er rasch aus der Haut fuhr, aber der Flöter hatte ihn noch nie gesehen und hätte leicht beleidigt sein können. Doch Finistars unfreundliche Rede rann an ihm ab wie Wasser. Er sagte, daß er nach Falkenor gekommen sei, weil er gehört habe, daß man hier ein paar weise Männer treffen könne. Einen davon habe er ja nun schon kennengelernt, und er freue sich, daß ein solch kundiger Meister sich des bedauernswerten Kranken annehmen würde. Dabei lächelte er so freundlich, daß Finistar nicht mehr wußte, was er mit seinem Zorn anfangen sollte. Ehe ihm eine geeignete Antwort einfiel, hatte sich der Flöter schon höflich verbeugt und aus dem Kreis der Leute entfernt.

Dieser unscheinbare, freundliche Mann hatte mich schon dadurch beeindruckt, wie er die Pferde besänftigt hatte, aber nach seinem Gespräch mit Finistar erschien er mir noch weitaus bemerkenswerter. Ich folgte ihm, sprach ihn an und lud ihn ein, mein Gast zu sein, so lange es ihm beliebe. Er nahm die Einladung ohne weiteres an und wohnte danach für ein paar Wochen bei mir im großen Haus.

Während dieser Zeit geschah dann Folgendes: Finistar hatte den Stallaufseher, der noch immer kaum zu bändigen war, in einen Raum neben den Ställen sperren lassen und braute allerlei Kräuterabsude zusammen, die er ihm einflößen ließ. Aber der Zustand Ernebars wollte sich nicht bessern. Er saß wohl zeitweise apathisch in einem Winkel seiner Kammer und brütete dumpf vor sich hin, doch unversehens verfiel er dann wieder in seine Raserei, die so gefährliche Formen annahm, daß keiner mehr allein zu ihm hineinzugehen wagte. Der Flöter erkundigte sich regelmäßig nach seinem Befinden, und als nach Ablauf einer

Woche noch immer alles beim Alten war, schüttelte er betrübt den Kopf und ließ durchblicken, wie sehr er es bedaure, dem Meister der Kräuter in diesem schwierigen Fall nicht mit ein paar bescheidenen Ratschlägen beistehen zu dürfen.

Ich war mir im Klaren, daß Finistar sich damit nie einverstanden erklären würde. Ernebar war jedoch mein Freund, und ich wollte nichts unversucht lassen, das ihm helfen könnte. So brachte ich die Sache vor den Großmagier, der die Gesellschaft des Flöters mittlerweile schätzen gelernt hatte und seiner Musik so gern zuhörte, daß der damalige Meister der Töne ihn einmal fragte, ob er der heilsamen Kraft unseres Fünftonsystems untreu werden wolle. Er fragte das jedoch wohl nur im Scherz; denn auch er mochte den Flöter gern und verstrickte sich mit ihm oft in stundenlange Diskussionen über musiktheoretische Probleme, die meine Fassungskraft bei Weitem überstiegen.

Der Großmagier bedachte sich eine Weile und sagte dann: ‹Es gehört zu den Pflichten eines Magiers, daß er sein Leben lang bereit ist, etwas dazuzulernen. Und wenn Finistar das nicht einsehen will, wird man ein wenig nachhelfen müssen. Wenn es ihm morgen nicht gelingt, den Kranken zu heilen, soll der Flöter seine Kunst an ihm erproben. Ich will selbst dabei sein, und du wirst mich begleiten.›

So geschah es dann. Ernebar verhielt sich an diesem Morgen ruhig. Durch einen Spalt in der Tür konnte man sehen, daß er bewegungslos in einer Ecke des kahlen Raums hockte. Finistar hatte wieder einen seiner Kräutersäfte zusammengemischt, doch er schickte zuerst vier starke Männer zu Ernebar hinein, damit sie diesen festhielten, während er ihm den Heiltrunk eingab. Dann zog er sich eilig zurück, und dies keinen Augenblick zu früh; denn sobald die Männer den armen Stallaufseher losgelassen und die Tür wieder verriegelt hatten, fing Ernebar an zu schreien und zu toben. Da trat der Sanfte Flöter vor, nahm sein Instrument zur Hand und fing an zu spielen.

Es fällt mir schwer zu beschreiben, was das für eine Musik war. Es klang, als ob der Flöter jemanden rief, der weit entfernt in einem Versteck saß und sich vor lauter Angst nicht herauswagte. Der Flöter gab sich ihm in seinem Spiel völlig preis, zeigte sich ihm nackt und ohne jeden Schutz, hob gleichsam die bloßen Hände auf und sagte, er solle herauskommen und keine Angst mehr haben. Und während er noch spielte, gab er mir einen Wink, ich solle den Riegel an der Tür zurückstoßen. Ich schaute den Großmagier fragend an, und als er mir zunickte, stieß ich den Riegel zurück. Der Flöter spielte noch so lange, bis sich die Tür langsam öffnete. Dann gab er mir sein Instrument, ging auf Ernebar zu, der jetzt auf der Schwelle stand, und nahm ihn in die Arme wie ein Kind, das sich vor irgend etwas fürchtet und getröstet werden will.

Ernebar sah aus wie einer, der aus einem langen Schlaf aufwacht. Er machte sich schließlich aus der Umarmung des Flöters los, blickte verwirrt um sich und fragte, was das alles zu bedeuten habe und wer dieser fremde Mann sei, der ihn in den

Armen gehalten hatte. Da sagte der Flöter zu ihm, er sei ein bißchen krank gewesen, aber nun habe er wohl das Schlimmste überstanden.

Finistar stand daneben, und man konnte in seiner Miene lesen, daß er über diese Entwicklung nicht sonderlich erfreut war. Er hielt noch immer das Gefäß in der Hand, aus dem er den Kranken hatte trinken lassen, und für diese Medizin begann sich nun der Flöter zu interessieren. Er fragte den Meister der Kräuter, ob er ihm erlauben wolle, einen Blick auf diesen Absud zu werfen. Finistar wollte erst aufbrausen, doch ein Blick des Großmagiers genügte, um ihn im Zaum zu halten und an seine Pflichten zu erinnern. Er reichte dem Flöter das Gefäß und sagte, wenn auch nicht eben freundlich: ‹Einem Magier ziemt es, sein Leben lang hinzuzulernen.›

Der Flöter betrachtete den Inhalt des Krügleins, roch daran, und ich hatte den Eindruck, daß er fast unmerklich den Kopf schüttelte. Dann gab er Finistar das Gefäß zurück und murmelte etwas, das wohl nur für dessen Ohren bestimmt war. ‹Zu Starkes gibst du ihm›, meinte ich zu verstehen, aber ich kann mich auch täuschen; mir schien jedoch, daß Finistar unversehens blaß wurde, wenn ich mich recht erinnere. Der Flöter nahm jedenfalls keine Notiz davon und nannte beiläufig ein paar Kräuter, die er für die weitere Behandlung vorschlagen würde. Dieses Wissen des Flöters um die Wirkung von Heilkräutern verwirrte den armen Finistar vollends. Er verbeugte sich fahrig und eilte davon, ‹um einen Versuch damit zu machen›, wie er sagte. Er war wohl froh, sich mit Anstand zurückziehen zu können. Ernebar war von diesem Tag an frei von solchen Anfällen, wenn er auch seither ein etwas ängstliches Gehaben zeigte, etwa wie ein Kind, das man zu Unrecht hart geschlagen hat. Wir mußten deshalb später den Plan aufgeben, ihn als Meister der Pferde unter die Kleinmagier aufzunehmen. Vor ein paar Jahren ist er dann gestorben.»

Der Großmagier schwieg eine Zeitlang, als suche er einen geeigneten Übergang, um noch etwas zur Sprache zu bringen. «Nun weißt du», sagte er dann, «wie ich deinen Großvater kennengelernt habe. Aber es gibt noch einen anderen Grund, aus dem ich dir diese Geschichte erzählt habe. Finistar lebt noch immer als Meister der Kräuter in meinem Haus, und ich werde ihn jetzt in einer Sache befragen müssen, die auch dich angeht.» Er läutete mit seiner silbernen Tischglocke, und als gleich darauf der Hüter der Falken eintrat, gab er ihm den Auftrag, den Meister der Kräuter herbeizuholen.

Lauscher fragte sich, was er mit diesem Finistar zu schaffen habe, aber der Großmagier gab ihm keine weiteren Erklärungen. Er blickte nachdenklich vor sich hin und sprach kein Wort, bis das bronzene Dröhnen ankündigte, daß die Erwarteten vor der Tür standen.

Finistar war ein greisenhaft hagerer, hochgewachsener Mann mit buschigen weißen Augenbrauen und den etwas hervorstehenden Augäpfeln eines leicht erregbaren Menschen. Er trug ein grünes Seidengewand und hatte das Gehabe eines Würdenträgers, der sich seiner Bedeutung bewußt ist. Nachdem der Großmagier dem Hüter der Falken gedankt und ihn entlassen hatte, verbeugte sich Finistar und fragte nach den Wünschen des Herrn von Falkenor.

«Ich will etwas mit dir besprechen, das auch diesen jungen Flöter hier betrifft», sagte der Großmagier. «Setz dich zu uns!»

Lauscher war ehrerbietig aufgestanden und begrüßte den Meister der Kräuter mit einer Verbeugung, die dieser nur sehr knapp erwiderte. Dann setzten sich beide, und der Großmagier sagte: «Ich muß eine Erinnerung in dir wecken, Finistar, die weit zurückliegt und dir überdies nicht sehr lieb sein wird. Vor etwa dreißig Jahren war schon einmal ein Flöter zu Gast in Falkenor, der dir bei der Heilung des Stallaufsehers Ernebar ein wenig zur Hand ging. Entsinnst du dich?»

Finistars Gesicht verdüsterte sich. «Das ist lange her», sagte er zögernd. «Gibt es einen Grund, daß du mir diesen Fremden nach so langer Zeit ins Gedächtnis zurückrufst?»

«Dessen bin ich sicher», sagte der Großmagier. «Ich möchte zunächst mit dir über den Tag reden, an dem dieser Flöter einige Wochen nach der Heilung Ernebars auf seinem Maultier davonritt. Ich weiß noch, daß du eigens in den Hof gekommen bist, um dich von ihm zu verabschieden und ihm etwas auf die Reise mitzugeben. Damals habe ich mich ein wenig gewundert; denn ich hatte nicht den Eindruck, daß du diesen Mann besonders ins Herz geschlossen hättest. Heute frage ich mich, was du ihm damals gegeben hast.»

«Wie soll ich mich nach so vielen Jahren an dergleichen Belanglosigkeiten erinnern?» sagte Finistar. Doch der Großmagier gab sich mit dieser Antwort nicht zufrieden. «Belanglosigkeiten waren das wohl nicht», sagte er. «Ich will deinem Gedächtnis ein wenig nachhelfen: Es waren Krüglein, wie du sie für deine Kräutertränke verwendest.»

«Ach, das meinst du!» sagte Finistar. «Ich hatte für ihn einen Saft zubereitet, der dem Reisenden sehr nützlich sein kann. Er verleiht dem Müden neue Kraft, wenn auch nur für eine Stunde.»

«Und wirft ihn dann für drei Tage auf die Bretter!» sagte Lauscher.

Finistar warf ihm einen bösen Blick zu und sagte: «Ich hielt den Flöter nicht für so unklug, diesen Trank zur Unzeit zu gebrauchen.»

«Damit hast du ihn richtig eingeschätzt», sagte der Großmagier. «Er war wohl auch klug genug, die anderen Krüglein gar nicht erst zu öffnen, die du ihm auch noch zugesteckt hast.»

«Welche anderen Krüglein?» fragte Finistar, aber der gehetzte Ausdruck, der in seine Augen trat, verriet deutlich, daß er genau wußte, wovon die Rede war.

«Wenn du das nicht wahrhaben willst», sagte der Großmagier, «dann gibst du zugleich damit zu, daß du dem Flöter schaden wolltest. Soll ich dir sagen, was du ihm zugedacht hattest? Schwarze Träume des Nichts oder Versteinerung des Leibes!»

«Er wußte doch, was die Krüglein enthalten!» schrie der Magier. «Ich hatte es eigens in seiner Sprache daraufgeschrieben! Also trifft mich kein Vorwurf.»

«Du bist ein kluger Mann, Finistar», sagte der Großmagier. «Ich will dir sagen, was du dir dabei gedacht hast: Irgendwann gerät jeder Mensch an den Rand jener Verzweiflung, die ihn nach dergleichen Elixieren greifen läßt, und auch dieser Flöter wird nicht davon verschont bleiben. Wie oft hast du dich wohl gefragt, ob ihn dieses Unheil inzwischen erreicht haben mag?»

Finistar senkte den Kopf und sagte nichts mehr. Aber der Großmagier hatte noch nicht zu Ende gesprochen. «Du hast diesen Mann unterschätzt, Finistar», sagte er. «Er hat der Versuchung widerstanden. Aber sein Enkel hier hat die Krüglein gefunden und ist statt seiner in die Macht der schwarzen Träume geraten.»

«Ich werde ihn heilen», sagte Finistar hastig, aber der Großmagier schüttelte den Kopf. «Wie sollte ich dir noch trauen?» sagte er. «Ich werde mich selbst seiner annehmen, denn auch ich verstehe ein wenig von diesen Dingen.»

Finistar erhob sich und sagte: «Dann erlaubst du wohl, daß ich mich zurückziehe.»

«Nein!» sagte der Großmagier mit schneidender Schärfe. Er forderte Finistar nicht auf, sich wieder zu setzen, sondern sprach sofort weiter: «Aus alledem ergibt sich für mich eine weitere Frage: Ich kann nicht glauben, daß du dich nur für eine Demütigung hast rächen wollen, die dir der Flöter ohne bösen Willen zugefügt hat, um diesen Kranken zu heilen. Mir ist jetzt klar geworden, was der Flöter damals zu dir gesagt hat, als er dir das Gefäß zurückgab, aus dem du den Stallaufseher hast trinken lassen. Du hattest ihm ein starkes Gift gegeben, das die Sinne verwirrt, und zwar auch schon, bevor seine Krankheit ausbrach.»

Finistar stand jetzt schlaff und zusammengesunken wie eine willenlose Puppe vor dem Großmagier. «Dir bleibt nichts verborgen, Herr», sagte er leise. «Ich will dir alles sagen, ehe du mich aus dem Kreis der Kleinmagier ausstößt. Nicht lange, bevor diese Dinge geschehen sind, von denen wir bisher gesprochen haben, wurdest du zum Hüter der Falken gewählt, und ich war einer von denen, die für dich gesprochen haben. Das sage ich nicht, um dich jetzt für mich einzunehmen, sondern weil es zur Erklärung meines Verhaltens gehört. Ich habe dich schon immer bewundert, auch als du noch Wendikar, der Aufseher des Falkenhauses warst; denn du warst nicht nur klug, sondern wußtest die Leute durch deine Freundlichkeit zu gewinnen. Ich bin immer ein verschlossener Mensch gewesen, unzufrieden mit mir selbst und deshalb wohl auch ungeduldig mit anderen. Aus diesem Grunde ist es mir nie gelungen, einen Freund zu finden. Als du dann zu deiner neuen Würde erhoben wurdest, nahm ich mir vor, deine Freundschaft zu suchen, doch du, der sonst für jeden ein gutes Wort hatte, bliebst mir gegenüber verschlossen und abweisend. Für Ernebar warst du immer zu sprechen, obwohl er nicht zu unserem Kreis gehörte; jeden Tag sah ich euch Arm in Arm über den Hof

gehen; wenn du zur Falkenbeize ausrittst, war er an deiner Seite, und in deiner
Familie verkehrte er wie ein naher Verwandter. Da begann ich Ernebar zu hassen,
denn ich kam zu der Meinung, daß nur er dich daran hinderte, mir deine
Aufmerksamkeit zu schenken, und so beschloß ich, ihn auf diese Weise aus dem
Weg zu räumen. Es war nicht schwer, ihm das Gift beizubringen, denn er kannte
kein Mißtrauen. Anfangs hatte ich Angst, der Flöter könne dem Großmagier
verraten haben, was er entdeckt hatte. Als ich dann begriff, daß er geschwiegen
hatte, ritt er längst wieder auf seinem Maultier über Land, und der Gedanke, in
welche Gefahr ich ihn gebracht hatte, raubte mir den Schlaf. Vielleicht befriedigt
es dich, wenn ich dir sage, daß ich seit diesen Tagen in noch größerer Vereinsa-
mung gelebt habe.»

Der Großmagier schüttelte abwehrend den Kopf. «Das befriedigt mich durchaus nicht, sondern es macht mich traurig», sagte er. «Ich sehe nun, daß ich selbst
mitverantwortlich bin für deine Verirrung.» Er stand auf, ging zu dem alten Mann
hinüber und legte ihm den Arm um die Schultern. Eine Weile blieb er stehen und
blickte zu Boden, als suche er nach einem Ausweg. Dann hob er den Kopf und
sagte: «Ich bedaure das sehr, aber ich kann dennoch nicht zulassen, daß du
weiterhin dein Amt ausübst.»

«Ich weiß», sagte Finistar, «und ich mache dir deshalb keine Vorwürfe. Wann
soll ich dein Haus verlassen?»

«Überhaupt nicht, wenn du lieber bleiben willst», sagte der Großmagier ohne
zu zögern. «Wir werden viel miteinander zu reden haben, soweit du mir erlaubst,
ein wenig von meinen Versäumnissen nachzuholen. Und sage nicht ‹Herr› zu mir,
denn auch ich stehe in deiner Schuld.» Damit entließ er Finistar.

Lauscher war dem Gespräch der beiden alten Männer mit Spannung gefolgt. Er
fühlte sich einbezogen in ein Geflecht von Ereignissen, die weit über seine eigene
Verstrickung hinausreichten, und seine anfängliche Abneigung gegen Finistar
hatte sich nach und nach zu Mitleid gewandelt. Der Großmagier schaute ihn
nachdenklich an und sagte nach einer Weile: «So wächst eine Schuld aus der
anderen, und wenn man lange genug nachfragt, findet man schließlich auch die
eigene. Auf irgendeine Weise hat man immer Teil an den Dingen, deren Zeuge
man ist. Hole mir jetzt das Krüglein mit dem Saft, der süße und schwarze Träume
bringt. Nach allem, was ich jetzt weiß, bin ich umso mehr verpflichtet, dich von
dem Rand des Abgrunds zurückzuhalten, an den du geraten bist.»

Als Lauscher mit dem Krüglein zurückkam, hatte der Großmagier in einem
Wandkamin ein Feuer entfacht. Er nahm Lauscher das apfelgroße Gefäß aus der
Hand und las die Aufschrift, die zwar verwaschen war von der Wasserfahrt im
Braunen Fluß, sich aber noch entziffern ließ. «Irgendwann hättest du auch noch
den dritten Tropfen gekostet», sagte er. «Finistar wußte genau, wohin dieses
Gebräu den treibt, der einmal davon getrunken hat.»

Er legte das Krüglein ins Feuer, nahm einen Schürhaken von der Wand und zerschlug es. Der braune Saft schäumte zischend über die brennenden Holzscheite und laugte der Flamme ihre Farbe aus; sie verblaßte zu fahlem Violett, wurde durchsichtig, und wenn die wabernde Hitze das Muster der Steine an der Rückseite des Kamins nicht hätte zittern lassen, hätte man meinen können, das Feuer sei erloschen. Der anfangs angenehm würzige Kräuterduft, den der brodelnde Saft ausströmte, wurde stickig, Rauch breitete sich auf dem Boden aus wie blasser Nebel und begann zu steigen, stieg und stieg, und zugleich verdüsterte sich der Raum, obgleich draußen vor dem Fenster noch heller Tag war, aber das Licht wurde zurückgedrängt von der Schwärze, die sich unaufhaltsam ausbreitete wie zäher Schlamm, der Lauscher alsbald um den Hals schwappte und ihm endlich über die Augen stieg.

Als Lauscher wieder zu Bewußtsein kam, lag er ausgestreckt auf dem Teppich vor dem erkalteten Kamin. Der Großmagier stand über ihn gebeugt und setzte ihm einen Becher an den Mund. Lauscher spürte eine kühle, aromatische Flüssigkeit auf den Lippen und trank in vollen Zügen. Der Schwindel, der noch eben in seinem Hirn gekreist hatte, verging augenblicklich. «Kannst du schon aufstehen?» fragte der Großmagier. Lauscher versuchte es, und es gelang ihm wider alles Erwarten, sofort auf die Beine zu kommen. «Setz dich an den Tisch!» sagte der Großmagier und nahm auf dem anderen Stuhl Platz. «Wie fühlst du dich?»

«Noch ein bißchen benommen», sagte Lauscher und versuchte ein schiefes Lächeln.

«Das wird rasch vergehen», sagte Großmagier. «Du wirst nie wieder die Lust verspüren, von diesen Tropfen zu kosten, selbst wenn du sie noch bei dir hättest. Aber die Erinnerung an deine Träume kann ich dir nicht nehmen, Lauscher. Damit wirst du künftig leben müssen. Und jetzt solltest du schlafen gehen. Morgen früh will ich mit dir auf die Falkenjagd reiten.»

Im Morgengrauen wurde Lauscher vom Hüter der Falken geweckt. Noch halb im Schlaf trank er einen Becher Milch, kaute ein Stück Brot dazu, und dann drängte sein Gastgeber schon zum Aufbruch. «Wir wollen den Großmagier nicht warten lassen», sagte er und ging mit Lauscher zu den Ställen. Während Lauscher seinem Wallach den Sattel auflegte, kam auch schon der Großmagier in den Stall und blieb bei ihm stehen. «Willst du heute nicht deinen Hengst reiten?» fragte er.

Lauscher hatte auch schon daran gedacht, den Rappen zu satteln, hatte es dann jedoch nicht gewagt, weil er nicht wußte, wie der ehemalige Besitzer das aufnehmen würde. Jetzt, da dieser selbst ihn dazu aufforderte, nahm Lauscher seinem Wallach den Sattel wieder ab, zäumte den schwarzen Hengst auf und führte ihn in den Hof. Dort wartete schon der Falkenhüter und neben ihm ein Reitknecht mit drei Jagdfalken, die auf dem Querholz eines Tragstocks saßen. Gleich darauf trabte die kleine Kavalkade zum Tor hinaus.

Solange sie zwischen den Häusern von Falkenor durch die Straße ritten, mußten sie ihre Pferde zügeln, wenn die Leute ihnen auch ehrerbietig Platz machten und sich tief vor dem Großmagier verneigten. Draußen im Freien schlugen die Reiter dann einen raschen Trab an. Der Rappe hatte einen derart leichten Gang, daß Lauscher über den Rasen zu schweben meinte. So sanft hatte ihn bisher nur sein Esel Jalf getragen während jener Jahre, in denen er mit Barlo durch das Land geritten war. Er fühlte sich so frei und unbeschwert wie seit langem nicht und fragte sich, ob er dies dem edelen Pferd zu danken habe oder den geheimen Künsten des schwarzgekleideten Mannes, der vor ihm dahintrabte. Lauscher bewunderte, wie aufrecht der Großmagier trotz seines hohen Alters noch zu Pferde saß; er ritt auf seinem Schimmel voraus und bestimmte das Tempo. Nach einer Weile winkte er Lauscher an seine Seite und fragte ihn: «Hast du schon einmal mit dem Falken gejagt?»

«Nein», sagte Lauscher. «Nur mit dem Bogen.»

«Vögel?» fragte der Großmagier.

«Kaum», sagte Lauscher. «Vor allem Wölfe. Das ist wohl auch leichter.»

«Aber auch gefährlicher für den Jäger», sagte der Großmagier. «Die Falkenjagd ist eher ein Spiel, dessen Regeln man allerdings gut beherrschen muß. Du kannst nur den Zeitpunkt des Kampfes bestimmen, indem du deinen Falken zur rechten Zeit auffliegen läßt. Der Kampf selbst findet dann ohne dein Zutun statt; du bist nur noch Zuschauer und vertraust dein Glück der Geschicklichkeit deines Falken an. So sehen es jedenfalls viele Leute. Es kann aber auch sein, daß deine Seele mit dem Falken fliegt und sich frei von den Beschränkungen deines Körpers in den Kampf stürzt, und das ist es wohl, was der Falkenjagd erst Reiz und Würde verleiht.» Und dann gab er Lauscher Anweisungen, wie er sich verhalten solle, wenn er den Falken auf die Faust nahm.

Als sie auf ein Ufergehölz am Braunen Fluß zuritten, erinnerte sich Lauscher an Narzias Erzählung. Wenn sie den Bericht ihres Vaters richtig wiedergegeben hatte, dann mußte dies dasselbe Pappelwäldchen sein, an dem Höni seinen Silberreiher gejagt hatte. Sobald sie den Schatten der hohen Bäume erreicht hatten, stiegen sie ab, und der Pferdeknecht rammte den Tragstock in den Boden. Er hielt auch die Falkenhandschuhe für die Jäger bereit, und dann nahm jeder seinen Jagdvogel auf die Faust. Die erste Jagd gehörte dem Herrn von Falkenor. Er wartete, bis der Reitknecht ein paar Reiher aus den Bäumen aufgescheucht hatte, und warf seinen Falken in die Luft. Das kräftige, weiß gefleckte Tier stieg rasch in die Höhe, suchte seine Beute unter den abstreichenden Reihern, stieß zu, und dann sanken die beiden Vögel wie ein einziges, vierfach geflügeltes Wesen in einem Wirbel flatternder Schwingen und kreisender Flaumfedern langsam zu Boden.

Nun war Lauscher an der Reihe. Der Großmagier ging mit ihm ein Stück flußaufwärts, während der Reitknecht sich ins Ufergebüsch schlug, um nach weiterer Beute Ausschau zu halten. Sie hörten ihn durch das Unterholz brechen, dann stieß er einen Schrei aus, und im nächsten Augenblick flogen drei Reiher mit klatschenden Flügelschlägen aus den Baumkronen auf. Lauscher streifte seinem Falken die Kappe ab und schleuderte ihn in die Höhe, fast etwas zu hastig, denn der Vogel flatterte zunächst taumelnd über seinem Kopf, bis er sein Gleichgewicht fand und sich in die Höhe zu schrauben begann. Lauscher folgte ihm mit den Blicken und konnte fast körperlich fühlen, wie die weitgespreizten Schwingen den Widerstand der Luft aufnahmen und den Falken auf seine Beute zu trugen; nach wenigen Augenblicken schwebte er schon schräg über dem letzten der Reiher, die in weitem Bogen wieder die rettenden Uferbäume zu erreichen suchten, und dann stieß er in steilem Sturz herab. Lauscher spürte, wie seine Finger sich zusammenkrallten, als sei er selbst es, der seine Fänge in das schimmernde Gefieder schlagen müsse, und dann hatte der Falke die Beute auch schon gepackt und trudelte vereint mit ihr zu Boden. Lauscher hatte den Atem angehalten wie bei einer krampfhaften Anstrengung und stieß hörbar die Luft aus, als der Kampf zu Ende war und der Reiher zuckend unter dem Falken im Gras lag.

Nachdem auch der Hüter der Falken sein Jagdglück versucht hatte, ohne daß sein Falke zum Schlagen gekommen wäre, gingen sie zu ihren Pferden zurück und setzten sich ins Gras. Der Reitknecht hatte ihnen zuvor die Falken abgenommen, sie wieder auf den Tragstock gesetzt und belohnte sie jetzt mit ein paar Fleischbrocken. Dann holte er aus der Packtasche seines Pferdes Brot und kalten Geflügelbraten und legte den Jägern vor.

Während sie aßen, sagte der Großmagier zu Lauscher: «Ich habe dich beobachtet, als dein Falke stieg. Jetzt verstehst du wohl, was ich dir vorhin über den Reiz dieser Jagd gesagt habe.»

«Ich habe es gespürt», sagte Lauscher. «Auch Höni hat wohl Ähnliches erlebt, als er mit deiner Tochter hier gejagt hat. Narzia hat mir davon erzählt.»

«Das mag sein», sagte der Großmagier, «wenn auch die Umstände wohl noch etwas anders gewesen sein dürften.»

Das waren sie ohne Zweifel, dachte Lauscher und wünschte sich, mit Narzia hier auf die Falkenjagd zu reiten und wie damals Höni seine Beute in den Armen zu halten.

Als sie gegessen hatten, stand der Hüter der Falken auf und sagte, er wolle mit dem Reitknecht noch ein Stück am Fluß entlang gehen und schauen, ob er nicht doch noch einen Reiher zur Strecke bringen könne. Offenbar wurmte ihn sein Mißerfolg, zumal Lauscher als Neuling seine Beute auf Anhieb gewonnen hatte. Der Großmagier hatte nichts dagegen einzuwenden, und als die beiden hinter den Bäumen an der nächsten Flußbiegung verschwunden waren, sagte er zu Lauscher: «Hast du deine Flöte bei dir?»

Lauscher zog sein Instrument aus der Tasche und sagte: «Ich würde mich keinen Schritt weit von meiner Flöte entfernen.»

«So sehr hast du dich also schon daran gewöhnt, die Leute mit ihrer Stimme zu verzaubern», sagte der Großmagier lächelnd und blickte ihn mit seinen grünen Augen an. «Versuche deine Kunst noch einmal an mir!»

Lauscher sah nicht mehr das strenge Gesicht des alten Mannes, sondern nur noch die grünen Augen Narzias und ließ seine Flöte von ihr erzählen, und in diesem Lied träumte er noch einmal den Traum, in dem er seinem Falkenmädchen auf jener Waldlichtung begegnet war. Wieder vollzog sich das Spiel der gegenseitigen Verwandlung, und als Lauscher sich eben von seinen Schwingen empor zu den Wolken tragen lassen wollte, traf seine Augen ein grünblitzender Strahl. Aus seinem Traumlied herausgerissen, starrte Lauscher auf den im Licht der Sonne funkelnden Smaragd an der Hand des Großmagiers, und sogleich schoß ihm der Gedanke durch den Kopf, daß jetzt der Augenblick gekommen sei, in dem er durch die Kraft seiner Flöte den Großmagier bewegen könne, ihm den Ring zu überlassen. Er hatte diesen Gedanken noch kaum gedacht, als seine Flöte dieses Thema auch schon aufnahm und den Besitzer des Rings mit schmeichelnden Tönen umwarb, das Kleinod vom Finger zu streifen und dem Flöter zu geben, der auf keine andere Weise sein Falkenmädchen gewinnen könne.

Als Lauscher seine Flöte absetzte und aufschaute, erkannte er auf den ersten Blick, daß der Großmagier sein Spiel durchschaut hatte. Dieser in allen magischen Künsten erfahrene Mann ließ sich nicht auf unbewußten Wegen zu irgendwelchen Handlungen verleiten. Aber er war offenbar nicht böse darüber, daß Lauscher einen solchen Versuch unternommen hatte, sondern schien eher erheitert zu sein. «Meine Enkelin wünscht sich also diesen Ring», sagte er lächelnd und ließ den Smaragd in der Sonne aufblitzen. «Das hättest du mir auch ohne Umschweife sagen können. Weißt du überhaupt, was es mit diesem Falkenring auf sich hat?» Und als Lauscher beschämt den Kopf schüttelte, fuhr er fort: «Dann will ich es dir sagen. Ehe du dich endgültig entscheidest, ob du ihr diesen Ring bringen willst, sollst du wissen, welche Kraft in ihm wohnt. Jeder, der ihn am Finger trägt, hat die Macht, Menschen in Tiere zu verwandeln, zeitweise oder auch für immer. Erscheint es dir nicht gefährlich, deiner künftigen Frau solche Macht über dich in die Hand zu geben?»

Jetzt hätte Lauscher fast darüber gelacht, wie wenig dieser alte Magier von den Wünschen junger Leute wußte; denn zugleich hatte er auch begriffen, was Narzia mit diesem Wunsch nach dem Ring im Sinn gehabt hatte.

«Darf ich dir eine Frage stellen, die diesen Ring betrifft?» sagte er, und als der Großmagier nickte, fuhr er fort: «Kannst du mir sagen, ob dein Vorgänger diesen Ring irgendwann einmal aus der Hand gegeben hat?»

Der Großmagier blickte überrascht auf und fragte: «Woher weißt du das?»

«Ich weiß es nicht», sagte Lauscher. «Ich vermute es nur.»

«Du hast recht mit deiner Vermutung», sagte der Großmagier. «Einen Tag lang hat meine Tochter diesen Ring am Finger getragen. Sie hatte den damaligen

Großmagier darum gebeten, als sie zum letzten Mal mit Höni auf die Falkenjagd ritt, und mein Vorgänger hatte sie so ins Herz geschlossen, daß er ihr diesen Wunsch nicht abschlagen konnte.»

«Das habe ich mir gedacht», sagte Lauscher befriedigt und sah Narzia vor sich, wie sie ihm von diesem letzten Jagdausflug erzählt hatte. Als Höni seinen Silberreiher geschlagen hatte und wieder als Mensch zu Bewußtsein gekommen war, hatte er sein Falkenmädchen im Arm gehalten und geküßt, und so würde auch Narzia in seinen Armen liegen, wenn er ihr den Ring an den Finger gesteckt hatte. «So habe ich mir das vorgestellt», wiederholte Lauscher, «und es bestärkt mich nur noch in dem Wunsch, Narzia diesen Ring zu bringen.»

«Dann sollst du ihn haben», sagte der Großmagier, zog den Ring vom Finger und legte ihn Lauscher in die Hand. «Aber sage später nicht, ich hätte dich nicht gewarnt.»

Wenige Tage später ritt Lauscher wieder allein stromaufwärts am Braunen Fluß entlang. Diesmal hatte er sich seinen Wallach gesattelt und führte den Zuchthengst am Halfter neben sich; denn er wollte ihn durch den langen Heimritt nicht unnötig ermüden, damit er ihn dann in all seiner Pracht und Eleganz bei Arnis Leuten vorführen konnte.

Je weiter er vorankam, desto deutlicher wurden die Anzeichen des beginnenden Herbstes. Das Gras längs des Weges war längst abgeblüht und zu grauen, strähnigen Büscheln verfilzt, das Laub an den Büschen und Bäumen der Uferwälder zeigte schon gelbe und blaßrote Flecken. Überhaupt wurde es merklich kühler, und ein steifer Wind trieb von Zeit zu Zeit Regenschauer über die weite Ebene heran, aber Lauscher spornte sein Pferd nicht deshalb zur Eile. Immer wieder malte er sich die Szene seiner Ankunft im Dorf von Arnis Leuten aus, sah die Bewohner zusammenlaufen, ritt jedoch achtlos an ihnen vorbei bis zu Hönis Haus und wartete, bis Narzia aus der Tür trat und ihm entgegenkam. Nichts mehr würde dann zwischen ihnen stehen. Er konnte es kaum erwarten, bis all dies Wirklichkeit wurde, und blieb oft, wenn es der Weg erlaubte, bis tief in die Nacht hinein, im Sattel, um die Strecke zu verringern, die ihn noch von seinem Falkenmädchen trennte.

Die Grenze zwischen Grasland und Steppe war zu dieser Jahreszeit kaum auszumachen, aber eines Tages wurde Lauscher dann doch bewußt, daß er die Weidegebiete der Falkenleute hinter sich gelassen hatte. Unter dem von Wolkenstreifen überzogenen blaßgrünen Himmel dehnte sich nach Osten hin die unendliche graue Steppe aus, ohne Baum und Strauch, nur Weite und verschwimmender Horizont, doch selbst diesen Anblick, der ihn sonst eher beängstigte, begrüßte Lauscher diesmal als ein Zeichen, daß er seinem Ziel wieder ein Stück nähergekommen war. Bei den Karpfenköpfen blieb er nur für eine Nacht und ritt gleich am nächsten Morgen in aller Frühe weiter, obwohl seine Gastgeber ihm in den Ohren lagen, wenigstens für eine Woche bei ihnen auszuruhen. Als er ihre Bitte abschlug, sah Lauscher die Trauer in den blaßblauen Augen der Karpfengesichter, aber seine Sehnsucht nach Narzia war stärker und trieb ihn weiter. Und als schließlich der Braune Fluß nach Westen abbog und statt seiner die Berge herantraten, wußte Lauscher, daß er nur noch wenige Tage zu reiten hatte und konnte kaum noch schlafen, wenn er sich zur Nacht unter einem schützenden Gebüsch in seine Decke gewickelt hatte.

Endlich nach einer weiteren Woche sah er dann gegen Abend die Siedlung von Arnis Leuten wieder vor sich liegen, genauso wie damals, als er sie auf der Flucht vor den Beutereitern zum ersten Mal zwischen Büschen und Bäumen hatte auftauchen sehen. Auch diesmal war er erschöpft von dem langen Ritt, doch selbst wenn er das Krüglein mit dem Saft, der für eine Stunde Kraft verlieh, jetzt bei sich gehabt hätte, wäre er nicht in Versuchung geraten, davon zu kosten; denn er gedachte jeden Augenblick dieser Ankunft zu genießen, und das nicht nur für eine Stunde. Es waren viele Leute auf der Dorfstraße, als er zwischen den Gebäuden auf Hönis Haus zuritt, und er bemerkte mit Befriedigung und Stolz die bewundernden Blicke, mit denen sie den schwarzen Hengst musterten. Vor Arnis Hütte stieg er ab und verbeugte sich tief, wie es sich gehörte. Doch er war zu ungeduldig, um allzu lange in dieser Stellung zu verharren oder gar zu warten, bis Höni seinen massigen Körper neben ihm aufbaute und seinerseits leise stöhnend die Strapaze der ehrfurchtsvollen Verneigung auf sich nahm. Also richtete sich Lauscher bald wieder auf und wendete sich dem Haus von Arnis Stellvertreter zu, in dem Narzia auf ihn wartete. Höni trat eben aus der Tür und kam ihm entgegen.

«Da bist du ja wieder», sagte er und rieb sich die Hände. «So früh hätte ich dich nicht zurückerwartet. Und Erfolg hast du auch gehabt wie ich sehe. Ein schönes Pferd hast du mitgebracht, ein wahrhaft schönes Pferd!»

«Das beste, das bei den Falkenleuten zu bekommen war», sagte Lauscher. «Es ist der edelste Zuchthengst des Großmagiers von Falkenor.»

«Du hast dich als recht nützlich erwiesen», sagte Höni. «Ich denke, die Versammlung der Ältesten wird der gleichen Meinung sein und auch die dritte Aufgabe als gelöst betrachten. Komm jetzt ins Haus! Ich habe nichts dagegen einzuwenden, wenn du Narzia jetzt eine bestimmte Frage stellst.» Und dann rief er einen Knecht herbei und gab ihm den Auftrag, die beiden Pferde in den Stall zu führen und gut zu versorgen.

Lauscher war ein wenig ernüchtert von diesem Empfang. Sicher, Höni hatte sich zufrieden gezeigt und sich sogar ein Lob abgerungen, aber eigentlich hätte das alles anders ablaufen sollen, obwohl Lauscher nicht genau hätte sagen können wie. Feierlicher? Herzlicher? Heimkehr eines tapferen Kriegers aus der Schlacht (die Freudentränen in den Augen der Daheimgebliebenen enthalten noch einen Rest der um des Helden willen erlittenen Ängste)? Narzia hätte wenigstens vor das Haus kommen können, dachte er. Wem zuliebe hatte er denn diese lange Reise unternommen? Sicher nicht wegen dieses selbstzufriedenen dicken Mannes, der dem schönen Pferd noch schnell mit der Geste eines Roßhändlers, der eben ein gutes Geschäft abgeschlossen hat, den schlanken Hals tätschelte, ehe der Knecht es am Halfter durch die Einfahrt führte.

Lauscher wunderte sich über sich selbst. Was wollte er eigentlich? Er war zurückgekommen, hatte seine Probe bestanden, und nichts mehr würde ihn von Narzia trennen können. Dennoch fühlte er sich auf eine schwer zu überwindende Weise mißgelaunt, als er hinter der fülligen Gestalt von Arnis Stellvertreter auf das Haus zu trottete.

Vor der Stubentür blieb Höni stehen und sagte zu Lauscher: «Dort drinnen wartet jemand auf dich», nickte ihm bedeutungsvoll zu und begann dann in irgendwelchen Gegenständen auf dem Deckel einer Truhe zu kramen, offenbar um den Eindruck zu erwecken, daß er nicht mit in die Stube zu gehen gedachte, aber der Dinge warten wolle, die sich dort drinnen ereignen würden. Lauscher war schon des öfteren mit Narzia allein gewesen, aber diese Art, wie ihr Vater ihn jetzt dazu aufforderte, hatte etwas kupplerisches an sich, das ihm peinlich war. Er schickt mich zu ihr hinein wie einen Hengst, den er für seine Stute ausgesucht hat, dachte er und wäre am liebsten davongelaufen. Doch dann konnte er die erwartungsvollen Seitenblicke Hönis nicht mehr ertragen und öffnete die Tür.

Narzia stand am Fenster und drehte sich um, als Lauscher eintrat. Anfangs konnte er gegen das einfallende Licht nur den Umriß ihrer schmalen Gestalt ausnehmen, doch dann kam sie auf ihn zu, und mit jedem Schritt wurde ihr Gesicht deutlicher erkennbar, bis auch ihre grünen Augen die Verschattung durchbrachen und ihn anblickten. Ihre Züge erschienen ihm vertraut und doch anders, als er sie in Erinnerung gehabt hatte. Für einen Augenblick meinte er, dem Großmagier gegenüberzustehen, aber dann lächelte Narzia, und das war dann doch wieder sein Falkenmädchen, von dem er in den vergangenen Wochen immer geträumt hatte.

«Hast du den schwarzen Hengst gesehen?» fragte er.

«Ein hübsches Pferd», sagte sie. «So habe ich mir die Pferde von Falkenor vorgestellt.»

Was reden wir hier von Pferden? dachte Lauscher, obwohl er selbst davon angefangen hatte. Er schluckte nervös und sagte dann: «Dein Vater ist der Meinung, daß ich damit auch meine dritte Aufgabe erfüllt habe.»

«In den Augen der Ältesten mag das zutreffen», sagte Narzia und blickte ihn erwartungsvoll an.

«In deinen jedoch nicht», sagte Lauscher. «Das habe ich nicht anders vermutet.» Er griff in die Tasche, zog den Smaragdring hervor und hielt ihn ihr hin. «Das schickt dir dein Großvater, der jetzt den Titel des Großmagiers trägt.»

Narzia blickte auf den Ring, und ihre Augen glichen in diesem Augenblick dermaßen dem funkelnden Smaragd in dem goldenen Falkenkopf, daß Lauscher sich fragte, ob es der Abglanz des Steins sei, der sich in ihren Augen widerspiegelte. «Der Falkenring!» rief sie. «Du hast ihn wirklich gebracht!» Sie steckte den Ring an den Finger, legte Lauscher die Arme um den Hals und küßte ihn auf den Mund. Nun war plötzlich doch alles so, wie er es sich erträumt hatte. Er stand wie vom Donner gerührt, und als es ihm schließlich in den Sinn kam, sie seinerseits in die Arme zu nehmen, hatte sie sich schon wieder von ihm gelöst, und dabei hatte er ihr noch nicht einmal jene Frage gestellt, auf die Höni vorhin angespielt hatte. Lauscher ergriff Narzias Hand, als befürchte er, das Mädchen könne ihm wieder einmal davonlaufen, und sagte hastig: «Willst du jetzt meine Frau werden, Narzia?»

Narzia blickte ihn verwundert an und sagte: «So ist es doch besprochen, Lauscher. Zwar werden die Ältesten morgen noch ein paar weise Sprüche dazu sagen wollen, doch sie werden nichts mehr dagegen einwenden können.» Sie lächelte ihn an und fügte noch hinzu: «Jetzt schlaf dich erst einmal aus!»

Das war ein vernünftiger Rat, fand Lauscher. Und zugleich auch eine verheißungsvolle Anspielung auf den morgigen Abend, und so war er diesmal nicht enttäuscht darüber, daß sie ihn nun doch allein ließ.

Der Vormittag des nächsten Tages ertrank in einem Wirbel von Vorbereitungen. Mägde gossen kübelweise Wasser über die Steinfliesen im Hausflur, und man war in keinem Zimmer vor ihren Putzlappen sicher. Aus der Küche drang das Geklirr von Töpfen und Pfannen, es wurde gekocht, gebraten und gebacken, bis das Haus erfüllt war von den einander widerstreitenden Düften nach Süßem und Saurem, nach Fischigem und Fleischigem. Lauscher stand in einem Badezuber voll kochend heißen Wassers und wurde von zwei betagten und dennoch kichernden Mägden von oben bis unten abgeschrubbt, die zum Schluß – Lauscher wußte nicht zu entscheiden, ob zum Scherz oder aus Gewissenhaftigkeit – auch noch den Versuch unternahmen, sein zottiges Fell zu bürsten. Das wurde ihm denn doch zu viel, und er jagte sie hinaus, ehe er sich trockenrieb und das gestickte weiße Hemd anzog, das sie für ihn bereitgelegt hatten. Das Muster, das rings um den Halsbund und um die Ärmel lief, zeigte abwechselnd Falken und Kraniche, die einander nachjagten. Lauscher fragte sich, ob Narzia das Hemd selbst bestickt hatte. Er konnte sich nicht recht vorstellen, daß sie ruhig am Fenster saß und die Nadel in Tausenden von Stichen durch den Stoff zog.

Dann kam auch schon Höni herein und sagte, es sei jetzt an der Zeit, in Arnis Hütte zu gehen. «Nimm deinen Halsbeutel mit», sagte er noch. «Heute sollst du Arnis Stein auf der Brust tragen.»

In Arnis Hütte war der gesamte Rat der Ältesten versammelt. Höni forderte Lauscher auf, sein Amt als Träger des Steins auszuüben. Lauscher ging hinüber zu der goldenen Schale und betrachtete seit langer Zeit wieder einmal seinen Stein, der schimmernd in der metallenen Rundung lag. Schließlich nahm er ihn heraus und steckte ihn in den Lederbeutel auf seiner Brust. Dann trat Höni zu ihm, legte ihm die Hand auf die Schulter und sagte: «Dieser junge Mann namens Lauscher hat drei Proben seiner Tüchtigkeit abgelegt, und ich stelle jetzt an seiner statt die Frage, ob ihr Ältesten diese Proben anerkennen wollt. Zum ersten ist er zu den Bergdachsen geritten und hat unseren Händlern den Weg zu ihnen eröffnet. Inzwischen hat sich erwiesen, daß dieser erste Ritt uns großen Gewinn eingebracht hat. Zum zweiten ist Lauscher in das Lager der Beutereiter geritten, um ihnen die Pferde zurückzuerstatten, die Khan Hunli durch seine Schuld eingebüßt hatte, und er hat den Khan obendrein im Schach geschlagen und dadurch den Ruhm von Arnis Leuten beträchtlich gemehrt. Und zum dritten ist er nach Falkenor geritten und hat einen der Zuchthengste des Großmagiers in unseren Besitz gebracht, obwohl die Falkenleute bisher noch nie einem Fremden ein solches Pferd überlassen haben. Sagt eure Meinung dazu!»

Die Ältesten steckten die Köpfe zusammen, als wollten sie diesen Fall beraten, aber es war offensichtlich, daß sie dies nur taten, um der Form zu genügen. Es war für sie ja auch nicht gerade neu, was Höni ihnen mitgeteilt hatte. So dauerte es dann auch nicht lange, bis der Älteste der Ältesten aufstand und sagte: «Arni hält offenkundig seine Hand über diesen jungen Mann, den er zum Träger seines Steins bestimmt hat. Wir bestätigen in aller Form, daß Lauscher diese drei Proben bestanden hat.»

«Wenn das eure Meinung ist, dann habe ich noch eine zweite Angelegenheit an Lauschers Stelle vorzutragen», sagte Höni. «Dieser Lauscher, der seine drei Proben bestanden hat, wirbt um die Hand meiner Tochter Narzia. Sagt auch dazu eure Meinung!»

Wieder steckten die Ältesten die Köpfe zusammen, und nach erstaunlich kurzer Zeit erhob sich aufs Neue der Älteste der Ältesten und sagte: «Bist du bereit, Höni, diese Werbung gutzuheißen?»

«Das bin ich», sagte Höni, «und ich freue mich, einen Mann mit solch nützlichen Gaben in meine Familie aufnehmen zu können.»

«Und was hält deine Tochter davon?» fragte der Sprecher des Rates.

«Fragt sie selbst!» sagte Höni, ging zur Tür und öffnete sie. Lauscher sah, daß Narzia draußen schon bereitstand. Sie trug ein weißes Leinenkleid, das mit dem gleichen Muster bestickt war wie sein Hemd. Über ihrer Brust wurde es von der Falkenfibel zusammengehalten, die er ihr von den Bergdachsen mitgebracht hatte, und an ihrer Hand funkelte der Ring des Großmagiers. «Komm herein!» sagte Höni zu ihr. «Die Ältesten wollen deine Meinung über diese Werbung hören.»

Narzia trat über die Schwelle und stellte sich vor die Versammlung des Rats. Nachdem der Älteste der Ältesten seine Frage wiederholt hatte, blickte sie Lauscher an und sagte: «Ich bin bereit, die Frau dieses Mannes zu werden, den man Lauscher, den Träger des Steins nennt.»

Mich fragt hier wohl keiner, dachte Lauscher, doch dann wurde ihm bewußt, daß Höni die ganze Zeit über an seiner Stelle gesprochen hatte. Irgendwann würde er schon auch noch zu Wort kommen, auch wenn es darüber Abend werden sollte.

Das wurde es in der Tat. Denn jetzt folgte zunächst der weniger förmliche Teil der Hochzeitsfeier. Sobald Narzia ihr Einverständnis erklärt hatte, lud Höni die Ältesten in sein Haus, und dort wartete in der großen Stube ein Festmahl auf sie, wie es Lauscher in seinem Leben noch nie vorgesetzt worden war. Die Tafeln brachen unter der Last der Speisen fast zusammen; gesottene Fische jeder Größe glotzten ihn aus glasigen Augen an, ein Büschel Kräuter wie eine letzte Mahlzeit im gerundeten Maul; gebratene Tauben und Enten, Fasane und Rebhühner waren zu hohen Türmen aufgestapelt und reckten den Gästen ihre handlichen Beinstümpfe entgegen, und in der Mitte der Tafel bot ein am Spieß gebratener Hammel demütig seinen weit geöffneten, ausgeweideten Leib dar, gefüllt mit einer braunen, fetten Soße, in der Salbei- und Thymianzweige schwammen als Trauergabe der Hinterbliebenen. Seitwärts der Tafel hütete der Speisenaufseher ganze Kolonnen gefüllter Weinkrüge, aus denen er den Gästen ausschenkte, sobald sie Platz genommen hatten, Roten und Weißen und auch den dunkelgelben Schwerwürzigen aus dem Süden, der fast schon wie eine Medizin schmeckt, die man einem Sterbenden zur Besänftigung seiner Schmerzen reicht.

Lauschers erster Hunger war bald gestillt, und dann saß er, zunächst ungeduldig und später ergeben in den unabänderlichen Ablauf der Dinge, neben Narzia, knabberte an einer Brotkruste oder benagte einen Fasanenrücken und bohrte mit dem Finger jene zwei kleinen, aber ganz besonders zarten Fleischstücke heraus, die dort oberhalb der Beinansätze zu finden sind. Bei Einbruch der Dunkelheit begann Höni, schon leicht schwankend, eine unendlich lange Rede zu halten, deren Wortlaut vom Knacken der Geflügelknochen und Hammelrippen wie auch vom Rülpsen der übersättigten Gäste fast übertönt wurde und nur als fernes Gemurmel an Lauschers Ohr drang; nur aus Hönis Gesten, mit denen er immer wieder auf ihn und Narzia wies, konnte Lauscher entnehmen, daß sein Schwiegervater wohl wieder einmal die Nützlichkeit dieser Verbindung pries. Schließlich ließ Höni sich schwer auf seinen Sessel zurückfallen, und das schien für das Brautpaar das Zeichen zum Aufbruch zu sein. Narzia beugte sich zu Lauscher herüber und sagte leise: «Komm!»

Fast unbemerkt von den Gästen verließen sie die Stube und gingen nebeneinander die Treppe hinauf zu Narzias Schlafkammer. «Warte hier!» sagte Narzia leise und huschte durch die Tür, ohne sie hinter sich völlig zu schließen. Lauscher stand draußen auf dem Gang und sah durch den Türspalt Kerzenlicht auf der Wand flackern, Leinenzeug raschelte, das sanfte Streichen einer Haarbürste erregte seine Sinne, und das leise Ächzen des Bettgestelles ließ sein Herz für einen Schlag aussetzen. Er stieß die Tür auf und sah im eng begrenzten Schein der Kerze Narzia ausgestreckt wie eine aufgebahrte Leiche auf der niedrigen Bettstatt liegen, angetan mit einem hauchdünnen Gewand, das ihren Körper kaum verhüllte. Für einen Moment sah er sich wieder in Gisas Zimmer stehen und hörte ihre spöttische Stimme, mit der sie ihm befahl, seine Kleider abzulegen. Dergleichen wollte er sich nicht noch einmal sagen lassen. Rasch streifte er seine Sachen ab, und dabei entdeckte er, daß er noch immer den Beutel mit Arnis Stein auf der Brust trug. Hätte er ihn wieder auf die goldene Schale zurücklegen sollen? In der Eile, zur Festtafel zu kommen, hatte keiner daran gedacht, ihn dazu aufzufordern. Aber vielleicht war auch beschlossen worden, daß er ihn in dieser Nacht tragen sollte. Jedenfalls gedachte er, diesmal sein kostbares Erbe nicht abzulegen.

Er sah nur noch Narzias grüne Augen, als er auf das Lager zuschritt, doch sobald er in den Lichtschein der Kerze trat, weiteten sich diese Augen zu einem Ausdruck von Entsetzen. «Nein!» schrie Narzia, und in ihrem verzerrten Gesicht stand Abwehr und blankes Grauen. «Ein Fell wie ein Tier!» flüsterte sie tonlos und starrte auf die Mitte seines Körpers. Und dann schrie sie wieder gellend: «Ein Fell wie Tier! Du bist wie ein Tier!» Sie kauerte sich zusammen und umklammerte ihren Körper mit beiden Armen, als wolle sie ihn vor dem Zugriff dieses haarigen Unholds schützen oder vielleicht auch, weil ihr bewußt wurde, daß sie unfähig war, irgend etwas von sich selbst preiszugeben und fremden Händen auszuliefern. Dann richtete sie sich plötzlich auf und streckte Lauscher ihren Arm entgegen wie einen zur Abwehr erhobenen Speer. Er sah den Smaragd an ihrem vorgereckten Finger im Licht der Kerze aufblitzen und hörte, wie sie mit schneidender Stimme schrie: «Dann sei auch ein Tier! Sei ein Tier!»

Die Kraft des Rings traf ihn mitten in den Leib wie der Schlag einer schweren Waffe. Er spürte, wie ihm der Schmerz von den Lenden abwärts durch die Beine fuhr bis hinab in die Zehen und ihn fast zu Boden riß. Taumelnd stolperte er rückwärts, bis er die Wand im Rücken spürte, und dann starrte er auf seine keilförmig gespaltenen Hufe, die auf den glatten Holzdielen einen festen Stand suchten, um den steifen, knielos nach hinten abgeknickten Beinen den nötigen Halt zu geben, damit sie den schweren, von den Hüften abwärts von dichtem Fell umzottelten Körper tragen konnten. «Sei ein Tier!» hörte er Narzia noch einmal aufschreien, doch er sah auch, daß ihr Zauber bisher nur zur Hälfte gewirkt hatte. Dort, wo ihn Arnis Stein schützte, war er noch ein Mensch. Die Angst, daß er auch diesen Teil seiner menschlichen Natur noch verlieren könne, brachte ihn schließlich in Bewegung. Mit einem jähen Satz gewann er die Tür, polterte auf seinen klobigen Hufen die Treppe hinab, stürzte hin, raffte sich wieder auf und sprang in weiten Fluchten durch den Hausflur und hinaus auf den Hof. Während er über das Pflaster galoppierte, hörte er hinter sich den Aufschrei eines Mannes. Mit einem Sprung suchte er hinter der Einfassung des Hofbrunnens Deckung und spähte über die niedrige Brüstung zurück. Neben der Haustür standen zwei aus dem Kreis der Ältesten. Einer von ihnen erbrach sich, der andere hielt ihm den Kopf, und dieser sagte eben: «Was war das? Irgend etwas ist an mir vorbeigerannt!»

Der andere hob mühsam den Kopf und lallte: «Was denn schon? Wird ein Tier gewesen sein. Vielleicht ein Ziegenbock.» Dann lachte er schütternd und setzte hinzu: «Hat sich losgemacht und sucht nach seiner Liebsten!» Der Rest ging im Würgen der Übelkeit unter, die ihn aufs Neue überkam. Da wartete Lauscher – oder das Wesen, das einmal Lauscher geheißen hatte – nicht länger. Ein Tier, dachte er, aber doch erst zur Hälfte ein Tier. Er preschte durch die offene Einfahrt hinaus und weiter zwischen dunklen Häusern dahin und zum Dorf hinaus immer nach Norden und hielt nicht eher an, bis das schützende Laub der Wälder ihn aufgenommen hatte.

Drittes Buch,

in dessen erstem Teil ein Faun durch die Wälder trabt,
den die Ziegen Steinauge nennen.
Als Gabe wird ihm ein Gefährte geschenkt,
mit dem er zunächst wenig anzufangen weiß.
Ein Mädchen mit schwer zu beschreibenden Augen erinnert ihn an eine Zeit,
die er vergessen hat, doch als ihn diese Zeit schließlich einholt,
erstarrt er vor Verzweiflung zu Stein.
Im zweiten Teil ist von einer steinernen Figur mit Bocksfüßen die Rede,
die gar nicht so leblos ist, wie es scheint,
und so lange jenseits der Grenzen von Raum und Zeit herumgeistert,
bis sie gefunden wird
und im ersten Kapitel des dritten Teils,
in den Armen Arnilukkas auch sich selbst
als Lauscher wiederfindet.
Aber er erfährt in zwei weiteren Kapiteln,
daß dies noch längst nicht alles ist.

Erster Teil

Wie fühlt sich einer, der auf gespaltenen Hufen durch den Wald stelzt, bockszottig von den Hüften abwärts und herausgefallen aus seiner Geschichte mit den Menschen? Wie denkt er? Denkt er überhaupt noch? Wie weit ist ihm die tierische Art bis ins Hirn gestiegen? Mag sein, daß er anfangs noch gedacht und gehandelt hat wie jener Lauscher, der er einmal gewesen war, aber eine solche Verwandlung bleibt wohl auf die Dauer nicht ohne Nachwirkungen.

Dem Tiermann, der in die Nacht hinausgaloppierte, war von seiner Vergangenheit nicht viel mehr geblieben als ein grüner Blitz, der ihm mitten in den Leib gefahren war, ihn wie ein Peitschenhieb getroffen, verwandelt und aus dem Haus getrieben hatte, vorüber an einem Mann, der sich würgend erbrach und ihn für ein Tier hielt, für einen Bock, den es zu seiner Liebsten trieb. Von der kam ich doch gerade, dachte der Bocksfüßige, aber er hatte keine Vorstellung mehr davon, wie sie ausgesehen hatte. Nichts als dieser grüne, schmerzende Blitz war ihm geblieben, den Rest hatte er verloren, und er suchte auch nicht danach, während er über die Dorfstraße sprang, hindurch zwischen den schwarz in der Dunkelheit hockenden Häusern, in denen die Leute, die sich seiner bedient hatten, wie ein unaustilgbares Ungeziefer ihre heimlichen Gänge fraßen, und er war weitergetrabt, bis die Luft frei war vom schweißigen Dunst ihrer geschäftigen Nähe und der brandige Gestank ihrer Herdfeuer vom heilsam bitteren Geruch des Herbstlaubs übertönt wurde. Er verfolgte kein Ziel; entscheidend war nur die wachsende Entfernung, die ihn von jener Stelle trennte, an der diese Leute sich eingenistet hatten. Der Wille, Macht über sie auszuüben, war ihm ebenso abhanden gekommen wie das silberne Instrument, das er zu diesem Zweck benützt hatte, und er hätte es wohl von sich geworfen, wenn es sich jetzt noch in seiner Hand befunden hätte. Doch die Flöte lag in der Stube, in der zu wohnen er sich kaum noch vorstellen konnte, und dort wird sie nun auch ziemlich lange liegen bleiben, bis sie vielleicht einmal irgend jemand entdeckt und an sich nimmt.

So zog er immer weiter durch die Wälder nach Norden, wo es keine Menschen gab, die ihn wegen seiner zwitterhaften Gestalt hätten verspotten können. Anfangs hatte er immer wieder mit einer gewissen Lust am Entsetzen die Ergebnisse der Verwandlung betrachtet, die von den Hüften abwärts mit ihm vorgegangen war, angewidert von dem tierischen Gezottel an seinem Leib und der böckischen Mißgestalt der Beine; später hatte er sich gezwungen, diesen Teil seines Körpers nicht mehr zu beachten. Was auch immer mit ihm geschehen war:

Er lebte und ließ sich treiben in dem endlosen Meer der Wälder. Das waren Tage voller gilbenden Herbstlaubs, durch das Regenstürme rauschten und prasselnd Eicheln und Bucheckern von den Zweigen warfen; über dem Boden hing der Duft von Pilzen, die überall zwischen den Wurzeln der Buchen und Eichen aus dem feuchten Erdreich brachen oder in verschlungenen Hexenringen zwischen welkendem Gras auf den Waldwiesen standen. Von Pilzen lebte er hauptsächlich in diesem Herbst, von den herben Kernen der Bucheckern und von den letzten Brombeeren, die in schwarztropfenden Trauben zwischen violetten und roten Blättern an den dornigen Ranken hingen.

Tieren begegnete er in dieser Zeit kaum. Er machte wohl zu viel Lärm, wenn er auf seinen noch unvertrauten Hufen durchs Unterholz brach und bei jedem Schritt auf dürre Äste trat oder mit den ungelenken Beinen durch das abgefallene Laub schlurfte. Nur den Häher hatte er hie und da kreischen gehört, der mit seinem ‹Gebt acht! Gebt acht!› die anderen Tiere davor warnte, daß hier ein zottiger Unhold gestapft kam.

Damals war ihm noch nicht bewußt geworden, daß er diesen Warnruf verstanden hatte. Jedermann weiß ja, was der Schrei des Hähers bedeutet. Aber ein paar Tage später, an einem klaren Mittag, an dem der Himmel blaßgrün über dem schwarzen Geäst der Bäume ausgespannt war, holte ihn dieses Bewußtsein ein. Während er am Rand einer Lichtung auf einem Wurzelstock hockte und sich sein Fell von der niedrig über den Baumkronen stehenden Sonne wärmen ließ, hatte er seinen Augenstein aus dem Beutel genommen und sich im Spiel der Farbkreise verloren, die sich blau, grün und violett aus der Mitte des glatten Kiesels ausbreiteten, die Oberfläche durchbrachen und ihn umspülten wie die aus unergründlicher Tiefe emporquellenden Wasser eines ständig sich weitenden Teiches, dessen Fläche bewegt wurde von stetig wachsenden, einander überschneidenden Ringen, zwischen denen sich nach und nach ein Bild aus unzähligen Facetten zusammensetzte, das er zunächst für eine Widerspiegelung des eigenen Gesichts hielt, bis es langsam erkennbare Form annahm und sich zusammenfügte zu dem Gesicht einer Frau, die ihn anblickte, ein vom Wasser umspültes Gesicht, das in ihm die Erinnerung an einen Traum weckte. Er beugte sich nieder, um dieses Traumbild zu fassen, doch sobald seine Hand in den Teich tauchte, zerfloß das Bild zu farbensprühendem Geflimmer, und er mußte lange warten, bis das Wasser sich wieder geglättet hatte und das Gesicht von neuem Gestalt gewann. Als es schließlich wieder ruhig aus der Tiefe zu ihm heraufblickte, lächelte die Frau und sagte: «Du bist immer noch zu ungeduldig. Hast du inzwischen nicht begriffen, daß man nie das bekommt, was man sich nimmt, sondern nur das, was einem geschenkt wird? Alles kommt zu dem, der warten kann.»

«Wer soll noch zu mir kommen, mißgestaltet wie ich bin?» sagte er. «Künftig werden alle vor mir davonlaufen.»

«Solange du wie ein wütendes Ungeheuer durch die Büsche trampelst, wird das allerdings so bleiben», sagte die Frau. «Du kannst dich selber nicht leiden. Wie soll dich dann ein andrer mögen?»

«Ich hasse diesen stinkenden Bock, in dessen Gestalt ich jetzt leben muß», sagte er, und es machte ihn noch zorniger, daß die Frau, als sie diese Worte hörte, zu lachen anfing, wenn auch dieses gurrende, tieftönende Lachen nicht nach Spott klang, sondern so, als bereite es ihr Lust, diesen bocksgestaltigen Unhold, der er war, zu betrachten.

«Erschreckt es dich», sagte sie, «wenn du dich so siehst, wie du bist? Du wirst nie leben lernen, wenn du den Teil deines Leibes verachtest, der jetzt an dir so böckisch zu Tage getreten ist.»

«Leben?» sagte er erbittert. «Was soll das für ein Leben sein, das ich in dieser Gestalt führen muß?»

Da lachte die Frau wieder und sagte: «Was weißt du schon vom Leben? Das ist noch lange nicht alles, was du bisher erfahren hast.»

Ihm schien es schon übergenug, was ihm widerfahren war, und er verspürte nicht die geringste Lust, noch mehr an dergleichen Erfahrungen zu sammeln, doch ehe er ihr das sagen konnte, zersprang das Bild des Frauengesichts in tausend Scherben, und er wurde hochgeschreckt von heftigem Geflatter, das seine Haut streifte. Er spürte, wie ein harter Schnabel auf seine Finger hackte, und als es ihm endlich gelungen war, sich von dem Traumbild zu lösen, sah er über der Lichtung eine Elster abstreichen, die etwas Blitzendes im Schnabel hielt. Ein Blick auf seine leeren Hände genügte, um ihm zu verraten, daß sie ihm das letzte gestohlen hatte, das er noch besaß.

Er sprang auf, um ihr nachzulaufen, doch sobald er einen Schritt aus dem schützenden Dach der Bäume herausgetreten war, überfiel ihn jäh eine unnennbare Angst vor der freien Fläche und zwang ihn zurück zwischen die Stämme. Er konnte das nicht begreifen und versuchte es noch einmal, aber es war, als laufe er gegen eine gläserne Mauer; die Angst raubte ihm fast die Besinnung, sowie er den freien Himmel über sich wußte, und verließ ihn erst wieder, als er in den Schatten des Waldes zurückgeflüchtet war.

Die Elster hatte inzwischen die Lichtung überquert, und er sah sie in wippendem Flug zwischen den Ästen einer Eiche untertauchen. Dort mußte sie ihr Nest haben, in dem sie ihr Diebesgut hortete. Hastig brach er am Waldrand entlang durchs Gebüsch und ließ dabei den Nistbaum nicht aus den Augen, gleichviel, ob Brombeerranken über sein Fell fetzten oder Zweige sein Gesicht peitschten. Er hätte zu dieser Zeit nicht sagen können, was dieser Stein ihm bedeutete, sondern wußte nur, daß er ihn um jeden Preis zurückgewinnen mußte.

Als er schließlich schwer atmend unter dem Baum stand und am Stamm emporblickte, um herauszufinden, wie man ihn am besten erklettern könne, merkte er, daß er es nicht nur mit einem Räuber zu tun hatte, denn er hörte die krächzenden Stimmen zweier Vögel. Ein Komplize hatte oben im Nest gewartet.

Und in diesem Augenblick wurde ihm bewußt, daß er verstehen konnte, was die beiden Vögel miteinander sprachen.

«Der Falke sagte die Wahrheit», krächzte die erste Elster. «Der Bocksfüßige hatte ein schönes Glitzerding in den Händen.»

«Dürfen wir es behalten?» fragte die andere.

«Nein», sagte die erste. «Der Falke wird es sich holen.»

«Wann?» fragte die andere.

«Heute abend», sagte die erste.

«Wir könnten es verstecken», sagte die andere. «Es ist ein sehr schönes Glitzerding, zu schade für einen Falken.»

«Zu gefährlich», sagte die erste. «Willst du einen Falken zum Feind haben?»

«Lieber nicht», sagte die andere. «Hat der Bocksfüßige etwas gemerkt?»

«Ja», sagte die erste. «Aber er ist ein Waldwesen und konnte mir nicht über die Lichtung folgen. Inzwischen wird er wohl unter unserem Baum angekommen sein.»

Da lachte die andere heiser auf und sagte: «Dort kann er lange stehenbleiben. Mit seinen klobigen Hufen kommt er nicht herauf zu unserem Nest.»

Das wird sich zeigen, dachte der Bocksfüßige und packte den untersten Ast, der etwa in Kopfhöhe aus dem Stamm ragte. Vorsichtig zog er sich hinauf und versuchte dabei möglichst wenig Geräusch zu machen, um die Vögel nicht zu verjagen. Es erwies sich tatsächlich als schwierig, mit den glatten Hufen auf dem Ast zu stehen, doch er fand bald heraus, wie er die hornigen Kanten in die Schrunden der Rinde stemmen mußte, um einen festen Halt zu finden. So arbeitete er sich Stück für Stück höher und begann schon nach dem Nest auszuschauen, als er dicht über sich die Elstern wieder sprechen hörte.

«Steht er noch unten?» fragte die erste.

«Ich kann ihn nicht sehen», sagte die andere. «Vielleicht ist er weggegangen.»

«Dann kannte er nicht den Wert des Glitzerdings», sagte die erste. «Der Falke hielt es für sehr kostbar.»

«Was bietet er uns dafür?» fragte die andere.

«Schutz vor seinesgleichen», sagte die erste.

Die andere lachte böse. «Schöne Gerechtigkeit», sagte sie dann. «Er nimmt uns die Beute ab, und zum Dank dafür ist er so freundlich, uns nicht die Kehle aufzureißen.»

«Er nannte das Glitzerding sein Eigentum», sagte die erste.

«Glaubst du einem Räuber?» fragte die andere.

«Nein», sagte die erste, «denn ich bin selber einer.»

Diese Elster ist klüger als ich es gewesen bin, dachte der Bocksfüßige, schwang sich auf den nächsten Ast hinauf und schrie: «Heraus mit der Beute!»

Die beiden Vögel flatterten kreischend auf, umkreisten seinen Kopf und versuchten, nach seinen Augen zu hacken, aber er verscheuchte sie mit einer heftigen Armbewegung, griff nach seinem Stein, der schimmernd zwischen allerlei Kram in der Höhlung des Nestes lag, und verwahrte ihn in dem Beutel. «Ihr hattet recht», sagte er dann zu den Elstern, die sich inzwischen laut schimpfend ein Stück weiter oben in der Baumkrone niedergelassen hatten. «Das Glitzerding gehört mir. Der Falke hatte es mir weggenommen, aber er wird es nicht noch einmal mit seinen Fängen zu packen kriegen. Sagt ihm das, wenn er es heute abend abholen will.»

«Wir werden uns hüten», sagte jene Elster, die den Raub ausgeführt hatte. «Er könnte zornig werden. Es lohnt sich nicht, einem Stärkeren schlechte Nachrichten zu überbringen. Bis zum Abend werden wir schon jenseits des Gebirges sein.»

Damit breiteten die Vögel ihre Schwingen aus und flogen dicht über den Baumwipfeln davon nach Westen. Es sah ihre weißen Schwanzfedern noch ein paarmal aufschimmern, wenn die Elstern in kurzen Bögen aus dem braunen Laub emportauchten, dann verlor er sie aus den Augen.

Ehe er sich an den Abstieg machte, schaute er sich das Nest an, in dem die Elstern ihre Diebesbeute versteckt hatten. Es war in einer Astgabel dicht am Stamm ziemlich schlampig aus dürren Zweigen aufgehäuft und enthielt noch ein paar weitere Glitzerdinger, die jetzt, nachdem die Vögel ihre Schatzkammer so eilig auf Nimmerwiedersehen verlassen hatten, wohl als herrenloses Gut zu betrachten waren. Neugierig stöberte er in den Sachen herum und entdeckte neben allerlei Knöpfen und Scherben zwei Gegenstände, die sein Interesse weckten. Eins davon war eine abgebrochene Messerklinge. Er betrachtete eine Zeitlang das kleine Stück Stahl und fragte sich, ob er mit dergleichen Sachen noch etwas zu tun haben wolle, doch dann entschied er sich dafür, auch dieses Glitzerding zu dem Stein in den Beutel zu stecken; denn es bestand durchaus die Möglichkeit, daß es sich für einen einsamen Waldgänger als nützlich erweisen könnte.

Außerdem lag da noch ein flaches, muschelig abgesplittertes Stück Feuerstein, auf dessen glatter Oberfläche sich die Sonne widerspiegelte. Das hatte die Elster wohl gereizt, diesen Gegenstand in ihr Nest zu tragen. Aber dieser Stein warf nicht nur das Licht der Sonne zurück, er trug auch ihre Wärme in sich. Feuer machte man mit Stein und Stahl, dessen erinnerte er sich noch, und beides besaß er jetzt, gerade rechtzeitig vor Einbruch des Winters. Eigentlich sollte er dem Falken dankbar sein, dachte er; denn ohne dessen Habgier wäre er nicht auf den Gedanken gekommen, zu dem Elsternnest hinaufzuklettern. Er verwahrte auch diesen Fund in seinem Beutel, kletterte wieder hinunter auf den Boden und stellte dabei fest, daß er seine Hufe schon ganz geschickt zu setzen wußte.

Er trottete durch den Wald hinüber zur anderen Seite der Lichtung, setzte sich wieder in die Sonne und dachte darüber nach, ob er auf den Falken warten solle, der am Abend von Süden über den Himmel heranpeilen würde, um den Stein abzuholen. Es wäre sicher nicht unbefriedigend, ihn vergeblich nach dem

Diebsgesindel schreien zu hören und zuzusehen, wie er unverrichteter Dinge wieder nach Hause fliegen mußte. Aber das stand wohl nicht dafür. Überdies hatte dieser Falke womöglich grüne Augen, und das war das letzte, was er jetzt zu sehen wünschte. Weitaus wichtiger erschien ihm, daß er die Sprache der Elstern hatte verstehen, ja daß er ohne Schwierigkeiten mit ihnen hatte reden können. Und als er diese unbestreitbare Tatsache nun erst richtig zur Kenntnis nahm, wurde ihm bewußt, daß er früher auch schon den Warnruf des Hähers verstanden hatte. Ob dies mit seiner teilweisen Verwandlung zusammenhing? Hatte dieser Zauber bewirkt, daß er jetzt die Sprache der Vögel verstand? Oder gar jene aller Tiere? Das erschien ihm fast wahrscheinlicher; denn Vogelhaftes konnte er an keiner Stelle seines Leibes entdecken.

Von diesem Tage an versuchte er, seine Hufe etwas weniger geräuschvoll aufzusetzen und darauf zu achten, was im Walde gesprochen wurde. Viel Neues erfuhr er dabei nicht, von der Tatsache abgesehen, daß er tatsächlich nicht nur Vögel, sondern auch alle möglichen anderen Tiere verstehen konnte. Da huschten etwa zwei Eichhörnchen am Stamm einer alten Buche auf und ab und riefen einander zu: «Schnell! Schnell! Bucheckern suchen, Nüsse sammeln und Zapfen! Der Winter kommt!» oder ein Reh, das mit zwei Jungtieren auf einer Lichtung graste, fiepte: «Freßt! Freßt! Der Winter wird lang und hart!» Alle schienen hektisch damit beschäftigt zu sein, Vorräte zusammenzuhamstern oder sich den Bauch noch einmal vollzuschlagen, ehe der Schnee fiel und alles zudeckte. Sonderlich anregende Gespräche waren das gerade nicht, aber sie erinnerten ihn immerhin daran, daß er sich um ein Winterquartier und Nahrungsvorräte würde kümmern müssen.

Zunächst nahm er sich vor, einen Unterschlupf zu suchen, in dem er einigermaßen trocken überwintern konnte. Er entsann sich einer zerklüfteten Felswand, die sich ein Stück weiter hangaufwärts quer durch den Wald zog, und machte sich gleich auf den Weg, um dort einen schützenden Überhang oder gar eine Höhle ausfindig zu machen.

Zum ersten Mal seit seiner Verwandlung streifte er nicht ziellos durch den Wald, sondern hatte etwas Bestimmtes im Sinn, eine Absicht, die er verfolgte, ein Vorhaben, das er ausführen wollte. In raschen Schritten setzte er seine Hufe ins Moos und spähte aus, ob sich zwischen den Stämmen schon ein Schimmer des rötlichen Steins der Felswand zeigte. Schließlich lockerte sich der Wald auf, und die Bäume wurden niedriger. Hier oben gab es nur Jungholz, dessen schlanke Stämme vereinzelt aus dichtem Gebüsch von Haselstauden und Hartriegel emporgeschossen waren. Und darüber ragte die Felswand auf, steil und unübersteigbar hoch, daß sie fast den halben Himmel ausfüllte. Als er sie erreicht hatte, überlegte er, ob er nach rechts oder links gehen sollte. Er war schon früher mehrmals in beiden Richtungen an ihr entlanggetrottet, hatte aber noch nie eines ihrer Enden erreicht oder auch nur in der Ferne erkennen können.

Daß er sich schließlich nach rechts wendete, lag wohl daran, daß dort das Buschwerk dichter stand und überall bis an die Felswand heranreichte, wenn auch dazwischen stellenweise einzelne Grasplätze offenstanden. Er drängte sich zwischen Stein und Dickicht hindurch, untersuchte jeden Spalt und spähte in jede Kluft, fand jedoch keine, in die er sich hätte hineinzwängen können.

Gegen Abend, als die Sonne bereits tief hinter den Bäumen stand und er seine Suche schon aufgeben wollte, entdeckte er einen kaum hüfthohen Durchschlupf, der weiter in die Tiefe zu führen schien. Bäuchlings kroch er durch das Loch und gelangte in eine weite Höhle, deren Decke er in dem schwachen Licht, das durch den vom Buschwerk verdeckten Eingang hereindrang, zunächst kaum erkennen konnte. Als er sich an die Dunkelheit gewöhnt hatte, richtete er sich auf und begann seine neue Behausung zu erkunden. Der Raum schien etwa die Form einer ovalen Kuppel zu haben, und der Boden war einigermaßen eben. Irgendwo im Hintergrund plätscherte Wasser.

Er durchquerte die Höhle und stieß nach zehn Schritten auf eine fast mannshohe Felsbarriere, über der es noch weiter ins Innere des Berges ging. Entlang der rechten Seitenwand floß ein Bach aus dem oberen Teil, rann über die Stufe herab und sammelte sich in einem Becken, das offenbar einen unterirdischen Abfluß hatte. Er schöpfte eine Handvoll und trank. Das Wasser war eiskalt und schmeckte frisch und ein bißchen kalkig. Bequemer hätte er es gar nicht antreffen können, dachte er und beschloß, den weiteren Verlauf der Höhle zu erkunden. Der Felsabsatz war leicht zu erklimmen, und hier oben konnte man eben noch aufrecht stehen, wenn man den Kopf ein wenig einzog. Nach hinten wurde der Raum dann schmäler, aber erst nach etwa einem Dutzend Schritte traten die Wände so dicht zusammen, daß er nicht mehr weiter vorzudringen wagte, obwohl sich die Kluft noch tiefer in den Berg hinein fortzusetzen schien. Er ging zurück, setzte sich auf die Abbruchkante und überlegte, wie er sich hier einrichten sollte. Schlafen würde er jedenfalls im oberen Teil der Höhle, denn dort war er einigermaßen sicher vor ungebetenen Besuchern.

Ehe es ganz dunkel wurde, kroch er noch einmal hinaus ins Freie, raffte ein paar Arme voll Laub und Altgras zusammen und schüttete sich damit oben auf dem Felsabsatz ein Lager auf. Außerdem sammelte er dürres Holz und stapelte es in der Höhle, denn nun war es an der Zeit, sein Feuerzeug auszuprobieren. Über einem Häufchen von trockenem Moos und Gras machte er sich ans Feuerschlagen, daß die Funken zwischen seinen Händen hervorspritzten wie winzige Sternschnuppen. Bald fing der Zunder an zu glimmen, ein dünner Rauchfaden stieg auf, und mit vorsichtigem Blasen gelang es ihm, ein Flämmchen zu entfachen, dem er mit Streifen von Birkenrinde neue Nahrung anbot. Nun brauchte er nur noch Holz aufzulegen, zuerst dünne Zweige, und darüber baute er eine Pyramide von armstarken Ästen. Die Flammen fraßen gierig weiter und wuchsen, schon breitete sich Wärme aus, Rauch wölkte auf, sammelte sich unter der Höhlendecke und zog durch einen Spalt ab. Fasziniert beobachtete er das Spiel der Flammen, die zunächst bläulich flackernde Vorboten über die berstende Rinde huschen ließen, bis sie dann unversehens zu feurigen Blumen aufbrachen und das knackende Holz mit züngelnden Blütenblättern umschlossen. Er wartete, bis die Äste zusammenstürzten, schob noch ein paar dickere Kloben in die Glut und stieg dann hinauf in seine Schlafkammer.

Eine Zeitlang lag er noch wach, eingehüllt vom bitteren Geruch des Buchenlaubs, in den sich der Rauch des Feuers mischte, und blickte hinüber zu den glosenden Kloben, über die hin und wieder violette Flämmchen huschten. Ein knorriger Ast ragte schräg nach oben aus dem Holzstoß, sein Umriß hob sich vor dem purpurnen Schimmer der Glut ab, ein dunkler Falke, der eben die Schwingen hob, um sich aus der Hand des Jägers in den Himmel zu schwingen und seine Beute zu suchen. Doch er blieb gefesselt in seiner angespannten Haltung, und von unten her begannen blasse Pferde mit flatternden, durchscheinenden Mähnen auf ihn einzustürmen. Ehe sie ihn jedoch erreichten, bäumten sie sich auf, das Violett ihrer hochgereckten Köpfe schlug für einen Augenblick zu hellem Orange um, und ein Zischen wurde hörbar wie von fernem Schreien, mit denen Reiter ihre Tiere antreiben. Dann brach ihr Angriff zusammen, nur ein schwaches Glimmen kroch zurück und vereinigte sich wieder mit der Glut in der Tiefe, die für eine Weile langsam pulsierend gloste. Dann schüttelten die Rösser wieder ihre Mähnen, und der Angriff brandete von Neuem heran, diesmal jedoch schwächer. Der Falke schien sich emporzurecken und die zögernd herandrängenden Reiter unter seine Fänge zu treten. Mit einem berstenden Knall, der den Einschlafenden jäh hochfahren ließ, schoß eine Funkengarbe hoch, dann rutschten die Hölzer ein Stück zusammen und begruben den Brand unter sich. Der Falke war im Dunkel kaum noch zu erkennen, aber seine Haltung wirkte jetzt noch stolzer und hochmütiger als zuvor, die Pose eines Siegers, der sich über seine Feinde erhebt. Immer deutlicher wurde seine volle Gestalt sichtbar, die gespreizten Schwingen, der hochgereckte Hals mit dem schmalen Kopf und dem scharf abgebogenen Schnabel, über dem grüne Augen herüberstarrten, schön und schrecklich zugleich. Diese neu aufbrechende Helligkeit war jedoch nur der Vorbote eines weiteren Angriffs, der sich in der Tiefe vorbereitete. Schon im ersten Ansturm züngelten die wild fliegenden Mähnen hellrot auf, und nun warfen die Reiter sich von allen Seiten auf den Gegner, bis sich der Kranz der Flammen vereinigte und hoch bis über dessen Kopf aufloderte. Der Falke schien sich auf feurigen Schwingen nun endlich erheben zu wollen, bis zum Bersten voll glühenden Lebens inmitten der prasselnden Lohe, die an ihm fraß, bis er krachend zersprang und von den Flammen verzehrt wurde. Damit war auch ihre ungestüme Kraft gebrochen. Eine Zeitlang brannten sie ruhig und stetig, verlöschten dann eine nach der anderen, bis nur noch einzelne glimmende Punkte wie Leuchtkäfer über den Aschenhaufen krochen.

Am Morgen weckte ihn der Hunger. Er blieb zunächst noch liegen, starrte auf die zerklüftete Höhlendecke und versuchte nachzudenken. Nun hatte er ein trockenes Quartier, hatte ein Feuer, aber zu essen hatte er nichts. In den vergangenen Wochen hatte er von der Hand in den Mund gelebt, und es war immer noch etwas zu finden gewesen, ein paar späte Pilze, eine Handvoll Bucheckern, aber sobald der erste Schnee fiel, würde es damit vorbei sein. Es war höchste Zeit, daß er sich Vorräte anlegte, wenn es nicht überhaupt schon zu spät dazu war.

Ehe er die Höhle verließ, fachte er die Glut, die noch unter der Asche schwelte, mit einer Handvoll Reisig an und legte ein paar dicke Aststücke darauf, damit das Feuer nicht ausging. Draußen war es kühl und windig, aber es regnete wenigstens nicht. Hie und da gaben die rasch über den Himmel ziehenden Wolken sogar die Sonne frei, wenn es mit ihrer Wärme auch nicht mehr weit her war. Die Haselbüsche an der Felswand trugen an ihren steil nach oben gereckten Ruten noch ein paar braune, zusammengekräuselte Blätter und dazwischen die leeren Hülsen von Nüssen, die der Wind längst herabgeschüttelt hatte. Er scharrte das abgefallene Laub zur Seite und fand darunter den Boden übersät mit Nüssen. Nachdem er ein paar Handvoll zwischen zwei Steinen aufgeschlagen hatte, um seinen Hunger zu stillen, erwachte in ihm das Sammelfieber, und er begann hektisch Nüsse zusammenzuscharren und aufzuhäufen, nicht anders als die Eichhörnchen, die er beobachtet hatte. Da es ihm bald zu mühsam wurde, seine Ernte handvollweise in die Höhle zu tragen, flocht er sich aus dünnen Haselruten einen tiefen Korb, der zwar schließlich eher wie ein ausgebeulter Sack aussah, aber seinen Dienst tat, wenn man die gröbsten Löcher mit Grashalmen abdichtete.

Mit dieser Sammeltätigkeit war er den größten Teil des Tages beschäftigt, und jedes Mal, wenn er einen weiteren Korb voll Nüsse im rückwärtigen Teil seiner Schlafkammer ausgeschüttet hatte, betrachtete er mit Wohlgefallen seinen wachsenden Vorrat. Aber für den langen Winter in den Bergen würde das noch keineswegs ausreichen, und so entfernte er sich immer weiter von der Höhle und suchte den Boden unter jeder Haselstaude ab, die er finden konnte.

Es ging schon auf den Abend zu, als er sich wieder mit einem Korb voll Nüsse auf den Heimweg machte. Während er müde und mit Kreuzschmerzen von der ungewohnten Tätigkeit zwischen Buschwerk und Felswand seiner Behausung zutrottete, entdeckte er, daß auf einem Grasplatz nahe bei seiner Höhle eine kleine Herde von Ziegen weidete, etwa ein Dutzend Tiere und ein kräftiger Bock mit weit geschwungenen Hörnern, der zuoberst unmittelbar vor dem Dickicht stand, das den Einschlupf verdeckte.

Der Nüssesammler bemerkte mit Unbehagen, daß das wehrhafte Tier ihn offenbar schon gewittert hatte und scharf herüberäugte. Er versuchte, sich zwischen Sträuchern und Felswand zum Höhleneingang zu schleichen, doch sobald er sich bis auf etwa zehn Schritte genähert hatte, senkte der Bock den Kopf, preschte auf ihn los und rammte sein Gehörn dicht neben ihm ins Geäst, daß die

Zweige splitterten. Mit Böcken war nicht zu spaßen, wenn ein Fremder sich ihrer Herde zu nähern wagte, das hatte er schon einmal erfahren, wie er sich dunkel erinnerte. Auf jeden Fall hielt er es für geraten, seine Hände dabei frei zu haben, und so zog er sich vorsichtig ein Stück weit zurück, setzte seine Last ab und überlegte, wie er das Biest von seiner Haustür verscheuchen könne. Er suchte auf dem Boden nach einem handlichen Stein, der sich gut werfen ließ, fand auch einen, aber er hatte sich noch nicht wieder aufgerichtet, als er plötzlich von oben aus der Felswand ein Grollen hörte, gleich darauf das Krachen berstenden Gesteins, und dann sah er auch schon die Brocken eines Felssturzes herabspringen. Mit einem Satz brachte er sich unter einem Überhang in Sicherheit, doch der Bock hatte nicht so viel Glück. Er machte zwar noch einen gewaltigen Sprung hangabwärts auf seine Herde zu, aber dann traf ihn ein Felsstück und warf ihn zu Boden. Weiter unten suchten die Ziegen in wilden Sätzen das Weite. Erst zwischen den höheren Bäumen blieben sie stehen und blickten angstvoll meckernd hinauf zu ihrem Gebieter, der sich nicht mehr rührte.

Der Bocksfüßige wartete, bis die letzten Steinbrocken herabgepoltert waren, trat dann aus seinem Unterschlupf hervor und spähte besorgt durch das Buschwerk hinüber zu dem getroffenen Tier, das am Rande der kleinen Lichtung lag. So böse hatte er's nun auch wieder nicht gemeint, und es tat ihm jetzt leid, daß er den Bock mit Steinwürfen hatte verjagen wollen. Mittlerweile hatte er sich daran gewöhnt, daß er den Aufenthalt unter freiem Himmel nicht ertragen konnte, und so versuchte er gar nicht erst, die Grasfläche zu überqueren, sondern hielt sich im Schutz der Sträucher, als er zu dem Bock hinüberging, um nachzusehen, ob er ihm helfen könne.

Ein scharfkantiges Felsstück hatte das rechte Horn dicht am Kopf abgeschlagen und dem Bock auch noch den linken Vorderlauf gebrochen. Das Tier lag benommen im Gras und blickte ihm mit seinen gelben Augen mißtrauisch entgegen. Als er sich zu ihm hinunterbeugte, um nach der Wunde zu sehen, versuchte es sich aufzurichten. Da legte er ihm seine Hand auf die zottige Schulter und sagte: «Sei ruhig! Ich tu dir und deinen Ziegen nichts.»

Der Bock bleckte die Zähne und sagte: «Hast du das gemacht, du halber Bock?»

«Nein», sagte er. «Das war der Berg selbst, der mit Steinen geworfen hat. Und nenne mich nicht so!»

«Warum nicht?» sagte der Bock. «So wie du jetzt aussiehst, gefällst du mir schon besser als damals, als du dir das Zicklein nehmen wolltest. Da warst du noch so ein Dünnbein.»

«Du bist das also, der mich damals durch den Wald gejagt hat», sagte er und entsann sich plötzlich wieder dieser Begegnung. «Dabei habe ich dir das Zicklein nur nachgetragen, du Dummkopf. Sag deinen Ziegen, daß sie mit ihrem Gezeter aufhören sollen! Ich habe nicht vor, sie aufzufressen. Und jetzt will ich mich um deine Wunde kümmern.»

Er erinnerte sich, daß er beim Nüssesammeln zwischen den Haselstauden ein paar von den breitblättrigen Kräutern hatte stehen sehen, die früher einmal irgend jemand, er konnte sich nicht erinnern, wer das gewesen war, ihm auf eine Wunde gelegt hatte. Er suchte eine Handvoll davon zusammen, brach sich außerdem ein paar starke Haselruten ab und riß ein Büschel langer, zäher Grashalme aus. Als er zurückkam, drängten sich die Ziegen schon darum, ihrem Gebieter das Blut von dem Hornstumpf zu lecken. Sobald der fremde Tiermann dazwischentrat, wichen sie jedoch scheu zur Seite und schauten aus sicherer Entfernung zu, wie er die Blätter zerquetschte und auf die Wunde preßte.

«Riecht gut», sagte der Bock. «Ich kenne das Kraut. Hilft auch gegen Bauchweh.»

«Dann wird's bei Kopfschmerzen nicht schaden», sagte er. «Jetzt kommt das Bein dran.» So gut er es verstand, richtete er den gebrochenen Lauf gerade, schiente ihn mit den Haselruten und band sie mit Gras fest. «Kannst du jetzt aufstehen?» fragte er dann.

Der Bock unternahm einen Versuch, hielt sich auch für kurze Zeit schwankend auf drei Beinen, brach dann aber wieder zusammen, worauf die Herde erneut in lautes Gemecker ausbrach. «Wer soll uns jetzt schützen?» jammerten die Tiere. «Wer zeigt uns die Futterplätze unter dem Schnee? Der Winter wird uns alle töten!» Und der Bock streckte alle Viere von sich, legte den Kopf ergeben ins Gras und sagte: «So ist es. Daran wird auch dieser namenlose Heilkundige nichts ändern.»

«Doch, das werde ich», sagte der Bocksfüßige in einer plötzlichen Eingebung. «Ich will einen Vertrag mit dir schließen, Einhorn.»

«Im Verleihen von Namen bist du ja schnell bei der Hand», sagte der Bock. «Wem soll ein solcher Vertrag nützen?»

«Euch und auch mir», sagte er.

«Erklär mir das», sagte der Bock. «Was willst du für uns tun?»

«Dir helfen, die Herde am Leben zu erhalten», sagte er. «Ich lade euch ein, in meiner Höhle zu hausen, euch an meinem Feuer zu wärmen und aus meiner Quelle zu trinken. Außerdem will ich versuchen, Futter für die Herde zusammenzutragen, ehe der Schnee fällt. Was hältst du davon?»

«Das klingt gut», sagte der Bock. «Aber welchen Nutzen versprichst du dir davon? Willst du meine Ziegen bespringen?»

Er sah das böse Funkeln in den Augen des Bocks und beeilte sich zu beteuern, daß er in dergleichen Herrschaftsrechte nicht einzubrechen gedenke. «Doch in allem anderen sollen mir die Tiere gehorchen wie dir selbst», sagte er dann. «Vor allem sollen mir die Ziegen jeden Tag etwas von ihrer Milch überlassen, damit auch ich den Winter überlebe.»

«Also wirst auch du von uns abhängig sein», sagte der Bock zufrieden. «Da drei meiner Ziegen nicht trächtig sind, kann ich dir diese Zusage machen, und so werde ich um der Herde willen diesen Vertrag mit dir schließen. Du und ich werden ihn beschwören bei dem, was uns am teuersten ist.» Er stemmte seinen heilen Vorderlauf in den Boden, richtete sich mühsam auf und sagte zu seinen Tieren: «Ihr habt gehört, was hier besprochen worden ist. Von heute an werde ich meine Herrschaft über die Herde mit diesem Namenlosen teilen, und ihr werdet ihm von eurer Milch abgeben, so lange er seine Verpflichtungen erfüllt. Das schwöre ich bei dem einen Horn, was mir noch geblieben ist, und damit ich es nicht vergesse, will ich den Namen annehmen, den dieser hier mir gegeben hat. Nun bist du an der Reihe, Namenloser!»

Namenlos sollte er nun nicht mehr lange bleiben. Er hatte inzwischen seinen Stein aus dem Beutel genommen, zeigte ihn auf der flachen Hand vor, daß alle sehen konnten, wie der farbige Ring in der Abendsonne aufstrahlte, und sagte: «Ich schwöre bei diesem steinernen Auge, daß ich für die Herde sorgen werde, wie ich es versprochen habe.»

Der Anblick des Steins ließ selbst die Jungtiere verstummen, die bisher diese feierliche Ziegen-Zeremonie durch ihr vorlautes Gemecker gestört hatten. Alle blickten auf das vielfarbige Leuchten, und dann ließen sich die Ziegen eine nach der anderen ins Gras nieder, als gebe es nun keinen Grund mehr zur Beunruhigung. Aus den gelben Augen Einhorns war jedes Mißtrauen geschwunden. «Diesem Auge vertraue ich mehr als dir», sagte er. «Du sollst von nun an Steinauge heißen, denn heute ist ein Tag, an dem neue Namen vergeben werden. Nimm das abgebrochene Horn an dich, damit jeder sehen kann, daß du bei uns genauso viel giltst wie ich selbst. Bring mich jetzt in deine Höhle!»

So kam der Bocksfüßige zu einem neuen Namen. Daß er früher einen andern getragen hatte, war ihm schon aus dem Gedächtnis geschwunden. Es war ja auch niemand da, der ihn so hätte nennen können. Für die Ziegen war er jedenfalls seither kein Fremder mehr, und sie wurden nicht müde, ihn Steinauge zu rufen, als wollten sie sich immer aufs Neue seiner Vertrautheit versichern. Gelegenheit dazu gab es zur Genüge, denn Steinauge mußte sich in den folgenden Wochen um alles kümmern, während Einhorn in der Höhle lag und sein gebrochenes Bein auskurierte. Jeden Morgen bekam der Bock sein Futter vorgeschüttet, dann nahm Steinauge seinen Korb, führte die Ziegen zu einem Weideplatz und suchte dann, während die Tiere grasten, ringsum im Wald allerlei Futter zusammen, mit dem er die Herde durch den Winter zu bringen hoffte. Dabei mußte er sie obendrein ständig im Auge behalten, denn ohne die gestrenge Aufsicht ihres Gebieters benahmen sich die Ziegen, eigenwillig wie sie sind, höchst unvernünftig, verliefen sich zwischen Buschwerk und Bäumen, kletterten auf Felsblöcke in der Hoffnung, dort besonders würzige Kräuter zu entdecken, und fanden dann nicht mehr auf den Boden. «Steinauge, hilf mir hinunter!» hieß es dann, «Steinauge, mein Zicklein ist in den Wald gelaufen! Geh es suchen!» oder «Steinauge, komm schnell! In den Sträuchern lauert ein Luchs!» Der vermeintliche Luchs war dann zwar nur eine streunende Wildkatze, aber das Zicklein war tatsächlich schon halbwegs den Hang hinunter durch den Wald gehoppelt, und die verstiegene Ziege mußte er auch in Sicherheit bringen, wenn er nicht noch ein gebrochenes Bein behandeln wollte. Mit einem Wort: er war den lieben langen Tag vollauf beschäftigt, und zwischendurch mußte er, um seine Verpflichtungen zu erfüllen, noch Eicheln und Bucheckern sammeln, Holzäpfel und Vogelbeeren, ja alles, was ihm für einen Ziegenmagen verdaubar schien. Dafür bekam er dann am Abend auch seine Milch, aber er war fast zu müde, die Holzschale auszutrinken, die er sich für diesen Zweck mit seiner Messerklinge geschnitzt hatte. Neben seinem Lager wuchsen jedoch die Vorratsberge, die er Tag für Tag dort aufschüttete, und er genoß diesen Anblick in zunehmendem Maße, ehe ihm die Augen zufielen, während die Ziegen unten in der Höhle auf ihrer Laubstreu noch unruhig waren und mit weit geöffneten Augen in die Glut des unvertrauten Feuers starrten, das ihnen die Wärme des Sommers zurückbrachte, ohne daß die Sonne am Himmel stand.

Eines Morgens schien sie überhaupt nicht mehr aufzugehen. Steinauge erwachte vom Gezeter der Ziegen, die irgendwo unten in der Finsternis herumtrappelten. Eine von ihnen trat in die unter der Asche schwelende Glut des heruntergebrannten Feuers, Funken stoben auf, und für einen Augenblick sah er die Tiere wie sinnlos herumirrende Schatten durch die Höhle rennen. «Warum schlaft ihr nicht?» sagte er. «Es ist noch lange nicht Morgen.»

«Es müßte längst Tag sein», hörte er Einhorn sagen. «Wir spüren das. Aber es will nicht hell werden.»

Das Feuer war inzwischen wieder zusammengesunken. Steinauge tastete sich über den Abbruch hinunter, stocherte in der Glut, legte ein paar Äste auf und wartete, bis sie hell brannten. Der Schein der Flammen beruhigte die Tiere einigermaßen. Sie drängten sich um den Bock, und in ihren Augen flackerte der Widerschein des Feuers. Unter den erwartungsvollen Blicken seiner Ziegen fühlte Steinauge sich gedrängt, irgend etwas zu unternehmen, und ging zum Ausgang der Höhle. Das Schlupfloch gähnte ihm schwarz entgegen, und als er sich bückte und hinauszukriechen versuchte, merkte er auch, warum das so war. Statt ins Freie zu gelangen, stieß er auf eine eiskalte Mauer. Über Nacht hatte es den Ausgang zugeschneit.

Für einen Augenblick war die Dunkelheit auch ihm unheimlich geworden, doch jetzt mußte er schon wieder über die ängstlichen Ziegen lachen. Er kroch zurück und sagte: «Soll ich euch das Tageslicht zurückbringen?» Eine Antwort wartete er erst gar nicht ab, sondern riß einen brennenden Ast aus dem Feuer, schwang ihn laut lachend über seinen Kopf, daß die Flammen hell aufloderten und rief: «Komm herbei, Sonne! Meine Ziegen warten auf dich!» Dann bückte er sich in den Durchschlupf und stieß das brennende Holz in die Schneemauer, daß es nur so zischte. Rasch hatte er den Ausgang freigestochert und den restlichen Schnee mit den Händen beiseite geschaufelt, bis er hinauskriechen konnte ins verschneite Gebüsch, aus dem Kaskaden staubfeiner, flirrender Kristalle auf ihn herabrieselten und sein Fell weiß überpuderten. Die Welt hatte jede Farbe verloren. Unter dem milchigen Himmel duckte sich wolkiges Gebüsch, das sich hangabwärts zur weißschäumenden Woge des Waldes auftürmte. Nun war der Winter da.

Inzwischen drängten sich auch die Ziegen aus dem freigeschaufelten Schlupfloch und schüttelten sich den Schnee aus dem Fell. Sie sammelten sich um Steinauge wie um ihr Leittier und starrten ihn bewundernd mit ihren bernsteingelben, glänzenden Augen an. Schließlich sagte eine von ihnen: «Du hast große Macht, Steinauge, daß du uns den hellen Tag zurückbringen konntest. Aber nun hat es geschneit, und wir werden kein Futter mehr finden.»

«Kommt!» sagte Steinauge nur und stapfte ihnen voran durch den tiefen Schnee. Er hatte mit dergleichen gerechnet und sich in den vorangegangenen Tagen ein paar übergraste Geländewellen eingeprägt, die dem Wind besonders ausgesetzt waren. Bald fand er eine, die fast freigefegt war, und ließ seine Ziegen hier weiden. Wenn die Tiere in Schwierigkeiten kamen, verloren sie leicht den Kopf, aber sobald sie den festen Boden unter der Schneedecke spürten, verstanden sie es, mit ihren scharfen Vorderhufen die Grasnarbe freizuscharren.

Während die Ziegen auf solche Weise ihr Futter mühsam aus dem Schnee gruben, blieb Steinauge zwischen den Sträuchern, suchte trockenes Holz zusammen und achtete darauf, daß seine kleine Herde sich nicht zerstreute. Eine Zeitlang beobachtete er einen Falken, der am Himmel kreiste, erst sehr hoch, daß er im Dunst kaum zu erkennen war; später schraubte er sich herunter, als wolle er die Herde genau betrachten, aber zu dieser Jahreszeit waren die Jungtiere schon lange nicht mehr so klein, daß ein Falke ihnen etwas hätte anhaben können. Einmal schoß er dicht über das Gebüsch hinweg, aus dem Steinauge gerade ein paar dürre Äste herausbrach, dann verschwand er nach Süden hinter den verschneiten Baumkronen. Steinauge duckte sich und fühlte sich entdeckt.

Die Ziegen wurden an diesem Tag nicht satt, denn das gelbe, ausgelaugte Gras hatte keine Kraft mehr in sich. Als er sie gegen Abend in die Höhle zurückgeführt hatte und sich seine Schale voll Milch melken wollte, blickten sie ihn vorwurfsvoll an, als habe er seine Verpflichtungen nicht erfüllt. Da schüttete er ihnen ein paar Eicheln und Holzäpfel vor, und das mußte er von nun an jeden Abend tun, so viel Mühe er sich auch gab, geeignete Futterplätze zu finden.

Zugleich ging mit ihm in dieser Zeit eine Verwandlung vor sich, von der er selbst kaum etwas merkte. Als er sich mit den Ziegen zusammengetan hatte, war seine Absicht gewesen, sich dieser Tiere zu bedienen und mit ihrer Hilfe den Winter zu überstehen, ein zwar bocksfüßiger Waldgänger, der jedoch noch gewohnt war, sich aufrecht zu halten und auf vierfüßige Wesen herabzublicken; ein Verstoßener, der unversehens zu einer Herde gekommen war, wenn er auch mit dem verletzten Bock verhandelt hatte wie mit einem gleichberechtigten Partner. Doch seit dem Tag dieses Vertrages hatte dann auch diese Verwandlung begonnen, die sich etwa darin zeigte, daß er einen gebückten Gang annahm, wenn er vom Waldboden Eicheln oder Feuerholz aufsammelte oder sich vor seiner Höhle zwischen den Büschen bewegte und unter ihren Zweigen Schutz suchte vor der beängstigenden Nacktheit des Himmels, in dessen unfaßbarer Tiefe vielleicht ein Falke schwebte und ihn mit seinen starren grünen Augen beobachtete.

Diese Haltung brachte ihn seinen Ziegen näher. Während sie anfangs für ihn eine Gruppe schwer unterscheidbarer Tiere gewesen waren, aus der sich nur der Bock heraushob, so lernte er jetzt nach und nach die Eigenart jedes einzelnen Tieres kennen und konnte sie bald alle beim Namen nennen, die sanfte Weißfleck etwa mit dem komischen hellen Haarpinsel zwischen den Hörnern, die launische Hinkfuß, die sich irgendwann, ehe er zur Herde gestoßen war, den rechten Hinterlauf verletzt hatte und seither in sonderbarem Hoppelschritt mit der Herde trottete, um ihr Gebrechen gelegentlich dazu auszunutzen, wie aus Versehen heimtückische Seitentritte auszuteilen, oder die behäbige Schleppeuter, die er inzwischen als weitaus freigiebigste Milchspenderin schätzen gelernt hatte. Ein Hirte mag zwar auch die Tiere seiner vertrauten Herde auf ähnliche Weise unterscheiden lernen, aber er steht aufrecht unter dem Himmel, blickt über sie hinweg wie über ein Besitztum und geht aus dem Wind, wenn ihm der Geruch der Tiere lästig wird. Steinauge wurde jedoch von Tag zu Tag mehr zu einem Mitglied der Herde, einer Art Leittier, eingeschlossen in den Dunstkreis der Leiber, und war sich seiner Andersartigkeit kaum noch bewußt; allenfalls spürte er gelegentlich den Rest einer dumpfen Erinnerung, daß er einmal in Häusern unter Menschen gelebt hatte.

Dann kam die Zeit der Schneestürme. Steinauge war an dem Tag, an dem das Wetter losbrach, mit seinen Ziegen draußen zwischen den Haselstauden gewesen, obwohl es den Tieren kaum noch gelang, ein paar Halme unter der Schneedecke hervorzuscharren. Schon seit dem Morgen waren sie unruhig gewesen, und auch er selbst fühlte eine lähmende Leere hinter den Augen, streifte rastlos durchs Gebüsch und spürte, daß sich irgendetwas näherte, das nicht aufzuhalten war. Dann sah er, wie sich über die Kante der Felswand eine zweite Wand emporschob, schwarz mit fransigen grauen Rändern, und wenige Augenblicke später fuhr schon der Sturm von der Höhe herab und fegte die ersten nadelspitzen Eiskristalle vor sich her.

Steinauge pfiff den Ziegen und trieb sie den Hang hinauf der Höhle zu. Eben hatte dort noch die Felswand in den Himmel geschnitten, jetzt hatten die waagerecht dahinjagenden Schneefahnen sie schon verschluckt. Das letzte Stück kämpfte er sich blind vorangelehnt gegen die fast körperhafte eisige Strömung, ertastete endlich den schon zur Hälfte zugewehten Einschlupf und ließ sich über den angehäuften Schnee in die Höhle gleiten.

Seine Ziegen waren leichter als er gegen den Sturm vorangekommen und warteten schon auf ihn. Während er ihnen Futter vorschüttete, wurde der Eingang vollends zugeweht und damit der letzte Rest von Tageslicht abgeschnitten. In der Dunkelheit war nichts weiter zu hören als das Sausen des Sturmes. Steinauge fachte das Feuer an und legte Holz auf, um die lähmende Kälte zu vertreiben, dann stieg er hinauf zu seinem Lager und wühlte sich in die Streu.

Das ziehende Pfeifen drang bis in seinen Dämmerschlaf wie das Sausen eines nicht endenwollenden Falles in bodenlose Abgründe, er stürzte in gestaltlose Räume der Angst, und als er schließlich in eisiger Erstarrung erwachte, war noch immer dieses zischende gleichbleibende Sausen zu hören. Irgendwann, er wußte nicht, ob draußen Tag oder Nacht war, stieg er steifbeinig hinunter zu den Tieren, die sich unruhig um das niedergebrannte Feuer drängten, gab ihnen etwas zu fressen, kroch dann wieder hinauf zu seinem Lagerplatz und versuchte weiterzuschlafen. Aber sobald er den Fixpunkt des glimmenden Feuers aus dem Blick verlor und die Augen schloß, begann schon wieder der Sturz in die Schwärze, als habe sich der Boden der Höhle aufgetan, um alles Lebende in sich hinabzusaugen. Schemenhafte Traumbilder glitten vorüber, fahle, struppige Pferde, deren flatternde Mähnen vom Sturm seitwärts geweht wurden, Reiter, die gebückt in den Sätteln hockten, Peitsche und Säbel schwangen, rasten dahin durch die Leere, umkreisten ihn in wildem Wirbel, zerstreuten sich in alle Winde, bis sie wie ferne Schneeflocken durch den Raum wirbelten, um sich gleich darauf wieder in unfaßbarer Schnelligkeit zu nähern, einer von ihnen preschte auf ihn zu, war schon heran, ein wutverzerrtes Gesicht, um das Haarzotteln und Schläfenzöpfe flogen, das Aufblitzen eines vorgereckten Krummschwertes, und dann fegte der Reiter durch ihn hindurch wie ein eisiger Luftzug, der ihn hochschrecken ließ.

Das Feuer hatte sich unter die Asche verkrochen, es gab keinen rotglimmenden Punkt mehr im Raum, an den er sich halten konnte, nur zischendes Sausen, tiefschwarze Dunkelheit und die Ungewißheit, ob dieser Raum überhaupt noch Wände besaß oder sich vielleicht schon ins Ungemessne ausgedehnt hatte. Er spürte das Zittern in seinen Gliedern und konnte fühlen, wie die Kälte greifbar zu ihm heraufkroch und sich ausbreitete wie eine erstickende Flüssigkeit, die ihn träge schwappend umspülte.

Es war ihm nicht bewußt, was ihn trieb, als er aufstand und sich hinuntertastete zur Feuerstelle, deren Wärme noch zu spüren war. Er stocherte die Glut auf, warf ein paar Äste darüber und wartete, bis sie brannten. Im Schein der aufzüngelnden Flammen sah er seine Ziegen vereint zu einem braunfelligen Knäuel von Leibern neben der Feuerstelle schlafen, hörte ihr sanftes Schnaufen, sah das ruhige Auf- und Abschwellen der atmenden Körper und roch ihren Dunst. Da gab er seine aufrechte Haltung auf, kroch zwischen sie, wühlte sich ein in warmes, lebendiges Fleisch und wurde eins mit dem pulsierenden Organismus der Herde, der ihn aufnahm und umfing, wärmte und nährte. Er schlief tief und traumlos, erwachte zuweilen, fühlte sich wohlig umhegt und saugte Milch aus einem Euter, das sich ihm darbot, dämmerte wieder ein und verlor jedes Zeitgefühl, träumte sich hinein in diesen warmen, vom Herzschlag der Herde durchpulsten Schoß, in dem selbst das Sausen des Sturmes abebbte und nur noch als fernes, tiefes Summen den Grundton eines wohltönenden Akkordes bildete, der orgelnden Harmonie einer in sich ruhenden, den Zwängen von Raum und Zeit entlassenen Welt wunschloser Geborgenheit.

Irgendwann, er wußte nicht, waren Stunden, Tage oder gar Wochen vergangen, hatte das Sausen des Sturmes aufgehört. Die Tiere lösten sich träge aus ihrer Verknäuelung, eine Ziege stupste ihn mit der Nase an und sagte: «Steh auf, Steinauge! Wir frieren. Mach Feuer!» Erst jetzt spürte er, daß er nackt im Dunkel der Höhle lag, entlassen aus dem wärmenden Schoß der Herde, und die Kälte fiel über ihn her wie ein reißender Wolf. So stand er schließlich mit steifen Gliedern auf, machte Feuer, warf Holz hinein und wärmte sich mit den andern. Dann schaufelte er den Eingang frei, bis das Licht der Sonne durch die kahlen Zweige der Büsche hereinfiel, führte die Herde hinaus in den tiefen, blendenden Schnee, brach Zweige für die Tiere ab, damit sie Knospen und Rinde mit den Zähnen abstreifen konnten, verbrachte so den Tag und legte sich am Abend bei den Ziegen schlafen. Später gesellte sich dann auch Einhorn wieder zu der Herde, dessen Bein inzwischen ausgeheilt war, aber im Gleichmaß dieser Tage geschah nichts Bemerkenswertes, eine Herde, die den Winter verbringt, sonst nichts.

Bei alledem schwanden die Vorratshaufen allmählich dahin, und die Ziegen begannen zu hungern, aber täglich stieg die Sonne ein Stück höher über den Wald, der Schnee sackte zusammen und gab die ersten aperen Stellen auf dem Hang frei, an denen weiße und violette Krokus blühten und bald danach frische hellgrüne Halme aus den braunen, strähnigen Grasbüscheln trieben.

In dieser Zeit begann Einhorn seine Stellung als Leittier wieder zu beanspruchen. Er war es jetzt, der die Herde herausführte und bewachte, und es klang fast widerwillig, als er eines Morgens sagte: «Du hast dein Versprechen eingelöst und die Herde gut durch den Winter gebracht, Steinauge. Den Sommer über sollst du sie jedoch meiner Obhut überlassen; im Winter kannst du mich dann wieder ablösen. Ich meine, das wäre die richtige Art, unsere Herrschaft zu teilen, wie wir beschworen haben.»

«Willst du, daß ich euch verlasse?» fragte Steinauge bestürzt. Ein Leben ohne die Herde konnte er sich kaum noch vorstellen.

«Das kannst du halten, wie du willst», sagte der Bock und wetzte sein gewaltiges Horn an einer Felskante. «Ich werde dich nicht verjagen. Aber du solltest künftig ein wenig beiseite bleiben, damit meine Tiere wissen, an wen sie sich zu halten haben.»

Das war es also. Der Bock begann, eifersüchtig zu werden. Steinauge konnte sich ein Grinsen kaum verbeißen. Jedenfalls hatte er nichts dagegen, nach den Strapazen dieses Winters die Verantwortung für die Herde vom Halse zu haben und ein bißchen zu faulenzen. «Ich werde mich danach richten», sagte er, «aber vorderhand bleibe ich noch bei euch, denn ich habe hier noch etwas zu tun.»

Von diesem Tag an schlief er zwar noch bei der Herde und genoß Nacht für Nacht die Nähe der ruhig atmenden Tiere, aber am Morgen ließ er sie ihrer Wege ziehen, setzte sich vor der Höhle unter einen Haselstrauch, an dem jetzt schon die Kätzchen stäubten, und wärmte sein Fell in der Sonne.

Das abgebrochene Bockshorn hatte er den Winter über stets bei sich getragen, gewissermaßen wie einen Ausweis seiner Würde als Leittier der Herde, und wie er nun an einem Frühlingstag so dasaß und mit diesem Ding spielte, fragte er sich, was es jetzt noch für einen Nutzen haben sollte. Es lag gut in der Hand, die Querrillen fügten sich wie von selbst zwischen die Finger und machte es griffig. Das brachte ihn auf den Gedanken, ein Heft für sein Messer daraus zu machen. Er hatte zwar einige Mühe damit, aber schließlich saß die Klinge fest im unteren Ende des Horns und ragte mit der Spitze noch ein gutes Stück hervor. Dann wetzte er die Schneide an einem Stein, bis sie so scharf war, daß er ohne nennenswerten Widerstand ein Grasbüschel damit niedermähen konnte. Jetzt brauchte er nur noch zu warten, bis das Gras schnittreif war; denn das war die Arbeit, die er sich vorgenommen hatte.

Ein paar Wochen später, nachdem fünf der Ziegen Junge geworfen hatten, war es dann so weit. Das Honiggras hatte seine weichen, rötlichen Rispen entfaltet, und dazwischen schaukelten die weißen Dolden von Kerbel und Pimpinelle, Schmetterlinge taumelten darüber hin, und in der Luft hing der Duft von Minze und Ruchgras. Wieder einmal machte Steinauge die Erfahrung, daß es ihm unmöglich war, auch nur zwei Schritte weit aus dem Schatten der Sträucher herauszutreten, und das lag wohl nicht nur an dem Falken, der hoch zwischen den Wolken über der Lichtung stand und herabzuspähen schien. So mußte Steinauge sich damit begnügen, das Gras am Saum des Gebüsches entlang abzumähen, so weit er mit seinem Messer reichen konnte.

Am Abend kehrte die Herde von der Weide zurück und wollte sich gleich über das frisch geschnittene Futter hermachen. Als Steinauge die Ziegen auf die Wiese hinausscheuchte, trabte Einhorn mit drohend gesenktem Kopf auf ihn zu, blieb steifbeinig vor ihm stehen und sagte: «Warum vertreibst du meine Tiere? Willst du das alles allein fressen?»

Steinauge lachte und versuchte, ihm zu erklären, daß er dieses Gras trocknen und für später aufheben wolle. Einhorn schüttelte befremdet den Kopf und sagte: «Ich habe noch nie von einem Bock gehört, der Gras abbeißt, um es dann liegen zu lassen. Du bist verrückt!»

Da rammte Steinauge sein Messer vor sich in den Boden, daß das Horn aufrecht aus der Erde zu wachsen schien, und sagte: «Bei diesem Horn frage ich dich, Einhorn, ob dein Wort gilt, daß ich im nächsten Winter wieder die Herde führen soll.»

«Warum diese Feierlichkeit?» fragte der Bock. «Ich werde mein Wort nicht brechen. Aber wer redet jetzt vom Winter? Der Wald ist eben erst grün geworden und das Gras saftig.»

«Ich sehe schon, daß du nicht bis morgen denken kannst», sagte Steinauge. «Wenn du deine Ziegen nicht von dem geschnittenen Gras fernhältst, werde ich dir die Sorge für die Herde im nächsten Winter überlassen und jedem sagen, daß Einhorn seine Schwüre allzu rasch zu vergessen pflegt.»

Das wollte Einhorn nicht auf sich sitzen lassen, und so konnte Steinauge ein paar Tage später sein Heu einbringen und im oberen Teil seiner Höhle aufstapeln. Er hatte damit zu tun, bis es dunkel wurde, ließ sich dann in den letzten Ballen Heu hineinfallen und schlief sofort ein, betäubt von dem verwirrenden Duft der Kräuter, der einen verschütteten Traum in ihm wachrief, den Traum von einem Gesicht, das sich über ihn beugte, das Gesicht einer Frau, deren nahe Augen wie ein dunkler Himmel über ihm standen, an dem vielfarbige Sterne flirrten, und diese Frau lachte leise, während sie ihn anblickte, und sagte: «Bist du's zufrieden, wie ein Bock unter Ziegen zu leben? Das hatte Arni eigentlich nicht im Sinn, als er dir den Stein gab und seinen Vers dazu sagte:

Suche den Schimmer,
suche den Glanz,
du findest es nimmer,
findst du's nicht ganz.

Als er diese Worte hörte, war Steinauge zumute, als erwache er mitten in seinem Traum aus langem Schlaf oder als sei er endlose Zeit durch eine finstere Höhle gekrochen und sehe nun plötzlich die Sterne durch einen Ausstieg hereinblicken.

«Werde ich es je finden?» fragte er.

«Nicht hier bei den Ziegen», sagte die Frau, und zugleich begann ihr Gesicht durchscheinend zu werden wie damals bei der Quelle am Rande des Krummwaldes.

«Laß mich nicht wieder allein!» sagte er. «Ich habe Angst, allein zu gehen.»

Das Gesicht war kaum noch wahrzunehmen, aber er hörte die dunkle Stimme noch sagen: «Auch Angst gehört dazu. Folge dem Schimmer! Und achte auf deinen Stein!»

Damit verlöschte das Gesicht, aber die letzten Worte hatten wie eine Warnung geklungen, die Warnung vor einer drohenden Gefahr. Er hatte ihren Klang noch im Ohr, als er aus dem Traum hochschreckte, und im gleichen Augenblick spürte er auch schon eine Bewegung vor sich im Heu und ein leichtes Zupfen an der Schnur, an der er seinen Beutel um den Hals trug. Er bewegte sich nicht, versuchte ruhig zu atmen wie ein Schlafender und wartete. Eine Zeitlang geschah nichts. Dann streifte ein glattes, kurzhaariges Fell seinen Hals, und gleich darauf machte sich irgendetwas an seinem Beutel zu schaffen. Ohne ein Geräusch zu machen, hob er langsam die Hand und packte dann jäh zu. In seinem Griff wand sich quiekend ein kleines, schlankes Tier und biß ihn sofort in den Finger. Er schrie auf, ohne seinen Griff zu lockern, und packte den Kopf des Tieres mit der anderen Hand so, daß es ihn nicht mehr beißen konnte. «Ich hätte gute Lust, dir den Hals umzudrehen», sagte er wütend. «Wer bist du überhaupt? Und was willst du mit meinem Beutel?»

Statt einer Antwort stieß das Tier nur ein paar erstickte Laute aus. Man kann ja schlecht reden, wenn einem jemand den Mund zuhält. Zumindest klang das aber schon recht unterwürfig.

«Schwörst du, mich nicht mehr zu beißen, wenn ich deinen Kopf freigebe?» sagte Steinauge. «Der Schwur soll gelten, wenn du aufhörst, dich wie eine Schlange zu winden.»

Da erschlaffte das Tier derart vollständig, daß er zunächst meinte, er habe es umgebracht. Aber sobald er die Hand öffnete, mit der er dem Biest das Maul zugehalten hatte, sagte es sofort: «Ich bin ein Wiesel, und mein Name ist Nadelzahn, zu dienen.»

«Auf diese Art von Dienst kann ich verzichten», sagte Steinauge, umklammerte das Wiesel vorsichtig mit der anderen Hand und leckte das Blut von seinem Finger. «Außerdem warte ich noch immer auf die Antwort auf meine zweite Frage.»

«Ich bitte dich tausendmal um Verzeihung, Träger des Steins», sagte das Wiesel. «Es schien mir ein Gebot der Höflichkeit zu sein, mich zunächst einmal vorzustellen.»

Nachdem er durch Monate hindurch nur die schlichten, auf nichts anderes als auf die Notwendigkeiten des täglichen Lebens gerichteten Reden seiner Ziegen gehört hatte, kam Steinauge eine solche Ausdrucksweise erstaunlich vor. Noch befremdlicher erschien ihm jedoch der Name, mit dem ihn das Wiesel angesprochen hatte, wenn er auch eine vage Erinnerung weckte, die er jedoch in keinen sinnvollen Zusammenhang bringen konnte. «Nach dem Namen, den du mir gibst», sagte er, «weißt du also, was in dem Beutel versteckt ist, den ich um den Hals trage.»

«So ist es», sagte das Wiesel, «und ich sehe jetzt auch, daß ich es nicht hätte wagen dürfen, dein Eigentum anzutasten, du Herr mit den starken Händen, in deren Griff ein nichtswürdiges Wesen wie unsereins vergeht wie Wasser. Du bist selbst im Schlaf so wachsam wie einer, der schon gewarnt worden ist, ehe der Dieb sich nähert.»

«Ich bin wirklich gewarnt worden», sagte Steinauge. «Du brauchst dir also nichts vorzuwerfen.»

«Ergebensten Dank, daß du in deiner Großmut versuchst, mein Selbstbewußtsein zu stärken», sagte das Wiesel, und Steinauge meinte, in seiner Hand zu spüren, wie es sich höflich zu verbeugen versuchte, während es fortfuhr: «Ist es erlaubt zu fragen, wer dich gewarnt hat?»

«Eine Traumfrau mit Augen wie Sternenhimmel», sagte er und fragte sich dabei, was dieses Wiesel namens Nadelzahn wohl von dergleichen nächtlichem Umgang halten mochte. Das Wiesel schien jedoch durchaus nicht überrascht zu sein, sondern sagte mit einer Spur von Resignation in der Stimme: «Das hätte ich eigentlich wissen müssen. Man sagt ja von diesem Stein, daß er vor vielen Jahren einmal einer alten, weisen Frau gehört haben soll, die große Macht über geheime Dinge besaß.»

«So, sagt man das?» Steinauge versuchte sich zu erinnern, welche Bewandtnis es mit dem Stein hatte. Er war sicher, daß er es einmal gewußt hatte, aber es wollte ihm nicht einfallen. Was sollte das für eine alte Frau gewesen sein? Besonders alt war ihm die Frau, die er im Traum gesehen hatte, nicht vorgekommen. Jedenfalls hatte er nicht auf ihr Alter geachtet, weil sie so über die Maßen schön gewesen war, daß ihm noch jetzt das Herz schneller klopfte, wenn er an sie dachte.

Steinauge fand mittlerweile, daß sich mit Nadelzahn gut reden ließ. «Hör einmal», sagte er, «ich würde mich gern noch ein bißchen länger mit dir unterhalten. Wenn du mir schwörst, nicht wegzulaufen und vor allen Dingen meinen Beutel in Ruhe zu lassen, dann gebe ich dich frei.»

«Das schwöre ich dir bei den Schwänzen meiner Vorfahren, mit denen die Könige ihre Krönungsmäntel schmücken», sagte Nadelzahn, und das ist wahrhaftig der höchste und heiligste Schwur, den ein Wiesel aussprechen kann. Da ließ Steinauge das Tier aus seiner Hand schlüpfen, worauf es sich erst ein wenig streckte und dann neben seinem Ohr zusammenrollte. Eine Zeitlang war nur zu hören, wie es sein Fell putzte. Dann sagte es: «Jetzt, wo ich nicht mehr in deiner Gewalt bin, will ich dir noch etwas sagen. Du bist freundlich zu mir, obwohl ich das in keiner Weise verdient habe. Wenn du erlaubst, will ich bei dir bleiben, denn du hast nicht nur einen mächtigen Schutz in deinem Stein, sondern bist auch gütiger als jene, die mich zu dir geschickt hat, um dir diesen Stein zu stehlen.»

«Wer war das?» fragte Steinauge, obwohl er die Antwort schon im voraus ahnte.

«Ein grünäugiges Falkenweibchen», sagte das Wiesel dann auch. «Ich war ihm insoweit verpflichtet, als es mir gelegentlich einen Teil seiner Beute überließ, und wollte nicht unhöflich erscheinen, aber ich sehe nun ein, daß es diese Falkenfrau nur darauf abgesehen hatte, meine bescheidene Geschicklichkeit für diesen Diebstahl zu benutzen. Sie scheint sehr begierig darauf zu sein, den Stein zu besitzen, den du in dem Beutel trägst. Ich will künftig darauf achten, daß er dir nicht auf die eine oder andere Art abhanden kommt, während du schläfst. Willst du mich in deinen Dienst nehmen?»

«Gerne», sagte Steinauge, «und zwar umso lieber, als ich vorhabe, die Herde zu verlassen und über die Berge zu wandern.» Dieser Gedanke war ihm erst während des Gesprächs mit dem Wiesel gekommen. Seit Einhorn das Regiment über die Herde wieder selbst übernommen hatte, war sich Steinauge ziemlich unnütz vorgekommen. Vielleicht hatte er nur deswegen das Heu eingebracht, um seine Stellung innerhalb der Herde zu beweisen und zu sichern, doch den Sinn dieser Veranstaltung hatten die Tiere ohnehin nicht begriffen. Nun stand auch noch fest, daß dem grünäugigen Falken sein Aufenthaltsort bekannt war, und dieser gierige Vogel würde wohl auch weiterhin versuchen, den Stein in seine Gewalt zu bekommen. Höchste Zeit, sich aus dem Staub zu machen, dachte Steinauge und sagte: «Willst du mich begleiten, Nadelzahn?»

«Mit Vergnügen», sagte das Wiesel. «Wenn ich ehrlich sein soll: Deine Ziegen mögen ja höchst ehrenwerte Tiere sein, aber sie stinken so erbärmlich, daß ich keine zweite Nacht in dieser Höhle verbringen möchte.»

Am Morgen flocht er sich eine große Schultertasche aus Ziegenhaar, von dem ganze Büschel in der Höhle herumlagen, füllte sie mit den letzten Haselnüssen und machte sich auf den Weg. Einhorn zeigte sich nicht überrascht von diesem plötzlichen Aufbruch und schien erleichtert, den Rivalen erst einmal los zu sein. «Als ich das Bein gebrochen hatte, warst du ja ganz brauchbar», sagte er, «aber in letzter Zeit machst du nur noch verrücktes Zeug. Lauf nur, so weit du willst. Wir kommen jetzt auch ohne dich gut zurecht.»

«Vor dem Winter bin ich wieder hier bei euch», sagte Steinauge und dachte bei sich, daß Einhorn schon ein bißchen dankbarer hätte sein können. Aber der wiederholte nur verständnislos: «Vor dem Winter?», als kenne er kaum die Bedeutung dieses Wortes. «Wer redet jetzt schon vom Winter?»

«Wenn du erst bis zum Bauch im Schnee steckst, wirst du schon wieder davon reden», sagte Steinauge, und damit schlug er sich in die Büsche. Das Wiesel hatte er nicht mehr gesehen, seit er am Morgen aufgewacht war. Wahrscheinlich hatte es ihm nur Honig um den Mund geschmiert, um sich ohne Gefahr verdrücken zu können. Womöglich hatte er das Ganze auch nur geträumt. Aber als er schon eine Weile an der Felswand entlanggetrottet war, immer weiter nach Norden, spürte er plötzlich einen leichten Ruck an seiner Tasche, und da saß auch schon das Wiesel darauf, ohne daß er gesehen hätte, woher es gekommen war.

«Da bist du ja wieder», sagte er. «Ich dachte schon, ich hätte dich nur geträumt.»

«Es freut mich zu hören, daß dein Finger nicht mehr wehtut», sagte das Wiesel.

«Mein Finger?» fragte Steinauge verblüfft. Er hob die Hand und entdeckte die Zahnspuren auf seinem Zeigefinger. Da lachte er und sagte: «Das ist allerdings ein Beweis, daß ich dich nicht geträumt habe. Wo hast du gesteckt?»

«Weit genug entfernt von der Höhle, daß ich den Geruch deiner Ziegen aus der Nase hatte», sagte das Wiesel. «Ich hoffe, du bist nicht ungehalten über diese Bemerkung. Aber Wiesel sind in dieser Beziehung sehr empfindsam.»

«Ist schon gut», sagte Steinauge. «Ich muß mich erst wieder daran gewöhnen, ohne diesen Geruch zu leben, ohne den Dunst meiner Herde.»

An diesem Tag wanderte er immer weiter am Fuß der Felswand entlang durchs Gebüsch. Gegen Abend begann das Gelände anzusteigen, und der Wald rückte nahe heran. Unter den hohen Buchen und Fichten fühlte sich Steinauge gleich sicherer. Das Wiesel sprang hie und da wie ein braunglänzender Blitz ins Unterholz. Er ging dann ein wenig langsamer, bis es nach einem raschen Beutezug wieder auf seinen Platz sprang, ohne daß er es hatte kommen hören.

Währenddessen näherte sich der Pfad mehr und mehr der Oberkante der steinernen Mauer, die jetzt nur noch ein paar Mannslängen hoch über den Hang ragte, der Anstieg wurde steil und schottrig, und schließlich erreichte Steinauge die Stelle, an der die letzten rötlichen Schrofen neben ihm im Moos zwischen masthohen Stämmen alter Tannen untertauchten. Der mit einem federnden braunen Nadelpolster bedeckte Boden stieg jetzt nur noch sanft an und neigte sich dann wieder abwärts zu einer flachen Mulde, in der zwischen belaubtem Buschwerk ein schmaler Bachlauf aufblitzte. Hier suchte sich Steinauge einen Schlafplatz für die Nacht.

Neben dem Wasserlauf fand er eine moosige Kuhle, die trocken genug war, daß er sich über Nacht keinen Schnupfen holen würde; denn bei längeren Reisen kann dergleichen ziemlich lästig werden. «Gefällt's dir hier?» fragte er seinen Begleiter. Das Wiesel hob schnuppernd die Nase und nickte dann. «Ein guter Platz», sagte es. «Hier braucht man nicht hungrig einzuschlafen.»

«Dann wollen wir etwas essen», sagte Steinauge, nahm eine Handvoll Nüsse aus seiner Tasche und begann sie mit einem faustgroßen Kiesel aus dem Bach aufzuschlagen. Das Wiesel rümpfte die Nase: «Mit diesem Zeug im Magen wirst du nicht lange bei Kräften bleiben», sagte es und verschwand mit einem Satz in den Büschen.

«Du hast gut reden!» rief er ihm nach. «Im Frühling gibt's im Wald für mich nichts zu beißen.»

Gleich darauf hörte er im Unterholz einen spitzen, jäh erstickten Schrei, gefolgt von ein bißchen Zappeln und Strampeln, und dann tauchte das Wiesel auch schon wieder auf, zerrte ein totes Kaninchen hinter sich her und legte es zu Füßen Steinauges wie einen Tribut nieder. «Willst du mir die Ehre erweisen, dieses magere Kaninchen entgegenzunehmen?» fragte es höflich und setzte nach einer Pause hinzu: «Zu beißen gibt's hier mehr als genug.»

Steinauge blickte auf das schlaffe Kaninchen, über dessen weiches Halsfell ein dünner Blutfaden rann. «Vor ein paar Augenblicken hätte ich mich noch mit dir unterhalten können, Kaninchen», sagte er vor sich hin. «Eigentlich habe ich gar keinen rechten Appetit auf dich.»

«Magst du kein Kaninchenfleisch?» fragte das Wiesel. «Oder hast du noch nie welches gegessen?»

«Früher schon, glaube ich», sagte Steinauge, «aber da verstand ich noch nicht die Sprache der Kaninchen.»

«Was macht das für einen Unterschied?» sagte das Wiesel. «Außerdem war das ein ziemlich blödes Kaninchen, sonst hätte ich es nicht erwischt. Ein Gespräch mit ihm hätte dich wenig befriedigt.»

Steinauge hatte inzwischen noch ein paar Nüsse geknackt und kaute angestrengt darauf herum, denn sie waren schon ziemlich hart. Eine davon spuckte er aus, weil sie ranzig schmeckte. Trotzdem sagte er schließlich: «Du siehst ja, daß ich noch etwas zu essen habe.»

Das Wiesel streifte die ausgespuckte Nuß mit einem Blick, der leichten Ekel verriet. «Was ist das für ein Essen?» sagte es dann. «Erlaube mir die Frage, wie lange du unterwegs zu sein gedenkst.»

«Bis zum Herbst», sagte Steinauge.

«Und wie lange wird dein Vorrat an Nüssen reichen?»

Steinauge griff in die Tasche und ließ die Nüsse durch die Finger rinnen. «Vielleicht eine Woche», sagte er dann. «Zumindest, wenn ich sie mir gut einteile.»

«In einer Woche wirst du also ein Kaninchen oder dergleichen essen müssen», sagte das Wiesel. «Warum dann nicht gleich?»

Dieser wieselhaften Logik konnte sich Steinauge nicht entziehen. Er strich noch einmal bedauernd über das Fell des Kaninchens, sagte dann unvermittelt: «Ja, warum nicht gleich!», holte sein Messer aus der Tasche und begann das Kaninchen abzuhäuten. Er nahm es aus und warf dem Wiesel die Innereien zu, dann suchte er sich dürres Holz zusammen, schlug Feuer, und als sich genügend Glut gesammelt hatte, spießte er den Braten auf einen dürren Ast und begann ihn über der glühenden Asche zu drehen, bis der Saft zischend auf die verkohlten Holzstücke herabtropfte. Der Duft des gerösteten Fleisches weckte in ihm einen wahren Heißhunger, und er zerriß das erst halb gare Tier, aß und aß und hörte nicht auf zu essen, bis er die letzte Faser von den Knochen genagt hatte.

Seit diesem Abend sorgte Nadelzahn für die tägliche Mahlzeit, und von seinen Nüssen knabberte Steinauge allenfalls ein paar, wenn er unterwegs hungrig wurde. Er war von seinem ersten Lagerplatz aus nach Westen abgebogen und geriet dabei immer höher ins Gebirge, wo die Wälder lichter und die Bäume niedriger und zerzauster waren. An vielen Stellen schaute der Himmel frei von oben herein, und das gefiel Steinauge gar nicht. Es geschah oft, daß wieder diese unbegreifliche Angst in ihm aufstieg, wenn er rasch über kleine Lichtungen von Baum zu Baum huschte und sich dann wieder im Gebüsch verbarg.

Als er wieder einmal, statt über den offenen Rasen zu gehen, dicht daneben durch verfilztes Unterholz kroch, daß dem Wiesel auf seiner Tasche die Zweige um die Ohren schlugen, äugte es nach oben und sagte: «Hast du Angst, der Falke könnte dich hier entdecken?»

«Kann sein», sagte Steinauge. «Ich weiß es nicht genau. Jedenfalls halte ich es unter freiem Himmel nicht aus.»

«Warum steigst du dann so hoch hinauf ins Gebirge?» fragte das Wiesel.

«Warum ich so hoch hinauf ins Gebirge steige?» wiederholte Steinauge, ohne stehenzubleiben, und schwieg dann eine Weile. Dann sagte er mit merkwürdig leerer Stimme: «Auch das weiß ich nicht genau. Ich weiß nur, daß ich hinüber muß über diese Mauer auf die andere Seite.»

«Welche Mauer?» fragte das Wiesel. «Ich sehe weit und breit keine Mauer.» Und als er nicht antwortete, sondern stumm und verbissen weiterstieg, wurde das Wiesel nervös, sprang auf seine Schulter und keifte ihm ins Ohr: «Warum antwortest du nicht? Wo ist hier eine Mauer?»

Da fuhr Steinauge erschrocken zusammen, starrte das Wiesel verständnislos an und sagte: «Wer redet hier von einer Mauer? Über's Gebirge möchte ich. Muß ich denn immer erklären können, was ich will?»

An diesem Tag erreichte er die Höhe des Jochs. Hier oben standen über dem niedergedrückten Krüppelholz nur noch einzelne Zirben, dichtbenadelte, dunkelgrüne Pyramiden mit kräftigen Stämmen, denen der Sturm nur wenig anhaben konnte. Steinauge roch den süßen, harzigen Duft ihres Holzes, während er sich gebückt durch das Gewirr zäher Latschenzweige arbeitete. Die Angst lähmte ihn fast, denn auf den spärlichen Zweigen, die dicht über ihm schwankten, lastete unmittelbar der blanke Himmel. Er fühlte sich wie eine Ameise im Gras, auf die jeden Augenblick irgendein ungeheurer Stiefelabsatz niedertreten kann, und zuletzt kroch er nur noch auf allen Vieren wie ein Tier, aber der Gedanke an Umkehr kam ihm überhaupt nicht in den Sinn. Und dann wurde der Boden vor ihm unversehens abschüssig. Steinauge klammerte sich an einen wippenden, schlangengleich gewundenen Ast, sein Kopf tauchte hervor zwischen den letzten Zweigen, und er blickte über steil absteigende Baumwipfel hinaus in ein weites, flaches Tal, durch dessen fast unwirklich grüne Wiesen sich ein Bachlauf schlängelte, in dem sich die Sonne spiegelte, und weit in der Ferne, wo das unglaubliche Grün schon im Dunst verschwamm, weideten Pferde.

Lange lag er so im heißen, harzigen Duft der Latschen und versuchte eine Erinnerung zu fassen, die der Anblick dieser weiten, grünen Fläche in ihm weckte. Ihm war, als habe er das alles schon einmal gesehen, wenn auch unter einem anderen Blickwinkel, aber es gelang ihm nicht, einen Zusammenhang mit irgendeinem früheren Erlebnis herzustellen. War da nicht ein Kind bei ihm gewesen? Oder hatte er dieses Bild irgendwann geträumt? Er wußte es nicht.

Das Wiesel, das sich zuletzt seinen eigenen Weg gesucht hatte, kam jetzt an seine Seite und lugte hinunter ins Tal. «Bist du jetzt zufrieden?» fragte es.

«Zufrieden?» sagte Steinauge und wußte nicht recht, was er mit diesem Wort anfangen sollte. «Ich weiß nur, daß ich in dieses Tal hinunterklettern muß, aber frag mich nicht, warum.»

Während des mühsamen Abstiegs über den Steilhang versuchte er sich nach
Möglichkeit im Schutz der schütter verteilten Kiefern und Bergweiden zu halten.
Weiter unten, wo das bewaldete Gelände sich schon flacher dem Talboden
zuneigte, lockte als Ziel ein riesiger, dunkel belaubter Bergahorn. Als er endlich
aufatmend in den Schatten von dessen breiter Krone eintauchte, entdeckte er, daß
darunter der Talbach entsprang. Das Quellbecken war von bemoosten Felsbrok-
ken eingefaßt, die das Wasser zu einem kleinen Teich aufstauten, ehe er zwischen
Erlen und Birken, jungen Linden und Ligusterbüschen den Wiesenhängen
zurann.

Hier schlug er sein Nachtlager auf. Auch dem Wiesel behagte dieser Platz. Es
brachte nach kurzer Zeit eine Wildtaube geschleppt, die es offenbar beim Trinken
erwischt hatte, so daß Steinauge nicht hungrig einzuschlafen brauchte. Satt und
wohlig müde von dem steilen Abstieg legte er sich in das weiche Waldgras neben
der Quelle, hörte zu, wie der Wind in der Krone des Ahorn rauschte und der Bach
glucksend über die Steine rann, und starrte schläfrig ins Dunkel. Die Erlenbüsche
hockten draußen wie dicke, bis zum Kinn vermummte Trolle, und dazwischen
hoben sich hell die schlanken Stämme der Birken ab. Wenn der Wind in ihre
Zweige fuhr, bewegten die Birken ihr Geäst wie tanzende Mädchen, die mit
geschlossenen Füßen im Gras stehen und ihren Oberkörper leicht hin- und
herwiegen. Dann regten sich auch ihre Beine, die Füße verließen ihren Platz,
schwebten über den Boden, die blassen Leiber glitten hin und her zwischen den
schwarzen Büschen, schimmernde Arme wurden ausgebreitet, schwangen zur
Seite, faßten einander bei den Händen, lösten sich wieder, und dann begann ein
wirbelnder Tanz, in dem sich alle in wachsender Geschwindigkeit umeinander
drehten, in das Rauschen und Plappern der Blätter mischte sich leises Kichern und
jäh ausbrechendes Lachen.

Steinauge setzte sich auf und sah, wie der Kreis der Tanzenden sich zusammenzog zu einem aufschäumenden Strudel von schimmerndem Licht und dann wieder
zu einzelnen Gestalten auseinanderfloß, Irrlichter, die über den Rasen huschten,
und eine dieser Gestalten tanzte geradewegs auf ihn zu, war unversehens schon
unmittelbar vor ihm, ein lebendiger und dennoch fast körperloser Wirbelwind mit
fliegendem Haar, das ein birkenhelles Gesicht wie Wasser umspülte, ein Gesicht,
das nie dort war, wo er es gerade suchte, als sei es gleichzeitig überall und
nirgends, mit Augen, die ihn von allen Seiten anschauten und sich doch nicht lange
genug halten ließen, daß er ihren Blick erwidern oder auch nur entscheiden
konnte, ob sie nun bernsteingelb schimmerten oder moosgrün; denn im nächsten
Augenblick waren sie schon wieder dunkler als die Nacht im Schatten der Bäume,
doch er wollte diesem Dunkel auf den Grund gehen, stand auf und versuchte
unbeholfen nach der Gestalt zu fassen, folgte ihr und trat heraus aus dem Schatten
des großen Baumes. Da hörte er wieder dieses helle Lachen, und eine Stimme rief:
«Ein Faun! Ein Faun! Kommt zu mir, Schwestern! Ein Faun!» Und da fand er sich

auch schon eingekreist von dem Wirbel der tanzenden Schwestern, stand auf der taufeuchten Wiese wie ein Klotz, drehte sich, um eine der Gestalten ins Auge zu fassen, doch er war nicht schnell genug und verlor sie immer wieder aus dem Blick. Da streckte er die Arme aus und rief: «Kommt her! Bleibt bei mir! Seid meine Herde!»

Als sie das hörten, wollten sich die Schwestern schon wieder ausschütten vor Lachen, zogen ihren Kreis immer enger um ihn, daß ihm ganz schwindelig wurde von dem drehenden Strudel ringsum, und unter all dem Gelächter hörte er sie rufen: «Tanz mit uns! Dann bleiben wir bei dir, Faun!»

Das ließ er sich nicht zweimal sagen. Schon setzte er mit einem wilden Bocksprung mitten unter die Mädchen, daß sie kreischend auseinanderstoben, spürte, wie Körperhaftes seine haarige Haut streifte, rannte einer der Schwestern nach, die mit wehendem Haar vor ihm herlief, doch gleich darauf waren es schon wieder drei, die sich bei den Händen faßten, ihn umtanzten und dabei so nahe kamen, daß ihre Lippen seinen Mund fast streiften, dann flogen sie lachend zwischen den dunklen Büschen davon, daß er ihnen nachrennen mußte, um sie nicht aus den Augen zu verlieren, fand sich im nächsten Augenblick inmitten der lachenden Schar, und ließ sich zur Abwechslung von den Schwestern jagen, die zugleich hinter ihm, neben ihm und überall waren und ihn an den Zotteln seiner böckischen Hüften zupften, ohne daß er auch nur eine von ihnen zu fassen bekommen hätte, so schnell er auch herumfuhr.

Als er wieder einmal auf dem Huf kehrtgemacht hatte, sah er, daß nur noch eine einzelne Gestalt auf das nahe Gebüsch zulief. Er rannte los, was seine Bocksschenkel hergaben, holte auf und wäre beinahe gestolpert, als die Gestalt dicht vor den Schatten der Erlen plötzlich stehen blieb, sich umdrehte und ihm entgegenblickte. Das Herz klopfte ihm bis zum Halse, während er die letzten Schritte machte und dann dicht vor ihr stand. Die Farbe ihrer Augen ließ sich noch immer nicht feststellen, aber ihm war zumute, als schlüge ihr Blick über ihm zusammen, als er die Arme ausbreitete und um ihre Schultern legte. Für die Zeit eines Lidschlags spürte er den glatten, weichen Körper auf seinem Fell und auf seinem Mund Lippen, die nach dem Frühlingssaft der Birken schmeckten, und dann hielt er einen schrundigen Baumstamm in den Armen, dessen Rinde zwischen den schwarzen Rissen weiß und seidig, aber auch kühl und hart unter seinem Mund lag.

Das Mädchen war jedenfalls verschwunden. Oder es hatte sich verwandelt, eine Art Baum-Mädchen vielleicht, das zeitweise seine Gestalt wechselte. Da hatte er sich eine sonderbare Herde gesucht, dieser täppische Faun, der noch immer eine schmächtige Birke in den Armen hielt und meinte, sie müsse ihm zuliebe wieder weich und anschmiegsam werden. Aber damit war es nichts, nur der Wind spielte jetzt wieder in den Blättern, und das klang ihm so in den Ohren, so, als würde hier einer ausgelacht.

Da blieb ihm nichts anderes übrig, als mitzulachen. Er drückte zum Abschied einen schnalzenden Schmatz auf die glatte, helle Rinde, hockte sich an den Fuß des Stammes und schaute sich um. Überall standen die Birken jetzt wieder still und hochgereckt zwischen den dunklen Büschen, als hätten sie ihre Plätze nie verlassen. Seine Herde. Vielleicht hatten sie sich nie von der Stelle gerührt. Sonderbare Träume waren das hier in diesem Tal, dachte er, während er aufstand und langsam zu dem Ahornbaum zurücktrottete, dessen Krone wie eine ungeheure schwarze Wolke vor dem Nachthimmel stand. Sonderbare Träume. Aber gefallen hatte es ihm doch. Er legte sich wieder ins Gras und versuchte sich die tanzenden Schwestern vorzustellen, bis ihm die Augen zufielen.

In den nächsten Tagen trieb er sich in den Wäldern längs des Wiesentales herum und schlief nachts in der Nähe von Birken, immer in der Hoffnung, wieder den tanzenden Schwestern zu begegnen, aber sie stellten sich nicht ein. Dabei geriet er nach und nach immer weiter talabwärts, und als er einmal in die Nähe des Waldrandes kam, sah er draußen auf dem flachen Talboden die Pferde weiden, hochbeinige, starkknochige Tiere, die sich grasend langsam über die Wiese bewegten und mit dem Schweif nach Fliegen schlugen. Dann hörte er Stimmen und entdeckte im Schatten einer Eiche zwei Hirten, die dort ihr Frühstück aßen, Brot und Käse, und sich dabei unterhielten. So weit er zurückdenken konnte, hatte er keinen Menschen reden hören, und sein erster Gedanke war, fortzulaufen und sich im dichten Wald zu verstecken, denn ihre Stimmen erschreckten ihn. Sie klangen schärfer und lauter als jene der Tiere, und in ihrem Tonfall lauerten Rechthaberei und Streitsucht, obwohl die beiden Hirten ganz friedlich miteinander zu reden schienen.

Er wollte sich schon davonschleichen, als er zwei Wörter hörte, die vertraut klangen. Einer der Männer hatte etwas von «Arnis Leuten» gesagt. Steinauge wußte nicht, was diese Wörter bedeuten sollten, aber es schien ihm, als habe er sie schon einmal gehört. «Arnis Leute», sagte er leise. «Arnis Leute –», und während er dem Klang dieser Silben nachlauschte, wurde er immer sicherer, daß er irgendwann einmal mit diesen Leuten zu tun gehabt haben mußte. Er versuchte, sich zu erinnern, geriet dabei aber, wie schon früher, bald an eine Grenze, über die er nicht hinauskam. Sobald er versuchte, sie zu überschreiten, verfilzten sich seine Gedanken zu undurchdringlichem Gestrüpp, das keinen Blick auf frühere Ereignisse erlaubte, die, dessen war er sicher, jenseits dieser Schwelle liegen mußten.

Die Hirten jedoch sprachen von solchen Dingen, die auch er selbst vielleicht einmal gewußt hatte, und diese Vorstellung trieb ihn dazu, sich vorsichtig an ihren Platz heranzupirschen und sie zu belauschen. Inzwischen war er darin geübt, sich geräuschlos im Wald zu bewegen, und so gelang es ihm, bis zu einem dichten Weißdornbusch am Waldrand vorzudringen, von dem aus er die beiden Hirten beobachten konnte, ohne entdeckt zu werden. Das war nicht besonders schwierig, da die Männer mit dem Rücken zum Wald saßen und hinaus auf die Wiese zu ihren Pferden schauten. Steinauge machte es sich hinter dem Gebüsch bequem und versuchte dem Gespräch zu folgen. Der eine Hirte hatte einen derart dichten, krausen Bart, daß man außer seiner knolligen Nase wenig von seinem Gesicht sehen konnte. Der andere war noch jung und bartlos und sprach mit einer hohen, durchdringenden Stimme. Er war es auch, der Arnis Leute erwähnt hatte, und jetzt sagte er: «Als wir die Stuten in das Dorf von Arnis Leuten getrieben hatten, fragten wir nach Höni, den sie Arnis Stellvertreter nennen; denn ihm sollten wir die Pferde übergeben.»

«Hast du den schwarzen Hengst gesehen, der sie decken soll?» fragte der Bärtige.

«Ja, aber erst später», sagte der Junge. «Höni bekamen wir jedoch nicht zu Gesicht. Es hieß, er sei schwer erkrankt und habe seiner Tochter alle Geschäfte übergeben. Das sagte uns jedenfalls ein Mann, den wir auf der Dorfstraße fragten, aber aus der Art, wie er davon sprach, möchte ich fast schließen, daß Narzia ihren Vater nicht erst lange gefragt hat, als sie die Macht übernahm.»

«Weiberherrschaft!» brummte der Alte. «Weit ist es gekommen mit diesen Abkömmlingen der Beutereiter! Diese Leuten waren mir schon immer zuwider mit ihrem kriecherischen Getue.»

Der Junge zuckte mit den Schultern. «Jedenfalls haben sie es verstanden, in aller Höflichkeit ihren Vorteil wahrzunehmen», sagte er. «Und diese Tochter Hönis war alles andere als kriecherisch. Als sie sich schließlich bequemte, aus dem Haus zu kommen und die Stuten zu besichtigen, stellte sie ihre Fragen sehr genau, und wenn sie einen mit ihren grünen Augen ansah, fühlte man sich wie ein Spatz in ihrer Hand und bekam es mit der Angst, sie könne einen samt den Stuten gleich dortbehalten, und dazu hatten wir allesamt wenig Lust, nachdem wir gesehen hatten, wie sie ihre Knechte behandeln.»

«Was für Knechte?» fragte der Bärtige. «Bisher hatte ich geglaubt, daß bei Arnis Leuten keine Sklaven mehr gehalten würden, seit sie ihre Zöpfe abgeschnitten haben.»

«Das hatten auch wir gedacht», sagte der Junge. «Und genau besehen gibt's dort auch keine Sklaven. Es ist nur so, daß sie den Leuten in den Ansiedlungen ringsum ihre Waren gegen Schuldverschreibungen aufdrängen, und wenn sie später nicht zahlen können, müssen sie ihnen umsonst als Knechte dienen. Natürlich gibt es keine Sklaven, das hat Arni ja verboten, aber schließlich kommt es doch aufs Gleiche hinaus. Wir waren jedenfalls froh, daß Narzia mit den Stuten zufrieden war, das kann ich dir sagen!»

«Ein widerwärtiges Volk!» sagte der Bärtige. «Wir hätten uns mit diesen verschlagenen Händlern gar nicht erst einlassen sollen. Auch die Goldschmiede in Arziak klagen schon darüber, daß Arnis Leute nicht mehr die guten Preise zahlen wollen, die sie anfangs versprochen haben. Ich sage dir: Dieser Flöter hat uns damals alle hereingelegt!»

Während Steinauge diesem Gespräch zuhörte, stiegen verworrene Bilder in ihm auf, ein Platz zwischen Blockhäusern etwa, die rings um eine altersgraue Hütte standen, aber er konnte sich nicht erinnern, wo er dergleichen schon einmal gesehen hatte. Und als der Alte jetzt diesen Flöter erwähnte, fühlte sich der Lauscher auf merkwürdige Weise betroffen, als würden ihm hier Vorwürfe gemacht, ohne daß er einen Grund dafür finden konnte. Er hatte auch wenig Zeit, darüber nachzugrübeln, denn der Junge setzte seine Erzählung fort und sagte: «Es wundert mich nicht, daß Arnis Leute jetzt weniger für die hübschen Sachen unserer Goldschmiede zahlen. Warum sollten sie für teures Geld kaufen, was man ihnen billiger ins Haus bringt?»

«Woher denn?» fragte der Alte. «Hier gibt's doch weit und breit keine Goldschmieder außer in Arziak.»

«Man muß ja nicht unbedingt beim Hersteller kaufen», sagte der Junge. «Ich will dir erzählen, wie das zugeht: Während wir bei Arnis Leuten waren, kam von der Steppe her eine Horde von Beutereitern geritten. Wir waren schon drauf und dran, uns in die Berge zu machen, als uns auffiel, daß die Dorfbewohner überhaupt keine Angst zeigten, sondern ihren wilden Verwandten neugierig entgegenblickten, als käme lieber Besuch. Und als wir einen der Leute fragten, warum er sich keine Sorgen mache, lachte er nur und sagte: ‹Man merkt, daß ihr ahnungslose Berghirten seid. Habt ihr noch nicht davon gehört, daß die Pferde der Beutereiter friedlich geworden sind? Sobald man sie zum Angriff treibt, machen sie kehrt und reißen aus. Nicht einmal zur Jagd sind sie zu gebrauchen. Und ohne Pferd ist ein Beutereiter nur noch ein halber Krieger, den man nicht zu fürchten braucht.› Erst konnten wir das gar nicht glauben, aber es schien tatsächlich zu stimmen; denn die Horde hielt etwa zwei Pfeilschuß entfernt vom Dorf an, und nur drei Reiter, von denen jeder ein beladenes Packpferd führte, kamen heran und hielten die flache Hand erhoben, damit man sehen konnte, daß sie nichts Böses im Schilde führten. Sie wurden in Narzias Haus gebracht, und ich weiß natürlich nicht genau, was dort verhandelt wurde. Aber aus allem, was nachher geschah, kann ich mir die Sache schon zusammenreimen: Da die Horde sich ihren Lebensunterhalt nicht mehr durch Beutezüge zusammenrauben konnte, fingen die Leute in ihrem Lager an zu hungern. Und nun waren sie gekommen, um ihren kostbaren Schmuck, den sie jahrelang zusammengestohlen oder ausnahmsweise vielleicht auch einmal gekauft hatten, gegen Korn, Bohnen und Fleisch einzutauschen. Die Ledersäcke, die von den drei Reitern in Narzias Haus geschleppt wurden, waren jedenfalls ziemlich schwer und so voll, daß oben am Rand goldene und silberne Ketten heraushingen. Später, als die Männer zusammen mit Narzia wieder aus der Tür traten, befahl diese grünäugige Hexe ihren Leuten, die Packpferde mit Vorräten zu beladen. Offenbar hatten Arnis Leute wenig Vertrauen zu ihren Verwandten; denn mehr als drei Beutereiter ließen sie nicht in ihr Dorf, und so mußten die drei Männer wohl ein Dutzend Mal oder noch öfter beladene Pferde zu ihrer Horde hinausführen und frische Pferde holen, bis alles aufgepackt war, was sie bekommen hatten. Spaß hat ihnen dieser Tauschhandel bestimmt nicht gemacht. Ich habe mir die drei Reiter angesehen: Sie bissen grimmig auf ihre Schnurrbärte, die mageren Gesichter weiß vor Wut, und blickten über die grinsenden Dorfbewohner hinweg, als stünden nur ein paar Hammel am Weg. Ich habe für Beutereiter nie viel übrig gehabt, aber als ich das sah, taten sie mir fast leid.»

«Das ist eine üble Geschichte, die du da erzählst», sagte der Alte. «Arnis Leute sollten eigentlich wissen, wozu ein Beutereiter fähig ist, wenn er in Wut gerät. Je länger ich darüber nachdenke, desto mehr macht mir diese Geschichte Angst.»

«Mir war auch nicht recht wohl», sagte der Junge. «Aber Narzia schien sich keinerlei Sorgen zu machen. Als die Männer zum letzten Mal davonritten, rief sie ihnen in ziemlich herrischem Ton etwas nach, worauf einer der Männer sich umdrehte und ihr etwas zuschrie, das wie ein Schimpfwort klang. Dann spuckte er aus und ritt den anderen nach. Einer von Arnis Leuten, den ich fragte, was Narzia gewollt habe, sagte mir, sie habe nach einer goldenen Reiterfibel gefragt, die sie bei den Schmucksachen vermißt habe. Wenn dieses Stück beim nächsten Mal nicht dabei sei, würde sie keine Handvoll Korn mehr hergeben.»

«Narzia muß den Verstand verloren haben», sagte der Alte. «Ich habe von der Fibel gehört. Khan Hunli hat sie von der weisen Urla bekommen, und zwar damals, als sie Arni den Augenstein gab, von dem jetzt keiner mehr recht weiß, wo er sich befindet. Arnis Leute machen zwar ein Geheimnis draus, aber es wird darüber geredet, daß er verschwunden sein soll.»

«Der Augenstein!» rief Steinauge, sprang auf und griff nach dem Beutel an seinem Hals. Er hatte alle Vorsicht vergessen, als er hörte, wie der Stein erwähnt wurde, den er bei sich trug und der ihn auf geheimnisvolle Weise mit einem Leben verband, von dem er nichts mehr wußte. «Was weißt du von dem Augenstein?» fragte er und merkte gar nicht, wie er in seiner Erregung diese Worte herausschrie. Erst dann sah er das panische Entsetzen in den Augen der beiden Hirten. Sie starrten ihn an, diesen nackten, haarigen Tiermann, dem ein Wiesel auf der zottigen Hüfte saß und ihnen eher erschrocken als zornig entgegenfauchte. Erschrocken waren sie allesamt, auch Steinauge, sobald ihm bewußt wurde, daß er in einem Augenblick der Erregung sein Versteck verlassen und sich den beiden Männern gezeigt hatte. Eine Zeitlang standen sie reglos einander gegenüber, als könne jede Bewegung etwas Schreckliches auslösen. Dann warfen sich die Hirten unversehens nieder, berührten mit der Stirn den Boden und stammelten etwas dergleichen, daß der Waldmann sie verschonen solle. Der Ältere von ihnen kroch, immer noch tief gebückt, zur Seite, tastete, ohne den Bocksfüßigen aus den Augen zu lassen, nach seinem Hirtensack, brachte ein Fladenbrot und einen runden

Bauernkäse zu Tage und legte beides wie eine Opfergabe zu Füßen Steinauges nieder. Dann rutschten die Hirten auf Händen und Knien zu ihrem Platz zurück. Erst als sie den dicken Baumstamm zwischen sich selbst und der erschreckenden Zwittergestalt wußten, packten sie ihre Sachen und rannten über die Wiese davon, als seien Wölfe hinter ihnen her.

Steinauge ärgerte sich über seine Unbesonnenheit, ohne die er wahrscheinlich noch mehr über den Augenstein erfahren hätte. In diesem Stein, dessen war er jetzt sicher, mußte jener Teil seines Lebens eingeschlossen sein, der in seinem Gedächtnis verschüttet war. Er setzte sich ins Gras, nahm den Stein aus dem Beutel und schaute ihn an. Unter der glattgeschliffenen Oberfläche brach sich das Sonnenlicht in feinen, faserigen Trübungen und ließ dadurch die grünen, blauen und violetten Kreise aufleuchten, deren Farbe und Ausdehnung sich änderte, je nachdem, wie man den Stein drehte. Er betrachtete das Spiel der Ringe und wartete darauf, daß sich, wie schon früher, ein Bild herauslöse, ein Gesicht etwa, das er kannte, ohne sagen zu können, ob er dieser Frau schon einmal begegnet war und wo das gewesen sein mochte. Aber nichts dergleichen geschah. Der Stein verbarg sein Geheimnis, wenn der Bocksfüßige jetzt auch mit Sicherheit zu wissen meinte, daß es ein solches Geheimnis gab und daß dieses Geheimnis etwas mit ihm selbst zu tun haben mußte. Wieder einmal war von einer alten Frau die Rede gewesen, die den Stein einmal besessen hatte. Urla hatte der Hirte sie genannt. Steinauge lauschte dem Klang dieses Namens nach, der ihm auf ähnliche Weise vertraut schien wie der Schimmer seines Steins, und sein Ärger verflog, je länger er in das sanfte Leuchten schaute und dabei spürte, wie die Schönheit der Farben auf eine tröstliche Weise sein Herz wärmte.

«Dein Stein ist wirklich ein großes Zauberding», sagte das Wiesel. «Jetzt hat er dir sogar etwas zu essen verschafft.»

Diese bemerkenswert prosaischen Worte brachten Steinauge in eine Wirklichkeit zurück, die ihm blaß und banal erschien gegenüber jener anderen Wirklichkeit, in die er durch das steinerne Auge geblickt hatte, ohne allerdings etwas davon zu begreifen. Jedenfalls erschien ihm diese Äußerung Nadelzahns höchst unangemessen, und er sagte: «Eßbare Dinge sind wohl das höchste, was du dir vorstellen kannst?»

Das Wiesel schien den Tadel, der in dieser Frage lag, nicht zu bemerken und sagte gleichmütig: «Essen ist immer eine wichtige Sache, wenn man am Leben bleiben will», und wenn es seiner Art gemäß gewesen wäre, hätte es dabei wohl mit den Schultern gezuckt. «Außerdem habe ich bei dieser Feststellung nicht an mich gedacht», fuhr es fort, «denn ich finde dieses Zeug, das der Hirte ins Gras gelegt hat, nichts sonderlich appetitanregend. Aber ich könnte mir vorstellen, daß es dir schmeckt.»

Jetzt nahm Steinauge die Opfergabe des Hirten endlich in Augenschein. Der Anblick der braunen, knusprig gebackenen Brotrinde weckte die Erinnerung an einen lange Zeit entbehrten Geschmack. Steinauge steckte den Stein an seinen Platz, hob den Brotlaib auf und brach ihn auseinander. Als er den süßen, mehligen Duft roch, überfiel ihn ein wahrer Heißhunger, und er hatte das Brot schon zur Hälfte verschlungen, ehe ihm einfiel, daß er auch noch ein Stück Käse dazu essen könnte.

An den folgenden Tagen suchte Steinauge diesen Platz immer wieder auf, in der Hoffnung, wieder ein Gespräch der Hirten belauschen zu können und dabei noch mehr über den Stein zu erfahren oder über andere geheimnisvolle Dinge, die damit zusammenhingen, aber er traf die Männer nie an. Dafür fand er dort täglich ein Brot und etwas Zuspeise vor, ein Stück Speck etwa, eine Scheibe Dörrfleisch oder wieder einen Käse. Auf diese Weise wurde sein Speisezettel etwas abwechslungsreicher, zumal Steinauge auch weiterhin die Jagdbeute des Wiesels nicht ablehnte, allein schon, um seinen Freund nicht zu beleidigen.

Im übrigen streifte der Bocksfüßige unruhig durch die Wälder und hielt sich dabei stets in der Nähe des offenen Talbodens. «Was suchst du eigentlich hier?» fragte ihn das Wiesel einmal, aber er wußte keine Antwort auf diese Frage. Die Eicheln begannen schon dick zu werden, und auf den Wiesen verblühten die Sommerblumen, aber Steinauge blieb noch im Tal, und er war voller Unrast, als müsse er auf etwas warten.

Während das Wiesel eines Morgens auf der Jagd war und er wieder einmal ziellos am Waldrand entlangtrottete, immer im Schutz des Buschwerks, wie es seine Gewohnheit war, sah er draußen in der Talmitte ein Mädchen, fast noch ein Kind, das am Bach entlanglief. Er blieb stehen und beobachtete, wie die schmale Gestalt sich zwischen den hochstehenden Wiesen bewegte, manchmal weiter entfernt und dann wieder näher, je nachdem, wie sie den geschwungenen Windungen des Baches folgte.

Der Lauf des Baches führte das Mädchen schließlich geradewegs auf jene Stelle zu, an der sich Steinauge im Unterholz verbarg, das schmale, kindliche Gesicht wurde immer deutlicher erkennbar, und plötzlich wurde sein Blick von den dunklen Augen gefangen, aus denen das Mädchen zum Wald herüberschaute, Augen von merkwürdiger, schwer zu beschreibender Farbe, deren Blick ständig auf ihn gerichtet zu sein schien, und er wußte zugleich, daß er nicht zum ersten Mal diesen Augen begegnete, die auf eine sonderbare Weise nahe und zugleich weit entfernt zu sein schienen. Hie und da beugte das Mädchen sich nieder und streifte mit der Hand durch's Wasser, und als es zu der Stelle kam, wo der Bachlauf sich wieder der Talmitte zuwendete, setzte es sich auf die Uferböschung, ließ die Beine in die Strömung hängen und blickte über das Bachbett hinweg herüber zum Wald. Eine Zeitlang blieb es so sitzen und ließ das Wasser um seine Knöchel strudeln. Und dann fing das Mädchen an zu singen. Die dunkel getönte Stimme erinnerte ihn an den Klang einer Flöte, die in der tiefen Lage gespielt wird, und er

verstand jedes einzelne Wort des Liedes, als sei ihm der Text schon seit langem
vertraut.

Ein Mädchen ging zum See
jedes Jahr
Ein Mädchen ging zum See
mit Wangen weiß wie Schnee.

Der Grüne kam vom Grund
jedes Jahr,
der Grüne kam vom Grund
und küßt es auf den Mund.

Das Mädchen weinte sehr
jedes Jahr
das Mädchen weinte sehr
und kam dann nimmermehr.

Schön Agla ging zum See
dieses Jahr
schön Agla ging zum See
in Kleidern weiß wie Schnee.

Der Grüne kam vom Grund
dieses Jahr,
der Grüne kam vom Grund,
sie küßt' ihn auf den Mund.

Schön Agla hat gelacht
dieses Jahr
schön Agla hat gelacht
da sang er durch die Nacht.

Hier war das Lied zu Ende, das wußte der Lauscher im Gebüsch, und dennoch
sang das Mädchen weiter und fügte noch eine Strophe hinzu:

Der Flöter hat's gespielt
letztes Jahr
der Flöter hat's gespielt
der nie mehr bei uns hielt.

Und dann fing das Mädchen an, in einer Sprache zu rufen, die anders klang als die
Wörter, die Menschen sonst gebrauchen, aber auch diese Sprache konnte
Steinauge verstehen, und es schien ihm, daß dies die Sprache der Fische sein

mußte. «Kommt, meine Freunde!» rief das Mädchen. «Schwimmt her zu mir, ihr Forellen und Saiblinge, ihr Stichlinge und Brachsen!» Und schon sah er, wie das Wasser sich kräuselte und die silbrig aufblitzenden Leiber der Fische hochschnellten und spritzend in die Strömung zurückplatschten. «Hört mir zu!» rief das Mädchen, und sogleich wurde das Wasser wieder ruhig, aber Steinauge konnte sehen, wie es sich zu Füßen des Mädchens dunkel färbte von den Schatten der vielen, dicht zusammengedrängten Fische. «Hört zu!» sagte das Mädchen noch einmal, und dann sang es:

Ich suche einen,
der flöten kann,
mit Wölfen spricht,
einen Liedermann.

Er ritt einst mit Barlo,
der die Sprache verlor,
und spielt' für den Grünen
im Nebelmoor.

Er sang mir das Lied,
das den Grünen erfreut,
das Lied von Schön Agla,
die den Grünen nicht scheut.

Er war bei den Leuten
um Arnis Haus,
nun ist er verschwunden
wie eine Maus.

Ach fragt doch den Grünen,
wo ich finden kann
den Flötenspieler,
den Liedermann.

Als das Mädchen diesen Singsang beendet hatte, quirlte das Wasser zu seinen Füßen auf, und die Schatten der Fische schossen pfeilschnell über den Grund davon.

Das Mädchen stand auf und schaute mit seinen seltsamen Augen herüber zu dem Gebüsch, in dem Steinauge sich versteckt hatte. Im gleichen Augenblick, in dem ihm bewußt wurde, daß er, um das Geschehen am Bach besser beobachten zu können, sich aufgerichtet hatte und frei über die Sträucher hinwegblickte, warf das Mädchen plötzlich die Arme hoch und rief: «Flöter!» Er stand wie erstarrt und schaute hinüber zu dem Kind, das leichtfüßig über den Bach sprang und über die

Wiese auf ihn zurannte. «Ich habe dich gesehen!» rief es im Laufen. «Versteck dich nicht länger! Komm heraus, Flöter!»

Da erinnerte sich Steinauge, daß dies ein Spiel war, bei dem es darum ging, den anderen in seinem Versteck zu ertappen. Einer schaut weg und zählt bis zu einer vorher bestimmten Zahl, während der andere sich davonschleicht, irgendwo eine Deckung sucht und darauf wartet, ob er gefunden wird. Er entsann sich genau des Herzklopfens, das einen überfiel, wenn man im Verborgenen hockte und der andere schon nahe war. Auch jetzt klopfte sein Herz bis zum Halse, denn er war gefunden worden und mußte nach der Regel des Spiels aus dem Versteck heraustreten und sich ergeben. Also trat er aus dem Gebüsch hervor und ergab sich. Da weiteten sich die Augen des Mädchens, das schon nahe herangekommen war, und es hielt so jäh im Laufen inne, daß es fast gestürzt wäre. Es blieb taumelnd stehen, auf seinem Gesicht stand das blanke Entsetzen. «Nein!» schrie es und schlug die Hände vor's Gesicht. Dann wirbelte es herum, rannte über die Wiese davon, setzte über den Bach und hastete weiter bis zu den Pferden, die weiter draußen weideten. Dort sprang es mit einem Satz auf den Rücken eines geschekten Ponys und trieb das Tier im Galopp bachabwärts über den Talboden davon.

Seit er die Augen des Mädchens erkannte hatte, war Steinauge sicher gewesen, daß er den Sinn dieses Spiels begriffen habe, ja, daß er wegen dieses Spiels in das flache Wiesental hatte kommen müssen, und nun begriff er gar nichts mehr. Vielleicht bin ich doch zu früh aus meinem Versteck getreten, dachte er. Immer bin ich zu ungeduldig. Winzig klein sah er schon weit in der Ferne die schmale Gestalt über die Wiesen gleiten, dann verschmolz sie mit den braunen Flecken, die dort das gleichmäßige Grün durchbrachen. Das mußten wohl Hütten und Stallungen sein. «Beim nächsten Mal spiele ich besser», sagte er halblaut vor sich hin, und ihm schien, daß ihn hier für diesmal nichts mehr erwartete.

Von diesem Tage an begann er sich auf den Rückweg zu machen, wenn er sich dabei auch nicht sonderlich beeilte. Er ließ den Talboden hinter sich, folgte dem Bachlauf aufwärts durch die lichten Wälder und erreichte schließlich wieder die Quelle unter dem Ahornbaum. Das Laub der Birken färbte sich schon und flimmerte gelb zwischen dem noch dunkelgrünen Erlengebüsch. «Spielt ihr heute nacht wieder mit mir?» sagte Steinauge, während er zwischen den schlanken weißen Stämmen dahinschlenderte und zärtlich mit den Fingerspitzen über die seidige Rinde streifte. Er sehnte sich danach, das helle Lachen der dahinwirbelnden Schwestern zu hören, denen seine böckische Gestalt keinen Schrecken einjagte.

Nadelzahn hatte sich inzwischen auf die Jagd gemacht und brachte, ehe es dunkel wurde, ein junges Birkhuhn, das einen köstlichen Braten abgab. Als er satt war, legte sich Steinauge in das weiche Gras neben der Quelle, schaute über das niederbrennende Feuer hinweg in das Gesprenkel der Birkenblätter, das sich im

Mondlicht hell vor der nächtlichen Kulisse der kugeligen Erlenbüsche abhob, und wartete darauf, daß die leichtfüßigen Schwestern zum Leben erwachten und mit ihm tanzten.

Darüber mußte er wohl eingeschlafen sein; denn als er von einem Platschen dicht neben seinem Kopf hochgeschreckt wurde, stand der Mond nicht mehr am Himmel. Die blassen Birkenstämme unter dem dunklen Gewölk des Laubs hatten sich nicht von der Stelle bewegt, aber am Rand des Quellbeckens regte sich etwas. Steinauge spürte, wie der schmale Körper des Wiesels an seiner Seite sich spannte wie eine stählerne Feder, doch ihm schien, daß dies nichts Feindliches war, was sich hier näherte. Er legte seine Hand beruhigend auf das glatte Fell seines Freundes und sagte: «Laß das! An dieser Quelle solltest du den Frieden nicht brechen.»

«Danke, du Zottelbock», sagte eine weiche, ein wenig blubbernde Stimme. «Dann kann ich mich ja aus diesem Tümpel herauswagen.»

Steinauge, der sich inzwischen aufgesetzt hatte, hörte mehr als er sah, wie ein plumpes Wesen schwerfällig aus dem Wasser heraustappte und dicht vor seinem Lagerplatz im Moos hocken blieb. Im schwachen Licht der Sterne erkannte er nicht viel mehr als einen Schimmer feuchtglänzender warziger Haut und zwei goldfarbene Augen, die wie von innen heraus erleuchtet schienen. Der Besucher war eine Kröte von beträchtlicher Größe.

«Eigentlich hatte ich heute nacht anderen Besuch erwartet», sagte er.

Das blubbernde Kichern der Kröte sagte ihm, daß sie sehr wohl wußte, mit wem er in dieser Nacht hatte spielen wollen. «Du bist zur Unzeit gekommen», sagte sie. «Hast du nicht gesehen, daß die Schwestern schon ihre gelben Gewänder angelegt haben? Das leichtfertige Volk der Birkenmädchen ist jetzt zu müde für solch wilde Spiele. Sie haben sich schon zum Schlafen zurechtgemacht und werden bald dem nächsten Frühling entgegenträumen. Wenn du Gesellschaft suchst, mußt du mit mir vorliebnehmen, und auch ich komme nur deshalb zu dir, weil du mir einmal einen so schönen Namen gegeben hast.»

«Was für einen Namen? Habe ich dich früher schon einmal getroffen?» fragte Steinauge und zermarterte sein Hirn, wann und wo das gewesen sein könnte.

«Denk ein bißchen nach, dann wird's dir schon einfallen», sagte die Kröte und blickte ihn mit ihren schönen Augen erwartungsvoll an.

Steinauge war in der Tat so zumute, als habe er diese Situation schon einmal erlebt: ein glucksender Bach unter nächtlichem Gebüsch und der ruhige, zugleich ein wenig spöttische Blick, der die häßliche Gestalt dieser unförmigen Kröte vergessen ließ.

«Goldauge», sagte er «wo habe ich dich schon einmal getroffen? Das muß gewesen sein, bevor ich alles vergaß.»

«Den Namen hast du wenigstens behalten», sagte die Kröte. «Das ist immerhin schon etwas. Wer noch Namen weiß, findet mit der Zeit auch das wieder, was dazugehört. Vielleicht am Ende auch sich selber. Wie nennt man dich jetzt?»

«Meine Ziegen rufen mich Steinauge», sagte der Bocksfüßige. «Ist das nicht mein richtiger Name?»

«Das mußt du schon selber herausbekommen», sagte die Kröte. «Einstweilen kannst du ganz zufrieden sein, Steinauge zu heißen. Ich könnte mir schlimmere Namen vorstellen, die man dir aus dem einen oder anderen Grunde geben könnte. Wenigstens dieses eine Kleinod scheinst du ja in dein böckisches Leben herüberge-rettet zu haben, und das läßt mich hoffen, daß du deine Tage nicht in der Gesellschaft von Ziegen beschließen wirst. Ich würde den Augenstein gerne wieder einmal sehen. Willst du mir die Freude machen, ihn für mich aus seinem Versteck zu holen?»

«Gern», sagte Steinauge, öffnete den Beutel und nahm den Stein heraus. Sobald er ihn auf der flachen Hand vorzeigte, begann der Stein zu leuchten. Es war, als fange sich der goldene Schimmer der Krötenaugen in der glatten Rundung des Steins und wecke die farbigen Ringe zum Leben. Erst glühte nur ein goldener Punkt tief drinnen in der Mitte des Steins, ein Keim von Licht, der wuchs und wuchs und sich ausbreitete wie Wellenringe im Wasser um die Stelle, an der eben ein Fisch nach einer Fliege geschnappt hat. Aber es war kein Fisch, was sich unter dem Geflirr von Grün, Blau und Violett heraufhob, sondern ein Gesicht, das Gesicht eines Mädchens, das ihn anblickte, und die Augen des Mädchens hatten die gleichen Farben wie der Stein, so daß der Bocksfüßige nicht wußte, ob diese farbigen Ringe sich in den Augen des Mädchens spiegelten, oder ob das vielfarbige Leuchten seinen Ursprung in diesen Augen hatte, und während er noch darüber nachdachte, öffnete das Mädchen den Mund und rief: «Flöter! Ich habe dich gesehen!»

«Wer bist du?» sagte Steinauge. «Warum bist du vor mir davongelaufen?»

Da versank das Bild unter den Wellenkreisen, und zugleich begann die Kröte wieder mit ihrem blubbernden Gekicher, als finde sie das alles ziemlich komisch. «Wundert dich das?» sagte sie. «So wie du jetzt aussiehst mit deinem zottigen Bockshintern, hast du das Kind ganz schön erschreckt.»

«Warum hat das Mädchen mich Flöter genannt?» fragte Steinauge und steckte den Stein wieder an seinen Platz.

«Vielleicht warst du früher einer», sagte die Kröte.

«Dann hat das Mädchen mich nicht mit einem andern verwechselt?» fragte Steinauge gespannt.

«Kann sein», sagte die Kröte, als sei das nicht weiter wichtig.

«Warum gibst du mir keine klare Antwort?» sagte Steinauge. «Für mich ist das die wichtigste Sache von der Welt.»

«Schön zu hören», sagte die Kröte, «aber so wichtig ist deine Person wohl auch wieder nicht. Außerdem nützt dir das im Augenblick nicht viel.»

«Ich habe zugehört, wie das Mädchen den Fischen von diesem Flöter vorgesungen hat», sagte Steinauge. «Sie sollen es jemandem weitersagen, den es den Grünen nannte. Der soll diesen Flöter suchen.»

«Ich weiß», sagte die Kröte. «Was meinst du denn, weshalb ich hier bin? Der Grüne weiß, daß ich den Flöter kenne und deshalb am ehesten finden werde.»

«Hast du ihn gefunden?» fragte Steinauge.

«Was nützt das, wenn er nicht mehr der Flöter ist, der er vielleicht einmal war?» sagte die Kröte. «So wie er jetzt aussieht, ist er nicht mehr jener, der gesucht wird.»

«Dann wird das Mädchen ihn nie finden», sagte Steinauge und verlor jede Hoffnung.

«Das habe ich nicht behauptet», sagte die Kröte. «Aber es wird wohl noch einige Zeit vergehen, bis er gefunden wird.»

Solche vagen Auskünfte verwirrten Steinauge immer mehr. Einmal schien es ihm, als sei von ihm selbst die Rede, und dann sprach die Kröte wieder von diesem Flöter wie von einem Fremden. Er wurde aus diesen Worten nicht klug. «Was soll ich jetzt tun?» fragte er.

«Es hat eine Zeit gegeben, in der du auf meine Ratschläge wenig Wert gelegt hast», sagte die Kröte. «Wenigstens darin scheinst du dich gebessert zu haben. Zunächst wird dir nichts anderes übrigbleiben, als über die Berge zu deinen Ziegen zurückzuwandern und dich von ihnen durch den Winter bringen zu lassen. Vielleicht solltest du dich später einmal nach einer Flöte umsehen. Du hast ja gehört, daß einer gesucht wird, der sich aufs Flöten versteht. Ich wünsche dir gute Reise und danke dir, daß du mir wieder einmal deinen Stein gezeigt hast. Paß gut auf ihn auf!»

«Das laß nur meine Sorge sein», sagte das Wiesel, das die ganze Zeit über zusammengerollt an Steinauges Seite gelegen hatte.

«Da hast du ja einen tüchtigen Leibwächter», sagte die Kröte. «Leb wohl, Steinauge! Und auch du, Nadelzahn! Und probiere dein spitzes Gebiß nicht an meiner Verwandtschaft aus!»

Nach diesen Worten kroch sie ins Gebüsch. Eine Zeitlang hörte man sie noch im dürren Laub rascheln, dann war es wieder still.

«Komische Bekannte hast du», sagte Nadelzahn.

«Bekannte?» sagte Steinauge. «Ich weiß nicht recht. Kann sein, daß ich diese Kröte früher einmal getroffen habe, aber ich kann mich nicht mehr daran erinnern. Laß uns jetzt noch ein bißchen schlafen.» Damit legte er sich wieder zurück ins Gras und schloß die Augen. Eine Zeitlang hörte er noch den Wind in den Kronen der Bäume rauschen, dunkel im Laub des Ahorns und hell in den schon vergilbenden Birkenblättern, und das klang wie flüsternde Mädchenstimmen, einmal zögernd und leise, dann wieder lauter, als tuschele hier ein Chor von Schwestern miteinander. Steinauge lauschte ihren Stimmen und meinte nach und nach zu verstehen, was sie einander zu sagen hatten. «Der zottige Faun ist wieder zwischen unseren Füßen. Wißt ihr, daß er gesucht wird?» Also bin doch ich es, den der Grüne suchen soll, dachte Steinauge im Einschlummern, während das Rauschen abebbte. Dann schwoll das Geflüster noch einmal an, und er hörte eine einzelne der Schwestern sagen: «Schlaf gut, mein Faun! Bei uns bist du sicher. Suche nach dem, was gewesen ist, dann wirst du dein Mädchen schon finden.» Steinauge sah die flüchtige Gestalt vor sich, die sich in seinen Armen in eine Birke verwandelt hatte. Er wollte noch fragen, wie er die Fährte in die Vergangenheit finden sollte, aber da war er schon eingeschlafen.

Am nächsten Morgen verabschiedete sich Steinauge von seinen Birken, über deren golden flimmerndem Laub ein milchiger Himmel stand. Vom Berg her blies ein für die Jahreszeit ungewöhnlich warmer Fallwind und trieb einzelne welke Blätter vor sich her. Während des Aufstiegs über das nur dürftig bewachsene Gelände überkam Steinauge wieder jene bedrückende Angst, aber das mußte er wohl ertragen, wenn er über das Joch zurück zu seinen Ziegen wandern wollte. Während er sich an den zähen Zweigen der Bergweiden von Tritt zu Tritt die Berglehne hinaufhangelte, versuchte er sich einzureden, diese Beklemmung würde ihm durch das schwüle Wetter verursacht, das ihm den Schweiß aus allen Poren trieb. Zuweilen fuhr ein jäher Windstoß auf ihn herab, der aber keine Kühlung brachte.

Schließlich erreichte er die Region des Krummholzes und der hochragenden Zirben und kroch nun wieder unter dem schwarzen Geäst weiter, aus dem dürre Nadeln auf ihn herabregneten. Inzwischen hatten sich am Himmel hohe, rasch auseinanderquellende Wolken aufgetürmt, die bald die blasse Sonne verdeckten, ohne daß es deshalb kühler geworden wäre. «Wir wollen uns einen Unterschlupf suchen», sagte Nadelzahn. «Da oben braut sich ein Wetter zusammen.»

Doch Steinauge hatte keine Lust, sich in dieser spärlich bewachsenen Gegend länger als nötig aufzuhalten. Er arbeitete sich weiter mit harzverklebten Händen durch das Dickicht der Latschenkiefern, verschnaufte gelegentlich nur für ein paar Augenblicke unter dem dicht gequirlten Geäst einer der Zirben und starrte voraus, um zwischen den felsigen Abbrüchen einen gangbaren Weg auf die Höhe des Jochs ausfindig zu machen. Er entschloß sich, über eine bewachsene Schotterrinne aufzusteigen, die zwischen schroffen Wänden auf die Höhe zu führen schien, doch als er die Stelle erreicht hatte, an der dieses letzte Teilstück begann, brach das Wetter los.

Aus den schwarz herabhängenden Wolken, die sich über dem Joch zusammengezogen hatten, fuhr ein weißglühender Feuerstrahl herab in den Felsen, daß Steinauge ein Dutzend Herzschläge lang geblendet war und nichts weiter sah, als das schwarze, verästelte Gegenbild dieses Blitzes. Der unmittelbar darauf krachende Donner ließ den Boden erzittern, als solle der ganze Berg bersten, und in den Nachhall hinein war schon alles wieder grell beleuchtet; denn nun schossen die Blitze von allen Seiten aus den Wolken, und der unaufhörliche Donner schmetterte Steinauge auf den steinigen Boden zwischen die knorrigen Wurzeln der Latschen. Während er sich zitternd in die Erde krallte und sein Gesicht in die kratzenden dürren Nadeln preßte, spürte er, wie das Wiesel zu seinem Ohr kroch, und dann wisperte es zwischen zwei Donnerschlägen: «Wenn du mir einen Rat gestattest, dann würde ich dir empfehlen, dort drüben neben der hohen Zirbe unter dem Felsüberhang unterzukriechen.»

Steinauge hob den Kopf und sah etwa zwanzig Schritte weiter am Fuße einer Felswand eine Art Höhle, deren Tiefe sich im Dunkel verlor. Nur fielen auch schon einzelne schwere Tropfen. Der Entschluß, mitten in diesem tobenden Wetter aufzustehen und zu dem Unterschlupf hinüberzulaufen, kostete ihn einige Kraft, aber er schaffte es, schlug sich in wilden Sätzen durch das federnde und kratzende Gebüsch und stürzte vor Angst gehetzt die letzten paar Schritte über kahles Gelände zum Eingang der Höhle. Erst als er das schützende Dach über sich wußte, kam er wieder zu Atem und lehnte sich keuchend an die kalte, felsige Wand. Das Wiesel war schneller gewesen als er. Jetzt saß es neben ihm und putzte sein Fell.

Draußen wütete das Gewitter weiter. Blitz folgte auf Blitz, und das Poltern des Donners verstärkte sich unter dem Felsdach zu hohem Dröhnen. Dann schien die ganze Welt mit ohrenzerreißendem Krachen zu bersten, die hohe Zirbe unmittelbar vor der Höhle war für einen Augenblick umsäumt von blendendem Licht, und dann stand sie auch schon in Flammen. Das Feuer fraß sich prasselnd durch die dicht benadelten Zweige und schlug unter einem jähen Windstoß in die Höhe wie ein Fahnentuch, dessen wehendes Ende sich in einem Funkenregen auflöste. Der hohe Baum war eine einzige Feuersbrunst, das Krachen der Äste übertönte selbst den Donner, der Rauch wurde vom Wind nach allen Seiten auseinandergetrieben und roch betäubend nach dem süßen Harz.

Steinauge starrte auf dieses ungeheure Schauspiel, dessen elementare Gewalt ihn das Gewitter vergessen ließ, starrte auf den riesigen Flammenbaum, der bis in die Wolken hinaufschoß, als wolle er den Himmel selbst in Brand setzen, eine wabernde Säule, die brannte und brannte, bis das Geäst bis zum Wipfel verglüht war und der knorrige Stamm mit einem dröhnenden Knall auseinanderbarst; doch auch das zersplitterte Holz brannte noch weiter, als solle dieser Baum bis in die Wurzeln ausgetilgt werden. Dann brach nach dem letzten Donnerschlag der Regen los und löschte von einem Augenblick zum andern das Bild aus, als würde ein grauer Vorhang vor der zerklüfteten Öffnung der Höhle zugezogen.

Steinauge lehnte sich an die kantige Felswand zurück und atmete tief durch wie nach einer großen Anspannung. Sobald er die Augen schloß, flammte wieder die Feuersäule, und er wußte nicht zu entscheiden, ob ihn dieser Anblick fasziniert oder entsetzt hatte. Ihm war zumute, als habe er das Schauspiel genossen, wie etwas Herrliches zugrunde ging.

«Dieser Baum war sogar dann noch schön, als er brannte», sagte eine Stimme aus der Tiefe der Höhle.

Steinauge fuhr herum und hatte im gleichen Augenblick auch schon seine Bocksfüße in den Boden gestemmt, um mit einem Satz aus der Beengung der Höhle zu flüchten. Der andere, den er im Dunkel kaum erkennen konnte, hatte das wohl bemerkt, denn er sagte: «Du wirst ziemlich naß werden, wenn du hinausläufst. Außerdem würde ich das bedauern, denn ich möchte mich ein bißchen mit dir unterhalten, Steinauge.»

Daß der Fremde, der wie ein knolliger Felsbrocken im verschatteten Hintergrund der Höhle hockte, seinen Namen kannte, beunruhigte Steinauge mehr, als daß es sein Vertrauen in diesen Mann gestärkt hätte. «Woher weißt du, wie ich heiße?» fragte er.

«Diesseits und jenseits des Gebirges hat man angefangen, von dir zu reden», sagte der Mann. «Ziegen, Birkenmädchen, Pferdehirten und noch alle möglichen anderen Leute. Außerdem kenne ich dich schon lange.»

Steinauge wollte fragen, woher der Mann ihn kenne, aber ihm schien plötzlich, als sei diese Frage überflüssig. Er spürte, wie das Wiesel an seiner Seite sich streckte, und fragte es: «Was hältst du von diesem Fremden, Nadelzahn?»

«Seine Stimme klingt gut», sagte das Wiesel. «Außerdem bleibe ich lieber im Trockenen sitzen.»

«Du hast einen vernünftigen Freund, Steinauge», sagte der Mann. Er richtete sich ächzend auf und kam langsam nach vorne ins Licht, ein magerer, ziemlich kleinwüchsiger alter Mann mit schütterem weißen Barthaar im faltigen, braungebrannten Gesicht. Er ging leicht gebückt, als suche er ständig etwas am Boden, und das kam wohl von seinem Beruf; denn der spitze, langgeschäftete Hammer, der an seinem Gürtel hing, und die abgeschabte Ledertasche ließen daran keinen Zweifel.

«Ein Steinsucher bist du also», sagte Steinauge erleichtert, ja fast schon ein bißchen enttäuscht.

Der Alte grinste amüsiert und sagte: «Was hast du denn erwartet, du zottiger Faun? Einen von den rotschopfigen Blutaxtleuten? Einen Zauberer mit spitzem Hut? Oder gar den Großmagier persönlich? Steinsucher treiben sich nun einmal in den Bergen herum. Ich bin nur ein bißchen früher als du untergekrochen, als ich das Wetter aufziehen sah. Du wolltest ja partout noch übers Joch, aber ich habe mir schon gedacht, daß wir uns schließlich hier treffen.»

«Wolltest du mich denn treffen?» fragte Steinauge.

«Wenn die Zeit dazu gekommen ist, begegnet man einander», sagte der Alte. «Darf ich mich zu dir und deinem Begleiter setzen?»

Die Höflichkeit, mit der dieser Steinsucher um Erlaubnis fragte, erstaunte Steinauge. Trotz seiner unscheinbaren, fast gebrechlichen Gestalt wirkte der Alte durchaus nicht wie jemand, der erst lange fragen muß, wenn er etwas im Sinne hat.

Aber er wartete dennoch Steinauges gewährendes Nicken ab, ehe er sich neben ihm niederließ. Eine Zeitlang saßen sie so schweigsam nebeneinander und blickten hinaus auf den strömenden Regenvorhang, der das felsige Gelaß von der Welt abschloß, und je länger Steinauge auf diese graustreifige, sprühende Wand starrte, desto mehr überkam ihn das Gefühl, aus der greifbaren Welt enthoben zu sein in einen Bereich jenseits der begehbaren Landschaft, in den man unversehens aufgenommen wurde, ohne ihn gesucht zu haben, und den man auch nicht aus eigenem Entschluß verlassen konnte, ohne durch den feucht flirrenden Vorhang ins Bodenlose zu stürzen.

Nach einer Weile wendete sich der Alte Steinauge zu und sagte: «Bevor man redet, soll man miteinander essen. Seid meine Gäste, Steinauge und auch du, Nadelzahn.» Er holte aus seiner Tasche ein bretthartes Fladenbrot und verwunderlicherweise auch ein kleines Stück frisches Fleisch, als habe er beizeiten für die Bewirtung eines Wiesels vorgesorgt. Außerdem brachte er eine aus rötlichem Birnenholz gedrechselte Flasche zum Vorschein, die er Steinauge anbot: «Trink einen Schluck Rotwein», sagte er, «damit das trockene Brot besser rutscht.» Steinauge meinte, seit langem nichts derart Köstliches gegessen zu haben. In seinem Mund mischte sich das mit Fenchel und Koriander gewürzte Brot mit dem herben Rotwein zu einer Speise von unvergleichlichem Geschmack, den er, langsam auf den harten Brocken kauend, bis zum letzten Krümel auskostete, während das Wiesel sich an dem Fleisch gütlich tat.

Als er satt war und auch der Alte seine Mahlzeit mit einem letzten Schluck Wein beendet hatte, sagte dieser: «Hast du nun auf deiner Wanderschaft gefunden, was du gesucht hast?»

Steinauge war überrascht von dieser Frage. Hat er überhaupt etwas gesucht? Oder war er nur ziellos durch Wald und Gebirge gezogen? Aber dann schien ihm wieder, daß er doch auf irgend etwas aus gewesen sein müsse, als er die Qual auf sich genommen hatte, das dünn bewachsene Joch zu überqueren, und sich den Sommer lang am Rande des flachen Tals herumgetrieben hatte. Aber worauf? Er wußte es nicht zu sagen. «Was meinst du denn?» fragte er, «was ich gesucht haben soll?»

«Das mußt du selber herausfinden», sagte der Alte. «Gibt es so wenig, was du erfahren möchtest?»

«Wenig?» fragte Steinauge. «Eher zuviel. Als ich hierher kam, gab es für mich nicht viel mehr als meine Ziegenherde jenseits des Gebirges. Aber hier schien es mir manchmal, als redeten die Hirten von einem, der ich vielleicht einmal gewesen bin. Und da war auch ein Mädchen, das mich zu erkennen glaubte, ehe es mich in meiner zottigen Bocksgestalt erblickte. Wahrscheinlich hat es sich geirrt, aber ich frage mich seither, ob das alles nicht doch etwas mit mir zu tun hat.»

«Fragst du dich das wirklich nur?» sagte der Alte und schaute ihm ins Gesicht. Seine Augen hatten die Farbe von graugrün gesprenkeltem Moosachat, der auf eine merkwürdig zwingende Weise von innen heraus leuchtete, ohne daß eine Lichtquelle vorhanden war, auf die man dieses Leuchten hätte zurückführen können, und in diesem Licht hoben sich die Erfahrungen, die Steinauge in den vergangenen Tagen gemacht hatte, immer deutlicher aus der trüben Suppe seiner vagen Vorstellungen, begannen sich klarer abzuzeichnen und ordneten sich nach und nach zu einem überschaubaren Bild, in dem sich eins zum andern fügte, vereinzelte Wörter traten neu ins Bewußtsein, verknüpften sich mit anderen Wörtern und eröffneten so Zusammenhänge, die bisher im Unerkennbaren verborgen geblieben waren. Er blickte in die Augen, in denen noch immer die eben ausgesprochene Frage stand, und sagte: «Nein, das frage ich mich in Wahrheit gar nicht. Ich weiß es. Aber ich kann mich der Dinge nicht erinnern, die sie diesem Flöter vorwarfen, der ich wohl einmal gewesen sein muß.»

«Was warfen sie ihm vor?» fragte der Alte.

«Die Hirten sprachen nicht besonders freundlich von ihm», sagte Steinauge. «Sie waren der Meinung, er habe ihre Leute auf irgendeine Weise betrogen.»

«Und das Mädchen?» fragte der Alte.

Steinauge erinnerte sich an das Aufleuchten in den merkwürdigen Augen des Mädchens, als es ihn hinter den Büschen entdeckt hatte. «Das Mädchen», sagte er, «freute sich, als es diesen Flöter zu erkennen glaubte. Doch als es mich dann sah, wie ich bin, erschrak es und lief davon.»

«Warum wohl?» fragte der Alte.

«Warum wohl?» wiederholte Steinauge und versuchte den dunklen Vorhang zu durchdringen, der sich über seine Vergangenheit gelegt hatte. «Ich muß mich wohl verändert haben», sagte er. «Einhorn hat einmal zu mir gesagt, ich sei früher ‹so ein Dünnbein› gewesen. Ich hatte das ganz vergessen, aber jetzt weiß ich's wieder. Er lag verwundet am Boden und nannte mich ‹einen halben Bock›, ehe er das sagte. Er meinte damit wohl, daß ich früher einmal anders ausgesehen hätte. Ich muß wohl solche Beine gehabt haben wie diese Hirten. Oder wie dieses Mädchen. Daran mag es wohl liegen, daß mir dieses Bocksgestell so zuwider ist.»

«Du solltest diesen Teil deines Körpers nicht verachten, denn er trägt dich immerhin», sagte der Alte. «Zudem wirst du wohl noch einige Zeit auf diesen Hufen durch die Wälder traben müssen. Aber wie war das mit diesem Mädchen? Kannst du dich auch an dieses Kind nicht erinnern?»

Steinauge versuchte sich das Gesicht des Mädchens vorzustellen, und das gelang ihm über alles Erwarten gut. Er sah es so deutlich vor sich, als sei es ihm seit langer Zeit vertraut und nicht nur von dieser kurzen Begegnung am Waldrand. Vor allem die Art, wie es ihn angeschaut hatte, ehe das Entsetzen in diese Augen trat. «Die Augen», sagte er. «Diese merkwürdigen Augen. Ich könnte sie nicht beschreiben, aber an diese Augen kann ich mich erinnern.»

«Siehst du», sagte der Alte und grinste vergnügt, als sei nun schon alles in bester Ordnung. «Geh durch diese Tür, und du wirst auch dich finden.»

Während Steinauge noch über diese sonderbare Aufforderung nachdachte, ließ der Sturzregen, der bisher mit unverminderter Heftigkeit niedergeprasselt war, plötzlich nach, der Ausblick auf die Landschaft öffnete sich wieder, als würde ein Vorhang zur Seite gezogen, ein paar einzelne schwere Tropfen fielen noch spritzend auf die Steine vor der Höhle, und dann rissen auch schon die Wolken auseinander, trieben in der raschen Windströmung davon und gaben den blanken Himmel frei. Unter der Sonne begann der nasse Boden zu dampfen, über diesem nebligen Gewaber ragten die steilen, schwarzen Pyramiden der Bergzirben in den grünblauen Himmel, und dahinter türmten sich glasklar die gezackten Silhouetten der Berggipfel.

Der Alte erhob sich, rieb sich den steifen Rücken und sagte: «Da können wir uns ja wieder auf den Weg machen. Gute Reise! Und dir guten Fang, Nadelzahn! Und grüß deine Ziegen, Faun!»

Steinauge war auf diesen raschen Abschied nicht gefaßt gewesen. «Kannst du nicht noch ein Stück mit uns gehen?» fragte er. Der Alte schüttelte den Kopf: «Ich muß dort hinunter», sagte er und zeigte zum Tal, aus dem Steinauge zuvor aufgestiegen war.

«Schade», sagte Steinauge, «wenn man mit dir spricht, wird einem mancherlei klarer, und mir scheint, daß ich noch viel zu wenig begriffen habe.»

«Bei dieser Meinung solltest du bleiben», sagte der Alte. «Das ist noch lange nicht alles, was du erfahren hast. Aber ich will dir einen Gefährten mitgeben, damit du ein bißchen Unterhaltung während des Winters hast. Deine Ziegen sind sicher liebenswerte Geschöpfe, aber als Gesprächspartner auf die Dauer wohl ein wenig einseitig.» Damit verließ er die Höhle und ging hinüber zu dem Platz, an dem die hohe Zirbe bis zum Himmel hinauf gebrannt hatte. Der Sturzregen hatte das Feuer gelöscht, und nun lagen dort nur noch schwarze Trümmer verstreut, aus denen vereinzelte Rauchfäden aufstiegen. Steinauge folgte dem Alten und schmeckte den harzigen Brandgeruch auf der Zunge, sobald er zwischen die verkohlten Reste des Baumriesen trat.

Der Alte blieb an der Stelle stehen, an der dieser mächtige Stamm bis in die Wurzeln hinein auseinandergeborsten war, und stocherte in dem zusammenge-stürzten Haufen von verkohlten Brocken und Asche. Schließlich zog er ein mehr als armlanges, an einem Ende knollig verdicktes Stück Holz hervor, holte ein Messer aus der Tasche und begann die schwarze Kruste sorgsam abzulösen.

«Du lebst ja noch, mein Alterchen», murmelte er dabei. «Bist ja noch lange nicht tot und verdorben.»

Steinauge schaute zu, wie der Alte mit geschickten Schnitten das blanke, rötliche Holz freilegte und zunächst einen hüfthohen Stecken glattschabte. «Das ist nur, damit das Ding auch einen praktischen Nutzen hat», erklärte er, ohne daß für Steinauge die Angelegenheit damit verständlich geworden wäre. Den Alten kümmerte das nicht weiter, ja, Steinauge hatte den Eindruck, daß hier nicht er selbst, sondern dieses hölzerne Ding angesprochen wurde, auf das der Alte so viel Mühe verschwendete, und dieser nahm sich jetzt das klumpige Ende des Stockes vor und murmelte: «Keine Angst, Alterchen, ich tu dir schon nicht weh, wenn ich dich aus deiner verbrannten Haut herausschäle.» Und dann setzte er sein Messer mit einer Vorsicht an, als bestünde die Gefahr, er könne in lebendiges Fleisch hineinschneiden.

Zunächst konnte Steinauge nicht erkennen, was unter den Händen des Alten aus dem unförmigen Knorren entstand. Offenbar lief der Stab in eine knollig gekrümmte Wurzel aus, an der nur die Rinde abgesengt worden war. Der Alte schnitt sorgsam einige Brandnarben aus, schabte noch ein bißchen an dem Holz herum und wischte die Oberfläche mit einem Tuch, das er aus der Tasche zog, sauber und glatt. Dann betrachtete er zufrieden sein Werk und hielt es Steinauge hin. «Da hast du ihn», sagte er. «Versuch dich mit ihm anzufreunden.»

Steinauge nahm den Stab, der sich sogleich warm und anschmiegsam in seine Hand fügte, und betrachtete das in sich verschlungene Gebilde, dessen absonderliche Krümmung von der streifigen Maserung nachgezeichnet wurde. Das erste, was seinen Blick fesselte, war ein dunkler, scharf umgrenzter und leicht aus der seidenglatten Oberfläche herausgehobener Stumpf, an dem wohl vor dem Brand eine Verästelung des Wurzelstocks abgezweigt hatte, ein glattes, braunes Auge, das ihn aufmerksam und ein wenig spöttisch anzuschauen schien; und sobald er dieses Auge erkannt hatte, löste sich auch der Kopf dieses merkwürdigen Wesens aus dem Geschlinge, ein breit vorgeschobenes Maul, in der Form etwa zwischen einem Entenschnabel und der kuppelartig gewölbten Schnauze einer Kröte, das ohne merkliche Begrenzung in das gerundete Haupt überging, in dessen Mitte das Auge ruhte, ein Gesicht von grotesk verzerrter Gestalt, das dennoch den Ausdruck unstörbarer Gelassenheit zeigte, die allenfalls ein wenig durchbrochen wurde von einem kaum merklichen Zug der Ironie im Winkel der fest geschlossenen, breit geschwungenen Lippen. Und dieser ohne Zweifel charaktervolle Kopf, unter dessen Blick Steinauge fast so etwas wie Hochachtung, ja Ehrfurcht überkam, saß auf einem wie zu meditativer Ruhe eingerollten Leib, der um das obere Ende des Stabs geschlungen war.

«Riech einmal an dem knorrigen Burschen», sagte der Alte, «hinten am Kopf ist eine harzige Stelle, dort spürst du es am stärksten», und während Steinauge den Kopf beugte und den süßen harzigen Zirbenduft einatmete, raunte der Alte:

> Dem Duft des Lebendigen
> folge nun ständig,
> doch kannst du's nicht bändigen,
> erstarrst du elendig.
> Folg nur dem Beständigen,
> so bleibst du lebendig.

Steinauge vernahm diese Worte, obwohl sie so leise gesprochen wurden, als töne die raunende Stimme nur inwendig in seinem Kopf. Der Duft drang in ihn ein, süß und herb zugleich, und weckte in ihm eine unbändige Sehnsucht nach Leben, nach Mitteilen und Empfangen, und ihm war zumute, als müsse sein Leib bersten vor ungestillter Lust, dieses Leben, wie immer es sich auch darbieten mochte, zu empfinden und auszukosten. Er hätte alle Welt umarmen können in diesem Augenblick, und er war drauf und dran, mit diesem sonderbaren alten Steinsucher den Anfang zu machen, doch als er den Kopf hob und aufblickte, war der Alte verschwunden. Weit unten zwischen den niedergekrümmten Latschenkiefern meinte er, noch eine flüchtige Bewegung zu erkennen, aber dann lag der dunkel übergrünte Hang wieder reglos unter dem weit ausgespannten Himmel. Und erst in diesem Augenblick wurde ihm bewußt, daß er ohne Angst unter dem offenen Himmel stand – oder besser: gestanden hatte; denn einen Herzschlag später packte sie ihn mit solcher Gewalt, daß er mit wenigen Sätzen auf das bergende Gebüsch zusprang und sich – schon fast besinnungslos – zwischen die nadeligen Zweige der Latschen warf. Hier blieb er erst einmal liegen, und sein Herz klopfte so heftig, als sei er eben einer großen Gefahr entronnen, deren Ursache er doch nicht kannte. Als er wieder klar denken konnte, fragte er sich, wieso er frei von Angst unter dem blanken Himmel hatte stehen können. War er dermaßen gefesselt gewesen von dem geheimnisvollen Schnitzwerk des Alten? Oder hatte einfach nur dessen Anwesenheit seine Angst ferngehalten? Die erste Erklärung erschien ihm zwar vernünftiger, dennoch war er nahezu sicher, daß die zweite zutraf, ohne daß er hätte sagen können, worauf sich diese Meinung gründete.

«Und ich dachte schon, der alte Mann hätte dich von deiner sonderbaren Vorliebe für schattige Plätze geheilt», sagte das Wiesel, das ihm inzwischen, wenn auch nicht so überstürzt, gefolgt war und ihn jetzt ein wenig irritiert von der Seite anschaute.

«Du scheinst ihm ja allerhand zuzutrauen», sagte Steinauge, und nach einer Weile setzte er hinzu: «Vielleicht hätte er das sogar vermocht, aber er hatte wohl anderes im Sinn.»

«Zum Beispiel, dir noch einen Gefährten mit auf die Wanderschaft zu geben», sagte das Wiesel, und aus der Art, wie es das ‹noch› betonte, war eine Spur von Eifersucht herauszuhören. Steinauge merkte das sehr wohl und sagte: «Hast du vor, den Winter bei meiner Ziegenherde in der Höhle zu verbringen?»

Das Wiesel rümpfte die Nase, daß seine nadelscharfen Zähne sich entblößten, und sagte: «Dazu könnte mich nicht einmal die Freundschaft zu dir bringen, und ich kann nur hoffen, daß du mir diese offene Rede nicht verübelst. Dieser Stock, den der Alte dir zur Gesellschaft gegeben hat, besitzt vermutlich eine weniger empfindliche Nase; allerdings wird er wohl ein ziemlich schweigsamer Gefährte sein.»

«Zumindest kann man sich damit seiner Haut wehren», sagte Steinauge, der sich mittlerweile, so weit dies das niedrige Gebüsch zuließ, aufgerichtet hatte, und schwang den Knüppel prüfend durch die Luft.

«Ich bezweifle, daß der Alte ihn zu diesem Zweck so sorgsam mit einem Gesicht versehen hat», sagte Nadelzahn. «Dieses Auge macht mir eher einen friedlichen Eindruck.»

Dieser Feststellung war kaum zu widersprechen, doch Steinauge verspürte wenig Lust, sich weiter über die ihm selbst noch verborgenen Eigenschaften dieses sonderbaren Holzwesens zu unterhalten, dessen braunäugiger, gelassener Blick ihn eher verunsicherte als zu irgendwelchen Äußerungen ermutigte. «Wir sollten uns auf den Weg machen», sagte er deshalb. «Ich möchte hier oben nicht übernachten.»

An diesem Tag kamen sie, zunächst unter den wippenden Latschenzweigen hindurchkriechend und später dann endlich wieder unter dem dichteren Dach der Bergfichten wandernd, über das Joch und bis hinunter in die Wälder auf die andere Seite des Gebirges, und dort umrundeten sie am dritten Tage schließlich das nördliche Ende der großen Felswand, die bald wieder hoch über ihnen aufragte.

Als Steinauge hier einen halben Tag lang auf vertrauten Pfaden durch das Buschwerk getrottet war, sagte das Wiesel: «Du bist bald zu Hause, Steinauge. Ich rieche deine Ziegen.»

So fein war Steinauges Geruchsinn immer noch nicht, aber nach einer Weile stach auch ihm der Bocksgestank in die Nase, und als sich dann hangabwärts ein Ausblick zwischen den Sträuchern öffnete, sah er die Herde unten auf der übergrasten Berglehne weiden. Ihr durchdringender Geruch hatte inzwischen eine solche Intensität angenommen, daß Nadelzahn keinen Schritt weit näherzubringen war. «Warte einen Augenblick», sagte er und sprang seitwärts ins Unterholz. Gleich darauf kam er zurück und zerrte ein Kaninchen hinter sich her. «Hier hast du zum Abschied noch einen Braten», sagte er. Ich bin gern mit dir übers Gebirge gewandert, aber hier trennen sich unsere Wege. Ich werde wohl noch ein Stück weiter nach Süden laufen. Du findest mich dort, wo die große Felswand endet, falls du etwas von mir willst. Ich werde dir immer mit Vergnügen zu Diensten sein, auch wenn du manchmal etwas sonderbare Angewohnheiten hast.»

«Darauf werde ich bei Gelegenheit gerne zurückkommen», sagte Steinauge. «Vor allem im nächsten Frühjahr, wenn ich mich wieder auf den Weg mache. Bis dahin werde ich mich wohl mehr oder minder im Dunstkreis meiner Ziegen bewegen.» Er dankte dem Wiesel noch für all die saftigen Braten, die es ihm verschafft hatte, und dann war Nadelzahn vom einen zum anderen Augenblick verschwunden.

Steinauge wollte schon zwischen den Haselstauden hervortreten und sich seinen Ziegen zeigen, als er merkte, daß er ziemlich ungelegen gekommen war. Einhorn war offensichtlich damit beschäftigt, seine angenehmeren Pflichten als

Leitbock der Herde zu erfüllen. Er trieb eine der Ziegen vor sich her, immer bergauf und geradewegs auf Steinauge zu. Dabei ging er nicht eben sanft mit seiner Auserwählten um, stieß sie mit seinem Horn in die Seite und hetzte sie dann wieder ein Stück weiter, doch das gehörte wohl zu den böckischen Liebesspielen. Schließlich stellte er, dicht vor dem verborgenen Zuschauer, das Tier und besprang es. Steinauge erlebte diesen Vorgang nicht ohne Erregung, ja er fühlte sich während dieser Augenblicke der Zwitterhaftigkeit seines Körpers fast schmerzhaft ausgeliefert, zugleich angewidert und mitgerissen von der bocksbrünstigen Kraft des Geschehens; er spürte, wie seine hufbewehrten Beine unter ihm zitterten, während eine Woge des scharfen Dunstes heranbrandete. Dann ließ der Bock von der Ziege ab, die sogleich zu der Herde zurücktrottete, offenbar ziemlich unberührt von dem, was ihr eben widerfahren war.

Jetzt hielt Steinauge den Zeitpunkt für gekommen, sich dem derzeitigen Herrn der Herde zu zeigen. Er trat zwischen den Stauden hervor und sagte: «Ich freue mich, dich bei so strotzender Gesundheit anzutreffen, Einhorn.»

Der Bock warf den Kopf herum, als habe er unversehens einen Feind gewittert, und senkte drohend sein gewaltiges Horn. Dann erst erkannte er seinen Mitregenten und lockerte ein wenig seine angriffsbereite Haltung, aber seine Stimme klang alles andere als freundlich, als er sagte: «Du bist früh zurückgekommen, Steinauge.»

«Zu früh, meinst du wohl», sagte Steinauge, ein wenig verstimmt über diesen abweisenden Empfang.

«Wenn du es schon so verstehst, will ich dir nicht widersprechen», sagte Einhorn mürrisch. «Einstweilen bin ich noch Bocks genug, um allein für meine Herde zu sorgen.»

«Das habe ich gesehen», sagte Steinauge lachend, doch der Bock hatte keinen Sinn für Späße dieser Art.

«Willst du mich verspotten?» sagte er böse und senkte wieder sein Horn.

«Nichts liegt mir ferner», beeilte sich Steinauge zu beteuern, und nach einer Weile fügte er hinzu: «Ich bewundere dich», und er fragte sich, ob dies nicht tatsächlich der Wahrheit entsprach.

«Dann halte dich noch eine Weile fern von der Herde», sagte der Bock. «In deiner Höhle kannst du meinetwegen schlafen. Wir bleiben über Nacht im Freien, so lange es noch warm genug ist.»

«Wie freundlich von dir», sagte Steinauge, doch als er merkte, daß der Bock nicht das geringste Verständnis für Ironie zeigte, zuckte er mit den Schultern und sagte nur noch: «Ich will mich daran halten», drehte sich um und ging weiter durchs Gebüsch zum Schlupfloch.

Er fand die Höhle ziemlich verwahrlost vor. Der Wind hatte Blätter und allerlei Unrat hineingeblasen, Spinnen huschten über den Boden und weiter hinten auf seinem Schlafplatz schimmelte die alte Laubstreu und roch dumpf nach Schwämmen. Aber das im Frühjahr eingebrachte Heu im Hintergrund der Höhle war trocken geblieben und duftete süß. Steinauge hatte den Rest des Tages damit zu tun, den felsigen Boden mit einem Reisigbesen zu fegen, das Wasserbecken zu säubern und sich ein frisches Lager aus dürrem Laub aufzuschütten.

Als er am Abend schließlich an seinem Feuer saß und der Duft des gebratenen Kaninchens ihm in die Nase stieg, fühlte er sich schon wieder zu Hause. Er aß langsam und bedächtig, denn dergleichen Abendessen würde er in der kommenden Zeit entbehren müssen. Danach blieb er noch eine Zeitlang neben der Glut sitzen und betrachtete den Stock, den ihm der Alte geschnitzt hatte. Er drehte ihn in der Hand und verfolgte das Spiel von Licht und Schatten auf dem breitflächigen Gesicht, dessen dunkles Auge ihn gleichmütig anzublicken schien. «Was soll ich nun mit dir anfangen, du stummer Geselle?» sagte er. «Hast du überhaupt einen Namen?»

Als er das sagte, schien es ihm, als schaue das hölzerne Auge ihn mit erwachendem Interesse an, ja ihm war, als habe ihm dies knorrige Wesen ermutigend zugenickt.

«Ach, so ist das?» sagte er. «Ich soll wohl raten, wie du heißt?»

Antwort erhielt er keine, aber jetzt war er fast sicher, daß der Stab in seiner Hand gezuckt hatte. Ob das nun eine Täuschung sein mochte oder nicht – jedenfalls überkam ihn die Lust, dieses Spiel zu spielen, und so fing er an, sich Namen für diesen sonderbaren Stock auszudenken. «Knorz?» sagte er und schaute gespannt in das hölzerne Gesicht. Doch das verzog keine Miene. «Dann vielleicht Wurz?» Auch das schien nicht das richtige zu sein. Steinauge begann darüber nachzudenken, ob ihm der Alte irgendeinen Hinweis gegeben haben könnte. Zum Abschied hatte er einen Vers geraunt

«Dem Duft des Lebendigen
folge nun ständig . . .»

Steinauge beugte sich über das knorrige Ende des Stocks und spürte sogleich, wie der süße, harzige Duft aus dem Holz aufstieg, ein zauberischer Wohlgeruch, sanft und erregend, fremd und doch auf eine unerklärliche Art vertraut, ein Duft, der Bilder entschwundener Träume weckte, das Abbild eines Gesichts, das sich im Dunkel über ihn geneigt hatte, während seitwärts das Plätschern einer Quelle die Nacht aufhellte, Augen, in deren Blick die Sterne flimmerten, und dann dieser Duft, der ihn einhüllte, während das herabfallende Haar dieser Frau für einen Augenblick sein Gesicht streifte, aber das Bild ließ sich nicht festhalten und verging wie Nebel. Der Duft jedoch war beständig und umgab ihn wie eine Umarmung, dieser süße Duft nach dem Harz der Bergzirben. War das vielleicht der Name, den er suchte? «Harz?» fragte er. «Heißt du Harz?» Aber seine Worte schienen den Duft davonzublasen, die Verzauberung wich, und es war nur ein totes Stück Holz, das er in der Hand hielt.

Für diesen Abend ließ er das Ratespiel sein. Er deckte die Glut ab und legte sich schlafen. Doch in seinen Träumen erschien ihm, übergroß und mächtig, das unbewegte, breitmäulige Gesicht und betrachtete ihn stumm mit seinem glatten braunen Auge, ein uraltes, in sich verknäultes Wesen, unstörbar in seiner Ruhe, aber durchaus nicht schläfrig, sondern wach und voller Weisheit.

Als Steinauge sich beim Erwachen dieses Traumbildes noch bewußt war, schien ihm, daß er einen Gefährten bei sich hatte, von dem noch einiges zu erwarten sein würde. Doch an diesem Morgen hatte er keine Zeit, das Ratespiel wieder aufzunehmen; wenn er den Winter über wieder seine Morgenmilch bekommen wollte, dann mußte er jetzt anfangen, Futter für seine Ziegen zusammenzutragen; denn mit dem Heu allein würde er die Herde nicht satt bekommen.

Es wird nicht notwendig sein, hier im einzelnen aufzuzählen, was er in den nächsten Wochen alles in seine Höhle schleppte und hinter seinem Schlafplatz aufhäufte. Der Hinweis mag genügen, daß die Bucheckern in diesem Jahr nahezu ausgeblieben waren. Dafür war die Haselnußernte reichlich – zum Glück, denn das war das einzige von all den Sachen, was er selber essen mochte. Für die Ziegen sammelte er zudem Berge von Eicheln, und schließlich entdeckte er auch noch ein paar Holzapfelbäume, deren Zweige schwer von Früchten bis zum Boden herabhingen. Am Abend ließ er sich müde und steif von all dem vielen Bücken auf seine Streu fallen und schlief tief und traumlos. Seinen Stock gebrauchte er allenfalls, um Äpfel von den höheren Ästen zu schlagen.

Die Herde sah er hin und wieder auf den Grasplätzen weiter unten am Rande des Hochwaldes weiden, aber er wich ihr aus, um dem Bock nicht ins Gehege zu kommen. Die Tiere hielten sich überdies von der Felswand und damit vom Eingang der Höhle fern; der Schrecken des Felssturzes steckte ihnen wohl noch in den Gliedern. Zuweilen, wenn ihm der böckische Dunst unversehens in die Nase stieg, blieb Steinauge im Schutz des Gebüsches stehen und spähte hinaus auf die Wiese, wo Einhorn eine der Ziegen vor sich hertrieb. Er erinnerte sich der Winternächte, in denen er zwischen den sanft atmenden Leibern der Tiere gelegen hatte, als sei auch er selbst ein Teil dieses lebendigen Organismus. Jetzt, während er sich als heimlicher Zuschauer verbarg, wurde ihm bewußt, daß er nicht zu dieser Herde gehörte; denn er war ausgeschlossen vom Rhythmus ihres Lebens, der ihnen zum herbstlichen Zeitpunkt die Paarung befahl. Auch wenn er noch immer nicht wußte, wer er eigentlich war, so hatte er auf seiner Wanderung übers Gebirge und in das flache Tal doch eines begriffen: er war in Geschehnisse verstrickt, die nichts mit diesen Ziegen zu tun hatten.

Wenn er eine Zeitlang so gestanden hatte, trottete er weiter durchs Unterholz, klaubte hie und da ein paar Pfifferlinge aus dem Moos oder las eine Handvoll Nüsse aus dem welken Laub am Boden, ein einsamer Waldgänger, der kein anderes Ziel kannte, als für den Winter vorzusorgen. Der schwere, bittere Geruch des Herbstes hing zwischen den silbrigen Buchenstämmen und verlieh den

Nebelschwaden, die am Morgen immer häufiger über den Wiesen waberten, den Geschmack von verrottetem Laub und moderndem Pilzgeflecht.

An einem Tag im späten Herbst setzte sich die Sonne noch einmal durch. Über dem kahlen Geäst der Bäume stand der Himmel wie ein blaugrüner Glassturz, blankgefegt von einem scharfen Ostwind, der schon am Morgen den Nebel davongeblasen hatte. Steinauge nahm sich jetzt Zeit. Er hatte genügend Vorräte eingebracht, schlenderte ziellos durch den Wald, versuchte die Vögel zu belauschen, ohne dabei sonderlich Neues zu erfahren, und suchte sich um die Mittagszeit schließlich einen geschützten Platz am Waldrand unter einer mächtigen Eiche. Er hockte sich ins Moos, lehnte seinen Rücken gegen die schrundige Rinde, kaute auf ein paar Haselnüssen herum und ließ sich von der Sonne den Pelz wärmen. Eine Zeitlang blickte er hinaus auf den Wiesenhang, über dessen schon welkenden Grasbüscheln zahllose schlanke Halme mit fedrigen Rispen emporspießten und sich in rasch dahingleitenden Wellen unter dem Wind beugten. Darüber schlief er ein, dahingleitend auf diesem Meer von nickenden Halmen, deren leere Fruchtstände silberweiß in der Sonne aufschimmerten, treibender Schaum auf den Wogen, die den Schläfer irgendwo hinspülten, und er ließ sich treiben, nahm nichts weiter wahr als dieses leise sirrende Gewässer, bis er nach langer Zeit fern am Himmel einen schwebenden Vogel entdeckte, der sich auf ausgebreiteten Schwingen vom Wind tragen ließ, winzig zunächst und wie mit spitzer Feder leicht gewinkelt in den blanken Himmel gezeichnet, doch der Vogel pfeilte rasch näher, wurde größer, tauchte herab, und mit ihm kam eine Angst herangeflogen, die den gläsernen Himmel zerschnitt; denn dort, wo der Vogel herangezogen war, klaffte ein Sprung in der blaugrünen Kuppel, der sich rasch verbreitete, und durch diesen Riß brach bodenlose Schwärze herein, die alles Licht zu verdrängen begann, und schon im nächsten Augenblick überdeckte der Vogel mit seinen Schwingen den Himmel von einem Ende bis zum anderen und stieß mit vorgestreckten Krallen herunter auf den Schläfer, der schon den starren Blitz der grünen Augen wahrnahm, während er noch im Schlaf die Arme schützend hochriß. Als der Stoß des scharfen Schnabels seinen Hals traf, wachte er auf.

Zunächst sah er nichts als wirbelndes braunes Gefieder und spürte, wie harte Schwingen seine erhobenen Arme streiften. Er schlug blindlings um sich, traf einen Körper, der seitwärts flatterte, sich eine Strecke weit taumelnd dicht über den dürren Grashalmen hielt und dann auf einen moderneden Baumstrunk niederließ. Jetzt erst erkannte Steinauge, wer ihn angegriffen hatte. Es war ein Falke, der dort wenige Schritte entfernt von ihm hockte, sein zerzaustes Gefieder mit dem Schnabel zu glätten versuchte, sich dann aufrichtete und aus grünen Augen zu ihm herüberstarrte.

Obwohl Steinauge jetzt sehen konnte, daß der Falke nicht größer war als irgendein anderer auch, umklammerte die Angst noch immer sein Herz. Ihm graute vor diesem Vogel, der aus dem wüsten Traum in die Wirklichkeit hinübergewechselt war oder auch aus einer Vergangenheit, derer er sich nicht mehr erinnern konnte. Aber er wußte jetzt, daß es dieser Falke war, der ihn im vergangenen Jahr hier beobachtet hatte.

«Was willst du von mir?» fragte er.

«Das weißt du genau», sagte der Falke, «und wenn dich nicht irgend etwas gewarnt hätte, besäße ich es jetzt.»

Steinauge faßte nach seinem Hals, wo ihn der Schnabel des Falken getroffen hatte, und spürte die Schnur des Beutels unter dem Finger. «Den Stein», sagte er, «du willst den Stein.»

«Du hast ihn uns gestohlen», sagte der Falke.

«Wem soll ich ihn gestohlen haben? Den Falken?» fragte Steinauge.

«Jenen, über die ich herrsche», sagte der Falke.

Steinauge versuchte die Mauer zu durchdringen, die ihn von der Vergangenheit trennte, aber viel weiter als bis zu seiner Begegnung mit den Ziegen gelangte er nicht zurück. Dennoch war er sicher, daß der Stein ihm gehörte. «Du lügst», sagte er, «das ist mein Stein.»

«Woher willst du das wissen?» sagte der Falke. «Du weißt ja nicht einmal, wer du bist.»

«Aber du scheinst es zu wissen», sagte Steinauge. «Sag es mir!»

«Gib mir zuerst den Stein!» sagte der Falke, «dann erzähle ich dir so viel von deiner ruhmvollen Vergangenheit, wie du hören willst.»

Steinauge schien das ein verlockendes Angebot zu sein. Er nahm den Stein aus dem Beutel, hielt ihn aber fest in der geschlossenen Hand, damit der Falke ihn nicht unversehens packen konnte. Er sah zwischen seinen Fingern die Farbenringe im Licht der tiefstehenden Sonne aufblühen, blau, violett und grün, aber dieses Grün war anders als das harte stechende Grün der Augen des Falken; es hatte den seidigen Schimmer einer Sommerwiese und flirrte wie junges Buchenlaub im Mai, durch das von hoch oben die Sonne scheint. Während er sich dem Spiel der Farben hingab, löste sich die Umklammerung der Angst, und er wußte jetzt, daß er diesen Stein nicht hergeben durfte um der unsicheren Auskunft eines gierigen Falken willen. «Eines weiß ich sicher», sagte er. «Ich bin der Träger des Steins»; denn er erinnerte sich, daß Nadelzahn ihn so genannt hatte.

Diese Worte brachten den Falken in Wut. «Diesen Beinamen hat dir das Wiesel verraten!» kreischte er. «Aber deinen wirklichen Namen kennst du nicht, du zottiger Bock! Nichts weißt du mehr davon, welche Macht über die Menschen du mit deinem Silberrohr ausüben konntest. In seidenen Betten könntest du schlafen statt bei deinen stinkenden Ziegen!»

Steinauge blickte noch immer auf den Stein, und dessen Farbenringe breiteten sich um ihn aus wie eine schützende Hülle, an der die Wut des Falken abprallte. Je mehr ihn die pulsierende Wärme des Steins durchdrang, desto weniger schien es ihm erstrebenswert zu sein, zu hören, was dieser böse Vogel ihm zu erzählen hatte; zudem war es sehr zweifelhaft, daß er die Wahrheit sagen würde.

«Gib dir keine Mühe, Falke», sagte er. «Einstweilen will ich damit zufrieden sein, der Träger des Steins zu heißen oder Steinauge, wie mich meine Ziegen nennen. Den Stein bei mir zu tragen, erscheint mir wichtiger, als Macht über irgendwelche Leute auszuüben; denn so, wie du das sagst, klingt es böse in meinen Ohren, und mir kommt so eine Ahnung, daß mich dieses Macht-Ausüben hierhergebracht hat, wo ich jetzt bin.»

«Sagt dir das dein Stein?» fragte der Falke.

«Siehst du!» sagte Steinauge und blickte den Falken an. »Jetzt hast du selber zugegeben, daß es mein Stein ist!»

«Dein oder nicht», sagte der Falke aufgebracht. «Hast du noch nicht gemerkt, daß man diesen Stein nicht besitzen kann wie irgendeinen beliebigen Gegenstand? Er war dir nur anvertraut, damit du ihn für uns bewahrst. Deshalb habe ich ein Recht, ihn von dir zu fordern.»

Steinauge schaute in die grünen Augen des Falken und begann unsicher zu werden, doch sobald er den Blick wieder senkte und sich einbezogen fühlte in das schimmernde Farbenspiel, verflogen seine Zweifel. «Damit magst du schon recht haben, daß mir der Stein nur anvertraut wurde», sagte er, «aber ich bin sicher, daß er nicht für deinesgleichen bestimmt ist; denn er ist ein Geschenk und keine Ware, die man nach Belieben einfordern kann. Von mir bekommst du ihn nicht!»

«Dann bleibe ein halber Bock, der einsam durch die Wälder trottet!» schrie der Falke. «Unter den Ziegen sollst du ein Fremder bleiben, und auch den Menschen soll vor dir grausen, es sei denn, es findet sich ein Mädchen, das dich lieben kann, häßlich wie du bist mit deinem zottligen Bocksgestell!»

Der Falke lachte gellend auf, breitete seine Flügel aus und schwang sich hoch in den Himmel, wo er rasch nach Süden davonzog.

Steinauge blickte ihm nach und bewunderte die Leichtigkeit, mit der dieser schlanke Vogel sich in die Höhe schraubte und vom Wind tragen ließ, frei und scheinbar nicht an die Schwere gebunden, die andere Wesen dazu zwingt, unten auf dem Boden mühsam Bein vor Bein zu setzen und darauf zu achten, nicht ins erstbeste Loch zu stolpern. Du bist schön, Falke, dachte er, du bist sogar sehr schön, auch wenn du böse bist. Im übrigen nahm er sich vor, künftig sorgfältig auf seinen Stein zu achten.

Am nächsten Tag regnete es. Steinauge blieb in der Höhle und schaute durch den Einschlupf hinaus auf das entlaubte Gebüsch, dessen hochgereckte Zweige schwarz vor Nässe glänzten, und dahinter sah man nichts als streifiges Grau. Doch selbst bei diesem Wetter waren die Ziegen offenbar noch nicht bereit, die Höhle aufzusuchen. Vor dem ersten Schnee würden sie wohl nicht kommen.

Steinauge blieb an seinem Feuer hocken und versuchte wieder einmal, mit seinem Stock ins Gespräch zu kommen. Er blickte forschend in das zeitlos-uralte Gesicht des hölzernen Wesens und sagte: «Ich muß mir wohl andre Namen für dich ausdenken, wenn ich dich zum Reden bringen will. Vielleicht waren die Namen zu kurz, die ich mir neulich ausgedacht hatte.» Er versuchte sich den riesigen Baum vorzustellen mit den blaugrünen Zapfen hoch oben im Wipfel, die dick und rund waren wie Bauernkrapfen und sagte: «Wipfelkrapfenzapfel?» Doch das braunglänzende Auge blickte jetzt eher noch abweisender als zuvor. Er grübelte weiter nach und erinnerte sich, wie es sich angefühlt hatte, als ihm die tiefhängenden Zweige der Zirbe die Beine zerkratzt hatten, während er vor dem Gewitter geflüchtet war, und er sagte: «Nadelwadenwedel», doch auch damit hatte er keinen Erfolg. Aber da er einmal bei diesem Gedanken war, fiel ihm ein, daß er beim Laufen beinahe über die knorrigen Wurzeln der Zirbe gestolpert war, und so sagte er gleich noch: «Wurzelwarzenpurzel», doch nun wirkte die Miene des stummen Gesellen fast schon angewidert. Für diese Art von Späßen hatte er offenbar keinen Sinn. «Entschuldige, wenn ich dich beleidigt haben sollte», sagte Steinauge, «aber du siehst ja, wie schwer es ist, den richtigen Namen für dich zu finden. Heute fällt mir bestimmt nichts besseres mehr ein.»

Er legte den Stock beiseite, stocherte ein bißchen in seinem Feuer herum und dachte über sein Gespräch mit dem Falken nach. Das konnte kein gewöhnlicher Falke gewesen sein, denn er hatte gesagt, daß er über andere herrsche, und damit hatte er wohl nicht nur Falken gemeint. Außerdem mußte er mit diesem Falken schon früher zu tun gehabt haben. Zumindest hatte der Falke behauptet, etwas über seine Vergangenheit zu wissen, und zwar über eine Zeit, in der man ihn ‹Träger des Steins› genannt hatte. Steinauge gab sich alle Mühe, irgend etwas aus seiner Erinnerung zutage zu fördern, und dabei wurde er immer sicherer, diesen Vogel schon einmal inmitten einer Wiese auf einem Baumstrunk sitzen gesehen zu haben. Er entsann sich jetzt, daß dies nicht an einem Abhang wie heute gewesen sein konnte; denn in seiner Vorstellung entstand das Bild einer flachen, grasüberwachsenen Lichtung, umgeben von schmalstämmigem Jungwald, und der Falke hatte außerdem näher vor ihm gesessen. Und dann begann das Bild in seiner Vorstellung in Bewegung zu geraten, Stück für Stück fiel das braune Federkleid des Falken ab und enthüllte, während die Gestalt zugleich wuchs, den schlanken, weißgliedrigen Körper eines Mädchens, das ihn aus grünen Augen anblickte. Falkenmädchen, dachte er und wußte zugleich, daß auch dieser Name zu seiner Vergangenheit gehörte. Also hast du mir doch etwas über mich verraten, Falke, dachte er, doch da waren die grünen Augen plötzlich dicht vor ihm, und wieder überfiel ihn diese Angst; denn er erkannte auf dem Grund dieser schönen Augen die Gier nach Macht, und er zitterte, als habe er diese Macht schon zu spüren bekommen. Erst als er die Hand auf die Brust legte und sich seines Steins versicherte, wurde sein Atem wieder ruhiger, und die Angst wich.

Es regnete den ganzen Tag lang in Strömen, und gegen Abend hörte Steinauge das Getrappel der Ziegen vor der Höhle. Als erster streckte der Bock sein gewaltiges Horn in den Eingang und blickte sich um. Als er Steinauge am Feuer sitzen sah, schüttelte er seinen nassen Bart und sagte: «Scheußliches Wetter! Kein trockenes Plätzchen zu finden. Wir schlafen heute nacht in der Höhle.» Eine Einladung wartete er gar nicht erst ab, sondern zwängte sich durch das Schlupfloch, und nach ihm folgte Stück für Stück die ganze Herde.

«Wärmt euch erst einmal auf», sagte Steinauge, und gleich darauf lagen die Tiere leise schniefend rings um die Feuerstelle, bis ihre durchnäßten Felle dampften. Nur die Jungtiere, denen weder die Höhle noch das Feuer vertraut waren, hielten sich beiseite und traten ängstlich meckernd von einem Bein auf das andere, bis die Muttertiere ihnen gütlich zuredeten und sie mit der Nase an die wärmende Glut stubsten.

An diesem Abend molk Steinauge zum ersten Mal wieder seine Schale voll Milch, doch zum Schlafen stieg er hinauf zu seinem Lager. Seither kamen die Ziegen täglich bei Einbruch der Dunkelheit in die Höhle, und Steinauge war's zufrieden, in der Nacht das ruhige Atmen der Tiere zu hören und den warmen Dunst ihrer Leiber zu spüren. Bald fiel dann auch der erste Schnee, und an diesem Tage sagte Einhorn: «Von heute an sollst du den Winter über wieder Herr über die Herde sein. Ich sehe ja, daß du gut vorgesorgt hast.» Und dann mampfte er genüßlich eine Handvoll von dem Heu, für dessen Ernte er im Frühjahr so wenig Verständnis gezeigt hatte.

Die Tage bekamen nun wieder ein ruhiges Gleichmaß, und nach einiger Zeit hatte Steinauge das Gefühl, sein Leben lang nichts anderes getan zu haben als am Morgen seine Ziegen zu einem schneefreien Futterplatz zu treiben, am Abend wieder zur Höhle zu bringen, noch ein bißchen von seinen Vorräten zuzufüttern und zu melken.

Als er eines Abends am Feuer saß und wieder einmal seinen Stock hin- und herwendete, sagte Einhorn: «Was hast du da für ein sonderbares Ding von deiner Reise mitgebracht? Du schaust es immer an, als wolltest du mit ihm reden.»

«Das möchte ich auch», sagte Steinauge, «aber ich kenne seinen Namen nicht.»

«Du bist doch sonst so klug», sagte Einhorn. «Suche einen Namen, der seiner Art entspricht. So wird das wenigstens bei uns gemacht.»

Wegen seiner Einfachheit leuchtete Steinauge dieser Vorschlag ein. Als die Tiere schliefen und er oben auf seiner Laubstreu lag, nahm er den Stock zur Hand und sagte: «Du bist aus Holz, das ist deine Art. Bist du vielleicht ein Holzling?»

Der Stock gab keine Antwort, aber Steinauge spürte ein leichtes Zucken im Schaft, das ihn ermutigte, diese Spur weiter zu verfolgen. «Das Holz stammt von einem Baum», fuhr er fort, «also bist du von der Art der Bäume. Bist du ein Bäumler?»

Im schwachen Licht der Glut, das vom Feuerplatz noch heraufdrang, meinte er zu sehen, wie das Auge im breiten Gesicht des stummen Gesellen plötzlich aufblitzte und ihn aufmerksam anschaute, als wolle er sagen: Mach weiter so, du bist schon nahe dran! «Du stammst von einem ganz bestimmten Baum», sagte Steinauge also. «Es war eine uralte Bergzirbe. Bist du vielleicht ein Zirbel?»

«Um das herauszukriegen, hast du ziemlich viel herumraten müssen», sagte der Zirbel. «Besonders findig bist du nicht. Aber da es der Alte für wert hielt, mich dir als Gefährten beizugeben, wird er schon etwas mit dir im Sinn haben.»

«Das hört sich ja fast so an, als sei mir damit eine große Gnade erwiesen worden», sagte Steinauge. «Als besonders nützlich hast du dich bislang nicht erwiesen.»

«Was erwartest du in so kurzer Zeit?» sagte der Zirbel ungehalten. «Der Alte hat dir allerdings nicht deshalb einen Zirbel mitgegeben, damit du ihn benutzt, um Holzäpfel damit von den Bäumen zu schlagen. Dazu reicht auch ein gewöhnlicher Prügel aus.»

«Das hätte er mir ja sagen können», erwiderte Steinauge widerborstig. «Er hatte mir schließlich einen Gefährten versprochen, mit dem ich mich den Winter über unterhalten kann, aber die ganze lange Zeit seither hast du nicht einmal den Mund aufgemacht.»

«Zirbel reden nur, wenn man sie beim Namen nennt», sagte der Zirbel. «Und was heißt hier schon ‹lange Zeit›? Du mußt sehr jung und sehr ungeduldig sein, wenn du das für eine nennenswerte Zeit hältst.»

«Ich bin immer noch beträchtlich älter als du», sagte Steinauge. «Der Alte hat dich ja vor meinen Augen gemacht.»

Diese Behauptung brachte den Zirbel zu einem trockenen, ein bißchen hölzern klingenden Lachen. «Vor deinen Augen?» sagte er dann. «Weißt du überhaupt, wie alt ich bin? Ich will's dir sagen, damit du ein bißchen mehr Respekt vor mir bekommst: In diesem Frühjahr bin ich 369 Jahre alt geworden, und das ist genau das Alter, in dem ein Zirbel unter die Leute geschickt werden kann. Was du eine lange Zeit nennst, ist für mich kaum ein Augenblick.»

Steinauge konnte das nicht glauben. «Ich habe doch gesehen», sagte er, «wie der Alte ein Stück Holz aufhob...» doch der Zirbel fiel ihm ins Wort und sagte: «Gesehen, gesehen! Nichts hast du begriffen! Dieses Stück Holz war der Kern dieser Bergzirbe, die vor deinen Augen vom Blitz getroffen wurde. Was da verbrannt ist, war nur die äußere Gestalt, auf die es gar nicht ankommt. Aber der Zirbel, der dabei frei wurde, ist noch lebendig genug, um hier einem jungen Naseweis beizubringen, was Zeit ist. Wer weiß, vielleicht wurde dieser Blitz nur deshalb geschickt, weil gerade ein Zirbel gebraucht wurde, und du solltest wirklich etwas dankbarer sein, daß um deinetwillen solch gewaltige Veranstaltungen in Gang gesetzt wurden. Und rede nicht mehr von Zeit! Ich mußte 369 Jahre dort oben auf dem Joch stehen, um eine Vorstellung davon zu bekommen, was dieses Wort bedeutet.»

Nach dieser langen Rede des Zirbel wurde Steinauge nun doch ziemlich kleinlaut. «Entschuldige bitte», sagte er. «Das konnte ich nicht wissen. Der Alte hat mir nichts davon gesagt.»

«Wahrscheinlich hat er dich für klüger gehalten, als du bist», sagte der Zirbel. «Muß dir denn immer alles erst gesagt werden? Jemand wie dieser Alte tut nichts nur so von ungefähr. Es sollte dich schon nachdenklich machen, daß er sich überhaupt um deine Angelegenheiten kümmert. Aber für heute habe ich genug geredet.» Damit beendete der Zirbel das Gespräch und überließ es Steinauge, sich einen Reim auf das alles zu machen.

Da hatte der alte Steinsucher ihm also einen Gefährten mitgegeben, der sich mit den Geheimnissen der Zeit auskannte, wenn auch auf eine für Steinauges Verhältnisse ziemlich weiträumige Weise. Bei diesem Gedanken wurde ihm bewußt, daß er tatsächlich recht unvollkommene Vorstellung von Zeitabläufen hatte; denn die Erfahrung, über die er derzeit verfügte, reichte nicht sehr viel weiter als ein Jahr zurück. Der Rest war ihm abhanden gekommen, und wenn er diesen Teil seines Lebens wiederfinden wollte, konnte es recht nützlich sein, jemanden wie diesen Zirbel bei sich zu haben. Er beschloß, seinen Gefährten bei nächster Gelegenheit zu befragen, auf welche Weise er die verlorengegangene Zeit zurückgewinnen könne, und darüber schlief er ein.

Einstweilen schien die Zeit stillzustehen. Draußen fiel der Schnee, und die kalte, weiße Mauer vor dem Einschlupf wurde täglich ein Stück höher. Die Ziegen fanden auf den tief verschneiten Hängen kaum noch Futter, rauften mit gebleckten Zähnen Knospen und Rinde von herabhängenden Zweigen und verließen an manchen Tagen überhaupt nicht mehr die Höhle. Dann ging das Brennholz zur Neige, und Steinauge mußte am Morgen auf die Suche nach dürren Ästen gehen. Er wußte von einer uralten, morschen Buche am Waldrand, die zur Zeit der Herbststürme zusammengebrochen war, und dort wollte er sich einen neuen Vorrat besorgen.

Als er vor die Höhle trat, sah er über dem Wald einen Schwarm Krähen kreisen, und während er zwischen den Büschen knietief durch den Schnee stapfte, hörte er ständig die heiseren Schreie der schwarzen Vögel. Dann erkannte er, was sie in solche Aufregung versetzte: Dicht über ihnen schoß ein Falke dahin, der offenbar auf Beute aus war. Aber wenn er gemeint haben sollte, mit den Krähen leichtes Spiel zu haben, dann hatte er sich getäuscht. Sie schlossen sich plötzlich zu einem dichten Pulk zusammen und griffen ihrerseits den Falken an, der sich nur mit knapper Not aus der Reichweite ihrer spitzen Schnäbel retten konnte. Er schwang sich mit hastigen Flügelschlägen in den blaßblauen Frosthimmel und glitt dann rasch nach Süden davon.

Steinauge erreichte schließlich den umgestürzten Baum und begann armstarke Äste aus der zerschmetterten Krone zu brechen. Die Krähen hatten sich inzwischen im kahlen Geäst des Hochwaldes niedergelassen und hockten dort wie überständige Früchte, die der Frost geschwärzt hat. Zwei von ihnen saßen unmittelbar über Steinauge in den Zweigen einer Eiche, und er begann zu verstehen, was sie einander zukreischten.

«Gräßlich, dieser freche Greifer!» krächzte die eine. «Hast du je einen derart unverschämten Falken gesehen?»

«Kennst du Grünauge nicht?» sagte die andere. «Die ist gieriger als jeder andere!»

«Ich hab von ihr krächzen hören», sagte die erste. «Das war aber weiter im Süden.»

«Jetzt jagt sie meist hier bei der großen Felswand», sagte die andere. «Doch du hast recht. Sie nistet bei Arnis Hütten. Ich habe selbst gesehen, wie sie aus dem Fenster von Narzias Haus flog.»

«Hält Narzia sich einen Jagdfalken?» fragte die erste. «Und warum läßt sie ihn frei fliegen?»

«Das ist nicht so sicher, daß es ihr Jagdfalke ist», sagte die andere. «Manche behaupten, es sei Narzia selbst; denn sie hat die gleichen grünen Augen wie der Greifer, gierig und grausam.»

«Darin ist sie ihm jedenfalls ähnlich», sagte die erste. «Seit ihr Vater gestorben ist, soll ihre Bosheit keine Grenzen kennen. Arnis Leute hält sie wie Knechte, und wer vor ihr nicht kriecht, dem bricht sie mit bösem Zauber den Willen. Kennst du ihre Hunde? Ihr strähniges Fell gleicht den Haaren von Arnis Leuten, und ihre Augen erinnern mich an Menschen, die nicht mehr da sind. Bei Arnis Hütten riecht es nach Angst.»

«Ja», sagte die andere, «dieser Gestank breitet sich dort aus, seit das schimmernde Auge aus der grauen Hütte verschwunden ist und mit ihm der Träger des Steins. Ich habe gehört, daß Narzia in Gestalt des Falken ausfliegt, um ihn zu suchen und ihm den Stein wieder abzujagen.»

«Er sollte sich vor ihr hüten», sagte die erste, «sonst macht sie ihn noch zu einem ihrer Hunde.»

«Vielleicht hat sie das schon getan», sagte die andere.

«Das glaube ich nicht», sagte die erste, «diese Hunde sind nicht fähig davonzulaufen, denn sie hat ihren Willen gebrochen. Kann sein, daß dieser Junge mit dem Stein nach Hause gegangen ist. Er war keiner von Arnis Leuten.»

«Weißt du, woher er stammt und wie er heißt?» fragte die andere.

«Ja», sagte die erste, und in diesem Augenblick brach krachend ein dürrer Ast unter Steinauges Hufen. Die Krähen flogen erschreckt auf und strichen über die Wipfel der Bäume außer Sicht.

Steinauge verwünschte seine Ungeschicklichkeit. Er versuchte den Vögeln zu folgen, doch schon nach wenigen Schritten erkannte er die Sinnlosigkeit dieses Unterfangens. Während er sich hier unten in dem tiefen Schnee abmühte, würden die Krähen oben über den Wipfeln längst sonstwohin geflogen sein. Er kehrte zu dem umgestürzten Baum zurück, begann handliche Äste aus dem Gewirr von zersplittertem Holz herauszuzerren und bedachte bei dieser Arbeit, was er eben gehört hatte. Ihm war zumute gewesen, als würde der Nebelschleier, der über seiner Erinnerung lag, unvermutet an einzelnen Stellen aufgerissen, und dahinter waren Bilder aufgetaucht, die er nicht wie etwas Fremdes betrachtete, sondern als etwas Vertrautes wiedererkannte, Blockhäuser am Waldrand, eine altersgraue Hütte, die inmitten der Ansiedlung stand wie ein Heiligtum, und er wußte, daß er dort schon gewesen war. Er hatte Namen gehört, die eine Vorstellung von Gesichtern, von Menschen weckten, die er kannte: Arnis Leute, das waren flachnasige Männer mit olivbrauner Haut und strähnigem schwarzen Haar; er sah sie geschäftig zwischen den Häusern hin- und herlaufen und beladene Packtiere hinter sich herziehen. Und Narzia, das war das Gesicht einer Frau oder eines Mädchens, schmal und hellhäutig mit grünen Augen, ein schönes Gesicht, das ihn zugleich erregte und ängstigte. Aber was war dort geschehen, daß er von diesem Ort geflohen war und den Stein mit sich genommen hatte, den er auf der Brust trug? Er spürte unter der dünnen Haut, die ihn von dieser Erinnerung trennte, ein Entsetzen aufsteigen, das ihn daran hinderte, weiter in dieser Richtung vorzudringen, aber er wußte jetzt, wer der Falke war, mit dem er im Spätherbst gesprochen hatte.

Inzwischen hatte er ein Bündel von dürren Ästen zusammengebracht und machte sich auf den Weg zur Höhle. Er ging an diesem Tag noch mehrmals zu dieser Stelle, bis er einen hinreichenden Vorrat von Brennholz aufgestapelt hatte, aber die Krähen konnte er nicht mehr entdecken. Die Ziegen hatten sich mittlerweile auf dem Hang verstreut und knabberten an den Zweigen der Büsche, aber zum Sattwerden war das nicht, was sie dabei zwischen die Zähne bekamen. Als es dunkel wurde, kehrten sie in der Erwartung auf kräftigere Nahrung von selbst in die Höhle zurück. Schlafen konnte er jedoch nicht, denn er war immer noch zu stark erregt von dem Vorstoß ins Vergessene, der ihm an diesem Tag geglückt war.

Nachdem er eine Zeitlang so gelegen und zur zerklüfteten Höhlendecke hinaufgestarrt hatte, über die der Widerschein des flackernden Feuers huschte, nahm er den Stab zur Hand und sagte: «Zirbel, du bist doch einer, der über die Zeit Bescheid weiß.»

Statt einer Antwort ließ der Zirbel erst einmal sein trockenes Lachen hören. Dann sagte er: «So etwas kann nur einer sagen, der keine Ahnung hat, was Zeit ist. Zeit ist etwas, das man um so weniger begreift, je mehr man davon erfährt. Man kann ihrer nie sicher sein. Achtet man auf die Zeit, so schleicht sie dahin wie eine Schnecke, aber sobald man sich von etwas anderem ablenken läßt, springt sie davon wie ein Wiesel. Sie ist immer da, aber wenn du sie packen willst, greifst du ins Leere, denn sie ist schon wieder vergangen. Gut, ich habe ein bißchen Erfahrung mit der Zeit gemacht, aber ich weiß auf keine Art über sie Bescheid.

Worauf willst du hinaus? Ich habe schon gemerkt, daß dich etwas nicht einschlafen läßt.»

«Ich habe heute ein paar Stücke meiner verlorenen Zeit wiedergefunden», sagte Steinauge und erzählte dem Zirbel, was er von den Krähen erlauscht hatte. «Aber das sind alles nur einzelne Bilder», sagte er schließlich, «ich kenne ihren Zusammenhang nicht.»

«Und ich soll dir jetzt helfen, diesen Zusammenhang herzustellen?» sagte der Zirbel. «Das mußt du schon selber versuchen. Meine Zeit ist eine andere als deine Zeit.»

«Hast du nie ein Stück davon verloren?» fragte Steinauge.

Der Zirbel dachte eine Zeitlang nach und sagte dann: «Das ist mir wirklich einmal passiert. Es muß ungefähr 250 Jahre her sein. Damals war ein dermaßen trockener Sommer, daß meine Zapfen vor der Zeit verdorrten und taub blieben, so daß ich keine Kinder in die Welt setzen konnte, und das ist eine traurige Sache für unsereinen. Im Spätsommer gab es dann genauso ein wüstes Gewitter wie an dem Tag, an dem wir einander begegnet sind, und auch damals traf mich ein Blitz. Er fuhr vom Wipfel bis zu den Wurzeln am Stamm entlang, daß an dieser Seite die Rinde abplatzte, nur kam der Regen, ehe ich in Brand geraten konnte. Von diesem Augenblick an bis zum nächsten Frühjahr stand ich wie betäubt, und auch später, als sich die Wunde schon wieder schloß, wußte ich lange nicht, was mit mir geschehen war.»

«Irgendwie mußt du es ja erfahren haben, sonst könntest du nicht davon erzählen», sagte Steinauge. «Wie hast du deine verlorene Zeit schließlich wiedergefunden?»

«Durch eine Ameise», sagte der Zirbel. «Das war schon ein paar Jahre später im Frühling. Damals wa ich ziemlich melancholisch und ließ meine Zweige hängen. Ich sorgte mich um meine Zapfen, denn seit dieser Geschichte war es mir nie mehr gelungen, meine Nüsse ausreifen zu lassen. An diesem Tag nun kam diese Ameise an meinem Stamm heraufgekrabbelt bis zum Wipfel und fing an, von dem Harz zu naschen, das zwischen den Schuppen der Zapfen austrat. Und in diesem Augenblick wußte ich, daß schon einmal eine Ameise hier oben gewesen war. Auch diese hatte an meinen dürren Zapfen nach Harz gesucht und an den verdorrten Krusten herumgeknabbert. Dann war sie plötzlich in einen Spalt zwischen den Schuppen gekrochen, und da fuhr auch schon jener Blitz herab, der mir beinahe das Leben nahm. Jetzt, als ich mich erinnerte, spürte ich endlich wieder diesen brennenden Schmerz und die lohende Hitze, die den Saft unter meiner Rinde sieden ließ. Und dieser Schmerz brachte mir die verlorene Zeit zurück.»

«Soll ich also nach einem solchen Schmerz suchen?» fragte Steinauge, und man hätte ihm, wenn es nicht so dunkel in der Höhle gewesen wäre, dabei ansehen können, daß er dazu wenig Lust verspürte. Der Zirbel merkte es dennoch, vermutlich an der gedehnten Redeweise. «Nein, nein», sagte er. «Wer tut schon so etwas, so lange er bei gesundem Verstand ist? Suche lieber nach einer Ameise. Der Schmerz kommt dann schon von allein.»

«Was für eine Ameise?» fragte Steinauge verwirrt. «Ich kann mich an keine Ameise erinnern.»

«Du lieber Himmel! Bist du begriffsstutzig!» sagte der Zirbel. «Wozu erzähle ich dir denn diese Geschichte? Suche nach Kleinigkeiten, achte auf Wörter, die dich an etwas erinnern! Du hast mir doch gerade erzählt, was du von den Krähen gehört hast. Da war von irgendeiner Hütte die Rede. Erinnerst du dich an sie?»

«Arnis Hütte», sagte Steinauge. «Und die Leute, die dort in den Blockhäusern leben, nennen sich Arnis Leute.»

«Bei denen mußt du früher gelebt haben,» sagte der Zirbel. «Du bist der Junge, der mit dem Stein davongelaufen ist.»

«Ich weiß, denn ich habe den Stein bei mir», sagte Steinauge. «Aber wovor bin ich davongelaufen?»

«Woher soll ich das wissen?» sagte der Zirbel. «Vielleicht hat das mit dieser Narzia zu tun, die zeitweise als Falke hier durch diese Gegend zu fliegen scheint. Kennst du sie?»

«Mit diesem grünäugigen Falken habe ich im vergangenen Herbst gesprochen», sagte Steinauge. «Wenn ich ihm diesen Stein gebe, wollte er mir sagen, wer ich bin. Beinahe hätte ich es getan.»

«Das wäre ein schlechter Handel gewesen», sagte der Zirbel. «Du mußt selber herausfinden, wer du bist. Es nützt überhaupt nichts, wenn es dir jemand sagt. Diese Narzia scheint sich auf allerlei Künste zu verstehen. Vielleicht wollte sie dich zu einem ihrer Hunde machen.»

Steinauge hatte während dieses Gespräches gespürt, wie diese Angst tastend wieder nach seinem Herzen griff und es immer stärker zusammenpreßte. Bei den letzten Worten des Zirbel schien diese Faust jäh zuzupacken. «Laß das!» schrie er. «Sei still! Ich will davon nichts mehr hören.»

«Habe ich davon angefangen?» sagte der Zirbel. «Du bist es doch, der nach seiner verlorenen Zeit sucht. Aber jetzt scheint mir, daß du vor ihr davonläufst, weil du Angst vor ihr hast. Eines Tages wirst du deine Ameise schon finden. Wir haben ja Zeit, viel Zeit.»

Die hatten sie wirklich. Der Winter schleppte sich langsam dahin. Schneestürme verwehten zeitweise den Eingang der Höhle, so daß es Tag und Nacht dunkel blieb, aber diesmal kroch Steinauge nicht zu den Ziegen, sondern schlief weiterhin oben auf seiner Laubstreu. Vielleicht war es ihm peinlich, sich unter dem Auge des Zirbel mit den Ziegen auf solche Weise gemein zu machen, vielleicht hatten sich auch die Worte des Falken, er werde nie zu den Ziegen gehören, derart in seinem Bewußtsein festgesetzt, daß er fürchtete, die Tiere würden ihn nicht mehr in den wärmenden Organismus der Herde aufnehmen wie im letzten Winter. Hie und da sprach er mit dem Zirbel, aber nach seiner verlorenen Zeit fragte er nicht mehr, wenn er sich auch vornahm, künftig genauer auf Kleinigkeiten zu achten und auf Wörter, die ihm auf irgendeine Weise zu Ohren kamen.

Eines Tages begann dann der Schnee zu schmelzen. Die Tropfenschnüre, die über den Eingang der Höhle bei Tag wie ein funkelnder Vorhang aus blitzenden Edelsteinen herabrannen, froren zwar über Nacht zu einem zackigen Gebiß von Eiszapfen, doch sobald die Sonne am Himmel stand, troff das Wasser an ihnen herab und fraß sie rasch auf. Als draußen apere Weideplätze zu finden waren, verließen die Ziegen die Höhle, um sich Futter zu suchen. Eine Zeitlang kehrten sie abends noch in die Höhle zurück, um sich nachts am Feuer zu wärmen, doch bald blieben sie ganz aus. Nur Einhorn zeigte sich noch einmal, nickte Steinauge gönnerhaft zu und sagte: «Den Winter über warst du ganz brauchbar, aber jetzt ist es an der Zeit, daß ich die Herrschaft über die Herde wieder selbst übernehme. Ich muß meinen Tieren ein bißchen Bewegung verschaffen, ehe sie ihre Jungen werfen. Wenn du einstweilen noch nichts anderes zu essen findest, kannst du uns ja suchen, um Milch zu trinken wie ein säugendes Jungtier.»

Diese letzte Bemerkung fand Steinauge nicht besonders achtungsvoll, denn er meinte, sich einen etwas deutlicher ausgesprochenen Dank verdient zu haben für all die Arbeit, die er um der Ziegen willen auf sich genommen hatte. Aber da er fürs erste noch auf die Milch der Ziegen angewiesen war, bedankte er sich seinerseits für das Angebot und hatte die Höhle wieder für sich allein. Bis er Heu einbringen konnte, um damit im nächsten Winter seine Milch zu verdienen, würde er noch eine Zeitlang bleiben müssen.

In den Nächten nach dem Auszug der Ziegen fühlte er sich ziemlich verlassen. Ihm fehlte der warme Dunst der Herde, das leise Schnaufen der ruhenden Tiere, und er ließ in der ersten Zeit das Feuer höher brennen, damit er beim Einschlafen etwas Lebendiges spürte. Von Tag zu Tag wurde er unruhiger, als triebe ihn etwas an, wieder auf Wanderschaft zu gehen, und wenn er am Abend nach der Herde suchte, prüfte er im Vorübergehen das aufsprießende Gras, als könne er es dadurch zu rascherem Wachstum veranlassen.

Und dann spürte er eines Nachts tatsächlich etwas Lebendiges und zwar dicht an seiner Kehle: So nahe bei sich hatte er dergleichen nun auch wieder nicht haben wollen. Er wurde durch ein schrilles Pfeifen aus dem Schlaf geschreckt, fühlte, wie etwas Kleines, Pelziges an seinem Hals zappelte, und wurde, als er mit einer Handbewegung den pelzigen Gast abzustreifen versuchte, zugleich auch noch von einem glatten, kalten Geringel berührt. Er setzte sich auf, und da er auch in dieser Nacht sein Feuer hinreichend mit Nahrung versorgt hatte, konnte er sehen, wer da auf Besuch gekommen war. Neben seinem Lager hatte sich eine Schlange zusammengerollt, deren schuppiger Körper im Schein der Flammen schimmerte, und diese Schlange hielt in den Fängen eine Maus gepackt, die elendiglich schrie und mit den Beinen zappelte.

«Kannst du nicht woanders auf Jagd gehen als ausgerechnet in meinem Bett?»
sagte er, ärgerlich über die Störung seiner Nachtruhe. «Für diese kleine Maus
hätten meine Nüsse auch noch gereicht.»

Als er das gesagt hatte, machte die Schlange keineswegs Anstalten, ihre Beute zu
verschlingen; sie beugte vielmehr ihren Kopf zurück, bis sie das zeternde Tier mit
einer Schleife ihres Körpers festhalten konnte, hob dann ihren schmalen Kopf und
sagte mit einer weichen melodischen Stimme: «Verzeih mir, Träger des Steins, daß
ich deinen Schlaf gestört habe. Mein Name ist Rinkulla, und ich bin eben im
rechten Augenblick gekommen, um diese elende Maus dabei zu ertappen, wie sie
dir etwas Besseres stehlen wollte als deine Nüsse.»

Steinauge erkannte jetzt an den hellen, mondförmigen Flecken über den Kiefern
der Schlange, daß er mit einer Ringelnatter sprach, und obgleich er bisher wenig
Neigung zu Schlangen verspürt hatte, so verfolgte er doch mit Bewunderung die
anmutigen Bewegungen des Tieres und schaute in ihre Augen, unter deren
spiegelnder Glätte in der Tiefe ein vielfältiges Farbenspiel aufstieg wie in einem
Achat. «Was soll es hier für eine Maus besseres zu finden geben?» fragte er, aber
der Name, mit dem die Schlange ihn angeredet hatte, ließ ihn bereits ahnen,
worauf es die Maus abgesehen hatte.

«Für eine Maus wohl nicht», sagte Rinkulla.

«Dann wohl für einen Falken?» fragte Steinauge.

«Das soll sie selber gestehen», sagte Rinkulla, gab die Maus aus der Umschlingung frei und sagte zu ihr: «Nun erzähle dem Träger des Steins deine Geschichte,
aber bleib bei der Wahrheit, wenn dir dein Leben lieb ist! Du weißt wohl, daß es
keinen Zweck hätte, mir entfliehen zu wollen.»

Die Maus hockte nun zitternd zwischen der Schlange und Steinauges Laubbett,
versuchte hastig mit den Vorderbeinen ihr Fell glattzustreichen, machte dann eine
devote Verbeugung und sagte: «Ich weiß, mächtige Rinkulla, daß ich dir nicht
entkommen könnte. Und dir, Träger des Steins, will ich wahrheitsgemäß
berichten, was ich im Sinn hatte, denn meine Angst vor Rinkulla ist noch weitaus
größer als jene vor diesem Falken, von dem du gesprochen hast. Es war in der Tat
ein Falkenweibchen mit grünen Augen, das mir befohlen hat, in deine Höhle zu
schleichen, die Schnur an deinem Hals durchzunagen und den Beutel zu stehlen,
in dem du jenen Stein trägst, nach dem man dich nennt.»

«Wie konnte die Grünäugige dir dergleichen befehlen?» fragte Steinauge.
«Stehst du in ihren Diensten?»

«Sie hatte mich in ihren Fängen», sagte die Maus, und man konnte ihr ansehen,
daß dies keine angenehme Erinnerung war.

«Was hat sie dir für den Diebstahl versprochen?» fragte Steinauge.

«Mein Leben künftig zu verschonen», sagte die Maus.

Rinkulla schwenkte unwillig ihren Kopf hin und her. «Glaubst du das einem
Falken?» fragte sie.

«Zuweilen genügt unsereinem schon die Hoffnung», sagte die Maus.
«Ist dein Leben nicht ständig auf irgendeine Weise in Gefahr?» sagte Rinkulla.
«Du solltest dich schämen, wegen eines dermaßen unsicheren Versprechens eine
solch niedrige Tat zu begehen.»

Diese Rede beschämte die Maus jedoch in keiner Weise, sondern machte sie
vielmehr zornig, soweit es erlaubt ist, bei solch einem kleinen Tier von Zorn zu
sprechen. Sie richtete sich auf und schrie mit schriller Stimme: «Glaubst du, ich
wüßte nicht, daß mein Leben ständig in Gefahr ist, sei es nun durch Falken oder
durch deinesgleichen? Soll ich mich schämen, weil ich diese Gefahr oder auch nur
die Angst vor der Gefahr ein bißchen verringern möchte? Ihr habt gut reden, ihr
Starken, die ihr unsereinen im Vorbeigleiten schnappt, wenn euch eben der
Appetit auf ein bißchen Mäusefleisch überkommt. Ihr könnt leicht von niedrigen
Taten reden, auf die ihr mit Verachtung herabschaut. Wenn ihr dergleichen
unternehmen würdet, mag es wirklich eine niedrige Tat sein, denn ihr seid frei
genug, euch dafür oder dagegen zu entscheiden. Wir jedoch huschen voller Angst
am Boden hin durch Laub und Gras und spüren ständig eure Bedrohung im
Nacken. Soll ich mein Leben aufs Spiel setzen, nur damit dieser haarige Unhold
hier sein Spielzeug behalten kann? Schelte meinetwegen diesen Falken, daß er
mich zu diesem Wagnis verleitet hat, aber komme mir nicht mit solchen
Vorwürfen! Und jetzt friß mich schnell, damit ich's hinter mich bringe!»

Das war nun wirklich eine erstaunliche Rede für eine Maus, und dies empfand
offenbar nicht nur Steinauge so, sondern auch die Schlange, denn sie sagte: «Es
wäre schade, einer solch tapferen Maus dergleichen anzutun. Ich muß gestehen,
daß du mich beschämt hast. Darf ich deinen Namen erfahren?»

«Ich habe noch keinen», sagte die Maus. «Unter Mäusen ist es üblich, daß man
erst dann einen Namen erhält, wenn man etwas Außerordentliches geleistet hat,
und so sterben viele von uns, ehe sie überhaupt zu einer bemerkenswerten Tat
fähig sind, namenlos unter den Fängen eines Falken, unter den Krallen einer
wilden Katze oder –», hier stockte die Maus und blickte Rinkulla furchtsam an.
Die Schlange erwiderte den Blick mit ihren Achataugen und sagte: «Oder?»

Da nahm die Maus all ihren Mut zusammen und fuhr fort: «Oder im Rachen
einer Schlange.»

Rinkulla neigte befriedigt ihren Kopf und sagte: «Du bist wirklich eine tapfere
Maus. Und weil du jetzt nicht nur im Zorn gesprochen, sondern deine Angst
überwunden hast, ist es an der Zeit, daß du einen Namen bekommst. Künftig
sollst du ‹Der-mit-der-Schlange-spricht› heißen.»

Dann wandte sich Rinkulla an Steinauge und sagte: «Ich glaube, ‹Der-mit-der-
Schlange-spricht›, hat es verdient, daß du ihm deinen Stein zeigst. Er soll erfahren,
daß es bei alledem nicht nur um irgendein belangloses Spielzeug ging, wie er
offenbar meint.»

«Du hast recht, weise Rinkulla», sagte Steinauge. «Zudem gelingt es mir vielleicht auf diese Weise, die Freundschaft dieses wackeren Mäuserichs zu erwerben.» Während er noch sprach, nahm er schon den Stein aus dem Beutel und legte ihn vor den Mäuserich auf den felsigen Boden. Zunächst ruhte das Kleinod dort im Dunkel wie ein schwarzer Kiesel, doch dann flackerte das Feuer unten in der Höhle auf, und im Schimmer der Flammen begannen innen im Stein die Farben aufzuglühen, breiteten sich in Ringen aus, stiegen auf und durchbrachen die Oberfläche in pulsierenden Wellen von grünem, blauem und violettem Licht, das den staunenden Mäuserich umschloß und sich in den Augen Rinkullas widerspiegelte, als schimmerten nun drei Steine von gleicher Art im tiefen Schatten der Höhle. ‹Der-mit-der-Schlange-spricht› saß ruhig auf seinen Hinterpfoten und schaute in das Spiel der Farben. Unter ihrem Schimmer schien er zu wachsen, keine Spur von zitternder Ängstlichkeit war mehr an ihm zu entdecken, seine weit geöffneten schwarzen Augen blickten klar, und seine Schnurrhaare spießten kühn zur Seite, mit einem Wort: hier saß ein Mäuserich, der alle Achtung verdiente.

Eine Zeitlang sagte keiner von ihnen ein Wort. Dann endlich wendete ‹Der-mit-der-Schlange-spricht› seine Augen von dem Kleinod ab, blickte Steinauge an und sagte: «Ich weiß nun, was für eine Untat es gewesen wäre, dir diesen Stein zu stehlen, aber ich habe jetzt auch erfahren, daß du mir verziehen hast. Ich danke dir, daß du ihn mir gezeigt hast. Unter seinem Schimmer schwindet alles Böse dahin. Zwar werde ich auch in Zukunft von Zeit zu Zeit um mein Leben zittern, aber die Angst, die mich bis heute Tag für Tag verfolgt und erniedrigt hat, ist mir genommen worden. Bei diesem Stein schwöre ich dir, daß ich von nun an dein Freund sein werde, wie du es dir gewünscht hast.»

Das alles sagte er mit solcher Würde, daß Steinauge gar nicht auf den Gedanken kam, eine solche Mäuserede komisch zu finden. Während er seinen Stein wieder in den Beutel steckte, versicherte er dem Mäuserich, daß es dieses Schwurs nicht bedurft hätte, und fügte hinzu, er sei stolz, einen solchen Freund zu besitzen. Dann holte er eine Handvoll Nüsse aus seinem Vorrat und lud ihn zu einer nächtlichen Mahlzeit ein. Der Mäuserich nahm dankend an und sagte: «Aufregung macht mich immer hungrig.»

Auch Steinauge knackte sich ein paar Nüsse und sagte zu Rinkulla: «Es tut mir leid, daß ich nicht auch dir etwas anbieten kann.»

«Das macht nichts», sagte die Schlange. «Ich habe erst vorgestern etwas gegessen. Außerdem bin ich ja nicht durch den Bach in deine Höhle geschwommen, um hier zu jagen.»

«Was hast du denn sonst gesucht?»

«Dich», sagte Rinkulla.

Steinauge blickte verblüfft auf. «Mich?» sagte er. «Wie hast du überhaupt erfahren, daß ich hier bin?»

«Unter den Tieren im Wasser wird viel von dir gesprochen», sagte Rinkulla.

«Hast du das nicht gewußt? Der Grüne hat dich schon im Herbst suchen lassen.»

Da erinnerte sich Steinauge an das Mädchen, das mit den Fischen gesprochen hatte und sagte: «Wenn ich damals richtig gehört habe, hat man ihn gebeten, einen Flöter zu suchen, einen Liedermann.»

«Bist du das nicht?» fragte Rinkulla und schaute ihn mit ihren Achataugen an.

«Ich weiß es nicht», sagte Steinauge. «In einer Herbstnacht drüben über'm Gebirge habe ich mit Goldauge darüber gesprochen, aber danach war ich nicht viel schlauer als zuvor. Auch sie sagte etwas von einem Flöter, der gesucht wird.»

«Weißt du es wirklich nicht?» fragte Rinkulla, und im Schein des Feuers glommen jetzt in ihren Augen Farben auf, als spiegele sich in ihnen noch immer das Lichterspiel des Steins.

Steinauge grub angestrengt in seinem Gedächtnis, aber er konnte nichts dergleichen zutage fördern. «Ich kann mich nicht erinnern», sagte er, «aber es wird wohl so sein, daß ich früher einmal dieser Flöter gewesen bin. Bist du gekommen, um mich zu suchen?»

«Nein», sagte Rinkulla. «Du bist längst gefunden worden, und wir wissen, wo du dich aufhältst. Ich habe nur den Auftrag, von Zeit zu Zeit nach dir zu sehen, weil ich tief im Innern der Höhle mein Winterquartier habe. Es war gut, daß ich dich gerade heute nacht besucht habe.»

«Gerade zur rechten Zeit», sagte Steinauge. «Warst du schon oft hier?»

«Ein paar Mal», sagte Rinkulla, «aber ich hatte keinen Grund, dich zu stören.»

«Da hast du wohl nur einen halben Bock gesehen, der auf seiner Laubstreu schnarchte», sagte Steinauge. «Keine Spur von einem Flöter oder Liedermann.»

«Ich habe nichts anderes erwartet», sagte Rinkulla. «Aber wenn du im Frühsommer wieder hinaus in die Wälder gehst, solltest du vielleicht versuchen, dir eine Flöte zu schnitzen. Ein Messer hast du ja.»

Steinauge bedankte sich für den guten Rat, und dies nahm Rinkulla offenbar für ein Zeichen der Verabschiedung; denn sie verneigte sich und sagte: «Für heute habe ich dich lange genug vom Schlaf abgehalten. Auf Wiedersehen irgendwo beim Wasser, und achte auf deinen Stein!» Nach diesen Worten glitt sie hinüber zum Höhlenbach und verschwand im Dunkel.

Der Mäuserich war dem Gespräch aufmerksam gefolgt und sagte nun: «Es ist ein Glück, daß ich nicht gewußt habe, unter wessen Schutz du stehst, sonst hätte ich mich nie in deine Höhle gewagt, wäre weiterhin namenlos geblieben und hätte dich nicht zum Freund gewonnen. Wenn du meiner Dienste bedarfst, kannst du mich mit einem bestimmten Pfiff herbeirufen.»

«Soweit du dich in der Nähe aufhältst», sagte Steinauge lächelnd.

«Nicht nur dann», sagte der Mäuserich. «Überall gibt es Mäuse, und Nachrichten werden bei uns sehr rasch weitergegeben. Wer meinen Pfiff hört, wird mir schon Bescheid geben lassen. Gib acht!» und dann pfiff der Mäuserich einen hellen Dreiklang, der Steinauge so vertraut war, daß er ihn sogleich nachpfiff.

«Ausgezeichnet!» sagte der Mäuserich. «Gute Nacht, Träger des Steins! Und vielen Dank für die Nüsse!»

«Auch dir eine gute Nacht, ‹Der-mit-der-Schlange-spricht›», sagte Steinauge. «Und nimm dich in acht vor dem Falken!»

«Das solltest auch du tun», sagte der Mäuserich, machte eine zierliche Verbeugung und huschte über den Höhlenboden davon.

Steinauge legte sich auf sein Lager und pfiff zum Abschied noch einmal diesen Dreiklang. Gleich darauf hörte er, fern, aber deutlich, die Antwort seines neuen Freundes. Und in diesem Augenblick fiel ihm ein, woher er diesen Pfiff kannte: Er hatte unter einem Baum gesessen, und vor ihm auf einem niedrigen Ast saß eine Amsel und pfiff die gleiche Tonfolge, die ihm noch in den Ohren klang. Er wußte auch, daß es nicht irgendeine beliebige Amsel gewesen war, sondern die Botin des Sanften Flöters, seines Großvaters, zu dem er unterwegs gewesen war durch die unermeßlichen Wälder von Barleboog. All das tauchte jetzt klar und deutlich in seiner Erinnerung auf: wie er Gisa getroffen und auf ihrem Schloß gelebt hatte, die ganze Geschichte mit Barlo, der durch seine Schuld die Sprache verloren und durch die Kunst des Sanften Flöters auf eine neue Art wiedergewonnen hatte und daß er danach mit Barlo drei Jahre lang durch die Lande gezogen war. Dabei hatte er zum ersten Mal das Lied vom Grünen gehört, und der Grüne hatte ihnen zweimal geholfen, bis sie endlich zusammen mit vielen fröhlichen Leuten die Wölfe besiegt und Gisa aus dem hohen Schloß von Barleboog vertrieben hatten.

«Also bin ich der Enkel des Sanften Flöters», sagte er halblaut vor sich hin. «Hast du das gehört, Zirbel?»

Da regte sich neben ihm der Zirbel und sagte: «Du hast wohl deine Ameise gefunden?»

«Meine Ameise war eine Maus», sagte Steinauge.

«Also weißt du jetzt, wer du bist», sagte der Zirbel.

«Ja», sagte Steinauge. «Ich kann mich an meinen Großvater erinnern, an meine Mutter, die seine Tochter ist, und an meinen Vater, den Großen Brüller. Ich meine auch, daß ich zu dieser Zeit einen anderen Namen hatte, aber der will mir nicht einfallen.»

«Warst du damals ein Flöter?» fragte der Zirbel.

Steinauge dachte eine Weile nach. Dann zuckte er mit den Schultern und sagte: «Mein Großvater war ein Flöter, und ich bin lange Zeit mit einem Flöter durch die Lande geritten, und zwar mit zwei richtigen Menschenbeinen rechts und links vom Sattel, aber ob ich selber ein Flöter gewesen bin, weiß ich ebensowenig wie ich mich nicht erinnern kann, auf welche Weise ich zu diesen Bocksfüßen gekommen bin.»

«Sei nicht so ungeduldig», sagte der Zirbel. «Ein Stück von deiner verlorenen Zeit hast du ja schon gefunden. Hattest du damals schon deinen Stein?»

«Ja», sagte Steinauge, «mit diesem Stein hat alles angefangen. Arni, der Bruder des Khans der Beutereiter, hat ihn mir gegeben, als er starb. Er hatte ihn von einer alten Frau bekommen, die im Gebirge wohnte.»

«Diese Frau habe ich gekannt», sagte der Zirbel. «Als sie noch jünger war, hat sie einmal unter meinen Zweigen gerastet; denn ich war damals schon ein mächtiger Baum. Den Stein trug sie in einem Netz aus Silberdraht an einer Kette um den Hals. Ich habe ihn gleich wiedererkannt, als ich ihn bei dir sah. Diese Frau hieß Urla und hatte sehr schöne Augen.»

«Jetzt kann ich mir erst vorstellen, wie alt du bist», sagte Steinauge. «Arni war mit einer Enkelin Urlas verheiratet und hat sie nur noch als uralte Frau gekannt, als er selber jung war. Seine Tochter Akka hatte schon weiße Strähnen im Haar, als sie mir Urlas Geschichte erzählte.»

Der Zirbel lachte leise, als er das hörte. «Ihr Menschen müßt euch dranhalten mit dem Kinderkriegen», sagte er dann. «Wahrscheinlich seid ihr deswegen so ungeduldig und wollt immer alles auf einmal haben. Wer ungeduldig ist, verkürzt die Zeit, die er zum Leben hat. Meine jüngsten Kinder waren noch kein Jahr alt, als mich der Blitz traf, und ich freue mich darüber, daß sie mit ansehen konnten, wie ihr Vater, der zugleich ihre Mutter ist, zum Zirbel ausgewählt wurde.»

«Vater und zugleich Mutter?» wiederholte Steinauge verblüfft, doch dann begriff er und sagte: «Ich habe vergessen, daß du eigentlich ein Baum bist. Seit ich mit dir reden kann, habe ich dich für einen Mann gehalten.»

Wenn der Zirbel mit den Schultern hätte zucken können, dann hätte er es jetzt wohl getan. «Ein Mann, was bedeutet das schon?» sagte er. «Kommt es darauf an? Ihr Menschen seid recht unvollkommene Geschöpfe, daß ihr immer nur eine Hälfte des Lebens in euch habt.»

Steinauge fand es ziemlich überheblich, wie dieser hölzerne alte Knacker von den Menschen sprach, und das ärgerte ihn. «Jetzt bist du nur noch ein Stück Holz», sagte er, «auch wenn du reden kannst. Aber mit dem Kinderkriegen ist es für dich vorbei.»

Wenn er gemeint haben sollte, den Zirbel damit übertrumpfen zu können, so hatte er sich geirrt, denn der hölzerne Geselle kicherte in sich hinein und sagte: «Einstweilen habe ich noch genug Leben in mir, um auch dir ein Stück davon abzugeben, du bocksbeiniger Tropf!»

Schon bei diesen letzten Worten hatte die Stimme des Zirbels begonnen, sich zu wandeln; sie klang durchaus nicht mehr spöttisch, wie man hätte meinen können, sondern eher freundlich und liebevoll, so wie eine Mutter zu ihrem Kind spricht, das sie trösten will, und zugleich spürte Steinauge, wie der süße, harzige Duft von dem braunvioletten Fleck am Hinterkopf des Zirbels aufstieg und ihn einhüllte in der zärtlichen Umarmung, mit der die blaubereiften, harztropfenden Schuppen den Kern im Zapfen umschließen. «Du hast noch viel Zeit», sagte die sanfte Mutterstimme der Zirbelin. «Du mußt nur lernen zu warten. Dem Ungeduldigen läuft alles davon, aber alles kommt zu dem, der warten kann.»

Während er der Stimme zuhörte und den Zirbenduft in sich aufnahm, spürte Steinauge, wie die Lebenskraft dieses uralten Wesens, das durch Jahrhunderte hindurch zahllose Nachkommen in die Welt gesetzt hatte, in ihn einging und seinen Körper wärmend durchströmte. Er legte sich auf sein Laubbett zurück, schloß die Augen, und schon im gleichen Augenblick, klarer und deutlicher als jedes Traumbild, sah er wieder dieses Mädchen mit den merkwürdigen Augen auf sich zulaufen. Auch diesmal trat er hinter den Büschen hervor, doch das Mädchen erschrak nicht, sondern lief weiter und lachte, und je näher es kam, desto größer schien es zu werden, die kindlichen Züge wandelten sich zu dem schönen Gesicht einer jungen Frau, die ihre Arme ausbreitete, während sie die letzten Schritte auf ihn zusprang.

Bald darauf war das Gras zwischen den Büschen schnittreif, so daß Steinauge mähen und Heu einbringen konnte. Auch in diesem Jahr beobachtete Einhorn kopfschüttelnd diese sonderbare Geschäftigkeit, aber er enthielt sich wenigstens jeder spöttischen Bemerkung. Offenbar war ihm doch ein Rest an Erinnerung verblieben, daß solches dürre Gras sich zu einer Zeit, die ihn angesichts der saftigen Wiesen allerdings wenig kümmerte, als nahrhaft erwiesen hatte. Sobald die Heuernte dann unter dem Höhlendach lag, hielt Steinauge nichts mehr. Er hängte seine Ziegenhaartasche, gefüllt mit den restlichen Haselnüssen, über die Schulter, nahm den Zirbel zur Hand und machte sich auf den Weg, diesmal nach Süden, denn dort hoffte er seinen Freund Nadelzahn zu treffen.

Den ganzen Tag lang trottete er am Fuß der Felswand durch das Buschwerk. Erst gegen Abend begann der Boden anzusteigen, und der Hochwald trat dicht heran, so daß Steinauge nun nicht mehr gezwungen war, seinen Weg geduckt von Strauch zu Strauch zu suchen, sondern ungehindert im Schatten der hohen Fichten ausschreiten konnte.

Die Sonne war schon hinter der Felsbarriere untergetaucht, als er ein Rauschen und Plätschern hörte, das mit jedem Schritt stärker wurde, und als er einen kantigen Vorsprung umrundet hatte, sah er, daß hier die Wand zurückwich und einen halbrunden, von Erlen und Weiden umwachsenen Kessel umschloß. Aus einer Einkerbung in der Oberkante der Felswand schoß ein Wasserfall herab und stürzte schäumend in einen kleinen See, dessen Fläche dadurch in ständiger Bewegung gehalten wurde.

Steinauge suchte sich einen Lagerplatz an einer Stelle, wo die Zweige der Büsche weit über das Wasser hinaushingen, legte dort seine wenigen Sachen ab und sprang in den See, um den Schweiß der langen Wanderung und vor allem den Ziegengestank der Höhle aus seinem Fell zu spülen. Prustend planschte er durch das kalte Wasser, wagte sich sogar einmal unter den stürzenden Bach, wurde von seiner Gewalt in die Tiefe gerissen, tauchte wasserspeiend wieder auf und strampelte rasch zurück unter das Dach aus herabhängenden Weidenzweigen. Als er an Land stieg und sich das Wasser aus dem Pelz schüttelte wie ein nasser Hund, hörte er einen schrillen Schrei, und dann keifte eine hohe Stimme: «Ist das eine Art, einen alten Freund zu begrüßen?»

Steinauge blickte sich verdutzt um, und da sah er Nadelzahn neben seinem Lagerplatz sitzen. Das Wiesel wischte sich empört die Tropfen aus dem Fell und fuhr fort: «Wenn ich etwas überhaupt nicht leiden kann, dann ist es ein nasses Fell.»

«Entschuldige meine Ungeschicklichkeit», sagte Steinauge. «Ich hatte dich nicht bemerkt. überdies habe ich nur dir zuliebe ein Bad genommen, damit der Ziegengeruch deine feine Nase nicht beleidigt; denn ich hatte schon erwartet, dich hier zu treffen.»

Mit diesen Worten gelang es ihm sogleich, den Zorn des Wiesels zu besänftigen. Sie begrüßten nun einander wie Freunde, und das Wiesel bat mit vielen höflichen Worten um Verzeihung wegen seiner Heftigkeit. «Wasser ist gut zum Trinken», sagte es, «im übrigen aber halte ich es mir lieber vom Leibe. Es würde mein Gewissen außerordentlich beruhigen, wenn du das junge Birkhuhn annehmen würdest, das mir vorhin über den Weg lief», und damit schleppte es die Beute aus dem Gebüsch und legte sie Steinauge zu Füßen.

Kurze Zeit später saßen sie wie in früheren Zeiten beieinander am Feuer, verzehrten ihr Abendessen jeder auf seine Weise, das heißt: Steinauge Brust und Schenkel des Birkhuhns am Spieß gebraten und das Wiesel den Rest roh, und erzählten einander, wie es ihnen ergangen war, seit sie sich zum letzten Mal gesehen hatten. «Magere Jagd im Winter», sagte Nadelzahn, «und wenn man einmal einen hungerschwachen Schneehasen erwischt oder einen halberfrorenen Vogel, dann ist nicht viel mehr als Haut und Knochen daran. Dieser grünäugige Falke hat mir einmal eine Maus vor der Nase weggeschnappt. Es sieht so aus, als treibe er sich noch immer in dieser Gegend herum. Ich habe mir schon Sorgen wegen deines Steins gemacht.»

«Dazu hattest du allen Grund», sagte Steinauge und berichtete seinem Freund, wen die Grünäugige diesmal zum Diebstahl angestiftet hatte und wer ihm zu Hilfe gekommen war.

«Mit dieser Maus wäre ich auch noch fertiggeworden», sagte Nadelzahn nicht ohne eine Spur von Eifersucht in der Stimme, wobei nicht ganz deutlich wurde, ob es ihm um den versäumten Freundesdienst oder um die entgangene Beute ging. Jedenfalls leckte er sich genüßlich den Schnurrbart, so daß Steinauge sich beeilte, seine Geschichte zu Ende zu erzählen. «Wenn dir an meiner Freundschaft gelegen ist», sagte er zum Schluß, «dann solltest du Mäuse in Frieden lassen, so lange wir zusammen unterwegs sind. Es könnte sonst passieren, daß du meinen Freund ‹Der-mit-der-Schlange-spricht› zum Frühstück verspeist.»

«Ich werde versuchen, daran zu denken», sagte Nadelzahn. «Und auch Ringelnattern will ich künftig verschonen.»

«Das beruhigt mich sehr», sagte Steinauge, «denn ich möchte dich nicht verlieren.»

«Du scheinst ja große Stücke von dieser Ringelnatter zu halten», sagte das Wiesel ein bißchen beleidigt.

«Rinkulla ist nicht irgendeine Ringelnatter», sagte Steinauge und dachte an den feurigen Schimmer ihrer Achataugen. «Sie scheint manches von meiner früheren Zeit zu wissen, die ich vergessen habe.»

«Ist das so wichtig für dich, was einmal gewesen ist?» sagte Nadelzahn. «Ich bin schon zufrieden, wenn ich jeden Tag eine saftige Beute erwische!»

«Dir mag das genügen», sagte Steinauge. «Schließlich weißt du ja auch, daß du ein Wiesel bist. Aber wer bin ich? Ein halber Bock? Oder war ich einmal ein Flöter, wie manche behaupten?»

«Wozu fragst du mich?» sagte das Wiesel. «Mach dir eine Flöte, dann wirst du's schon herausbekommen.»

«Genau das hat mir Rinkulla auch geraten», sagte Steinauge. «Morgen werde ich mir eine Weidenflöte schneiden.»

«Tu das», sagte das Wiesel. «Ich mag Musik.» Und damit legten sie sich schlafen.

So holte Steinauge am nächsten Morgen sein Messer mit dem Ziegenhorngriff aus der Schultertasche, schnitt sich ein paar Weidenzweige ab und teilte sie in Stücke von unterschiedlicher Länge. Während er damit beschäftigt war, die grüne, saftige Rinde mit dem Messergriff vorsichtig zu beklopfen, bis sich der helle hölzerne Kern herausstoßen ließ, meinte er, als kleiner Junge am Ufer des schmalen Flüßchens bei Fraglund zu sitzen, wo ihn ein alter Schäfer in dieser Kunst unterwiesen hatte. Er entsann sich noch genau, wie man von dem Holz einen kurzen Pflock abschnitt und an einer Seite abflachte, damit eine Öffnung zum Anblasen entstand, wenn man ihn in das Mundstück der Flöte steckte. Dann kerbte man das Rohr an jener Stelle ein, wo der Pflock innen endete, und schon gab das Instrument einen Ton. Er lauschte dem weichen Klang der Weidenflöte nach, der sich in das Rauschen des Wasserfalls mischte, und in seiner Vorstellung wuchs aus diesem Ton eine Melodie, die er spielen wollte. Seine Finger tasteten wie von selbst nach Grifflöchern, die nicht vorhanden waren, und erst als der Ton unverändert weiterklang, wurde ihm bewußt, daß seine Hände sich an eine Kunst erinnerten, die er selbst vergessen hatte. Offenbar waren sie an ein anderes Instrument gewöhnt, etwa von der Art, wie es sein Großvater oder der stumme Barlo benutzt hatten; aber er war jetzt wenigstens sicher, daß er früher auf ihm hatte spielen können. Einstweilen mußte er sich jedoch mit dem behelfen, was ihm damals dieser Schäfer beigebracht hatte, und so richtete er auf die gleiche Weise weitere Flöten her, eine immer ein Stück länger als die andere, stimmte sie aufeinander ab und band sie mit ein paar dünnen Weidenruten zwischen zwei

Querhölzern zu einer Reihe zusammen. Er ließ die Flöten von der längsten bis zur kürzesten rasch über seine Lippen gleiten und blies eine Tonleiter.

«Schon ganz hübsch», sagte das Wiesel. «Du bist früher wohl wirklich ein Flöter gewesen.»

«Das war doch nur zur Probe», sage Steinauge, und dann spielte er eine Melodie, die ihm eben in den Sinn kam. Es war das Lied, das im vergangenen Jahr dieses Mädchen gesungen hatte, ehe es die Fische rief, das Lied von Schön Agla und dem Grünen. Und jetzt wußte er auch, wo er es zuerst gehört hatte, als er noch mit Barlo unterwegs gewesen war. Während er spielte und dabei den Text des Liedes verfolgte, merkte er plötzlich, daß wirklich jemand mitsang, und als er zum Wasserfall blickte, von dem die hohe Stimme herüberklang, sah er hinter dem lichtflirrenden Vorhang stürzenden Wassers eine Frau sitzen, deren langes, grünlich blondes Haar in welligen, ständig bewegten Strömen an ihrem Körper herabfloß. Er spielte, bis die Wasserfrau die letzte Strophe gesungen hatte, und setzte dann seine Weidenflöte ab. Da lachte die Wasserfrau hell und plätschernd und sagte dann: «Du hast ja deine Lieder noch nicht vergessen, du bocksbeiniger Flöter.»

«Dieses eine habe ich wiedergefunden», sagte Steinauge. «Ein Mädchen hat es im vergangenen Jahr gesungen, als ich jenseits der Berge war.»

«Ich weiß», sagte die Wasserfrau. «Es sucht nach einem Flöter.»

«Kennst du den Namen des Mädchens?» fragte Steinauge.

«Auch der wird dir zur rechten Zeit einfallen», sagte die Wasserfrau. «Wenn dich das Mädchen beim Namen genannt hat, wirst du wissen, wie es heißt.»

«Wo finde ich das Mädchen?» fragte Steinauge rasch und begierig.

Da lachte die Wasserfrau wieder, und das klang, als fielen Millionen von Tropfen auf die bewegte Oberfläche des Sees.

«Du ungeduldiger Tolpatsch!» sagte sie dann. «Willst du das Kind schon wieder erschrecken?»

Steinauge blickte betrübt auf seine klobigen Bocksfüße und sagte: «Dann werde ich meinen Namen wohl nie erfahren.» Und nach einer Weile fügte er hinzu: «Kann ich das Mädchen wenigstens sehen? Es hat so schöne Augen.»

Die Wasserfrau schaute ihn mitleidig an und sagte: «Du wirst es wieder drüben in dem flachen grünen Tal finden. Aber versprich dir nicht zu viel davon. Wer ungeduldig ist, verlängert die Zeit des Wartens.»

«Etwas ähnliches hat Rinkulla auch gesagt», erwiderte Steinauge.

«Dann merk dir's!» sagte die Wasserfrau. «Rinkulla ist älter und weiser als ich.» Jetzt lachte sie schon wieder, rief noch: «Vielen Dank für das schöne Lied!», glitt für einen Augenblick unter den stürzenden Wasserfall, der sie mit blitzenden Tropfen völlig übersprühte, tauchte platschend unter, daß das Wasser bis zum Ufer herüberspritzte, und kam nicht mehr zum Vorschein.

Das Wiesel schüttelte ärgerlich seinen Pelz und sagte: «Ich hatte nicht im Sinn, ein Bad zu nehmen. Muß denn hier jedermann ständig herumplantschen? An diesem See bleibe ich nicht länger! Du willst doch sicher hinüber in dieses Tal?»

«Ja», sagte Steinauge, «auch, wenn ich auf dem Joch wieder durch das niedrige Latschengebüsch kriechen muß.»

«Mach dir keine Sorgen», sagte das Wiesel. «Ich kenne einen Weg, auf dem man immer im Schatten der Bäume bleiben kann. Allerdings werden wir ein Stück klettern müssen.»

Es führte ihn zu einer Stelle, an der die Felswand durch eine schmale Kluft gespalten war. Das Wiesel kletterte voraus und zeigte Steinauge, wie man sich hier Tritt für Tritt nach oben arbeiten konnte. In halber Höhe schien es nicht weiterzugehen. Steinauge suchte über sich die Wand ab, aber da war nirgends ein Riß oder eine Stufe, nur glatter, senkrecht abfallender Fels.

«Was suchst du dort oben?» sagte Nadelzahn. «Hier geht's weiter!» und schlüpfte in ein ausgewaschenes Loch, an dem die Kluft endete. Steinauge kroch ihm nach und fand sich in einem schmalen Gang, der schräg aufwärts führte. Offenbar hatte sich hier in früheren Zeiten ein Bach eingefressen, denn der Boden war lehmig und von Geröll bedeckt. Zunächst schien es ihm, als kröche er immer weiter in die Tiefe des Berges, doch nach einer Weile sickerte von oben Licht durch eine Spalte herein, zugleich wurde der Anstieg flacher, die Kluft weitete sich, und gleich darauf führte dieser sonderbare Weg aus der Beengung heraus und mündete oben in einem dichten Fichtenbestand.

«Nun brauchen wir nur immer weiter nach Westen zu gehen», sagte das Wiesel. Zwei Tage lang wanderten sie weiter durch dunkle Wälder, in denen die Fichten so dicht beieinander standen, daß Steinauge froh war über sein dichtes Fell, das ihm die kratzenden Zweige vom Leibe hielt. Selbst mittags herrschte hier nur grünes Dämmerlicht, und auf dem von braunen, verrotteten Nadeln bedeckten Boden wuchs nichts außer ein paar bleichen Sommerpilzen. Nur selten scheuchten sie ein Tier auf, und das Wiesel hatte Mühe, am Abend für einen Braten zu sorgen. Am dritten Tage begann sich die Gestalt der Bäume zu ändern. Der Weg war bisher nie sonderlich steil gewesen, war aber doch beständig angestiegen, so daß die Wanderer inzwischen eine beträchtliche Höhe erreicht haben mußten. Die Fichten standen hier lockerer und wuchsen niedriger. Ihre gedrungenen Stämme waren häufig gegabelt oder zu grotesken Formen verkrümmt, und an den Zweigen wehten lange, graue Flechten. Sie sehen aus wie uralte Männer mit bleichem Zottelhaar und grauen Bärten, dachte Steinauge, und er hatte das Gefühl, diesen Wald zu kennen, konnte sich aber nicht erinnern, wann er hier je gewesen sein sollte. Hatte sich damals nicht irgend jemand vor diesen Bäumen gefürchtet? Aber wer war das gewesen? Er grübelte darüber nach, doch es wollte ihm nicht einfallen. Schließlich schreckte ihn das Kreischen eines Tannenhähers aus seinen Gedanken. Er blickte in die Höhe und sah den braungefiederten Vogel aus einem Wipfel abstreichen. Er flog ein Stück voraus und verschwand dort zwischen den

Zweigen einer bizarr verdrehten Wetterfichte. Und weiter oben, wo die Bäume immer spärlicher standen, öffnete sich der Blick auf eine grasüberwachsene Kuppe, über der ein Schwarm Bergdohlen kreiste.

«Wir steigen noch hinauf bis zu den letzten Bäumen», sagte das Wiesel. «Danach werden wir wohl am Waldrand entlang weitergehen müssen, obgleich der kürzere Weg über die Bergkuppe führt. Aber den wirst du nicht nehmen wollen.»

«Ich kann es nicht, selbst, wenn ich's wollte», sagte Steinauge und ging rasch weiter. Der Anblick der sanft gewölbten Bergwiese schien ihm so vertraut, daß er jetzt sicher war, an diesem Ort schon einmal gewesen zu sein, und er hoffte, daß dort oben irgendetwas seinem Gedächtnis nachhelfen würde.

Bald hatte er die Baumgrenze erreicht und blieb unter den breit ausladenden Zweigen einer zerzausten Fichte stehen. Vor ihm hob sich die gewölbte Kuppe aus dem Wald heraus, überwachsen von kurzem Gras, in dem zahllose Blumen und Kräuter blühten, sattgelbe Arnikasterne, tiefblauer Enzian, blutrote Steinnelken und zartviolette Polster von Thymian, dessen Duft unter der heißen Mittagssonne aufstieg. Ein Stück weiter rechts stand, ein paar Schritte vom Waldrand entfernt, in der Wiese eine alte Eberesche, in deren mit weißen Blütendolden behängten Zweigen sich die Bergdohlen niedergelassen hatten. Die Vögel hatten Jahr für Jahr wohl die Beeren verstreut, denn überall zwischen den dunklen Silhouetten der letzten Fichten hoben sich die Schößlinge mit ihrem hellgrün gefiederten Laub ab. Eine dieser jungen Ebereschen, noch kaum mannshoch, war nur wenige Schritte von der Stelle entfernt aufgeschossen, an der Steinauge stand. Er setzte sich auf den Stamm einer umgestürzten Fichte und blickte sich aufmerksam um.

«Suchst du etwas?» fragte das Wiesel.

«Meine verlorene Zeit», sagte Steinauge. «Ich weiß genau, daß ich schon einmal an dieser Stelle gewesen bin. Irgend etwas Schreckliches ist hier passiert, und es hat mit dieser Eberesche zu tun.»

«Das kann ich nicht glauben», sagte das Wiesel. «Ebereschen sind gute Bäume. In ihrem Schatten kann nichts Schreckliches geschehen.»

«Das mag schon sein», sagte Steinauge. «Mein Großvater hat das auch behauptet. Und dennoch ist mir kalt vor Entsetzen, seit ich hier bin.»

«Dann sollten wir rasch weitergehen, damit wir von diesem Platz fortkommen», sagte das Wiesel.

«Nein», sagte Steinauge, «wenn ich noch eine Weile sitzenbleibe, fällt mir vielleicht doch noch ein, was ich hier erlebt habe.»

«Ich weiß zwar nicht, was du dir davon versprichst», sagte das Wiesel, «aber es liegt mir fern, dich davon abzuhalten. Ich für meinen Teil wäre froh, wenn ich schreckliche Erlebnisse vergessen könnte. Einstweilen will ich sehen, ob sich hier etwas fürs Abendessen auftreiben läßt.» Und damit huschte es davon und verschwand im Schatten der Bäume.

Steinauge hatte Angst. Er wußte nicht wovor, aber das machte alles noch schlimmer. Da erinnerte er sich, daß es in solchen Fällen hilfreich war, den Stein anzuschauen. Er nahm ihn aus dem Beutel und hielt ihn auf der flachen Hand in die Sonne. Der Augenring strahlte auf und weitete sich jäh in einer ungeheuren Explosion von Farben, schön und erschreckend zugleich; das Gesicht, das sich früher schon oft aus dem Spiel der Kreise von blau, grün und violett gelöst hatte, sprang unmittelbar hervor, die Augen geweitet, als drohe eine Gefahr, und die Frau rief: «Gib acht!» Doch im gleichen Augenblick rauschte schon etwas aus dem glasblauen Himmel hernieder, der Wind sirrte in gefiederten Schwingen, ein Schatten stürzte herab, und dann war der Stein verschwunden.

Steinauge starrte auf seine leere Hand, auf deren Fläche er noch den Hieb eines scharfen Schnabels spürte. Dann blickte er auf und sah einen Falken mit raschen Flügelschlägen über der Bergwiese aufsteigen. Doch der Falke blieb nicht allein am Himmel. Sobald er über die alte Eberesche hinwegzog, flogen von den Ästen schreiend die Bergdohlen auf, vereinigten sich zu einem Schwarm und griffen den Falken an. Er versuchte, an Höhe zu gewinnen, aber die Dohlen waren nicht minder geschickte Flieger und hatten ihn bald eingekreist. Einzeln oder paarweise schossen sie heran und stießen mit ihren spitzen Schnäbeln nach dem Räuber. Es gelang ihm zunächst, immer wieder auszuweichen, doch er geriet zunehmend in Bedrängnis, zumal er seinen Schnabel nicht gebrauchen konnte, in dem er den Stein hielt.

Dann sah Steinauge, wie der Falke zum ersten Mal getroffen wurde und mühsam sein Gleichgewicht hielt. Federn stäubten und segelten langsam kreisend herab, während der Falke seinen Verfolgern noch einmal entkam. Gleich darauf hatte der Schwarm ihn schon wieder umzingelt und begann das Spiel von neuem. Da hatte der Falke endlich begriffen, daß es um sein Leben ging, stieß in einem unerwarteten Angriff auf die Dohlen zu und traf eine von ihnen so schwer, daß sie inmitten eines Schwarms schwarzer Federn taumelnd zu Boden flatterte. Doch zugleich hatte der Falke in der Hitze des Kampfes auch den Stein aus dem Schnabel verloren. Steinauge sah ihn blitzend herabfallen und irgendwo weiter oben in die Bergwiese tauchen.

Der Falke unternahm keinen Versuch, den Stein zurückzugewinnen, sondern kämpfte jetzt um sein Leben. Da er durch nichts mehr behindert war, gelang es ihm, sich Raum zu schaffen. In einer steilen Spirale stieg er in den Himmel und zog dann so schnell nach Osten davon, daß die Dohlen die Verfolgung aufgaben, noch eine Weile aufgeregt um die Bergkuppe kreisten und sich dann wieder auf der Eberesche niederließen.

Steinauge versuchte sich die Stelle einzuprägen, wo der Stein ins Gras gefallen sein mußte, aber es war ihm natürlich völlig unmöglich, aus dem Schatten der Bäume auf die Bergwiese hinauszulaufen und nach dem Kleinod zu suchen. Gleich darauf kehrte das Wiesel zurück. Es legte ein graugefiedertes Steinhuhn auf den Lagerplatz und fragte, was dieses lärmende Dohlengeschrei zu bedeuten habe. Steinauge berichtete ihm, was inzwischen geschehen war, und bat es, den Stein oben am Hang zu suchen.

Obgleich er den Platz, an dem seiner Meinung nach der Stein liegen mußte, so genau wie möglich beschrieben hatte, kehrte das Wiesel nach einiger Zeit unverrichteter Dinge zurück. «Der Stein kann sonstwohin gerollt sein», sagte es. «Allein würde ich Wochen brauchen, um unter jedes Grasbüschel und hinter jeden Stein zu schauen. Vielleicht sollte ich drei oder vier Vettern, die hier in der Gegend hausen, um Hilfe bitten.»

«Da weiß ich etwas Besseres», sagte Steinauge, holte seine Weidenflöte aus der Tasche und blies eine aufsteigende Folge von drei Tönen, die er mehrmals wiederholte.

«Was soll das helfen?» fragte das Wiesel. «Meinst du, dann kommt dein Stein von selber zu dir?»

«Der Stein nicht», sagte Steinauge, «aber ich hoffe, daß mein Freund ‹Der-mit-der-Schlange-spricht› mir mit seinem Volk zu Hilfe kommt. Du erinnerst dich wohl noch an dein Versprechen, was Mäuse betrifft?»

«Mäuse!» sagte das Wiesel geringschätzig. «Was sollen die schon nützen?»

«Warte ab!» sagte Steinauge nur.

Sie mußten in der Tat ziemlich lange warten. Obwohl Steinauges Abneigung gegen diesen Ort sich eher noch verstärkt hatte, blieben sie den ganzen Tag über an ihrem Lagerplatz, ohne daß etwas geschah. Steinauge rupfte währenddessen das Steinhuhn, am Abend bekam jeder seinen Teil davon, und dann legten sie sich schlafen.

Im Morgengrauen wurde Steinauge davon geweckt, daß ihn etwas am Ohrläppchen zupfte. Als er danach tastete, streifte seine Hand etwas Kleines, Pelziges, und eine feine Stimme flüsterte: «Du hast mich gerufen, Träger des Steins, und ich bin so schnell gekommen, wie ich konnte.»

«Ach, du bist das, ‹Der-mit-der-Schlange-spricht›», sagte Steinauge, ohne seine Stimme sonderlich zu dämpfen. Da zischte ihm der Mäuserich zu: «Sprich leise! Dicht neben dir lauert ein Wiesel!»

Steinauge lachte laut heraus und sagte: «Das ist mein Freund Nadelzahn. Er hat mir versprochen, keiner Maus etwas zu tun!»

Der Mäuserich schien das zu bezweifeln und flüsterte: «Kann man das einem Wiesel glauben?»

Jetzt mischte sich Nadelzahn in das Gespräch und fragte nicht ohne einen drohenden Unterton in der Stimme: «Zweifelst du an meinen Worten, Mäuserich?»

«Nichts liegt mir ferner!» beeilte sich der Mäuserich zu versichern. «Nur waren meine Erfahrungen mit Wieseln bisher anderer Art.»

«Ich mag keine Mäuse», sagte Nadelzahn kurz. «Wenn du mit einer Schlange gesprochen hast, wie man sagt, dann wirst du dich doch nicht vor einem Wiesel fürchten. Ein solcher Name schafft gewisse Verpflichtungen.»

«Da magst du recht haben», sagte der Mäuserich. «Ich begreife jetzt auch, daß es zuweilen gar nicht so leicht ist, einen ehrenvollen Namen zu tragen.» Dann gab er sich einen Ruck und fügte mit bemerkenswert fester Stimme hinzu: «Aber ich will mich seiner würdig zeigen.» Dann wendete er sich wieder an Steinauge und fragte, womit er ihm dienen könne. Da berichtete Steinauge, was hier geschehen war, und sagte schließlich: «Der Stein kann wohl nur wiedergefunden werden, wenn du alle Mäuse dieser Gegend zusammenrufst und mit ihnen die Bergkuppe absuchst.»

«Wenn's weiter nichts ist», sagte der Mäuserich und stieß ein paar schrille Pfiffe aus. Schon nach wenigen Augenblicken begann es ringsum zu rascheln, kleine dunkle Schatten hasteten über den Waldboden, das Gras auf der Bergwiese schien lebendig zu werden, Halme schwankten unvermittelt, Blüten ruckten, und von allen Seiten hörte man dünnes Pfeifen und Wispern. «Ich will meinen Vettern ein bißchen helfen», sagte der Mäuserich und wendete sich zum Gehen.

«Soll ich mitkommen?» fragte Nadelzahn, doch der Mäuserich winkte ab und sagte: «Um Himmelswillen, nein! Dein Anblick könnte meine Vettern beunruhigen.» Dann huschte er davon.

Als er außer Hörweite war, sagte Nadelzahn: «Die vielen Mäuse machen mich ganz nervös.» In seinen Augen funkelte die Jagdlust, aber er beherrschte sich und blieb an Steinauges Seite liegen.

Es dauerte nicht lange, da war vom Berghang her ein schriller Pfiff zu hören. Hunderte von Mäusen strömten aus allen Richtungen an einer Stelle zusammen, daß die Wiese dort grau gefärbt war von ihren Pelzen, und dann kamen sie in langem Zug heruntergetrippelt zu Steinauges Lagerplatz, allen voran ‹Der-mit-der-Schlange-spricht›, der den Augenstein vor sich herrollte. Er legte ihn seinem Freund zu Füßen und sagte: «Hier ist dein Kleinod. Es war uns ein Vergnügen, dir gefällig zu sein. Können wir sonst noch etwas für dich tun?»

«Ihr habt schon genug für mich getan; denn der Stein ist das Wertvollste, was ich besitze», sagte Steinauge. Dann bedankte er sich mit vielen freundlichen Worten und sagte zum Schluß: «Jetzt lauft rasch wieder zurück in eure Löcher! Ich weiß nicht, wie lange Nadelzahn es noch aushalten wird, so viele Mäuse vor seiner Nase herumtanzen zu sehen.»

Dieser Hinweis war so wirkungsvoll, daß schon nach wenigen Augenblicken im weiten Umkreis keine Maus mehr zu erblicken war – mit Ausnahme von Steinauges Freund ‹Der-mit-der-Schlange-spricht›. Der Mäuserich würdigte das Wiesel keines Blickes, verbeugte sich vor Steinauge und sagte: «Ich kann es mit meinem Namen nicht vereinbaren, mich derart würdelos zu entfernen, Träger des Steins. Du sollst von mir nicht glauben, daß ich vor diesem Wiesel davonlaufe.»

Steinauge verbeugte sich gleichfalls und antwortete ebenso ernst: «Ich kenne deinen Mut, ‹Der-mit-der-Schlange-spricht›, aber ich werde dich nicht für einen Feigling halten, wenn du um dein Leben läufst, sobald dir ein Starker an den Pelz will. Denke daran, um unserer Freundschaft willen!»

«Ich will mich daran halten», sagte der Mäuserich, verneigte sich nochmals mit großem Anstand und schritt langsam über den Waldboden davon.

Danach hielt Steinauge nichts mehr an diesem Ort. Er wanderte mit Nadelzahn immer am Waldrand entlang rings um die Bergkuppe bis auf die andere Seite, und dort machten sie sich an den Abstieg ins Tal. Noch am Abend desselben Tages standen sie unten zwischen den letzten Bäumen und blickten hinaus auf die weiten, flachen Wiesen, durch die sich der Bach schlängelte. Auch diesmal weideten ein Stück weiter talabwärts ein paar Dutzend Pferde, aber Hirten waren keine zu sehen. Vielleicht saßen sie schon beim Abendessen; denn in der Ferne sah man aus einer der Hütten Rauch aufsteigen. Nadelzahn brauchte in dieser saftigen Niederung nicht lange, um einen Braten aufzutreiben, und nachdem sie gegessen hatten, legten sie sich im Gebüsch schlafen.

In den folgenden Tagen streiften sie am Talgrund entlang durch die Wälder. Steinauge sorgte stets dafür, daß er zwischen den Stämmen noch auf die Weiden hinausblicken konnte, denn er hoffte, endlich das Mädchen wieder zu treffen, wie ihm die Wasserfrau versprochen hatte. Aber außer ein paar Pferdehirten, die hin und wieder nach ihren Tieren sahen, konnte er sonst keinen Menschen entdecken. Zuweilen setzte er sich auch an einen verborgenen Platz zwischen den Büschen, von dem aus er das Tal überblicken konnte, und spielte auf seiner Weidenflöte. Nadelzahn hörte das gern und drückte ihm jedesmal in höflich gesetzten Worten seine Bewunderung aus, aber das war es wohl nicht, worauf Steinauge wartete.

So waren schon einige Wochen vergangen, als er wieder einmal am Waldrand zwischen Holunderstauden auf einem Baumstumpf saß und seiner Flöte alle möglichen Melodien entlockte, von denen er nicht hätte sagen können, woher er sie kannte. Er war so versunken in sein Spiel, daß er seine Umgebung vergaß und mit geschlossenen Augen den Tönen des Instruments nachlauschte. Als er seitwärts im Gebüsch ein Rascheln hörte, setzte er die Flöte ab und sagte, ohne sich umzusehen: «Hast du etwas zum Abendessen gebracht, Nadelzahn?»

Das Rascheln verstummte, und es kam auch keine Antwort. Erst jetzt öffnete er die Augen und schaute zu der Stelle, wo er seinen Freund vermutete. Da sah er ganz nahe zwischen den Holunderstauden das Mädchen stehen. Ihre Augen waren weit aufgerissen, als sei sie erschrocken, aber sie lief nicht davon, rührte sich nicht von der Stelle, sondern blickte ihn mit ihren merkwürdigen Augen an. Eine lange Zeit schwiegen beide. Dann sagte das Mädchen: «Also bist du doch der Flöter?»

Steinauge wies ihr wortlos sein Instrument vor, als könne er dadurch ihre Frage beantworten.

«Damals hattest du eine andere Flöte», sagte das Mädchen.

Steinauge zuckte mit den Schultern und sagte: «Ich weiß nicht, was damals gewesen ist.»

«Damals warst du fröhlich und wußtest viele lustige Geschichten», sagte das Mädchen.

«Jetzt ist mir nicht mehr nach Lachen zumute», sagte Steinauge, «und auch von diesen Geschichten weiß ich nichts mehr.»

Da fing das Mädchen an zu weinen und rief: «Was ist mit dir geschehen, Flöter, daß du so aussiehst?» und schlug die Hände vor's Gesicht.

«Auch das kann ich dir nicht sagen», sagte Steinauge und stand auf in dem Wunsch, das Mädchen auf irgendeine Weise zu trösten. Doch sobald es hörte, daß er auf seinen Bocksfüßen zu ihm herüberkam, ließ es die Hände sinken und wich zurück. Steinauge sah, wie das aufsteigende Grauen die unbeschreibbare Farbe seiner Augen verdunkelte, er sah, wie das Mädchen seinen zottigen Körper mit mühsam verhaltenem Abscheu betrachtete, und als er unmittelbar vor ihm stand, schrie es: «Rühr mich nicht an!» Und dann kehrte es sich um, schlug sich durchs Gebüsch und lief wie gehetzt davon.

«Ich wollte dich nicht erschrecken!» rief Steinauge ihm nach, aber das hörte es wohl schon nicht mehr, sondern rannte ins Freie, flog mit flatterndem Rock über die Wiesen bis hinüber zu den Pferden, bei denen sein geschecktes Pony stand, sprang auf und galoppierte talabwärts auf die Hütten zu. Steinauge blickte ihm nach, bis er es aus den Augen verlor. Dann setzte er sich wieder auf den Baumstumpf und sagte: «Siehst du, Zirbel, nun ist das Mädchen mir wieder davongelaufen, ohne daß ich etwas erfahren habe.»

«Was hast du denn erwartet?» sagte der Zirbel. «Mädchen in diesem Alter sind nun einmal etwas schreckhaft. Ist dir wenigstens sein Name eingefallen?»

«Nein», sagte Steinauge.

«Dann vielleicht im nächsten Jahr», sagte der Zirbel gleichmütig, als komme es auf ein Jahr mehr oder weniger überhaupt nicht an. Doch Steinauge wollte für diesmal die Hoffnung noch nicht aufgeben. Rastlos streifte er mit Nadelzahn durch die Wälder an den Rändern des Tals, kam dabei bis hinunter zu einer Stelle, an der der Bach in eine enge Schlucht hinabrauschte, kehrte wieder um und beobachtete tagelang die Behausungen der Hirten. Aber das Mädchen bekam er nicht mehr zu Gesicht, so daß er sich schließlich fragte, ob es sich überhaupt noch in diesem Tal aufhielt. Seine Weidenflöte hatte er längst weggeworfen; denn die vertrockneten Rohre hatten sich verzogen und gaben keinen klaren Ton mehr. Darüber begann sich das Laub der Buchen zu färben, die Brombeeren reiften, und der Wald roch nach Pilzen.

«Wenn du den Winter wieder bei deinen Ziegen verbringen willst, dann wird es Zeit, daß wir uns auf den Rückweg machen», sagte Nadelzahn eines Morgens. Steinauge hatte zu diesem Zeitpunkt längst keine Hoffnung mehr, das Mädchen noch einmal zu treffen; nur eine lähmende Entschlußlosigkeit hatte ihn so lange in diesem Tal festgehalten. Er nickte dem Wiesel wortlos zu, und dann stiegen sie den Weg durch den Wald hinan, auf dem sie im Frühsommer ins Tal gewandert waren.

Sie hatten erst eine kurze Strecke hinter sich gebracht, als das Wiesel unvermittelt stehenblieb und flüsterte: «Da kommt uns jemand entgegen. Rasch ins Gebüsch!»

Sie suchten sich eilig ein Versteck, und als Steinauge hier still am Boden hockte und lauschte, vernahm auch er, wie von Zeit zu Zeit ein dürrer Zweig knackend unter einem Tritt zerbrach, dann das dumpfe Tappen von Hufen auf dem weichen Waldboden, und schließlich hörte er Stimmen. Offenbar waren es zwei Männer, die ins Tal hinabritten. Sie kamen rasch näher, und bald konnte man sie zwischen den Stämmen sehen. Der eine war ein hochgewachsener, bärtiger Mann, der wohl zu den selben Leuten gehörte wie die Hirten; der andere jedoch fesselte sofort Steinauges Aufmerksamkeit. Es war ein ziemlich alter, kleinwüchsiger Mann mit einem merkwürdig flachen Gesicht und fliehendem Kinn; über seine Mundwinkel hing ein dünner, weißer Schnurrbart, und seine wässrigen, blaßblauen Augen blickten verängstigt. Er hat einen Kopf wie ein Fisch, dachte Steinauge, während die Männer schon an seinem Versteck vorüberritten, und dann hörte er den Bärtigen sagen: «Du brauchst keine Angst zu haben, daß du hier nicht willkommen bist. Leute, die etwas von Pferden verstehen, sind bei uns immer gern gesehen.»

Sobald die Männer außer Hörweite waren, sagte Steinauge: «Ich muß wissen, was das für ein Mann ist. Wir schleichen den beiden nach.»

«Kennst du den alten Fischkopf?» fragte Nadelzahn.

«Kann sein», sagte Steinauge. «Ich weiß es nicht genau. Aber ich will es herausbekommen.»

Vorsichtig folgten sie den beiden Männern und beobachteten, wie sie am Waldrand ihre Pferde anhielten. «Das ist die Pferdeweide», sagte der Bärtige. «Dort drüben bei den Tieren sind unsere Leute.» Er rief die Hirten an und winkte ihnen. Daraufhin kamen drei von ihnen über die Wiesen gelaufen und begrüßten den Bärtigen, der wie sein Begleiter inzwischen abgestiegen war.

«Wen hast du da mitgebracht?» fragte einer von ihnen.

«Das ist Wazzek vom Volk der Karpfenköpfe», sagte der Bärtige. «Wenn ihr noch einen Pferdehirten brauchen könnt, dann ist er der richtige Mann.»

«Seit wann verstehen sich Karpfenköpfe auf Pferde?» fragte einer der Hirten, und seine Miene sagte deutlich, daß er nicht viel von diesen Leuten hielt.

«Das ist möglicherweise eine lange Geschichte», sagte der Bärtige. «Wenn ihr sie hören wollt, dann sollten wir uns lieber hinsetzen.»

Während die fünf Männer sich im Kreis am Waldrand niederließen, kroch Steinauge näher heran, damit ihm keine Einzelheit der Erzählung entging. Er fand einen günstigen Platz hinter einem dichten Ligusterbusch, der ihn hinreichend verbarg, ohne ihm die Sicht zu verwehren. Der Alte mit dem Fischkopf saß ihm genau gegenüber, und neben ihm hatte der Bärtige Platz genommen, der sich jetzt räusperte und mit seiner Geschichte begann. «Ich hatte eine Botschaft des Erzmeisters zu Arnis Hütten gebracht und war schon wieder auf dem Rückweg, als ich den Alten fand. Er lag bewußtlos am Weg, und als ich seine Kleider öffnete, um zu sehen, ob er verletzt sei, sah ich, daß sein Rücken von Peitschenhieben völlig zerfleischt war. Ich nahm ihn vor mich aufs Pferd und brachte ihn nach Arziak, wo meine Frau ihn so lange pflegte, bis er einigermaßen zu Kräften gekommen war. Aber er wollte dort nicht bleiben. ‹Auch hier werden sie mich finden›, sagte er immer wieder und verlangte, nach einem Ort gebracht zu werden, der abseits der großen Wege liegt. Da er nun, wie er sagte, seit Jahren mit Pferden zu tun gehabt habe, kam ich auf den Gedanken, daß er bei euch bleiben könnte.»

«Wo ist er denn früher Pferdehirt gewesen?» fragte einer der Männer.

«Das weiß ich noch nicht», sagte der Bärtige. «Er wollte bisher nicht darüber sprechen, aber vielleicht erzählt er es jetzt, wo er sich in Sicherheit fühlen kann.»

Als er das hörte, schüttelte Wazzek langsam den Kopf und sagte: «In Sicherheit werde ich mich nie und nirgends mehr fühlen. Aber hier sieht es so aus, als könnte ich mich für eine Weile ausruhen. Und wenn ihr mich schon aufnehmen wollt, dann sollt ihr auch wissen, mit wem ihr es zu tun habt. In meiner Jugend hatte ich wirklich nicht viel im Sinn mit Pferden; denn ich bin in einem Fischerdorf weit unten am Braunen Fluß aufgewachsen. Eines Tages kamen dann die Beutereiter und schleppten mich zusammen mit vielen anderen jungen Männern und Mädchen hinaus in die Steppe. Seither bin ich ein Sklave des Khans gewesen. Dabei hatte ich noch Glück: Ich wurde auf die Pferdekoppel geschickt und mußte dort den Pferdeknechten zur Hand gehen.

Am Anfang war mir das alles gleichgültig. Tag und Nacht dachte ich nur an das Rauschen des Flußes, an den Schrei der Graureiher in den Uferbäumen und die dunklen Rücken der Fische tief unten im Wasser, wo der Alte Karpfen wohnt. Mit der Zeit fand ich dann Trost in der Zuneigung meiner Pferde. Sie mochten mich, vielleicht, weil ich in meiner Trauer sanft mit ihnen umging, und folgten mir wie Hündchen. So entdeckte ich schließlich, daß auch ich sie mochte, diese struppigen Steppenpferdchen mit den weichen Ramsnasen. Auf solche Weise entstand bei den Beutereitern nach und nach die Meinung, ich verstünde viel von Pferden, und lange Zeit später, als ich schon graue Haare hatte, vertraute der Khan mir die Oberaufsicht über die gesamte Koppel an.

So standen die Dinge, als vor noch nicht drei Jahren ein junger Flöter ins Lager geritten kam, um Ersatz für sechs Pferde zu bringen, die durch seine Schuld zu Tode gekommen waren. Wie die Leute, die dabeigewesen waren, erzählten, soll er die Pferde allein durch den Zauber seines Flötenspiels in die Steppe hinausgejagt und sie gezwungen haben, zu laufen, bis sie zusammenbrachen. Das erschien mir schon merkwürdig genug, doch es hieß außerdem noch, er besitze Arnis Stein, ja er sei von diesem selbst zum Erben und Träger des Steins auserwählt worden.

Nachdem ich das alles über diesen jungen Menschen erfahren hatte, wunderte es mich nicht, daß er den Khan, der ihn herausgefordert hatte, im Schachspiel schlug und ihm dabei einen kostbaren Teppich abgewann. Arni war der einzige gewesen, der seinen Bruder Hunli je hatte besiegen können, und wo immer er jetzt auch sein mochte: ich war sicher, daß er dem Jungen beim Spiel beigestanden hatte.

All das weckte mein Interesse an dem Flöter, und da war noch etwas, das meine Gedanken beschäftigte: Ich hatte in jungen Jahren, als ich noch in unserem Dorf am Braunen Fluß lebte, einen Flöter gehört, der im Hause unseres Dorfältesten auf eine Weise gespielt hatte, wie ich nie zuvor und auch später einen Flöter hatte spielen hören. Man sagte von ihm, daß er durch die Kraft seiner Melodien jeden Streit beenden könne, und nachdem ich ihn gehört hatte, glaubte ich das aufs Wort. Als der Junge zu mir kam, um nach seinem Pferd zu sehen, fragte ich ihn, ob er diesen Flöter kenne, und so erfuhr ich, daß er dessen Enkel war und sein Instrument von ihm geerbt hatte. Der Khan hatte ihm zwar aus begreiflichen Gründen verboten, sich im Lager auf seiner Flöte hören zu lassen, aber auf meine Bitten kam der Junge am Abend, als es dunkel wurde, zu mir und spielte für mich. Seine Meisterschaft erschien mir nicht geringer als die seines Großvaters; während er spielte, versammelten sich alle Pferde am Zaun, um ihm zuzuhören, und so spielte er schließlich auch für sie noch ein Lied. Ich wunderte mich damals, was für sanfte, friedliche Melodien er für die Kriegspferde der Horde fand, aber da ich selbst ein friedlicher Mensch bin, freute ich mich darüber und dankte ihm, ohne zu ahnen, was dieses Spiel für Folgen haben würde.

Nachdenklich wurde ich erst später, als dieser junge Flöter längst wieder davongeritten war. Es stellte sich nämlich heraus, daß sämtliche Pferde sich von da an weigerten, ihre Reiter zu irgendeinem Angriff zu tragen. Sobald die Krieger ihren Kampfruf ausstießen, machten die Pferde allesamt auf der Hinterhand kehrt und liefen davon, bis weit und breit niemand mehr zu sehen war, den man hätte angreifen können. Für den Khan und seine Leute war das völlig unbegreiflich, und sie versuchten es immer wieder, doch ihre Pferde verhinderten weiterhin jeden Kampf, und da ihre Herren nicht gewöhnt waren, zu Fuß zu kämpfen, gelang es ihnen seither nie mehr, irgendein Dorf zu überfallen oder sonstwelche Raubzüge zu unternehmen.

Ich hatte nichts gegen diesen Sinneswandel der Pferde einzuwenden; denn ich wußte nur zu gut, was die Beutereiter allein meinen eigenen Leuten am Braunen Fluß im Laufe der Jahre angetan hatten. Für die Beutereiter war dies jedoch eine schlimme Sache. Sie lebten seit Menschengedenken von Überfall und Raub, und alle, die damals bei der Großen Scheidung in der Steppe geblieben waren, hatten nicht im Sinn, einen ähnlichen Weg zu gehen.

Doch ein Wolf, den man am Rauben hindert, muß verhungern. Im Lager wurden die Vorräte knapp. Wir Sklaven bekamen das als erstes zu spüren, und ich begann mich zu fragen, ob das wirklich so gut gewesen sei, was der Flöter mit den Pferden angestellt hatte. Es kam so weit, daß alles Gold und jeglicher Schmuck von einigem Wert im Lager eingesammelt werden mußte, damit man bei Arnis Leuten das Nötigste zum Leben einkaufen konnte. Die Boten, die Khan Hunli zu ihnen geschickt hatte, brachten zwar genug Lebensmittel für ein Jahr, aber sie waren stumm vor Zorn über die Demütigungen, die sie bei diesem Handel erlitten hatten. Ich bekam Angst, als ich ihre Gesichter sah, Angst, wozu sie ihre aufgestaute Wut treiben könne, und auch Angst um mein Leben.

Bisher wußte außer mir keiner den Grund für das merkwürdige Verhalten der Pferde, doch Khan Hunli hatte Zeit genug gehabt, darüber nachzugrübeln, und allmählich begann er zwei und zwei zusammenzuzählen und zu ahnen, was geschehen war. Eines Tages kam er zu mir und sagte:

‹Es freut dich wohl, daß die Pferde, die ich dir anvertraut habe, zum Kampf untauglich geworden sind? Bist womöglich du es, der sie verzaubert hat?›

Ich begann, unter seinem Blick zu zittern. ‹Siehst du nicht, Herr›, sagte ich, ‹daß ich darunter genauso zu leiden habe wie du und deine Leute?›

‹Das bißchen Hunger könnte dir deine Rache schon wert sein›, sagte der Khan. Die Art, wie er bei diesen Worten mit seiner Peitsche spielte, vergrößerte meine Furcht, und ich begann, in meinem Inneren diesen jungen Flöter zu verfluchen, der mir das eingebrockt hatte. Stotternd vor Entsetzen beteuerte ich immer wieder meine Unschuld, doch damit bestärkte ich nur den Verdacht des Khans.

‹Die Pferde standen unter deiner Aufsicht›, sagte er schließlich. ‹Auf die eine oder andere Art werde ich schon herausbekommen, was du den Pferden angetan hast.›

Ich fiel ihm zu Füßen, denn ich wußte nur zu genau, was er mit der einen oder anderen Art meinte. Doch er stieß mich zur Seite, rief zwei seiner Leute herbei und ließ mich vor sein Zelt führen. Dort befahl er ihnen, zwei Lanzen in einigem Abstand in den Boden zu rammen und mich zwischen ihnen an den Daumen aufzuknüpfen. Dann stellte er sich vor mich hin und fragte, ob mir nun eingefallen sei, auf welche Weise die Pferde ihre Kampflust verloren hätten. Es war ein heißer Tag, an dem all dies geschah. Der Schweiß lief mir in die Augen, und meine Arme schmerzten derart, daß ich laut brüllte.

‹Ich kann dich nicht verstehen›, sagte der Khan. ‹Sprich deutlicher!›

Da schrie ich: ‹Frag doch diesen Flöter, mit dem du Schach gespielt hast!›

Als der Khan das hörte, wurde er weiß vor Wut. Er ließ mich losbinden, und ich mußte ihm berichten, was der Flöter am Abend bei den Pferden getan hatte. Als ich damit zu Ende war, flüsterte der Khan vor sich hin: ‹Ich hätte es wissen müssen.› Dann wendete er sich mir zu und sagte: ‹Das alles ist mit deiner Einwilligung geschehn, Sklave, und dafür wirst du büßen. Aber zuvor sollst du noch zuschauen, wie ich mit diesen verdorbenen Pferden verfahre.› Was ich dann mit ansehen mußte, gehört zum Schrecklichsten, was ich je erlebt habe. Der Khan versammelte alle waffenfähigen Männer vor seinem Zelt, berichtete ihnen, was er eben erfahren hatte, und befahl ihnen dann, ihre Krummschwerter zu ziehen und alle Pferde außer den Ein- und Zweijährigen, die erst nach dem Besuch des Flöters geboren worden waren, auf der Stelle niederzumachen. Mich selbst banden sie vor der Koppel an einen Pfahl, und jedesmal, wenn ich die Augen schloß, weil ich den Anblick nicht mehr ertragen konnte, drückte mir einer der Reiter ein Messer an die Kehle.

Meine armen Pferdchen ahnten nicht, was ihnen bevorstand. Sie liefen fröhlich auf ihre Herren zu, wieherten vergnügt und erwarteten, daß diese ihnen den Hals tätschelten. Doch statt dessen fuhr ihnen ein Krummschwert in den Leib, daß das Blut hervorschoß. Ihr dürft nicht glauben, daß den Reitern dieses Gemetzel Spaß machte. Sie hatten ihre Tiere geliebt, aber sie wagten nicht, sich dem Befehl ihres Herrn zu widersetzen. Den Anblick ihrer Gesichter werde ich nie vergessen: Fahl und verbissen vor ohnmächtigem Zorn starrten die Männer auf ihre verendenden Pferde. Nur zwei wurden verschont, und ich sollte noch erfahren, was der Khan mit ihnen im Sinn hatte.

Als das Morden zu Ende war, rief er: ‹Jetzt wissen wir wenigstens, wovon wir bis zum nächsten Frühjahr leben werden. Weidet die Kadaver aus und hängt das Fleisch zum Trocknen an die Zeltstangen!› Dann kam er zu mir und sagte: ‹Hat dich das Schauspiel befriedigt, Sklave? Nun soll auch mit dir verfahren werden, wie du es verdient hast. Auf einen raschen Tod solltest du jedoch nicht hoffen.›

Er ließ mir Kleider vom Leib reißen und befahl dann zwei Knechten, mich auszupeitschen, bis keine heile Haut mehr auf meinem Rücken zu sehen sei. Auch diesen Knechten war leid um die Pferde, und so verrichteten sie ihren Auftrag mit Sorgfalt. Irgendwann verlor ich das Bewußtsein und kam erst wieder zu mir, als man mich wie einen Sack über den Rücken eines der verbliebenen Tiere warf. Ein Reiter bestieg das zweite, packte das andere beim Zügel und ritt mit mir hinaus in die Steppe.

Die Sonne brannte noch immer heiß vom Himmel, obwohl es inzwischen schon später Nachmittag war. Wenn ich von Zeit zu Zeit die Augen öffnete, sah ich anfangs noch, jedesmal etwas kleiner und verschwommener, die gezackten Silhouetten der Zelte über der endlosen Grasfläche; später war dann nichts mehr zu erkennen im flimmernden Dunst, der über der grauen Ebene waberte. Als die Sonne nur noch wenige Handbreit über dem Horizont stand, hielt der Reiter sein Pferd an, packte mich bei den Füßen und ließ mich kopfüber ins Gras stürzen. Dann ritt er wortlos davon.

Das also war der langsame Tod, den Khan Hunli für mich bestimmt hatte. Ich wußte, daß weit im Westen, wo die untergehende Sonne rotglühend über dem flirrenden Steppengras hing, irgendwo Menschen wohnten, daß es dort Wasser gab und Bäume, die Schatten warfen, aber das alles lag unerreichbar fern, so daß selbst ein Reiter Tage brauchen würde, um dorthin zu gelangen. Trotzdem versuchte ich aufzustehen und nach Westen zu gehen, doch schon nach wenigen Schritten versagten meine Kräfte, und so lag ich dann bewegungslos im harten Gras und wartete auf die Nacht, auf Kühlung und vielleicht auch auf Tau, den ich von den scharfen, trockenen Halmen lecken konnte.

Ich weiß nicht, wie lange ich so gelegen habe. Zeitweise schwanden mir die Sinne, und ich dämmerte dahin, bis mich der Durst wieder weckte, aber auf den staubigen Gräsern fand ich keine Spur von Feuchtigkeit. Wenn ich den Kopf zur Seite drehte, sah ich über mir am schwarzen, mondlosen Himmel die eisigen Lichtpunkte der Sterne sich langsam weiterdrehen, als solle hier die Zeit abgemessen werden, die mir noch zum Leben verblieb.

Dann stand plötzlich ein Schatten vor den Sternen und verdeckte sie zum Teil. Ich hatte weder eine Bewegung bemerkt noch das Rascheln von Tritten im Gras gehört; der Schatten war von einem zum anderen Augenblick aufgetaucht und verharrte eine Zeitlang bewegungslos neben der Stelle, an der ich lag. Und dann sagte eine Stimme: «Ich habe dich gesucht, Wazzek.»

Da faßte ich den Schatten genauer ins Auge und sah, daß ein Reiter neben mir gehalten hatte. Im gleichen Augenblick tauchte der Mond hinter dem Horizont auf, und in seinem kalten Licht sah ich weiße Zöpfe an den Schläfen des Reiters hängen, seine Gesichtszüge lösten sich aus der Schwärze der Nacht, die Gesichtszüge Khan Hunlis, der hier auf seinem Pferd saß und auf mich herabblickte. Ich wunderte mich sehr, daß er mich beim Namen genannt hatte; denn das war sonst nicht seine Art, wenn er zu Sklaven sprach. Jetzt war er wohl gekommen, um mich zu töten, dachte ich, und es machte mir nicht mehr viel aus; denn ich hatte mich schon damit abgefunden, hier in der Steppe zu sterben. Es erstaunte mich, daß ich fast heiter gestimmt war in diesem Augenblick, und ich sagte: ‹Du machst dir viel Mühe, Khan Hunli, um einen Sklaven sterben zu sehen.›

Da stieg der Reiter von seinem Pferd, beugte sich über mich und sagte: ‹Du verwechselst mich mit meinem Bruder, Wazzek. Ich bin gekommen, weil ich die Sache, die der Erbe meines Steins dir eingebrockt hat, wenigstens insoweit in Ordnung bringen will, wie sie dich betrifft. Du selbst trägst an alledem keine Schuld. Was sonst noch daraus erwachsen mag, werde ich allerdings kaum verhindern können.›

Als ich erkannt hatte, daß es Arni war, der hier mit mir sprach, war ich sicher, daß ich die Grenze des Todes bereits überschritten hatte. ‹Du erweist mir eine große Ehre, Arni›, sagte ich, ‹daß du mich in diesem Bereich empfängst, mich, der ich der Sklave deines Bruders war.›

Da lachte Arni leise in sich hinein und sagte: ‹Wundert dich das, Wazzek? Den Leuten, die sich alle Ehre schon vorher genommen haben, braucht man sie nicht mehr anzubieten. Aber du hast dich ja um dergleichen bisher nicht sonderlich viel gekümmert.› Dann hob mich der alte Mann ohne viel Mühe vom Boden auf, daß ich mich über seine Kräfte wunderte, setzte mich vor den Sattel auf sein Pferd und stieg hinter mir auf. ‹Sitzt du gut?› fragte er. ‹Wir haben einen schnellen und weiten Ritt vor uns.›

‹Ich bin in meinem ganzen Leben noch nie so gut gesessen›, sagte ich, und das war nicht übertrieben. Seit er mich berührt hatte, spürte ich keinerlei Schmerzen mehr, und ich lag in seinen Arm gelehnt wie ein Kind an der Brust seiner Mutter. Dann gab er dem Pferd die Sporen, und wir flogen über die Steppe dahin, daß das raschelnde Gras unter den Hufen dahinschoß wie die reißende Strömung eines Flusses. Zu diesem Zeitpunkt wunderte ich mich über nichts mehr, nicht über die kreisend dahinwandernden Sterne über mir und auch nicht darüber, daß die Nacht noch lange nicht zu Ende war, als vor uns am Horizont Bergzüge auftauchten, die blaß im Mondlicht schimmerten, dunkelwolkiges Gebüsch und Bäume. Gleich ging es auch schon bergauf, belaubte Zweige streiften meine Arme, und die Luft roch nach frischem Gras und nach Wasser.

Bald darauf hielt Arni unvermittelt sein Pferd an, stieg ab und hob auch mich herunter. Er ging zu einem Bach, der dort glucksend unter dem Gebüsch dahinrann, und ließ mich aus seinen hohlen Händen das Wasser trinken, das er dort geschöpft hatte. Dann bettete er mich sorgsam auf den weichen Rasen dicht neben dem Weg und sagte: ‹Schlaf ein bißchen, Wazzek. Bald wird einer kommen und dich finden.› Ehe mir die Augen zufielen, wollte ich ihm noch danken, aber da war er schon ebenso lautlos verschwunden, wie er gekommen war. An dieser Stelle hat mich dann dieser Mann hier aufgelesen.»

Steinauge hatte dem Bericht Wazzeks mit steigender Erregung zugehört und auch bald begriffen, daß hier von ihm die Rede war. Doch es ist ein gewaltiger Unterschied, ob man etwas darüber erzählt bekommt, was man früher einmal getan haben soll, oder ob man sich selber daran erinnert, und diese Erinnerung wollte sich nicht einstellen. Er versuchte sich die Ereignisse im Lager der Beutereiter auszumalen, doch er fühlte sich dabei wie ein unbeteiligter Zuhörer, dem man einreden will, er sei an den schrecklichen Ereignissen schuld, die man ihm berichtet. Es blieb ihm jetzt auch keine Zeit, seiner Verwirrung Herr zu werden, denn inzwischen führten die Männer ihr Gespräch weiter. «Was meinst du», fragte der Bärtige, «was die Beutereiter nun tun werden, wo sie keine Pferde mehr haben?»

«Du vergißt ihre Jungtiere», sagte Wazzek. «Die Zweijährigen sind jetzt schon so weit, daß man damit anfangen kann, sie zuzureiten.»

«Werden auch diese Pferde davonlaufen, wenn sie angreifen sollen?» fragte einer der Hirten.

Wazzek zuckte mit den Schultern und sagte: «Das bezweifle ich. Ich habe Angst vor dem nächsten Frühjahr. Darf ich bei euch bleiben?»

«So lange du willst», sagte der Hirte. «Von einem Mann, der die Pferde Khan Hunlis gepflegt hat, kann man womöglich noch etwas lernen. Nur diesen Flöter darfst du nicht an die Herde heranlassen, auch bei uns nicht; denn er hat uns genauso betrogen wie dich.»

Wazzek hob abwehrend die Hände. «Ich habe nicht behauptet, daß er mich betrogen hat», sagte er. «Wahrscheinlich hat er überhaupt nicht bedacht, was dieses Lied, das er den Pferden vorspielte, für Folgen nach sich ziehen könnte. Eigentlich war er ein netter Junge.»

«Netter Junge!» rief der Hirte empört. «Er hat dir ja nur eine Tracht Prügel verschafft, die dir beinahe das Leben gekostet hat. Hat er dir denn vorher gesagt, was er mit deinen Pferden anzustellen gedenkt?» und als Wazzek den Kopf schüttelte, fuhr er fort: «Siehst du! Genauso hat er es mit uns gemacht. Als er zum ersten Mal nach Arziak kam, hat er uns mit seinem Gedudel so den Kopf verwirrt, daß wir uns ohne nachzudenken in die Hände von Arnis Leuten begeben haben. Erst später haben wir dann erfahren, daß Höni ihn zu uns geschickt hatte, um uns gefügig zu machen. Inzwischen gibt es weit und breit keine andren Händler mehr als Arnis Leute, und unsere Goldschmiede müssen zufrieden sein mit den Preisen, die sie uns bieten. Ich sage dir: wenn sich diese höflichen Schwätzer auch die Zöpfe abgeschnitten haben, sie sind doch allesamt die gleichen Räuber geblieben wie ihre Vettern draußen in der Steppe.»

«So etwas solltest du nicht sagen», meinte Wazzek. «Auch Arni war einer von den Beutereitern, und er hat sich nicht nur jetzt meiner angenommen, woher auch immer er gekommen sein mag; er war früher schon stets freundlich zu meinen Leuten am Braunen Fluß und hat sie vor seinem eigenen Bruder in Schutz genommen. Hatte Höni nicht im Sinn, seinem Weg zu folgen, als er zusammen mit vielen anderen die Horde verließ und sich bei Arnis Hütte ansiedelte?»

«Als ich anfangs von diesem Ereignis hörte, glaubte ich das auch», sagte der Bärtige. «Mir war zumute, als ginge ein Traum in Erfüllung, den ich immer wieder geträumt hatte, so unglaublich erschien es mir, daß Beutereiter zu friedlichen Menschen werden sollten. Ob Höni damals im Sinn hatte, wirklich diesen Weg zu gehen, weiß ich nicht; aber jetzt hat seine Tochter das Regiment übernommen, und ich kann dir versichern, daß sie auf nichts anderes bedacht ist als auf ihren Vorteil. Es könnte allerdings sein, daß es unter Arnis Leuten auch Männer gibt, die sich noch daran erinnern, wie Arni mit Menschen umgegangen ist. Man hat mir allerdings auch zugeraunt, daß manche von ihnen plötzlich verschwunden seien. Es gibt dort bei Arnis Hütte böse Gerüchte.»

«Begreifst du jetzt, warum ich Angst habe?» sagte Wazzek. «Wenn der Name eines solchen Mannes dermaßen mißbraucht wird, braut sich Unheil zusammen. Ihr solltet alle auf der Hut sein.»

«Das werde ich, Wazzek», sagte der Bärtige. «Aber jetzt muß ich mich auf den Weg machen, wenn ich noch vor Mitternacht nach Hause kommen will.»

Während sich der Bärtige von den Hirten verabschiedete, knöpfte Wazzek sein Wams auf und zog einen kleinen Gegenstand hervor, der an einer Schnur um seinen Hals hing. Er streifte die Schnur über den Kopf, trat mit einer gewissen Feierlichkeit vor den Bärtigen hin und sagte: «Du wirst dem Unheil, wenn es kommen sollte, näher sein als ich. Nimm das hier. Es wird dich vielleicht schützen, vor allem dann, wenn du nahe am Wasser bist.»

«Nahe am Wasser?» fragte der Bärtige verständnislos und nahm die Schnur in die Hand. «Was ist das für ein Ding?»

Steinauge sah ein dünnes, durchscheinendes Blättchen im Licht der Sonne aufblitzen und wußte im gleichen Augenblick, schon ehe er die Antwort auf die Frage hörte, was für ein Ding das war.

«Eine Schuppe des Großen Karpfens», sagte Wazzek. «Wer sie bei sich trägt, wird seine Hilfe finden, wenn er sich in die Arme des Wassers wirft. Trage sie um den Hals. Selbst in der Hitze der Steppe habe ich ihre Kühlung gespürt, als ich zerschlagen unter der Sonne lag. Hier werde ich sie nicht mehr so nötig brauchen. Der Große Alte hilft seinen Kindern auch ohne dieses Zeichen.»

Der Bärtige betrachtete die Schuppe noch eine Weile, dann streifte er die Schnur über den Kopf, umarmte Wazzek zum Abschied, stieg auf sein Pferd und ritt davon. Die anderen winkten ihm nach und gingen miteinander über die Wiesen hinüber zu den Hütten.

Steinauge blieb hinter den Büschen liegen, selbst als Wazzek und die Hirten längst nicht mehr zu sehen waren. Er blickte ihnen auch nicht nach, sondern sah noch immer die Schuppe in der Sonne flimmern. Oder war es nur ein blakendes Flämmchen, das sich in ihr spiegelte, das schwache Licht einer Öllampe, das die Zeltwände aus schwarzbrauner Wolle kaum erreichte und das flache Gesicht der Sklavin, die vor ihm stand, von der Seite beleuchtete, daß es nur zur Hälfte aus dem Dunkel heraustrat? Er sah ihre wasserhellen Augen und erinnerte sich, und diese Erinnerung breitete sich aus wie Wellenringe auf dem Fluß, wenn ein Karpfen mit seinen Schuppen die Oberfläche berührt hat. Erst war da nur diese Schuppe gewesen, dann das Zelt und die Sklavin, das Lager der Beutereiter, der Khan, den er im Schach besiegt hatte, ohne zu wissen, wie das geschehen war. Er sah das schweißnasse Gesicht Khan Hunlis vor sich, hörte ihn sagen: «So kann nur Arni spielen!» und da tauchte auch schon Narzias nächtlicher Zauber aus der Vergessenheit und damit alles, was sich seit seiner Ankunft bei Arnis Leuten ereignet hatte, auch seine Reise nach Arziak zu Promezzo, dessen Frau die gleichen Augen hatte wie jenes Gesicht, das zuweilen in seinen Träumen auftauchte und zu ihm sprach; auch ihre Tochter hatte ihn lachend aus diesen Augen angeschaut, jenes Mädchen, das er nun schon zweimal in diesem Tal getroffen hatte. Aber ihr Name fiel ihm noch immer nicht ein.

«Worauf wartest du noch?» fragte das Wiesel. «Es ist niemand mehr da, vor dem du dich verstecken müßtest.»

Steinauge gelang es nur mit Mühe, sich von den Erinnerungsbildern zu lösen. Er blickte verwirrt um sich, als habe er völlig vergessen, wo er sich befand. «Ach,

Nadelzahn», sagte er dann langsam, «am liebsten würde ich mich vor mir selber verstecken, nachdem mir jetzt wieder einiges von dem eingefallen ist, was ich früher getan habe.»

«Weißt du nun endlich, ob du ein Flöter gewesen bist?» fragte das Wiesel.

Steinauge nickte langsam. «Ja», sagte er, «ich war einer. Aber ich habe falsch gespielt.»

Das Wiesel schien nicht sonderlich beeindruckt zu sein von diesem Bekenntnis. «Nun siehst du ja, daß es sich nicht lohnt, die Knochen längst verdauter Beutetiere aus dem Boden zu graben», sagte es. «Sie machen nicht satt, sondern nur traurig. Vergiß diese alten Sachen! Sie sind längst vorbei.»

«Das sind sie nicht», sagte Steinauge. «Seit ich gehört habe, was dieser Wazzek erzählt hat, weiß ich das. Geh inzwischen voraus! Ich muß noch ein bißchen nachdenken.»

Als Steinauge allein war, nahm er seinen Stock, rammte ihn in die Erde, setzte sich davor und sagte: «Zirbel, ich muß mit dir reden!»

«Hast du wieder einmal eine Ameise gefunden?» fragte der Zirbel.

«Eine Karpfenschuppe», sagte Steinauge.

«Also ist dir jetzt alles eingefallen, was du vergessen hattest? fragte der Zirbel.

Steinauge schüttelte den Kopf. «Noch lange nicht alles», sagte er. «Aber das, woran ich mich erinnere, ist ziemlich unerfreulich», und er erzählte ohne Beschönigung, wie er die Leute in Arziak hinters Licht geführt und auch in Hunlis Zelt falsch gespielt hatte. «Nur eines kann ich nicht begreifen», sagte er zum Schluß. «Mit dem Lied, das ich den Pferden vorgespielt habe, glaubte ich wirklich etwas Gutes getan zu haben, und das scheint nun von alledem das Schlimmste gewesen zu sein. Ich habe sie damit samt und sonders umgebracht, ums Haar auch noch diesen Wazzek. Ich fange an, mich zu fragen, was dieses Lied sonst noch für Folgen haben könnte.»

«Ein bißchen spät kommt dir diese Ahnung», sagte der Zirbel. «Du denkst wohl nie weiter als bis zum nächsten Morgen und fragst dabei nur, was bei alledem für dich nützlich sein könnte.»

«Jetzt bist du ungerecht», sagte Steinauge. «Die Sache mit den Pferden war für jeden nützlich, den die Beutereiter während dieser Zeit hätten angreifen wollen. War das kein gutes Werk?»

«Insoweit schon», sagte der Zirbel, «nur nicht für die Horde selbst und schon gar nicht für Wazzek und die armen Pferde. An dem, was ihnen zugestoßen ist, trägst du die Schuld, und auch an allem, was daraus noch weiter entstehen mag.»

Steinauge dachte eine Weile nach und sagte dann: «Ist das eine Schuld, wenn Böses aus dem erwächst, was man gut gemeint hat?»

«Nur gut meinen reicht nie aus», sagte der Zirbel, «solange man nicht daran denkt, was die Zeit aus dem machen könnte, was man in dieser guten Meinung tut.»

«Dann tut man am besten gar nichts mehr», sagte Steinauge erbittert. «Woher soll ich wissen, was daraus entstehen könnte, wenn ich einen abgenagten Kaninchenknochen hinter mich ins Gebüsch werfe? Es könnte ja einer kommen, ihn sich in den Fuß treten und an Blutvergiftung sterben. Man könnte nicht einmal den kleinen Finger krümmen, ohne in Schuld zu fallen. Steif und starr müßte man stehenbleiben und kein Glied mehr rühren.»

«Genau das habe ich ein Leben lang getan», sagte der Zirbel. «Aber ich sehe jetzt auch, daß dies für Menschen unmöglich ist. Ihr seid so geartet, daß ihr euch ständig mit irgend etwas tätig beschäftigen müßt, statt die Zeit zu bedenken. Kein Wunder, daß ihr die Welt ständig durcheinanderbringt.»

«Du hast gut reden», sagte Steinauge. «Solange du dort oben auf dem Joch gestanden hast, konntest du freilich nichts durcheinanderbringen.»

«Dafür bin ich auch sehr dankbar, nachdem ich gehört habe, was du mit dieser Flöte alles angestellt hast», sagte der Zirbel. «Aber was noch wichtiger ist: ich wußte die ganze Zeit über, wozu ich dort stand – eigentlich sollte ich sagen: Wozu ich dort hingestellt worden war. Das genügte mir vollauf. Aber du hast offenbar gar keine Zeit dazu, darüber nachzudenken, was dieses ständige Herumrennen für einen Sinn haben soll. Oder kannst du mir das sagen.»

«Natürlich», sagte Steinauge und fing an nachzudenken. Er war sicher, daß sich diese einfache Frage beantworten ließ, aber je mehr er darüber nachdachte, desto schwieriger erschien es ihm, eine klare Antwort darauf zu geben.

«Nun?» sagte der Zirbel.

Steinauge zuckte mit den Schultern. «So einfach läßt sich das nicht sagen», meinte er.

«Ausflüchte!» sagte der Zirbel. «Du weißt es eben nicht.»

«Manchmal glaubte ich es schon zu wissen», sagte Steinauge. «Als Arni mir seinen Stein gegeben hatte, wollte ich nach dem Geheimnis dieses Steins suchen, und einige Male schien es mir schon sehr nahe zu sein. Aber das war stets ein Irrtum, und jetzt meine ich eher, daß ich mich immer weiter davon entfernt habe, wenn es dieses Ziel überhaupt gibt.»

«Vielleicht läuft dieses Geheimnis vor dir davon, weil du zu viel an dich selber denkst», sagte der Zirbel.

«So wie das Mädchen schon zweimal vor mir davongelaufen ist?» fragte Steinauge.

«Genau so!» sagte der Zirbel. «Ohne die Hilfe anderer wärst du wahrscheinlich schon dorthin gekommen, wo du nur noch dich selbst siehst und nach keinem Ziel mehr fragst. Du hast es wirklich nötig, daß sich jemand um dich kümmert.»

«Meinst du mit diesem Jemand dich selbst?» fragte Steinauge. Allmählich fing er an, sich zu ärgern. Woher nahm dieses Stück Holz eigentlich das Recht, ihm auf so verletzende Weise seine Irrtümer und Fehler vorzuhalten? «Ich dachte, du könntest mich trösten», fuhr er fort, «und statt dessen tust du mir weh.»

Der Zirbel lachte. «Du verstehst gar nichts», sagte er. «Laß dir eine Geschichte erzählen: Ein Schnitzer suchte sich ein geeignetes Stück Holz aus, um einen Löffel daraus zu schnitzen. Als er das Messer ansetzte, schrie das Holz laut und sagte zu dem Messer: ‹Laß das! Du tust mir weh!› Denn es wußte nicht, daß die Form eines Löffels in ihm verborgen war und ahnte nichts von der Hand, die das Messer führte und schon gar nichts von den Gedanken des Schnitzers.»

«Auf diese Weise bist du gemacht worden», sagte Steinauge.

«So ist es», sagte der Zirbel. «Und du hast den vergessen, der mich gemacht hat. Glaubst du denn, ich spreche von mir, wenn ich sage, daß sich jemand um dich kümmern muß? Hast du auch den Stein vergessen, den du am Hals trägst und der dich immer wieder davor zurückgehalten hat, völlig in die Irre zu gehen? Weißt du überhaupt, von wem er stammt?»

«Von Arni», sagte Steinauge. «Das weiß doch jeder. Arni hat ihn mir gegeben, als er starb.»

«Und von wem bekam ihn Arni?» fragte der Zirbel.

«Von einer alten Frau mit Namen Urla», sagte Steinauge.

«Und diese Urla?» fragte der Zirbel.

«Ihre Enkelin Rikka hat mir einmal davon erzählt», sagte Steinauge. «Ich glaube, es war irgend ein Steinsucher, der ihn ihr geschenkt hat, als sie noch ein Kind war.»

«So», sagte der Zirbel in einem Ton, als habe er es endgültig aufgegeben, sich über die Begriffsstutzigkeit dieses Waldfauns aufzuregen. «Irgend ein Steinsucher!»

«Du willst doch wohl nicht behaupten...», sagte Steinauge, aber er begriff schon im gleichen Augenblick, daß es sinnlos war, diesen Satz zu Ende zu führen. Der Zirbel hatte ihn herübergelockt in einen Raum jenseits aller meßbaren Zeit, in einen Bereich, in dem Vergangenes, Gegenwärtiges und Zukünftiges sich ineinanderschob. Steinauge war zumute, als verlöre er den festen Boden unter den Füßen. «Nein!» sagte er, «nein!»

Der Zirbel betrachtete ihn spöttisch. «Jetzt bist du wohl ein bißchen verwirrt, du mit deinem spärlichen Zeitbegriff?» sagte er. «Ich sehe schon, daß du noch eine Weile brauchen wirst, bis du gelernt hast, daß deine Zeit samt dem Stück, das dir nicht einfallen will, noch lange nicht alles ist.»

«Was soll mir das nützen?» sagte Steinauge. «Du redest, als ob ich die Grenzen der Zeit sprengen könnte. Siehst du denn nicht, daß ich aus dem Käfig meiner Taten nicht mehr ausbrechen kann? Was ich begonnen habe, breitet sich dort draußen in der Steppe aus wie eine Krankheit, wächst und wuchert, und ich kann es nicht mehr ändern.»

«Du wohl kaum», sagte der Zirbel.

«Wer denn sonst?» sagte Steinauge verzweifelt. «Dieser sonderbare Steinsucher vielleicht? Der ist seiner Wege gegangen und hat mich allein gelassen mit meiner

Angst vor dem freien Himmel und vor all den Dingen, die ich nicht begreifen kann. Und du hilfst mir ja auch nicht besonders mit deinen klugen Reden. Von einem Stück Holz kann man wohl auch nicht mehr erwarten.» Darauf erhielt er keine Antwort mehr. Der Zirbel war nun nur noch ein in sich verknäulter Knorren, so starr und leblos, daß Steinauge das Gefühl überkam, er habe die ganze Zeit über nur mit sich selbst geredet. Schließlich zog er den Stock aus dem Boden und machte sich auf den Weg.

Nach einer Weile fand sich auch das Wiesel ein, das inzwischen für einen Braten gesorgt hatte. Aber Steinauge blieb schweigsam, während sie miteinander durch den Wald wanderten, nicht nur an diesem Abend, sondern auch in den nächsten Tagen. So gelangten sie nach und nach wieder ostwärts, bis sie schließlich das Ende der großen Felswand erreichten.

«Sehr gesprächig warst du diesmal auf dem Heimweg nicht», sagte das Wiesel, als sie sich verabschiedeten. «Es hat sich wohl doch nicht gelohnt, diese alten Sachen auszugraben, aber das habe ich dir ja gleich gesagt. Wer Aas frißt, wird krank davon. Denk nicht mehr darüber nach und komm gut durch den Winter! Im Frühling wirst du dann wieder lachen und mit mir durch die Wälder ziehen.»

«Meinst du denn, daß sich nie etwas ändert und alles immer so weitergeht, Jahr für Jahr?» sagte Steinauge.

Das Wiesel blickte ihn verständnislos an. «Was soll sich schon groß ändern?» sagte es. «Kaninchen und Birkhühner wird es wohl auch dann noch geben.»

«Und Falken», sagte Steinauge.

«Einer von ihnen ist hinter dir her», sagte das Wiesel. «Vergiß das nicht!»

«Wenn es nur das wäre», sagte Steinauge, aber er dankte Nadelzahn für seine gute Meinung und auch für seine Freundschaftsdienste während dieses Sommers, und dann trabte er wieder allein am Fuß der Felswand entlang durchs Gebüsch, bis er zu seiner Höhle kam.

Zunächst sah es so aus, als solle hier tatsächlich alles immer so weitergehen. So schien es Steinauge jedenfalls, während er damit beschäftigt war, für den dritten Winter vorzusorgen. Er schleppte Körbe voll Nüsse, Holzäpfel, Bucheckern und Eicheln durchs Gebüsch und war sich dabei bewußt, daß er jeden dieser Trampelpfade schon einmal entlanggetrottet war und jeden dieser Handgriffe schon tausende Male getan hatte, wenn er etwa Nüsse aus den welken Blättern herausklaubte und in seinen Korb warf. Er sah auch keinen Weg, wie er diesen Zustand hätte ändern können, und auch die Ziegen hatten sich wohl daran gewöhnt, daß er hier auftauchte, wenn das Laub sich färbte und der Herbststurm die Eicheln von den Bäumen warf. Er gehörte für sie schon zu den Ereignissen, die der Wechsel der Jahreszeiten mit sich brachte. Sie blickten kaum auf, wenn er am Waldrand stehen blieb und zur Herde hinüberblickte, die in dem schon gilbenden Gras weidete, so vertraut war ihnen sein Anblick.

Ihm jedoch erschienen sie fremder als je zuvor, auch wenn er die Belanglosigkeiten verstehen konnte, die ihre spärlichen Unterhaltungen ausmachten. Die
Ziegen waren zufrieden mit dem Gleichmaß ihres Daseins zwischen Frühling und
Winter, zählten die Jahre nicht wie er und hätten nie den Wunsch gehabt, daran
etwas zu ändern. Auch als sie mit dem ersten Schneefall wieder die Höhle
bezogen, taten sie das mit einer Selbstverständlichkeit, als hätten sie hier von jeher
ihr Winterquartier gehabt, und Einhorn begnügte sich an diesem Tag mit einem
lässigen Kopfnicken, um seinem Partner anzuzeigen, daß nun die Reihe an ihm
sei, für die Herde zu sorgen.

Steinauge spürte, wie der Rhythmus der Herde täglich mehr sein Leben
bestimmte, aber diesmal wehrte er sich dagegen. Er verließ zwar am Morgen
zusammen mit den Tieren die Höhle, führte sie wohl auch noch zu einem
geeigneten Weideplatz, aber wenn sie dann mit den Vorderhufen das spärliche
Futter aus dem Schnee scharrten, hielt er sich fern von ihnen, hockte sich
irgendwo am Waldrand auf einen Baumstrunk und grübelte vergeblich darüber
nach, wie er seine Lage ändern könne. Auch wusch er seinen Körper regelmäßig
im Schnee, weil ihn der Ziegengeruch anwiderte, der sich in seinem zottigen Fell
festsetzte, und zuweilen irritierte er eine Ziege damit, daß er sie zu ungewohnter
Zeit molk, weil ihn eben der Appetit auf einen Schluck Milch überkam.

Auf diese Weise gelang es ihm, sich dem Herdentrieb zu widersetzen, der ihn
besonders nachts auf magische Weise überkam, wenn die Tiere sich um das Feuer
drängten oder ruhig atmend beieinanderlagen. Aber zugleich wuchs in ihm das
Gefühl der Einsamkeit. Manchmal versuchte er an das Mädchen zu denken, das
schon zweimal vor ihm davongelaufen war; aber das flache, grüne Tal lag
unerreichbar weit von ihm entfernt, und das Mädchen war ein ängstliches Kind,
keine Gefährtin für einen zottigen Faun, der sich nur im Dickicht sicher fühlt.

Eines Tages erschien dann wieder der Falke am Himmel. Steinauge saß auf
seinem Platz am Waldrand und versuchte sich einzubilden, daß die niedrig über
den kahlen Baumwipfeln stehende Sonne noch ein wenig Wärme spendete. Da sah
er den Falken hoch oben am blaßblauen Himmel heranschweben und über der
verschneiten Lichtung seine Kreise ziehen. Obwohl aus dieser Entfernung nur die
dunkle Silhouette des Vogels zu erkennen war, ahnte Steinauge, daß dies der
grünäugige Falke sein mußte, und als der Vogel sich immer tiefer herabsinken ließ
und dicht über ihn hinwegstrich, konnte Steinauge sehen, daß seine Ahnung ihn
nicht getrogen hatte. Narzia besuchte ihn wieder, und trotz allem, was er von ihr
erfahren hatte, überkam ihn ein Gefühl der Vertrautheit. Noch immer konnte er
sich nicht erinnern, was er mit dem Menschen zu tun gehabt hatte, der sich unter
dem Gefieder dieses Falken verbarg, und doch klopfte sein Herz bis zum Halse,
wenn er auch nicht hätte sagen können, ob aus Angst oder vor Erregung, wie bei
einer unvermuteten Begegnung mit der Geliebten. Vielleicht hatte er alles
mißverstanden, was er bisher über dieses Falkenmädchen gehört hatte; vielleicht

hatten andere nur aus Neid oder aus Haß so schlecht von diesem Wesen gesprochen, das hier so schwerelos über die Lichtung glitt, schön, geheimnisvoll und voller Rätsel, deren Lösung den Gewinn unsagbarer Dinge versprach.

Der Falke schwang sich noch einmal in die Höhe, glitt wieder heran, gefolgt von seinem schwarzen Schatten, der unter ihm über die glitzernde Schneefläche huschte, und ließ sich dann flügelschlagend auf einem Baumstumpf nieder. Eine Zeitlang starrte er mit seinen grünen Augen in Steinauges Gesicht. Dann öffnete er den Schnabel und sagte mit seiner hellen Mädchenstimme: «Du bist einsam, Faun. Wollen deine Ziegen nichts mehr mit dir zu tun haben?»

Steinauge schüttelte den Kopf. «Die Ziegen sind wie eh und je», sagte er. «Ich habe ihre Gesellschaft satt, ihr Geschwätz und ihren geilen Geruch.»

«Aber er sticht dir in die Nase», sagte der Falke. «So geht es einem, wenn man allein ist. Läufst du noch immer deiner Vergangenheit nach?»

«Sie holt mich Schritt für Schritt ein wie ein Rudel Wölfe und frißt an meiner Seele», sagte Steinauge.

«Du machst dir zu viele Gedanken», sagte der Falke sanft. «In der Einsamkeit gerät man ins Grübeln und sieht alles von seiner dunklen Seite. Du solltest die schlimmen Dinge vergessen und nur das Angenehme im Gedächtnis behalten.»

«Dann erzähle mir endlich, was in meiner Vergangenheit angenehm gewesen sein soll», sagte Steinauge. «Ich kann mich an nichts dergleichen erinnern.

«Wie schade», sagte der Falke. «Da gäbe es schon einiges zu berichten. Erinnerst du dich denn überhaupt nicht mehr an das Falkenmädchen, das dir zur Frau versprochen war?»

Steinauges Herz machte einen Sprung, als er das hörte. «Sprichst du von dir?» fragte er begierig. «Warst du mir zur Frau versprochen? Ich erinnere mich an alles mögliche, nur nicht an die Dinge, die mit dir zu tun haben. Willst du mir nicht helfen, sie wiederzufinden?»

«Du kennst den Preis», sagte der Falke. «Willst du den Stein noch immer für dich behalten?»

«Den Stein?» sagte Steinauge. «Und was soll ich dafür bekommen? Noch ein paar von den Erinnerungen, die mir den Schlaf rauben?»

Da lachte der Falke hell auf und sagte: «Ich werde dir ein Stück von dem zeigen, was dich erwartet. Schau mich an!»

Obgleich der Falke ruhig auf seinem Platz sitzenblieb, schien es Steinauge, als rückten die grünen Augen immer näher heran, wurden größer und größer, bis sie sein Blickfeld völlig ausfüllten. Er tauchte ein in diese flimmernde grüne Tiefe, aus der das schmale, hellhäutige Gesicht eines grünäugigen Mädchens heraufstieg, und vom einen zum andern Augenblick befand er sich an der Seite dieses Mädchens an einer Tafel, die überladen war von köstlichen Speisen. Er spürte den Geschmack von Wein auf der Zunge, nahm im trunkenen Nebel ringsum die erhitzten Gesichter von Leuten wahr, die lautlos lachten und vergnügt aufeinander einredeten, aber dann sah er nur noch die grünen Augen des Mädchens, das langsam aufstand und ihn mit einem kaum merklichen Nicken aufforderte, ihm zu folgen. Sein Herz zog sich jäh zusammen, daß ihm das Blut in den Ohren rauschte, als er selbst aufstand und dem Mädchen nachging, das vor ihm durch dunkle Gänge glitt, ein wehendes Gewand, das ihm hinter einer Biegung aus den Augen geriet und dann wieder auftauchte und verharrte. Als er das Mädchen erreichte, stand es in einer halb geöffneten Tür und forderte ihn mit einer Geste seiner erhobenen Hand auf, hier zu warten. Dann trat es ein und ließ die Tür angelehnt. Eine Zeitlang ertrug er die Qual des Wartens, und als dies endlich über seine Kräfte ging, stieß er die Tür auf und trat ein. Im schwachen Kerzenlicht sah er das bauschige Leinenzeug eines Bettes, und darauf lag das Mädchen in einem hauchfeinen Gewand, das die Verlockung des Körpers eher entblößte als verbarg. Als er seine Kleider hastig abgestreift hatte und auf das Bett zutrat, blickte ihm das Mädchen entgegen, streckte seine Hand aus und sagte: «Gibst du mir jetzt den Stein?»

Die Sehnsucht, die Grenzen seiner Einsamkeit zu überschreiten, die Begierde, diesen Körper zu umarmen, ließen ihm keine Wahl. Blindlings griff er nach dem Beutel an seinem Hals, nahm den Stein heraus und legte ihn in Narzias ausgestreckte Hand. Ihre Finger schlossen sich um den Stein, und da sah er den Smaragd des Falkenrings aufblitzen. Zugleich zerriß der letzte Vorhang, der seine Erinnerung umhüllt hatte, und er wußte, was schon einmal geschehen war und was jetzt geschehen würde. Noch einmal warf der grüne Blitz ihn zurück an die Wand, noch einmal hörte er Narzias Stimme gellen: «Sei ein Tier!», noch einmal durchzuckte seinen Leib dieser eisige Schmerz, der ihn verwandelt hatte zu jenem zottigen Bockswesen, das er jetzt war.

Als der Schmerz abgeebbt war, und Steinauge wieder imstande war, seine Umgebung wahrzunehmen, sah er auf dem Baumstumpf wieder den Falken sitzen, der den Stein in einer seiner Klauen umklammert hielt. «Du hast mich betrogen, Narzia», sagte Steinauge. Doch der Falke lachte nur. «Wieso betrogen?» sagte er mit seiner hellen Stimme. «Hast du nicht alles erfahren, was du vergessen hattest? Weißt du jetzt nicht, was dich erwartet? Soll ich es dir noch einmal sagen? Ein Leben, nicht als Mensch und nicht als Tier, sondern als ein Zwischenwesen, ein Fremdling für die Ziegen und erschreckend für die Menschen. Männer werden sich entsetzt von dir abwenden und Frauen vor dir fliehen aus Abscheu vor dem Gezottel an deinen Lenden.»

«Warum bist du so grausam?» fragte Steinauge. «Auch als ich noch ein Mensch war, hat dich meine Nacktheit angeekelt.»

«Ja», sagte der Falke. «Ich habe nur sichtbar gemacht, was schon in dir verborgen war, du geiler Bock! Hast du denn geglaubt, ich würde die Macht meiner Magie deiner Begierde preisgeben? Soll ich zulassen, daß deine tierische Natur Gewalt über mich gewinnt?»

«Wenn du mich schon für ein Tier hältst, dann will ich auch ein Tier sein», sagte Steinauge. «Warum hast du nur halbe Arbeit geleistet?»

«Dein Stein hat mich daran gehindert», sagte der Falke. «Jetzt, wo er nicht mehr auf deiner Brust hängt, könnte ich dich ganz zum Tier machen, aber ich will dich so leben lassen, du halber Bock, damit du nicht vergißt, was du sein könntest und doch nie sein wirst. Es müßte dich schon eine, so wie du bist, in die Arme nehmen, um meinen Zauber zu brechen. Du kannst ja versuchen, ob ein Mädchen Lust dazu hat.»

Nach diesen Worten breitete der Falke seine Schwingen aus und schraubte sich hinauf in den blassen Winterhimmel.

«Du wirst keine Freude an dem Stein haben!» schrie Steinauge zu ihm hinauf. «Weißt du nicht, daß er jeden ins Unglück stürzt, der ihn mit Gewalt oder List an sich bringt?»

Aber der Falke hörte nicht auf diese Warnung. Er zog einen Kreis über der Lichtung, und als er über die kahlen Wipfel nach Süden abzog, sah Steinauge den Stein noch einmal in den Fängen aufblitzen. Dann verlor er den Vogel aus den Augen.

Für den Rest des Winters verfiel Steinauge in trostlose Grübelei. Er verließ kaum noch seine Höhle, lag oft tagelang apathisch auf seiner Laubstreu und suchte in dem trägen Brei seiner Erinnerung nach irgendeinem festen Punkt, der ihm eine Handhabe bieten könnte, sich aus dieser ausweglosen Lage zu befreien. Er wußte nun wieder alles, was sich in den vergangenen Jahren ereignet hatte, aber das erhöhte nur noch seine Qual; denn während er diese Ereignisse immer aufs neue an sich vorbeitreiben ließ, erkannte er zugleich, wie er Schritt für Schritt immer weiter in die falsche Richtung gegangen war und die Gaben mißbraucht hatte, die ihm anvertraut worden waren. Auf diese Weise hatte er die Flöte verloren und nun auch noch den Stein. Je tiefer er sich in seine Vergangenheit hineinwühlte, desto mehr schwand ihm jede Hoffnung.

Nur seinen Namen wußte er noch immer nicht, und er zermarterte Tag und Nacht sein Hirn mit der Frage, wie ihn die Leute früher genannt hatten, lallte sinnlose Silben vor sich hin und lauschte ihrem Klang nach, als könne er auf diese Weise die Zauberformel finden, die ihn, wenn er sie nur ausspräche, aus diesem Bann befreien würde.

So ging es ihm bei Tag, und in der Nacht verfolgten ihn böse Träume. Da sah er wieder die unbeschreibbaren Augen des Mädchens, das ihn entsetzt anblickte, sich abwandte und davonlief, und er lief ihm nach, lief und lief über dürres, raschelndes Steppengras unter einem kahlen, bleiernen Himmel, dessen Gewicht mit jedem Schritt schwerer auf seinen Schultern lastete, bis es ihm kaum noch gelang, die Füße vom Boden zu lösen, während das Mädchen vor ihm leichtfüßig über die Steppe flog, sich rasch entfernte, immer kleiner und kleiner wurde, bis es nur noch als ferner, kaum wahrnehmbarer Punkt auf den Horizont zuglitt. Er bemühte sich verzweifelt, diesen verschwimmenden Punkt nicht zu verlieren, doch da lenkte ihn für einen Augenblick ein Schatten ab, den er neben sich eher spürte als sah, und dann, als er den Punkt wieder suchen wollte, lag der ferne Horizont leer. Nur dieser Schatten lauerte noch an seiner Seite, und es schien ihm jetzt, als sei er nicht eben erst aufgetaucht, sondern schon lange dagewesen. Vielleicht schon immer.

Weil nun in der Ferne nichts mehr zu sehen war, wendete er sich dem Schatten zu. Da stand neben ihm ein merkwürdiger grauer Herr, den er kannte. Er war wie immer sehr sorgfältig gekleidet, trug einen feinen grauen Anzug, graue Schuhe und Handschuhe, auch war nicht nur sein Haar grau, sondern auch sein nichtssagendes, gänzlich humorloses Gesicht.

«Du versuchst in die falsche Richtung zu laufen, Steinauge», sagte der graue Herr mit farbloser Stimme und verzog dabei keine Miene. «Merkst du nicht, daß du nicht vorankommst?»

«Das habe ich schon gemerkt», sagte Steinauge und versuchte dem Grauen in die Augen zu blicken. Aber dort, wo er eine graue Iris vermutet hatte, war nichts als Leere. Er wendete den Blick ab, um durch diese Löcher nicht ins Bodenlose gesaugt zu werden, und wiederholte: «Ich habe schon gemerkt, daß ich keinen Schritt weiterkomme. Doch wie soll ich dieses Mädchen sonst erreichen?»

«Sollst du das?» sagte der Graue. «Ist das nicht nur ein Traumbild, eine Einbildung, der du nachläufst? Geh mit mir in die andere Richtung. Du wirst sehen, wie leicht dir jeder Schritt fallen wird.»

Und wirklich, sobald er sich umgedreht hatte und anfing, Fuß vor Fuß zu setzen, schwand das bleierne Gewicht von seinen Schultern, und er kam so leicht voran, als wiege sein eigener Körper nicht mehr als eine Feder. Er spürte nicht einmal sein Herz klopfen, während er neben dem Grauen über das dürre Gras schritt. Nach einer Weile fragte er: «Wohin gehen wir!»

«Du wirst schon sehen», sagte der Graue. «Vielleicht wirst du jetzt endlich begreifen, daß du mir schon früher hättest folgen sollen.»

Ohne daß er gemerkt hätte, wann sie die öde Steppe hinter sich gelassen hatten, stand er mit seinem Begleiter unversehens zwischen den Büschen vor der Felswand und im nächsten Augenblick auch schon in der Höhle. Die Ziegen lagen schlafend rings um die Herdstelle, innen die Jungtiere und im äußeren Kreis die älteren Tiere und der Bock.

«Schau sie dir an, wie sie dumpf vor sich hinvegetieren», sagte der Graue. «Willst du werden wie sie? Oder hast du noch einen Rest von Intelligenz in dir, um dich endlich über dieses dumme Viehzeug zu erheben?»

«Ich bin auf diese Tiere angewiesen», sagte Steinauge.

«Wie du das schon sagst!» Der Graue gab sich keine Mühe, seine Verachtung zu verbergen. «Ist es nicht eher so, daß du dich ihrer bedienst? Wer bist du denn, daß du diese blöden Grasfresser um etwas bitten müßtest? Hast du vergessen, daß du dazu bestimmt bist, Macht auszuüben? Es wird Zeit, daß du dich darauf besinnst!»

«Ich habe meine Flöte verloren», sagte Steinauge und spürte, wie ihn die Begierde überkam, seine Silberflöte an die Lippen zu setzen und die Zuhörer unter seinen Willen zu zwingen.

«Du hast sie liegen lassen», berichtigte ihn der Graue. «Hol sie dir zurück!»

«So wie ich jetzt aussehe?» sagte Steinauge.

«Genierst du dich?» sagte der Graue spöttisch. «Näh dir Hosen, wenn du Angst hast, daß dich die Leute auslachen. Nimm dein Messer und schlachte eine Ziege. Ihr Fell wird reichen, um deine Schande zu bedecken.»

Im nächsten Augenblick hatte Steinauge schon sein Messer in der Rechten und kniete über einem der Tiere. Während er die Finger in das Fell krallte, dachte er an nichts anderes, als daß er zurückkehren mußte in das Haus bei Arnis Hütte, um seine Flöte zu holen. Mit ihr würde er alles erreichen, was er sich wünschte, und jeden gefügig machen, der sich ihm widersetzte. Auch dieses Mädchen, das sich ihm immer wieder entzog. «Ich muß sie haben!» murmelte er vor sich hin, «ich muß sie haben!», wußte nicht, ob er die Flöte meinte oder das Mädchen, stach auf das zuckende Fleisch unter dem Fell ein und hatte dabei schon völlig vergessen, in welchem Zusammenhang diese blutige Metzelei mit seiner Gier stand, die Macht der Flöte zurückzugewinnen. Er wußte nur noch, daß dieses Schlachtopfer dargebracht werden mußte. Etwas Lebendiges mußte sterben, und das Blut, das über seine Hände spritzte, würde ihm seine Macht zurückkaufen. Er sah, wie es rot aus den klaffenden Wunden heraufquoll und in Bächen über das Fell rann, bis alles überströmt war von Blut, eine träge quirlende, purpurne Flut, die stieg und stieg und ihm schon bis zum Hals stand, bis zu den Lippen, und er schrie, wie ein Ertrinkender schreit, der jede Hoffnung auf Hilfe aufgegeben hat.

Erst als er das schrille, vielfach gebrochene Echo wahrnahm, das ihm antwortete, hörte er auf zu schreien. Er fand sich in undurchdringlicher Finsternis und spürte unter sich das knisternde Laub seines Lagers. Und dicht in der Nähe hörte er die Ziegen aufgeregt durcheinander meckern. Sie mußten sich unmittelbar unter der Felskante neben seinem Lager zusammengedrängt haben und schienen außer sich zu sein vor Entsetzen. «Steinauge!» rief eine von ihnen. «Warum schreist du so? Bist du krank?»

Er kroch zu dem Abbruch hinüber, unter dem die Tiere standen und versuchte sie zu beruhigen. «Ich habe schlecht geträumt», sagte er. «Es war gut, daß ihr mich geweckt habt.» Während er sprach, langte er mit der Hand hinunter ins Dunkel, aus dem der warme Dunst der Tiere zu ihm heraufstieg, und kraulte das erstbeste Fell, das ihm unter die Finger kam. «Es tut mir leid, daß ich euch erschreckt habe», sagte er. «Geht jetzt wieder schlafen.»

Aber so leicht ließen sich die Ziegen nicht beruhigen. Er fühlte, wie feuchte

Mäuler an seiner Hand schnoberten und rauhe Zungen den Angstschweiß von seiner Haut leckten. Oder war es noch das Blut, das über seine Finger gespritzt war? Das Traumbild hatte noch immer Gewalt über ihn, und er spürte noch den Griff des Messers in der gleichen Hand, der jetzt die besorgten Liebkosungen der Ziegen galten. «Keine Angst», sagte er, «ich tue euch nichts zuleide.» Doch damit verstörte er die Tiere nur noch mehr.

«Er redet irre!» riefen manche, und andere jammerten: «Er ist krank! Sein Schweiß schmeckt bitter!» Sie kamen erst wieder zur Ruhe, als er aufgestanden und zu ihnen hinuntergestiegen war. Er fachte das Feuer an, und als die Flammen hell aufloderten, sagte er: «Seht ihr jetzt, daß mir nichts fehlt?»

Die Tiere drängten sich um ihn, als wollten sie sich davon überzeugen, und eines von ihnen sagte: «Warum redest du dann solchen Unsinn? Du bist unser Ernährer! Warum solltest du uns dann etwas zuleide tun?»

«Ja», sagte er, «warum sollte ich das?» und war sich bewußt, daß er sich das selber fragte. Er war sich durchaus nicht im klaren, ob es nicht doch einen Grund gegeben hatte, sein Messer in eines dieser Felle zu stoßen, obwohl er sich jetzt nicht mehr vorstellen konnte, eins dieser sanften Tiere zu töten. Er schüttete den Ziegen ein bißchen Futter vor; denn nichts wirkt beruhigender, als etwas zum Beißen zwischen die Zähne zu bekommen. Dann stieg er wieder hinauf zu seinem Schlafplatz und legte sich nieder. Über ihm flackerte der Widerschein des niederbrennenden Feuers auf der zerklüfteten Höhlendecke, und es kam ihm so vor, als senke sich der Felsen langsam auf ihn herab, um ihn zu erdrücken. Nur der Zirbel an seiner Seite schien von alledem nichts zu bemerken, sondern blickte gleichmütig mit seinem dunklen Auge in eine unendliche Ferne jenseits der Höhlenwände.

«Ich habe Angst, Zirbel», sagte Steinauge. «Ich habe Angst, nie mehr aus diesem engen Felsenloch herauszufinden.»

«Wundert dich das?» sagte der Zirbel. «Seit du deinen Stein nicht mehr trägst, kann die Angst ungehindert nach deinem Herzen greifen. Warum hast du ihn abgelegt?»

«Ich habe ihn nicht mehr», sagte Steinauge. «Der Falke hat ihn mir gestohlen.»

«Gestohlen?» fragte der Zirbel in einem Ton, als wisse er es besser.

«Nun ja», sagte Steinauge. «Narzia hat mich überlistet.»

«Ich kann mir schon denken, wie sie das angefangen hat», sagte der Zirbel. «Aber der Stein wird ihr nichts Gutes einbringen. Und irgendwann wird er zu dir zurückkehren.»

«Irgendwann!» sagte Steinauge bitter. «So wie meine Flöte, die ich bei Arnis Leuten liegengelassen habe.»

«Ja», sagte der Zirbel. «So wie deine Flöte. Solche Dinge kehren immer zu dem zurück, der sie in Wahrheit besitzt. Du mußt nur die rechte Zeit abwarten.»

«Welche rechte Zeit?» sagte Steinauge. «Wann wird die gekommen sein? Auf zehn, auf fünfzig oder gar hundert Jahre kommt es ja nach deiner Zeitrechnung nicht an. Was nützt mir meine Flöte, wenn ich bis dahin ein alter Mann geworden bin? Ich will sie jetzt haben. Jetzt gleich!»

«Dann hol sie dir doch!» sagte der Zirbel gleichmütig. «Du weißt ja, wo du sie liegengelassen hast. An deiner Stelle würde ich aber damit warten, bis der Schnee geschmolzen ist.»

Dieser letzte Rat schien Steinauge durchaus vernünftig, nachdem er am nächsten Morgen bis zum Bauch im Schnee versunken war, als er versucht hatte, wenigstens den Waldrand zu erreichen. Aber er schmiedete in der folgenden Zeit Pläne, wie er es anstellen könnte, ungesehen in Narzias Haus einzubrechen und seine Flöte zu holen. Jedenfalls mußte es Nacht sein, damit niemand erkennen konnte, welch zottiger Waldschrat ums Haus schlich. Warte nur, Narzia, dachte er, ich hol mir meine Flöte, und dann müssen alle nach meiner Pfeife tanzen!

Doch je öfter er sich dieses nächtliche Abenteuer ausmalte, desto mehr Gefahren entdeckte er in einer solchen Unternehmung. Was war, wenn er unversehens auf Leute stieß, oder gar, wenn ihn jemand dabei erwischte, wie er in Narzias Haus einzusteigen versuchte? Wahrscheinlich würde man ihn überwältigen und öffentlich befragen. Dabei kümmerte es ihn weniger, wie man mit ihm unter solchen Umständen verfahren würde; mit Entsetzen erfüllte ihn jedoch die Vorstellung, daß er dann in seiner nackten Ungestalt den Blicken der Leute preisgegeben sein würde. So kam es, daß er zeitweise völlig den Mut verlor, diesen Plan durchzuführen, und tagelang auf seinem Lager vor sich hinbrütete.

Darüber kam die Schneeschmelze. Die Ziegen verließen tagsüber wieder die Höhle, und bald darauf blieben sie auch über Nacht draußen. Nur Einhorn kehrte eines Abends noch einmal zurück und sagte: «Von jetzt an übernehme ich wieder die Herrschaft über die Herde. In diesem Winter hast du dich ohnehin nicht besonders viel um die Tiere gekümmert.»

Steinauge blickte dem Bock mürrisch in die gelben Augen und sagte: «Hat einer von euch Hunger leiden müssen?»

«Nein», sagte Einhorn. «Aber das ist ja auch das wenigste, daß du dich an unsere Abmachung hältst. Wie ein Fremder hast du uns das Futter hingeworfen und dich im übrigen ferngehalten, als könntest du unseren Geruch nicht ertragen. Dein Herz war nicht bei deiner Herde, und ich frage mich, ob wir im nächsten Winter überhaupt mit dir rechnen können.»

«Ich weiß es selber nicht», sagte Steinauge. «Bei euch werde ich immer ein Fremder bleiben, der von einem andren Leben träumt.»

«Träume, bei denen du schreist vor Angst», sagte der Bock. «Ich begreife das nicht.»

«Wie solltest du auch», sagte Steinauge. «Du bist ein ganzer Bock, und ich bin nur ein halber. Und außerdem ein halber Mensch, der sich danach sehnt, unter Menschen zu leben.»

«So wie du aussiehst?» sagte Einhorn. «Sie werden vor dir davonlaufen.»

«Meinst du das?» sagte Steinauge böse. «Warte nur, wie ich sie daran hindern werde!»

Der Bock betrachtete ihn kopfschüttelnd und sagte dann: «Ich weiß nicht, was du vorhast, aber es klingt nicht gut, wie du das sagst.»

«Das laß nur meine Sorge sein», sagte Steinauge. «Ich wünsche euch über den Sommer eine fette Weide. Mehr braucht ihr ja nicht.»

«Ist das nicht genug?» sagte der Bock.

Als Steinauge nur mit den Schultern zuckte, wünschte der Bock ihm eine gute Reise und trottete hinaus zu seiner Herde. Steinauge legte sich auf sein Laubbett. Er war fast froh darüber, daß das Gespräch mit dem Bock ihn zu dem Entschluß gebracht hatte, seinen Plan in Angriff zu nehmen, und dachte noch lange darüber nach, wie er den Diebstahl der Flöte bewerkstelligen könne.

Darüber wurde es Nacht, und dann war von einem Augenblick zum anderen wieder der Graue da. Farblos und hager stand er über Steinauges Lager und ragte mit seinem wohlfrisierten grauen Scheitel bis zur Höhlendecke. «Du willst dir also keine Hosen besorgen?» sagte er, und seine Stimme verriet nicht, ob er das spöttisch meinte oder nur nüchtern feststellte. Jedenfalls schien er damit einverstanden zu sein, denn er fuhr fort: «Recht hast du. Das wäre ohnehin eine unnütze Arbeit gewesen. Wenn du durch deine Flöte erst wieder die Macht hast, wird sich keiner mehr über die Form deiner Beine zu wundern wagen. Komm, wir machen uns auf den Weg zu Arnis Hütte.»

Steinauge wollte sagen, daß er eigentlich erst am Morgen hatte aufbrechen wollen, doch dann schien ihm, daß er in der Begleitung dieses Mannes leichter zum Ziel kommen würde, und so erhob er sich und folgte der grauen Gestalt ins Freie. Draußen geriet er sofort in einen durchscheinenden Nebel, der von irgendwoher aufgehellt wurde, ohne daß man eine Lichtquelle hätte ausmachen können. Buschwerk glitt schemenhaft vorüber, vage Silhouetten von Baumstämmen, deren Kronen sich oben im milchigen Dunst verloren. Steinauge hätte nicht sagen können, ob er ging oder über den kaum wahrnehmbaren Boden schwebte; er hatte jedoch den Eindruck, daß die hingeduckten Sträucher und bald darauf das sperrige Unterholz merkwürdig rasch vorüberzogen, ohne daß auch nur ein Zweig seine Haut streifte.

Auf solche Weise ging es immer weiter abwärts, erst durch lichten Wald, später zwischen locker stehenden Bäumen, und dann tauchte unversehens zwischen den Stämmen eine Gestalt auf, ein Mann, der nach der Art seiner Kleider zu Arnis Leuten zu gehören schien. Der Mann hob die Hand, als wolle er Steinauge zuwinken oder ihn in den Wald zurückscheuchen – so genau ließ sich das nicht entscheiden. Steinauge erschrak und versuchte sich hinter einem dicken Baumstamm zu verstecken. Da war der Graue plötzlich dicht neben ihm und zischte: «Warum fürchtest du dich vor diesem Mann? Siehst du nicht, daß er allein ist?»

Er könnte bewaffnet sein, dachte Steinauge, und ehe er diese Befürchtung ausgesprochen hatte, reichte ihm der Graue schon Pfeile und einen starken Jagdbogen und sagte: «Laß dich nicht aufhalten! Denk an dein Ziel!»

Da wußte Steinauge, was jetzt getan werden mußte, hatte schon den Pfeil auf die Sehne gelegt und suchte sein Ziel auf der Brust dieses Mannes, der im wiegenden Schritt eines Reiters langsam auf ihn zukam. Steinauge zog die Sehne zurück, und in dem Augenblick, da er sie nach vorn schnellen ließ, meinte er, den Mann zu erkennen, das schmale, faltige Gesicht mit den weißen Zöpfen über den Schläfen.

Der Mann war nur wenige Schritte entfernt gewesen. Der Pfeil durchschlug ihm die Brust und nagelte ihn an den Baumstamm, vor dem er gerade stand. Steinauge hörte den dumpfen Schlag, mit dem sich die Spitze ins Holz bohrte, und fand sich zugleich auch schon dicht vor dem Getroffenen stehen. Er hatte schon gewußt, daß es Arni war, auf den er geschossen hatte, aber jetzt konnte er es genau sehen: Einzig gehalten von dem Pfeil, schien der alte Beutereiter an dem Baum eher zu hängen als zu stehen. Dort, wo der Pfeil in seine Brust eingedrungen war, rann ein dünner Blutfaden über das lederne Wams, aber Schmerzen schien Arni nicht zu spüren, denn er lächelte, daß tausend Fältchen um seine Augen aufsprangen, und sagte: «So ähnlich hat die ganze Geschichte damals angefangen. Weißt du noch? Nur hast du inzwischen selber das Schießen gelernt.»

Steinauge starrte auf den alten Mann, der vor ihm an dem Baum hing, und spürte, wie das Entsetzen eisig und unaufhaltsam in ihm aufstieg. «Ich habe nicht gewußt, auf wen ich ziele», sagte er. «Ich wollte dich nicht treffen.»

«Wenn du schießt, dann solltest du auch damit rechnen, jemanden zu treffen», sagte Arni. «Und wenn du dich schon dazu aufgemacht hast, Macht zu gewinnen und auszuüben, dann solltest du auch daran denken, daß jemand darunter leiden könnte. Hast du das noch immer nicht begriffen?»

Ehe Steinauge eine Antwort darauf finden konnte, stand plötzlich der Graue zwischen ihm und Arni und sagte: «Laß den Alten doch sterben! Komm! Wir haben jetzt Wichtigeres zu tun, als hier mit einem Toten zu diskutieren.»

Er hatte diese Worte kaum zu Ende gesprochen, als Arni sich unvermittelt aufrichtete und mit solcher Kraft von dem Baum abstieß, daß der Pfeil hinter seinem Rücken knirschend aus dem Holz fuhr. Arni ging mitten durch den Grauen hindurch, als sei dieser überhaupt nicht vorhanden, und sagte: «Wer ist denn von uns beiden der Tote, du graues Gespenst?»

Dort, wo eben noch der Graue gestanden hatte, war jetzt nur noch ein blasser, wabernder Nebel, der im nächsten Augenblick von einem Windstoß zerteilt und davongeweht wurde. Arni wedelte noch ein bißchen mit der Hand durch die Luft, um den letzten Rest zu vertreiben wie einen lästigen Gestank, und sagte: «Du hättest besser auf deinen Stein achtgeben sollen, du Bogenschütze!» Der Pfeil ragte noch immer aus seiner Brust, und aus der Wunde tropfte Blut.

«Hast du mir den Stein wiedergebracht, Arni?» fragte Steinauge.

Arni lachte leise und sagte dann: «Was willst du jetzt mit dem Stein anfangen? Ich dachte, du wolltest deine Flöte holen gehen?» Er nickte Steinauge zu und ging dann langsam mit seinen wiegenden Schritten zwischen den Bäumen davon. Es war, als nehme er auch noch den Rest von Licht mit sich hinweg; denn alsbald wurde es derart finster, daß Steinauge nicht einmal mehr die nächsten Baumstämme erkennen konnte. Die Angst überfiel ihn, nicht mehr aus diesem Wald herauszufinden, und er rief Arni nach: «Warte! Laß mich nicht allein!»

«Du bist ja nicht allein», antwortete eine Stimme, aber die Stimme klang nicht wie die Stimme Arnis, sondern höher und melodisch wie die Stimme einer Frau. Steinauge spürte etwas Glattes, Kühles an seinem Arm entlangstreifen, und als er die Augen öffnete, fand er sich auf seinem Laublager in der Höhle wieder. Das Feuer war heruntergebrannt, er roch den Holzrauch, und es war so dunkel, daß er seine eigene Hand nicht vor den Augen sehen konnte. Aber dicht an seiner Seite leuchteten zwei achatfarbene Augen.

«Hast du schlecht geträumt?» fragte Rinkulla.

«Ich weiß nicht, ob es ein schlechter Traum war», sagte Steinauge, «aber ich hatte große Angst.»

«Dann war es wohl gut, daß ich dich geweckt habe, Träger des Steins!»

«Nenne mich nicht mehr so», sagte Steinauge. «Ich habe den Stein verloren. Aber deine Augen sind ihm so ähnlich, daß meine Angst vergeht. Warum bist du gekommen?»

«Ich habe eine Botschaft an dich», sagte Rinkulla. «Seit der Grüne dich hat suchen lassen, hat er auch alle Dinge im Auge behalten, die dich betreffen. Und nun hat er von dem Karpfen im Braunen Fluß etwas gehört, das du wissen solltest: Die Beutereiter haben dort das Fischervolk der Karpfenköpfe überfallen. Sie ritten auf jungen, schnellen Pferden, die so angriffslustig waren wie eh und je. Einigen der Fischer gelang es, sich ins Wasser zu retten, und so hat der Große Alte erfahren, was sich oben am Ufer abgespielt hat.

«Das sind böse Nachrichten», sagte Steinauge. Seit dem vergangenen Sommer hatte er dergleichen gefürchtet, und nun war es eingetreten und damit jede Hoffnung dahin, daß sein Flötenzauber auch die nachgeborenen Pferde gezähmt hatte. «Das ist wirklich eine Sache, die mich betrifft», fuhr er fort, «und das Schlimmste daran ist, daß ich nichts mehr dagegen unternehmen kann.»

«Darin war der Große Karpfen anderer Meinung», sagte Rinkulla, «und auch der Grüne hatte wohl nicht nur die Absicht, dich zu warnen, als er mich zu dir schickte.»

«Was soll ich denn tun?» fragte Steinauge.

«Das weiß ich nicht», sagte Rinkulla. «Du mußt es selbst herausfinden.»

«Seit ich den Stein nicht mehr bei mir trage, habe ich allen Mut verloren», sagte Steinauge niedergeschlagen.

«Auch das hat der Grüne wohl erwogen, als er mich zur Botin gewählt hat», sagte Rinkulla. Ihre Augen waren jetzt sehr nahe. Steinauge tauchte in die farbigen Kreise von Blau, Grün und Violett und spürte, wie ihr sanftes Leuchten sein Herz wärmte. Im Dunkel meinte er ein Gesicht zu erkennen, das zu den Augen gehörte, doch es war nicht der schmale, glatte Kopf einer Schlange, sondern das Gesicht einer Frau, die ihn anschaute und sagte: «Du bist der Träger des Steins, wo immer er sich im Augenblick auch befinden mag. Vergiß deine Angst; denn das ist die Tür, durch die der Graue Zugang zu deinen Gedanken findet.»

«Er wollte mir helfen, die Macht meiner Flöte zurückzugewinnen», sagte Steinauge.

«Die Macht?», sagte die Frau. «Nur wer Angst hat, strebt nach Macht. Dazu ist deine Flöte nicht geschaffen.»

«Ich soll sie also nicht suchen?» fragte Steinauge.

«Warum nicht?» fragte die Frau. «Der Graue ist ein Nichts. Er kann dich nur dazu bringen, das Gute zu mißbrauchen, aber zerstören kann er es nicht. Folge nicht deiner Angst, sondern deinem Herzen!» Damit verschwand das Gesicht, und im Dunkel standen nur noch Rinkullas Augen. «Nun hast du die ganze Botschaft erhalten», sagte sie. «Du solltest bald aufbrechen. Ich höre schon die Krähen schreien.» Sie verbeugte sich und glitt hinüber zu der Stelle, an der sich die Höhle zu einem Spalt verengte. Steinauge sah noch eine Weile den Schimmer ihrer Augen, und dann lag er wieder allein in der Finsternis.

Das Geschrei der Krähen war wirklich zu hören, und er fragte sich, was das zu bedeuten habe. Er tastete sich hinunter zum Höhlengrund und kroch durch das Schlupfloch hinaus. Draußen begann eben der Morgen zu dämmern. Am grauen Himmel über den hohen Kronen der Buchen am Waldrand kreiste ein riesiger Schwarm der schwarzen Vögel. Ihr heiseres Geschrei tötete jeden anderen Laut, und als der Schwarm in weitem Bogen herüberflog und die Felswand überquerte, konnte Steinauge verstehen, was sie schrien:

Fraß! Fraß!
Sammelt euch zum Fraß!
Die Beutereiter sind auf der Jagd!
Leichen liegen im Gras,
erschlagen Knecht und Magd!
Fleisch im Übermaß!
Kommt, eh der Morgen tagt!
Sammelt euch zum Fraß!
Fraß! Fraß!

Die Krähen beschrieben noch einmal einen weiten Kreis über dem Abhang vor der Höhle, als wollten sie auch Steinauge zu dem Schmaus einladen, und zogen dann nach Süden davon. Auch als der Schwarm schon wie eine düstere Wolke fern über den Bäumen schwankte, hörte Steinauge noch das Geschrei. «Fraß! Fraß!» hallte es herüber, und er meinte, diesen Schrei noch immer zu hören, als der Schwarm längst nicht mehr zu sehen war.

Er ahnte, wohin die Krähen unterwegs waren: Irgendwo im Süden lag die Ansiedlung von Arnis Leuten, und er fragte sich, ob Hunlis Reiter erst auf dem Wege waren, um Narzia ihre Demütigung heimzuzahlen, oder ob für die schwarzen Vögel dort schon der Fraß bereitet war. Und jetzt wußte er auch, was er zu tun hatte: Er mußte nach Süden laufen, um Arnis Leute zu warnen. Wenn er seine Flöte erst wieder in den Händen hatte, würde er die Reiter zur Umkehr zwingen können. Er stürzte zurück in die Höhle, packte seine Ziegenhaartasche und raffte in fliegender Hast alles hinein, was er unterwegs brauchen könnte, sein Messer, das Feuerzeug und den Rest seiner Haselnüsse. Dann griff er sich den Zirbelstock und sprang in weiten Sätzen den Abhang hinunter und weiter durch den Hochwald immer nach Süden. Während er sich durch das Unterholz schlug, überholten ihn oben über den Baumkronen immer neue Schwärme von Krähen und krächzten ihr gieriges Lied. «Fraß! Fraß!» gellte es ihm den ganzen Tag lang in den Ohren, selbst dann noch, als schon wieder die Nacht hereingebrochen war und er sich erschöpft und mit zitternden Gliedern ins Gebüsch verkrochen hatte.

Fünf Tage lang war er auf diese Weise unterwegs, ständig gehetzt vom Geschrei der schwarzen Vögel, die ihn vor sich hertrieben, bis er sie oben über den mit dicken Frühjahrsknospen bestecken Zweigen der Buchen hinwegziehen sah. Als er dann am Morgen des sechsten Tages aus seinem Schlafversteck herauskroch, lag vor ihm ein lichter Bestand von Birken, an deren haarfeinem Zweiggespinst sich winzige hellgrüne Blättchen entfalteten. Und zwischen den weißschimmernden Stämmen blickte er hinaus in eine endlose, graugrün flimmernde Ebene. Er hatte endlich den Rand der Steppe erreicht. Und ein Stück nach Süden, wo das Buschwerk weiter in die Steppe hinausreichte, kreiste ein riesiger Schwarm von Krähen um den Rauch, der in den blassen Morgenhimmel stieg. Dort in den graubraunen Blockhäusern, die dunkel zwischen den Birken und Erlen hingelagert waren, kochten Arnis Leute ihre Morgensuppe.

Zunächst atmete er erleichtert auf. Die Beutereiter waren offenkundig noch nicht über die Ansiedlung hergefallen. Er brauchte nur noch hinüberzulaufen und Arnis Leute zu warnen. Bei diesem Gedanken überfiel ihn wieder die Angst, bei hellichtem Tag in seiner böckischen Mißgestalt vor die Augen der Leute zu treten. Das Geschrei der Krähen brandete von Zeit zu Zeit zu ihm herüber, dann strich wieder ein neuer Schwarm heran, und das «Fraß! Fraß!» gellte Steinauge in den Ohren. Waren die Leute in den Hütten denn taub? Ahnten sie nicht, worauf dieses schwarze, gierige Heer wartete? Anscheinend kümmerte sich niemand um die aufgeregt durcheinanderschwirrenden Vögel, deren Wolke den Himmel über den Dächern verdunkelte; keiner trat vor das Haus, nirgends sah Steinauge Leute zusammenlaufen. Da erkannte er, daß die Krähen deren Geschrei an seinen

Nerven zerrte, ihm diese Arbeit nicht abnehmen würden. Er mußte schon selber hinüberlaufen, um die Leute aus ihren Hütten zu rufen.

Von Baum zu Baum schlich er am Waldrand entlang auf die Ansiedlung zu, bis das Geschrei der hungrigen Aasfresser über ihm in der Luft stand wie tosende Meeresbrandung. Jetzt entdeckten ihn die Vögel und pfeilten kreischend in Gruppen zwischen den Stämmen hindurch dicht über den bocksfüßigen Fremdling hinweg, als wollten sie ihn daran hindern, ihnen den erhofften Fraß zu verderben. Steinauge schlug beide Arme über den Kopf und rannte blindlings zwischen den Birken weiter. Dann hörte er einen Schrei, blickte auf und sah dicht vor sich ein Mädchen stehen, das einen Eimer trug. Es war irgendeine junge Magd von Arnis Leuten, flachnasig und mit schwarzem, strähnigem Haar, die am Morgen zum Wasserholen hinausgegangen war. Die dunklen Augen vor Entsetzen weit aufgerissen, starrte sie ihn an. Ihr Mund war noch immer geöffnet, als solle ihr Schrei lautlos ohne Ende weitergellen, aber es war jetzt nur noch das wütende Krächzen der Krähen zu hören, die nun auch auf den Kopf des Mädchens herabstießen. So stand sie einige Augenblicke wie erstarrt. Dann warf sie Steinauge den Eimer vor die Füße, stieß die Hand vor mit der Geste, die böse Geister abwehren soll, warf sich herum und rannte mit platschenden bloßen Füßen über den taufeuchten Weg davon.

«Bleib stehen!» rief Steinauge ihr nach. «Warte! Ich tu dir nichts! Ich muß dir etwas sagen! Die Beutereiter...», aber da war das Mädchen schon in einer der Hütten verschwunden. Da gab Steinauge die Hoffnung auf, daß es ihm gelingen würde, Arnis Leute zu warnen. Wenn die Beutereiter bisher nicht gekommen waren, dachte er, würden sie wohl auch heute noch ausbleiben, und er beschloß, seinen ursprünglichen Plan auszuführen. Wenn er die Nacht abwartete, würde es ihm schon irgendwie gelingen, in Narzias Hütte einzusteigen und seine Flöte zu holen. Dann sollten Hunlis Reiter nur kommen! Sie würden sich wundern über den Empfang, der ihnen bereitet wurde!

Steinauge war jetzt geradezu begierig darauf, die Rolle zu spielen, die hier offenbar für ihn vorgesehen war, und während er langsam bergauf in den Wald zurücktrottete, malte er sich aus, welchen Eindruck es auf jedermann machen würde, wenn er die Angreifer in die Steppe zurückscheuchte. Er sah das Bild schon vor Augen, wie die kleinen, struppigen Pferde sich aufbäumten und in die endlose graue Ebene zurückjagten, verfolgt vom Triumphgeschrei der Dorfbewohner. Arnis Leute würden sich schon erkenntlich zeigen für seine Hilfe. Wenn du erst einmal die Macht hast, dann wird sich keiner über die Form deiner Beine zu wundern wagen – wer hatte das gleich gesagt? Es wollte ihm nicht einfallen, und schließlich meinte er, daß er sich das wohl selber gedacht haben müsse.

So entfernte er sich eine beträchtliche Strecke Wegs vom Dorf, damit ihm nicht noch einmal einer von Arnis Leuten in die Arme lief und dadurch alles verdarb. Irgendwo weiter oben am Berghang hockte er sich am Rand einer Lichtung unter einen Baum, wärmte seinen Pelz in der Frühjahrssonne, knackte ein paar Haselnüsse und ruhte sich von den Strapazen der tagelangen Rennerei durch die Wälder aus. Während er mit geschlossenen Augen an dem Stamm lehnte, hörte er über sich in den Zweigen die Vögel singen, Meisen piepten, Buchfinken schmetterten ihr Brautlied, ab und zu flötete ein Rotkehlchen. Dann strich keckernd ein Eichelhäher über die Lichtung und rief: «Habt acht! Habt acht! Die Beutereiter sind auf dem Weg!»

«Laß sie nur kommen!» rief Steinauge zu ihm hinauf. «Du wirst deinen Augen nicht trauen, wenn du siehst, wie schnell sie auf und davon sein werden!» Dann schlief er ein.

Als er aufwachte, stand die Sonne schon tief im Westen zwischen den Stämmen. Brandgeruch lag in der Luft. Weiter unten im Süden stieg schwarzer Qualm zum Himmel. Steinauge wußte sofort, was geschehen war, und doch rannte er wie gehetzt zurück zum Dorf, als könne er das Unheil noch aufhalten. Als er schließlich in dem Birkenwäldchen stand, von dem aus man das Dorf sehen konnte, zeigte sich, daß er den Überfall der Beutereiter verschlafen hatte. Alle Blockhäuser standen in hellen Flammen, dicker, schwerer Rauch quoll in trägen Wolken über dem Gebüsch auf und trieb langsam im Südwind in die Höhe, daß sich der Himmel verdunkelte, als solle gleich ein Gewitter losbrechen. Doch das Unheil hatte längst seinen Höhepunkt überschritten. Nur noch vereinzelt gellten langgezogene Todesschreie herüber und dazwischen die schrillen Beuterufe der Reiter. Keine Krähe war mehr zu sehen. Das große Fressen hatte begonnen.

Steinauge lag zitternd am Boden in dem schütteren Unterholz zwischen den Birkenstämmen und wagte nicht sich zu bewegen. Der Gestank des Rauches legte sich ihm auf die Brust, und er hustete dumpf in das modrige Vorjahrslaub, voller Angst, irgendein umherstreifender Reiter könne ihn hören. Mit tränenden Augen starrte er hinüber zu der lodernden Feuersbrunst und versuchte den Gedanken fernzuhalten, daß er all das hätte aufhalten können, wenn er der Magd bis ins Dorf gefolgt wäre. So lag er noch, als schon die Nacht hereingebrochen war und nur noch die immer wieder aufflackernden Flammen das Dunkel aufhellten. Die Horde saß jetzt wohl im Kreis auf dem Dorfplatz, und der Khan verteilte die Beute. Steinauge hörte die erregten Rufe der Reiter und hie und da einen Freudenschrei, wenn einer ein besonders kostbares Stück erhalten hatte.

Unvermittelt fegte dann von den Bergen herab ein scharfer Windstoß, und gleich darauf rauschte ein Regenguß von solcher Heftigkeit herab, daß das Bild des brennenden Dorfes von einem zum andern Augenblick ausgelöscht wurde. Steinauge verkroch sich tiefer in das tropfende Gebüsch und wartete auf den Morgen. Als der Himmel im Osten über der Steppe endlich heller zu werden begann, riefen die Reiter nach ihren Pferden, und bald darauf sah Steinauge, wie sie im ersten Morgengrauen ihre Tiere den steilen Pfad hinaufzogen, der vorüber an Urlas Hütte nach Arziak führte.

Steinauge wartete, bis der letzte Reiter oben am Berghang außer Sicht gekommen war. Der Regen hatte das Feuer gelöscht, aber von den Brandruinen stiegen immer noch vereinzelte Rauchfäden auf. Vorsichtig schlich sich Steinauge an das Dorf heran und lauschte auf jeden Laut. Aber es war nun nichts mehr zu hören als hie und da das Krachen eines herabstürzenden Balkens und das Krächzen von Krähen, die um ihren Fraß stritten. Er hielt sich unter den Bäumen, die bis an die Häuser heran und auch noch zwischen ihnen standen, und schlich sich so ins Dorf. Auf der Schwelle der ersten Blockhütte, die bis auf die untersten Balkenlagen heruntergebrannt war, lag ein Toter, dem ein Pfeil aus dem Rücken spießte. Aber hier wollte Steinauge ja auch nicht eintreten. Er hielt sich im Schatten des Erlengebüsches, das den Weg säumte, und erreichte so die Mitte des Dorfes. Arnis altersgraue Hütte stand als einzige unversehrt. Offenbar hatte Hunli sich gescheut, auch das Haus seines Bruders zu zerstören. Aber der Platz ringsum war übersät mit Erschlagenen, von denen kreischend die Krähen aufflatterten, um ihren Fraß gegen den Eindringling zu verteidigen. Aber der wollte ihnen ohnehin nichts streitig machen, sondern wendete sich von dem grausigen Anblick ab und pirschte sich von der Rückseite her an Narzias Haus heran. Das Dach war eingestürzt, verkohltes Gebälk ragte ins Leere, aber der Teil, in dem er seine Stube gehabt hatte, stand noch bis über Mannshöhe.

Ehe er sich noch schlüssig geworden war, an welcher Stelle er sich Einlaß verschaffen sollte, hörte er rasche flüchtige Schritte und verbarg sich in den Sträuchern. Da kam auch schon ein halbwüchsiges Mädchen in einem hellen Leinenkittel um die Hausecke gerannt, sprang in weiten Sätzen über Sparren und Balken und verschwand ebenso rasch, wie es aufgetaucht war, in den Erlen. Steinauge hörte es noch wie gehetzt durch die Büsche brechen, dann war alles vorbei wie ein Spuk. Das Ganze geschah so schnell, daß er kaum mehr hatte erkennen können als den rußbefleckten Kittel, der um die Waden des Mädchens flatterte, aber er hatte dennoch das Gefühl, dieses Mädchen schon einmal gesehen zu haben, dieses Kind, das so schnell laufen konnte wie ein flüchtendes Reh. Und jetzt schien es ihm auch, daß es irgend etwas in der Hand gehalten hatte wie eine Beute, irgend etwas Schmales, Blitzendes.

Steinauge wartete noch eine Weile, und als weiterhin alles still blieb, machte er sich an den Einstieg. Durch ein rauchgeschwärztes Fenster gelangte er in den Flur des Hauses. Die Decke war zur Hälfte heruntergebrochen, und der beißende Brandgeruch verschlug ihm den Atem. Er zwängte sich durch ein Gewirr von zersplitterten und angesengten Brettern bis zu seiner Stube. Die Tür war aus der Angel gebrochen und hing schräg in den Raum hinein, aber innen schien noch alles an seinem Platz zu sein. Tisch und Stühle standen in der Mitte, das Bett an der Wand war aufgeschlagen, und das Leinenzeug hing herunter auf den Boden, als sei jemand in großer Hast herausgesprungen. Und das versteckte Wandfach über dem Bett stand offen. Dort hatte Steinauge seine Besitztümer verwahrt gehabt. Er stieg auf das Bett und tastete mit der Hand in die Tiefe. Aber die Flöte war nicht mehr da. Statt dessen stießen seine Finger auf Scherben, an denen eine klebrige Flüssigkeit haftete, und ganz hinten in einem Winkel spürte er noch einen runden Gegenstand. Er hob ihn heraus und hielt ein apfelgroßes Krüglein in der Hand, auf dem ein beschriebener Zettel klebte. Die Schrift war verblaßt und kaum noch zu lesen. Er trat ans Fenster und versuchte die krausen Züge zu entziffern. Die ersten Zeilen schienen völlig vergangen zu sein, aber die letzten vier ließen sich noch erkennen:

> Wirst in Stein gebunden,
> bleibst im Stein versteckt.
> Wirst du nicht gefunden,
> wirst du nicht geweckt.

Da wußte Steinauge, was ihm von seinen Sachen geblieben war. Er steckte das Krüglein in seine Tasche und durchsuchte ohne viel Hoffnung den übrigen Raum, aber seine Flöte konnte er nicht finden.

Endlich gab er es auf und verließ sein altes Zimmer. Ein Stück weiter nach vorn sah er die Tür zur großen Stube offenstehen, aber als er einen Blick in den Raum geworfen hatte, verzichtete er darauf, ihn näher zu untersuchen. Das hatten die Beutereiter schon mit aller Gründlichkeit getan. Tisch und Stühle waren umgestürzt, die Schränke aufgerissen und leergeräumt, und in einer aufgeklappten Truhe lag die Leiche von Hönis altem Hausverwalter, der bislang wohl auch noch unter Narzia gedient hatte.

Beim Anblick dieses Toten, den er gut gekannt hatte, fragte sich Steinauge, ob die Reiter auch Narzia umgebracht hatten. Dann würden sie wohl auch den Augenstein erbeutet haben. Ihr Zimmer lag oben auf der Rückseite des Hauses; vielleicht hatte sie sich dorthin geflüchtet, um aus dem Fenster zu springen und im Gebüsch zu verschwinden wie vorhin das Mädchen. Er beschloß, auch dort noch nachzusehen, aber das war gar nicht so einfach.

Die Treppe zum Oberstock war zwar noch begehbar, aber die Decke in dem Quergang, der zu Narzias Zimmer führte, war völlig eingestürzt. Schließlich gelang es ihm, bis zu ihrer Tür vorzudringen und die Füllung mit einem Holzpfosten einzuschlagen.

Der Raum wurde nur noch durch ein paar Spalten in der schräg abgesunkenen Decke spärlich erhellt. Als Steinauge sich an die Dunkelheit gewöhnt hatte, erkannte er, daß hier die Außenwand weiter heruntergebrannt war. Die Balkendecke hing dort bis zum Boden herab. Auch die Täfelung hatte Feuer gefangen und hatte sich in großen Stücken von der Wand gelöst, die überall herumlagen und zum Teil noch glosten. Die Luft war stickig vom Rauch. Aber Narzia war nicht hier, weder lebendig noch tot.

Steinauge kletterte durch das Loch in der Türfüllung in das Zimmer, schob glimmende Holzstücke beiseite, betrachtete einen Augenblick lang nachdenklich das breite Bett, das unter den niederstürzenden Balken zusammengebrochen war, und sah dann dort, wo einmal das Fenster gewesen sein mußte, am Boden im Winkel unter den Deckenbalken die Platte eines zerschmetterten kleinen Tisches, auf der unter verkohlten Holzbrocken und Schutt etwas blitzte. Der Augenstein! dachte er, doch als er den Unrat beiseite geschoben hatte, sah er, daß es nicht sein Stein war, der dort lag, sondern Narzias Falkenring und daneben fand er noch etwas: eine zierliche Kette aus kunstvoll ineinander verschlungenen goldenen Gliedern, und als er das Schmuckstück näher betrachtete, erkannte er, daß jedes der Glieder die Gestalt eines Falken besaß. Er steckte beides in seine Ziegenhaartasche und stöberte noch eine Weile in dem Brandschutt herum, doch seinen Stein fand er nicht.

Schließlich gab er die Hoffnung auf und suchte sich einen Rückweg durch das zerstörte Haus. Er verließ es durch das gleiche Fenster, durch das er eingestiegen war, blieb unmittelbar darunter niedergeschlagen sitzen, lehnte seinen haarigen Rücken an das versengte Balkengefüge und versuchte, den Selbstvorwürfen auszuweichen, die mit zunehmender Gewalt seine Gedanken überschwemmten. Sie hätten mich ja doch nicht angehört, wenn ich der Magd gefolgt wäre, dachte er; wahrscheinlich hätten sie mit Steinen nach mir geworfen und mich zum Dorf hinausgejagt, ehe ich ein Wort hätte sagen können; vielleicht waren auch an diesem Morgen die Beutereiter schon so nahe gewesen, daß niemand mehr sich hätte retten können – all das dachte er, aber er wußte zugleich, daß er den Versuch hätte wagen müssen, das Unheil aufzuhalten, das durch seine Schuld über Arnis Leute gekommen war.

Während er so dasaß und grübelte, trottete eine gewaltige Dogge aus dem Gebüsch und beschnüffelte seine Hände. Zunächst erschrak Steinauge, aber da der Hund sich friedlich benahm, strich er ihm über das Rückenfell und sagte: «Du hast dich wohl beizeiten verdrückt?»

«Ja», sagte der Hund. «Gestern war ich es zum ersten Mal zufrieden, ein Hund zu sein, auf den keiner achtet. Sind noch Reiter im Dorf?»

«Nur noch Tote», sagte Steinauge und spürte, wie wieder das Entsetzen in ihm hochstieg. Der Hund schien jedoch nichts anderes erwartet zu haben. Er wendete den Kopf und rief: «Ihr könnt herauskommen! Sie sind weitergeritten.»

Nun kamen noch weitere sechs Hunde aus den Erlensträuchern, alle ebenso groß und stark wie der erste, und legten sich rings um Steinauge auf den Boden.

«Was hast du in diesem Haus gesucht?» fragte der erste Hund. «Bist du auch so ein Beutemacher und Plünderer?»

Steinauge schüttelte den Kopf. «Ich habe nur gesucht, was mir gehört», sagte er. «Eine Flöte und einen Stein.»

Daraufhin blickte ihm der Hund aufmerksam ins Gesicht und sagte: «Ach, du bist das also, Flöter. Ich hätte dich nicht wiedererkannt, zottig und bärtig wie du aussiehst. Hast du gefunden, was du gesucht hast?»

«Nein», sagte Steinauge. «Nur das hier», und kramte Narzias Ring und Kette aus seiner Tasche.

Als die Hunde die Schmuckstücke sahen, sprangen sie auf und kläfften erregt durcheinander. «Er hat den Ring!» rief einer, und ein anderer: «Nun sind wir gerettet!»

«Wieso gerettet?» fragte Steinauge. «Was bedeuten euch diese Dinge?»

«Weißt du denn gar nicht, was das für ein Ring ist?» fragte einer der Hunde.

«Doch», sagte Steinauge, «das weiß ich nur zu gut; denn Narzia hat seine Kraft an mir ausprobiert.»

«So wie an uns», sagte der Hund. «Damals nämlich, als sie uns einen nach dem anderen zu ihren Hunden gemacht hat.»

«Dann wißt ihr vielleicht auch, welche Bewandtnis es mit dieser Kette hat», sagte Steinauge. «Sie sieht mir ganz so aus wie eines von Narzias Zauberdingen.»

Da drängte sich einer der Hunde vor und sagte: «Das weiß ich genau; denn wegen dieser Kette hat sie mich zum Hund gemacht. Narzia gefiel mir, und deshalb habe ich sie manchmal heimlich angeschaut, wenn sie am Fenster ihres Zimmers stand. Dabei habe ich ihre Zauberei beobachtet: Wenn sie sich die Kette so um den Hals legt, daß sie den Verschluß vorn über der Brust zusammenfügen kann, verwandelt sie sich, sobald der Haken geschlossen ist, in einen Falken und fliegt zum Fenster hinaus. Ich hatte gerade noch Zeit genug, mich zu verstecken, als ich das merkte. Wenn der Falke dann zurückkehrt, muß er mit dem Kopf voran durch die Kette kriechen, und schon ist er wieder ein Mädchen. Als ich auch dieses zweite Kunststück gesehen hatte, entdeckte sie mich draußen zwischen den Büschen, zeigte mit dem Finger auf mich, und aus ihrem Ring fuhr mir ein grüner Blitz durch den Leib. Gleich darauf lief ich als einer ihrer Hunde ums Haus. Wenn sie nicht umgekommen ist, hast du ihr Leben mit dieser Kette in der Hand; denn dann fliegt sie irgendwo als Falke am Himmel. Aber mit dem Ring kannst du uns wieder zu Menschen verwandeln. Steck ihn an den Finger und versuchs!»

«Das will ich gern tun», sagte Steinauge. Er streifte sich Narzias Falkenring über den kleinen Finger, wies mit der Hand auf den Hund, der ihm das alles erzählt hatte, und sagte: «Sei ein Mensch!» Im nächsten Augenblick lag statt des Hundes ein junger Mann von Arnis Leuten am Boden und schien zu schlafen. Nun versuchte Steinauge seine Kunst auch an den andern Hunden, und alsbald lagen vier Männer unterschiedlichen Alters, zwei Frauen und ein Mädchen von vielleicht 17 Jahren rings um ihn schlafend im Gras. Steinauge versuchte, sie zu wecken, denn ihm war der Gedanke gekommen, daß einer von diesen Leuten auch ihm mit Hilfe des Ringes seine menschliche Gestalt zurückgeben könnte. Aber ihr Schlaf war so tief, daß es ihm nicht gelang.

So ließ er sie schließlich in Ruhe, setzte sich ein Stück seitwärts von ihnen unter eine Birke und überlegte, was nun zu tun war. Die Beutereiter hatten sich offenbar vorgenommen, auch noch die Werkstätten der Goldschmiede von Arziak auszurauben. Als er sich vorstellte, daß die Horde dort ein ähnliches Blutbad anrichten könnte, wurde ihm kalt vor Entsetzen. Er dachte an das Mädchen mit den unbeschreibbaren Augen. Wenn es zu Hause bei seinen Eltern war, würde er ihm nicht mehr helfen können; denn selbst wenn er die Reiter noch hätte überholen können, was kaum in Betracht kam, so war es ihm doch völlig unmöglich, ihnen auf dem Weg über das kahle Felsengebirge zu folgen, wo es weit und breit keinen Baum gab, der ihm Schutz bieten könnte. Er würde den langen Umweg durch die Wälder machen müssen. Aber es gab noch die Hoffnung, daß dieses Mädchen sich im Flachtal bei den Pferdehirten aufhielt, und dort würde er es warnen können.

Er sprang auf, um sich sofort auf den Weg zu machen, doch dann fiel ihm ein, daß er zuvor noch etwas zum Essen auftreiben mußte; denn sein Vorrat an Nüssen ging zu Ende. Der Speicher neben dem Haus war ausgebrannt, und die Beutereiter schienen ihn vorher, wenn auch hastig und mit wenig Sorgfalt, ausgeräumt zu haben. Unter einer Kiste, die draußen vor der Tür liegengeblieben war, fand er eine Menge zerbrochener Hartbrotfladen, und daneben im Gebüsch hatte einer der Plünderer einen Streifen Rauchspeck verloren. Steinauge verwahrte das alles in seiner Tasche, und als er danach hinters Haus ging, sah er, daß die Schläfer aufgewacht waren und in erregtem Gespräch beieinanderstanden. Sobald sie ihn erblickten, schrien sie allesamt erschrocken auf und wichen zurück.

«Was habt ihr denn?» fragte Steinauge. «Als Hunde wart ihr zutraulicher.»

Da faßte sich einer der Männer ein Herz und sagte: «Vorhin haben wir dich mit den Augen von Tieren betrachtet, aber jetzt ist dein Anblick für uns schwer zu ertragen. Ich bitte dich, komm nicht näher. Die Frauen hier haben schon genug an Schrecklichem ansehen müssen.» Es war ihm aber anzumerken, daß er sich genauso fürchtete. Viel Hilfe war von diesen Leuten wohl nicht zu erwarten. So sagte Steinauge nur: «Ich kann ohnehin nicht hierbleiben, denn ich habe noch einen eiligen Weg vor mir.»

Die sieben Leute schienen sehr erleichtert zu sein, als sie das hörten, und der älteste von ihnen sagte: «Versteh uns bitte nicht falsch. Wir sind dir sehr dankbar. Können wir nicht etwas für dich tun?»

Da faßte Steinauge wieder Hoffnung und sagte: «Vielleicht könnt ihr das wirklich. Wenn der Ring seine Zauberkraft an euch erwiesen hat, dann könnte er auch mir meine menschliche Gestalt zurückgeben. Will einer von euch den Versuch wagen?»

Der Alte hob abwehrend die Hände und sagte: «Ich will diesen verfluchten Ring nicht berühren! Es könnte ja sein, daß er mich wieder zum Hunde macht.»

Da sagte das Mädchen, das eine Hündin gewesen war, zu dem Alten: «Hast du schon vergessen, was der Bocksfüßige hier für uns getan hat?» Sie vermied es,

Steinauge anzuschauen, aber sie rief ihm zu: «Wirf den Ring herüber!» Sie fing ihn geschickt aus der Luft, steckte ihn an den Finger, wies mit der Hand auf Steinauge und rief: «Sei ein Mensch!» Doch die erhoffte Wirkung blieb aus.

Das hatte Steinauge befürchtet; denn er hatte die ganze Zeit über an den Fluch gedacht, den Narzia auf ihn gelegt hatte. «Ich danke dir, daß du es wenigstens versucht hast», sagte er zu dem Mädchen. «Ich hatte kaum etwas anderes erwartet, es sei denn, du hättest mich so wie ich bin in die Arme genommen wie deinen Liebsten.»

Jetzt hob das Mädchen den Blick, starrte entsetzt auf den zottigen, bocksbeinigen Unhold und fing an zu zittern. «Nein!» flüsterte es. «Nein! Das kann ich nicht!», warf ihm den Ring zurück und schlug die Hände vor's Gesicht.

«Das war wohl auch nicht zu verlangen», sagte Steinauge. «Was habt ihr jetzt vor?»

«Zuerst müssen wir die Toten begraben», sagte der Alte. «Aber länger wollen wir hier nicht bleiben, denn wir fürchten uns vor den Reitern Khan Hunlis. Irgendwann werden sie zurückkommen und auch uns noch erschlagen. Wir wollen uns in den Wäldern verstecken, auch wenn das ein hartes Leben für die Frauen werden wird.»

«Da weiß ich etwas Besseres», sagte Steinauge und erzählte ihnen von der Höhle, in der er drei Winter verbracht hatte. Er beschrieb ihnen den Weg und fuhr fort: «In der Nähe werdet ihr eine Ziegenherde antreffen, die ein einhörniger Bock führt. Ihr könnt die Tiere melken, aber seid freundlich zu ihnen, denn es ist meine Herde.» Dann winkte er ihnen zu und schlug sich in die Büsche.

Nun mußte er wieder durch die Wälder rennen, nur ging es diesmal bergauf, und das war noch anstrengender. Aber er rannte und rannte, weil er ständig an das Mädchen mit den kaum beschreibbaren Augen denken mußte und daran, was ihm zustoßen könnte, wenn es in die Hände der Beutereiter fiel. Er hatte beschlossen, den Weg einzuschlagen, den ihm Nadelzahn im vergangenen Jahr gezeigt hatte. Wenn er das Mädchen im Flachen Tal nicht antraf, konnte er in einem Tag über den Schauerwald nach Arziak laufen und sehen, was sich dort noch ausrichten ließ.

Mit jedem Tag, den er aufwärts durch die Wälder hastete, schwand ihm mehr die Hoffnung, noch auf irgendeine Weise in die unaufhaltbaren Geschehnisse eingreifen zu können, ja es schien ihm zeitweise, als sei er nur noch auf der Flucht vor dem grausigen Bild, das sich ihm bei Arnis Hütte eingeprägt hatte: rauchende Brandruinen und dazwischen überall verstreut Leichen, auf denen sich die Krähen um ihre Beute stritten; oder auch auf der Flucht vor dem Gedanken, daß dies alles nur die Folgen jenes Abends waren, an dem er versucht hatte, durch sein bißchen Flötenspiel einem ganzen Volk seinen Willen aufzuzwingen. Doch dann strichen auch hier wieder hungrige Krähenschwärme krächzend über ihn hinweg, die jenseits der Berge nach neuem Fraß suchten, und er hetzte weiter durch das peitschende Unterholz.

Am vierten Tag erreichte er gegen Abend endlich den kleinen See am südlichen Ende der Felswand und ließ sich zu Tode erschöpft auf die Uferböschung fallen um zu trinken. Er schlürfte wie ein Tier an der Tränke, legte sich dann zurück unter die hängenden Zweige der Weiden und versuchte zu schlafen, aber in seinen Beinen zuckte noch immer der gleichmäßige Rhythmus des tagelangen Laufes, und sobald er die Augen schloß, sah er wieder die Erschlagenen um Arnis Hütte liegen, die ihn daran erinnerten, daß jetzt vielleicht auch schon im Tal von Arziak der Tisch für die schwarzen Vögel gedeckt war.

Während er so zwischen Schlaf und Wachen vor sich hindämmerte und dem Rauschen und Plätschern des Wasserfalls lauschte, raschelte es neben ihm im Gebüsch, und eine Stimme sagte: «Du bist früh dran in diesem Jahr, Steinauge. Ich hatte dich noch nicht erwartet, aber ich freue mich, dich zu sehen. Willst du wieder hinübersteigen ins Flache Tal?»

«So schnell wie möglich», sagte Steinauge. Dann begrüßte er das Wiesel und fügte hinzu: «Es tut gut, die Stimme eines Freundes zu hören, wenn einem seit Tagen nichts zu Ohren gekommen ist als das Krächzen dieser gierigen Krähen.»

«Hast du es ihretwegen so eilig?» sagte Nadelzahn. «Hier brauchst du die Beutereiter nicht zu fürchten. Ich habe schon gehört, daß sie wieder unterwegs sind, aber sie sind weiter im Süden über das Gebirge gezogen.»

«Ich weiß», sagte Steinauge. «Sie haben den kürzeren Weg gewählt», und er erzählte dem Freund, was sich inzwischen zugetragen hatte. Als er den Verlust des Steins erwähnte, sagte Nadelzahn: «Das ist eine schlimme Sache!»

«Die Dinge, die sich danach ereignet haben, sind schlimmer», sagte Steinauge. «Was soll mir jetzt der Stein nützen?»

«Kannst du das beurteilen?» sagte Nadelzahn. «Was weißt du von diesem Stein? Sicher noch lange nicht alles. Du solltest auf jeden Fall versuchen, ihn zurückzugewinnen.»

«Wie denn?» sagte Steinauge ohne Hoffnung. «Ich habe jetzt Wichtigeres zu tun.»

«Verzeih, wenn ich dir widerspreche», sagte das Wiesel auf seine höfliche Art, «aber was wirklich wichtig ist, erkennt man zuweilen erst nachher. Außerdem vergißt du, daß du Freunde hast, und das betrübt mich.»

«Willst du dich auf die Suche nach dem Stein machen?» fragte Steinauge. «Es gibt tausend Orte, an denen der Falke ihn versteckt haben könnte!»

«Und es gibt Tausende von Mäusen», sagte Nadelzahn. «Du solltest deinen Freund ‹Der-mit-der-Schlange-spricht› rufen. Er wird ihn zu finden wissen.»

«Du erstaunst mich», sagte Steinauge. «Mäuse scheinen in deiner Achtung beträchtlich gestiegen zu sein. Aber ich kann es ja versuchen», und er pfiff das Signal von drei Tönen, das ihn der Mäuserich gelehrt hatte. Eine Zeitlang saßen sie schweigend beieinander und lauschten hinaus in den sinkenden Abend. Der Wasserfall plätscherte, hie und da flötete ein Vogel, aber eine Antwort war nicht zu hören. Schließlich sagte das Wiesel: «So schnell wird er nicht hier sein. Jetzt mußt du erst einmal schlafen, denn morgen brauchst du ausgeruhte Glieder, wenn wir durch die Klamm klettern. Für ein kräftiges Frühstück will ich schon sorgen.»

Das Gespräch mit dem Freund hatte Steinauges Gedanken ein wenig von den schrecklichen Ereignissen abgelenkt, und so schlief er sofort ein, sobald er sich auf die Seite gedreht hatte, und wachte erst wieder auf, als die Buchfinken ihr Morgenlied schmetterten. Das erste, was er sah, als er die Augen öffnete, war der Mäuserich ‹Der-mit-der-Schlange-spricht›, der neben ihm im Gras hockte und seine langen Schnurrbarthaare putzte. Er unterbrach sofort diese Tätigkeit und sagte: «Guten Morgen, Träger des Steins!» und vollführte eine höfliche Verbeugung. «Ich bin schon eine Weile hier, aber ich wollte dich nicht wecken; denn dein Freund Nadelzahn hat mir gesagt, daß du einen ruhigen Schlaf nötig hast.»

«Du hast dich offenbar daran gewöhnt, auch mit Wieseln zu sprechen, du tapferer Mäuserich», sagte Steinauge, nachdem er seinen Freund begrüßt hatte.

«Das bin ich meinem Namen wohl schuldig», sagte der Mäuserich und warf sich auf zierliche Weise in die Brust. «Außerdem sind deine Freunde auch meine Freunde.»

«Nadelzahn wird sich sehr geehrt fühlen, einen solchen Freund zu haben», sagte Steinauge. «Er hält sehr viel von dir und hat mir auch geraten, dich zu Hilfe zu rufen.» Und dann erzählte er dem Mäuserich, wie es sich mit dem Stein verhielt. «Diesmal ist es nicht nur eine kleine Bergwiese, die ihr abzusuchen habt», beendete er seinen Bericht. «Der Stein kann überall liegen, wo ein Falke sich niederlassen kann. Ich frage mich überhaupt, ob ich dich dieses Steins wegen in Gefahr bringen soll, denn der Falke wird seinen Schatz im Auge behalten.»

Da richtete sich der Mäuserich so hoch auf, wie er nur konnte, und sagte: «Willst du einen guten Freund beleidigen?»

«Das liegt mir ferne», beeilte Steinauge sich zu beteuern. «Ich möchte dich nur nicht verlieren.»

«Keine Sorge!» sagte der Mäuserich. «Wer mit Schlangen und Wieseln gesprochen hat, wird wohl auch noch mit einem Falkenweibchen zurechtkommen. Wohin soll ich dir den Stein bringen?»

«Das weiß ich nicht», sagte Steinauge. «Ich habe einen langen Weg vor mir und kann dir nicht sagen, wo ich mich in der nächsten Zeit aufhalten werde. Bewahre den Stein für mich auf, wenn es dir gelingen sollte, ihn dem Falken abzujagen. Du sollst ihn hüten, bis ich nach dir rufe.»

Da verneigte sich der Mäuserich tief und sagte: «Die Freundschaft zu dir hat mir einen großen Namen eingebracht, aber dies ist die höchste Ehre, die mir je zuteil werden wird: der Hüter des Steins zu sein. Ich weiß nicht, wie ich dir danken soll.»

«Erst mußt du ihn finden», sagte Steinauge. «Aber wenn ich dich so ansehe, glaube ich fast, daß es dir gelingen könnte!»

Ehe der Mäuserich noch zu weiteren feierlichen Reden ansetzen konnte, kehrte das Wiesel von der Jagd zurück und schleifte ein Birkhuhn hinter sich her. «Ich denke, das reicht für uns drei zum Frühstück», sagte es und legte seine Beute Steinauge zu Füßen.

Der Mäuserich gab sich alle Mühe, seine Abscheu zu verbergen, und sagte zu Nadelzahn: «Ich hoffe, du nimmst es mir nicht übel, wenn ich dieses Vögelchen euch beiden überlasse. Für drei ist es wohl ein bißchen zu klein.»

«Das ist sehr großherzig von dir», sagte Steinauge und versuchte ernst zu bleiben, damit ‹Der-mit-der-Schlange-spricht› nicht sein Gesicht verlor. «Willst du statt dessen ein paar Haselnüsse von mir annehmen?»

«Mit dem größten Vergnügen», sagte der Mäuserich. Gleich darauf hatte Steinauge Feuer gemacht, den Vogel gerupft und ausgenommen und drehte ihn an einem hölzernen Spieß über der Glut.

Während es sich alle drei schmecken ließen, sagte der Mäuserich zu Steinauge: «Es steht mir zwar nicht an, dich danach zu fragen, aber ich wüßte gern, was das für ein langer Weg ist, den du vor dir hast.»

Da merkte Steinauge, daß ihn seine Erheiterung über das würdige Gebaren des Mäuserichs für kurze Zeit hatte vergessen lassen, wozu er unterwegs war. Der Gedanke, was inzwischen im Tal von Arziak geschehen sein mochte, fiel ihm wie ein Stein auf seine Seele, und er sagte: «Durch meine Schuld sind bei Arnis Hütte entsetzliche Dinge geschehen. Jetzt will ich versuchen, wenigstens ein Mädchen, das jenseits der Berge wohnt, vor den Beutereitern zu retten. Gut, daß du mich daran erinnert hast. Ich sitze schon viel zu lange hier beim Frühstück. Komm endlich, Nadelzahn! Wir müssen uns beeilen, wenn es nicht überhaupt schon zu spät ist.»

«Wer es eilig hat, sollte vorher bedenken, wie er am schnellsten zum Ziel kommt», sagte das Wiesel. «Erinnerst du dich noch an die Wasserfrau, die wir vor einem Jahr hier getroffen haben?»

«Natürlich», sagte Steinauge und machte sich zum Gehen bereit. «Aber was soll sie mir jetzt nützen? Komm endlich!»

«Warte!» sagte das Wiesel. «Wußte sie nicht über das Mädchen Bescheid? Ihre Boten sind vielleicht schneller als deine Füße.»

«Möglich wäre das schon», sagte Steinauge. «Ich weiß aber nicht, wie ich sie rufen kann. Ich kenne nicht einmal ihren Namen.»

«Wasserfrauen kommen, wenn man ihnen etwas zum Geschenk macht», sagte das Wiesel. «Ich dachte, du wüßtest das.»

«Woher denn?» sagte Steinauge. «Was habe ich ihr denn das letzte Mal geschenkt?»

«Das Lied, das du auf deiner Flöte gespielt hast», sagte das Wiesel.

Steinauge zuckte mit den Schultern. «Ich habe keine Flöte mehr», sagte er, «und mir bleibt auch zu wenig Zeit, eine zu bauen.»

Doch das Wiesel ließ sich nicht entmutigen. «Hast du nichts anderes, das du ihr schenken könntest?» fragte es.

Steinauge schüttelte den Kopf. «Was meinst du denn, was ich für Kostbarkeiten bei mir trage?» sagte er. «Sieh selber!» und schüttete den Inhalt seiner Ziegenhaartasche auf den Boden. Zwischen Haselnüssen, Feuerstein und Messer rollte Narzias Ring ins Moos, und dann glitt auch noch wie eine schmale, funkelnde Schlange das Falkenhalsband hinterher.

«Und du behauptest, nichts Kostbares bei dir zu tragen!» sagte das Wiesel vorwurfsvoll. «Hängst du so an diesen Glitzerdingern, daß du dich nicht davon trennen willst?»

«Du lieber Himmel, nein!» rief Steinauge. «Diese Sachen hatte ich ganz vergessen. Ich bin froh, wenn ich das verfluchte Zauberzeug loswerde. Es wäre schlimm, wenn es Narzia noch einmal in ihre Klauen bekäme.» Er raffte die beiden Schmuckstücke vom Boden auf, trat rasch ans Ufer und warf sie in weitem Schwung mitten in den See. «Wasserfrau!» rief er. «Wasserfrau! Komm und hilf mir!»

Ring und Halsband tauchten fast geräuschlos in die vom hereinstürzenden Bach ständig kabbelig bewegte Fläche, die sich ohne einen Spritzer über ihnen schloß, als habe ein Mund die beiden Kostbarkeiten verschluckt. Steinauge sah es in der Tiefe noch einmal grünlich aufblitzen, dann geschah eine Zeitlang nichts mehr. Nur der Wasserfall rauschte und sprühte wie eh und je. Dann wallte der See in der Mitte plötzlich auf, und in einem brausenden Schwall tauchte die Wasserfrau empor. Sie schüttelte ihr grünlichblondes Haar, daß die Tropfen bis ans Ufer spritzten und Nadelzahn mit einem empörten Schrei zur Seite sprang. Die Wasserfrau lachte hell auf und sagte mit ihrer singenden Stimme: «Wer das Wasser ruft, bekommt ein nasses Fell! Was willst du von mir, Steinauge? Du mußt große Sorgen haben, wenn du so kostbare Zauberdinge opferst.»

«Soll ich mir keine Sorgen machen, wenn Hunlis Horde nach Arziak reitet?» sagte Steinauge. «Ich habe Angst um das Mädchen, das ich schon zweimal im Flachen Tal getroffen habe.»

«Das du schon zweimal erschreckt hast», sagte die Wasserfrau und lachte wieder. «Du willst es wohl noch ein drittes Mal erschrecken?»

«Nein! Nein!» sagte Steinauge hastig. «Ich möchte es warnen, aber ich fürchte, es wird dafür schon zu spät sein, bis ich den weiten Weg über die Berge hinter mich gebracht habe. Kannst nicht du ihm eine Botschaft schicken?»

«Das kann ich», sagte die Wasserfrau, «allerdings nur dann, wenn das Mädchen irgendwo an einen Bach oder an einen Teich kommt. In der Steppe oder im trockenen Wald können es meine Freunde nicht finden.» Und dann hob die Wasserfrau ihre helle Stimme und sang:

«Eilt, meine Freunde, und ruhet nicht,
sucht das Mädchen, das mit den Fischen spricht!
Sagt es jedem, der schwimmt in Bach oder Kolk,
ob Karpfen, ob Saibling oder Unkenvolk:
Die Beutereiter ziehen heran!
Es soll laufen, so schnell es laufen kann!
Zeigt ihm ein Versteck, das kein Reiter erspäht!
Rasch! Findet es, eh dieser Tag vergeht!»

Noch während sie sang, wurde der See ringsum von unzähligen Fischen aufgequirlt, Forellen sprangen blitzend ins Licht der Morgensonne und fielen platschend zurück in das Wasser, Hechte schossen heran wie dunkle Pfeile, selbst die behäbigen Karpfen legten einen Schwanzschlag zu und hoben ihre runden, bebartelten Mäuler aus dem Wasser. Sobald das Lied zu Ende war, glitten die Fische nach allen Richtungen auseinander und verschwanden in der grünen Tiefe.

«Mehr kann ich für dich nicht tun», sagte die Wasserfrau. «Um das, was auf dem trockenen Land geschieht, mußt du dich schon selber kümmern. Aber vergiß eines nicht, du ungeduldiger Faun: Die Dinge sind oft nicht so, wie sie im Augenblick zu sein scheinen. Wenn du die Hoffnung nicht aufgibst, wirst du auch finden, was du suchst. Und vielen Dank für dein kostbares Geschenk.»

«Zeige es keinem Falken», sagte Steinauge. «Er könnte versuchen, dir den Schmuck zu stehlen.»

Da lachte die Wasserfrau wieder, und das klingelte und plätscherte, als stürzten ringsum tausend Wasserfälle in den See. «Das laß nur meine Sorge sein», rief sie zwischendurch. «Wer diesen Falkenschmuck haben will, muß schon zu mir hinabtauchen in die Tiefste der Tiefen.»

«Kannst du mir deinen Namen nennen, damit ich dich rufen kann, wenn ich wieder einmal Hilfe brauche?» sagte Steinauge.

«Rufe mich Laianna», sagte die Wasserfrau, «aber es muß an einem See sein.»

Dann verschwand sie in einer Fontäne von Millionen funkelnder Tropfen und ließ sich nicht mehr blicken.

Nun verabschiedete sich auch der Mäuserich, der, wie er sagte, es gar nicht erwarten konnte, dem grünäugigen Falkenweibchen den Augenstein abzujagen. Dann schritt er so gravitätisch davon, wie es ihn der Würde, die auf seine schmalen Schultern gelegt worden war, angemessen zu sein schien.

Kurze Zeit später kletterten Nadelzahn und Steinauge schon in der schmalen Kluft die Felswand hinan, hatten bald das Schlupfloch erreicht und krochen durch das alte Bachbett, bis sie oben zwischen den Stämmen des Bergwaldes ans Tageslicht gelangten.

Sobald Steinauge wieder einigermaßen gangbaren Boden unter seinen Hufen spürte, fiel er in den raschen Laufschritt, der ihm in den letzten Tagen schon zur

Gewohnheit geworden war. «Der Eilige merkt nicht, daß er an seiner Beute vorüberläuft», sagte das Wiesel atemlos, während es in weiten Sätzen neben ihm herrannte, doch Steinauge war zu keiner langsameren Gangart zu bewegen; denn der Gedanke daran, was in der Zwischenzeit in Arziak geschehen sein mochte, trieb ihn voran, als könne er es gar nicht erwarten, all dies Unheil mit eigenen Augen zu sehen. Erst als der Fichtenwald immer dichter wurde, so daß das Tageslicht schließlich nur noch als spärlicher grüner Schimmer von oben hereinsickerte, mußte er notgedrungen seine Schritte etwas mäßigen, wenn er nicht ständig über Wurzeln stolpern oder gegen unvermittelt aus der Düsternis auftauchende Stämme anrennen wollte. Aber auch hier beeilte er sich, so gut es ging, und lief so lange weiter, bis am Abend kaum noch die Hand vor den Augen zu erkennen war. Beim ersten Morgengrauen war er dann schon wieder auf den Beinen, und auf diese Weise erreichte er diesmal den Schauerwald schon gegen Abend des zweiten Tages.

Es war noch hell, als die beiden die kahle Kuppe umrundeten, an deren Rand die alte, breitästige Eberesche stand. «Sollten wir nicht besser hier übernachten?» sagte das Wiesel. «Unter diesem guten Baum werden wir ruhig und ungestört schlafen.» Aber Steinauge drängte weiter; denn der Anblick dieser Bergwiese weckte bei ihm allerlei böse Erinnerungen, die er lieber hinter sich lassen wollte. So stiegen sie, während die Nacht schon in den Wipfeln hing, noch das letzte Stück Weg hinunter zum Flachtal. Zuletzt war es so stockfinster, daß Steinauge sich von Baum zu Baum tasten mußte. Als er schließlich den Waldrand erreichte, spürte er dies nur an einer bestimmten Veränderung der Luft oder vielleicht auch daran, daß die Geräusche des Waldes, dieses leise Knacken und Rauschen, plötzlich hinter ihm zurückblieben. Er spähte in die Richtung, in der die Hütten der Pferdehirten liegen mußten, aber das Dunkel wurde von keiner fernen Lampe, von keinem hellen Fenster durchbrochen. Ob die Leute dort schon schliefen? Steinauge lauschte hinaus in die Nacht, aber es drang kein Laut herüber, weder das Klirren irgendeines Geräts, noch das Schnauben von Pferden.

«Irgend etwas ist anders als im vergangenen Jahr», sagte Nadelzahn und schnupperte in die Nachtluft. «Es riecht anders.»

«Wie denn?» sagte Steinauge und sog hörbar die Luft durch die Nase ein. «Ich merke nichts.»

«Deshalb kannst du's ja auch bei deinen Ziegen aushalten», sagte Nadelzahn. «Es riecht nicht mehr so stark nach Pferden, dafür aber ein bißchen nach Fisch.»

«Nach Fisch?» wiederholte Steinauge. «Vielleicht kommt das vom Bach. Da drin gibts massenhaft Fische.»

«Kann sein», sagte das Wiesel, aber es klang nicht recht überzeugt.

«Und das Mädchen riechst du nicht?» fragte Steinauge.

«Ich glaube nicht», sagte das Wiesel. «Es riecht diesmal überhaupt sehr viel weniger nach Menschen.»

Steinauge war von dem langen, in Eile zurückgelegten Weg zum Umfallen müde, aber nach all den geheimnisvollen Andeutungen des Wiesels wollte er nun genau wissen, wie die Dinge hier im Flachtal standen. «Du bist sicher nicht weniger von der Wanderung erschöpft als ich», sagte er zu Nadelzahn. «Ich bitte dich aber trotzdem, drüben bei den Hütten nachzusehen, ob sich jemand dort befindet und wer das ist.»

«Wenn du's so eilig damit hast», sagte das Wiesel, «mir macht das nichts aus» und huschte davon.

Draußen auf dem Talboden blieb weiterhin alles still. Nur einmal schlug ein Hund an, beruhigte sich aber gleich wieder. Nach einer längeren Weile kehrte Nadelzahn zurück und sagte: «Jetzt weiß ich, was hier nach Fisch riecht: In den Hütten ist niemand außer dem alten Karpfenkopf, und der hat nur noch auf ein paar Fohlen aufzupassen. Alle Hirten sind samt den reitbaren Pferden verschwunden. Ach ja, ein Hund ist auch noch da, aber der ist womöglich noch älter als der Karpfenkopf und hat kaum einen brauchbaren Zahn im Maul.»

«Und das Mädchen?» fragte Steinauge ungeduldig.

«Ist auch nicht da», sagte das Wiesel.

«Dann habe ich wenig Hoffnung, daß es noch am Leben ist», sagte Steinauge. In dieser Nacht sprach er nichts mehr, schlief aber auch nicht, sondern lag rücklings auf dem grasigen Waldboden und starrte hinauf in die undurchdringliche Dunkelheit, aus der hie und da das leise Rascheln von Blättern zu hören war. Schon eibm ersten Morgengrauen war er wieder auf den Beinen.

«Was hast du jetzt vor?» fragte das Wiesel.

«Nachsehen, wie es den Bergdachsen in Arziak ergangen ist», sagte Steinauge.

«Wenn du die Rennerei satt hast, kannst du ja hierbleiben.»

«Glaubst du denn, ich lasse einen Freund im Stich?» sagte Nadelzahn fast beleidigt. «Aber du könntest dir wenigstens Zeit zum Frühstücken nehmen.»

«Ich habe keinen Appetit», sagte Steinauge. «Vielleicht später. Du wirst schon unterwegs etwas Eßbares auftreiben.»

«Wer sich ohne Frühstück auf den Weg macht, hat schon halb verloren», sagte das Wiesel, aber Steinauge tat, als habe er diesen durchaus beherzigenswerten Spruch nicht gehört, und begann schon wieder den Abhang hinaufzulaufen. Erst oben am Rand der Bergkuppe legte er eine kurze Ruhepause ein; denn er spürte nun doch die schlaflose Nacht in seinen Gliedern. Die Sonne war gerade erst aufgegangen und stand als blutrote Kugel tief im Osten über der fernen Steppe. Steinauge lehnte sich an den Stamm einer Wetterfichte und starrte in diese sich rasch erhitzende Glut, bis er sie nicht mehr ertragen konnte. Als er dann den Blick abwendete und hinüberschaute zu der alten Eberesche, die weiter drüben am Rande des Schauerwaldes in der Bergwiese stand, schien ihm, als schliefe in ihren Zweigen ein ziemlich großer weißer Vogel. Er versuchte, diese merkwürdige Erscheinung näher ins Auge zu fassen, doch das Gegenbild des aufsteigenden

Glutballs schob sich immer wieder davor und deckte es mit seinem grünlichen Schatten ab, und dann flatterte der Vogel auch schon aus dem Geäst herab, schwebte oder hüpfte eilig taumelnd über die Bergkuppe, die hellen Schwingen flatterten hinter ihm wie ein Tuch, dann war er hinter der Bergkuppe verschwunden.

«Hast du das gesehen, Nadelzahn?» sagte Steinauge. «Was war das für ein Vogel?» Doch das Wiesel war nicht mehr an seiner Seite, sondern hatte sich im Unterholz schon auf die Jagd nach einem Frühstück gemacht. Als es ein wenig später mit einer erbeuteten Wildtaube zurückkam, fragte Steinauge, ob es nicht den großen Vogel bemerkt habe, der eben noch im Geäst der Eberesche gesessen habe. Doch das Wiesel hatte auf der anderen Seite gejagt und den Baum überhaupt nicht zu Gesicht bekommen. «Außerdem hätte ich keinem Tier etwas zuleide getan, das sich im Schutz dieser Eberesche aufhält», fügte es hinzu.

Inzwischen zog wieder einmal ein Schwarm Krähen über den Himmel, und wenn Steinauge überhaupt Appetit auf ein Frühstück gehabt haben sollte, so wurde er ihm durch das weit dahinhallende Gekrächze des Fraßliedes gründlich verdorben. «Wir müssen rasch weiter!» sagte er. «Die Taube können wir später essen.» Er steckte sie in seine Tasche und lief am Rand der Bergwiese entlang hinüber zum Schauerwald, durch den der Weg hinunter ins Tal von Arziak führte.

Da es jetzt bergab ging, kamen die beiden rasch voran und erreichten um die Mittagszeit einen abfallenden Bergsporn, von dem aus man über die Wipfel der darunter in weiten niedergleitenden Falten ausgebreiteten Wälder hinweg das Tal überblicken konnte. Und da sah Steinauge, daß er auch hier zu spät gekommen war. Wo weiter talaufwärts die Ansiedlung der Bergdachse lag, standen zahlreiche schwarze Rauchsäulen, die in der fast windstillen Luft langsam bis zur Höhe der Berge aufstiegen und dann in streifigen Bändern nach Osten abgetrieben wurden. In der Gegend von Arziak brannte es lichterloh, und auch in den Seitentälern, in denen die Schmelzhütten lagen, waren vereinzelte Brandherde auszumachen. Steinauge konnte sich das Bild, das sich jetzt dort unten zwischen den Häusern bieten würde, nur allzu leicht ergänzen: Auf den Gassen und Plätzen, auf denen früher die Handwerker und Goldschmiede ihre Waren feilgeboten hatten, würden nun die Leichen zuhauf liegen, Männer, Frauen und Kinder, und darunter auch der Erzmeister Promezzo, dessen Frau Akka, die Urlas Augen hatte, und deren Tochter, dieses Mädchen, auf das er seine Hoffnung gesetzt hatte. Er stellte sich das alles vor, aber er wollte es nicht sehen; denn er hatte genug von all diesen Erschlagenen. Er wollte ihnen nicht ins Gesicht blicken müssen, diesen Leuten, die ihm einmal vertraut hatten und die nun durch seine Schuld zu Tode gekommen waren, vor allem nicht diesem Mädchen. Die Endgültigkeit ihres gebrochenen Blickes hätte er nicht ertragen können, und so blieb er an dieser Stelle sitzen, starrte hinunter ins Tal und malte sich gräßliche Bilder aus, von denen er doch nicht wissen konnte, ob sie der Wahrheit nahekamen oder nicht.

«Gehen wir nicht weiter?» fragte das Wiesel.

Steinauge schüttelte den Kopf und sagte nach einer Weile: «Das hat keinen Zweck mehr.»

«Willst du dir dann nicht wenigstens die Taube braten?» fragte das Wiesel, aber Steinauge warf ihm wortlos den blutigen Vogel zu, legte sich zurück und starrte in den blaßblauen Frühlingshimmel, über den einzelne, schwarze Rauchfetzen langsam nach Osten trieben. So lag er auch noch, als die Nacht aufstieg und sich fortschreitend über die Wälder legte, bis nichts mehr zu sehen war als hie und da ein aufflackerndes Feuer im Tal und die Sterne am unerreichbar hoch ausgespannten Himmel. Steinauge lag wie an den Boden geschmiedet, preisgegeben den eisigen Blicken dieser unendlich fernen, unbeteiligten Zuschauer, die auf ihn herabstarrten wie Richter, deren Urteil längst gefällt ist, und es packte ihn eine namenlose Angst, daß er nur hierlag, um auf die Vollstreckung zu warten.

«So weit hast du's nun also gebracht», sagte der Graue, «daß du hier liegst und um Gnade winselst.» Er lehnte an einem Fichtenstamm und blickte unbewegten Gesichts auf ihn herab. «Statt dich um deine eigenen Sachen zu kümmern, hast du deine Zeit mit Narzias Hunden verplempert und dann wegen dieses Mädchens, das dir ständig davongelaufen ist, auch noch um vager Zusagen willen den kostbaren Falkenschmuck dieser Wasserfrau hingeworfen. Für nichts und wieder nichts. Schau hinunter ins Tal! Dort kannst du sehen, wie man es auf dieser Welt zu etwas bringt. Was du haben willst, mußt du dir nehmen. Geschenkt wird dir nichts. Komm mit! Ich zeig's dir!»

Steinauge graute vor dem Weg ins Tal, aber er hatte nicht die Kraft, sich diesem Befehl zu widersetzen, und schon glitt er hinter der grauen Gestalt hinab durch den Wald und befand sich gleich darauf zwischen den Häusern von Arziak. Aus allen Türen stürzten Leute heraus und liefen auf dem Marktplatz zusammen, und wenn Steinauge auch an den aufgerissenen Mündern und verzerrten Mienen der Leute erkennen konnte, daß sie allesamt lauthals durcheinanderschrien, so war doch kein Laut zu vernehmen. Auf der anderen Seite des Platzes erkannte er das Haus des Erzmeisters, in dem auch das Mädchen wohnen mußte, dem er – er wußte nicht genau weshalb – auf den Fersen war. Er warf sich in die Menge und versuchte sie wie ein Schwimmer zu zerteilen, doch die Leute rannten in solch zielloser Hast durcheinander, daß es kaum möglich war, auch nur einen Schritt voranzukommen. Dann blickten plötzlich alle zu jener Seite, an der man vom Gebirge her in die Stadt einreitet, und brüllten vor Angst, soweit man das ihrem Mienenspiel entnehmen konnte, und da preschten auch schon die ersten Beutereiter auf den Platz und schossen, in den Steigbügeln stehend, ihre Pfeile wahllos in die wild durcheinanderwogende Menge. Er sah, wie einzelne Leute getroffen wurden; einem fetten Mann, der vor ihm stand, fuhr ein Pfeil in den Hals, daß die Spitze hinten in seinem speckigen Nacken heraustrat; er sah eine Frau, der ihr Kind, das sie in dem Gedränge hochgenommen hatte, mit einem Pfeil an die Brust genagelt wurde. Dann waren die Reiter heran, rissen ihre Krummschwerter aus der Scheide, und hieben auf jeden ein, der ihnen in den Weg kam, und wo ihr Schwert niedergefahren war, öffneten sich klaffend breite rote Lippen zum tonlosen Schrei. Und jeder dieser Reiter raffte alles an sich, was ihm irgend von Wert schien, riß hier einem Getroffenen noch im Stürzen eine goldene Gewandfibel von der Schulter und fetzte dort einer Frau das kostbare Gehänge aus dem Ohr.

Steinauge wurde unversehens bewußt, daß er selbst ein solches Krummschwert in der Rechten hielt. Mit Gewalt bahnte er sich jetzt einen Weg durch das Gewühl hinüber zu Promezzos Haus, teilte nach allen Seiten gewaltige Hiebe aus und sah die Erschlagenen geräuschlos niedersinken. Als er die Eingangsstufen hinaufsprang, tat sich die Tür auf, und das Mädchen trat heraus. Es hielt seine Flöte in den Händen und setzte sie an die Lippen, als wollte es sich die Macht anmaßen, die nur dem wahren Besitzer der Flöte zukam.

«Halt!» schrie Steinauge. «Das ist meine Flöte, und nur ich werde sie spielen!», und weil er wußte, daß er schon im nächsten Augenblick wehrlos der Gewalt preisgegeben sein konnte, die das Mädchen auszuüben sich anschickte, hob er sein Krummschwert und ließ es auf den Kopf des Mädchens niedersausen. Als er das getan hatte, merkte er, daß der Platz, auf dem eben noch die Reiter auf die dicht gedrängte Menge eingehauen hatten, wie leergefegt war. Nur er selbst stand noch auf der steinernen Treppe, und vor ihm lag das Mädchen, dessen Gesicht von einer klaffenden Wunde in zwei Hälften geteilt war, und obwohl dies unglaublich schien, sagte das Mädchen mit seinem zerspaltenen Mund: «Weißt du nun, wie du deine Flöte zu spielen hast?» Dann fiel es hintenüber die Stufen hinab und starrte mit gebrochenen Augen ins Leere.

Da nahm er der Toten die Flöte aus den Händen und setzte sie an die Lippen, aber es wollte ihm nicht ein einziger Ton einfallen, den er hätte spielen können. Während er noch auf die Flöte starrte, sah er, wie sich ein Schatten über das blinkende Metall schob, und auf der glatten Rundung erschien, fast bis zur Unkenntlichkeit verzerrt, das Spiegelbild des Grauen. «Siehst du nun», sagte der Gaue, «was diese Dinge, an die du glauben wolltest, in Wirklichkeit wert sind? Weißt du jetzt endlich, wie sinnlos es war, deine Hoffnung auf jemanden wie dieses Mädchen zu setzen! Hast du womöglich gemeint, daß Liebe mehr bedeute als jener Trieb, der den Bock die Ziegen bespringen läßt? Was ist denn von all dem übrig geblieben? Ein bißchen Blut, ein bißchen verwesendes Fleisch, ein bißchen Hirn, das nichts weiter ist als ein Häufchen grauer Brei.»

Er trat hinter Steinauges Rücken hervor und stieß das Mädchen mit dem Fuß vollends hinab, und es stürzte sich ständig überschlagend von Stufe zu Stufe immer weiter über eine endlose, bis in unsichtbare Tiefen reichende Treppe, wurde kleiner und kleiner, war nur noch als dunkler, lebloser Gegenstand auszumachen und löste sich im grauen Zwielicht bodenloser Abgründe auf.

Steinauge stand schwindelnd allein auf der Spitze einer grauen, nach allen Seiten jäh abfallenden Pyramide, zur Bewegungslosigkeit gebannt von brüllender Angst, daß der saugende Abgrund auch ihn hinabreißen würde, sobald er auch nur einen Fuß rührte, und so blieb er stehen, bis er fühlte, wie ihm die Knie zu zittern begannen, und dann spürte er nichts mehr als den sausenden Sturz in die Unendlichkeit des Nichts und schrie ohne jede Hoffnung, daß ihn einer hören könne.

Doch vorderhand war noch jemand da, der ihn hörte. Aufgeschreckt von dem Schrei, weckte ihn das Wiesel und fragte, ob er einen bösen Traum gehabt habe.

«Ich weiß nicht, ob es ein Traum war», sagte Steinauge. «Vielleicht war es ein Blick auf die andere Seite jenseits der Träume, die ich bisher für die Wirklichkeit gehalten habe.»

«Was soll da so Schreckliches zu sehen sein, daß du so schreien mußt?» sagte das Wiesel. «Ich begreife das nicht. Meine Träume sind nur eine Fortsetzung dessen, was ich am Tag erlebe. Manchmal spüre ich noch beim Aufwachen, wie meine Beine angespannt sind zum Sprung auf eine Beute, die ich eben noch im Traum vor mir gesehen habe.»

«Ja», sagte Steinauge, «du bist auch zufrieden mit dem, was du für die Wirklichkeit deines Lebens hältst.»

«Warum sollte ich das nicht sein?» fragte das Wiesel und fügte nach einer Pause hinzu: «Warum bist du es nicht?»

«Ich sehe keinerlei Gründe dafür», sagte Steinauge.

Das Wiesel schüttelte den Kopf. «Es liegt mir ferne, dich zu tadeln», sagte es, «aber ich habe schon gemerkt, daß du nie zufrieden bist mit dem, was du bist und hast. Doch das ist vermutlich Menschenart, und deshalb geht es über meinen Verstand.»

Trotz der höflichen Form, in die das Wiesel seine Worte gekleidet hatte, spürte Steinauge die unüberbrückbare Fremdheit, die ihn plötzlich von diesem zierlichen Raubtier trennte. War auch die Freundschaft zwischen ihm und Nadelzahn ein sinnloses Spiel seiner Träume gewesen? Er hätte jetzt kaum noch sagen können, was ihn mit diesem Gefährten verbunden hatte, ja er spürte sogar, wie etwas wie Ärger in ihm aufstieg über dieses selbstzufriedene Wiesel, für das die Welt in jeder Beziehung in Ordnung zu sein schien und das hier vor ihm hockte wie ein lebendiger Vorwurf. Das war mehr als er im Augenblick ertragen konnte. «Ich nehme dir deine Worte nicht übel», sagte er. «Wahrscheinlich hast du sogar recht mit dem, was du über die Eigenart von Menschen sagst. Ich danke dir auch für deine gute Meinung und dafür, daß du bisher mit mir durch die Wälder gelaufen bist. Doch jetzt bitte ich dich, mich allein meiner Wege gehen zu lassen.»

Noch während er redete, wußte er auch schon, wohin er gehen wollte. Er sah die friedlichen grünen Wiesen des Flachtales vor sich, in dem er zweimal dem Mädchen begegnet war. Vielleicht würde es ihm dort gelingen, das Bild der

Erschlagenen loszuwerden, die vor seinen Augen unaufhaltsam ins Bodenlose gestürzt war. Und er wollte dort allein sein.

«Wovon willst du leben, wenn ich nicht für dich jage?» fragte das Wiesel besorgt.

«Vorderhand werde ich nichts brauchen», sagte Steinauge und machte sich zum Gehen bereit. Der Gedanke an Essen erfüllte ihn mit Ekel.

«Warte nur», sagte das Wiesel, «irgendwann wirst du schon wieder hungrig werden.»

«Kannst du denn an gar nichts anderes denken?» sagte Steinauge erbittert. Er hatte es jetzt geradezu eilig, von diesem Beutejäger wegzukommen, winkte Nadelzahn noch einmal zu und ging mit raschen Schritten bergauf seinem Ziel zu. Als er den Schauerwald erreichte, stieg schon die Nacht aus den Tälern herauf. Zuletzt mußte er sich seinen Weg mit den Händen ertasten, spürte unter den Fingern die rauhen, strähnigen Bärte der krummen Wetterfichten und verfing sich mit seinen klobigen Hufen in den zähen Wurzelschlingen, aber er rastete nicht, bis er die Baumgrenze erreicht hatte und unter den Sternen den gerundeten Umriß der Bergkuppe vor sich sah, die sich dunkel gegen den bedeckten Nachthimmel abzeichnete.

Auch hier wollte er nicht lange bleiben, sondern nur eine Weile nach der Mühe des steilen Aufstiegs ausruhen. Während er sich nach einem geeigneten Platz umschaute, schien es ihm, als habe er ein Stück weiter rechts zwischen den Stämmen eine Bewegung gesehen, so als gleite dort ein großes Tier geräuschlos heran. Ohne daß er hätte genauer erkennen können, was dort umging, packte ihn eisiges Entsetzen. Er versuchte sich hinter einem der flechtenbehangenen Bäume zu verbergen, und dann sah er auch schon, wie dieses schattenhafte Tier am Waldrand entlang über die Bergwiese nähertrabte, ein riesiger, fast zum Skelett abgemagerter Wolf, der nun deutlich zu erkennen war. Ehe er noch vorübergelaufen war, blieb er jäh stehen und blickte mit seinen gelblich glühenden Augen herüber. Dann ließ er ein tiefes, bösartiges Knurren hören und sprang auf ihn zu.

Steinauge rannte blindlings davon, immer am Waldrand entlang, wo keine Gefahr bestand, daß er über Wurzeln und Baumstümpfe stolperte. Er hörte den keuchenden Atem des Untiers immer näherkommen, und dann tauchte vor ihm plötzlich ein breit gelagerter Schatten aus dem Dunkel. Er versuchte das Hindernis zu überspringen, blieb aber mit dem Huf an irgend etwas hängen und stürzte der Länge nach ins Gras. «Halte dich an dem Baum, den du mir gesetzt hast», raunte eine Stimme, und ehe er noch recht den vollen Sinn dieser Worte begriffen hatte, packte er den armstarken, glatten Stamm einer jungen Eberesche, der unmittelbar vor ihm stand. Dann hörte er hinter sich den Wolf wütend aufheulen und meinte schon, seinen stinkenden Atem im Nacken zu spüren.

Nach allem, was in den letzten Tagen geschehen war, hatte er geglaubt, nicht mehr an diesem Leben zu hängen, in dem ihm jede Hoffnung verloren schien;

doch nun spürte er, wie sein Körper vor Todesangst zitterte, während sich seine schweißnassen Hände um das schlanke Stämmchen krampften. So lag er am Boden und wartete auf das scheußliche Ende unter den Zähnen der Bestie, doch der Wolf sprang ihn nicht an, sondern begann, ihn in einem Abstand von wenigen Schritten zu umkreisen. Jedesmal, wenn er versuchte, in diesen Kreis einzubrechen, sah es so aus, als stoße er auf eine unsichtbare Mauer, und dann hob er den Kopf und heulte schaurig in die Nacht hinaus.

Nachdem das eine Weile so gegangen war, begriff Steinauge allmählich, daß er hier in Sicherheit war. Ohne das Bäumchen aus den Händen zu lassen, richtete er sich ein wenig auf und sah sich den Platz an, auf dem er sich befand. Hinter ihm lag der umgestürzte Stamm einer Wetterfichte, aus dem knorrige Aststümpfe nach allen Seiten heraustachen. Das war das Hindernis gewesen, über das er gestürzt war. Die junge Eberesche war an jener Stelle aus dem Boden aufgeschossen, an der sich einmal der Wurzelstock des Baumes befunden haben mußte. Jemand hatte das Loch zugeschüttet und das Bäumchen eingepflanzt, und dann wußte er auf einmal, was dies für ein Platz war und wer ihn hier vor diesem wiedergängerischen Wolf gerettet hatte. «Danke für deine Hilfe, Gisa», sagte er. «Nun hast du mir das Leben gerettet, obwohl ich dich hier auf dieser Bergwiese umgebracht habe.» Und als er keine Antwort erhielt, fügte er nach einer Weile hinzu: «Allerdings frage ich mich, ob es dafürsteht, mein Leben zu bewahren.»

Während er noch lauschte, ob nicht doch eine Antwort kam, vielleicht eine, die ihm widersprach, spürte er, wie die herabhängenden Fiederblätter im leichten Nachtwind über ihn hinwegstrichen wie eine beruhigende Hand. Vielleicht war auch das schon eine Art von Antwort. Er fühlte, wie sich sein Körper unter der zärtlichen Berührung entspannte, während draußen noch immer das Untier seine Kreise zog, und dann schlief er ein.

Als er aufwachte, stand schon die Morgensonne am Himmel und schien durch den hellgrünen Blättervorhang der kleinen Eberesche auf sein Gesicht. Er löste seine Hände von dem Stämmchen, das er auch im Schlaf weiter umklammert gehalten hatte, und stand auf. Der Wolf war verschwunden, aber drei Schritte weiter fand Steinauge im kurzen Berggras zwischen Primeln und Enzianblüten die gebleichten Knochen eines Gerippes, das sehr wohl einmal einem gewaltigen Wolf hätte gehört haben können.

Dieser Anblick bestärkte ihn darin, sich hier nicht mehr länger als nötig aufzuhalten. Er suchte seine Tasche, die er bei seiner kopflosen Flucht verloren hatte, umrundete dann die Bergkuppe und stieg auf der anderen Seite hinunter zum Flachtal.

Sobald er zwischen den Bäumen auf den Wiesengrund hinausblicken konnte, spähte er wieder hinüber zu den Hütten und Ställen, aber dort hatte sich nichts verändert. Dann wanderte er weiter talaufwärts, bis die bewaldeten Hügel allmählich wieder zusammenrückten. Der Talboden begann sich hier mit lockerem Erlengehölz zu füllen, in dessen Schutz Steinauge schließlich bis zum Bach vordringen konnte, um seinen Durst zu stillen. Er schöpfte sich mit der hohlen Hand ein paar Schluck von dem kalten, klaren Wasser und folgte dann dem Bachlauf, bis er in einem lichten Bestand von Birken das Quellbecken unter dem gewaltigen Ahornbaum erreichte. Hier, wo er einmal vor langer Zeit mit den Birkenmädchen gespielt hatte, wollte er erst einmal bleiben. Er setzte sich auf eine Felsstufe über der Quelle und schaute zurück in die Niederung. Zwischen den schlanken, weißschimmernden Birkenstämmen und den dunkelgrün am Bachufer hockenden Erlenbüschen öffnete sich der Blick über das Wiesengelände, in dem die weiten Windungen des Baches unter der Sonne glänzten. Irgendwo in der dunstigen Ferne mußten die Hirtenhäuser stehen, aber von hier aus konnte man sie nicht mehr erkennen.

Ihm schien überhaupt, als sei alles, was er bis vor kurzer Zeit für wichtig gehalten hatte, plötzlich weit entfernt wie Dinge, die ihn nichts mehr angingen, und er fragte sich, ob es wirklich noch etwas gab, das ihn an dieses Leben fesselte. «Das sag du mir einmal, Zirbel», sprach er seinen hölzernen Gefährten an. «Wozu habe ich nun eigentlich drei Winter bei den Ziegen verbracht und wozu bin ich in den Sommern dazwischen dieses Tal entlanggezogen? Was hat mir das eingebracht? Ein bißchen Sehnsucht, ein bißchen Schmerz, ein bißchen Enttäuschung und jetzt die Erkenntnis, daß all dies Gerenne völlig sinnlos gewesen ist.»

«Gerenne ist meistens sinnlos», antwortete der Zirbel. «Das sage ich dir ja nicht zum ersten Mal. Was willst du jetzt tun?»

«Ich weiß es nicht», sagte Steinauge. «Ich habe alles verloren, worauf ich meine Hoffnung gesetzt hatte. Meinen Stein habe ich um nichts und wieder nichts aus der Hand gegeben, auf meiner Flöte versucht jetzt wahrscheinlich irgendein Beutereiter nach seinem Gaul zu pfeifen, und wenn ich überhaupt je Freunde gehabt haben sollte, dann liegen sie erschlagen zwischen den Hütten, und die Krähen fressen sich an ihren Leichen satt. Und all dies ist durch meine Schuld geschehen.»

«Wenn du das einsiehst, dann ist ja noch nicht alle Hoffnung verloren», sagte der Zirbel.

«Hoffnung?» Steinauge sprach dieses Wort aus, als habe ihn der Zirbel verspotten wollen. «Ich weiß nicht, was du darunter verstehst. Worauf sollte ich denn jetzt noch hoffen?»

«Jedenfalls nicht auf etwas, das du dir nach deinen Vorstellungen einrichten kannst», sagte der Zirbel. «Das war ja überhaupt dein Irrtum, daß du die Dinge immer in die Richtung zwingen wolltest, die dir nützlich schien. Ich bin ein paar hundert Jahre oben auf dem Joch gestanden, ohne jede Möglichkeit, irgendetwas von mir aus in Bewegung zu setzen, aber ganz ohne Hoffnung bin ich in dieser Zeit nie gewesen.»

«Bin ich ein Baum?» sagte Steinauge achselzuckend, doch nach einer Weile

fügte er hinzu: «Jetzt bin ich allerdings an einem Punkt angelangt, wo ich mir
wünschen könnte, ich wäre einer. Einstweilen will ich erst einmal hierbleiben.
Vielleicht wachse ich an wie die Birkenmädchen.»

Der lange Weg hatte Steinauge nun doch hungrig gemacht. Er kramte die letzten
Haselnüsse aus seiner Tasche, und dabei stießen seine Finger auf das rundliche
Gefäß, das er in Narzias Haus zu sich gesteckt hatte. Er nahm es heraus und
versuchte noch einmal die Schrift auf dem Zettel zu entziffern, und hier in der
Helligkeit des Frühlingstages traten alle Buchstaben wieder deutlich hervor:

> Stehst nach tausend Runden
> vor dir selbst erschreckt,
> wird dir dieses munden,
> wenn's auch bitter schmeckt.
> Wirst in Stein gebunden,
> bleibst im Stein versteckt,
> wirst du nicht gefunden,
> wirst du nicht entdeckt.

Da schien ihm auf einmal, als halte er hier die Antwort auf all seine Verzweiflung
und Hoffnungslosigkeit in den Händen. Er ließ die Nüsse achtlos ins Gras fallen,
stand auf und brach den Verschluß des versiegelten Krügleins auf. Er wollte nichts
weiter, als hier an dieser sprudelnden Quelle stehen und in das Tal hinausschauen;
denn es gab keinen Ort mehr, zu dem er hätte wandern wollen.

«Bleibst du bei mir, Zirbel?» sagte er. «Vielleicht werde ich für alle Zeiten hier
stehenbleiben.»

«Was denn sonst?» sagte der Zirbel. «Ich bin dir zum Gefährten beigegeben
worden, das weißt du doch.»

Da packte Steinauge den Zirbel fest mit der Rechten, hob mit der andern Hand
das Gefäß zum Mund und trank es auf einen Zug leer. Die Bitterkeit des Getränks
zog ihm jäh den Gaumen zusammen, und dann spürte er, wie der zauberische Saft
des Meisters der Kräuter sich rasch in seinem Körper ausbreitete. Als er seinen
Stand noch ein wenig verändern wollte, merkte er, daß er seine Hufe nicht mehr
bewegen konnte, denn sie waren schon eins geworden mit dem Fels, auf dem sie
ruhten. Die Versteinerung stieg langsam in seinen Gliedern auf, brachte sein Herz
zum Schweigen, erreichte seine Schultern, das Kinn, den Mund, die Augen, und
schloß sich über seinem Scheitel. Im Schatten des Ahorns stand über der Quelle
reglos die graue Figur eines Fauns, und bald darauf setzte sich ein Rotkehlchen auf
seinen Kopf und sang.

Zweiter Teil

Grün. Er sah Grün, ringsum die unterschiedlichsten Schattierungen und Abstufungen von Grün, helles, lichtdurchflutetes Grün, dunkelschattiges, bläuliches und bräunliches Grün. Er sah es nicht mit seinen Augen, die bewegungslos und steinern in seinem Schädel lagen; die Empfindung des Grünen drang unmittelbar von allen Seiten in sein Bewußtsein ein und füllte es aus. Nach oben zu mischten sich hellblaue Töne dazu, und nach unten hin wurden die Farben tiefer und satter bis hin zu bräunlichem Violett, das aufgehellt wurde von blinkenden Spiegelungen, die hie und da aufblitzten, um im gleichen Augenblick wieder zu verlöschen. All das kreiste um ihn in einem einzigen, flimmernden Wirbel, in dem nichts Bestand hatte; denn auch die Farben selbst wandelten sich unablässig, leuchtendes Smaragdgrün verdunkelte sich fließend bis zu nachtblauen Schatten, verblaßte wieder und wurde in Streifen von Gelb und Orange durchzogen, das braun dahinwelkte, bis wieder tausendfältiges Grün alles überflutete. In dieser ständigen Bewegung war nichts Gegenständliches zu fassen, kein Ruhepunkt in dem flimmernden Strudel von Farbempfindungen, der unaufhörlich durch sein dämmerndes Bewußtsein strömte; dies war auch kein Ereignis, über dessen Beginn er etwas wußte und das irgendeinem Ziel zustrebte, sondern ein zeitenthobener Zustand und das Verweilen an einem Ort, der zusammengezogen hätte sein können in einem einzigen farbensprühenden Punkt oder zugleich auch ausgeweitet zu einer Welt von grenzenloser Ausdehnung.

Auf solche Weise befand er sich seit Ewigkeiten im Zeitlosen und außerhalb jedes festen Raumgefüges, bis ein unversehens auftauchender, noch gestaltloser Fleck von bräunlicher Farbe ihn reizte, seine Aufmerksamkeit auf diese Stelle zu richten. Während er bisher nur Eindrücke empfangen hatte, war es nun, als strecke er einen unsichtbaren Fühler aus, um tastend in das gestaltlose Spiel von Farben einzudringen. Es kostete ihn Mühe, den verschwommenen Farbtupfer festzuhalten, doch dieser blieb an seiner Stelle, wurde nicht davongeschwemmt von der ständig sich erneuernden Flut von Farben und gewann nach und nach feste Konturen, ein verästeltes Gebilde aus dünnen, dunkelbraunen Linien, an deren Enden Verdickungen sproßten. Dies ist ein Zweig sagte er sich und fragte sich zugleich, was dieses Wort bedeute. Doch er sollte es gleich erfahren; denn dieser Zweig, was immer das auch sein mochte, begann sich zu verändern. Die Verdickungen schwollen auf, und während ihm noch das Wort Knospe einfiel, sprangen diese Knospen auf und gaben grüngelbe Quasten von zierlichen Stengeln frei, an deren Enden wiederum zarte Knospen hingen, die sich sogleich öffneten zu noch zarteren, strahligen Gebilden. Das müssen Blüten sein, dachte er, und da stäubte es auch schon gelb von den winzigen Härchen aus der Mitte dieser Blütensterne, dann schlossen sich die hauchdünnen Kronen wieder, und während die Blütenbüschel erschlafften, brach aus andern Knospen des Zweiges etwas

583

Grünes, Zusammengekräuseltes hervor, das sich rasch entfaltete zu breiten, schwankend an dünnen Stielen hängenden Gebilden aus zartgrüner heller Haut, ausgespannt zwischen dunklerem Geäder, das in fünf Spitzen endete wie die fünf Finger einer Hand. Das sind Blätter, dachte er, aber was ist eine Hand?

Mittlerweile ging schon wieder eine Veränderung an den abgeblühten Büscheln vor: Die Blütenblätter fielen ab, taumelten irgendwohin in die Tiefe, doch dort, wo sie gesessen hatten, traten nach beiden Seiten schmale Auswüchse hervor, streckten sich und flatterten in einer Bewegung, die durch das Bündel gleichgestalteter Gebilde strich. Ich nenne das Flügel, dachte er, wußte aber nicht recht, wozu dergleichen zu gebrauchen war. Doch dann fiel es ihm ein: Man löste diese federleichten Flügel vorsichtig ab, denn dort, wo sie mit ihrem verdickten Ende an ihrem Stengel gesessen hatten, ließen sie sich in zwei Hälften auseinanderklappen, die innen von einem zähen Saft überzogen waren. Dann klebte man sie sich auf die Nase (wo befand die sich doch gleich?), und alle lachten. Wer waren alle? Irgendwie war das lustig gewesen, schien ihm. Während er noch darüber nachsann, was dieses Wort nun wieder bedeutete, lösten sich die Flügel einer nach dem anderen von ihrem Stengel und schwebten in wirbelnder Drehung abwärts, vorüber an anderen Zweigen mit Blättern und Flügelbüscheln, immer neue, anders geartete Zweige traten in sein Blickfeld, und von überall her strudelten noch mehr und mehr dieser Flügel herab und sanken nieder, bis sie auf einer schattigen, von samtgrünen Polstern überzogenen Fläche landeten zwischen zahllosen anderen ihresgleichen, die dort schon lagen, und dicht neben der Stelle, an der das Flügelchen, das er verfolgt hatte, liegengeblieben war, erhob sich eine gewaltige runde Säule, deren graue Oberfläche von tiefen Rissen durchfurcht war. Das Wort ‹Stamm› fiel ihm ein, während er dieses aufragende Ding nach oben verfolgte, wo es sich nach allen Seiten zerteilte zu immer weiteren Verästelungen, die von Mal zu Mal dünner wurden, bis sie schließlich in Zweigen endeten, an denen zwischen handförmig gespreizten Blättern jene Flügelbüschel hingen. Ein Baum ist das, dachte er und sah, wie sich schon wieder weitere dieser Flügel lösten und in rasender Drehung hinabtrudelten.

Einer von ihnen erreichte den Grund am Rand einer in unzähligen Spiegelungen blinkenden, durchsichtigen Fläche, die aus der Tiefe von einem sprudelnden Auftrieb in ständiger Bewegung gehalten wurde, und jetzt hörte er auch leises Glucksen und Plätschern und wußte, daß dies eine Quelle war. Auf dem sandigen Grund schimmerten glatte Kiesel, rötliche und braune, graublaue und grünlich gesprenkelte, und was zwischen ihnen emporquoll, das gerundete Becken füllte und durch eine Öffnung in der Umrandung glucksend davonfloß, nannte man Wasser. Er empfand diesen Anblick als etwas Kühles, Erfrischendes und verfolgte die Schnüre von winzigen Perlen, die vom Grund aufstiegen und an der Oberfläche zu feinen Spritzern zerplatzten.

Dann lenkte ihn eine neue Bewegung am Rande des Beckens ab. Dort war von irgendwoher ein kleines, pelziges Wesen mit langem, dünnen Schwanz herangehuscht, hockte nun neben der Quelle und putzte mit den Vorderpfoten die zierlich gespreizten Schnurrbarthaare. Dann tauchte es seine spitze Schnauze ins Wasser und trank. Ich kenne dich, dachte er, du bist eine Maus. Da hob die Maus den Kopf, schaute in die Höhe und sagte: «Ich weiß nicht, ob du mich verstehen kannst, Steinauge, denn du siehst nicht so aus, als wäre noch Leben in dir. Aber meine Botschaft will ich dennoch ausrichten.»

Wen meint sie, dachte er. Wen redet sie an? Und während er seine volle Aufmerksamkeit diesem Tierchen zuwendete, weitete sich unversehens der Bereich, den er überschauen konnte. Er blickte hinweg über endlose, von sanften Höhenzügen wellig zerteilte Wälder zu einem Gebirgskamm, der im gleichen Augenblick schon unter ihm lag, und tauchte hinab über eine steil abbrechende Felsmauer, hinunter zwischen Buschwerk und Unterholz, schlüpfte in ein daumendickes Loch und durch einen engen Gang in eine dunkle Höhle und konnte dennoch alles deutlich sehen, was hier geschah. Rings an den Wänden saßen dichtgedrängt zahllose Mäuse und blickten mit ihren glänzenden schwarzen Augen auf einen Mäuserich, der in der Mitte hockte und zu ihnen sprach: «Sucht an jeder Stelle, an der sich eine Falke niederlassen kann!» sagte er. «Schwärmt aus und sagt es jedem aus unserem Volk, den ihr unterwegs trefft! Jeder soll nach dem Stein suchen, bis er gefunden ist.»

Nach einer Weile stand einer der Mäuseriche aus dem Kreis auf und sagte: «Es kann gefährlich sein, etwas zu suchen, das ein Falke für sich auf die Seite gebracht hat. Warum sollen wir unser Leben auf's Spiel setzen um irgendeines Steines willen, den man nicht einmal fressen kann?» Einige aus der Versammlung nickten beifällig, als er das gesagt hatte.

Da richtete sich der Mäuserich in der Mitte auf, streckte sich so hoch wie er nur konnte und sagte: «Weißt du überhaupt, wer ich bin? Ich bin ‹Der-mit-der-Schlange-spricht›, und das müßte schon Grund genug sein, daß ihr mir zuhört und dann tut, was ich euch sage. Aber da ist noch etwas: Dieser Stein ist nicht irgend ein Stein. Er gehört zu den größten Kostbarkeiten, die es auf der Welt gibt; vielleicht ist es sogar die größte. Seit langer Zeit wird er von einem zum anderen weitergegeben, und jeder dieser Träger des Steins hat ihn auf eine Weise in Ehren gehalten, als hinge sein Leben daran. Aber wer ihn stiehlt, dem bringt er Unglück. Ihr braucht also keine Angst vor diesem Falken zu haben, denn er ist schon so gut wie verloren. Und außerdem: wird es nicht für unser Volk eine große Ehre sein, daß einer von uns zum Hüter dieses Kleinods erwählt worden ist? Nach vielen Generationen wird man noch in unseren Höhlen und Löchern davon erzählen.»

Eine Zeitlang saßen alle schweigend da, blickten vor sich hin und schienen wenig Lust zu haben, dieser Aufforderung zu folgen. Dann stand eine uralte Maus auf, strich über ihre schneeweißen Schnurrbarthaare und sagte: «Was seid ihr doch alle für Feiglinge! Es ist schon gut, daß bei uns Mäusen auch Frauen eine Stimme in der Beratung haben, und nicht die bedeutungsloseste, wie ich meine. Ich sage euch also: Wenn einer von euch mit einer Schlange gesprochen hat, dann werdet ihr wohl auch noch mit diesem Falken fertig werden, der sich sein eigenes Verderben ins Nest geholt hat. Ich weiß schon, bei uns hat man sich bisher nicht viel um solche Dinge wie Ehre gekümmert, sondern mehr um Sachen, die man fressen kann. Aber hier geht es um etwas, das wichtiger ist, als daß sich einer nur einen großen Name damit macht. Was dieser Stein bedeutet, kann auch ich euch nicht genau sagen, aber er gehört wohl zu jenen Geheimnissen, die das Leben aller Wesen bewahren helfen. Ihr könnt mir glauben, denn von dergleichen verstehen wir Frauen mehr als ihr Männer. Man sagt ja, daß dieser Stein von einer Frau bewahrt wurde. Tut also, was jener sagt, den man ‹Der-mit-der-Schlange-spricht› nennt.»

Der Mäuserich in der Mitte hatte aufmerksam zugehört. Jetzt ging er auf die alte Maus zu, verbeugte sich tief und sagte: «Du hast mich beschämt, Mutter unseres Rats, und hast bessere Worte gefunden, als ich je hätte finden können. Ich danke dir!» Dann verbeugte er sich noch einmal, und nun standen auch die anderen Mäuse auf, und jede sagte, in welche Richtung sie auf die Suche gehen wollte.

Auch ein junger Mäuserich, der während der Beratung schweigend in einer Ecke gesessen und zugehört hatte, machte sich auf den Weg und sagte: «Ich will einmal oben bei der Felswand nachschauen.» Er schlüpfte durch einen engen Gang, kam unter einem Haselstrauch zutage und blickte sich aufmerksam sichernd nach allen Seiten um, ehe er zielstrebig hangaufwärts durch Buschwerk und aufschießendes zartes Waldgras huschte. Bei genauerem Hinsehen konnte man erkennen, daß er einem schmalen, von winzigen Mäusepfoten ausgetretenen Pfad folgte, der in zahllosen Windungen Hindernissen und freien Flächen auswich, auf denen man keine Deckung hatte. Schließlich führte der Pfad aus dem Schatten der hohen Bäume heraus in freieres Gelände, das übersät war von Felsbrocken und dem herabgestürzten Schotter der Felswand, die über dem Hang ungeheuer hoch in den Himmel ragte. Der Mäusejunge suchte sich einen geschützten Platz unter einem Heckenrosenstrauch, setzte sich in aller Ruhe hin und beobachtete den Himmel.

Lange Zeit hindurch geschah nichts von Bedeutung. Das Zirpen von Grillen brachte die Luft zum Zittern, hie und da klang aus dem Wald das sanfte Flöten eines Vogels oder das Knacken eines dürren Astes unter dem Tritt eines Tieres. Der blaue Himmel stand leer über dem Hang, in die Hälfte geschnitten von der gezackten Kante der Felswand. Dann straffte sich plötzlich die kleine, pelzige Gestalt des Mäusejungen, und sein bisher eher schläfriger Blick richtete sich gespannt auf einen dunklen Punkt, der fern über dem Wald am Himmel aufgetaucht war, sich rasch näherte, bald ausgebreitete Schwingen zeigte und dann auch schon über die Kronen der Bäume heranstrich. Der Mäusejunge duckte sich noch tiefer unter die dornigen Ranken, aber seine schwarzen Augen folgten dem

Flug des Vogels, der jetzt deutlich als Falke zu erkennen war, als er in mäßiger
Höhe über den Hang glitt. Es sah fast so aus, als wolle er sich an der Felswand den
Schädel einrennen, doch im letzten Augenblick bremste er flügelschlagend seinen
Flug ab und ließ sich auf einer Felskante nieder, unter der in einer Spalte ein
magerer Busch seine Zweige über den Abgrund reckte. Dort blieb er eine Zeitlang
hocken und machte sich in einem wirren Haufen von dürren Zweigen zu schaffen.
Dann spähte er hinaus über den Hang, als wolle er sich versichern, daß ihn keiner
beobachtete, und als ihm die Luft rein zu sein schien, schwang er sich von seinem
Sitz hinaus ins Leere, zog noch einen Kreis über dem Gelände und flog rasch über
die Wälder davon.

Der Mäusejunge wartete noch eine Weile und schaute immer wieder zum
Himmel. Schließlich krabbelte er aus seinem Versteck und huschte rasch hinüber
zum Fuß der Felswand zu jener Stelle, an der die Spalte, in der oben dieser Busch
wuchs, unten den Boden erreichte. Und dann begann er, in diesem Felsenriß nach
oben zu klettern. Vorsichtig tastete er sich von Tritt zu Tritt, rutschte einmal
schrill aufschreiend mit einem losen Stein wieder ein Stück in die Tiefe, fing sich
aber und gelangte nach und nach höher. Endlich erreichte er die in den Spalt
gezwängten und vom Regen teils freigewaschenen Wurzeln des Strauchs, und von
da aus war alles nur noch ein Kinderspiel. Er hangelte sich hinauf bis zu dem
unordentlich zusammengeworfenen Horst, kroch durch das aufgehäufte Ge-
sträpp, und als er oben seine Nase zwischen dürren Zweigen herausstreckte, lag
vor ihm ein runder Stein, unter dessen glatter Oberfläche im Licht der Sonne
farbige Ringe aufschimmerten wie in einem lebendigen Auge. Das Spiel der
Farben spiegelte sich in seinen Augen wider, die Kreise von Blau, Grün und
Violett breiteten sich aus und glitten über sein samtiges Fell, bis er völlig eingehüllt
war von ihrem sanften Glanz. Ohne sich zu bewegen, blieb der Mäusejunge eine
Weile so sitzen, nur seine Schnurrbartspitzen vibrierten ein wenig.

Schließlich zerbrach er den Zauber, kroch vorsichtig zum Rand des Horstes
und schickte einen gellenden Pfiff hinunter zum Hang. Gleich darauf kamen von
allen Seiten Mäuse herangehuscht und versammelten sich unten am Fuß der
Felswand.

«Hast du den Stein?» rief eine herauf, und der Junge antwortete: «Ja. Er liegt
hier oben und ist so schön, daß man kaum die Augen davon abwenden kann.»

«Komm nicht ins Träumen, Junge!» antwortete die andere Maus. «Willst du
warten, bis der Falke zurückkommt? Wirf den Stein zu uns herunter!»

Doch ehe der Mäusejunge diesem Rat folgen konnte, tauchte über dem Wald
wieder der Falke auf und pfeilte mit einem schrillen Schrei heran. Die Mäuse unten
auf dem Hang stoben auseinander und waren im nächsten Augenblick schon nicht
mehr zu sehen, und oben plagte sich der Junge damit ab, den Stein durch das
verfilzte Gestrüpp nach unten zu zerren. Es gelang ihm eben noch, den Stein und
dann auch sich selbst in der Felsspalte hinter dem dichten Wurzelgeflecht des

Strauches in Sicherheit zu bringen, als oben der Falke auf dem Horst niederging. «Dieb!» schrie der Falke. «Dieb! Wo bist du? Wo hast du meinen Stein versteckt? Ich habe dich gesehen! Du mußt noch hier sein! Gib den Stein heraus, ehe ich dir den Hals umdrehe!»

Der Mäusejunge saß zitternd in seinem Versteck und rührte sich nicht. Da fing der Falke an, voller Wut seinen Horst auseinanderzureißen. Er fegte mit seinen Krallen die dürren Zweige in den Abgrund, bis kein Hölzchen mehr auf der Felskante lag. Und jetzt konnte er den Mäusejungen sehen, der hinter den Wurzelsträngen in der Felsspalte hockte und mit den Vorderpfoten den Stein an seine Brust drückte.

«Da bist du ja, du kleiner, schäbiger Dieb!» schrie der Falke. «Gib den Stein heraus!»

Der Mäusejunge zitterte noch immer am ganzen Körper, aber er hob den Kopf, schaute dem Falken in die grünen Augen und sagte: «Nein!»

Da fing der Falke an, mit seinem scharfen Schnabel die zähen Wurzeln auseinanderzufetzen, doch es gelang ihm nicht, in die enge Spalte zu dem Jungen vorzudringen. Er stieß sich den Kopf blutig, aber es nützte ihm nichts. Schließlich gab er es auf und stellte sich breitbeinig über die Spalte. «Irgendwann wirst du herauskommen müssen», sagte er. «Ich kann warten.»

«Das kann ich auch», sagte der Mäusejunge und zog sich sicherheitshalber noch ein Stück weiter in die Felsspalte zurück.

«Du bist ziemlich frech, du Dieb!» sagte der Falke wütend. «Warte nur! Ich werde es dir und deinesgleichen schon heimzahlen!»

«Warum beschimpfst du mich?» sagte der Mäusejunge. «Bist du nicht selber ein Dieb? Hast du den Stein nicht dem gestohlen, der ihn von Rechts wegen besitzt?»

«Was geht dich das an, du Klugschwätzer!» keifte der Falke. «Das ist Arnis Stein, und ich bewahre ihn nur, weil das Glück von Arnis Leuten an ihm hängt.»

«Was du nicht sagst!» antwortete der Mäusejunge. «Wie man hört, soll es Arnis Leuten in den letzten Tagen nicht besonders gut gegangen sein.»

Der Junge hatte das nur leise gesagt, aber seine Worte brachten den Falken noch mehr in Wut. «Das freut dich wohl?» schrie er. «Du wirst schon sehen, ich werde mir wieder ein Volk zusammenbringen!»

«Merkst du denn nicht, daß du schon ins Unglück geraten bist?» sagte er Mäusejunge. «Man sagt ja, daß der Stein jeden, der ihn dem wahren Träger stiehlt, nur ins Verderben stürzt. Du solltest froh sein, daß ich ihn dir weggenommen habe.»

«Was weißt du denn von solchen Dingen?» schrie der Falke. «Hast du ihn nicht selbst gestohlen?»

«Das ist etwas anderes», sagte der Mäusejunge. «Ich handle nur im Auftrag seines wahren Besitzers.»

«Ach, so ist das!» schrie der Falke. «Da ist dieser Bocksfüßige also schon von den Ziegen auf die Mäuse gekommen! Eine bessere Gesellschaft als bei den Kleinsten und Schwächsten hat er wohl nicht finden können?»

Als er das hörte, richtete sich der Mäusejunge auf und trat sogar einen Schritt vor, allerdings nur so weit, daß ihn der Schnabel des Falken noch nicht erreichen konnte. Er schaute noch einmal in das farbige Leuchten des Steins, und als er wieder aufblickte und dem Falken ohne Zittern in die Augen sah, schien es fast, als sei er ein gutes Stück gewachsen. «Damit magst du Recht haben, Falke, daß wir Mäuse zu den Kleinsten und Schwächsten unter den Tieren gehören», sagte er. «Es könnte aber sein, daß einmal die Stunde kommt, in der den Kleinsten und Schwächsten Gewalt gegeben wird über die großen Räuber, die ihnen zeitlebens nachgestellt haben. Wir Kleinen freuen uns an der Wärme der anderen, die neben uns in unserer Höhle schlafen, und finden unsere Kraft in dieser Gemeinschaft.» Er sprach jetzt mit singender, hoher Stimme wie einer, der im Traum spricht. «Du aber, Falke, bist allein und wirst einsam bleiben dein Leben lang, und der Himmel wird leer um dich sein, wenn du über den Wäldern deine Kreise ziehst. Und dies wird geschehen, weil du das Geheimnis dieses Steins mißachtet hast.»

Der Falke wich zurück, und einen Augenblick lang sah es so aus, als fürchte er sich vor diesem Mäusejungen, der hier unversehens in solch feierliche Weissagung verfallen war. Doch dann packte ihn besinnungslose Wut, und er hackte kreischend auf das zerfaserte Wurzelwerk ein, als könne er diese Rede dadurch ungesprochen machen, daß er diesen Winzling umbrachte. Der Mäusejunge betrachtete jetzt den rasenden Vogel wie einen besiegten Feind und schien sich überhaupt nicht mehr zu fürchten. Doch gleich darauf geschah etwas, das ihn völlig aus der Fassung brachte. Er hörte hinter sich ein schabendes Geräusch, und als er sich umdrehte, sah er, wie aus der Tiefe der Felsspalte der Kopf einer Schlange hervorglitt. Er preßte den Stein an seine graupelzige Brust und blickte entsetzt in die achatfarbenen Augen der gewaltigsten Ringelnatter, die er je gesehen hatte.

«Das war tapfer und weise gesprochen, Junge», sagte die Schlange. «Hast du schon einen Namen, bei dem ich dich nennen kann?» Und als der so Angesprochene weiterhin in steinerner Erstarrung und keines Wortes fähig stehen blieb, fügte sie hinzu: «Du wirst dich doch nicht vor einer Schlange fürchten, nachdem du einem Falken gegenüber so viel Mut bewiesen hast? Willst du dich vor dem schämen müssen, den man ‹Der-mit-der-Schlange-spricht› nennt?»

Da faßte sich der Mäusejunge und sagte ein bißchen stotternd: «Du bist Rinkulla.»

«Ja, die bin ich», sagte die Schlange. «Aber du hast mir meine Frage noch nicht beantwortet.»

Der Mäusejunge schien nach dieser Auskunft schon ein wenig erleichtert zu sein, wenn ihn auch der Anblick der Schlange offenkundig noch immer ziemlich irritierte. Er verbeugte sich höflich und sagte: «Ich grüße dich, weise Rinkulla.

Hast du nicht bemerkt, wie jung ich noch bin? Ich habe bisher noch keinen Namen gewonnen.»

«Dann ist es jetzt Zeit, daß du einen erhältst», sagte die Schlange. «Ich nenne dich ‹Der-dem-Falken-weissagt›.» So erhielt der Mäusejunge hoch oben in der Felswand, eingekeilt zwischen einem tobenden Falken und einer riesigen Ringelnatter, seinen Namen.

«Du erweist mir mehr Ehre, als ich verdiene, weise Rinkulla», sagte er. «Ich bin vor Furcht vor diesem Falken fast vergangen und hätte wohl nicht den Mut gefunden, ihm zu widerstehen, wenn nicht dieser Stein mein Herz gestärkt hätte.»

«Bescheiden bist du also auch noch, du Musterexemplar eines Mäuserichs», sagte die Schlange. «Du hast deinen Namen wahrhaft verdient, denn du hast deine Furcht überwunden. Das ist weitaus mehr wert, als keine Furcht zu haben.»

Da verneigte sich der Mäuserich abermals und sagte: «Ich danke dir für diesen Namen, Rinkulla, und werde versuchen, mich seiner würdig zu erweisen.»

«Schon gut, schon gut!» sagte die Schlange und ließ ungeduldig ihren Kopf hin und her pendeln. «Genug der Feierlichkeit! Jetzt wollen wir uns erst einmal aus dem Umkreis dieses verrückten Vogels entfernen. Er macht für meinen Geschmack zu viel Lärm.»

«Wie denn?» sagte ‹Der-dem-Falken-weissagt›. «Ich habe keine Lust, mich in die Reichweite seiner Fänge zu begeben.»

«Das brauchst du auch nicht», sagte die Schlange. «Du bist doch gewohnt, durch dunkle Gänge zu schlüpfen. Es führen hier allerlei Wege durch den Fels, die man von außen nicht sehen kann. Gib mir den Stein! Du wirst deine Pfötchen zum Klettern brauchen.» Sie öffnete ihr Maul und faßte den Stein behutsam mit ihren spitzen Zahnreihen. «Komm jetzt!» sagte sie dann mit etwas behinderter Aussprache. «Ich krieche voraus, und du brauchst mir nur zu folgen.»

Sie wendete den Kopf und tauchte hinunter in die Felsspalte, und nun sah man eine Zeitlang nichts weiter als die bewegliche Schlinge des geschuppten Schlangenkörpers, der auf der einen Seite aus der Tiefe heraufglitt und auf der anderen wieder zwischen den Felsen verschwand. Es war, als wolle diese Schlange kein Ende nehmen, doch endlich erschien ihre Schwanzspitze und glitt zuckend wieder hinab in die Spalte, und sobald sie nicht mehr zu sehen war, folgte ihr der Mäuserich.

In einer engen Kluft ging es schräg abwärts. Der Mäuserich war erst wenige Schritte vorangekommen, als er von oben den Falken schreien hörte: «Wo bist du, du diebische Maus? Komm aus deinem Versteck! Ich will mit dir reden!», aber ‹Der-dem-Falken-weissagt› meinte, nun genug mit diesem Falken gesprochen zu haben, und folgte dem sanften Leuchten, das ihm voraus den steilen Weg schwach erhellte. Es war nicht recht zu entscheiden, ob dieses Leuchten von dem Stein oder von den Augen der Schlange herrührte, jedenfalls zeigte es ihm an, wohin er seine Füße setzen mußte. Zeitweise führte der Abstieg geradewegs in die Tiefe, dann

ging es wieder ein Stück eben hin durch einen niedrigen Gang, der nach einer
Weile in eine weite Höhle mündete. Die Wände waren von winzigen Kristallen
überkrustet, die in allen Farben glitzerten, wenn die Schlange unter ihnen
dahinglitt. Irgendwoher aus der Höhe fielen in kurzen Abständen einzelne
Tropfen in einen Teich, an dem die Schlange jetzt entlangkroch. Dann verengte
sich die Höhle und ging schließlich in eine ausgewaschene, abschüssige Kluft
über, auf deren Grund das überschüssige Wasser aus dem Teich in die Tiefe
rauschte. Der Schlange machte das nichts aus, aber der Mäuserich bekam nicht nur
nasse Füße, sondern sah bald aus wie aus dem Wasser gezogen und hatte Mühe,
daß ihn die Strömung nicht mit sich fortriß. Endlich wurde das Gefälle flacher,
und gleich darauf floß der Bach hinaus auf einen ebenen Höhlengrund, stürzte
noch einmal über eine Stufe hinab und sammelte sich in einem runden Becken.

Als er mit glitschenden Pfoten den letzten Felsabsatz hinuntergeschlittert war,
traf der Mäuserich auf die Schlange, die sich auf dem Höhlengrund zusammengerollt hatte und auf ihn wartete. Vor ihr auf dem felsigen Boden lag der Stein. Aus
einer Öffnung in der gegenüberliegenden Wand drang rötliches Abendlicht
herein, das den hohen, kuppelförmigen Raum nur noch schwach erhellte, aber der
Stein fing selbst diesen letzten Widerschein der Sonne noch auf und ließ sein
Farbenspiel glühen.

«Wir sind am Ziel», sagte die Schlange. «Dort drüben kommst du hinaus auf
den Hang unter der Felswand. Aber ich würde dir raten, zu warten, bis es ganz
dunkel geworden ist, sonst erwischt dich doch noch dieser Falke.»

Der Mäuserich schüttelte sich die Nässe aus dem Fell, hob schnüffelnd die Nase
und sagte: «Hier riecht es nach Ziegen.»

«Das ist kein Wunder», sagte die Schlange. «In der Nähe gibt es eine
Ziegenherde, die den Winter hier zu verbringen pflegt. Und auch der Träger des
Steins hat hier drei Winter lang gehaust, ehe ihm der Falke seinen Stein
abschwatzte.»

«Ob er wieder hierher zurückkommt?» fragte der Mäuserich.

«Nicht so bald, fürchte ich», sagte die Schlange.

Von da an saßen sie schweigend einander gegenüber, bis der letzte Schimmer
von Tageslicht erloschen war. Dann sagte die Schlange: «Jetzt kannst du deine
Leute herbeipfeifen, ‹Der-dem-Falken-weissagt›.»

Da packte der Mäuserich den Stein, rollte ihn vor sich her bis zum Eingang, trat
hinaus in die Nacht und pfiff. Nach wenigen Augenblicken huschten von allen
Seiten die Mäuse herbei, versammelten sich im Kreis um ihn und betrachteten
staunend den Stein, in dem noch immer ein Rest farbigen Lichts glomm. Und ehe
noch einer von ihnen etwas sagen konnte, schob sich hoch über dem jungen
Mäuserich der Kopf einer aufgerichteten Schlange aus der Höhle, pendelte hin
und her und blickte in die Runde. Alle standen wie erstarrt. Dann öffnete die
Schlange ihren weiten Rachen und sagte: «Hört mir zu, denn ich bin Rinkulla, mit

der schon früher einmal einer von euch gesprochen hat. Dieser Junge, der hier vor mir steht, ist heute erwachsen geworden und hat den Namen erhalten, der ihm zukommt. Er soll von nun an ‹Der-dem-Falken-weissagt› heißen; denn er hat diesem zauberischen Vogel oben in der Felswand in die grünen Augen geblickt und ihm die Wahrheit über sein Leben ins Gesicht gesagt. Jetzt bringt den Stein nach Hause und verwahrt ihn sicher, bis der Träger des Steins nach ihm verlangt.»

Da verneigten sich alle Mäuse tief, und die älteste von ihnen sagte: «Wir danken dir, Rinkulla, daß du schon wieder einem aus unserm Volk solche Ehre erwiesen hast. Du kannst sicher sein, daß ‹Der-mit-der-Schlange-spricht› den Stein gut hüten wird.» Die Schlange neigte ihren Kopf und zog sich in die Höhle zurück. Die Mäuse aber beeilten sich, den Stein mit vereinten Kräften in ihre Höhle zu schaffen, ehe der neue Tag anbrach.

Als der Stein endlich sicher in der Tiefe des Mäusebaus auf einem Bett von fein gezupfter Mäusewolle lag, wohl bewacht von dem ‹Der-mit-der-Schlange-spricht›, der seinen Posten als Hüter des Steins sogleich eingenommen hatte, und das ganze Volk zusammengedrängt rings um das Kleinod beieinanderhockte, fand ‹Der-dem-Falken-weissagt› endlich Zeit, von seinen Erlebnissen zu berichten. Wie er zu seiner Begegnung mit Rinkulla kam, blickte ‹Der-mit-der-Schlange-spricht› ein bißchen eifersüchtig auf diesen jungen Helden; denn er war ja nun nicht mehr der einzige, der mit der Schlange gesprochen hatte. Die neue Ehre jedoch, die er als Hüter des Steins hinzugewonnen hatte, mochte diesen Verlust aufwiegen; denn als der junge Mäuserich seine Erzählung beendet hatte, sagte ‹Der-mit-der-Schlange-spricht›: «Du hast deinen Namen zu Recht gewonnen, ‹Der-dem-Falken-weissagt›, und um dich zu ehren, bitte ich dich, dem Träger des Steins die Nachricht zu überbringen, daß der Stein gefunden und in meiner Obhut ist.»

Der junge Mäuserich verbeugte sich höflich und sagte: «Es sieht so aus, als solle ich in dieser Angelegenheit kaum zu Atem kommen. Aber das muß wohl so sein, wenn man erst einmal solche Ehren erlangt hat. Kannst du mir sagen, wie ich den Träger des Steins finden soll? Ich habe ihn noch nie im Leben gesehen.»

«Das ist nicht schwer», sagte ‹Der-mit-der-Schlange-spricht›. «Frage nach einem, der oben wie ein Mensch aussieht und unten wie ein Ziegenbock. Wer ihn getroffen hat, wird auch noch wissen, wohin er gegangen ist.»

So machte sich ‹Der-dem-Falken-weissagt› am nächsten Morgen auf, fragte diesen und jenen und gelangte auf solche Weise bis in den Schauerwald. Hier erschrak er fast zu Tode, als er einen dicken verwachsenen Fichtenstamm umging und dabei fast mit einem Wiesel zusammenstieß. Mit einem riesigen Satz sprang er ins Unterholz, doch das Wiesel rief ihm nach, er solle keine Angst haben. «Ich fresse keine Mäuse», sagte es. «Das habe ich Steinauge versprochen.»

Auf diese Anrede hin wagte sich der Mäuserich wieder aus dem Gebüsch heraus und fragte das Wiesel, ob es etwa Nadelzahn heiße, und als das Wiesel dies bejahte, richtete er ihm Grüße von ‹Der-mit-der-Schlange-spricht› aus, stellte sich höflich mit seinem Namen vor und fragte das Wiesel, ob es ihm sagen könne, wo Steinauge zu treffen sei.

«Habt ihr seinen Stein gefunden?» fragte das Wiesel.

«Ja», sagte der Mäuserich. «Ich hatte das Glück, ihn im Horst des Falken zu entdecken.»

Das Wiesel pfiff anerkennend. «Ihr Mäuse scheint ja wirklich ganz tüchtig zu sein, wie man schon an euren klangvollen Namen hören kann», sagte es. «Ihr redet mit Schlangen und Falken wie mit euresgleichen und laßt euch von einem Wiesel den Weg zeigen.» Und dann beschrieb es ihm, wie man zu der Quelle oberhalb des Flachtals kam. «Dort hat er sich immer aufgehalten, wenn er allein sein wollte», sagte es.

Der Mäuserich bedankte sich, und das Wiesel sagte: «Es war mir eine große Ehre, dich kennenzulernen», ehe sich beide trennten. Für die kleinen Beine eines Mäuserichs war es noch ein weiter Weg über die Bergkuppe, hinunter ins Flachtal und dann noch bachaufwärts bis zum Birkenwald und dem gewaltigen Ahorn, aber nach ein paar Tagen hatte er es geschafft und richtete seine Botschaft aus.

Er sah nun wieder die graupelzige Maus am Rand des Beckens sitzen und fand es erstaunlich, wozu so ein winziges Tier imstande war. Vieles von dem, was er bei diesen Mäusen gesehen und gehört hatte, war ihm zwar vertraut erschienen, doch er hatte es erlebt wie ein Zuschauer, den diese Dinge nicht weiter betrafen. Aber merkwürdig erschien es ihm schon, was hier wegen eines Steins alles veranstaltet wurde, und er fragte sich, was dieser Falke damit eigentlich hatte anfangen wollen. Einstweilen verbeugte sich die Maus auf äußerst feierliche Weise, als wolle sie sich von einem sehr viel höher gestellten Gegenüber verabschieden. «Ich hoffe, daß meine Worte diese verehrungswürdigen Ohren erreicht haben, die so aussehen, als wären sie von Stein», sagte sie noch, verneigte sich abermals und huschte zwischen den hellen Birkenstämmen davon.

Er verstand nicht so recht, was das alles bedeuten sollte. Im Vergleich zu den Ereignissen, die er zuvor in dieser anderen Welt bei den Mäusen erlebt hatte, war ja auch wohl nicht weiter wichtig, was diese Maus, die eben noch dort gesessen hatte, hier gewollt haben mochte. Auf dem Rand des Quellbeckens war nun nichts mehr zu sehen als diese Flügelchen, von denen hie und da, wenn der Wind durch den Baum fuhr, immer noch mehr herabwirbelten. Dann flötete irgendwo ein Vogel, flötete und flötete und wollte überhaupt nicht mehr aufhören. Es war fast nicht vorstellbar, daß eine solch klare, kunstvoll gebaute Melodie von derartiger Süßigkeit aus dem kleinen Schnabel eines Vogels kommen könne. Aber wer sollte hier sonst schon flöten? Es mußte wohl doch ein Vogel sein, der weiter unten im Tal sein Lied sang und sich noch lange hören ließ.

Schließlich verstummte der Gesang dieses Flötenvogels, und nun war nichts mehr zu hören als das Rauschen des Windes in den Ahornzweigen. Die Maus hatte sich nicht mehr gezeigt und war wohl schon längst auf dem Heimweg. Ob der Falke versuchen würde, sich an ihr zu rächen? Jedenfalls würde sie gut daran tun, sich vor ihm in acht zu nehmen. Ein bemerkenswerter Vogel war das gewesen, selbst in seiner rasenden Wut noch schön mit seinen smaragdgrünen Augen. Böse und schön zugleich. Und während er sich diesen Falken noch vorzustellen suchte, war da schon eine Stube mit einem breiten, von einem gestickten Überwurf bedeckten Bett, einer geschnitzten Truhe an der Wand und einem geschliffenen Spiegel darüber. Vor dem einzigen Fenster des Raumes, durch das man hinausblickte auf grünes Buschwerk, Erlen, Holunder und Birken, stand ein kleiner Tisch, und neben dem Tisch stand ein Mädchen oder eine junge Frau und blickte ihn mit ihren grünen Augen an. Oder blickte sie durch ihn hindurch? Es war offensichtlich, daß sie dort niemanden sah, wo sie hinblickte, denn als jetzt draußen Lärm aufkam, Pferdegetrappel und gellendes Geschrei, lief sie dicht an ihm vorbei durch eine offene Tür und weiter durch eine zweite hinüber in das gegenüberliegende Zimmer. Er sah sie jetzt dort am Fenster stehen und auf einen Platz hinunterschauen, über den in wildem Galopp Reiter sprengten, denen strähnige Zöpfe um die Schläfen flogen. Mitten auf dem Platz stand eine altersgraue Blockhütte, und die Reiter umkreisten sie, schwangen ihre Krummschwerter und hieben jeden nieder, der ihnen in den Weg lief.

Die Grünäugige stieß einen erstickten Schrei aus und preßte sofort die Faust gegen den Mund, als könne sie diesen verräterischen Schrei damit in den Hals zurückstoßen. Dann drehte sie sich um, lief zurück in ihr Zimmer und schloß die Tür. Ihr Gesicht war verzerrt vor Wut. Oder vor Angst? Sie riß den Deckel der Truhe auf und kramte mit fliegenden Händen ein paar Dinge hervor, wickelte sie in ein Tuch und schickte sich an, aus dem Fenster zu klettern. Doch da preschte einer der Reiter um die Ecke, ritt unter dem Fenster vorüber und schleuderte eine brennende Pechfackel aufs Dach. Die Grünäugige warf sich zurück ins Zimmer, und währenddessen wurde schon dröhnend gegen die Haustür geschlagen. Die Grünäugige blickte sich um wie ein Tier, das in der Falle sitzt. Sie hastete zu dem Tisch beim Fenster, breitete das Tuch auf ihm aus, und da lagen nun die Dinge, die sie in Sicherheit hatte bringen wollen: ein Ring, an dem ein großer Smaragd in der Fassung von der Gestalt eines Falkenkopfes funkelte, eine feingliedrige goldene Halskette und als drittes der Stein. Woher hatte sie ihn nur? Es war ohne Zweifel derselbe Stein, den die Mäuse dem Falken abgejagt hatten.

Die Grünäugige stand zögernd vor dem Tisch und schaute auf die drei Dinge, als könne sie sich nicht entscheiden, was nun zu tun sei. Im Dachstuhl über der Stube hörte man das Feuer prasseln, Rauch quoll durch die Ritzen zwischen den Deckenbalken, Funken rieselten herab, und an manchen Stellen begann sich der Brand schon durchzufressen. Zugleich barst mit splitterndem Krachen die Haustür unter den Schlägen der Reiter. Da besann sich die Grünäugige nicht

länger. Sie raffte die Halskette vom Tisch, legte sie sich um den Nacken, und
während sie sich über den Tisch beugte und den Verschluß vorn zusammennestel-
te, schrumpfte unversehens ihre Gestalt so rasch, daß man diese Verwandlung, die
mit ihr vorging, kaum beobachten konnte. Wo eben noch blasse Haut zu sehen
war, deckte den Körper jetzt braunes Gefieder, und im nächsten Augenblick saß
auf dem Tisch inmitten der Kette ein Falke und spähte mit seinen grünen Augen
zur Tür. Doch die war noch geschlossen, wenn man die Plünderer auch schon
hören konnte, die unten im Haus Möbel umstießen und Truhen aufbrachen.

Inzwischen schlugen schon die Flammen von oben ins Zimmer und drohten,
dem Falken das Gefieder zu versengen. Da packte er den Stein mit dem Schnabel
und flog zum Fenster hinaus. Von außen konnte man sehen, wie weit der Brand
sich schon in das Haus gefressen hatte (es erstaunte ihn durchaus nicht, daß er
dieses Haus jetzt von außen sah). Das ganze Gebäude war in Flammen gehüllt,
und es war zu verwundern, daß der Falke sich überhaupt noch ins Freie hatte
retten können. Er flog pfeilschnell dicht über die Wipfel der Erlen und Birken bis
zu einer alten Eiche, deren knorriger Stamm alle anderen Bäume ringsum
überragte, und landete in einer Gabelung von mannsstarken Ästen. Vielleicht
hatte er hier seinen Beobachtungsplatz, denn von dieser Stelle aus konnte man das
ganze Dorf überblicken und auch noch weit hinaus in die Steppe schauen. Doch
dafür hatte der Falke jetzt keine Zeit. Er verbarg den Stein in einer Höhlung
zwischen den Ästen, schwang sich wieder hinaus in die Luft und flog eilends
zurück. Möglicherweise hatte er vorgehabt, auch noch die anderen Kostbarkeiten
in Sicherheit zu bringen, doch als er das Haus erreichte, krachte eben der
Dachstuhl zusammen und zerschmetterte unter sich bis zur halben Höhe die
Hauswand mit dem Fenster, hinter dem die Schmucksachen lagen. Der Falke
schrie gellend auf und versuchte, auf irgend eine andere Weise in das Haus zu
gelangen, doch all seine Mühe war vergebens; wo überhaupt noch ein Zugang
offen stand, schlugen die hellen Flammen heraus. Mit angesengten Flügeln und
geschwärzt von Ruß und Rauch flatterte er schließlich zurück zu der Eiche und
schaute zu, wie das Dorf brannte.

Nach einer Weile schlich unten ein großer Hund durchs Gebüsch und blieb
knurrend stehen, als er den Falken auf der Eiche sitzen sah. «Gefällt dir das,
Narzia», rief er zu dem Falken hinauf, «wie dein Dorf abbrennt und deine Leute
erschlagen werden? Du hast dich ja retten können. Ich habe gesehen, wie du aus
deinem Fenster geflogen bist, und Arnis Stein hast du auch mitgenommen.
Vielleicht wäre das alles nicht geschehen, wenn du ihn in Arnis Hütte auf seiner
Goldschale hättest liegen lassen. Aber du bist ja so versessen auf solche Zauberdinge, daß du ihn für dich haben wolltest.»

«Halt dein Maul, du Schwätzer!» rief der Falke böse. «Was verstehst denn du
von solchen Sachen! Dieser Stein ist mir mehr wert als die paar Leute, die jetzt dort
unten zwischen den Häusern liegen!»

«Was bist du doch für eine eigensüchtige, grausame Närrin!» rief der Hund. «Deine Worte zeigen nur, daß du nie verstanden hast, was dieser Stein bedeutet.» Er stieß ein rauhes, bellendes Lachen aus und fuhr dann fort: «So viel weiß ich immerhin von diesem Stein, daß er jedem Unglück bringt, der ihn unrechtmäßig an sich genommen hat. Deine Zauberkette hattest du, so viel ich gesehen habe, nicht bei dir, als du geflohen bist. Die schmort jetzt wohl schon im Feuer, und wenn das Haus niedergebrannt ist, wird sie nicht mehr zu finden sein. Jetzt kannst du sehen, was dir dieser Stein eingebracht hat: Du wirst so bleiben müssen, wie du jetzt bist, ein einsamer Falke unter dem Himmel. Nun hat dich das gleiche getroffen, was du mir und deinen anderen Hunden angetan hast.»

«Gebell eines Hundes!» schrie der Falke. «Schau nur, wie hoch ich mich über dich und deinesgleichen erhebe!» Dann packte er den Stein mit dem Schnabel, breitete seine Schwingen aus und schraubte sich hoch hinauf in den Himmel, bis Steppe, Wälder und Gebirge weit unter ihm lagen wie ein grau und grün geflecktes Teppich, der sich an manchen Stellen ein wenig kräuselte und aufwölbte. Irgendwo zwischen hellem und dunklem Grün wölkte ein wenig Rauch auf, kaum noch als eine leichte Trübung zu erkennen und ohne Bedeutung für den Falken, der rasch nach Norden davonzog bis zu seinem Horst in der unersteigbar schroffen Felswand, in deren unzugänglicher Einsamkeit er seinen Schatz in Sicherheit brachte.

Eine trügerische Sicherheit, wie sich schon herausgestellt hatte; denn dies alles mußte geschehen sein, ehe dieser Mäuserich ‹Der-dem-Falken-weissagt› die Felswand dann doch erstiegen und den Stein an sich gebracht hatte. War der Ablauf der Dinge durcheinandergeraten? Oder gar die Zeit außer Kraft gesetzt? Vielleicht gab es keine Zeit mehr, wie es auch keine Begrenzung des Raumes mehr zu geben schien, die einen daran hinderte, im gleichen Augenblick hier und dann schon meilenweit entfernt zu sein. Er war verwirrt wie ein Zuschauer, dem es noch nicht gelungen ist, den Sinn eines Spielstückes zu durchschauen, und den es zugleich reizt, diesen Sinn weiter zu ergründen, vielleicht, weil er – ohne es selbst zu ahnen – nach dem Punkt sucht, an dem sich herausstellt, daß all diese Vorgänge ihn selbst betreffen.

Vorderhand war er jedoch noch weit davon entfernt, sich davon betroffen zu fühlen, und hielt sich deshalb an Einzelheiten, die ausschließlich seinen Verstand beschäftigten. Da war zum Beispiel diese Sache mit der Halskette, die ihm so rätselhaft erschien, daß er sie für wichtiger hielt als vieles andere. Er führte sich noch einmal vor Augen, wie die Verwandlung in dem Augenblick vor sich gegangen war, als die Grünäugige die Kette um ihren Hals gelegt und vorn geschlossen hatte. Wie stellte sie es wohl an, ihre menschliche Gestalt zurückzuerhalten? Und vor allem: Woher kamen solche Zauberdinge? Wer besaß die Kunstfertigkeit, dergleichen herzustellen? Das hätte er gerne gewußt.

Und da saß auch schon ein unglaublich magerer, weißhaariger Greis vor ihm, der in eine Art Kutte aus blauer Seide gehüllt und damit beschäftigt war, winzige goldene Glieder zu einer Kette zusammenzufügen. Bei näherem Hinschauen war zu erkennen, daß jedes dieser filigranartigen Glieder die Gestalt eines auffliegenden Falken besaß, die ihre Klauen jeweils in die Flügel des nachfolgenden geschlagen hatten. Nicht nur das kostbare Gewand deutete darauf hin, daß es sich hier um alles andere als einen gewöhnlichen Handwerker handelte. Der Tisch, an dem der Mann saß, erinnerte noch am ehesten an die Werkbank eines Goldschmiedes, doch war auch hier alles sehr kostbar ausgestattet. Der Tisch hatte eine spiegelblank geschliffene Platte aus schwarzem, von leuchtend grünen, vierkantigen Einsprengseln durchsetzten Stein, auf der unter der entstehenden Arbeit ein schwarzsamtenes Tuch ausgebreitet war, und daneben funkelten im Licht der durch ein weites Fenster einfallenden Sonne aufblinkende winzige Werkzeuge unterschiedlichster Form, die hier griffbereit aufgereiht lagen. Der Raum selbst schien eine merkwürdig verquere Form zu haben, bis man herausfand, daß er fünfeckig war. An den Wänden standen gläserne Vitrinen, in denen kostbares Geschmeide blitzte, und in einem eigenen, gleichfalls verglasten Schrank lag allerlei edles Gestein in seiner natürlichen Form, aufspießende Kristalle von violetter, sonnengelber und moosgrüner Farbe, manche auch wasserhell und durchsichtig, nußgroße Rohstücke von Smaragden, Rubinen und Saphiren, Brocken von grüngebändertem Malachit, milchige Opale, unter deren blasser Oberfläche unzählige vielfarbige Glanzlichter flimmerten, und allerlei seltsam geformte, baumartig verzweigte Gebilde mit glatter, feuerroter Haut.

Dann mischte sich in das leise Klirren der Werkzeuge ein gläsern schwingender Ton, der von einer weiten, kristallenen Schale auszugehen schien, die neben der Tür auf einer Säule ruhte. Der Alte blickte auf und sagte mit brüchiger Stimme: «Tritt ein, ich habe schon auf dich gewartet.» Jetzt, wo er den Kopf gehoben hatte, konnte man erst richtig sehen, wie hinfällig dieser Goldschmied aussah: kalkweiße, fleckige Haut spannte sich über die Wangenknochen, und die scharfe Nase sprang aus dem Gesicht hervor wie ein Vogelschnabel.

Inzwischen hatte sich die Tür geöffnet, und auf der Schwelle stand ein Mann von auffallend hohem Wuchs, der ein leuchtend rotes, fußlanges Gewand trug. Er war mittleren Alters und schien viel ins Freie zu kommen; denn sein Gesicht war über dem tiefschwarzen Bart von der Sonne braungebrannt. Ihm folgte ein Mädchen, das man zunächst für die Grünäugige hätte halten können, doch als es an der Seite des Rotgewandeten auf den Arbeitstisch zuging und aus dem Schatten in das hereinflutende Sonnenlicht trat, sah man, daß ihre Gesichter sich nur ähnelten, wenn beide auch die gleichen grünen Augen hatten.

«Ich grüße dich, Meister der Steine», sagte der Bärtige. «Hast du die Kette schon zusammengefügt?»

«Du mußt verzeihen, Wendikar», sagte der Alte, «daß die Kette noch nicht vollendet ist. Ich bin alt, und meine Kräfte lassen nach. Die Glieder hängen schon aneinander, ein Falke am andern; nun muß nur noch der Verschluß eingesetzt werden, und das ist der schwierigste Teil der Arbeit; denn in ihm wird der Falkenzauber verborgen sein, der deiner Tochter dienen soll.»

«Dann wollen wir dich nicht länger stören», sagte der Mann, den der Alte Wendikar genannt hatte, und wendete sich zum Gehen, während seine Tochter noch am Arbeitstisch stand und das unfertige Schmuckstück betrachtete.

«Gefällt dir die Kette?» fragte der Meister der Steine.

«Ich habe noch nie eine schönere gesehen», sagte das Mädchen. «Du bist ein großer Künstler.»

«Ein alter Mann, dem schon die Hände zittern», sagte der Meister der Steine. «Willst du hierbleiben, während ich den Verschluß einsetze? Es ist gut, wenn jener, der ein solches Stück tragen und benutzen soll, dem Zauber seine eigene Kraft hinzufügt. Erlaubst du ihr das, Wendikar?»

«Du erweist meiner Tochter eine große Ehre», sagte Wendikar. Damit verließ er den Raum, und die schwere Tür schloß sich leise hinter ihm.

«Nimm dir einen Stuhl und setz dich neben mich, Belenika», sagte der Alte. «Ich will dich nahe bei mir haben bei dieser Arbeit; denn ich fürchte, meine eigenen Kräfte reichen dazu nicht mehr aus.»

«Wie meinst du das?» fragte das Mädchen. «Soll ich dir helfen?»

«Nein, nur da sein», sagte der Alte.

Belenika holte aus dem Hintergrund des Raumes einen Hocker und setzte sich dicht neben den Meister. «Ist das der Verschluß?» fragte sie und deutete auf ein kunstvoll verschlungenes Gebilde, das neben der Kette auf dem schwarzen Tuch lag.

«Ja», sagte der Alte. «Schau dir das Verschlußstück genau an und sage mir, was du siehst.»

«Es hat die Form eines Falken wie die anderen Glieder der Kette», sagte Belenika. «Nur ist dieser ein bißchen größer.»

«Und was siehst du noch?» fragte der Meister.

Belenika betrachtete den bis in alle Einzelheiten des Gefieders nachgebildeten Vogel genauer und sagte dann: «Er sitzt auf einem Handschuh und trägt eine Kappe mit einem Federbusch wie ein Jagdfalke.»

«Richtig», sagte der Meister. «Und nun will ich dir zeigen, wie die Kette sich öffnen läßt.» Er nahm das zierliche Gebilde vom Tisch, drehte den Handschuh ein wenig nach links um seine Achse und löste damit den Falken von seinem Sitz. «Wenn du die Kette schließen willst», sagte er dann, «mußt du den Handschuh so zwischen die beiden Klauen schieben und nach rechts drehen, und er wird sitzen wie angeschmiedet.» Er gab ihr das Werkstück in die Hand und sagte: «Öffne den Verschluß!»

Belenika nahm den Falken vorsichtig mit den Fingerspitzen entgegen und versuchte, den Handschuh zu drehen, doch es wollte ihr nicht gelingen. «Es geht nicht!» sagte sie nach einer Weile. Der Meister hatte ihr lächelnd zugesehen. «Das ist auch gut so», sagte er, «denn sonst könnte sich der Verschluß von selbst lösen. Drücke ein wenig auf den Daumen des Handschuhs!»

Belenika tastete mit dem Finger über die winzige Erhebung, und schon ließ der Handschuh sich drehen. Sie lachte wie ein Kind, dem eine schwierige Aufgabe geglückt ist. «Ist das schon der ganze Zauber?» fragte sie.

Der Meister schüttelte den Kopf. «Nein», sagte er, «das ist nur gewöhnliche Goldschmiedearbeit. Das Schwerste steht uns noch bevor, aber ich will dir zeigen, wie er zur Wirkung gebracht werden wird. Weißt du schon, wozu diese Kette dir dienen soll?»

Belenika wurde unvermittelt ernst und antwortete: «Mein Vater hat mit mir darüber gesprochen. Du darfst aber nicht meinen, daß ich Höni nur aus diesem Grund heirate. Ich mag ihn wirklich, und mir gefällt seine Art zu leben. Deshalb wollte ich mich zunächst auch weigern, diese Aufgabe zu übernehmen. Erst dem Großmagier ist es dann gelungen, mich davon zu überzeugen, wie wichtig es für Falkinor ist, um die Vorgänge bei den Beutereitern zu wissen. Er hat mir versprochen, daß den Leuten des Khans kein Schaden zugefügt werden soll.»

«Das hätte er dir nicht eigens zu sagen brauchen», warf der Meister ein. «Du solltest wissen, daß Falkinor eine Stätte des Friedens ist.»

«Du hast recht», sagte Belenika. «Ich weiß jetzt auch, daß es dem Großmagier vor allem darum zu tun ist, wie sich die Dinge mit diesem merkwürdigen Bruder des Khans entwickeln, den sie Arni mit dem Stein nennen, und solche Nachrichten will ich ihm gern überbringen, wenn mir deine Kunst dazu verhilft.»

«Das wird sie», sagte der Meister. «Wie hast du überhaupt fürchten können, einer der Kleinmagier von Falkinor würde seine Hand dazu hergeben, andere Leute ins Verderben zu stürzen? Und das ist auch gleich das erste, was du dir einprägen mußt: Diese Kette soll ausschließlich dem Großen Haus von Falkinor dienen, und ihm dient alles, was Dinge zum Guten wendet. Nur dazu darfst du sie benützen.»

«Soll das heißen, daß ihr Zauber unwirksam bleibt, wenn man damit andere Ziele verfolgt oder gar Böses tut?» fragte Belenika.

«Nein», sagte der Meister, «und das ist die erste und größte Gefahr, auf die ich dich hinweisen muß. Der Zauber ist an die Handhabung des Verschlusses gebunden und wirkt immer. Wer ihn aber nur aus Eigennutz oder gar zum Schaden anderer gebraucht, der wird über kurz oder lang sich selbst ins Verderben bringen. Bedenke das jetzt, denn die Versuchung wird größer sein, als du jetzt vielleicht meinst.»

«Ich will es mir merken», sagte Belenika. «Aber du wolltest mir zeigen, wie man die Kraft der Kette aus ihrer Fessel befreit.»

«Genau so wie man einen Jagdfalken fliegen läßt», sagte der Meister. «Du mußt die Kette so um den Hals legen, daß die Falken nach links fliegen. Wenn du sie dann vorn auf deiner Brust schließt und die Kappe des größeren Falken zurückschiebst, daß seine Augen frei werden, wirst du selbst ein Falke sein, der schneller als der beste Reiter dem Großmagier Nachricht bringen kann. Und vor allem unauffälliger.»

«Wird mein Mann es nicht bemerken, wenn ich tagelang nicht zu finden sein werde?» fragte Belenika besorgt.

«Höni wird oft für längere Zeit mit den Beutereitern unterwegs sein», sagte der Meister. «Außerdem wirst du um vieles schneller fliegen können als ein gewöhnlicher Falke, allerdings nur dann, wenn dein Flug im Einklang mit deinem Dienst am Großen Haus von Falkinor steht. Bedienst du dich der Kette um deiner eigenen Wünsche willen, wirst du nichts sein als ein gewöhnlicher Falke, der auf Beute aus ist.»

Als er sah, daß Belenika die Kappe zu bewegen versuchte, hielt er sie mit einer Geste seiner Hand zurück und sagte: «Warte! Auch dabei muß man sicher sein, daß dergleichen nicht versehentlich geschieht. Du mußt den Federbusch auf der Kappe mit den Fingerspitzen leicht zusammendrücken. Siehst du! Nun läßt sie sich bewegen.»

«Du hast dir das alles sehr sorgfältig ausgedacht», sagte Belenika. «Jetzt muß ich nur noch erfahren, wie ich meine menschliche Gestalt zurückbekomme.»

«Das ist einfach», sagte der Meister. «Du brauchst deinen schönen Falkenkopf nur durch die Kette zu stecken, und zwar diesmal so, daß die goldenen Falken nach rechts fliegen, und schon bist du wieder Belenika. Vergiß aber nicht, danach als erstes dem Falken seine Kappe wieder aufzusetzen! Vor allem aber mußt du dafür sorgen, daß die Kette während deiner Abwesenheit nicht abhanden kommt. Man wird dir eine Magd zur Begleitung mitgeben, die um diese Dinge weiß und darauf achten wird.»

«Was wird geschehen, wenn die Kette während dieser Zeit verloren geht?» fragte Belenika.

«Das ist die zweite Gefahr, in die du dich begibst», sagte der Meister. «Du müßtest ein Falke bleiben.»

«Und wenn ich sie später wiederfinde?» fragte Belenika. «Dann kann ich doch wieder zu dem Menschen werden, der ich einmal war?»

«Das kommt auf die Zeit an, die du als Falke verbracht hast», sagte der Meister, «denn das ist die dritte Gefahr, und zwar eine, die ich dir nicht ersparen kann. Obwohl du als Falke so lange leben könntest, wie du als Mensch gelebt hättest, wird das Leben Belenikas während dieser Zeit dennoch so rasch ablaufen wie das Leben eines Falken. Der Falke wird davon nichts spüren, aber nur ein Jahr, das du in seiner Gestalt verbringst, wird dich bei der Rückkehr in deinen Körper um viele Jahre älter machen. Sorge also dafür, daß du deine Flüge nach Falkinor so rasch wie möglich hinter dich bringst. Schon diese wenigen Tage werden dich rascher altern lassen, aber das ist der Preis, den man für die Freiheit eines Falken unter dem Himmel zahlen muß.»

«Es muß herrlich sein, als Falke über die Steppe zu fliegen!» rief Belenika. «Dafür gebe ich gern ein Stück meines Lebens hin!»

Der Meister betrachtete sie lächelnd. «Dir fällt es leicht, ein paar Wochen herzuschenken», sagte er. «Ich selber habe schon lange damit angefangen, meine Tage zu zählen. Nun muß ich dir noch ein letztes sagen. Ich habe dir von der Gefährlichkeit dieser Kette berichtet, damit du dich jetzt entscheidest, ob du sie tragen willst. Du kannst noch immer von dieser Aufgabe zurücktreten – und dennoch deinem Höni in die Zelte der Beutereiter folgen», fügte er lächelnd hinzu. Dann wurde er sogleich wieder ernst und fuhr fort: «Wenn du dich aber dazu bereitfindest, dem Großen Haus von Falkinor auf solche Weise zu dienen, wirst du alle Warnungen vergessen, die ich hier ausgesprochen habe, und nur noch dem folgen können, was du für gut und richtig hältst. Fühlst du dich dazu imstande?»

Belenika bedachte sich eine Weile, dann hob sie den Kopf und sagte: «Ja, ich will diese Aufgabe übernehmen. So viel habe ich in meinem kurzen Leben schon gelernt, daß man bei dem, was man tut, nicht nach dem eigenen Nutzen fragen soll, sondern danach, was man damit anderen an Gutem oder Bösem zufügt.»

«Von der Tochter Wendikars habe ich das nicht anders erwartet», sagte der Meister. «Nun wollen wir uns an die Arbeit machen.» Er nahm Belenika das Verschlußstück aus der Hand, löste die beiden Teile voneinander und fügte sie an die Enden der Kette an. «Nun mußt du mir helfen», sagte er dann, «denn ich fürchte, es könnte über meine Kraft gehen, meinen Willen in diesen goldenen Vogel zu zwingen.»

Er bat das Mädchen aufzustehen und erhob sich selbst mühsam von seinem Arbeitssessel. Nun ließ er den Falken wieder auf dem Handschuh Platz nehmen, so daß die Kette geschlossen war, und forderte Belenika auf, beide Hände um den Verschluß zu legen, und dann umspannte er ihre Hände mit seinen schmalen, kunstfertigen Fingern.

«Was soll ich jetzt tun?» fragte Belenika.

«Gar nichts», sagte der Meister. «Überlasse mir nur deinen Willen und die Kraft deiner Jugend und rede jetzt nicht mehr.»

Eine Zeitlang standen beide nebeneinander, ohne daß irgendetwas Auffälliges zu bemerken war, ein junges Mädchen und ein alter Mann, deren ineinander verschlungene Hände eine goldene Kette hielten, sonst nichts. Doch dann trat allmählich eine Wandlung ein, zunächst kaum spürbar, doch rasch zunehmend, daß sie bald nicht mehr zu übersehen war: Das fahle, eingefallene Gesicht des Alten begann sich zu röten, seine Züge wurden straffer, und zugleich schien seine Gestalt sich aufzurichten und zu wachsen, als werde er zusehends um Jahrzehnte jünger, während dem Mädchen die Farbe aus den Wangen wich und es schließlich so aussah, als werde seine zerbrechliche Gestalt nur noch durch die Kraft des Meisters aufrecht gehalten. Und dann begann der Meister mit klarer, kräftiger Stimme zu sprechen:

Falkinors Zeichen,
wer die Fessel dir löst,
soll dir gleichen,
tut er's zum Guten,
soll er's erreichen,
tut er's zum Bösen,
soll das Glück von ihm weichen.

Er hatte diese Worte so laut gesprochen, daß die Kristallschale neben der Tür bebte. Ihr summender Ton füllte den Raum für lange Zeit, und erst, als er verklungen war, löste der Meister seinen Griff von den Händen Belenikas. Im gleichen Augenblick wich alle Kraft aus seiner Gestalt, seine Haut war bleich und fleckig wie zuvor, seine Wangen verfielen, er wankte und drohte zusammenzubrechen. Belenika gelang es eben noch, ihn in ihren Armen aufzufangen. Sie wollte ihn in seinen Sessel gleiten lassen, aber er schüttelte den Kopf und sagte mit schon versagender Stimme: «Nein..., halte mich fest, Belenika, und laß mich stehend sterben. Es ist schön, in diesem Augenblick noch einmal in den Armen eines Mädchens zu liegen.» Dann sank sein Kopf nach vorn, und sein Körper erschlaffte. Als ihn Belenika schließlich auf seinen Sessel bettete, waren seine Augen schon gebrochen.

Offenbar war es ein riskantes Geschäft, solche Zauberdinge herzustellen. Dieser alte Meister der Steine hatte es jedenfalls mit seinem Leben bezahlt, und der Umgang mit derartigen Gegenständen blieb auch weiterhin für jeden, der sich ihrer bediente, mit Gefahren verknüpft. Das schien ihm schwer verständlich. Wie konnte einer, der dem Guten dienen wollte, zugleich die Möglichkeit des Bösen zulassen? Machte er sich nicht mitschuldig an allem, was mit Hilfe seiner Kunst später an Unheil angerichtet wurde? Er erinnerte sich daran, was dieses Falkenmädchen, das man Narzia nannte, anderen Menschen angetan hatte. Außer dieser Kette hatte sie dazu auch noch ihren Falkenring benutzt, aber er war mittlerweile überzeugt davon, daß auch dieser Ring auf ähnliche Weise zugleich Segen und Fluch in seiner Rundung umschloß. Sogar die Kleinen und Schwachen hatten darum gewußt wie dieser junge Mäuserich ‹Der-dem-Falken-weis-sagt›.

Wie war diese Narzia überhaupt zu der Kette gekommen? Vielleicht ist sie die Tochter Belenikas, dachte er, und es fiel ihm schon gar nicht mehr auf, daß er Ereignisse fast gleichzeitig erlebte, die eigentlich um viele Jahre auseinanderliegen mußten. Viel mehr beschäftigte ihn die Frage, ob Narzia um die Gefahren gewußt habe, die mit dem Mißbrauch solcher Zauberdinge verknüpft waren. Doch je länger er darüber nachdachte, desto deutlicher erkannte er, daß dies nicht die Frage war, auf die es letztlich ankam, und zugleich begriff er auch, warum Belenika all die Warnungen des Meisters wieder hatte vergessen müssen. Was war es schon wert, wenn einer nur deshalb vor bösen Taten zurückschreckt, weil er weiß, daß er damit sich selber ins Verderben bringt. Er tat ja das Gute nicht um des Guten willen, sondern nur aus Eigennutz. Und nun verstand er auf einmal die Weisheit des alten Meisters. Er wollte Belenika nicht zur Sklavin machen, indem er sie zum Guten zwang, sondern ihr alle Freiheit der eigenen Entscheidung lassen, wie sie von der Macht, die ihr die Zauberkette verlieh, Gebrauch machen wollte. Der Meister schien viel von ihr gehalten zu haben, daß er ihr so viel Vertrauen entgegenbrachte. Oder stand er selbst unter einem Gesetz, nach dem es ihm nicht erlaubt war, die Freiheit eines Menschen auf solche Weise einzuschränken? Dann hätte er jedoch selber unter einer Art von Zwang gestanden, und das schien nicht seinem Wesen zu entsprechen. Je länger er darüber nachdachte, desto wahrscheinlicher erschien es ihm, daß dieser Kleinmagier überhaupt nicht anders mit Menschen umgehen konnte, als daß er ihnen das Gute zutraute.

Ob Belenika seine Hoffnungen erfüllt hatte? Die Frage beschäftigte ihn derart, daß er alsbald einen Falken hoch über der Steppe nach Norden fliegen sah. Der Vogel schoß pfeilschnell am stahlblauen Abendhimmel dahin, so daß kein Zweifel bestand, daß er einem Ziel zustrebte, daß sich schon in der Ferne auf der rötlich unter der tiefstehenden Sonne schimmernden Steppe abzeichnete, eine Ansammlung dunkler Zelte, neben der in einer weiten Koppel zahllose Pferde grasten. Der Falke glitt tiefer, überflog eine Gruppe von Reitern, von denen einer zu ihm heraufschaute und seinem Flug mit den Augen folgte. Dann spornte er sein Pferd an und ritt, von den andern gefolgt, auf das Lager zu. Der Falke schoß inzwischen schon dicht über dem Boden dahin, tauchte in den langen Schatten des ersten Zeltes, als wolle er sich vor neugierigen Blicken verbergen, kurvte weiter zwischen den nächsten Zelten hindurch bis zu einem besonders großen, reich ausgestatteten, schwang sich auf der Schattenseite noch einmal in die Höhe und schlüpfte durch eine kleine Öffnung im Zeltdach.

Er schaute von der Höhe hinab in eine kleine, durch Teppiche abgeteilte Kammer, in der eine Dienerin über einer Stickarbeit saß. Als sie das Flattern des Falken am Zeltdach hörte, blickte sie hinauf, legte ohne sonderliche Überraschung ihre Arbeit beiseite und nahm ein seidenes Tuch vom Boden auf, das dort in der Mitte des Raumes ausgebreitet war. Darunter lag zu einem Kreis geschlossen die goldene Kette. Als der Falke herabflatterte, hob die Dienerin die Kette an einer Seite ein wenig hoch, der Falke glitt mit seinem schmalen Kopf darunter, und im nächsten Augenblick stand dort an seiner Stelle eine Frau, die offenkundig Belenika war, wenn sie auch beträchtlich älter zu sein schien als jenes Mädchen, das neben dem Meister der Steine in dessen Werkstatt gesessen hatte. Sie ließ ihre

Finger über den Verschluß gleiten, öffnete die Kette und verwahrte sie in einem geschnitzten Kästchen, das sie sorgfältig abschloß. Den Schlüssel hängte sie an einem Band um den Hals und verbarg ihn unter ihrem Gewand. Dann wendete sie sich der Dienerin zu und sagte: «Ich danke dir, daß du wie immer für mich gewacht hast. Du kannst gehen. Ich brauche dich heute nicht mehr.»

Die Dienerin verbeugte sich stumm und verließ den Raum durch einen Spalt zwischen den herabhängenden Teppichwänden. Belenika setzte sich auf ein Kissen an der Seite des Raumes, senkte den Kopf und schien nachzudenken. Auf ihrer Stirn stand eine steile Falte, wie bei jemandem, den eine schwierige Frage beschäftigt, von der viel abhängt. So saß sie eine ganze Weile, während das wenige Licht, das durch die Öffnung im Zeltdach hereinfiel, immer schwächer wurde. Dann bewegte sich der Vorhang, und ein Mädchen kam herein. Es war schon so dunkel im Zelt, daß man ihr Gesicht nicht erkennen konnte.

«Da bist du ja, Mutter», sagte das Mädchen. «Ich habe gar nicht bemerkt, daß du zurückgekommen bist. Soll ich dir Licht bringen?»

«Ja», sagte Belenika.

Das Mädchen griff nach einer Öllampe, hakte sie von der Kette los, an der sie von der Spitze einer Zeltstange herabhing, und verließ mit ihr den Raum. Gleich darauf kam es mit der brennenden Lampe zurück und hängte sie wieder an ihren Platz. Während es mit der Lampe hantierte und das Licht auf seine Züge fiel, erkannte er, daß es Narzia war. Sie setzte sich neben ihre Mutter und blickte ihr forschend ins Gesicht. «Das ist sonderbar», sagte sie. «Ich habe dich vorhin hier gesucht, aber es war nur deine Dienerin hier. Dann habe ich mich die ganze Zeit über im Zelt aufgehalten, um auf deine Rückkehr zu warten, aber du bist nicht gekommen. Und nun bist du doch hier.»

«Vielleicht hast du nicht achtgegeben», sagte Belenika.

«Doch», sagte Narzia, «das habe ich. Und ich glaube, ich weiß jetzt auch, auf welchem Weg du dich hereingeschlichen hast.»

«So?» sagte Belenika, und auf ihrer Stirn stand jetzt wieder diese steile Falte.

«Ja», sagte Narzia eifrig. «Ich weiß ja, daß du zu Hause in Falkinor allerlei Zauberkünste gelernt hast. Es war außerdem nicht das erste Mal, daß ich dich vermißt habe, und dann warst du doch auf irgendeine Weise plötzlich in diesem Raum. Einmal warst du, als ich bei einer solchen Gelegenheit hereinkam, gerade damit beschäftigt, eine Kette in dem Kästchen zu verschließen, das dort drüben bei deinen Sachen steht. Ich konnte noch einen Blick auf die Kette werfen: Sie bestand aus kleinen, goldenen Falken. Und da ist mir eingefallen, daß ich ein anderes Mal einen Falken ums Zelt habe fliegen sehen, als ich dich suchte, und gleich darauf warst du hier bei deiner Dienerin. Seither glaube ich, daß du dich auf die Kunst verstehst, mit Hilfe dieser Kette das Lager als Falke zu verlassen und hoch oben am Himmel zu fliegen.»

Belenika atmete tief aus und sagte dann: «Und wenn es so wäre, dann wäre es doch besser, du hättest nichts gesehen, Narzia. Es ist gefährlich, solche Dinge zu wissen, und noch gefährlicher, über sie zu reden. Du solltest künftig diese Vermutungen für dich behalten und nicht einmal zu mir darüber sprechen.»

«Ach Mutter», sagte Narzia, «du kannst dich darauf verlassen, daß ich mit keinem anderen außer dir darüber sprechen werde. Aber seit mir diese Vermutung gekommen ist, stelle ich mir immer wieder vor, wie herrlich es sein muß, als Falke hoch oben zwischen den Wolken zu schweben und die Steppe unter sich liegen zu sehen wie einen Teppich, der nach allen Seiten ohne Ende ist. Willst du mir nicht ein einziges Mal erlauben, dieses wunderbare Gefühl wirklich zu erleben? Es gibt nichts, das ich mir mehr wünsche!»

«Nein!» sagte Belenika unvermutet schroff. «Du weißt nicht, wovon du sprichst. Was du dir da zusammengereimt hast, bereitet mir schon genug Sorgen, und damit meine ich vor allem die Vorstellungen, die du dir von dergleichen Dingen machst. Ich will gar nicht abstreiten, daß so etwas möglich wäre, aber du solltest wissen, daß solche Zauberdinge nicht dazu geschaffen werden, damit andere ihr Vergnügen damit haben. Sie sind kein Spielzeug, und es bedeutet eine schwere Verantwortung, wenn einem ein solcher Gegenstand anvertraut wurde. Vergiß dies alles! Ich will nie wieder ein Wort darüber hören!»

Es war Narzia deutlich anzumerken, daß sie nicht imstande sein würde, diese Sache zu vergessen. Auf ihrer Stirn stand jetzt die gleiche steile Falte wie zuvor bei ihrer Mutter. Eine Zeitlang saßen beide schweigend nebeneinander. Dann legte Belenika ihre Hand auf den Arm des Mädchens, aber es beantwortete diese Geste auf keinerlei Weise. Dann hörte man hinter dem Teppichvorhang eine Männerstimme laut und herrisch nach Belenika fragen. Da stand sie auf, schlug den Vorhang zurück und verließ die Kammer.

«Da bist du ja», sagte der hochgewachsene, etwas beleibte Mann, den sie im angrenzenden Raum traf. «Ich muß mit dir reden.» Er stand im Halbdunkel des von wenigen Öllampen nur schwach erhellten Zelts und warf ungeduldig den Kopf zurück, daß seine Schläfenzöpfe nach hinten flogen. Es war offenkundig, daß er eben erst von einem längeren Ritt zurückgekehrt war; denn seine Lederkleidung war grau vom Staub der Steppe.

«Du warst viele Tage unterwegs, Höni», sagte Belenika. «Willst du nicht erst deine Kleider wechseln und mit mir zu Abend essen? Danach können wir in Ruhe miteinander reden.» Sie wollte zwei Mägden, die in einem Winkel mit irgendeiner Arbeit beschäftigt waren, schon Anweisungen geben, aber Höni hielt sie zurück und scheuchte die Leute mit einer jähen Handbewegung aus dem Zelt. «Erst muß ich dich etwas fragen», sagte er, sobald sie allein waren. «Hältst du dir heimlich einen Jagdfalken?»

«Wie kommst du auf diesen Gedanken?» fragte Belenika.

«Nicht von mir aus», sagte Höni. «Der Khan hat danach gefragt; denn er hat einen solchen Falken fliegen sehen und war der Meinung, er sei aus unserem Zelt gekommen. Als er mir das sagte, habe ich gelacht, denn so etwas müßte ich ja gemerkt haben. Doch als wir heute abend auf das Lager zuritten, habe ich mit eigenen Augen einen Falken gesehen, der eilig auf das Lager zuflog und zwischen den Zelten verschwand, wenn man auch nicht genau beobachten konnte, wo er geblieben ist. Und der Khan ritt vor mir und hat diesen Falken ebenfalls beobachtet. Soll ich dir sagen, was er davon hält? Er ist der Meinung, daß du dir diesen Falken hältst, um insgeheim Botschaften nach Falkinor zu schicken. Bist du eine Verräterin, Belenika?»

«Nein», sagte Belenika sofort, «das bin ich nicht, was immer der Khan auch von mir denken mag.»

«Gut», sagte Höni, «ich will dir das glauben. Dennoch vermute ich, daß du zu Hause bei deinen Leuten geheime Künste gelernt hast, von denen ich nichts weiß.»

Belenika wollte ihn unterbrechen, aber er hielt sie mit einer Handbewegung davon ab und fuhr fort: «Von denen ich auch nichts wissen will. Wenigstens jetzt noch nicht. Nur eines will ich dir dazu noch sagen: Der Khan wird künftig ein Auge auf dich und unser Zelt haben. Gib acht auf dich bei allem, was du tust! Versprichst du mir das?»

«Ich werde mich nicht leichtsinnig in Gefahr begeben», sagte Belenika. «War es das, was du mir sagen wolltest?»

«Noch nicht alles», sagte Höni. «Aber der Rest läßt sich in Ruhe besprechen.» Er ließ sich auf einer Kissenbank an der Zeltwand nieder und bat Belenika, sich neben ihn zu setzen. «Seit Arni von den Leuten des Großen Brüllers aus dem Sattel geschossen wurde, muß ich oft an ihn denken», begann er.

«Mir geht es nicht anders», sagte Belenika. «Ich mochte ihn lieber als seinen Bruder.»

«Ich weiß», sagte Höni. «Du hast dich immer gut mit ihm verstanden. Deshalb will ich dich auch in dieser Sache jetzt ins Vertrauen ziehen. Auch ich habe vieles von dem nicht verstehen können, was Arni gesagt und getan hat. Aber seit seinem Tode spüre ich immer deutlicher, welchen Einfluß er auf den Khan und die Horde ausgeübt hat. Immer häufiger gibt es jetzt Auseinandersetzungen zwischen den Leuten, und statt sie zu schlichten, stachelt Hunli die Streitenden noch an, als bereite es ihm Freude zuzusehen, wie sie einander die Köpfe einschlagen. Wenn ihm dann dieses Spiel keinen Spaß mehr macht, bestraft er die Kampfhähne mit einer Grausamkeit, die schon vielen unerträglich geworden ist. In den letzten Wochen habe ich mit einigen Männern, denen ich vertrauen kann, darüber gesprochen, und sie sind allesamt meiner Meinung.»

«Wenn ihr im Sinn habt, Hunli seine Würde als Khan zu nehmen, dann müßt ihr ihn schon erschlagen», sagte Belenika. «Anders wird er seinen Anspruch nicht aufgeben.» Man konnte ihr ansehen, daß ihr dieser Gedanke nicht gefiel, doch Höni hob abwehrend die Hand und sagte: «Das brauchst du nicht zu befürchten.

Aber wir wollen uns samt unseren Familien von der Horde trennen und dabei Arni zum Vorbild nehmen. Arni lebte bei uns immer im Zwiespalt mit sich selbst, weil es ihm widerstrebte, andere Leute um der Beute willen zu überfallen oder gar zu töten. Wir wollen jetzt versuchen, ob wir nicht ein Leben im Frieden mit unseren Nachbarn führen können.»

Belenika hatte aufmerksam zugehört und dachte eine Weile nach. Dann sagte sie: «Ihr scheint das ja alles schon ziemlich genau geplant zu haben, und was du da sagst, klingt verlockend. Allerdings bezweifle ich, ob es im Sinne Arnis wäre, die Einheit der Horde zu zerbrechen. Er ist jedenfalls trotz allem bei der Horde und an der Seite seines Bruders geblieben, und du hast eben selbst gesagt, daß dies für die Horde nicht ohne Nutzen gewesen ist. Wenn ihr euch einig seid, dann solltet ihr Arnis Werk hier fortsetzen, statt euch davonzumachen. Wenn ihr das tut, was ihr euch vorgenommen habt, wird über kurz oder lang Feindschaft zwischen euch und der Horde entstehen. Hätte das Arni gewollt?»

Höni hörte sich Belenikas Einwände unwillig und kopfschüttelnd an und sagte dann: «Wer weiß denn schon, was Arni wirklich gewollt hat? Arni ist tot, und wir müssen uns selber einen Weg suchen. Außerdem ist das alles schon so gut wie beschlossen. Ich kann es nicht mehr länger ertragen, diesem Khan zu dienen.»

«Ach, so ist das?» sagte Belenika und schaute Höni ein wenig spöttisch in die Augen. «Ihr habt wohl auch darüber geredet, wer euch künftig führen soll? Sie haben dich wohl schon zu ihrem neuen Khan gewählt?»

«Wo denkst du hin!» sagte Höni verlegen, doch als er dem Blick seiner Frau nicht ausweichen konnte, fügte er wie beiläufig hinzu: «Ein paar von den Männern haben dergleichen angedeutet, aber ich war der Meinung, daß man jetzt noch nicht darüber reden sollte.»

«Wie auch immer», stellte Belenika fest, «du wirst also Herr über diese Leute sein, die sich an Arni halten wollen, ohne genau zu wissen, was er eigentlich im Sinn gehabt hat.»

«Ich habe dir doch gesagt...» brauste Höni auf, doch auf einen Blick seiner Frau hin brach er ab und sagte dann leise: «Kannst du denn nicht verstehen, daß mich diese Aufgabe lockt?»

«Doch», sagte Belenika, «das kann ich sehr gut. Ich weiß nur nicht, ob es recht ist, so zu handeln, denn ich bin sicher, daß Arni nicht so gehandelt hätte.»

«Um darüber zu reden, ist es jetzt zu spät», sagte Höni. «Es tut mir leid, daß unser Gespräch diese Wendung genommen hat. Eigentlich wollte ich es in eine andere Richtung lenken, und zwar ist mir der Gedanke dazu gekommen, als der Khan heute zu mir von dem Falken sprach, den er bei dir vermutet.»

«Was hat euer Vorhaben mit dieser Sache zu tun?» fragte Belenika überrascht.

Höni blickte eine Zeitlang vor sich hin auf den Boden, als suche er die richtigen Worte für das, was er vorbringen wollte. Dann sagte er: «Wenn es sich mit dem, was du im Geheimen treibst, so verhält, wie ich vermute, dann könntest du mir einen großen Dienst erweisen. Ich weiß zwar nicht genau, wie viele aus den Zelten uns folgen werden, aber es wird sicher nur ein Teil der Horde sein. Ich habe mir nun gedacht, daß es für uns von großem Vorteil sein könnte, die Hilfe des Großmagiers von Falkinor auf unserer Seite zu haben. Ich könnte mir denken, daß unser Vorhaben in seinem Sinne sein muß. Es käme nur darauf an, ihn davon zu verständigen und ihn um seinen Beistand zu bitten. Könntest du das tun?»

«Du nimmst mich also schon in Dienst für eure Sache», sagte Belenika, und als Höni sie weiterhin erwartungsvoll anblickte, fügte sie hinzu: «Die Frage ist nicht, ob ich das kann, sondern ob ich es darf.»

«Wenn du so redest», sagte Höni zornig, «dann beginne ich zu fürchten, daß der Khan mit seinem Verdacht doch recht haben könnte. Du bist meine Frau. Gibt es für dich eine Verpflichtung, die du höher achtest?»

«Du zwingst mich zu einer Entscheidung, die ich lieber nicht treffen würde», sagte Belenika. «Aber wenn du mich so fragst, dann bleibt mir nichts anderes übrig, als zu dir zu halten.» Sie stand auf und ging hinüber zu ihrer Kammer, doch Höni folgte ihr und hielt sie zurück. «Das hat Zeit bis morgen», sagte er. «Ich war lange unterwegs und habe mich darauf gefreut, heute nacht bei dir zu liegen.»

Jetzt lächelte Belenika zum ersten Mal, seit dieses Gespräch begonnen hatte. «Bis zum Morgengrauen», sagte sie. «Dann wirst du mich für eine Weile entbehren müssen. Komm!»

Er sah die beiden, die sich offenbar wenigstens in dieser Sache einig waren, in einen angrenzenden Raum eintreten und fragte sich, ob Belenika klug daran getan hatte, sich diesem Höni zu fügen, der sie vor seinen Karren spannen wollte. Andererseits schien ihm, daß diese Magier in Falkinor nach allem, was er über sie erfahren hatte, gegen Hönis Pläne nichts einzuwenden haben würden. Sie waren offensichtlich friedliebende Leute, wenn er auch noch nicht zu durchschauen vermochte, was sie mit ihren merkwürdigen Zaubereien im Schilde führten. Er versuchte, sich die Vorgänge in der Werkstatt des Meisters der Steine ins Gedächtnis zurückzurufen, die dem so plötzlichen Verscheiden dieses alten Mannes vorangegangen waren. Da war von allerlei Gefahren die Rede gewesen, die mit der Benutzung der Falkenkette verknüpft waren, und er fragte sich, ob Belenika nicht drauf und dran war, sich in den Bereich einer solchen Gefahr zu begeben, und zwar ohne es zu ahnen. Denn wenn das stimmte, was der Alte geraunt hatte, dann hatte sie seine Warnungen in dem Augenblick wieder vergessen, als sie sich mit diesem Falkenzauber einverstanden erklärt hatte. Allerdings vermochte er nicht zu entscheiden, ob sie nicht doch in ihren Gedanken einen Weg gefunden hatte, Hönis Auftrag mit ihrem Dienst am Großen Haus von Falkinor zu vereinbaren, oder ob sie das alles nur ihrem Mann zuliebe tun wollte. War das Eigennutz? Schließlich würde sie, wenn Hönis Pläne verwirklicht werden sollten, die Frau des Oberhaupts dieser Leute werden, und das konnte schon ein verlockendes Ziel sein. Zwar hatte sie durch ihr anfängliches Sträuben deutlich genug gezeigt, daß sie die ihr zugedachte Aufgabe nur widerwillig übernahm, doch das ließ wiederum nur darauf schließen, daß dieser Flug, den sie offenbar unternehmen wollte, nur schwer mit ihrem Auftrag als Botin des Großmagiers in Einklang zu bringen war. Wie auch immer man diese Angelegenheit drehte und wendet: Sie blieb unklar, und hinter dem Unklaren lauert oft schon die Gefahr, und das sollte sich auch alsbald zeigen, denn schon begann der Himmel über dem Lager blaß zu werden, und bald darauf stieg aus der Kuppel eines der Zelte ein Falke auf und begann nach Süden zu fliegen. Im gleichen Augenblick sprengte ein Reiter aus dem Schatten der Zelte hervor und versuchte, den Falken einzuholen, der nur langsam an Höhe gewann und sich vergeblich bemühte, aus der Schußweite des Verfolgers zu entkommen; denn der Reiter hielt einen Bogen in der Faust und legte in vollem Galopp einen Pfeil auf die Sehne. Sobald er auf gleicher Höhe wie der Falke war, riß er jäh sein Pferd zurück und schoß. Der Pfeil durchschlug dem Falken glatt die Schulter und fiel dann taumelnd zu Boden, während der getroffene Vogel zunächst flatternd an Höhe verlor, ehe es ihm gelang, sich zu fangen. Mit mühsamen Flügelschlägen strich er dicht über dem grauen Steppengras in weitem Bogen um das Lager, glitt dann von der gegenüberliegenden Seite zwischen die Zelte und schwang sich mit letzter Kraft hinauf zu dem Schlupfloch, aus dem er eben erst aufgestiegen war. Während der Vogel oben zwischen den Spitzen der Zeltstangen noch um sein Gleichgewicht kämpfte, trat unten Höni aus dem Zelt und ging durch die Lagergasse davon.

Unendlich weit unten hockte die Dienerin auf dem teppichbelegten Boden vor dem ausgebreiteten Tuch. Diesmal blickte sie erschrocken auf, als sie das Geflatter oben in der Zeltkuppel hörte. Der Falke stürzte taumelnd herab, und es gelang ihm kaum, sich abzufangen, ehe er auf dem Boden aufschlug. Die Dienerin stieß einen erstickten Schrei aus, als sie das blutige Gefieder sah. Sie riß das Tuch zur Seite und legte dem Falken die Kette selbst um den Hals, denn es war offensichtlich, daß der Vogel nicht mehr imstande sein würde, den Zauber aus eigener Kraft zu vollbringen. Dann lag auch schon statt seiner Belenika auf dem Boden. Ihr Gesicht war kreideweiß und schmerzverzerrt, und auf ihrem leinenen Gewand begann sich links über der Brust ein hellroter Blutfleck auszubreiten, der rasch größer wurde. Die Dienerin öffnete vorsichtig den Verschluß des Kittels und streifte ihn ihrer Herrin von der Schulter. Da sah sie die tiefe Pfeilwunde, aus der in rasch aufeinander pulsierenden Stößen das Blut hervorquoll.

Während die Dienerin aus einer Truhe Leinenzug herausriß und auf die Wunde preßte, um die Blutung zum Stehen zu bringen, öffnete Belenika die Augen und versuchte zu sprechen, doch aus ihrem Mund kam unter krampfhaften Hustenstößen nur ein Schwall von Blut. Die Dienerin faßte Belenika unter den Schultern, stützte sie hoch und versuchte, ihr das Blut vom Gesicht zu wischen, doch Belenika stieß ihre Hand zur Seite und sagte mühsam: «Die Kette – einschließen!»

Offenbar wußte die Dienerin darüber Bescheid, wie man den Verschluß handhabte, denn sie schob dem Falken die Kappe über die Augen, öffnete die Kette ohne Schwierigkeiten und wollte sie beiseite legen, doch Belenika flüsterte noch einmal befehlend: «Einschließen!»

Da bettete die Dienerin Belenika auf die Kissenbank an der Zeltwand, schob ihr Polster unter Kopf und Schultern und holte das Kästchen herbei. Sie legte die Kette hinein, schloß es mit dem Schlüssel ab, der um Belenikas Hals hing, und stellte das Kästchen wieder an seinen Platz. Als sie sich dann wieder um die Wunde ihrer Herrin kümmern wollte, schüttelte Belenika den Kopf und sagte leise: «Laß das! Hat keinen Sinn. Das Kästchen – sorge dafür – in mein Grab legen! Versprich das!»

Die Magd legte die Rechte auf ihr Herz und verbeugte sich tief; vielleicht war das ihre Art, ein Versprechen zu beteuern. Ob sie stumm war? Es schien ihm fast so; denn außer dem Schreckensschrei war während all dieser Vorgänge noch nie ein Laut über ihre Lippen gekommen. Sie erkannte jetzt wohl, daß ihrer Herrin nicht mehr zu helfen war; denn sie blieb neben ihrem Lager am Boden sitzen, preßte weiter den Leinenbausch auf die Wunde und strich Belenika die wirren Haare aus dem Gesicht.

Dann hörte man im äußeren Zeltraum rasche Schritte, gleich darauf wurde der Teppichvorhang zur Seite gerissen, und Höni stürzte herein. «Der Khan hat deinen Falken mit einem Pfeil verwundet!» rief er, und erst dann sah er Belenika auf der Wandbank liegen, sah ihr totenbleiches Gesicht, das Blut auf ihren Lippen und das blutgetränkte Leinenzeug auf ihrer Brust. Er blieb mitten im Raum stehen und starrte auf sie nieder. «Wieso bist du...», stammelte er, und dann konnte man am Ausdruck seines Gesichtes ablesen, daß er plötzlich begriff. Er stürzte neben dem Lager seiner Frau auf die Knie und sagte tonlos: «Du warst selber der Falke, Belenika.»

Belenika schaute ihn mit ihren grünen Augen an und flüsterte: «Hast du das wirklich nicht gewußt, Höni?»

Dann überfiel sie wieder dieser keuchende Husten. Nachdem ihr die Dienerin das Blut von Mund und Kinn gewischt hatte, sagte Belenika stockend: «Es war meine Schuld. Ich bin gegen besseres Wissen geflogen – böses Vorzeichen für deinen Plan – bleibt bei der Horde –» Die letzten Worte waren kaum noch zu verstehen. Ihr Kopf fiel zurück auf die Kissen, und sie tat ihren letzten Atemzug.

Als Höni sah, daß sie tot war, schrie er, als habe ihn selbst dieser Pfeil getroffen. Er sprang auf und brüllte: «Das sollst du mir büßen, Khan Hunli! Unglück soll über dich kommen, dein Pfeil soll nicht mehr treffen und dein Pferd den Dienst verweigern! Ein Verlierer sollst du sein bei allem, was du beginnst!»

Die Dienerin war erschreckt über diesen Ausbruch zur Wand zurückgewichen. Als Höni verstummte und nur noch mit hilflos herabhängenden Armen in der Kammer stand und auf seine tote Frau starrte, nahm die Dienerin das Kästchen, legte es auf Belenikas Brust und versuchte, Höni irgendetwas durch Gesten mitzuteilen. Während er ihr verständnislos zuschaute, bewegte sich der Teppich-vorhang, und Narzia kam herein.

«Warum schreist du so?» fragte sie. «Was ist geschehen?» Dann sah sie die blutbefleckte Leiche ihrer Mutter. Vom einen zum andern Augenblick wurde ihr Gesicht so weiß wie das der Toten. «Wer hat das getan?» flüsterte sie, und als ihr Vater weiterhin wie erstarrt stehen blieb und keine Antwort gab, packte sie ihn beim Arm und wiederholte ihre Frage. Da endlich bemerkte Höni seine Tochter, schaute sie an und sagte tonlos: «Der Khan hat heute früh einen Falken geschossen.»

Narzia blickte zu ihrer toten Mutter und fragte: «Wußte er, wen sein Pfeil treffen würde?»

Höni zuckte mit den Schultern und sagte: «Er meinte wohl, daß deine Mutter einen Falken hielt, um geheime Botschaften nach Falkinor zu schicken.» Dann bemerkte er, daß die Dienerin sich noch immer bemühte, ihm etwas verständlich zu machen, das mit dem Kästchen zu tun hatte. «Begreifst du, was die Stumme von mir verlangt?» fragte er seine Tochter.

Narzia ging hinüber zu der Dienerin und folgte aufmerksam dem gestenreichen Spiel ihrer Hände, die das Kästchen immer wieder auf die Brust ihrer toten Herrin legten und dann über deren Leichnam etwas aufzuhäufen schienen. «Ich glaube, ich weiß, worum sie dich bitten will», sagte Narzia. «Du sollst Mutter dieses Kästchen mit ins Grab geben.»

«Verstehst du, was das zu bedeuten hat?» fragte Höni. «Was ist das für ein Kästchen?»

Statt ihm zu antworten, sagte Narzia zu der Dienerin: «Geh jetzt und bereite draußen alles vor, um den Körper meiner Mutter zu waschen und in ein Totengewand zu kleiden! Komm erst zurück, wenn ich dich rufe!»

Die Dienerin ließ widerstrebend das Kästchen auf der Brust der Toten zurück, legte deren Hände darüber, verneigte sich vor ihr und ging hinaus. Sobald der Teppichvorhang hinter ihr wieder zur Ruhe gekommen war, wendete sich Narzia ihrem Vater zu und sagte: «Dieses Kästchen enthält das Geheimnis des fliegenden Falken. Offenbar hat diese stumme Dienerin in Falkenor den Auftrag erhalten, dafür zu sorgen, daß es nicht in fremde Hände gerät, und deshalb wünscht sie, daß es zusammen mit Mutter begraben wird.»

«Das soll auch geschehen», sagte Höni mit unterdrücktem Zorn. «Dieser Zauber hat schon genug Unheil angerichtet.»

«Der Zauber doch nicht», sagte Narzia, «sondern jener, der den Pfeil abge-schossen hat.»

«Er soll verflucht sein!» sagte Höni. «Ich werde dafür sorgen, daß er diese Tat nicht vergessen wird. Alles Böse soll ihn treffen und noch mehr –.» Er brach ab und blickte seiner Tochter in die Augen. «Ich vertraue dir», fuhr er dann fort, «und ich brauche dich wohl nicht erst zu bitten, über das zu schweigen, was ich dir jetzt sage: Es ist schon beschlossene Sache, daß er obendrein einen großen Teil der Horde verlieren wird; denn ich werde gegen ihn aufstehen und mit allen, die mir folgen wollen, davonreiten.»

Narzia blickte auf das Kästchen und sagte nach einer Weile: «Wenn das geschehen sollte, könnte es für dich von Vorteil sein, einen Falken in Dienst zu nehmen, der dir geheime Nachrichten zuträgt.»

«Wie meinst du das?» fragte Höni, doch als er ihrem Blick folgte, der immer noch auf das Kästchen gerichtet war, begriff er. «Du selber?» sagte er. «Nein! Ich will nicht auch noch dich verlieren», und als Narzia ihn weiter bedrängen wollte, hieb er mit einer merkwürdig vagen Geste, die eher unentschieden als endgültig wirkte, durch die Luft und sagte: «Kein Wort mehr davon! Ich gehe jetzt zu den Zelten und gebe bekannt, daß meine Frau unvermutet an einem Fieber gestorben ist. Nichts weiter.»

Als er den Raum verlassen hatte, blieb Narzia noch eine Weile stehen und lauschte auf seine Schritte. Sobald sie sicher sein konnte, daß er sich nicht mehr im Zelt aufhielt, ging sie rasch hinüber zum Lager der Toten, wand ihr das Kästchen aus den Händen und suchte mit fliegenden Fingern unter dem blutbefleckten Kittel nach dem Schlüssel. Ihre Hände zitterten so, daß es ihr kaum gelang, den Schlüssel ins Schloß zu stecken, und es sah fast so aus, als sträube sich dieser leblose Gegenstand, einer Unbefugten zu gehorchen. Schließlich glitt er dann doch ins Schloß, Narzia öffnete das Kästchen, nahm die Falkenkette heraus und ließ sie in die Tasche ihres Gewandes gleiten. Dann schloß sie das Kästchen wieder ab und richtete alles so her, wie es zuvor gewesen war. «Nun soll jeder glauben, der Zauber liege sechs Fuß unter der Erde begraben», sagte sie leise. «Aber ich werde auf eigene Rechnung als Falke fliegen.»

Sie stand auf, warf noch einen Blick auf die Tote und rief dann nach der Dienerin.

Ob der Mäusejunge um diese Ereignisse gewußt hatte? Das schien ihm recht unwahrscheinlich. Vielleicht war es so, daß die Kleinen und Schwachen die Gefährlichkeit solcher Zauberdinge spürten, während jener, der sich ihrer auf eigennützige Weise bediente, dermaßen betäubt war von seiner Gier nach Macht, daß er den Geruch der Gefahr nicht mehr wahrnahm. ‹Der-dem-Falken-weissagt› trug seinen Namen wohl zu Recht.

Eben lief wieder eine Maus am Rand des Quellbeckens entlang und traf zwischen den Wurzeln des Ahorn auf eine zweite, ziemlich dicke, die dort saß und an einer Haselnuß knabberte.

Sie blickte von ihrer Mahlzeit auf und fragte: «Schläft er noch immer?»

«Ich weiß nicht, ob man das Schlafen nennen kann», sagte die andere. «Er steht dort auf seinen zottigen Bocksfüßen und rührt sich nicht. Auf seinen Schultern beginnt sich schon Moos anzusetzen wie auf einem Felsblock. Und doch kommt es mir jedes Mal, wenn ich ihn anschaue, so vor, als müsse er im nächsten Augenblick heruntersteigen und in diesem Teich seine Hufe baden. Ich sage dir: Er scheint zwar durch und durch aus Stein zu sein, aber irgendwie spüre ich, daß er dennoch lebt.»

«Eine sonderbare Art von Leben muß das sein», sagte die Dicke, «immer nur dazustehen wie festgewachsen. Vielleicht redest du dir das alles nur ein, damit dir diese ewige Warterei nicht langweilig wird. Ich finde, wir könnten ebenso gut ein wenig herumlaufen und schauen, ob wir etwas besseres finden als diese vertrockneten Haselnüsse. Der dort oben läuft uns bestimmt nicht weg.»

«Nein!» sagte die andere. «‹Der-mit-der-Schlange-spricht› hat uns den Auftrag gegeben, hier zu wachen, bis wir abgelöst werden oder bis der Bocksfüßige wieder munter wird, und dann müssen wir ihm sagen, daß sein Stein gefunden ist. Ich würde es mir nie verzeihen, wenn ich diesen Augenblick verpaßte.»

Die Dicke warf die leere Nußschale weg und schüttelte mißbilligend den Kopf. «Seit einer von uns mit dieser Schlange gesprochen hat und ein anderer sogar mit einem Falken», sagte sie, «tun plötzlich alle so, als seien wir Mäuse zu ungeheuerlichen Taten berufen. Mir wäre es lieber, unsereiner würde sich nicht so hervortun, denn damit zieht man nur die Aufmerksamkeit der Großen und Starken auf sich, die an dergleichen Gefallen haben, und das nimmt schnell ein böses Ende für jemanden, der nichts andres aufzuweisen hat, als einen stolzen Namen. Der dort soll ja auch einmal einer gewesen sein, dem man große Namen gab, und was ist aus ihm geworden? Ein stummer Stein, auf den sich die Vögel setzen und ihren Mist fallen lassen.»

«Laß sie doch!» sagte die andere. «Der nächste Regen wird ihr Geklecker wieder von seinen Schultern waschen. Wer kann einem Stein schon etwas anhaben? Wenn ich ihn mir anschaue, wie er dort steht, mit diesem sonderbaren Stock in der Faust, als wolle er ihn gleich auf den Boden setzen und irgendwohin gehen, dann sieht er für mich aus wie einer, der noch viel vor sich hat, auf das er hoffen kann. Der ist nicht nur auf die Welt gekommen, um Haselnüsse zu knacken, und deshalb werde ich mich an ihn halten und immer, wenn mich das Los trifft, hier warten, bis er eines Tages aus seiner Erstarrung erwacht.»

«Du bist verrückt!» sagte die Dicke und fing an, eine neue Nuß zu benagen.

«Das Leben ist verrückt!» sagte die andere, «und ich finde das wunderbar. Wer das nicht merkt, verschläft das Schönste.» Dann hockte sie sich zwischen die Wurzeln des Ahorn und äugte hinauf in die Zweige, an denen sich oben die grüngelben Blütenbüschel entfalteten, umschwirrt von tausenden von Waldbienen, Taufliegen und winzigen blauen Schmetterlingen.

Wer das wohl war, von dem die Mäuse sprachen? Sie taten so, als stünde er unmittelbar vor ihnen. Irgendwann war ja schon einmal eine Maus dagewesen, um eine Botschaft auszurichten, die von einem Stein handelte und von so einem

Falken, wie manchmal einer hoch oben über der Krone des Ahorn seine Kreise am Himmel zog.

Während er noch darüber nachsann, hörte er wieder diesen Vogel flöten, doch er begann nun wirklich zu zweifeln, daß dies nur ein Vogel war. Was da vom Tal heraufklang, war ein Lied, das traurig und doch voller Hoffnung war, süßer, weit dahinschwingender Flötenton, der den Gesang der Vögel zum Schweigen brachte und immer näher zu kommen schien. Dann senkte sich der Bogen des Liedes, und eine Stimme begann nach der gleichen Melodie zu singen, so klar und deutlich, daß er jedes Wort verstehen konnte:

> Haust einer im Wald,
> weiß nicht wer.
> Haust einer im Wald,
> seine Haut ist von Stein,
> sein Mund kann nicht schrein,
> und sein Leib ist kalt
> als lebt' er nicht mehr,
> weiß nicht wer.

Er lauschte dem Lied und versuchte, seinen Sinn zu begreifen. Die letzte Zeile klang in ihrem erwartungsbereiten Aufschwung, als habe die Sängerin durchaus nicht die Hoffnung aufgegeben zu erfahren, wer dieser Stumme mit einer Haut aus Stein sei, sondern sei um jeden Preis darauf aus, den zu finden, von dem auch die Mäuse gesprochen hatten. Er hätte die Sängerin, die so süße Melodien zu singen wußte, gern gesehen, und da er mittlerweile schon gewohnt war, alsbald an das Ziel seiner Gedanken zu gelangen als ein Zuschauer, der zum Zeugen von allerlei Ereignissen wird, in die er selbst auf keinerlei Weise eingreifen kann, richtete er seine Aufmerksamkeit auf die weite Niederung, aus der die Stimme zu ihm heraufgedrungen war. Doch diesmal wollte sich kein Bild einstellen. Obgleich die Sonne am wolkenlosen Frühlingshimmel stand, schien über dem Talgrund milchiger Nebel zu liegen, den seine Gedanken nicht zu durchdringen vermochten. Er gab sich alle Mühe, aber der Bereich jenseits der Birken und Erlen, die eben ihr erstes Laub trieben, blieb ihm unerreichbar und verschlossen, obgleich er doch so nahe zu liegen schien, daß man ein Mädchen hören konnte, das dort sang.

Erst als die Vögel ringsum in den Büschen und Bäumen wieder anfingen zu flöten und zu zwitschern, wurde ihm bewußt, daß die Stimme nicht mehr zu vernehmen war. Er fühlte sich plötzlich verlassen, als sei eben noch jemand bei ihm gewesen und nun gegangen. Das Lied jedoch, das die Stimme gesungen hatte, war ihm noch gegenwärtig und schien ihm so vertraut, als habe er es schon immer gekannt. Es weckte in ihm die Vorstellung von Augen, seltsamen Augen, deren Farbe schwer zu beschreiben war; Blau war da zu finden, aber auch helle Flitter von Grün und in der Tiefe ein dunkles Violett, das manchmal nahe zu sein schien und dann wieder unendlich fern. Zu diesen Augen gehörte ein Gesicht, das jung zu sein schien, aber umrahmt war von weißen Haaren, und diese Frau stand dicht vor ihm und lächelte.

«Das bin doch nicht ich, die du suchst», sagte die Frau. «Wir haben nur alle die gleichen Augen, das weißt du doch!»

Wen suchte er denn? fragte er sich. Suchte er überhaupt etwas? War er nicht nur ein Zuschauer, der Dinge und Ereignisse beobachtete, die ihn nichts angingen? Diesmal gingen sie ihn etwas an, das spürte er, und es änderte nichts daran, daß dieses Gesicht plötzlich das einer alten Frau war. Die Augen waren die gleichen geblieben, und allein darauf kam es an.

«Was willst du denn hier, Junge?» sagte die alte Frau. «Bist du nicht der, dem jetzt mein Augenstein gehört? Komm, setz dich an meinen Tisch und sei mein Gast!»

Jetzt erst wurde ihm bewußt, daß er in einer Stube stand. Die Wände waren aus groben Balken gefügt wie in einem einfachen Blockhaus, die Einrichtung zeigte, daß hier jemand wohnte, der den Sinn für's Schöne mit dem Wissen um's Praktische verband. Er sah einen gewaltigen Wandschrank, eine breite Truhe und roch den Duft von Kräutern und getrockneten Früchten. Dann saß er schon an dem großen runden Tisch, dessen dicke Ahornplatte so oft gescheuert worden war, daß die dunklen Aststellen als runde Knubbel herausstanden.

Die alte Frau brachte auf einem Holzbrett weißen Schafskäse und Fladenbrot, goß aus einem braunen, irdenen Krug Weißwein in zwei Becher, setzte sich dann zu ihm und forderte ihn auf zuzugreifen. Später hätte er nicht zu sagen gewußt, wie es zugegangen war, daß er bei Urla am Tisch gesessen und mit ihr gegessen und getrunken hatte, aber er spürte selbst dann noch den säuerlichen Geschmack des Käses auf der Zunge, der sich angenehm mit dem herben, erdigen Wein mischte, und wußte noch, daß der Brotlaib mit Kümmel, Fenchel und Koriander gewürzt gewesen war.

Urla schien genau zu wissen, wann einer genug gegessen hatte, denn als er satt war, nötigte sie ihn nicht weiter, sondern schenkte ihm nur noch Wein nach. Dann sagte sie: «Von weit her hast du zu mir zurückgefunden, Junge. Warum hast du mich gesucht?»

«Habe ich das?» fragte er. «Ich habe ein Mädchen gesucht, das unten im Tal gesungen hat, aber ich konnte es nicht finden. Statt dessen bin ich Augen begegnet, die deinen gleichen, obwohl es zunächst keine alte Frau zu sein schien, die mich aus diesen Augen ansah.»

Als sie das hörte, lachte Urla hell auf wie ein Mädchen und trank einen Schluck Wein. «Das habe ich mir schon gedacht, daß du nicht hinter einem alten Weib her warst», sagte sie dann. «Manchmal jedoch gerät einer auf solchen Wegen an die ältere Verwandtschaft. Jetzt bist du wohl enttäuscht?»

Er blickte sich in der Stube um, die ihn umschloß wie eine schützende Haut, schaute dann der alten Frau in die seltsam vertrauten Augen und sagte: «Nein, das bin ich nicht. Bei dir fühlt man sich wie zu Hause.»

«Dann ruhe dich aus und erzähle mir, wie es dir ergangen ist», sagte Urla.

«Wie es mir ergangen ist?» sagte er ratlos. «Ich weiß es nicht. Ich sehe den Ahorn, der eben wieder einmal Blüten treibt, und ich höre die Quelle plätschern, aus der die Vögel trinken. Und manchmal auch die Mäuse. Sie sind immer da, warten auf etwas und reden über sonderbare Dinge, vor allem von einem Bocksfüßigen, der offenbar einen Stein verloren hat, dem sie eine hohe Bedeutung zumessen. Ein Falke, der eigentlich ein Mädchen namens Narzia ist, hatte ihm den Stein abgelistet, und eine von den Mäusen hat es fertig gebracht, ihn dem Falken wieder wegzunehmen und in Sicherheit zu bringen. Ich habe das selbst gesehen. Dieser Mäuserich heißt jetzt ‹Der-dem-Falken-weissagt›, denn er hat ihm ein böses Ende prophezeit.»

«Tüchtig!» sagte Urla. «Von Mäusen habe ich schon immer viel gehalten. Aber was ist mit dem Bocksfüßigen, von dem die Mäuse reden?»

«Sie sagen, er sei zu Stein geworden», sagte er, «und nun warten sie, daß er aus seiner Erstarrung erwacht. Es gibt allerdings auch eine Maus, so eine dicke, die immer an irgend etwas herumnagen muß, die meint, er müsse nun für immer ein Stein bleiben.»

«Dummes Zeug!» sagte Urla. «Höre nie auf Leute, die nichts anderes im Sinn haben, als sich den Bauch vollzuschlagen! Zur rechten Zeit und mit den richtigen Leuten ist Essen eine gute und wichtige Sache, aber das ist noch lange nicht alles, worauf es im Leben ankommt. Hast du ihn denn gesehen, diesen Bocksfüßigen, von dem die Mäuse reden?»

«Nein», sagte er. «Das ist ja das Merkwürdige. Sie reden von ihm, als stünde er vor ihnen, aber ich kann ihn nirgends entdecken.»

«Das ist freilich zum Verwundern», sagte Urla. «Was weißt du denn noch von diesem Bocksfüßigen?»

«Was die Mäuse so erzählen», sagte er. «Er soll früher einen bedeutenden Namen gehabt haben, aber jetzt kann er sich nicht einmal wehren, wenn ihn die Vögel mit ihrem Mist bekleckern. Er hat wohl sein Glück mit dem Stein verloren, den der Falke ihm gestohlen hatte. Vielleicht hat er sich zu viel auf seinen großen Namen eingebildet. Nur die Mäuse sind offenbar noch immer seine Freunde und hüten jetzt seinen Stein.»

«Kluge Tiere», sagte Urla. «Weißt du, von wem er den Stein bekommen hat?»

«Nach allem, was ich bisher gehört habe, muß ein gewisser Arni diesen Stein früher besessen haben, ehe ihn der Bocksfüßige bekam. Aber zuerst gehörte er einer alten Frau.»

«Du hast das Zuhören inzwischen schon recht gut gelernt», sagte Urla. «Wer mag diese alte Frau wohl gewesen sein?»

Er sah jetzt nur noch ihre Augen, und mit einem Mal erkannte er, daß genauso dieser Stein aussah, ein von innen heraus leuchtendes Farbenspiel von Blau, Grün und Violett. «Das warst du!» sagte er. «Bist du dem Bocksfüßigen jetzt böse, daß er den Stein verloren hat?»

«Hätte ich ihn dann an meinen Tisch eingeladen?» sagte Urla. «Du redest von diesem Bocksfüßigen wie von einem Fremden. Hast du denn nicht gehört, wie ich dich begrüßt habe?»

«Doch», sagte er, «aber ich dachte, du hieltest mich für einen anderen.»

Da nahm ihn die alte Frau in die Arme und sagte: «Ach Junge, willst du dich denn noch immer weigern, der zu sein, der du nun einmal bist? Schau dich doch nur ein einziges Mal an!»

Kann man das denn? dachte er verwundert und blickte herab auf ein felsiges Gebilde, von dessen moosüberwachsenen Schultern zwei gewulstete Stränge an den Seiten in die Tiefe abfielen bis zu einer zottig zerklüfteten Region, die getragen wurde von zwei nach hinten abgeknickten, an ihren Enden paarig gespreizten Säulen. Moospolster wölbten sich dort unten, wo diese Stützen aus dem Gestein des Untergrundes herauswuchsen, und die ganze Figur spiegelte sich wellig zerfließend im bewegten Wasser des kleinen Teiches, aus dem die Mäuse zu trinken pflegten. Für Augenblicke warf die blinkende Oberfläche auch das Bild des Kopfes dieser Figur zurück, ein Gesicht, das ihm vertraut war und das er als sein eigenes wiedererkannte. Nun schlossen sich die steinernen Abstürze und Schrofen zusammen zu der Gestalt des Bocksfüßigen, der hier stand und auf dessen Erwachen die Mäuse warteten. Das bin also ich, dachte er, so sehe ich aus: ein steinerner Klotz auf klobigen Beinen. Aber schlafe ich denn? Die Mäuse behaupten das, aber ich habe ihnen dabei zugehört und bin sogar bei ihnen zu Hause gewesen. Er begriff das nicht ganz, daß er hier über dieser Quelle stehen und zugleich Zeuge von Ereignissen sein konnte, die sich irgendwo jenseits der Erlen und Birken und, wie es den Anschein hatte, sogar in beträchtlicher Entfernung von diesem Platz abspielten. Er hatte sich dabei als unbeteiligter Zuschauer gefühlt, doch nun wurde ihm bewußt, daß ihn diese Ereignisse durchaus betrafen, wenn er der Bocksfüßige war, von dem ständig geredet wurde. Das war ein merkwürdiges Gefühl, jemand zu sein, den es gab und den man kannte, schön und zugleich beunruhigend, so lange man nicht genau wußte, auf welche Weise man in diese Geschehnisse verstrickt war.

Er fragte sich, ob er das je würde herausfinden können, und geriet dabei in eine Stube, die ihm sofort bekannt erschien. Ein großer, langer Tisch stand in der Mitte, als würden hier zuweilen viele Gäste bewirtet. Auf den hohen Wandborden war allerlei kostbares Geschirr aus Silber aufgereiht, ein bißchen protzig, wie ihm schien, aber doch recht eindrucksvoll, und an der Wand stand, lang wie ein Sarg, eine schön geschnitzte Truhe. Ein in leuchtenden Farben gewebter Teppich war darüber gebreitet, und dennoch blieb ihm der Eindruck einer Totenkiste, so, als müsse eine Leiche in dieser Truhe liegen, wenn man den Deckel zurückschlug. Er sah das Bild vor sich, den aufgeschlagenen Deckel und die heraushängenden Beine des Toten, doch als er nach dem Gesicht des Erschlagenen sehen wollte, stand die Truhe dann doch wieder geschlossen und zugedeckt an der Wand, und es blieb ihm auch keine Zeit, über dieses Vexierspiel nachzusinnen; denn an der Seite des Raumes öffnete sich eine Tür, und Höni trat ein, gefolgt von seiner grünäugigen Tochter. «Wenn er diesmal zurückkehrt, wirst du ihn heiraten müssen», sagte Höni. «Darüber bist du dir doch im Klaren?»

Höni erschien ihm ein wenig beleibter, als er ihn in Erinnerung hatte; vor allem trug er keine Schläfenzöpfe mehr, sondern hatte sein Haar kurz über den Ohren abgeschnitten. Narzia blickte ihn mit hochgezogenen Augenbrauen an und zuckte mit den Schultern.

«Hast du etwas dagegen?» fragte sie.

«Durchaus nicht», antwortete ihr Vater. «Er hat sich alles in allem recht tüchtig gezeigt und wird uns mit seiner Flöte noch manchen Dienst erweisen können. Ich hatte nur den Eindruck, daß es dir mit dieser Hochzeit nicht besonders eilig ist.»

«So?» sagte Narzia. «Hattest du das? Wenn er zurückkommt, werde ich mich schon zu entscheiden wissen.»

«Wofür?» fragte Höni.

«Das wird sich finden», sagte Narzia. «Einstweilen reitet er erst einmal nach Falkenor, und man wird sehen, ob er seinen Auftrag erledigen kann.» Sie sagte das so, als bezweifle sie, ob jenem, von dem hier die Rede war, das gelingen könne.

«Du solltest den Jungen nicht unterschätzen», sagte Höni. «Ich gebe zu: Anfangs hatte ich nicht viel von ihm erwartet. Wer war er denn schon? Ein grüner Junge, dem man ein paar Gaben in den Schoß gelegt hatte, ohne daß er sich sonderlich darum hätte bemühen müssen. Arni war wohl kaum noch bei Besinnung, als er ihm seinen Stein gab, und die Flöte hat er schlichtweg von seinem Großvater geerbt. Aber eines muß man sagen: Er versteht sie auf eine Weise zu spielen, die ihm noch einige Macht einbringen wird. Nimm dich in acht, Narzia! Es könnte geschehen, daß er dir eines Tages über den Kopf wächst!»

«Dieser Junge?» Narzia lachte spöttisch. «Der ist schon jetzt so berauscht von der Macht, die er in Händen zu halten glaubt, daß man mit ihm tun kann, wozu man Lust hat, ohne daß er es auch nur merkt. Er wird immer seinen Träumen nachlaufen, und man braucht ihm nur welche zu schaffen, damit er dorthin läuft, wo man ihn haben will.»

Höni schaute sie kopfschüttelnd an und sagte: «Aus dir soll einer klug werden! Du warst mir bisher eine gute Tochter und eine große Hilfe, seit deine Mutter gestorben ist, aber wenn ich dich so reden höre, fange ich an, mich zu fürchten. Hast du keine Angst, daß die Zauberdinge, die du dir auf solche Weise zunutze machst, sich einmal gegen dich wenden könnten? Nach allem, was man sich über den sanften Flöter erzählt, hatte er mit seiner Musik etwas anderes im Sinn als das, was dieser Junge jetzt auf deinen Rat hin mit ihr treibt. Und Arnis Stein war wohl auch ursprünglich nicht dafür bestimmt, auf einer goldenen Schale zu liegen, sondern auf dem Herzen eines lebendigen Menschen. Ich bin in diesen Dingen deinem Rat gefolgt, aber jetzt frage ich mich manchmal, ob das richtig war.»

«Überlaß das mir!» sagte Narzia schärfer als notwendig. Um ihre Lippen war plötzlich ein harter Zug, und auf ihrer Stirn stand wieder diese steile Falte, die sie von ihrer Mutter geerbt hatte. «Du weißt zu wenig über solche Dinge», sagte sie dann etwas ruhiger. «Wenn ich dem Jungen nicht den Stein genommen hätte, wäre es mir nicht gelungen, ihn auf Dauer gefügig zu machen. Ich weiß genau, was ich tue, und überdies kann man nicht mehr zurück, wenn man sich einmal dafür entschieden hat, diese Art von Magie zu treiben.» Während sie das sagte, meinte er, in ihren grünen Augen einen Schatten von Angst zu erkennen, doch sie faßte sich sofort wieder und fügte hinzu: «Wenn er mir das aus Falkinor bringt, worum ich ihn gebeten habe, wird meine Macht über ihn und auch über andere nur um so größer sein, und es wird dann wohl keine Rolle mehr spielen, ob er nachts neben mir im Bett liegt.»

Jetzt lächelte Höni und sagte: «So kann nur ein Mädchen reden, das noch nie mit einem Mann geschlafen hat. Jetzt hoffe ich um so mehr darauf, daß es zu dieser Heirat kommt. Es könnte sein, daß dich einer da einen Zauber lehrt, der sich als stärker erweist als deine Machtgelüste.»

Während Höni behäbig in sich hineinlachte, wendete sich Narzia von ihm ab, um die fliegende Röte zu verbergen, die ihr bei seinen Worten in die Wangen gestiegen war. «Nein!» schrie sie. «Nein! Das wird nie geschehen!»

Er war es inzwischen so gewöhnt, solchen Vorgängen als unsichtbarer Zeuge beizuwohnen, daß er erschrak, wie Narzia ihn jetzt geradewegs anschaute, und während er noch dachte, daß sie wohl nur zufällig in diese Richtung blickte, erkannte er plötzlich, daß sie ihn wirklich sah. Ihre Augen weiteten sich vor Entsetzen, und sie schrie leise auf. «Da!» flüsterte sie. «Da steht er! Nackt und haarig wie ein Tier!» Sie zitterte am ganzen Leibe.

Höni fuhr herum und spähte nun auch herüber, doch für ihn war diese Erscheinung offenbar nicht bestimmt, denn er sagte: «Wer soll da stehen? Ich sehe nichts als den Schrank in der Ecke.»

«Und doch ist er da», sagte Narzia mit tonloser Stimme. «Grau wie ein Toter und starrt mich mit seinen steinernen Augen an.» Sie streckte die Hand auf jene Weise vor, mit der man böse Geister abwehrt, und schrie: «Geh! Ich habe dich nicht gerufen!» Da er jedoch selbst nicht wußte, wie er in diese Stube geraten war, konnte er dieser Forderung ebenso wenig Folge leisten. Narzia schien jedenfalls das Bild dieser bocksbeinigen Gestalt noch immer zu sehen, denn sie schlug nun die Hände vor die Augen. Da nahm sie ihr Vater in die Arme, und im gleichen Augenblick verlöschte das Bild der Stube so unvermittelt, als würde eine Kerze ausgeblasen.

Er war so verwirrt, daß er sich für einen Augenblick nicht zurechtfand. Im Dunkeln waberte ein blasser Lichtschimmer. Dann erkannte er das zitternde Spiegelbild des Mondes auf dem bewegten Wasser des Quellteiches, hörte den Wind durch die Zweige des Ahorn streichen und wußte wieder, wo er war und daß er wohl auch die ganze Zeit über hier auf seinen steinernen Bocksfüßen gestanden hatte. Er war bestürzt, daß Narzia ihn gesehen hatte. Auch Urla hatte ihn gesehen, aber sie war weder erschrocken noch besonders erstaunt gewesen und war mit ihm umgegangen wie mit einem Gast, den man hereinbittet und bewirtet. Und schließlich hatte sie ihn in die Arme genommen. Narzia jedoch hatte beim Anblick des Bocksbeinigen, der er war, das blanke Entsetzen gepackt. Was hatte sie auf solche Weise erschreckt? Ob ihr in diesem Augenblick eine Ahnung davon gekommen war, worauf sie sich eingelassen hatte mit ihrer Art von Zauberei? Er hatte begriffen, daß mit dem Jungen, über den sie mit ihrem Vater gesprochen hatte, er selbst gemeint war, denn er hatte den Stein besessen. Aber ihm hatte offenbar auch noch eine Flöte gehört, von deren Klang eine merkwürdige Macht auszugehen schien, und auch dieser Macht bediente sich Narzia auf ihre gierige Weise. Das war wohl auch ein solches Zauberding, das man zum Guten wie zum Bösen gebrauchen konnte. Nach allem, was er zu hören bekommen hatte, war diese Flöte von ihm nicht auf die Weise gespielt worden, für die sie geschaffen worden war. Wie dieser Sanfte Flöter sie wohl gespielt hatte? Er wünschte sich, ihm zuzuhören, sich dem Klang seines Flötenspiels hinzugeben, und schon verwischte sich das schaukelnde Spiegelbild des Mondes, graue Dämmerung stieg über einem See auf, dessen Schilfgürtel sich unscharf im milchigen Morgennebel abzeichnete. Ein Landungssteg aus schmalen Brettern, die auf rohe Holzpfosten genagelt waren, führte ein Stück vom Ufer hinaus. An seinem Ende war ein Kahn angebunden und lag ruhig auf dem Wasser. Irgendwo im Dunst hörte man Enten quarren.

Dann wurden sie durch gedämpfte Schritte aufgestört und flogen mit klatschenden Flügelschlägen davon. Von der ausgefransten Silhouette des Schilfgürtels löste sich ein Schatten, kam langsam näher und wurde als ein bärtiger Mann erkennbar, der einen schlaffen Ledersack auf dem Rücken trug. Er blieb am Ufer des Sees stehen und spähte hinaus auf die Wasserfläche, deren matte Spiegelungen ein Stück weiter draußen vom Dunst verschluckt wurden. Dann dreht er sich um und pfiff leise. Gleich darauf huschte ein zweiter Schatten heran und zeigte sich als eine zerlumpte Frau, die ein kleines Kind auf der Hüfte trug. Der Mann winkte sie zu sich her und sagte mit unterdrückter Stimme: «Siehst du die Pflöcke draußen im See? Dort haben die Fischer ihre Reusen festgemacht. Jetzt gibt es gleich Frühstück. Setz dich inzwischen auf den Steg!»

Während die Frau sich ächzend auf die Bretter niederhockte und leise mit dem Kind sprach, machte der Mann den Kahn los und stakte hinüber zu den Pflöcken, die an der Grenze, wo die Wasserfläche schon mit dem Nebel zu verschmelzen begann, kaum spannenhoch aus dem Wasser ragten. Dort beugte er sich über den Bootsrand, tastete mit der Hand in die Tiefe und hob gleich darauf eine Reuse aus dichtem Weidengeflecht an Bord. Er steckte die Hand in das Einschlupfloch, fuhr mit dem Arm bis an die Achsel hinein und zog der Reihe nach drei fette Aale heraus, die sich in seinem Griff wie schwarze, feucht glänzende Schlangen wanden, als er sie hochhielt, um der Frau seine Beute zu zeigen. Er steckte die Aale in seinen Ledersack und leerte auf gleiche Weise noch drei weitere Reusen, warf sie dann wieder über Bord, daß das Wasser platschend aufspritzte, und stakte zurück zum Steg.

«Warum hast du ihnen den ganzen Fang genommen?» fragte die Frau. «Zwei oder drei Aale hätten sie nicht vermißt, und wir wären satt geworden; aber jetzt werden die Fischer wütend sein und nach dem Dieb suchen.»

Der Mann lachte böse auf und sagte: «Vielleicht will ich's, daß sie's merken, diese fetten Fischer, die hier in aller Bequemlichkeit am Ufer sitzen und darauf warten, daß der Grüne ihnen die Beute in die Netze treibt, während unsereiner nichts zum Beißen hat. Außerdem können wir die Aale am Feuer räuchern, und haben dann einen Vorrat, von dem wir eine Weile zehren können.»

«Es ist trotzdem nicht recht», sagte die Frau.

Der Mann fuhr wütend herum und knurrte: «Recht oder nicht recht! Wessen Recht meinst du denn? Das der Fischer? Oder das der Bettler und Landfahrer? Ist es recht, daß dein Kind hungern muß?»

Die Frau wollte ihm antworten, doch da fing ihr Kind an zu weinen. Sie wiegte es in ihren Armen und sagte in beruhigendem Singsang:

«Weine nicht, Kindchen,
gleich koch ich ein Süppchen,
ist's zu heiß für dein Mündchen,
dann blas ich ein bißchen
und geb dir ein Schlückchen
und geb dir ein Bröckchen,
bis satt ist mein Kindchen.»

und dann setzte sie mit normaler Stimme hinzu: «Wenn's auch nur Aalsuppe ist.»

Der Mann hatte inzwischen dürres Schilf und ein paar Stücke Treibholz zusammengesucht, holte dann einen Henkeltopf aus seinem Sack und füllte ihn mit Wasser. Aus ein paar Holzstücken baute er mit geübten Griffen ein Gestell, an dem er den Topf über einem Häufchen von Schilfhalmen aufhängte. In wenigen Augenblicken hatte er Feuer geschlagen, und gleich darauf prasselten schon die Flammen unter dem Topf. Jetzt griff sich der Mann einen Aal und zeigte ihn noch einmal der Frau. «Ist das nicht ein fetter Bursche?» rief er ihr zu. Dann tötete er den Fisch mit einem Schlag mit dem Messerrücken, schlitzte ihn auf, warf die

Eingeweide in den See und schnitt den Aal in Stücke, die er in den Topf warf. «Gib mir ein bißchen Salz!» sagte er zu der Frau.

«Nur ein Krümchen», sagte die Frau. «Wir haben nicht mehr viel.» Sie kramte aus einer Tasche einen kleinen Leinenbeutel hervor, griff mit spitzen Fingern hinein und streute dem Mann ein paar Körnchen auf die flache Hand. Er ließ sie in die Suppe fallen, die schon anfing, Blasen aufzuwerfen und zu dampfen. Dabei erstarrte er mitten in der Bewegung und horchte. «Da kommt jemand», flüsterte er. «Verdrück dich ins Schilf und paß auf, daß der Kleine nicht schreit! Vielleicht ist es nur ein einzelner, der am frühen Morgen nach seinen Reusen sehen will. Mit dem werde ich schon fertig.» Während er das sagte, zog er sein Messer heraus und klopfte mit der Klinge auf die Fläche der anderen Hand.

Die Frau sprang auf, preßte das Kind an sich und war mit wenigen Schritten im Schilf untergetaucht. Der Mann folgte ihr ein Stück, blieb dann aber zwischen den ersten Rohrstengeln stehen und wartete.

Jetzt konnte man die Schritte deutlich hören. Jemand kam von der Landseite heran und gab sich dabei keine Mühe, leise aufzutreten. Er pfiff vor sich hin, und seine Sohlen lösten sich quatschend von dem feuchten Boden. Dann zeichnete sich seine Gestalt vage im Nebel ab, kam schlendernd näher, wurde deutlicher und blieb plötzlich stehen. Man konnte jetzt schon erkennen, daß dies ein junger Mann in schweren Fischerstiefeln war, der hier stand und schnüffelnd die Luft einsog. «Wer hat hier ein Feuer gemacht?» sagte er halblaut. Dann verlor seine Gestalt alle Lässigkeit. Mit wenigen Sprüngen stand er vor der Kochstelle mit dem dampfenden Topf und hatte wohl auch schon gerochen, was für eine Suppe da brodelte, denn er rief: «Dir werde ich's zeigen, wie man meine Aale kocht!» und spähte nach allen Seiten nach dem Dieb. Doch der war nun sicher, daß er es nur mit einem einzelnen Mann zu tun hatte, kam mit langsamen Schritten heran und sagte eher beiläufig: «Dann zeig's mir doch, du Grünschnabel! Guckst wohl noch bei deiner Mutter in den Topf?» Sein Messer hielt er dabei mit der Spitze nach vorn in der hohlen Hand.

Da riß auch der Fischer sein Messer aus dem Gürtel, und im nächsten Augenblick waren die beiden schon ineinander verkeilt und versuchten, einer dem andern das Messer in den Leib zu rennen. Der Junge schien zwar kräftiger zu sein als der Bärtige, aber dieser verstand geschickter mit seiner Waffe umzugehen. «Du hast wohl bisher auch nur Aale aufgeschlitzt!» knurrte er, während er einen ungeschickten Angriff des Jungen fast spielerisch mit dem linken Unterarm abwehrte. Der Junge trat einen Schritt zurück, stolperte über das Kochgestell und schlug der Länge nach ins Feuer, daß die Funken stiebten. Der Topf kippte um, und die heiße Suppe ergoß sich über die Beine des Gestürzten. Er schrie gellend auf und versuchte sich hochzurappeln, aber da war der Bärtige schon über ihm und sagte: «Bübchen hat sich wohl verbrannt? Warte nur, gleich wird dir nichts mehr wehtun!» Er stieß zu, und wenn der Junge sich nicht zur Seite geworfen hätte, wäre es um ihn geschehen gewesen. So traf die Klinge nur seine Schulter, und ehe der Bärtige sie zurückreißen konnte, hatte der Junge schon sein Handgelenk gepackt, und das Ringen begann von neuem.

Er hätte sich des Landstreichers wohl trotzdem nicht mehr lange erwehren können, doch sein Schrei hatte andere Fischer herbeigerufen, die in der Nähe beschäftigt waren. Unversehens tauchten sie von allen Seiten aus dem Nebel, rannten in ihren schweren Stiefeln herbei und rissen die Kampfhähne auseinander. «Warum prügelst du dich mit diesem Kerl, Bargasch?» fragte der eine.

Der Junge preßte die Hand auf die Schulterwunde, aus der ihm das Blut über den Leinenkittel rann, und sagte keuchend: «Er hat meine Reusen ausgeraubt, und als ich ihn zur Rede stellen wollte, ist er mit dem Messer auf mich losgegangen.»

«Das ist eine ernste Sache», sagte der andere. «Wir bringen ihn vor Rulosch, und der soll Gericht über ihn halten.» Dann wendete er sich zu den Männern, die den Bärtigen festhielten, und sagte: «Bindet ihn, damit er nicht noch mehr Unheil anrichtet.»

Der Landstreicher wehrte sich fluchend und versuchte, die Männer abzuschütteln, aber sie zwangen ihm die Arme auf den Rücken und banden mit einem Strick seine Hände. Dann fand einer den Ledersack und rief: «Schau, Bargasch, da sind deine Aale!»

«Bis auf den, aus dem er sich eine Suppe kochen wollte», sagte Bargasch wütend.

Der Landstreicher lachte höhnisch und sagte: «Gekocht hatte ich sie schon. Oder war sie dir noch nicht heiß genug?»

Da schlug ihm einer mit der flachen Hand auf den Mund und sagte: «Das Spotten wird dir schon noch vergehen, du Fischdieb und Mordbube!»

Der Nebel hatte sich inzwischen gelichtet. Man konnte jetzt schon weit hinaus auf den See blicken und das gegenüberliegende Ufer als verschwimmende graue Linie erkennen. Hinter den ziehenden Schwaden schien sich ein Waldgebirge zu verbergen, dessen dunkle Hänge nur hie und da im Dunst zu erahnen waren.

Die Fischer nahmen jetzt den Bärtigen in die Mitte und machten sich auf den Heimweg. Sie mußten ihn eher schleppen als führen, denn er wehrte sich noch immer, stemmte die Beine in den weichen Boden und versuchte sich loszureißen, aber gegen so viele Leute kam er nicht an. So bewegte sich die Gruppe langsam auf einem ausgetretenen Pfad ein Stück oberhalb des Schilfgürtels am Ufer entlang. Nach einer Weile tauchten zwischen Obstbäumen die riedgedeckten Dächer des Fischerdorfes auf. Ein paar Kinder, die wohl erkannt hatten, daß hier etwas Außergewöhnliches im Gange war, kamen von den Häusern hergelaufen. Als sie den Gefesselten sahen, der von ihren Leuten vorangezerrt wurde, hielten sie sich dann aber beiseite und betrachteten den abgerissenen Mann mit scheuen Blicken.

So erreichten sie das Dorf. Der Gefangene beschimpfte noch immer lauthals die Fischer, und diese blieben ihm keine Antwort schuldig. Der Lärm lockte nun auch die Frauen vor die Tür. Eine von ihnen, schon grauhaarig und nicht mehr die Jüngste, kam herübergelaufen und stürzte sich geradezu auf den jungen Bargasch, dem noch immer das Blut von der Schulter tropfte. «Was ist passiert?» schrie sie. «Du blutest ja! Komm herein, damit ich mich um deine Wunde kümmern kann!» Bargasch jedoch schüttelte ihre Hand ab und sagte: «Laß nur, Mutter! Ist nicht weiter schlimm. Nur ein Kratzer. Erst müssen wir diesen Mann zu Rulosch bringen, damit er Gericht über ihn hält. Er soll mit eigenen Augen sehen, was der Kerl angerichtet hat.»

Die Frau wollte jammernd Einwendungen machen, aber Bargasch ging einfach weiter und ließ sie stehen. An seiner wütenden Miene war deutlich abzulesen, daß er zu allererst sehen wollte, wie der Mann bestraft wurde, der ihm das angetan hatte.

Die Gruppe blieb schließlich vor einem Haus stehen, das auch nicht viel anders aussah als die anderen, nur daß es ein bißchen größer und sorgfältiger gepflegt war. Einer der Männer, er war wohl von allen der älteste und fühlte sich verpflichtet, die Angelegenheit in die Hand zu nehmen, klopfte an die Tür, trat dann zurück und wartete. Gleich darauf wurde geöffnet, und ein etwas kurzbeiniger, stämmiger Mann von vielleicht sechzig Jahren trat heraus. Er trug sein weißes Haar kurz geschnitten, daß es ihm wie eine eng anliegende Fellkappe auf dem runden Schädel saß. «Was wollt ihr?» fragte er. «Man hört euch ja schon von weitem durch die Dorfgasse schreien. Und wen bringt ihr da geschleppt?»

Der Fischer, der an die Tür geklopft hatte, antwortete.: «Du mußt Gericht halten über diesen Mann hier, Rulosch. Er hat nicht nur Bargaschs Reusen ausgeplündert, sondern ihn auch noch mit dem Messer angefallen und verwundet, und wenn wir nicht dazugekommen wären, hätte er ihn wohl auch noch umgebracht.»

«Worauf du dich verlassen kannst», knurrte der Gefesselte.

Da blickte ihm Rulosch mit seinen grauen Augen kühl ins Gesicht und sagte: «Es könnte sein, daß dir diese Worte noch leid tun.» Dann wendete er sich an die Fischer und sagte: «Kommt herein in die Stube, damit wir die Sache verhandeln können. War sonst noch jemand anwesend, der etwas bezeugen könnte?»

«Nein, nur wir», sagte der alte Fischer. «Und in der Hauptsache vor allem Bargasch.»

«Was ist mit deiner Wunde?» fragte Rulosch den Jungen. Doch der warf den Kopf zurück und sagte: «Das hat Zeit bis später.»

«Gut», sagte Rulosch. «Dann kommt!» Er ging ihnen voraus und öffnete im Halbdunkel des Vorraumes eine Tür, die in eine niedrige, aber geräumige Stube führte, in deren Mitte ein wuchtiger Tisch aus blank gescheuertem Ahornholz stand. Rulosch nahm auf einem breiten Armsessel am Kopfende des Tisches Platz und forderte die anderen auf, sich auf die mit Binsengeflecht gespannten Hocker zu setzen, die rings um den Tisch standen.

«Den Mann stellt mir gegenüber», sagte er, «zwei von euch bleiben wohl besser neben ihm, damit er keine Schwierigkeiten macht.»

«Da tust du gut daran», sagte der Bärtige, «denn ich gedenke euch jede Schwierigkeit zu machen, deren ich fähig bin, ihr stinkenden Quakfrösche.»

«Du hast eine sonderbare Art, dich zu verteidigen», sagte Rulosch.

«Zum Verteidigen benütze ich nur mein Messer», sagte der Bärtige. «Aber das haben mir deine Leute ja weggenommen.»

«Nicht ohne Grund, wie mir scheint», sagte Rulosch. «Doch damit sind wir ja schon bei der Sache. Erzähle mir den Hergang, Bargasch!»

Der junge Fischer stand auf und sagte: «Das ist rasch berichtet. Ich wollte nach meinen Reusen sehen, und als ich zum Ufer kam, roch ich Rauch. Da rannte ich hinunter zum Landungssteg und entdeckte dort ein Feuer, auf dem ein Topf mit Aalsuppe kochte, und ehe ich mich's versah, kam der Kerl dort aus dem Schilf und fiel mit dem Messer über mich her. Ich wäre schon mit ihm fertig geworden, wenn ich nicht über das Feuer gestolpert wäre.»

Der Bärtige lachte laut heraus, als er das hörte. «Das möchte ich gern erleben, wie du mit mir fertig wirst, du Milchbart», sagte er. «Gebt mir mein Messer, damit er mir's zeigen kann!»

Jetzt wurde Rulosch allmählich wütend über die Ungebärdigkeit dieses Mannes, der so wenig Achtung vor dem Gerichtsort zeigte. «Laß das Geschwätz!» sagte er scharf. «Hier ist nicht der Ort um herauszubekommen, wer der bessere Messerheld ist, sondern der Ort, um Recht zu sprechen. Schweig jetzt und sprich nur, wenn du gefragt wirst!»

Er lehnte sich zurück, atmete tief durch und fragte dann mit ruhiger Stimme: «Könnt ihr das bezeugen, was Bargasch berichtet hat? Sprich du, Haulesch!»

Der alte Fischer, der sich bereits früher zum Wortführer gemacht hatte, stand jetzt auf und sagte: «Wir waren nicht dabei, als die Sache anfing, denn da gingen wir noch oben über den Uferweg. Dann hörten wir einen Schrei aus der Richtung von Bargaschs Anlegeplatz, liefen hinunter und sahen, wie Bargasch am Boden lag und dieser Mann mit dem Messer auf ihn einstach. Da rissen wir ihn zurück und nahmen ihm sein Messer weg. Neben dem Feuer fanden wir dann noch seinen Ledersack mit einem Dutzend lebendiger Aale darin.»

«Fischraub also und Mordversuch», sagte Rulosch und wendete sich wieder an den Bärtigen. «Daß du Bargasch umbringen wolltest, hast du mir ja gleich zur Begrüßung verraten. Was hast du mir zu deiner Verteidigung zu sagen?»

«Daß ich mich einen Dreck um euer Geschwätz schere!» sagte der Bärtige. «Ich suche mir, was ich brauche, und nehme es mir, wo ich es finde. Und wer mich daran hindern will, bekommt mein Messer zu spüren. So habe ich es immer gehalten und werde es auch weiter so halten, auch wenn ihr hier auf euren fetten Ärschen sitzt und das nicht fassen könnt. Euch treibt der Grüne ja die Beute geradewegs ins Netz, ohne daß ihr dabei viel Mühe aufzuwenden braucht, aber wenn einer wie ich auch einmal ein bißchen zuzugreifen versucht, schreit ihr gleich Zeter und Mordio und beruft euch auf euer Recht. Wer hat euch denn das Recht auf diese Fischgründe gegeben? Irgendwann haben es sich eure Leute genommen, so wie ich mir heute ein paar Aale genommen habe.»

«Wenn du ins Dorf gekommen wärst, hätte man dir schon etwas zu Essen gegeben», sagte Rulosch. Doch das brachte den Bärtigen nur noch mehr auf.

«Ein paar stinkige Fischköpfe, um die man erst noch betteln muß!» sagte er. «So habe ich mir mein Leben nicht vorgestellt. Ich lange selber zu, wenn es sein muß mit Gewalt. Und ihr werdet mich nicht daran hindern!» Mit einem unvermuteten Ruck riß er sich los und sprang zur Tür. Doch ehe er sie mit seinen gebundenen Händen öffnen konnte, waren die Männer schon über ihm und schleppten ihn zurück zum Gerichtstisch. «Er ist wie ein wildes Tier, das man am besten erschlägt», sagte einer von ihnen.

«Und ihr seid schlimmer als Tiere!» schrie der Bärtige. «Kein Tier hindert das andere, im Wald zu jagen und zu fressen, was es will. Aber ihr breitet ein fein ausgesponnenes Netz von Gesetzen über das, was ihr für euren Besitz haltet, und wer sich nicht nach euren Bräuchen richten will, den jagt ihr weg und laßt ihn lieber verhungern, als daß ihr eine Masche für ihn offen haltet. Macht doch, was ihr wollt!»

«Sonst hast du mir nichts zu sagen?» fragte Rulosch. Der Bärtige zuckte mit den Schultern und gab keine Antwort mehr. Da stand Rulosch auf und sagte: «Da offenbar nichts mehr vorzubringen ist, will ich meinen Spruch sagen. Zum ersten hat dieser Mann ein Dutzend Aale aus Bargaschs Reusen geraubt.»

«Dreizehn», sagte Bargasch, «einer davon kochte schon in der Suppe.»

«Also dreizehn», wiederholte Rulosch, «aber über diesen Raub hätte man sich wohl noch einigen können. Zum andern jedoch hat dieser Mann einen unserer Leute angefallen und versucht, ihn zu töten. Obendrein hat er sich in dieser Stube noch gerühmt, daß er auch künftig unter solchen Umständen nicht anders verfahren würde. Er ist wirklich wie ein wildes Tier und eine Gefahr für jeden, der ihm über den Weg läuft.»

«Dann schmeißt mich doch in euren See, damit die Aale noch fetter werden!» schrie der Bärtige.

Rulosch blickte ihn ungerührt an und sagte: «Nicht in den See. Der See dient unserem Leben und nicht dem Tod. Auch könnte es dem Grünen mißfallen, wenn wir sein Reich auf solche Weise beschmutzen. Wir werden dich ins Moor bringen.»

«So macht ihr das also», sagte der Bärtige merkwürdig ruhig. «Wann?»

«Jetzt gleich», sagte Rulosch. Er stand auf, und auch die andern Fischer erhoben sich. Die beiden, die den Bärtigen bewachten, zerrten ihn zur Tür hinaus und durch den düsteren Vorraum ins Freie. Draußen standen in einiger Entfernung Frauen und auch ein paar Kinder zwischen den Häusern und starrten

herüber. Als die Männer den Weg einschlugen, der vom See weg und ins Land
hinein führte, schrie ein Junge mit überschlagender Stimme: «Sie bringen ihn ins
Moor!» Dann standen alle nur noch stumm da und blickten dem kleinen Zug nach,
der auf einem schmalen, offenbar wenig benutzten Pfad das Dorf verließ.

Rechts und links des Weges breiteten sich zunächst saure Wiesen aus, auf denen
zwischen dem Gras Büschel von Binsen emporspießten. Später war das Gelände
von graugrünem Heidekraut überwuchert, zwischen dem ganze Flächen weiß
getupft waren von den flaumigen Flocken des Wollgrases. Hie und da schillerte
braun und ölig ein Moortümpel. Der Pfad war jetzt stellenweise mit quergelegten
Knüppeln befestigt, zwischen denen glucksend das braune Moorwasser empor-
stieg, wenn die Fischer in ihren schweren Stiefeln darübergingen.

Der Nebel hatte sich mittlerweile völlig verzogen, die Sonne stand schon hoch
am blauen Himmel, und unter ihrer Wärme wurde der herbe Geruch der
Moorkräuter spürbar. So gingen sie, bis das Dorf schon lange nicht mehr zu
erkennen war. Nur der See lag noch hinter ihnen am Horizont als blaßblauer
Streifen zwischen dem Moor und dem dahinter aufsteigenden blaugrünen Wäldern. Dann blieb Rulosch unvermittelt stehen und sagte: «Hier!» Wenige Schritte
neben dem Pfad spiegelte zwischen Binsen die fast kreisrunde Fläche eines
Moortümpels. Sein trübes Wasser war fast schwarz, als ginge es hier in unermeßli-
che Tiefen hinab.

«Bindet ihm jetzt auch die Beine!» sagte Rulosch.

«Hast du Angst, daß ich euch doch noch davonlaufe?» sagte der Bärtige. Er
sprach jetzt nicht mehr so laut und aufbrausend, sondern fast gelassen, als habe er
alles schon hinter sich gebracht. Aber sein Gesicht war bleich, und in seinen
Augen flackerte die Angst.

«Das ist wohl nicht zu befürchten», sagte Rulosch. «Aber auf diese Weise geht
es schneller.»

Während zwei der Fischer dem Bärtigen die Füße mit einem Strick zusammen-
banden, blickte ein anderer zurück auf den Weg, den sie gekommen waren, und
sagte: «Da kommt uns jemand nachgelaufen.»

Nun sah auch Rulosch in diese Richtung und beschattete die Augen mit der
flachen Hand, um besser sehen zu können. «Dort kommt ein Mann, den ich nicht
kenne», sagte er nach einer Weile. «Er hat es offenbar eilig, uns einzuholen.»

«Wir sind so weit», sagte einer der Männer, die dem Bärtigen die Beine
gebunden hatten. «Sollen wir jetzt...?»

«Wartet!» sagte Rulosch. «Ich will erst erfahren, warum dieser Mann uns
folgt.»

Nun blickten alle dem Mann entgegen, der mit raschen, fast tänzelnden
Schritten durch das Moor heraneilte. Er war ziemlich klein und von zierlicher
Gestalt, und als er so nahe war, daß man schon sein Gesicht erkennen konnte,
winkte er ihnen mit der Hand zu, nicht etwa dringlich oder um sich wichtig zu

machen, sondern fast fröhlich, so wie man einem Freund, dem man in der Fremde begegnet, schon von weitem zuwinkt. Er war ein bißchen außer Atem, als er die Gruppe der Männer erreichte und stehenblieb. Als erstes warf er einen Blick auf den Gefesselten und sagte: «Da bin ich ja noch zur rechten Zeit gekommen.» «Was willst du damit sagen?» fragte Rulosch streng. «Das Urteil ist gefällt, und du wirst mich nicht zwingen, es rückgängig zu machen, was immer dir dieser Kerl auch bedeuten mag.»

Jetzt fing dieser sonderbare Kauz tatsächlich an zu lachen, daß der goldene Zwicker auf seiner Nase tanzte. «Zwingen?» rief er. «Du lieber Himmel, wie sollte ein Mann wie ich dich zu irgend etwas zwingen können? Sehe ich so aus?» Er sah wahrhaftig nicht so aus, als ob er dergleichen je versucht hätte. Sein vergnügtes Gesicht mit den roten Apfelbäckchen strahlte eitel Wohlwollen aus, und seine Augen blickten ohne Arg wie die eines Kindes, obwohl er schon weiße Haare hatte. Als er jetzt die Mißbilligung in Ruloschs Miene entdeckte, wurde er ein bißchen ernster und sagte: «Entschuldige, daß ich gelacht habe. Ich weiß, daß ihr mit einer sehr ernsten Sache beschäftigt seid. Aber was dieser Kerl mir bedeutet, kann ich dir schon sagen: Er ist ein Mensch.»

«Das sind wir doch alle», sagte Rulosch ein wenig ratlos.

«Eben», sagte der fröhliche Mann, als sei damit alles erklärt.

Rulosch erkannte offenbar, daß er auf diese Weise nicht weiterkam. Er faßte den Fremden scharf ins Auge und fragte: «Wer bist du überhaupt?»

«Man nennt mich den Sanften Flöter», sagte der Mann und setzte gleich hinzu: «Du brauchst dich mir nicht vorzustellen. Ich weiß, du bist Rulosch, der unten im Dorf Recht zu sprechen pflegt. Ich finde es übrigens sehr anerkennenswert, daß du dich selber dazu zwingst, zum Zeugen der Vollstreckung deiner Rechtssprüche zu werden. Da überlegt man sich dann später dreimal, was man über solch einen armseligen Burschen verhängt.»

Rulosch blickte ihn verblüfft an. «Woher weißt du, daß ich mich dazu zwingen muß?» und fügte dann fast aufsässig hinzu: «Vielleicht sehe ich das gerne.»

«Mach dich nicht schlechter als du bist», sagte der Sanfte Flöter. «Deine Augen strafen dich Lügen.»

«Du hast recht», sagte Rulosch und senkte den Blick. Dann hob er mit einem Ruck wieder den Kopf und sagte: «Aber dieser Mann ist eine solche Gefahr für alle, daß er sterben muß. Er hat...»

Der Flöter unterbrach ihn mit einer wegwerfenden Handbewegung und sagte: «Du brauchst mir nicht zu erzählen, was er getan hat. Das weiß ich schon. Ich will dich auch nicht daran hindern, so mit ihm zu verfahren, wie du beschlossen hast. Doch vorher solltest du mir noch eine Bitte erfüllen.»

«Das kommt darauf an», sagte Rulosch vorsichtig. «Sag mir, was du willst.»

«Nichts besonderes», sagte der Sanfte Flöter. «Ich möchte diesem Mann noch ein bißchen auf meiner Flöte vorspielen.»

Der Bärtige war diesem Gespräch ziemlich verständnislos gefolgt. «Was soll dieser Unsinn?» fragte er grob. «Macht endlich Schluß und schmeißt mich in das Loch! Flöten! Als ob ich jetzt noch auf Tanzmusik aus wäre!»

«Bist du das nicht?» fragte der Sanfte Flöter. «Das wundert mich. Hast du nicht früher gerne getanzt? Und war das Leben nicht schön zu dieser Zeit? Willst du nicht noch einmal spüren, daß du lebst und Freude empfinden kannst?»

«Freude?» sagte der Bärtige. «Ich bezweifle, daß du mich hier neben diesem Moortümpel mit deiner Flöte dazu bringen kannst», aber das klang schon fast so, als hätte er sagen wollen: Wetten, daß du das nicht schaffst? Der Flöter nahm es jedenfalls so auf und sagte zu Rulosch: «Hast du irgend etwas dagegen?»

Rulosch zuckte mit den Achseln und sagte: «Meinetwegen. Aber mach's kurz!»

Da zog der zierliche Mann eine silberne Flöte aus der Tasche, setzte sie an die Lippen und begann auf ihr zu spielen. Angesichts der öden Landschaft und des Gefesselten neben dem düsteren Moorloch wirkten schon die ersten Töne wie ein Schock: Es war eine fröhliche Melodie, mit der dieser Flöter begann, ein lustiger, schwingender Tanz, bei dem man sein Mädchen im Kreis drehte, daß die Röcke fliegen. Die Männer blickten zunächst befremdet auf den Flöter, der hier eine so unziemliche Musik machte, aber er ließ sich nicht stören, sondern mischte allenfalls noch lustigere Triller und Läufe in sein Spiel, als sei das hier an diesem Ort genau das richtige. Nicht etwa, daß er die Männer zum Tanzen gebracht hätte. Das hatte er wohl auch gar nicht im Sinn, aber ihre Mienen lockerten sich doch, aus ihren Augen schwanden Strenge und Verschlossenheit, und sie standen nicht mehr steif jeder für sich da, sondern wie eine Gruppe von Männern, die vor einem Wirtshaus stehen und eben überlegen, ob sie noch eins trinken oder nach Hause gehen sollen. Selbst der Gefesselte schien zu ihnen zu gehören; er lächelte sogar, während er dem Spieler zuschaute und dessen Fingerfertigkeit bewunderte.

Jetzt ließ der Flöter diesen munteren Tanz allmählich ausklingen und begann, neue, sanftere Melodien in sein Spiel einzuflechten, die er auf kunstvolle Weise miteinander verknüpfte, daß man den Eindruck gewann, zwei Menschen redeten in Frage und Antwort miteinander, wobei die zunächst kontrastierenden Melodien voneinander einzelne Tonfolgen aufnahmen und in ihre eigenen Muster einbauten, bis die eine das Gegenbild der anderen zu sein schien, obwohl sie durchaus anders und eigenständig blieben. So errichtete der Flöter um die hier versammelten Männer ein Gebäude aus Tönen, das sie umschloß wie eine warme Stube, in der Menschen miteinander sprechen mit dem einzigen Ziel, den anderen zu verstehen, und diese Melodien waren so schön, daß den Männern einem nach dem andern die Tränen in die Augen traten, ohne daß sie sich dessen schämten, und der Bärtige war nicht der letzte, dem dies widerfuhr.

So standen sie noch eine ganze Weile, nachdem der Flöter sein Spiel schon beendet hatte. Der Bärtige hatte die ganze Zeit über seine Augen nicht von dem Flöter gelassen. Er räusperte sich, als müsse er erst seine Stimme wiederfinden, und sagte zu ihm: «So hat schon seit langer Zeit niemand mehr zu mir gesprochen wie deine Flöte.»

«Auch deine Frau nicht?» fragte der Sanfte Flöter.

Der Gefesselte blickte ihn erschrocken an und sagte: «Was weißt du von meiner Frau?» Dann faßte er sich und fuhr fort: «Sie konnte das schon. Nur gab es bei dem Leben, das wir in letzter Zeit geführt haben, nicht viel Gelegenheit dazu. Hast du sie getroffen?»

«Ja», sagte der Sanfte Flöter. «Du brauchst dir um sie keine Sorgen zu machen. Ich bin ihr am See begegnet, wo sie eben ihr Kind wusch. Sie ist dann mit mir ins Fischerdorf gegangen, nachdem sie mir erzählt hat, was sich zugetragen hat. Als ich mich ins Moor aufmachte, löffelte sie gerade eine warme Suppe, und das Kind war schon satt und schlief.»

Rulosch hatte dem Gespräch zugehört und betrachtete jetzt den Bärtigen, als sehe er ihn zum ersten Mal. «Ich wußte gar nicht, daß du Weib und Kind hast», sagte er. «Warum hast du mir das nicht gesagt?»

«Du hast mich nicht danach gefragt, Rulosch», sagte der Bärtige, «und ich hätte es wahrscheinlich auch nicht verraten, so wie mir in deiner Stube zumute war.»

«Das kann schon sein», sagte Rulosch. «Aber ich hätte dich dennoch fragen müssen. Mir scheint jetzt überhaupt, daß ich diese Verhandlung allzu rasch geführt habe. Ich weiß noch nicht einmal, wie du heißt.»

«Wenn das so ist», sagte der Sanfte Flöter zu Rulosch, «dann wirst du diese Verhandlung noch einmal führen müssen. Es ist doch wohl auch bei euch Brauch, den Angeklagten nach seinem Namen zu fragen?»

«Du hast recht», sagte Rulosch beschämt. «Wir waren alle ziemlich wütend über das, was geschehen war, aber ein Richter soll sich nicht vom Zorn leiten lassen.»

«Ich habe auch Grund genug dazu gegeben», sagte der Bärtige. «Und damit du nicht mehr zu fragen brauchst, sage ich dir jetzt gleich, daß ich Barnulf heiße.»

«Ein passender Name», sagte Rulosch. «Du siehst wirklich aus wie ein Bär und kannst auch so böse sein wie einer, den man aus dem Winterschlaf aufstört.»

Als er das sagte, schauten auch die anderen Männer Barnulf an und grienten.

Der Sanfte Flöter schien zufrieden mit dieser Entwicklung. «Wie wäre es», fragte er, «wenn ihr jetzt Barnulf die Fesseln abnehmt? Schließlich ist er nicht rechtens verurteilt, und außerdem scheint er mir ein friedlicher Mensch zu sein.»

Die Fischer schauten Rulosch fragend an, und als dieser nickte, machte sich einer von ihnen daran, dem Gefangenen die Fesseln aufzuknüpfen. Der Strick war ihm wohl zu kostbar, als daß er ihn kurzerhand durchgeschnitten hätte. Als er frei war, rieb sich Barnulf seine Handgelenke, um das Blut in Bewegung zu bringen. Dann ging er hinüber zu Bargasch und sagte: «Kannst du mir verzeihen, was ich dir angetan habe? Wenn ich dich jetzt so anschaue, tut es mir doppelt leid, denn du siehst aus wie ein netter Bursche.»

«Du gefällst mir jetzt auch schon besser als heute früh, Barnulf», sagte Bargasch lächelnd. «Wegen dieses Kratzers brauchst du dir keine Gedanken zu machen. Bei einer Rauferei kann so etwas schon vorkommen. Und meine Aale sind schließlich auch noch da.»

«Bis auf einen», sagte Barnulf.

«Den habe ich immerhin zu kosten bekommen», sagte Bargasch, und jetzt lachten alle; denn sie hatten inzwischen erfahren, daß die ganze Bescherung sich über seinen Hintern ergossen hatte.

Rulosch wurde als erster wieder ernst. «Ihr habt wohl alle vergessen, wozu wir hier ins Moor gegangen sind?» sagte er.

«Nein», sagte Barnulf. «Ich habe es nicht vergessen. Und ich gebe mich in deine Hand, denn ich habe Vertrauen zu dir gefunden.»

Rulosch blickte ihn ein wenig unsicher an, als könne er das alles noch nicht recht begreifen. Dann sagte er: «Also gehen wir wieder nach Hause und beginnen noch einmal von vorn mit dieser Verhandlung. Recht muß schließlich Recht bleiben.» Dann wandte er sich an den Sanften Flöter und fuhr fort: «Dich hätte ich gern bei der Gerichtsverhandlung neben mir. Du machst es einem leicht, die Dinge von der richtigen Seite zu betrachten.»

So machten sie sich auf den Rückweg, und keiner der Fischer gab sich dabei auf irgendeine Weise den Anschein, als sei hier ein Gefangener zu bewachen. Es war ein durchaus friedliches Bild, wie die Männer zu zweien oder dreien ohne sonderliche Eile auf dem schmalen Pfad durch das Moor auf den fernen See zugingen, dessen glatte Fläche jetzt blank unter der hoch stehenden Sonne glänzte.

Wie hat dieser Flöter das nur gemacht? fragte er sich, während er den kleinen Zug einträchtig auf das Dorf zuwandern sah. Hat er sie mit seiner Flöte verzaubert, daß sie nicht mehr wußten, was sie zu tun sich vorgenommen hatten? Hat er ihnen auf diese Weise seinen Willen aufgezwungen?

«Wo denkst du hin?» sagte da der Sanfte Flöter zu ihm und schaute ihm dabei geradewegs in die Augen, als wolle er jeden Zweifel daran ausschließen, daß er genau wisse, wer diese Frage gestellt hatte. «Bin ich denn einer von diesen Zauberern, die andere Dinge tun lassen, die sie eigentlich gar nicht wollen? Die Flöte ist dabei gar nicht so wichtig. Sie hilft mir nur ein bißchen, das zu sagen, was sich mit Worten nur schwer ausdrücken läßt. Außerdem mache ich gern Musik. Du mußt das so sehen: Der Zorn war über sie alle gekommen wie eine Krankheit, die ihre Sinne verwirrt, und dieser Zorn war es, der sie Dinge tun ließ, die sie bei klarem Verstand gar nicht getan hätten, dieser Barnulf genau so wenig wie diese Fischer und ihr Richter Rulosch. Ich habe nichts weiter getan, als mit meiner Musik ihr Gemüt von diesem Zorn zu befreien und sie spüren zu lassen, daß ich ihnen das Gute zutraue. Hast du das nicht gehört? Du solltest das Zuhören doch jetzt inzwischen gelernt haben!»

«Was hast du eben gesagt?» fragte Rulosch. «Entschuldige, ich war in Gedanken und habe dir nicht zugehört.»

«Das macht nichts», sagte der Sanfte Flöter lächelnd. «Du warst auch nicht gemeint. Worüber hast du nachgedacht?»

«Das ist schwer zu sagen und klingt aus dem Munde eines Richters wohl auch ziemlich sonderbar: Ich habe mich gefragt, wie ich jetzt über Barnulf zu Gericht sitzen soll; denn er erscheint mir plötzlich wie ein Freund, den ich gern habe.»

«Warum soll das sonderbar sein?» fragte der Sanfte Flöter. «Was kann ein Richter schon taugen, der die Menschen nicht liebt, die vor seinem Tisch stehen? Wäre seine Gerechtigkeit nicht wie eine taube Nuß? Du wirst sehen: Erst jetzt wirst du imstande sein, den richtigen Spruch zu finden.»

«Nachdem ich sein Gesicht gesehen habe, als er deinem Spiel zuhörte, erscheint er mir wie ein anderer Mensch», sagte Rulosch. «Das macht die Sache so schwierig.»

«Wie ein anderer Mensch?» wiederholte der Sanfte Flöter. «Ist es nicht vielmehr so, daß du erst jetzt den Menschen erkannt hast, der er ist? Was hieltest du denn von ihm, als du ihn verurteilt hast?»

«Ich habe gesagt, er sei wie ein wildes Tier», sagte Rulosch, und erst dann merkte er, daß er damit dem Flöter Recht gab. «Ich habe über ihn geurteilt, als sei er ein Wolf aus dem Wald, den man ohne Bedenken erschlägt», sagte er. «Jetzt begreife ich, daß ich ein schlechter Richter bin. Ich möchte das Gericht über ihn in deine Hände legen.»

«Das wirst du nicht tun», sagte der Sanfte Flöter mit Bestimmtheit. «Du bist der Richter und kannst dein Amt nicht einfach ablegen wie einen Rock, der dir nicht mehr gefällt. Wer sollte später noch Vertrauen zu dir haben, wenn du selbst kein Vertrauen mehr zu dir hast? Befrage Barnulf und die Zeugen zum zweiten Mal und finde deinen Spruch!»

Währenddessen hatten sie sich dem Dorf wieder so weit genähert, daß die Kinder, die draußen vor den Häusern auf der nassen Wiese eben einen schreienden Jungen in eine sumpfige Pfütze tunkten, ihr makabres Spiel unterbrachen und zu ihnen herüberblickten. Dann erkannte eines von ihnen, daß Barnulf mit den Fischern zurückkehrte. Es rief die Entdeckung den anderen zu, und dann rannten alle ins Dorf und schrien die Neuigkeit aus. So standen diesmal wieder Frauen vor der Tür, als die Männer das Dorf erreichten. Auch Barnulfs Frau war unter ihnen. Sobald sie ihren Mann erkannte, lief sie auf ihn zu und warf ihm die Arme um den Hals.

«Was ist mit dem Jungen?» fragte Barnulf.

«Der ist satt und schläft», sagte die Frau. «Daß du nur wieder da bist! So hat der alte Mann sein Wort gehalten, das er mir gegeben hat.»

«Was hat er dir denn versprochen?» fragte Rulosch und blickte den Sanften Flöter mißtrauisch an.

Die Frau machte sich von ihrem Mann frei und schaute den Richter verlegen an.

«Nun?» sagte Rulosch streng. «Hat er dir versprochen, deinen Mann unversehrt zurückzubringen?»

«Nein, Herr», sagte die Frau. «Das hat er nicht gesagt.»

«Was denn sonst?» fragte Rulosch.

«Ich hoffe, du nimmst es ihm nicht übel», sagte die Frau. «Er hat mir versprochen, dich, deine Männer und auch meinen eigenen Mann zur Vernunft zu bringen.»

Rulosch schaute sie verblüfft an. Dann glitt sein Blick hinüber zum Sanften Flöter, der gleichmütig neben ihm stand, als ginge ihn das Ganze überhaupt nichts an. Da schlug ihm Rulosch auf die Schulter und fing lauthals an zu lachen. «Das hat er freilich geschafft!» rief er. Dann wurde er wieder ernst und fügte hinzu: «Aber frei ist dein Mann noch nicht. Wir werden jetzt in meine Stube gehen und noch einmal Gericht über ihn halten.»

Da senkte die Frau den Kopf und sagte: «Das muß wohl auch so sein; denn Barnulf hat einem von euch Unrecht getan. Erlaubst du mir, meinen Mann zu der Verhandlung zu begleiten?»

«Das mußt du sogar», sagte Rulosch. «Du brauchst zwar nichts auszusagen, was deinen Mann belasten würde, aber es könnte sein, daß du mir dennoch helfen kannst, diese Sache richtig zu beurteilen.»

«Das will ich gern versuchen», sagte die Frau. «Für's erste scheint mir, solltest du Barnulf etwas zu essen geben; denn er hat heute noch nicht einmal gefrühstückt. Außerdem wird ein satter Mann nicht so leicht zornig.»

«Du bist eine kluge Frau», sagte Rulosch lachend. «Komm jetzt, damit dein Mann endlich sein Frühstück kriegt.»

In seinem Haus führte Rulosch alle, die mit ihm gekommen waren, nicht in die Gerichtsstube, sondern in einen Raum, der dieser gegenüberlag. Hier brodelte auf einer Feuerstelle ein Kessel mit Fischsuppe, deren Dampf den Eintretenden wie eine warme, duftende Woge entgegenschlug. «Ich denke, wir sollten uns nach diesem Weg erst einmal stärken», sagte Rulosch und forderte alle auf, an einem großen runden Holztisch Platz zu nehmen. Eine Magd schöpfte aus dem Kessel und brachte jedem eine gedrechselte Holzschüssel voll, schnitt dann einen mühlsteingroßen Brotlaib auf, legte die Scheiben in einen flachen Korb und stellte ihn mitten auf den Tisch, daß jeder bequem zulangen konnte.

«Nun laßt es euch schmecken!» sagte Rulosch. «Keiner von uns soll zornig in diese Verhandlung gehen.»

Sie löffelten schweigend ihre Suppe, brachen das Brot und wischten zum Schluß noch ihre Näpfe damit aus, woraus man schließen konnte, daß ihnen die Suppe geschmeckt hatte. Auch Barnulfs Frau, die ja nicht lange Zeit zuvor schon einmal die Gastfreundschaft der Fischer genossen hatte, hatte noch einmal zugelangt, als käme es hier darauf an, daß jeder an diesem gemeinsamen Mahl teilnahm. Als dann der letzte den Löffel aus der Hand legte, stand Rulosch auf und sagte: «Ich hoffe, ihr seid alle satt geworden. Wenn's euch recht ist, dann wollen wir jetzt hinüber in die Stube gehen und den Fall zu Ende bringen.»

Da schoben alle ihre Stühle zurück, standen auf und folgten ihm durch den Vorraum hinüber in die Gerichtsstube. Rulosch rückte für den Sanften Flöter einen Sessel neben den seinen, und alle anderen nahmen wieder die Plätze ein, auf denen sie am Morgen schon einmal gesessen hatten; auch die beiden, die Barnulf bewacht hatten, suchten sich jetzt einen freien Hocker. Nur Barnulfs Frau blieb neben ihrem Mann stehen.

«Du kannst dich auch zu uns an den Tisch setzen», sagte Rulosch. «Du bist hier ja nicht angeklagt.»

«Ich möchte lieber neben meinem Mann stehen», sagte die Frau.

«Dagegen ist nichts einzuwenden», sagte Rulosch. «Du scheinst mir eine Frau zu sein, die genau weiß, was sie will. Dabei weiß ich noch nicht einmal, wie du heißt, und ich will mir nicht noch einmal vorwerfen lassen, die Namen der Leute nicht zu kennen, die vor meinem Richtertisch stehen. Willst du mir deinen Namen sagen?»

«Ich heiße Eiren», sagte die Frau.

«Ein schöner Name», sagte Rulosch. «Ich wüßte gerne, warum Leute wie ihr durch die Lande ziehen und davon leben, daß sie beispielsweise Fischern die Reusen ausrauben. Kannst du mir sagen, Barnulf, wie es dazu gekommen ist?»

«Das ist eine lange Geschichte», sagte Barnulf, «aber ich werde sie wohl erzählen müssen, damit du begreifst, daß nicht jeder so ruhig und wohlversorgt in seinem Hause sitzen kann wie ihr.»

Als er das sagte, legte ihm seine Frau die Hand auf die Schulter, um ihn zur Besonnenheit zu mahnen. Er blickte sie lächelnd an und sagte: «Schon gut. Ich werde mich nicht aufregen, sondern nur unsere Geschichte erzählen.» Dann wendete er sich wieder an Rulosch und fuhr fort: «Ich war einmal, wie vorher mein Vater, Schäfer im Obertal von Barleboog. Dort besaß ich ein Haus mit einem Kräutergarten davor und hatte ein gutes Auskommen von meiner Herde. Auch Eiren stammt aus diesem Dorf. Sie ist die Tochter eines Bauern, der sich besonders auf die Pferdezucht versteht wie viele in Barleboog. Vor etwa drei Jahren haben wir geheiratet, lebten glücklich zusammen, und Eiren bekam einen Sohn, den wir Barloken nannten, und zwar nach dem Grafen, der früher einmal in unserem Tal Richter war und weitum berühmt gewesen ist als weiser und rechtskundiger Mann. Sein Sohn Fredebar, der nach seinem Tod das Amt übernahm, war da ein wenig anders. Auch er galt als überaus scharfsinnig, aber er kümmerte sich wenig darum, was in den Dörfern geschah. Vor allem, als seine Frau gestorben war, begann er die Dinge treiben zu lassen und saß oben im hohen Schloß von Barleboog, feierte Feste mit seinen vornehmen Freunden und trank mehr, als einem Mann dienlich ist, der Verantwortung für andere zu tragen hat.

Für uns war das zunächst nicht weiter schlimm; denn in einem kleinen Dorf am Rande des Waldes regeln sich die Dinge zumeist von selber, wenn man sich an die alten Bräuche hält, und keiner ist sonderlich traurig darüber, daß ihn die Herrschaft in Frieden läßt. Erst wenn dann Ereignisse eintreten, die über die Grenzen des Dorfes hinausreichen, stellt sich dann heraus, daß eine größere Ordnung zerfallen ist, ohne daß es jemand gemerkt hat.

Das geschah an dem Tag, an dem in der Nacht zuvor ein Wolfsrudel in meinen Pferch eingefallen war und alle meine Schafe zerrissen hatte. Ich hatte den Hund noch bellen hören, doch bis ich aus den Federn war, mir einen Knüppel gegriffen hatte und hinausgelaufen war zu meinen Schafen, war keins von ihnen mehr am Leben. Du wirst vielleicht sagen, ich sei zu sorglos gewesen. Aber ein solches Rudel ist bei uns im Tal noch nie zuvor gesehn worden. Es müssen an die fünfzig Wölfe gewesen sein, die alle auf einmal über die Herde hergefallen waren, und ich habe nicht einmal einen Schwanz von ihnen zu sehen bekommen. Jedenfalls damals noch nicht.

Als ich dann am nächsten Morgen durch den Pferch ging, um die toten Tiere zu zählen und nachzusehen, ob nicht wenigstens noch ein paar Felle zu retten waren, kam aus dem Wald eine Schar von Männern in Wolfspelzen, die von einer jungen Frau angeführt wurden. Diese Frau, die sehr schön war und Augen von solch blauer Farbe hatte, wie ich sie bisher nur bei den Saphiren gesehen habe, die bei uns im Bach gefunden werden, fragte mich, was hier geschehen sei, und als ich es ihr erzählte, sagte sie, daß ihre Männer Wolfsjäger seien und bot uns ihre Hilfe an. Da nun weder ich noch die Bauern aus dem Dorf imstande waren, so viele Männer in Dienst zu nehmen, brachten wir sie aufs Schloß von Barleboog, damit sich Fredebar der Sache annehme. Soviel wußten wir, daß er nicht die Männer aufbringen konnte, die mit diesem Rudel fertig würden; denn seine Freunde verstanden allenfalls, Rehe und Hasen zu hetzen.

Ich erinnere mich, daß mir diese Wolfsjäger von Anfang an nicht gefielen. Keiner von ihnen lachte, und sie blickten uns mit ihren gelben Augen an, als seien nicht Wölfe sondern wir ihre Beute. Damals war ich jedoch wie von Sinnen über den Tod meiner Schafe und konnte keinen anderen Gedanken fassen, als daß diesen Bestien der Garaus gemacht werden müsse, und es war mir gleichgültig, wer sich auf diese Jagd machte. Fredebar war froh, daß diese Männer ihm eine so gefährliche Arbeit abnehmen wollten, und lud sie an seinen Tisch; denn er feierte gerade wieder ein Fest mit gewaltigem Schmausen und Saufen. Die Herrin der Jäger bat er neben sich auf den Platz, den früher seine Frau eingenommen hatte, machte ihr gleich schöne Augen und trank ihr zu, als sei sie schon seine Liebste. Ich ärgerte mich, als ich das sah. Du mußt wissen, daß seine Frau trotz ihrer langen Krankheit mehr für uns in den Dörfern getan hatte als er in all der Zeit seiner Herrschaft. Wie ich ihn also auf solche Weise mit der Fremden tändeln sah, wurde ich wütend, ging ohne Abschied aus dem Saal und verließ das Schloß.

Das war mein Glück, denn sobald es dunkel wurde, sind im Schloß schreckliche Dinge geschehen. Ich kann dir nicht genau sagen, was sich dort abgespielt hat, denn keiner hat diese Nacht überlebt außer dieser Frau, die sich Gisa nennt, und ihren Wolfsjägern. Viele Leute sind der Meinung, daß diese Männer sich, sobald die Sonne untergegangen war, in jene Wölfe verwandelt hätten, die auch meine Schafe gerissen hatten, und daß diese Wölfe dann auch Fredebar, seine Freunde und alle andern im Schloß umgebracht hätten. Auch ich bin inzwischen der Meinung, daß es so gewesen sein muß.

Am nächsten Morgen jedenfalls war Gisa Herrin auf Barleboog. Ihre Wolfspelze mit den gelben Augen kamen als ihre Aufseher bis in die entlegensten Dörfer und brachten alles unter ihre Gewalt. Bei Nacht wagte sich keiner mehr vor die Tür; denn bis zum Sonnenaufgang hörte man draußen die Wölfe heulen, ohne daß einer dieser unheimlichen Jäger etwas dagegen unternahm. Es ist wohl wirklich so, daß sie sich bei Nacht in Wölfe verwandeln und erst beim ersten Sonnenstrahl ihre menschliche Gestalt wiederbekommen.

Seither lebten alle Menschen im Tal von Barleboog in Angst, und das nicht nur bei Nacht. Die wolfspelzigen Knechte Gisas holten nach Gutdünken junge Männer aus den Dörfern und zwangen sie zur Arbeit in den Edelsteinseifen und später auch in den Minen oben im Gebirge; denn Gisa war unersättlich in ihrer Gier nach Saphiren und anderen edlen Steinen. Auch in unserem Dorf waren schon ein paar Burschen abgeholt worden, und es kümmerte Gisas Knechte nicht, ob sie Familien zu ernähren oder Eltern zu unterstützen hatten. Schlimmer als das alles war jedoch die Angst, die alle ergriffen hatte. Bald wagte keiner mehr, einem anderen zu helfen, der auf solche Weise ins Unglück geraten war; denn dadurch konnte man ja die Aufmerksamkeit von Gisas Knechten auf sich ziehen und dann als nächster fortgeschleppt werden.

Da ich keine Schafe mehr hatte, verdingte ich mich bei meinem Schwiegervater als Knecht, damit wir das Notwendigste zum Leben bekamen. Auf dessen Hof kam dann eines Tages einer der Gelbäugigen, sah mir eine Weile stumm bei der Arbeit zu, legte mir dann die Hand auf die Schulter und sagte: ‹Komm! Gisa braucht starke Männer.› Ich sagte ihm, daß ich Frau und Kinder zu unterhalten hätte, aber er hörte überhaupt nicht hin, sondern trieb mich vor sich her aus dem Hof. Mein Schwiegervater und seine Leute standen hilflos dabei, und keiner von ihnen wagte auch nur eine Hand zu heben. An diesem Tage beschloß ich, künftig auch wie ein Wolf zu leben; denn dies schien mir die einzige Art, in dieser Welt durchzukommen.

Der Gelbäugige war sich seiner Sache und unserer Angst so sicher, daß er nicht einmal nachgesehen hatte, was ich bei mir trug, und so hatte er nicht bemerkt, daß ich ein Messer in meiner Tasche hatte. Als wir dann dicht am Waldrand entlanggehen mußten, bückte ich mich, als müsse ich mir das Schuhband knüpfen, und wartete, bis der Gelbäugige neben mir war. Da sprang ich auf, stieß ihm das

Messer in die Brust und schleppte den Toten ins Gebüsch. Dann rannte ich so schnell ich konnte zu meinem Haus, holte Eiren und das Kind und floh mit ihnen in die Wälder. Bei Tag liefen wir, so weit wir kommen konnten, und versteckten uns, sobald wir irgendein Geräusch hörten. Abends kletterten wir auf einen Baum und verbrachten dort die Nacht, während unten die Wölfe heulend durchs Unterholz trabten. Gelebt haben wir in diesen Wochen von Beeren, Pilzen, Bucheckern und Eicheln; denn zum Glück geschah dies alles im Herbst.

Als wir dann schließlich aus dem Wald heraufanden, schleppten wir uns abgerissen und schmutzig, wie wir waren, in ein Dorf und wollten um ein Nachtlager und um etwas zu essen bitten, doch die Leute jagten uns von der Tür, schalten uns Diebe und Landstreicher und hetzten die Hunde auf uns. Seither habe ich mir selber genommen, was wir zum Leben brauchten. Aber das habe ich dir ja schon heute morgen gesagt.»

«Ja», sagte Rulosch. «Nur läßt es sich jetzt besser begreifen. Auf solche Weise hast du also Bargaschs Reusen ausgeraubt. Hast du ihm dabei geholfen, Eiren?»

«Nein», sagte Barnulfs Frau. «Aber ich habe zugesehen und ihn nicht daran gehindert, denn mein Kind war hungrig.»

«Warum verschweigst du, was du zu mir gesagt hast, Eiren?» sagte Barnulf.

«Was ich gesagt habe, ist hier wohl nicht weiter wichtig», antwortete Eiren, doch Rulosch schien anderer Meinung zu sein. «Was in dieser Verhandlung von Bedeutung ist, habe ich zu entscheiden», sagte er. «Was hat deine Frau zu dir gesagt, Barnulf?»

«Sie hat mich getadelt, daß ich alle Reusen geleert habe, statt nur zwei oder drei Aale herauszunehmen», sagte Barnulf. «Eiren konnte sich nie recht an das Leben gewöhnen, das wir führen mußten, und hörte nie auf, es für ein Unrecht zu halten, daß ich den Bauern Hühner aus den Ställen stahl oder in ihre Vorratskammern einbrach.

Der Sanfte Flöter war den Reden aufmerksam gefolgt, ohne sich einzumischen. Jetzt hob er den Kopf und sagte: «Darf ich Barnulf etwas fragen, Rulosch?», und als dieser nickte, sagte er: «Hat es dich gestört, Barnulf, daß Eiren mit deinem Verhalten nicht einverstanden war?»

Barnulf bedachte sich eine Weile und sagte dann: «Das ist schwer zu beantworten. Du weißt, daß ich mich zu diesem wölfischen Leben entschlossen hatte, aber es hätte mich wohl eher gestört, wenn Eiren nichts dagegen einzuwenden gehabt hätte. Gerade um der Vorwürfe willen, die sie mir machte, war sie mir nur noch lieber, vielleicht weil sie mir auf diese Weise einen Teil jenes Lebens bewahrte, das wir früher einmal miteinander geführt haben.»

«Das hast du gut beschrieben», sagte der Sanfte Flöter.

Als er sah, daß der Flöter sich wieder zurücklehnte und keine weiteren Fragen zu haben schien, sagte Rulosch: «Die Sache mit dem Fischdiebstahl können wir jetzt zu Ende bringen. Wie hoch schlägst du deinen Schaden an, Bargasch?»

Der Angesprochene stand auf und sagte: «Dieser eine Aal ist nicht der Rede wert, und die anderen haben sich ja wiedergefunden. Ich verzichte auf eine Entschädigung.» Dann setzte er sich wieder.

«Damit soll diese Angelegenheit erledigt sein», sagte Rulosch. «Jetzt bleibt aber noch Barnulfs Angriff mit dem Messer, und der läßt sich nicht so leicht aus der Welt schaffen. Was hast du dir gedacht, Barnulf, als du auf Bargasch losgegangen bist?»

«Ich dachte», sagte Barnulf, «wer mir meine Beute streitig machen will, der soll mir erst einmal zeigen, daß er stärker ist als ich.»

«Wie ein Wolf», sagte Rulosch.

«Ja», sagte Barnulf, «wie ein Wolf. Das hatte ich von Gisas Knechten gelernt.»

Jetzt gab der Sanfte Flöter durch eine Geste zu erkennen, daß er etwas fragen wollte, und Rulosch nickte zustimmend. Da wendete sich der Flöter an Barnulf und sagte: «Du hast uns vorhin erzählt, daß du diese Gelbäugigen von Anfang an nicht gemocht hast. Wie kommt es dann, daß du dir ihre wölfischen Gebräuche zu eigen gemacht hast?»

«Wenn es keinen mehr gibt, der einem sein Recht verschafft, muß man sich auf diese Weise helfen», sagte Barnulf. «Das habe ich wenigstens damals gedacht. Aber wenn du glaubst, daß mir das Freude gemacht hat, dann irrst du dich. Ich habe mich seither selbst nicht mehr gemocht.»

«Das habe ich vermutet», sagte der Sanfte Flöter. «Du hast gemeint, in einer Welt, die von Wölfen beherrscht wird, bleibt dir nichts anderes übrig, als selbst ein Wolf zu sein. Aber das war wider deine Natur, denn du bist ein Mensch, der Freude hat an der Liebe und nicht am Haß. Du hast also auch gespürt, daß diese Gelbäugigen dich zu einem gemacht haben, der du nicht sein willst. Hättest du dann nicht auch wissen müssen, daß dieses wölfische Verhalten jeden anderen, der unter dir zu leiden hat, vom Menschen zum Wolf machen könnte?»

«Du hast recht», sagte Barnulf, «aber das hatte ich nicht bedacht. Ich habe es erst begriffen, als du draußen im Moor auf deiner Flöte gespielt hast. Man kann das Wölfische nicht aus dieser Welt vertreiben, indem man selber zum Wolf wird. Ich hatte vergessen, daß es unter den Menschen eine Kraft gibt, die stärker ist als dieses wölfische Fressen und Gefressenwerden.»

«Eine bemerkenswerte Erkenntnis», sagte der Sanfte Flöter. «Ich habe jetzt keine Fragen mehr an dich.»

Da ergriff Rulosch wieder das Wort und sagte zu Barnulf: «Soll das heißen, daß du künftig bei solchen Anlässen dein Messer im Gürtel behalten willst?»

«Ja», sagte Barnulf. «Dies scheint mir die einzige Art zu sein, wie man verhindern kann, daß sich diese wölfischen Gebräuche unter den Menschen weiter ausbreiten.»

«Gut», sagte Rulosch. «Aber damit ist die Sache noch nicht aus der Welt geschafft. Jetzt will ich erst einmal sehen, welchen Schaden du mit deinem Messer angerichtet hast. Bargasch soll jetzt vortreten und die Wunde zeigen, die ihm Barnulf zugefügt hat.»

Der junge Fischer stand auf, öffnete sein Hemd und streifte es ab. Ein klaffender Schnitt zog sich über seine rechte Schulter. Die Wunde hatte zwar aufgehört zu bluten, sah aber schlimm genug aus. Rulosch betrachtete sie genau und sagte dann: «Du kannst dein Hemd wieder anziehen, Bargasch. Laß dir von deiner Mutter Wundkraut auf den Schnitt legen und einen Verband machen. Ich will nun meinen Spruch sagen: Dieser Mann namens Barnulf soll dir so lange ohne Entgelt als Knecht dienen, bis der letzte Schorf von deiner Wunde abgefallen ist. Und dann soll er auch noch die Kosten abarbeiten, die dir durch Wohnung und Unterhalt für ihn und seine Familie entstehen. Danach steht es Barnulf frei, weiterzuziehen oder bei uns zu bleiben und gegen einen geziemenden Lohn als Fischer zu arbeiten. Reusen ausnehmen kann er ja schon. Nimmst du dieses Urteil an, Barnulf?»

«Sehr viel lieber als das erste, das du heute morgen gefällt hast», sagte Barnulf lächelnd. «Ich weiß auch jetzt schon, daß ich bei euch bleiben möchte, wenigstens so lange, wie Gisa Herrin auf Barleboog ist; denn ich habe dieses Umherziehen satt.»

«Das freut mich», sagte Rulosch. «Nun muß ich auch noch dich fragen, Bargasch, ob du mit dieser Entscheidung einverstanden bist, denn du wirst die drei in dein Haus aufnehmen müssen.»

«Dagegen habe ich nichts einzuwenden», sagte Bargasch. «In meinem Haus ist Platz genug, und meine alte Mutter wird froh sein, wenn ihr jemand zur Hand geht. Außerdem hätte ich nach allem, was ich jetzt gehört habe, diesen Barnulf lieber zum Freund als zum Gegner.»

«Er konnte wohl doch stärker zupacken, als du vorhin zugeben wolltest?» sagte Rulosch. «Außerdem soll er ja ein Rezept für eine besonders würzige Aalsuppe haben.» In das Gelächter der anderen hinein rief er dann noch: «Die Verhandlung ist geschlossen!» und haute mit der Faust auf den Tisch, wobei schon nicht mehr ganz deutlich war, ob er eine Amtshandlung zu Ende führen oder seinem Vergnügen Ausdruck geben wollte.

Die Männer standen auf und verließen nach und nach die Stube. Bargasch ging hinüber zu Barnulf und Eiren und forderte sie auf, ihm in sein Haus zu folgen. Zuletzt standen nur noch Rulosch und der Sanfte Flöter beieinander und schauten zu, wie die einstigen Gegner einträchtig miteinander zur Tür hinausgingen. «Du solltest Richter werden, Flöter», sagte Rulosch. «Deine Fragen haben mir erst gezeigt, worauf es ankommt.»

Der Flöter hob abwehrend die Hände und sagte: «Das ist kein Geschäft für mich. Meine Urteile würden nach Meinung der Leute wohl zu seltsam ausfallen. Laß mich jetzt noch vor dem Haus ein bißchen in der Sonne sitzen, bevor es Abend wird.»

Nun verließ auch er die Gerichtsstube und setzte sich draußen auf die Hausbank neben der Tür. Die Kinder spielten noch immer auf der Dorfgasse, doch sobald sie den Flöter sahen, liefen sie herbei, blieben dann in einigem Abstand stehen und betrachteten neugierig den alten Mann, der es fertig gebracht hatte, das Urteil des Dorfrichters zu ändern. Es hatte sich wohl auch schon herumgesprochen, wie er das angefangen hatte; denn eines der Mädchen rief ihm zu: «Spiel uns etwas vor, Flöter!»

Da zog der Sanfte Flöter sein silbernes Instrument aus der Tasche und fragte: «Was soll ich denn spielen?»

«Kennst du das Lied von Schön Agla?» fragte das Mädchen.

«Ich habe es einmal gehört, als ich vor vielen Jahren hier in der Gegend war», sagte der Flöter. «Aber du mußt mir helfen; denn ich weiß nicht, ob ich es noch genau im Kopf habe. Willst du mitsingen?»

«Das ist doch ganz leicht!» sagte das Mädchen, kam zu ihm herüber und setzte sich neben ihm auf die Bank.

«Dann wollen wir es einmal versuchen», sagte der Flöter. Er spielte ein paar Töne, setzte die Flöte wieder ab und fragte: «So fing es doch an?»

«Natürlich», sagte das Mädchen. «Das kann hier doch jedes Kind. Fangen wir jetzt richtig an?»

Der Sanfte Flöter nickte, hob seine Flöte wieder zu den Lippen und begann zu spielen. Das Mädchen sang dazu mit einer hellen, ein wenig spröden Stimme das Lied:

Ein Mädchen ging zum See
jedes Jahr,
ein Mädchen ging zum See
mit Wangen weiß wie Schnee.

Der Grüne kam vom Grund
jedes Jahr,
der Grüne kam vom Grund
und küßt es auf den Mund.

Das Mädchen weinte sehr
jedes Jahr,
das Mädchen weinte sehr
und kam dann nimmermehr.

Schön Agla ging zum See
dieses Jahr,
Schön Agla ging zum See
in Kleidern weiß wie Schnee.

Der Grüne kam vom Grund
dieses Jahr,
der Grüne kam vom Grund,
sie küßt' ihn auf den Mund.

Schön Agla hat gelacht
dieses Jahr,
Schön Agla hat gelacht.
Da sang er durch die Nacht.

Während er dem Gesang des Mädchens zuhörte, erinnerte er sich, daß er dieses
Lied nicht nur schon einmal an diesem See gehört hatte, sondern auch später noch.
Er sah ein anderes Mädchen an einem Teich sitzen und dieses Lied singen,
während zu seinen Füßen die Fische die Köpfe aus dem Wasser hoben, als könnten
sie jedes Wort verstehen. Dann schaute das Mädchen für einen Augenblick zu ihm
herüber, und er sah ihre Augen, Augen von schwer zu beschreibender Farbe, die
ihm so vertraut waren, als kenne er sie seit jeher.

Sobald das Lied zu Ende war, verlöschte dieses Erinnerungsbild, und er sah
wieder das Mädchen aus dem Fischerdorf neben dem Flöter sitzen und mit den
Beinen baumeln. Die Kinder waren während des Spiels näher gekommen und
drängten sich um die beiden. Ganz vorn stand ein schmächtiger, etwas bläßlicher
Junge, dessen Kleider dreckverschmiert waren, als habe man ihn eben aus dem
Sumpf gezogen. Er schaute den Flöter mit großen Augen an und sagte: «So
möchte ich auch spielen können!»

Die anderen Kinder lachten ihn aus, und ein Junge rief spöttisch: «Der kleine
Hurlusch möchte ein Flöter werden! Dann fiept er wie eine Maus, wenn wir ihn
ins Wasser tunken!»

Der Sanfte Flöter schaute den, der das gesagt hatte, scharf an und sagte: «Den
kleinen Hurlusch habt ihr wohl vorhin dort draußen in das Sumpfloch gesteckt?
Warum habt ihr das getan?»

«Wir haben Hinrichtung gespielt», sagte der Junge. «Einer muß ja der
Verbrecher sein.»

«Und am besten der Schwächste, der sich nicht wehren kann», sagte der Sanfte
Flöter. «Vielleicht sollte man beim nächsten Mal dich dazu wählen.» Seine Augen
sahen jetzt gar nicht mehr fröhlich aus. «Am besten fragst du Rulosch, was er von
solchen Spielen hält», sagte er noch. Dann wendete er sich dem kleinen Hurlusch
zu, dem der Spott der andern schon die Tränen in die Augen getrieben hatte, und
sagte: «Komm her, Hurlusch, und setz dich neben mich!»

Der Junge ging zu ihm herüber, setzte sich an seine andere Seite und starrte den
Flöter noch immer an wie ein Wundertier. «Willst du wirklich Flöte spielen
lernen, Hurlusch?» fragte der Sanfte Flöter, und als der Junge nur stumm nickte,

zog der Flöter eine kleine hölzerne Flöte aus seiner Tasche und gab sie ihm in die Hand. «Dann sollst du gleich deinen ersten Unterricht bekommen», sagte er und zeigte dem Jungen, wie er seine Finger auf die Löcher der Flöte setzen mußte. «Schau genau her!» sagte er dann. «So flötet die Amsel.» Er spielte auf seinem Instrument eine aufsteigende Folge von drei Tönen. «Jetzt du!» sagte er dann. Und der Junge flötete ohne Fehler den gleichen Amselruf.

«Aus dir wird ein großer Meister werden!» sagte der Flöter, und seine Stimme ließ keinen Zweifel daran, daß er diese Worte ernst meinte. Auf die anderen Kinder blieb das nicht ohne Eindruck. Das Spotten war ihnen jedenfalls vergangen, und sie schauten den kleinen Hurlusch jetzt mit ganz anderen Augen an. Der schmächtige Junge merkte das jedoch überhaupt nicht, sondern probierte den Amselruf noch einmal, und das gelang ihm so überzeugend, daß man versucht war, sich umzusehen, wo der Vogel saß, der so schön flötete.

«Ausgezeichnet!» sagte der Sanfte Flöter. «Und jetzt ein richtiges Lied. Es handelt von einem, der zu Stein erstarrt irgendwo im Wald steht und darauf wartet, daß ihn jemand findet und wieder zum Leben erweckt. Aber einer wie du wird schon aus der Melodie spüren, worum es dabei geht. Ich spiele es dir erst einmal vor, den Text sage ich dir später.»

Schon bei den ersten Tönen schien ihm, als singe jemand den Text des Liedes mit, eine Mädchen- oder Frauenstimme, die anders klang, tiefer und klarer als jene des Kindes, das vorhin das Lied von Schön Agla gesungen hatte, und dieses Fischermädchen saß ja auch stumm neben dem Flöter und schaute zu, wie seine Finger über die silberne Flöte glitten. Doch als er sich vergewissern wollte, ob es wirklich nicht sang, waren weder dieses barfüßige Kind noch der Flöter mehr zu sehen, und auch das riedgedeckte Haus Ruloschs war ebenso verschwunden wie die weite Fläche des Sees, die sich eben noch unter der Abendsonne rötlich schimmernd bis zum fernen Waldgebirge am jenseitigen Ufer ausgebreitet hatte. Statt dessen umgab ihn flirrendes Grün in unendlicher Vielfalt von Schattierungen, deren Muster sich ständig auf eine verwirrende Weise änderten, die im Abendwind flatternden breiten Blätter der Ahornzweige und dahinter das bebende Laub von Birken und Erlen. Ehe er sich noch ganz zurechtgefunden hatte, sang das Mädchen schon die zweite Strophe des Liedes:

Steht einer im Moos,
weiß nicht wo.
Steht einer im Moos
und regt sich nicht
mit starrem Gesicht
und zottigem Schoß,
ist nicht traurig, nicht froh,
weiß nicht wo.

Die Stimme klang jetzt viel näher als damals, als er sie schon einmal gehört hatte, so als verberge sich die Sängerin gleich hinter den nächsten Erlenbüschen, und mit jeder Zeile des Liedes schien sie noch näher zu kommen. Ihm war, als durchbrächen die herüberschwingenden Töne die steinerne Haut seines Körpers und drängen ein in seine felsige Brust, um sein Herz zu erreichen, das dort irgendwo stumm und reglos wie ein schwerer Kiesel ruhte. Er gab sich dem Klang dieser Stimme hin und wünschte nichts anderes, als daß dieses süße Beben der Luft die Versteinerung seines Herzens löse und es zum Schlagen bringe; denn er erinnerte sich jetzt, daß es solche Empfindungen gab, die einem auf diese Weise ans Herz griffen. Doch das blieb nur Vorstellung von Gewesenem und Vergangenem und trat nicht ein. Wenn ich diese Sängerin doch sehen könnte! dachte er und warf alle Kraft seines Willens der Stimme entgegen, um die grünflimmernde Wand von Laub zu druchdringen, doch die Sängerin blieb verborgen, niemand trat zwischen den Büschen hervor, und das Lied war längst verklungen.

Eine Weile hörte er nichts weiter als das Rauschen des Windes in den Blättern und sah zu, wie die Luftbläschen im Teich zu seinen Füßen aufstiegen. Irgendwo bei den Wurzeln des Ahorn fiepten die Mäuse, und er konnte verstehen, wie eine sagte: «Hast du dieses Lied gehört? Es paßt auf den Bocksfüßigen, als sei er gemeint. Ob das Mädchen ihn sucht?»

«Wenn schon!» sagte die andere Maus. «Was geht's uns an? Es würde dem Mädchen auch nicht viel nützen, wenn es diesen steinernen Klotz hier an der Quelle stehen sehen würde. Auch das könnte ihn nicht zum Leben erwecken. Oder hast du schon einmal gesehen, daß ein Stein sich plötzlich regt und auf eigenen Füßen davongeht?» Die das gesagt hatte, mußte die fette Maus sein; ihre satte, selbstgefällige Redeweise war unverkennbar.

Die andere gab sich nicht zufrieden und sagte: «Glaubst du denn, es gäbe nichts anderes, als was du schon einmal gesehen hast? Wenn schon Lieder von diesem versteinerten Bocksfüßigen gesungen werden, dann ist er noch nicht vergessen und verloren, und wenn ihn dieses Mädchen gar sucht, dann sollte man ihm sagen, wo er zu finden ist.»

Die Dicke kicherte fettig und sagte: «Mädchen und Mäuse! Die Sängerin wird ihr Röcke zusammenraffen und schreiend davonrennen, wenn sie dich sieht!»

Doch die andere ließ sich nicht entmutigen. «Das käme auf einen Versuch an», sagte sie, huschte durch das wippende Waldgras davon und verschwand zwischen den Erlenbüschen.

«Der will sich auch nur wichtig machen», fiepte die Dicke mürrisch, und dann hörte man, wie sie an etwas herumnagte.

Eine Zeitlang geschah nichts. Dann kam die Maus zurückgeflitzt und schrie schon von weitem: «Ich habe das Mädchen gesehen!»

«Auch schon was!» sagte die Dicke. «Hat sie dir wenigstens zugehört?»

«Nein», gab die andere zu. «Sie ging schon über die Wiesen davon, und ich konnte sie nicht mehr erreichen, weil sie auf ihr Pferd stieg und talabwärts ritt.»

«Was ist daran so besonderes, daß du so aufgeregt dahergerannt kommst?» fragte die Dicke.

«Ihre Augen!» rief die andere. «Ich habe ihre Augen gesehen, als sie sich einmal umdrehte. Sie haben die gleichen merkwürdigen Farben wie der Stein, der dem Bocksfüßigen gehört.»

«Davon kann er auch nichts abbeißen», sagte die Dicke. «Was nützt ihm denn jetzt sein Stein, wo er selber hier als ein ungeheurer Felsbrocken in der Gegend steht?»

«Du wirst schon sehen», sagte die andere Maus. «Eines Tages. . .», doch die Dicke unterbrach sie und sagte: «Du mit deinen fabelhaften Geschichten von geheimnisvollen Steinen und solchem Zeug. Das hast du dir doch nur ausgedacht.»

Er hatte dem Gespräch der beiden Mäuse zugehört und dachte nun darüber nach, was ihm dieser Stein tatsächlich nütze. Er hatte ihn besessen, soviel war sicher. Und vorher hatte ihn dieser Arni bei sich getragen, der eine solch merkwürdige Rolle bei den Beutereitern gespielt hatte. Ob der Stein daran schuld war, daß er sich so sonderbar benommen hatte? Belenika hatte Arni gern gehabt und viel von ihm gehalten. Ihr Mann war wohl eher darauf aus gewesen, sich das Andenken Arnis zu nutze zu machen, aber es mußte schon etwas Bemerkenswertes an diesem Bruder Khan Hunlis gewesen sein, der ihn zu seinem Erben gemacht hatte, und es schien ihm auf einmal sehr wichtig, dem Geheimnis dieses Mannes auf die Spur zu kommen.

Er blickte zwischen den Zweigen der Birken hinaus in das weite Wiesental, aber waren das noch die vertrauten Birken, deren Laub matt unter einer blassen Morgensonne schimmerte? Die Formen der Bäume und Büsche, die rechts und links einen schmalen Pfad begrenzten, erschienen ihm plötzlich anders als zuvor, und an dieser Stelle war eben noch kein Weg gewesen. Dann hörte er Hufschlag, und gleich darauf trabte, immer paarweise nebeneinander, eine kleine Schar von Beutereitern heran, Bogen und Pfeil schußbereit in den Händen. Auch sonst benahmen sich die Reiter sehr vorsichtig, hielten immer wieder an und spähten nach allen Seiten, eine Vorhut offenbar, die den Auftrag hatte, den Weg zu erkunden.

Die letzten beiden Reiter bildeten ein merkwürdiges Paar: Der eine, ein magerer, alter Mann, dem die Zöpfe schon schlohweiß um die Schläfen baumelten, hockte mit hängenden Schultern auf seinem struppigen Pferd und trug als einziger keinen Bogen. Ein dünner, fädiger Bart hing um seine Lippen und spreizte sich auf eine komische Weise ab, wenn der Alte redete. Der andere, ein Junge von etwa zwölf Jahren, saß aufrecht im Sattel und schien so verwachsen mit seinem Pferd, als habe er das Reiten schon vor dem Laufen erlernt. Er redete eifrig auf den Alten ein und sagte gerade: «Ich verstehe nicht, Onkel Arni, warum du an diesem Beutezug teilnimmst. Mir hat mein Vater befohlen, mit der Horde zu reiten, und dem Willen Khan Hunlis kann ich mich nicht widersetzen, wenigstens jetzt noch nicht. Aber du kannst tun, was dir beliebt, und reiten, wohin du Lust hast, und doch hast du dich diesem Zug angeschlossen, obgleich es dir zuwider ist, Dörfer um der Beute willen zu überfallen und Leute anzugreifen, die dir nichts getan haben.»

«Vielleicht solltest du nicht einmal jene Leute angreifen, die dich für einen Feind halten, den man bekämpfen muß», sagte Arni.

«Wozu soll das gut sein?» fragte der Junge. «Wenn du so handelst, wird dich jeder totschlagen, dem deine Zöpfe nicht gefallen.»

«Weißt du das so genau?» fragte Arni. «Hast du es schon ausprobiert?»

Der Junge lachte. «Du machst dich über mich lustig», sagte er dann. «Der erste Versuch hätte mir wahrscheinlich schon das Leben gekostet.»

«Du sagst wahrscheinlich», antwortete Arni, «also weißt du es nicht genau. Ich habe das durchaus ernst gemeint. Wenn jeder jeden, den er für einen Feind hält, ohne viel Federlesens niederschlägt, wird er nie erfahren, ob er wirklich ein Feind war oder vielleicht nur Angst hatte oder eine falsche Vorstellung von dem Menschen, der ihm begegnet ist.»

Der Junge dachte eine Weile nach und sagte dann: «Ich weiß nicht, ob ich den Mut hätte, das zu versuchen.»

Der Alte nickte. «Du hast die Schwierigkeit genau erkannt», sagte er. «So lange keiner den Mut findet, diesen Versuch zu wagen, wird das Totschlagen unter den Menschen nicht aufhören.»

«Wenn du so denkst», sagte der Junge, «dann begreife ich überhaupt nicht mehr, warum du mitgeritten bist.»

«Das ist doch ganz einfach zu verstehen, Belarni», sagte Arni. «Hätte ich diesen Beutezug verhindern können, wenn ich zu Hause geblieben wäre?»

«Nein», sagte Belarni. «Mein Vater hat diesen Zug beschlossen, und nicht einmal du hättest ihn davon abhalten können.»

«Siehst du», sagte Arni. «Was soll man also tun, wenn man nicht verhindern kann, daß etwas geschieht, das einem nicht gefällt? Zu Hause bleiben und so tun, als ginge einen das alles nichts an? Wem soll das nützen?»

«Wem nützt es denn, wenn du mitreitest?» fragte der Junge.

«Das kann man vorher nie wissen», sagte Arni.

«Willst du verhindern, daß die Horde ein Dorf überfällt?» fragte der Junge.

Arni schüttelte den Kopf. «Darum geht es nicht», sagte er. «Es geht immer nur um den einzelnen Menschen, und deshalb kann man nie voraussehen, was von einem verlangt wird. Ich wäre wohl auf jeden Fall mitgeritten, aber als ich hörte, daß Hunli dich zum ersten Mal mit auf die Jagd schickt, war das allein schon Grund genug.»

Der Junge blickte ihn unwillig an. «Hast du gedacht», sagte er, «ich würde mich ohne dich fürchten oder man könnte mich nicht ohne Aufpasser mit der Horde reiten lassen?»

Arni lachte leise und sagte: «Das bestimmt nicht. Eher daß du dich zu wenig fürchtest. Aber ich dachte mir, daß es dir lieb sein könnte, einen Freund bei dir zu haben.»

Ehe der Junge antworten konnte, hielten die Reiter an der Spitze des Zuges ihre Pferde an und warteten, bis die anderen herzukamen. «Hier teilt sich der Weg», sagte der Anführer des Vortrupps, ein hagerer, grauhaariger Mann mit zerhacktem Gesicht. «Du bist doch schon in dieser Gegend gewesen, Arni. Kannst du mir raten, in welcher Richtung wir besser vorankommen?»

«Das kommt darauf an, was du darunter verstehst», sagte Arni. «Ich für meinen Teil würde den linken Weg vorziehen. Er führt in ein entlegenes Tal mit einem vorzüglichen Fischwasser, an dem sich gut lagern läßt. Hast du nicht Lust auf gebratene Forellen? Wenn ich an den Duft der brutzelnden Fische denke, läuft mir schon jetzt das Wasser im Mund zusammen.»

«Und wohin führt der andere Weg?» fragte der Anführer, unbeeindruckt von dieser verlockenden Aussicht.

«Durch eine Waldschlucht geradewegs auf Fraglund zu», sagte Arni, «und du kannst sicher sein, daß der große Brüller dort irgendwo mit seinen Leuten auf uns lauert. Frag mich aber nicht wo. Denn dafür gäbe es Dutzende von geeigneten Stellen.»

«Also nach rechts», sagte der Anführer. «Wir sind nicht so weit geritten, um ein paar Forellen zu fangen.» Er spornte sein Pferd an und ritt, gefolgt von seinen Männern, auf dem rechten Weg weiter. Arni zuckte mit den Schultern und sagte: «Schade, ich habe solchen Appetit auf gebratene Forellen.»

«Dann reite doch nach links», sagte der Junge.

«Und wohin reitest du?» fragte Arni.

«Nach rechts natürlich», sagte der Junge. «Ich muß bei der Horde bleiben.»

«Also keine Forellen», sagte Arni gleichmütig und lenkte sein Pferd den anderen Reitern nach, die schon ein Stück weit vor ihnen auf dem Pfad dahintrabten.

Während sie erst durch Gebüsch und dann durch welliges Wiesengelände ritten, griff Arni zu einem Beutel an seinem Gürtel und nahm seinen Stein heraus. Er hielt ihn zwischen den Fingerspitzen und ließ ihn in der Mittagssonne aufleuchten.

«Warum tust du das?» fragte Belarni.

«Eine Angewohnheit», sagte Arni. «Wenn mir ein Entschluß schwerfällt, schaue ich meinen Stein an.»

«Sagt dir dein Stein dann, was du tun sollst?» fragte der Junge. Er schaute gebannt auf das pulsierende Farbenspiel von Blau, Grün und Violett, das unter den dünnen, knotigen Fingern des alten Mannes hervorbrach und sie fast durchsichtig erscheinen ließ.

«So einfach ist das nicht», sagte Arni. Er hielt den Stein so, daß Belarni ihn genau betrachten konnte, und fuhr fort: «Sag doch selber: Kann ein Stein reden? Was wäre ich denn überhaupt für ein Mensch, wenn ich immer nur das tun würde, was mir ein Stein sagt? Ein Sklave wäre ich, der keinen eigenen Willen hat, sondern nur das tun darf, was ihm sein Herr befiehlt. Möchtest du so leben?»

«Nein», sagte Belarni. «Aber es wäre schon gut, hie und da einen Rat zu erhalten, wenn man nicht genau weiß, was man tun soll. Ich habe immer geglaubt, dieser Stein habe dich zu dem Menschen gemacht, der du bist. Die Leute sagen jedenfalls, daß du erst seit jenem Tag, an dem dir Urla diesen Stein gegeben hat, so anders geworden bist als mein Vater.»

«Auch das ist nicht ganz richtig», sagte Arni. «Ich selbst habe diesen Stein damals gewählt, weil er mir lieber war als der goldene Reiter mit dem Krummschwert, nach dem dein Vater gegriffen hat. Urla hat selbst gesagt, daß ich diese Wahl getroffen habe, weil ich schon immer anders war als mein Bruder. Allerdings habe ich das zu dieser Zeit noch nicht gewußt und deshalb mit deinem Vater um die Nachfolge in der Würde des Khan gestritten. Dieser Stein hat mir gezeigt, daß ich einen andern Weg gehen muß. Er hat mir geholfen, so zu sein, wie ich eigentlich sein möchte ohne Rücksicht darauf, was die Leute von mir denken.»

«Stimmt es, daß dieser Stein die gleichen Farben hat wie Urlas Augen?» fragte Belarni.

«Ja», sagte Arni. «Er gleicht nicht nur Urlas Augen, sondern auch den Augen meiner Frau, die ja eine Enkelin Urlas war. Wenn ich ihn anschaue, ist es, als blicke ich in die Augen des Menschen, den ich am meisten geliebt habe, und dann fällt es mir nicht schwer, das zu tun, von dem ich eigentlich schon vorher wußte, daß es das richtige ist.»

«Das ist also das Geheimnis deines Steins», sagte Belarni, und an seiner Miene war abzulesen, daß er eigentlich eine Erklärung erwartet hatte, die nicht so einfach schien. Arni bemerkte das und sagte lächelnd: «Alle wesentlichen Dinge sind einfach, wenn man sie erst einmal begriffen hat. Schwierig ist nur der Weg, den man bis dahin gehen muß.»

Inzwischen führte der Weg in sanften Windungen um hohe Hügel, auf denen Buschwerk wuchs, Haselstauden und Holunder, später auch junge Buchen und Fichtengehölz, und bald darauf ritten sie neben einem Bach durch einen tief eingeschnittenen Hohlweg zwischen dicht bewaldeten Steilhängen dahin. Die Reiter blieben jetzt beieinander, hielten ihre Waffen schußbereit und spähten angespannt nach allen Seiten; denn hier war es leicht, an einer beliebigen Stelle einen Hinterhalt zu legen.

Er sah die Männer mit gespanntem Bogen im Unterholz hocken, ehe die Beutereiter sie bemerkten, und stieß unwillkürlich einen warnenden Schrei aus. Die Reiter schienen ihn nicht zu hören, sondern ließen ihre Pferde im Schritt weitergehen; nur Arni griff im gleichen Augenblick nach dem Kopfriemen von

Belarnis Pferd, aber das konnte auch Zufall sein; denn der Weg war abschüssig und voller Geröll, das der Bach bei Hochwasser heraufgespült hatte. Dann zischten auch schon die ersten Pfeile aus dem Gebüsch, und zwei der Reiter stürzten getroffen aus dem Sattel. Der Anführer stieß einen Schrei aus, auf den hin die Reiter einen Regen von Pfeilen rings ins Unterholz verschossen, ihre Pferde herumwarfen und zurückgaloppierten.

Im Durcheinander der Umkehr waren Arni und der Junge an die Spitze der Reiter geraten, und so sah Arni als erster den Bogenschützen, der aufrecht im Gebüsch dicht neben dem Weg stand, um die Fliehenden aufzuhalten. Noch im Anreiten packte Arni den Jungen, riß ihn mit unglaublicher Kraft herüber zu sich, daß er bäuchlings auf die Kruppe seines Pferdes zu liegen kam. Belarni packte nach dem Sattelzeug, zog sich vollends hoch, setzte sich rittlings hinter seinen Onkel und hatte bei alledem noch nichts von der Gefahr bemerkt. Arni sah, wie der Pfeil von der Sehne schnellte, und hätte sich nur zu bücken brauchen, um ihm auszuweichen, aber statt dessen richtete er sich hoch im Sattel auf und breitete die Arme aus, um den Pfeil um jeden Preis aufzuhalten, der ihm einen Lidschlag später mit dumpfem Aufprall tief in die Brust fuhr. Einen Augenblick lang schien Arni wie erstarrt, dann versetzte er seinem Pferd einen heftigen Schlag, daß es sich wiehernd aufbäumte, und während er selbst aus dem Sattel glitt und krachend ins Unterholz stürzte, preschte das Pferd mit dem Jungen wie besessen allen andern voraus den Hohlweg hinan.

Auf solche Weise war Arni also zu Tode gekommen. Ob er wohl geahnt hatte, was geschehen würde, als er auf dem Ritt zu diesem Platz seinen Stein angeschaut hatte? Eine Zeitlang mußte er noch lebend im Gebüsch gelegen haben, jedenfalls bis zu dem Zeitpunkt, an dem er seinen Stein weitergegeben hatte. Bei dieser Überlegung wurde ihm plötzlich klar, daß auch er selbst in dieses Bild gehörte und irgendwo unter den Bogenschützen im Unterholz gekauert hatte, bis der kurze Kampf vorüber war. Er versuchte, das eben Erlebte noch einmal in seiner Erinnerung ablaufen zu lassen und im Dickicht der Abhänge zu beiden Seiten des Pfades jenen zu erkennen, der er selbst einmal gewesen sein mußte, aber keines der Gesichter, deren er sich entsann, glich jenem, das sich zu seinen Füßen auf der leicht bewegten Oberfläche des Quellteichs schwankend spiegelte. Vergebens bemühte er sich, irgendeine Entsprechung zwischen einer dieser flüchtig geschauten Gestalten und jener ungefügen Figur zu entdecken, von der auf dem Wasser zwischen aufblitzenden Lichtreflexen immer nur einzelne Umrisse und Formen zu erkennen waren, ein in den felsigen Grund gestemmtes Bocksbein, die zottige Rundung der Hüfte, eine Hand, die eine Art von Knüttel gepackt hielt, der über der geschlossenen Faust in einem dicken, verknäuelten Knauf endete. Für einen Augenblick spiegelte sich dieses knorrige, holzbraune Gebilde deutlich über dem kiesigen Grund und ließ ein merkwürdig verzogenes Gesicht erkennen, ein dunkles Auge schaute zu ihm herauf, forschend, ja fast herausfordernd, als müsse er eigentlich wissen, wer ihn da anblickte. Und dann fiel es ihm ein. «Du bist der Zirbel», sagte er in Gedanken.

«Wer denn sonst?» sagte der Zirbel ein wenig ungehalten. «Mit Gesprächen hast du mich nicht eben verwöhnt, seit du hier stehst.»

«Ist dir die Zeit lang geworden?» fragte er.

«Die Zeit lang geworden?» Der Zirbel kicherte hölzern. «Wofür hältst du mich? Mir war nachgerade so zumute, als stünde ich wieder als gewachsener Baum auf festem Grund, und das ist das beste Gefühl, das unsereins haben kann. Ich war nur ein bißchen enttäuscht, daß dir offenbar der Gesprächsstoff ausgegangen ist. Ist deine beschränkte Vorstellung von Zeit wenigstens etwas weiträumiger geworden?»

«Ich weiß nicht, ob man das so nennen kann», sagte er. «Mir scheint eher, daß die Zeit völlig durcheinander geraten ist. Ereignisse, die lange zurückliegen, spielen sich unversehens vor meinen Augen ab, das Spätere geschieht vor dem Früheren, und eben bin ich mir beinahe selbst begegnet. Es kommt mir vor, als gebe es überhaupt kein Vorher oder Nachher, sondern nur ein Zugleich.»

«Für einen Menschen, der sonst immer glaubt, die Zeit festhalten oder gar messen zu können, ist das eine erstaunliche Einsicht», sagte der Zirbel. «Mir scheint fast, du hast nicht ohne Nutzen eine Weile über diesem Teich gestanden. Du hättest nur ins Wasser zu schauen brauchen, um gleich zu begreifen, was dir jetzt noch immer sonderbar vorkommt. Schau dir das doch an: Mit einer kleinen · Welle, die von jener Stelle ausgeht, an der eben ein dürrer Zweig ins Wasser gefallen ist, läuft dort ein Stück deines Gesichts über die Fläche. Eben war dein Spiegelbild noch hier, nun läuft es weiter und erscheint an einer anderen Stelle, taucht auf und verschwindet wieder. Aber hast du dich bewegt? Das kannst du gar nicht; denn du bist aus Stein. Der ganze Ablauf auf dem Wasser war nichts weiter als eine Vorspiegelung. So geht es dir, wenn du immer nur auf das starrst, was scheinbar entsteht, vorüberläuft und wieder vergeht. Dergleichen nennt ihr Zeit und merkt bei alledem überhaupt nicht, daß ihr das Wesentliche übersieht, das immer da war von Anbeginn und nie vergeht.»

«Ist denn das ganze Leben nur eine solche Täuschung?» sagte er. «Du nimmst mir jede Hoffnung, daß ich je aus dieser Erstarrung herausfinde, um endlich wieder der zu werden, der ich einmal gewesen bin.»

«Was bist du doch für ein Dummkopf!» sagte der Zirbel. «Das Leben ist alles andere als eine Täuschung. Du täuschst dich nur darüber, was das Leben eigentlich bedeutet. Hast du denn nicht hinreichend erfahren, welche Bemühungen deinetwegen im Gange sind? Das sollte dir doch Grund genug zur Hoffnung geben. Mir scheint, diese eine Maus dort unten ist darin gescheiter als du; von der anderen will ich lieber nicht reden. Denk doch einmal ein bißchen nach! Dann wirst du's schon begreifen!»

Damit hatte der Zirbel für diesmal genug geredet, und auch von den Mäusen war nichts zu hören, die sonst immer zwischen den Wurzeln des Ahornbaumes etwas zu wispern und zu knabbern hatten. Von irgendwoher tönte ein heiserer, krächzender Schrei, den er noch nie gehört hatte. Was mochte das für ein Tier sein, das so häßlich kreischte? Am ehesten klang es nach einem großen Vogel. Und als der Schrei noch einmal schrill irgendwo links hinter den Erlenbüschen die Luft zerschnitt, begann er Ausschau zu halten nach dem Wesen, das diesen Laut ausstieß.

Wo eben noch die dunkelgrüne Kulisse der Erlen das dahinter liegende Gelände verborgen hatte, öffnete sich jetzt der Ausblick auf einen weitläufigen, sorgfältig angelegten und gepflegten Garten, der umsäumt war von hohen, kantig beschnittenen Hecken. Das regelmäßige Netz der kiesbestreuten Wege wurde gesäumt von Eibenbüschen, die teils kugelrund, teils auch pyramidenförmig zurechtgestutzt waren, und zwischen ihnen prangten Blumenbeete in leuchtenden Farben, samtblaue Rabatten umgrenzten Wälder blühender Fuchsien, Rosenbüsche füllten die Felder zwischen niedrigen Buchsbaumhecken, und all das war auf eine Weise geordnet, daß Muster und Ornamente sich ineinander verflochten wie auf einem Teppich. An den Wegkreuzungen und seitwärts unter Baldachinen von Kletterrosen standen steinerne Figuren, gerüstete Männer mit behelmtem Haupt und Waffen in den Händen, nackte Frauengestalten von ebenmäßiger Schönheit und auch allerlei seltsames Getier, geflügelte Pferde bäumten sich da auf, wasserspeiende Hirsche lagen inmitten ovaler Brunnenbecken, auf weiten Podesten ruhten hingestreckt gewaltige Löwinnen mit Frauenköpfen, die irgendwohin in die Unendlichkeit zu starren schienen.

Von allen Seiten führten Wege strahlenförmig auf ein reich gegliedertes großes Gebäude zu, ein Schloß mit schön geschwungenen, volutengezierten Giebeln, Freitreppen und Balkonen, Türmchen und blinkenden Fensterreihen.

Auf einer Balustrade, die zu beiden Seiten der Einfahrt den Wassergraben des Schlosses vom Garten trennte, standen aufgereiht die Figuren grämlich dreinblickender Zwerge mit derart unförmig großen Köpfen, daß man den Eindruck gewann, einer ganzen Sippe von Riesen seien unversehens die Glieder zu solcher Mißgestalt zusammengeschrumpft.

Überall auf den Wegen spazierten sonderbar gekleidete Leute, die anscheinend keinen Geschäften nachgingen, sondern nur hie und da stehenblieben, um eine Figur zu betrachten oder die Blumen zu bewundern. Die Männer trugen ungewöhnlich lange Hosen, die locker bis auf die Schuhe herabfielen; ihre Jacken hatten sie nicht zugeknöpft, offenbar um den Blick auf ein schmales, aus buntem Stoff gewebtes Halstuch freizugeben, dessen Zipfel vorn herabhingen. Manche von ihnen trugen an einem Lederriemen ein kleines, blitzendes Gerät bei sich, das sie zuweilen ans Auge hoben und auf eine der Figuren oder auch auf das Schloß richteten, als könnten sie auf diese Weise das alles besser anschauen. Wenn die

Männer ihre Beine bedeckt hatten, so waren die Kleider der Frauen so kurz, daß man ihre Beine fast herauf bis zum Knie sehen konnte, und selbst ältere Matronen schämten sich nicht, sich auf solche Art zur Schau zu stellen. Zwischen diesen langsam dahinschlendernden Leuten rannten Kinder über die Wege und kümmerten sich wenig um all die Sehenswürdigkeiten, sondern spielten Nachlaufen und Fangen, wie es Kinder auch sonst überall tun. Nur die Kleinsten, die noch nicht laufen konnten, wurden von ihren Müttern in hochrädrigen Wagen vor sich her geschoben.

Als jetzt dieser heisere Schrei wieder herüberschrillte, war es nicht schwer, das Tier zu entdecken, das so mißtönend kreischte. Auf dem Sockel einer der Steinfiguren saß ein großer Vogel, dessen Schweif bis zum Boden herabhing und am Ende mit großen Augen besetzt war, die blau, grün und violett schillerten. Die lockende Kraft dieser Augen, es mußten mehr als ein Dutzend sein, war so stark, daß ihm darüber der winzige, auf einem schlanken Hals sitzende Kopf des Vogels fast entgangen wäre, wenn dieser nicht ein wippendes Krönchen aus zierlichen Federn getragen hätte.

Doch dann fiel sein Blick auf die Figur, zu deren Füßen der Vogel saß, und er meinte, sich selbst zu erblicken, wie er auf dem Felsen über dem Quellteich stand; denn diese Figur war das genaue Ebenbild des bocksfüßigen Fauns, der er selbst war. Er stand am Rand eines Brunnenbeckens, in dessen Mitte eine Fontäne in die Höhe schoß, und auf der gegenüberliegenden Seite stand auf einem ähnlichen Podest die Gestalt einer zauberisch schönen, nackten Frau, die dem zottigen Faun die schlanken Arme entgegenstreckte, als wolle sie ihm geradewegs durch die sprühende Gischt entgegenlaufen, und auch der Bocksfüßige hatte seine klobigen Hufe schon zum Sprung in die schäumende Flut auf den Boden gestemmt. Habe ich nun endlich die geheime Mitte des Gartens wiedergefunden? dachte er und wußte nicht recht, woher ihm diese Vorstellung kam, die wie aus einem vergessenen Traum in seiner Erinnerung aufgeblitzt war.

Während er noch darüber nachgrübelte, flatterte der Vogel ins Gebüsch und eine alte Frau kam über den Weg heran, die ein kleines Mädchen an der Hand führte. Sie ging an dem Faun vorüber und setzte sich auf eine Bank, die seitwärts neben dem Becken stand. Das Mädchen lief rings um die Brunnenanlage und betrachtete die beiden Statuen. Besonders die ungefüge Gestalt des Fauns hatte es dem Kind angetan; denn es kletterte sogar auf den Sockel und strich vorsichtig mit der Hand über das zottelnde Fell auf den Hüften. Die alte Frau sah dem Mädchen lächelnd zu und ließ es gewähren. Schließlich sprang das Mädchen wieder von dem Sockel hinunter auf den Kies und setzte sich neben die alte Frau. «Was ist das für ein komischer Mann, Großmutter?» fragte es. «Er hat Beine wie ein großer Ziegenbock, und oben ist er ein Mensch. Er sieht aus, als wolle er gleich zu der Frau hinüberlaufen, die dort drüben im Springbrunnen baden möchte.»

«Er möchte wirklich zu ihr hinüber», sagte die alte Frau, «aber er ist ein neugieriger Bursche, der immer gleich alles haben will, was er sieht, und so kommt ihm einiges dazwischen, bis er die scheinbar so geringe Entfernung überwinden kann. Man nennt ihn Faun, und das splitternackte Mädchen dort drüben ist eine Quellnymphe. Solche Nymphen wohnten früher überall, wo eine Quelle aus der Erde springt und sorgten dafür, daß deren Wasser klar und frisch blieb. Manche Leute behaupten, diese Nymphe habe Marica geheißen, aber das weiß man nicht mehr genau; denn die Geschichte der beiden ist viele hundert Jahre lang von den Leuten immer wieder weitererzählt worden, und dabei geraten dann die Ereignisse und Namen ein bißchen durcheinander. Du kannst dir ja vorstellen, was dabei herauskommt, wenn jeder eine solche Geschichte so zurechtbiegt, wie er sie sich am besten zunutze machen kann. Die beiden sollen sich vom ersten Augenblick an ineinander verliebt, aber gleich wieder aus den Augen verloren haben. Während dieser Faun dann durch die Wälder zog, um seine Nymphe zu suchen, sollen ihm immer wieder andere Mädchen begegnet sein, die ihm auch gefielen. Ein Faun läßt sich auf diese Weise gern ablenken, mußt du wissen. Jedenfalls lief er aus diesem Grund immer aufs Neue in die Irre.»

«Hat er diese Marica oder wie sie geheißen hat denn nie gefunden?» fragte das Mädchen.

«Doch», sagte die Großmutter, «das hat er wohl, aber was darüber in den Büchern steht, ist so widersprüchlich, daß ich es nicht glauben kann.»

«Woher weißt du es dann?» fragte das Mädchen und rückte in Erwartung einer Geschichte näher an seine Großmutter heran.

«Von meiner Großmutter», sagte die alte Frau, «und die hat mir erzählt, sie hätte die Geschichte von ihrer Urahnin gehört, die sie wiederum von einer alten Frau aus ihrer Verwandtschaft hatte. Durch wie viele Generationen sie auf diese Weise weitergegeben wurde, kann ich dir nicht sagen, aber sie muß schon sehr alt sein. Da sei einmal ein Junge, heißt es, ohne Waffen mit den Männern seines Dorfes in den Krieg gezogen und habe nach der Schlacht versucht, die Wunden zu lindern, die seine eigenen Leute ihren Feinden geschlagen hatten. Einer der Sterbenden, es war ein alter Mann namens Arni, gab dem Jungen einen kostbaren Stein, der wie ein lebendiges Auge in drei Farben schimmerte: blau, grün und violett. Er war wohl der Meinung, daß ein Mensch, der so handelt wie dieser Junge, zum Träger des Steins bestimmt sei.

Als dieser Krieg vorüber war, zog der Junge in die Welt, um herauszubekommen, wozu der Stein gut sei, und er soll dabei immer wieder von einem Mädchen geträumt haben, das er suchen müsse. Dabei traf er seinen Großvater, den er noch nie gesehen hatte. Von diesem lernte er das Flötenspielen; denn sein Großvater besaß eine silberne Flöte, deren Klang imstande war, die Gemüter der Menschen zum Guten zu bewegen, wenn man sie richtig spielte. Auch diese Flöte bekam der Junge, als sein Großvater gestorben war, doch dann ging es ihm so ähnlich, wie es in der Geschichte vom Faun erzählt wird: Er war auch so ein neugieriger Bursche, der immer alles für sich haben wollte. So geriet er gleichfalls in die Irre, verlor seinen Stein und auch die Flöte und fiel in die Hände einer bösen Zauberfrau, die ihn in einen solchen Faun verwandelte. Zu guter oder böser letzt erkannte er zwar, was er alles falsch gemacht hatte, doch diese Einsicht war so schrecklich, daß er zu Stein erstarrte und lange Zeit wie diese Statue dort drüben über einer Quelle stand. Daß er sich diesen Platz dafür ausgesucht hatte, war allerdings sein Glück; denn hier konnte ihn das Mädchen schließlich finden. Vielleicht war dieses Mädchen auch so eine Art Quellnymphe, aber Marica hieß es nicht.»

«Wie hieß es denn?» fragte das Mädchen.

«Ich habe es einmal gewußt», sagte die Großmutter, «aber ich habe es vergessen. Vielleicht fällt es mir wieder ein, und dann sage ich es dir.»

«Du erzählst von den beiden, als sei das alles wirklich wahr und nicht nur eine Geschichte», sagte das Mädchen.

Die Großmutter hob die Hand. «Warum sollen Geschichten denn nicht wahr sein?» sagte sie. «Was meinst du denn, warum diese Geschichte in unserer Familie von Generation zu Generation weitergegeben wurde? Wir stammen doch von den beiden ab!» Als sie das sagte, blickte sie auf, und er sah ihre Augen, Augen, von schwer zu beschreibender Farbe zwischen Blau, Grün und Violett, die ihn anschauten, als könne die alte Frau ihn sehen. «Ja, so ist das!» versicherte sie noch einmal, und er konnte kaum noch unterscheiden, ob dies nun eine ihm unbekannte alte Frau oder doch Urla selbst war, die hier dem kleinen Mädchen diese Geschichte erzählt hatte.

Das Mädchen schaute jetzt hinüber zu den beiden Statuen, und da wurde ihm bewußt, daß auch dieses Kind diese Augen geerbt hatte. «Ob sich auch die beiden, die hier am Brunnen stehen, noch einmal finden?» fragte es.

«Warum nicht?» sagte die alte Frau. «Es gibt ein Lied, das ich von meiner Großmutter gelernt habe, und das gut auf diesen versteinerten Faun paßt. Hör gut zu! Vielleicht kannst du es später einmal, wenn du selber eine alte Frau geworden bist, deiner Enkelin weitergeben:

> Haust einer im Wald,
> weiß nicht wer.
> Haust einer im Wald,
> seine Haut ist von Stein,
> sein Mund kann nicht schrein,
> und sein Leib ist kalt,
> als lebt' er nicht mehr,
> weiß nicht wer.»

Während die alte Frau mit ihrer zittrigen Greisenstimme sang, war es ihm, als begleite von ferne her eine Flöte ihr Lied, ein süßer, silbriger Klang, der ihrem

Gesang Zusammenhang und Kraft verlieh, und als sie mit der zweiten Strophe begann, tönte ihre Stimme schon voller und klarer:

«Steht einer im Moos,
weiß nicht wo.
Steht einer im Moos,
und regt sich nicht,
mit starrem Gesicht
und zottigem Schoß,
ist nicht traurig, nicht froh,
weiß nicht wo.»

Von Zeile zu Zeile nahm der Gesang an Klangfülle und Deutlichkeit zu, als käme die Sängerin Schritt für Schritt näher, während die alte Frau doch noch immer neben dem Kind auf der Bank am Springbrunnen saß. Aber je genauer er hinschaute, desto unschärfer erschienen ihm die Umrisse der beiden, ihre Gestalten wurden durchsichtig wie auch die Konturen der Bank und der beschnittenen Eibensträucher dahinter, bis all das mit dem regellosen grünen Hintergrund der Erlen und Birken verschmolz. Doch der Gesang verstummte nicht mit dem Schwinden dieses Bildes, sondern war nun ganz nah:

«Wartet einer am Quell,
weiß nicht wann.
Wartet einer am Quell,
daß eine ihn weckt,
die Hand nach ihm streckt
und krault sein Fell
und löst seinen Bann,
weiß nicht wann.»

Und bei den letzten Worten regte sich das Erlengebüsch, wurde von einem Arm geteilt und beiseite geschoben, und zwischen den wippenden Zweigen trat eine junge Frau heraus, die in der Hand eine silberne Flöte hielt. Schon auf den ersten Blick sah er die Augen dieser Frau oder sah eigentlich nichts anderes als diese Augen, die den Augen dieser alten Geschichtenerzählerin glichen oder auch den Augen Urlas, als sie ihn in ihrer Hütte bewirtet hatte.

Die Frau blickte ängstlich nach oben in die Zweige der Bäume, als lauere dort irgendeine Gefahr, kam dann mit flinken Schritten am Bachlauf entlang näher und blieb erst am Quellteich wieder stehen, um sich niederzubeugen und mit der hohlen Hand Wasser zu schöpfen. Er sah, wie sie sich herabneigte und die Hand in den Teich tauchte, und zugleich konnte er auch das wellig zerfließende Spiegelbild erkennen, das sich der Frau aus der Tiefe entgegenhob, das Gesicht im flimmernden Wasser wurde deutlicher, schien greifbar nahe unter der Oberfläche schweben, und als sich die Hände der beiden berührten, trafen die Augen dieses Wasserwesens seinen Blick. Ihm war zumute, als schmelze das Gestein in seiner Brust unter der Wärme dieser Augen, deren dunkle Farben sich wie ruhig ziehende Wellenringe in seinem Innern ausbreiteten. Dann hob die Frau, die sich über das Wasser gebeugt hatte, den Kopf und schaute ihm direkt ins Gesicht. «Da bist du ja, du steinerner Faun! Habe ich dich endlich gefunden!» sagte sie, stand auf und kam langsam am Rand des Quellteichs entlang zu ihm herüber. Eine kurze Weile blieb sie noch unter der felsigen Stufe stehen, auf der seine gespaltenen Hufe ruhten, dann war sie mit einem raschen Schritt zu ihm heraufgestiegen und strich mit der Hand über die rauhen, schrundigen Zotteln seines Fells. Er fühlte die Zartheit der Finger auf seiner Hüfte und spürte, wie sie sich in sein Fell eingruben bis auf die Haut und ihn sanft kraulten, und unter dieser zärtlichen Berührung schwand die Starre in seinen Gliedern, seine gefühllose Haut verlor ihre Härte und nahm Empfindungen auf, die wie Schauer des Erwachens über seinen Körper liefen, und in seiner Brust begann das Herz zu klopfen wie ein Hammer, der die letzten Reste der Erstarrung zerschlug.

So lange er dessen fähig war, gab er sich bewegungslos der Zärtlichkeit dieser Hand hin, doch dann konnte er seine Begierde nach Bewegung nicht länger zügeln. Er hob den Arm, berührte tastend die Schulter der Frau und drängte sich näher, um die Wärme dieses lebendigen Körpers aufzunehmen. Da erschrak die Frau bis ins Mark. Sie schrie auf, sprang hinunter ins Gras und war mit wenigen Sprüngen im Gebüsch untergetaucht.

Noch lange blickte er ihr nach, doch nichts regte sich mehr in den Zweigen der Erlen. Da stieg er herab von seinem Podest, setzte sich an den Rand des Quellteichs, schöpfte Wasser und trank wie einer, der nach langer Steppenwanderung einen Brunnen erreicht hat.

Dritter Teil

1. Kapitel

Als er aufwachte, lag er im Gras neben dem Quellteich und sah über sich die vielfach gestaffelten Äste des Ahornbaumes, zwischen deren Laub an einzelnen Stellen der blaue Himmel hindurchschimmerte. Er mußte lange und tief geschlafen haben; denn er erinnerte sich, daß noch heller Tag gewesen war, als er sich an dieser Stelle niedergelegt hatte, und nun stand die Sonne schon wieder hoch am Himmel. Soviel wußte er noch, daß er sich plötzlich unendlich müde gefühlt hatte, als habe er seit undenklicher Zeit nicht mehr geschlafen, und das hatte er ja auch nicht, obwohl er bewegungslos auf seinem Podest über dem Teich gestanden hatte. In unablässiger Folge waren Ereignisse an ihm vorübergezogen, die seine Aufmerksamkeit erregt und seine Gedanken beschäftigt hatten, Bilder und Geschehnisse, an die er sich so genau erinnerte, als sei er selbst dabeigewesen, obwohl dies doch gar nicht möglich war, nicht sein konnte; denn er entsann sich zugleich auch wieder seines gesamten Lebens, wie es bis zu dem Zeitpunkt seiner Versteinerung abgelaufen war, alles wußte er wieder, was er zeitweise vergessen hatte, dann allmählich wiedergefunden und schließlich aufs Neue verloren hatte, um als unbeteiligter und doch auch wieder aufs tiefste in all diese Ereignisse verstrickter Beobachter in Raum und Zeit herumzugeistern, bis ihn diese Frau endlich gefunden hatte.

Als er versuchte, sich diese kurze Begegnung noch einmal ins Gedächtnis zurückzurufen, wurde ihm bewußt, daß er sich eigentlich nur an Augen erinnern konnte, Augen von schwer zu beschreibender Farbe, die er kannte und die ihm vertraut waren aus zahllosen Träumen und Geschichten. Er wußte auch, daß er hier in diesem Tal schon mehrfach einem Mädchen begegnet war, das ihn aus solchen Augen verschreckt, ja entsetzt angeschaut hatte, ehe es vor ihm davongelaufen war. Aber dieses Mädchen war viel jünger gewesen, die Tochter Promezzos, des Erzmeisters, und seiner Frau Akka, nur wie es hieß, wollte ihm noch immer nicht einfallen. Die ihn hier gefunden und geweckt hatte, mußte jedenfalls größer gewesen sein, denn sie hatte ihm, als sie neben ihm stand, ins Gesicht schauen können, dessen entsann er sich jetzt doch. Er spürte ihren Körper noch neben sich, und das war nicht der schmale Körper eines Kindes gewesen, sondern der einer erwachsenen Frau. Also war es doch nicht dieses Mädchen, dachte er. Aber wer war es dann gewesen? Und warum war sie davongelaufen, obwohl sie ihn so zärtlich gekrault hatte. Vielleicht war sie noch in der Nähe?

Sobald er diesen Gedanken gefaßt hatte, sprang er auf und machte sich auf die Suche, lief auf seinen staksigen Bocksbeinen hinüber zum Erlengebüsch, teilte mit seinen Armen die Zweige auseinander und blickte hinaus in das weite, flache Tal. Vor ihm schlängelte sich der Bach in weiten Windungen durch die sanft abfallenden Wiesen, die gelb waren von blühendem Löwenzahn und Butterblumen, aber weit und breit war kein Mensch zu sehen, nur eine Spur führte talabwärts, die sich irgendwo im Grün der Wiesen verlor.

Ein Schritt hinaus aus dem Schatten des Gebüschs ins offene Land belehrte ihn darüber, daß ihn noch immer diese überwältigende Angst jäh befiel, sobald er den freien Himmel über sich spürte, und ihn zwang, wieder unter das schützende Dach der Zweige zurückzuweichen. Er setzte sich unter einen dicht belaubten Erlenstrauch und schaute hinunter ins Tal, wo irgendwo im fernen Dunst die Hirtenhäuser stehen mußten, und er fragte sich, ob diese junge Frau dort wohnte.

Während er noch überlegte, wer aus Urlas Sippe ihm hier nun wieder begegnet war, trat ein Mäuserich gemessenen Schrittes und unter höflichen Verneigungen auf ihn zu und sagte: «Ich bin ungemein erfreut, Steinauge, dich hier so lebendig und, wie es scheint, durchaus nicht mehr versteinert anzutreffen. Erlaube mir, daß ich dir die ergebenen Grüße eines betagten Mäuserichs aus unserm Volk überbringe, der bei uns den Titel ‹Hüter des Steins› trägt. Er läßt dir mitteilen, daß dein kostbares Kleinod bei uns in Sicherheit ist, und erwartet deinen Befehl, wann und wo wir es dir zurückgeben sollen.»

Steinauge blieb sitzen, um sich nicht gar so hoch über diesen Boten zu erheben, der auch so noch weit unter ihm im Gras hockte und zu ihm heraufäugte. «Ich danke dir für diese Nachricht», sagte er. «Allerdings wußte ich schon, daß es einem von euch gelungen ist, den Falken zu überlisten. Überbringe dem ‹Der-mit-der-Schlange-spricht› und der, wie ich weiß, auch meinen Stein hütet, meine Grüße und meinen Dank und sage ihm, daß er mir den Stein an diesen Ort hier bringen lassen soll, denn ich gedenke noch eine Weile hierzubleiben.»

Der Mäuserich schien verblüfft zu sein von dieser Mitteilung. «Ich dachte, daß ich der erste wäre, der dir diese Nachricht überbringt», sagte er ein wenig enttäuscht. «Aber völlig auf dem Laufenden bist du offenbar doch nicht. Der ehrwürdige Ratsälteste ‹Der-mit-der-Schlange-spricht› ist schon vor etlicher Zeit hochbetagt zu unsern Vätern heimgegangen, nachdem er für den Rest seines Lebens deinen Stein nicht mehr aus den Augen gelassen hat.»

«Das ist eine traurige Kunde», sagte Steinauge. «In ihm habe ich einen mutigen und hilfreichen Freund verloren. Wer hütet nun den Stein?»

«Sein Nachfolger wurde ‹Der-dem-Falken-weissagt›», sagte der Mäuserich, und es war ihm dabei anzumerken, daß er stolz darauf war, Leute mit solch klangvollen Namen zu seinem Volk zu zählen.

«Das entspricht auch seinem Verdienst», sagte Steinauge. «Er war es ja, der dem Falken widerstanden und ihm den Stein abgejagt hat.»

Diese Kenntnis stürzte den armen Mäuserich nun vollends in Verwirrung. «Wer hat dir das alles schon vor mir erzählt?» fragte er. «Du bist doch erst gestern wieder zum Leben geweckt worden und hast seither ununterbrochen geschlafen!»

«Ich war doch dabei», sagte Steinauge, doch als er merkte, daß diese Eröffnung dem Mäuserich völlig über den Verstand ging, fügte er hinzu: «Laß gut sein! Ich war gar nicht so leblos, wie es schien, mußt du wissen, und habe während dieser Zeit allerlei erfahren. Aber eins muß ich dich noch fragen: Was weißt du über die Frau, die mich aus meiner Versteinerung geweckt hat? Wenn ich dich recht verstehe, hast du doch gesehen, wie es geschah.»

«Allerdings!» sagte der Mäuserich und schien förmlich zu wachsen vor Stolz, daß er nun doch etwas Neues mitzuteilen hatte.» Auf diesen Tag habe ich seit langem gewartet, obwohl man mich deswegen immer wieder verspottet hat.»

«Der Dicke?» sagte Steinauge lachend. «Wo ist er überhaupt?»

«Der schläft», sagte der Mäuserich, der es nunmehr aufgegeben hatte, sich darüber zu wundern, was dieser Bocksbeinige alles wußte. «Hat gestern wohl zu viel gefressen. Aber von der Frau kann ich dir schon erzählen. Sie kam oft vom Tal herauf, spielte auf ihrer Flöte und sang manchmal ein Lied, dessen Worte von dir handelten, wie du hier versteinert an der Quelle standst. Ich hätte ihr gern gesagt, wo sie den finden kann, den sie suchte, aber sie saß meistens schon auf ihrem Pferd, ehe ich sie erreichte. Einmal ist es mir gelungen, sie zu treffen, aber sie verstand mich nicht, obwohl sie keine Angst vor Mäusen hatte, wie man von Mädchen und Frauen immer behauptet. Sie streichelte mein Fell und gab mir ein Bröckchen von ihrem Brot, ehe sie wegritt. Später traf ich dann unten am Bach eine Kröte, von der ich erfuhr, daß diese Frau mit den Fischen reden kann, und diese Kröte hat meine Nachricht wohl den Fischen weitergegeben. Auf diese Weise wird sie erfahren haben, wo du zu finden bist. So weit war sie jedenfalls noch nie zuvor am Bach entlang heraufgekommen, als habe sie Angst vor dem dichten Buschwerk.»

«Und dann ist sie wieder weggelaufen», sagte Steinauge traurig. «Ist ja auch kein Wunder, häßlich wie ich aussehe mit dem böckischen Gezottel an meinem Leib.»

«Zugegeben, die Frau wird ein bißchen erschrocken sein», sagte der Mäuserich mit der Miene eines Erfahrenen. «Das darfst du nicht falsch verstehen. Sie wird sich schon wieder besinnen. Meinst du denn, sie würde dich so schnell vergessen, nachdem sie dich so lange gesucht und dieses Lied über dich gesungen hat?»

«Willst du mich nur aufmuntern, oder meinst du das ehrlich?» fragte Steinauge, begierig darauf, noch mehr solcher Worte zu hören, und es kam ihm überhaupt nicht komisch vor, daß er sich von einem Mäuserich Trost zusprechen ließ.

«Die Frau kommt so sicher zurück, wie ich hier vor dir stehe», sagte der Mäuserich mit Bestimmtheit.

«Das möchte ich nur zu gerne glauben», sagte Steinauge. «Kannst du mir sagen, wie du heißt, damit ich weiß, wer hier wie ein guter Freund zu mir gesprochen hat?»

Da senkte der Mäuserich den Kopf und sagte: «Bisher habe ich noch nie etwas Bemerkenswertes getan. Ich habe noch keinen Namen.»

Steinauge fand das erstaunlich bei einem Mäuserich von solch zäher Beharrlichkeit. Offenbar hatte man diese Eigenschaft bei seinen Leuten bisher noch nicht bemerkt. Selbst im Blick der Zirbel, der neben dem graupelzigen Winzling im Gras lag, schien sich so etwas wie Verwunderung auszudrücken. Steinauge nahm ihn in die Hand und sagte: «Was meinst du dazu, Zirbel? Bei den Mäusen ist es offenbar schwieriger, einen Namen zu erwerben, als bei den Menschen.»

«Wundert dich das?» sagte der Zirbel und bekam einen spöttischen Zug um die Mundwinkel. «Du solltest doch eigentlich wissen, wie es einem ergehen kann, wenn man zu früh einen großen Namen erhält. Aber dieser wackere Mäuserich hat sich jetzt wahrhaftig einen verdient. Ich weiß auch schon einen.»

«Wenn du das sagst, dann ist wirklich die Zeit dazu gekommen», sagte

Steinauge. «Bei dir kann man sicher sein, daß du noch nie etwas übereilt getan hast. Gib also meinem Freund jetzt einen Namen, damit ich ihn damit anreden kann.»

Da blickte der Zirbel den Mäuserich mit seinem blanken, holzbraunen Auge an und sagte: «Du hast eine Eigenschaft, Junge, die ich sehr schätze und die wahrhaftig bemerkenswert ist. Danach will ich dich nennen, und so sollst du künftig ‹Der-die-Hoffnung-nicht-aufgibt› heißen.»

Sicher errötete der so benannte Mäuserich in diesem Augenblick vor Stolz und Verlegenheit, aber das konnte man natürlich durch sein dichtes, samtfeines Fell nicht sehen. Er verbeugte sich tief und sagte: «Ich danke dir, du Uralter, für diese Ehre und will versuchen, so zu sein, wie mein Name lautet.»

«Schon gut, schon gut», sagte der Zirbel. «Du brauchst keine großen Sprüche zu machen, ich habe ja schon gesehen, was du für einer bist. Dieser Bocksbeinige hier sollte sich ein Beispiel an dir nehmen, obwohl man meinen sollte, daß er das Warten inzwischen gelernt hat.»

«Dann will ich mich beeilen, daß er nicht zu lange auf seinen Stein zu warten braucht», sagte der Mäuserich, verbeugte sich und huschte davon.

Kaum war er im Unterholz verschwunden, da kam eine fette Maus langsam durch das Gras herangetrottet, blickte sich schläfrig blinzelnd um und sah schließlich den Bocksbeinigen unter den Büschen sitzen. «Was machst du denn hier?» fragte sie verwirrt. «Ich träume wohl noch! Du müßtest doch eigentlich über der Quelle stehen!»

«Müßte ich das?» sagte Steinauge lachend. «Warum denn?»

«Du bist doch nur eine Steinfigur!» sagte die Maus und rieb sich die Augen.

«Sehe ich so aus?» sagte Steinauge. «Du hast wohl einiges versäumt, seit du dich gestern zu einem Verdauungsschläfchen niedergelegt hast.»

«Du lieber Himmel!» rief die Dicke. «Dann bist du also wirklich aufgewacht? Das muß ich schnell dem Hüter des Steins melden! Welche Ehre wird das für mich sein, welche Ehre!»

«Du brauchst dich nicht zu übereilen», sagte Steinauge. «‹Der-die-Hoffnung-nicht-aufgibt› ist schon unterwegs, und so, wie du beschaffen bist, wirst du ihn wohl kaum noch einholen können.»

«‹Der-die-Hoffnung-nicht-aufgibt›? Wer soll denn das sein?» fragte die Dicke bestürzt.

«Das solltest du doch am besten wissen», sagte Steinauge. «Ich meine den Mäuserich, der hier mit dir gewacht hat. Du hast eben versäumt, Zeuge zu sein, wie er diesen Namen bekommen hat.»

«Dieser Wichtigtuer!» sagte die Dicke ärgerlich. «Er hätte mich wenigstens wecken können! Nun muß ich hinter ihm herlaufen, bis ich Seitenstechen bekomme!» Und damit wandte sie sich zum Gehen und hoppelte in schwerfälligem Trab davon.

«Lauf nur!» rief ihr Steinauge nach. «Das wird dir guttun!»

Dann saß er wieder reglos unter dem Erlenbusch und spähte hinaus ins Tal, ob sich nicht doch irgendwo in der dunstigen Ferne eine Spur der Frau zeigen wollte. Er hatte den Zirbel vor sich auf den Boden gestemmt und das Kinn auf den knotigen Knauf gestützt. Dabei stieg ihm, ohne daß ihm dies zunächst bewußt wurde, der süße, harzige Duft aus dem Wurzelholz in die Nase, lockend und verheißungsvoll, ein Geruch der Sehnsucht weckte nach Begegnung und Berührung, nach Umarmung und Hingabe. Er spürte, wie dieser Duft all seine Sinne umfing, und ihm war, als er sich dieser Empfindung mit geschlossenen Augen völlig preisgab, als höre er ein leises Lachen, das warme, dunkle Lachen der Zirbelin, deren lebensspendender Zauber ihn umschloß wie der saftige, harztropfende Zapfen die Nuß, und in dieser mütterlichen Umarmung wuchs in ihm die Hoffnung auf die Erfüllung seiner Wünsche und Sehnsüchte mit einer Kraft, die sein Herz zu sprengen drohte.

Er hätte nicht sagen können, wie lange er so gesessen hatte, hingegeben der geheimnisvollen Macht dieser uralten tausendfachen Mutter, als er den Klang der Flöte hörte, eine Melodie, in der all das, was er selbst fühlte, Form und Gestalt gewann, und diese in weiten Bögen herüberschwingende Musik kam näher und näher, bis sie all seine Empfindungen ausfüllte und zum Beben brachte. Da hob er den Kopf und öffnete die Augen. Wenige Schritte von ihm entfernt stand die junge Frau mit Urlas Augen, setzte eben die silberne Flöte ab und lächelte. Weiter unten im Tal sah er unter dem rosenfarbenen Abendhimmel ihr Pferd grasend langsam über die Wiese schreiten. «Bist du doch wiedergekommen?» fragte er. «Warum bist du gestern weggelaufen?»

«Ich weiß es selber nicht genau», sagte sie. «Es hat mich wohl erschreckt, als dein Fell plötzlich nicht mehr von Stein war und dein Körper sich regte. Aber ich mußte dir doch deine Flöte bringen. Sie gehört dir doch?» und bei diesen Worten hielt sie ihm das Instrument hin.

Er nahm es in die Hand und schaute es an, betrachtete die makellose Rundung und sah auch die winzige Schrift, die das untere Ende des Rohrs umschloß. «Ja», sagte er, «das ist meine Flöte, wie ich sie von meinem Großvater bekommen habe. Wo hast du sie gefunden?»

«Das erzähle ich dir später einmal», sagte sie. «Willst du nicht versuchen, ob du sie noch spielen kannst?» Da hob er die Flöte an die Lippen, ohne noch eine rechte Vorstellung von irgendeiner Melodie zu haben, doch seine Finger fanden wie von selbst die Griffe, glitten über das silberne Rohr und begannen Töne zu formen und aneinanderzureihen, Motive, die dort anknüpften, wo die Spielerin eben aufgehört hatte, und Antworten entwarfen auf jene Melodien, die sein Bewußtsein mit solcher Gewalt bewegt hatten, und während er spielte, sah er nichts weiter als diese Augen vor sich, die ihn begleitet hatten, seit er Arnis Stein bei sich getragen hatte, tauchte ein in das pulsierende Licht der farbigen Ringe von Blau, Grün und

Violett und fand all die Bilder wieder, die seither seine Hoffnung auf dieses Ziel
genährt hatten, jene flüchtige Erscheinung, die damals auf dem überfrorenen Weg
am Ufer des vereisten Flusses neben ihm gewesen war und zu ihm gesprochen
hatte, bis ihre Augen mit den grauen Wolken davonzogen; das Gesicht jener Frau,
die sich vor dem Hintergrund der Sterne über ihn geneigt hatte, während er ihren
Schoß unter sich spürte, damals an der Quelle am Rande des Krummwaldes, und
die ihn geküßt hatte, damit er nicht völlig vergaß, wohin er unterwegs war, und
während diese Bilder aus seiner Erinnerung aufstiegen, begriff er, daß er ohne die
Sehnsucht, die diese geheimnisvollen Begegnungen in ihm geweckt hatten, sich
völlig verrannt hätte bis zu jener Grenze, an der man ausgespien wird in die Leere,
ins Nichts; und auch das Grauen der Angst, das ihn in solchen Augenblicken des
Erkennens überfallen hatte, fand Gestalt in seinem Flöten und drohte die
Melodienbögen schrillend zu zerreißen, doch die Brücke aus Tönen hielt stand,
Wölbung fügte sich an Wölbung, um den Weg zu bahnen auf jene Augen zu, deren
Farbenspiel jetzt den Horizont der Welt umfaßte, und mit dem Schwinden des
Lichts und dem Heraufsteigen der Nacht gewann die Musik an Fülle, Stimmen
nahmen den Gesang der Flöte auf und führten ihn auch dann noch weiter, als
Lauscher sein Instrument schon längst hatte sinken lassen.

Nun sah er sie wieder, die Birkenmädchen, die mit Beginn der Nacht aus ihrem
Schlaf erwacht waren und leichtfüßig über den Rasen tanzten. Sie warfen einander
Teile der Melodie zu wie Bälle, erst einzelne, deren helle, fast körperlose Stimmen
noch kaum zu unterscheiden waren vom Plätschern der Quelle und vom Sirren des
Windes im Laub, doch bald fielen immer mehr Stimmen ein und verflochten sich
zu einem Gesang von solcher Süßigkeit, daß die Vögel ringsum erwachten und mit
ihren Trillern und lockenden Flötenrufen in das Konzert einstimmten. Lauscher
stand wie im Traum, umwoben von dieser Musik, die wie Sternenregen vom
Himmel herabtropfte und am Boden zwischen den aufsprießenden Gräsern die
Blumen zum Blühen brachte; Anemonen entfalteten im Dunkel ihre schimmernden Kelche, Himmelschlüssel läuteten ihre goldenen Glocken, Traubenhyazin-
then und Kuckucksblumen verströmten ihren zauberischen Duft. Lauscher fand
sich eingekreist vom Reigen der tanzenden Birkenmädchen, bis auch ihn der
Schwung ihres Gesangs erfaßte; er vergaß seine ungefügen Bocksbeine und wollte
sich einreihen in den Kreis der Tanzenden, doch sie ließen ihn nicht ein und flogen
mit solcher Schnelligkeit vorüber, daß er kaum noch einzelne Gestalten unterscheiden konnte, eine Hand streifte seine zottige Hüfte, ein lachender Mund glitt
vorüber, aber nichts ließ sich halten, bis dann plötzlich dieses Augenpaar wieder
vor ihm stand, das er gesucht hatte, seit er unterwegs war, und während der
Reigen sich zu einem wilden Wirbel steigerte und der Gesang eine solche
Schönheit erreichte, daß es schmerzte, blieben diese Augen bei ihm, weit
geöffnete Eingänge in ein Land, das er nicht kannte, und er sagte: «Deine Augen
gleichen dem Stein, den ich verloren habe, nur sind sie noch schöner.»

Und während er die ersten Schritte durch diese Pforten in die unendlichen Tiefen dieses Landes wagte, hörte er, wie die Frau, die ihn aus diesen Augen anblickte, das Tanzlied der Birkenmädchen weitersang:

«Steht eine im Wald
heute Nacht.
Steht eine im Wald,
um dem zottigen Faun
in die Augen zu schaun.
Nun erkennt er sie bald,
denn er ist erwacht
heute Nacht.»

Ihre Stimme hob sich klar und warm aus den flüchtigen Stimmen der Birkenmädchen heraus, und ihm war, als berühre ihr Klang sein Herz. «Deine Stimme», sagte er, «klingt wie die Flöte, die du mir wiedergebracht hast, nur noch schöner.» Er hatte das kaum gesagt, als er spürte, wie die Frau ihm die Arme um den Hals legte und ihn zu sich niederzog, während sie sang:

«Sitzt eine im Moos
heute Nacht,
sitzt eine im Moos
lauscht dem süßen Gesang
auf dem Birkenhang
und hält ihn im Schoß,
an den sie gedacht
heute Nacht.»

Er spürte den Körper der Frau, die bei ihm lag und deren duftendes Haar über sein Gesicht fiel, und auch dieser Duft war ihm vertraut, und er sagte: «Dein Haar duftet so süß wie das Harz der Zirbelin, der uralten Mutter von tausend Bäumen, nur noch berauschender.»

Und noch einmal sang die Frau:

«Liegt eine am Quell
heute Nacht,
liegt eine am Quell
und einer bei ihr,
halb Mann, halb Tier,
ihr lieber Gesell,
heißt Lauscher und lacht
heute Nacht.»

Da erkannte er sie und lachte: «Arnilukka!» sagte er. «Arnilukka!»

Irgendwann in der Nacht wachte Lauscher auf und sah die hellen Stämme der
Birken ringsum wie schlanke Wächterinnen in der Dunkelheit stehen. Durch das
Netz der belaubten Zweige blitzten einzelne Sterne herab, und ihm war so leicht,
als habe er erst jetzt die steinerne Schwere seines Leibes verloren. Er nahm seine
Flöte und suchte nach einer Melodie, die dieses Gefühl des Schwebens auszudrük-
ken vermochte, und während er Ton für Ton aneinanderfügte, regte sich
Arnilukka neben ihm, und was er flötete, ordnete sich zu Worten und Verszeilen,
die so lauteten:

> Leicht wie ein Vogel
> schwerelos
> halte mich fest
> sonst fliege ich
> geradewegs
> in den Himmel

Da nahm sie ihn wieder in die Arme und hielt ihn fest, als habe sie Angst, sie könne
ihn wieder verlieren.

«Eins verstehe ich noch nicht», sagte Lauscher nach einer Weile. «Als ich dich
letztes Jahr gesehen habe, warst du noch ein Kind, und jetzt bist du eine
erwachsene Frau.»

«Letztes Jahr?» wiederholte Arnilukka. «Weißt du denn nicht, wieviel Zeit
inzwischen vergangen ist? Im Sommer vor dem großen Reitersturm habe ich dich
zuletzt hier im Tal getroffen und bin vor dir davongelaufen, und das liegt nun bald
zehn Jahre zurück.»

«Also bin ich neun Jahre lang ein steinerner Faun gewesen», sagte Lauscher.
Arnilukka lachte und sagte: «Ein Faun bist du noch immer.»

«Erschreckt dich das nicht?» fragte Lauscher.

«Nicht mehr», sagte Arnilukka und drückte ihn an sich. So lagen sie beieinander
bis zum Morgen, und als der Himmel über dem Wald heller wurde, stand
Lauscher auf, um an der Quelle zu trinken. Erst als er spürte, wie das feuchte Gras
über seine nackten Sohlen strich, merkte er, daß er nicht mehr auf gespaltenen
Hufen einherstelzte. «Arnilukka!» rief er. «Wach auf! Ich bin kein Faun mehr!
Der Zauber ist gebrochen!»

Arnilukka schlug die Augen auf und schaute ihn lächelnd an. «Gerade hatte ich
angefangen, deine Bockbeine gern zu haben», sagte sie. «Wie hast du deine
menschliche Gestalt zurückbekommen?»

«Durch dich», sagte er und erzählte ihr, welchen Zauber Narzia über ihn
gesprochen hatte.

«Sie meinte wohl, dir damit etwas Böses anzutun», sagte Arnilukka. «Es wird so sein, daß sie den Faun nicht mochte, der schon vorher in deinem zottigen Leib steckte, und sich nicht vorstellen konnte, daß dich jemand in dieser Gestalt lieben könne. Ich bin froh, daß du noch immer ein bißchen wie ein Faun aussiehst, haarig wie du bist. So werde ich nie vergessen, wie du warst, als ich dich gefunden habe.»

«Das hört sich fast so an, als täte es dir leid, daß ich jetzt wieder richtige Beine habe, mit denen ich mich unter Menschen zeigen kann, ohne sie gleich in Schrecken zu versetzen», sagte er.

Da lachte Arnilukka und sagte: «Auch so, wie du in deiner haarigen Nacktheit vor mir stehst, solltest du dich unter Menschen lieber nicht zeigen. Ich werde jetzt zu den Hirtenhäusern reiten und dir etwas zum Anziehen besorgen. Der Faun in dir ist nur für meine Augen bestimmt! Außerdem möchte ich gern mit dir an diesem Platz hier frühstücken.» Sie stand auf, zog ihren Leinenkittel über und rief nach ihrem Pferd, das ein Stück weiter unten auf der Wiese stand und herüberblickte. Es warf wiehernd den Kopf hoch und kam in raschem Trab zu seiner Herrin.

«Ich komme zurück, so schnell ich kann», sagte Arnilukka. «Warte hier auf mich!», und das klang fast so, als befürchte sie, Lauscher könne nach all den zauberischen Wandlungen, die mit ihm vorgegangen waren, unversehens verschwinden. Sie küßte ihn rasch auf den Mund, sprang auf ihr Pferd und ritt in fliegendem Galopp talabwärts über die Wiesen.

Lauscher legte sich wieder ins Gras unter den Erlenbüschen und blickte ihr nach, bis er sie aus den Augen verlor, und fragte sich, ob er nun am Ziel seines Weges angekommen sei. Lag jetzt nicht alles klar vor ihm? Er würde mit Arnilukka in irgendeinem Haus wohnen, sie würde ihm Kinder gebären, und schließlich würden sie zusammen alt werden.

Während er sich dieses künftige Leben ausmalte, hörte er aus der Höhe einen schrillen Schrei. Er blickte durch das Geäst der Erlen nach oben und sah einen Falken, der hoch am Himmel seine Kreise zog. Dann stürzte der Vogel plötzlich steil herab, als habe er eine Beute erspäht, fing sich aber dicht über dem Boden flatternd ab und schwang sich auf einen Erlenzweig. Von da aus starrte er mit seinen grünen Augen Lauscher an. So saß er eine ganze Weile. Dann sagte er mit seiner weichen Mädchenstimme: «Also hast du doch jemanden gefunden, der dich in die Arme genommen hat, Lauscher.»

«Ja», sagte Lauscher. «Dein Zauber hat keine Gewalt mehr über mich.»

Der Falke lachte spöttisch. «Deine hübschen Beine hast du ja wieder», sagte er. «Nun wirst du wohl mit dieser Frau hinunterziehen wollen ins Tal, um dort zu leben wie jeder andere auch.»

«Was soll mich daran hindern?» sagte Lauscher, aber in der Stimme des Falken hatte ein Ton mitgeklungen, der ihn frösteln machte.

«Du kannst es ja versuchen», sagte der Falke. Er lachte noch einmal gellend auf, breitete seine Schwingen aus und stieg hinauf in den Morgenhimmel, bis man ihn kaum noch sehen konnte, um dann rasch nach Osten abzuziehen.

Lauscher starrte in den leeren Himmel und grübelte über die Worte des Falken nach. Was hatten sie zu bedeuten? Wußte der Falke etwas, das ihm selbst verborgen war? Plötzlich überfiel ihn die Angst, daß Arnilukka nicht zurückkommen könnte. Er spähte hinunter ins Tal, bis ihm die Augen schmerzten, und noch immer war nichts von ihr zu sehen. So kauerte er lange Zeit unter den Büschen, und mit jedem Herzschlag stieg seine Angst. Vielleicht hatte er alles nur geträumt, was in dieser Nacht geschehen war? Er schaute sich um, ob noch irgendeine Spur von dem Mädchen zu finden sei, und da sah er seine Flöte im Gras liegen. Er nahm sie in die Hand, um sich zu vergewissern, daß dies kein Trug sei, spürte die kühle, glatte Rundung unter seinen Fingern und las die Schrift, die am unteren Ende in engen Zeilen die Mündung des Rohrs umschloß:

Lausche dem Klang,
folge dem Ton,
doch übst du Zwang,
bringt mein Gesang
dir bösen Lohn.

Jetzt verstand er schon besser, was diese Worte zu bedeuten hatten, und er fragte sich, ob er den Lohn für seinen Mißbrauch schon erhalten hatte oder ob das, was ihm widerfahren war, erst der Anfang noch schlimmerer Erfahrungen gewesen sei. Erst jetzt fiel ihm auf, daß die Flöte ihre Vergoldung verloren hatte, unter der dieser Spruch unlesbar gewesen war, und ihm schien fast, als sei dies ein Grund zur Hoffnung.

Über dieser Beschäftigung mit seiner Flöte hatte er völlig vergessen, nach Arnilukka Ausschau zu halten, und so war sie schon ganz nahe, als er den gedämpften Hufschlag ihres Pferdes hörte. Sie ritt rasch heran, ließ sich aus dem Sattel gleiten und hob einen Packen vom Pferd.

«Zieh dir erst einmal etwas an!» sagte sie. «Ich kümmere mich inzwischen um das Frühstück.» Sie warf ihm ein Bündel Kleider zu und machte sich daran, Brot aufzuschneiden, stellte einen Topf mit Honig ins Gras und wickelte einen Laib Schafskäse aus einem feuchten Lappen, während er sich mit einer engen Leinenhose abmühte und ein Hemd über den Kopf zog. Arnilukka sah ihm lachend zu und sagte: «Nun siehst du schon aus, als wärst du nie ein Faun gewesen. Aber ich weiß es besser. Sei mein Gast! Setz dich zu mir und laß dir's schmecken!»

Während er mit ihr aß, dachte er daran, wie ihn Urla mit fast den gleichen Worten an ihren Tisch geladen hatte, aber er sagte nichts darüber, denn er wußte nicht, wie er das Arnilukka hätte erklären sollen. So schwieg er lieber, blickte nur hie und da auf und freute sich an den anmutigen Bewegungen ihrer Hände.

Als er satt war, und Arnilukka, die wir er mit gutem Appetit gegessen hatte, die Reste des Frühstücks in einen Korb sammelte, sagte er: «Wie kommt es, daß die Flöte ihre Vergoldung verloren hat, die dein Vater hat auflegen lassen?» «Sie lag im Feuer», sagte Arnilukka, «und in der Glut ist die Vergoldung abgesprungen und vergangen. Aber dieses Feuer hat deiner Flöte nichts anhaben können.»

«Wo hast du sie gefunden?» fragte er.

«Dort, wo das Feuer gebrannt hat», sagte sie.

«Wann war das?» fragte er.

«Vor neun Jahren», sagte sie. «Bei Arnis Leuten, als der große Reitersturm über das Dorf gekommen war.»

«Durch meine Schuld», sagte Lauscher. «Mir graut vor dieser Erinnerung, aber ich muß jetzt erfahren, was damals und seither geschehen ist. Willst du es mir erzählen?»

«Ja», sagte Arnilukka. «Komm zu mir und leg deinen Kopf in meinen Schoß. Das ist eine lange Geschichte, und man kann sie besser ertragen, wenn man die Wärme eines lebendigen Menschen spürt.

Es begann damit, daß ich im Herbst vor dem Jahr, in dem das alles geschah, mit meinem Vater über die Berge hinüber zu der Ansiedlung von Arnis Leuten ritt. Was mein Vater für Geschäfte mit Narzia zu verhandeln hatte, wußte ich nicht, aber ich hatte gehört, daß sie ihn mit freundlichen Worten aufgefordert hatte, auch seine Tochter mitzubringen, die, wie sie erfahren habe, immer so gern bei Arnis Hütte gewesen sei. Erst hatte mein Vater allein reiten wollen, aber ich hatte so lange gebettelt, bis er nachgab; denn ich wollte endlich einmal die weite Steppe wiedersehen. Ich weiß noch, wie ich vor Freude laut aufgeschrien habe, als wir hinter einem Felsband hervorkamen und unter uns die grauflimmernde Ebene sich bis zum fernen Horizont ausbreitete. An dieser Stelle blieb ich lange stehen und konnte mich nicht sattsehen. Schließlich drängte mein Vater zur Eile, weil die Sonne schon tief im Westen über den Berggipfeln stand, und so kamen wir am Abend gerade noch vor Einbruch der Dunkelheit zu den Häusern.

Mein Vater ritt mit mir in den Hof von Narzias Haus. Als wir abstiegen, kam ein Knecht und wollte unsere Pferde übernehmen, aber mein Vater sagte zu mir, ich solle mit dem Mann zu den Ställen gehen, während er im Haus mit Narzia zu sprechen habe. Ich nahm also mein Pony selbst am Halfter und folgte dem Knecht, der das Pferd meines Vaters zu den Stallungen führte. Dort rieben wir die Tiere ab, und der Knecht schüttete ihnen Hafer vor. Dann ging er mit mir durch den Stall und zeigte mir Narzias Pferde. Besonders stolz war er auf einen schwarzen, hochbeinigen Hengst aus der Zucht von Falkenor, und es gab auch schon fünf Fohlen, die von ihm abstammten.

Als wir noch bei den Fohlen standen, kam ein Mann in den Stall und sagte zu mir, ich solle ins Haus kommen, die Herrin wolle mich sehen. Da ging ich mit ihm, und er führte mich in eine große Stube, in der mein Vater und Narzia an einem Tisch einander gegenübersaßen. Sie mußten sich gestritten haben, denn ich sah gleich, daß mein Vater wütend war. Narzia begrüßte mich zwar mit freundlichen Worten, aber ihre Augen blickten hart wie die eines Falken, der eine Beute erspäht. ‹Man hat mir von dir berichtet›, sagte sie, ‹daß du diesen Ort am Rande der Steppe besonders liebst. Ist das wahr?›

‹Ja›, sagte ich und erzählte ihr, wie ich mich jedesmal auf den Besuch bei meinem Großvater Arni gefreut hätte. ›Ich weiß nichts Schöneres, als über die Steppe zu reiten›, sagte ich, ‹wo man nichts andres sieht als Gras und Himmel, so weit man schauen kann.›

‹Siehst du›, sagte Narzia zu meinem Vater, ‹sie würde am liebsten hierbleiben›. Mein Vater blickte sie zornig an und sagte: ‹Laß das Kind aus dem Spiel!›

‹Warum denn?› antwortete Narzia mit kaltem Lächeln. ‹Glaubst du denn, ich verzichte bei diesem Spiel freiwillig auf eine Figur, die mir Vorteile bringt?› Dann wendete sie sich wieder an mich und sagte: ‹Würdest du gerne bei Arnis Hütte bleiben?›

Ich wußte nicht, was ich antworten sollte. Die Aussicht, täglich in die Steppe hinausreiten zu können, schien mir verlockend, doch ich begann zugleich auch zu ahnen, daß Narzia mich auf irgendeine Weise für ihre Zwecke benutzen wollte. ‹Wenn es mein Vater erlaubt›, sagte ich deshalb vorsichtig.

‹Nun?› fragte Narzia und schaute meinen Vater an, ‹willst du ihr die Erlaubnis nicht geben?› und als mein Vater nur stumm den Kopf schüttelte, fuhr sie fort: ‹Schäme dich, Promezzo, daß du ihr diese Freude verderben willst! Ich werde das Kind auf jeden Fall hierbehalten, und das weißt du auch. Vielleicht wird dich das künftig daran hindern, mit anderen Händlern Verbindung aufzunehmen. Ihr habt uns seinerzeit das alleinige Recht zugebilligt, eure Goldschmiedearbeiten einzuhandeln, und ich werde dafür sorgen, daß dies so bleibt.›

‹Ihr müßt uns höhere Preise zahlen, wenn wir allein davon leben sollen›, sagte mein Vater, aber Narzia lachte nur und sagte: ‹Ihr müßt eben mehr arbeiten, dann werdet ihr schon euer Auskommen haben.›»

«Sie hat dich also als Geisel genommen», sagte Lauscher. «Das sieht ihr ähnlich.»

«Ja», sagte Arnilukka, «das hat sie getan, und sie wußte genau, daß mein Vater nichts unternehmen würde, was mir schaden könnte. Am nächsten Morgen ritt mein Vater also allein zurück. Als er sich von mir verabschiedete und gerade niemand von Arnis Leuten in der Nähe war, erzählte er mir flüsternd von einem geheimen Weg über's Gebirge, von dem Arnis Leute nichts wußten. ‹Wenn du fliehen kannst›, sagte er, ‹mußt du nach Norden in die Wälder laufen, erst nach drei Tagen wendest du dich nach Westen, bis du die große Felswand erreichst› und dann beschrieb er mir einen Durchschlupf, durch den man hinauf in den Wald über dem Flachtal gelangt.

‹Ich habe Angst im Wald›, sagte ich, aber er nahm mich in die Arme und sagte: ‹Deine Mutter und ich werden auch Angst haben, so lange du hier bei dieser grünäugigen Hexe leben mußt. Vergiß das nicht!›

Seither lebte ich in Narzias Haus. Sie überließ mir ein kleines Zimmer auf der Rückseite. Außer einem Bett an der Wand gab es dort noch einen kleinen Tisch mit gedrechselten Beinen, zwei Hocker und an der gegenüberliegenden Wand eine Truhe, aber ich besaß außer den Kleidern, die ich auf dem Leib trug, kaum etwas, das ich hätte hineinlegen können.»

«In diesem Zimmer habe ich gewohnt, so lange ich bei Arnis Leuten lebte», sagte Lauscher.

«Ich weiß», sagte Arnilukka. «Als ich abends im Bett lag, entdeckte ich in der Täfelung darüber die Tür zu einem Wandschränkchen.»

«Und dort hast du meine Flöte gefunden», sagte Lauscher.

«Ja», sagte Arnilukka. «Daneben lagen auch noch zwei tönerne Krüglein, aber da ich nicht wußte, was sie enthielten, habe ich sie liegenlassen. Doch die Flöte erkannte ich sofort wieder, und wenn ich wußte, daß niemand im Haus war, habe ich versucht, darauf zu spielen. Einmal hätte mich Narzias Hausverwalter beinahe dabei ertappt. Ich hörte ihn eben noch draußen durch den Gang schlurfen und konnte die Flöte rasch unter das Bettzeug stecken. Dann stand er auch schon im Zimmer, blickte sich suchend um und fragte schließlich, was das für ein Geflöte gewesen sei. ‹Eine Amsel vor dem Fenster›, sagte ich. Er war ein alter Mann und hörte nicht mehr gut, aber ich war mir doch nicht sicher, ob er mir das geglaubt hatte, und so beschloß ich, die Flöte nicht länger in meinem Zimmer aufzubewahren, sondern irgendwo im Haus zu verstecken, wo sie keiner finden konnte. Der Dachboden schien mir der richtige Ort dafür, und dort steckte ich die Flöte in den Spalt zwischen zwei Balken, in den sie genau hineinpaßte. Ich hatte mir vorgenommen, sie nicht in diesem Haus zu lassen, wenn ich einmal nach Arziak zurückkehren würde.

Doch damit wurde es vorhand nichts, denn man ließ mich keinen Schritt allein außer Haus gehen. Wenn ich ausreiten wollte, gab mir Narzia einen ihrer Männer mit, der mir nicht von der Seite wich, und nachts liefen ihre Hunde ums Haus, und die waren so riesig und unheimlich, daß ich mich nicht hinausgewagt hätte.

Anfangs rief mich Narzia öfter zu sich und forderte mich auf, ihr von Arziak zu erzählen, den Werkstätten der Goldschmiede etwa, den Erzgruben, oder sie fragte mich, ob manchmal fremde Leute ins Dorf kämen. An der Art, wie sie sich scheinbar beiläufig nach diesem und jenem erkundigte, merkte ich bald, daß sie von mir Dinge zu erfahren hoffte, die mein Vater ihr verschwiegen hatte, und deshalb sagte ich ihr jetzt nur noch, was sie ohnehin schon wissen mußte. Ich kam mir bald vor wie eine alte Frau, die immer die gleichen alten Geschichten erzählt. Mit der Zeit merkte sie das wohl und ließ mich nicht mehr so oft kommen, aber seither erhielt ich unter allerlei Vorwänden nie mehr die Erlaubnis auszureiten.

Später dann, als schon Schnee lag, kam sie eines Morgens in mein Zimmer und forderte mich auf, sie zur Jagd zu begleiten. ‹Dein Pferd ist schon gesattelt und steht im Hof›, sagte sie. Ich freute mich, endlich einmal wieder vor die Tür zu kommen, zog mir rasch die Pelzsachen an, die man mir für den Winter gegeben hatte, und lief hinaus. Narzia saß schon zu Pferde, und an ihrem Sattelknauf hingen ein Jagdbogen und ein Köcher mit Pfeilen.

‹Reiten wir allein?› fragte ich. Narzia lachte und sagte: ‹Wenn du mit mir reitest, brauchen wir keinen Aufpasser. Jetzt zeig mir, wie du reiten kannst!› Sie hieb ihrem Pferd die Fersen in die Seite, preschte zum Tor hinaus, und ich hinterher. Eine Zeitlang ritten wir um die Wette, immer am Rand der Steppe entlang, links von uns Gebüsch und Birken, rechts die endlose schneeglänzende Ebene. Einmal wäre es mir fast gelungen, sie zu überholen, doch da beugte sie sich über den Hals ihres Pferdes und flüsterte ihm etwas ins Ohr, und im nächsten Augenblick schien es über den harschen Schnee zu fliegen, als hätte es Flügel.

Bei einer Blockhütte am Wandrand hielt sie an und stieg ab. Als ich heranritt, sagte sie: ‹Hier lassen wir unsere Pferde zurück, damit ihr Getrampel das Wild nicht verscheucht.› Wir führten die Pferde in einen Stall an der Rückseite der Hütte, rieben sie mit Stroh ab und warfen ihnen Decken über. Narzia nahm Bogen und Pfeile, und dann gingen wir vorsichtig am Waldrand weiter. Nach einer Weile blieb Narzia stehen und flüsterte: ‹Dort vorn in den Büschen steht ein Reh. Warte hier, bis ich auf der anderen Seite bin, und dann treibe es auf mich zu!›

Sie lief leichtfüßig über den Schnee, umrundete das Waldstück, das sich hier wie eine Zunge in die Steppe hinausstreckt, und verschwand hinter dem Gehölz. Zum erstenmal, seit ich bei Arnis Leuten lebte, war ich allein. Dies schien mir die Gelegenheit zur Flucht zu sein, auf die ich so lange gewartet hatte. Ohne mich lange zu besinnen, stürzte ich mich geradewegs ins Gebüsch, daß mir die Zweige um die Ohren schlugen, und rannte auf den bewaldeten Hang zu, der dunkel hinter den kahlen Zweigen der Birken in den Himmel stieg. Ich rannte und rannte, und dann wurde es vor mir wieder heller, und ich entdeckte zu meinem Schrecken, daß ich noch ein offenes Schneefeld überqueren mußte, das dieses Gehölz vom Bergwald trennte.

Sobald ich im Freien war, sah ich weiter rechts am Ende der Buschinsel Narzia stehen, als habe sie dort auf mich gewartet. Sie lief mir nicht nach, als ich weiter über den knirschenden Schnee rannte, aber ich spürte den Blick ihrer grünen Augen im Genick. Und dann war ich auf einmal eine Maus, rannte noch immer um mein Leben, aber der rettende Wald lag unendlich weit entfernt am Horizont, und hinter mir hörte ich einen Falken schreien, dessen Schatten gleich darauf über mich hinwegglitt. Ich versuchte noch, nach der Seite auszubrechen, aber da stieß er schon herab und packte mich mit seinen Fängen.

Als ich wieder zu mir kam, lag ich im Schnee, und Narzia stand über mir. ‹Das

Reh ist entkommen›, sagte sie. ‹Du bist in die falsche Richtung gelaufen.› Sie blickte auf mich herab wie eine Jägerin auf ihre Beute, und als ich ihre Augen sah, wurde mir klar, daß sie genau wußte, was ich vorgehabt hatte, und ich verstand die Doppeldeutigkeit ihrer Rede. ‹Steh auf!›, sagte sie. ‹Wir wollen heimreiten.›

Damals begriff ich noch nicht, was eigentlich vorgegangen war. Erst später, als der Winter schon seinem Ende zuging, entdeckte ich Narzias Geheimnis. Es gab da im Haus eine junge Magd, die immer freundlich zu mir war. Als ich am Abend nach dieser sonderbaren Jagd auf meinem Bett lag und in die Kissen schluchzte, weil ich noch immer den Falken über mir spürte, der mich in seinen Fängen hielt, huschte sie in mein Zimmer, setzte sich zu mir und streichelte mich. ‹Wein dich nur aus, Kindchen›, sagte sie. ‹Hat sie dir etwas Böses angetan, diese grünäugige Hexe?› Da erzählte ich ihr, wie es mir ergangen war, und es tat mir gut, mit jemandem darüber zu reden, daß ich mich selbst hier auf meinem Bett noch immer wie eine hilflose Maus fühlte. Die Magd, sie hieß Lingli, nahm mich in die Arme und versuchte mich zu trösten, als sei ich ihr eigenes Kind. ‹Ach, Kindchen›, sagte sie, ‹du bist doch keine Maus! Schau deine Hände an mit den feinen Fingerchen, deine Arme und Beine! Sieht so eine Maus aus!›

‹Aber ich war eine!› schluchzte ich. ‹Und dieser Falke hätte mich ums Haar umgebracht. Kannst du mir das erklären?›

‹Ja›, sagte die Magd, ‹das kann ich, wenn ich auch tausendmal wünschen möchte, ich hätte nie etwas davon erfahren.› Und dann erzählte sie mir, daß Narzia nicht nur durch einen Zauber als Falke in den Himmel fliegen könne, sondern auch die Macht besäße, andere in Tiere zu verwandeln.»

«Das weiß ich nur zu gut», sagte Lauscher, «denn sie hat ihre Kunst auch an mir versucht, wenn es ihr auch nur zur Hälfte geglückt ist.»

«Das war also mit dir geschehen», sagte Arnilukka. «Dann brauche ich es dir ja nicht weiter zu erklären. Sie hat dich also zu meinem Faun gemacht!» Sie lachte und fuhr ihm mit der Hand durchs Haar. Dann wurde sie wieder ernst und sagte: «Der armen Lingli ist es allerdings schlimmer ergangen. Seit jener Nacht, in der sie bei mir geblieben war, damit meine Angst verging, kam sie oft zu mir ins Zimmer, und wir wurden so vertraut miteinander, daß ich sie fragte, ob sie eine Möglichkeit zur Flucht wisse. ‹Das ist schwer, Kindchen›, sagte sie. ‹Narzia hat ihre Augen überall, und man kann nie wissen, ob sie nicht gerade irgendwo als Falke auf einem Baum sitzt.› Aber sie versprach mir, nach einer Gelegenheit Ausschau zu halten.

Darüber verging der Winter, der Schnee schmolz, und am Waldrand blühte von einem Tag auf den anderen der Huflattich. Da kam Lingli eines Abends zu mir und sagte: ‹Willst du noch immer fliehen?› und als ich nur stumm nickte, fuhr sie fort: ‹Dann mußt du es heute nacht tun! Am Nachmittag sind die Händler von weither zurückgekommen. Narzia war sehr zufrieden mit ihren Geschäften und feiert mit ihnen vorn in der Stube ein großes Fest. Die meisten sind schon betrunken, denn sie haben Wein mitgebracht.›

Jetzt, als die Gelegenheit da war, überfiel mich große Angst vor dem finsteren Wald. ‹Können wir nicht wenigstens warten, bis es hell wird?› fragte ich. ‹Damit Narzia dich besser sehen kann?› sagte Lingli. ‹Nein, wenn du gehen willst, dann muß es jetzt sein.› ‹Ich fürchte mich so›, sagte ich. Da legte mir Lingli die Hände auf die Schultern, sah mich lange an und fragte dann: ‹Würdest du mich mitnehmen? Ich würde mich an jedem Ort der Welt weniger fürchten als in diesem Haus.› Da fiel mir ein Stein vom Herzen, daß ich nicht allein in die Nacht hinausgehen mußte, und ich umarmte Lingli vor Erleichterung.

‹Ich habe schon etwas zum Essen für unterwegs beiseite geschafft, damit wir nicht hungern müssen›, sagte Lingli und zeigte mir ein Bündel, um das ein Tuch geknotet war. Ich zog meine Pelzsachen an, denn die Nächte waren noch kalt, und dann schlichen wir an der Stubentür vorüber, hinter der die Betrunkenen lärmten und sangen, huschten aus dem Haus und liefen im Schutz der Büsche auf den Wald zu.

Wir waren schon zwischen den ersten hohen Fichtenstämmen, als plötzlich wie aus dem Boden gewachsen Narzia vor uns stand, ohne daß wir gesehn hätten, woher sie gekommen war. ‹Gefällt es dir so wenig bei mir, Arnilukka›, sagte sie, ‹daß du dich ohne Abschied davonmachen willst? Und eine meiner Mägde hast du mir auch noch abspenstig gemacht? Weißt du, was ich mit solchen Dienstboten tue, die sich gegen meinen Willen stellen? Nein? Dann werde ich es dir zeigen!› Sie streckte ihre Hand vor, an der ein grüner Stein im Mondlicht aufblitzte, und im gleichen Augenblick stand statt der Magd ein großer Hund an meiner Seite, heulte auf und kroch am Boden auf seine Herrin zu. ‹So gefällst du mir schon besser, Lingli!› sagte Narzia. Doch als der Hund sich an sie drängte und mit dem Schwanz wedelte, als wolle er sie bitten, die Verwandlung rückgängig zu machen, stieß sie ihn mit dem Fuß weg und schrie: ‹Lauf zu den andern, die nachts ums Haus streichen!› Dann schaute sie mich an und sagte: ‹Und was ist mit dir? Willst du wieder einmal spüren, wie es ist, wenn der Falke eine Maus jagt? Es könnte allerdings sein, daß er diesmal seine Krallen etwas tiefer einschlägt!›

Ich stand wie festgebannt an der Stelle, an der sie uns ertappt hatte, zitterte am ganzen Leib und brachte kein Wort über die Lippen. Narzia schaute mich eine Weile spöttisch an und sagte dann: ‹Hast wohl doch noch genug vom letzten Mal? Dann marsch ins Haus mit dir!› Ohne sich noch einmal umzublicken, ging sie zurück zu den Häusern, und ich folgte ihr, als zöge sie mich an einem unsichtbaren Strick hinter sich her.

In dieser Nacht machte ich kein Auge zu. Während ich draußen Narzias Hunde knurrend durchs Gebüsch traben hörte, verstand ich erst richtig, was Lingli zu mir über dieses Haus gesagt hatte. Ich zitterte allein schon bei dem Gedanken, Narzia am nächsten Morgen wieder zu begegnen, und fragte mich, ob früher auch die anderen Hunde einmal solche Dienstboten gewesen waren, die sich dem Willen ihrer Herrin nicht gefügt hatten, und das schien mir so wahrscheinlich, daß ich auf einmal jede Furcht vor ihnen verlor; ich meinte wohl, daß jeder mein Freund sein mußte, dem Narzia dergleichen angetan hatte. Auf jeden Fall beschloß ich noch in dieser Nacht, Lingli zu helfen, so gut ich es vermochte.

Beim ersten Morgengrauen öffnete ich mein Fenster, das ich bisher aus Furcht vor den Hunden nachts stets geschlossen gehalten hatte, und kletterte hinaus ins Freie. Die Hunde waren nirgends zu sehen, obwohl sie sonst um diese Zeit noch immer ums Haus strichen. Da rannte ich hinüber zu den Büschen hinterm Haus und rief leise nach Lingli. Eine Weile blieb alles still, doch dann kam vom Wald her raschelnd etwas durch das alte Laub am Boden gelaufen, und gleich darauf sprang aus dem Unterholz eine gewaltige Hündin geradewegs auf mich zu. Ob das Lingli war? Ich wußte es nicht, aber ich blieb stehen, obgleich mich jetzt doch wieder das Zittern überkam vor diesem unheimlichen Tier.

Die Hündin blieb tänzelnd vor mir stehen, stupste ihre feuchte Nase auf meine herabhängende Hand, lief dann ein Stück auf den Wald zu, blickte sich um, und als sie sah, daß ich noch immer an der gleichen Stelle stand, kehrte sie zurück und versuchte mich durch sanfte Stöße mit dem Kopf zu den hohen Bäumen hinüberzudrängen. Endlich begriff ich, daß ich mit ihr gehen sollte, und lief ihr voraus ins dichte Unterholz. Dort lagen die anderen Hunde beieinander, insgesamt noch weitere sechs Tiere, und spähten gespannt hinüber zu den Häusern.

Als auch die Hündin sich zu ihnen legte, setzte ich mich neben sie und kraulte ihr Fell. So saßen wir eine ganze Weile beieinander, und ich wußte nicht recht, was nun weiter werden sollte. Als ich einmal aufzustehen versuchte, knurrten die Hunde, und die Hündin, die ich für Lingli hielt, legte ihren Kopf auf meinen Schoß, so daß ich sitzen bleiben mußte. Bei alledem verhielten sich die Hunde völlig ruhig, obwohl sie hellwach waren. Ihre Anspannung übertrug sich nach und nach auch auf mich, und schließlich war mir zumute, als müsse jeden Augenblick ein Gewitter losbrechen, obgleich am Himmel keine Wolke zu sehen war. Nur ein riesiger Schwarm von Krähen kreiste über den Häusern, und ihr Geschrei machte die Stimmung an diesem Morgen noch unheimlicher.

Inzwischen stand die Sonne schon hoch über den Häusern, und ich überlegte gerade, was Narzia wohl unternehmen würde, wenn sie mich vermißte, da hörte ich plötzlich von der Steppe her Hufgetrappel wie von einer großen Reiterschar und gleich darauf gellendes Geschrei. Nun ahnte ich, was die Hunde gewittert hatten, und begriff, warum Lingli mich in den Wald gelockt hatte. Ich war jetzt sicher, daß sie diese Hündin war, die neben mir lag und meine Hand leckte.

Was jetzt folgte, war wie ein schrecklicher Alptraum. Ich sah die Beutereiter mit fliegenden Zöpfen in die Ansiedlung preschen, überall tauchten sie zwischen den Häusern auf, ich hörte, wie sie Türen einschlugen, dumpfe Schläge und das Krachen von berstendem Holz und dann die Todesschreie von Arnis Leuten, langgezogene kreischende Schreie, die plötzlich abrissen. Ich sah einzelne ins Freie laufen und durch die Gassen rennen, bis sie ein Pfeil in den Rücken traf, sah sie taumelnd stehenbleiben, niederstürzen und zuckend am Boden liegen, bis sie sich nicht mehr rührten. Die Reiter schleppten inzwischen Kisten und Kasten aus den Häusern, warfen allerlei Hausrat aus den Fenstern, der scheppernd zerbrach, und zeigten einander johlend ihre Beutestücke. Dann flogen die ersten Fackeln auf die Dächer, und wenig später stand die ganze Ansiedlung in Flammen, auch Narzias Haus, das uns am nächsten lag.

Ich dachte an deine Flöte, die oben zwischen den Dachbalken steckte, und es jammerte mich, daß ich sie dort zurückgelassen hatte. Während ich noch entsetzt in den schwarzen Rauch starrte, der zwischen züngelnden Flammen aus dem Dach quoll, sah ich, wie darunter ein Fenster geöffnet wurde, dann löste sich etwas aus dem aufsteigenden Qualm, und ein Falke flog mit raschen Flügelschlägen über uns hinweg und tauchte in den Kronen der Bäume unter. Da wußte ich, daß Narzia sich gerettet hatte, während ihre Leute von den Beutereitern erschlagen wurden. Darüber war es schon bald Abend geworden. Schreie waren keine mehr zu hören, nur noch die eintönigen Lieder der Reiter, die irgendwo zwischen den brennenden Häusern beieinandersaßen, klangen zu uns herüber. Inzwischen waren Wolken aufgestiegen, und in der Nacht brach ein Regensturz los, der die Flammen löschte. Ich lag die ganze Zeit über bei den Hunden und wurde naß bis auf die Haut, aber Lingli oder die Hündin, die einmal Lingli gewesen war, drängte sich an mich und wärmte mich mit ihrem Körper. Gegen Morgen zogen dann die Reiter ab. Zu meinem Entsetzen sah ich, daß sie ihre Pferde den Pfad hinaufzogen, der über das Gebirge nach Arziak führt. Da wurde mir klar, daß ich auch jetzt noch, wo niemand mehr über mich wachte, den geheimen Weg durch die Wälder würde gehen müssen, wenn ich nach Hause wollte, sofern es für mich bis dahin überhaupt noch ein Zuhause geben würde. Aber vorher wollte ich wenigstens versuchen, deine Flöte zu retten.

Jetzt hinderten mich die Hunde nicht mehr daran, aufzustehen und hinüber zu der Ansiedlung zu laufen. Ich hielt mich vorsichtig im Schutz der Büsche, aber ich erkannte bald, daß hier kein lebender Mensch mehr anzutreffen war. Überall lagen die Erschlagenen in den Gassen, und ich zwang mich, nicht hinzuschauen, wenn ich an ihnen vorbeirennen mußte. Was ich dennoch gesehen habe, werde ich mein Leben lang nicht vergessen können.

Narzias Haus war etwa bis zur halben Höhe heruntergebrannt und der Dachstuhl zum größten Teil eingestürzt. Der Rauchgestank nahm mir fast den Atem, aber es gelang mir dennoch, über zerbrochenes Balkenwerk in jenen Teil des Dachbodens hinaufzuklettern, der nicht heruntergebrochen war, und bis zu der Stelle vorzudringen, an der ich die Flöte versteckt hatte. Ein einziger Balken hatte hier dem Feuer standgehalten. Es mag ein Zufall sein, daß man an dieser Stelle, vielleicht weil gerade kein anderes Holz zur Hand war, einen eichenen Balken eingezogen hatte, während sonst nur Fichtenholz verwendet worden war. Aber ich frage mich jetzt, ob es gleichfalls ein Zufall gewesen ist, daß ich die Flöte gerade unter diesem Balken in Sicherheit gebracht hatte. Jedenfalls hat er sie geschützt. Die Pfosten, zwischen denen ich sie versteckt hatte, waren verkohlt und die Flöte war noch heiß, als ich sie herausholte. Und sie hatte sich verwandelt. Die Vergoldung war abgeplatzt und zu feinen Kügelchen weggeschmolzen. Doch das silberne Rohr hatte keinen Schaden gelitten und blinkte makellos, als ich es an meinem rußbefleckten Kittel abwischte.

Sobald ich mich davon überzeugt hatte, daß die Flöte unbeschädigt geblieben war, bahnte ich mir einen Weg durch den Brandschutt nach unten, rannte zum Tor hinaus und ums Haus hinüber zum Wald.»

«Dabei habe ich dich gesehen», sagte Lauscher.

«Du?» sagte Arnilukka. «Wie kann das sein?»

«Ich stand hinterm Haus und wollte eben durch ein Fenster einsteigen, um meine Flöte zu suchen», sagte er.

Arnilukka blickte ihn verblüfft an. «Du warst wirklich dort an jenem Tag?» rief sie. Dann lachte sie unvermittelt und sagte: «Vielleicht war es gut, daß ich dich nicht gesehen habe. Wahrscheinlich wäre ich vor Schreck tot umgefallen. Hast du mich erkannt?»

«Nein», sagte Lauscher, «obwohl du mir irgendwie vertraut erschienst. Aber ich sah nur ein mageres Kind in einem rußgeschwärzten Kittel mit wenigen Sprüngen in den Wald rennen. Ehe ich recht begriff, wer da lief, warst du schon verschwunden.»

«Und dann war ich allein», setzte Arnilukka ihren Bericht fort. «Ich rief nach Lingli, rief und rief, aber sie ließ sich nicht blicken. Noch heute frage ich mich, was wohl aus ihr geworden sein mag. Ob sie noch mit den andern Hunden dort bei Arnis Hütte um die Brandruinen streicht?»

«Nein», sagte Lauscher, «das tut sie ganz bestimmt nicht», und erzählte Arnilukka, wie er die Hunde getroffen hatte und wie es ihm mit Hilfe von Narzias Ring gelungen war, sie wieder in Menschen zu verwandeln. «Wenn sie meinem Rat gefolgt sind, leben sie unterhalb der großen Felswand in einer Höhle», sagte er, und dann setzte er nach einer Weile des Nachdenkens hinzu: «Es ist schon merkwürdig: Wenn man's recht bedenkt, dann hat Narzia diesem Mädchen das Leben gerettet, indem sie es in einen Hund verwandelt hat. Was sie Böses tut, scheint ganz gegen ihren Willen dann doch zum Guten auszuschlagen. Auch Arnis Stein hatte sie für sich beiseite gebracht, und nur deshalb konnten ihn die Mäuse ihr wieder ablisten und für mich aufbewahren, und mich hat sie zu einem Faun verwandelt, damit du mich finden kannst.»

«Soll ich ihr dafür auch noch dankbar sein?» sagte Arnilukka. «Ich glaube eher, das Leben ist so beschaffen, daß es selbst die Taten der Bösen sich zunutze zu machen versteht und mit einwebt in die Muster auf dem ständig wachsenden und sich ausbreitenden Teppich alles Lebendigen.»

«Das hätte dein Großvater Arni sagen können», sagte Lauscher.

«Er war es wohl auch, der mir in meiner Kindheit eine solche Vorstellung vom Leben beigebracht hat», sagte Arnilukka. «Es ist nur sehr schwer, sich den Gedanken daran zu bewahren, wenn man von Angst gejagt durch den finsteren Wald läuft und vor jedem Knacken im Unterholz zu Tode erschrickt. So war mir damals zumute, als ich mich allein durch die Wälder schlug. Ich kann dir nicht sagen, wie viele Tage ich so unterwegs war; diese Zeit liegt in meiner Erinnerung begraben wie ein einziger wüster Traum von Finsternis, Angst und Todesfurcht. Ich weiß nicht, wie oft ich den Weg verlor und im Kreise lief, bis ich eine Lichtung oder einen alten Baum wiedererkannte, an denen ich schon einmal vorbeigekommen war. Manchmal grub ich mir auskeimende Eicheln und Bucheckern aus dem alten Laub, um den ärgsten Hunger zu stillen, aber der Hunger war weniger schlimm als die Angst, die mich stets von neuem aus jeder dunklen Stelle im Unterholz ansprang. Du weißt ja, daß ich schon immer ungern durch den Wald gegangen bin, aber nun sah ich selbst mit offenen Augen überall im Schatten die Erschlagenen liegen, die mich mit ihren starren Augen anblickten. Irgendwann bin ich liegengeblieben und hatte nur noch den Wunsch zu sterben. Da geschah etwas, an das ich mich noch genau erinnere: Neben meinem Kopf saß plötzlich eine Kröte und sagte: ‹Warum willst du sterben, wo du doch dicht am lebendigen Wasser liegst?› Da erst merkte ich, daß ich neben einem Bach lag, der über bemooste Steine durch den Wald rann. ‹Ich finde nicht wieder heraus aus diesem Wald›, sagte ich. ‹Weißt du einen Weg?›

‹Wenn du noch klar denken könntest, würdest du ihn selbst finden›, sagte die Kröte. ‹Geh bachaufwärts bis zu einem kleinen See. Gleich dahinter findest du den Einstieg in den alten Weg durch die Große Felswand.›

Die Kröte blickte mich mit ihren schönen goldenen Augen so freundlich an, daß ich wieder Mut faßte, aber sobald ich wieder allein durch den Wald lief, überfiel mich wieder die Angst. Ich muß kaum noch bei Verstand gewesen sein, als ich endlich die große Felswand erreichte und durch das alte Bachbett hinaufkroch, eine dunkle, enge Röhre, die kein Ende nehmen wollte, und auch oben ging es dann wieder weiter durch endlose Wälder. Irgendwann wachte ich morgens auf und erkannte, daß ich im Schauerwald geschlafen hatte. Ich war starr vor Entsetzen und wagte zunächst kaum, mich zu bewegen, weil ich hinter jedem der verkrüppelten Stämme jene Wölfe lauern sah, von denen ich doch eigentlich hätte wissen müssen, daß sie tot waren. Aber solches Wissen nutzt einem nicht viel, wenn die Angst das Herz wie einen zuckenden Vogel gepackt hat und zusammenpreßt. Irgendwann, als es ein bißchen heller geworden war, rannte ich wie gehetzt bergauf, verfing mich in den wehenden Bärten der Wetterfichten, stolperte über Wurzeln, die überall wie Schlangen aus dem Boden krochen, und erreichte schließlich die Wiese auf der Bergkuppe. Dort konnte ich wieder ein bißchen freier atmen. Die nächste Nacht verbrachte ich in der Krone der alten Eberesche, denn bei diesem Baum fühlte ich mich sicher.»

«Der große Vogel», sagte Lauscher.

«Was für ein Vogel?» fragte Arnilukka und blickte ihn verwundert an.

«Als ich zu dieser Zeit dort oben war», sagte Lauscher, «sah ich, wie am Morgen ein großer, weißer Vogel aus dem Geäst herunterflatterte und über die Bergkuppe lief. Das mußt du gewesen sein. Aber ich war damals so mit meiner eigenen Verzweiflung beschäftigt, daß ich mich nicht weiter darum gekümmert habe.»

«Da sind wir also immer aneinander vorbeigelaufen», sagte Arnilukka.

«Ja», sagte Lauscher. «Es ist schon merkwürdig, daß wir uns damals, als wir uns völlig allein fühlten, immer wieder so nahe gewesen sind.»

«Ich hätte dich wohl nicht einmal dann bemerkt, wenn du mir über den Weg gelaufen wärst», sagte Arnilukka, «denn ich sah nur noch die gräßlichen Bilder, die mir meine Angst eingab. An diesem Tag lief ich dann zum letzten Mal durch den Wald und kam endlich hinunter ins Flachtal. Ich rannte noch ein Stück hinaus auf die Wiesen bis zu ein paar Fohlen, die dort weideten, und dann verlor ich das Bewußtsein. Gegen Abend hat mich der alte Wazzek dort gefunden, als er die Pferde in den Stall treiben wollte. Er hat mir später erzählt, daß ich noch wochenlang im Fieber gelegen und wirres Zeug geredet hätte. Aber schließlich sei dann der Todesvogel von meinem Bett gewichen, wie er sich ausdrückte, und ich konnte aufstehen und ihm später bei der Arbeit mit den Pferden helfen; denn er war damals ganz allein. Aber irgendwo hinter meinen Gedanken ist noch immer diese Angst von damals verborgen, und wenn ich nur ein paar Schritte in den Wald gehe, bricht sie hervor und treibt mich wieder ins Freie. Es hat mich schon Mühe gekostet, hier das kurze Stück zwischen Erlen und Birken bis zur Quelle zu gehen, obwohl noch überall der Himmel zwischen den Zweigen hereinschaut und der weite Ausblick ins Tal nicht durch Unterholz und Dickicht verstellt ist. Meine Fische hatten mir ja gesagt, wo ich dich finden würde, aber aus eigenem Antrieb wäre ich diesen Weg nie gegangen.»

«Diese Nachricht hast du einem Mäuserich zu verdanken, der hier bei mir gewacht hat und sich nicht in dem Glauben beirren ließ, daß ich noch am Leben sei und nicht für alle Zeiten als steinerner Klotz über der Quelle stehen bleiben müsse. Dafür heißt er jetzt ‹Der-die-Hoffnung-nicht-aufgibt›», doch während er das erzählte, spürte er zugleich eine noch vage, aber schreckliche Ahnung in sich aufsteigen, die geweckt worden war durch das, was Arnilukka zuletzt gesagt hatte. «Diese Angst überfällt dich, wenn du keinen ungehinderten Ausblick hast», sagte er, «so wie mich bisher die Angst gepackt hat, sobald ich unter freiem Himmel stand. Doch das war wohl nur ein Teil meiner Verwandlung, von der du mich jetzt befreit hast.» Er hoffte verzweifelt, daß dies sich wirklich so verhalte, und Arnilukka nahm es wohl als gegeben an, denn sie rief: «Dann komm endlich mit mir ins Freie!» Sie stand auf, faßte seine Hand, zog ihn vom Boden hoch und wollte mit ihm auf die Wiesen hinauslaufen, die leuchtend grün und übersät von den Farbtupfern zahlloser Blumen unter der Sonne schimmerten. Doch sobald er aus dem Schatten der Büsche heraustrat, traf ihn die Angst wie ein Faustschlag und warf ihn fast zu Boden. Er ließ Arnilukkas Hand fahren und stürzte zurück ins Buschwerk, wo er zitternd zwischen den Zweigen liegen blieb. Das ist es also, was den Falken zum Lachen gebracht hat, dachte er. Meine menschliche Gestalt habe ich zurückgewonnen, aber der schlimmere Teil des Zaubers ist geblieben, und das wußte Narzia.

Er schaute hinaus zu Arnilukka, die draußen in der hellen Sonne stand und erschrocken zu ihm zurückblickte, und er wußte, daß es nun immer so bleiben würde. Wo sie sich auch aufhielten, einer von ihnen beiden würde immer Angst haben.

Schließlich kam Arnilukka zu ihm zurück. In ihren Augen standen Tränen, als sie ihn so hilflos am Boden liegen sah. «Komm!» sagte sie. «Steh auf! Wir werden schon eine Lösung finden. Hier kannst du jedenfalls nicht bleiben. Wir gehen jetzt am Waldrand entlang das Tal hinunter bis zu den Hirtenhäusern, ich im Gras und du zwischen den Büschen. Wir werden einander so nahe sein, daß wir uns jederzeit bei der Hand fassen können.»

Sie rief ihr Pferd, und dann machten sie sich auf den Weg. Manchmal hielten sie einander bei der Hand, bis eine Haselstaude oder ein Hartriegelbusch sie trennte, und wenn sie sich nach wenigen Schritten wieder trafen, fielen sie einander lachend in die Arme, als hätten sie einander seit Wochen nicht gesehen. Arnilukka schien das für ein lustiges Spiel zu halten, und Lauscher ließ sich von ihrer Fröhlichkeit anstecken, doch zugleich traf ihn jede dieser Trennungen wie ein scharfer Schnitt, und es erschien ihm fast wie ein Wunder, daß Arnilukka tatsächlich wieder hinter dem Buschwerk auftauchte und ihm vergnügt ihre Hand hinstreckte.

So gelangten sie allmählich und unter mancherlei Aufenthalten weiter hinunter ins Tal, bis die Hirtenhäuser vor ihnen lagen, hinter denen weiter talabwärts Pferde weideten. Als sie einen Pfad kreuzten, der von den Ställen herüber zu einer Blockhütte führte, die ein paar Dutzend Schritte weiter im Wald zwischen den hohen Fichtenstämmen zu sehen war, blieb Arnilukka stehen und sagte: «Jetzt müssen wir uns wirklich trennen; denn ich habe schon begriffen, daß du nicht über die Weide hinüber zu den Häusern gehen kannst. Du wirst einstweilen drüben in der Holzfällerhütte wohnen müssen, aber besuchen werde ich dich dort nicht können. Ich werde dir Wazzek mit ein paar Sachen für die Nacht herüberschicken. Morgen früh warte ich hier am Waldrand auf dich.»

Sie umarmten einander, als gälte es einen Abschied fürs Leben, und hätten wohl noch Stunden an dieser Stelle gestanden, wenn nicht das Pferd geschnaubt und am Zügel gezerrt hätte. «Meine Stute möchte in den Stall», sagte Arnilukka. Sie gab Lauscher noch einen Kuß, schwang sich in den Sattel und ritt in raschem Trab zu den Häusern.

Er schaute ihr nach, bis sie hinter den Stallungen verschwand, dann ging er langsam in den Wald hinein auf die Blockhütte zu. Die Tür war nicht verschlossen, und er gelangte durch einen schmalen Windfang in eine niedrige Stube, in der es nach dem Rauch unzähliger Holzfeuer roch, die auf der gemauerten Feuerstelle gebrannt hatten. Die Wand dahinter war mit Schieferplatten belegt, die das Gebälk vor der Hitze schützen sollten und bis unter die Decke rauchgeschwärzt waren. In der Mitte des Raumes stand ein stabiler Tisch mit ein paar Schemeln, dann gab es an der Wand noch ein Regal mit Pfannen und allerlei Küchengeräten, eine Truhe und eine breite Schlafpritsche, auf der mehrere Männer Platz finden konnten.

Lauscher holte von einem Holzstapel, den er draußen vor der Tür gesehen hatte, einen Arm voll Scheiter, schnitt ein paar Späne und schlug Feuer mit Stein und Stahl. Sobald sich die Flammen knackend durch das Holz fraßen, fühlte er sich schon heimisch in der Hütte. Der Rauch sammelte sich unter der Decke und zog nach oben durch eine Öffnung ab. Lauscher setzte sich ans Feuer und schaute zu, wie die Flammen über das helle Holz huschten, bis es sich rasch dunkler färbte und Risse aufsprangen, deren Kanten rot aufglühten. Es war ein sonderbares Gefühl, nach all den Jahren, die er im Freien verbracht hatte, wieder in einem geschlossenen Raum zu sitzen. Selbst ein Feuer brannte hier anders als draußen, wo jeder Luftzug die Flammen zur Seite blies. Er versuchte sich vorzustellen, welchen Verlauf sein Leben künftig nehmen würde, aber es wollte ihm nicht gelingen, irgendeinen Plan ins Auge zu fassen – alles blieb unscharf und vage. Er fühlte sich wie auf unvertrautem Gelände, wo man nicht recht weiß, welchen Weg man einschlagen soll.

So saß er noch und sinnierte ziellos vor sich hin, als er die äußere Tür klappen hörte, und gleich darauf trat Wazzek in die Stube. Der alte Karpfenkopf hatte sich in den vergangenen Jahren nur wenig verändert, nur daß seine schlohweißen Haare jetzt noch dünner geworden waren und seine Augen noch heller und wässriger. Er trug ein Bündel bei sich, das er auf die Schlafpritsche legte, ehe er sich Lauscher zuwandte. «Ich dachte mir schon, daß du es bist, Flöter», sagte er, «auch wenn Arnilukkas Auskünfte etwas spärlich waren, als sie mich zu dir herausschickte. Es ist lange her, seit wir uns bei der Pferdekoppel Khan Hunlis zuletzt gesehen haben.»

«Mir ist schon zu Ohren gekommen, daß du meinetwegen viel zu leiden gehabt hast, Wazzek», sagte Lauscher. «Kannst du mir verzeihen, daß ich damals so unüberlegt gehandelt habe? Ich hatte es gut gemeint, aber die Folgen nicht bedacht.» Er stand auf und ging ein paar Schritte auf den Alten zu, der eben Wolldecken auf der Schlafpritsche ausgebreitet hatte und nun ein paar Vorräte hinüber zu dem Regal trug, Flachbrote und ein Stück Speck, einen Schlauch mit Wein und ein paar andere Lebensmittel. Wazzek ordnete das alles sorgfältig auf den Wandborden, ehe er sich umwandte und Lauscher lächelnd anschaute. «Das weiß ich doch», sagte er. «Und ich bin dir auch nicht böse.» Er reichte ihm seine

Hand, hielt sie lange fest und musterte ihn von Kopf bis Fuß. «Damals warst du ja noch fast ein Junge», sagte er dann, «und außerdem ist das alles schon lange vorbei.»

Lauscher lud ihn ein, sich für eine Weile zu ihm ans Feuer zu setzen, und als der Alte sich bereitwillig einen Schemel herüberzog und sich rittlings daraufhockte, nahm Lauscher zwei Becher aus dem Regal, goß Wein ein und setzte sich zu ihm.

«Ich habe dich später doch noch einmal gesehen», sagte er, «nur hast du mich nicht bemerkt», und er erzählte ihm, wie er zum Zeugen seiner Ankunft im Flachtal geworden war.

«Deshalb also hast du dich nicht gewundert, mich hier wiederzusehen», sagte Wazzek. «Das war eine schlimme Zeit, und ich hatte solche Angst, daß ich mich am liebsten in ein Mauseloch verkrochen hätte.»

«Und ich war schuld daran, daß man dich so zugerichtet hatte», sagte Lauscher.

«Schuld?» sagte Wazzek und schüttelte langsam den Kopf. «Wer hat Schuld an solchen Vorkommnissen? Ich will dir einmal aufzählen, wer alles Schuld gehabt haben könnte an dem großen Reitersturm vor neun Jahren. Da waren zuerst einmal die Beutereiter, die seit eh und je die Menschen am Rand der Steppe überfallen, ausgeraubt und in die Sklaverei geschleppt haben wie seinerzeit auch mich und meine Leute am Braunen Fluß. Die Reiter wußten es nicht anders, weil die Horde seit Menschengedenken so gelebt hatte. Und wir nahmen das hin wie ein böses Unwetter, gegen das man sich nicht wehren kann. Ist es unsere Schuld, daß wir keinen Widerstand geleistet haben, und sei es nur, um den Reitern das Unrecht bewußt zu machen, das sie uns zufügten? Dann kam Arni und zeigte ein paar Leuten, die ihn nicht für völlig verrückt hielten, daß man auch anders leben könne. Und als er gestorben war, versuchten andere es ihm gleichzutun, wobei ich nicht darüber sprechen will, ob sie ihn richtig verstanden hatten. Anfangs mag es sogar ein Mann wie Höni ehrlich gemeint haben, obgleich er auch noch andre Gründe gehabt haben mag. Doch dann merkte er bald, daß auch auf solche Weise Macht zu gewinnen war, und seine Tochter hat ihn darin wohl noch bei weitem übertroffen. Aber angefangen hat diese Geschichte von Arnis Leuten doch bei Arni selbst. Ist er darum vielleicht Schuld an allem, was daraus entstand? Und dann kamst schließlich noch du mit dieser gloriosen Idee, den Beutereitern ihre Pferde zu verderben; und heute meinst du nun, du seist an allem schuld. Damals, als ich deinen Zaubertrick entdeckte, erschien auch mir dieser Einfall gar nicht so übel, allerdings nur so lange, bis es mir selber an den Kragen ging. Vielleicht bin ich auch ein bißchen schuld, weil ich dich nicht daran gehindert habe, den Pferden dieses Lied vorzuflöten. Khan Hunli war jedenfalls dieser Meinung, und er hatte wohl nicht einmal ganz unrecht damit, denn ich wußte ja, daß er dir verboten hatte, deine Flöte im Lager der Horde zu spielen. Auf seine Weise hatte er durchaus eine Vorstellung davon, was selbst ein Beutereiter nicht tun darf, und so hat er sich trotz aller Demütigungen, die er von Narzia erfuhr, Zeit seines Lebens geweigert, etwas gegen jene Leute zu unternehmen, die sich nach seinem Bruder nannten; denn er hatte vor Urla geschworen, Arni in Frieden zu lassen. Aber er starb im Winter vor dem großen Reitersturm, genauer gesagt, es traf ihn der Schlag in einem Anfall von Wut über Narzias Hochmut, und sein ältester Sohn Husski, der nach ihm Khan wurde, fühlte sich nicht an dieses Wort gebunden. Auf diese Weise mag nun auch Narzia selbst schuld daran sein, daß alle ihre Leute erschlagen wurden. Wenn man die Dinge so betrachtet, kann man zu der Erkenntnis gelangen, daß es gar nicht so sehr darauf ankommt, wer am Zustandekommen dieses oder jenes Unglücks beteiligt war; denn auf diese Weise wird wohl jeder Mensch schuldig.»

Lauscher dachte eine Weile nach und sagte dann: «Wenn man dich so reden hört, dann könnte man zu der Ansicht kommen, daß jeder nach seinem Belieben tun könnte, was ihm gerade in den Sinn kommt; denn schuldig wird er ja auf jeden Fall.»

«So einfach ist es nun auch wieder nicht», sagte Wazzek lächelnd. «Ich will dir eine Geschichte erzählen, die ich als Junge in unserem Dorf von einem Fischer gehört habe. Da waren zwei Brüder namens Oleg und Boleg, deren Vater sterbenskrank darniederlag. Er hatte eine weise und zauberkundige Frau holen lassen, und diese hatte ihm gesagt, es gäbe weiter stromaufwärts eine Insel im Fluß, und dort wachse auf den Ästen riesiger Balsampappeln eine zauberkräftige Mistel, mit deren Beeren man jede Krankheit heilen könne, und er werde nur dann wieder gesund werden, wenn ihm einer diese Medizin bringe. Man müsse jedoch sehr vorsichtig dabei zu Werke gehen, denn auf dieser Insel wohne eine Elfenkönigin, die es sehr übel aufnehme, wenn man ihre schönen Bäume beschädige.

Da rief der Kranke seinen Sohn Oleg zu sich, berichtete ihm, was die Frau gesagt hatte, und bat ihn, einen Zweig von einer solchen Mistel zu pflücken und ihm zu bringen, damit er wieder gesund werden könne. Oleg nahm seine Axt, stieg in sein Boot und ruderte den Fluß hinauf. Drei Tage war er unterwegs, bis sich vor ihm der Fluß in zwei Arme teilte, und zwischen ihnen auf einer Insel sah er riesige Balsampappeln, die ihre Äste über das Wasser streckten. Er legte am Ufer der Insel an, machte sein Boot fest, nahm seine Axt und durchstreifte die Insel kreuz und quer, bis er endlich eine Pappel fand, auf deren oberstem Ast ein gewaltiger Mistelbusch saß.

Oleg versuchte auf den Baum zu klettern, doch der Stamm war bis zur Höhe von drei Mannslängen ohne Äste und so dick, daß ihn nicht einmal drei Männer hätten umspannen können. Oleg blickte hinauf zu dem Mistelbusch, der turmhoch über ihm im Wind schwankte, und konnte ihn doch nicht erreichen, es sei denn, er würde den Baum fällen, um an die Mistel heranzukommen. Er setzte sich unter den Baum und überlegte, was er tun sollte. Daß er die Elfenkönigin erzürnen würde, wenn er dem Baum etwas antat, hatte ihm der Vater gesagt, aber

Oleg wollte unter keinen Umständen ohne die Mistel nach Hause zurückkehren. Wenn ich dem Vater einen solchen Mistelzweig bringe, dachte er, dann wird er mir so dankbar sein, daß er mich zu seinem alleinigen Erben einsetzt. Und als er noch einmal in die Höhe blickte und sah, wie groß und reich verzweigt der Mistelbusch war, kam ihm auch noch der Gedanke, daß er viel Ansehen und große Macht gewinnen könne, wenn er einen solchen Busch besäße, an dem wohl Hunderte von Beeren sitzen mußten. Jeder, der auf den Tod erkrankt war, würde nach ihm schicken und ihn um eine solche Beere bitten. Jede einzelne von ihnen würde er sich zehnfach in Gold aufwiegen lassen können.

Gedacht, getan. Oleg nahm seine Axt und begann eine Kerbe in den Stamm zu schlagen. Der Baum war zwar dick, aber Pappelholz ist weich, und so wurde die Kerbe rasch tiefer, und nach einiger Zeit begann der Baum zu ächzen und zu schwanken und stürzte krachend ins Ufergebüsch. Oleg meinte, im Bersten des Holzes einen Schrei gehört zu haben, doch er kümmerte sich nicht weiter darum, sondern lief zu jener Stelle, an der die Krone des Baumes mit dem Mistelbusch aufgeschlagen war. Er fand ihn rasch, doch als er ihn mit seinem Messer abschneiden wollte, sah er, daß der Ast im Niederstürzen einen Fischotter getroffen hatte, der jetzt wimmernd unter ihm lag.

Der Fischotter blickte Oleg mit seinen runden Augen an und sagte: ‹Hole mich doch bitte unter diesem Ast hervor und gib mir eine von den Mistelbeeren zu kosten, dann werde ich wieder gesund werden.› Oleg lachte und sagte: ‹Was gibst du mir dafür?› ‹Meine Freundschaft›, sagte der Fischotter. ‹Dafür kann ich mir nichts kaufen›, sagte Oleg, ‹und außerdem könnte mich die Elfenkönigin erwischen, wenn ich mich hier noch länger aufhalte.› Er schnitt den Mistelbusch ab und lief zurück zu seinem Boot. Doch ehe er es erreicht hatte, stand plötzlich die Elfenkönigin vor ihm. Ihre Augen blitzten vor Zorn, und als sie die Hand gegen ihn hob, mußte Oleg stehenbleiben und konnte sich nicht mehr bewegen. ‹Du hast einen meiner schönsten Bäume getötet›, sagte sie. ‹Dafür sollst du für alle Zeiten hier stehenbleiben wie ein Baum, es sei denn, es kommt einer und bittet für dich.› Und damit verließ sie ihn.

Der Vater wartete vergeblich auf Olegs Rückkehr, seine Krankheit verschlimmerte sich, und als er nach einer Woche schon sein Ende nahen zu fühlen meinte, rief er Boleg zu sich und sagte: ‹Ich habe keine Hoffnung mehr, daß dein Bruder zurückkehrt. Er wird wohl in die Gewalt der Elfenkönigin gefallen sein. Willst du jetzt den Versuch wagen, mir einen solchen Mistelzweig zu bringen?› und er sagte ihm auch, welche Gefahr damit verbunden war.

Boleg sah, daß sein Vater sterben würde, wenn ihm nicht auf solche Weise geholfen wurde, und so nahm auch er seine Axt, stieg in sein Boot und ruderte drei Tage lang flußaufwärts, bis er zu der Insel kam. Er legte an, machte sein Boot fest und lief kreuz und quer durchs Gebüsch, bis er zu einer hohen Balsampappel kam, auf deren oberstem Ast ein Mistelbusch saß. Auch dieser Baum war auf keine

Weise zu erklettern, und so setzte sich Boleg an den Fuß des Stammes und überlegte, was nun zu tun sei. Wenn ich keinen Mistelzweig mit nach Hause bringe, wird mein Vater sterben, dachte er. Wenn ich ihm helfen will, werde ich diesen schönen Baum fällen müssen, auch auf die Gefahr hin, daß ich den Zorn der Elfenkönigin errege. Und als er nach oben blickte und sah, wie groß dieser Mistelbusch war, kam ihm der Gedanke, daß er vielen Menschen mit diesen Beeren würde helfen können. So faßte er den Entschluß, den Baum umzuhauen.

Gedacht, getan. Er nahm seine Axt, begann eine Kerbe in den Stamm zu schlagen, hieb immer tiefer hinein in das weiche, helle Holz, und nach einiger Zeit fing der Baum an zu ächzen und zu schwanken und stürzte krachend ins Ufergebüsch. Boleg war so, als habe der Baum im Niederfallen geschrien, und er erschrak. Doch da der Baum nun einmal gefällt war, lief Boleg an dem zerborstenen Stamm entlang bis zu dem Ast, der die Mistel trug, und wollte sie gerade mit seinem Messer abschneiden, als er entdeckte, daß der Ast einen Biber getroffen hatte, der wimmernd darunter lag.

Der Biber schaute Boleg an und sagte: ‹Hole mich doch bitte unter dem Ast hervor und gib mir eine von diesen Beeren zu essen, dann werde ich schon wieder gesund werden.›

Als Boleg sah, was er hier, ohne es zu wollen, angerichtet hatte, packte er zu, spannte alle seine Kräfte an, und es gelang ihm, den Ast, an dem das Gewicht des Baumes hing, so weit zu heben, daß der Biber unter ihm hervorkriechen konnte. Dann pflückte Boleg eine Beere von dem Mistelbusch ab und steckte sie dem Biber hinter die langen Nagezähne. Der Biber kaute ein bißchen auf der Beere herum, dann richtete er sich auf, schüttelte seinen Pelz und sagte: ‹Jetzt solltest du dich aber beeilen, zu deinem Boot zu kommen, denn die Elfenkönigin wird sehr zornig werden, wenn sie entdeckt, daß du einen ihrer schönen Bäume gefällt hast.›

‹Bist du wieder ganz gesund?› fragte Boleg.

‹Ja›, sagte der Biber, ‹und vielen Dank, daß du mir geholfen hast. Aber jetzt darfst du keine Zeit mehr verlieren, sonst geht es dir schlecht.› Dann lief der Biber zum Ufer, tauchte ins Wasser und schwamm davon.

Da schnitt Boleg den Mistelbusch ab und lief am Ufer entlang zu seinem Boot. Doch ehe er es erreicht hatte, stand plötzlich die Elfenkönigin vor ihm. Ihre Augen sprühten vor Zorn, und als sie die Hand gegen ihn hob, mußte auch Boleg stehenbleiben und konnte sich nicht mehr von der Stelle bewegen.

‹Du hast einen meiner schönsten Bäume getötet wie schon dein Bruder vor dir›, sagte sie. ‹Dafür sollst du für alle Zeiten hier stehen bleiben wie ein Baum, es sei denn, es kommt einer und bittet für dich.›

Damit wandte sie sich zum Gehen, doch ehe sie noch drei Schritte gemacht hatte, rauschte das Wasser auf, und der Biber platschte ans Ufer. Er schüttelte sich das Wasser aus dem Pelz und sagte: ‹Elfenkönigin, ich bitte dich, daß du Boleg gehen läßt.›

‹Weißt du denn überhaupt, was er getan hat?› sagte die Elfenkönigin. ‹Er hat wie sein Bruder Oleg eine meiner schönsten Pappeln gefällt, und es wird mehr als hundert Jahre dauern, bis wieder ein solcher Baum nachgewachsen ist.›

‹Ich weiß das›, sagte der Biber, ‹denn ich bin unter diesen Baum geraten, als er stürzte. Doch Boleg hat sich als barmherzig erwiesen, mich befreit und mir eine der Beeren gegeben, um mich zu heilen.›

‹Dann bittest du zu recht für ihn›, sagte die Elfenkönigin. Sie streckte ihre Hand aus, und sogleich konnte Boleg sich wieder bewegen. Er dankte der Elfenkönigin und auch dem Biber für seine Fürsprache und wollte den Mistelbusch aufheben, der ihm vor Schreck aus der Hand gefallen war. Als die Elfenkönigin das sah, fragte sie ihn, wozu er die Mistel brauche.

‹Mein Vater ist sterbenskrank›, sagte Boleg, ‹und hat mich gebeten, ihm einen Mistelzweig von dieser Insel zu holen, damit er wieder gesund werden kann.›

‹Hat er dir auch gesagt, daß ich jeden bestrafe, der meinen Bäumen ein Leid zufügt?› sagte die Elfenkönigin.

‹Ja›, sagte Boleg. ‹Aber auf andere Art war an die Mistel nicht heranzukommen, und ich liebe meinen Vater so, daß ich diese Gefahr auf mich genommen habe.›

‹Gut›, sagte die Elfenkönigin. ‹Aber warum hast du gleich einen ganzen Busch mitgenommen, wo du doch nur ein Zweiglein mit einer einzigen Beere brauchst?›

‹Ich dachte mir›, sagte Boleg, ‹daß ich noch anderen Menschen damit helfen könne. Kranke und Sterbende gibt es überall auf der Welt.›

‹Das weiß ich›, sagte die Elfenkönigin. ‹Aber wer eine solche Mistelbeere gewinnen will, der muß sich schon selber die Mühe machen und sie holen, so wie du sie für deinen Vater geholt hast. Brich dir also ein Zweiglein ab, aber den Busch laß hier liegen!›

‹Wenn das so ist, will ich damit zufrieden sein›, sagte Boleg, bückte sich und brach sich ein Zweiglein ab, auf dem zwischen den Blättern eine einzige milchig weiße Beere saß. Als er das getan hatte, trat er vor die Elfenkönigin und sagte: ‹In dieser Sache habe ich mich deinem Willen gefügt, denn du bist die Herrin dieser Insel, aber jetzt bitte ich dich, auch meinen Bruder Oleg freizugeben.›

‹Weißt du denn, was er getan hat?› fragte die Elfenkönigin.

‹Das gleiche wie ich›, sagte Boleg. ‹Du hast es ja eben selbst gesagt.›

‹Das gleiche und doch nicht das gleiche›, sagte die Elfenkönigin. ‹Als ich zu dem Baum kam, den Oleg umgebracht hat, fand ich unter den Ästen einen Fischotter, und der war tot. Vielleicht hat auch er um Hilfe gebeten, aber Oleg hat sie ihm nicht gewährt.›

‹Kann es nicht sein, daß der Fischotter sofort tot war, so daß mein Bruder ihm nicht mehr helfen konnte?› sagte Boleg.

‹Kann sein, kann auch nicht sein›, sagte die Elfenkönigin. ‹Aber nun hat er zwei Leben auf dem Gewissen: den Baum und den Otter.›

‹Als er den Baum fällte, konnte er nicht wissen, daß dieser den Otter erschlagen würde›, sagte Boleg. ‹Ich bitte dich nochmals: Gib ihn frei, denn ich kann nicht ohne meinen Bruder vor meinen Vater treten.›

Da forderte ihn die Elfenkönigin auf, ihr zu folgen, und nach wenigen Schritten sah er Oleg starr und steif im Gebüsch stehen. Seinen Mistelbusch hielt er noch in der Hand. Sobald die Elfenkönigin ihre Hand ausgestreckt hatte, wurde der Bann von Oleg genommen. Als er seinen Bruder erkannte und sah, daß dieser einen Mistelzweig in der Hand hielt, rief er: ‹Komm, wir wollen um die Wette rudern und sehen, wer als erster zu Hause ist!› denn er wußte, daß er der bessere Ruderer war, und dachte daran, was er von seinem Vater mit dem Mistelbusch zu gewinnen hoffte. Doch die Elfenkönigin hielt ihn mit einer gebieterischen Handbewegung zurück und sagte: ‹Warte! Diesen Mistelbusch mußt du hier lassen! Es genügt, daß dein Bruder einen Zweig hat.›

Oleg blickte sie wütend an und sagte: ‹Mich hat mein Vater als ersten ausgeschickt. Soll ich mit leeren Händen nach Hause kommen?›

Da schaute ihm die Elfenkönigin forschend in die Augen und sagte: ‹Worum geht es dir eigentlich, Oleg? Darum, daß dein Vater gesund wird, oder darum, daß du es bist, der ihm die Rettung bringt? Lege den Busch auf den Boden! Oder willst du hier für alle Zeiten stehenbleiben? Ich habe dich nur deshalb freigegeben, weil dein Bruder für dich gebeten hat.›

Da warf Oleg den Zweig zornig weg und sagte: ‹Komm, Boleg! Wir wollen nach Hause rudern!› drehte sich um und ging zu seinem Boot. Als sich Boleg noch einmal bei der Elfenkönigin bedankte, sagte sie zu ihm: ‹Hoffentlich bereust du es nicht, daß du deinen Bruder freigebeten hast.›

‹Wie sollte ich bereuen, meinem Vater einen solchen Kummer erspart zu haben?› sagte Boleg, und dann ging er seinem Bruder nach.

Oleg hatte inzwischen das Boot seines Bruders an seinem festgebunden, und als er Boleg kommen sah, sagte er: ‹Wir wollen zusammen in meinem Boot fahren. Dann kann immer einer rudern und einer sich ausruhen, und wir kommen auf diese Weise schneller nach Hause.› Boleg fand diesen Vorschlag gut, und so fuhren sie flußabwärts, und das ging viel schneller als die Fahrt gegen die Strömung. Oleg ließ erst seinen Bruder rudern, und als er nach einiger Zeit merkte, daß Boleg müde wurde, sagte er: ‹Ruh dich jetzt aus! Du hast schon die letzten drei Tage rudern müssen, während ich mich ausruhen konnte, ohne mich zu rühren.› Boleg war's zufrieden, legte sich vorn ins Boot und schlief bald darauf ein.

Oleg hütete sich, ihn zu wecken und hielt das Boot ohne viel Geräusch in der Strömung, bis er das Haus seines Vaters sehen konnte. Dann lenkte er das Boot zum Anlegesteg, nahm seinem Bruder den Mistelzweig aus der Hand, stieg vorsichtig aus, machte das leere Boot, das sie mitgeschleppt hatten, am Anlegeplatz fest und stieß das andere, in dem sein Bruder schlief, zurück in den Fluß.

So kam es, daß er als erster bei seinem Vater eintraf und ihm den Mistelzweig brachte. Sobald sein Vater die Beere gegessen hatte, besserte sich zusehends sein

Zustand, so daß er noch am gleichen Tage aufstehen und eine kräftige Mahlzeit zu sich nehmen konnte. ‹Du hast mir das Leben gerettet›, sagte er zu Oleg. ‹Als ich noch krank im Bett lag und ihr beide unterwegs zur Insel der Elfenkönigin wart, habe ich beschlossen, dem mein Erbe zu verschreiben, der mir den Mistelzweig bringen wird. Das ist nun entschieden.›

Oleg konnte seine Freude kaum verbergen, daß sein Plan so gut geglückt war, und als ihn sein Vater fragte, ob er auf dem Fluß nicht seinem Bruder begegnet sei, sagte Oleg, er habe ihn nirgends gesehen. Man wisse ja, daß Boleg kein besonders guter Ruderer sei, möglicherweise habe er überhaupt die falsche Richtung eingeschlagen.

‹Wir wollen hoffen, daß er heil nach Hause kommt›, sagte der Vater und ging von da an täglich mehrmals zum Bootssteg, um nach Boleg Ausschau zu halten.

Boleg trieb inzwischen schlafend in dem Boot flußabwärts. Nun gab es aber in dieser Richtung gefährliche Stromschnellen, und sobald das Boot in ihre Nähe kam, wurde seine Fahrt immer rascher. Doch Boleg schlief in seiner Erschöpfung so fest, daß er nicht einmal hörte, wie das Brausen des stürzenden Wassers im Näherkommen immer lauter wurde, und er wachte erst auf, als sein Boot zwischen den Felsen hin- und hergeworfen wurde und kenterte. Die reißende Strömung schleuderte ihn, ehe er noch recht wußte, wie ihm geschah, so hart gegen einen Steinbrocken, daß er das Bewußtsein verlor und hilflos weitergespült wurde, bis ihn in der Abenddämmerung am Ende der Stromenge der beruhigte Fluß auf einer flachen Insel an Land trug.

Da lag er nun die ganze Nacht, überall am Körper zerschlagen, kam hie und da halbwegs zur Besinnung, aber war unfähig, auch nur ein Glied zu rühren. Während er gegen Morgen, als es schon hell wurde, wieder einmal zu sich kam, hörte er, wie neben ihm etwas platschend aus dem Wasser tappte, und als er die Augen öffnete, sah er zwei Biber, die neben ihm hockten und ihn betrachteten.

‹Dieser Mann sieht übel aus›, sagte der eine.

‹Er muß wohl in die Stromschnellen geraten sein›, sagte der andere.

‹Dann ist er weiter oben am Fluß zu Hause›, sagte der erste. ‹Kennst du ihn? Du hast doch früher deinen Bau dort oben gehabt.›

Da schaute der andere noch einmal genau hin und sagte dann: ‹Ist das nicht Boleg, der unseren Vetter auf der Elfeninsel unter dem umgestürzten Baum hervorgeholt hat?›

‹Davon weiß ich nichts›, sagte der erste. ‹Wann soll das gewesen sein?›

‹Erst gestern›, sagte der andere. ‹Hast du nicht gehört, daß die Uferschwalben darüber schwätzten?›

‹Die schwätzen doch immer›, sagte der erste. ‹Wer hört da schon hin?›

‹Ich zum Beispiel›, sagte der andere. ‹Und das war gut so. Bleib du hier bei Boleg, während ich mich auf den Weg zur Elfeninsel mache, um einen Mistelzweig für Boleg zu holen.›

Damit ließ er sich ins Wasser gleiten und schwamm flußaufwärts davon.

Boleg lag nun weiter auf dem Ufer mit den Beinen im Wasser, die Sonne stieg höher und höher und brannte auf ihn herunter, doch der Biber, der bei ihm geblieben war, hatte sich schon an die Arbeit gemacht. Er benagte die dünnen Erlenstämme ringsum so geschickt, daß sie zu einem schattenspendenden Schutzdach über Boleg zusammenstürzten, und grub vom Ufer her eine Rinne bis zu Bolegs Kopf, so daß dieser trinken konnte. Mehr konnte der Biber für ihn nicht tun. So vergingen Tage und Nächte, die Boleg nicht zählte, bis der andere Biber mit einem Mistelzweig zwischen den Zähnen zurückkehrte. Kaum schmeckte Boleg das säuerliche Fleisch der Beere auf der Zunge, als er schon spürte, wie die Kräfte in seinen Körper zurückkehrten und seine Wunden vom einen zum anderen Augenblick heilten. Er bedankte sich bei den Bibern, schwamm an Land und machte sich am Ufer entlang auf den Heimweg.

Oleg hatte mittlerweile seine Arbeit wieder aufgenommen und fuhr schon am Tag nach seiner Rückkehr zum Fischfang hinaus auf den Fluß. Er warf seine Angeln aus, ließ ein Netz ins Wasser und legte sich dann ins Boot, um noch ein bißchen Schlaf nachzuholen. Während er so vor sich hindämmerte, hörte er, wie etwas heranschwamm und sich an seinem Boot zu schaffen machte. Er war so schläfrig, daß er kaum die Augen öffnen konnte, sah aber doch, daß für einen Augenblick ein dunkelpelziges Gesicht mit runden Augen über die Bordwand lugte, aber er war zu faul, um aufzustehen und nachzusehen. Ein neugieriger Fischotter könnte das gewesen sein, dachte er noch, und da hörte er, wie draußen im Wasser jemand sagte: ‹Ist das nicht Oleg, der unseren Vetter auf der Elfeninsel hat sterben lassen?› ‹Ja, das ist er›, sagte eine andere Stimme. ‹Und er soll hier keinen Fisch mehr fangen.› Schon im nächsten Augenblick spürte Oleg, wie an seinem Netz geruckt wurde, und sah, wie seine Angelfäden zuckten. Er richtete sich mit einem Fluch auf, doch er zog nur noch ein zerrissenes Netz und abgebissene Angelschnüre ins Boot. Und so ging es ihm nun Tag für Tag, obwohl er sich mit einem Knüttel versah, um es den Ottern heimzuzahlen. Von irgendwoher aus der Tiefe schossen sie plötzlich heran und hatten, ehe er sich's versah, das immer aufs neue geflickte Netz und die Angelschnüre unbrauchbar gemacht.

Das ging so eine Weile, bis der Vater eines Abends zu Oleg sagte: ‹Du hast in letzter Zeit wenig Glück beim Fischen.›

‹Die Fischotter rauben mir den Fang›, sagte Oleg, ‹aber ich werde ihnen schon das Handwerk legen.›

An diesem Abend kam Boleg nach Hause, abgerissen, schmutzig und ohne Boot. Der Vater schloß ihn in die Arme und sagte: ‹Daß du nur wieder da bist! Wo bist du gewesen?› Boleg schaute seinen Bruder an und sagte dann: ‹Ich bin in die Stromschnellen geraten und habe mein Boot verloren.›

‹Siehst du, Vater›, sagte Oleg, ‹ich hab's dir ja gesagt: Er ist flußabwärts geraten und hat sich nicht gegen die Strömung halten können. Einem tüchtigen Ruderer wäre das nicht passiert.›

Boleg wollte ihm die gehörige Antwort geben und erzählen, wie er dorthingekommen war, aber als er sah, daß sein Vater noch von der eben überstandenen Krankheit gezeichnet war, schwieg er, um ihm diese Aufregung zu ersparen.

‹Es kann nicht jeder auf die gleiche Weise tüchtig sein›, sagte der Vater. ‹Da wir nun nur noch dieses eine Boot haben, wird also Oleg künftig weiter auf Fischfang fahren. Und du, Boleg, wirst Pfeil und Bogen nehmen und den Ottern auflauern, die ihm den Fang stehlen.›

Nun war Boleg in eine schwierige Lage geraten. Er wußte sehr wohl, warum die Fischotter es auf Oleg abgesehen hatten, und erinnerte sich auch, wie zornig die Elfenkönigin über den Tod dieses einen Tieres gewesen war. Andererseits waren er und sein Vater auf Olegs Fang angewiesen. Schon jetzt waren kaum noch Vorräte im Haus, und über kurz oder lang würden sie hungern müssen.

So saß er eines Tages bekümmert am Fluß, als zwei Fischotter heranschwammen, ans Ufer sprangen und sich dort im Spiel miteinander balgten wie zwei junge Katzen. Er freute sich an der Gewandtheit der Tiere und sagte nach einer Weile: ‹Eigentlich sollte ich euch abschießen!›

Da blickte ihn einer der Otter an und sagte: ‹Warum willst du das tun, wo du doch dem Biber auf der Elfeninsel geholfen hast?›

‹Ich will es ja gar nicht!› sagte Boleg, ‹aber ich werde es tun müssen, wenn ihr meinem Bruder weiterhin den Fang verderbt.›

‹Das hat er sich selber zuzuschreiben›, sagte der Otter.

‹Ich weiß›, sagte Boleg, ‹aber wenn ihr dies noch länger tut, müssen wir alle verhungern, mein Vater, Oleg und auch ich.›

‹Weiß denn dein Vater nicht, was auf der Elfeninsel geschehen ist und wie sich dein Bruder verhalten hat?› fragte der Otter.

Boleg schüttelte den Kopf. ‹Ich konnte es ihm nicht sagen, denn ich wollte ihm diesen Kummer ersparen›, sagte er.

‹Dann bist du selber schuld, daß es so weit gekommen ist›, sagte der Otter. ‹Du wirst deinem Vater alles erzählen müssen, wenn wieder Ordnung in euer Leben kommen soll. Du kannst von uns nicht verlangen, daß wir vergessen, was dein Bruder unserem Vetter angetan hat.›

An diesem Abend, als beide Söhne bei ihrem Vater in der Stube saßen, faßte sich Boleg ein Herz und erzählte seinem Vater, wie sich alles zugetragen hatte. Oleg hörte schweigend zu und sagte, als Boleg zu Ende gesprochen hatte: ‹Er neidet mir mein Erbe, Vater. Deshalb erzählt er solche Lügengeschichten.›

‹Sind es denn Lügengeschichten?› fragte der Vater und blickte Oleg lange an. Dann stand er auf und sagte: ‹Ich habe deiner Erzählung genau zugehört, Boleg. Kommt jetzt beide mit mir hinaus zum Anlegeplatz, denn dort werde ich herausfinden, wer die Wahrheit gesprochen hat.›

Er ging ihnen voran, und als sie alle drei auf dem Bootssteg standen, zog der Vater das Boot heran und betrachtete es genau. Dann richtete er sich auf und sagte: ‹Wie kommt es, Oleg, daß du seit deiner Rückkehr das Boot deines Bruders benutzt hast, obwohl du ihm, wie du gesagt hast, auf der Fahrt zur Elfeninsel überhaupt nicht begegnet bist?› Als Oleg keine Antwort gab, sondern nur trotzig zu Boden blickte, sagte der Vater: ‹Ich habe nur noch einen Sohn! Komm mit mir ins Haus, Boleg!› Doch schon beim ersten Schritt, faßte er sich ans Herz, brach zusammen und war auf der Stelle tot.

Nun frage ich dich, Flöter: Wer war schuld am Tod dieses Mannes: Oleg, der ihm mit dem Mistelzweig das Leben zurückbrachte, oder Boleg, der ihn mit seiner Wahrheit tötete?»

Lauscher dachte lange nach und sagte dann: «Boleg hat den Tod seines Vaters verursacht, aber er hat immer in guter Meinung gehandelt. Wie kann man ihn dafür verurteilen?»

«So ist es», sagte Wazzek. «Wenn du schon nach Schuld fragst, dann solltest du nicht meinen, das sei nur eine Frage von Ursache und Wirkung. Wenn es sich so verhielte, dann wäre es am besten, sich gleich die Kehle durchzuschneiden; denn einer solchen Schuld könnte keiner entrinnen. Du mußt die Geschichte schon bis zu ihrem Anfang zurückverfolgen, wenn du die Wurzel des Übels finden willst. Was haben die Brüder da getan?›

«Sie haben beide einen Baum gefällt, obwohl sie wußten, daß dies gegen den Willen der Elfenkönigin verstieß», sagte Lauscher.

«Wenn zwei das gleiche tun, ist es noch lange nicht dasselbe», sagte Wazzek. «Die Frage ist vielmehr: warum haben sie das getan?»

«Um an den Mistelbusch heranzukommen», sagte Lauscher.

«Und wozu das?» fragte Wazzek.

«Sie wollten beide ihrem Vater eine solche Beere bringen», sagte Lauscher.

«Warum?» fragte Wazzek weiter.

«Boleg wollte das Leben seines Vaters retten», sagte Lauscher.

«Und Oleg?» fragte Wazzek.

«Dem ging es vor allem anderen um das Erbe und um die Macht, die er mit dem Mistelbusch gewinnen würde», sagte Lauscher.

«Da hast du's», sagte Wazzek. «Aber frage mich jetzt nicht, was ihn dazu gebracht hat, so zu denken. Das Übel fängt dort an, wo einer darauf aus ist, auf Kosten anderer Macht zu gewinnen. Am Beginn steht der Gedanke, aber der frißt sich unter der Oberfläche weiter und höhlt den Boden aus, bis irgendeiner, der davon gar nichts ahnte, unversehens einbricht und in die Tiefe stürzt. Auf solche Weise haben viele während des Großen Reitersturms einander umgebracht, ohne recht zu wissen, warum dies alles geschah. Erst Khan Belarni hat damit ein Ende gemacht.»

«Khan Belarni?» fragte Lauscher. «Wie kommt es, daß der jüngste Sohn Hunlis zum Khan gewählt wurde?»

«Das weißt du nicht?» sagte Wazzek überrascht. «Wo hast du dich eigentlich in den letzten Jahren herumgetrieben? Belarni ist zudem nur ein Pflegesohn des Khans. Als er noch ein kleines Kind war, verlor sein Vater in einem Kampf das Leben, als er den Khan schützen wollte, und unter solchen Umständen nimmt der Gerettete das verwaiste Kind in sein Zelt auf und verleiht ihm alle Rechte eines leiblichen Nachkommen.»

«Ich weiß nur so viel», sagte Lauscher, «daß Hunli im Winter vor dem Reitersturm gestorben ist und sein ältester Sohn Husski Khan wurde.»

«Ja», sagte Wazzek, «und dieser Husski brannte darauf, Arnis Leuten die Demütigung heimzuzahlen, die er von ihnen hatte einstecken müssen. Er hat auf diesem Zug selber die Horde angeführt, und als er mit Narzia abgerechnet hatte, zog er mit den Reitern weiter ins Tal von Arziak. Bald standen dann schon die Eisenhütten in den oberen Seitentälern in Flammen, doch dadurch wurden die Leute in Arziak gewarnt, und der Erzmeister konnte die waffenfähigen Männer sammeln, ehe die Reiter vor der Stadt waren. Noch in dieser Nacht kamen ein paar Männer herüber ins Flachtal und holten alle reitbaren Pferde und die Knechte dazu über den Berg. Ich blieb allein hier zurück mit ein paar Fohlen. Was dann weiter geschah, habe ich erst viel später erfahren, als alles vorüber war; denn hierher ins Tal sind die Beutereiter nicht gekommen. Nur Arnilukka lag eines Tages draußen bei den Fohlen. Das Kind hatte vor Angst fast den Verstand verloren, aber ich war froh, daß ich jetzt wenigstens einen Menschen bei mir hatte.

Promezzo ritt mit seinen Leuten der Horde entgegen, und es kam zu einer mörderischen Schlacht, in der viele ihr Leben lassen mußten. Auch Husski war unter den Toten, und seine Reiter wählten noch am gleichen Tag seinen Bruder Trusski zum Khan. Promezzo gelang es, den Ortskern von Arziak zu verteidigen, aber die Einzelhöfe draußen auf dem Land konnte er nicht schützen und mußte zusehen, wie die Beutereiter dort plünderten und Feuer legten. Dann verschwanden sie in den Wäldern.

Die meisten nahmen damals an, der Spuk sei vorüber; aber nach wenigen Tagen überfiel die Horde talabwärts ein Dorf. Als Promezzo mit seinen Männern endlich zur Stelle war, fand er nur noch Leichen und rauchende Trümmer vor, aber von den Mordbrennern fehlte jede Spur. Das gleiche wiederholte sich noch ein paar Mal, und dieser Kleinkrieg zog sich über Wochen hin, bis es Promezzo gelang, die Horde in eine Falle zu locken. Er hatte sich an den Fingern abzählen können, welches Dorf als nächstes an der Reihe sein würde, und dort quartierte er sich eines Nachts in aller Heimlichkeit mit seiner Streitmacht ein. In der Morgendämmerung brach dann die Horde aus dem Wald hervor und preschte auf das Dorf zu, aber Promezzo hielt seine Leute zurück und wartete, bis die Reiter zwischen den Häusern waren. Dann gab er das Zeichen zum Angriff. Etwa die

Hälfte der Beutereiter samt ihrem Khan Trusski kam bei diesem Gemetzel ums Leben, aber auch Promezzo wurde von einem Pfeil getroffen und starb noch am Abend dieses Tages, nachdem es dem Rest der Horde geglückt war, sich wieder in die Wälder zurückzuziehen.

Danach hörte man ein paar Tage nichts mehr von ihnen. Promezzos Frau Akka blieb nicht viel Zeit zum Trauern. Sie nahm ohne weitere Umstände in Arziak die Zügel in die Hand, ließ die Toten begraben und half den Bauern, deren Höfe niedergebrannt waren. Als sie schließlich auch noch der Form halber zur Erzmeisterin gewählt wurde, war dies nur noch die Bestätigung eines Zustandes, der bereits eingetreten war.

So standen die Dinge, als etwas Merkwürdiges geschah. Einer der Pferdeknechte, die hier bei mir arbeiten, war damals dabei und hat es mir erzählt. Es begann damit, daß eines Morgens drei Beutereiter langsam vom Wald herunter auf Arziak zutrabten. Als sie näherkamen, sah man, daß sie ohne Waffen waren. Trotzdem hätten die Leute sie wohl nicht ungeschoren durch die Straßen reiten lassen, wenn Akka, die man sogleich unterrichtet hatte, nicht den Befehl gegeben hätte, die drei Reiter in Frieden zu lassen. So gelangten sie bis vor das Haus der Erzmeisterin, die schon unter der Tür stand, als die drei abstiegen. Einer von ihnen trat vor, verbeugte sich und sagte, er heiße Belarni und sei von jenem Rest der Beutereiter, die Promezzos Hinterhalt entkommen waren, zum Khan gewählt worden. Und als Akka fragte, was er hier wolle, sagte Belarni, er sei gekommen, um Frieden zu schließen.»

«Ich kenne diesen Belarni», sagte Lauscher, «deshalb wundert es mich nicht, daß er diesem Morden ein Ende setzen wollte. Er hielt sehr viel von seinem Onkel Arni und hat schon damals dessen Gedanken besser begriffen als jene, die sich Arnis Leute nannten.»

«Ich weiß, daß er oft mit Arni zusammen ausgeritten ist», sagte Wazzek, «und er war im Lager auch einer der wenigen, die ein gutes Wort für einen Sklaven wie mich übrig hatten. Aber die Leute in Arziak fanden es schon verwunderlich, daß ein Khan der Beutereiter um Frieden bittet. Akka lud ihn und seine Begleiter jedenfalls in ihr Haus ein und sprach lange mit ihnen. Was da im einzelnen geredet wurde, kann ich dir nicht sagen; ich weiß nur, daß sich draußen vor dem Haus bald die gesamte Bevölkerung von Arziak versammelt hatte und darauf wartete, was bei diesem Gespräch herauskommen würde.

Schließlich traten die beiden vor die Tür, und der Pferdeknecht, der mir das alles erzählt hat, sagte, man habe ihnen schon in diesem Augenblick ansehen können, daß sie wie Freunde miteinander umgingen. Manchen Leuten habe das nicht gefallen, und sie hätten gerufen, ob Akka schon vergessen habe, auf welche Weise ihr Mann zu Tode gekommen sei, doch Akka habe ihnen Schweigen geboten und gesagt, sie habe Belarni schon als Kind gekannt, da er sich mehr zu ihrem Vater Arni als zu seinem Ziehvater Hunli gehalten habe. Deshalb habe sie Vertrauen zu ihm und bitte jetzt alle hier Versammelten, sich in Ruhe anzuhören, was Khan Belarni zu sagen habe.

Daraufhin ist dann Belarni vorgetreten und hat eine Rede gehalten, von der damals so viel gesprochen worden ist, daß ich sie auswendig hersagen kann, obwohl ich sie selbst gar nicht gehört habe. ‹Ihr Leute von Arziak›, hat er gesagt, ‹ihr wundert euch, daß ein Khan der Beutereiter hier freundschaftlich neben Akka, eurer Erzmeisterin, steht und um Frieden bittet. Ich kann gut verstehen, daß ihr mißtrauisch seid, denn es sind schon einmal Leute von unserem Stamm zu euch gekommen, nachdem sie sich die Zöpfe abgeschnitten hatten, und haben sich als friedliche Nachbarn und Handelspartner angeboten, doch ihr habt später entdecken müssen, daß sie nur auf eine andere Art Macht über euch ausüben wollten. Sie haben sich zwar nach meinem Onkel Arni genannt, aber da war Arni schon tot und konnte ihnen nicht mehr sagen, daß sie seine Gedanken und Worte mißbrauchten. Als die Horde dann in Not geriet, hat Narzia unsere Abgesandten gedemütigt und versucht, ihre Herrschaft auch noch über die Steppe auszudehnen. Ich habe eines daraus gelernt: Wer einmal vom Geschmack dieser Macht gekostet hat, der will immer mehr und mehr und kann nicht ruhen, solange es noch etwas gibt, das seiner Macht nicht unterworfen ist. Da aber Menschen in Freiheit leben wollen, fordert er damit zugleich den Zorn aller heraus, die sich diesem Joch nicht beugen wollen, und dieser Zorn wuchs in der Horde von Tag zu Tag wie ein unterirdischer Brand, der dann eines Tages auf entsetzliche Weise ausbrach. Ihr wißt, wovon ich rede, und ich weiß es auch, denn ich mußte mit der Horde reiten, obwohl ich lieber zu Hause geblieben wäre. Aber ich habe von Arni gelernt, daß es keinem hilft, wenn man unter solchen Umständen die Augen abwendet und so tut, als ginge einen das alles nichts an.

Als dann die Häuser von Arnis Leuten brannten und ihre Bewohner, ob sie an alledem schuldig waren oder nicht, allesamt erschlagen in den Gassen lagen, überkam dieser Gestank von Rauch und Blut die Horde wie ein Rausch und trieb sie weiter über die Berge hierher. Viele hielten euch für Freunde von Arnis Leuten, die man gleichfalls strafen müsse, und es nützte wenig, ihnen das Gegenteil zu beteuern. In einem solchen Taumel von Rachsucht und Mord hört keiner mehr auf vernünftige Worte. Mir graute bei diesem Ritt über die Berge, und ich weiß nicht, ob einer außer mir das Grabmal sah, das ihr für jene Reiter errichtet habt, die vor Jahren dort oben im Schneesturm gestorben sind, nachdem sie euer Tal überfallen hatten.

Ihr wißt, was seither geschehen ist: Hunlis beide Söhne wurden im Kampf erschlagen und mit ihnen so viele Reiter, daß ich daran zweifle, ob sich die Horde je wieder von diesem Schlag erholen kann, und auch bei euch sind viele Männer ums Leben gekommen, allen voran euer Erzmeister Promezzo. Die Ältesten der Horde wollten es mir deshalb ausreden, zu euch zu reiten, weil sie um mein Leben fürchteten, aber ich setzte meine Hoffnung darauf, daß Promezzos Witwe Akka eine Tochter Arnis ist, der nicht ein Mann der Rache sondern des Friedens war. Ich will euch nun sagen, worüber wir gesprochen haben. Es hat sich gezeigt, daß jene auf einem falschen Weg waren, die im Namen Arnis ihre Zöpfe und Waffen ablegten, aber weiterhin nur auf ihr eigenes Wohl bedacht waren und darauf, wie sie andere unterjochen könnten. Akka und ich sind beide zu der Erkenntnis gekommen, daß sich dies nur dann wird verhindern lassen, wenn wir künftig nicht getrennt voneinander, sondern als Freunde in Dörfern und Ortschaften miteinander leben, indem jeder das zum gemeinschaftlichen Wohl beiträgt, worauf er sich am besten versteht. Ihr habt Erfahrung darin, wie man Erz gräbt und zu Werkzeugen oder Schmuck verarbeitet; wir wissen, wie man Pferde und Vieh züchtet. Es wird wohl eine Zeitlang dauern, bis wir uns aneinander gewöhnt haben, aber diese Fremdheit wird mit jedem Tage schwinden, den wir gemeinsam gearbeitet, und mit jeder Nacht, die wir zusammen unter einem Dach verbracht haben.›

Das also ist die Rede, die Belarni vor dem Haus der Erzmeisterin gehalten hat, und als er geendet hatte, nahm ihn Akka vor aller Augen in die Arme und küßte ihn auf beide Wangen. Noch am gleichen Tage stimmte die Volksversammlung von Arziak diesem Vorschlag zu, und dann ritt Belarni mit seinen Begleitern zurück in den Wald, um den Rest der Horde zu holen. Von diesen Reitern war kaum einer unverletzt, und viele mußten erst einmal in den Häusern von Arziak gesundgepflegt werden, ehe Belarni mit ihnen zurück übers Gebirge reiten konnte, um das Lager in der Steppe abzubrechen. Schon damals ritten ein paar Männer aus Arziak mit ihm, und nach wenigen Wochen kehrten alle zurück samt den Alten, den Frauen und Kindern, ihrem Vieh und allem anderen Besitz. Einige von ihnen lebten noch eine Zeitlang in ihren Zelten, aber heute haben sich alle daran gewöhnt, in festen Gebäuden zu hausen. Auch die Mehrzahl der Pferdeknechte hier in den Hirtenhäusern stammt aus der Steppe, und sie denken kaum noch daran, daß ich früher einmal als Sklave ihre Pferde gehütet habe.»

«Also habe ich nun auch noch den Tod von Arnilukkas Vater auf dem Gewissen», sagte Lauscher. Er hatte kaum noch einen anderen Gedanken fassen können, seit Wazzek vom Ende des Erzmeisters berichtet hatte, und fragte sich, wie er Arnilukka je wieder würde in die Augen sehen können. Wazzek fiel es nicht schwer, seine Gedanken zu erraten. «Fang nicht wieder damit an, deinen Anteil der Schuld zu berechnen», sagte er. «Wenn du den Mut findest, mit Arnilukka darüber zu sprechen, wird dieser Tote nicht zwischen euch stehen.» Dann trank er seinen Becher aus, stand auf und wünschte Lauscher eine gute Nacht.

Lauscher lag noch lange schlaflos auf dem ungewohnten Bett und versuchte sich Worte zurechtzulegen, die dazu taugen konnten, Arnilukka den Anteil seiner Schuld am Tode ihres Vaters zu gestehen, doch seine Gedanken wurden immer aufs Neue überschwemmt von der Flut der Gefühle, die in der vergangenen Nacht über ihn hereingebrochen war, als er das Traumbild all der früheren Jahre im Arm gehalten hatte, eintauchte in den Spiegel dieser schwer zu beschreibenden Augen und versank in dem wogenden Meer von Blau, Grün und Violett, das ihn mit sanften Armen umfangen und den letzten Rest seiner Versteinerung gelöst hatte. Schließlich wußte er kaum noch zu entscheiden, ob dies nur ein Traum gewesen war oder Wirklichkeit, und als er am nächsten Morgen neben Arnilukka am Waldrand entlang wieder talaufwärts ging, meinte er noch immer zu träumen und ertappte sich dabei, wie er nachsah, ob das Gras unter Arnilukkas Füßen zu Boden gedrückt würde oder ob sie nicht doch wie ein überirdisches Wesen über das Gras schwebe.

Es war offenkundig, daß sie nicht schwebte, sondern in ausgelassener Fröhlichkeit über die Wiese sprang und ihm hie und da ihre Hand durchs Buschwerk hinüberreichte, damit er sie berühren und anfassen konnte. Und auch der Zugriff dieser Hand war durchaus spürbar und fest. Bei einer solchen Gelegenheit ließ Lauscher Arnilukkas Hand nicht wieder los und sagte: «Warte! Ich muß mit dir reden, solange dieser Busch zwischen uns ist, sonst finde ich meine Worte nicht mehr, die ich dir sagen wollte.» Und dann erzählte er ihr, wie er die Pferde der Beutereiter mit seiner Flöte verzaubert und damit den Großen Reitersturm heraufbeschworen hatte. «Auf solche Weise», sagte er schließlich, «bin ich mitschuldig geworden am Tode deines Vaters.»

Arnilukka schwieg lange, doch dann drängte sie sich plötzlich durchs Gebüsch, nahm ihn in die Arme und sagte: «Ach Lauscher, kommt es denn jetzt noch darauf an, was du früher einmal getan hast? Ich will dich so haben, wie du bist samt deinen Fehlern, Irrtümern und Schwächen.» Sie küßte ihn und sagte dann noch: «Außerdem ist das alles so lange her, und die Leute, die damals meinen Vater getötet haben, leben heute als unsere Freunde in Arziak. Aber es war doch gut, daß du es mir erzählt hast, gut für dich, und auch ich hätte es von keinem anderen Menschen hören wollen.»

So standen sie lange beieinander, und Lauscher sagte schließlich: «Bleib hier bei mir!» Noch während er sprach, sah er, daß Arnilukkas Blick abschweifte und ihr mit plötzlichem Erschrecken bewußt wurde, daß sie im verschatteten Dunkel des Gebüschs stand, ringsum eingeschlossen von dicht belaubten Zweigen wie in einem Käfig. Ihre Augen verdunkelten sich vor Angst, und sie sagte: «Das kann ich nicht!», riß sich von ihm los und floh rasch hinaus auf die Wiese. Erst als sie wieder freien Raum um sich spürte, wendete sie sich aufatmend um, streckte Lauscher die Arme entgegen und rief: «Komm heraus zu mir, Lauscher!» Er versuchte es, doch schon beim ersten Schritt ins Freie legte sich ihm die ungeheure Last des unendlich tiefen blauen Himmels auf die Schultern und ließ ihn beinahe zusammenbrechen. «Ich kann nicht!» sagte er und wich wieder zurück in den Schatten der Sträucher.

«Was soll daraus werden?» fragte Arnilukka in einem Ton, daß Lauscher nicht wußte, ob sie ihn das gefragt oder nur mit sich selber gesprochen hatte, und was er darauf antwortete, klang auch eher wie ein halblaut geführtes Selbstgespräch: «Wir haben einander entdeckt und erkannt», sagte er, «und das ist schon mehr, als ich je zu hoffen gewagt hätte. Nun müssen wir versuchen damit zu leben – wie auch immer.»

«Wie denn?» fragte Arnilukka.

«Das weiß ich nicht», sagte Lauscher. «Ich weiß nur, daß ich mich nie mehr ganz verloren fühlen werde, seit du mich gefunden hast. Weiter will ich heute nicht denken. Komm mit mir bis hinauf zu den Birken bei der Quelle! Dort ist ein Bereich zwischen Licht und Schatten, in dem wir uns beide ohne allzu große Angst aufhalten können.»

Diesen Weg gingen sie nun jeden Tag. Glücklicherweise regnete es in diesem Frühjahr nur selten, so daß sie im trockenen weichen Gras beieinanderliegen konnten, um sich immer aufs Neue der greifbaren Gegenwart des anderen zu versichern. Als sie dort wieder einmal Arm in Arm im flirrenden Wechselspiel von Sonnenlicht und Laubschatten unter einer der letzten Birken am Rand der Talwiese saßen, trat ein alter Mäuserich aus den Büschen hervor, schritt würdevoll heran und verbeugte sich tief. Obwohl seine Schnurrhaare in all den vergangenen Jahren schneeweiß geworden waren, erkannte ihn Lauscher sogleich. «Ich freue mich, dich bei guter Gesundheit zu sehen ‹Der-dem-Falken-weissagt›», sagte er und machte Arnilukka in aller Form mit dem Mäuserich bekannt.

‹Der-dem-Falken-weissagt› fühlte sich nicht nur sehr geehrt von dieser persönlichen Ansprache, sondern war darüber zudem aufs Höchste erstaunt. «Woher kennst du mich?» fragte er. «Meines Wissens sind wir einander noch nie begegnet.»

Erst dadurch wurde Lauscher bewußt, unter welchen Umständen er dem Mäuserich bei seiner Heldentat hatte zuschauen können, doch das war schwer zu erklären. So sagte er schließlich: «Ich habe im Traum erlebt, wie du dem Falken mit meinem Stein entkommen bist, und ich muß sagen, daß ich deiner Mut sehr bewundert habe.»

Ein solches Lob ging dem Mäuserich sanft ein. Er verbeugte sich noch einmal und sagte bescheiden: «Zu viel Ehre! Zu viel Ehre! Ohne die weise Rinkulla wäre ich verloren gewesen.»

«Das schmälert dein Verdienst in keiner Weise», sagte Lauscher. «Ohne deine Kühnheit wäre der Stein nicht gerettet worden, und wie ich gehört habe, bist du in letzter Zeit sein Hüter gewesen.»

«So ist es», sagte der Mäuserich, «und deshalb bin ich hier. Es war nicht leicht für uns, den Stein über eine so weite Strecke durch die Wälder und über die Berge zu tragen, und ich habe schon gefürchtet, daß dir das Warten allzu lang werden würde. Doch nun sehe ich zu meiner Beruhigung, daß du jemanden bei dir hast, der dir geholfen hat, die Zeit zu verkürzen.» Er blickte Arnilukka aufmerksam in

die Augen und fuhr fort: «Es sieht so aus, als wäre der Stein schon auf andere Art
zu dir zurückgekommen, und wir hätten uns die Mühe umsonst gemacht.»

Lauscher bemerkte die Enttäuschung in der Miene des Mäuserichs und sagte:
«Ich kann es kaum erwarten, Arnis Stein mit Arnilukkas Augen zu vergleichen.
Wo hast du ihn?»

Da drehte sich ‹Der-dem-Falken-weissagt› um, stieß einen schrillen Pfiff aus,
und sogleich trippelte aus dem Gebüsch ein langer Zug von Mäusen heran, die
paarweise miteinander ein fein geflochtenes Netz aus dünnen Grashalmen trugen.
Sie legten ihre Last zu Lauschers Füßen ab, und der alte Mäuserich öffnete das
zarte Gewebe. Da lag nun der Stein in der Sonne und ließ sein leuchtendes
Farbenspiel mit solcher Kraft aus der Tiefe aufsteigen, daß sich der Widerschein
von Blau, Grün und Violett in den winzigen schwarzen Augen der staunenden
Mäuse spiegelte.

«Arnis Stein!» rief Arnilukka. «Sie haben dir Arnis Stein gebracht!»

«Natürlich», sagte Lauscher. «Er gehört mir. Davon war doch schon die ganze
Zeit die Rede. «Und erst jetzt wurde ihm bewußt, daß er noch immer die Sprache
der Tiere verstand, obwohl er kein Faun mehr war.

«Ich kann mit Fischen sprechen, aber nicht mit Mäusen wie du», sagte
Arnilukka.

«Nicht nur mit Mäusen, sondern auch mit allen anderen Tieren», sagte
Lauscher. «Auch dieser Teil meiner Verzauberung ist mir geblieben, aber ich
würde ihn gern dafür hergeben, daß ich mit dir hinaus ins Freie gehen könnte.»

Noch während er sprach und niedergeschlagen auf den Stein herabschaute,
spürte er, wie das pulsierende Licht der farbigen Ringe sein Herz wärmte und die
aufsteigende Traurigkeit vertrieb; er empfand die uralte Verheißung, die aus der
Tiefe des Kristalls hervorbrach und ihre Erfüllung fand in Arnilukkas Augen, und
er wußte, daß dieser unendliche Augenblick, in dem die Zeit stillstand oder völlig
aufgehoben schien, ihm nicht mehr verlorengehen konnte und alles im Voraus
aufwog, was ihm je noch widerfahren würde, und da er die Freude, die er
empfand, nicht für sich behalten wollte, sagte er: «Dies ist der rechte Tag, um ein
Fest zu feiern, und ihr sollt allesamt unsere Gäste sein!»

Für alle, die dort am Rande des Birkengehölzes beisammen waren, wurde dies
ein denkwürdiges Gelage. Arnilukka packte den Korb aus, den sie am Morgen mit
auf den Weg genommen hatte, und es schien fast, als hätte sie gewußt, welche
Gäste sie an diesem Tag zu bewirten haben würde. Da gab es einen Beutel voller
süßer Nußkerne, getrocknete Äpfel, Birnen und Zwetschgen vom Vorjahr,
knuspriges Brot, das so duftete, als sei es eben erst aus dem Backofen geholt
worden, festen weißen Schafskäse und einen Krug voll Birnenmost. Die Mäuse
versammelten sich im Kreis, putzten noch rasch ihre Schnurrbärte, dann legte
ihnen Arnilukka von den Köstlichkeiten vor, und in die Mitte der Tafelrunde
setzte sie eine flache Schale mit Most. Alle ließen es sich schmecken, und die

Mäuse wurden zusehends lustiger, je öfter sie ihre spitzen Schnauzen in das prickelnde Getränk tauchten. Es dauerte nicht lange, bis eine von ihnen sich aufrecht auf ihr Hinterteil setzte und anfing zu singen und zwar eine Art Heldenlied auf den ‹Der-die-Hoffnung-nicht-aufgibt›, das davon handelte, wie dieser junge Mäuserich immer wieder seinen Wachtposten bezogen und den Spott seines dicken, ungläubigen Kumpans auf sich genommen hatte bis zu dem Tag, an dem sein Warten belohnt worden war. Das Lied hatte unzählige Strophen, und der Sänger sparte nicht mit Spott über den fetten Mäuserich, der alles verschlafen hatte, und wußte diese Szenen so drastisch auszumalen, daß er immer wieder von Mäusegelächter unterbrochen wurde. Mit den letzten drei Strophen steuerte er dann dem Höhepunkt zu:

«Der Dickwanst legte sich müde ins Gras
und schnarchte und träumte von köstlichem Fraß.
So verschlief er die Stunde, in der es geschah
und versäumte, war nur der Junge sah.

Da tauchte die Nymphe empor aus dem Quell
und kraulte dem steinernen Faun das Fell
und weckte den mit zärtlicher Hand,
der seit Mäusegedenken am Wasser stand.

So zeigte der Junge an diesem Tag
den Alten und Satten, was einer vermag,
der die Hoffnung nicht aufgibt trotz Spott und Hohn
und verdiente sich seinen Namen zum Lohn.»

Während der Sänger diese Ballade vortrug, übersetzte Lauscher für Arnilukka jedes Wort, und als er zu Ende gesungen hatte, fragte sie, ob der Mäuserich mit dem ehrenvollen Namen unter den Gästen sei. Lauscher hatte den ‹Der-die-Hoffnung-nicht-aufgibt› schon wiedererkannt, ließ ihn auf seiner Hand Platz nehmen und stellte ihn Arnilukka vor. «Er wollte dir zeigen, wo du mich findest, aber du konntest ihn nicht verstehen.»

«Daran kann ich mich erinnern», sagte Arnilukka. «Er hatte so ein hübsches weiches Fell. Hat er nicht die Nachricht an meine Fische weitergegeben? Dafür muß ich mich noch bedanken.» Sie nahm den Mäuserich zwischen ihre gewölbten Hände, daß er in einer warmen Höhle saß, und küßte ihn auf seine winzige Nasenspitze. Die anderen Mäuse fanden das höchst vergnüglich, und eine rief: «Jetzt hast du dir noch einen Namen verdient! Sollen wir dich nicht ‹Den-die-Nymphe-küßt› nennen?»

Dem ‹Der-die-Hoffnung-nicht-aufgibt› war das ein bißchen peinlich, und er verkroch sich so zwischen Arnilukkas Händen, daß man ihn kaum noch sehen

konnte. Aber als sie ihn wieder zu den anderen Mäusen gesetzt hatte, konnte man
ihm doch ansehen, wie stolz er auf diese Auszeichnung war.

So nahm dieses Fest in Fröhlichkeit seinen Fortgang, bis ‹Der-dem-Falken-
weissagt› zum Aufbruch mahnte. Er bedankte sich im Namen aller Mäuse für die
Einladung, und als er sich von Lauscher verabschiedete, sagte er: «Achte gut auf
deinen Stein! Der grünäugige Falke kreist noch immer am Himmel. Ich habe
gehört, daß er allen Tieren fabelhafte Dinge versprochen habe, wenn sie eine
bestimmte goldene Kette ausfindig machen würden. Weißt du etwas darüber?»

«Ja», sagte Lauscher. «Die Kette liegt an einem Ort, den keiner betreten kann.»

«Auch du nicht?» fragte der Mäuserich.

«Kaum», sagte Lauscher. «Was sollte ich auch mit dieser Kette anfangen?»

«Das kann man nie wissen», sagte der Mäuserich. «Ich kenne diesen Falken,
und ich habe so eine Ahnung, daß seine Geschichte noch nicht zu Ende ist.»

«Damit könntest du recht haben», sagte Lauscher und dachte an jenen Teil
seiner Verzauberung, der noch immer wirksam war. Aber davon sagte er nichts;
denn in dieser Sache würde ‹Der-dem-Falken-weissagt› ihm wohl nicht helfen
können. So dankte er dem Mäuserich nur noch einmal, daß er so lange Zeit seinen
Stein gehütet hatte. Dann machten sich die Mäuse auf den Weg, manche zwar ein
wenig schwankend, aber sie bemühten sich doch, einigermaßen würdevoll in zwei
ordentlichen Reihen davonzuschreiten, zumindest solange man sie noch beobachten konnte.

An diesem Tag berichtete Arnilukka, sie habe Nachricht aus Arziak erhalten,
daß man in der Höhle unter der Großen Felswand die Leute gefunden habe, die
eine Zeitlang als Narzias Hunde hatten leben müssen. «Gleich am nächsten
Morgen, nachdem du mir von ihnen erzählt hast», sagte sie, «habe ich einen Boten
zu meiner Mutter geschickt und sie gebeten, die Leute suchen zu lassen. Sie haben
dort all die Jahre in der Angst gelebt, die Beutereiter könnten sie doch noch
aufspüren. Inzwischen waren sie übrigens zu zwölft; denn zwei der Männer haben
sich mit Frauen zusammengetan, die ihnen dort in der Höhle Kinder geboren
haben. Auch Lingli ist inzwischen Mutter von drei Mädchen. Nun wohnen sie
samt ihrer Ziegenherde in einem Dorf weiter unten im Tal.»

Lauscher und Arnilukka lebten diesen Sommer lang wie auf einer Insel außerhalb
der Welt. Sie hatten keinen anderen Wunsch, als beieinanderzusein, und bekamen
bald ein untrügliches Gespür für Orte, an denen sie beide ohne allzu große
Bedrückung bleiben konnten, einen lichten Bestand von Haselstauden am
Waldrand etwa oder das Erlengebüsch an einer Stelle, wo eine der Schleifen des
Baches bis zum Wald herüberschwang. Aber ihr liebster Platz blieb doch das helle
Birkengehölz oben bei der Quelle. Als sie an einem heißen Spätsommertag wieder
einmal dort unter einer der Birken saßen und den Rücken an die weiße, seidige
Rinde lehnten, sagte Arnilukka: «Ich erwarte ein Kind, Lauscher.»

Nachdem er den Inhalt von Arnilukkas Worten begriffen hatte, empfand er diese Mitteilung zunächst als Störung des zeitlosen Schwebezustands, in dem er sich befand, und ihm wurde bewußt, daß er ohne einen Gedanken an die Zukunft in den Tag hinein gelebt hatte, als müsse das in alle Ewigkeit so weitergehen, und eine Änderung war das letzte, was er sich hätte vorstellen können. Erst als er die Freude in Arnilukkas Augen sah, begriff er, daß dies auch sein Kind war, von dem sie gesprochen hatte, ein neues Leben, in dessen noch ungeborenem Körper ihrer beider Leben auf eine untrennbare Weise verbunden waren. «Wir werden ein Kind haben», sagte er.

«Ja», sagte Arnilukka. «Und es wird im Winter auf die Welt kommen.»

«Schön», sagte er. «Warum nicht im Winter?» und umarmte sie.

Erst ein paar Wochen später begann er zu begreifen, was sie ihm damit hatte sagen wollen. Der Herbst war mit kalten Stürmen über das Tal gekommen, fegte das welkende Laub von den Bäumen, und die Tage wurden immer seltener, an denen er mit Arnilukka zu einem ihrer Plätze gehen konnte. Wenn der Regen auf das Dach seiner Hütte trommelte, mußte er alleinbleiben; denn Arnilukka war ebenso unfähig, durch den Wald zu seinem Haus herüberzukommen, wie er unfähig war, über die Wiesen zu den Hirtenhäusern hinüberzugehen. In dieser Zeit fing er an, darüber nachzudenken, wie es im Winter sein würde. Nächtelang grübelte er darüber nach, welche Möglichkeiten es geben könnte, mit Arnilukka zusammenzuleben. Ein Haus am Waldrand wäre das richtige, dachte er. Die Tür müßte sich genau zwischen Licht und Schatten öffnen, damit er zusammen mit Arnilukka hindurchgehen konnte, um mit ihr am Waldrand entlangzuschlendern. Er kannte nun schon jeden Strauch am Weg, jede Brombeerstaude, jede Wurzel und jede Unebenheit des Bodens, und plötzlich wurde ihm klar, daß er sein Leben lang nichts anderes mehr sehen würde als diesen Weg, wenn er mit Arnilukka zusammenbleiben wollte.

Nachdem sich diese Vorstellung einmal gebildet hatte, konnte er ihr nicht mehr ausweichen, und er begann sich zu fragen, ob dies der Sinn all seiner Träume und Gesichte gewesen sein solle, die ihn bis zu jenem Abend begleitet hatten, an dem er Arnilukka endlich in den Armen gehalten hatte. Obwohl es ihm allein schon bei dem Gedanken an diese Begegnung unerträglich schien, daß er hier getrennt von ihr allein in dieser alten Holzfällerhütte liegen mußte, überkam ihn gleichzeitig das Gefühl, in eine Sackgasse geraten zu sein, aus der er keinen Ausweg finden konnte. Den ganzen Sommer über war sie der einzige Mensch gewesen, mit dem er gesprochen und dem er auf seiner Flöte vorgespielt hatte, und die Zeit, in der er allein gewesen war, hat er damit verbracht, auf die nächste Begegnung mit ihr zu warten. In seiner Erinnerung tauchte das Häuschen auf, in dem seine Großeltern gewohnt hatten. Er hatte damals erlebt, wie vertraut sie miteinander gewesen waren, und dennoch hatte der Sanfte Flöter durchaus noch anderes im Sinn gehabt, als jeden Augenblick in der Gesellschaft seiner Frau zu verbringen, und auch sie hatte es trotz ihrer barschen Reden wohl nicht anders haben wollen. Während er in Gedanken durch das Haus der Großeltern ging und dabei auch die Flötenstube mit der Werkstatt betrat, in der er das Drechseln gelernt hatte, überkam ihn die Lust, wie damals ein Stück Holz auszubohren und die glatte Rundung einer Flöte zu drechseln. Ich muß etwas tun, dachte er, sonst fange ich an, mich im Kreise zu drehen.

Als er am Morgen nach dieser Nacht vor das Haus trat, stand der türkisfarbene Herbsthimmel gläsern über dem schon fast kahlen Geäst der Bäume. Das richtige Wetter für einen Spaziergang zur Quelle, dachte er und ging rasch den Pfad entlang auf die graugrün unter der Sonne liegenden Wiesen zu. Schon von weitem sah er Arnilukka am Waldrand stehen. Man konnte ihr jetzt schon ansehen, daß sie ein Kind trug, doch ihm schien, daß sie dadurch noch schöner geworden war. Er sagte ihr das, nachdem er sie zur Begrüßung umarmt hatte, und sie dankte ihm mit einem Lächeln, aber er sah, daß ihre Augen ernst blieben.

«Was hast du?» fragte er. «Bist du traurig?»

Arnilukka ließ diese Frage unbeantwortet und sagte: «Komm, wir gehen noch einmal hinauf zur Quelle.»

Warum sagt sie ‹noch einmal›, dachte er, aber da war sie schon ein paar Schritte vorausgegangen, und so sagte er nichts, sondern drängte sich rasch durchs Gebüsch, bis er wieder neben ihr war. Auch diesmal spielten sie ihr Spiel, versuchten einander durch die Sträucher hindurch bei der Hand zu fassen, und das gelang ihnen umso leichter, als sie einander hinter den entlaubten Zweigen sehen konnten, doch Lauscher sah auch, wie schwer es Arnilukka jedesmal fiel, sich wieder von dieser Berührung zu lösen.

In dem Gehölz unterhalb der Quelle war der Boden bedeckt von dem leuchtend gelben Laub der Birken, über das sich die Schatten der herabhängenden haardünnen Zweige legten wie ein feines Gespinst. Lange Zeit saßen die beiden schweigend nebeneinander und schauten hinunter auf die welkenden Wiesen, die übersät waren von den blaßvioletten Tupfern der Herbstzeitlosen.

«Ich muß mit dir reden», sagte Arnilukka schließlich.

«Ist das so schwer?» sagte Lauscher. «Wir können doch immer miteinander reden.»

«Ja», sagte Arnilukka, «aber diesmal ist es schwer, einen Anfang zu finden.» Sie legte ihre Hand auf seine und fuhr dann fort: «Ich kann mein Kind nicht hier in den Hirtenhäusern zur Welt bringen, wo es keine Frau gibt, die mir beisteht. Und wenn ich noch länger hierbleibe, werde ich nicht mehr den schwierigen Pfad durch die Schlucht reiten können.»

«Der Weg durch den Schauerwald wäre leichter», sagte Lauscher, aber noch während er sprach, sah er schon das blanke Entsetzen in Arnilukkas Augen aufsteigen.

«Nein!» schrie sie fast, und nach einer Weile fügte sie leiser hinzu: «Du weißt doch, daß ich diesen Weg nicht ertragen könnte. Ich werde morgen früh mit einem der Pferdeknechte nach Arziak reiten und dort den Winter über bleiben.»

Lauscher war wie gelähmt. «Morgen schon», sagte er und wußte doch, daß er es die ganze Zeit über geahnt hatte, aber nicht hatte wahrhaben wollen. «Also werde ich dich den ganzen Winter über nicht sehen.»

«Ist das so wichtig?» sagte Arnilukka. «Wichtig ist nur, daß wir einander getroffen haben. Meine Mutter hat mir einmal erzählt, wie es meiner Urahnin Urla ergangen ist, die als erste deinen Stein besessen hat. Sie war eine junge Frau, und ihr Kind war noch klein, als die Beutereiter ihren Mann erschlugen, und sie war verzweifelt, als dies geschehen war. Aber sie ist dann Zeit ihres Lebens eine derart glückliche Frau gewesen, daß sie jedem, der ihre Hütte betrat, etwas von der Liebe weitergeben konnte, die sie erfahren hatte.»

«Das weiß ich; denn ich bin während der Zeit, in der ich als Stein über der Quelle stand, bei ihr zu Gast gewesen», sagte Lauscher.

Arnilukka schien sich über diese Mitteilung nicht weiter zu wundern, sondern sagte nur: «Dann bin ich fast sicher, daß du noch lernen wirst, dies zu begreifen. Es wäre schlimm, wenn du dich den Winter über hier in deine Traurigkeit einspinnen würdest. Schlimm für mich, weil ich das spüren würde, und auch schlimm für dich. Diese Art von Trauer ist wie ein gefräßiger Wurm, der dir das Herz aushöhlt, bis du nichts mehr fühlst. Auch darüber wollte ich mit dir sprechen. Was wirst du tun, wenn ich nicht mehr hier bin?»

«Ich wüßte schon etwas», sagte Lauscher und erzählte ihr von der Werkstatt seines Großvaters. «Könntest du mir von einem eurer Schmiede in Arziak ein paar Bohrer und die Messer für eine Drechselbank beschaffen? Den Rest baue ich mir schon selber zusammen, wenn du mir die nötigen Zimmermannswerkzeuge mitschickst. Holz gibt's hier ja genug. Ich habe Lust, ein paar Flöten zu drehen. Vielleicht findet sich auch jemand, dem ich beibringen kann, darauf zu spielen.» Und dann beschrieb er ihr, wie das Werkzeug beschaffen sein mußte, das er dafür brauchte. Er redete sich in Eifer, riß ein Stück Birkenrinde ab und ritzte mit einem spitzen Stein die Umrisse der Geräte ein, die er haben wollte. Als er wieder aufblickte, um Arnilukka die Zeichnungen zu erklären, merkte er, daß die geheime Trauer aus Arnilukkas Augen verschwunden war. Sie ließ sich beschreiben, wie das mit dem Flötendrechseln vor sich ging, und bat ihn schließlich, ihr noch einmal auf seiner silbernen Flöte vorzuspielen.

Daran hatte er selbst schon die ganze Zeit über gedacht; denn in seiner Vorstellung waren Tonfolgen entstanden, mit denen er seine Trauer über den Abschied hatte ausdrücken wollen, doch als er begann und dabei noch immer in Arnilukkas Augen schaute, mischte sich unversehens in diese Melodie ein Anflug von Fröhlichkeit, die alsbald überhand nahm und den letzten Nachklang von trüber Stimmung in einer übermütigen Folge von Läufen, Trillern und Sprüngen davonfegte. In Arnilukkas Augen tanzten leuchtende Farbsprenkel von Blau,

Grün und Violett, während sie, die Arme um die Knie geschlungen, vor ihm saß und ihm zuhörte. Als er zuende gespielt hatte, küßte sie ihn auf den Mund und sagte: «Diese Musik werde ich den ganzen langen Winter über hören und mich daran freuen.»

Am nächsten Morgen trafen sie einander noch einmal am Waldrand. Lauscher war zumute, als habe er den Abschied schon hinter sich, und es wollte ihm nichts rechtes einfallen, was er Arnilukka noch sagen könnte. Dann kam auch schon der Knecht mit ihrem Pferd. Lauscher half ihr in den Sattel, und dann ritt sie, ohne sich noch einmal umzuschauen, mit ihrem Begleiter talabwärts davon.

In den nächsten Tagen war Lauscher damit beschäftigt, aus den Stapeln hinter seiner Hütte Holz herauszusuchen, das er für sein Vorhaben brauchen konnte. Für die Drechselbank legte er sich ein paar Stücke eschenes Langholz beiseite, und außerdem fand er zwei schön gemaserte, astlose Ahornkloben, gut durchgetrocknet und gerade richtig zum Flötendrechseln. Mit einem Handbeil, das er in der Hütte vorgefunden hatte, begann er die armlangen Stücke schon grob vorzurichten.

Als er eine Woche später auf dem Hackklotz vor seiner Hütte saß und ein Stück Eschenholz, aus dem er die Spindelachse für die Drechselbank schneiden wollte, auf Fehler untersuchte, kam der Knecht, der Arnilukka begleitet hatte, mit einem Packpferd von den Hirtenhäusern her auf dem Waldpfad zur Hütte herüber. Er wuchtete ein schweres Bündel vom Tragsattel und stellte es vor die Tür. «Ich soll dir Grüße von der Jungherrin bestellen», sagte er. «Wir sind gut durch die Schlucht gekommen, und sie hat schon am nächsten Tag alles, was du brauchst, bei einem Schmied in Auftrag gegeben. Gestern habe ich die Sachen über den Schauerwald herübergebracht. Lauscher bedankte sich und fragte, ob Arnilukka sonst nichts gesagt hätte.

«Doch», sagte der Knecht, «aber das verstehe, wer will. Ich soll dir sagen, in Arziak gäbe es viel zu wenig Flöten. Weißt du, was sie damit meint?»

«Natürlich», sagte Lauscher vergnügt. «Hast du denn eine?»

«Nein», sagte der Knecht verwirrt. Lauscher sah ihn sich jetzt zum erstenmal genauer an. Er war fast noch ein Junge und offensichtlich in einem Zelt der Beutereiter geboren worden. Sein strähniges schwarzes Haar trug er aber kurz geschnitten wie die anderen Leute in Arziak. Aber was Lauscher vor allem aufhorchen ließ, war die Stimme des Jungen; er sprach auf eine Weise, als lege er es darauf an, jeden Satz zu einer Melodie zu formen. In jedem Wort schwang eine verborgene Musik mit, die nur darauf wartete, zu noch freierer Entfaltung zu kommen. So jedenfalls empfand Lauscher diese Redeweise, und das brachte ihn auf einen Gedanken. «Hättest du denn gern eine?» fragte er.

«Eine Flöte?» fragte der Junge. «Was soll ich damit?»

«Was denn schon?» sagte Lauscher. «Darauf spielen!»

«So wie du auf deiner silbernen?» fragte der Junge. «Das könnte ich nie!» Aber man konnte ihm ansehen, daß ihn diese Sache zu interessieren begann.

«Wenn du Lust dazu hast, bringe ich es dir bei», sagte Lauscher.

«Wann?» fragte der Junge eifrig. «Am Nachmittag hätte ich ein bißchen Zeit dafür.»

Lauscher lachte. «So schnell geht das nicht», sagte er und erklärte dem Jungen, was er mit den Eisengeräten vorhatte, die in dem Bündel verpackt waren.

«Kannst du das ganz allein machen?» fragte der Junge.

«Ich hoffe», sagte Lauscher, «aber wenn du mir ein bißchen dabei hilfst, würde es schneller gehen.»

«Lust hätte ich schon», sagte der Junge. «Aber ich müßte erst Wazzek um Erlaubnis bitten.»

«Laß mich mit ihm reden», sagte Lauscher. «Er wird schon nichts dagegen haben, wenn ich ihn darum bitte. Wie heißt du überhaupt?»

«Döli», sagte der Junge.

«Ein hübscher Name für einen Flöter», sagte Lauscher. «Wenn du Wazzek siehst, dann sage ihm, daß ich etwas mit ihm besprechen möchte.»

So kam es, daß Lauscher in den folgenden Wochen einen Helfer hatte, als er sich ernsthaft an den Bau seiner Drechselbank machte. Wazzek hatte keine Einwendungen gemacht. Im Gegenteil. Der Junge sei bei der Stallarbeit ohnehin kaum zu brauchen, hatte er gesagt. Sobald man ihn aus den Augen lasse, sitze er in irgendeinem Winkel herum und träume vor sich hin oder treibe irgendwelchen Unsinn, und es sei höchste Zeit, daß er lerne, ordentlich zuzupacken. Lauscher bekam ihn also ganz zu seiner Verfügung, und es stellte sich heraus, daß Döli an dieser neuen Aufgabe rasch Spaß bekam. Ob es nun die Aussicht auf eine eigene Flöte war und den Unterricht, den Lauscher ihm versprochen hatte, die ihn zu solchem Eifer anstachelten, oder ob ihm der Umgang mit Holz mehr Freude machte als Stallausmisten, jedenfalls erwies er sich als recht anstellig und geschickt, und so machte der Bau der Drechselbank rasch Fortschritte.

Eines Tages war es dann so weit. Lauscher bohrte das erste Stück Ahornholz aus, zeigte Döli, wie man dem Werkstück mit dem Schnitzmesser eine grobe Form gab, und spannte es dann in die Drehspindel ein. «Jetzt kommt die äußere Form dran», sagte er zu Döli, der ihm gespannt zuschaute. Sobald Lauscher die Wippe mit dem Fuß bewegte, begann der Rohling sich zu drehen, unter dem Messer lösten sich dünne, zu Spiralen gewundene Späne ab und ließen eine fein gerillte Rundung zurück. Nach und nach glättete sich der schlanke Körper des Instruments, und die gewellte Maserung des Holzes trat deutlicher hervor. Als Lauscher zum letzten Mal das Messer absetzte und das Drehwerk auslaufen ließ, fragte Döli: «Ist das jetzt meine Flöte?»

«Noch ist sie nicht fertig», sagte Lauscher. «Nun beginnt erst der schwierigste

Teil der Arbeit: Wir müssen sie zum Klingen bringen.» Er spannte das blanke
Rohr aus, schnitt unter dem verdickten Kopf eine tiefe Kerbe schräg ins Holz und
trieb einen kurzen Pflock in die Öffnung des Rohrs, der nur einen schmalen Spalt
zum Anblasen freiließ.

«So ähnlich macht man das bei Weidenflöten», sagte Döli.

Lauscher blickte ihn überrascht an. «Sieh da!» sagte er, «ein bißchen verstehst
du ja doch von der Kunst. Ich habe gewußt, daß in dir ein Flöter steckt. Wer hat
dir das gezeigt?»

«Die Jungherrin Arnilukka», sagte Döli. «Aber das ist schon lange her. Ich war
noch ein Kind, und wir lebten erst seit etwa einem Jahr in Arziak. Anfangs fand
ich mich hier nicht zurecht und hatte große Angst zwischen den hohen Berghän-
gen und den vielen Bäumen. Herrlich fand ich nur, daß es hier so viel Wasser gab,
denn in der Steppe war das Wasser kostbar gewesen. Als ich wie schon oft wieder
einmal am Bach saß und mich nach der Weite der Steppe sehnte, hörte ich
jemanden flöten. Ich ging den Tönen nach, und da sah ich Arnilukka unter einer
Weide sitzen und auf einem Bündel verschieden langer Flöten spielen, und unter
ihr im Wasser sprangen die Fische, daß die sprühenden Tropfen in allen Farben
unter der Sonne funkelten. Ich hörte ihr eine Weile zu, wie sie den Fischen
vorspielte, dann entdeckte sie mich und zeigte mir, wie man eine solche Flöte
baut. Damals haben mich die Melodien meiner Flöte sehr getröstet, aber ich habe
das schon lange nicht mehr probiert.»

«Das sind Dinge, die man nie vergessen sollte», sagte Lauscher und sah
Arnilukka unter der Weide sitzen, ein kleines Mädchen mit schwer zu beschreibenden Augen, das mit den Fischen sprach wie mit seinesgleichen und ihnen
Lieder vorsang. «Es ist gut, eine Flöte zu haben, wenn man allein ist. Jetzt
versuche einmal, wie deine Flöte klingt!» Er gab ihm das Instrument, Döli setzte
es an die Lippen, und unter dem Atem, den er ihr einhauchte, löste sich ein tiefer
warmer Ton, schwoll allmählich an und verklang erst, als dem Jungen die Luft
ausging.

«Sie klingt schön», sagte Döli, «aber sie hat nur diesen einen Ton.»

«Warte nur», sagte Lauscher, «sie hat noch viel mehr Töne. Wir müssen sie aus
dem Holz befreien, indem wir für jeden ein eigenes Loch bohren. Es kommt nur
auf die richtigen Abstände an. Zum Glück habe ich dafür ein Vorbild.» Er holte
seine Silberflöte, legte sie neben das hölzerne Rohr und bezeichnete mit einem
Stück Holzkohle die Stellen für die Grifflöcher. «Nun wissen wir, wo die Töne
schlafen», sagte er dann. «Jetzt wollen wir sie wecken.»

Er nahm einen dünnen Bohrer zur Hand und drehte ihn vorsichtig an jener
Stelle ins Holz, wo er die unterste Markierung aufgezeichnet hatte. Als das Loch
geglättet war, gab er Döli die Flöte und sagte: «Wenn du jetzt dieses Loch mit dem
kleinen Finger deiner rechten Hand schließt, wirst du den ersten Ton wieder
hören, sobald du aber den Finger hebst, wird der neue Ton erwachen.»

Döli folgte der Anweisung, und alsbald folgte dem ersten, tiefen Ton ein zweiter, der etwas höher klang.

«Vergleiche ihn mit dem Ton meiner Flöte!» sagte Lauscher und blies die gleichen beiden Töne. «Nun, was sagst du?»

«Der zweite Ton meiner Flöte klingt ein bißchen tiefer», sagte Döli sofort.

«Du hast ein feines Gehör», sagte Lauscher. «Jetzt bin ich sicher, daß aus dir ein Meisterflöter wird. Wir müssen das Loch noch etwas erweitern, damit der Ton richtig herauskommen kann.» Nachdem er das getan hatte und sie die Probe wiederholten, stimmten die Flöten genau überein. Auf diese Weise wurden nun im ganzen sieben Löcher in die Flöte gebohrt, überprüft und korrigiert, bis beide Instrumente ohne irgendeine Abweichung zusammenklangen. Zum Schluß tränkte Lauscher die Flöte mit Öl, damit das Holz nicht austrocknete, legte sie dann zur Seite und sagte: «Die Griffe hast du heute beim Probieren schon kennengelernt. Morgen beginnen wir mit dem Unterricht.»

Nach diesem verheißungsvollen Beginn folgten Wochen emsiger Tätigkeit. Während des Tages saß Lauscher an seiner Drehbank, während Döli ihm auf die Finger schaute oder sich zwischendurch auch einmal selber in dieser Kunst versuchte. Er stellte sich dabei recht geschickt an, zeigte aber auch eine besondere Begabung dafür, geeignete Holzstücke auszusuchen. «Nimm das hier», sagte er dann, «es hat einen guten Klang», und klopfte mit dem Fingerknöchel darauf. Lauscher überließ ihm nach einiger Zeit das Ausbohren der Klötze, nachdem er beobachtet hatte, wie sorgsam, ja fast liebevoll Döli mit den Werkstücken umging. Am Abend führte Lauscher Döli in die Kunst des Flötenspielens ein und ging dabei so vor wie damals sein Großvater, als er Barlo das Flöten beigebracht hatte. Darüber kam der Winter über das Flachtal, auf den Wiesen lag knietief der Schnee, und der Frost ließ die Baumstämme knacken, aber Holz zum Heizen war ja genügend vorhanden, und Wazzek hatte dafür gesorgt, daß den beiden in der Waldhütte die Vorräte nicht ausgingen.

In der Nacht jedoch konnte Lauscher den Gedanken nicht entkommen, denen er bei Tag zu entfliehen versuchte, indem er sich mit solchem Eifer in die Drechselarbeit stürzte. Dann lag er schlaflos auf seiner Holzpritsche und fragte sich, was werden sollte, wenn der Winter vorüber sein würde. Er klammerte sich mit aller Kraft an die Hoffnung, daß Arnilukka zurück ins Flachtal kommen würde, schon um ihm ihr Kind zu bringen. Aber was sollte dann geschehen? Wie würden sie hier weiterleben, wo ihnen kein Ausweg blieb, als immer talauf oder talab an der Baumgrenze entlangzugehen, bis sie diesen Käfig, an dessen Gitterstäben sie ewig im Kreis laufen mußten, nicht mehr würden ertragen können? Was war das für eine Hoffnung, die schon beim zweiten Schritt ins Ausweglose führte?

«He, Zirbel, wach auf!» sagte er, als er wieder einmal zu diesem Punkt gelangt war, an dem er nicht mehr weiterfand. «Du behauptest doch, etwas von der

Hoffnung zu verstehen. Kannst du mir vielleicht sagen, worauf ich eigentlich hoffen soll?»

Der Zirbel lag wie zumeist am Kopfende der Schlafpritsche. Über sein knotiges Gesicht huschte der Schein des flackernden Feuers und verlieh seiner Miene einen ständig wechselnden Ausdruck, so daß nicht zu entscheiden war, ob sein blankes dunkelbraunes Auge spöttisch oder aufmerksam auf Lauscher blickte. «Du brauchst mich nicht zu wecken», sagte er. «Hast du je erlebt, daß ich mein Auge zum Schlafen geschlossen hätte? Und was du da von Hoffnung faselst, zeigt nur, daß du überhaupt nicht weißt, wovon du sprichst.»

«Ich weiß sehr wohl, wovon ich rede, du alter Holzkopf», sagte Lauscher. «Ich zerbreche mir Nacht für Nacht den Kopf darüber, daß ich all meine Hoffnung auf Arnilukka gesetzt habe und dabei dennoch nicht herausfinden kann, wie ich sie hier bei mir festhalten soll.»

«Sollst du das denn?» sagte der Zirbel. «Da sieht man doch gleich, was für einen sonderbaren Begriff von Hoffnung du hast. Festhalten! Wenn es dabei nur darum ginge, etwas besitzen und festhalten zu wollen, würde ich nicht so viel Aufhebens davon machen. Hast du dann schließlich alles, was du haben willst, bist du endgültig auf dem Gipfelpunkt der Hoffnungslosigkeit angelangt. Hast du denn das noch immer nicht begriffen? Es gab da bei uns, als ich noch unter den anderen Zirben auf dem Joch stand, die Geschichte von einem Baum, der auch immer alles für sich haben wollte. Erst paßte es ihm nicht, daß es nachts dunkel wurde und kalt. ‹Ich will die Sonne für mich haben›, sagte er, und da bekam er sie auch. Sie blieb genau über seinem Wipfel stehen und brannte auf ihn herunter, bis seine Äste vor Dürre knackten und die Nadeln braun und trocken wurden wie Zunder. Als er genug davon hatte, sagte er: ‹Ich halte das nicht mehr aus mit dir, Sonne! Ich will den Regen für mich haben›, und da zog auch schon eine dicke schwarze Wolke über ihm auf und goß einen wahren Sturzbach von Regen auf ihn herab. Zunächst gefiel ihm das, aber als dieser Regen überhaupt nicht mehr aufhören wollte, paßte ihm auch das nicht. ‹Ich bin schon naß bis unter die Rinde», sagte er. ‹Wenn das so weitergeht, fangen meine Nadeln an zu faulen. Ich will den Wind für mich haben, damit er mich mit seinem Atem trocknet.› Und schon begann sich um ihn herum ein Wirbelwind zu drehen, daß sich seine Äste nur so bogen. Das zerrte und zauste an seinen Zweigen, bis ihn jede Faser schmerzte, und ihm wurde ganz schwindlig von diesem Wind, der ihm fast seine Wurzeln aus dem Boden riß. Da begann er zu stöhnen in seiner Qual und sagte: ‹Ich halte das nicht mehr aus! Sobald ich etwas für mich habe, fängt es an, mich umzubringen. Ich will überhaupt nichts mehr haben.› Da ließ der Wind von ihm ab, und der Baum stand wieder wie alle anderen oben auf dem Joch, und wenn die Sonne hervorkam und auf ihn herabschien, sagte er: ‹Danke, Sonne, daß du mir ein bißchen von deiner Wärme schenkst!› und wenn es regnete, war er's auch zufrieden und sagt: ‹Danke, Regen, daß du mir ein bißchen von deinem kühlen Wasser gibst›, und blies der Wind, dann freute sich der Baum, daß es so schön in seinen Zweigen rauschte und sagte: ‹Danke, Wind, daß du mir ein bißchen von deinem Atem schenkst.› Und zu den anderen Bäumen sagte er: ‹Es ist gut zu wissen, daß es die Sonne gibt, den Regen und den Wind. Jeden Tag kann man in der Hoffnung leben, daß man von jedem ein bißchen bekommt, und wenn nicht heute, dann morgen.› So war das mit diesem Baum.»

«Das ist eine Geschichte für Bäume, die ich weiß nicht wie viele hundert Jahre zu leben haben», sagte Lauscher. «Außerdem hat man mir schon als Kind so ähnliche Geschichten erzählt, wenn ich etwas haben wollte, was ich nicht bekommen konnte, und ich hatte es bald satt, sie mir anzuhören. Kannst du mir vielleicht erklären, was es für einen Sinn gehabt haben soll, daß mich mein Stein über viele Umwege zu diesem Mädchen geführt hat? Ich hatte gehofft, daß ich am Ziel sei und bei Arnilukka bleiben könnte, doch nun hat sich herausgestellt, daß es kaum einen Ort gibt, an dem wir beide zugleich leben können.»

«Ihr hattet ja einen Ort gefunden, an dem ihr zusammen glücklich wart», sagte der Zirbel. «Aber mit euch Menschen ist es ja so, daß ihr es nicht ertragen könnt, immer nur an ein und derselben Stelle zu bleiben. Auf diese Weise bist du ja auch in all das hineingeraten, was du Umwege nennst und dich zu dem Waldwesen gemacht hat, das es unter freiem Himmel nicht aushalten kann.»

«Das habe ich allein Narzia zu verdanken», sagte Lauscher, doch unter dem gelassenen Blick des Zirbel brachte er den Satz schon nicht mehr mit voller Überzeugung zu Ende, und der uralte hölzerne Gnom merkte das natürlich sofort. «Siehst du», sagte der Zirbel, «du glaubst das ja selber nicht. Warum sagst du das dann überhaupt? Du bist damals weder dem Schimmer deines Steins gefolgt, noch hast du das Gebot beachtet, das auf deiner Flöte geschrieben steht. Und nun wunderst du dich, wohin du auf diese Weise geraten bist. Aber so geht es wohl immer mit euch Menschen: Sobald ihr euch bewegt, geratet ihr auf Umwege und lauft in die Irre.»

Lauscher wußte nur zu genau, daß der Zirbel recht hatte, und dieses Wissen steigerte nur noch seine Verzweiflung. «Wenn das so ist, wie du behauptest», sagte er, «dann frage ich mich, wozu man überhaupt lebt; denn es gibt keine Hoffnung für unsereinen.»

Der Zirbel lachte hölzern auf. «Du bist ein Esel!» sagte er. «Da rede ich nun und rede, und du begreifst überhaupt nichts. Hast du nicht immer wieder und hier in diesem Tal auf besondere Weise erfahren, daß du geliebt wirst? Wärst du sonst überhaupt bis hierher gekommen? Das sollte doch Grund genug für eine Hoffnung sein, die für das ganze Leben reicht. Seit du diese Augen, die du nicht einmal beschreiben kannst, zum ersten Mal gesehen hast, hättest du das schon spüren müssen, aber du warst die meiste Zeit ja damit beschäftigt, bei alledem etwas für dich selber herauszuschlagen. Was ist dir in dem bißchen Leben, das du hinter dir hast, nicht schon alles geschenkt worden! Und du hast es eingesteckt, als stünde es dir zu. Vielleicht solltest du einmal damit anfangen, etwas herzuschenken, damit du merkst, was dir noch alles an Hoffnung bleibt. Mit dem Jungen, dem du das Flöten beibringst, hast du ja schon einen Anfang gemacht, und ich dachte, du hättest endlich begriffen, worauf es ankommt. Aber Leute wie dich muß man ja immer erst mit der Nase daraufstoßen, wenn sie sehen sollen, was sie schon die ganze Zeit vor Augen hatten.» Damit hatte der Zirbel für diese Nacht genug geredet. Er klappte sein breites Maul mit solcher Entschiedenheit zu, daß Lauscher keine Frage mehr zu stellen wagte. Aber zu denken hatte er genug in dieser Nacht und auch in den Wochen danach.

Darüber wurden die Tage schon wieder länger, und an den Haselstauden streckten sich die Kätzchen und warteten auf sonniges Wetter, um ihren gelben Blütenstaub vom Wind davontragen zu lassen. Auf dem Regal in Lauschers Stube lag schon ein ansehnlicher Stapel fertiger Flöten, und Döli hatte Mühe, noch geeignetes Holz unter den Stapeln hinter der Hütte zu finden.

«Holz zum Drechseln gibt's noch genug», sagte er eines Morgens, «aber zum Flötenbauen taugt es nicht.»

«Dann will ich etwas anderes drechseln», sagte Lauscher. Er hatte auch schon einen Plan gefaßt; denn er wollte Arnilukka ein Geschenk machen, wenn sie mit ihrem Kind ins Flachtal zurückkehrte. Zu Beginn des Winters war ihm zumute gewesen, als entferne sich Arnilukka mit jeder länger werdenden Nacht immer weiter von ihm, aber nun, als die Sonne jeden Mittag ein wenig höher über dem Wald stand und die Knospen schon dicker wurden und saftig glänzten, rückte ihm Arnilukka Tag für Tag wieder näher. Solange noch Schnee lag, würde sie nicht kommen, aber schon tropfte es von den Eiszapfen an der Dachtraufe, und im Wald rutschten Ladungen von Schnee von den Zweigen. «Wir bauen eine Wiege», sagte er. «Für Boden und Kufen brauche ich ein paar feste Bretter, und darüber setzen wir ein Gitter von gedrechselten Stäben, zwischen denen mein Kind sicher liegen kann.»

«Dafür weiß ich das richtige Holz», sagte Döli. «Auf dem Stapel hinter dem Haus liegt der Stamm von einem wilden Kirschbaum, schönes, rot gemasertes Holz, genau das richtige für eine Wiege.»

Während draußen nach und nach der Schnee schmolz, machten sich die beiden an die neue Arbeit, und als die Wiege fertig war und der Frühling noch immer auf sich warten ließ, fing Lauscher damit an, die gedrechselten Stäbe, die er wie zierliche Leitern zusammengefügt hatte, an den Enden mit allerlei Schnitzwerk zu versehen. Da weidete auf den Seitenteilen eine ganze Herde von Ziegen, allen voran der Bock mit nur einem, aber umso gewaltigeren Horn, und ihm gegenüber bäumte sich in verwegenem Sprung ein Esel auf; am Fußende reckte ein Wiesel seinen schmalen Kopf in die Höhe, rechts von ihm hockte eine Kröte, und links kroch eine Ringelnatter aus dem Gestänge, aber über dem Kopfende lugten drei Mäuse von dem gedrechselten Gitter. So erzählte Lauscher seinem Kind, das er noch gar nicht gesehen hatte, nach und nach seine Geschichte, und zum Schluß sagte er: «Euch vertraue ich mein Kind an, vor allem euch drei Mäusen ‹Der-mit-der-Schlange-spricht›, ‹Der-dem-Falken-weissagt› und ‹Der-die-Hoffnung-nicht-aufgibt›; denn ihr habt nie daran gezweifelt, daß das Leben stärker ist als aller böse Zauber.»

Seit Tagen hatte er seine Werkbank kaum verlassen und auch jetzt die ganze Nacht hindurch an seiner Schnitzerei gearbeitet. Als er an diesem Morgen das Messer beiseite legte und vor die Tür trat, sah er, daß die letzten Schneereste weggeschmolzen waren. Die Luft war kühl und klar und schmeckte nach Blütenstaub, und am Wegrand drängten sich die gelben Sterne des Huflattich. Dann hörte Lauscher Schritte und sah, daß von den Hirtenhäusern her ein Mann auf ihn zukam. Gegen die Helligkeit des Hintergrunds konnte er ihn zunächst nur in Umrissen erkennen, die schmale, hochgeschossene Gestalt eines jungen Mannes, der mit raschen, ein wenig ungeduldig wirkenden Schritten dem Waldpfad folgte. Lauscher wartete vor der Tür und erkannte den Ankömmling erst, als dieser vor ihm stand und den Kopf hob.

«Guten Morgen, Belarni», sagte Lauscher. «Es ist lange her, daß wir einander getroffen haben. Seit wann bist du im Flachtal?»

«Seit gestern abend», sagte Berlarni. «Ich bin mit Arnilukka durch die Schlucht heraufgeritten.»

Als Laucher das hörte, setzte sein Herz für einen Schlag aus. In den vergangenen Wochen hatte er sich diesen Augenblick immer wieder vorzustellen versucht, ihn herbeigesehnt und sich ausgemalt, wie es sein würde, wenn Arnilukka wieder am Waldrand stand und auf ihn wartete. Weiter hatte er nicht zu denken gewagt. Doch jetzt wurde ihm mit Erschrecken bewußt, daß diese Begegnung zugleich eine Entscheidung für die Zukunft bedeuten würde. «Wie geht es ihr?» fragte er.

«Gut», sagte Belarni. «Sie hat ihre Tochter mitgebracht und wartet am Waldrand auf uns.» Und als er sah, wie Lauscher hinter sich tastete und sich auf den Hackklotz sinken ließ, der dort stand, fügte er noch hinzu: «Willst du nicht mitkommen?»

«Doch», sagte Lauscher. «Natürlich. Nur einen Augenblick. Ich habe die ganze Nacht gearbeitet und war nicht darauf gefaßt, daß sie schon hier ist.»

Belarni schien ein wenig erstaunt, doch er sagte nichts dergleichen, sondern lehnte sich mit den Schultern an das Balkenwerk der Hüttenwand und schwieg eine Weile. Lauscher betrachtete ihn von der Seite und versuchte in Belarnis Gesicht den Jungen wiederzufinden, der ihm damals im Lager der Beutereiter Hunlis Falkenteppich ins Zelt gebracht hatte, doch es fiel ihm schwer, einen Rest der kindlichen Weichheit in den hageren, angespannten Zügen dieses jungen Mannes zu entdecken, dem man allzu früh große Verantwortung aufgebürdet hatte und über dessen Mundwinkeln sich schon eine harte Falte einkerbte. «Wir haben damals gestritten, als du in mein Zelt kamst, um mich über Arnis Leute zu befragen», sagte Lauscher.

Belarni blickte ihn an, als erinnere er sich kaum noch an die Umstände dieser Begegnung. «Ja», sagte er, «ich war wohl ärgerlich darüber, daß ein Mann wie Höni sich anmaßte, Arnis Nachfolger zu spielen. Wenn ich im Zorn weggelaufen bin, mußt du das dem Kind nachsehen, das ich damals war.»

Lauscher schüttelte langsam den Kopf. «Da gibt's nichts zu verzeihen», sagte er. «Du hattest ja recht mit deiner Meinung über Arnis Leute, und wenn ich auf dich gehört hätte, wären viele vielleicht noch am Leben.»

«Kann sein, kann auch nicht sein», sagte Belarni. «Wer will das im Nachhinein entscheiden? Ich habe es mir abgewöhnt, über Dinge nachzudenken, die man nicht mehr ändern kann. Wahrscheinlich hätte ich in den letzten Jahren auch gar keine Zeit dazu gehabt. Im übrigen bist du ja auch nicht ungeschoren davongekommen, wie ich gehört habe.»

Lauscher schaute ihm aufmerksam ins Gesicht. Woher hatte Belarni das gehört? Ob Arnilukka mit ihm darüber gesprochen hatte? Warum sagte er das dann nicht? Belarni schien es fast peinlich zu sein, daß er es überhaupt erwähnt hatte. «Das ist vorbei», sagte Lauscher nach einer Weile. «Jetzt habe ich wieder Hoffnung gefaßt.»

«Ich weiß», sagte Belarni, und dann fügte er unvermittelt hinzu: «Ich möchte dich bitten, mein Freund zu sein und zu bleiben, was immer auch geschieht.»

Was soll schon geschehen?, dachte Lauscher, verwundert über diese merkwürdige Formulierung. Er reichte Belarni die Hand und sagte: «Das verspreche ich dir gern. Und jetzt wollen wir Arnilukka nicht länger warten lassen. Ich hole nur noch etwas aus meiner Hütte, und dann gehen wir zu ihr.»

Als er wieder vor die Tür trat, hatte er die Wiege geschultert, und so gingen die beiden schweigend miteinander den Pfad entlang. Mit jedem Schritt weitete sich zwischen den Bäumen der Ausblick ins Freie, und dann sah Lauscher Arnilukka draußen im Licht der Morgensonne auf der Wiese stehen. Sie hielt ihr Kind in den Armen und kam ihnen, sobald sie sich dem Waldrand näherten, entgegengegangen. Im Schatten der letzten Bäume trafen sie einander, blieben stehen und schauten sich eine Weile schweigend an. Lauscher hatte völlig vergessen, daß Belarni neben ihm stand, sah nur noch Arnilukka, und sie erschien ihm noch tausendmal schöner, als er sie in Erinnerung gehabt hatte; das Lächeln auf ihren Lippen und der Blick ihrer Augen raubte ihm fast die Besinnung. Schließlich spürte er dann doch die Last der Wiege auf seiner Schulter, setzte sie vorsichtig ins Gras und sagte: «Ich habe dir etwas mitgebracht, Arnilukka.»

Da lachte sie und sagte: «Ich dir auch, Lauscher!» und hielt ihm ihr Kind hin. «Es ist ein Mädchen.»

Er nahm es behutsam auf den Arm, und als er es ansah, erschrak er fast, obwohl er darauf hätte gefaßt sein müssen: Es blickte ihn aus den gleichen Augen an wie Arnilukka und auch alle anderen Frauen aus Urlas Sippe, denen er begegnet war. «Hast du ihm schon einen Namen gegeben?» fragte er.

«Ich wollte damit warten, bis ich mit dir darüber sprechen kann», sagte Arnilukka, «aber insgeheim habe ich sie schon vom ersten Augenblick an bei einem Namen genannt.»

Lauscher schaute sich das Kind nachdenklich an, und dann sagte er: «Urla. Du hast sie Urla genannt.»

«Ja», sagte Arnilukka lächelnd. «Du hast es erraten. Wenn es dir recht ist, wollen wir sie nach ihrer Urahnin nennen.»

Während Lauscher noch die so jungen und doch uralten Augen in dem winzigen Gesicht bestaunte, räusperte sich Belarni neben ihm und sagte: «Ich wollte noch nach den Pferden sehen.» Er machte eine ungeschickte Geste der Entschuldigung und ging ein wenig steifbeinig über die Wiese auf die Hirtenhäuser zu. Lauscher blickte ihm nach und sagte: «Belarni ist ein feinfühliger Mann. Ich mag ihn gern, aber ich bin ihm doch dankbar, daß er uns jetzt alleingelassen hat.»

«Ich freue mich, daß du ihn magst», sagte Arnilukka, «denn ich will dir von ihm erzählen.» Sie deutete mit dem Kopf auf einen umgestürzten Stamm am Waldrand. «Dort können wir uns hinsetzen, und unser Kind soll zum erstenmal in seiner schönen neuen Wiege liegen.»

Lauscher polsterte den harten Holzboden mit einer Streu aus dürrem Laub. Arnilukka breitete die Decke darüber, in der sie das Kind getragen hatte, und dann legte sie die kleine Urla hinein. «Komm, setz dich zu mir», sagte Arnilukka, und sobald Lauscher neben ihr auf dem schrundigen Eichenstamm saß, begann sie ohne weitere Umstände zu erzählen.

«Du weißt ja», sagte sie, «wie ich während des Großen Reitersturms hier ins Tal gekommen bin und von dem alten Wazzek wieder auf die Beine gebracht wurde. Später, als draußen in Arziak die Kämpfe vorüber waren, kamen dann eines Tages zwei Knechte mit den überlebenden Pferden ins Flachtal zurück, und als sie erfuhren, daß ich hier bei Wazzek hauste, sagten sie, daß sich meine Mutter große Sorgen um mich mache. Einer von ihnen ritt sofort zurück, um ihr die Nachricht zu überbringen, daß ich am Leben und in Sicherheit sei. Bald darauf kam er mit meiner Mutter zu den Hirtenhäusern, und sobald es mir besser ging, ritt ich mit ihr durch die Schlucht hinaus nach Arziak. Sie hatte mich darauf vorbereitet, daß ich meinen Vater nicht mehr vorfinden würde, aber daß er tot war, begriff ich erst richtig, als ich wieder in unserem Haus lebte, wo mich jeder Gegenstand an ihn erinnerte. Noch oft lief ich rasch in die Stube, um ihn etwas zu fragen, und erst dann, wenn ich ihn dort nicht mehr antraf, erinnerte ich mich, daß ich ihn nie mehr im Leben sehen würde.

Zuweilen fand ich aber auch Belarni in der Stube, den meine Mutter in ihr Haus aufgenommen hatte. Anfangs war er für mich einer der Reiter, die meinen Vater erschlagen hatten, und ich konnte nicht verstehen, wie meine Mutter ihn unter ihrem Dach dulden konnte. Ich weigerte mich, mit ihm zu sprechen, und blickte ihn nur böse an, wenn er mit mir reden wollte. In dieser Zeit war ich so mit meiner

Trauer und mit meinem Zorn beschäftigt, daß ich nicht einmal merkte, wie erschöpft Belarni selber war. Täglich saß er viele Stunden zu Pferd, ritt talauf und talab, kümmerte sich darum, daß seine Leute mit ihren Familien ein Dach über den Kopf bekamen, verhandelte mit den Bauern aus den Dörfern, um Futter für die Tiere und Essen für die Menschen aufzutreiben, oder schlichtete Streitigkeiten, wo ehemalige Beutereiter mit den Leuten aus dem Tal aneinandergeraten waren. Neben alledem half er auch noch meiner Mutter, wo er nur konnte.

Einmal saß ich wieder weinend am Platz meines Vaters in der Stube, als er hinter mir eintrat, geradewegs zu mir herüberkam, sich neben mich setzte und mir den Arm um die Schultern legte. Ich war so erschrocken, daß ich mich ganz steif machte und mich nicht zu rühren wagte. ‹Weißt du›, sagte er, ‹wenn wir schon zusammen unter einem Dach leben, könnten wir genauso gut miteinander reden, statt einander wie Todfeinde aus dem Weg zu gehen. Merkst du denn nicht, daß ich über die Dinge, die hier geschehen sind, nicht weniger traurig bin als du? Seit Wochen versuche ich, alles dafür zu tun, daß die Menschen in diesem Tal wieder leben können, aber ich bin am Ende meiner Kräfte und kann es nicht mehr ertragen, daß du mich für deinen Feind hältst, der ich nicht bin. Was geschehen ist, kann keiner mehr ändern, aber wenn jeder die Trauer und den Zorn an seinem Herzen auf solche Weise fressen läßt wie du, dann wird auch in Zukunft nichts besser werden. Schrei mich an, schlage mich, wenn dir danach zumute ist, aber lade mir nicht auch noch deinen stummen Zorn auf die Schultern.›

Als er mir das und noch einiges mehr gesagt hatte, schaute ich ihm zum erstenmal mit vollem Bewußtsein ins Gesicht und erkannte seine Erschöpfung und sah die Verzweiflung in seinen Augen. Da fiel ich ihm um den Hals und heulte mich bei ihm aus, während er mich festhielt und mich sachte hin- und herwiegte wie ein Kind, das ich ja damals auch noch war.

Seit diesem Tag begann ich mit Belarni zu sprechen, und damals kamen auch diese Träume, von denen ich lange Zeit hindurch niemandem erzählte. Zunächst konnte ich sie in keinen Zusammenhang bringen, obwohl ich spürte, daß sie irgendetwas miteinander zu tun hatten. Vor allem erschienen sie mir wirklicher als alles, was ich zuvor geträumt hatte. Da sah ich zum Beispiel einen Jungen auf einem Esel an einem winterlichen Fluß entlangreiten. Ganz deutlich erinnere ich mich an die zerscherbten Eisplatten, die im Ufergestrüpp hingen. Der Junge stieg nach einiger Zeit ab, ließ seinen Esel frei laufen und schlenderte langsam weiter, als habe er kein Ziel. Ich sah diesen Jungen dicht vor mir, ja ich konnte durch seine Kleider hindurchsehen und entdeckte, daß er in einem Beutel etwas Schimmerndes auf der Brust trug, und auch dieser Beutel war plötzlich wie ein feines Netz aus Glas und ließ mich erkennen, daß der Junge Arnis Stein bei sich hatte. Wie kann er so ziellos und traurig dahintrotten, dachte ich, wenn er dieses Kleinod besitzt, von dem damals keiner wußte, wo es geblieben war. Er sollte zu mir kommen, dachte ich; denn ich mochte ihn vom ersten Augenblick an. Und dann sprach ich zu ihm, um ihm Mut zu machen, denn ich hatte den Eindruck, daß er noch gar nicht begriffen hatte, was er in dem Stein besaß. Ich konnte nicht erkennen, ob er mich hörte, und da streckte ich die Hand aus, doch sobald ich ihn berührte, war das Traumbild wie ausgelöscht.

Ein anderes Mal, damals war ich schon etwas älter, sah ich den Jungen nachts im Gebüsch neben einer Quelle liegen, und ich wußte, daß er sich auf einen Weg begeben hatte, der ihn in die Irre führen würde. Frag mich nicht, woher mir dieses Wissen kam – ich konnte es einfach sehen. Und ich sah auch die Verzweiflung voraus, in die er geraten würde, ohne daß ich ihn auf irgendeine Weise hätte hindern können, diesen Weg weiterzugehen. Da nahm ich ihn in die Arme, damit er sich an diesen Trost erinnerte, wenn ihn die Verzweiflung überkommen wollte, aber er verging in meinen Armen wie Rauch, und ich konnte ihn nicht mehr sehen. Nur die Quelle hörte ich noch eine Weile rauschen.

Später hatte ich einen ganz kurzen Traum. Wieder sah ich den Jungen, wenn er mir diesmal auch etwas verändert vorkam. Er saß am Rand einer Lichtung auf einem Baumstumpf und starrte auf Arnis Stein, den er in der Hand hielt. Gleich darauf strich ein Schatten über den Stein, der sein Leuchten mit einem Schlag auslöschte, und ich sah einen Vogel vom Himmel herabstürzen und seine Krallen nach dem Stein ausstrecken. Da schrie ich laut auf, um den Jungen zu warnen, und im gleichen Augenblick verschwand das Bild.»

«Weißt du, daß all das wirklich geschehen ist und daß ich deine Nähe dabei jedesmal gespürt habe?» sagte Lauscher.

«Ich habe gehofft, daß du sie spürst», sagte Arnilukka, «und ich war sicher, daß diese Träume mir ein Stück Wirklichkeit zeigten. Damals erzählte ich Belarni zum ersten Mal davon. Ich war inzwischen so vertraut mit ihm geworden, daß auch er viele Dinge, die ihn beschäftigten, mit mir besprach. Manches davon konnte ich noch gar nicht verstehen, aber ich spürte, daß es ihm gut tat, mit jemandem darüber zu reden oder jemanden zu haben, der ihm zuhörte. Ich hatte gefürchtet, daß er mich auslachen würde, wenn ich ihm von meinen Träumen berichtete, aber er hörte mir ruhig zu, und dann sagte er, nachdem er eine Weile nachgedacht hatte: ‹Es sieht so aus, als sei da jemand zu dir unterwegs, ohne daß er sich dessen bewußt ist. Ich glaube, ich weiß sogar, wer das ist.›

‹Dann sag es mir!› rief ich. Aber Belarni schüttelte den Kopf. ‹Wenn es dir deine Träume nicht verraten, dann sollst du es noch nicht erfahren. Dieser Junge wird seinen Weg allein gehen müssen, bis er sein Ziel erkennt. Aber es wird ihm helfen, wenn er deine Gedanken spürt, die ihm entgegenkommen.› Seither lebte ich in meinen Gedanken und Träumen immer stärker mit diesem Jungen. Ich hatte schon lange das Gefühl gehabt, daß er mich an jemanden erinnerte. Wer das war, das erkannte ich erst, als ich dich zum ersten Mal im Flachtal traf und vor dir davonlief. Erst meinte ich, den Jungen aus meinen Träumen zu sehen, dann erst erkannte ich das Gesicht des Flöters, der mit mir durch den Schauerwald geritten war, und ich wußte, daß beide ein und derselbe waren. Der Anblick deiner zottigen Nacktheit jagte mir dann einen solchen Schreck in die Glieder, daß ich glaubte, ein Waldgeist habe mich genarrt, und beim zweiten Mal erging es mir nicht besser, wie du weißt.

Dann kam dieser schreckliche Traum, in dem ich den Bocksfüßigen, der das Gesicht des Jungen oder des Flöters hatte, über einer Quelle auf einem Felsblock stehen sah. Seine Augen waren leer wie die eines Toten. Er hob ein Gefäß an die Lippen, und in diesem Augenblick wußte ich, daß er etwas Entsetzliches vorhatte. Ich wollte ihn daran hindern, aber ich konnte kein Glied bewegen und mußte zusehen, wie er diesen kleinen, rundlichen Krug austrank und fallen ließ. Und dann war es, als überziehe seine Glieder unaufhaltsam von den klobigen Beinen aufsteigend ein grauer Schimmel, der sich rasch ausbreitete und seine Haut stumpf machte wie Stein. Das war der letzte dieser Träume, aber danach hörte ich eines Nachts dieses Lied von dem steinernen Mann, der irgendwo im Wald steht und darauf wartet, daß ihn einer findet. Ich hörte es so oft, daß ich es bald auswendig konnte, und damals holte ich deine Flöte aus der Truhe und lernte das Lied auf ihr zu spielen.

Belarni hörte einmal, wie ich es sang. Er blickte mich auf eine merkwürdige Weise an, nachdenklich und auch traurig, und sagte: ‹Du wirst an keinen anderen denken können, bis du diesen Steinernen gefunden und ihn zum Leben erweckt hast.›

‹Soll ich das denn nicht?› fragte ich, doch er zuckte nur mit den Schultern und murmelte so etwas wie, daß er es ja doch nicht ändern könne. Damals wurde mir bewußt, daß er mich liebte und diese Liebe vor mir zu verbergen suchte um des Jungen willen, von dem er glaubte, daß ich ihn finden müsse.

Das habe ich ja dann auch, und während des Sommers, den ich zusammen hier mit dir im Flachtal verbracht habe, ist mir Belarni kaum in den Sinn gekommen. Als ich dann im Spätherbst nach Hause kam und jeder mir ansehen konnte, wie es um mich stand, war er überhaupt nicht überrascht, sondern schien so etwas erwartet zu haben, ganz im Gegenteil zu meiner Mutter, die mir ziemlich viele Fragen zu stellen hatte. Ihre Fragen waren zum Teil die gleichen, die ich mir auch schon gestellt, aber wieder beiseite geschoben hatte. Doch jetzt mußte ich eine Antwort geben, und dabei begriff ich erst richtig, daß ich überhaupt keine Vorstellung davon hatte, was nun weiter geschehen sollte.

Belarni merkte bald, daß ich nicht so fröhlich war, wie es eine junge Frau nach einem solchen Sommer sein sollte, und schließlich fragte er mich, was mich bedrücke. Da erzählte ich ihm, wie es um uns stand und daß kaum ein Ort zu finden sei, an dem wir beide ohne Angst würden zusammenleben können. Er versuchte mich zu trösten, aber Rat wußte auch er mir keinen zu geben. Dann kam ich in die Wehen, und als das Kind da war, versuchte ich zunächst nicht weiter über die Zukunft nachzudenken. Doch der Frühling rückte immer näher, und mit jedem Tag wurde mir klarer, daß ich nicht fähig war, mein Leben lang immer an der Grenze der Angst entlangzugehen, hinter der deine Welt erst beginnt. Kannst du das verstehen, Lauscher?»

Lauscher nickte langsam. «Auch ich habe während der langen Winternächte viel darüber nachgedacht», sagte er, «aber eine Lösung habe ich nicht gefunden.»

«Es gibt wohl keine», sagte Arnilukka. «Und das habe ich schließlich auch Belarni gesagt. An diesem Abend hat er mich gefragt, ob ich seine Frau werden will.»

«Liebst du ihn denn?» fragte Lauscher. Er hörte seine eigene Stimme wie die eines Fremden und wartete, während er sprach, schon auf den Schmerz, der unweigerlich auf ihn herniederfallen würde und noch immer nicht kommen wollte. Arnilukka blickte ihn lange an, und dann sagte sie: «Ja, ich liebe Belarni, wenn auch auf eine andere Art als dich. Außerdem braucht er mich, und ich glaube, er braucht mich jetzt mehr als du.»

«Also hast du dich schon entschieden», sagte Lauscher und spürte, wie der Schmerz näher und näher kam.

«Nein», sagte Arnilukka. Er merkte, wie sie sich zu beherrschen versuchte, aber dann verlor sie doch ihre mühsam bewahrte Fassung und schrie fast: «Merkst du denn nicht, wie mir diese Entscheidung das Herz zerreißt?» Sie schwieg eine Weile, und dann sagte sie etwas ruhiger: «Du – das ist die Liebe wider alle Vernunft, überwältigend schön, aber auch dicht neben dem bodenlosen Abgrund der Angst und voll ständiger Unruhe; Belarni – das ist die Beständigkeit, eine Liebe wie ein fest gebautes Haus, in dem man ein Leben lang wohnen kann. Ich weiß nicht, wie ich mich entscheiden soll. Du mußt es mir sagen.»

«Du weißt es schon», sagte Lauscher. Jetzt war der Schmerz da und traf ihn wie ein Keulenschlag. Er versuchte standzuhalten. Dann griff er nach dem Beutel auf seinem Herzen, nahm den Stein heraus und legte ihn auf die Brust des kleinen Mädchens Urla in der Wiege. «Du hast die Augen», sagte er.

«Folge dem Schimmer,
folge dem Glanz,
du findest es nimmer,
findst du's nicht ganz.»

Arnilukka blickte ihn verwundert an und fragte: «Wie willst du ohne den Stein weiterleben?»

«Ich brauche ihn nicht mehr», sagte Lauscher. «Er war nur ein Zeichen für das, was du mir geschenkt hast und was nun ein Teil von mir selbst geworden ist. Ich habe lange geglaubt, du selber seist das Ziel, zu dem ich unterwegs bin, aber nun sieht es so aus, als solltest du mir dieses Ziel erst zeigen. Bei solchen Dingen wie bei diesem Stein kommt es wohl nicht so sehr darauf an, daß man sie besitzt, sondern daß man sie zur rechten Zeit verschenkt. Und nun hat ihn Urla zurückerhalten. Wird Belarni unser Kind gern haben?»

«Er liebt es schon jetzt», sagte Arnilukka und stand auf, um Urla daran zu hindern, den funkelnden Stein in den Mund zu stecken.

«Hebe ihn für sie auf, bis sie groß genug ist, seinem Geheimnis zu folgen», sagte Lauscher. Eine Weile standen sie schweigend nebeneinander und schauten dem Kind zu, wie es mit seinen winzigen Händchen nach den Figuren auf der Brüstung der Wiege griff. Dann umarmten sie einander und standen lange Zeit so dicht aneinandergedrängt, als hätten sie nur einen gemeinsamen Körper. Erst jetzt wurde Lauscher zu seiner Verwunderung bewußt, daß der Schmerz in dem Augenblick verschwunden war, in dem er Arnis Stein aus der Hand gegeben hatte.

Als Belarni von den Hirtenhäusern herüberkam, standen sie schon wieder an der Wiege und spielten mit dem Kind. «Was willst du jetzt tun?» fragte Arnilukka.

«Ich werde eine Weile durch die Wälder ziehen und Ausschau halten, ob irgendwo ein Flöter gebraucht wird», sagte Lauscher. «Kannst du mir zwei Pferde überlassen? Eins zum Reiten und ein Packpferd.»

«Wazzek wird dir alles geben, was du brauchst», sagte Arnilukka.

Am nächsten Morgen ritten Arnilukka und Belarni mit dem Kind zurück nach Arziak. Lauscher stand am Waldrand und blickte ihnen nach, bis er sie nicht mehr sehen konnte. Dann ging er zurück in seine Werkstatt und begann zusammen mit Döli eine zweite Drechselbank zu bauen, die man zerlegen und leicht wieder zusammensetzen konnte, und an den Abenden führte er den Jungen weiter in die Kunst des Flötens ein, doch seine Gedanken waren dabei nicht recht bei der Sache.

Als der Sommer kam, schenkte Lauscher dem Jungen die alte Drechselbank, einen Teil der Werkzeuge dazu und auch drei der Flöten, die sie während des Winters gebaut hatten. «Jetzt ist es Zeit», sagte er, «daß du zurück nach Arziak gehst und den Leuten zeigst, was du gelernt hast.»

Am nächsten Morgen schnallte er die Teile der neuen Drechselbank samt dem Werkzeug und einem Ledersack mit den restlichen Flöten auf den Tragsattel des Packpferdes und ritt talabwärts durch die Wälder davon.

2. Kapitel

An dem Abend, an dem jene Geschichte begann, die jetzt erzählt werden soll, saß Lauscher unter dem Türsturz seiner Hütte und schaute hinüber zu dem Kamm des Hochgebirges, dessen schroffe Zacken und Türme noch rot übergossen waren von den letzten Strahlen der Abendsonne, während die Gletscher darunter schon grau im Schatten lagen. Anfangs, als er von den Blutaxtleuten hierher in ihr Dorf verschleppt worden war, hatte ihm gegraut vor dieser kahlen, von Schrunden und

Felsstürzen zerklüfteten Landschaft, in der nur hie und da auf den langgezogenen steilen Schuttkaren etwas Krüppelholz wuchs. Der Tag lag schon bald zwölf Jahre zurück, an dem ihn die rotschopfigen Grobiane irgendwo im wilden Wald aufgegriffen hatten, aber noch heute zitterte ihm das Herz, wenn er sich an diesen Ritt ins Gebirge erinnerte. Sie hatten ihn mit langen Riemen auf sein Pferd gebunden und blickten sich nicht einmal um, als er laut aufschrie vor Angst, sobald der Weg aus dem Wald hinausführte ins offene Gelände der Almwiesen, über denen der tiefblaue Himmel lastete wie eine stählerne Platte. Sie hatten sich weiter in ihrer kehligen, polternden Sprache unterhalten, während er bald halb ohnmächtig und mit geschlossenen Augen im Sattel hing. Im Dorf hatten sie ihn in eine niedrige Blockhütte gesperrt, die offenbar für solche Zwecke vorgesehen war, und erst hier in dem halbdunklen Raum, in den nur wenig Licht durch zwei schmale Fensterschlitze hereinfiel, war er wieder einigermaßen zur Besinnung gekommen. Das Zuriegeln hätten sie sich sparen können, hatte er damals gedacht, denn er war sicher, daß er diesen Raum aus freien Stücken nie mehr verlassen würde, um sich noch einmal der Qual dieses Himmels auszusetzen, der fast greifbar nahe über den Bergspitzen zu hängen schien.

Als dann später einer der Männer zurückkehrte und ihm bedeutete, er solle ihm irgendwohin folgen, hatte sich Lauscher schlichtweg geweigert, und der Mann merkte bald, daß er ihn mit Gewalt hätte aus der Tür schleifen müssen, wenn er ihn ins Freie bringen wollte. Er ließ es schließlich kopfschüttelnd sein, ging weg, nachdem er die Tür wieder verriegelt hatte, und kehrte bald darauf mit einem anderen Rotschopf mittleren Alters zurück, der ihn noch um Haupteslänge überragte, obwohl er selbst auch nicht eben klein gewachsen war. Nach der goldenen Gürtelschnalle zu schließen und den mit roten Steinen eingelegten Gewandspangen, mit denen der andere sein Kittelhemd geschmückt hatte, mußte er eine Art Anführer sein. Außerdem erwies er sich als sprachenkundig, denn er fragte ihn in der Redeweise der Täler, ob er aus Arziak komme.

«Woher weißt du das?» fragte Lauscher.

«Dein Sattelzeug verrät das», sagte der Mann. «Ich weiß Bescheid mit jeglichem Sattelzeug im Umkreis von dreißig Tagesritten, denn es gibt kaum eine größere Ansiedlung in diesem Bereich, aus der ich nicht schon einmal einen Gefangenen eingebracht hätte, um mir Lösegeld zu verschaffen.»

«Also bist du hier der Anführer?» sagte Lauscher. «Ich habe einmal von einem erzählen hören, den man Kluibenschedl nannte, aber der kannst du nicht sein, weil diese Geschichte schon lange Zeit zurückliegt.»

«Klubenschedl?» sagte der Mann und lachte dröhnend. «Von dem redet hier schon lange keiner mehr. Seit ihn damals so ein verrückter Alter im Brettspiel betrogen hat, besaß er kein Gesicht mehr unter den Leuten. Er fing mit jedermann Streit an und wurde irgendwann bei einer solchen Gelegenheit kurzerhand erschlagen. Seither bin ich hier der Häuptling. Wie heißt du?»

Lauscher nannte seinen Namen und dachte dabei, daß es wohl dieser Schlagetot gewesen sein mußte, der Kluibenschedl den Rest gegeben hatte. Diese Erinnerung schien den Riesen jedoch wenig zu bekümmern, sondern eher mit Befriedigung zu erfüllen. Lauscher betrachtete sein narbenzerhacktes Gesicht und fragte: «Wie soll ich dich nennen?»

«Ich heiße Schwingshackl», sagte der Häuptling, «und du kannst dir wohl denken, auf welche Weise ich mir diesen Namen erworben habe.» Der Gedanke an dieses namensstiftende Ereignis schien ihm gewaltigen Spaß zu bereiten, denn er lachte noch einmal, daß die niedrigen Deckenbalken bebten, und sagte dann: «Du scheinst ein komischer Bursche zu sein. Hast schon unterwegs viel Geschrei gemacht, wie ich höre, und jetzt hast du dich gar geweigert, vor mir zu erscheinen. Was ist eigentlich mit dir los?»

«Das ist eine lange Geschichte», sagte Lauscher.

Schwingshackl war sofort interessiert. «Geschichten mag ich!» sagte er. «Setz dich hin und erzähl!» Mit einer Handbewegung scheuchte er den anderen Rotschopf aus dem Raum wie ein lästiges Huhn, dann ließ er sich auf die Wandbank fallen, daß die Bretter krachten, und wies Lauscher den Platz neben sich an. «Also», sagte er, «ich höre.»

Da berichtete Lauscher, wie ihn eine Hexe dergestalt verzaubert hatte, daß er den Aufenthalt unter freiem Himmel nicht mehr ertragen konnte. Den Häuptling schien das außerordentlich zu fesseln. Er hörte gespannt zu, fragte zwischendurch nach Einzelheiten und schlug sich dann wieder voller Erstaunen auf seine prallen Schenkel. Schließlich sagte er: «Ein fabelhafter Zauber! Und so praktisch! Hier in dieser baumlosen Gegend brauchte man einen solcherart Behandelten also gar nicht einzuschließen, weil er überhaupt nicht weglaufen kann. Diese Hexe möchte ich gerne in Dienst nehmen. Wo kann man sie finden?»

«Überall und nirgends», sagte Lauscher und mußte nun selbst lachen über die Art, wie Schwingshackl dieser Zaubergeschichte gleich eine nützliche Seite abzugewinnen verstand. «Sie hat sich in ihrem eigenen Netz gefangen und fliegt jetzt als Falke irgendwo unter dem Himmel.»

«Schade», sagte Schwingshackl mit ehrlichem Bedauern. «Aber auf dich brauchen wir wenigstens nicht mehr aufzupassen. Gibt es jemanden, der für dich Lösegeld bezahlen würde?»

Lauscher dachte eine Weile nach. Arnilukka würde wahrscheinlich alles drangeben, um ihn auszulösen, aber sie war die letzte, die er jetzt darum bitten wollte. Von seinen Eltern wußte er nicht einmal, ob sie noch am Leben waren, und reich waren sie ohnehin nicht gewesen. Barlo? Von ihm hatte er seit Jahren nichts mehr gehört. Er schüttelte den Kopf. «Du hast einen schlechten Fang gemacht mit mir», sagte er. «Ich bin nur ein umherziehender Flöter, der nirgends recht zu Hause ist. Wer sollte also Lösegeld für mich bezahlen?»

«Ein unnützer Esser mehr also», sagte Schwingshackl. «Vielleicht sollte man dich rasch beseitigen.» Lauscher verging das Lachen; denn Schwingshackl sagte das mit der gleichen Sachlichkeit, als ginge es darum, ob man ein Kalb noch ein bißchen mästen oder gleich schlachten solle. Doch der Häuptling zögerte offenbar noch, diese Sache so rasch zu entscheiden. «Was ist das für Zeug, das du auf deinem Packpferd mitgeschleppt hast?» fragte er.

«Eine Drechselbank», sagte Lauscher. «Ich baue nebenbei Flöten und kann auch sonst noch allerlei Sachen aus Holz drehen.»

«Auch Spielsteine?» fragte Schwingshackl.

«Natürlich», sagte Lauscher. «Auch Spielsteine in allen Formen, die du dir wünschst. Als letztes habe ich eine Wiege aus gedrechselten Stäben für meine Tochter gebaut.»

Der Häuptling hob ruckartig den Kopf, als habe er plötzlich eine frische Fährte entdeckt. «Für deine Tochter, sagst du? Also hast du irgendwo eine Frau, die für dich zahlen könnte!»

«Nein», sagte Lauscher. «Diese Frau hat einen anderen geheiratet.»

«Das hätte ich mir denken können!» Schwingshackl haute mit der Faust auf die Sitzbank und brüllte vor Lachen. «Hat sie dir einer weggeschnappt? Was bist du doch für ein armseliger Wicht!» Dann beruhigte er sich wieder und sagte: «Also drechseln kannst du. Das ist wenigstens etwas. Du wirst hier für mich arbeiten, und wenn wir ein Fest feiern, dann sollst du dich unter die Tür setzen, wenn du's draußen schon nicht aushältst, und uns mit deiner Flöte aufspielen. Dafür lasse ich dich am Leben und gebe dir zu essen.» Er sagte das so, als erweise er Lauscher eine große Gunst, und der war dankbar genug, daß ihm die Bekanntschaft mit einer dieser messerscharfen Streitäxte erspart blieb.

Seither hatte er hier oben bei den Blutaxtleuten in seiner Hütte gelebt, hatte Spielsteine aus Zirbenholz oder Ziegenhorn gedrechselt, auch allerlei anderen Spielkram für die Kinder, und von Zeit zu Zeit zu den wilden Festen der Dorfbewohner auf seiner Flöte gespielt. Dabei war es ihm durchaus in den Sinn gekommen, die Tanzenden durch seine Kunst dahingehend zu beeinflussen, daß sie ihn gehen ließen, doch er erinnerte sich zu genau daran, was dabei herausgekommen war, wenn er den Zauber seiner Flöte zum eignen Nutzen gebraucht hatte. Und überdies: Wohin hätte er gehen sollen in diesem felsigen Hochland, wo der nächste Wald unerreichbar weit entfernt lag? So war er geblieben und hatte mit der Zeit die rauhe Sprache der Blutaxtleute gelernt, so daß er nach einer Weile schon mit der alten Frau, die ihm das Essen brachte, ein bißchen plaudern konnte. Sie hieß Kiwitt, was in der Sprache dieser Leute Bergdohle bedeutete, und glich mit ihrer scharf vorspringenden Nase tatsächlich diesen schwarzen, gelbschnäbeligen Vögeln, die tagsüber oben in schwerelosem Flug um die Felsspitzen kreisen und zuweilen auch bis ins Dorf hinunterkamen.

Und da war noch Schneefink, Kiwitts Enkelsohn. Dieser weißblonde, schmalgesichtige Junge war ihm zum erstenmal aufgefallen, als er bei einem der Feste unter seiner Tür saß und spielte. Damals lebte er schon seit einigen Jahren in dem Bergdorf und hatte sich daran gewöhnt, daß ihm kaum einer zuhörte. Deshalb war er auch auf diesen Weißschopf aufmerksam geworden. Während die anderen Jungen unter den Tanzenden umhersprangen oder sich irgendwo am Rande des Trubels prügelten, stand dieser Weißschopf einige Schritte von ihm entfernt auf dem Dorfplatz und hörte ihm zu. Er schien kaum zu merken, wie ihn die anderen anrempelten oder ihm Spottworte zuriefen, weil er sich nicht an ihren Kämpfen beteiligte, sondern gab sich der Musik auf eine Weise hin, die ihn all das Toben und Springen ringsum vergessen ließ. Und auch wenn Lauscher sonst nur so für sich allein ein bißchen flötete, konnte er sicher sein, daß nach kurzer Zeit dieser Junge wie aus dem Erdboden gewachsen dastand und an dieser Stelle blieb, bis nichts mehr zu hören war.

Anfangs hatte er nicht gewußt, wer dieser Junge war. Das erfuhr er erst, als Kiwitt ihn eines Tages ansprach, während er die mit Speckstücken geschmelzte Buchweizengrütze aß, die sie ihm gebracht hatte. «Ich habe da einen Enkel», sagte sie. «Schneefink heißt er, und er ist ganz verrückt nach deiner Flöte. Sobald er dich spielen hört, läßt er alles stehen und liegen und läuft hierher, um nur ja keinen Ton zu versäumen.»

«Ist das so ein weißblonder, schmaler Junge?» fragte Lauscher.

«Ja», sagte sie. «Er ist ein bißchen schwächlich und hat allerlei auszustehen von den rotschopfigen Rüpeln hier im Dorf. Ich habe mir schon oft Sorgen gemacht, was aus ihm werden soll. Zu irgend so einem Rauhbein von Schädelspalter wie die anderen Männer hier wird er sich wohl nie auswachsen, und ich habe mir gedacht, ob er nicht vielleicht ein Flöter werden könnte. Was meinst du dazu?»

Lauscher hatte nichts einzuwenden gehabt, und so war er auf diese Weise zu einem Schüler gekommen, der an Eifer selbst Döli übertraf. Schneefink trank die Musik geradezu in sich hinein, und es zeigte sich bald, daß seine Finger die Griffe auf der Holzflöte, die Lauscher ihm aus seinem Vorrat geschenkt hatte, fast wie von selbst zu finden wußten.

Lauscher war langsam vorangegangen bei diesem Unterricht, denn er hatte ja unendlich viel Zeit, doch in den paar Jahren, die seither vergangen waren, hatte es Schneefink zu einer Meisterschaft gebracht, die ihn anderswo schon längst zu einem begehrten Spielmann gemacht hätte. Hier im Dorf jedoch galt er nur als Spinner, der zu keiner vernünftigen Tätigkeit zu brauchen war. Inzwischen war er zu einem mageren Burschen aufgeschossen, der kaum wußte, wo er seine schlaksigen Arme lassen sollte, so lange er keine Flöte zwischen den Fingern hatte.

An diesem Abend nun, von dem anfangs die Rede war, hatte Lauscher seinen Schüler eine Weile unterrichtet und ihm wieder ein paar Feinheiten mehr beigebracht, etwa auf welche Weise man einen Zornigen zur Besinnung bringen oder einem Ängstlichen Mut zuflöten kann. Dann hatte er Schneefink nach Hause geschickt, um noch eine Weile allein unter der Tür zu sitzen und zuzusehen, wie die Sonne unterging. Diese bizarre Landschaft, die ihn anfangs erschreckt hatte, war ihm mittlerweile so vertraut geworden, daß er ihren Anblick nicht nur ertragen konnte, sondern sogar etwas von ihrer wilden Schönheit zu empfinden gelernt hatte.

Während er nun so dasaß und beobachtete, wie auf den Felswänden die scharf abgeschnittene Grenze zwischen dem rotviolett schimmernden Bereich und dem stumpfen Grau des Gesteins darunter langsam nach oben wanderte, kam über ein schon längst im Schatten liegendes Schuttkar her ein kleiner Schwarm von Bergdohlen herangestrichen und ließ sich auf dem Dach seiner Hütte nieder. Das war nichts Ungewöhnliches, denn Kiwitt warf ihnen oft ein paar Brotkrumen oder sonstige Essensreste auf den Vorplatz, aus denen sie sich dann das beste herauspickten. Auch an diesem Tag hatte sie das getan, ehe sie nach Hause gegangen war, und nun flatterten ein paar von den Dohlen vom Dach herunter, um zu begutachten, was dort für sie bereitlag.

Sobald der aufsteigende Schatten die letzte Bergspitze verschluckt hatte und nur noch der Himmel darüber mit schmutzig-roten und tiefvioletten Streifen gebändert war, wendete Lauscher seine Aufmerksamkeit den Dohlen zu, die mit schief gelegtem Kopf die auf dem steinigen Boden verstreuten Brocken beäugten. Sie hatten es nicht eilig; denn im Sommer gab es hier genug für sie zu fressen.

«Besonders schmackhaft ist das ja alles nicht, was die Leute hier essen», sagte eine von ihnen. Lauscher bemerkte, daß diese Dohle eine winzige weiße Feder über dem Schnabelansatz hatte, was ihr ein gewissermaßen pfiffiges Aussehen verlieh.

«Nun ja», sagte eine andere. «Ich habe auch schon besser zu Abend gegessen. Aber man muß ja allein aus Höflichkeit ein bißchen zupicken, damit die alte Frau nicht enttäuscht ist, wenn morgen früh noch alles daliegt. Wo warst du denn im Winter, Weißfeder, daß du so große Ansprüche stellst?»

«In der Gegend von Arziak», sagte die Angesprochene. «Seit die Leute dort die Reste der Beutereiter bei sich aufgenommen haben, können sie wieder ungestört ihrer Arbeit nachgehen und ihre schönen Schmuckstücke mit gutem Gewinn selbst verhandeln. Das merkt man allein schon daran, was dort alles auf den Tisch kommt. Da braucht man im Winter nicht zu darben und kriegt wieder einmal feines weißes Brot zu kosten oder sogar Bratenstückchen und dergleichen Genußhappen.»

«Das muß ich mir merken», sagte die andere. «Als damals dort unten Mord und Totschlag herrschten, habe ich mir ein anderes Winterquartier gesucht. Also leben die Leute dort alle wieder glücklich und zufrieden?»

«Die meisten schon», sagte Weißfeder. «Nur die Herrin Arnilukka hat das Lachen verlernt, und auch ihr Mann Belarni kann nicht mehr recht froh werden. Sie machen sich beide Sorgen wegen ihrer ältesten Tochter.»

Jetzt kamen auch die anderen Dohlen vom Dach heruntergeflogen und sammelten sich um Weißfeder. «Was ist mit der Tochter?» fragten sie durcheinander. «Weißt du eine Geschichte? Erzähl doch, erzähl!»

Lauscher war nicht weniger gespannt darauf als die Dohlen, was Weißfeder zu berichten hatte. Er wagte kein Glied zu rühren, um die Vögel nicht zu verscheuchen, und dann begann Weißfeder auch schon mit ihrer Erzählung.

«Mit dieser Tochter», sagte sie, «hat es etwas Merkwürdiges auf sich. Sie ist über die Maßen schön, hat nußfarbenes Haar und Augen, deren Farbe man kaum beschreiben kann. Sie ist auch sehr freundlich zu allen und geschickt zu jeder Art von Beschäftigung. Aber sie kann nicht reden wie die Menschen. Ihr könnt euch wohl denken, was es für ein Kummer ist, wenn Eltern mit ihrem leiblichen Kind noch nie ein Wort haben sprechen können.»

«Weiß man denn, woran das liegt?» fragte eine der Dohlen. Weißfeder schwieg eine Weile, um die Spannung zu erhöhen, und dann sagte sie: «Die Eltern wissen es jedenfalls nicht, denn sonst hätten sie gar nicht erst versucht, das Mädchen auf jede nur denkbare Weise zum Sprechen zu bringen.»

«Aber du hast es herausbekommen!» rief die andere Dohle, und die übrigen schrien jetzt wieder alle miteinander: «Erzähl doch! Erzähl!»

Weißfeder blickte sich im Kreis um, ob auch alle richtig zuhörten, und dann sagte sie: «Ja, ich habe es herausbekommen, wenn ich auch nicht alles verstanden habe, was mir zu Ohren gekommen ist. Es steckt ein Zauber dahinter, und das habe ich erfahren, als ich im Frühling schon auf dem Rückweg in die Berge war. Ich flog dabei über das flache, grüne Tal, in dem die Leute von Arziak ihre Pferde weiden lassen. Dort entspringt am oberen Talende eine Quelle, an der ich trank, ehe ich mich zu einer kurzen Rast auf dem riesigen Ahornbaum niederließ, der über der Quelle seine Äste ausbreitet. Während ich dort saß, glitt ein Schatten durch das junge Laub, und als ich aufblickte, sah ich einen Falken am Himmel seine Kreise ziehen. Ich hielt mich ruhig unter den Blättern, damit er mich nicht entdeckte, aber eine Maus unten im Gras war nicht so vorsichtig. Ehe sie sich's versah, stürzte der Falke wie ein Pfeil auf sie herab und packte sie mit seinen Klauen, ohne sie jedoch gleich zu töten.

Die Maus quiekte gellend vor Schreck und sagte dann: ‹Du hast mich gefangen, mach also schnell, damit ich's überstanden habe.›»

Doch der Falke nahm sich Zeit, und das vielleicht gerade deshalb, weil die Maus nicht um ihr Leben bat, sondern sich tapfer zeigte. Das gefiel ihm wohl nicht. ‹Warum so eilig?›, sagte er. ‹Ich habe Zeit, und mir ist langweilig, wenn ich immer so allein unter dem Himmel fliegen muß. Ich will mir mit dir noch ein bißchen Unterhaltung machen. Wie wär's mit einem Rätselspiel? Wenn du gewinnst, laß ich dich laufen.›

Er hielt die Maus weiter unter seiner Klaue fest, doch die ließ sich nicht einschüchtern. Sie hob den Kopf und schaute dem Falken ins Gesicht, und erst da bemerkte ich, daß er grüne Augen hatte. Der Maus fiel das wohl auch auf, denn sie sagte: ‹Mit dir hat ja schon einmal einer aus meinem Volk gesprochen. Mir soll's recht sein, wenn mir die Ehre zufällt, dir noch einmal zu zeigen, daß Mäuse vor deinesgleichen nicht gleich den Verstand verlieren.›

Der Falke wurde ziemlich wütend, als er das hörte, aber da er das Rätselspiel nun schon angeboten hatte, konnte er nicht mehr zurück und sagte: ‹Dir wird dieses hochtrabende Geschwätz schon noch vergehen, wenn du meine drei Rätsel hörst. Zum ersten also: Er ist ein Räuber und doch kein Räuber, er ist ein Sohn und doch kein Sohn, er ist ein Vater und doch kein Vater: Wer ist das?›

Jetzt fing die Maus wahrhaftig an zu kichern. ‹Das ist doch einfach›, sagte sie. ‹Wenn du keine besseren Rätsel weißt, ist mir mein Leben sicher. Du meinst Belarni. Er ist ein Beutereiter und war doch nie auf Beute aus; er galt als Sohn Hunlis, ist aber nicht sein Sohn; er hat sich Arnilukkas Tochter wie ein Vater angenommen, ist aber nicht ihr Vater.›

Der Falke zischte böse: ‹Du schlauer Winzling!› keifte er. ‹Woher weißt du das alles?›

‹Man kommt nicht nur auf Flügeln in der Weltgeschichte herum›, sagte die Maus. ‹Und außerdem haben wir eine Vorliebe für Geschichten und hören aufmerksam zu, wenn einer etwas zu erzählen weiß. Wie lautet das zweite Rätsel?›

‹Das bekommst du nie heraus!› sagte der Falke. ‹Gib acht: Der Vater spricht mit Ziegen, die Mutter mit Fischen – kein Wunder, daß ihr Kind stumm ist. Kannst du das lösen?›

‹Nichts leichter als das›, sagte die Maus vergnügt. ‹Du meinst das Mädchen Urla, das nicht reden kann wie die Menschen, obwohl seine Mutter sogar mit Fischen spricht. Hängt das vielleicht damit zusammen, daß Urlas Vater noch Bocksfüße hatte, als er mit Arnilukka schlief?›

Der Falke kreischte zornig, als er merkte, daß er mehr verraten hatte, als er gewollt hatte, und war drauf und dran, der Maus den Garaus zu machen. Doch die rief: ‹Willst du dir nachsagen lassen, daß du zu feige warst, ein Rätselspiel zu Ende zu führen? Sag mir das dritte, und dann bring mich um, wenn ich keine Antwort weiß!›

‹Das wird mir ein ganz besonderes Vergnügen sein›, sagte der Falke. ‹Und antworte schnell, denn meine Geduld ist erschöpft! Paß auf:

Das eine schafft mir eine weiße Haut,
das andre dem Knecht ein zottiges Fell,
und beides muß wiedergefunden sein,
zu lösen die Zunge dem stummen Kind.

Was ist das? Sag's rasch!›

‹Kette und Ring!› rief die Maus sofort, und man konnte dem Falken ansehen, daß sie das Richtige getroffen hatte. Er sträubte sein Gefieder und hob den krummen Schnabel, um der Maus den Rest zu geben, aber da hatte er nicht mit mir gerechnet. Eine so tüchtige Maus wollte ich nicht im Stich lassen, und so schwang ich mich schreiend hinunter von meinem Ast und schoß so dicht über den Falken hinweg, daß ich seine Kopffedern streifte. Er erschrak derart, daß er die Maus fahren ließ, und ich konnte gerade noch sehen, wie sie im Buschwerk verschwand. Bis der Falke begriffen hatte, wer ihm da in die Quere gekommen war, hatte ich mich schon hoch hinauf in den Himmel geschwungen und flog rasch nach Norden auf die Berge zu; denn auf einen Kampf wollte ich es denn doch nicht ankommen lassen. Nun macht euch selber einen Reim darauf, wie man das Mädchen von dem Zauber erlösen könnte.»

«Kette und Ring? Ring und Kette?» riefen die anderen Dohlen. «Was für eine Kette? Was für ein Ring?»

«Das weiß ich nicht», sagte Weißfeder, aber Lauscher, der sich das alles angehört hatte, wußte genau, welche Kette und welcher Ring gemeint waren. Er wußte aber auch, daß dieses Geschmeide irgendwo in der Tiefe des Sees unterhalb der großen Felswand lag, wo es keiner je würde wiederfinden können. Wirklich keiner? Er dachte noch darüber nach, als die Dohlen längst wieder fortgeflogen waren, und auch in der Nacht, als er schlaflos auf seinem Bett lag, ließ ihn dieser Gedanke nicht los. Er war der einzige, der wußte, wo Kette und Ring zu suchen waren, und damit auch der einzige, der seinem Kind helfen konnte. Das Wiesel war zwar auch dabei gewesen, als er beides in den See geworfen hatte, aber Nadelzahn war wohl längst zu seinen Vätern gegangen, wie er sich auszudrücken beliebte. Nach und nach formte sich in seiner Vorstellung ein Plan, und als draußen schon der Morgen zu grauen begann, hatte Lauscher einen Entschluß gefaßt und legte sich noch ein bißchen aufs Ohr, bis Kiwitt kam und ihn mit dem Morgenessen weckte.

Er löffelte in Ruhe die aufgeweichten Brotbrocken aus der Ziegenmilch, trank den Rest aus der Holzschale, die er selbst gedrechselt hatte, wischte sich mit dem Handrücken den Mund ab und sagte zu der alten Frau, die inzwischen seine Stube in Ordnung brachte: «Kannst du mir heute vormittag Schneefink herüberschicken? Ich muß noch etwas mit ihm besprechen wegen des Festes, das übermorgen stattfinden soll. Schwingshackl soll diesmal eine besonders schöne Musik von zwei Flöten geboten bekommen.»

«Als ob der dir je zugehört hätte!» sagte Kiwitt, aber sie versprach, dem Jungen Bescheid zu sagen. Sie hatte die Hütte noch nicht lange verlassen, da kam Schneefink schon angestürzt. «Großmutter hat gesagt, ich darf mit dir zum Fest aufspielen!» rief er schon unter der Tür. «Ist das wahr?»

«Sicher», sagte Lauscher. «Übermorgen sollst du allen im Dorf zeigen, was du gelernt hast. Aber das ist nicht so wichtig neben dem, was ich eigentlich mit dir besprechen will. Hast du vor, dein Leben lang hier im Dorf zu bleiben?»

Schneefink blickte ihn erschrocken an. «Willst du mich wegschicken?» sagte er. «Solange du hier bist, will auch ich bleiben, um noch mehr von deiner Kunst zu lernen!»

«Darum geht es nicht», sagte Lauscher. «Wärst du bereit mitzukommen, wenn ich mich davonmache?»

«Wenn's sein muß sofort!» sagte Schneefink und bekam vor Eifer rote Ohren. «Aber du kannst doch überhaupt nicht ins Freie gehen, selbst wenn du wolltest! Das weiß doch jeder hier im Dorf.»

«So wie ich hergekommen bin, werde ich auch wieder wegreiten», sagte Lauscher. «Allerdings mußt du mir dabei helfen.»

«Wann soll das geschehen?» fragte Schneefink.

«Übermorgen in der Nacht nach dem Fest, wenn alle betrunken in ihren Hütten liegen», sagte Lauscher. «Wir werden schon weit unten in den Wäldern sein, wenn sie ihren Rausch ausgeschlafen haben und merken, daß wir nicht mehr da sind.»

Und dann erklärte er dem Jungen den Plan, den er sich ausgedacht hatte.

Das Fest galt einem gelungenen Raubzug, von dem Schwingshackl mit seinen Männern vor wenigen Tagen zurückgekehrt war. Gefangene hatten sie nicht mitgebracht, dafür aber neben allerlei anderen brauchbaren Dingen ein paar Schläuche mit schwerem roten Wein, doch den hielt der Häuptling vorderhand noch zurück. Zunächst wurde Honigmet getrunken, und zwischendurch stampften die Männer ihre wilden Tänze. Sie standen dabei im Kreise, hielten einander bei den Gürteln gepackt, gingen gemeinsam in die Knie, sprangen wieder auf, dann begann der Kreis sich langsam zu drehen, während die Frauen ringsum standen und den Takt in die Hände klatschten. Immer schneller drehte sich die geschlossene Kette der tanzenden Männer, bis sie plötzlich mit einem gellenden Schrei auf der Stelle stehen blieben, ohne ihren Stampfschritt zu unterbrechen. Doch nun lösten sie ihren Griff und klatschten allesamt den aufpeitschenden Rhythmus mit, während zwei der Tänzer aus dem Kreis in die Mitte aufeinander zusprangen. Sie hatten ihre Äxte aus dem Gürtel gerissen, wirbelten sie über dem Kopf und schlugen aus dieser Schwingung heraus unversehens aufeinander ein. Dieses geschah jedoch offenbar nach streng festgelegten Regeln, denn stets trafen die Stiele der Waffen mit scharfem Knall aufeinander, die Äxte federten in ihre kreisende Bewegung zurück und fuhren gleich danach aufs neue auf den Mittänzer zu, und zwar jedesmal in einem anderen Winkel wie bei einer sorgfältig einstudierten Waffenübung, bei der es darauf ankommt, alle erdenklichen Schläge eines Gegners abzuwehren. Schließlich verhakten die beiden Tänzer ihre Äxte ineinander und drehten sich immer schneller um den so geschaffenen Mittelpunkt, bis man ihre Köpfe im Strudel dieser Bewegung kaum noch auseinanderhalten konnte, während das Klatschen sich zu rasendem Tempo steigerte und schließlich wieder mit einem gellenden Schrei endete, dessen Echo vielfach von den Bergen zurückgeworfen wurde. In diesem Augenblick lösten die beiden in der Mitte ihre Äxte voneinander und wurden durch die Gewalt der Drehung mit solcher Kraft nach außen geschleudert, daß die Männer im Kreis Mühe hatten, sie aufzufangen.

Es gab brüllendes Gelächter, als einige von ihnen übereinander stürzten, und dann löste sich die Gruppe der Tanzenden auf.

Nun erst ließ Schwingshackl die Weinschläuche bringen und überwachte selbst, wie den erschöpften Tänzern ausgeschenkt wurde. Sobald jedermann seinen Becher gefüllt hatte, legte sich der Lärm. Lauscher, der bis dahin mit Schneefink auf der Schwelle seiner Hütte gesessen und dem Treiben zugeschaut hatte, stand auf, nahm seine Flöte zur Hand und sagte: «Jetzt ist es an der Zeit, daß wir ihnen eins aufspielen.»

Er hob seine Flöte an die Lippen und begann allein. Wenn zuvor einzelne der Zecher noch laut gelacht oder mit kräftigen Zurufen einander zugetrunken hatten, so wurde es jetzt rasch still. Lauscher hatte den Rhythmus des eben erst beendeten Tanzes aufgenommen und verwandelte ihn in eine springende Melodie. Das klang, als habe man bisher nur die Begleitung zu einem Lied gehört, das erst jetzt richtig begann und mit seinen auf- und absteigenden Tonfolgen dem Stampfen des Tanzes, das noch jedermann in den Gliedern hatte, seinen eigentlichen Sinn gab. Alle blickten jetzt herüber, während Lauscher die Melodie in einem verwegenen Aufschwung zu Ende führte, seine Flöte für einen Augenblick absetzte und Schneefink zuraunte: «Jetzt du!»

Nun nahm der Junge mit seiner dunkler klingenden Holzflöte die Melodie auf, die jetzt schon manche der Feiernden mitsummten, und nach den ersten Takten begann Lauscher auf seinem silbernen Instrument dieses Lied mit rasch dahinperlenden Läufen zu umspielen, die wie der Gesang von Vögeln in den Abendhimmel aufstiegen, und als Schneefink das Lied zum zweiten Mal zu Ende gebracht hatte, begannen beide zugleich mit einer dritten Strophe, in die nun schon viele mit kräftiger Stimme einfielen. Sobald man hören konnte, daß die Sänger ihrer Sache sicher waren, gab Lauscher dem Jungen ein Zeichen, und nun sprangen beide Flöten von der Grundmelodie ab und umhüllten sie mit einem sprühenden Wirbel von Trillern.

Als sie das Lied auf solche Weise abgeschlossen hatten, erhob sich dröhnendes Beifallsgebrüll, denn dergleichen hatte man hier im Dorf noch nie gehört. Schneefink genoß es offensichtlich, zum erstenmal in seinem Leben und dann gleich auf solch überwältigende Weise öffentliche Anerkennung zu finden. «Sollen wir noch ein Stück spielen?» fragte er und griff schon nach seinem Instrument. Doch Lauscher hielt ihn zurück und sagte: «Laß sie erst noch ein bißchen mehr trinken, ehe wir ihnen ein Schlaflied spielen.»

Sie setzten sich wieder auf die Schwelle, und dann kam auch schon Schwingshackl mit dem Weinschlauch herüber und sagte: «Ihr habt auch einen Schluck verdient. Zwei Becher für dich und den Jungen werden sich wohl finden lassen.» Schneefink sprang auf und holte zwei hölzerne Trinkgefäße aus der Hütte, die der Häuptling bis zum Rand füllte. «Ich wußte gar nicht», sagte er, «daß ich nun schon zwei Flöter im Dorf habe. Da hat es sich ja doch gelohnt, daß ich dich durchgefüttert habe. Hat mir gefallen, eure Musik, hat mir wirklich gefallen. Ihr dürft auf mein Wohl trinken.»

Er blieb noch so lange vor ihnen stehen, bis sie den Wein probiert hatten, als wolle er sich vergewissern, daß sie seine Gabe zu würdigen wußten. Daß sie nur jeder einen kleinen Schluck tranken, merkte er schon nicht mehr; denn als die beiden ihre Becher absetzten, hatte er sich schon wieder abgewandt und ging zu seinen Leuten zurück.

Auch an diesem Abend kamen die Dohlen zu Lauschers Hütte, blieben aber wegen der vielen Leute auf dem Dach sitzen. Nur Weißfeder flatterte herunter auf den Vorplatz und begutachtete, was Kiwitt ihnen diesmal hingestreut hatte. Während er den Vogel beobachtete, kam Lauscher ein Gedanke. «Das war eine interessante Geschichte, die du vorgestern erzählt hast», sagte er.

Die Dohle flatterte vor Schreck ein Stück in die Höhe, als sie solcherart angesprochen wurde, doch dann siegte ihre Neugier, und sie ließ sich wieder auf dem Boden nieder, wenn auch in angemessener Entfernung. «Wo hast du unsere Sprache gelernt?» fragte sie.

«Das ist eine zu lange Geschichte, als daß ich sie dir jetzt erzählen könnte», sagte Lauscher. «Vielleicht genügt es, wenn ich dir sage, daß von mir in einem Rätsel des Falken die Rede war. Vor allem weiß ich, wo man Ring und Kette suchen muß.»

Als sie das hörte, kam die Dohle wieder nähergehüpft und schaute ihn aufmerksam an. «Dann mußt du der Bocksfüßige gewesen sein, von dem man sagt, er sei Urlas Vater.»

«Der bin ich», sagte Lauscher.

«Wenn das wahr ist, solltest du dich auf die Reise machen, um deiner Tochter zu helfen», sagte Weißfeder.

«Das möcht ich ja gern», sagte Lauscher, «aber es ist nicht so einfach, sich davonzumachen, wenn man von den Blutaxtleuten als Gefangener gehalten wird. Würdet ihr mir helfen?»

«Gern, wenn wir das können», sagte Weißfeder sofort. «Schon um des stummen Mädchens willen. Was sollen wir tun?»

Da erzählte ihr Lauscher, daß er vorhatte, in dieser Nacht mit Schneefink zu fliehen. «Werdet ihr uns finden können, wenn wir in den Wäldern untergetaucht sind?» fragte er.

«Nichts leichter als das», sagte Weißfeder. «Wo unter den Bäumen Leute unterwegs sind, kann man von oben die Vögel auffliegen sehen.»

«Dann folgt uns, bis ich dich rufe», sagte Lauscher. Er brockte ein Stück Brot auf, und nun wagten sich auch die anderen Dohlen vom Dach herunter und pickten ihr Abendessen auf.

Mittlerweile hatte sich der Lärm auf dem Festplatz wieder gesteigert. Die meisten waren jetzt schon so betrunken, daß sie keinen geraden Schritt mehr gehen konnten. Einige, die der Wein schon gefällt hatte, lagen lallend unter den Bänken.

«Jetzt spielen wir ihnen eine sanfte Schlummermusik», sagte Lauscher und griff nach seiner Flöte. Er begann mit einem leisen Ton, den er immer stärker anschwellen ließ, bis der bebende Klang den ganzen Talkessel zu füllen schien und die letzten Schreihälse verstummen ließ. Als keine andere Stimme mehr zu vernehmen war, ließ Lauscher diesen Ton wieder allmählich abklingen und nahm ihn zum Ausgangspunkt einer sanft schwingenden Melodie, wie sie Mütter an den Wiegen ihrer Kinder zu singen pflegen. Schneefink hatte die Art des Liedes gleich erfaßt und begleitete es in weichen, süßen Harmonien, und so wiederholten sie immer aufs Neue diese gleichförmige, einschläfernde Tonfolge, bei der einmal Lauscher und dann wieder Schneefink die Führung übernahm. Und während sie spielten, stieg langsam die Nacht über die Berge im Osten und breitete sich über den Himmel aus, bis sie die jenseitigen Gipfel erreichte. Im Dunkel sah man einzelne Gestalten zu ihren Hütten torkeln, andere blieben schnarchend zwischen umgeworfenen Bänken am Boden liegen. Der Zwiegesang der Flöten schwang noch eine Zeitlang leise über dem schlafenden Dorf, wurde schwächer und schwächer und verklang schließlich in einem lang angehaltenen, kaum noch hörbaren Ton.

Lauscher setzte seine Flöte ab und flüsterte: «Jetzt können wir uns an die Arbeit machen, Schneefink.» Als erstes zerlegten sie die Drechselbank, und der Junge trug die Teile hinaus in die Nacht. Dann holte er das übrige Werkzeug, den Flötensack und die wenigen Dinge, die Lauscher sonst noch besaß. «Jetzt bringe ich dir dein Pferd», sagte er, als er die Hütte zum letzten Mal verließ. Gleich darauf führte er das Pferd am Halfter vor die Hütte.

Lauscher hatte ihn erst im letzten Augenblick kommen gehört, denn Schneefink hatte die Hufe des Pferdes mit Fetzen umwickelt. «Bring es dicht vor die Tür, damit es unter dem Vordach zu stehen kommt», sagte Lauscher, und als der Junge das getan hatte, stieg Lauscher in den Sattel. «Jetzt binde mir die Füße fest unter dem Bauch des Pferdes zusammen», sagte er. Schneefink hatte schon einen Lederriemen dafür mitgebracht, und als er Lauschers Füße gefesselt hatte, ließ dieser sich auch noch die Hände auf dem Rücken binden. «Nun den Knebel», sagte er dann. «Aber binde ein Tuch fest darüber, damit ich ihn nicht herausstoßen kann. Und sorge dafür, daß wir rasch vorankommen! Ich möchte das erste Stück Wegs möglichst rasch hinter mich bringen.»

Nachdem Schneefink all diese Anweisungen gewissenhaft ausgeführt hatte, packte er Lauschers Pferd am Zügel und zog es hinaus ins Freie. Sobald er kein Dach mehr über dem Kopf hatte, stürzte die Angst aus dem schwarzen Nachthimmel auf Lauschers Herz herab wie ein Felsblock, und er hätte unweigerlich aufgeschrien, wenn der Knebel nicht seinen Mund verschlossen hätte. Schneefink lief mit dem Pferd rasch um die Hütte und ein kleines Stück auf den Berghang dahinter zu, während Lauscher schon den Einfall zu verfluchen begann, der ihn dazu gebracht hatte, sich dieser unerträglichen Qual auszusetzen. Er konnte gerade noch erkennen, wie Schneefink hinter einen haushohen Felsblock einschwenkte, in dessen Schutz er zwei weitere Pferde versteckt hatte; das eine war ein Packpferd mit hoch beladenem Tragsattel, auf das andere schwang sich der Junge rasch hinauf, faßte nach den Zügeln der anderen Pferde und ritt dann mit ihnen in scharfem Trab nach Süden davon.

Lauscher hätte später nicht sagen können, wie lange sie so durch die Dunkelheit zwischen schroffen Felswänden dahingeritten waren. Immer heftiger trafen ihn die Schläge seiner Angst, so daß sich ihm die Brust zusammenkrampfte, als presse ihm eine unsichtbare Faust das Herz zusammen. Zeitweise schwand ihm das Bewußtsein, bis ein Fehltritt seines Pferdes ihn wieder aufrüttelte und von neuem der Folter des nackten, von eisig funkelnden Sternen übersäten Himmels aussetzte. Endlich spürte er, wie der Weg steiler abwärts zu führen begann, rechts und links huschten schon die Schatten einzelner, von Stürmen zerrissener Wetterfichten und Zirben vorüber, schlossen sich dichter zu Gruppen zusammen, die immer näher aneinanderrückten, und dann tauchte der Pfad hinab in den Hochwald. Schon auf der letzten Strecke hatte Lauschers Beklemmung merklich nachgelassen, und als er endlich das dichte Dach der Baumkronen über sich wußte, nickte er seinem Begleiter zu und brachte sein Pferd durch einen Schenkeldruck zum Stehen.

Der Junge sprang ab und befreite Lauscher mit raschen Griffen von Knebel und Fesseln. Lauscher atmete keuchend wie nach einer ungeheuren Anstrengung, und sein Gesicht war trotz der kühlen Nachtluft naß von Schweiß. «Das war das Schlimmste», sagte er, nachdem er wieder zu Atem gekommen war. «Ohne die Fesseln und den Knebel wäre ich nicht einmal bis zu den anderen Pferden gekommen und hätte dabei das ganze Dorf aus dem Schlaf gebrüllt. Siehst du jetzt ein, daß diese Umstände nötig waren?»

«Ich hätte nicht geglaubt, daß es dich so packen würde», sagte Schneefink. «Das muß ein starker Zauber gewesen sein, den man auf dich gelegt hat.»

«Trotzdem müssen wir mit dieser Hexe fertig werden», sagte Lauscher. «Jetzt aber auf's Pferd und rasch weiter hinunter in die Wälder! Im Osten wird es schon hell hinter den Bergen.» Während es langsam Tag wurde, ritten sie so schnell, wie es der holprige Gebirgspfad zuließ, weiter abwärts. Nach einer Weile hörte Lauscher oben über den Baumwipfeln die Dohlen pfeifen. Weißfeder kam zwischen den wippenden Fichtenästen heruntergeflattert und setzte sich auf seine Schulter. «Wir sind zur Stelle», sagte sie. «Was sollen wir jetzt tun?»

«Der Schwarm soll sich in unserer Nähe halten», sagte Lauscher, «aber du bleibst besser bei mir. Es könnte sein, daß ich nicht laut rufen kann, wenn ich euch brauche.»

So trabten sie ohne Ruhepause bis in den frühen Nachmittag hinein. Als sie zu

einer Quelle kamen, die von dichtem Gebüsch umgeben war, zügelte Lauscher
sein Pferd und sagte: «Jetzt werden sie uns nicht mehr so schnell einholen. Wir
wollen hier eine Rast einlegen.» Sie stiegen beide ab, ließen ihre Pferde trinken,
und Schneefink holte aus den Vorräten, die er mit auf die Reise genommen hatte,
ein dürres Fladenbrot hervor und einen Streifen durchwachsenen Speck, der nach
Wacholder und Knoblauch duftete. Als die Dohlen merkten, daß es etwas zu
essen gab, kamen sie aus den Bäumen heruntergeglitten und holten sich ihren Teil.
So saßen die beiden Flüchtlinge eine Weile friedlich beieinander, kauten auf den
harten Brotkanten und besprachen zwischendurch, welchen Weg sie weiterhin
einschlagen wollten. Dann rief Lauscher Weißfeder zu sich und sagte: «Könntest
du von oben erkennen, ob uns Schwingshackl mit seinen Leuten auf den Fersen
ist?»

«Natürlich», sagte die Dohle. Sie flog hinauf über die Baumwipfel und zog ein
paar weite Kreise. Dann kam sie wieder heruntergeflattert und rief: «Ihr solltet
euch rasch auf den Weg machen! Sie sind schon so nahe, daß man sie bald hören
müßte.»

Lauscher sprang auf, und auch Schneefink, der von alledem nichts verstehen
konnte, merkte, daß Gefahr im Verzug war und machte die Pferde zum Abritt
bereit. «Jetzt könnt ihr eure Aufgabe übernehmen», sagte Lauscher zu Weißfeder.
«Du hast ja gesagt, daß man am Auffliegen der Vögel erkennen kann, wo Leute
sich im Wald aufhalten. Auch Schwingshackl wird darüber Bescheid wissen, denn
es ist ja sein Handwerk, irgendwelche Leute zu verfolgen. Ihr müßt für ihn jetzt
eine falsche Spur legen. Wir reiten rechts des Bergzugs vor uns nach Südosten ins
Tal hinunter, ihr aber haltet euch nach links in Richtung nach Südwesten und
macht großes Geschrei. Laßt euch immer wieder in den Bäumen nieder, bis die
Verfolger näherkommen, und fliegt dann weiter, als habe euch jemand aufgescheucht. Und kreischt was das Zeug hält!»

«Das ist ein guter Plan», sagte Weißfeder. «Wir werden sie schon an der Nase
herumführen, darauf kannst du dich verlassen.»

Lauscher bedankte sich und beobachtete noch, wie der Schwarm über den
Bäumen zurück nach Norden flog. Doch nun konnte man schon den dumpfen
Hufschlag von Pferden auf dem weich benadelten Waldboden hören. Zum
Davonreiten war es jetzt zu spät. Lauscher und Schneefink zogen ihre Pferde ins
Gebüsch hinter der Quelle und warteten. Ein Stück weiter über ihnen hielten die
Reiter an, und einer von ihnen sagte: «Hier müssen wir uns entscheiden, ob wir
rechts oder links der Bergzunge suchen sollen.»

Während sie noch miteinander stritten, welchen Weg sie einschlagen sollten,
hörte man von weiter drüben her die Dohlen schreien. Sie zogen einen Kreis am
Himmel und flogen dann wieder zurück nach Südwesten. «Dort sind Leute im
Wald!» rief jemand. «Das müssen sie sein!» Und schon trieben die Reiter ihre
Pferde mit gellenden Rufen an und ritten in raschem Tempo den Dohlen nach.

Nach einer Weile drang noch einmal das helle Geschrei der Vögel herüber, aber schon aus größerer Entfernung, und dann war es wieder still unter den Bäumen. Auf diese Weise hatten sie also ihre Verfolger abgeschüttelt. Lauscher hatte eine ungefähre Vorstellung von der Richtung, in die sie sich halten mußten, aber in dem von zahllosen Bachläufen und Taleinschnitten zerrissenen Waldgebirge kamen sie nur langsam voran, mußten manchen Umweg in Kauf nehmen und oft absteigen und ihre Pferde über abschüssige Hänge führen. Glücklicherweise hatte Schneefink hinreichend für Vorräte gesorgt. «Hast du die Speisekammer deiner Großmutter ausgeplündert?» fragte Lauscher, als sie abends einen geeigneten Lagerplatz am Ufer eines Gebirgsbaches gefunden hatten und der Junge eine ganze Speckseite hervorholte, Streifen von Dörrfleisch, Ziegenkäse und wieder ein paar von den harten gewürzten Brotfladen.

«Wo denkst du hin?» sagte Schneefink. «Ich wußte schon lange, daß am Vorratsschuppen des Häuptlings ein Bodenbrett locker ist. Dort liegt so viel von diesen Sachen, daß Schwingshackl kaum merken wird, wenn etwas fehlt. Er kann's jedenfalls leichter entbehren als meine Großmutter.»

Da ließ Lauscher sich das Essen ohne Gewissensbisse schmecken, zumal sein eigener Reiseproviant vor zwölf Jahren wohl auch im Vorratsschuppen des Häuptlings gelandet war. Nach dem Essen setzte er sich ans Bachufer und badete seine erhitzten Füße in dem kalten Gebirgswasser. Unter einem überhängenden Felsen sah er einen Schwarm von Forellen stehen. Die Fische ließen sich durchaus nicht stören, ja einer von ihnen kam sogar mit einem Flossenschlag herangeschwommen und beäugte jede einzelne seiner Zehen. Hier könnte man leicht Forellen fangen, dachte er, doch diese Vorstellung wurde von einem anderen Bild verdrängt, das aus seiner Erinnerung emportauchte: Er sah das Mädchen Arnilukka unter einer Weide am Ufer eines Teiches sitzen und mit den Fischen reden. Damals hatte er nicht verstehen können, was sie sagte, doch das hatte sich inzwischen geändert. Er beobachtete die Forelle, die unmittelbar neben seinen Füßen im Bach stand und zu ihm heraufzublicken schien, als warte sie darauf, daß er irgendetwas unternähme. Da zerbröselte er ein Stück Brot und streute die Krumen ins Wasser. Sofort schnappte die Forelle zu, doch gleich danach hob sie den Kopf über die strömende Oberfläche und schaute ihn geradezu an. Offenbar war sie auf etwas anderes aus als auf Brotbrocken. Mit Fischen hatte er bisher noch nie zu sprechen versucht, aber man muß ja alles irgendwann zum ersten Mal tun. Also sagte er: «Kennst du Arnilukka?»

Der Fisch schnellte sich mit einem einzigen Schwanzschlag aus dem Wasser, stand für einen Augenblick inmitten einer farbensprühenden Kaskade in der Luft und platschte dann wieder zurück in den Bach. Lauscher nahm das als eine Art von Bejahung hin und fuhr fort: «Dann gib ihr eine Botschaft von Lauscher weiter: Ich bin unterwegs, um unserem stummen Kind zu helfen.» Die Forelle hob jetzt wieder ihren Kopf aus dem Wasser und öffnete ihr rundes Maul, doch die Stimme, die er zugleich vernahm, schien nicht von außen zu kommen, sondern irgendwo in seinem Kopf zu sprechen, und sie sagte:

«Warum redest du so dumm?
Dieses Mädchen scheint nur stumm,
weil es nicht wie Menschen spricht,
bis der böse Zauber bricht.
Mancher, der im Walde geht,
sagt, daß er es gut versteht.»

«Stumm oder nicht stumm», sagte Lauscher, «jedenfalls kann sie nicht mit ihren Eltern reden. Um diesen Zauber zu brechen, brauche ich den Ring und die Kette, die ich in den See an der Großen Felswand geworfen habe. Wie soll ich sie je wiederfinden?»

Kaum hatte er das gesagt, klang schon wieder die Stimme:

«Wo drei Winter du verbracht,
steig hinunter in den Schacht,
doch die Kette und der Ring
sind für dich ein nutzlos Ding.
Hilfe bringt der goldne Tand
nur in eines Falken Hand.»

«Das wird eine gefährliche Sache», sagte Lauscher. «Dieser Falke ist der letzte, dem ich diese Zauberdinge überlassen möchte. Nun muß ich also auch noch den Falken suchen. Wo der zu finden ist, wirst du mir wohl kaum sagen können.» Doch die Stimme wußte auch darauf eine Antwort:

«Wo das flache Tal beginnt
und die Ahornquelle rinnt,
wo die Birkenmädchen stehn,
kannst du ihn am Himmel sehn.
Hast du ihm den Schatz gebracht,
hüte dich vor seiner Macht!»

«Du bist eine kluge Forelle und weißt viel», sagte Lauscher. «Ich danke dir für deine Auskünfte. Nun kenne ich den Weg schon besser, den ich vor mir habe.»

Von da an hielten sich die beiden Reiter noch weiter östlich als bisher, aber sie waren noch eine Woche unterwegs, bis Lauscher die Wälder, durch die sie ritten, vertraut erschienen. An diesem Abend erreichten sie die Quelle am oberen Ende des Flachtals und ließen sich vom Laub des großen Ahorn in Schlaf rauschen. Diesmal hielt Lauscher noch nicht Ausschau nach dem Falken; das wollte er erst bei seiner Rückkehr tun, wenn er ihm etwas zu bieten hatte. Gleich am folgenden Morgen ritten sie weiter bergauf durch den Hochwald, und nach drei Tagen erreichten sie die Kluft, durch die man hinunterklettern konnte in die Große Felswand. Hier ließ Lauscher den Jungen mit den Pferden zurück und nahm auch von seinen Sachen nichts weiter mit als die Flöte. «Warte hier drei Tage lang auf mich», sagte er, «und wenn ich dann immer noch ausbleibe, reite hinunter zu den Hirtenhäusern. Ich werde schon irgendwann nachkommen.»

«Und was soll ich tun, wenn du nicht kommst?» fragte Schneefink.

«Ich werde kommen, verlaß dich drauf», sagte Lauscher und machte sich an den Abstieg.

Nun war er wieder allein und fühlte sich fast wie zu der Zeit, während der er als Faun einsam durch die Wälder gestapft war. Nur das Klettern durch den Felsspalt hinunter war damals mit den staksigen, hufbewehrten Bocksbeinen mühsamer gewesen. Schon nach kurzer Zeit erreichte er den festen Boden und suchte sich einen Weg durch das Weidengebüsch, hinter dem schon der Spiegel des Sees blinkte. Eine Weile blieb er am Ufer sitzen und überlegte, ob er die Wasserfrau rufen sollte, der er Narzias Schmuck geschenkt hatte. Die Luft war erfüllt vom Rauschen des Wasserfalls, in das die Rufe der Bachstelzen einzelne spitze Töne setzten. Er lauschte dieser Musik, holte dann seine Flöte hervor und fand zu dieser Begleitung eine Melodie, die der Wasserfrau eigentlich hätte gefallen müssen, aber sie wollte sich nicht zeigen. Schließlich gab er die Hoffnung auf, daß er sein Geschenk auf so leichte Weise würde zurückerhalten können. Die Forelle hatte das wohl schon gewußt, denn in ihren Versen war weder von einem See noch von einer Wasserfrau die Rede gewesen.

Wo drei Winter du verbracht,
steig hinunter in den Schacht,

damit konnte sie nur die Höhle gemeint haben, in der er damals mit seinen Ziegen gehaust hatte. Er konnte sich zwar nicht vorstellen, wo da ein Schacht sein sollte, doch an Ort und Stelle würde sich dergleichen schon finden lassen. So steckte er seine Flöte in die Tasche und machte sich auf den Weg, immer am Fuß der Felswand entlang.

Der Einschlupf zur Höhle war von altem Laub so zugeweht, daß er ihn kaum gefunden hätte, wenn ihm dieser Platz nicht so genau in Erinnerung geblieben wäre. Er scharrte den Eingang frei und kroch hinein in das dunkle Gewölbe. Zunächst konnte er kaum etwas erkennen, doch allmählich gewöhnten sich seine Augen an das schwache Licht, bis er rechts an der Höhlenwand regelmäßig zusammengefügtes Holzwerk unterscheiden konnte. Hier hatten wohl die Leute gehaust, die einmal Narzias Hunde gewesen waren. Roh zusammengezimmerte Tische, Bänke und Bettstellen standen dort beieinander, teils schon wieder zusammengestürzt und zerbrochen. Alles andere hatten die Bewohner mitgenommen, als man sie abgeholt und nach Arziak gebracht hatte. Aber wo sollte hier ein Schacht sein? Im Hauptraum der Höhle war nirgends ein Einstieg oder auch nur ein Spalt zu entdecken.

Ehe er sich weiter auf die Suche machte, trug Lauscher aus den Resten der Einrichtung trockenes Holz zusammen und entfachte in der Mitte der Höhle ein Feuer. Mit einem brennenden Ast stieg er dann hinauf zu seinem früheren Schlafplatz.

Er entsann sich, daß es hier, wo die Felswände immer dichter zusammentraten und der Bach aus der Kluft herausrann, noch weiter in die Tiefe ging. Damals, als er noch hier gehaust hatte, war er nie weiter in die Felsspalte vorgedrungen, doch wenn es überhaupt so etwas wie einen Schacht geben sollte, dann mußte er hier zu finden sein.

Zunächst wurde der Durchschlupf so eng, daß Lauscher sich gerade noch hindurchwinden konnte und streckenweise am Boden durch das schlüpfrige Bachbett kriechen mußte. Dann teilte sich der Weg. Der Bach kam von rechts her in einer ausgewaschenen Rinne herabgeschossen, und nach links zweigte eine weitere Kluft ab, die trocken war und über verstürzte Felsblöcke weiterführte. Lauscher beschloß, diesen Weg zu erkunden und gelangte nach mühevoller Kletterei in einen kleineren Höhlenraum, auf dessen Wänden im flackernden Licht seiner Fackel azurblaue und malachitgrüne Farben hervortraten, die in Streifen über das helle Gestein herabliefen, und am anderen Ende dieser Höhle führte ein schmaler Gang steil in die Tiefe. Das mußte der Schacht sein, von dem die Forelle gesprochen hatte. Ehe er jedoch mit dem Abstieg beginnen konnte, ließ ihn ein Zischen dicht neben seinem Ohr erschreckt herumfahren. Zunächst sah er nur zwei achatfarbene Augen im Schimmer der Flamme aufblitzen, und erst dann erkannte er die Schlange, die zusammengerollt und mit aufgerecktem Hals in einer Felsnische lag.

«Da bist du ja endlich, Lauscher», sagte die Schlange.

Jetzt begriff Lauscher, wer ihn hier erwartet hatte. «Du hast mir einen tüchtigen Schrecken eingejagt, Rinkulla», sagte er und leuchtete mit seiner Fackel in das Versteck der Schlange, «aber jetzt bin ich froh, daß ich dich hier finde.»

Rinkulla wich vor der knisternden Flamme zurück und sagte scharf: «Lösch dieses Licht aus! Die hier in der Tiefe leben, mögen kein Feuer!»

«Ich kann doch nicht im Finstern in dieses Loch hinuntersteigen», sagte Lauscher ängstlich.

«Doch», sagte Rinkulla, «das wirst du tun müssen, wenn du bekommen willst, was du suchst. Lösch die Fackel aus, sonst kommst du nie ans Ziel!»

Da gehorchte Lauscher und trat die Flamme aus. Der beizende Rauch verschlug ihm den Atem, daß er für einen Augenblick meinte, hier unten ersticken zu müssen. Dann klärte sich allmählich die Luft, aber nun war es stockfinster. Lauscher wagte sich nicht zu rühren aus Angst, in irgendeine bodenlose Kluft zu stürzen. Vor seinen Augen waberte noch eine Weile das Gegenbild der erloschenen Flamme, und dann war nur noch gestaltlose Schwärze rings um ihn.

«So werde ich keinen Schritt vorankommen», sagte er mutlos und kauerte sich auf den Boden. Er hätte jetzt nicht einmal sagen können, wo sich die Schlange befand oder ob sie überhaupt noch da war, doch dann hörte er das leise Schaben ihrer geschuppten Haut auf dem rauhen Gestein, und das war wenigstens ein Anhaltspunkt in dieser undurchdringlichen Finsternis.

«Warte nur!» sagte Rinkulla, «warte nur, du wirst deinen Weg schon finden.» Und als er in die Richtung blickte, aus der ihre Worte kamen, meinte er im Dunkel zwei kaum wahrnehmbare hellere Flecken zu erkennen, und je länger er auf diese Stelle starrte, desto schärfer hoben sich nach und nach diese Aufhellungen ab, und er begriff, daß dies Rinkullas Augen waren. «Willst du mich nicht begleiten, wenn ich in die Tiefe steige?» sagte er. «Das Licht deiner Augen würde mir schon genügen.»

«Nein», sagte die Schlange. «Diesen Weg mußt du allein gehen. Wenn du hier wirklich etwas finden willst, würde dich fremdes Licht nur stören. Denk an deinen Namen und verlaß dich auf dein Gehör. Und vergiß nicht, was du suchst!»

Während dieser letzten Worte war der blasse Schimmer von Rinkullas Augen immer schwächer geworden, und auch ihre Stimme klang leiser, als käme sie schon aus größerer Entfernung. Eine Weile hörte er noch das schabende Geräusch der dahingleitenden Schuppenhaut, und dann war er allein im Dunkeln.

Zunächst war er nahe daran, in Panik zu geraten. Die lautlose Schwärze stand um ihn wie eine Drohung, der er sich hilflos ausgeliefert fühlte. Lange saß er bewegungslos und lauschte, und als er schon meinte, daß er taub geworden sei in dieser von aller Welt abgeschlossenen Höhle, drang ein kaum wahrnehmbares Geräusch an sein Ohr, vielleicht von einem Wassertropfen, der sich von irgendeinem Vorsprung gelöst und auf eine Steinplatte aufgeschlagen war. Nach einer langen Pause, in der er die Hoffnung schon fast wieder aufgegeben hatte, fiel ein zweiter Tropfen und gleich darauf ein dritter. Dieses helle ‹ping› schien irgendwo aus der Tiefe heraufzuklingen, und dort mußte der Schacht sein.

Lauscher tastete den zerklüfteten Höhlenboden ab und begann langsam in die Richtung zu kriechen, aus der das Geräusch gekommen war. Ihm war, als habe er eine endlose Strecke zurückgelegt, als seine Finger endlich spürten, daß es unmittelbar vor ihm hinab in die Tiefe ging. Von unten her wehte es kühl herauf in sein Gesicht, und als jetzt noch einmal dieses Geräusch die Stille zerbrach, klang es schon deutlich und fast greifbar nahe. Da faßte sich Lauscher ein Herz und begann mit den Füßen voran vorsichtig in den steil abfallenden Gang hinabzusteigen. Jeden Halt mußte er erst mit den Fußspitzen ertasten und auf seine Festigkeit überprüfen, ehe er es wagte, sich ihn anzuvertrauen und ein Stück weiter vorzudringen. Einmal brach ein Stück Gestein unter seinem Tritt los und polterte in langen Sprüngen in die Tiefe. Unendlich langsam kam er auf diese Weise voran, und doch troff ihm der Schweiß bald von der Stirn.

Als er sich eine Weile auf einem Felsabsatz ausgeruht hatte und eben den Abstieg fortsetzen wollte, hörte er ein leises Wispern, das von unten mit dem leichten Zugwind zu ihm heraufdrang. Sofort hielt er in der Bewegung inne und lauschte, doch da war alles wieder still. Erst als er schon wieder ein Stück weiter hinabgeklettert war, ließ sich dieses Wispern wieder vernehmen, diesmal schon etwas deutlicher. Es klang, als spreche jemand leise und monoton vor sich hin, aber die Worte waren nicht zu verstehen. Zugleich bemerkte Lauscher, als er hinab in die Tiefe spähte, weit unter sich einen gelblichen Schimmer. Jetzt, da er ein Ziel vor Augen hatte und bald auch in diesem schwachen Schein schon einige Tritte und Griffe ausmachen konnte, kam er rascher voran, und mit jedem Schritt wurde auch die Stimme deutlicher vernehmbar.

«Da habe ich einen schönen, dicken, runden Klumpen Gold», sagte sie, «und hier ist noch einer, den ich dazulegen will, und den dort drüben hole ich mir auch noch.» Lauscher hörte ein leises Schlurfen und Ächzen, als bewege sich ein schwerfälliger Körper, dann flüsterte es wieder: «Hab ich dich, mein schönes, glänzendes Goldstück, gleich lege ich dich zu den andern, komm nur, mein Schatz, mein kostbares Kleinod.»

Lauscher war nun dicht über der Stelle, an der sein Abstieg in einen größeren Raum zu münden schien, aus dem das Licht heraufdrang. Vorsichtig und ohne ein Geräusch zu machen, ließ er sich das letzte Stück hinab und blickte in eine gewölbte Höhle, die schwach erleuchtet wurde vom Glanz einzelner golden schimmernder Brocken, die überall in den Wänden steckten wie Rosinen im Kuchen und an einer Stelle im Hintergrund am Boden aufgehäuft waren, und während er sich noch fragte, woher diese Stimme, die er gehört hatte, gekommen sein mochte, sah er, wie eine unförmige Masse, die er eben noch für einen Felsblock gehalten hatte, langsam über den unebenen Boden kroch und sich über das Bett aus faustgroßen goldenen Kieseln zu schieben begann.

«Kommt hier einer, der mir mein Gold stehlen will?» sagte die Stimme. «Laßt euch schön zudecken, meine Liebchen, keiner soll euch sehen, keiner soll euch betasten, keiner soll euch mir wegnehmen!» und während die schimmernden Goldklumpen Stück für Stück unter dem unförmigen Körper verschwanden, begann Lauscher erst die Ausmaße dieses Wesens zu ahnen, das wie eine ungeheure Schnecke über seinen Schatz kroch, bis es ihn völlig verdeckte. Doch kaum lag es ruhig, begann es schon wieder zu wispern: «Ach, dort drüben in der Wand steckt ja noch ein köstlicher goldener Klumpen, und ich kann ihn mir nicht holen, weil ich meinen Schatz nicht verlassen darf.»

Lauscher grauste es vor diesem Wesen, dessen Gestalt im Halbdunkel kaum auszumachen war. Aber wenn er weiter in die Tiefe vordringen wollte, mußte er durch diesen Raum gehen, um die Mündung eines Ganges zu erreichen, die ihm von der gegenüberliegenden Wand entgegengähnte; einen anderen Weg gab es nicht. So nahm er all seinen Mut zusammen und sagte: «Ich will dein Gold nicht. Laß mich nur durch deine Höhle gehen, ich bitte dich!»

«Er will kein Gold?» wisperte das Wesen. «Kein Gold will dieser Winzling? Lügt wohl, dieser Winzling? Er soll nur wagen, hier hereinzukommen! Würde ihm übel bekommen! Würde ihm übel bekommen, wenn ich mich auf ihn lege und ihn erdrücke! Soll er nur kommen!»

«Ich nehme dir nichts weg!» sagte Lauscher. «Was ich suche, ist noch tiefer in diesen Berg verborgen.»

«Was sucht er denn, dieser Winzling?» sagte das Wesen. «Soll er mir doch sagen, was er sucht.»

«Einen Ring und eine Kette», sagte Lauscher.

«Den goldenen Ring will er haben und die goldene Kette?» sagte das Wesen. «Also will er doch Gold für sich nehmen.»

«Nicht für mich», sagte Lauscher, aber das Wesen fauchte böse und sagte: «Lügt wohl schon wieder, dieser Winzling? Warum soll einer etwas nehmen, wenn nicht für sich selbst? Ein Dieb ist er, und ich werde ihn ersticken.»

Lauscher erkannte, daß er auf diese Weise nicht weiterkam. Dieses Wesen schien so von seiner Gier nach Gold besessen, daß es an nichts anderes denken konnte. Man müßte seine Gedanken von diesem Zwang befreien, dachte er, und da fiel ihm seine Flöte ein. Er holte sie aus der Tasche, setzte sie an die Lippen, und während er schon die ersten Töne spielte, hörte er noch, wie das Wesen wisperte: «Was tut der Winzling da mit diesem schönen, glänzenden Ding? Spricht auf einmal eine andere Sprache, die mir wehtut da drinnen. Das soll er nicht tun!» Die letzten Worte hatte das Wesen fast geschrien, aber Lauscher ließ sich nicht stören, sondern tastete weiter mit seiner Musik nach dem Herzen dieses Wesens, falls es überhaupt ein Herz hatte.

Lauscher versuchte sich dieses Wesen vorzustellen, das kaum wahrnehmbar in seiner Ungestalt auf dem goldenen Lager neben dem anderen Ausgang der Höhle hockte und leise ächzte. Wie lange mochte es schon hier in dieser Abgeschlossenheit seinen Hort bewachen? Ob es schon immer hier gehaust hatte? Oder war es irgendwann einmal durch Zufall in die Tiefe gekrochen und hatte sich nicht mehr trennen können von diesem funkelnden Gold? Vielleicht war es früher von anderer Art gewesen, ehe die gleißenden Schätze seine Sinne verwirrt hatten? Lebte in den Worten, die es zu den toten Goldklumpen gesprochen hatte, nicht eine ferne Erinnerung an Empfindungen, die jetzt verschüttet lagen unter der all seine Sinne beherrschenden Gier nach dem schimmernden Metall? ‹Liebchen› hatte es gesagt, ‹Komm, mein Schatz›, wie man zu einem lebenden Wesen spricht, das man gern hat, und so versuchte er, mit seiner Flötenmelodie den verborgenen

Kern freizulegen, in dem vielleicht noch ein Rest an Erinnerung an solche Empfindungen lebte. Und während er sich mit seiner Musik immer näher tastete, ging das Ächzen des Wesens allmählich in Wimmern und Weinen über, und schließlich schluchzte es: «Was tut er mit mir, dieser Winzling, mit seinem schimmernden Zauberding? Weckt mir Bilder, die einmal waren, ehe ich hier in der Höhle hauste. Liebe war da und Zärtlichkeit. Komm zu mir, Winzling, und laß mich deine warme Hand fühlen, damit ich das wieder einmal spüre!»

Lauscher sah, wie das Wesen langsam von seinem Lager glitt und näher kam. Da packte ihn die Angst vor dem grausigen Geschöpf, aber er wußte zugleich, daß er nun weiterführen mußte, was er einmal begonnen hatte. Er steckte die Flöte in die Tasche und ging dem Wesen entgegen, bis er dessen muffige Ausdünstung roch und die formlose, ungeheuer aufgetürmte Masse vor ihm stand, die eine Art Kopf zu ihm herabneigte und sagte: «Ein bißchen Zärtlichkeit für den armen Mollo wird der Winzling schon übrig haben.»

Da wurde Lauscher von Mitleid ergriffen; er streckte seine Hand aus und berührte das Wesen, das sich Mollo nannte. Mollo seufzte wohlig und schnurrte fast wie eine Katze, als Lauscher ihm mit der Hand über die trockene, glatte Haut strich, und als er das eine Weile getan hatte, sagte Mollo: «Nun kann der Winzling sich ein paar schöne, runde Goldklumpen nehmen», und kroch beiseite, um den Weg zu seinem Schatz freizugeben.

Unwillkürlich trat Lauscher an die aufgehäuften Goldbrocken heran und spürte die Verlockung, diese funkelnden Dinger in die Hand zu nehmen. Wenn man den ganzen Schatz zusammenraffen und hinaufschleppen könnte ans Tageslicht, dachte er, wie herrlich müßte er erst dort glänzen! Ein großer Mann könnte man werden mit diesem Reichtum, ein ganzes Königreich würde man sich dafür kaufen können.

«Sind sie nicht schön, meine lieben Goldklumpen?» wisperte Mollo, «möchte man sich nicht hineinwühlen in diesen Haufen, bis man an nichts anderes mehr denkt? Ich wollte das alles für mich haben, aber du darfst dir ein bißchen davon nehmen.»

Als er diese Worte vernahm, spürte Lauscher, wie ihn die gleiche Gier überkam, die Mollo hier im Dunkel der Höhle festgebannt hatte, und er erschrak vor sich selbst. Nur mit Mühe gelang es ihm, seine Augen von dem goldnen Glanz loszureißen, der ihn fast hatte vergessen lassen, weswegen er hier heruntergestiegen war. «Nein», sagte er, «ich will kein Gold, Mollo. Laß mich weiter hinuntersteigen in die Tiefe.»

Mollo wiegte sein formloses Haupt und sagte: «Klug ist er, der Winzling. Wäre ihm vielleicht auch übel bekommen, dem Winzling, wenn er nach dem Gold gegriffen hätte. Weiß er denn, ob Mollo es hätte ertragen können, wenn jemand von seinem Gold nimmt? Geh nur, Winzling, geh, solange du noch kannst!»

Das ließ sich Lauscher nicht zweimal sagen. Er schlüpfte durch den zweiten

Ausgang der Höhle in eine Kluft, die fast eben weiterführte, und bald schwand hinter ihm der letzte Schimmer von Mollos Goldhöhle, so daß er sich wieder im Finstern weitertasten mußte. Einmal schien der Gang an einer glatten Wand zu enden, doch Lauscher fand nach langer, mühevoller Suche einen Spalt, durch den er sich hindurchzwängen konnte. Er mußte über Felsbrocken klettern, die den Weg versperrten, kroch auf dem Bauch durch einen niedrigen Stollen, in dem er kaum den Kopf heben konnte, und diese Engstelle mündete in einen weiten Raum, von dessen Wänden jedes Geräusch vielfach widerhallte. Lauscher richtete sich auf, um diese Höhle zu durchqueren, doch schon beim ersten Schritt geriet er auf gleitendes Geröll, das ihn hinabriß in einen Schlund, durch den er mit wachsender Geschwindigkeit zwischen rutschendem und polterndem Schotter in die Tiefe fuhr. Er spürte noch, wie seine Füße auf felsigen Boden aufschlugen und blieb dann eine Weile halb bewußtlos vor Schreck liegen, während neben ihm noch immer Steinbrocken herabkollerten. Schließlich rappelte er sich auf und fand sich in einem schmalen Gang, der hoch genug war, daß man darin stehen konnte.

Als das nachrutschende Gestein endlich zur Ruhe gekommen war, wurde ein Raunen wahrnehmbar, das aus der Tiefe des Ganges zu kommen schien. Langsam tastete sich Lauscher an der Wand entlang weiter, und nach einer Biegung schimmerte weit voraus eine Spur von Helligkeit. Vorsichtig schlich er auf diesen schwachen Schein zu und konnte jetzt dieses Raunen schon deutlicher hören. Sogar einige Worte hoben sich aus dem eintönigen Gemurmel heraus: «Kristall... Fläche... Winkel... Ebenmaß.» Mehr war noch nicht zu verstehen. Als er die nächste Biegung des Ganges erreicht hatte, blickte er durch eine glatte, gerundete Öffnung in einen Raum, der von kaltem, farblosem Licht erfüllt war. Mit wenigen Schritten gelangte er zur Mündung des Ganges und sah nun, wo dieses Licht seinen Ursprung hatte.

In der Mitte der weiten Höhle schwebten wie an unsichtbaren Fäden aufgehängt zahllose weißfunkelnde Kristalle, die in ständiger Bewegung umeinanderkreisten, und daneben bewegte sich eine seltsam spinnenhafte Gestalt: Ein winziger, magerer Körper mit unsäglich langen und dürren Gliedmaßen trug einen birnenförmigen Kopf, über dessen zusammengeschrumpftem Gesicht der kahle Schädel unförmig aufgeschwollen war, und dieses Kerlchen tanzte mit zuckenden Bewegungen und unter ständigem Murmeln rings um die schwebenden Kristalle. «Jetzt ist die Ordnung hergestellt», sagte es, «alle Kristalle im richtigen Winkel zueinander, alle Flächen parallel, jeder Sektor ein Spiegelbild des nächsten, alle Kreise koordiniert – nein doch, nein! Hier muß ich die Ekliptik regulieren, dort gibt es Unordnung, und das darf nicht sein», und schon sprang das Kerlchen auf die kreisenden Kristalle zu und streckte seine blassen Spinnenarme aus, um irgendwie in dieses zauberische Gebilde einzugreifen, doch schon stießen zwei der Kristalle mit einem feinen, gläsernen Ton zusammen und gerieten taumelnd aus ihrer Bahn. «Diese Unordnung, diese Unordnung!» murmelte das Kerlchen.

«Nun muß ich wieder von vorn anfangen, alles austarieren, alles justieren, alles regulieren!» Er grabschte die umherirrenden Kristalle mit seinen dürren Fingern aus dem Reigen der übrigen heraus, setzte dann beide wieder mit großer Sorgfalt an ihre vorbestimmte Stelle und gab ihnen einen leichten Stoß, der sie in ihre ruhige Kreisbewegung einschwingen ließ.

Lauscher hatte diese seltsamen Verrichtungen mit Verwunderung beobachtet und dabei an der gegenüberliegenden Wand eine zweite kreisrunde Öffnung entdeckt, durch die man die Höhle nach der anderen Seite verlassen konnte. Eine Zeitlang wagte er das geschäftig hin- und herhüpfende Kerlchen nicht zu stören, aber als es unter ständigem Murmeln immer weiter an seinem Spielzeug bastelte, kam er zu der Erkenntnis, daß er hier ewig warten konnte, bis dieses spinnenbeinige Wesen sich einmal eine Ruhepause gönnte. «Entschuldige, wenn ich dich in deinem Spiel störe», sagte er deshalb. «Willst du mir gestatten, daß ich durch deine Höhle gehe? Ich muß noch weiter in die Tiefe steigen.»

Das Kerlchen fuhr herum, als sei es von einer Schlange gebissen worden. «Spiel?» keifte es. «Stören? Die ganze Welt wird aus den Fugen gehen, wenn du noch ein Wort sagst! Weißt du denn, welche Mühsal es bedeutet, die Welt in Gang zu halten? Spiel nennst du das? Es ist kein läppisches Spiel, die Bewegungen der Sterne zu überwachen, die Ausgewogenheit der kreisenden Himmelskörper, das Zusammenstimmen ihrer Bahnen! Ordnung, sage ich, Ordnung muß sein!» Dann kicherte es trumphierend und fuhr fort: «Aber ich bin der Direx, ich habe die Macht, Ordnung zu schaffen und zu erhalten! Ich allein kann das alles regulieren! Wage es nicht, mich dabei zu stören!»

Noch ein Verrückter, dachte Lauscher und wollte durch den Eingang treten, um den Raum auch ohne Erlaubnis zu durchqueren, aber er prallte gegen eine unsichtbare Wand, die ihm den Eintritt verwehrte.

«Hast dir wohl gedacht, du brauchst dich nicht um den Direx zu kümmern?» kicherte das Kerlchen. «Wunderst dich wohl? Siehst du jetzt, daß der Direx die Macht hat, Kräfte zu gebrauchen, die man nicht wahrnehmen kann?» Dann wendete es sich wieder den kreisenden Kristallen zu und murmelte: «Ordnung schaffen, Ordnung schaffen, daß sich alles nach meinem Willen bewegt. O weh, schon wieder gerät das System aus den Fugen!» Sein dürrer Arm fuhr hinein mitten zwischen die schwebenden Kristalle, doch auch diesmal konnte der Direx die Unordnung, die sich anbahnte, nicht aufhalten. Gleich mehrere der Kristalle stießen mit feinem Klingen in unterschiedlichen Tonhöhen zusammen, und das hörte sich an wie eine zarte, gläserne Musik.

Lauscher fragte sich, ob auch dieses Wesen für den Klang seiner Flöte zugänglich sein würde. Er holte sie hervor, und während immer mehr der Kristalle aufeinanderprallten und aus ihrer Bahn geworfen wurden, nahm er die Folge ihrer nachschwingenden Töne auf und formte sie zu einer Melodie. Soll das ein Abbild der Welt sein, diese starre, gläserne Ordnung? fragte er sich. Dieses ewige

Umeinanderkreisen in den immer gleichen Bahnen, aus denen man nie zu neuen, unvorhergesehenen Bewegungen ausbrechen konnte, war das Leben? Das konnte nicht sein. Leben war wie eine Blume, die wächst, ihre Blätter entfaltet, aufblüht und Frucht trägt, und als ihm dies in den Sinn kam, erinnerte er sich der Musik, die er in jener Nacht gehört hatte, als sein Großvater starb, jener in allen Farben blühenden Tonketten, aus deren weit ausschwingenden Bögen immer Neues hervorbrach und sich in den Zusammenhang des Ganzen einfügte, ohne seine Eigenart aufzugeben, und er spielte dieses Lied, wie er es in seiner Vorstellung wiederfand, und dennoch wurde es neu und anders, denn ein solches Lied ist nicht wiederholbar. Während diese Musik die Höhle mit ihren Klängen füllte, ordneten sich die Kristalle zu neuen Mustern, wichen von ihren vorbestimmten Bahnen ab und schienen frei durch den Raum zu schweifen, und doch störte keins die Bewegung des anderen, bis jedes von ihnen von einer eigenen, sich ständig wandelnden Kraft vorangetrieben zu werden schien, ohne daß der Zusammenhang des Ganzen verlorenging, ein lebendiges Muster von unvergleichlicher Schönheit, dessen Figuren sich veränderten und das immer neue Formen aus sich heraus gebar.

Der Direx hüpfte immer aufgeregter um das blinkende Gebilde herum und zeterte: «Laß dieses dumme Geflöte! Du bringst meine Ordnung durcheinander! Siehst du nicht, wie meine Sterne nach allen Seiten ausbrechen? Gleich wird alles ineinander zusammenstürzen! Ach diese Unordnung, diese Unordnung! Das ist der Weltuntergang!» Er versuchte einzugreifen und zu retten, was seiner Meinung nach gerettet werden mußte, aber die Kristalle ließen sich nicht greifen und fügten auch noch die hastigen Bewegungen der dürren Spinnenfinger in ihre eigenen Bewegungen ein, ohne daß dies den Zusammenhang des Ganzen in irgendeiner Weise beeinträchtigte.

Schließlich begriff das Kerlchen, daß sich hier alles ohne sein Zutun regelte, und stand eine Weile staunend und sprachlos unter dem blitzenden Geflimmer. «Ich begreife das nicht», murmelte es dann, «alles fliegt durcheinander und doch hat es eine Ordnung, deren Regeln ich nicht kenne. So viele Gesetze habe ich mir ausgedacht, aber nun haben sie keine Geltung mehr. Das geht über meinen Verstand! Wie machst du das, Flöter? Das mußt du mir zeigen! Laß mich dein Schüler sein, denn du bist der wahrhaft große Meister, der es versteht, die Welt in Gang zu halten. Komm herein, komm herein! Sei willkommen und lehre mich deine Weisheit!»

Lauscher wurde nun von keiner unsichtbaren Kraft mehr zurückgehalten, als er in die Höhle eintrat und bewundernd vor den umherschwebenden Kristallen stehen blieb. Es war schön, aus der Nähe zuzuschauen, wie sie auf ihren Bahnen dahinglitten und stets neue, überraschende Figuren bildeten wie die Variationen zu einem Lied. «Du mußt spielen!» sagte das Kerlchen, das jetzt mit devoten Verbeugungen um ihn herumsprang. «Spiele auf deiner Flöte, ehe alles wieder aus dem Gleichgewicht gerät! Jetzt bist du der Meister, der die Welt nach seinem Willen lenkt.»

Für einen Augenblick schien es Lauscher, als sei dies wirklich das gesamte Universum, das schimmernd vor ihm im Dunkel des Raumes schwebte, und es überkam ihn die Lust, diese Macht weiter zu genießen, die ihm seine Flöte verlieh, und sich selber ein Schauspiel zu bereiten, dem nichts auf der Welt gleichkam, denn es war die ganze Welt selbst, die er durch seine Macht zum Schwingen brachte. Er würde es besser machen als dieser Direx, der ihn mit fahrigen Armbewegungen zu diesem Geschäft drängte. «Bleib hier!» murmelte der spinnige Zwerg. «Wenn du dich erst einmal in den Tanz der Sterne verloren hast, wirst du nie wieder etwas anderes tun wollen.»

Etwas anderes tun! Das war's, was er gewollt hatte, als er in diesen Raum eingetreten war. Etwas anderes tun, statt sich dem Zwang dieses Spielwerks zu unterwerfen. Jetzt begriff Lauscher, worauf er sich beinahe eingelassen hatte, und sagte: «Dieses Spielzeug überlasse ich dir. Ich suche etwas anderes, und das liegt noch tiefer in diesem Berg verborgen.»

Er sprang durch den anderen Ausgang der Höhle und schritt rasch weiter, so lange er im schwindenden Licht der Kristalle noch den zerklüfteten Boden des Ganges erkennen konnte, und hinter sich hörte er den Direx jammern: «Ach, da geraten sie schon wieder in Unordnung, meine Sterne, und ich kenne die Regel nicht, nach der sie dieser Flöter hat kreisen lassen! Wie soll ich nun Ordnung schaffen? Wie nur?» Dann erstarb das Gemurmel, und Lauscher war wieder allein in der Finsternis.

Während Lauscher sich langsam an der von merkwürdig glatten Runzeln überzogenen Wand des Ganges weitertastete, spürte er Feuchtigkeit unter den Fingern, und auch auf dem unebenen Boden standen hie und da Wasserlachen, in die er unvermutet hineintappte. Ständig tropfte es von der Decke, und seitwärts hörte er das Glucksen von Bächen, die durch ausgewaschene Felsspalten herabrannen und in der Tiefe verschwanden. Dann senkte sich der Weg, und das Wasser stieg. Bis zum Bauch reichte ihm bald die Flut, die sich aus immer mehr Zuflüssen speiste. Unter seinen Fingern spürte er die glatte Oberfläche von hängenden Tropfsteinen, die bis zum Wasserspiegel herunterreichten und ihm ein weiteres Vordringen verwehrten, doch er brach sich einen Weg frei und gelangte völlig durchnäßt zu einer Stelle, an der dieser Gang an einer steil aufsteigenden Felswand sein Ende zu haben schien. An den Seiten war nirgends ein Durchschlupf zu entdecken, und so machte er sich daran, diese von eisglattem Sinter überzogene Wand zu ersteigen.

Ein paarmal rutschte er ab und plumpste zurück ins Wasser, aber endlich gelang es ihm, höher hinaufzuklettern, bis er eine Kante erreichte, über der es weiter voran zu gehen schien. Als er den Kopf über diese Felsbarriere hob, sah er grünliche Spiegelungen von Licht über die schimmernde Höhlendecke geistern, und nachdem er noch ein Stück vorangekrochen war, blickte er hinab zu einem weiten unterirdischen See, der wie ein riesiger, grünleuchtender Edelstein den Raum einer Höhle ausfüllte, von deren Dach zahllose Tropfsteingebilde herabhingen, riesige, sich nach unten verjüngende Zapfen und sanft gewellte Vorhänge, die aussahen, als hätten sie im Wind geflattert, ehe sie zu milchigem Stein erstarrt waren. Das smaragdene Licht schien aus der Tiefe des Sees heraufzudringen und verdunkelte sich nach den Rändern zu immer satteren Nuancen von Grün bis zur Farbe von fast schwarzem Turmalin.

Während er noch oben auf den Felsen lag und dieses Wunder bestaunte, rauschte das Wasser auf, und drei grünhaarige Wasserfrauen tauchten aus der der Tiefe. Sie glitten wie Delphine durch die aufschäumende Flut, glatte Brüste schimmerten auf, weich gerundete Hüften, und während die Wasserfrauen im Spiel einander umschwammen, begannen sie ein wortloses Lied zu singen, das von den Wänden der Höhle in vielfachem Widerhall zurückgeworfen wurde und dessen lockende, süße Melodie in dem Lauscher die Sehnsucht weckte, mit diesen Wasserwesen dort unten durch das sprühende Wasser zu tauchen und ihre feuchte Haut zu berühren. Doch er hatte noch nicht vergessen, was er hier suchte, und so richtete er sich auf und rief: «Hört mich, ihr schönen Wasserfrauen! Könnt ihr mir sagen, wo ich hier einen goldenen Ring von der Gestalt eines Falken und eine Kette dazu finden kann? Kennt ihr den Schmuck?»

Da lachten die drei, daß es von den Wänden widerhallte, und eine von ihnen sagte: «Den wirst du nie finden, denn er liegt so tief auf dem Grund dieses Sees, daß du schon ertrunken sein würdest, ehe du auch nur die halbe Strecke hinabgetaucht wärst, du armseliges Menschlein!» Und dann wollten sich die drei wieder ausschütten vor Gelächter.

«Könnt ihr sie mir nicht heraufholen?» fragte Lauscher und kletterte ein Stück tiefer.

«Wie kämen wir dazu?» sagten die drei Wasserfrauen. «Was dieser See behütet, bleibt für die Hände gieriger Menschen unerreichbar», und dann begannen die drei wieder zu singen und kümmerten sich nicht mehr um den ungebetenen Zuhörer. Ihr Gesang brachte Lauscher auf den Gedanken, daß ihm vielleicht auch hier seine Flöte weiterhelfen könne. Er zog sie aus der Tasche, blies das Wasser heraus und fing an, den Gesang der Wasserfrauen mit Melodien zu umspielen, die sie seinen Bitten geneigter machen sollten. Doch je länger er sich dem Klang ihrer hohen, vogelhaften Stimmen hingab, desto stärker wuchs in ihm der Wunsch, im Reigen der grünhaarigen Nixen durch das smaragdene Wasser zu gleiten, eines dieser geschmeidigen Wesen einzufangen und in den Armen zu halten, und dieser Wunsch gewann auch Gewalt über sein Flötenspiel, bis die Wasserfrauen riefen: «Komm zu uns in den See, Flöter! Bleib bei uns und spiel uns deine Musik!»

Dieser Einladung konnte Lauscher nicht widerstehen. Er sprang die letzten Felsstufen hinab, setzte sich ans Ufer und spielte noch süßere Variationen zu dem

Lied der Nixen, die immer näher zu ihm hergeschwommen kamen, angezogen
von der Macht seiner Flöte, wie er meinte. Gleich waren sie bei ihm, umfaßten
seine Füße, berührten mit ihren feuchten Händen sein Gesicht, und schließlich
sagte eine von ihnen: «Komm, Flöter! Sei einer von uns!»

Lauscher legte seine Flöte beiseite, und schon zogen sie ihn in die kühle Flut,
um mit ihm zu spielen. Sobald er ins Wasser eingetaucht war, merkte Lauscher zu
seinem Entsetzen, daß es ihn nicht trug. Mit unwiderstehlicher Macht zog es ihn
hinab in die Tiefe und schlug über seinem Kopf zusammen. Während er unter dem
Gelächter der Nixen wild um sich schlug und noch einmal auftauchte, kam ihm
der Name der Wasserfrau in den Sinn, die sich früher einmal als hilfreich erwiesen
hatte. «Laianna!» schrie er. «Laianna, hilf mir!», und dann versank er wieder, um,
wie er meinte, nie mehr aufzutauchen, sank und sank und war schon kaum mehr
bei Bewußtsein, als er spürte, wie er bei der Hand gefaßt und nach oben gezogen
wurde.

Eine Zeitlang lag er keuchend und hustend am Ufer und spie das Wasser aus, das
er geschluckt hatte. Dann kam er langsam wieder zur Besinnung und sah, daß es
tatsächlich Laianna war, die ihn aus dem See gezogen hatte. Sie saß neben ihm und
lächelte. «Auf solche Weise solltest du dich lieber nicht mit den Nixen einlassen»,
sagte sie. «Manche von unserer Art sind ein bißchen dumm und vergessen immer
wieder, daß Menschen es im Wasser nicht lange aushalten. Ich habe sie wegge-
schickt, damit ihr Anblick deine Sinne nicht von neuem verwirrt. Vorher haben sie
mir gesagt, wonach du hier suchst. Tut es dir jetzt leid, daß du mir damals die
Kette und den Ring geschenkt hast?»

«Nein», sagte Lauscher. «Mir wäre es lieber, wenn beides für immer auf dem
Grund dieses Sees liegen bliebe. Aber nach allem, was ich erfahren habe, kann
meiner Tochter nur mit Hilfe dieser Zauberdinge geholfen werden», und er
erzählte ihr, was er darüber wußte.

«Du willst den Falkenschmuck also nur leihen?» fragte Laianna.

«Ja», sagte Lauscher. «Du sollst ihn zurückbekommen, denn er gehört dir.»

«Und wenn der Falke ihn nicht mehr aus den Klauen läßt?» fragte Laianna.

Lauscher zuckte mit den Schultern. «Dann werde ich versuchen müssen, ihm
den Schmuck wieder abzujagen», sagte er.

«Ich hoffe, du weißt, worauf du dich da einläßt», sagte die Wasserfrau. «Du
gehst ein gefährliches Wagnis ein. Dennoch sollst du die Zauberdinge bekommen,
aber du mußt mir ein Pfand hierlassen.»

«Was für ein Pfand?» sagte Lauscher. «Ich habe nicht viel mitgenommen, als ich
hier heruntergestiegen bin.»

«Genug», sagte Laianna. «Du hast etwas bei dir, was den Wert von Narzias
Zauberschmuck bei weitem aufwiegt: deine Flöte.»

Lauscher erschrak, als er das hörte. Wenn er den Schmuck nicht zurückbekam,
verlor er auch seine Flöte. Aber dann dachte er an seine Tochter und nickte. Er

nahm die Flöte, die noch an der gleichen Stelle lag, an die er sie zuvor hingelegt hatte, als ihn die Nixen ins Wasser gelockt hatten, und gab sie Laianna in die Hand. «Holst du mir jetzt den Ring und die Kette?» fragte er.

«Das kann ich nicht», sagte Laianna. «Weißt du nicht mehr, was ich gesagt habe, als du mir beides geschenkt hast? Wer sie haben will, muß sie schon selber aus der Tiefe holen.»

Da verlor Lauscher alle Hoffnung. «Wie soll mir das gelingen», sagte er, «wo ich eben schon fast ertrunken wäre?»

Laianna lachte und sagte: «Du wirst unter Wasser schwimmen wie ein Fisch.» Sie riß eines ihrer langen grünblonden Haare aus, und band es Lauscher um den nackten Oberarm. «So lange du dieses Haar trägst», sagte sie, «wirst du sein wie einer von uns und auch unter Wasser atmen können. Du mußt hinuntertauchen bis auf den Grund. Sobald eine grüne Sonne über dir steht, wirst du finden, was du suchst. Auf diese Sonne mußt du dann zuschwimmen. Viel Glück, Lauscher, und denk an deine Flöte!»

Nachdem er eben ums Haar ertrunken wäre, hatte Lauscher Furcht davor, sich noch einmal dem Wasser anzuvertrauen, aber es blieb ihm keine andere Wahl. So ließ er sich in den grünschimmernden See gleiten und sank sofort in die Tiefe. Felsen glitten an ihm vorüber, an denen die hellen Zacken von Tropfsteinen aufgereiht waren wie das Gebiß eines riesigen Ungeheuers, das ihn hinabsaugte in seinen unergründlichen Schlund. Er sank tiefer und tiefer und hielt dabei noch immer den Atem an, weniger deswegen, weil er den Worten Laiannas nicht vertraut hätte, sondern weil sein Körper sich dagegen wehrte, solange das Wasser ihn umschloß. Schon tanzten rote Kreise vor seinen Augen, und er war nahe daran, das Bewußtsein zu verlieren, als er den Widerstand aufgab und sich gegen alle Vernunft dazu zwang, Atem zu schöpfen, und das, was in seine Lungen strömte, war kühl und erfrischend wie die klare Luft, die man einatmet, wenn man nach langer Wanderung auf einem Berggipfel rastet. Zugleich wurde ihm auch das Element vertraut, in dem er sich befand. Seine Bewegungen paßten sich der leichten Strömung an, die ihn hinabzog, und nun schwamm er wirklich wie ein Fisch mit dem Kopf voran weiter auf das smaragdene Leuchten zu, das immer heller zu ihm heraufstrahlte.

Als er sich dem Grund des Sees näherte, geriet er in eine phantastische Landschaft. Hier gab es sanfte Hügel und gewundene Täler, deren Oberfläche überzogen war von einem Rasen funkelnder Kristalle, in deren spiegelnden Flächen sich das grüne Licht tausendfach brach. Er schwamm ruhig darüber hin und entdeckte dabei, daß hier unten noch weitaus mehr und Kostbareres zu finden war als Narzias Zauberschmuck. Da lag in einem Nest aus glasklaren Kristallnadeln ein Gehänge von nußgroßen, seidig schimmernden Perlen; auf dem Stumpf einer Tropfsteinsäule saß eine goldene, mit Edelsteinen besetzte Krone, und darunter lehnte ein Schwert von merkwürdig altertümlicher Form, dessen

Elfenbeingriff am Ende als Knauf einen eigroßen Rubin trug; auf einer ebenen, von irisierendem Sinter überzogenen Platte standen goldene Gefäße aufgereiht, Becher, Schalen und Kannen, deren Oberflächen von getriebenen Ornamenten überzogen waren: Reiter in fremdartigen Gewändern waren da zu sehen, die zur Jagd ritten, manche mit einem Falken auf der Faust und andere mit Pfeil und Bogen; im Boden einer flachen Schale tanzten Mädchen in weit schwingenden Gewändern einen Reigen, und auf der Wandung eines zweihenkligen Bechers tummelten sich Delphine und allerlei anderes Wassergetier.

Lauscher hatte jede Beklemmung verloren, betrachtete alle diese Schätze und fragte sich, welch mächtige Leute es wohl gewesen sein mochten, die einen Teil ihrer Reichtümer geopfert hatten, um sich das Wohlwollen der Wasserfrauen zu sichern. Ihre Gaben wurden offensichtlich in Ehren gehalten, denn sie waren sorgsam aufgestellt in dieser unterirdischen Schatzkammer, deren Ausdehnung viel größer zu sein schein als der See, durch den er hinabgetaucht war. Zuweilen traten die Felswände näher zusammen, und dann weitete sich die Höhle wieder zu neuen Sälen, in denen noch mehr Kostbarkeiten in dem immer gleichbleibenden schattenlosen grünen Licht schimmerten, und Lauscher glitt darüber hin und meinte zu träumen, einen Traum vom schwerelosen Schweben, der kein Ende nehmen wollte und ihn in immer weitere Räume führte.

Er wußte nicht, wie lange er so geschwommen war, als das Licht plötzlich an Intensität zunahm. Unwillkürlich blickte er nach oben und sah in der Höhe eine smaragdene Sonne stehen, deren kreisrunder Umriß sich scharf im Wasser abzeichnete. Da wußte er, daß er die Stelle erreicht hatte, an der Narzias Zauberschmuck liegen mußte. Der mugelige Boden war hier von einem glitzernden Moos aus winzigen Kriställchen überzogen, das sich zu Polstern aufwölbte, und auf einem dieser gerundeten Kissen sah Lauscher die zum Kreis ausgebreitete Kette liegen und in ihrer Mitte den Ring. Eine Zeitlang schwebte er darüber und bewunderte die kunstvolle Goldschmiedearbeit und den funkelnden Stein, in dem sich all das Licht zu fangen schien, das aus der Höhe herunterdrang. Dann nahm er den Schmuck an sich, steckte ihn in die Tasche und schwamm nach oben auf die grüne Sonne zu.

Die kreisrunde, grünleuchtende Fläche weitete sich, je näher er ihr kam, und dann erkannte er, daß dies ein Durchlaß in der Höhlendecke war, über dem lichtdurchflutetes Wasser stand. Er war so begierig zu erfahren, was er dort in der Höhe vorfinden würde, daß er sich mit einem raschen Schwimmstoß durch die Öffnung gleiten ließ und dabei mit dem Arm die rauhe Felswand streifte. Da zerriß Laiannas Haar, und im gleichen Augenblick meinte er zu ersticken unter dem jähen Anfall von Beklemmung, der ihm die Lungen zusammenpreßte. Er schlug wild um sich, schluckte Wasser und war kaum noch bei Bewußtsein, als er spürte, daß sein Kopf die Oberfläche durchbrach. Gierig zog er die Luft ein, sah unmittelbar vor sich ein steiniges Ufer, kämpfte sich durch das Wasser, fühlte festen Boden unter den Füßen und schleppte sich an Land. Dort lag er dann eine Zeitlang keuchend und nach Luft schnappend, bis sein Herz allmählich wieder ruhiger schlug.

Als er sich aufrichtete und um sich blickte, fand er sich am Ufer jenes Sees, in den er vor Jahren den Schmuck hineingeworfen hatte. Über ihm ragte die rötlich schimmernde Felswand auf, und darüber stand die Nachmittagssonne am Himmel. Er ruhte sich noch eine Weile aus, stieg dann durch die Kluft hinauf in die Felswand und kroch durch das ausgeschwemmte Bachbett weiter aufwärts, bis er oben im Hochwald wieder ins Freie gelangte. Schon während er sich durch die enge Röhre hinaufarbeitete, hatte er von oben den Klang einer Flöte gehört, und als er jetzt aus der Kluft hinauskletterte, sah er Schneefink am Fuß einer turmhohen Fichte sitzen und auf seiner Flöte spielen. Der Junge brach mitten im Ton ab, sobald er ihn erblickte, sprang auf und lief ihm entgegen. «Da bist du ja endlich!» rief er. «Ich wollte schon unsere Sachen packen und hinunter zu den Hirtenhäusern reiten.»

«Warum so früh?» fragte Lauscher. «Ich hatte dir doch gesagt, du solltest drei Tage warten.»

«Die waren schon heute vormittag vorüber», sagte der Junge, «und jetzt geht die Sonne bald unter. Weißt du das nicht?»

«Dort unten, wo ich gewesen bin, gab es keine meßbare Zeit», sagte Lauscher. «Ich hätte dir nicht sagen können, ob ich nur einen halben Tag oder ein paar Wochen dort verbracht habe. Aber jetzt, wo du sagst, daß ich mehr als drei Tage unterwegs gewesen bin, glaube ich dir das aufs Wort; denn so hungrig bin ich seit langem nicht mehr gewesen.»

Also setzten sie sich erst einmal hin und aßen etwas von den Vorräten, die Schneefink mit auf die Reise genommen hatte, und als dieser die Reste wieder weggepackt hatte, fragte er: «Hast du dort gefunden, was du gesucht hast?»

«Ja», sagte Lauscher, griff in die Tasche und zog Narzias Zauberschmuck heraus. Schneefink betrachtete staunend das goldene Geschmeide und den Ring mit dem funkelnden Smaragd und fragte: «Hast du diese Dinge einfach weggenommen?»

«Nein», sagte Lauscher. «Ich mußte meine Flöte als Pfand zurücklassen. Falls in nächster Zeit ein Flöter gebraucht wird, wirst du an meine Stelle treten müssen.»

Während der nächsten drei Tage ritten sie durch den Wald zurück bis zu der Quelle unter dem Ahornbaum, und als sie dort angekommen waren, sagte Lauscher: «Jetzt wird es sich zeigen, ob sich der Falke hier aufhält. Aber auch in dieser Sache erwies sich der Rat der Forelle als verläßlich. Sobald Lauscher ein Stück talabwärts durch das Erlengebüsch gegangen war und von dort aus den Himmel absuchte, sah er weit in der Höhe einen Falken seine Kreise ziehen. Er flog viel zu hoch, als daß man ihn hätte rufen können, aber Lauscher wußte, daß dieser Falke selbst aus solcher Höhe noch eine Maus am Boden erspähen konnte. So zog er den Ring aus der Tasche und ließ den Stein in der Sonne blitzen.

Kaum hatte er das getan, als der Falke mitten im Flug für einen Augenblick anzuhalten schien, und dann stürzte er wie ein Stein aus dem Himmel. Er setzte sich auf einen Erlenast dicht über Lauschers Kopf und sagte: «Das ist mein Ring! Gib ihn mir!»

«Immer schön langsam!» sagte Lauscher und steckte den Ring an seinen kleinen Finger. «Im Augenblick habe ich dieses Zauberding, und ich werde mir gut überlegen, ob ich dich auch nur in seine Nähe lasse. Der Ring allein würde dir wohl auch nicht viel nützen, so viel ich weiß.»

«Also hast du auch die Kette», sagte der Falke. «Hast du sie? Zeig sie mir!»

«Mit Vergnügen!» sagte Lauscher, holte die Kette aus der Tasche und ließ ihre Glieder in der Sonne funkeln. «Ich habe beides, und ich bin immerhin bereit anzuhören, was du mir für diese beiden Zauberdinge bieten würdest.»

«Du bist ein Dieb!» keifte der Falke. «Die Sachen gehören mir!»

«Gerade du solltest nicht so reden», sagte Lauscher. «Ich habe beides in einem niedergebrannten Haus gefunden und an mich genommen. Und überdies kannst du ja sehen, daß ich bereit bin, mich mit dir darüber zu unterhalten. Was hast du mir also vorzuschlagen?»

Der Falke starrte ihn wütend aus seinen grünen Augen an und schwieg eine Weile. Dann sagte er: «Wenn du mir den Schmuck gibst, könnte ich dich von der Angst befreien, die dich befällt, sobald du dich unter freiem Himmel befindest.»

Dieses Angebot erschien Lauscher in der Tat verlockend. Er stellte sich vor, wie schön es sein mußte, wieder ungehindert durch Felder und Wiesen zu streifen oder so hoch ins Gebirge hinaufzusteigen, bis die letzten Bäume im Tal zurückblieben, und weiterzugehen über den kurzen Rasen der Almwiesen, aus denen der Duft von Thymian aufstieg. Und während er noch darüber nachdachte, sagte der Falke: «Dann würde dich auch nichts mehr daran hindern, mit dieser Frau zusammenzuleben, die dich als Faun hier gefunden hat und sich davor fürchtet, durch den Wald zu gehen.»

«Dafür ist es zu spät», sagte Lauscher. «Sie hat schon lange einen anderen zum Mann genommen.»

«Spielt das eine Rolle, wenn du sie haben willst?» sagte der Falke.

«Ja», sagte Lauscher. «Das spielt eine ganz entscheidende Rolle. Aber du bringst mich da auf einen Gedanken. Die Tochter, die mir diese Frau geboren hat, ist seit ihrer Geburt stumm, wie man sagt, und ich habe den Verdacht, daß dies mit der Wirkung deines Zaubers zu tun hat, der noch auf mir lag, als ich dieses Kind gezeugt habe. Vielleicht habe ich ihm auf diese Weise einen Rest meiner tierischen Natur vererbt. Ich will dir einen Vorschlag machen: Du sollst Ring und Kette bekommen, wenn du meiner Tochter Urla diese Stummheit nimmst. Kannst du das?»

«Natürlich kann ich das», sagte der Falke. «Aber nur mit Hilfe dieser beiden Dinge. Du wirst sie mir also vorher geben müssen.»

«Das wird sich wohl nicht vermeiden lassen», sagte Lauscher. «Es mag töricht von mir sein, daß ich dir dieses Vertrauen schenken will, aber vielleicht schlummert selbst in deinem Herzen noch ein Rest von Barmherzigkeit. Ich werde also eine Botschaft nach Arziak schicken, daß Arnilukka mit ihrer Tochter zu den Hirtenhäusern kommen soll. Dann will ich in der Holzfällerhütte auf sie warten. Ihre Ankunft wird deinen scharfen Augen nicht entgehen, und am Morgen danach wollen wir uns am Waldrand zwischen den Hirtenhäusern und der Hütte treffen. Wirst du kommen?»

«Darauf kannst du dich verlassen», sagte der Falke. Dann breitete er seine Flügel aus und schwang sich hinauf in den Himmel.

An diesem Tage ritten sie noch talabwärts bis zu der Holzfällerhütte, und dort schickte Lauscher den Jungen hinüber zu den Hirtenhäusern. «Frage nach Wazzek oder nach dem Mann, der inzwischen seine Stelle eingenommen hat, und bitte ihn, zu mir in die Hütte zu kommen.»

Lauscher fand die Hütte unverschlossen. Er öffnete die Tür und ging durch den kleinen Vorraum in die Stube. Hier hatte sich seit seiner Abreise vor zwölf Jahren wenig verändert, nur die Drechselbank war nicht mehr da. Döli hatte sie wohl mit nach Arziak genommen, um sich dort eine Werkstatt einzurichten. Lauscher trat noch einmal vor die Tür, zäumte die Pferde ab und führte sie auf die Weide. Dann ging er zurück zur Hütte und trug Sattel und Packtaschen hinein.

Er hatte eben ein Fenster aufgestoßen und auf der Herdstelle ein Feuer angezündet, um den abgestandenen Geruch aus der Stube zu vertreiben, als er hörte, wie die Außentür geöffnet wurde. Gleich darauf trat ein großer, graubärtiger Mann ein, und hinter ihm folgte Schneefink, der einen in Decken gehüllten Packen auf der Schulter trug. Der Mann blieb unter der Tür stehen, blickte Lauscher an und sagte: «Also bist du es wirklich! Ich wollte erst gar nicht glauben, was der Junge sagt. Denn hier hat man seit Jahren nichts von dir gehört.»

«Kennst du mich denn?» fragte Lauscher.

«Ich habe dich damals ein paarmal gesehen», sagte der Mann, «aber du wirst dich kaum an mich erinnern, denn miteinander gesprochen haben wir nie.»

«Ich erinnere mich sehr genau an dich», sagte Lauscher. «Du bist der Mann, der damals den alten Wazzek ins Tal gebracht hat.»

«Das stimmt», sagte der Mann überrascht. «Aber woher weißt du das? Du warst doch gar nicht dabei.»

«Doch», sagte Lauscher. «Nur konntest du mich nicht sehen, weil ich in den Büschen versteckt war. Nur deinen Namen kenne ich nicht.»

«Ich heiße Ruzzo, und ich habe hier die Aufsicht über die Pferdeweide, seit Wazzek vor drei Jahren gestorben ist», sagte der Mann. «Der Junge hat mir berichtet, daß du mich sprechen willst. Worum geht es?»

«Das müssen wir nicht hier im Stehen abmachen», sagte Lauscher und lud Ruzzo ein, sich zu ihm ans Feuer zu setzen. Schneefink hatte inzwischen den Packen auf die Schlafstelle gelegt; er schlug die Decke auseinander und brachte dabei einen Leinenbeutel mit allerlei Vorräten zu Tage, die er auf den Tisch legte: ein paar Fladenbrote, ein großes Stück Trockenfleisch, einen runden Käse und einen gefüllten Schlauch aus Ziegenleder.

Ruzzo hatte ihm zugeschaut und sagte: «Wenn wir schon länger miteinander zu reden haben, können wir auch einen Schluck Wein dazu trinken. Hol uns vom Wandbrett ein paar Becher, Junge, und auch einen für dich!»

Schneefink stellte drei holzgedrechselte Becher auf den Tisch, öffnete den Weinschlauch und schenkte ein. Dann setzte er sich zu den beiden anderen.

«Es tut mir leid, daß der alte Wazzek gestorben ist», sagte Lauscher. «Ich hätte ihn gern noch einmal gesehen.»

«Das kann ich gut verstehen», sagte Ruzzo. «Er wußte nicht nur mit Pferden umzugehen, sondern war auch ein Mann, mit dem sich gut reden ließ. Er hat mir viel von dir erzählt, und das hat dazu geführt, daß ich meine Meinung über dich geändert habe. Du mußt wissen, daß wir hier in Arziak auf diesen Flöter seinerzeit nicht gut zu sprechen waren.»

«Dazu hattet ihr allen Grund», sagte Lauscher, «und vor allem auch Wazzek selbst. Dabei ist er es gewesen, der mir geholfen hat, mit meinen Schuldgefühlen fertig zu werden.»

«Und mir hat er sogar das Leben gerettet», sagte Ruzzo. «Damals als ich ihn ins Flachtal brachte, hat er mir zum Abschied eine Fischschuppe gegeben. Ich habe sie um den Hals gehängt, ohne mir viel dabei zu denken, und trug sie seither unter dem Hemd eher zur Erinnerung an einen Freund. Erst als dann die Beutereiter in Arziak hausten, bekam ich eine andere Meinung davon. Ich ritt damals mit den Leuten des Erzmeisters, und als der erste Angriff auf den Ort abgeschlagen war, teilte er mich einer kleinen Reitergruppe zu, die beobachten sollte, ob sich die Beutereiter irgendwo im Tal wieder zeigten. Anfangs war es, als hätte sie der Erdboden verschluckt. Tagelang ritten wir talauf und talab, ohne auch nur einen Pferdeschwanz zu Gesicht zu bekommen. Als wir uns dann sicher fühlten und kaum noch einen Angriff befürchteten, waren sie auf einmal da. Unmittelbar über uns brachen sie aus dem Wald, fünfzig oder sechzig Reiter, und wir waren nur zu sechst. Da trieben wir unsere Pferde im Galopp hinunter ins Tal. Zwei von uns wurden gleich aus dem Sattel geschossen; die mir voran waren, preschten durch eine Furt im Fluß, der dort schon ziemlich breit ist, aber mein Pferd scheute und warf mich ab.

Als ich am Boden lag und hinter mir die Reiter mit schrillen Schreien herandonnern hörte, fiel mir ein, was Wazzek über diese Schuppe gesagt hatte. Da rappelte ich mich auf, rannte die paar Schritte bis zum Fluß, während schon neben mir die Pfeile vorüberzischten, und warf mich ins Wasser. Ich kannte diese Stelle vom Angeln: Oberhalb der Furt ist ein tiefer Kolk, in dem immer Forellen stehen. Ich ließ mich also unter dem überhängenden Gebüsch am Steilufer bis auf den Grund sinken, hielt die Luft an und wartete.

Gleich darauf hörte ich, wie die Reiter das Ufergesträuch über mir absuchten. Wahrscheinlich beobachteten sie auch die Wasseroberfläche. Ich wußte, daß ich verloren war, wenn ich auftauchte, und wartete darauf, daß mir die Luft ausging, aber ich hatte beschlossen, so lange in der Tiefe zu bleiben, wie ich es nur ertragen konnte. Nach einer Weile wurde mir bewußt, daß die Zeit längst verstrichen sein mußte, die ein Mensch unter Wasser verbringen kann, und doch spürte ich keinerlei Atemnot. Vor mir im Kolk sah ich Fische stehen. Sie betrachteten mich ohne Scheu mit ihren runden Augen, als wollten sie sagen: Warte noch ein bißchen, bald ist die Gefahr vorbei. Und so war es tatsächlich. Eine Zeitlang rumorten die Reiter noch oben zwischen den Uferbüschen, dann hörte ich einen Schrei, und gleich darauf zitterte der Boden unter dem Hufschlag der Pferde, der sich rasch entfernte.

Auf diese Weise bin ich durch die Hilfe des Großen Alten, wie Wazzek diesen geheimnisvollen Schuppenspender zu nennen pflegte, mit dem Leben davongekommen. Später habe ich hier unter Wazzek gearbeitet, und das war eine Zeit, die ich nicht missen möchte. Ich habe in meinem ganzen Leben von keinem Menschen so viel gelernt, wie von diesem alten Karpfenkopf, und das nicht nur über Pferde. Aber ich rede hier und rede und lasse dich überhaupt nicht zu Wort kommen. Du wolltest mir doch etwas mitteilen.»

Ruzzo trank einen Schluck Wein und blickte Lauscher erwartungsvoll an. Da erzählte ihm dieser, was er über die Stummheit von Arnilukkas Tochter Urla in Erfahrung gebracht hatte und auf welche Weise er diesen Zauber zu brechen gedachte. «Kannst du einen Boten zu Arnilukka schicken, der sie mit ihrer Tochter hierherbringt?» fragte er zum Schluß.

«Ich werde selber reiten, und zwar gleich morgen in aller Frühe», sagte Ruzzo. «Das ist eine Nachricht, die ich selber ausrichten möchte. Du wirst damit rechnen können, daß wir übermorgen gegen Abend zurückkommen; denn die Herrin wird nicht erst lange Überlegungen anstellen, wenn sie gehört hat, worum es geht.»

Schneefink hatte die ganze Zeit über dabei gesessen und war der Erzählung Ruzzos mit Spannung gefolgt. Jetzt sagte er: «Darf ich dich etwas fragen, Ruzzo?»

«Nur zu, Junge», sagte der Pferdemeister. «Heute ist ein Tag, an dem mancherlei Auskünfte gegeben werden.»

«Lauscher hat mir von einem Jungen namens Döli erzählt», sagte Schneefink, «dem er hier in dieser Hütte das Flöten beigebracht hat. Was ist aus ihm geworden?»

«Döli?» sagte Ruzzo. «Ein bedeutender Mann ist aus ihm geworden. Man nennt ihn hier jetzt den Lustigen Flöter, und ein Junge ist er schon lange nicht mehr, auch wenn er noch immer keine Frau genommen hat. Dafür laufen ihm im ganzen Tal von Arziak die Mädchen nach und machen ihm schöne Augen. Kein Wunder, daß er sich nicht entscheiden kann. Aber es gibt bei uns keine Hochzeit und keinen Jahrmarkt, bei dem er nicht aufspielt, bis den Tänzern der Atem ausgeht. Er hat wahrhaftig dafür gesorgt, daß die Leute nach all den schrecklichen Ereignissen wieder fröhlich geworden sind, und das ist mehr, als man von manchem ganz tüchtigen Mann sagen kann. Du hast eine gute Zukunft vor dir, Junge, wenn du weiter bei Lauscher in die Lehre gehst. War es das, was du wissen wolltest?»

Schneefink blickte eine Weile vor sich hin auf die Tischplatte. Dann hob er den Kopf und sagte: «Ich glaube, man kann auf verschiedene Weise Flöter sein. So ein ‹Lustiger Flöter› wie Döli ist wohl genau das, was die Leute hier im Tal gebraucht haben, und so hat er auf seine Art das einzig Richtige getan. Aber ich möchte ein anderer Flöter werden.»

«Was denn für einer?» fragte Ruzzo.

«Das weiß ich noch nicht», sagte Schneefink.

Lauscher war erstaunt über die Antworten des Jungen. Er hatte etwas ausgesprochen, das er selber zwar auf eine unklare Weise empfunden hatte, aber nicht hätte in Worte fassen können. In diesem schlacksigen Abkömmling der Blutaxtleute schien noch mehr zu stecken, als er bisher geahnt hatte. Bald darauf verabschiedete sich Ruzzo, um noch alles für den morgigen Ritt vorzubereiten.

In dieser Nacht konnte Lauscher nicht einschlafen. Er lag neben dem ruhig atmenden Jungen auf der Bettstelle und grübelte darüber nach, was der Falke – oder richtiger: was Narzia wohl tun würde, wenn sie ihren Zauberschmuck erst einmal in den Klauen hatte. Es konnte geschehen, daß sie alle, die dabei zugegen waren, in Tiere verwandelte oder daß sie sich wieder als Falke in die Luft erhob und das Kind in seiner Stummheit zurückließ. All das traute er ihr ohne weiteres zu, aber er sah auch keinen Weg, auf dem sich diese Gefahr umgehen ließ. «Was soll ich tun, Zirbel?» sagte er und nahm seinen Stock zur Hand. «Wie ich es auch drehe und wende: Wir alle werden Narzia hilflos ausgeliefert sein, sobald ich ihr Kette und Ring gegeben habe, und ich habe nicht einmal meine Flöte, um sie vor dem Schlimmsten zurückzuhalten.»

«Warum fängst du so etwas dann überhaupt an?» sagte der Zirbel. «Erst willst du wieder einmal den Retter der Menschheit spielen, und wenn's dann ernst wird, kriegst du's mit der Angst zu tun. Was hast du eigentlich im Sinn?»

«Meiner Tochter zu helfen, sonst gar nichts», sagte Lauscher.

«Und Arnilukka?» fragte der Zirbel. «Du siehst doch wohl auch sie ganz gern einmal wieder?»

«Natürlich», sagte Lauscher. «Aber ich mache mir da keine falsche Hoffnung mehr.»

«Falsche Hoffnung?» sagte der Zirbel befremdet. «Was soll denn das nun wieder heißen? Ich will dir einmal etwas sagen: Was du da meinst, ist überhaupt keine Hoffnung, denn sonst würde sie weiter reichen als dein bißchen Leben. Aber diese richtige Hoffnung brauchst du durchaus nicht zu verlieren.»

Trotz des sarkastischen Tonfalls wirkten diese Worte auf Lauscher eher tröstlich, so als habe nicht der Zirbel, sondern die Zirbelin zu ihm gesprochen. «Ich will mich bemühen», sagte er, «beides auseinanderzuhalten, die richtige Hoffnung und die falsche, die gar keine ist, wie du sagst.»

«Wirst du dich auch dann noch an diesen feinen Unterschied erinnern, wenn Arnilukka leibhaftig vor dir steht?» fragte der Zirbel.

Lauscher spürte sein Herz schneller schlagen bei dieser Vorstellung. «Ich weiß es nicht», sagte er. «Vielleicht bist du dann so freundlich, mich daran zu erinnern.»

«Wenn du mich fragst», sagte der Zirbel. «Du weißt ja, daß ich nur dann spreche, wenn man mich anredet.»

«Ich denke, du hast noch ganz andere Möglichkeiten, mich auf dich aufmerksam zu machen», sagte Lauscher. «Ganz so hilflos bist du darin nicht, wie mir scheint.»

Der Zirbel kicherte hölzern und sagte: «Sehr sicher scheinst du deiner Sache ja nicht zu sein, aber wann ist das schon einer von deiner Art, insoweit er ehrlich mit sich selbst ist. Solange du nur an diese kleine Urla denkst, müßte schon alles so ablaufen, wie du es dir vorgestellt hast. Vielleicht solltest du dich nicht allzusehr auf dich selbst verlassen, sondern darauf hoffen, daß man dich in dieser Sache nicht allein läßt, solange du dir wenigstens ein bißchen Mühe gibst, bei dem zu bleiben, was du dir vorgenommen hast.»

Lauscher spürte jetzt wieder einmal den süßen, harzigen Duft dieses uralten Baumwesens, und das weckte in ihm eine Empfindung, als nehme ihn die mütterliche Zirbelin in ihre Arme wie ein Kind, das nicht mehr aus noch ein weiß in seiner Unsicherheit. «Schlaf jetzt, Lauscher», sagte sie mit ihrer sanften Stimme, die so ganz anders klang als die spöttische, knarrende Stimme des Zirbels. «Schlaf ein und habe ein bißchen Vertrauen. Mit dieser stümperhaften Art von Zauberei, wie sie Narzia betreibt, ist unsereins noch immer fertig geworden.»

Die nächsten zwei Tage verbrachte Lauscher zum größten Teil am Waldrand, schaute hinaus auf die Wiesen und sah den Pferden zu, die grasend langsam dahinschritten und nur hie und da den Kopf hoben, um zu ihm herüberzublicken. Und jedesmal, wenn er zum Himmel hinaufschaute, sah er ganz hoch oben unter den Wolken den Falken seine Kreise ziehen. Am späten Nachmittag des zweiten Tages kamen ein paar Reiter talaufwärts geritten; Lauscher sah sie schon von weitem, und auch der Falke stand jetzt niedriger über ihnen. Nach einer Weile konnte Lauscher erkennen, daß dort zwei Männer, eine Frau und ein Kind auf die Hirtenhäuser zutrabten, und da wußte er, daß Arnilukka gekommen war.

Kurze Zeit später tauchte sie schon wieder zwischen den Blockhütten auf und ging über die Wiesen auf ihn zu. Je näher sie kam, desto schöner erschien sie ihm, und als sie schließlich vor ihm stand, trat das Erinnerungsbild, das er von ihr mit sich getragen hatte, wie ein blasses Schemen zurück vor der Schönheit dieser Frau, die ihn aus ihren schwer zu beschreibenden Augen anblickte.

«Wo bist du so lange gewesen, Lauscher?» fragte sie.

Da erzählte er ihr, wie es ihm bei den Blutaxtleuten ergangen war und auf welche Weise er von Urlas Stummheit erfahren hatte. «Schneefink hat mir geholfen, von dort wegzukommen», sagte er.

«Ich hatte schon erfahren, daß du unterwegs warst», sagte Arnilukka.

«Deine Fische?» fragte Lauscher, und als Arnilukka nickte, sagte er: «Du hast zuverlässige Boten. Es war wohl falsch von mir, daß ich vor dir davongelaufen bin, wenn ich auch nicht im Sinn hatte, mich in eine solche Abgeschiedenheit zu begeben. Ich habe dort oben in den Bergen oft an dich denken müssen. Vielleicht sollten wir uns doch nicht so völlig aus den Augen verlieren, auch wenn du jetzt einen andern Mann hast.»

«Belarni ist mit mir bis zu den Hirtenhäusern geritten», sagte Arnilukka, «aber er war der Meinung, ich solle erst einmal allein mit dir sprechen. Weißt du, daß er dein Freund ist?»

«Ja», sagte Lauscher, «das habe ich ebensowenig vergessen wie die Farbe deiner Augen, obwohl ich mir dein Gesicht zuletzt kaum noch vorstellen konnte. Aber deine Augen waren bei mir, als trüge ich Arnis Stein noch immer auf der Brust.»

«Ach, Lauscher», sagte Arnilukka und nahm ihn in die Arme, «so ist es nun einmal, und ich bin schon froh, daß du jetzt zurückgekommen bist.»

Lauscher verlor sich im verwirrenden Farbenspiel ihrer Augen, und der berauschende Duft ihres Haares raubte ihm fast die Besinnung. Doch da wurde er unsanft aus diesem Versinken in die Wirklichkeit zurückgeholt: Er spürte einen derben Schlag auf dem Fuß, und da hatte sich doch wahrhaftig der Zirbel zu Wort gemeldet, den er in Arnilukkas Umarmung hatte aus der Hand gleiten lassen und der mit seinem knubbeligem Kopf auf seine Zehen gefallen war. «Schon gut, Zirbel», murmelte er, «ich habe schon verstanden.» Er löste sich aus ihren Armen und sagte: «Setz dich zu mir an den Waldrand, Arnilukka, und erzähle mir von der kleinen Urla. Ist sie wirklich so stumm, wie die Leute sagen?»

Arnilukka schaute eine Weile schweigend vor sich hin ins Gras, nachdem sie sich gesetzt hatte, und dann sagte sie: «Wenn du damit meinst, daß sie nicht reden kann wie ein Mensch, dann ist sie stumm. Aber sie plappert oft in merkwürdigen Lauten vor sich hin, so daß man manchmal meinen möchte, sie spräche eine Sprache, die keiner verstehen kann. Vieles, was man ihr sagt, scheint sie zu begreifen, aber ich bin mir nicht sicher, ob sie die Worte wirklich versteht oder auf eine andere Weise aufnimmt, was man ihr mitteilen will. Sie ist lieb und freundlich und auch geschickt bei allen möglichen Arbeiten, aber ich habe keine Ahnung, was sie denkt oder was in ihr vorgeht.»

«Wie versteht sie sich mit Tieren?» fragte Lauscher.

Arnilukka blickte ihn überrascht an. «Merkwürdig, daß du das fragst», sagte sie. «Urla hält sich am liebsten bei Tieren auf und geht auf eine so selbstverständliche Weise mit ihnen um, wie ich es noch nie bei einem Kind gesehen habe. Wenn ein Tier krank ist, weiß sie sofort, was ihm fehlt, und zeigt einem dann mit ihren geschickten kleinen Händen, was man tun muß.»

Lauscher nickte, denn er hatte dergleichen schon vermutet. Dann fragte er Arnilukka, ob ihr Ruzzo erzählt habe, auf welche Weise er dem Kind helfen wolle.

«Ja», sagte Arnilukka, «und ich habe unterwegs immer wieder darüber nachgedacht, ob man dieses Wagnis eingehen soll. Es kann für uns alle gefährlich werden, vor allem aber für Urla selbst.»

«Ich weiß», sagte Lauscher, «doch ich kann die Hoffnung nicht aufgeben, daß sogar in einer Zauberhexe wie Narzia noch etwas lebt, das sie zum Guten bewegen könnte. Aber wenn dir der Preis zu hoch erscheint, den es vielleicht kosten wird, dann reitest du besser mit Urla wieder zurück nach Arziak. Ich will nichts gegen deinen Willen tun.»

«Nein», sagte Arnilukka. «Wir müssen diese Gefahr auf uns nehmen. Ist es nicht so, daß wir sonst jede Hoffnung verlieren würden, daß das Gute in dieser Welt stärker ist als das Böse? Wie sollte man dann noch leben?»

Sie vereinbarten noch, wo und zu welcher Zeit sie sich am Morgen treffen wollten, und dann kehrte Arnilukka zurück zu den Hirtenhäusern. Lauscher sah sie langsam über die Wiesen gehen und konnte überhaupt nicht mehr begreifen, daß er einmal beschlossen hatte, ihr aus dem Weg zu gehen. Er war erstaunt, wie wenig es ihm jetzt ausmachte, daß sie nun zu Belarni ging. Viel wichtiger war die Freude darüber, daß es sie gab, daß sie nicht nur ein Traumbild war, das er sich selbst zurechtgemacht hatte. Sie lebte, sie war da, und sie vertraute ihm, und all das erfüllte ihn mit Freude, als er zwischen den Bäumen zu der Holzfällerhütte zurückschlenderte, nachdem er sich vergewissert hatte, daß der Falke noch immer niedrig über der Talsohle schwebte.

Am nächsten Morgen stand Lauscher mit Schneefink schon bei Sonnenaufgang am Waldrand und schaute hinüber zu den Hirtenhäusern. Kurze Zeit später sah er Belarni mit Arnilukka und der kleinen Urla aus der Tür treten. Sie faßten beide das Kind bei der Hand und kamen so auf ihn zu gegangen.

Lauscher hatte jetzt nur Augen für das Mädchen. Es war etwa so alt wie Arnilukka damals gewesen war, als er sie zum ersten Mal in Arziak getroffen hatte, und es hatte die gleichen Augen wie sie. Auf der Brust trug es in einem zierlichen Gitter aus Silberdraht Arnis Stein. Urla blickte Lauscher schon im Näherkommen unverwandt ins Gesicht, und als sie vor ihm stand, sagte sie: «Du bist der Mann, der meine Wiege gemacht hat.»

«Ja, der bin ich», sagte Lauscher, und erst als er die verblüfften Mienen von Arnilukka und Belarni sah, wurde ihm bewußt, daß Urla mit ihm in einer Sprache gesprochen hatte, die am ehesten wie die der Ziegen klang. Da lachte er und sagte: «Das Kind ist nicht stumm. Ihr versteht nur die Sprache nicht, die es spricht.»

«Das hast du schon gestern vermutet», sagte Arnilukka.

«Ja», sagte Lauscher, «aber ich war meiner Sache noch nicht sicher.»

Ehe die beiden noch etwas sagen konnten, redete Urla weiter und sagte: «Ich kenne all die Geschichten von dir. Deine Tiere haben sie mir erzählt: der lustige Esel Jalf, der Bock Einhorn mit seinen Ziegen, Goldauge, Nadelzahn und die Schlange Rinkulla und die drei Mäuse mit den langen Namen, die ich immer verwechsle. Schon als ich noch in meiner Wiege lag, haben sie mir Geschichten erzählt, aber meine beiden Brüder, die nach mir in der Wiege gelegen haben, konnten sie nicht verstehen. Jetzt habe ich die Wiege wieder in meinem Zimmer stehen und kann mich mit deinen Tieren unterhalten. Die Mäuse mag ich am liebsten.»

«Das kann ich gut verstehn», sagte Lauscher. «Niemand hat mir so geholfen wie diese tapferen Mäuse. Aber jetzt laß mich erst einmal Belarni begrüßen.»

Er wollte Belarni die Hand reichen, aber der umarmte ihn wie einen Freund und sagte: «Auch ich bin froh, Lauscher, daß du wieder hier bist. Und jetzt, wo ich sehe, wie du mit Urla sprichst, bin ich sicher, daß dir gelingen wird, was du dir vorgenommen hast.»

Belarni trug noch immer seine Schläfenzöpfe, und als er Lauschers Blick bemerkte, sagte er: «Ja, wir, die in der Steppe zuhause waren, haben unsere Zöpfe nicht abgeschnitten wie Arnis Leute. Es sollte keiner auf den Gedanken kommen, daß es genüge, das Äußere zu verändern, wenn man das ganze Leben ändern muß.»

Während sie noch miteinander sprachen, hatte Lauscher schon den Falken bemerkt, der niedrig über die Wiesen herangestrichen war und sich jetzt auf einem Baumstumpf am Waldrand niederließ. «Nun wirst du mir wohl mein Eigentum zurückgeben müssen, wenn das Kind lernen soll, wie ein Mensch zu sprechen», sagte der Vogel.

Sobald sie diese für sie unverständliche Stimme hörten, die doch nicht wie die Stimme eines Falken klang, nahmen Arnilukka und Belarni das Mädchen zwischen sich, als müßten sie es vor dem zauberischen Wesen behüten.

«Den beiden ist die Sache wohl nicht ganz geheuer?» sagte der Falke spöttisch. «Gib mir jetzt den Schmuck, Lauscher! Oder hast du dir's anders überlegt?»

«Nein», sagte Lauscher. «Ich vertraue darauf, daß du zu deinem Wort stehst.» Er ging die wenigen Schritte hinüber zu dem Baumstumpf und legte Kette samt Ring auf das grauschwarz verwitterte Holz.

Jetzt geschah alles sehr schnell: Der Falke beugte seinen schmalen Kopf hinab zu der Kette, und im nächsten Augenblick schon stand statt seiner Narzia an dieser Stelle und streifte sich den Ring über den Finger. Der Falkenschmuck schmiegte sich golden blitzend um ihren schmalen Hals, und sie sah so jung aus wie an dem Tag, als Lauscher sie zum letzten Mal gesehen hatte. Sie ging langsam auf die kleine Urla zu und blieb dicht vor ihr stehen. «Einen schönen Schmuck hast du da am Hals hängen», sagte sie mit schmeichlerischer Stimme und griff nach dem Stein. Dann fügte sie unvermittelt scharf hinzu: «Gib das Ding her, wenn du nicht stumm bleiben willst!»

«Das war nicht ausgemacht!» rief Lauscher.

«Ausgemacht oder nicht ausgemacht!» sagte Narzia. «Das hättest du dir früher überlegen müssen, du Dummkopf! Jetzt, wo ich meinen Falkenring wieder am Finger trage, solltest du dich hüten, mir etwas zu verweigern. Du müßtest doch am besten wissen, wie sich einer fühlt, den meine Zauberkraft getroffen hat.»

Urla schaute noch immer dieser jungen Frau, die so plötzlich hier erschienen war, in die grünen Augen. Sie hatte wohl kaum verstanden, was Narzia gesagt hatte, aber sie begriff sehr gut, was diese Frau von ihr wollte. Mit einer raschen Bewegung streifte sie die Kette über ihren Kopf, an der Arnis Stein hing, und legte sie zu dem Kleinod in Narzias Hand. «Ich schenke dir den Stein», sagte sie in ihrer merkwürdigen Sprache. «Weißt du nicht, daß es Unheil bringt, wenn man ihn sich nimmt? Man muß ihn geschenkt bekommen, dann bringt er Glück.»

Daß Narzia die Worte des Mädchens nicht verstanden hatte, war offensichtlich. Sie blickte gierig auf den Stein und sagte: «Du bist ein kluges Kind, daß du mir das Glitzerding freiwillig gibst. Es wäre dir schlecht bekommen, wenn du es mir verweigert hättest.» Dann schaute sie Lauscher triumphierend an. «Nun hast du das Spiel doch noch verloren. Jetzt hält mich hier nichts mehr zurück.» Sie öffnete die Kette, an der Arnis Stein hing, um sie sich um den Hals zu legen. Belarni, der diese Szene mit wachsendem Zorn beobachtet hatte, wollte vortreten und sie daran hindern, aber Lauscher hielt ihn zurück und schüttelte den Kopf. Er wünschte sich verzweifelt, daß er seine Flöte zur Hand gehabt hätte. Wahrscheinlich wäre er in diesem Augenblick fähig gewesen, jeden nur möglichen Zwang auf diese grünäugige Hexe auszuüben, aber das Wünschen half nichts, denn das Instrument lag unerreichbar in Laiannas Obhut auf dem tiefsten Grund des Sees.

Narzia hatte die Kette inzwischen in ihrem Nacken geschlossen, und nun schimmerte der Augenstein auf ihrer Brust. Und im gleichen Augenblick wandelte sich der Ausdruck ihres Gesichts. Lauscher bemerkte es sofort. Ihr Gesicht wirkte wie das eines Menschen, der aus einem Haßtraum erwacht: Der Ausdruck des höhnischen Triumphes war wie weggewischt. Ihre Züge glätteten sich, daß sie ihm schöner erschien, als er sie je gesehen hatte, und sie schaute das Mädchen an, als erblicke sie es zum ersten Mal. «Komm zu mir, Urla!» sagte sie mit völlig veränderter Stimme. «Komm, damit ich dir für den Stein danke. Mir ist zumute, als sei ein Zauberreifen aufgesprungen, der mein Herz bisher umschlossen hatte.»

Sie nahm das Kind in die Arme, und während sie es an sich drückte, legte sie ihm die Hand mit dem Falkenring auf die Lippen und flüsterte: «Sprich wie ein Mensch, kleine Urla!» Während sie das noch sagte, schien ihr Gesicht zusehends zu altern. Ihre Hände zitterten schon wie die einer Greisin, als sie die Kette mit Arnis Stein wieder von ihrem Hals löste und dem Mädchen umlegte. «Wenigstens einmal im Leben möchte ich etwas verschenken», flüsterte sie. «Ich schenke dir den Stein zurück, und ich bin sicher, daß du seinem Glanz folgen wirst.»

Ihr Leib war schon so eingefallen und gebrechlich, daß Urla sie stützen mußte, damit sie nicht zusammenbrach. Ihre grünen Augen waren noch klar wie der Smaragd auf dem Ring, aber ihr Blick hatte sich völlig gewandelt, als sie jetzt Lauscher anschaute und sagte: «Spiel mir etwas auf deiner Flöte, so lange ich noch hören kann!»

Jetzt erst hatte Lauscher wirklich Grund zu bedauern, daß er die Flöte nicht bei sich trug, aber während er noch unschlüssig dastand und nicht wußte, was er tun sollte, hatte Schneefink seine Flöte schon an die Lippen gesetzt und fing an zu spielen. Er begann mit einem leise angesetzten, tiefen Ton, eher schon einer Art Summen, so wie wenn der Wind durch das Steppengras streicht, und dieser Ton nahm langsam an Lautstärke zu, bis er die Kraft eines Sturmes erreichte, unter dem sich die Halme bis zum Boden biegen; dann nahm dieser Ton wieder ab, aber jetzt lösten sich vereinzelt andere Töne von dieser ungestalteten Ebene, schlossen sich nach und nach zusammen zu einer eintönigen Melodie, wie sie in den Zelten der Beutereiter gesungen wurde, und diese zunächst ruhige, in sich gekehrte Tonfolge steigerte ihren Rhythmus, wurde schneller und schneller, bis Lauscher die struppigen Gäule über die graue Unendlichkeit der Grasfläche preschen sah, polternde Hufe, strähnige Spuren und wegspritzende Erde, und Lauscher sah noch mehr, während der Junge immer weiterspielte: Harte, mißtönende Sprünge brachen aus der Melodie hervor, aber jedesmal ergab sich aus diesen scheinbar einander widerstrebenden Tönen ein neues harmonisches Gefüge, dessen Schönheit nur noch gesteigert wurde durch die fast unerträgliche Spannung des Beginns, und jetzt formten sich nach und nach Bilder in Lauschers Vorstellung, und er sah, wie Narzia ihn zu jenem Zwitterwesen von Faun verwandelte, um ihn zu bewahren für seine Begegnung mit Arnilukka; er sah, wie sie ihm durch die Elstern den Weg gewiesen hatte zu Stahl und Feuerstein, damit er sich im Winter am Feuer wärmen konnte, und wie sie das Wiesel und die Maus zu ihm geschickt hatte, die seine Freunde geworden waren; alle, die sie in Hunde verzaubert hatte, waren am Leben geblieben und gerettet worden beim Großen Reitersturm; selbst ihren Zauberschmuck hatte sie für ihn bereit gelegt, damit er ihr die Mittel in die Hand geben konnte, der kleinen Urla die Sprache der Menschen zu schenken. All diese Vorhaben, die so mißtönend begonnen hatten, waren ihr auf eine geheimnisvolle Weise zum Guten ausgeschlagen, das begriff er erst jetzt richtig, und er sah an Narzias Augen, daß auch sie es begriff, während sie Schneefinks Spiel lauschte, das immer wieder diese Sequenz variierte, in der die scheinbare Unordnung jeweils zum Kristallisationspunkt immer neu sich entfaltender Ordnungen wurde. Urla hatte Narzias vergehenden Körper in das weiche Waldgras unter den Büschen gebettet; das einzige Lebendige an der Sterbenden waren jetzt nur noch ihre Augen, die wie Smaragde in dem Totenschädel leuchteten, und während Schneefink noch immer weitere Melodien fand, blickte sie Lauscher in plötzlichem Erschrecken an und flüsterte: «Deine Angst! Ich habe sie dir noch nicht genommen. Du sollst wieder unter freiem Himmel stehen können.» Sie hob in einer letzten, mühevollen Anstrengung ihre rechte Hand, an der noch immer der Falkenring funkelte, und murmelte stockend: «Sei ein...» Dann sank ihre Hand zurück, und das, was von ihrem Körper noch übrig war, zerfiel in wenigen Augenblicken zu grauem Staub, in dem nichts weiter zurückblieb als die Kette und der Ring.

Erst jetzt setzte Schneefink seine Flöte ab. Eine Zeitlang stand er noch mit hängenden Armen, als lausche er den letzten Tönen nach, und dann sagte er gleichsam entschuldigend: «Du hattest mich hierher mitgenommen, weil vielleicht ein Flöter gebraucht werden könnte.»

«Ja», sagte Lauscher, «und ich selbst hätte diese Aufgabe nicht annähernd so gut lösen können wie du. Jetzt bin ich froh, daß ich meine Flöte als Pfand bei der Wasserfrau lassen mußte, aber dergleichen begreift man immer erst im Nachhinein.»

«Was ich kann, habe ich von dir gelernt», sagte Schneefink. Doch Lauscher schüttelte den Kopf. «Diese Art von Lernen bedeutet nicht viel», sagte er. «Entscheidend ist allein, daß man begreift, wann und wozu man spielen soll, und das hast du von selbst herausgefunden. Es spielt dabei auch keine sonderliche Rolle, ob die Flöte aus Silber ist oder aus Holz.»

«Dennoch solltest du den Zauberschmuck wieder an dich nehmen, damit du deine Flöte auslösen kannst», sagte der Junge.

«Vor allem deshalb, weil er mir nicht gehört, sondern Laianna», sagte Lauscher. «Ich muß ihn ihr zurückbringen.» Als er Kette und Ring vom Boden aufhob, rieselte noch ein bißchen Staub aus den Verzierungen und wehte im Wind davon. Das übrige war schon zwischen Gras und Kräutern vergangen.

Die kleine Urla stand währenddessen zwischen ihren Eltern und redete auf sie ein, als müsse sie jetzt gleich alles nachholen, was sie bisher versäumt hatte. «Diese Frau mit den grünen Augen», sagte sie gerade, «muß selber verhext gewesen sein; denn so böse, wie sie erst zu sein schien, war sie dann gar nicht.»

«Diesen Zauber hast du selbst gebrochen, als du ihr den Stein geschenkt hast», sagte Lauscher. «Du hast im entscheidenden Augenblick das einzig Richtige getan, und ohne dich säßen wir vielleicht alle jetzt als Mäuse hier im Gras.»

Urla lachte und sagte: «Das stelle ich mir lustig vor! Ich mag Mäuse. Aber mich hätte sie nicht verzaubert, das weiß ich genau.»

Nun mußten alle lachen, und Belarni sagte: «Ich glaube nicht, daß es den Leuten in Arziak recht gewesen wäre, wenn deine Mutter und ich als Mäuse von diesem Ausflug zurückgekommen wären.»

Das brachte Urla noch mehr zum Lachen, und als sie wieder zu Atem kam, sagte sie: «Ich hätte dann jeden von euch in eine Tasche meines Kittels gesteckt, die eine Maus rechts und die andre Maus links, damit ich euch nicht verwechsle, und wenn dann der Große Rat zusammentritt, hätte ich euch nacheinander auf den Tisch gesetzt. Das ist die Erzmeisterin, hätte ich gesagt, und das ist der Khan. Seid alle schön leise, damit ihr hören könnt, was sie euch zu sagen haben!»

Lauscher hatte ihr lächelnd zugehört, doch bei ihren letzten Worten stutzte er. «Bist du jetzt die Erzmeisterin, Arnilukka?» fragte er.

«Ja», sagte sie. «Vor fünf Jahren ist meine Mutter gestorben. Ich würde dich gern in unsere Stube in den Hirtenhäusern drüben einladen, um dir zu erzählen, wie jetzt die Dinge in Arziak stehen, aber ich weiß nicht, ob Narzia dich noch von ihrem Zauberbann befreien konnte. Willst du versuchen, ob du uns begleiten kannst?»

Schon seit dem Augenblick, in dem Narzias Hand kraftlos herabgesunken war, hatte Lauscher sich ständig gefragt, ob sie ihren Spruch – wenn auch unhörbar – hatte zu Ende sagen können, aber das Verweilen unter dem schützenden Dach der Bäume war ihm schon so zur Gewohnheit geworden, daß es ihn große Überwindung kostete, aus dem Schatten hinaus ins Freie zu treten. Während er noch unschlüssig dastand, nahm ihn die kleine Urla bei der Hand und sagte: «Du mußt es versuchen! Komm!» Sie zog ihn hinaus auf die Wiese, und Lauscher war darauf gefaßt, daß ihn seine Angst wie ein herabstürzender Felsblock treffen würde. Aber der Schlag blieb aus. Er spürte nur eine leichte Beklemmung, die ebenso gut ihre Ursache darin haben konnte, daß er den Aufenthalt unter freiem Himmel so lange gemieden hatte.

«Siehst du!» sagte Urla lachend, «es geht!» Sie ließ seine Hand los, um zurück zu ihrer Mutter zu laufen. Doch in diesem Augenblick war ihm, als zöge sich ein eiserner Ring um sein Herz zusammen. Die Angst war wieder da, wenn auch nicht so überwältigend, daß sie ihm das Bewußtsein hätte rauben können. Unter Aufbietung all seiner Kräfte blieb er stehen, wo er war, und stellte fest, daß er es aushalten konnte, wenn ihm auch der kalte Schweiß auf die Stirn trat. «Sie hat es wohl nur zur Hälfte geschafft», sagte er mühsam, und in einem Anflug von grimmigem Scherz fügte er hinzu: «Bei mir ist ihr wohl jeder Zauber nur halb gelungen. Gib mir deine Hand, Urla! Wenn du bei mir bist, geht es leichter.» Und so war es auch: Sobald er wieder ihre kleine, warme Hand hielt, löste sich der Krampf, und das ungute Gefühl, das ihm noch zurückblieb, schien ihm jetzt schon kaum noch der Rede wert.

Auf solcher Weise gingen sie miteinander über die Wiesen hinüber zu den Hirtenhäusern, und sobald er ein Dach über dem Kopf spürte, konnte Lauscher wieder frei atmen. Es war die gleiche Stube, in der er mit Arnilukka gesessen hatte, als sie noch ein Kind war. Damals hatte sie hier auf der Eckbank gehockt, und er hatte ihr seine lustigen Lieder vorgespielt, damit sie den Schrecken vergaß, den ihr die beiden Wölfe eingejagt hatten. Diesmal war sie hier die Hausherrin, brachte Brot, Käse und ein Stück durchwachsenen Rauchspeck, stellte für jeden einen Becher auf den Tisch und zuletzt noch einen Krug Wein. Dann erst setzte sie sich zu ihnen und forderte sie auf zuzugreifen. «Sei mein Gast, Lauscher!» sagte sie, «und auch du, Schneefink, der so schön flöten kann! Laßt es euch schmecken!»

Auch Arnilukka achtete noch auf die alten Sitten. Lauscher erinnerte sich an den Traum aus der Zeit seiner Versteinerung, in dem er zu Gast bei Urla gewesen war. Sie hatte die gleichen Worte gesprochen wie jetzt Arnilukka, und so wurde natürlich auch, wie es sich gehört, während des Essens keine Sache von Belang erörtert. Urla spielte während der Mahlzeit ihr Mäusespiel weiter und wurde nicht müde, immer neue Geschichten zu erfinden, in denen ihre Eltern als Mäuse auftraten. «Auch füttern hätte ich euch müssen», sagte sie. «Ihr hättet ja gar nicht auf den Tisch hinaufgereicht», und dann steckte sie jedem der beiden einen Bissen in den Mund. Alle spielten das Mäusespiel mit, freuten sich, daß Urla reden konnte wie ein Mensch und hatten viel Spaß miteinander.

Als alle satt waren und keiner mehr trotz der Nötigungen Arnilukkas etwas essen wollte, räumte sie die Speisen ab, schenkte noch einmal Wein nach und setzte sich neben Belarni auf ihren Platz.

«Ihr habt zwei Söhne, wenn ich Urla richtig verstanden habe», sagte Lauscher. «Sie hat es erwähnt, als sie mir von ihrer Wiege erzählte.»

«Ja», sagte Belarni. «Azzo ist jetzt zehn Jahre alt, und Arnizzo wird in diesem Monat sieben. Und das sind bei weitem nicht die einzigen Kinder im Tal von Arziak, die zu den dunklen Augen der Steppenreiter die blonden oder braunen Haare der Bergdachse haben.»

«Steppenreiter nennt ihr euch jetzt?» fragte Lauscher.

«Wenigstens jene, die noch in den Zelten draußen im Grasland aufgewachsen sind», sagte Belarni. «In den vergangenen zwanzig Jahren hat sich da jedoch schon viel verwischt. Allerdings gibt es noch immer ein paar Leute, die sich absondern und ‹ihre Art rein erhalten› wollen, wie sie es nennen. Auf der einen Seite ist das die Zunft der Goldschmiede, deren Mitglieder sich weigern, einen Nachkömmling der Steppenreiter in ihre Häuser oder gar ihre Familien aufzunehmen. Sie haben da ein altes, fast schon vergessenes Gesetz ausgegraben, das es ihnen verbietet, einen ehemaligen Dieb oder auch nur jemanden aus seiner Verwandtschaft zu beschäftigen oder mit ihm die Ehe einzugehen. Dieses Gesetz mag früher durchaus seinen Sinn gehabt haben; denn wer ständig kostbare Gegenstände im Haus aufbewahrt, muß sich davor schützen, daß sich verdächtige Personen einschleichen können. Aber ich halte es für falsch, dieses Gesetz gegen Leute aus der Steppe anzuwenden, die nicht mehr auf Beute aus sind, sondern friedlich mit den Bergdachsen zusammenleben wollen. Ein Gesetz erfüllt seinen Sinn nicht mehr, wenn man es nur als Formel benützt, mit der man andere Absichten verfolgt.»

«Und welche Absichten, meinst du, verfolgen die Goldschmiede damit?» fragte Lauscher.

«Sie halten sich für etwas Besseres als das übrige Volk», sagte Belarni. «Ihr Blut soll sich nicht mit dem gewöhnlicher Beutereiter vermischen, wie sie sich ausdrücken. Ja, du hast schon richtig gehört: Sie sind die einzigen, die uns noch bei diesem alten Namen nennen. Es gibt aber auch eine Gruppe von Familien aus den Zelten der Horde, die sich abseits hält; meist sind es die Sippen ehemaliger Anführer. Nicht einmal deren Kinder wollen sich in die Gemeinschaft einfügen. Die Jungen reiten oft zusammen über's Gebirge, um ein paar Wochen in Zelten draußen in der Steppe zu leben und Reiterübungen zu veranstalten. Vorderhand ist das mehr ein Spiel, aber mir ist zu Ohren gekommen, daß sie in irgend einem Dorf am Rand der Steppe schon ein paar Pferde gestohlen haben sollen. Die Schuldigen waren nicht zu ermitteln, aber ich mache mir Sorgen deswegen.»

Man konnte ihm ansehen, daß er sich Sorgen machte. In sein hageres Gesicht hatten sich schon tiefe Falten eingegraben, und seine Schultern waren etwas nach vorn gebeugt, als trüge er ständig eine schwere Last. Arnilukka legte ihre Hand auf seinen Arm und sagte: «Vergiß nicht, daß dies nur wenige Leute sind im Vergleich zu den vielen, die zufrieden und fröhlich miteinander in Arziak leben. Es war ein Glück, Lauscher, daß du uns Döli geschickt hast. Überall im Tal kann man jetzt Musik hören, und nichts macht die Leute schneller miteinander vertraut, als wenn sie zusammen tanzen und singen. Das hat uns in den ersten Jahren nach dem Großen Reitersturm gefehlt.»

«Deine Mutter muß damals eine schwere Aufgabe gehabt haben», sagte Lauscher.

«Ja», sagte Arnilukka. «Wie stark das an ihren Kräften gezehrt hat, haben wir erst gemerkt, als sie so plötzlich starb. Aber alle Leute im Dorf hatten große Achtung vor ihr. Außerdem war sie für die Bergdachse Promezzos Witwe, und sie selbst stammte ja als Urlas Großenkelin aus einer alten Goldschmiedesippe; die Steppenreiter sahen in ihr eine Nichte ihres alten Khan, und für jene, die sich nicht daran gewöhnen konnten, sich einer Frau unterzuordnen, war ja von Anfang an Belarni da, der bei seinen Leuten noch immer als Khan gilt. Unsere Heirat war dann ein Zeichen dafür, daß die Vereinigung der beiden Völker endgültig ist. Die wenigen Leute, von denen Belarni gesprochen hat, werden das eines Tages auch begreifen.»

«Ich will es hoffen», sagte Belarni, «aber ihr Eigensinn macht mich dennoch unruhig. Als ich in der Stube mit deiner Mutter diesen Vertrag abgesprochen hatte, war mir ein Traum in Erfüllung gegangen, den ich schon als Junge geträumt hatte. Warum muß es dann immer wieder Leute geben, die bei ihren alten Ansichten verharren und nicht begreifen wollen, daß es besser ist, in Freundschaft miteinander zu leben statt sich abzusondern? Kann man sie nicht zu dem zwingen, was man als das Richtige erkannt hat?»

«Nein», sage Lauscher, «das kann man nicht, und das solltest du am besten wissen, wo du so oft mit Arni geritten bist. Es war jedenfalls seine Meinung, daß man keine Entscheidung über andere Menschen fällen könne.»

«Dann werde ich meinen Traum nie vollkommen verwirklichen können», sagte Belarni.

«So ist das doch immer mit Träumen», erwiderte Lauscher. Er merkte, wie Arnilukka ihn anschaute, als er das sagte. Unter dem Blick ihrer Augen wurde ihm erst voll bewußt, daß er von sich selbst gesprochen hatte, und er fuhr fort: «Dennoch wäre es falsch, solche Träume zu vergessen, denn sie sind ein Zeichen dafür, daß es das Vollkommene gibt, auch wenn es unerreichbar scheint.»

Schneefink hatte sich bisher nicht an diesem Gespräch beteiligt, sondern nachdenklich vor sich hin auf die Tischplatte gestarrt. Jetzt hob er den Kopf und sagte: «Wäre es nicht unerträglich, eine solche Art von Vollkommenheit zu erreichen? Was gäbe es dann noch zu tun? Müßte man nicht in Bewegungslosigkeit erstarren, weil man sonst diesen Zustand der Vollkommenheit zerstören würde? Wenn ich auf meiner Flöte zu spielen beginne, habe ich eine Vorstellung von der vollkommenen Melodie, die ich finden möchte. Aber da sind dann meine Finger, deren Beweglichkeit eingeschränkt ist, im entscheidenden Augenblick geht mir der Atem aus, und auch das Instrument selber, so gut es auch sein mag, leistet mir Widerstand. Doch gerade darin liegt für mich der Reiz des Spielens: innerhalb der Grenzen, die mir gesetzt sind, mich an die vollkommene Melodie heranzutasten, die ich doch nie erreichen werde. Ich glaube überhaupt, daß Vollkommenheit nichts Festes und Endgültiges ist, sondern etwas, das sich immer weiter entfaltet. Ich kann sie mir jedenfalls nur als etwas Lebendiges vorstellen, und alles Lebendige wächst und verändert sich.»

«Du verstehst es, einem Hoffnung zu machen, Schneefink», sagte Belarni, «und das scheint mir noch mehr wert zu sein als diese Fröhlichkeit, die der Lustige Flöter in unser Tal gebracht hat. Was hast du jetzt vor, Lauscher? Wirst du länger bei uns bleiben?»

«Einstweilen schon, wenn ihr mir wieder die Holzfällerhütte überlaßt», sagte Lauscher. «Aber zuerst muß ich der Wasserfrau ihren Falkenschmuck zurückbringen.»

«Und wenn du wiederkommst», sagte die kleine Urla, «mußt du mir auf deiner Flöte all die Lieder vorspielen, die meine Mutter von dir gelernt hat.»

«Das verspreche ich dir», sagte Lauscher. «Bringst du mich jetzt wieder zu meiner Hütte? Wenn du mitgehst, kann ich es unter freiem Himmel schon ganz gut aushalten.»

Am nächsten Morgen sattelten Lauscher und Schneefink ihre Pferde, um sich auf den Weg zur Großen Felswand zu machen. Lauscher bemerkte, daß der Junge all seine Sachen zusammenpackte und sich auch noch reichlich mit Vorräten versorgte. «So lange werden wir nicht unterwegs sein, Schneefink», sagte er.

«Du sicher nicht», sagte Schneefink, «aber ich habe vor, mich ein bißchen in der Welt umzusehen. Viel mehr als das Dorf meiner Leute im Gebirge und dieses Tal kenne ich ja noch nicht. Du hast mir einmal von den Fischern am Braunen Fluß erzählt, zu denen nur selten ein Spielmann kommt, obwohl sie so gerne Musik hören. Diese Karpfenköpfe möchte ich besuchen, und vielleicht reite ich auch noch weiter flußabwärts bis nach Falkenor. Ich würde gern den Meister der Töne kennenlernen, der so seltsame Melodien aus nur fünf Tönen zu spielen versteht, und bei dieser Gelegenheit kann ich den Magiern ja auch gleich berichten, was aus Narzias Zauberschmuck geworden ist.»

«Du hast ja schon einen festen Plan!» sagte Lauscher. Es tat ihm leid, daß er den Jungen verlor, aber nach allem, was er an diesem Tag von ihm gehört hatte, wußte er auch, daß er ihm nichts mehr beibringen konnte. «Du hast recht, wenn du dich auf eigene Füße stellen willst», sagte er deshalb. «Aber bis zum See unter der Felswand begleitet du mich doch noch?»

«Gern», sagte Schneefink. «Aber wir müssen dann einen Weg wählen, auf dem ich bis zum See reiten kann. Durch das Schlupfloch in der Großen Felswand werde ich mein Pferd wohl kaum hindurchzwängen können.»

So ritten sie diesmal von der Ahornquelle aus weiter nach Osten hinauf in die Berge und führten ihre Pferde hinauf zu dem Joch, auf dem früher einmal der Zirbel gestanden hatte, als er noch ein Baum gewesen war. Beim Aufstieg über den nur von Krüppelholz bewachsenen Hang überkam Lauscher zwar dieses beklemmende Angstgefühl, und er wäre am liebsten wieder unter den wippenden Latschenzweigen hinaufgekrochen. Da er jedoch sein Pferd am Zügel halten mußte, blieb ihm nichts anderes übrig, als weiter aufrecht unter dem blauen Himmel zu gehen, und die Nähe des warmen, lebendigen Tieres, das hie und da seine Hand beschnoberte, half ihm, die Last des Himmels zu ertragen.

Da es schon Abend wurde, blieben sie in der Höhle, in die Lauscher damals vor dem Unwetter geflüchtet war. Als sie gegessen hatten, erzählte Lauscher dem Jungen diese Geschichte, nahm dabei seinen Stock zur Hand und sagte: «Nun sind wir wieder an der Stelle, von der aus wir zusammen losgezogen sind, Zirbel. Das ist nun bald 23 Jahre her.»

«Was sind schon 23 Jahre», sagte der Zirbel. «Es hat sich hier ja auch kaum etwas verändert. Meine Kinder sind ein bißchen gewachsen und haben ein paar neue Kinder in die Welt gesetzt, das ist schon alles. Aber es ist schön, sie wieder einmal zu sehen.»

Vom Joch her, das noch unter dem rötlichen Schein der Abendsonne lag, wehte der süße, harzige Duft der Zirben herein und füllte mehr und mehr die Höhle.

«Gut riecht das hier!» sagte Schneefink. «Wie zuhause.»

«Wenn dem Jungen dieser Geruch so gefällt», sagte der Zirbel, «kann er sich ja ein Stück von mir suchen. Ich schenke es ihm gern. Es muß dort draußen noch genug von dem angesengten Holz herumliegen. Zirbel gibt's zwar immer nur einen, wenn eine solche Verwandlung vorgenommen wird, aber so ein Stück harziges Holz ist auch nicht zu verachten. Es wird ihn durch seinen Duft noch an diesem Tag erinnern, wenn er längst ein alter Mann geworden ist.»

Da ging Lauscher noch einmal mit dem Jungen hinaus zu dem Platz, an dem damals der Blitz niedergefahren war, und dort stocherte Schneefink ein handliches Stück verklumptes Wurzelholz aus dem von schwarzer Asche durchsetzten Boden. In der Höhle schabte Lauscher dann mit seinem Messer die verkohlte Kruste ab und legte ein Gebilde frei, das ein kleiner Bruder des Zirbel hätte sein können. Sogar ein braunviolett glänzendes Auge tat sich zwischen den gewundenen Holzfasern auf und betrachtete gelassen den Jungen, dem diese Gabe zugedacht war. Schließlich rieb Lauscher das Ergebnis seiner Bemühungen an seiner Hose blank und legte es Schneefink in die Hand. «Den gibt dir mein Zirbel mit auf den Weg», sagte er. «Wenn du allein bist, wird sein Duft dich trösten.»

Der Zirbel beäugte zufrieden das verknäulte Gebilde und sagte: «Es sieht ja fast so aus, als hätte ich doch noch einen Zwilling bekommen.»

Am folgenden Tag führten sie ihre Pferde auf der äußeren Seite des Jochs hinab in die Wälder, ritten weiter, bis sie das nördliche Ende der Großen Felswand erreichten, und nun brauchten sie sich nur noch in ihrem Schatten zu halten. Am Nachmittag des dritten Tages hörten sie den Wasserfall rauschen, und wenig später, als sie um einen Vorsprung der Felswand bogen, sahen sie die ständig bewegte Oberfläche des Sees in der Sonne flimmern. Unter einer Weide banden sie ihre Pferde an, und dann holte Lauscher den Falkenschmuck aus der Tasche und trat ans Ufer. «Lianna!» rief er. «Lianna, ich bin gekommen, um dir Kette und Ring zurückzubringen!»

Dann warf er beides in weitem Schwung in den See.

Er sah, wie das blitzende Geschmeide durch die kabbelige Fläche tauchte und sah es in die Tiefe sinken, bis es im dunkelgrünen Grund verschwamm. Gleich darauf begann das Wasser in der Mitte des Sees zu kochen, und in einem Schwall von sprühendem Schaum tauchte Lianna empor und hielt die silberne Flöte in der Hand. «Da bist du ja schon wieder, Lauscher!» rief sie. «Ist es dir so schnell gelungen, Narzia zu überlisten?»

«Nein», sagte Lauscher. «Es war das Kind selbst, das ihre Verzauberung gelöst hat.»

Da lachte die Wasserfrau, daß das Wasser rings um sie aufsprühte, und sagte: «Was nützt dir schon all deine Klugheit gegen einen solchen Zauber, du haariges Mannsbild! Ein kleines Mädchen hat da mehr Kraft als du. Willst du mir noch etwas vorspielen, ehe du gehst?»

«Gern, wenn du mir meine Flöte gibst», sagte Lauscher. «Aber ich rate dir, diesen Jungen namens Schneefink darum zu bitten. Er ist ein Flöter, der seinesgleichen sucht.»

«Wenn du das behauptest, dann will ich es glauben», sagte Lianna. «Spiel also du mir etwas vor, Schneefink!» Sie schwamm heran und legte die Flöte ans Ufer.

Schneefink blickte Lauscher fragend an, doch der sagte: «Wenn dich Lianna darum bittet, dann wäre es sehr unhöflich, ihren Wunsch nicht zu erfüllen.»

Da hob Schneefink die Flöte auf und fing an zu spielen. Es war ein Lied, das mit einer sprühenden Kaskade von Tönen begann, die wie die Tropfen eines Wasserfalls über den See dahinperlten, und dann erzählte Schneefink auf seine Weise, wie Narzia von ihrem bösen Zauber befreit worden war und danach der kleinen Urla die Zunge gelöst hatte. Und in diesem Lied war all das enthalten, was Schneefink am Abend in der Stube zu Belarni gesagt hatte; denn immer wieder zeigte sich, wie eine Reihe von scheinbar zufällig hingeworfenen Tönen unvermutet zur Grundlage einer neuen, fast vollkommenen Melodie wurden, deren Schönheit gerade darin bestand, daß man ihren Sinn erst dann zu begreifen begann, wenn das Ganze sich zur Einheit zusammenschloß. Und auch das Wasser gehörte zu dieser Welt, die Schneefink aus Tönen aufbaute, denn dieses Perlen und Sprühen blieb in seiner Musik ständig zugegen.

So spielte Schneefink vor Lianna, und als er die Flöte absetzte, sagte sie: «Dieses Lied werde ich nie vergessen, Schneefink, denn du hast mir gezeigt, daß meine eigene Welt wie ein rauschender Bach jene Welt durchströmt, in der ihr lebt, und daß beide zusammengehören. Ich bin so vergnügt wie seit langem nicht mehr!» Sie sprang wie ein herrlicher schlanker Fisch hoch aus dem Wasser, daß ihre grünblonden Haare wie eine Fahne um ihren Kopf flogen, ließ sich mit einem gewaltigen Platschen zurück in ihr Element fallen und tauchte hinab in die Tiefe.

Die beiden am Ufer wischten sich das Wasser aus dem Gesicht und lachten über diesen nassen Abschied. Schneefink rieb mit dem Hemdärmel die Tropfen von der silbernen Flöte und wollte sie Lauscher geben, doch der schüttelte den Kopf. «Behalte sie», sagte er. «Ich habe lange genug auf ihr gespielt, doch wie ich sie hätte spielen sollen, habe ich erst von dir gelernt. Du wirst sie besser spielen als ich. Und vergiß nie den Spruch, der auf ihrem Ende eingeritzt ist:

Lausche dem Klang,
folge dem Ton,
doch übst du Zwang,
bringt mein Gesang
dir bösen Lohn.»

Und er fügte hinzu, was sonst noch bei der Übergabe der Flöte gesagt werden mußte.

In dieser Nacht schliefen sie noch unter der Weide am See, und das Rauschen des Wasserfalls drang bis in ihre Träume, für Schneefink wohl schon wie eine Vorausahnung der gewaltigen Strömung des Braunen Flusses, an dessen Ufer er immer weiter stromabwärts reiten wollte, und für Lauscher als das aus dem vielfältigen Zusammenklang unzähliger Tropfen gemischte Rauschen der Zeit, die immer rascher an ihm vorbeizugleiten schien. Am nächsten Morgen ritt Schneefink weiter hinab durch die Wälder, während Lauscher sich auf den Rückweg ins Flachtal machte.

3. Kapitel

I

Mit der Zeit wurde Lauschers Leben wie ein abgebrauchtes, verwaschenes Hemd. Nur sein Gehör hatte sich seit dem Tage, an dem er seine Flöte hergeschenkt hatte, auf eine für ihn selbst erstaunliche Weise geschärft. Ihm schien jetzt fast, als habe ihn dieses Instrument, das ihm allzu früh in die Hand gelegt worden war, daran gehindert, das Zuhören so zu lernen, wie es seinem Namen entsprochen hätte, und das selbst während jener Zeit, in der er ohne diese Flöte hatte leben müssen; denn da hatten sich seine Vorstellungen und Wünsche nur um so stärker auf diesen silbernen Klang gerichtet, der ihm abhanden gekommen war.

Jetzt, als er allein durch die Wälder nördlich von Barleboog ins Gebirge hinaufritt, in dem Gisa nach Edelsteinen hatte graben lassen, war die Luft um ihn erfüllt von tausenderlei Geräuschen, denen er lauschte wie einer Geschichte, von der er weder den Beginn kannte noch das Ende je hören würde, sondern nur dieses Stück, das entlang seines Weges erzählt wurde. Da rauschte unterhalb des Weges der steil hinabschießende Sturzbach, dessen Gischt über die rundgeschliffenen Felsblöcke sprang, und über diesem Rauschen meinte Lauscher das feine Klingen der Saphire und Rubine zu hören, die das Wasser mit sich trug, um sie weiter unten in dem Kolk beim Schloß von Barleboog abzulagern. Auch die Wipfel der hohen Fichten rauschten im Wind, aber dieses Rauschen klang anders, fast schon wie die tiefen, summenden Stimmen von Riesen, die hier bewegungslos über dem Weg standen und auf diesen weißhaarigen Alten herabschauten, der auf seinem Gaul im Schritt den steinigen Weg hinaufritt. «Kennst du den noch?» brummte einer von ihnen. «Ja», summte ein anderer. «Der ist doch schon einmal hier geritten und hat zusammen mit dieser kaltäugigen Gisa das Wild in den Wäldern aufgescheucht. Alt ist der geworden in den paar Jahren.» «Soll ich ihm einen Zapfen auf den Schädel schmeißen?» brummte der erste. «Das hättest du damals tun sollen», antwortete der zweite. «Vielleicht wäre er dann aufgewacht aus seiner Verzauberung durch diese wölfische Hexe und wäre ihr beizeiten davongelaufen, ehe er sich anmaßte, Gericht über Barlo zu halten, und damit alles, was nachher geschah, in eine andere Richtung lenkte. So viele Gaben sind ihm angeboten worden, und er hätte einen großen Namen erwerben können. Aber schau ihn dir jetzt an: Siehst du nicht, wie müde er die Schultern hängen läßt? Laß ihn weiterreiten!»

Dann legte sich der Wind, der immer wieder in Stößen vom Joch heruntergeblasen hatte, und die Riesen verstummten. Aber nun hatte ein Häher den Reiter entdeckt und krächzte links vom Hang her sein «Habt acht! Habt acht!», und gleich darauf begann im Gebüsch ein heimliches Hasten. Eine Ricke fiepte nach ihren Jungen, grunzend brach ein Wildschwein aus dem Unterholz, stand einen Augenblick mitten auf dem Weg und starrte den Reiter an. «Ach du bist es nur», knurrte es dann und trollte sich langsam zurück in den Wald. Die Blaumeisen hatten sich nicht stören lassen, sondern turnten über dem Weg auf den Zweigen herum, und ihre Stimmen klangen hell wie die Schläge winziger silberner Hämmer, während sie neugierig zu dem Reiter herunteräugten. «Keine Gefahr!» riefen sie, «keine Gefahr! Seht ihr denn nicht, daß da nur ein alter Mann auf einem müden Gaul geritten kommt?»

Ja, das war er. Ein alter Mann auf einem müden Gaul, und er fragte sich, was ihm eigentlich in den Sinn gekommen war, noch einmal in dieses Tal zurückzukehren, in dem er vor über einem halben Jahrhundert geholfen hatte, Gisa samt ihren Wölfen aus dem Schloß zu vertreiben. Seit er sich vor nunmehr 27 Jahren endgültig im Flachtal niedergelassen hatte, war er viel umhergeritten, wenn auch in letzter Zeit seltener, aber er war immer wieder zu der Hütte zurückgekehrt, in der er damals seine Drechselbank wieder aufgebaut hatte, um dann weit herum in den Dörfern seine Flöten zu verkaufen und den Leuten ein paar Lieder vorzuspielen. Davon hatte er gelebt, und hie und da waren auch Arnilukka und Belarni oder auch seine Tochter Urla zu ihm ins Flachtal gekommen, um ein bißchen mit ihm zu reden, und das waren immer besondere Tage gewesen, an denen die kaum beschreibbaren Augen dieser beiden Frauen bis in seine Träume um ihn gewesen waren, wenn er dann nachts auf seiner Schlafpritsche gelegen hatte. Eigentlich war er ganz zufrieden gewesen mit diesem Leben, bis dann vor wenigen Wochen diese Unrast über ihn gekommen war. Hatte er seinen ersten Weggefährten noch einmal sehen wollen, ehe seine nachlassenden Kräfte es nicht mehr erlaubten, eine so lange Reise zu unternehmen? Oder war es der Wunsch, seine frühe Jugend wiederzufinden, die ihm in letzter Zeit immer näher zu rücken schien? Er hätte es nicht sagen können, was ihn eigentlich zu diesem Ritt getrieben hatte. Jedenfalls hatte er eines Morgens im Frühsommer die nötigen Vorräte eingepackt, auch ein paar Flöten in die Satteltasche gesteckt, und war dann aufgebrochen, vorüber an der Ahornquelle und durch die Wälder am oberen Ende des Tals von Arziak immer weiter nach Süden und hinauf in die Berge, die Arziak von Barleboog trennten. Oben im Gebirge hatte er bei Hirten einen Paßweg erfragt, der die

Baumgrenze nicht überschritt; denn der offene Himmel ängstigte ihn noch immer, zumal wenn er allein unterwegs war.

Nach ein paar Tagen und einigen ziemlich kalten Nächten, die er teils in den Hütten von Viehhirten, hie und da auch in einem rindengedeckten Unterstand verbracht hatte, wie ihn sich Holzfäller für einen vorübergehenden Aufenthalt notdürftig zusammenzimmern, war er dann ins Tal von Barleboog hinabgeritten. Zuweilen hatte er schon voraus in der Tiefe den grünen Kessel liegen sehen, in dessen Mitte sich das Schloß auf seinem Hügel erhob, doch als er dann endlich die Stelle erreicht hatte, an der sein Weg aus dem Wald hinausführte in das Wiesengelände, das von hier aus nur noch in sanften Wellen zum Talgrund hin abfiel, hatte er nicht gewagt, ins Freie hinauszutraben, sondern sein Pferd nach rechts gelenkt, um am Waldrand entlang zu reiten. Ein Stück weiter talabwärts, dessen hatte er sich noch entsonnen, mußte nahe am Wald Eldars Hof liegen, in dem sie damals vor der Vertreibung Gisas zuerst geblieben waren.

Er hatte das Anwesen sofort wieder erkannt, als er es erst einmal unterhalb seines Weges liegen sah. Hinter dem großen Pferdestall erstreckte sich ein Obstanger bis hinauf zum Waldrand, und so hatte es ihm keine allzu großen Beschwerden verursacht, bis in den Hof hineinzureiten. Auf der Bank neben der Haustür hatte er einen alten Mann mit kurzgeschnittenem weißen Haar sitzen sehen und sich gefragt, wer das wohl sein mochte. Eldar konnte es nicht sein. Der war wohl längst gestorben. Den noch recht kräftig wirkenden, breiten Schultern nach zu schließen konnte das Eldars Sohn Bragar sein, der damals von Gisas Bergwerken zurückgekehrt war, und als der Alte, während er selbst mühsam vom Pferd gestiegen war, von seiner Bank aufstand und sich als ein stämmiger, ein wenig kurzbeiniger Mann erwies, war er sicher gewesen, daß er es sein mußte.

«Guten Abend, Bragar», hatte er gesagt. «Habt ihr heute Nacht ein Bett für mich? In den Bergen habe ich nicht besonders bequem geschlafen.»

«Für einen Gast ist immer ein Platz bereit», hatte der Alte gesagt und ihn dabei forschend angeblickt. «Warst du schon einmal bei uns im Tal, weil du meinen Namen kennst?»

«Weißt du nicht mehr, wie wir Gisas Wölfen zu Leibe gerückt sind?» hatte er darauf geantwortet. «Ich bin damals mit Barlo zu euch gekommen.»

Da hatte der Alte, der tatsächlich Bragar war, ihn erkannt und nach seinem Sohn gerufen, damit er das Pferd des Gastes in den Stall bringe, während er selbst mit Bragar ins Haus gegangen war. Nach dem Essen, das von Bragars Schwiegertochter aufgetischt worden war, hatte er dann erfahren, wie es in Barleboog stand. Barlo saß noch immer hochbetagt auf dem Schloß und sprach Recht, wenn er sich auch zumeist damit begnügte, durch knappe Gesten verständlich zu machen, was er von dem Fall halte, der vorgetragen wurde, und im übrigen seinem ältesten Sohn die Verhandlung überließ.

Während er zugehört hatte, wie Bragar dies und noch einiges mehr erzählte, war in ihm mehr und mehr der Eindruck entstanden, es habe sich seit seiner Abreise in Barleboog kaum etwas geändert, wenn man davon absah, daß die Leute, die der kannte, älter geworden waren. Der Ruf Barlos als Richter schien dem seines Großvaters gleichen Namens um nichts nachzustehen, und so verlief hier das Leben in seinen geordneten Bahnen auf gleiche Weise wie in jenen Jahren, als der alte Barlo noch über Land geritten war.

Nachdem Bragar erfahren hatte, welche Überwindung es seinen Gast kostete, über freies Feld zu reiten, hatte er seinen Sohn mit einer Nachricht zum Schloß geschickt, und am nächsten Morgen war dann Barlo zu Bragars Hof heraufgeritten. Er war hier sicher kein seltener Gast, denn Bragar war ja sein Schwager; dennoch hatte in der Begrüßung der beiden alten Männer etwas von der Vertraulichkeit gefehlt, die sich sonst zwischen so eng Verwandten zumeist herstellt. Es war zu spüren gewesen, daß hier ein zwar gern gesehener, aber mit einem beträchtlichen Maß an Ehrfurcht zu behandelnder Besuch eintrat, der gewissermaßen von einer höheren Ebene zu den Leuten herabgestiegen war. Nicht daß Barlo kühl oder gar hochnäsig gewesen wäre, aber in seinem Auftreten war doch das Gewicht des Amtes zu spüren, das er verkörperte und das offenbar sein ganzes Verhalten geprägt hatte. Er besaß noch immer die Flöte, auf der er das Reden neu erlernt hatte, hatte sie zur Begrüßung auch gleich an die Lippen gehoben, und diese gemessene Bewegung hatte den Eindruck erweckt, als sei nun gleich Bedeutendes zu gewärtigen. «Lauscher!» hatte er geflötet. «Das ist eine große Freude für mich, dich noch einmal in die Arme schließen zu können!» Ein wenig formelhaft hatte das geklungen, und umarmt hatte er ihn auch nicht, sondern ihm beide Hände auf die Schultern gelegt und ihn aus diesem Abstand lange betrachtet wie ein Vater, dem unversehens ein entlaufener Sohn ins Haus geschneit ist.

Als er sich jetzt auf dem Heimweg wieder daran erinnerte, wurde ihm bewußt, daß er sich sogleich wieder als Barlos Junge gefühlt hatte. Dies mochte seinen Grund auch darin haben, daß ihn der Richter noch immer um Haupteslänge überragte, aber es war wohl nicht nur der Unterschied der Körpergröße gewesen, der ihn wieder in die Stellung eines Untergebenen versetzt hatte. Und dieses Gefühl hatte sich im Verlauf dieses Vormittags eher noch verstärkt. «Erzähl mir, wie es dir ergangen ist!» hatte Barlo mit seiner Flöte gesagt und ihn, als sei er selbst der Hausherr, mit einer Geste aufgefordert, neben ihm am Tisch Platz zu nehmen, während Bragar schon mit einem Krug Birnenmost aus dem Keller kam und einschenkte. Der Bauer hatte sich auch erst dann zu ihnen gesetzt, als Barlo ihn dazu aufgefordert hatte.

Zu erzählen hatte er wahrhaftig genug gehabt, ohne daß er darüber lange hätte nachdenken brauchen, und während er nun von Arnis Leuten berichtete, von seinem Ritt nach Falkinor und von der Zeit, die er als bocksfüßiger Waldgänger oder in der Gefangenschaft der Blutaxtleute verbracht hatte, hatte sich Barlo eines gelegentlichen Kopfschüttelns nicht erwehren können, und auch, wenn er zwischendurch eine Frage gestellt hatte, war aus dem Ton seiner Flöte ein gewisses Befremden herauszuhören gewesen. All das, was ihm hier zu Ohren kam, schien sich nicht recht mit der wohlgefügten Ordnung seiner richterlichen Weltsicht vereinbaren zu lassen, und als er schließlich mit einem fast schon klagenden Flötenruf gesagt hatte: «Welch ein Leben! Bist du denn nirgends je richtig zu Hause gewesen?», klang das schon geradezu wie ein Vorwurf, so als habe dieser Herumtreiber absichtlich versäumt, etwas mehr Stetigkeit in sein unordentliches Leben zu bringen. War das noch der Barlo, mit dem er damals drei Jahre lang durch die Lande geritten war und alle möglichen Abenteuer erlebt hatte? Während er darüber nachdachte, schien ihm, als habe Barlo schon damals diese Fahrt eher widerwillig angetreten; von Anfang an hatte er genau gewußt, wo sein Ziel lag, und alles andere war für ihn nicht viel mehr als ein lästiger Umweg gewesen. Wenn er sich diese Zeit in Erinnerung rief, war für ihn jedoch gerade dieser Weg mit all seinen Begegnungen das Entscheidende gewesen, so ungern er ihn zunächst angetreten hatte; ja er hatte es am Ende fast bedauert, als sie am Ziel angekommen waren und Barlo sein Richteramt auf Barleboog übernehmen konnte. Das mochte allerdings auch daran gelegen haben, daß Barlos Ziel nicht zugleich auch sein eigenes gewesen war, und wenn er es jetzt recht bedachte, dann war er selbst immer nur vorläufigen, wenn nicht gar fragwürdigen Zielen nachgelaufen und hatte es dabei nicht einmal dahin gebracht, irgendwo richtig zu Hause zu sein, jedenfalls nicht in dem Sinne, wie Barlo das verstehen mochte. Das hatte sich auch gleich herausgestellt; denn als er die alte Holzfällerhütte im Flachtal beschrieb, in der seine Drechselbank stand, zu der er vor allem im Winter immer wieder zurückkehrte, war er sich unter Barlos mitleidigem Blick schon fast selber wie ein ruheloser Landfahrer vorgekommen, der irgendwo unterkriecht, wenn die Wege in Schnee und Eis ungangbar geworden sind.

«Damals hattest du noch Arnis Stein, und später hast du auch noch die silberne Flöte deines Großvaters besessen», hatte Barlo gesagt. «Hat dir das nicht geholfen, ein festes Ziel zu finden?»

Was hätte er darauf antworten sollen? Es war ihm schwergefallen, Barlo eine einleuchtende Erklärung dafür zu geben, daß er beides hergeschenkt hatte, und diese Mitteilung schien Barlo geradezu in Ratlosigkeit gestürzt zu haben. Er hatte den Eindruck eines Mannes gemacht, der sich mit allen Kräften dagegen wehrt, ein solches Verhalten zu begreifen, weil er damit die Grundlage seiner eigenen Lebensanschauung in Frage gestellt hätte.

«Hast du denn ganz vergessen, Barlo», hatte er nach einiger Zeit gefragt, «mit welchen Spaßvögeln wir dein Schloß zurückgewonnen haben?» Doch selbst damit war es ihm nicht gelungen, die steife Würde des Gerichtsherrn zu durchbrechen.

«Mein Amt läßt mir nicht viel Zeit zum Scherzen», hatte er geantwortet, und als er ihm gleich darauf angeboten hatte, hier bei ihm in Barleboog zu bleiben, klang das wie ein Versuch, das Leben eines Menschen, der ihm früher einmal als Diener anvertraut gewesen war, zu guter letzt doch noch in eine gesicherte Ordnung einzubringen, und der Richter hatte es offensichtlich bedauert, daß dieser Vorschlag auf Ablehnung stieß. Zum Abschied hatte er Barlo eine seiner selbst gedrechselten Flöten geschenkt, dann hatte der Richter ihn doch noch umarmt und war über den Wiesenhang hinab zum Schloß zurückgeritten, und selbst von hinten hatte man erkennen können, daß hier ein bedeutender Mann unterwegs war, der trotz seiner weißen Haare noch immer hoch aufgerichtet im Sattel saß.

Das also war seine Begegnung mit Barlo gewesen. Wenn er überhaupt etwas im Tal von Barleboog gesucht haben sollte, gefunden hatte er nichts als die Erkenntnis, daß er hier in dieser ordentlichen Welt, in der alles seinen rechten Platz hatte, nicht hätte leben wollen. Er war noch ein paar Tage bei Bragar geblieben, um sich ein wenig auszuruhen, hatte neben dem Alten auf der Hausbank gesessen, ein bißchen auf seiner Flöte geblasen und sich zwischendurch die Geschichten angehört, die der Bauer von den fabelhaften Rechtssprüchen Barlos zu erzählen wußte. Dann hatte er seine Sachen gepackt und war wieder talaufwärts auf die Berge zugeritten, wohlversorgt mit allerlei kräftiger Verpflegung, die ihm Bragars Schwiegertochter aufgenötigt hatte.

«Kannst du mir sagen, Blondschopf, warum wir diesen beschwerlichen Ritt über die Berge unternommen haben?» fragte er sein Pferd.

«Um einen würdigen Richter zu sehen, der im Sattel sitzt wie ein Denkmal seiner selbst», sagte das Pferd, und dann fingen beide an, so gewaltig zu lachen, daß Blondschopf stehenbleiben mußte, weil ihm der Atem ausging; denn auch er war nicht mehr der jüngste. Sie wieherten und lachten, daß es von den Felswänden widerhallte, und dieses Lachen vertrieb den letzten Rest jener Bedrücktheit, die ihn während seines Aufenthaltes in Bragars Hof mehr und mehr befallen hatte. Angesichts der Tätigkeit dieser Leute dort war er sich auf eine sonderbare Weise nutzlos vorgekommen. Ach Barlo, dachte er jetzt, als er sich endlich ausgelacht hatte, aus dir ist ja ein unerhört imposanter Mann geworden, aber ich bin nun doch zu alt, um mich noch immer wie dein Junge zu benehmen. Hier oben in der frischen Bergluft fühlte er sich wieder frei und begann sich auf den Ritt übers Gebirge zu freuen.

Der Weg lief jetzt ein Stück oberhalb des herabrauschenden Gießbaches an der Berglehne entlang. Die Fichten standen hier schon lockerer und trugen fransige graue Flechtenbärte, aber sie spendeten noch genug Schatten, um ihn vor der Beängstigung durch den offenen Himmel zu bewahren. Auf den Grasflecken zwischen den Bäumen blühten goldgelbe Arnika und haarige blaßblaue Glockenblumen, und der Duft von Salbei und wildem Thymian wehte herüber. Dann schob sich eine Felswand heran, an deren Fuß der steinige Pfad zwischen Buschwerk weiterführte. Unterhalb des Weges zog sich hier eine schon wieder von Gras und Bergblumen überwucherte Schotterhalde bis zum Bach hinunter, und hinter der nächsten Biegung konnte Lauscher sehen, wo sie ihren Ursprung hatte: In der Felswand gähnte der Eingang zu einem Stollen, den man hier in den Berg getrieben hatte.

Da es ohnehin an der Zeit war, eine Ruhepause einzulegen, stieg Lauscher vom Pferd. «Hier findest du genug würzige Kräuter zum Knabbern, Blondschopf», sagte er, setzte sich unter eine Wetterfichte am Wegrand und schaute nach, was ihm Bragars Schwiegertochter an nahrhaften Dingen eingepackt hatte. Er aß mit gutem Appetit und kletterte danach das kleine Stück über die Halde hinab zum Bach, um zu trinken. Als er sich dort niederbeugte, um mit der hohlen Hand das über blankes Geröll herabschießende Wasser aufzufangen, sah er im Bachbett ein Stück Stein liegen, auf dessen Oberfläche rote Kristalle funkelten. Er hob den Brocken aus dem Wasser und betrachtete ihn genauer. In dem silbrig-grauen, schiefrigen Gestein saßen wie Rosinen, die man in einen zähen Kuchenteig hineingeknetet hat, ein paar nußgroße weinrote Granatkristalle, deren Kanten durch das Bachgeröll schon etwas abgestoßen waren. Hier hatten also jene Bergleute gearbeitet, die für Gisas Schatzkammern Edelsteine fördern mußten. Als Lauscher langsam wieder zum Weg hinaufstieg, nahm er den Fund mit, nicht weil es ihm um die Kostbarkeit der Granate zu tun gewesen wäre, sondern weil es ihm gefiel, wie die durchscheinenden Kristalle aus dem grauen Glimmerschiefer heraustraten. Für sich allein genommen hätten sie vor den Augen eines Steinsuchers kaum Gnade gefunden, aber ihr Untergrund hob ihre Schönheit hervor, und auch der geschichtete, fast holzartige Aufbau des Muttergesteins selbst wurde durch die eingeschlossenen Kristalle erst richtig bemerkbar; was ihn reizte, war diese Verbindung, die das Besondere mit dem Gewöhnlichen eingegangen war. Er schaute sich dieses wundersame Gefüge noch eine Weile an und fragte sich, ob noch mehr dergleichen in der Tiefe des Stollens zu finden sein würde.

Da er es nicht eilig hatte, ging er ein paar Schritte in den Stollen hinein, und als er im Halbdunkel über ein paar Holzprügel stolperte, entdeckte er, daß hier noch ein ganzer Stapel von Kienspänen lag, in deren Licht die Bergleute den Fels nach Edelsteinen abgesucht haben mochten. Sie hatten wohl alles stehen und liegen lassen, als damals Barlos Botschaft zu ihnen gebracht worden war, und waren nie wieder an den Ort ihrer Zwangsarbeit zurückgekehrt. Lauscher zündete einen der langen, harzduftenden Späne an, steckte auch noch ein paar weitere in den Gürtel und drang tiefer in den Stollen ein.

Die Bergleute hatten sich entlang einer Verwerfung vorgearbeitet, in deren Klüften noch die Spuren ihrer Meißel und Spitzhämmer zu sehen waren. Hier hatten sie offenbar zwischen einem griesigen, weicheren Gestein die Kristalle herausgeschlagen. An manchen Stellen blitzten noch Reste von ihnen im flackernden Licht der Fackel auf, doch zu finden war hier kaum noch etwas Nennenswertes.

Nach einer Biegung, die den letzten Schimmer von Tageslicht abschnitt, weitete sich der Stollen zu einem höhlenartigen Raum, den die Männer kaum in dieser Größe aus dem Felsen herausgehauen haben konnten. Viel eher waren sie an dieser Stelle auf eine natürliche Höhle gestoßen, auf deren Wänden überall noch die Reste von Kristalldrusen glitzerten, und als Lauscher weiterging bis zur anderen Seite, wo sich dieser Raum wieder zu verengen begann, entdeckte er, daß die Bergleute hier von Barlos Nachricht überrascht worden sein mußten; denn in diesem rückwärtigen Teil schimmerten noch ganze Rasen von unbeschädigten Kristallen an den Wänden: Gelbe Nadeln von Zitrin spießten da aus dem Fels, dunkelviolette Pyramiden von Amethysten standen in einer Höhlung dicht beieinander, und noch weiter in der Tiefe, wo der Gang in eine schmale Kluft überging, glühten ihm die gleichen weinroten Granate entgegen, die ihn in diesen Stollen gelockt hatten.

Seit Gisa vertrieben worden war, hatte wohl keiner im Tal die Lust verspürt, hierher zurückzukommen, um etwas von diesen Kostbarkeiten für sich aus dem Gestein zu brechen. Die Erinnerung an das Unheil, das Gisas Gier nach solchen Glitzerdingen über Barleboog gebracht hatte, war noch zu stark. Auch Lauscher spürte kein Verlangen, die Zerstörung noch weiter in diese verborgene Schatzkammer zu tragen, sondern freute sich nur an der Schönheit dieser Gebilde, dem geheimnisvollen Glanz ihrer Farben und der ebenmäßigen Form der Kristalle.

Als er seinen Blick über die so prächtig verzierten Felswände gleiten ließ, lockte ihn ein schwacher Schimmer von schwer zu beschreibender Farbe noch tiefer in die Kluft. Er hob seine Fackel und zwängte sich durch eine kaum noch gangbare Spalte in einen engen Raum, in dem man gerade noch aufrecht stehen konnte, und da leuchtete vor ihm ein Gebilde auf, das Arnis Stein zum Verwechseln ähnlich sah. Eingebettet in eine Schale von streifigem graurötlichen Achat ruhte in der Wand dieses Auge, aus dessen durchscheinenden Inneren sich die farbigen Ringe lösten, blau, grün und violett, und im Schein der Fackel ihr geheimnisvolles Leben entfalteten. Es war kaum zu begreifen, daß so etwas Lebendiges verborgen im Dunkel des Gebirges irgendwann vor Urzeiten gewachsen sein sollte, aber es war da und wärmte sein Herz mit seinem Schimmer. Und während er hineinblickte in dieses Auge, tauchten auch die Gesichter auf, die ihn aus solchen Augen angeschaut hatten, das der uralten Urla, jene ihrer Enkelinnen Rikka und Akka, das Gesicht Arnilukkas und auch jenes ihrer Tochter Urla, die schon längst eine erwachsene Frau war und neben drei Söhnen vor kurzem auch noch eine Tochter geboren hatte. Doch es war schließlich das Gesicht Arnilukkas, das vor allen anderen bestehen blieb und ihm von weither etwas zuzurufen schien. «Komm zurück, Lauscher!» meinte er zu verstehen. «Komm zurück, wir brauchen dich!»

Er wußte nicht, wie lange er so in dieser engen Kluft gestanden hatte, als die Flamme seines Kienspans so weit heruntergebrannt war, daß sie ihm die Hand versengte. Er warf den Span so heftig zu Boden, daß er verlöschte, und dann stand er im Dunkeln. Während er noch versuchte, sich zurechtzutasten, hörte er vom

Eingang her tappende Schritte, dann fiel Lichtschein in die Höhle, und ein Mann mit einer Fackel tauchte hinter der Biegung des Stollens auf. Er war klein von Gestalt, ging ein wenig gebückt und hielt den Kienspan vor sich her, um seinen Weg zu beleuchten. So kam er langsam näher, durchquerte die Höhle, ging geradewegs auf den Spalt zu, durch den Lauscher ihn beobachtete, und hob erst dann seine Fackel, als er unmittelbar vor ihm stand. Lauscher erkannte im Schein der ruhig brennenden Flamme das zerknitterte Gesicht des alten Steinsuchers, der ihm vor vielen Jahren den Zirbel geschenkt hatte, und ehe er sich von seiner Verwunderung erholen konnte, daß der Alte noch immer seiner Arbeit nachging, sagte dieser: «Da hast du den Augenstein ja zur rechten Zeit gefunden.»

«Zur rechten Zeit?» fragte Lauscher. «Was meinst du damit?»

«Hast du nichts erfahren, als du hier in dieser Kluft gestanden hast und dein Licht noch brannte?» fragte der Alte.

«Mir schien, daß Arnilukka mir etwas zurufen wollte», sagte Lauscher. «Kann es sein, daß ich wirklich gebraucht werde?»

«Wundert dich das?» sagte der Alte. «Jeder Mensch wird gebraucht, nur merkt das leider nicht jeder.»

«Dann will ich mich gleich auf den Weg machen», sagte Lauscher, zwängte sich durch den Felsspalt und blieb neben dem Steinsucher stehen. Als er sah, daß dieser seinen spitzen Hammer in der Hand hielt, fragte er: «Willst du den Augenstein heraushauen?»

Der Alte schüttelte den Kopf. «Wo denkst du hin!» sagte er. «Schau ihn noch einmal an! Ist er nicht schön, wie er dort in seiner Achatschale ruht?»

Als Lauscher jetzt durch den Felsspalt blickte, war die schmale Kammer bis in den letzten Winkel erfüllt von dem pulsierenden Licht des Augensteins, das sich tausendfach auf den kristallüberzogenen Wänden brach, eine lebendige Flut von Blau, Grün und Violett, und während der Widerschein dieses Glanzes auf sein Gesicht fiel, wußte er nun schon genau, daß es Menschen gab, die ihn brauchten und auf ihn warteten.

«Ich schließe jetzt diese Kluft», sagte der Alte. «Sie war heute nur für dich bestimmt.» Er hob seinen Hammer und schlug damit oberhalb des Spaltes gegen das Gestein. Lauscher dachte noch: Wie will er mit diesem zierlichen Werkzeug eine solch große Öffnung verschließen? Doch da donnerte schon ein gewaltiger Felsbrocken herab und verdeckte den Zugang zu diesem Wunder von Licht und Farben. Lauscher war erschrocken zurückgesprungen, doch der Alte stand noch immer auf der gleichen Stelle, obwohl die steinerne Tür keine Handbreit vor seinen Füßen niedergestürzt war. Jetzt erst drehte er sich langsam um und sagte: «So viel Zeit hast du wohl noch, daß du mit mir einen Bissen essen kannst.»

Sie gingen zusammen zurück durch die Höhle und den Stollen und setzten sich draußen in der Sonne unter die Wetterfichte, in deren Schatten Lauscher zuvor gerastet hatte. Obwohl er dabei schon eine kräftige Mahlzeit zu sich genommen hatte, schlug er die Einladung des Steinsuchers nicht aus, der einen trockenen Brotfladen aus seiner Ledertasche zog, zwei gedrechselte Holzbecher und einen kleinen Weinschlauch. Er brach das Brot in zwei Stücke, schenkte die Becher voll und sagte: «Sei mein Gast, Lauscher! Laß es dir schmecken!»

Lauscher tauchte die harten Brotbrocken in den Wein und zerkaute sie langsam, um den köstlichen Geschmack des mit Kümmel, Fenchel und Koriander gewürzten Fladens und des herben Rotweins ganz auszukosten. Sie aßen schweigend, und als der Alte die letzten Krümel zusammengefegt und für die Vögel auf den Weg geworfen hatte, sagte Lauscher: «Bisher hatte ich geglaubt, es gäbe nur einen einzigen Stein von dieser Art.»

«Ist das so wichtig?» sagte der Alte. «Auch jener Stein, den du einmal auf der Brust getragen hast, lag früher irgendwo im Berg verborgen, wo kein Licht sein Farbenspiel zum Leben wecken konnte, ein Bestandteil des Gesteins, nichts weiter. Viel entscheidender ist, was dann mit ihm geschah, zum Beispiel, daß Urla ihn dem Mann schenkte, den sie liebte, und daß sie sich, als man ihren Mann erschlagen hatte, dieses Steins erinnerte und den Sohn des Khans mit ihrem Leib vor dem Schneesturm schützte oder daß Arni auf der Suche nach dem Geheimnis dieses Steins zu Menschen ging, die er früher verachtet hatte, und sich ihre Gastfreundschaft erbat und daß er schließlich sein Leben hingab, um Belarni vor dem Tod zu bewahren. All das hat sich mit diesem Stein verbunden, und darin liegt seine Bedeutung. Hast du geglaubt, dies sei so ein Zauberding, das seine Kraft ohne Zutun der Menschen wirken läßt? Das wäre nichts als Hexenkram. Das Geheimnis des Steins aber liegt in alle den Geschichten, die man um ihn erzählt.»

«Aber er hat mich doch gerufen, als ich vorhin allein in der Kluft vor ihm stand», sagte Lauscher.

«Natürlich hat er das», sagte der Alte, «aber das geschah in der Weise, daß er dir die Menschen in Erinnerung gerufen hat, die dich brauchen. Du warst wohl schon auf dem Wege zu meinen, daß ein alter Flötendrechsler wie du von keinem mehr benötigt wird.»

«Dann will ich mich jetzt beeilen, daß ich nach Arziak komme», sagte Lauscher. «Kannst du mich noch ein Stück begleiten?»

«Diesmal noch nicht», sagte der Alte. «Ich will hinunter nach Barleboog gehen, um einen alten Mann zu besuchen, dem man Zeit seines Lebens kaum Gelegenheit gegeben hat zu vergessen, daß er gebraucht wird.» Der Alte winkte ihm zu und machte sich auf den Weg. Lauscher rief nach seinem Pferd, und als er sich noch einmal umblickte, konnte er den Steinsucher nirgends mehr entdecken.

«Beeil dich ein bißchen, Blondschopf!» sagte er, als er aufgestiegen war. «Wir werden gebraucht!» Und dieser Gedanke schien ihn und auch sein Pferd unversehens um Jahre jünger zu machen; denn er staunte über sich selbst, wie leicht ihm dieser Ritt über die Berge fiel, der ihm auf dem Hinweg so beschwerlich vorgekommen war.

Im Flachtal hielt er sich gar nicht erst lange auf, schlief nur die eine Nacht in seiner Hütte und ritt gleich am nächsten Morgen über den Schauerwald hinunter nach Arziak. Er hatte sich schon früher für seine seltenen Besuche bei Arnilukka einen Weg gesucht, der so lange wie möglich im Wald verlief, aber das letzte Stück über einen Wiesenhang hinunter zu den Häusern bereitete ihm doch wieder beträchtliches Unbehagen, und er trieb Blondschopf zu einer rascheren Gangart an, ließ ihn schnell durch die Gassen bis vor das Haus der Erzmeisterin traben und beeilte sich, unter Dach zu kommen. So war er etwas atemlos, als er in die Stube trat, in der er Arnilukka und Belarni antraf.

Arnilukka sprang auf, sobald sie ihn erkannte, lief ihm entgegen und sagte: «Gut, daß du gekommen bist, Lauscher! Ich wußte gar nicht, daß du von deiner Reise zurückgekehrt bist, sonst hätte ich dir eine Nachricht geschickt.»

«Deine Nachricht habe ich schon bekommen», sagte Lauscher, «aber da war ich noch jenseits des Gebirges.»

Auch Belarni war inzwischen hinter dem Tisch hervorgekommen. «Es erstaunt mich immer aufs Neue», sagte er, «wie ihr euch verständigt. Seit Tagen haben wir uns nichts sehnlicher gewünscht, als daß du zurückkommst. Und jetzt bist du da.»

«Und siehst aus, als seist du die ganze Strecke gerannt», fügte Arnilukka hinzu. «Setz dich zu uns und iß erst einmal etwas! Reden können wir später.»

Sie war trotz ihrer schneeweißen Haare noch immer rüstig, drückte ihn resolut in einen bequemen Sessel, lief hinaus und trug nach kurzer Zeit alle möglichen guten Dinge auf, Rauchschinken, Käse, einen Topf mit Honig und dazu knuspriges frisches Brot und einen Krug Wein. «Sei unser Gast, Lauscher!» sagte sie, als sie alles bereitgestellt hatte, schenkte die Becher voll und setzte sich zu ihnen.

Während der Mahlzeit mußte Lauscher Arnilukka immer wieder ansehen. Ihr Gesicht wurde jenem ihrer Ahnin Urla immer ähnlicher und erschien ihm schöner denn je. Merkwürdig, dachte er, wie wenig das Alter einem Gesicht anhaben kann, das man liebt, und wenn Arnilukka ihn ansprach und ihre Augen sich trafen, schlug sein Herz schneller.

Belarni hatte wenig gegessen und trank jetzt nur noch ab und zu einen Schluck Wein. Sein hageres Gesicht ließ zwischen den strähnigen weißen Schläfenzöpfen fast schon das Schädelgerüst unter der braunen, faltig zerfurchten Haut erkennen. Seine Sorgen waren ja auch nicht geringer geworden, sondern hatten sich nur vermehrt; denn die Parteien der Goldschmiede und der Steppenreiter, die sich von Anfang an von der Verbrüderung der beiden Völker ausgeschlossen hatten, waren in den vergangenen Jahren keineswegs in der Gemeinschaft aufgegangen, sondern hatten ihre Haltung eher noch versteift, so daß es schon zwischen ihnen zu Zusammenstößen auf offener Straße gekommen war. Lauscher war nur selten nach Arziak geritten, aber die Pferdeknechte und ihr Meister Ruzzo wußten genug davon zu erzählen. Was damals mit den jungen Söhnen der Steppenreiter wie ein Spiel begonnen hatte, war längst zu einer ernsten Angelegenheit geworden. Inzwischen war dies eine Gruppe von etwa Vierzigjährigen, die zusammen mit jüngeren Verwandten aus ihren Familien einen Reiterbund gebildet hatten, dessen Mitglieder oft mit ihren Pferden verschwanden, um dann eines Tages wieder aufzutauchen, ohne daß zu erfahren war, wo sie sich herumgetrieben hatten, doch wenn dann reisende Kaufleute von Überfällen auf Dörfer in weit entlegenen Tälern berichteten, konnte man sich schon einiges zusammenreimen. Diese Sorgen Belarnis waren Lauscher nicht neu, doch gerade deshalb konnte dies nicht der Anlaß sein, aus dem man seine Anwesenheit in Arziak hätte wünschen können. Was soll ein alter Mann wie ich bei solchen Sachen nützen? dachte er und zeigte mit einer Geste, daß er satt sei. Nun wollte er endlich hören, worum es ging.

Belarni hatte offenbar schon auf diesen Augenblick gewartet, denn er sagte jetzt: «Du willst sicher erfahren, warum wir deine Rückkehr so herbeigesehnt haben, Lauscher.»

«Machst du dir wieder einmal Sorgen wegen dieser Streitereien zwischen den Goldschmiedesippen und dieser Reiterhorde?» sagte Lauscher. «Ich wüßte nicht, wie ich dir in dieser Sache nützlich sein könnte.»

«Das ist es nicht allein», sagte Belarni. «Du weißt ja, daß Azzo sich schon seit jeher mehr zu den Goldschmieden gehalten hat. Da seine Mutter aus einer ihrer ältesten Familien stammt, hat man es mit seiner Herkunft nicht so genau genommen und es ganz gern gesehen, daß der Sohn der Erzmeisterin bei ihnen aus und ein geht, auch wenn er einen Steppenreiter zum Vater hat. Er macht schon seit längerer Zeit der Tochter des Zunftältesten den Hof, aber bisher ist noch nichts Rechtes daraus geworden, obwohl er längst in dem Alter ist, in dem ein Mann Frau und Kinder haben sollte. Mir scheint fast, daß man bei diesen Alteingesessenen diese nützliche Verbindung doch nicht so weit treiben will, den Sohn eines Steppenreiters in die Familie aufzunehmen. Aber wenn man die Sprache auf diese Sache bringt, wird Azzo so zornig, daß mit ihm überhaupt nicht mehr zu reden ist.

Arnizzo hingegen hatte sich bisher aus diesem Parteiengezänk herausgehalten; doch das hat sich nun leider geändert, seit dieser Lustige Flöter sich völlig auf die Seite der Reiterjunker, wie sie sich neuerdings nennen, geschlagen hat. In letzter Zeit spielt Döli nichts als Spottlieder auf die «Goldwänste», ja er hetzt die jungen Leute geradezu auf, die alten Familien der Bergdachse zu entmachten, wenn es sein muß mit Gewalt. Arnizzo hatte sich Döli schon damals angeschlossen, als er hier im Tal zu flöten anfing, und ich habe das gern gesehen. Er wollte es wohl seinem Großvater Arni nachtun, der ja auch einen Flöter zum Freund hatte. Über all meinen Geschäften habe ich allerdings nicht bemerkt, auf welche Weise der Junge diesem Lustigen Flöter verfallen ist. Erst jetzt, wo er sich – offenkundig unter dessen Einfluß – diesen Reiterjunkern angeschlossen hat, ist mir das klar geworden. Und jetzt weißt du auch, in welcher Sache ich mir deine Hilfe erhoffe:

Döli war dein Schüler, und wenn überhaupt jemand Einfluß auf ihn ausüben kann, dann bist du das.»

Lauscher dachte eine Weile nach, trank zwischendurch einen Schluck Wein, und dann sagte er: «Ich weiß nicht, ob ich dazu in der Lage bin. Seit vielen Jahren habe ich Döli nicht mehr gesehen, sondern immer nur von ihm reden hören. Er hat mich nie mehr im Flachtal besucht, seit ich von den Blutaxtleuten zurückgekommen bin, und ich kann mir das nur damit erklären, daß er mir aus dem Weg gegangen ist, weil er nach seiner eigenen Art des Flötens sucht und sich von meinem Einfluß freihalten möchte. Mir gefällt das auch nicht, was du erzählst, aber vielleicht sollte man das alles nicht so ernst nehmen. Junge Leute gehen oft seltsame Wege, ehe sie zu sich selbst finden.»

Belarni schüttelten den Kopf und hieb ungeduldig mit der Hand durch die Luft. «So jung ist auch Arnizzo nicht mehr, daß er diesen Unsinn mitmachen müßte», sagte er. «Und soll ich es nicht ernst nehmen, wenn meine beiden Söhne sich augenblicklich in die Haare geraten, sobald sie einander begegnen? Arnilukka und ich sind nicht die einzigen, die sich Sorgen darüber machen. Auch deine Tochter Urla hat schon mehrmals versucht, zwischen ihnen Frieden zu stiften, obwohl sie mit ihren vier Kindern schon genug zu tun hat.»

Er wurde durch ein Klopfen an der Tür unterbrochen, und auf seinen Ruf hin trat der Hausverwalter ein, ein älterer, grauhaariger Mann, der nach der Bildung seines Gesichts und seiner Art sich zu kleiden offensichtlich von den Alteingesessenen aus Arziak stammte, und fragte, ob er Belarni stören dürfe, und als dieser nickte, berichtete der Mann, es sei ihm zu Ohren gekommen, daß die Junker im Begriff seien, sich wieder einmal zusammenzurotten. Vielleicht sei es gut, beizeiten etwas zu unternehmen, ehe es einen Zusammenstoß gebe.

«Da siehst du's!» sagte Belarni zu Lauscher. «Und Arnizzo reitet zusammen mit dem Lustigen Flöter vermutlich allen voran!» Dann verließ er mit dem Hausverwalter die Stube.

Seit Belarni Urla erwähnt hatte, war Lauscher der Gedanke an seine Tochter nicht mehr aus dem Sinn gekommen. «Ich will nicht von euren Sorgen ablenken», sagte er zu Arnilukka, «aber ich wüßte doch gerne, wie es Urla geht. Seit sie vor über einem Jahr ihr viertes Kind zur Welt gebracht hat, ist sie nicht mehr ins Flachtal gekommen. Ich weiß nur, daß sie zu ihren drei Söhnen nun auch eine Tochter geboren hat.»

«Eine Tochter mit Urlas Augen», sagte Arnilukka lächelnd und ließ dabei offen, ob sie die alte oder die junge Urla meinte. «Sie hat das Kind nach ihrer Großtante Rikka genannt, die auch einen Eisenschmied zum Mann hatte.»

«Diese Augen haben mich zu euch zurückgerufen», sagte Lauscher und erzählte, was er oben in den Bergen erlebt hatte, und während er sprach, konnte er seinen Blick nicht von diesen Augen lassen, die ihm noch so jung erschienen wie an dem Tag, als er zum erstenmal in sie hineingeschaut hatte. «Aber ich komme ins

Reden», sagte er schließlich, «und möchte doch etwas über unsere Tochter erfahren. War die Geburt so schwer, daß Urla nicht ins Flachtal kommen konnte, um mir das Kind zu zeigen?»

«Ja», sagte Arnilukka. «Sie war lange Zeit ziemlich schwach und hat sich erst in den letzten Monaten langsam erholt. Zum Glück hat sie eine tüchtige Magd, die ihr geholfen hat, den Haushalt in Gang zu halten. Es sind ja ständig Gäste zu bewirten in einer Schmiede, Leute, die ihr Pferd beschlagen lassen und darauf warten wollen, oder andere, die irgendwelche Werkzeuge oder Waffen in Auftrag geben. Du weißt doch, wie das ist: Da muß dann besprochen werden, wie dies oder jenes beschaffen sein soll, und dabei kann man einen Kunden nicht trocken und ohne Zubiß sitzen lassen. Ihr gefällt dieses Leben, denn sie hat gern Leute um sich, aber dabei hat sie natürlich alle Hände voll zu tun. Und bei alledem findet sie auch noch Zeit, sich um die Streitigkeiten ihrer Brüder zu kümmern. Sie kann es nicht ertragen, daß Geschwister sich derart miteinander verfeinden.»

«Sie trägt Arnis Stein», sagte Lauscher, und das schien ihm eine hinreichende Erklärung zu sein.

In diesem Augenblick kam Belarni in die Stube zurück und sagte: «Ich wollte Arnizzo noch zurückhalten, aber er war schon ausgeritten. Azzo ist schon seit dem Morgen außer Haus. Mit blieb nichts anderes übrig, als dem Ältesten der Goldschmiede eine Nachricht zu schicken, er solle sorgen, daß seine Leute von der Straße wegbleiben, damit es zu keinem Aufruhr kommt. Ob es allerdings etwas nützt, bezweifle ich.»

Während er noch sprach, näherte sich draußen auf dem Platz Hufgetrappel. «Da sind sie schon», sagte Belarni und trat zum Fenster. Lauscher stand auf und folgte ihm, und da sah er die Junker heranreiten. Er erinnerte sich noch gut an den Anblick einer Horde von Beutereitern, wie sie mit fliegenden Zöpfen und in ihren abgewetzten ledernen Kleidern auf ihren struppigen Gäulen über das graue Gras herangesprengt waren, doch was er hier zu sehen bekam, unterschied sich beträchtlich von der ungezähmten Wildheit dieser Steppenjäger. Die Reiter dieser Kavalkade saßen allesamt auf hochgezüchteten, bei jedem Schritt nervös tänzelnden Pferden, und ihre Kleidung verriet zwar noch ihre Herkunft, war aber von feinstem, hell gegerbten Leder und fast überladen mit bunten Stickereien, in deren phantastischen Ornamenten sie einander zu übertreffen versuchten; auch die Scheiden ihrer Krummschwerter waren ähnlich reich verziert. Sogar in ihre Schläfenzöpfe hatten die Junker farbige Bänder eingeflochten; offenbar wollten sie damit ihre Zugehörigkeit zu einer bestimmten Familie kenntlich machen, denn da gab es eine Gruppe mit grünen Zopfbändern, deren Träger, soweit man das aus der Ähnlichkeit der Gesichtszüge schließen konnte, Brüder sein mußten, und nicht anders war es bei den Rot- oder Blaubezopften. Als die Reiter näher herantrabten, ließ sich dann auch erkennen, daß die aufgestickten Verzierungen auf ihren Kleidern je nach Zugehörigkeit zu einer Sippe bestimmte Motive bevorzugten. Bei den einen waren es Pferde, bei anderen Geier und wieder bei anderen Wölfe oder katzenartige Raubtiere. Schön sah das aus, wie diese gleichsam ins Dekorative veredelte Horde herantrabte, allen voran ein hochgeschossener Junge mit einem zwei Klafter hohen Speer, von dessen Spitze ein gewaltiger, mit Bändern in allerlei Farben geschmückter Roßschweif wehte, und einer der beiden Reiter, die ihm unmittelbar folgten, mußte Döli sein, den man den Lustigen Flöter nannte.

Lauscher hätte ihn kaum wiedererkannt, wenn er nicht eine schön gedrechselte Flöte in der Hand gehalten hätte. Er hatte sich zu einem etwas korpulenten Mann ausgewachsen, um dessen Mundwinkel ein spöttisches Lächeln zuckte. In seine schon etwas graumelierten Schläfenzöpfe hatte er Bänder von allen möglichen Farben eingeflochten, was ihm nach Lauschers Meinung das Aussehen eines Narren verlieh, doch die Männer, mit denen er ritt, schienen ihn durchaus ernst zu nehmen, besonders jener schmale, dunkelhäutige Reiter neben ihm, in dem Lauscher erst nach einigem Zögern den jüngeren Sohn Belarnis erkannte. Er hatte Arnizzo als einen eher stillen Jungen in Erinnerung, der selten lachte und sich beiseite gehalten hatte, wenn seine beiden älteren Geschwister irgendwelchen Unsinn trieben, aber jetzt erschien er ihm völlig verwandelt, wie er fast übertrieben laut zu Dölis Späßen lachte und eine ähnlich spöttische Miene aufzusetzen versuchte wie sein Freund.

Bis zu diesem Augenblick war Lauscher dieser farbenfrohe Auftritt wie ein Festzug fröhlicher junger Leute erschienen, doch jetzt rief Döli etwas und zeigte zum anderen Ende des Platzes, wo eine Gruppe von Männern aufgetaucht war, alle – wie auch die Junker – etwa zwischen zwanzig und vierzig Jahren alt, und sofort schien sich über den Bereich zwischen den Häusern eine fast unerträgliche Spannung zu legen. Die Leute, die eben noch draußen im Gespräch beieinander gestanden hatten, verabschiedeten sich hastig, gingen rasch auseinander und verschwanden zum größten Teil in ihren Häusern. Nur ein paar von ihnen blieben auf der Schwelle stehen, zwar bereit, ein sich anbahnendes Spektakel zu begaffen, aber auch schon auf dem Sprung, schnell die Tür hinter sich zu verrammeln.

Inzwischen waren die Männer der anderen Gruppe auf den Platz hinausgetreten. Sie waren zu Fuß, boten aber in ihrer prächtigen Gewandung ein nicht minder farbiges Bild als die Reiterhorde. Was auf den ersten Blick auffiel, waren die schweren Goldketten, die jeder von ihnen über einem aus verschiedenfarbigem Tuch genähten Wams um die Schultern trug, und auch sonst baumelte allerlei goldener Zierrat an ihren Kleidern. Gleichfalls von Gold waren die Gehänge ihrer langen Dolche, an deren Griffen kostbare Steine funkelten. Ihre Zugehörigkeit zur Zunft zeigte sich darin, daß sie jene Lederkappen, wie sie Goldschmiede bei ihrer Arbeit tragen, um das Haar zurückzuhalten, zu einem besonders prächtigen Kopfschmuck ihres Standes herausstaffiert hatten. Da blitzten kunstvoll geschmiedete, mit blutroten Almandinen und anderen Steinen besetzte Agraffen, an denen Büschel von Reiherfedern wie fremdartige Blüten wippten, und während die solcherart mit Kostbarkeiten behängten Zunftgenossen gemessenen Schrittes auf die Junker zugingen, erschien Lauscher das Spottwort von den Goldwänsten gar nicht mehr so unzutreffend, zumal man manchem dieser reichen Bürgersöhne recht deutlich ansehen konnte, daß er sich auch bei Tisch nichts abgehen ließ.

Auch jener Sohn Belarnis, der als einer der vordersten mit dieser Gruppe ging, war eher breit gebaut, wenn auch keinesfalls beleibt, sondern eben nur kräftig. Azzo hatte sich nie Schläfenzöpfe wachsen lassen, doch sein etwas flachnasiges Gesicht verriet durchaus seine Herkunft, wenn er auch nicht so beutereiterisch aussah wie sein Bruder. Gelacht wurde nicht bei den Goldschmieden; sie schienen eher bemüht, eine würdige Miene zur Schau zu tragen wie Leute, die sich ihrer Bedeutung bewußt sind.

Belarni hatte diesen Aufzug mit wachsendem Zorn zugesehen. Auf seiner Schläfe trat, dick wie eine Schnur, eine gewundene Ader heraus, als er jetzt mit der Faust auf das Fensterbord schlug und sagte: «Ist diesen Hitzköpfen denn nicht zu raten!»

Arnilukka, die schon vor einer Weile zu ihnen ans Fenster getreten war, seufzte und sagte dann: «Du mußt versuchen, sie auseinanderzuhalten, Belarni!»

«Hunde und Katzen lassen sich leichter voneinander trennen», knurrte Belarni und verließ rasch die Stube. Gleich darauf sah Lauscher ihn über den Platz auf die Goldschmiede zugehen, die sich alle sehr förmlich verbeugten, sobald er bei ihnen stehenblieb, aber an dem, was er sagte, wenig Interesse zeigten.

Die Junker waren inzwischen abgestiegen und banden ihre Pferde an die Zäune. Lauscher hörte, wie Arnizzo rief: «Spiel uns ein Lied, Lustiger Flöter!»

Darauf hatte Döli offenbar nur gewartet. Er setzte seine Flöte an die Lippen und begann mit einer springenden Melodie, die Lauscher sogleich frech und aufsässig in den Ohren klang. In der hektischen Lustigkeit dieser Tonfolge schwang ein Mißlaut von untergründiger Bösartigkeit mit, der ihm Unbehagen, ja fast Angst verursachte. Den Junkern schien diese Art von Musik jedoch zu gefallen, und der Text zu diesem Lied war ihnen offenbar schon vertraut; denn sie scharten sich sogleich um den Flöter, und einer fing an, mit hoher, greller Stimme vorzusingen, während die anderen im Chor den Refrain herausschrieen:

Wem baumelt's schwer auf Brust und Bauch?
  Dem Goldwanst!
Wer schwabbelt dick wie'n voller Schlauch?
  Der Goldwanst!
Wer bringt den Hintern nicht auf's Pferd,
  weil ihn das Klunkerzeug beschwert?
  Der Goldwanst, der Goldwanst!
  Lach nur, was du kannst!

Sobald sie diesen Gesang, der auch ihnen anscheinend nicht unbekannt war, zu hören bekamen, ließen die Goldschmiedesöhne Belarni einfach stehen und kamen langsam herangeschritten, doch jetzt war in ihrer gemessenen Gangart schon so etwas wie verhaltene Wut spürbar, etwa auch darin, wie sie sich enger zusammenschlossen und auch in einer gewissen Steifnackigkeit ihrer Haltung. Den Junkern schien dieses Spiel jetzt erst richtig Spaß zu machen, und nach einem spitztönigen Vorspiel des Flöters begann einer die nächste Strophe zu singen:

> Wer stapft da würdig durch den Dreck?
> Der Goldwanst!
> Wer kommt dabei nicht recht vom Fleck,
> Der Goldwanst!
> und will doch stets der erste sein
> im Hohen Rat und auch beim Wein?
> Der Goldwanst, der Goldwanst!
> Lach nur, was du kannst!

«Wovon lebt ihr denn, ihr Nichtstuer von Beutereitern?» schrie jetzt ein pausbäckiger, besonders prächtig herausgeputzter junger Stutzer. «Wer nicht arbeitet wie wir, soll in Arziak auch nichts zu sagen haben! Hier ist kein Platz für Diebsgesindel!»

Die Junker faßten diese Worte durchaus nicht als Beleidigung auf, sondern wollten sich ausschütten vor Lachen über die Art, wie sich dieser wohlbeleibte Goldschmiedesohn ereiferte. «Den können nicht einmal drei Männer in den Sattel hinaufstemmen!» schrie einer wiehernd. «Und wenn sie es doch schaffen, dann bricht der arme Gaul zusammen! Spiel weiter Döli! Das Lied ist noch nicht zu Ende!» Und schon fand sich ein Vorsänger, der mit der nächsten Strophe begann:

> Wen melken wir wie eine Kuh?
> Den Goldwanst!
> Wer schafft uns Beute immerzu?
> Der Goldwanst!
> Nehmt euch doch seiner Klunker an,
> damit er leichter reiten kann!
> Der Goldwanst, der Goldwanst!
> Lach nur, was du kannst!

Azzo, der nun schon zusammen mit seinen Freunden von der Zunft nahe vor den Junkern stand, wendete sich jetzt zu seinem Vater um und schrie: «Da kannst du selber hören, was diese Tagediebe im Schilde führen! Diese Beutemacher solltest du zur Ruhe mahnen und nicht uns! Wir haben keine Lust, uns ihre Spottlieder noch länger anzuhören.» Auch seine Begleiter begannen jetzt grimmige Mienen aufzusetzen und mit ihren kostbaren Dolchgehängen zu spielen.

Belarni war bisher der einzige gewesen, der sich darum bemüht hatte, die Streithähne auseinanderzuhalten. Während er sich jetzt zwischen den Goldschmieden hindurchdrängte, um die Junker von weiteren Sticheleien abzuhalten, sah Lauscher seine Tochter Urla aus der Schmiede am anderen Ende des Platzes treten. Sobald sie erkannte, was hier im Gange war, rief sie ihrem Mann, der hinter ihr in der Tür erschien, etwas zu und lief dann rasch über den Platz herüber. Die übrigen Zuschauer blieben eher teilnahmslos unter ihren Türen stehen und waren wohl der Meinung, daß sich kleine Leute heraushalten sollten, wenn sich die Großen in die Haare geraten. Nur der Schmied folgte, wenn auch in langsamerem Schritt, seiner Frau, und es sah so aus, als hielte er den schweren, langstieligen Hammer, der an seiner Seite pendelte, nicht von ungefähr in der Faust. Doch ehe Belarni etwas ausrichten konnte und Urla noch ganz herangekommen war, rief Arnizzo: «Spiel, Döli! Spiel! Ich weiß noch eine Strophe.» Er baute sich breitbeinig vor seinem Bruder auf, der etwa ein Dutzend Schritte von ihm entfernt stand, und sang mit schriller, fast überschlagender Stimme:

Wem schleicht ein Steppensohn ums Haus?
　Dem Goldwanst!
Wer gibt ihm seinen Schatz nicht 'raus?
　Der Goldwanst!
Wer läßt den Reiter nicht ins Bett,
wo er so gern geschlafen hätt'?
　Der Goldwanst, der Goldwanst!
Lach nur, was du kannst!

Während die Junker diesen letzten Refrain vor Vergnügen schon eher brüllten als sangen, blickte Lauscher dem älteren Sohn Belarnis ins Gesicht, das auf einen Schlag weiß geworden war bis in die Lippen, und was er dort sonst noch sah, ließ ihn augenblicklich seine Haltung als Zuschauer vergessen. Er stieß sich von der Fensterbank ab, durchquerte mit raschen Schritten das Zimmer und war schon fast ins Laufen geraten, bis er den Vorraum hinter sich gebracht hatte und die Haustür erreichte, die weit offen stand und den Blick auf eine Szene freigab, deren Anblick ihn wie gelähmt am Türpfosten stehenbleiben ließ. Alles, was jetzt nahezu gleichzeitig geschah, schien mit unglaublicher Langsamkeit abzurollen und war doch nicht mehr aufzuhalten. Urla hatte nun die Ansammlung erreicht und lief mit fliegenden Röcken zwischen den Fronten auf Arnizzo zu, dessen Spottgesang sie wohl schon hatte verstehen können. Belarni war noch eingekeilt zwischen den wie in den Boden gerammt stehenden Goldschmieden und versuchte vergeblich, zu Azzo zu gelangen, während dieser schon seinen Dolch aus der

Scheide gerissen hatte und die aufblitzende Waffe, ehe ihm jemand in den Arm fallen konnte, auf seinen Bruder schleuderte. In diesem Augenblick stand Urla endlich vor Arnizzo und packte ihn mit beiden Händen an den Schultern, wie um ihn zur Vernunft zurückzurütteln, doch da fuhr ihr auch schon Azzos Dolch bis ans Heft in den Rücken. Ihre Hände krampften sich zusammen, dann glitt sie langsam von der Brust ihres Bruders zu Boden und war wohl schon ohne Bewußtsein, als nun auch ihr Mann die Szene betrat, im freien Raum zwischen den Parteien stehenblieb und dieses Bild betrachtete, ohne noch recht zu verstehen, was geschehen war.

Für eine Weile standen alle wie erstarrt. Dann beugte sich Arnizzo zu seiner Schwestern hinab. Auch er schien noch nicht zu begreifen, was dieses funkelnde Ding zwischen ihren Schultern bedeuten mochte, und tastete nach dem rubinbesetzten Griff, doch in diesem Augenblick brüllte der Schmied auf, schwang seinen Hammer hoch in die Luft und sprang auf den vermeintlichen Mörder seiner Frau zu. Jetzt endlich kam auch wieder Bewegung in die übrigen Zeugen dieser Bluttat. Gleich mehrere von beiden Parteien umringten den wild um sich schlagenden Mann, entwanden ihm den Hammer und redeten auf ihn ein. Auch Lauscher konnte endlich seine Glieder wieder rühren, und diesmal trieb ihn eine Angst hinaus auf den schattenlosen Platz, die stärker war als jener beklemmende Druck, der sich aus dem freien Himmel auf ihn herabsenkte. Er rannte hinüber zu seiner am Boden liegenden Tochter und erreichte sie zugleich mit Belarni und Arnilukka, die hinter ihm aus dem Haus gelaufen war. Sie war es, die schließlich den Dolch packte und mit einem Ruck aus der Wunde zog. Dann setzte sie sich in den Staub des Platzes und bettete Urla auf ihren Schoß.

Urla hatte die Augen geschlossen, und ihr Gesicht war so von allem Blut entleert, daß Lauscher schon meinte, es sei kein Leben mehr in seiner Tochter. Aber dann schlug sie doch noch einmal die Augen auf, deren schwer zu beschreibende Farbe in dem kalkweißen Gesicht mit doppelter Kraft zu leuchten schien. Sie schaute alle, die bei ihr standen, der Reihe nach an, und als ihr Blick auf Arnizzo traf, sagte sie stockend: «Wo ist Azzo?»

Belarni verstand sofort und winkte seinen älteren Sohn mit einer befehlenden Geste herbei, der sich Azzo ohne Zögern fügte. Als er neben seinem Bruder vor der Sterbenden stand, schaute diese die beiden mit einem Blick an, den sie wohl ihr Leben lang nicht vergessen würden, und sagte: «Seid jetzt endlich wie Brüder!» Dann wanderte ihr Blick zu ihrem Mann, den man nun auch zu ihr gebracht hatte. In seinem Gesicht stand jetzt nur noch der Ausdruck fassungslosen Entsetzens. Wider alles Erwarten lächelte Urla und schüttelte ein wenig den Kopf, als mache dieser ungefüge Mann allzu viel Aufhebens von dem, was hier geschehen war. Dann tastete sie auf ihrer Brust nach Arnis Stein, der dort in seinem silbernen Käfig hin, und sagte: «Bewahre ihn auf für Rikka!» Als sie auch das geregelt hatte, legte sie sich wie ein Kind im Schoß ihrer Mutter zurecht und starb.

II

Nach Urlas Begräbnis hatte Lauscher beschlossen, noch für eine Weile in Arziak zu bleiben, allerdings weniger deshalb, weil er das Gefühl gehabt hätte, daß er Arnilukka in ihrem Kummer hätte beistehen müssen, denn sie war von einer bemerkenswerten Gefaßtheit; viel eher hatte ihn Belarnis Ratlosigkeit zum Bleiben veranlaßt, und diese Ratlosigkeit hatte ihren Grund keineswegs darin, daß seine beiden Söhne weiterhin in Feindschaft gelebt hätten. Nach den Ereignissen, die zu Urlas Tod geführt hatten, waren beide nicht bei ihren jeweiligen Freunden geblieben, sondern hatten sie einfach stehen lassen, waren nach Hause gegangen und auch dort geblieben. Während der Mahlzeiten saßen sie stumm bei Tisch, wagten kaum die Augen zu heben und stocherten nur ein bißchen in ihrem Essen herum. Man konnte beiden ansehen, daß sie sich schuldig fühlten am Tod ihrer Schwester, und zwar auf eine Weise, die alles in Frage stellte, was sie bisher getrieben hatten, und zugleich war dadurch auch eine neue Art von Gemeinsamkeit zwischen ihnen entstanden; denn sie gingen einander durchaus nicht aus dem Weg, sondern waren oft zusammen anzutreffen, wenn sie auch kaum miteinander zu sprechen schienen.

Belarnis Ratlosigkeit hatte tiefere Wurzeln, und diese traten zutage, als er eines Abends Lauscher bat, bei ihm noch eine Weile sitzen zu bleiben, nachdem Arnilukka das Essen abgetragen hatte und die Brüder hinausgegangen waren. Belarni starrte noch eine Zeitlang vor sich hin auf die Tischplatte und sagte dann mit leiser Stimme, als führe er ein schon lange zuvor begonnenes Selbstgespräch weiter: «Was habe ich falsch gemacht? Kannst du mir das sagen, Lauscher? Hätte ich die beiden Jungen zwingen sollen, sich mit diesen Leuten nicht einzulassen? Oder noch mehr: Hätte ich schon von Anfang an nicht dulden sollen, daß die Reiterjunker und die Goldschmiede sich auf eine solche Weise absondern und die großen Herren spielen? Ich bin nicht so geartet wie Khan Hunli, der jeden unter seinen Willen gebeugt hat. Bisher habe ich immer gehofft, es genüge, daß man den Menschen zeigt, wie man miteinander leben sollte, und sie im übrigen in Freiheit ihren eigenen Weg finden läßt.

«So darfst du diese Frage nicht stellen», sagte Lauscher. «Auch Hunli hat nicht verhindern können, daß Höni sich seinem Willen widersetzte und mit einem großen Teil der Horde davonzog.»

«Und damit hat damals alles Unheil seinen Anfang genommen», sagte Belarni.

«Nein», sagte Lauscher. «Der Beginn des Unheils liegt nicht in solchen Ereignissen wie der Großen Scheidung, sondern in den Gedanken und Begierden einzelner Menschen, denen es darum geht, Macht über andere zu gewinnen; und da der Mensch nun einmal so geartet ist, daß er der Versuchung der Macht allzu leicht erliegt, wird dieses Unheil wohl nie ganz aus der Welt zu schaffen sein.»

«Du hast leicht reden», sagte Belarni. «Ein Flöter wie du kann sich aus all diesen

Streitereien heraushalten und seiner Wege gehen. Aber ich bin für die Leute von Arziak verantwortlich, und alles, was hier geschieht, fällt zurück auf meine Schultern. Auch Urlas Tod. Und der Traum vom friedlichen Zusammenleben wenigstens der Menschen hier in diesem Tal zerrinnt mir dabei unter den Händen.» Er legte seine leeren Hände geöffnet vor sich auf den Tisch, als wolle er zeigen, was ihm von diesem Traum geblieben war.

Während er Belarni so ratlos vor sich sitzen sah, mußte Lauscher an Barlo denken, unter dessen ordnender Gerechtigkeit die Menschen in Barloboog friedlich miteinander lebten, und er fragte sich, woher ihm dann diese Bedrückung gekommen sein mochte, die ihn im Wirkungsbereich dieses Richters mehr und mehr beschwert hatte. «Ich muß dir erzählen, Belarni», sagte er, «wie es mir in Barleboog ergangen ist. Barlo, mit dem ich als Junge drei Jahre lang umhergezogen bin, sitzt noch immer als Richter des ganzen Tals auf seinem Schloß, und unter seinem Regiment geht dort alles seinen wohlgeordneten Gang. Ich glaube, es gibt in ganz Barleboog keinen Menschen, der sich nicht bei allem, was er beginnt, zugleich auch die Frage stellt: Was wird Barlo dazu sagen? Du darfst nicht meinen, er sei ein Tyrann, der die Leute unterdrückt. Im Gegenteil: Er ist ein durch und durch gerechter Mann, dessen weise Entscheidungen einem die Leute talauf und talab auswendig hersagen können. Überall herrschen Friede und Eintracht, und wer sich auch nur anschickt, aus dieser Ordnung auszubrechen, ist sich von Anfang an bewußt, daß er sich alsbald vor diesem Richter wird verantworten müssen. Und dennoch war mir die ganze Zeit über, die ich dort verbracht habe, so zumute, als könne ich nicht frei atmen. Ständig hatte ich das Gefühl, der große Barlo blicke mir über die Schultern und schaue zu, ob ich mich auch ordentlich benehme, und dies war für einen alten Herumtreiber wie mich schließlich so unerträglich, daß ich mich ziemlich bald wieder auf den Rückweg gemacht habe. Seither habe ich mich immer wieder gefragt, was mich eigentlich so gestört hat, und in den vergangenen Tagen ist es mir allmählich klar geworden: Die Menschen leben dort allesamt wie Barlos Kinder. Sie verlassen sich darauf, daß er schon wissen wird, was recht und was unrecht sei, und so kommen sie erst gar nicht in die Versuchung, eine Entscheidung aus eigener Verantwortung fällen zu müssen. Dafür ist Barlo zuständig. Auf solche Weise herrscht dort jene friedliche Ordnung, die du dir erträumst, aber nun frage ich dich: Ist das die richtige Art, wie Menschen leben sollten?»

«Meinen Traum durchzusetzen», sagte Belarni, «würde also, wenn ich dich richtig verstehe, zugleich bedeuten, alle anderen zur Unmündigkeit zu verurteilen?»

«Nicht unbedingt», sagte Lauscher. «Nur in dem Falle, wenn du es dem einzelnen unmöglich machst, sich aus eigener Überzeugung für diesen Traum zu entscheiden.»

«Das heißt aber», sagte Belarni, «mein Traum wird sich nie vollkommen verwirklichen lassen. Du hast ja selbst gesagt, daß Menschen immer wieder der Versuchung ihrer Machtgier erliegen werden.»

«Darin liegt ja gerade das Geheimnis», sagte Lauscher. «Wäre das Böse nicht in dieser Welt, wäre jedem Menschen die Freiheit genommen, sich aus eigenem Antrieb für das Gute zu entscheiden. Auf solche Weise ist das Bösen stets auch der Diener des Guten. Du kannst die Welt nicht auf einen Schlag ändern. Zunächst geht es immer um den einzelnen Menschen. Das hat dir doch auch Arni damals gesagt, ehe er getötet wurde.»

Belarni blickte überrascht auf. «Woher weißt du das? Als er das gesagt hat, ritten wir allein hinter den anderen.»

«Während meiner Versteinerung habe ich neben anderen Ereignissen auch die Geschichte von Arnis Tod erlebt», sagte Lauscher. «Auch er hat diesen Kampf nicht verhindern können, in dem es noch mehr Tote gegeben hat, aber dein Leben hat er gerettet.»

«Nicht nur das», sagte Belarni. «Damals meinte ich auch, den Traum endlich begriffen zu haben, den er geträumt hat. Aber jetzt merke ich, daß ich noch immer weit davon entfernt gewesen bin. Urla hat wohl besser als ich gewußt, worauf es ankommt, und so sind jetzt wenigstens meine beiden Söhne wieder wie Brüder zueinander. Dennoch wird eine Gerichtsverhandlung über Urlas gewaltsamen Tod geführt werden müssen.»

Lauscher blickte Belarni erschrocken an und rief: «Du kannst doch nicht über deine eigenen Söhne zu Gericht sitzen!»

«Nein», sagte Belarni, «das kann ich wirklich nicht, und es ist schwierig, überhaupt einen geeigneten Mann dafür zu finden; denn allzu vielen wird man Parteilichkeit vorwerfen können. Der Älteste der Goldschmiede kommt nicht in Betracht, weil Azzo auf der Seite von dessen Zunftgenossen stand, als er den Dolch warf; einer aus den alten Familien der Steppenreiter kann ebensowenig der Richter sein, weil der Anschlag Arnizzo und damit einem der Reiterjunker galt, und auch der Meister der Eisenschmiede wird befangen sein, denn mit Urla wurde die Frau eines seiner Zunftgenossen getötet. Kannst du mir sagen, wer in dieser Sache Recht sprechen soll? Ich habe schon daran gedacht, ob ich nicht Barlo bitten kann, diesen Fall zu übernehmen. Du hast ja selbst erzählt, was für ein fabelhafter Richter er sein soll.»

«Ich wüßte keinen erfahreneren», sagte Lauscher und wunderte sich, wie wenig überzeugt das herauskam; aber er sagte sich, daß dies wohl an seiner persönlichen Einstellung zu dem Schloßherrn von Barleboog liegen müsse. Belarni schien jedenfalls aus dieser Antwort keine solchen Vorbehalte herauszuhören und schickte noch am gleichen Tag einen Boten über die Berge, der den beschwerlichen Weg in großer Eile hinter sich gebracht haben mußte; denn er kehrte schon nach einer Woche mit der Nachricht zurück, daß Barlo vor wenigen Tagen gestorben sei. Das ganze Tal befinde sich in tiefster Trauer, sagte er, und er habe mit erwachsenen Männern gesprochen, denen die hellen Tränen über die Wangen gelaufen seien, als hätten sie eben ihren eigenen Vater verloren.

Für Lauscher wurde diese Neuigkeit zum Anlaß, sich auf's Neue über sich selber zu wundern, weil er neben der ehrlichen Betrübnis über den Tod seines alten Dienstherren und Reisegefährten auch so etwas wie Erleichterung verspürte, und diese Erleichterung hatte ihren Grund nicht so sehr darin, daß er auf diese Weise der Gefahr entgangen war, sich wieder einmal als Barlos Junge fühlen zu müssen, sondern daß ihm im Verlauf dieser Woche immer stärkere Zweifel gekommen waren, ob es dem würdigen Gerichtsherrn von Barleboog gelingen könne, den ehernen Maßstab seines Rechtsempfindens an einen solchen Fall von geradezu erschreckender Unordnung auf eine sinnvolle und das Wesentliche treffende Weise anzulegen. Wie dem auch immer sein mochte, Barlos Flöte war verstummt, und ein anderer Richter mußte gefunden werden.

«Wenn der alte Wazzek noch am Leben wäre», sagte Lauscher zu Belarni, «dann hätte ich dir zu diesem weisen Karpfenkopf geraten. Der wußte wie kein zweiter Bescheid über Dinge wie Schuld. Aber es gibt jemanden, von dem ich weiß, daß er viel von ihm gelernt hat. Ich würde den Pferdemeister Ruzzo bitten, diesen Fall zu entscheiden. Er war auf keine Art an den Vorgängen beteiligt und ist zudem ein Mann, der keine Vorurteile hat gegenüber beiden Parteien.»

So kam es, daß Ruzzo aus dem Flachtal herüberritt, um in Arziak Gericht zu halten. Die Verhandlung war öffentlich und fand am Morgen nach Ruzzos Ankunft auf dem Platz vor dem Haus der Erzmeisterin statt und damit an jener Stelle, die zugleich der Ort der Tat gewesen war. Als vorgeladen galten alle, die damals auf irgendeine Weise an den Ereignissen beteiligt oder doch wenigstens deren Zeuge gewesen waren, aber es zeigte sich, daß die gesamte Bevölkerung sich auf dem Platz versammelte mit Ausnahme der unmündigen Kinder und einiger Kranker, die zu schwach waren, um sich an den Gerichtsort zu schleppen.

Ruzzo setzte sich auf den Richterstuhl, den Belarni hatte hinaustragen lassen, und rief jene mit Namen auf, die er in dieser Sache zur Verfügung haben wollte. Dabei zeigte sich, daß sich auch an diesem Tage die Parteiungen deutlich voneinander schieden. Rechts von Ruzzo sah Lauscher die Goldschmiedezunft beieinanderstehen, während sich links die Reiterjunker samt ihren Familien versammelt hatten, unter ihnen auch Döli. Allerdings stellte sich jetzt auch heraus, wie stark diese beiden Gruppen im Vergleich zu dem übrigen Volk von Arziak, das sich in der Mitte drängte, in der Minderzahl waren. Das mochte allerdings auch daran liegen, daß einige der Reiterjunker wie auch der Goldschmiedesöhne heute auf ihre prächtige Ausstaffierung verzichtet hatten, als könnten sie dadurch der Gefahr entgehen, auf irgendeine Weise für die Bluttat zur Verantwortung gezogen zu werden. Auch Azzo und Arnizzo, die als Hauptbeteiligte unmittelbar vor dem Richter standen, ließen durch ihre Kleidung nicht mehr eine Zugehörigkeit zu einer der beiden Gruppen erkennen, doch sie hatten dafür wohl andere Gründe. Lauscher war im Schatten des Türstocks geblieben, um sich nicht der Beängstigung des freien Platzes auszusetzen, und beobachtete von dort aus, wie Ruzzo die Verhandlung eröffnete.

«Du hast den Dolch geworfen, Azzo», sagte der Pferdemeister. «Was hast du dir dabei gedacht?»

«Ich muß verrückt gewesen sein», sagte Azzo. «Daß Urla durch meine Schuld zu Tode gekommen ist, werde ich mein Leben lang nicht vergessen können, obwohl ich sie gar nicht treffen wollte.»

«Wen wolltest du denn treffen?» fragte Ruzzo.

Azzo wurde noch um einiges blasser, als er ohnehin schon war, sagte dann aber mit fester Stimme: «Meinen Bruder Arnizzo.»

«Du hast also den Bruder gemeint und die Schwester getroffen», sagte Ruzzo. «Wäre es besser gewesen, wenn dein Dolch das Ziel erreicht hätte, für das er bestimmt war?»

«Nein», sagte Azzo. «Das wäre genau so schlimm gewesen.»

«Hast du irgend etwas zu deiner Verteidigung zu sagen?» fragte Ruzzo.

Auf diese Frage hin senkte Azzo nur den Kopf und schwieg. Doch jetzt meldete sich Arnizzo zu Wort und sagte: «Mein Bruder hat Grund genug gehabt, wütend auf mich zu sein, denn ich habe ihn vor allen Leuten lächerlich gemacht.»

«Du gibst also zu, daß du die Tat herausgefordert hast?» sagte Ruzzo.

«Ja», sagte Arnizzo, «und zwar auf eine Weise, daß er wohl nicht mehr wußte, was er tat.»

Als Döli das hörte, drängte er sich vor und rief: «Hast du den Verstand verloren, Arnizzo? Wenn dein Bruder keinen Spaß versteht, ist das seine Sache, aber das ist noch lange kein Grund, mit dem Messer zu werfen!» Und auch die wenigen Reiterjunker, die er noch um sich geschart hatte, stimmten ihm bei und schrien, wer hier eigentlich zur Waffe gegriffen habe und ob jetzt womöglich der Angegriffene noch als der Schuldige hingestellt werden solle? Damit schien sich aufs Neue ein Tumult anzubahnen, denn die Goldschmiedesöhne, zumindest jene, die noch in ihrem Klunkerzeug zur Verhandlung gekommen waren, wurden jetzt munter, schüttelten die Fäuste und fingen an, die Junker als Aufwiegler und Mordbuben zu beschimpfen.

Ruzzo zog die Augenbrauen hoch und hörte sich das ein paar Augenblicke lang an, doch dann zeigte sich, daß er, wenn es sein mußte, über eine gewaltige Stimme verfügte, gegen deren erzenes Dröhnen sich der anbrechende Streit wie das Gezänk von Marktweibern ausnahm. «Wollt ihr den Frieden auch noch vor Gericht brechen?», donnerte er, als hätte er ein paar unbotmäßige Pferdeknechte vor sich, und als nun auch die anderen Zuschauer, die es bisher weder mit der einen noch mit der anderen Partei gehalten, sondern sich lieber in ihre Häuser verkrochen hatten, sich plötzlich stark zu fühlen begannen und die Schreihälse empört zur Ruhe mahnten, legte sich der Lärm sehr rasch, so daß jeder hören konnte, als Ruzzo jetzt wieder mit ruhiger Stimme sagte: «Du hast dich zwar ungefragt in die Verhandlung eingemischt, Döli, aber da du nun schon einmal das Wort ergriffen hast, kannst du mir vielleicht auch gleich sagen, warum es dir nicht gefällt, wenn Arnizzo einen Teil der Schuld auf sich nehmen will. Kann es sein, daß du an dem Streit, der zu Urlas Tod geführt hat, nicht ganz unbeteiligt warst?»

Jetzt blickten alle auf den Flöter, doch Döli wurde dadurch wohl nur in der Meinung bestärkt, daß nun die Gelegenheit gekommen sei, sich erst richtig in Szene zu setzen. Er plusterte sich förmlich auf und sagte: «Seit wann gilt es hier im Tal als Verbrechen, lustige Lieder zu spielen? Bisher hatte niemand etwas dagegen einzuwenden außer diesen Spaßverderbern von Goldwänsten. Wir Reiterjunker sind von anderer Art», und dabei umfaßte er das Häuflein der Buntbezopften mit einem Bestätigung heischenden Blick. «Hie und da wollen wir etwas zum Lachen haben, und ich spiele nur die Musik dazu.»

«Und läßt die Junker nach deiner Pfeife tanzen», sagte Ruzzo. «Ich habe schon davon gehört, daß es hier immer gleich Unruhe gibt, sobald deine Flöte irgendwo in den Gassen zu hören ist.»

«Willst du auch noch über Zuträgereien zu Gericht sitzen?» sagte Döli frech.

«Nein», sagte Ruzzo. «Aber es könnte sein, daß ein anderer dir bei Gelegenheit die richtigen Flötentöne beibringt, wenn du es weiterhin so treibst.» Döli lachte spöttisch und schickte sich an, noch mehr solcher aufsässiger Reden zu führen, doch Ruzzo brachte ihn mit einer schroffen Handbewegung zum Schweigen und fuhr fort: «Es ist schwer, in dieser Sache die einzelnen Anteile an der Schuld abzuwägen. Alles hat seine Wurzel darin, daß ihr Reiterjunker wie auch ihr von der Zunft der Goldschmiede damit angefangen habt, euch abzusondern und die großen Herren zu spielen, und es dabei auch noch darauf angelegt habt, euch gegenseitig zu übertrumpfen mit diesem Flitterkram auf eurer Kleidung und euren hochtrabenden Reden. Kaum zeigen sich die Junker auf der Straße, müssen sich auch schon die Goldschmiedesöhne zusammenrotten, um ihnen den Rang abzulaufen. Und dieser Flöter, den ich gar nicht so lustig finde, sorgt dann schon dafür, daß es nicht beim bloßen Paradieren bleibt, sondern stachelt euch so lange auf, bis es zu Handgreiflichkeiten kommt. So ist es dir ergangen, Arnizzo, aber du bist alt genug, um zu wissen, wo der Spaß aufhört. Du hast selbst zugegeben, wie sehr du deinen Bruder gereizt hast, und so wäre es dir selber zuzuschreiben gewesen, wenn dich sein Dolch getroffen hätte. Das heißt aber auch, daß dich ein Teil der Schuld am Tod deiner Schwester trifft, die an deiner Stelle gestorben ist. Dein Anteil an der Schuld, Azzo, wird dadurch jedoch nur um Weniges geringer, zumal du der ältere von euch beiden bist. Statt dich mit diesen bunten Goldvögeln einzulassen, hättest du besser deinen Vater darin unterstützt, den Frieden in Arziak zu erhalten. Du aber hast als einziger von allen zur Waffe gegriffen, und wenn dies auch im Zorn geschehen ist, so geschah es doch in der Absicht, deinen Bruder zu töten. Daß du dabei versehentlich deine Schwester umgebracht hast, mag für dich selbst Strafe genug sein, aber ein Totschlag dieser Art muß auch nach dem geltenden Recht geahndet werden. Ich verbanne dich also, wie es der Brauch ist, für die Dauer von drei Jahren aus Arziak und allen anderen Gemeinden des Tals. Dein Vater soll dir ein Pferd geben dürfen und Vorräte für sieben Tage, damit du den Bereich von Arziak verlassen und dich in einer entlegenen Gegend als Knecht verdingen kannst. Dich, Arnizzo, sollte eigentlich die gleiche Strafe treffen, aber ich will deine Eltern nicht völlig ihrer Kinder berauben. Deshalb erlege ich dir auf, daß du künftig jene Aufgabe übernimmst, in deren Dienst deine Schwester den Tod gefunden hat: Du sollst dafür Sorge tragen, daß der Friede in Arziak nicht mehr gebrochen wird. Du weißt jetzt besser als jeder andere, wozu solche Streitigkeiten führen können. Auch scheint es mir an der Zeit, daß du dich endlich des Mannes erinnerst, nach dem du benannt bist. Bisher hast du Arnis Namen jedenfalls wenig Ehre eingebracht. Nehmt ihr dieses Urteil an?»

Nachdem die Brüder diese Frage bejaht hatten, schloß Ruzzo die Gerichtsverhandlung und erhob sich von seinem Stuhl. Während die Leute noch beieinander stehen blieben, um dieses Ereignis zu besprechen, sammelte Döli seine ihm noch verbliebenen Anhänger um sich und begann eines seiner aufsässigen Lieder zu spielen. Nichts hat er begriffen, dieser Flöter, dachte Lauscher, als er hörte, wie sein ehemaliger Schüler mit diesem frechen Lied Gericht und Urteil verspottete. Vielleicht gerade deshalb, weil er selbst ihm das Flöten beigebracht hatte, packte ihn ein unmäßiger Zorn über diesen schon etwas ältlichen Burschen, der sich so viel auf seine Kunst einbildete, und in dieser Aufwallung meinte er plötzlich den Sinn von Ruzzos Worten zu verstehen, daß ein anderer diesem Spottvogel schon die richtigen Flötentöne beibringen werde. Er riß seine Flöte aus der Tasche und begann mit einer eigenen Melodie gegen Dölis Spottlied anzuspielen, als solle hier ein musikalischer Wettstreit ausgetragen werden.

Döli war so verblüfft, daß er aus dem Takt kam. Dergleichen schien ihm hier noch nie widerfahren zu sein. Er warf einen giftigen Blick herüber und setzte dann aufs Neue mit seinem unverschämten Lied ein, diesmal noch um Einiges aufdringlicher, und seine Freunde sangen lauthals mit:

> Was gehn uns diese Dachse an,
> die ihre Löcher scharren?
> Wer jemals Beute frei gewann,
> lacht über solche Narren.
> Sie graben tief und schleppen schwer,
> sie schmieden goldne Ketten,
> doch kommt ein Reitersmann daher
> und kitzelt sie mit seinem Speer,
> schrein sie: Wer wird uns retten?
> Drauf könnt ihr wetten!

Gegen das Gebrüll der Junker, mit dem sie dieses Lied herausschrieen, kam Lauscher mit seiner kleinen Holzflöte nun doch nicht an, wenn es ihm auch glückte, den Gesang durch seine Gegenmelodie ein wenig ins Wanken zu bringen, doch sobald diese Strophe zu Ende gesungen war, spielte er gleich weiter und zeigte nun seine Kunst, den Inhalt seines Liedes verständlich zu machen, auch ohne daß der Text dazu gesungen wurde. In seiner Wut steigerte er sein Spiel zu solcher Lautstärke, wie er es selbst nie für möglich gehalten hätte, und seine Strophe des Liedes verstanden die Leute folgendermaßen:

> Was geht uns dieser Flöter an,
> auf den hier alle starren?
> Wer noch vernünftig denken kann,
> lacht über diesen Narren.
> Den treibt doch nur der Neid daher,
> die Gier nach goldnen Ketten!
> Sein Kopf ist hohl, sein Herz ist leer,
> doch fett sein Bauch, sein Hintern schwer
> und geil nach fremden Betten!
> Drauf könnt ihr wetten!

Er hätte sich nicht träumen lassen, wie diese Verse bei den Leuten einschlugen. Der Platz hallte wider von dröhnendem Gelächter, und die Goldschmiede schienen gar zu der Meinung gekommen zu sein, daß nun auch sie einen Flöter zu den ihren zählen konnten. Sie spendeten ihm lautstark Beifall und ermunterten ihn, noch mehr dergleichen Strophen vorzutragen. Offensichtlich hatte sein Spiel aber auch die Menge des Volkes dermaßen gegen Döli und seine paar Reiterjunker aufgebracht, daß manche sich schon nach Steinen bückten, um die Buntbezopften vom Platz zu jagen. Lauscher, dessen Zorn inzwischen verraucht war, blickte erschrocken in die wild durcheinanderwogende Menge der teils lachenden, teils schon zu neuen Gewalttaten bereiten Zuschauer, und da begegnete er dem Blick eines alten, ein wenig gebückten Mannes, den er vorher noch nicht gesehen hatte. Er stand in der abgeschabten Kleidung eines Steinsuchers bewegungslos mitten unter den schreienden und johlenden Leuten und schaute ihn auf eine Weise an, die alles andere als Zustimmung verriet, und als er merkte, daß Lauscher ihn erkannt hatte, schüttelte er ein wenig den Kopf, drehte sich um und ging davon, als sei er allein auf dem Platz und nicht eingekeilt zwischen all diesen Menschen. Einen Augenblick später konnte Lauscher ihn schon nicht mehr entdecken. Als er sich dann wieder nach Döli umsah, stellte er erleichtert fest, daß dieser wenig lustige Flöter samt seinem Anhang inzwischen das Weite gesucht hatte. Nun begann sich endlich auch die Menge zu verlaufen, und Lauscher wartete unter der Tür auf die Familie seiner Gastgeber.

Als erstes versorgte Belarni seinen älteren Sohn mit allem, was ihm der Richter zugestanden hatte, und als das gesattelte Pferd im Hof stand, umarmte er Azzo ohne viele Worte. Auch Arnilukka schloß ihren Sohn in die Arme und fragte ihn dann, ob er schon wisse, wohin er sich wenden wolle.

«Ich habe so viel von der Friedfertigkeit und Sanftmut der Karpfenköpfe am Braunen Fluß erzählen hören», sagte Azzo. «Vielleicht wird dort ein Fischerknecht gebraucht.»

«Das wird ein guter Platz für dich sein», sagte Arnilukka und küßte Azzo, ehe sie ihn freigab.

Dann stand Azzo mit hilflos herabhängenden Armen vor seinem Bruder, als wage er nicht, den zu berühren, auf dessen Brust er seinen Dolch geschleudert hatte. «Deine Aufgabe wird schwerer sein als meine, Arnizzo», sagte er. «Ich muß einstweilen wohl erst einmal lernen, meinen Jähzorn zu beherrschen. Kannst du mir verzeihen?»

Statt einer Antwort nahm nun auch Arnizzo seinen Bruder in die Arme und bat ihn, das Spottlied zu vergessen, das er auf ihn gesungen hatte.

«Was das betrifft», sagte Azzo mit einem etwas schiefen Lächeln, «bin ich ganz froh, daß ich für eine Weile aus Arziak fortbleiben muß», und damit meinte er wohl weniger das Lied selbst als den Gegenstand, von dem es gehandelt hatte.

Schließlich verabschiedete sich Azzo auch noch von Lauscher und sagte dabei: «Vielleicht gelingt es dir, deinen ehemaligen Schüler zur Vernunft zu bringen. Es sieht so aus, als hättest du ihn allzu früh aus der Lehre entlassen.» Dann stieg er auf sein Pferd und ritt zum Hoftor hinaus.

In dieser Nacht lag Lauscher noch lange wach und grübelte darüber nach, wie er Döli das Handwerk legen könne. Es war ja offenkundig, daß dieser Flöter auch durch die Gerichtsverhandlung nicht hatte zur Besinnung gebracht werden können, ja es schien, als habe ihn das Schwinden seines Einflusses nur noch aufsässiger gemacht. Lauscher begriff erst jetzt richtig, welche Aufgabe ihm Belarni zugedacht hatte. Nicht allein seine Kunst als Flöter war hier gefordert, sondern auch seine Verantwortung für das Spiel seines Schülers, dessen Lehre er nicht zu Ende gebracht hatte. Damals hatte er nichts anderes im Kopf gehabt, als so schnell wie möglich aus dem Umkreis Arnilukkas zu fliehen, und keinen Gedanken darauf verschwendet, was aus seinem Schüler werden würde, den er hier zurückließ. Dieser Entschluß hatte sich nun in mehrfacher Hinsicht als ein Fehler erwiesen, dessen Folgen vor ihm lagen wie ein verfilzter Knäuel, den zu entwirren fast hoffnungslos schien. Er fühlte wieder diese Wut in sich hochsteigen, die ihn nach der Gerichtsverhandlung dazu getrieben hatte, dieses zähe Gespinst mit Gewalt zu durchhauen. Auf solche Weise, das wußte er nun, ließ sich dieser unlustige Flöter wohl aus Arziak vertreiben. Aber was war damit erreicht? Er würde dann anderswo noch bösere Lieder spielen.

«Was ist da zu tun, Zirbel?» sagte er in seiner Ratlosigkeit. «Ich habe wenig

Hoffnung, mit diesem Döli auf eine Weise fertig zu werden, daß ihm seine Spottlieder ein für allemal vergehen.»

«Sollst du denn mit ihm fertig werden?» fragte der Zirbel. «Du sagst das, als hättest du alle Hoffnung aufgegeben, daß dieser Schüler nicht doch noch etwas hinzulernen könne. In diesem Falle wäre es freilich das Beste, ihn gleich zu erschlagen, denn dies ist die einzige Art, wie man mit einem Menschen ein für allemal fertig werden kann.»

«Das ist doch nicht dein Ernst!» sagte Lauscher erschrocken.

«Insoweit es dich betrifft, meine ich das durchaus ernst», sagte der Zirbel. «Ich versuche nur, das zu Ende zu denken, was sich aus deinen Worten schon heraushören läßt. ‹Fertig werden› und das auch noch ‹ein für allemal›! So erschlägt man Menschen mit Worten. Ist das die richtige Art, deine Versäumnisse als Lehrer nachzuholen? So lange jemand lebt, gibt es auch Hoffnung für ihn. Das solltest du doch am besten wissen.»

«Und wie, meinst du, soll ich nun den abgebrochenen Unterricht fortsetzen?» fragte Lauscher.

«Jedenfalls nicht, indem du seine eigenen Spottlieder wie einen Knüppel benutzt, um auf ihn loszuschlagen. Merkst du denn nicht, daß du dich damit zu seinem Schüler machst? Da wüßte ich schon einen besseren Lehrer für dich.»

«Wen denn?» fragte Lauscher.

«Diesen Mäuserich ‹Der-die-Hoffnung-nicht aufgibt›», sagte der Zirbel, und dann war kein Wort mehr aus ihm herauszubringen.

Es zeigte sich bald, daß Döli sein aufsässiges Flötenspiel nicht aufzugeben gedachte. Freilich war seine Anhängerschaft beträchtlich zusammengeschmolzen; denn der Tod Urlas, die jedermann in Arziak hoch geachtet, wenn nicht gar geliebt hatte, war manchen wie ein heilsamer Schock in die Glieder gefahren, und Dölis Verhalten bei der Gerichtsverhandlung war auch nicht dazu angetan gewesen, seine Stellung in Arziak zu festigen. Doch es gibt auch immer wieder Leute, die offenbar eine solche Art von Aufsässigkeit benötigen, um ihr Selbstgefühl zu stärken, und so zogen auch jetzt noch einige der Reiterjunker in ihrem bunten Flitter mit Döli durch die Gassen, und es gab auch noch ein paar von den Goldschmiedesöhnen, die das als Aufforderung verstanden, ihre Klunker und Ketten spazierenzutragen und den Leuten zu zeigen, daß sie auch noch da waren und auf ihre Rechte zu pochen wußten.

Arnizzo bekam also zu tun. Sobald ihm zu Ohren kam, daß dergleichen im Gange war, fand er sich auch schon ein und versuchte die Streithähne auseinanderzuhalten. Leicht war das nicht für ihn, denn die Junker, mit denen er früher geritten war, behandelten ihn wie einen Abtrünnigen, ja wie einen Verräter, und Döli begann nun Spottlieder auf diesen Weichling zu spielen, der sich vor jedem Aufblitzen eines Krummschwerts schon fürchtete. «Was wollt ihr», sagte er zu seinen Kumpanen, «er ist eben kein reinblütiger Steppenreiter. Seine Mutter mag zwar eine Enkelin Arnis sein, aber der war ja wohl auch so ein verrückter Träumer, der kein Blut sehen konnte.» Und bei den Goldschmiedesöhnen erging es Arnizzo nicht viel besser, denn zu ihnen gehörte er schon gar nicht. «Man hat ja bei seinem Bruder gesehen, wie es sich mit diesen Mischblütigen verhält», wurde bei ihnen gesagt. «Wenn's drauf ankommt, geben sie klein bei und lassen uns im Stich.»

Merkwürdigerweise gelang es Arnizzo dennoch, einstweilen jede Handgreiflichkeit zu verhindern. Das mochte seinen Grund darin haben, daß allein sein Anblick genügte, um den buntgewandeten Burschen das Bild in Erinnerung zu rufen, wie Urla der für ihn bestimmte Dolch in den Rücken fuhr, aber es lag wohl auch daran, daß sich nicht mehr alle Leute in ihren Häusern verkrochen, wenn Junker und Goldschmiede draußen herumstolzierten. Es gab jetzt schon einige Männer, die ruhig auf offener Straße stehenblieben und wie zufällig eine Axt oder einen Schmiedehammer in der Hand hängen hatten. Sie standen nur da und schienen sich nicht weiter um das Treiben der buntzopfigen oder klunkerbehängten Herren zu kümmern, aber ihre Anwesenheit trug doch dazu bei, daß es bei Spottworten und dem bißchen Geflöte blieb. Arnizzo hatte sie durchaus nicht zu solchem Verhalten ermuntert oder sich gar eine Art Hilfstruppe unter ihnen angeworben. Sie taten dies offenkundig von sich aus, mochte da einer denken, was er wolle.

Lauscher saß inzwischen auf den Stufen unter dem Vordach von Arnilukkas Haustür und flötete vor sich hin. Nach allem, was sie von ihm nach der Gerichtsverhandlung zu hören bekommen hatten, waren die Leute zunächst zusammengelaufen, sobald er sich mit seiner Flöte zeigte, und hatten wohl ein neues Spektakel erwartet, doch viele wendeten sich bald enttäuscht ab, unter ihnen auch ein paar aus der Goldschmiedezunft, die gemeint hatten, daß es Döli nun wieder ans Leder gehen würde. Es waren ganz gewöhnliche Lieder, die Lauscher spielte, einfache Melodien, die er bei Berghirten gehört hatte oder von Fischermädchen an einem See, traurige und auch fröhliche Melodien, obwohl ihm selbst gar nicht so fröhlich zumute war. Doch mit der Zeit fand er selbst wieder Spaß daran, zumal wenn Arnilukka unter die Tür trat und ihm zuhörte. «Jetzt spielst du wieder wie damals, als du zum erstenmal hier bei uns im Hause warst», sagte sie. «Ich dachte schon, du hättest all deine alten Lieder vergessen.»

«Es ist so viel Schreckliches geschehen seither», sagte Lauscher. «Wie hätte ich da dergleichen Liedchen spielen sollen?»

«Dazu bist du ein Flöter», sagte Arnilukka. «Wenn andere Leute in Gefahr geraten, die Hoffnung zu verlieren, mußt du ihnen in Erinnerung rufen, wie schön das Leben trotz allem ist.»

Er blickte zu ihr auf und sah, wie ihre schwer zu beschreibenden Augen noch immer dunkel waren vor Trauer um ihre Tochter, und doch oder vielleicht gerade deshalb erschienen sie ihm so schön und voller Leben, und das Herz wurde ihm warm vor Freude, daß diese Frau neben ihm stand und so zu ihm sprach. Es klang wie eine Bestätigung seiner Gedanken, als Arnilukka sagte: «Ja, Lauscher, du solltest so spielen, auch wenn unser Kind jetzt tot ist. Spiel für mich das Lied von Schön Agla, die gelacht hat, als der Grüne sie zu sich in den See hinabziehen wollte.»

Er spielte es für sie und spielte es auch in den nächsten Tagen immer wieder und noch viele andere Lieder, die ihm jetzt wieder einfielen. Ein Kreis von Zuhörern war ihm geblieben, ja er vergrößerte sich mehr und mehr: Das waren die Kinder. Sobald der Ton seiner Flöte über den Platz klang, sammelten sie sich um ihn, einige setzten sich auch neben ihn auf die Stufen und fragten ihn nach dieser oder jener Melodie, die sie von ihm schon einmal gehört hatten. Mit der Zeit brachte er ihnen auch die Texte dazu bei, und bald konnte man überall in Arziak hören, wie die Kinder Lauschers Lieder sangen. Hie und da kam es jetzt sogar vor, daß auch ein paar erwachsene Leute bei ihm stehen blieben und ihm zuhörten, und einmal sagte einer: «So hat hier schon lange keiner mehr gespielt, seit der Lustige Flöter sich zu den Reiterjunkern geschlagen hat.»

So kam es, daß Lauschers Musik in ganz Arziak erklang, ohne daß er sich auch nur einen Schritt von der Schwelle des Hauses entfernte. Die meisten Leute hatten nichts dagegen einzuwenden, nur Döli wurde wütend, sobald er irgendein Kind eines dieser Lieder singen hörte. Er fuhr dann mit schrillen Flötentönen dazwischen, doch da er nicht ständig und vor allem nicht überall zugleich auf seiner Flöte blasen konnte, wurde er dieses Ansturms von Lauschers Musik nicht Herr, und das machte ihn noch wütender.

Eines Tages, als Lauscher wieder einmal inmitten eines Kreises von Kindern auf der Schwelle saß und ihnen eben ein neues Lied vorblies, kam Döli mit seinen Freunden auf den Platz geritten und veranstaltete ein derart wüstes Konzert, daß Lauscher seine Flöte absetzte und sagte: «Kannst du nicht woanders hinreiten, wenn du schon eine so scheußliche Musik machen mußt? Bei mir hast du das jedenfalls nicht gelernt, was du da pfeifst. Oder stört es dich, wenn wir hier unsere Lieder singen?»

«Ja», sagte Döli, «dieser Kinderkram stört mich ganz gewaltig. Nirgends kann man mehr hingehen, ohne daß einem dieses Gedudel die Ohren beleidigt. Sogar nachts, wenn man schlafen will, quäkt noch irgendwo eine Kinderstimme diesen Singsang.»

«Ich mache meine Musik, und du machst deine Musik», sagte Lauscher. «Was ist daran so Besonderes? Auf dem Markt von Draglop kannst du ein halbes Dutzend Spielleute hören, ohne daß sie einander ins Gehege kommen. Es wird hier doch noch Raum für zwei Flöter geben.»

«Nein», sagte Döli. «Hier ist nur Raum für einen, und der war bisher ich. Deshalb habe ich auch das Recht, dich zu einem Wettkampf herauszufordern.

Man wird schon sehen, wer der bessere ist, und der andere soll dann den Platz räumen.»

«Und wann soll dieses fabelhafte Ereignis stattfinden?» fragte Lauscher.

«Ich lasse dir ein bißchen Zeit zur Vorbereitung», sagte Döli gönnerhaft. «Sagen wir: heute in drei Tagen hier auf diesem Platz.»

«Ich will mir's überlegen», sagte Lauscher. «Du wirst dann ja sehen, ob ich mich einfinde.»

Nach dem Abendessen erzählte er Belarni von Dölis Herausforderung. «Was meinst du?» fragte er. «Soll ich darauf eingehen?»

Belarni wiegte den Kopf und sagte: «So eine Herausforderung ist eine ernste Sache, und diese in ganz besonderer Weise. Wenn du dich ihr nicht stellst, wird Dölis Ansehen in Arziak steigen und damit auch sein Einfluß. Das wollen wir doch beide nicht. Hast du Angst, daß du ihm unterliegen könntest?»

Lauscher lachte kurz auf, wurde dann gleich wieder ernst und sagte: «Das ist es nicht, was mich zögern läßt. Aber Angst habe ich schon, nämlich davor, daß mich wieder die Wut packt, wenn ich seine aufsässigen Lieder höre.»

«Das wäre vielleicht nicht das schlechteste», sagte Belarni schmunzelnd, doch da mischte sich Arnilukka ein, die bisher schweigend bei ihnen gesessen hatte, und sagte: «Manchmal bricht bei dir doch noch der alte Beutereiter durch, Belarni! Damit wäre keinem geholfen, wenn er diesen Döli noch mehr in Wut bringt.» Dann schaute sie Lauscher an und fuhr fort: «Ich werde in deiner Nähe sein, wenn du zu diesem Zweikampf antrittst.»

Da blickte Lauscher ihr in die Augen und sagte: «Das wird so sein, als trüge ich noch Arnis Stein auf der Brust. Ich werde diese Herausforderung annehmen.»

Lauscher traf keinerlei Vorbereitungen, wie sie Döli ihm nahegelegt hatte, sondern hockte weiterhin auf der Treppe vor dem Haus und blies seine Lieder, umringt von den Kindern, die ihm mit glänzenden Augen zuschauten und in manche seiner Melodien mit ihren frischen, ein bißchen grellen Stimmen einfielen. So saß er auch noch am Abend vor dem Wettkampf und beobachtete seine Zuhörer, wie sie von seinen Liedern gepackt wurden und völlig selbstvergessen in den sinkenden Abend sangen, und plötzlich spürte er, daß er die Macht besaß, diese barfüßigen, von den wilden Spielen des Tages ziemlich schmutzigen Kinder zu jeder Stimmungsregung zu verzaubern, die ihm eben in den Sinn kam. Widerstandslos gaben sie sich den Tönen seiner Flöte hin, und er entsann sich jener Kinderschar, die er damals mit seinen Melodien aus den Mauern von Draglop herausgelockt hatte, um sie nach seiner Pfeife tanzen zu lassen, bis die Verfolger herangeritten kamen und den Zauber zerbrachen. Er sah wieder die leeren Augen dieser von ihm auf solche Weise ins schutzlose flache Land Verführten, sah diese kleinen, hilflosen Gestalten erschöpft in den Staub des Weges sinken und fühlte wieder die Angst in sich hochsteigen, die ihn damals gepackt und gezwungen hatte, sein Pferd jäh zu wenden und davonzupreschen zu einer polternden Flucht vor diesen abgestorbenen Gesichtern, aus denen ihm eben noch fiebrige Begeisterung entgegengeleuchtet hatte.

Das Lied, das seine Finger währenddessen wie von selbst weitergespielt hatten, entglitt ihm mitten im Aufschwung der Melodie, der Gesang der Kinder stockte, verwirrte sich, nur einem kleinen, strubbelhaarigen Mädchen gelang es noch, mit dünner, piepsiger Stimme die Strophe zu Ende zu singen. «Geht nach Hause!» sagte Lauscher. «Ich bin müde.»

Er wurde dieses Bild der von ihm verführten Kinder von Draglop nicht los, nicht während er schweigend beim Abendessen saß und kaum etwas über die Lippen brachte, und erst recht nicht, als er schließlich auf seinem Bett lag und auf das in der Dunkelheit kaum wahrnehmbare Muster der geschnitzten Deckenbalken starrte.

«Hast du jetzt endlich begriffen, was du hier mit diesen Kindern treibst?» sagte der Graue. Sein farbloses Gesicht hing irgendwo über ihm in der Finsternis und blickte auf ihn herab.

«Sind sie nicht meine Freunde und lieben meine Musik?» sagte Lauscher in einem schwachen Versuch, das zu bewahren, was er bisher empfunden hatte, wenn die kleinen Sänger seine Flötenmelodien aufnahmen, bis er sich getragen fühlte vom Chor ihrer dünnen, schwankenden Stimmen.

«Freundschaft! Liebe!» sagte der Graue mit einer Grimasse, als spucke er das faule Kerngehäuse einer überreifen Frucht aus, die er wegen ihrer Süße verheißenden Schale angebissen hatte. «Was sind das schon wieder für Wörter! Laß morgen einen kommen, der anders spielt und sein Geschäft dabei genauso gut versteht wie du, und sie werden wie gebannt an seiner Flöte hängen und seine Lieder singen. Du träumst dir noch immer etwas zusammen, das es nicht gibt. Jeder Mensch versucht auf seine Art, Macht über andere zu gewinnen, der eine mit dem Schwert, der andere mit Gold und du mit deiner Flöte. Wo liegt da der Unterschied? Du betrügst dich doch nur selbst, wenn du das Freundschaft oder gar Liebe nennst, daß diese dreckigen Bälger deine Lieder nachplärren.»

«Morgen wird einer kommen, der anders spielt als ich», sagte Lauscher, «und ich werde zum Wettkampf gegen ihn antreten müssen.»

«Willst du, daß er gewinnt, dieser Döli?» fragte der Graue.

«Nein», sagte Lauscher.

«Siehst du!» sagte der Graue. «So gefällst du mir schon besser. Im Grunde weißt du doch ganz genau, wie du mit diesem Lustigen Flöter fertig werden kannst. Nicht einmal ausgelernt hat er bei dir! Willst du dich als Meister von einem unfertigen Schüler übertrumpfen lassen? Du kannst ihn in Grund und Boden spielen, wenn du dich endlich dafür entscheidest, deine Flöte auf die einzig richtige Art zu benutzen. Verlaß dich drauf!»

Damit verblaßte das Gesicht des Grauen. Lauscher meinte noch eine Zeitlang, dessen vagen Umriß zu erkennen, doch dann merkte er, daß er auf eine in den

Deckenbalken geschnitzte Fratze starrte, die sich in der steigenden Morgendämmerung immer deutlicher abzeichnete.

Er fühlte sich übernächtigt und zerschlagen, als er nach dem Frühstück unter die Tür trat und auf den weiten Platz hinausblickte, auf dem sich schon Leute eingefunden hatten, um dem Wettkampf beizuwohnen. Die Spätsommersonne stand erst einige Handbreit über den schindelgedeckten Dächern am tiefblauen Himmel und stach doch schon mit solch fiebriger Hitze herab, daß Lauscher der Gedanke durch den Kopf schoß: Heute abend gibt es ein Gewitter. Einstweilen zeigten sich jedoch noch keine Wolken, wenn auch die Schwalben recht tief zwischen den weißgekalkten Häusermauern dahinpfeilten.

Inzwischen füllte sich der Platz immer mehr, Männer und Frauen standen in Gruppen zusammen und besprachen die Aussichten der beiden Flöter, die hier gegeneinander antreten sollten, und dazwischen trieben sich die Kinder herum, liefen einander nach oder tanzten Ringelreihen zu einem von Lauschers Liedern, als wollten sie ihn in die rechte Stimmung zu diesem Wettstreit versetzen. Doch eine solch wohlgemute Stimmung wollte sich bei ihm nicht einstellen. Waren diese kleinen Gestalten dort unten, fragte er sich, wirklich nur willenlose Figuren, die er mit seinen Melodien zum Tanzen gebracht hatte?

Er fand keine Zeit, dieser Frage länger nachzuhängen, denn nun kam Döli mit seinen buntbezopften Freunden auf den Platz geritten. Es waren alles in allem etwa ein Dutzend Junker, die auf ihren nervös tänzelnden Rossen vor den Zuschauern paradierten, ehe sie aus dem Sattel stiegen und ihre Pferde an einen Zaun banden. Dann ging Döli mit leicht wippenden Schritten in die Mitte des Platzes, wendete sich seinem Widerpart zu und rief: «Ich habe diesen Flöter namens Lauscher zum Wettkampf herausgefordert, damit sich endlich herausstellt, wer hier in Arziak das Recht haben soll, zu flöten wo und wann er will. Ihr alle, die ihr hier versammelt seid, sollt die Kampfrichter sein, und am Ende soll jener von uns beiden gewonnen haben, dem es gelungen ist, die meisten Zuhörer um sich zu versammeln. Bist du bereit, Lauscher?»

Lauscher hatte sich wie gewohnt auf den Stufen niedergelassen, und neben ihm unter dem Vordach stand Arnilukka, während Belarni und Arnizzo ein Stück von ihnen entfernt an der Hausmauer lehnten. Auf Dölis Frage hin stand Lauscher langsam auf und sagte: «Mir ist es recht, wenn wir endlich anfangen. Heute wird ein heißer Tag werden.»

«Darauf kannst du dich verlassen!» sagte Döli, der diese Äußerung wohl nicht nur auf das Wetter bezogen hatte. «Ich habe dich herausgefordert, also kommt dir das Recht zu, als erster zu spielen.»

Lauscher blickte hinüber zu Arnilukka und tauchte noch einmal ein in das geheimnisvolle Kraftfeld ihrer Augen, und während er sich schon wieder völlig eingesponnen fühlte von den farbenschimmernden Wellenkreisen aus Blau, Grün und Violett, setzte er seine Flöte an die Lippen und spielte das Lied von Schön Agla. Er setzte ein mit der schlichten Melodie, die ihm das Fischermädchen damals vorgesungen hatte, doch schon von der zweiten Strophe an begann er von dieser Tonfolge abzuweichen, so wie es ihm das Bild eingab, das immer deutlicher vor seine Augen trat: der vor den fernen, blaudunstigen Waldhängen ausgebreitete See, auf dessen leicht bewegter Oberfläche sich flimmernd die Sonne spiegelte, nach dem Ufer zu emporsprießende, mit schräg abgewinkelt herabhängenden schmalen Blattfahnen geschmückte Schilfhalme, die sich zu einem dichten, dunkelgrünen Gürtel zusammenschlossen, und dazwischen ein offener Durchlaß zum Wasser, in dem ein Plankensteg auf algenbehangenen Pfosten in den See hinauslief, und im Schatten des Holzwerks huschten winzige Fische über den kiesigen Grund, deren Schuppen bei jeder Drehung perlmutterfarben aufschimmerten. Dann verdüsterte sich der eben noch so heiter ausgespannte Himmel, Nacht fiel herein, und zugleich näherte sich vom Land her ein Zug klagender Weiber in schwarzen Gewändern und auch von einigen Männern, die mit verbissenen Mienen ein gleichfalls schwarzgekleidetes Mädchen vor sich hertrieben. Er sah das Gesicht dieses Mädchens vor sich, kalkweiß wie das seiner Tochter, als sie sterbend in Arnilukkas Schoß gelegen hatte, aber die Augen dieses Mädchens hier blickten starr vor Entsetzen, und ihre Wangen waren naß von Tränen, und dann stießen die Männer das Mädchen in den See, immer weiter und tiefer, bis nur Kopf und Brust noch aus dem Wasser ragten, das nicht nur um die Körper dieser Menschen aufgestört schwappte, sondern zugleich von unten her zu brodeln begann, bis die Oberfläche weithin zu kochen schien, und aus diesem brausenden Schwall hob sich das gewaltige Haupt des Grünen, umzottelt von fischigen Barteln, und seine wabbeligen Schwimmhände packten die Schreiende und zogen sie auf den Grund. Das Wasser glättete sich sehr rasch, nur ein paar Wellenringe umzirkelten noch die Stelle, an der beide untergetaucht waren.

Wieder lag der See ruhig und schimmerte jetzt rötlich unter einer tief stehenden Sonne. Weit draußen sah man einen Kahn liegen, in dem Fischer damit beschäftigt waren, ihre Netze einzuholen, und die Silhouette ihres Kahns wie auch jede ihrer Bewegungen spiegelten sich unter ihnen im Wasser wider. Dann legten sie ihre Riemen aus und ruderten an Land, und während der Kahn samt seinem Gegenbild darunter wie ein Krebs langsam auf das Ufer zukroch, berührte die blutrote Sonnen schon den See, warf noch eine lange, glutflackernde Lichtbahn über das Wasser und tauchte dann unaufhaltsam unter den Horizont.

Und schon näherte sich wieder dieser Zug der klagenden, schwarzgewandeten Weiber und jener Männer, doch diesmal brauchten sie ihr Opfer nicht anzutreiben; denn ihnen weit voraus tanzte ein Mädchen in schneeweißem Kleid über den Weg zum Wasser, und das Gesicht dieses Mädchens war fröhlich, seine braunen Augen blitzten vor Vergnügen, und als es ins Wasser hineinrannte, lachte es laut auf und sang:

Grüner,
Wassermann,
der uns Fische bringen kann,
lasse doch dein Trauern
nicht mehr länger dauern!
Wassermann vom grünen Grund,
küß Schön Agla auf den Mund!

und wieder begann das Wasser zu kochen und zu brodeln, wieder hob sich das
feucht glänzende, umbartelte Haupt des Grünen aus der Flut, doch das Mädchen
schrie nicht auf, sondern packte den Kopf dieses Wasserwesens rechts und links
bei den strähnigen Zotteln und küßte ihn mitten auf den Mund. Da ließ sie der
Grüne wieder frei, sprang mit einem ungeheuren Schwung hoch aus dem See, und
als er wieder in das Wasser zurückplatschte, schoß eine Fontäne zum Himmel, als
wolle der ganze weite See bersten. Und während Schön Agla noch immer lachte,
schwamm der Grüne weit hinaus und sang:

Agla,
schönes Kind,
lang war ich vor Trauer blind,
doch jetzt wird dein Lachen
froh mich wieder machen,
und nach Jammer, Ach und Weh
steigt nun Leben aus dem See.

Agla,
schönes Kind,
all' die deine Kinder sind
werde ich ernähren,
ihren Fang vermehren.
Deine Liebe und dein Kuß
machen, daß ich singen muß.

und so sang er noch lange weiter durch die Nacht, nur konnte man seine Worte
nicht mehr verstehen, weil er schon so weit hinausgeschwommen war und jetzt
wohl auch von der Schönheit seiner grünen, flutenden Welt sang, die nur
Wasserwesen ganz begreifen können. Mit dieser auf merkwürdige Weise ins
Ungreifbare hinausschwebenden Melodie schloß Lauscher sein Spiel und setzte
die Flöte ab.

Seine Zuhörer, vor allem jene, die von ihm bisher nicht viel mehr als seine Liedchen vernommen hatten, waren auf ein solch kunstvolles Spiel kaum gefaßt gewesen. Hingerissen hatten sie dieser Ballade gelauscht und dabei die Geschichte von dem schönen Fischermädchen vom grausig-düsteren Beginn bis zum fröhlichen Gelächter des Endes miterlebt. Manch einer wischte sich die Augen, und es war kaum zu entscheiden, ob noch Tränen der Erschütterung darin standen oder ob ihnen bei dem gewaltigen Platsch des Grünen vor Lachen das Wasser in die Augen gestiegen war. Alle hatten sich um Lauscher versammelt und spendeten ihm Beifall, nur Döli mit seinen Kumpanen war allein auf dem Platz zurückgeblieben. Das grämte ihn wohl ganz beträchtlich, denn er wartete nicht einmal ab, bis die Beifallsrufe verklungen waren, sondern begann mitten hinein mit seinem Flötenspiel.

Schon die ersten Töne klangen Lauscher wieder frech und ungebärdig im Ohr, doch in diesen aufkeimenden Widerwillen mischte sich auch ein Teil Verwunderung, ja fast Anerkennung darüber, wie dieser Flöter es verstand, die Motive der Ballade von Schön Agla aufzugreifen und ins Spöttische abzuwandeln, so daß jetzt alles komisch wirkte, was zuvor ernst geklungen hatte, und alles Fröhliche einen Zug ins Hinterhältige erhielt. Auch die anderen Zuhörer schienen das so zu empfinden. Einige von ihnen runzelten die Stirn und schüttelten den Kopf darüber, wie dieser Spottvogel mit ihren Gefühlen umging, die ihnen eben noch die Tränen in die Augen getrieben hatten, es gab aber auch genug andere, die unwillkürlich schmunzeln mußten über diese Version des Lustigen Flöters und näher zu ihm hingingen, damit ihnen keine Einzelheit von seinem Spiel entging.

Döli hatte dieses Vorspiel inzwischen zu Ende geführt, setzte jetzt seine Flöte ab und begann mit seiner hohen, ein wenig fettigen Stimme zu singen:

Die Mär von dieser Fischermaid
in ihrem hübschen weißen Kleid
hat euch wohl gut gefallen?
Das war so richtig was für's Herz,
ein bißchen Leid, ein bißchen Scherz,
sowas kommt an bei allen.
Doch ist das leider nur ein Trug,
ein Märlein für die Kleinen.
Habt ihr noch immer nicht genug
vom Kinderkram und seid so klug,
wie ihr sonst stets wollt scheinen?
Es ist zum Weinen!

Ich will euch also singen jetzt
ein andres Lied, wie es zuletzt
mag wirklich sein geschehen;
denn dieser alte Flöter dort,
das könnt ihr glauben mir aufs Wort,
hat's selber nicht gesehen.
Er lebte einst, wie man erzählt,
bocksfüßig bei den Faunen
und muß nun, das sei nicht verhehlt,
wenn nächtens ihn ein Traumbild quält,
solch krause Märchen raunen.
Es ist zum Staunen!

Die hübsche junge Fischermaid,
insoweit weiß ich schon Bescheid,
hat's wirklich wohl gegeben.
Sie war kein Kind von Traurigkeit,
war auch zu jedem Spaß bereit
und wollte lustig leben.
Doch diese Fischer dort am See
sind arm als wie die Eulen,
das ist so wahr wie ich hier steh,
auch gibt's dort keine gute Fee,
doch von der Arbeit Beulen.
Es ist zum Heulen!

Auch lebte dort ein reicher Graf,
ein bißchen fett, doch nicht sehr brav,
der schlief nicht gern alleine,
und da sein Schloß am Wasser stand,
hatt' er ein Boot dort auf dem Strand,
doch fischt' er nur zum Scheine.
Zeigt' sich ein Mädchen an dem See,
legt' er sich in die Ruder,
und tat sie wie ein scheues Reh,
versprach er ihr sogleich die Eh'.
Das war ein lust'ger Bruder,
doch auch ein Luder!

Hatt' er die Maid dann später satt
und wurde sein Gelüste matt,
dann ging er mit ihr fischen.
Um Mitternacht, wenn alles schlief
und dumpf im Rohr die Dommel rief,
konnt' sie ihm nicht entwischen.
Er ruderte zu jenem Platz,
wo tief die Aale hausen,
dort gab er ihr noch einen Schmatz
und sagte: Geh jetzt baden, Schatz!
Und mach mir keine Flausen!
Es war zum Grausen!

Die Fischermaid war nun gewitzt.
Sie hatt' längst auf den Graf gespitzt,
doch nicht nur auf sein Bette.
Als er sie in sein Schloß geführt',
da blieb sie völlig ungerührt
und legt' ihn an die Kette.
Sie tat ihm manche Freundlichkeit
des Nachts in seinen Zimmern,
doch als ihm länger ward die Zeit,
war sie zum Fischen nicht bereit,
so lang die Sterne schimmern.
Es war zum Wimmern!

So plagt' sie ihn bei Tag und Nacht,
bis manchen Schmuck er ihr vermacht'
und Gold in ganzen Haufen,
gab ihr auch viele Edelstein'
und auch sein Fischrecht obendrein,
nur um sich loszukaufen.
Da stieg die arme Fischermaid
vergnügt in ihren Nachen,
und wer von euch vergeht vor Neid,
ich sag's euch, ehe ich von euch scheid,
der sollt' es grad so machen.
Ist's nicht zum Lachen?

Während Döli seine Version der Ballade vortrug, war es drückend heiß geworden, und im Westen türmten sich schwarze Gewitterwolken, doch die Leute achteten kaum darauf, sondern sammelten sich um den Flöter, und bald mußte er kleinere Zwischenspiele einfügen, nicht so sehr, um eine neue Strophe vorzubereiten, als um die Zeit zu überbrücken, bis sich das aufbrandende Gelächter so weit gelegt hatte, daß er sich mit seinem Gesang wieder verständlich machen konnte. Selbst Lauscher wurde von dem Witz dieses Lustigen Flöters unversehens zum Lachen gebracht, bis ihm bewußt wurde, worüber er hier lachte, und dann packte ihn die Wut mit doppelter Gewalt, und das weniger deshalb, weil dieser Spottvogel sein Lied der Lächerlichkeit preisgab oder weil er selbst bei diesen Fischerleuten gewesen war und sich ihrer fröhlichen braunen Augen erinnerte, von denen man sagte, daß sie den Augen Schön Aglas glichen. Was ihn so wütend machte, war die Infamie, mit der es Döli darauf anlegte, alles zu entzaubern und zu zerstören, was dem Leben einen Sinn gab: Trauer und Freude, Vertrauen und Liebe, all das wurde hinweggespült von brüllendem Gelächter, und zurückblieb nichts als Bosheit, Hinterlist und Geldgier, und dieser heimtückische Flöter wußte das so gut in seinen Witz zu verpacken, daß er damit sogar ihn selbst übertölpelt hatte. In Grund und Boden muß man ihn spielen, diesen grinsenden Widerling, schoß es ihm durch den Kopf, während schon die roten Räder der Wut in seinem Hirn mühlten. Er sprang auf und setzte seine Flöte an den Mund, doch in den ersten Ton, den er über den Platz schon eher hinwegpfiff als -flötete, mischte sich ein zweiter, weit tragender Flötenklang, der ihn zwang, sein Instrument abzusetzen.

Zunächst wußte keiner zu sagen, woher dieser neue Flötenton kam, bis dann am anderen Ende des Platzes ein hagerer, ein wenig schlaksiger Spielmann mit weißblondem Haar zwischen den Häusern hervortrat und langsam auf die Leute zuschritt, die sich um Döli drängten. Er blies auf einer silbernen Flöte, doch was das für eine Musik war, läßt sich kaum beschreiben. Lauscher war zumute wie damals nach seiner atemlosen, angstgehetzten Flucht durch das Dickicht der Wälder von Barleboog, als der knüppelschwingende Stumme seine Kreise um ihn ritt und dann plötzlich der Sanfte Flöter aus dem Gebüsch hervorgetänzelt war und auf dieser silbernen Flöte gespielt hatte. Seine Wut war wie weggeblasen, ja er erinnerte sich nur noch mit Verwunderung, daß er hier in einen Wettstreit verstrickt gewesen war, dessen Sinn er schon nicht mehr begreifen konnte unter der Musik dieses Flöters, der es überhaupt nicht darauf anlegte, mit seiner Kunst zu prunken oder gar einen anderen in Grund und Boden zu spielen. Immer neue Ordnungen von Tönen entfalteten sich da wie Blumen, und wenn man meinte, nun sei das Gebäude vollendet, dann zeigte sich, daß dies nur eine Knospe gewesen war, aus der schon wieder neue Gebilde hervorbrachen und noch weitere, ungeahnte Möglichkeiten dieser Vielfalt verhießen. Es war das Leben selbst, was dieser Flöter spielte, Heiterkeit und Ernst, Trauer und Freude, Verzweiflung und Hoffnung, Haß und Liebe, all das in einem einzigen, untrennbar ineinander verknüpften Gewebe, daß man zugleich weinen und lachen wollte vor der Schönheit dieser Musik, die Lauscher den Glauben daran zurückbrachte, daß dies alles keine zusammengeträumten Einbildungen waren, sondern Wirklichkeiten, die er erst jetzt allmählich zu begreifen begann.

Schließlich beendete dieser Flöter sein Lied auf eine Weise, die den Eindruck hinterließ, daß dies noch lange nicht alles sei, was hier zu hören gewesen war, sondern nur eine Vorahnung dessen, was er eigentlich hatte spielen wollen. Fast alle, die sich auf dem Platz befunden hatten, standen jetzt im Kreis um ihn, sogar Dölis letzte Reiterjunker. Nur dieser selbst war noch beiseite geblieben, aber er stand dort eher wie einer, der sich nicht näher zu kommen getraut, und jeder Zug von Aufsässigkeit war aus seiner Haltung gewichen.

Auch Lauscher war diesem Menschenauflauf ferngeblieben, doch das hatte, wie man weiß, andere Gründe. Er hatte alle Angst und Wut vergessen und fühlte sich leicht wie ein Vogel. Arnilukka stand noch immer neben ihm. «Schneefink ist zurückgekommen», sagte sie jetzt, «und er kam genau zur rechten Zeit.»

«Ja», sagte Lauscher. «Was waren wir doch für Narren!» Sie schauten einander in die Augen und lachten so herzlich, wie sie seit langem nicht mehr gelacht hatten. Jetzt brach endlich mit einem gewaltigen Blitz und unmittelbar darauf folgendem Donnerschlag das Gewitter los. Die Leute zerstreuten sich rasch und rannten zu ihren Häusern, während schon die ersten Tropfen fielen. Nur Döli ließ sich Zeit. Er stand noch unschlüssig auf dem Platz, als schon der Regen niederzurauschen begann, und kam dann herüber zum Haus der Erzmeisterin. Unter dem Vordach blieb er bei Arnilukka stehen und sagte: «Ich hatte völlig vergessen, wie das war, als du mir zum erstenmal das Flöten beigebracht hast, damals unter der Weide am Fluß, als ich noch ein kleiner Junge war und Angst hatte vor der Enge der Täler und der Dunkelheit der Wälder. Jetzt weiß ich es wieder und hoffe, daß ich es nie wieder vergessen werde.»

Arnilukka schaute ihm in die Augen und lächelte. «Das sind Dinge», sagte sie, «an die man sich von selbst erinnern muß. Es nützt nicht viel, wenn sie einem jemand anderes ins Gedächtnis zurückruft.»

Lauscher entsann sich jetzt nur noch der witzigen Art, in der Döli sein Lied vorgetragen hatte. «Du wirst doch wohl jetzt nicht damit aufhören, ein Lustiger Flöter zu sein?» sagte er.

Da lachte Döli und sagte: «Hat's dir also doch ein bißchen gefallen? Es würde meiner Natur zuwiderlaufen, anders zu spielen, aber ich muß wohl erst damit anfangen, mir meinen Namen wirklich zu verdienen, denn gar so lustig sind meine Lieder bisher gar nicht gewesen, wie mir scheint. Dein anderer Schüler hat dir da mehr Ehre eingebracht. Ich hoffe, du bleibst noch eine Weile in Arziak, damit ich meine Lehrzeit endlich abschließen kann.»

«Soweit sich dergleichen überhaupt abschließen läßt, will ich das gern versuchen», sagte Lauscher.

III

Auf diese Weise hatte sich Lauscher mit der Erledigung der einen Aufgabe gleich wieder eine neue eingehandelt, aber so geht es einem ja immer, daß man mit seinen Geschäften auf dieser Welt nie zu Ende kommt. Erstaunlicherweise ließ sich Döli jetzt all die Liedchen vorspielen, die ihn früher so irritiert hatten; besonders die lustigen hatten es ihm angetan, und er verstand sie bald mit solchem Witz vorzutragen, daß jetzt ihm die Kinder nachzulaufen begannen.

Auch Schneefink war noch in Arziak geblieben, allerdings spielte er nur selten und dann auf seiner Holzflöte, kleine Improvisationen, die wie herausgelöste Muster aus dem vielfarbigen Teppich von Tönen klangen, den er bei seinem ersten Auftreten ausgebreitet hatte. Obgleich das eine völlig andere Musik war als jene des Lustigen Flöters, schienen beide einander gut zu verstehen und die Eigenart des anderen zu schätzen.

Als die drei Flöter eines Abends mit Belarni und Arnilukka in der Stube beieinandersaßen, erzählte Schneefink, wie es ihm auf seiner Reise ergangen war. Erst dabei stellte sich heraus, daß er durchaus nicht zufällig nach Arziak zurückgekommen war. Wie er vorgehabt hatte, war er zunächst eine längere Zeit bei den Fischern am Braunen Fluß geblieben. Später war er dann weiter flußabwärts geritten bis nach Falkenor, hatte als Gast im Großen Haus beim Meister der Töne gelebt und mancherlei von ihm gelernt, etwa die Kunst, wie man aus fünf Tönen ein Tor errichtet, durch das man eintritt in die unendlich vielfältige Welt dessen, was man von sich selbst nicht weiß. «Man erfährt dabei ungeheuerliche Dinge», sagte er. «Schreckliche Abgründe tun sich da auf, aber später lernt man zu erkennen, daß dort auch Kräfte schlummern, die einem helfen, die Leere dieser Abgründe bis an den Rand aufzufüllen mit Bildern und Klängen, die einem eine Vorahnung davon geben, was Leben wirklich bedeutet.»

«Als ich in meiner Jugend dort war», sagte Lauscher, «sind mir diese fünftönigen Melodien immer zerbrochen.»

«Das braucht dich nicht zu verwundern», sagte Schneefink lächelnd. «Du warst nur kurze Zeit im Großen Haus von Falkenor, vor allem aber warst du in einer bestimmten Absicht dort, die dich ständig vom Eigentlichen abgelenkt hat. Ich habe neun Jahre dort verbracht, und erst im letzten ist es mir gelungen, eine solche Melodie aus fünf Tönen zu spielen.»

«Hast du auch von Narzias Falkenschmuck berichtet?» fragte Lauscher.

«Ja», sagte Schneefink. «Gleich zu Anfang, als der Großmagier mich empfing, habe ich ihm davon erzählt. Er war der zweite Nachfolger jenes Mannes, dem du damals in diesem Amt begegnet bist, aber er wußte genau über den Ring und die Kette Bescheid, obwohl zu dieser Zeit keiner der Magier mehr am Leben war, die du damals dort getroffen hast. Ich soll dir in seinem Namen danken, daß du dich dieser Dinge auf die richtige Weise bedient und sie danach so gut verwahrt hast.

Und er bat mich, falls ich dich je wieder treffe, dir eine Botschaft auszurichten. ‹Sage ihm›, trug er mir auf, ‹wenn einer in die Irre geht, dann heißt das noch lange nicht, daß er nicht auf dem richtigen Weg ist.› Mir erschien diese Botschaft damals ziemlich absurd, aber später begann ich ihren Sinn allmählich zu begreifen.»

«Dann kann ich ja noch Hoffnung hegen», sagte Lauscher, «daß ich sie eines Tages auch verstehen werde; denn vorderhand weiß ich nur, daß ich ständig in die Irre gegangen bin.»

Schneefink ließ das auf sich beruhen und erzählte, wie er später noch weiter nach Süden gezogen war und allerlei seltsame Erlebnisse gehabt hatte, die jedoch nicht mehr zu dieser Geschichte gehören. «Im vergangenen Jahr», berichtete er, «bin ich dann wieder nach Norden geritten. Den Winter habe ich bei den Fischern am Braunen Fluß verbracht und bin auch noch bis in den Sommer hinein bei ihnen geblieben. Eines Tages kam dann ein Mann ins Dorf geritten und fragte, ob man Arbeit für einen Fischerknecht habe. Er sah mir von Anfang an nicht aus wie ein Fischer, denn er saß im Sattel wie einer, der seit seiner Kindheit mit Pferden umgegangen ist. Zunächst hielt ich ihn seinem Aussehen nach für einen versprengten Beutereiter, auch wenn er keine Schläfenzöpfe trug und nicht so gekleidet war; doch dergleichen läßt sich ja leicht ändern. Obwohl er nicht sagen wollte, woher er kam und warum er allein unterwegs war, nahmen ihn die Fischer auf und gaben ihm Arbeit. Erst als ich eines Abends ein bißchen auf meiner Flöte gespielt hatte, kam er zu mir und sagte mir seinen Namen. Auf diese Weise bin ich eurem Sohn Azzo begegnet, und als ich von ihm erfahren hatte, was in Arziak geschehen war, schien mir, daß hier vielleicht ein Flöter gebraucht werden könnte, und ich machte mich gleich am nächsten Tag auf den Weg.»

Als Lauscher später in seiner Schlafkammer lag, dachte er noch immer über Schneefinks Erzählung nach, vor allem auch über die Botschaft, die ihm der Großmagier, der ihm vermutlich noch nie begegnet war, hatte ausrichten lassen. Was wußte dieser Mann von ihm? Nur die Dinge, die ihm sein Vorgänger vielleicht weitergegeben hatte, jene Geschichte von einem Jungen, der die Macht seiner Flöte erproben wollte und dabei auf Abwege zu geraten drohte? Hatte ihm das genügt, um dem alten Mann, der früher einmal dieser Junge gewesen war, diese Botschaft zu übermitteln? Oder hatte man im Großen Haus von Falkenor schon im voraus gewußt, welche Umwege dieser Junge weiterhin noch einschlagen würde? Und was sollte dann die zweite Hälfte dieses Satzes bedeuten? Lauscher wußte viel zu genau, was er in seinem Leben alles hätte anders anfangen sollen, als daß er in dem Bewußtsein hätte leben können, auf dem richtigen Weg zu sein. Er hatte es nicht einmal geschafft, seinen lustigen Schüler zur Besinnung zu bringen. Das war erst Schneefink geglückt, nachdem er offenbar in großer Eile den langen Weg vom Braunen Fluß und über's Gebirge nach Arziak heraufgeritten war. Ließ das nicht darauf schließen, daß er ihm nicht die Kraft zugetraut hatte, diese Aufgabe zu bewältigen?

Eigentlich war er sich schon in den vergangenen Tagen immer überflüssiger vorgekommen. Seine beiden Schüler behandelten ihn zwar mit jener freundlichen Ehrerbietung, die ein Meister seinem alten Lehrer entgegenbringt, bei dem er die ersten Gehversuche in seiner Kunst unternommen hat, doch er wußte nicht, was sie jetzt von ihm noch hätten lernen sollen. Sie überraschten ihn immer wieder mit neuen Einfällen und bewiesen ihm damit, ohne daß sie es darauf angelegt hätten, jeder auf seine Art eine solch eigenständige Fertigkeit, daß ihm nur noch die Rolle eines bewundernden Zuhörers blieb und nicht jene eines Lehrers, der sie zu noch höheren Leistungen hätte führen können.

«Was soll ich hier noch, Zirbel?» sagte er. «Die Jungen kommen auch ohne mich aus.»

Der Zirbel kicherte hölzern, als er das hörte, und sagte: «Sie machen dich wohl neidisch mit ihren Flötenkünsten?»

«Ich weiß nicht, ob man das Neid nennen kann, was ich empfinde», sagte Lauscher. «Jedenfalls komme ich mir vor wie ein alter Dorfmusikant, dem zwei durchreisende Spielleute zeigen, was er mit seinem Instrument alles hätte anfangen können; doch inzwischen sind meine Finger zu steif geworden, und ich spüre immer deutlicher die Grenzen meiner Vorstellungskraft. Die beiden haben mich überholt mit ihrer Kunst, und ich bin hoffnungslos hinter ihnen zurückgeblieben.»

«Hoffnungslos?» sagte der Zirbel, und es war seiner knarrenden Stimme anzumerken, daß er dieses Wort zutiefst verabscheute. «Hast du denn vergessen, daß sie deine Schüler waren und ohne deine Hilfe ihre Meisterschaft nie erreicht hätten?»

«Was habe ich ihnen denn schon beigebracht?» sagte Lauscher. «Ein paar Fingerübungen und Läufe. Das, worauf es eigentlich ankommt, die Kühnheit der Vorstellung, den Witz der Gedanken, all das haben sie aus sich selbst.»

«Nur könnten sie es nie zum Ausdruck bringen, wenn du sie nicht die strenge Disziplin des Spiels gelehrt hättest», sagte der Zirbel. «Sollte es dich nicht freuen, daß jeder auf seine Art ein großer Künstler geworden ist?»

«Natürlich freut mich das», sagte Lauscher, «aber ich bin auch traurig, daß ich mit ihnen nicht mehr Schritt halten kann. Mit meinem Verdienst als Lehrer wird es dann wohl auch nicht so weit her sein.»

Jetzt wurde der Zirbel ernstlich ungehalten. In seinem hölzernen Leib knackte es, als wolle er sich noch enger zusammenziehen, und er sagte: «Muß man dir denn alles erst kleinweise ins Hirn hämmern, du begriffsstutziger Tropf? Was kann denn ein Lehrer schon taugen, dem seine Schüler nicht über den Kopf wachsen? Gerade darin muß doch seine Hoffnung liegen, daß sie dem vollkommenen Spiel wieder ein Stück näher kommen, das er selbst nie erreicht hat und das niemand auf dieser Welt je erreichen wird, weil er dann nicht mehr wüßte, was er mit seinem Leben noch weiter anfangen soll. Sei doch zufrieden damit, daß du diese beiden

Burschen auf den Weg gebracht hast, statt nur auf das zu starren, was du selber nicht erreichen konntest! Es ist schon eine Last mit euch Menschen! Immer treibt es euch weiter, weil ihr meint, ihr müßtet euch das aus eigener Kraft zusammenraffen, was man nur geschenkt bekommen kann.»

* * *

Lauscher wurde dennoch von seiner Unruhe weitergetrieben, wenn auch nicht mehr so weit hinaus in die Fremde. Aber es drängte ihn jetzt doch zurück ins Flachtal, damit er in der Waldhütte endlich wieder ein bißchen an seiner Drechselbank werkeln konnte. Bevor er sich jedoch auf den Weg machte, wollte er seine Enkelin Rikka sehen, der Urla ihren Stein vermacht hatte, und er bat Arnilukka, mit ihm hinüber zur Schmiede zu gehen, damit ihn unter offenem Himmel nicht wieder die Angst überfiel.

So führte Arnilukka den alten Flöter über den weiten Platz, und unter der Berührung ihrer Hand und dem Blick ihrer Augen vergaß er fast die Beklemmung, die sich bei den ersten Schritten wieder auf sein Herz gelegt hatte. Er dachte daran, wie seine Tochter Urla hier gestorben war, und es schien ihm jetzt, daß sie damit die Verheißung des Steins erfüllt hatte; denn alles, was seither an dieser selben Stelle geschehen war, hatte sich inzwischen als eine Antwort herausgestellt auf ihre Sehnsucht nach Frieden und Liebe, die sie auf den Platz zu den streitenden Brüdern hinausgetrieben hatte.

Der Schmied empfing sie unter der Tür, und Lauscher sah, daß er Arnis Stein in dem silbernen Gitterwerk am Hals trug. Als der Schmied seinen Blick bemerkte, sagte er fast entschuldigend: «Ich wußte keinen besseren Ort, wo ich ihn für Rikka aufbewahren könnte. Und seit ich ihn auf der Brust spüre, ist mir zumute, als sei Urla noch bei uns.» Er lächelte, als er das sagte, und Lauscher betrachtete mit Erstaunen diesen ungeschlachten Mann, der damals wie ein Tobsüchtiger auf Arnizzo zugesprungen war, um ihn zu erschlagen, und in dessen Stimme jetzt so viel Sanftmut mitschwang. «Kommt herein und seid meine Gäste!» sagte der Schmied. «Die Buben spielen irgendwo draußen, aber Rikka schläft in der Wiege, in der schon ihre Mutter gelegen hat.»

Zuerst bat sie der Schmied zu Tisch. Während eine Magd die Speisen auftrug, schenkte er selbst den Wein in die Becher und setzte sich dann zu den Gästen. Beim Essen sprachen sie, wie es Brauch war, zunächst nur über belanglose Dinge, doch man weiß ja nie im voraus, ob man dabei nicht unversehens die dünne Haut des Oberflächlichen durchbricht und in Bereiche gerät, die alles andere als belanglos sind. So ließ sich etwa der Schmied von Lauscher erklären, wie das mit dem Drechseln vor sich gehe. «Eine merkwürdige Sache ist das», sagte er schließlich, nachdem er sich Lauschers Erläuterungen angehört hatte. «Da schlägt man im Wald ein Stück lebendiges Holz ab, läßt es verdorren und trocken werden, bis kein Leben mehr in ihm zu sein scheint, haut es dann mit dem Beil zurecht, bohrt sein Innerstes heraus und dreht mit dem scharfen Stahl die äußere Form ab, durchbohrt dann auch noch dieses dünne, fast schon zerbrechliche Rohr an allen möglichen Stellen und fügt ihm auf diese Weise jede nur denkbare Verletzung zu, bis nichts mehr geblieben ist von seiner natürlichen Gestalt, und erst dann fängt dieses Holz an zu klingen und ein völlig neues, anderes Leben zu gewinnen.»

«Geht es dir denn anders mit deinem Eisen?» sagte Lauscher. «Auch das ist irgendwann einmal im Innern des Berges gewachsen, doch dieses Erz muß dort mit Hacken und Hämmern herausgeschlagen und zertrümmert und in der Glut des Feuers ausgeschmolzen werden, bis nichts mehr von seiner natürlichen Gestalt übrigbleibt. Aber dieses reine Metall kannst du, wenn du es wieder zum Glühen bringst, zu jeder neuen Form schmieden, und erst dann kann es den Sinn erfüllen, der in ihm verborgen liegt, schön zu sein in seiner neuen Gestalt oder nützlich als Werkzeug zum Bebauen der Äcker.»

«Oder zum Töten», sagte der Schmied. «Alles, was Menschen schaffen, ist zum Guten wie zum Bösen zu gebrauchen. Auch die Klinge, die Urla ins Herz gefahren ist, habe ich selbst für Azzo geschmiedet. Seither mache ich keine Waffen mehr, dafür aber andere Sachen. Wenn ihr satt seid, zeige ich euch etwas.»

Er führte sie zu seiner Werkstatt, und als er die Tür öffnete, tönte das helle Klingen des Hammers, das sie schon während der Mahlzeit herübergehört hatten, plötzlich doppelt so laut. Am Amboß stand, halb nackt unter der breiten Lederschürze, ein Geselle und schlug auf ein rotglühendes, schon flachgeklopftes Stück Eisen ein. Neben ihm an der Mauer fauchte ein Feuer unter dem scharfen Wind des Blasebalgs, der von einem Jungen bedient wurde, und zwischen den hellrot aufglühenden Kohlestücken lag ein spindelförmiger, bis zur Weißglut erhitzter Eisenbarren.

Der Schmied ging seinen beiden Gästen voraus zum Hintergrund des Raums und hob von der zerkerbten Werkbank einen Gegenstand, der dort zwischen ein paar kleineren Hämmern und Feilen gelegen hatte. Zunächst konnte Lauscher im Halbdunkel nicht herausfinden, was das für ein seltsam verschlungenes Gebilde war, doch als der Schmied damit näher zum Feuer ging, traten die Konturen deutlicher hervor, und Lauscher erkannte die in einfachen, auf das Wesentliche zurückgeführten Formen dargestellten Figuren zweier Menschen, eines Mannes und einer Frau, die eng beieinander standen und sich umarmten. Lauscher bewunderte, wie viel Zartheit der Schmied in dem spröden Material hatte zum Ausdruck bringen können, und dann hörte er, wie dieser sagte: «Als ich nach Urlas Tod noch einmal über den Platz ging, lag dort noch immer Azzos Dolch. Keiner hatte ihn an sich nehmen wollen. Da hob ich ihn auf und trug ihn in meine Werkstatt. Den Flitterkram auf dem Griff habe ich weggeworfen, denn er hätte mich nur daran erinnert, wie dieses funkelnde Ding aus Urlas Rücken ragte. Aber aus der Klinge, die in ihrem Herzen geruht hatte, habe ich das hier gemacht.»

Lauscher wußte nichts zu sagen, als der Schmied das Gebilde wieder auf die Werkbank gelegt hatte. Sollte er das Geschick seines Gastgebers loben, die Schönheit des eisengeschmiedeten Paares oder einfach sagen, daß ihm die Arbeit gefiel? All das wäre ihm selbst läppisch und unangemessen in den Ohren geklungen. Auch Arnilukka schwieg, aber sie wußte auf eine bessere Art auszudrücken, was sie empfand, und umarmte den gewaltigen Mann, der, obwohl sie ihm kaum bis ans Kinn reichte, wie ein Kind wirkte, das von seiner Mutter getröstet wird.

Als sie die Werkstatt verlassen und die Tür hinter sich geschlossen hatten, hörten sie zwischen den jetzt wieder gedämpfter herüberklingenden Hammerschlägen das Kind lachen. «Jetzt ist Rikka aufgewacht», sagte der Schmied. «Eigentlich wolltet ihr ja sie besuchen und nicht mich.»

«Euch beide», sagte Arnilukka und öffnete eine andere Tür, die zu einem Zimmer auf der Rückseite des Hauses führte. Durch das Fenster blickte man hinaus auf einen übersonnten Garten; über den blauen und violetten Blüten der Astern hingen die Äste brechend voll rotbackiger Äpfel und gelber Birnen. Rikka saß in ihrer leicht schwankenden Wiege und griff mit ihren kleinen Händen nach den geschnitzten Tieren auf der Balustrade. «Einhorn!» sagte sie und versuchte eine grimmige Miene zu ziehen, denn der Bock sah in der Tat ein wenig mürrisch aus. «Jalf!» rief sie dann, packte auf der gegenüberliegenden Seite den springenden Esel und krähte vor Lachen.

«Ich weiß gar nicht, wer ihr beigebracht hat, wie die Tiere heißen», sagte der Schmied. «Vielleicht hat Urla ihr von ihnen erzählt, obwohl Rikka eigentlich noch zu klein ist, um diese Geschichten zu begreifen.»

Doch es zeigte sich, daß sie recht gut Bescheid wußte, denn jetzt drehte sie sich zu den drei Mäusen auf dem Kopfende um, zeigte der Reihe nach mit dem Finger auf sie und sagte: «Schlange spricht, Falken sagt, Hoffnung gibt», und Lauscher sah mit Erstaunen, daß sie genau wußte, welchen Namen jede der Mäuse trug.

Er zog sich einen Hocker heran, setzte sich dicht neben die Wiege und schaute dem lachenden Kind in die Augen, in denen sich auf eine schwer zu beschreibende Weise blaue, grüne und violette Sprenkel mischten. «Du kennst sie ja schon alle drei auseinander», sagte er. «Ja, der dritte Mäuserich, den man ‹Der-die-Hoffnung-nicht-aufgibt› nannte, war der jüngste von ihnen. Tapfer waren sie alle drei, aber dieser konnte etwas, das Jungen sonst nur schwer lernen: Er konnte warten. Manche lernen das überhaupt nie. Doch dieser Mäuserich konnte das, und er konnte es deshalb, weil er an etwas ganz Verrücktes glaubte. Er glaubte nämlich, daß ein Stein lebendig werden könne. Stell dir das einmal vor: ein durch und durch harter, lebloser Stein, und obendrein auch noch ein ziemlich gewaltiger. Manche haben den Mäuserich ausgelacht deswegen und gesagt: Der ist ja selber verrückt! Aber er ließ sich nicht davon abbringen. So saß er da nun Tag für Tag, Woche für Woche, Jahr für Jahr, betrachtete den Stein und wartete. Als dann noch immer nichts geschah, gab er die Hoffnung nicht auf, sondern überlegte, wie man den Stein zum Leben wecken könnte. Man müßte ihn liebhaben, dachte er; denn wenn man einander liebt, wird neues Leben geweckt. Er mochte den Stein gern, aber der war viel zu groß, als daß er ihn mit seinen Mäuseärmchen hätte umfassen können. Deshalb begann er nach jemandem zu suchen, der den Stein auf die richtige Weise lieben könnte.

Da begegnete er einer jungen Frau, welche die gleichen Augen hatte wie du. Sobald er dieser Frau in die Augen geschaut hatte, wußte er, daß nur sie die richtige sein konnte, aber es war für einen kleinen Mäuserich gar nicht so einfach mit dieser Frau, die so viel größer war als er selbst, ins Gespräch zu kommen. Nicht daß sie Angst vor ihm gehabt hätte! Nur dumme Leute fürchten sich vor Mäusen und sehen dabei gar nicht, wie hübsch sie sind. Aber zunächst bemerkte sie ihn überhaupt nicht, wenn er durch das hohe Gras hinter ihr herlief, doch der Mäuserich gab trotzdem die Hoffnung nicht auf.

Eines Tages sah sie ihn dann doch. Sie beugte sich zu ihm herunter, streichelte sein weiches, samtiges Fell und gab ihm ein paar Bröckchen von ihrem Brot. Aber sie konnte nicht verstehen, was der Mäuserich mit seiner feinen, hohen Stimme zu ihr sagte, ließ ihn schließlich im Gras sitzen und ging davon.

Was hätte er jetzt noch tun sollen? Mancher wäre nach Hause gegangen und hätte sich um all das nicht mehr gekümmert. Doch so einer war dieser Mäuserich nicht und gab die Hoffnung noch immer nicht auf. Er fing vielmehr an, alle möglichen Leute nach dieser Frau zu fragen, und so erfuhr er, daß sie zwar nicht mit Mäusen, aber mit Fischen reden könne. Die das ihm erzählte, war eine alte, ziemlich dicke Kröte mit schönen goldenen Augen, und da Kröten sich immer in der Nähe des Wassers herumtreiben und manchmal auch in diesem oder jenem Teich herumplatschen, verstehen sie auch ein bißchen von der Sprache der Fische, und so bat der Mäuserich die Kröte, seine Botschaft den Fischen weiterzusagen. Auf diese Weise erfuhr dann schließlich auch die junge Frau von dem Stein.

Nun stellte sich heraus, daß sie schon lange nach diesem Stein gesucht hatte. Als sie hörte, wo er zu finden war, lief sie zu ihm, und als sie ihn sah, nahm sie ihn in die Arme, wärmte ihn und hatte ihn lieb. Und da erwachte der Stein endlich zum Leben, regte sich, hob seine Arme und legte sie um die Frau. Der Mäuserich aber, der so lange auf diesen Augenblick gewartet hatte, freute sich, und seither nannte man ihn ‹Der-die-Hoffnung-nicht-aufgibt›. Siehst du, so ist das gewesen. Der Mäuserich machte übrigens gar nicht so viel Aufhebens davon, sondern sagte nur: So schwierig war das doch gar nicht. Man muß nur daran glauben, daß die Liebe alles lebendig macht, was tot zu sein scheint.»

Die kleine Rikka hatte die ganze Zeit über still in ihrer Wiege gelegen und Lauscher mit ihren schwer zu beschreibenden Augen angeschaut. «Hoffnung gibt», sagte sie jetzt, als er schwieg, aber es war wohl eher der Klang der Worte gewesen, der sie zur Nachahmung reizte, als daß sie deren Bedeutung verstanden hätte. Für wen habe ich das eigentlich erzählt? dachte Lauscher. Für dieses Kind? Für den Schmied, der um den Tod seiner Frau trauert? Für Arnilukka, von der diese Geschichte handelt? Oder für mich selber? Er hätte es nicht sagen können. Doch wer weiß denn, ob ein Kind nicht doch schon etwas vom Sinn einer solchen Geschichte begreift?

* * *

Ein paar Tage später machte sich Lauscher auf den Ritt ins Flachtal. Er führte sein Pferd am Zügel, während Arnilukka ihn noch bis zum Waldrand begleitete und ihn bei der anderen Hand hielt, damit ihm der Weg unter dem offenen, tiefblauen Himmel leichter fiel. Es war klares, sonniges Herbstwetter. Die Äste der Obstbäume auf dem Wiesenhang, über den sie hinaufstiegen, bogen sich unter der Last der Äpfel und Birnen, und das Laub der Zwetschgenbäume wurde verdunkelt durch die in Trauben hängenden blauvioletten Früchte. Im Gehen brach Arnilukka einen rot überflammten Apfel vom Zweig, biß ein Stück ab und gab ihn dann Lauscher. Als er davon aß, rann ihm der schäumende Saft über die Lippen und füllte ihm den Mund, süß und herb zugleich. So gingen sie schweigend bis zu den Haselstauden, hinter denen die grausilbern schimmernden Stämme der Buchen aufragten. Die Nüsse waren noch nicht ganz reif, also ließen sie die fransigen Büschel hängen und umarmten einander zum Abschied. «Im Frühjahr, sobald die Wege wieder frei sind, komme ich dich mit der kleinen Rikka besuchen», sagte Arnilukka.

«Ich werde das Flachtal nicht mehr verlassen», sagte Lauscher, und dieser Satz klang in seinen eigenen Ohren so endgültig, daß er sich fragte, ob er Arnilukka damit nur hatte sagen wollen, daß sie ihn dort vorfinden werde, oder ob sich hinter diesen Worten noch etwas anderes verbarg. Er blickte ihr in die Augen, als könne er dort die Antwort darauf finden, und tauchte noch einmal ein in das geheimnisvolle und nie zu ergründende Farbenspiel von Blau, Grün und Violett, das ihn umfing wie das Leben selbst. Dann küßten sie einander, und Lauscher stieg, nicht ohne einige Mühe, in den Sattel, während Arnilukka sein Pferd am Kopfriemen hielt. Diesmal blieb Arnilukka am Waldrand zurück und blickte ihm nach. Wenn er sich im Sattel umdrehte, konnte er sie noch eine Zeitlang auf der smaragden unter der Sonne leuchtenden Wiese stehen sehen, bis ihm die zusammenrückenden Stämme des Waldes die Sicht verdeckten.

Er ritt talabwärts zwischen den Buchenstämmen dahin, bis er in den Weg zum Schauerwald einbiegen konnte. Bald gelangte er hinauf in die Region der Fichten, unter denen der Hufschlag seines Pferdes durch das dicke Polster abgestorbener Nadeln gedämpft wurde. Es roch nach Pilzen, und dann sah er sie auch zwischen den braunschorfigen Stämmen im Moos stehen, ganze Herden von dottergelben Pfifferlingen, vereinzelt auch die braunsamtigen Kappen der Steinpilze, dazwischen alles mögliche andere Gelichter, dem nicht recht zu trauen war. Er machte sich nicht die Mühe, vom Pferd zu steigen. Drüben im Flachtal würden genug davon in den Wäldern wachsen.

Nachdem er eine Weile den immer steiler ansteigenden Weg hinangeritten war, sah er vor sich zwischen den nun schon flechtenbehangenen Stämmen einen kleinen, etwas gebückt voranschreitenden Mann gehen, der offenbar das gleiche Ziel hatte wie er. Erst als er schon ziemlich nahe heran war, drehte sich dieser Wanderer nach dem Reiter um, und da erkannte Lauscher den Steinsucher, dem er schon mehrmals begegnet war. Er ließ sein Pferd noch die wenigen Schritte bis zu dem Alten gehen und wollte dann absteigen, um ihn zu begrüßen, doch dieser winkte ab und sagte: «Bleib du nur im Sattel sitzen, Lauscher. Du bist auch nicht mehr der jüngste, und das Steigen könnte dich allzusehr anstrengen.»

Lauscher war erleichtert, daß er dieses letzte, steilste Wegstück nicht zu Fuß hinter sich bringen mußte. Er gab dem Alten, der immer noch von einer erstaunlichen Rüstigkeit zu sein schien, vom Pferd herab die Hand und sagte: «Ich freue mich, daß ich dich wieder einmal treffe. Es sieht so aus, als hätten wir den gleichen Weg.»

«Ja», sagte der Alte. «Diesmal will ich dich gern ein Stück weit begleiten, wenn du dein Pferd langsam genug gehen läßt.»

«Das wird Blondschopf nur recht sein», sagte Lauscher. «Er hat schon eine Menge Jahre auf dem Buckel.»

Eine Zeitlang trotteten sie schweigend nebeneinander her, der Alte zu Fuß und Lauscher zu Pferd, und dann sagte der Steinsucher: «Wie ist es dir ergangen, seit wir das letzte Mal miteinander gesprochen haben? Hast du die Hoffnungen erfüllen können, die man in Arziak auf dich gesetzt hatte?»

Lauscher blickte dem Alten in das zerfurchte Gesicht und sagte nach einer Weile: «Ich weiß es nicht. Um das Unglück aufzuhalten, das sich dort anbahnte, bin ich zu spät gekommen, und ich weiß auch nicht, ob ich es hätte verhindern können, wenn ich früher dagewesen wäre. Meine Tochter Urla hat dieser Streit zwischen ihren Brüdern jedenfalls das Leben gekostet, doch durch ihren Tod hat sie zugleich ihre Brüder miteinander versöhnt.»

«Sie trug doch den Stein», sagte der Alte, als sei damit alles erklärt.

«Ja», sagte Lauscher. «Und mir kommt es jetzt so vor, als hätte ich sie mit diesem Geschenk selbst getötet; denn soviel habe ich schon begriffen, daß dieser Stein sie darin bestärkt hat, zwischen ihre Brüder zu treten, um zu verhindern, daß einer den anderen erschlägt.»

«Das ist richtig, was du von dem Stein sagst», entgegnete der Alte. «Er hat sie darauf vertrauen lassen, daß die Liebe stärker ist als der Haß. Und hat sie damit nicht recht behalten?»

«Wenn man es so betrachtet, hat sie das», sagte Lauscher, «aber nun lebt sie nicht mehr.»

«Was soll denn das nun wieder heißen?» sagte der Alte. «Du tust so, als wüßtest du überhaupt nicht, was Leben bedeutet. Hast du nicht selbst deiner kleinen Enkeltochter oder vielleicht auch ihrem Vater die Geschichte von dem leblosen Stein erzählt, der lebendig wurde, weil ihn jemand liebte?»

«Woher weißt du das?» fragte Lauscher, und als er keine Antwort darauf erhielt, fuhr er fort: «Außerdem war das nur eine Geschichte über Dinge, die ich selbst erlebt habe.»

«Das weiß ich doch», sagte der Alte. «Aber was besagt das schon? Du scheinst dennoch den Sinn dieser Geschichte selber noch nicht begriffen zu haben.» Er machte eine Pause, um wieder zu Atem zu kommen, und sagte dann: «Wie war das denn nun: Hat man dich nicht als Flöter in Arziak gebraucht?»

Lauscher nickte. «Belarni hatte wohl dergleichen im Sinn gehabt, als er mich herbeiwünschte», sagte er. «Aber ich habe dann nicht viel mehr tun können, als für die Kinder ein paar Liedchen auf meiner Flöte zu spielen.»

«Ist das nichts?» sagte der Alte. «Du hast damit wenigstens verhindert, daß auch noch die Kleinen Dölis Spottlieder nachgesungen haben, und ihn selbst hast du damit ganz schön in Unsicherheit gestürzt.»

«Unsicher kam er mir aber gar nicht vor», sagte Lauscher. «Nur wütend.»

«Wütend seid ihr immer nur über eure eigene Unsicherheit», sagte der Alte lächelnd. «Döli merkte plötzlich, daß in seinen Liedern etwas fehlte, und als Flöter war er dann doch wieder zu begabt, um zu überhören, daß genau dieses in deinen kleinen Liedchen enthalten war, und das machte ihn so unsicher.»

«Was soll das denn gewesen sein?» fragte Lauscher.

«Auch das solltest du eigentlich wissen», sagte der Alte, «denn aus deiner Musik war es herauszuhören, solange dich nicht selber die Wut packte: Der Glaube daran, daß es das Gute gibt und daß kein Mensch die Macht hat, es außer Kraft zu setzen. Selbst Narzia hat mit all ihrem bösen Zauber nicht verhindern können, daß ihr letztlich alles zum Guten ausschlug.»

«Schneefink wußte das», sagte Lauscher.

«Er spielt jetzt ja auch auf deiner silbernen Flöte», sagte der Alte, und das klang schon wieder wie eine Erklärung.

Inzwischen hatten sie den Schauerwald erreicht. Rechts und links des Pfades standen die vom Sturm gebrochenen, oft bis zu grotesken Formen entstellten und dennoch immer aufs Neue zum Himmel aufstrebenden Wetterfichten, über und über behängt mit zerzausten grauen Bärten.

«Was hast du jetzt eigentlich vor?» fragte der Steinsucher.

«Ein bißchen Drechseln», sagte Lauscher. «Holz gibt's hier ja genug, aus dem sich etwas machen läßt.»

«Solange einer etwas tut, hat er auch Hoffnung», sagte der Alte. «Du hast ja auch noch deinen Zirbel.»

Sie hielten jetzt zwischen den letzten Bäumen an, schauten hinaus auf die sanfte

Rundung der übergrasten Kuppe, die sich vor ihnen in den fast grünen Himmel hob.

«Ich gehe jetzt über den Berg», sagte der Alte.

«Schade», sagte Lauscher. «Ich muß unter den Bäumen bleiben.»

«Dann raste eine Weile unter der Eberesche dort drüben», sagte der Alte. «Das ist ein guter Platz.» Er winkte ihm noch einmal zu und stieg dann langsam den Wiesenhang hinauf. Die Abendsonne schien von Südosten her auf seinen Rücken, hell und strahlend, und schließlich sah es aus, als sei dieser alte Steinsucher eine einzige, golden lodernde Flamme, ehe er hinter der Kuppe verschwand.

Dann wurde es unversehens dunkel, obwohl die Sonne noch immer am Himmel stand. Lauscher hing schwankend auf seinem Pferd und spürte, daß diese Dunkelheit nicht von außen kam, sondern irgendwo innen hinter seinen Augen aufstieg. Es gelang ihm noch, Blondschopf hinüber zu der alten Eberesche zu lenken, und es machte ihm nicht mehr viel aus, daß er dabei ein paar Schritte unter freiem Himmel reiten mußte, ehe er im Schatten des mit unzähligen feuerroten Beerendolden behängten Baumes wieder Schutz fand. Er ließ sich aus dem Sattel gleiten und lag dann eine Zeitlang fast bewußtlos am Fuße des Stammes.

Es war kalt und dunkel, als er wieder die Augen öffnete. Und dann stand auch schon der Graue über ihm und blickte ihn mit seinen leeren Augen an.

«Ich dachte, an diesem Platz sei man sicher vor deinesgleichen», sagte Lauscher.

«Wofür hältst du mich?» sagte der Graue. «Bin ich ein Troll aus dem Krummwald oder irgend so ein Wiedergänger? Ich bin überall, weil ich das Nichts bin, in das du jetzt stürzen wirst.» Und als Lauscher ihn weiterhin schweigend anstarrte, fuhr er fort: «Was ist denn nun aus deinem Leben geworden? Alles hast du vertan, was du besessen hast, und jetzt liegst du hier im Gras, ein kraftloser Greis mit leeren Händen.»

Als er den Grauen so reden hörte, packte Lauscher noch einmal ein gewaltiger Zorn. Er richtete sich auf, zunächst auf den Knien, doch dann gelang es ihm, sich mit Hilfe des Zirbelstocks zu seiner vollen Größe aufzurichten, daß er dem Grauen Auge in Auge gegenüberstand. «Du weißt ja überhaupt nicht, was ich noch alles habe!» schrie er dem Grauen ins Gesicht. «Hier drin habe ich das alles», und dabei schlug er sich mit der Faust auf die Brust, «das lebendige Licht des Augensteins, den Klang meiner Flöte, all das habe ich noch!»

«Auch schon etwas», sagte der Graue trocken. «Das alles ist nicht mehr wert als eine taube Nuß, du Träumer. Zeig's mir doch, wenn du kannst!»

«Eins kann ich dir noch zeigen, du farbloser Geselle!» rief Lauscher und war jetzt schon wieder ganz fröhlich, daß er doch noch etwas in der Hand hatte. «Meinen Zirbel hier, den werde ich dir zeigen!» und er packte den Stock am dünnen Ende, schwang ihn hoch hinauf über seinen Kopf und haute ihn mit aller Kraft, die sein verbrauchter Körper noch hergab, dem grauen Gespenst mitten zwischen die leeren Augen.

Er hätte wissen müssen, daß er ins Nichts schlug. Der Schwung riß ihn fast von den Beinen. Während er eben noch sah, wie die Gestalt des Grauen wie blasser Rauch auseinanderwehte, durchzuckte seine Brust ein stechender Schmerz, als habe ihm jemand einen Dolch ins Herz gerammt. Einen Augenblick stand er noch aufrecht, dann brach er zusammen.

Als er die Augen wieder aufschlug, war es hell. Über dem Geäst der Eberesche breitete sich ein weiter, golden schimmernder Himmel aus, an dem eine herrlich leuchtende Sonne stand, doch es war eine Sonne, in die man hineinschauen konnte, ohne geblendet zu werden, ein Farbenspiel von unbeschreiblicher Vielfalt, schön wie ein lebendiges Auge, das auf ihn herabschaute und mit seinem Licht sein Herz wärmte.

Lange lag Lauscher nur da und freute sich an dieser Sonne. Dann stand er auf, nahm seinen Zirbel zur Hand, trat unter den Ästen der Eberesche hervor, und es fiel ihm schon kaum mehr auf, daß er ohne jede Beklemmung unter diesem Himmel stehen konnte. Er sah vor sich die sanfte Kuppe des Berges, und es überkam ihn die Lust, auf diesen Gipfel zu steigen und den weiten Rundblick zu bewundern, der sich von dort oben darbieten mußte. Schon nach wenigen Schritten fiel ihm dann ein, daß es richtig wäre, überhaupt nichts auf diesen Weg mitzunehmen. Es gibt nichts schöneres, als mit leeren Händen unter diesem Himmel zu gehen, dachte er, rammte den Zirbel in die Wiese und schritt weiter den Hang hinan.

Auf halber Höhe blickte er sich noch einmal um, und da sah er, wie sein Zirbel eben die ersten Zweige trieb. Büschel dunkelgrüner Nadeln entfalteten sich, der Steckling wuchs mit unglaublicher Kraft und schoß in die Höhe, bis er riesig aufgerichtet über der Wiese aufragte, ein Ebenbild des Baumes, der er einmal gewesen war, und schon schwollen in seinem Wipfel die blaugrünen Zapfen, reiften aus und ließen ihre Samen herabregnen, aus denen weitere Zirben emporsprossen und zu gewaltigen Bäumen heranwuchsen, und aus diesem herrlichen Wald wehte süßer, harziger Duft zu ihm herauf und erfreute sein Herz, und während er noch diesen hochragenden Wald bewunderte, hörte er den Klang einer Flöte, eine Musik, die schöner war als alles, was er je gehört hatte, und er lauschte dieser unbeschreibbaren Melodie, doch dann sah er auch, wer sie spielte; denn zwischen den dunklen Pyramiden der Zirben trat der Sanfte Flöter hervor, spielte mit seinen zarten Händen auf einem unsichtbaren Instrument und kam mit tänzelnden Schritten zu ihm heraufgegangen.

«Da bist du ja endlich», sagte er, als er bei ihm angekommen war, und während er sprach, tönte doch ohne Unterbrechung diese wunderbare Melodie immer weiter.

«Wie machst du das?» fragte Lauscher. «Du spielst mit deinen Fingern in der Luft, als hättest du eine Flöte in den Händen, und selbst wenn du sprichst, hört diese Musik nicht auf.»

«Ach», sagte der Sanfte Flöter, «das ist doch nichts Besonderes. Das lernst du schnell. Hier braucht man sich eine Musik nur vorzustellen, und schon beginnt sie zu klingen. Daß ich dabei noch immer meine Finger ein bißchen bewege, ist nur eine alte Angewohnheit. Komm mit mir über den Berg! Wir haben schon auf dich gewartet, denn solche Leute wie du werden hier gebraucht.»

«Gebraucht?» wiederholte Lauscher. «Wozu soll ein alter, schwächlicher Mann wie ich noch zu brauchen sein?» Doch schon während er noch sprach, merkte er, daß er Unsinn redete, denn er fühlte sich so frei und unbeschwert, daß er den steilen Hang am liebsten hinaufgerannt wäre.

«Siehst du!» sagte der Sanfte Flöter. «Jetzt fängt alles erst richtig an. Was du bisher erfahren hast, das war doch nur eine Vorahnung vom Anfang und längst noch nicht

alles.»

DER MÄRCHENROMAN ÜBER UNSERE WIRKLICHKEIT

Hans Bemmann
Die beschädigte Göttin
Phantastischer Roman
288 Seiten, ISBN 3 522 70770 2

Wie durch einen plötzlichen Zauber gerät der junge Held des Romans aus der Wirklichkeit heraus und mitten hinein in ein **großartiges Märchen**. In dieser Phantasiewelt erlebt er zahlreiche geheimnisvolle Prüfungen und gefährliche Begegnungen.

GOLDMANN

Bestseller

Tom Clancy und Sidney Sheldon, Utta Danella
und Danielle Steel, Heinz G. Konsalik und
Marie Louise Fischer, Colleen McCullough und Gillian Bradshaw,
Charlotte Link und Irina Korschunow –
internationale Weltbestseller garantieren Spannung und
Unterhaltung auf höchstem Niveau.

Daniel Evan Weiss,
La Cucaracha 9578

Remo Forlani,
Die Streunerin 9978

Akif Pirinçci,
Felidae 9298

William Wharton,
Frank, der Fuchs 9966

Goldmann · Der Bestseller-Verlag

GOLDMANN

Bestseller

Tom Clancy und Sidney Sheldon, Utta Danella
und Danielle Steel, Heinz G. Konsalik und
Marie Louise Fischer, Colleen McCullough und Gillian Bradshaw,
Charlotte Link und Irina Korschunow –
internationale Weltbestseller garantieren Spannung und
Unterhaltung auf höchstem Niveau.

Tanja Kinkel, Die Löwin
von Aquitanien 41158

Susanne Scheibler,
Der weiße Gott 41514

Régine Colliot, Die
Geliebte des Sultans 41521

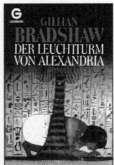

Gillian Bradshaw, Der
Leuchtturm von Alexandria 9873

Goldmann · Der Bestseller-Verlag

GOLDMANN

Bestseller

Tom Clancy und Sidney Sheldon, Utta Danella
und Danielle Steel, Heinz G. Konsalik und
Marie Louise Fischer, Colleen McCullough und Gillian Bradshaw,
Charlotte Link und Irina Korschunow –
internationale Weltbestseller garantieren Spannung und
Unterhaltung auf höchstem Niveau.

Peter Forbath,
Der letzte Held   9605

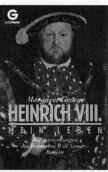

Margaret George,
Heinrich VIII.   9746

Frank Baer,
Die Brücke von Alcántara   9697

Robert Shea,
Der Schamane   41519

Goldmann · Der Bestseller-Verlag

GOLDMANN

Bestseller

Tom Clancy und Sidney Sheldon, Utta Danella
und Danielle Steel, Heinz G. Konsalik und
Marie Louise Fischer, Colleen McCullough und Gillian Bradshaw,
Charlotte Link und Irina Korschunow –
internationale Weltbestseller garantieren Spannung und
Unterhaltung auf höchstem Niveau.

Joy Fielding,
Lauf, Jane, lauf! 41333

Anne Perry,
Das Gesicht des Fremden 41392

Mary McGarry Morris,
Eine gefährliche Frau 41237

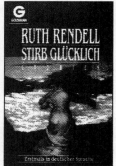

Ruth Rendell,
Stirb glücklich 41294

Goldmann · Der Bestseller-Verlag

GOLDMANN

Bestseller

Tom Clancy und Sidney Sheldon, Utta Danella und Danielle Steel, Heinz G. Konsalik und Marie Louise Fischer, Colleen McCullough und Gillian Bradshaw, Charlotte Link und Irina Korschunow – internationale Weltbestseller garantieren Spannung und Unterhaltung auf höchstem Niveau.

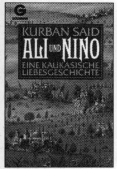

Kurban Said,
Ali und Nino 41081

Lynne McFall, Die einzig
wahre Geschichte der Welt 41286

Lawrence Ferlinghetti, Die Liebe in
den Stürmen der Revolution 9587

Akif Pirinçci, Tränen sind
immer das Ende 6380

Goldmann · Der Bestseller-Verlag

GOLDMANN

John Fante

»Eines Tages holte ich ein Buch heraus. Mit leichter Hand waren die Zeilen über die Seite geworfen. Hier endlich war ein Mann, der keine Angst vor Emotionen hatte: John Fante. Er sollte einen lebenslangen Einfluß auf mein Schreiben haben ...« Charles Bukowski

Ich – Arturo Bandini   8809

Warte bis zum Frühling Bandini   9401

Unter Brüdern   8919

Warten auf Wunder   8845

Goldmann · Der Taschenbuch-Verlag

GOLDMANN TASCHENBÜCHER

Das Goldmann LeseZeichen mit dem Gesamtverzeichnis erhalten Sie im Buchhandel oder gegen eine Schutzgebühr von DM 3,50/öS 27,–/sFr 4,50 direkt beim Verlag

Literatur · Unterhaltung · Thriller · Frauen heute · Lesetip
FrauenLeben · Filmbücher · Horror · Pop-Biographien
Lesebücher · Krimi · True Life · Piccolo · Young Collection
Schicksale · Fantasy · Science-Fiction · Abenteuer
Spielebücher · Bestseller in Großschrift · Cartoon · Werkausgaben
Klassiker mit Erläuterungen

* * * * * * * * * *

Sachbücher und Ratgeber:
Politik/Zeitgeschehen/Wirtschaft · Gesellschaft
Natur und Wissenschaft · Kirche und Gesellschaft · Psychologie
und Lebenshilfe · Recht/Beruf/Geld · Hobby/Freizeit
Gesundheit und Ernährung · FrauenRatgeber · Sexualität und
Partnerschaft · Ganzheitlich heilen · Spiritualität und Mystik
Esoterik

* * * * * * * * * *

Ein SIEDLER-BUCH bei Goldmann

Magisch Reisen

ReiseAbenteuer

Handbücher und Nachschlagewerke

Goldmann Verlag · Neumarkter Str. 18 · 81664 München

Bitte senden Sie mir das neue Gesamtverzeichnis, Schutzgebühr DM 3,50

Name: _____

Straße: _____

PLZ/Ort: _____